Caro William — um pedaço da história do nosso Brasil —

Com a amizade do

11-11-05

Nem mesmo todo o oceano

ALCIONE ARAÚJO

Nem mesmo todo o oceano

EDITORA RECORD
RIO DE JANEIRO • SÃO PAULO

CIP-Brasil. Catalogação-na-fonte
Sindicato Nacional dos Editores de Livros, RJ.

A687n Araújo, Alcione
Nem mesmo todo o oceano / Alcione Araújo. - Rio de Janeiro: Record, 1998.

ISBN 85-01-05090-3

1. Romance brasileiro. I. Título.

97-1725

CDD – 869.93
CDU - 869.0(81)-3

Capa. Victor Burton

Direitos exclusivos desta edição
adquiridos pela
DISTRIBUIDORA RECORD DE SERVIÇOS DE IMPRENSA S.A.
Rua Argentina 171 – Rio de Janeiro, RJ – 20921-380 – Tel.: 585-2000

Impresso no Brasil

ISBN 85-01-05090-3

PEDIDOS PELO REEMBOLSO POSTAL
Caixa Postal 23.052
Rio de Janeiro, RJ – 20922-970

Para CAROLINA,
minha filha,
minha fonte
de alegria e de luz.

Quanto ao perverso
Nem mesmo todo o oceano
Lavaria as culpas que lhe vão na alma.

(Homero, *Ilíada*)

"Fui eu quem fez isto", diz minha memória;
"É impossível que o tenha feito", diz meu orgulho,
E fica irredutível.
"Afinal, é a memória quem cede."

(Friedrich Nietzsche, *Para Além do bem e do mal*)

I

...culpa. Se quer mesmo saber, é isso que eu sinto. E sabe o que sente quem tem culpa? Pela expressão do seu rosto, não deve saber. Eu lhe digo: a culpa corta o coração como se fosse uma navalha. É a mesma sensação da lâmina rompendo a carne. E a frieza do aço congela o sangue, e impulsiona, por todo o corpo, ondas sucessivas de uma espécie de vertigem. Você é tragado para dentro de si mesmo, falta o chão e tudo que o cerca torna-se invisível e impalpável, como um fluido sem cor e sem forma. Nesses instantes, imprevisíveis e intermitentes, você não sente propriamente dor, apenas os tremores de quem está na rota de uma voragem. A culpa dilacera frio e fino e, o que é pior, de surpresa.

Essa sua testa franzida e o olhar enviesado de desconfiança já dizem tudo: você não ficou satisfeito com a minha resposta. Decepcionou-se. Pode falar francamente: não acreditou no que eu disse? Achou tudo muito pensado, organizado, esterilizado, não foi? Uma resposta elaborada demais para ser verdade, não é? E já deve estar deduzindo que decorei cada resposta que vou dar daqui a pouco à imprensa. Aliás, deve estar imaginando que não só decorei, como ensaiei — repetindo exaustivamente as frases, como um ator disciplinado. Mas, apesar desse esforço, as palavras soam falsas, me sobram na boca, não parecem minhas — como acontece com um ator medíocre. Pois não decorei, nem ensaiei nada.

Você me perguntou o que sinto agora, depois de tudo o que aconteceu e momentos antes do desfecho tão esperado. Eu disse que sinto culpa porque é a verdade mais profunda que consegui arrancar, quase que com as mãos, das minhas entranhas. Mas percebo que não acredita. Então, você acha que depois de convencer todos esses jornalistas a vir aqui — como deve ter visto, no salão ao lado tem repórter de todos os jornais e revistas, de todas as emissoras de rádio e televisão, do país e do exterior — eu iria mentir? Mentir diante de todos eles, que têm liberdade para me perguntar o que bem entenderem? Correr o risco de ser desmascarado perante o mundo? Eu não sou louco. Posso até entender a sua desconfiança. Era de se imaginar que surgisse — como jornalista, a sua profissão é desconfiar. E, se há alguém nesse país que até a própria respiração é suspeita, esse alguém sou eu.

Bem, eu não decorei nem ensaiei nada, mas me preparei. Não especialmente para a entrevista, é claro. Quando repasso de memória os últimos tempos, vejo que não fiz outra coisa senão me preparar para o momento — esperado com a ansiedade de um náufrago — em que finalmente teria a chance de esclarecer tudo. Há quem sonhe que possui a mulher amada, outro que ganha o prêmio milionário, outro que lhe nasce o filho, outro que se cura de doença incurável. Quanto a mim, não tenho sonhado com outra coisa, não tenho desejado outra coisa que não seja esse próximo e abençoado momento em que poderei despejar, como um vômito sobre o mundo, toda a imundície que me enfiaram goela abaixo e me obrigaram a ruminar em silêncio. Vou falar tudo o que sei, tudo o que vivi, tudo o que sofri. Vou gritar toda a verdade, vou dar todos os nomes, vou, enfim, excretar essa serpente que se aninhou dentro de mim e que engorda a cada dia, me sugando a alegria e envenenando minha vida.

Olha as minhas mãos, estão trêmulas. Nem comecei a falar, a garganta já está seca e o coração apertado. Este momento, antes tão abstrato, agora, com o burburinho dos repórteres chegando, ficou tão real que me deixa apreensivo, como se uma tragédia pudesse acontecer antes da entrevista.

Mas não vai acontecer nada... Tenho que respirar fundo para me acalmar. Se ficar nervoso, vou confundir datas, nomes, lugares, fatos... e a entrevista coletiva será um grande desastre... E não vou tomar mais nenhum tranqüilizante. Foram quatro só esta noite.

Quando penso em tanta gente reunida, me vem à cabeça que há sempre a possibilidade de ter alguém a serviço... e como estou no meio do fogo cruzado entre as duas facções, pode ter alguém a serviço de uns ou de outros... Mas, também, não posso deixar que a paranóia tome conta de mim...

Só de ver o meu estado, você pode avaliar o que este momento significa para mim. É uma espécie de coroação do meu esforço para não morrer nem enlouquecer. Estou como o marujo, que sente o corpo estremecer, mal pressente a terra se aproximar. É difícil acreditar que daqui a uns vinte minutos vou finalmente contar ao mundo tudo que me aconteceu. Vinte minutos me separam do momento que mais esperei na minha vida! Sempre temi que não chegaria vivo e lúcido até aqui! Mas, no fundo, eu confiava que Deus me concederia essa oportunidade. Não há crueldade maior do que morrer sem ter a chance de explicar os próprios atos.

Por isso, em vez de uma apressada preparação para uma entrevista, empenhei-me com a determinação de um cientista — no que me terá valido a formação em medicina — e com o método dos obsessivos — baseado na repetição até a exaustão. Durante todo esse tempo, dediquei-me à tarefa, quase religiosa, de reconstituir, nos seus detalhes mínimos, todos os fatos, fixando, com rigor, as características físicas dos envolvidos, seus perfis psicológicos e, sobretudo, suas nuances de caráter. Estabeleci, também, todas as possíveis relações entre eles, identifiquei seus interesses, refiz suas trajetórias pessoais e profissionais. Analisei os desdobramentos de fatos que vivi e suas conexões com episódios posteriores, inclusive alguns que, embora não tenha presenciado, acabei tomando conhecimento. Por várias vezes perdi a paciência diante do xadrez humano no qual o movimento de uma peça influencia a posição de inúmeras outras e, para meu desespero, altera por completo o desenho sobre o tabuleiro. Mas sou perseverante e Deus me tem dado paciência: não desisti.

Não vou falar das agruras por que passei, nem quero me lembrar do torniquete que parecia me esmagar o cérebro, nem, muito menos, da sensação horripilante de meus miolos cozinhando, nem do torpor que se seguia a essas convulsões. Também não vou falar dos incontáveis dias de inapetência, de quase não conseguir engolir a própria saliva, que fizeram do homem robusto que eu fui essa figura esquálida que você vê. Que Deus me ajude a esquecer as incontáveis noites sem dormir, e de quantas vezes, ora nascendo, ora morrendo, o sol me surpreendeu em meio às minhas intermináveis conjecturas. O ócio a que me condenaram se transformou num trabalho mental tão extenuante que me sentia aliviado ao pensar no empenho de Sísifo, implacável e obstinado, segundo narra o mito, mas apenas físico, a empurrar a renitente pedra montanha acima e vê-la, a cada vez, despencar antes de alcançar o topo.

E tudo isso para quê? Para jogar uma réstia de luz na escuridão em que me debatia, e aliviar os tormentos que a minha própria consciência me infligia. Eu acreditava que o meu empenho seria retribuído pelo prazer de compreender, mais elaborado que o de sentir e mais concreto que o de imaginar. Minha esperança era de que o lenitivo da compreensão me apaziguasse comigo mesmo e me concedesse a resignação para conviver com o fato de que o homem pleno de vida que um dia fui tornara-se o feixe de nervos expostos que agora sou.

Durante algum tempo, tentei interpretar os movimentos de cada peça do xadrez humano, assim como os fatos que eles geraram e seus sucessivos desdobramentos. Procurava sempre o sentido mais profundo, que unisse as pontas daquela rede sinistra e que me permitisse, enfim, vislumbrar os motivos que me levaram a fazer o que fiz.

Mas... santo Deus! Desculpa! Só agora me dei conta! Tomei seu tempo com essa falação desenfreada! Perdão, perdão. Você entrou aqui, me viu e perguntou o que eu sentia antes da entrevista. E deve ter perguntado por simples gentileza, pois não creio que nos conheçamos; ou estou enganado? Imagino que seja jornalista e veio para a coletiva, não é verdade? Desculpa, mais uma vez. Não apenas roubei o seu tempo, como o retive nesse banheiro, respirando esse cheiro forte. Aliás, é estranho o cheiro de banheiro, não é? Não o incomoda o ardor nas narinas? É o detergente de eucalipto que, misturado à urina, exala um cheiro penetrante...

Acho curioso o que acontece num banheiro público. Esse não é público, mas é coletivo. Num certo sentido, é quase promíscuo. Homens que não se conhecem, como você e eu, que nunca se viram, encontram-se, lado a lado, diante de um mictório, de genitália à mão. É uma intimidade meio humilhante, não? Andei observando hoje. É a terceira vez que venho urinar em meia hora de espera. A tensão me deixa a bexiga solta como uma mulher grávida. Os urologistas chamam de polaquiúria. É o aumento da freqüência com redução do volume. Como vê, a expectativa dessa entrevista está me esvaindo.

Espero que na hora ainda me restem forças para tirar de sobre o meu peito os escombros com que tentaram me enterrar vivo, e eu possa soltar de vez a minha alma. Mais do que uma necessidade, eu me sinto compelido a expor ao mundo o que sou, sem complacência: meu egoísmo, minha ambição, meu oportunismo, minha falsidade, meu carreirismo, minha inveja, minha covardia. Estou disposto a submeter-me resignadamente ao que quiserem fazer de mim. Podem até me oferecer à execração pública, como bode expiatório do fracasso monumental em que todas aquelas ações resultaram. Não pretendo esboçar qualquer reação se o mais sórdido dos canalhas sentir-se com o direito de me cuspir na cara. Toda humilhação me soará justa. Só de imaginar cenas da minha execração, sinto o alívio do ferido diante do bálsamo.

Só não aceito o perdão. Odeio tanto o perdão quanto os que se arvoram em concedê-lo. O ato de perdoar é inócuo e hipócrita. Inócuo, porque não existem homens imaculados que possam ostentar a superioridade benevolente do perdão. Hipócrita, porque um presunçoso finge que pode perdoar e um ingênuo finge que se sente perdoado. E, no meu caso, de nada vale aceitar o perdão, se não escapo ao meu próprio julgamento. Nada, nem ninguém, me aliviará da condenação implacável da minha consciência.

Já se disse que vou falar pelo medo de ser assassinado. Tornar pública a minha situação seria uma maneira de me proteger. Não é verdade. Para começar, a mera divulgação da minha situação não inibiria grupos que agem na clandestinidade. Tanto que tenho medo, verdadeiro pânico, do que possa acontecer, não comigo, mas com o meu irmão. Mas tenho coragem de falar com medo. É preciso entender uma coisa: esta entrevista resulta de uma necessidade, não de uma decisão. Vou falar por uma necessidade interior, vital e irreprimível: quero botar para fora o veneno que me corrói a alma.

Há uma outra necessidade que vem de uma dúvida. Uma entrevista é também uma oportunidade de ser interpelado, desmentido, confrontado. Ao responder, ouvir, replicar ou mesmo silenciar, irei, aos poucos, tomando consciência da minha face escondida, ou seja, do homem que sou para os que me vêem. Às vezes, penso que só vou aplacar a obsessão que me atormenta — de entender quem, afinal, sou eu — quando a máscara que imagino como sendo eu, se encaixar, como a argila macia nos recurvos da fôrma, na máscara moldada pelos que me vêem. No entanto, são tantos e tão diferentes os que me vêem que, moldada a contribuição de cada um, resultará um ser monstruoso. Outras vezes, sou assaltado pelo temor de que jamais saberei quem realmente sou porque perdi o ponto de partida, a referência inicial da minha pessoa. E, aproveitando que estamos a sós aqui, faço a você a pergunta que não consigo responder: para me entender, devo partir do homem que eu supunha que fosse — alguém incapaz de fazer o que fiz — ou partir do homem que fez o que eu fiz? Preciso saber: na minha essência humana, sou o que fez, ou sou aquele que se arrepende do que fez?

Eu não consigo entender nem como, nem por quê, nem cumprindo que misteriosos desígnios, uma pessoa como eu, filho obediente, educado como cristão, estudante aplicado, marido fiel e médico consciencioso, que pretendia se dedicar a aliviar a dor humana, pôde ter se transformado no que alguns consideram, talvez até com justiça, num monstro. Como foi possível isso que, na falta de explicação, eu chamei de conspiração do destino?

Não sou sentimental, nem cultivo a autopiedade, mas se você me olhar nos olhos — aliás, já percebi que você, não sei se por timidez, se para manter uma distância crítica ou para fugir do contágio, evita me olhar nos olhos — mas, se você olhasse, veria que estão úmidos pela dor de ter feito da minha vida irremediavelmente o contrário do que ela deveria ser. E esta vida é tudo que me resta...

Estou falando e falando, cheguei até a criticá-lo por não me olhar nos olhos, e você, que deve ter vindo aqui apenas para urinar, percebeu a minha aflição e, sem dizer uma só palavra, está me ajudando com sua atenção. Muito obrigado.

Hoje sou um homem atento a pequenos gestos. O sofrimento nos torna mais sensíveis à grandeza oculta nas pequenas atitudes. Aprendi que raras são as almas solidárias. Por isso, meu coração se enche de gratidão ao menor sinal de compreensão. Isto está acontecendo em relação a você, alguém que nunca vi na vida, e que, no entanto, me oferece sua solidariedade silenciosa, mas atenta. Obrigado, mais uma vez. É tudo que eu posso dizer...

Ninguém pode me ajudar com coisa alguma além da solidariedade. Tudo depende só de mim. E o meu sonho é, depois da entrevista, ser absolvido pela minha consciência — não importa o que farão comigo. Se eu o conseguisse, seria a suprema ventura de estar no céu, embora com os pés nas brasas do inferno: não tenho ilusões de que possa reverter o ódio que nutrem contra mim os dois grupos que me perseguem. Um, eu sei, só se sentirá vingado com o meu sangue; o outro já me fez entender que só se sentirá seguro com o meu silêncio. O meu assassinato garantiria o sangue e o silêncio.

Mencionei nessa conversa tantas vezes o que fiz sem revelar o que foi que fiz. A sua curiosidade deve estar se perguntando o que eu fiz, afinal, para me sentir tão odiado por todos e condenado por mim próprio. Pensava em só contar isso daqui a pouco, mas como ainda temos uns vinte minutos, quero retribuir o seu silêncio. Ademais, uma última repassada me ajudará a organizar os fatos, as emoções e as idéias. E aqui, nesse banheiro malcheiroso, entre fezes e urina, é o lugar adequado para falar do que me aconteceu. Para que você entenda, e eu próprio tente, mais uma vez, entender, vou contar do início. Como foi que tudo começou.

II

Tudo começou numa sexta-feira de muita chuva em novembro de 1970. Lembro-me — porque a reconstituí com minúcia — de cada segundo daquela noite. Certas passagens da vida da gente tornam-se inesquecíveis pela vontade de que nunca tivessem acontecido. Eu seria hoje um outro homem e outra seria minha vida se não existisse aquela noite entre as que me foram concedidas viver. Inútil e absurda esta vontade de evitar o que já aconteceu, mas, por incrível que pareça, nada estranha aos temperamentos, como o meu, que não aceitam o inexorável.

Sei que acontece, mas eu não aceito nem me conformo que uma vida, construída dia após dia com sacrifício e determinação, seja radicalmente alterada por um acontecimento fortuito, às vezes tão banal que não se dando sequer deixaria uma lacuna.

Essa fragilidade do homem, vulnerável aos fatos mais insignificantes, me esclareceu sobre a influência que qualquer pessoa pode ter sobre a vida de outra. Certos conselhos ou sugestões, alguns convites, um comentário, ou até mesmo gestos sutis, palavras, enfim, lançadas ao ar, podem mudar até o curso de uma vida. Nunca saberemos avaliar o poder que temos de influenciar o outro, de maneira até involuntária ou inadvertida.

Eram pouco mais de sete horas da noite no relógio da enfermeira — um cebolão de aço com números e ponteiros fosforescentes —, colocado diante dos meus olhos, enquanto ela segurava a vela com uma das mãos e, com a outra, me passava os instrumentos com que eu costurava as costas de um infeliz que, de pé à minha frente, gemia cavo. Sem iluminação e sem esterelizador, eu suturava, com mãos inseguras pelo cansaço, um palmo de carne, aberta como dois lábios por uma navalhada. Clarões intermitentes atravessavam as janelas envidraçadas, seguidos por trovões que, embora assustadores, me mantinham desperto e me poupavam, ao menos por instantes, dos gritos que ecoavam pelos escuros corredores até se fundirem com os gemidos de mais três feridos que eram atendidos por outros plantonistas, na mesma sala. A cada dois pontos costurados, eu era obrigado a abaixar a cabeça para enxugar a testa, molhada de suor, na manga do jaleco. Nesses momentos, apertava as pálpebras com força, abrindo-as em seguida, na tentativa, quase inútil, de afugentar o sono. Àquela altura, eu já tinha perdido a conta dos pacientes que atendera no plantão dobrado — vinte e quatro horas da minha escalação normal e mais vinte e quatro para render o Rogério, um colega bem-nascido, que pagava substituto sempre que tinha programas melhores do que plantões.

Estava exaurido. Não pregara os olhos e mal conseguira sentar por alguns minutos. Meu corpo doía, as pernas latejavam. Eu costurava aquele homem, torcendo para que os ponteiros do cebolão da enfermeira girassem mais depressa, enquanto meus pensamentos vagavam fugidios da imagem de Eliza me acariciando o rosto para os grandes lábios suturados nas costas do homem, da minha cama de lençóis limpos para o mostrador do cebolão.

Você não pode imaginar o que um médico tem que suportar em quarenta e oito horas corridas de Emergência de um hospital como o Santo Inácio. Você nem deve saber o que é a Emergência de um hospital público. Eu explico. Dante, o poeta italiano, você, como jornalista, deve saber quem foi. Pois a Emergência do Hospital Municipal Santo Inácio era uma espécie de "Inferno" de Dante, em cuja entrada, o poeta sugeriu: "Deixai aqui toda a esperança, ó vós, que entrais", lembra-se? Só não tinha a divisão em círculos de sofrimentos porque não sabia que pecados a criatura cometera para ser castigada com facadas ou tiros, atropelamentos ou desabamentos, cortes ou quedas, queimaduras ou afogamentos, intoxicações ou explosões, deslizamentos, trombadas ou sei lá que outro tipo de acidente, agressão, atentado ou catástrofe. Para a Emergência acorriam todas as danações de que o homem pode ser vítima acidental ou que o homem pode infligir, intencionalmente, a outro homem. É tão grande a diversidade de casos e situações, que médicos e enfermeiras tinham que improvisar cirurgias, procedimentos terapêuticos, soluções clínicas, tudo no tempo mínimo e com mínimos recursos. Porém, quando chovia, não havia improvisação capaz de evitar o caos.

Eu vira pela televisão da copa dos médicos, pouco antes da luz apagar, enquanto engolia um Perventin com café forte e amargo para me acender: naquela noite de novembro, o Rio de Janeiro, como uma Veneza de cortiça, flutuava sobre as águas que, em vez de caírem do céu, pareciam brotar, aos borbotões, de morros e ladeiras, encrespando enxurradas que inundavam ruas, avenidas, bairros inteiros. Deslizamentos de terra sucediam-se, barracos despencavam morro abaixo, arrastando moradores entre os escombros, alguns enquanto dormiam. Nos subúrbios, as águas invadiam casas, destruindo muitas e deixando, além de hordas de desabrigados, um rastro de mortes, doenças e epidemias. A pouca visibilidade e o asfalto molhado provocavam derrapagens, capotamentos e engavetamentos nas entradas e saídas da cidade. Falhas no fornecimento de energia elétrica deixavam não só os hospitais às escuras, como apagavam os sinais de trânsito. Sucessivas colisões de automóveis congestionavam o tráfego. Ambulâncias transportando vítimas subiam nas calçadas para evitar as ruas coalhadas de carros. E essa calamidade chegara ao Santo Inácio justamente no meu plantão: depois de lotados os quartos e enfermarias, as enfermeiras, em meio a gritos e gemidos, passaram a estacionar as macas com feridos graves pelos corredores e salas de espera, enquanto os menos graves se acocoravam rente às paredes.

Eram sete e trinta e cinco no cebolão da enfermeira — mais de meia hora além do meu plantão —, quando, enfim, acabei a sutura do homem de gemido cavo. Mal a enfermeira me liberou as mãos de luvas e instrumentos, dei três passos para trás e deixei o corpo desabar sobre uma cadeira. Estiquei as pernas, larguei os braços na vertical, tombei a cabeça para trás e fechei os olhos. Senti que minha alma queria abandonar o meu corpo. Ouvi gritos distantes, gemidos e sussurros próximos; vislumbrei, sob as pálpebras, o clarão de um relâmpago que inundou a sala de luz. Depois, senti dois tapinhas no ombro e a voz cava rosnou:

— Fico lhe devendo essa, doutor... Tem meu nome na ficha: é Gotardo, mas na Estação das Barcas todo mundo me conhece por Camelo... Sou otário não, doutor. O covarde que fez isso me pegou pelas costas. E se não salto de banda, me torava o pescoço. Mas agora acerto as contas com ele. Fica com Deus, doutor... Se precisar de mim: Camelo, das Barcas.

Mais dois ou três suspiros fundos e meu corpo já não era mais meu.

Acordei com as narinas sendo penetradas por um vapor quente, com denso aroma de café fresco. Abri os olhos. De vela à mão, a enfermeira me estendia uma xícara, sorrindo. No cebolão faltavam dez para as oito.

Quando eu avançava, de maleta à mão, abrindo caminho pelo corredor escuro, atulhado de macas e doentes, mal erguendo o pé a cada passo para evitar a dor nas pernas, com o corpo clamando por uma cama e o sono pesando nas pálpebras, era com esforço que mantinha a cabeça erguida e os ouvidos surdos. E não por qualquer vestígio de altivez, que já não tinha com o corpo aos frangalhos, mas para me poupar do coro de súplicas e lamentos, que crescia ao insuportável à mera aproximação de um uniforme branco.

Minhas cautelas, porém, não resistiram a uma visão inesperada. Deitada na maca, com a roupa ensopada de barro e sangue, uma menina negra de uns dez anos sorria. Num primeiro momento, não vi ferimento algum e o sorriso iluminado era a garantia de que não sentia dor. Aos pés da maca, para onde ela sorria, um homem, sem camisa, movimentava, com graça, uma boneca de pano, de cujo ventre saltavam vísceras de retalhos coloridos. Descalço, as calças encharcadas arregaçadas quase até aos joelhos, olhava para a criança com um tímido sorriso nos lábios, enquanto sobre a pele negra do rosto rolavam grossas lágrimas. Um tremor me varreu todo o corpo diante do silêncio resignado de pai e filha — parentesco que só depois confirmei. Eles interromperam a brincadeira, com a boneca erguida no ar, e eu senti o desconforto de cortar um momento — quem sabe raro — de ternura e entendimento entre os dois. Diferente de todos os que enchiam aquele corredor, eles me olharam sem queixa nem súplica, como se já soubessem que eu nada faria por eles, já contassem com a minha indiferença, já estivessem acostumados ao abandono. Uma forte emoção me travou a garganta. Para conter o choro, passível de reparo a um médico em serviço, mas facilitado pelo alívio das tensões ao fim de uma jornada exaustiva, segurei a maleta com força e me aproximei.

Colhi a boneca no ar e a fiz girar e requebrar. Filha e pai sorriram, dóceis. Já intrigado por não perceber nenhum sinal visível de ferimento, acariciei-lhe os cabelos crespos, e pequenos torrões de barro seco soltaram-se na minha mão. Perguntei qual era o nome da sua filha. Ela tirou a boneca da minha mão e, ao responder com um fio de voz, "Eliza", um esgar de dor contraiu-lhe as feições. Apertou a boneca contra o peito e, mal uma lágrima começou a escapar-lhe pelo canto do olho, virou para o lado o rosto já transfigurado pela dor, como se quisesse esconder o sofrimento. O pai abaixou a cabeça.

Eliza — o mesmo nome da minha noiva — pronunciado por uma voz infantil que se esvaía me fulminou como uma descarga elétrica. Esmaguei os lábios para conter a emoção enquanto meu olhar profissional procurava no seu corpo a razão de ela estar ali. Mal ergui o trapo que lhe cobria os pés e me deparei com a perna esmagada. O sangue que aflorava entre os músculos não me impedia de ver o osso partido, numa evidente fratura exposta.

Esqueci normas e regulamentos. Atraquei-me à maca e a empurrei, o mais rápido que pude, pelo corredor atulhado, abrindo caminho com palavras enérgicas. Enquanto me afastava, o pai, parado no mesmo lugar, me olhava com uma expressão ao mesmo tempo angustiada e confiante, como se eu fosse a única pessoa no mundo que poderia aliviar o sofrimento de sua filha.

Este banheiro é frio, não é? Além da umidade, esses azulejos brancos dão a sensação de que estamos dentro de uma geladeira. Mas não há outro lugar onde se possa conversar. As outras salas estão trancadas. Só me cederam o auditório, e com muita dificuldade. Além da minha polaquiúria, não quero me expor no corredor antes da entrevista. Teremos que agüentar o frio e o cheiro de eucalipto com urina pelos vinte minutos que faltam.

Voltando a Adelaide — era esse o nome da criança — acionei um colega ortopedista e, com forças que nem supunha mais que me restassem, a preparei para a cirurgia, que ele realizou. Sua perna fora soterrada pelos escombros do seu próprio barraco, durante um deslizamento de terra na favela onde vivia. A família ficara desabrigada e sem ter para onde ir. Enquanto no morro a mãe juntava o que conseguira salvar de roupas, utensílios domésticos e materiais de construção, o pai, depois de transportar a filha nos braços, debaixo de chuva, até o hospital, esperava, desde as cinco da manhã, na fila de atendimento.

Eram quase nove da noite quando fui pegar meu carro no estacionamento, ao lado do hospital. Tentei correr para não pegar chuva, mas as pernas não me obedeceram. Avancei no ritmo que me permitiam, enquanto pensava nas razões por que aquele episódio me atingira como homem mais do que como médico, embora eu mesmo não distinga bem essa fronteira. A verdade é que não me esqueci daquela imagem: uma criança que tenta poupar o pai do próprio sofrimento, e um pai que com a lágrima silenciosa ensina a filha a conviver com o abandono. Cheguei ao carro encharcado, mas conseguira proteger a estripada Eliza que, por sugestão do pai, Adelaide presenteara a minha futura filha.

O vai-e-vem do limpador de pára-brisa cria um ritmo hipnótico para quem precisa enxergar ruas escuras através de vidros embaçados. Meu Fusca 66 quase navegava nos cruzamentos em que as enxurradas somavam suas águas. Eu hesitava se deveria ir para a casa de Eliza. A visão da minha cama limpa no quarto silencioso era uma tentação. Mas, você sabe, amor e sensatez não são frutos da mesma árvore. Eliza me ligara à tarde, insistindo que fosse vê-la. Seus pais iriam ao tão esperado jantar de despedida da vida militar, e sua irmã fora passar o fim de semana fora com o namorado. Era uma oportunidade de estarmos a sós, depois de quatro dias de namoros telefônicos. Apesar do meu estado deplorável e da hesitação, eu seguia para a Tijuca, com o meu Fusca revelando, até aquela altura, um surpreendente desempenho anfíbio, enquanto o céu, em estado líquido, desabava sobre a cidade.

III

Estirado no sofá, com a cabeça no colo de Eliza, eu alcançava uma paz tão profunda que minha respiração ficava quase imperceptível. Essa sensação tem andado tão longe de mim nos últimos tempos que nem parece que a vivi um dia!

Eliza recostava-se no sofá, abria os braços na minha direção, e oferecia o colo. Minha cabeça se aninhava sobre as suas coxas e meus pensamentos se recolhiam aos recantos do meu cérebro. Com os olhos semicerrados, a mão dela enfiando-se entre os meus cabelos e a outra deslizando sobre o meu peito, ora com o contato macio dos dedos sobre a pele, ora o suave cortante das unhas, ela me provocava delicados arrepios que, como ondas, me varriam o corpo. Eram sensações de prazer profundo. Meu corpo se entregava tão completamente que parecia esvaziado de tudo, como se até a alma o tivesse abandonado. Esses são os estados mais felizes que um homem pode viver. Até a chuva tornava-se um ruído distante e morno. Talvez para me lembrar que não havia no mundo nenhum lugar melhor para eu estar naquele momento. Era a suprema harmonia entre mim, o meu desejo e o universo. Aquela paz profunda me levava ao sono. Um sonho.

É curioso como, ainda hoje, me acalmo quando falo daqueles momentos. Confesso que sinto saudades. E parece que a saudade é um sentimento que inclui a resignação, pois já não sinto revolta, apenas uma sensação de vazio. Dói, mas dói como uma ferida quase curada, quando já perdemos o medo de tocá-la, e a dor vem, mas vem atenuada pelo bálsamo do tempo.

Você compreende? Só pela maneira como abaixou a cabeça, percebo que você não só compreende, como deve ter lá as suas cicatrizes. Vamos mudar de assunto.

Eliza, apesar de tudo o que veio a acontecer depois — e eu falo sem nenhum ressentimento — foi uma mulher que, no seu silêncio, conseguiu me revolver o sangue e estremecer a carne. Atingiu a minha alma. Mas eu não entendo nada disso que as pessoas chamam de amor. Acho que amor é para se sentir, não para se falar. E, para mim, tem mais a ver com instinto e intuição — embora eu não saiba a diferença entre um e outro — do que com o que dizem os poetas, escritores e compositores. Resumindo, para não me estender mais nesse assunto, acho que o amor acontece entre duas pessoas quando surge uma vontade irreprimível, uma necessidade inadiável de estar junto, de conversar, de se olhar, de se tocar. Você me entende? Pergunto, porque nem todo homem entende isso. Apesar da gente reconhecer que o amor é importante, a gente sempre fica constrangido ao tocar nesse assunto. Todo homem já amou, ama ou quer amar uma mulher, mas, no entanto, prefere falar de sexo. É ou não é?

Pois eu sentia a tal vontade irreprimível e inadiável de estar junto de Eliza, de conversar com ela, de olhá-la, de tocá-la. O casamento seria, pois, a única maneira de satisfazer a vontade irreprimível e a necessidade inadiável. Por essa, e também por outras razões, eu sonhava com o nosso casamento.

Eu nos imaginava numa casa acolhedora e confortável, alugada e mobiliada com o fruto do meu trabalho. Esse detalhe que, em geral, não se dá importância, era uma questão de honra para mim. Vindo de origem humilde, eu venceria pelo meu esforço o desafio de prover as necessidades da minha família, com quem — eu imaginava — compartilharia as conquistas profissionais. Imaginava também as cenas do nosso cotidiano, a rotina de chegar do hospital no fim do dia, beijar Eliza, que estaria me esperando, tomar um longo banho, conversar sobre os acontecimentos do dia com o nosso humor — um jogo secreto que reforçava a nossa cumplicidade e alimentava a convicção de que nascêramos um para o outro —, jantar juntos, depois, quem sabe, ir a um cinema, visitar algum amigo ou ficar em casa vendo televisão. E, por fim, dormir na mesma cama.

Não pense que por não ter mencionado filhos, não os quisesse. Para mim, sem criança não há família; há apenas um casal triste. Filhos eram tão importantes para nós que, nesta época, uma das brincadeiras que mais gostávamos, sempre tratada com terna seriedade, era imaginar os filhos que teríamos. Ocupávamos nosso tempo falando deles — que já tinham feições, nomes, personalidades, vontades — mais do que de nós mesmos. E quando nos presenteávamos, nas datas tradicionais, os cartões e dedicatórias vinham assinados pelos filhos da nossa fantasia.

Uma dor aguda na perna, mal estirada sobre o sofá, e retornei de um sono curto, mas reparador. Estava de volta ao colo de Eliza, o rosto sobre a sua coxa. A chuva cessara, restando apenas uma brisa úmida. Reparei então que usava as roupas frouxas do meu sogro, que ela insistira para que eu vestisse depois do banho quente, até que o meu uniforme enxugasse.

Girei o corpo, procurando uma posição mais confortável. Vi, de relance, sobre a mesinha diante do sofá, a bandeja com os restos de um lanche que ela me servira, e me fixei no seu rosto, meio tombado para o lado, recostado no sofá. Dormira me acariciando.

Era um rosto arredondado e, a rigor, não se poderia dizer que fosse bonito, embora cabelos e olhos castanhos se harmonizassem com a pele clara. Em geral sério, porém de uma seriedade mais para o triste do que para o grave. Emanava uma doce melancolia, talvez pela suavidade com que o seu olhar pousava sobre as coisas. Aquela languidez me fascinava, talvez me despertasse um desconhecido instinto protetor. Mas esse tom, sutilmente cambiante entre o lânguido e o melancólico, súbito se iluminava quando ela se abria num sorriso de dentes alvos. Tímida, falava apenas o necessário, e em frases econômicas. Nesses momentos, revelava uma inteligência penetrante que atingia, como uma agulhada, o coração das questões. A combinação de semblante tranqüilo com inteligência cortante a envolvia numa atmosfera de mistério, da qual ela sabia se beneficiar. Eu jamais poderia sonhar que aquela criatura, a quem eu contemplava com tanta ternura e gratidão, viesse a fazer o que fez.

Talvez esse mistério tenha criado em mim uma incerteza. Eu vivia me perguntando se ela gostava de me fazer carinho, quero dizer, se ela sentia, de fato, prazer; ou se o fazia apenas como prova de dedicação, ou para me agradar, ou, ainda, para me consolar, o que, convenhamos, seria entediante e fugaz, além de me colocar na humilhante posição de ter o meu prazer à mercê da sua benevolência. E ela sempre me respondeu, às vezes até com impaciência pela minha insistência, que adorava me acariciar. Isso mesmo, ela usava o verbo adorar, de eloqüência superlativa e sinceridade suspeita. Mas, seja pela minha ingenuidade, seja pela minha carência, ou talvez por ambas, ouvir tal resposta me inflava de confiança em mim mesmo. Eu ficava orgulhoso de ser merecedor do carinho de alguém. Afinal, era o eleito de, pelo menos, uma pessoa no mundo. Para ser sincero, acho que o que eu ficava mesmo era feliz.

Feliz, eu era tomado pelo sentimento de gratidão. Logo, querendo retribuir a Eliza pelos momentos que me proporcionava, eu reafirmava que valia mesmo a pena me esfalfar naquele hospital, dobrando plantões a fim de ganhar mais algum dinheiro e criar as condições para me casar com ela. Esse entusiasmo perdurava por algum tempo, até que, abafado pelo cansaço do dia-a-dia e pelo lacônico mistério de Eliza, começava a murchar, dando lugar à incerteza que me perturbava: será que ela me faz um carinho como quem faz um favor?

Mesmo quando o entusiasmo arrefecia, o trabalho não diminuía. O meu salário era consumido com os meus próprios gastos: o aluguel do apartamento, dividido com o Belizário; a prestação do carro, comprado em vinte e quatro pagamentos; a prestação do aparelho de pressão e de um relógio com ponteiro de segundos; a prestação dos livros de Clínica Médica importados que não acabava nunca; a prestação da Casa José Silva, de camisas e calças brancas, dois pares de sapato, sendo um branco; a alimentação, a gasolina, a lavadeira, e a minha parte nas contas de condomínio, luz, gás e da faxineira. Era impossível pagar tudo isso com o salário de médico-residente. O dinheiro sempre acabava antes do fim do mês. Para as compras do casamento, tinha que dar plantão duas, quando não três vezes na semana, além dos dois a que a escala me obrigava. Houve semanas — e não foram poucas — em que dei cinco plantões de 24 horas.

Esse empenho, além de ser uma clara manifestação da minha vontade de casar com Eliza, era, também, uma maneira de provar que tinha condição de manter a família, o que dona Abigail, mãe de Eliza, duvidava de forma velada. Sempre que podia, às vezes nos momentos mais inesperados, quando a conversa girava sobre assuntos completamente diferentes, ela encontrava meios de me lançar farpas. Ora alusivas à dificuldade de afirmação profissional para um médico de origem humilde e provinciana, ora alusivas aos baixos salários dos profissionais em início de carreira, ou à vida de horários incertos a que os médicos submetiam suas famílias; ora sugerindo que adiássemos o mais possível o casamento para amadurecer com calma uma decisão que a nossa pouca idade poderia estar precipitando; ora lembrando-se, a propósito de algum encontro ocasional, de uma data ou mesmo sem qualquer motivação, de rapazes de boa família, e ainda melhor posição social, que ficavam eventualmente disponíveis. Entre os citados havia um tal Rodrigo, recém-formado em engenharia, que substituíra o pai na direção da Construtora, sempre incensado como bonito, educado, inteligente e rico. Eu engolia as farpas calado.

Mas elas não eram atiradas diretamente; não, nunca! Eram lançadas ao vento, como lembranças, sugestões soltas, idéias ao acaso, aparentemente sem nenhuma intenção. E tudo dito com elegância, sutileza e, às vezes, até com certa graça. Não fosse a minha aguda sensibilidade para a questão, talvez nem notasse.

Já Elga, a irmã mais nova de Eliza, não era tão sutil. Embora mais esparsos, seus comentários eram escancarados, sem escolher hora nem lugar. Para você ter uma idéia, num aniversário de dona Abigail, jantávamos num restaurante, toda a família e mais o Antônio Manoel, namorado de Elga, e eu. De repente, descubro que Elga me olhava espantada e, em seguida, virou-se para Eliza e falou, alto e sem reservas:

— Eliza, você precisa ensinar o seu namorado a usar os talheres!

A mesa ficou em silêncio, as caras enfiadas nos pratos. Outra vez, num sábado de fim de mês, eu estava sem dinheiro e o Antônio Manoel tinha viajado. Elga queria a nossa companhia para ir ao Teatro Municipal assistir a um espetáculo de balé. Recusei que ela pagasse para nós, e que Eliza pagasse para mim. A conta-corrente que mantinha com Eliza estava no vermelho em alta soma naquele mês. Indignada por perder o espetáculo, Elga desabafou:

— A pobreza é um atraso de vida! Pensa bem nesse casamento, Eliza! Sem dinheiro para nada, você vai ser enterrada viva num subúrbio desses! Nunca me casaria com pobre!

As farpas de dona Abigail e as pedradas de Elga queriam dizer a mesma coisa: se eu não ganhasse dinheiro, se não deixasse de ser pobre, elas lutariam para tirar Eliza de mim. Se, de fato, a desejava, havia que trabalhar e trabalhar, dar quantos plantões extras aparecessem, aceitar quantas substituições surgissem, assumir quantos empregos oferecessem. Só assim — elas pareciam me advertir — eu teria chance de ter Eliza. E, para falar a verdade, de me sentir um pouco mais satisfeito comigo mesmo: eu também odiava a pobreza. Com todas as forças que o ódio é capaz de reunir.

Não me incomodava de trabalhar muito. Sentia até uma certa nobreza no desprendimento com que, enfiado dia e noite num hospital, eu atirava pela janela a melhor fase da vida. Mas esse nobre desprendimento tinha o seu preço. Nossos encontros eram marcados pelos meus constantes bocejos, cochilos e insistentes pedidos de carinho que o cansaço impedia de retribuir. Para mim, no entanto, aquela bravata, de cujos ecos heróicos me orgulhava, era uma prova definitiva de amor. Tratava-se de mobiliar a casa dela, com móveis escolhidos por ela, ao gosto e ao capricho dela. Eliza, porém, pensava diferente.

Sempre mais perspicaz do que eu, ela ponderava que, talvez, aquelas compras não fossem oportunas, talvez não justificassem o desgaste. Porém, mesmo quando fazia tais reparos, deixava no ar um talvez. Uma incerteza em relação ao próprio casamento ou à oportunidade das compras?, eu me perguntava. Ou será que, tentando me poupar, me desobrigava das funções de noivo? Isso era abrir o flanco à maledicência de dona Abigail e de Elga. Ambas nos rondavam sequiosas de que se confirmassem as suas opiniões — veladas de uma, escancaradas da outra — de que era incapaz de custear um casamento, instalar uma casa e manter uma família. Era um recém-formado que não apresentava um pomposo sobrenome de poder, nem um legado familiar de tradição, nem um generoso testamento, nem mesmo um bom emprego. Aos olhos da família, portanto, eu não tinha nada, nem era nada. A Eliza só restava, pois, me olhar como uma promessa de casamento por amor. O que não deixava de ser uma aposta no escuro.

O que eu ganhava nos plantões extras era para comprar o indispensável a uma casa. As primeiras peças estavam guardadas num dos quartos de empregada, nos fundos do casarão da Tijuca. Freqüentemente, fazíamos o que Eliza chamava de "visita ao lar", um ritual que tinha a função mágica de tornar o futuro presente. Mesmo naquela sexta-feira tempestuosa, logo depois do banho e antes de me estirar no sofá, aproveitamos um momento em que a chuva arrefecera, e fizemos uma "visita ao lar".

De mãos dadas, íamos ao fundo do quintal e entrávamos no pequeno e mal iluminado quarto de empregada. Lá, parávamos diante de um volume quase da nossa altura, sem forma definida e com várias extremidades apontadas para o teto, tudo coberto, até o chão, por surradas toalhas de banho, retalhos de feltro e velhos cobertores. Eliza apertava a minha mão, me lançava um olhar cúmplice e recostava levemente a cabeça no meu peito. Por instantes, contemplávamos, num silêncio grávido de significados, o estranho monumento. Na penumbra, de certos ângulos, lembrava um barco de casco circular e curtos mastros ligados por velas baixas. Eliza começava a puxar os panos da cobertura devagar, mantendo o suspense do mágico que revela a sua proeza teatralmente. Aos poucos, surgia uma luzidia mesa redonda, de sólida e escura imbuia e, sobre ela, com os pés para o alto, seis cadeiras da mesma madeira e assentos de palhinha. Ali estava, para a nossa contemplação extasiada, tudo o que tínhamos! No ritual da "visita ao lar" tentávamos vislumbrar o nosso futuro ninho e antegozar a nossa vida de casados. Com pouco tempo ali, eu esquecia o cansaço e me convencia, mais uma vez, de que o meu empenho estava certo. E voltava a ter confiança no futuro, que não poderia ser outra coisa senão a justa recompensa ao meu esforço.

Cético e amargo como fiquei depois do que aconteceu, só vejo ingenuidade, pureza e ridículo naqueles rituais. O mais cruel, porém, constato agora: os melhores momentos foram mesmo aqueles, que hoje chamo de ingênuos e ridículos. Minha vida também confirmou o lugar-comum: sonhar é muito melhor do que realizar.

É evidente que o sonho do casamento não era só meu. Eliza também participava, à sua maneira, porém: menos ansiosa e mais objetiva; menos empolgada e mais prática. Isto, às vezes, me levava a discussões comigo mesmo. O saldo era, quase sempre, a incerteza do amor de Eliza por mim. Explico: sempre achei as mulheres mais dotadas para o lado prático da vida, ou melhor, sempre me impressionei com a capacidade das mulheres de passar, instantaneamente, do sonho mais delirante para a mais crua realidade, sem nenhum choque. Como se, entre o delírio de filhos imaginários e a concretude da austera mesa de imbuia, não houvesse distância alguma; como se passar de um plano ao outro não fosse uma queda ou um salto, mas um fluir natural de coisas, pessoas e imagens que se sucedessem e se interpenetrassem; como se a fusão do sonho com a realidade fosse a única forma de um ser feminino perceber o mundo e interpretar os fatos. Eliza, porém, não era assim.

Hoje, relembrando aquela época, percebo que sonhava mais do que ela. Se tivesse notado em tempo que, enquanto eu voava, ela mantinha os pés firmes na terra, talvez me acautelasse, contivesse o meu ímpeto, fosse um pouco mais egoísta e, com isso, talvez evitasse o que aconteceu. Digo isso, mas sei que, cego como estava, nunca notaria nada. Hoje, sei até mais: ainda que pudesse notar, não deveria fazer nada diferente do que fiz. Era necessário, inevitável mesmo, que me entregasse ao que, então, entendia por amor, era indispensável que me expusesse às chamas que ardem e queimam ao mesmo tempo. Tudo o que aconteceu, por mais que doa, tinha que acontecer. Essa constatação não soma nada ao meu esforço atual para compreender. Pelo contrário, revela submissão à fatalidade que, em seu vôo soberano, desdenha os malabarismos da razão.

A diferença entre o que eu sonhava para a minha vida e o que ela, de fato, se tornou, tem sido uma trágica lição para mim. Estou convencido de que, apesar da intenção de construir nossas vidas segundo nossas vontades, de trilhar nossos caminhos com os próprios pés, somos, na verdade, leves e frágeis como uma pluma; nosso vôo pode ter o seu curso alterado pela brisa mais suave. Vivemos à mercê do sopro dos ventos, cuja força só se revela quando lhe opomos resistência. Desconfio tanto de um destino prefixado quanto desconfio de que eu próprio construa a minha história. Ainda que esclareça a minha vontade, identifique o meu desejo e me empenhe em realizá-los, só os ventos sabem — se é que sabem! — para onde voará a pluma.

Você percebe quanta dúvida Eliza me inspirava sem que eu me desse conta? Mesmo agora, ainda me refiro a ela como alguém anuviada pela incerteza. É provável que ruminasse indecisões. Mas não creio que, com dúvidas, se casasse comigo. Por que o faria? A covardia não era uma característica dela. No entanto, se ela de fato tinha dúvidas, fica mais fácil compreender por que nunca se permitiu o rasgo impulsivo de um abraço ou de um beijo espontâneo. Com o tempo, o comedimento e a discrição tornaram seus gestos previsíveis como se obedecessem a um ritmo interior que jamais se alterava, mesmo quando exposto às chamas de um incêndio. É fácil imaginar a decepção que isto causava a um ser epidérmico como eu, que se delicia com o roçar de pele com pele, que gosta de ser surpreendido por um gesto inesperado e sem motivação visível. Eliza nunca me surpreendeu.

Mas, reconheço, eu também não era para ela um alvo receptivo à explosão de sua espontaneidade. Embora ache que a alma fala mais alto e com mais clareza no gesto impulsivo, eu próprio assumia uma atitude contida, para não dizer solene. A preocupação com o casamento, a responsabilidade de uma profissão em que um suspiro separa a vida da morte e a tensão pelo excesso de trabalho contribuíram para que eu confundisse seriedade com sisudez, gravidade com solenidade. Além disso, suspeito que a demonstração expansiva de afeto encerrava para mim, e também para Eliza, uma espécie de submissão descontrolada ao instinto, como se a competência e a respeitabilidade saíssem arranhadas após um beijo fora de hora e de lugar. Educação para Eliza, assim como para mim, incluíam refrear os ímpetos do instinto e controlar os impulsos do desejo.

Nunca comentei nada disso com Eliza. Mantive-me solene durante o casamento. Fingi desdenhar seus raros gestos espontâneos, enquanto, no íntimo, torcia para que ela insistisse, pois, além do prazer que me davam, eram uma maneira de quebrar a rigidez do meu comportamento, coisa que eu detestava e contra a qual vim, mais tarde, a lutar. A formalidade e a educada indiferença sempre foram a fachada da minha timidez.

Eliza, sempre ciosa da sua imagem e da sua conduta, ofendia-se ao menor reparo. Eu, ao contrário, não dava importância às suas queixas ao meu comportamento em geral ou a alguma atitude em particular. Intuía — sem pensar muito no assunto — que aquilo não tinha a intenção de me modificar, era apenas uma parte do jogo. Houve, inclusive, um período em que, deliberadamente, passei a assumir a responsabilidade por tudo o que acontecesse de errado e a lhe dar razão em toda discussão, às vezes antes que começasse. Ela, então, me acusava de irônico e desinteressado, o que era verdade. Porém, era apenas a parte visível da verdade, pois, no fundo, a minha intenção era fazê-la entender que, entre nós, identificar o responsável ou o culpado por qualquer coisa, ou o vencedor de qualquer discussão, não tinha a menor importância. Nosso namoro não era para qualquer de nós exercer a sua idéia de justiça, nem para incensar quem tivesse razão. Só estávamos juntos porque nos amávamos e para que nos amássemos. Nada mais.

Instigante e, ao mesmo tempo, surpreendente, era o orgulho de Eliza. Não pelo orgulho em si, uma característica até prosaica — qualquer pessoa tem, em grau maior ou menor, o sentimento de amor-próprio e importância pessoal. O impressionante em Eliza era a intensidade com que se manifestava, e que não se harmonizava com a melancólica languidez que irradiava. Quando, às vezes numa conversa familiar, ou entre amigos, uma qualquer de suas idéias, sem importância para ela própria, era contestada, ou sua opinião sobre o mais banal dos assuntos sofria algum reparo, ou quando uma atitude sua era criticada, ou até se uma combinação de roupas ou maquiagem provocava alguma pilhéria, sua reação era instantânea e explosiva, porém camuflada por uma ironia demolidora. E se o comentário tivesse um tom vagamente desdenhoso, ou que tripudiasse, ainda que de brincadeira, ou que ridicularizasse ou, enfim, que, de alguma forma, arranhasse sua auto-estima, ela empalidecia, surgia um inesperado tremor em seus lábios e, de repente, seu tom afável se transformava numa expressão cruel; sua inteligência e perspicácia cediam lugar à arrogância e à soberba.

Até mesmo nessas horas, era econômica para falar, mas as poucas palavras saltavam da boca como serpentes. Fosse ou não fosse contra mim a reação, aquele veneno me feria de morte. A coexistência numa só pessoa de duas faces tão distintas — que pasmava a quantos assistissem à transmutação — me deu sempre a impressão de que das duas uma era máscara. Nunca soube qual delas.

— E então, como foi o jantar?

Abri os olhos e ainda pude ver, do colo de Eliza, seus lábios articulando a última palavra. Eu voltara a dormir olhando para o seu rosto. Senteime num impulso e vi dona Abigail em pé, dividida entre responder à filha e esperar, com a porta aberta, alguém que se aproximava.

— Aquilo nem foi um jantar. Parecia mais um velório. Podiam ter poupado seu pai. Ele não estava em condições de...

A figura do meu sogro no vão da porta impôs silêncio. Seu rosto vermelho e grave, vincado por rugas profundas, era uma máscara trágica e imponente. O ruído do carro, que o motorista levava para a garagem nos fundos, quase encobriu o seu costumeiro suspiro, ao entrar em casa. Mas ainda deu para ouvir o rouco gemido que, naquela noite, pareceu aliviá-lo desde as entranhas.

— Elga telefonou ou deu alguma notícia? — perguntou preocupado, enquanto afrouxava o nó da gravata. Eliza não entendeu a preocupação.

— Elga, papai? Notícia de quê? O senhor não sabe que Elga foi para o sítio com o Antônio Manoel?

— Sei, sei. O que quero saber é se eles chegaram lá. Você não faz idéia do estado da cidade. Tem rios transbordando, deslizamento de terra, várias pontes caíram, estradas foram interditadas.

— Calma, Berto. Você está...

Era dona Abigail que, tendo acabado de fechar a porta, virou-se e, ao me ver, interrompeu bruscamente o que dizia, numa mudança de expressão tão repentina que não deu sequer para fechar a boca, e começou a rir, descontrolada. Era um riso franco, espontâneo e raro naquele rosto, em geral grave, onde rugas e sulcos já desenhavam os cinqüenta e tantos anos vividos. A mulher sacudia o corpanzil e dobrava-se para a frente, ao mesmo tempo que levava a mão à boca, tentando reprimir ou, ao menos, controlar a explosão. Eliza e meu sogro a olhavam, sem entender. Aquele riso me incomodou. Num primeiro momento, não consegui atinar para o motivo da graça, embora pressentisse que estivesse em mim. Numa aflição crescente e com o rosto queimando, procurei alguma resposta no olhar de Eliza, mas ela olhava para mim e para a mãe, tão atônita quanto eu.

— O que está acontecendo, Biga? Vê se é hora para gargalhada?

Meu sogro a censurou com uma gravidade que, em circunstâncias normais, imporia imediato silêncio. Dona Abigail, porém, não conseguia se conter, embora quisesse respeitar o momento do marido. Pressionou a boca com as mãos, o rosto vermelho, os olhos arregalados e o corpo sacudindo. Mas a força do riso foi mais forte: logo a gargalhada arrebentou, sonora e vigorosa. Sem conseguir falar, limitava-se a me apontar, enquanto sacudia a saia do vestido. Só então entendi que o frouxo de riso fora por causa das roupas, grandes e frouxas, que me cobriam o corpo, àquela altura encolhido ao máximo pela timidez. Meu sogro reconheceu suas roupas e sorriu.

— Vá que me leve a filha, mas as minhas roupas, não.

Retribuí o seu sorriso, intimamente agradecido à sua autoridade que veio em meu socorro, ainda que com um humor inoportuno.

Não posso deixar de comentar aquele sorriso. Colados um ao outro, os lábios fizeram um pequeno e breve movimento de expansão, provocando a contração da parte inferior do rosto, enquanto as maçãs intumesciam ligeiramente. Cercados por olheiras, que os óculos já não escondiam, seus olhos, de um azul quase transparente, estavam baços e distantes. Foi um sorriso tão pálido que dava a impressão de que toda a sua amargura subira-lhe ao rosto. Talvez nem se possa chamar aquilo de sorriso. Durou apenas um instante, mas se fecho os olhos, posso rever aquela máscara que, ao invés de esconder, deixava vazar uma íntima dor.

Com a mulher ainda às gargalhadas, ele, num sereno silêncio, tirou o paletó com o alívio de quem se desvencilha de uma camisa-de-força, curvou-se diante de Eliza e beijou-a na testa. Ela sorriu e alisou-lhe o braço, num carinho que sugeria cumplicidade. Quando ele sentou na poltrona, com o suspiro da autoridade enfastiada, dona Abigail saiu da sala às pressas. A imagem daquele homem amargurado, beijando ternamente a testa da filha, cristalizou-se na minha memória de tanto que a ela recorri mais tarde, na tentativa de ajustá-la ao que ele veio a fazer depois.

O homem que acabava de chegar em casa, vindo de um jantar de despedida, e que beijou a filha com tanta ternura, passava, justamente naqueles dias, pela maior vicissitude dos seus sessenta e tantos anos de vida. Mais do que um temperamento terno, sua atitude revelava uma ilimitada capacidade de reprimir ódios, conter a revolta e disfarçar a amargura, na tentativa de poupar a família do seu infortúnio. Pelo menos era o que pensava a própria família. Para mim, no entanto, aquela serenidade ostensiva, diante do que acontecera, era resultado de uma construção mental, uma espécie de armadura esculpida para cumprir um objetivo previamente estabelecido. E não se devia apenas à frieza de sua índole; fora cevada em anos de severa disciplina militar, na qual a obediência se confunde com o destino; e o comportamento amolda-se à estratégia, libertando-se dos riscos da insubmissão e do intempestivo. Mas, como sempre, o que salva o homem é a sua inescapável condição humana. Os sentimentos por trás da máscara são como brasas ardentes sob as cinzas. O vulcão interior que meu sogro se empenhava em extinguir ou, pelo menos, esconder, já lhe consumira, ao longo daquele mês após a notícia, o sono, o apetite e sete quilos de peso, além de atirar-lhe a pressão arterial para a zona de perigo, obrigando a família a vigiar-lhe os passos errantes pela casa. Por trás da ternura e do silêncio altivo, um homem definhava.

Você deve conhecer meu sogro. Vocês, da imprensa, têm noticiado até peido de militar. Chama-se Humberto de Lira Monteiro. Talvez não se lembre de imediato porque ele não era dos que mais apareciam. É um homem discreto, austero, quase sombrio. Não está se lembrando? Alto, imponente, o peito amplo, as mãos enormes. O rosto impassível, só se enrubescia quando ele ria — coisa rara! — tingindo-se do mesmo tom púrpura do pescoço. Era uma gargalhada grave, de sílabas bem distintas e prolongadas, encerrada sempre pelo indefectível suspiro — um suspiro que parecia aliviá-lo das tensões de entranhas retorcidas. Embora fosse educado, calmo e doméstico, tinha o humor grosseiro de homens truculentos.

A mesma origem que lhe incutiu esse humor lhe deu também a tenacidade com que enfrentava o revés, sem queixas nem lamentos. Forças telúricas devem ter se infiltrado pelos pés daquele filho de um estancieiro gaúcho da região das Missões. Crescera cavalgando pelos amplos descampados onde pastava o gado, única fonte de sobrevivência e riqueza, numa zona de grandes propriedades e população rarefeita. Segundo me contava nas nossas preguiçosas conversas depois do almoço dos domingos — privilégio que me concedia não sem despertar os ciúmes do Antônio Manoel, o outro genro —, no Sul não havia muita diferença entre a vida do estancieiro e a do peão. Nas lides com o gado, dormiam nos mesmos lugares, quase sempre ao relento; comiam da mesma comida, preparada sob as árvores por um qualquer deles; divertiam-se com as mesmas brincadeiras e histórias, quase sempre em torno da virilidade e da bravura, seja com homens, armas ou animais, e enfrentavam os mesmos riscos — que não eram poucos — numa zona de fronteira, aberta à ação de aventureiros e sujeita às disputas entre clãs familiares. Conviviam com a ameaça de emboscadas e ataques-surpresa de ladrões e bandidos ou de bandos em vinganças e retaliações de ódios recalcados. Pendências familiares, de heranças ou de honra, divergências sobre limites de terras ou propriedade de gado, ou mesmo questões políticas eram resolvidas, indistintamente, à bala. Por isso, dizia meu sogro, estancieiros e peões de fronteira cultivavam a coragem e a bravata armada, valorizavam o estoicismo e conviviam bem com a solidão; e, sem perceber que pincelava o fundo perfeito para um auto-retrato, ele concluía que o gaúcho de fronteira é um homem ensimesmado, orgulhoso e inquieto.

Adolescente, decidiu dedicar-se à carreira militar, com o aplauso dos pais. E nunca cogitou de outra coisa ao longo da vida. Um sacerdócio sem dúvidas nem hesitações, com a convicção inabalável da vocação e a confiança cega no justo reconhecimento de seus superiores. Estudioso e disciplinado, sempre aprovado com louvor e promovido por merecimento, chegara a general-de-divisão. Orgulhava-se de ser militar, e seus olhos brilhavam quando contava histórias da caserna. Até um mês antes daquela noite, exibia no peito do uniforme inúmeras medalhas. Foi o primeiro colocado durante todo o curso da Academia Militar de Agulhas Negras. Foi o segundo na Escola de Aperfeiçoamento de Oficiais e o terceiro na Escola de Comando e Estado-maior do Exército. Participou, com destaque, de missões militares nos Estados Unidos e na França.

Até um mês antes daquela noite, meu sogro tinha como segura a sua promoção a general-de-exército. Neste posto, então, pediria reforma, o que, pela promoção automática que premia com um posto acima o oficial que se aposenta, ele encerraria a vida militar como marechal. E teria galgado, gloriosamente, toda a hierarquia militar. Seria a sua grande realização. A certeza do final apoteótico vinha de que nunca antes fora preterido e, entre os onze generais-de-divisão que, naquele momento, postulavam as três vagas de general-de-exército, nenhum apresentava uma folha de serviços comparável à dele.

Da lista de general-de-divisão preparada pelo Alto Comando, o presidente da República escolheria aqueles que seriam promovidos. O presidente poderia ter seu juízo ou sua preferência pessoal por um ou outro candidato, ou ter seus conselheiros ou informantes particulares, mas, segundo meu sogro, sua decisão era orientada pelo Alto Comando. E foram justamente dois dos oficiais do Alto Comando, cujos nomes meu sogro jamais revelou que, pouco depois da lista ter sido encaminhada ao presidente, passaram a lhe telefonar altas horas da noite. Cada telefonema — secreta inconfidência que transgredia as normas de sigilo — fazia um balanço das tendências do Alto Comando para promover uns ou outros candidatos. Meu sogro não revelava a nenhum dos oficiais que o outro lhe ligava, nem deixava transparecer para um que sabia as informações que o outro lhe passara. Qualquer que fosse o informante a tendência mudava a cada telefonema: se, num dia, o nome do meu sogro estava entre os promovidos, no dia seguinte era substituído por outro, para dois dias depois reaparecer, mas ao lado de outros postulantes. Depois de cada telefonema meu sogro não conseguia dormir. Com um robe sobre o pijama, andava pela casa durante toda a madrugada, enfiando, de tempos em tempos, os dez dedos pelos cabelos. Parava diante da janela e, com um olhar fixo, parecia medir o lento avanço da luz do novo dia. Muitas vezes saía à varanda para receber o pão das mãos do padeiro.

Se não dormia após os telefonemas, pela incerteza das tendências do dia, antes também não conseguia descansar, pela incerteza da ligação. Quando a mulher lhe ofereceu um tranqüilizante, reagiu dramático:

— Ninguém dorme na carroça que conduz do pátio ao patíbulo.

Dona Abigail achou que o marido estava perdendo o juízo. Assustada, pediu às filhas que observassem o pai. Em conversa com Eliza, ele revelou que aquele verso era de um poeta inglês ou americano, cujo nome esquecera, e que o lera na epígrafe de um livro sobre a eficácia da pena de morte na reeducação de criminosos. Passou a ir mais cedo para o Comando e voltava mais tarde para casa. Dona Abigail, que em quase trinta anos de casada vira o marido esperar por tantas promoções, nunca o vira tão ansioso. Passou a servir-lhe chá de erva-cidreira depois do jantar. O homem cochilava na poltrona ao lado do telefone.

A ansiedade não era só pela promoção. Ser caroneado — como na gíria da caserna se chama a preterição — significaria ver recusados o empenho e os méritos de toda uma vida da mais absoluta dedicação e, pelo Regulamento, a obrigação de requerer a reforma para não ser constrangido a aceitá-la compulsoriamente pelo estouro do tempo de permanência no mesmo posto. Ser caroneado jogava por terra os planos de se reformar como marechal, soterrava o sonho da gloriosa carreira completa, e roubava-lhe — se não o todo, pelo menos a plenitude — o mais caro prêmio para um soldado que se despede das lides militares: o sentimento de dever cumprido.

E foi o que aconteceu. Quando, afinal, divulgou-se a lista, não constava o nome do meu sogro. Você não pode imaginar o impacto da decisão, que é soberana e irrecorrível. O homem sentiu-se traído e, pelos nomes dos promovidos, concluiu que o Alto Comando fizera escolhas políticas. Segundo ele, ignorou-se o desempenho profissional, a formação e a carreira dos oficiais mais competentes e promoveu-se gente despreparada cuja maior proeza militar era ser amiga do general-presidente. Com atitudes como esta e outras, dizia meu sogro, o Alto Comando disseminava a cizânia dentro do Exército. Depois desses primeiros comentários, o homem soterrou-se debaixo do mais profundo silêncio, e sua vida mudou. Deixou de ir ao Comando e de ler os jornais, passava horas seguidas sentado diante da janela da sala de jantar, olhando vagamente para o jardim, comia quase por obrigação e evitava as filhas. Às vezes, quando eu estava na sala com Eliza, só pressentia a sua presença pelos ocasionais suspiros, cada vez mais sentidos e mais prolongados, na sala contígua.

Em disciplinado silêncio requereu a reforma e, como previsto no Regulamento, ascendeu a general-de-exército. Naquele momento, fui discretamente solidário, não por se tratar do meu sogro, mas porque via um homem tombar com a dignidade que se espera de um verdadeiro militar que, se é como dizem imune ao tempo, deveria se comportar também como imune às injustiças.

— O senhor gostou do jantar, papai? — insistiu Eliza, referindo-se ao jantar de bota-fora que os oficiais da ativa sempre oferecem aos reformados, de onde meu sogro e minha sogra acabavam de chegar.

A pergunta retirou o pálido sorriso dos lábios dele, que se mexeu na poltrona procurando posição mais confortável e, em seguida, ergueu um pouco o paletó diante de si para desamassá-lo melhor e soltou-o, dobrado ao meio, sobre o antebraço. Recostou a cabeça na poltrona, olhou para o teto, deu um longo suspiro e começou a responder em voz baixa, como se ainda avaliasse.

— É difícil gostar de uma despedida como essa. E como saber quem são os amigos e os inimigos no meio daquela gente?

— Tinha muita gente? — indagou Eliza.

Dona Abigail retornou à sala, trazendo uma bandeja com um copo d'água e um vidro de remédio. Falou como se tivesse ouvido a conversa:

— Disseram que seu pai tinha que ir porque eles esperavam duzentos oficiais superiores. Sabe quantos apareceram? Oitenta e dois. Não adianta você me olhar desse jeito, Berto. Eu contei um por um. Oitenta e dois, nem mais nem menos. E nenhum acima de general-de-brigada.

— Caí em desgraça — disse meu sogro com o seu sorriso pálido e amargo, enquanto pegava o copo d'água.

— Papai!... — censurou Eliza com suavidade.

A expressão "cair em desgraça" tinha, naquele momento, significado preciso e conseqüência indefinida. Militares que apoiavam o regime militar garantiam suas promoções sistemáticas, mantinham seus cargos, salários e prestígio na medida em que conseguiam agradar cada novo general-presidente que ascendia ao poder, levando consigo, além da sua tropa de apoio, interpretações sutilmente diferentes do papel das Forças Armadas na condução do país. Bastava discordar do grupo do general-presidente que estivesse no poder, não lhe dar apoio explícito ou, mesmo o apoiando, não o fazer com entusiasmo, para que o infeliz caísse em desgraça. Isso significava retaliação. O infeliz poderia perder o comando ou o cargo, poderia ser caroneado nas promoções, passar uma temporada na geladeira ou ser induzido à reforma.

— Ainda bem que seu pai não precisa botar — nunca mais! — os pés naquele lugar. Eu dou graças a Deus — disse minha sogra, entregando um comprimido ao marido. E desabafou: — Aquilo é um ninho de cobras!

— Não exagera, Biga. Que ninho de cobra, mulher? Eu passei toda a minha vida no Exército. Não vai ser por causa de uns politiqueiros safados, que não honram a farda que vestem, que eu vou cuspir no prato que nós todos comemos. Carreirista e aproveitador tem em todo lugar, mas isso não quer dizer que o Exército Brasileiro seja um covil de malfeitores — disse meu sogro, e alojou um comprimido nos fundos da caverna bucal. Tomou três goles d'água seguidos.

— O que eu sei é que, dos duzentos convidados, só oitenta e dois milicos apareceram na tal churrascaria. Trinta e tantos anos de caserna e só oitenta e dois, quase todos de coronel para baixo, foram ao seu bota-fora! — indignou-se minha sogra, estendendo a bandeja onde o marido repôs o copo: "Nós fomos ao jantar de despedida do general Travassos, aquela múmia! O restaurante estava entupido. Tinha gente da Marinha, da Aeronáutica, da Câmara dos Deputados, do Senado, do Governo e até do Corpo

Diplomático! Parecia que o próprio Caxias estava se aposentando. E foi num restaurante de verdade, não numa churrascaria rodízio. Imagina, Eliza: eu, vestida assim, numa churrascaria rodízio! Aqueles orangotangos de facão na mão fatiando um boi inteiro no seu prato, e o sangue pingando na sua roupa.

— O que você está querendo provar, Biga? Que depois de trinta e tantos anos de caserna meu prestígio não dá nem para convidar duzentos amigos?

— Não é isso, Berto. Você sabe que eu não quis dizer isso, meu querido.

— Não se esqueça que eu não convidei ninguém para esse jantar. Nem filhas, nem genros. Ninguém. Eu e você fomos convidados para jantar no restaurante que eles escolheram.

— Berto, Berto, eu sei, meu querido. Eu sei. Se eles me deixassem convidar, eu encheria qualquer restaurante da cidade só com os seus amigos e as pessoas que o respeitam e admiram. O que me deixa indignada é que eu acho, e todo mundo aqui concorda comigo, que você merece muito mais. Depois do jantar, eu me aproximei do Souza Brito, que é general-de-exército. Perguntei se ele achava justas aquelas promoções.

— Você é louca, Abigail? Você perguntou uma coisa dessa para o Souza Brito? — espantou-se meu sogro.

— E sabe o que ele me respondeu? Abriu um sorriso falso e disse: "Promoções não se discutem, minha cara Abigail. Aceitam-se. E não se fala mais nisso. Conversa com o seu marido."

— Diabo de mulher enxerida! O Souza Brito está certo. Promoção não se discute. Acata-se. E não se fala mais nisso.

— Para encerrar esse assunto, sabe o que eu acho? Com toda sinceridade, eu acho que sabotaram esse jantar.

— Biga! O que você está dizendo? Perdeu completamente o juízo?

— É isso mesmo, Berto. Eles resolveram promover os políticos e os ligados à repressão; os militares profissionais foram todos caroneados. Como ficaria o Alto Comando, meu querido, se visse no seu jantar as mais altas patentes das três armas, gente do governo, políticos, empresários e o Corpo Diplomático? Os generais do Alto Comando não poderiam dar uma chance dessa para que alguém, que eles decidiram não promover, fosse prestigiado publicamente pela elite do país. Por isso, sabotaram o seu bota-fora.

— É melhor você calar a boca, Biga.

Ela se imobilizou e fuzilou o marido com o olhar. Segurava a bandeja com força para esconder o tremor das mãos. No rosto duro, a saliva despontava nos cantos da boca. Ficou nesta posição por instantes e depois marchou para a cozinha sem dizer uma única palavra. O silêncio instalou-se na sala.

Meu sogro ergueu a cabeça do encosto, acomodou-se na poltrona, e me olhou com firmeza.

— Conversei com o Bernardelli sobre você. Ele é coronel-médico e meu amigo. Disse que há uma vaga no setor dele. Se está mesmo pensando em casar, é uma oportunidade: trabalho tranqüilo, garantia de não ser demitido, soldo de oficial, promoção por tempo de serviço... Só não pode é pensar em carreira. Médicos no Exército não passam de coronel. — E, depois de sorrir com serenidade, concluiu: — Se os que não são médicos já não vão muito longe...

Ele mal começara a falar e os meus pensamentos se precipitaram vertiginosamente. Antecipavam-se às palavras, que eu já nem ouvia direito, mas adivinhavam-nas, antes mesmo que as sílabas se formassem em seus lábios. Senti um turbilhão de impulsos simultâneos.

— Vamos dormir, Humberto — disse minha sogra num tom formalmente carinhoso, depois de voltar da cozinha e parar ao pé da escada. Eu ouvia a sua voz tão longe que mal conseguia entender o que dizia. A minha vontade era de me levantar daquele sofá e dar saltos pela sala, gritar o que me viesse à cabeça, coisas incompreensíveis mesmo, mas que pusessem para fora toda a euforia que ameaçava explodir dentro de mim. Mas eu não conseguia vencer a minha paralisia extasiada. E só quando ele concluiu foi que percebi um tremor nas minhas mãos, já frias e úmidas. Veio-me, então, a vontade de dizer-lhe que eu era um bom profissional, que eu nunca iria decepcioná-lo, e que eu estava muito agredecido e, para que ele pudesse entender toda a extensão da minha gratidão, pensei em dizer-lhe alguma coisa que fosse solidária com a sua desgraça e que transparecesse a minha revolta contra a injustiça que fizeram com ele...

— Vem, Berto. Você precisa dormir — minha sogra, sem sair do lugar, repetia carinhosamente o convite, que meu sogro ignorava e que eu, no turbilhão em que estava, só ouvia muito distante.

Fiquei com muita vontade de dizer para meu sogro não pensar que eu falava apenas pela emoção, que ele ficasse descansado com o futuro de sua filha, pois, com aquele emprego, eu seria um marido exemplar, que a faria muito feliz e que nós lhe daríamos uma grande alegria para os seus dias de ócio, que seriam os netos. Mas eu não consegui arrancar um único som da minha garganta seca.

— Berto, querido, vamos subir... — era minha sogra que, mais uma vez, eu ouvia a distância. Porém, meu sogro ouviu, levantou-se e caminhou para a escada. Acenou para nós.

— Olha, o Bernardelli disse que amanhã até o meio-dia estará lá no Hospital Central do Exército. Se você puder ir lá amanhã, que é sábado... Para ele é o melhor dia para tratar disso. Depois falaremos mais sobre o médico no Exército. Até amanhã e boa noite para vocês.

— Boa noite — disse também minha sogra com um aceno, já subindo os primeiros degraus. Eu e Eliza respondemos um "boa noite" em coro.

Imediatamente, eu não sei como nem por quê, me veio à cabeça a garotinha com a perna esmagada que eu vira no hospital, a Adelaide. Meu coração se encheu de uma serena gratidão. Achei que a promessa de emprego era uma retribuição por tê-la passado à frente dos outros pacientes, eu fiquei orgulhoso da minha atitude. Achei que eu era mesmo uma pessoa digna e honesta e agradeci à garotinha e ao seu pai por me terem dado a oportunidade do gesto que resultara naquela recompensa.

Eliza não disse uma única palavra sobre a oferta de emprego. O que não me surpreendeu porque, na verdade, nunca senti que se orgulhasse do meu desempenho profissional. Não sei se a inibia uma inconsciente competição comigo, mas o fato é que, falando com amigos ou familiares, ela nunca se referia com entusiasmo aos meus êxitos profissionais — que, aliás, concordo, não eram mesmo de empolgar. Talvez seu nível de exigência em relação aos outros e a si mesma fosse muito alto para os meus feitos, ou talvez meus feitos fossem, de fato, insignificantes. O que quero dizer é que minhas pequenas conquistas — o êxito de alguma pequena cirurgia, a cura de algum paciente, o elogio do médico supervisor — nunca foram, como eu gostaria, consideradas conquistas nossas, dos dois. O individualista, muito cioso dos seus próprios méritos e valores, fica cego para o outro, ainda que o ame.

— Me beija, meu bem, anda — pedia Eliza com os lábios entreabertos junto à minha boca, depois de se debruçar sobre mim, mal seus pais desapareceram no alto da escada. Eu, que sempre resistira às intimidades na casa dela, estava em tal estado de gratidão naquele momento, que decidi compartilhar aquele sentimento com Eliza em plena sala do casarão da Tijuca.

Comecei a mordiscar-lhe os lábios enquanto minhas mãos percorriam-lhe o corpo à procura dos seios. Eliza arfava e se contorcia. Uma de suas pernas girou no ar, passou sobre o meu corpo e do outro lado deu o apoio que ela precisava para sentar-se no meu colo, tudo sem descolar a boca da minha.

— Eu quero hoje... vamos hoje, meu bem... eles estão dormindo... estamos sozinhos...

Eliza queria porque queria que eu a livrasse da virgindade. Sua sofreguidão não escolhia hora nem lugar e desafiava o meu próprio estado de ânimo. O desejo, que é tão espontâneo nas mulheres, nela parecia uma submissão animal ao instinto, o que me dava a sensação de estar sendo usado. Aquilo até que me excitava, porém me assustava mais do que excitava. Sempre recusei realizar o ato antes do casamento. Mas os nossos preâmbulos eu os interrompia já em fases tão adiantadas que, algumas vezes, supus ter consumado o que não pretendia. Naquela noite, aproveitando-se da minha euforia e das frouxas roupas que vestia, Eliza quase me obrigou a fazê-la mulher. Só escapei porque me lembrei da boneca Eliza.

Enquanto andávamos até o carro — confirmando que a chuva parara — contei o que acontecera no final do meu plantão. Entreguei a boneca a Eliza, como um presente de Adelaide para a nossa futura filha. Eliza se comoveu de umedecer os olhos.

As enxurradas, que começavam a diminuir, deixaram as ruas cheias de lixo, latas, pedras, pedaços de madeira, galhos de árvores e tanta sujeira que era preciso não só dirigir devagar, como desviar sempre em busca de trechos mais transitáveis. Apesar dos obstáculos e do avanço da hora, eu dirigia e cantava ao mesmo tempo.

Eu ainda cantava, quando, enfim, entrei em casa. Havia garrafas e copos na mesa. Imaginei que Belizário, com quem eu dividia o apartamento, tivesse feito uma de suas festinhas. Era justamente do que eu precisava. Apesar do cansaço, a promessa daquele emprego merecia ser comemorada com uma boa farra. Bati na porta do quarto dele; nenhuma resposta. Bati mais; silêncio. Abri a porta e acendi a luz. O quarto estava vazio, mas pela arrumação da cama, via-se que corpos haviam rolado sobre aqueles lençóis. Fechei a porta e fui para o meu quarto. Tirei as roupas frouxas e deitei só de cueca. Com a cabeça apoiada nas mãos, fiquei olhando para o teto. Tenho certeza de que o sono me colheu com um sorriso nos lábios.

Você, que não me conhece, nunca alcançará o significado que tinha para mim aquela possibilidade de emprego. Só se você soubesse da minha vida, de onde eu nasci, de quem eram meus pais, de como fui criado, de como vivi e o que fiz para me tornar médico, poderia aquilatar a importância do que aconteceu naquela sexta-feira de muita chuva.

No entanto, apesar de toda a alegria com que a recebi, eu não poderia imaginar que, com aquela indicação, começava também a minha desgraça.

IV

Nasci em Olhos D'Água — à simples menção desse nome, sou tomado pela lembrança física dos meus pés descalços sobre a areia tórrida, voltando da escola, com os miolos cozidos pelo sol do meio-dia. Até hoje, à memória da minha cidade, me reflui um torpor indolente do abafamento junto com o ardor na sola dos pés — mesmo aqui, nesse banheiro frio.

Olhos D'Água não era mais que uma dúzia de ruas calçadas com pedras lisas, em cujas junções a grama crescia, formando uma irregular geometria de traços verdes no contorno das lajes acinzentadas. O resto do arruamento, de areia fofa e funda, cobria os pés, descalços ou de botas, encobria patas de cavalos e jumentos, encalhava rodas de carros de boi e, às vezes, atolava até alguns dos raros jipes que circulavam na cidade. Em Olhos D'Água atolava-se, pois, no seco.

No início das tardes, quando o sol explodia em canícula, o brilho era tal, que não se conseguia olhar para o areião escaldante, a não ser com os olhos semicerrados e com a mão em aba para, então, vislumbrar-se uma imagem tremulante pelo vapor que se erguia do chão. Nessa parte do dia, ninguém se atrevia a sair de casa; e até os animais, protegidos pela sombra das árvores, poupavam os movimentos de rabos e patas ao espantar os mosquitos. O aguadeiro, corpo negro pelo sol — que mais trabalhava quanto maior fosse o calor —, de tempos em tempos molhava-se, a si e ao jumento, enquanto seguia o animal, carregado com duas pipas de água do rio para abastecer as casas. Nas janelas, mulheres gordas abanavam o colo úmido de suor, prosseguindo numa incompreensível conversa, lenta, lerda e sem tempo, com o marido, abatido pela preguiça, sobre uma rede que mal se movia, com as pálpebras arriadas e a boca aberta, por onde, às vezes, voava uma mosca. A cortina de mormaço que se erguia da areia quente ondulava a paisagem e detinha o tempo. A vida parava, inerte.

O rio São Januário banhava a cidade, ou melhor, lambia uma de suas fronteiras — se banhasse de fato, viveríamos no conforto de uma temperatura veneziana — e seguia o seu curso, indiferente à contemplação extasiada, às lamentações e inquietações dos habitantes, e aos seus ocasionais rasgos de orgulho, quando consideravam o rio como um dos atributos da cidade, e não a cidade como um mero acidente do seu leito.

Dois ou três quilômetros correnteza abaixo, as duas montanhas que circundavam o vale se recurvavam quase simétricas e abriam, respeitosamente, uma passagem por onde o rio se despedia da cidade, deixando, nos olhares melancólicos e resignados, a impressão de que seria aquela a única maneira de deixar Olhos D'Água — um sonho dos mais velhos, um desejo dos de meia-idade e uma obsessão dos mais jovens. Todos tinham uma aspiração maior do que poderiam conter os limites da cidade.

Havia, na verdade, outra maneira de deixar Olhos D'Água: pela estreita e poeirenta estradinha de terra, por onde, uma vez a cada semana, a jardineira, depois de subir e descer a serra, reencontrava o rio, no seu trecho mais estreito, e a balsa para a travessia. A dificuldade para deixar Olhos D'Água não era, pois, pela falta de caminhos, mas pela falta de coragem. Todos os que um dia sonharam com a fuga explicavam o fracasso pela incerteza e seus precipícios que espreitavam, ameaçadores, além da outra margem do rio. Com a felicidade de terem a ignorância e a inocência a estimular as suas fantasias, imaginavam que por ali regurgitavam — uns um pouco mais à frente, outros um pouco mais ao lado, mas todos tão próximos a ponto de se confundirem — Belo Horizonte, Janaúba, Nova York, Várzea da Palma, Estados Unidos, Carinhanha, França, São Paulo, Pirapora, Alemanha, Rio de Janeiro, Paris, Montes Claros ou qualquer outro fato da geografia universal, que qualquer deles tanto poderia ser um centro de progresso como um antro de tentação, dependendo de quem o anunciasse. Raciocínio análogo valia para as rotas fluviais: subindo ou descendo o rio, navegando por um ou outro afluente, percorrendo menor ou maior distância, sempre se chegaria àqueles mesmos lugares, localizados, evidentemente, além da outra margem do rio — um pouco mais à frente ou um pouco mais ao lado, mas todos tão próximos a ponto de se confundirem. Olhos D'Água adivinhava a curvatura da terra.

Mal mencionei a cidade onde nasci e, como um ingrato, já relacionei as maneiras de deixá-la. É que, ainda hoje, tantos anos depois, continuo reproduzindo um sentimento que àquela época não era meu, mas que eu aprendera com os mais velhos, os quais, quanto mais resignados, mais reverberavam a obsessão de, um dia, atravessar o rio e conhecer os muitos mundos novos. Quanto mais acovardados, mais se arvoravam em juras e ameaças de, como um cavaleiro da triste figura, enfrentar os monstros e gigantes que, supostamente, habitariam o outro lado das águas.

Você está rindo? É... você tem razão de rir... Pode parecer engraçado a maneira como falei daquelas pessoas, mas quando souber o que aconteceu para eu estar nesse desespero, você vai concordar que a imaginação delas não era uma fantasia ensandecida. Eu, um dos que conseguiram atravessar o rio e ir até muito além da outra margem, não digo que não existam gigantes e monstros. Pode ser que não sejam os mesmos de que eles falavam, mas eu me defrontei com monstros e gigantes. Pode rir, meu caro. Talvez ainda não tenha percebido que a imaginação fala por metáforas.

Relembrando com a maturidade de hoje, vejo que Olhos D'Água não tinha mesmo nada que estimulasse, instigasse ou desafiasse alguém, muito menos um jovem. Não deveria sequer ser mencionada aqui, a não ser pelo fato, episódico, de que eu nasci lá e, enquanto lá vivi, só olhava o mundo de lá e via, para além da outra margem, um horizonte com infinitas possibilidades para a minha vida. De lá, tudo o que eu imaginasse tinha chances de se realizar; de lá, por qualquer caminho que escolhesse, eu chegaria ao meu destino. Vejo, agora, que só lá eu fui verdadeiramente feliz, apenas porque, àquela altura, ainda era possível imaginar que seria feliz.

Mas não era nada disso que eu queria falar, nem eu tenho mais paciência para essa pieguice que volta e meia me assalta. Que fique bem claro: eu escolhi o meu caminho, eu construí a minha vida e eu sou responsável pelos meus atos. Portanto, nada de lamentações. Além do mais, se as pessoas de Olhos D'Água souberem que, depois de tudo o que aconteceu, eu ainda falo essas coisas da cidade, mais do que o desprezo que já me devotam, vão me odiar — e terão todos os motivos para isso. No entanto, confesso que, hoje, eu amo aquela Olhos D'Água da minha infância e adolescência. Mas não quero falar disso, até porque não acredito que por ter nascido aqui ou ali, a minha vida tivesse um outro desenho ou que pudessem ser diferentes os acontecimentos em que me envolvi, e que são a razão para eu o estar retendo nesse banheiro.

Desculpe voltar a falar nisso, mas me lembrei de uma coisa curiosa. O nome Olhos D'Água veio da profusão de nascentes que se espalhavam pelas montanhas que abraçam a cidade, plantada, portanto, num verdadeiro vale de lágrimas. Com o tempo, no entanto, secaram-se todas as fontes naturais ou, como lá se costumava dizer, os olhos d'água, de tanto chorar, fecharam-se, para não ver a pobreza que crescia no vale. E no lugar do manancial de água cristalina, restou uma várzea seca e poeirenta, lambida por um rio. Mas, apesar dessa origem e do folclore — que, aliás, só vim a tomar conhecimento muito mais tarde — desde criança associei o nome de Olhos D'Água a lágrima e tristeza; talvez pelo tom humilde e piedoso com que os miseráveis suplicavam esmolas, talvez pelas lavouras esturricadas e o gado esquálido nos períodos de seca, quando então o rio minguava-se num riacho de água barrenta, talvez até, quem sabe, pela dramaticidade com que minha mãe pedia a um filho para não nadar no rio, ou a outro para estudar... Não sei por que, mas à lembrança de Olhos D'Água sou envolvido por uma suave melancolia... Será porque aquele tempo jamais voltará ...

....

.... Você me desculpa por esse momentinho de silêncio. Certas emoções, quando reaparecem, são incontroláveis... depois de tantos anos sufocando-as e reprimindo-as, aprendi a recepcioná-las, gosto de dedicar-lhes toda a atenção... me concentro e me deixo sentir............................... até que a onda se afaste........................ largando-me estremecido como estou agora............ Desculpe.

Mas, enfim, Olhos D'Água era isso: um quase nada cercado de montanhas, penetradas por uma estrada e sangradas por um rio. Só agora, não faz muito tempo, é que, comparando a cidade da minha memória com outras que vim a conhecer, me dei conta de um sentimento de sutil opressão que aquela geografia sem horizontes e a austeridade da arquitetura vagamente colonial impregnaram a minha adolescência. O tempo que se acumulava na paisagem monótona, que se acumulava nos toscos portais e janelas, nas esquinas imutáveis das praças, que se acumulava nas pedras desgastadas do calçamento e nos batentes abaulados pelo uso, acumulava-se também nas brincadeiras sem surpresas do garoto, nos trajetos sem novidades do adolescente e no olhar sem curiosidade do rapaz.

O casario baixo, sem muros nem jardins, tinha janelas e portas diretamente para a calçada, de modo que, aberta uma delas, o transeunte, sem sequer diminuir os passos, poderia, com uma olhada, devassar todo o interior da casa; da sala, quase sempre com o piso de cimento avermelhado ou geométricos ladrilhos, passando pela cozinha, com fogão a lenha, e até o quintal, com o banheiro, de tabique, a céu aberto. Os cômodos, separados por paredes arrematadas abaixo do nível do teto sem forro, tornavam coletivas ou, pelo menos, acessíveis a quantos estivessem em casa, conversas, roncos e gemidos, numa inescapável promiscuidade sonora. Para quem falava, era como se as paredes tivessem ouvidos, havendo, pois, que se acautelar contra os excessos de espontaneidade. A construção facilitava o controle e a censura. Para escapar da vigilância, cada frase ganhava o tom sussurrado da conspiração. O comentário malicioso, a combinação de uma traquinagem, tripudiar alguém ou escarnecer uma visita indesejada, só cochichando atrás das portas.

Por isso, o ronco do meu pai repercutia pela casa, ressoava pelo vão do telhado, estremecia paredes e fazia vibrar cálices e compoteiras na cristaleira. Quando, às vezes, eu acordava assustado no meio da noite, seu monólogo cavernoso e espasmódico era, para mim, a expressão de sua autoridade absoluta, que pairava onipotente sobre a casa e tudo que nela houvesse: a mãe, os filhos, os móveis, o silêncio, o sono, os sonhos e os destinos.

Meu pai era gordo. Baixo e gordo. A barriga acumulava a gordura de anos e anos de vida sedentária. Sua gula ansiosa fazia com que, já no início do almoço, os alimentos sendo estraçalhados por enérgicos talheres que se cruzavam em movimentos cortantes, discutisse em detalhes o cardápio para o jantar, enquanto evitava, com garfo, faca ou a ponta dos dedos, que qualquer migalha escapasse do prato. O mesmo homem que enchia nossas noites de sonoridades impunha a todos o mais absoluto silêncio à mesa. Segurando a faca como a um punhal, envolvia o garfo por completo com a mão fechada e levava-o à boca tão cheio, que era obrigado a abri-la desmensuradamente. Fungava enquanto mastigava, com movimentos amplos e rápidos dos músculos da face e, durante o curto tempo de mastigação, vasculhava com olhar voraz as travessas à mesa, premeditando novas investidas. Antes mesmo de acabar de engolir, já erguia outra garfada monumental. Comia três pratos a cada refeição.

Único alfaiate da cidade, meu pai trabalhava no que, não sei bem por que, chamávamos oficina — o cômodo da frente lateral da casa que, por ser de esquina, tinha duas portas para cada rua, além de uma outra para o interior, que o ligava à sala de visitas. Meu pai passava o dia entre a velha máquina de costura, colocada de modo a receber a luz da janela, o pesado balcão, sobre o qual cortava as peças de tecido, e, quando estava chuleando, pregando botões ou fazendo outros serviços de mão, a cadeira, estrategicamente colocada junto a uma das portas, de onde podia acompanhar o movimento das duas ruas: a ocasional passagem de um pescador oferecendo uma fieira de curimatás frescas, a aproximação silenciosa de algum conhecido sitiante, exibindo sobre o jumento as bruacas carregadas de banana, mandioca, rapadura ou cachaça, quando então ele, sem se levantar, sem nem se virar para dentro, sem sequer erguer os olhos de sua costura, gritava por minha mãe, no interior da casa, que ouvia, onde quer que estivesse, e surgia na porta, fazendo um gesto silencioso para que o homem a seguisse até o portãozinho da entrada lateral, onde ela, afinal, avaliava a mercadoria, regateava o preço e, por fim, comprava.

Meu pai fez do dinheiro, se não o objetivo, pelo menos a preocupação maior de sua vida, e não por ganância ou avareza, mas pela falta que, como um fantasma, rondava a nossa casa. O que mais se ouvia meu pai falar era: "Quanto custa?", "Que absurdo!", "É um roubo!", "Não vale a metade." Também, quando a propósito de qualquer coisa se mencionava alguém em sua presença, ou ele próprio fazia referência a uma determinada pessoa, uma das suas primeiras observações, e muitas vezes a única, era: "Está muito bem de vida", ou "Aquilo é um pé-rapado" ou ainda "Ganha um excelente salário", com variações do tipo "Não ganha pra pagar o feijão" ou "Não estudou e hoje ganha uma fortuna", ou ainda "Não é nenhum santo, mas ganha para dar à mulher e aos filhos tudo do bom e do melhor". Ele gostava de fazer umas contas que não interessavam a ninguém — como calcular, de memória e à sua maneira, o custo provável de um pãozinho. Depois, confrontava o custo obtido com o preço de venda, e se escandalizava com o lucro que supostamente obteria o padeiro. Idêntica contabilidade se repetia com dúzias de ovos, a meia-sola do sapato, ou o vidro do digestivo manipulado na farmácia do seu Lagoeiro. Indignado com o lucro, exorbitante na sua avaliação, xingava dias seguidos, em sussurros para si mesmo, e acabava por recalcular os preços de todos os seus serviços, aumentando-os, às vezes, em míseros níqueis. E, a cada vez que um de nós lhe pedia dinheiro para cortar o cabelo, comprar pão ou uma folha de cartolina, ele demorava a meter a mão no bolso, reclamando com murmúrios incompreensíveis. Enfim, para qualquer assunto que se abordasse em sua presença, seu raciocínio poderia até descrever um percurso longo, mas ele sempre encontrava uma maneira de estancar a conversa com intransponível questão: "Com que dinheiro?", ou, para enterrar definitivamente o assunto, "Isso é para quem tem muita gaita". Os que têm e os que não têm igualam-se na obsessão pelo dinheiro.

Costurava para o prefeito, para os ex-prefeitos e, com certeza, iria costurar para os futuros prefeitos, independente do credo político, competência e honestidade; costurava para os Carneiro e os Mendonça, que se rivalizavam em ódio, riqueza e poder; fazia o terno de casamento do peão, do funcionário do banco, do filho do farmacêutico. A falta de concorrência, mais do que a competência, lhe garantia uma preferência que, a par de sua lacônica humildade, o alçavam para além das rivalidades provincianas. No entanto, nem mesmo essa, digamos, exclusividade, garantia trabalho constante, numa época em que roupas duravam tanto que, não raro, entravam em espólio. Meu pai trabalhava sempre, e trabalhava muitas horas por dia, não por acúmulo de encomendas, mas porque trabalhava devagar, em harmonia, aliás, com a ondulação das águas do rio, com o balanço do jumento do aguadeiro, com o ritmo de tudo o que se fazia na cidade. Porém, o que meu pai ganhava mal dava para manter-lhe as solicitações da boca e para mandar à escola, uniformizados, com livros e cadernos, minha irmã, meu irmão e eu. Durante anos, minha mãe foi à missa com o mesmo vestido. E ela mesmo o costurara.

Ah, minha mãe!... Lembrar de minha mãe me enche os olhos d'água... Acho que a magoei muito... mas, apesar disso, tenho certeza de que se estivesse aqui não se repugnaria de me enxugar essa lágrima. Silenciosa e quieta, minha mãe fez do trabalho doméstico, da submissão a meu pai, da educação dos filhos e da religião, a razão de sua vida. Nada, absolutamente nada parecia lhe dizer respeito. Nunca deixou escapar qualquer dos seus sonhos de adolescência ou permitiu que adivinhássemos seus desejos pessoais; nunca exalou qualquer murmúrio que deixasse transparecer a vaidade de mulher, nunca deu um suspiro que revelasse um prazer particular. Guardei comigo a impressão de que se não houvesse marido, casa, filhos e igreja, não haveria para ela nenhum sentido em estar respirando.

Aliás, minto: as novelas de rádio também a interessavam. Sentava toda noite ao pé do velho rádio a válvulas e, de olhos fechados, ouvia, num volume que ora aumentava ora sumia, os chiados da estática misturados aos diálogos apaixonados dos intermináveis melodramas. Parecia acompanhar com atenção, mas não esboçava qualquer reação. Toda a casa — inclusive meu pai —

a poupava de chamados e pedidos. Findo o capítulo, ela desligava o rádio e, em silêncio, retornava ao trabalho sem qualquer comentário.

Magra e pequena, não era, contudo, frágil. Os cabelos pretos, que reluziam como um espelho à luz do sol, eram tão lisos que, alheios a cortes e penteados, deslizavam suavemente para o rosto, fazendo do discreto gesto de recolher a mecha para trás da orelha um sestro irreprimível e característico de minha mãe. Contrastando com os cabelos, a pele alva do rosto de traços finos, que fora delicado um dia, mas que o tempo e as circunstâncias haviam imposto uma firmeza quase rígida, suavizada, no entanto, pela mansidão do olhar. Suas pálpebras eram lentas; a cada vez que piscava podia-se ver, por instantes, os olhos fechados. E quando o olhar se deslocava de um extremo a outro, ela levava um tempo muito maior do que as outras pessoas para girar os olhos ou o pescoço, como se pretendesse registrar o que estivesse na trajetória. Essa suave lentidão dava-lhe um ar sutilmente langoroso e aparentemente desatento. Não posso dizer que minha mãe fosse triste, nem sizuda, nem mesmo séria. Mas o sorriso raro infundia-lhe uma aura de leve melancolia, que me sugeria mistério e abandono. Quando sorria — ah, minha mãe, tão poucas vezes a vi sorrindo! — era um sorriso silencioso, que uma estranha timidez tentava esconder virando o rosto ligeiramente para o lado — quando então a mecha de negros cabelos caía-lhe sobre o rosto — e mordendo os lábios cabisbaixa, reprimia a alegria que ameaçava irromper como se não quisesse que a vissem num momento de fraqueza; como se, sorrindo, qualquer olhar devassasse o seu mistério.

Lembro-me que ano após ano seu dia começava invariavelmente antes do sol, preparando e servindo o café da manhã, cobrando tarefas escolares, verificando uniformes, conferindo se as orelhas estavam lavadas e os dentes escovados, e despachando para a escola os que tinham aula de manhã; depois, cuidava do meu pai, da faxina, da lavagem e passagem de roupa, do almoço e do jantar e mais um interminável rol de tarefas repetitivas e exaustivas que sempre dão, ao fim do dia, a sensação frustrante de que, apesar do cansaço, quase nada foi feito. A longa jornada só se encerrava tarde da noite, com a última revista à casa, já sob o ronco espasmódico de meu pai, quando trancava janelas e portas, nos cobria, apagava luzes e, afinal, recolhia-se ao seu quarto onde, antes de deitar, ainda ajoelhava-se junto à cama para a sua oração.

Essa era a rotina de dia após dia, semana após semana, ano após ano. Não me lembro de tê-la ouvido alguma vez falar em férias, viagens, passeios ou descanso. O que a vida lhe ofereceu foi apenas trabalho e trabalho. Ela aceitou sem um resmungo de queixa, sem um suspiro de reclamação.

Oh, Deus!... e aqui estou eu a devassar o humilde recato de minha mãe para um estranho que me abordou por acaso num banheiro coletivo! Vê se isso é possível! Não, eu não tenho esse direito... Desculpa, meu caro, mas é verdade: nós nunca nos falamos, nem sequer nos vimos antes! Falar de minha mãe para você, e num banheiro coletivo, me dá a sensação de violação do mistério que ela sempre preservou... no entanto, sinto que essa falação, além de servir para eu me lembrar e organizar o que tenho a dizer aos jornalistas daqui a pouco, está nos aproximando... eu, para falar sem restrições, preciso confiar em quem me ouve... e, não sei por que, começo a confiar em você...

Minha mãe foi resignada até mesmo quando veio a *débâcle*. E eu me lembro, como se fosse hoje, daquele dia em que nossas vidas começaram a mudar. O início foi tão rápido quanto imprevisível. Mas o que se seguiu não desabou de uma vez, como uma tempestade que despeja a destruição numa só pancada. O lerdo carrossel com que a vida nos mostrava o mundo girava, como tudo em Olhos D'Água, em harmonia com a ondulação das águas do rio e com o balanço do jumento do aguadeiro, mas desde aquele dia começou a rodar mais depressa e, primeiro, nos foi afastando uns dos outros; depois, em velocidade crescente, nos foi isolando de tudo o mais, até que, num giro ensandecido, tudo o que abraçávamos como coisa amada nos foi escapando da mão e, por fim, fomos, nós mesmos, atirados longe. E quando tudo serenou, estávamos, como estamos agora, perplexos, abandonados, de mãos vazias, à mercê do mundo. Mas o começo teve um dia determinado, teve uma data definida.

V

Era de manhã bem cedo, de um dia que, mal começando, já se anunciava quente e abafado. Eu lavava o rosto no lavatório — uma bacia apoiada num tripé metálico — da porta do quintal, quando Graciliano, meu irmão mais velho, com um saco de pão na mão, irrompeu esbaforido pelo portãozinho lateral, anunciando aos brados:

— Mãe! Mãe! Sabe o que aconteceu?

Virei-me para ele com o rosto ensaboado. Minha mãe surgiu lívida na porta do quintal.

— O sino da matriz caiu, mãe! Despencou do alto da torre. Quase matou Trinco dormindo.

Com sussurros rápidos e gestos enérgicos, minha mãe tomou-lhe o saco de pão e o fez calar, pálido e ofegante.

— Fala baixo! Que assanhamento é esse? Seu pai não dormiu um pingo essa noite. Com essa gritaria, ele vem aqui agora mesmo para você explicar que história é essa de sino.

Aquele diálogo me atirou no olho de um redemoinho interior. Dizer que meu pai não dormira era o alerta de que, a qualquer momento, ele poderia entrar em erupção e irromper, aos berros, onde quer que estivéssemos, impondo ordem e silêncio. Eu logo comecei a avaliar qual das minhas últimas estripulias poderia ter lhe roubado a noite de sono. Ao mesmo tempo, me perguntava por que teria despencado um sino tão pesado, de uma torre tão alta, de uma igreja tão sólida. Quem imagina que um sino, que tem o poder de chamar a população para a missa, que informa a saída do enterro e o início do casamento, possa desabar? Se aquele sino tinha desabado, tudo o mais no mundo poderia desabar.

Além dessas duas questões, o redemoinho da minha cabeça incluía também Trinco — um pobre-diabo que, arrastando o corpo estropiado pelas calçadas, pedras da rua e estradas empoeiradas, estendia aos passantes a pequena bacia de alumínio. Embora dono de uma alma inofensiva, sua quasímoda feiúra era, no entanto, utilizada pelas mães para ameaçar filhos desobedientes. Trinco era o terror da meninada. O anúncio de sua rastejante aproximação instaurava um tal pânico que as crianças desapareciam debaixo de camas, atrás de armários e sob as saias das mães. Eu mesmo tive tanto horror a Trinco quando era criança que a possibilidade de sua morte, anunciada pelo meu irmão naquele dia, me dera uma secreta sensação de alívio, inconfessável àquela época e, ainda hoje, desconfortável de ser lembrada.

Apesar de minha cabeça girar nesse turbilhão interior, a noite insone de meu pai, com que minha mãe intimidara Graciliano, era a ameaça mais concreta. Diante dela, nós todos silenciamos amedrontados, inclusive minha irmã, Idalina, que, contrariando seu costume de não acordar antes das oito horas, surgira na porta do quintal, atraída pelos gritos de Graciliano. De camisola, ainda estremunhava, com o rosto emplastrado de pomada contra espinha. Percebi, no entanto, pelo olhar inquieto de minha mãe, que a curiosidade também já se instalara no seu coração e, mística como era, devia estar se indagando intimamente sobre o significado daquele desabamento, com certeza um sinal divino. Puxou Graciliano pelo braço e o conduziu à cozinha. Eu, de cara ensaboada, e Idalina, bocejando, fomos atrás. Sem conter a curiosidade, minha mãe exigiu:

— Conta essa história direito. Que sino foi esse que caiu? Da Matriz? Como é que você ficou sabendo?

— Ué, eu fui comprar pão, mãe. Quando cheguei...

— Fala baixo! — impôs minha mãe. Graciliano passou a sussurrar.

— ...quando cheguei na praça, tinha um bolo de gente na porta da Matriz, rodeando o sino, que estava lá, no chão. Caiu de boca para baixo. Fez um buracão no chão e descascou a parede da torre.

Houve um momento de silêncio. Minha mãe estava preocupada. Graciliano olhou superior para mim e para Idalina. Ainda ofegava, o que multiplicava o impacto do que acabara de ver e valorizava a presteza com que trouxera a notícia. Afinal, chegar em casa com uma novidade como essa dava prestígio para o mensageiro. Sobretudo se a novidade admitia interpretações espiritualistas. De repente, meu pai, em pessoa, prorrompeu, ainda apertando o cinto das calças, na porta da cozinha. Estacou em silêncio e fulminou meu irmão com o olhar. Aquele olhar — todos nós conhecíamos — tinha o impacto de um tiro sobre quem quer que o enfrentasse e de um raio sobre quem o afrontasse. Durante dois, três segundos, com a respiração suspensa, Graciliano, Idalina, minha mãe e eu esperamos pela explosão que espalharia larva mortífera. Ele olhou para mim, estranhando a cara ensaboada. Sua autoridade fazia não apenas o meu corpo, mas também a minha alma, tremer.

— O que é isso na cara? Vá lavar essa cara.

— Já estou indo, pai — eu disse, ao mesmo tempo que esboçava um pequeno movimento de sair da cozinha. Tanto a frase quanto o movimento serviram apenas para afirmar a minha obediência, pois me mantive no mesmo lugar.

Minha mãe tentou aliviar a situação:

— Ele estava lavando o rosto, quando Graciliano chegou contando que o sino da Matriz despencou.

Meu pai, porém, já estava de olho no rosto de Idalina, esbranquiçado de pomada Minâncora.

— Você também. Tira essa porcaria da cara.

— Vou tirar na hora que lavar o rosto — respondeu Idalina com uma altivez que só ela tinha na casa.

De saída, ele ordenou a minha mãe:

— Manda um café para a oficina.

E deu um passo para se afastar, mas parou e voltou-se para minha mãe. A pergunta tinha uma censura explícita.

— Que diabo é isso, Lavínia? Ninguém aqui tem o que fazer, não? Ninguém vai pra escola, nem vai cuidar da vida? A essa hora do dia, tudo de creme na cara futricando na cozinha? — Fez uma pausa e olhou para Graciliano: — Que história é essa de sino?

— Foi o sino da Matriz, pai. Caiu essa noite.

Meu pai olhou para ele em silêncio. Graciliano não conseguiu manter o olhar. Deu mais ênfase dramática.

— Fez um buracão, pai. Tá lá no chão. Quase matou Trinco.

Meu pai fez então a pergunta que eu queria fazer. Porém com intenções mais nobres do que as minhas.

— Trinco machucou?

— Dizem que não. Mas caiu pertinho dele — disse Graciliano e indicou a distância: — Como daqui até ali.

Olhando para meu pai, minha mãe aguardou por um tempo a sua interpretação para o insólito acontecimento. Até que, de repente, ele resmungou algum xingamento — cujo significado ninguém atinou, mas cujo tom de ameaça ninguém discutiu — e, surpreendentemente, virou-se e desapareceu no interior da casa. Depois de um silêncio, em que suspiramos aliviados, minha mãe sussurrou a Graciliano:

— Padre Anselmo estava lá? Ele já sabe?

— Vi padre Anselmo por lá não, mãe.

— Quem estava lá? — quis saber Idalina.

Se a pergunta partisse de minha mãe, Graciliano daria a lista completa. Mas vindo de Idalina, não merecia atenção. Sua habitual frivolidade dava à pergunta um tom bisbilhoteiro que esvaziava toda a transcendência que Graciliano queria dar ao fato. Ele deu de ombros, desdenhando a pergunta. Minha mãe, depois de mística avaliação, arriscou:

— Que Deus me perdoe, mas esse sino não caiu por cair. Muito menos numa noite que não ventou nem choveu. Isso, para mim, é algum sinal. Precisamos descobrir de quê.

Houve um silêncio de misteriosa densidade metafísica, durante o qual minha mãe se persignou. Graciliano me olhou procurando cumplicidade. Seu olhar revelava uma súbita preocupação. Intuí que temia ter se envolvido com algo realmente grave. Pálido, persignou-se também. Eu, que nada tinha visto e nada tinha dito, nada tinha a temer. Porém, cauteloso, me persignei também.

Como se voltasse à realidade, minha mãe se agitou e, batendo rápidas palmas, conduziu um e outro para a porta.

— Vamos, vamos cuidar da vida que o dia já vai alto. Mais tarde vou procurar padre Anselmo. Ele entende as mensagens de Deus.

A roda da cozinha se desfez. Ela virou o saco de pão sobre a cesta de vime, serviu uma xícara de café quente e, preocupada, levou para meu pai na oficina.

Com a barriga cheia de pão com manteiga e café com leite, a cara lavada e o cabelo penteado, com disposição e frescor para suportar o calor sufocante que se prenunciava, cruzei o portãozinho lateral. Na mão, a maleta de madeira com livros e cadernos das cinco aulas diárias do primeiro ano ginasial. Escolhi um caminho que, para chegar à escola, percorria toda a beira do rio, porque queria passar na praça da Matriz, antes da aula, para ver o sino caído. Mas o dia, que começava, me reservava surpresas.

Mal cheguei à rua, lembrei-me que se acrescentasse três quarteirões ao percurso, eu poderia concorrer à sorte grande. Meu coração se acelerou e comecei a andar mais depressa. Concorrer não significa ganhar, mas não se pode ganhar sem concorrer. Optei pelo percurso mais longo apenas para passar diante da casa de Maria Antônia e concorrer à possibilidade de encontrá-la saindo para a escola.

Ah, se isso acontecesse! Eu e Maria Antônia indo juntos para a aula! Nós dois andando livremente pelas ruas de Olhos D'Água, na vista de todo mundo! Poderíamos passear pela beira do rio, depois visitar o sino despencado. Imaginei que durante o passeio ela me contaria mais casos sobre Belo Horizonte, onde fora passar as últimas férias. Ou então contaria, mais uma vez, o que sentira na viagem de avião que havia feito; mas agora, em vez de contar para a classe inteira, como fizera das outras vezes, contaria só para mim. E enquanto ela estivesse contando, eu ficaria olhando para aqueles olhos misteriosos, que mudavam da cor de mel para o verde-musgo, ficaria olhando para aquela pele cor-de-rosa, aveludada como uma pétala, tão delicada, que a mãe dela não a deixava ir à aula sem sombrinha. Talvez ela ficasse com medo quando visse o sino caído e segurasse a minha mão com aquela mão branquinha e macia. Eu, então, a abraçaria. Não, abraçar, não! Pegar na mão eu ainda podia pensar, mas não me permitia, nem em sonho, abraçar Maria Antônia!

O muro alto, coberto de hera, que dava uma sensação de frescor a quem apenas passasse na calçada, só deixava ver, da rua, os janelões do segundo andar do sobrado da família dela. Espreitei através do portão, antes que a cachorrada, como sempre fazia, se atirasse às grades com sede de sangue. Naquele átimo, embora o que interessasse fosse ver se Deus me daria a bênção de encontrar Maria Antônia de saída para a escola, vi o sólido casarão, àquela hora já sendo lavado e polido por três empregadas. E na garagem, mais reluzente do que um espelho, o Studebaker vermelho, famoso ao longo de todo o rio São Januário por ter vindo de barcaça e provocado rebuliço de admiração por onde passara. No amplo jardim, à frente do casarão, o jardineiro podava uma roseira e, no centro do gramado, rebrilhava, suntuoso e alegre, o que acabou se tornando um dos encantamentos da minha infância e adolescência: o repuxo de azulejos decorados em azul e branco, com os seus quatro esguichos. Saltando da boca de quatro leões alados, o cristalino jato d'água se erguia, prismado pelos raios de sol, em quatro direções e, no alto, se recurvava, com elegância e delicadeza, e caía pulverizando-se ao longo da queda em gotículas transparentes, quase invisíveis, que, enfim, desapareciam numa espécie de tanque circular, onde deslizavam peixes coloridos. Até hoje, entre as imagens que faço de riqueza incluem-se um jardim com esguicho, um Studebaker vermelho e um muro coberto de hera.

Mas, em vez de Maria Antônia, apareceram aqueles desgraçados cães, verdadeiras feras assassinas, saltando e latindo, sedentos de sangue. Saí correndo não apenas pelo medo de ser estraçalhado, mas também pela vergonha de ser surpreendido espionando.

Naqueles dias, o cais estava transfigurado. O rio São Januário, que tem uns quinhentos metros de largura diante de Olhos D'Água, estava reduzido, pela longa estiagem, a menos de cem. Muitos barcos interromperam ali suas viagens por causa do risco de encalhar longe da cidade. Vários foram surpreendidos pela rapidez da vazante; a água, na área de atracação, chegou a encolher da noite para o dia, deixando-os de casco na areia.

Na manhã silenciosa, o som de vozes e risos femininos, amplificados e distorcidos pelo leito vazio do rio, atraiu a minha atenção. Parei e, do alto do cais, fiquei olhando as duas mulheres que, com latas d'água na cabeça, vinham na minha direção. Rindo e conversando, elas contornavam os barcos, de todos os tipos e tamanhos, imobilizados em terra firme — alguns abandonados pela tripulação — enquanto, ao fundo, a água corria lenta, suja e rasa no estreito leito de estiagem.

Ao se aproximarem, vi que uma era um pouco mais alta, mais magra e mais velha do que a outra, mas ambas tinham a pele queimada de sol, os cabelos longos e encaracolados e não passavam de uns dezessete ou dezoito anos. Quando riam — e elas não paravam de rir —, seus rostos se iluminavam com a fieira de dentes brancos. Porém, o riso sacudia o corpo e a lata d'água ameaçava virar. Com as mãos envolvendo a lata e uma sutil ginga de cintura, conseguiam reequilibrá-la, mas a golfada de água saltava, escorrendo pelos cabelos, rosto, braços e corpo. A roupa — branca de uma, amarela da outra —, molhada e colada ao corpo, deixava transparecer, com nitidez, os contornos femininos. Quando passaram por mim, senti que o riso, a água, os movimentos e as roupas daquelas fêmeas exalavam uma sensualidade espontânea e selvagem. O que decotes rasgados, desabotoados, fendas e descosturas não mostravam, a roupa molhada deixava visível: seios firmes de bicos pontudos, quadris malemolentes, coxas grossas e lisas, nádegas redondas com um leve tremor a cada passo.

Eu as segui atraído pelo balanço das carnes, me deliciando de ver o quanto se esmeravam em se exibir por me saberem uns passos atrás. De tempos em tempos, ora uma, ora outra, girava um pouco a cabeça e me olhava com um sorriso tão malicioso quanto excitante. Eu senti que uma força, uma compulsão, me mantinha atrás delas, prendia o meu olhar nos trêmulos das nádegas, incendiava o meu desejo, acelerava meu coração. Nada me afastaria dali.

Pressenti que a tentação dançava entre nós. Alguma coisa vai acontecer, intuí. Porém, duas mulas com latões de leite surgiram na esquina, e eu disse para mim mesmo: "Deus do céu, as mulas do seu Aniceto! Estou atrasado!", e, num segundo, tudo se arrefeceu, a compulsão sossegou, a tentação se diluiu e a ordem do universo se restabeleceu. As duas criaturas que me enfeitiçavam entraram num beco e, antes de desaparecerem, viraram-se ambas, com um giro cuidadoso, de mãos para o alto amparando as latas. Olharam-me com olhos safados e sorriso malicioso na boca molhada. Os olhos, a boca, o sorriso, o corpo quase nu sob as roupas molhadas eram um convite irresistível. Mas elas viraram e eu segui em frente, quase empurrado pelas mulas do seu Aniceto, não sem antes me assegurar da localização exata do beco e prometer a mim mesmo que voltaria ali com Graciliano.

Formando um círculo fechado, dezenas de pessoas se espremiam ao pé da torre da Matriz. Enquanto umas aventavam hipóteses, outras ouviam num silêncio perplexo. Apressado, abri passagem entre elas e acabei me defrontando com o inexplicável colosso: o sino da igreja, de bronze indestrutível, semi-enterrado no chão, era um enigma perturbador.

O professor Radamés, antigo mestre de Matemática, que, com a morte do pai, o velho Radamés, discretíssimo guarda-livros, herdara-lhe a única banca de contabilidade da cidade, pela qual trocara o magistério, fazia lógicas ponderações.

— Perdão, minha gente, mas as coisas têm lógica. Basta seguir a lógica das coisas. Raciocinem comigo: um sino não cai porque quer. Se caiu, é porque nada o segurava. Ou a corda que o prendia foi cortada, ou o nó foi desamarrado. Basta subir na torre para saber; não acha, cabo?

Antes que o cabo Cachoeiro, na sua habitual lentidão — que sugeria profundas reflexões, mas que era apenas o tempo necessário para encontrar uma resposta que não ferisse os interesses de nenhum dos contendores —, tomasse ar para responder, uma voz feminina ergueu-se na aglomeração, salvando-o do aperto. Era dona Apolinária, mais conhecida como dona Pulu, exemplo acabado da equanimidade da natureza — se é generosa com a corda, é avara com a caçamba —, unanimemente considerada a mulher mais inteligente e mais feia de Olhos D'Água, que se antecipava com um muxoxo e um ataque direto ao conhecido ateísmo do professor Radamés.

— Esses ateus querem que tudo se reduza ao pão, pão, queijo, queijo. A verdade para eles não vai além do que se pode ver e do que se pode tocar. Para essa gente, o mundo acaba onde a oca cabeça deles alcança. Quem não tem fé, acaba perdendo a imaginação. E tudo que fica tangível, fica também pobre e rasteiro. — E, no tom superior dos iniciados, íntimos do inacessível, sentenciou: — São muitos os mistérios do mundo, professor Radamés. Mais do que a sua lógica, a sua matemática, a sua contabilidade ou suas idéias podem alcançar. Que importa se no alto da torre se encontra a corda cortada ou o nó desatado? Não é isso que vai confirmar ou desmentir que o sino caiu pela vontade divina. Quando Deus quer, Sua mão se faz invisível.

Folclórico pela sua bisbilhotice e sovinice, o barbeiro Nico que, pela magreza e cara de fuinha, chamávamos Mico, desceu a discussão para o seu nível, completamente destituído de mistério e metafísica.

— Me desculpem o professor Radamés e a dona Pulu, mas no meu salão eu ouço o que quero e o que não quero, o que devo e o que não devo. E o que mais tenho ouvido de uns tempos para cá é sobre a desavença do padre Anselmo com o sacristão Lamberto...

— Mas isso não é de hoje, seu Nico — interrompeu dona Pulu. — Um só responde o outro se for em latim, diante do altar e na hora da missa. Mas cada um sabe o que tem de fazer, e o faz em silêncio.

— Acontece que surgiu uma novidade — insistiu Nico. — Lamberto pegou de namoro com Carmela, filha do finado Argeu...

— Já não era sem tempo — murmurou dona Isolda. — Aquilo já passou dos quarenta e nunca se decidiu. Carmela, pelo menos, é mais nova. Tem mais tempo do que eu para gastar com ele.

Com a sua voz de contralto e a credibilidade de responsável pelo coro da igreja, dona Isolda convivera com o sacristão Lamberto, até há pouco, em esperançosa intimidade. Uma intimidade até excessiva aos olhos de algumas línguas que compartilhavam o cotidiano paroquial. Já perdendo o viço das balzaquianas, dona Isolda, no entanto, mantinha-se em dia com as voltas e contravoltas da vida afetiva de homens e mulheres da cidade — com a esperança ainda acesa, certamente.

Enquanto a regente do coro falava, Nico girou o seu olhar, irônico e servil, até encontrar a maliciosa cumplicidade no sorriso de Pompílio Mascarenhas, do professor Radamés, do cabo Cachoeiro e dos demais homens. Pelo silencioso entendimento entre eles, podia-se prever as iguarias do prato de maledicência que seria servido mais tarde no salão.

Depois que dona Isolda falou, o barbeiro fez um curto silêncio para isolar o comentário da contralto e deixar bem nítida a seriedade de sua opinião. Só então, prosseguiu:

— ...de modo que, com esse namoro, o sacristão Lamberto passou a ter suas noites ocupadas com tarefas muito... — e, interrompendo-se, Nico assumiu um ar cinicamente grave como se, de repente, lhe faltasse a palavra à altura do recato daquele momento, para arrematar: — ...cansativas. E não quer mais acordar cedo para tocar o sino.

Nico sentiu um secreto prazer quando percebeu que a sua teatral hesitação resultara no efeito desejado: um mal disfarçado riso nos rostos masculinos, enquanto as mulheres, em mal disfarçada distração, olhavam para o alto da torre vazia, à volta da praça, ou para o sino no chão. Vitorioso, ele prosseguiu:

— O que confirma o que digo é que, ultimamente, não se tem ouvido o sino chamando para a missa das seis.

Em silêncio, cada um dos presentes conferiu o que a memória guardara das últimas manhãs. O professor Radamés foi o primeiro a concluir:

— É, eu não tenho mesmo ouvido o sino de manhã.

— Eu também não — concordou dona Pulu.

"Nem eu", "Nem eu", concordaram alguns dos presentes, perplexos. O pesado silêncio de dona Veneranda atraiu para si os olhares. A vetusta viúva do coronel Climério Bastos que, poderosa e implacável, não perdia oportunidade para fustigar o padre Anselmo, por quem nutria figadal ódio, saldo de desavenças de sacristia, rompeu o silêncio:

— Eu estava aqui calada, e calada devia ficar. Vocês sabem muito bem por quê. Mas eu não me agüento. Parece que o sangue quente do meu finado começa a me dar comichões. Eu vou falar. É verdade que o sino não tem tocado de manhã. Mas não porque o pobre do Lamberto não queira acordar cedo, seu Nico. Quem não quer mais acordar cedo é o outro. É o tal

Anselmo dos diabos, que não celebra mais a missa das seis. E quem quiser saber por que — se é que há alguém que ainda não saiba — é só ir ver, alta noite, nas sombras de um certo beco onde vive uma virtuosa costureirinha, a única batina dessa cidade se esgueirando rente aos muros.

A grave acusação, feita sem rodeios e até com um certo deboche, à luz do sol e em plena praça da Matriz, chocou os presentes. Uns franziam os cenhos, outros arregalavam os olhos e houve até quem levasse a mão à boca aberta. Mas ela não se intimidou:

— Para não se humilhar, confessando a Lamberto que as noites de esbórnia lhe roubam as forças para celebrar a santa missa, ele mandou derrubar o sino.

Ninguém ousou romper o silêncio que se estabeleceu junto com o constrangimento. Mas por pouco tempo.

— Que Deus nos perdoe... — sussurrou dona Isolda com voz inconfundível e intenção confusa: tanto podia ser uma exclamação contra uma calúnia de dona Veneranda como um complacente pedido de compreensão divina, solidário a padre Anselmo, por uma genérica fraqueza humana. E concluiu, depois de uma pausa reflexiva: — ...mas a nossa igreja desaba. — Reiterando, na conclusão, a mesma ambigüidade, agora, entre o desabamento físico e moral.

Nico, por temperamento mais afeito à prosa leve, deve ter sentido que a conversa estava ficando mais pesada que o próprio sino, pois mal Isolda se calou, ele suscitou uma inesperada possibilidade:

— Eu estava aqui, olhando para a torre, e fiquei pensando comigo mesmo: e se o vento que vem do rio de madrugada, numa lufada mais brusca e encorpada, dessas que anunciam chuva, se encanasse entre as casas da rua e batesse de sopetão no sino? O bicho é pesado, mas ia balançar, não ia, professor?

— Um vento para balançar o sino, balançaria antes o badalo. Mas não importa. Quer balance um, quer balance o outro, a cidade inteira acordaria com o sino tocando.

Mal ouvi falar em badalo e procurei por ele. Mas com o sino caído de boca para baixo, não dava para saber se ele estava ou não no lugar. Curioso, perguntei:

— Professor, se esse sino caiu com o badalo, ele não devia ter badalado na queda?

Dona Pulu, que mora na própria praça da Matriz, se antecipou.

— Se tivesse badalado, eu acordaria. E eu passei esta noite quase toda lendo.

— Quem mandou derrubar o sino — sentenciou dona Veneranda —, mandou também silenciar o badalo. É só envolvê-lo nuns trapos.

Insatisfeito com a resposta, coloquei a maleta no alto do sino e, com a mão, comecei a retirar a terra à sua volta. O professor Radamés voltou a dona Pulu.

— E a senhora, tendo passado a noite acordada, não ouviu o baque surdo do sino caindo na terra?

— Não ouvi nada. E aqui, de madrugada, eu ouço até pessoas andando do outro lado da praça. Quantas vezes já acordei de madrugada com os passos inconstantes de cavalos soltos e fiquei na cama ouvindo-os comer a grama entre as lajes. — E, não conseguindo se conter, dona Pulu deixou escapar, fora de hora e de lugar, um suspiroso lamento: — Ah, professor Radamés, no silêncio da madrugada, passos nas pedras e cavalo mastigando dão uma sensação de solidão!

As mulheres balançaram a cabeça em compungida reprovação e os homens olharam com ironia para o professor Radamés, enquanto o cabo Cachoeiro, vendo que a minha disposição na escavação negligenciava as mãos limpas, a cara lavada, o cabelo penteado e até o uniforme recém-lavado, tentou me estimular:

— Bom trabalho, rapaz.

Era assim mesmo que ele falava. Havia qualquer coisa de artificial, de mal ajustado no cabo Cachoeiro. Seu zelo em obedecer os poderosos contrastava com a grave indisciplina de nunca usar o uniforme militar, a não ser quando — não mais de uma vez por ano — um oficial da Polícia Militar vinha de Várzea da Palma fazer inspeção rotineira. Claro que só em ocasiões previamente programadas, com telegramas confirmando dia e hora.

Nesses raros dias, ninguém via Cachoeiro. Apertado no uniforme ainda novo pelo raro uso, saía de casa antes do sol nascer, tomava o trajeto mais discreto e passava o dia escondido entre a delegacia — onde três praças velavam o sono uns dos outros — e a cadeia, aos fundos — onde quatro condenados mais se hospedavam do que propriamente cumpriam pena. Só quando a alta noite assegurava que a cidade dormia, Cachoeiro voltava para casa.

No dia-a-dia, embora exigisse rigor e asseio no fardamento dos três praças que comandava, ele próprio usava lustrosas botas em cujos canos sumiam as pernas muito justas das calças. Na cintura, apertada por um largo cinturão quase à altura da virilha, prendia um revólver no coldre. Cultivava um bigode fino que, num gesto que se tornou peculiar, acariciava de cima para baixo com o polegar e o indicador. Podia ser visto todas as sextas, sábados e domingos, os chamados dias de filme, no Cine Odeón. De pé, atrás da última fila de cadeiras, balançava ritmicamente as pernas, enquanto acariciava o bigodinho, exibindo aos espectadores que chegavam sua pose de autoridade responsável pela ordem pública. Porém, mal a luz se apagava e a ação pipocava na tela, uma criança, inquieta e divertida, se apossava de Cachoeiro. Protegido pela penumbra do fundo da sala, tornava-se ator de um filme em que ele, mais do que assistia, vivia, ora ao lado do mocinho, ora do lado dos bandidos, mas sempre dentro da situação que se passava na tela. Sacudia o corpo como quem cavalgava segurando uma rédea imaginária; desmontava e caminhava cauteloso, olhando para os lados; dava socos no ar; abaixava-se para escapar de imaginários golpes; esfregava a mão no queixo supostamente ferido; sorria com cínica superioridade; sacava uma arma fictícia criada pelo polegar e o indicador, fazia pontaria; fingia atirar e, depois de soprar o cano supostamente fumegante, repunha-a no coldre. Quando era filme de amor, mal as luzes se apagavam, Cachoeiro saía irritado do cinema.

— Achei! O badalo está aqui! — anunciei de dentro do buraco, a roupa e o corpo sujos de terra preta. O badalo, livre de trapos para silenciá-lo, estava no seu devido lugar.

— Bom trabalho, rapaz! — repetiu o cabo Cachoeiro.

Mais tranqüilo, o professor Radamés, concluiu:

— Aí está. Se o badalo está descoberto e no seu lugar, é sinal de que nem o sacristão Lamberto nem o padre Anselmo mandaram derrubar o sino. Então, nada de extraordinário aconteceu. Ele caiu porque, depois de tanto tempo exposta ao sol e à chuva, a corda que o prendia deve ter apodrecido.

— Pois, para mim, isso foi um aviso de Deus! — decretou, benzendo-se triunfante, dona Veneranda, cuja magreza coberta de roupas pretas salientava o tom fatalista. — O Todo-Poderoso ouviu as minhas orações e mandou esse sinal. Todo mundo nessa cidade sabe que esse Anselmo dos diabos é um pecador sem-vergonha, que quer transformar Olhos D'Água numa Sodoma e Gomorra. Esse sino no chão quer dizer que Deus quis que essa igreja fosse silenciada. Nem Deus, nem Jesus, nem os santos apóstolos, nem o santo papa Pio XII, nem o bispo de Várzea da Palma, chefe espiritual da nossa arquidiocese, e nem eu, humilde servidora de Jesus, que, como todos sabem, recebeu sua Graça na visita de peregrinação a Roma da Itália, ninguém, nenhuma autoridade da santa amada Igreja, autoriza mais a Matriz de Olhos D'Água a convocar os fiéis para ouvir as blasfêmias desse Anselmo dos diabos.

Pompílio Mascarenhas, vereador da oposição que nem se preocupava mais em esconder o cabo da arma que usava na cinta, tentou acalmar a destemperada viúva, com sua voz grave e pausada.

— Com todo o respeito, dona Veneranda, pelo terço sagrado que a senhora trouxe da Terra Santa e que está em muito bom lugar na parede de sua sala, mas Deus não há de querer que Olhos D'Água fique sem igreja. É um castigo para a população pacífica, trabalhadora e inocente da cidade ficar sem a casa de Deus.

— Mas o que Deus quer com esse sinal, Pompílio, é justamente que a população reaja. Que mostre sua fé, a sua devoção, e me ajude a expulsar esse demônio daqui. Você mesmo, Pompílio, que é da oposição, se fosse mais esperto, estaria contra esse Anselmo dos diabos, que é unha e carne com o prefeito. Não só ajudou a elegê-lo com seus sermões, como freqüentam as mesmas esbórnias. Em vez de andar de arma na cinta para se defender dos capangas do prefeito, você, como um bom vereador, devia estar do meu lado para limpar Olhos D'Água dessa imundície.

— Como vereador, eu entendo que a igreja pertence à população, que trabalhou ou deu dinheiro para a sua construção. Aos meus olhos, o que aconteceu foi que tentaram roubar o sino e acabaram desistindo por causa do peso.

— Quem roubaria um sino, seu Pompílio?

— Não posso dizer, dona Pulu. Como autoridade pública, não posso citar nomes, mas é possível que alguma cidade próxima também queira construir a sua Matriz.

— E esses infelizes iriam pendurar na casa de Deus um sino roubado, seu Pompílio?

— Não posso lhe dar uma resposta em público, dona Pulu, mas acho que o cabo Cachoeiro, que é a nossa autoridade policial, deveria abrir inquérito e apurar toda a verdade sobre a queda desse sino. E, para começar, deveria atender à sugestão do ilustre professor Radamés e subir na torre. É preciso investigar se a corda se partiu de podre, foi cortada ou o nó se desfez. Sugiro também que se interrogue Trinco. Ele dorme aqui toda noite; quem sabe não viu alguma coisa?

Atrasado como estava para a aula, não pude esperar a conclusão das discussões. Com o uniforme e o corpo sujos de terra preta, peguei a minha maleta e me afastei. Ainda estava na praça quando o sacristão Lamberto, penteando os cabelos molhados, seguido por padre Anselmo, de cabelos desgrenhados e abotoando a batina, surgiram na praça, correndo na direção do sino caído. Embora me afastasse apressado, ainda deu para ver que o grupo à volta do sino, sem nenhuma exceção, abriu caminho e, assumindo uma atitude respeitosa, saudou o afobado padre com um uníssono "Louvado seja Nosso Senhor Jesus Cristo".

Quando entrei no Ginásio, os corredores vazios eram um mau presságio. Todos já tinham entrado nas salas. Se não me deixassem assistir as aulas do dia, eu não teria como explicar o atraso em casa. Nesses momentos, eu sentia o coração apertar. Logo me vinha à cabeça o empenho do meu pai e da minha mãe para que os filhos estudassem, em vez de procurarem emprego e trabalharem para ajudar nas despesas domésticas, como era comum entre os vizinhos da nossa idade. Eles renunciavam a tudo, se esfalfavam de trabalhar, para pagar as mensalidade de três filhos no Ginásio Santo Antônio que, embora fosse o único da cidade, só os bem-nascidos freqüentavam. O que diria em casa, se não me deixassem entrar? Como explicaria por que me atrasara? Se dissesse a verdade, tenho certeza de que minha mãe, indignada, me sacudiria pelos ombros e me perguntaria onde eu estava com a cabeça, que futuro estava traçando para mim, que sem estudar eu não passaria de canoeiro, pescador, entregador de pão ou, quando muito, balconista na loja do seu Nailor! E se meu pai soubesse, desembainharia o cinturão como uma espada, e eu seria açoitado até minha mãe conseguir deter sua fúria.

Quando dei por mim, estava parado diante da porta aberta da sala de aula. Imóveis em seus lugares, a professora e toda a turma me olhavam com um espanto silencioso. Senti o suor frio escorrer pelas têmporas. Apertei a alça da maleta de madeira. Dona Eglantina, a professora, fez um ruído com a língua nos dentes, indicativo de decepção insuperável, e olhou para o relógio sobre a porta.

— Que imundície, meu Pai eterno! Andou brigando na rua?

Meneei a cabeça abaixada, negando. As expressões de decepção de minha mãe se sucediam no meu pensamento.

— Então, o que aconteceu? — quis saber dona Eglantina, repondo o giz no aparador da lousa e predispondo-se a ouvir as explicações.

Com o queixo quase no peito, pude ver o deplorável estado do meu uniforme. Parecia que tinha carregado carvão com a camisa branca. Na calça azul-marinho, manchas escuras de torrões secos.

— O que aconteceu, rapaz, para você me aparecer aqui com uma hora de atraso e imundo feito um porco?

Eu não sabia o que responder. Mantive-me cabisbaixo e em silêncio. A voz poderosa de dona Eglantina me intimidava.

— Responde! — ela explodiu. — Eu fiz uma pergunta!

Eu hesitava se falava a verdade, mas a voz de minha mãe reverberava no oco da minha cabeça — "A gente se mata de trabalhar, tira da boca para pagar a escola, mas você não vai passar de pescador ou entregador de pão" —, ao mesmo tempo que sentia, nas costas, a vergastada do cinturão de meu pai.

A mão firme de dona Eglantina me apertou o queixo e, contrariando meu esforço para me manter cabisbaixo, ergueu-me o rosto até meus olhos se defrontarem com os dela. Desviei o olhar, mas ela, esmagando-me o queixo, torceu meu rosto até que nossos olhares se reencontrassem.

— Quando faço uma pergunta, rapaz, exijo uma resposta. Eu vou repetir; se não me responder, pode dar meia-volta e sumir daqui: o que aconteceu com você?

As chibatadas de meu pai se fundiam aos vaticínios de minha mãe, superpondo-se à voz possante de dona Eglantina: "Pode dar meia-volta e sumir daqui." Cravados no meu queixo, os dedos da professora represaram um líquido cristalino. Em grossas gotas, brotava nos meus olhos e rolava rosto abaixo. Todo o meu corpo tremia.

A mão crispada que retinha meu queixo naquela posição à força foi se tornando menos tensa, os dedos foram recolhidos com uma carícia, a mão, virada ao lado posterior, passou a enxugar com delicadeza as minhas lágrimas. Diante dos meus olhos, dona Eglantina se transfigurou. A expressão impenetrável cedeu lugar a uma feição receptiva, o olhar duro tornou-se compreensivo, os gestos firmes ficaram carinhosos. Ela me pegou pelo braço, tirou-me a maleta da mão e, em silêncio, me conduziu até a minha carteira. Os olhares dos meus colegas eram como luzes acesas sobre mim. Ela esperou que eu me sentasse e, ao retornar à sua mesa, dirigiu-se aos demais alunos, dando seguimento à aula, como se nada a tivesse interrompido.

— Agora que vocês já fizeram a leitura silenciosa deste capítulo, vamos discutir um pouco sobre o que foi a vinda da família real para o Brasil.

Estimulada por dona Eglantina, a discussão foi envolvendo a turma, mas mantive-me alheio. O pior do arrependimento é ser um sentimento paralisante. É preciso ter resignação para aceitar que o malfeito, uma vez feito, causa danos que não podem mais ser reparados. Mas fui, aos poucos, me acalmando; parei de chorar e enxuguei o rosto. No entanto, sentia tamanha vergonha, que não conseguia erguer os olhos da carteira.

E quando, inseguro, os ergui, foi de soslaio, à procura dos olhos de... Maria Antônia que — ah, que alívio! — lá estavam, serenos e solidários, à espera dos meus. Tive ímpetos de me levantar, ir até ela e beijar aqueles olhos, beijar aquela pele de pétala, beijar cada pedacinho dos lábios dela, beijar aquelas mãos macias, beijar aquele jeito de me olhar, aquele jeito de sorrir para mim. Mas senti o rubor quente da vergonha tingir o meu rosto, e tudo que consegui fazer foi abaixar a cabeça. E quando voltei a levantá-la e procurei aqueles olhos cúmplices, já não os encontrei. Atenta à aula, Maria Antônia não olhou mais para os lados. Eu me senti completamente abandonado, traído, e só então pensei que juízo ela estaria fazendo de mim depois da cena que assistira. Que garota se interessaria por um idiota que não conseguira dizer onde havia estado, nem por que se atrasara? E só mesmo um verme como eu para chorar na frente de todo mundo. É claro que ela tinha que me desprezar. Eu tinha feito por onde. Mereci.

No fim da aula, dona Eglantina, já com livros e cadernos na mão, se aproximou da minha carteira e falou num tom mais baixo.

— Dei presença para você. Agora, dá um pulo no banheiro, lava as mãos, o rosto e vê se limpa um pouco esse uniforme.

Assim que ela saiu, pressenti, cabisbaixo, que todos os olhares se voltaram para mim. Alguns se levantaram e houve quem se aproximasse. Mas ninguém disse nada. Instalou-se um cerco silencioso até que a voz de Maria Antônia o rompeu.

— Por que não disse que estava cavando o buraco do sino?

Olhei firme para aqueles olhos que a luz da janela dava o tom suave do mel. Então ela sabia onde eu estivera — pensei comigo. Por isso o seu olhar revelava um interesse verdadeiro em saber por que eu escondera o que estivera fazendo. Ela queria, de fato, entender o meu incompreensível silêncio. Embora eu não soubesse responder, a pergunta jogou luz em questões que, antes, eu não poderia entender. Por ser bonita, rica, inteligente, estudiosa e muito amada não só pelos pais, como por todos que a conheciam, Maria

Antônia nunca precisara esconder de ninguém nada do que tivesse feito, nem jamais precisara mentir sobre coisa alguma, nem fingir, nem trapacear. Ela podia dizer sem temores o que realmente pensava sobre qualquer assunto, e responder, sem hesitações a qualquer sabatina de pais, professores ou colegas. Quaisquer que fossem suas respostas, nada de mal lhe aconteceria, nenhuma conseqüência grave se abateria sobre a sua vida. Os pais dela não se esfalfavam, nem precisavam tirar nada da boca para que ela pudesse estudar. Foi então que compreendi que a virtude não é para quem quer, mas para quem pode. Maria Antônia nascera com o privilégio de poder ser virtuosa. Eu, não.

— Como soube que eu estava lá? — indaguei.

Estava curioso para saber se ela me vira ou se alguém lhe contara. Era a primeira vez que eu falava depois do choro. O som da minha voz me incomodou. Já estava arrependido de ter feito a pergunta, mas Maria Antônia pareceu não ter notado nada.

— Como? Ora, que pergunta! Todo dia eu atravesso a praça da Matriz para vir à aula. Vi você por trás daquele bolo de gente.

Uma ponta de orgulho começou a me animar, mas ela logo jogou uma ducha fria.

— Por que fez aquilo? Se sujou todo, chegou atrasado... Para quê?

Não me ocorreu nenhuma razão para eu ter me metido naquilo. Não sabia o que responder. Fiquei envergonhado. Ela continuou.

— Bobagem você esconder. Eu já tinha contado para todo mundo. Dona Eglantina era a única que não sabia. Por que não disse a ela?

Eu estava completamente embaraçado. O que Maria Antônia queria saber eu não sabia responder. Foi quando o Idelfonso, o Samuel e a Fabiana — um, filho do gerente do Banco do Brasil, o outro, filho de um fazendeiro, e ela, filha de um atacadista — perguntaram, quase em coro, quem tinha derrubado o sino. Respondi que ninguém sabia nem se o sino tinha caído ou sido derrubado.

— O cabo Cachoeiro vai investigar — informei com a voz mais firme e a autoridade dos bem informados.

Porém, essa informação não satisfazia a imaginação de ninguém. A falta de uma resposta objetiva dava margem a qualquer conjetura, até as mais delirantes; tanto que a conversa que se seguiu foi da mais rocambolesca fantasia. Aliás, não foram muito diferentes as inúmeras versões que correram pela cidade naqueles dias. Quando a conversa se alastrou por toda a classe, transformando-se numa ruidosa discussão, Maria Antônia se aproximou discretamente de mim e sussurrou:

— Aproveita e faz o que a dona Eglantina mandou. Vá lavar o rosto e as mãos.

Saí da sala rápido sem ser visto. Fui para o banheiro com a esperança, quase certeza, de que ela gostava, pelo menos um pouquinho, de mim. Se queria que eu fosse lavar o rosto e as mãos era porque queria me ver limpo e asseado. Além disso, ela tinha chegado bem perto de mim e, para me proteger, falara baixinho, de uma maneira carinhosa. Tinha sido uma sugestão cochichada, com o sabor de uma ordem, uma pequena invasão a que se permitem os que têm intimidade.

Ao voltar do banheiro, cabelo penteado, o rosto e as mãos limpas, meu ânimo era outro. Estava convencido de que Maria Antônia me amava e de que em algum lugar estava escrito que nos casaríamos e seríamos felizes para sempre.

Esta presunção, que renasceu naquele dia no banheiro, serenava as minhas manhãs, pela suave proximidade de Maria Antônia, duas carteiras além da minha. Esfumava-se, no entanto, ao início de cada tarde, como aconteceu também naquela tarde, quando Josefina — uma mistura de empregada, babá e dama de companhia — veio buscá-la à saída da escola, sempre com a expressa recomendação dos patrões de evitar a aproximação de quem quer que fosse e de voltar, direta e imediatamente, para casa. O resto da tarde, eu sofria.

Em casa, para aliviar a saudade de Maria Antônia, eu fantasiava mil maneiras, quase sempre heróicas, de romper o véu de proteção que a envolvia; ou outras mil, sempre cansativas, em que eu me libertava das redes que me envolviam.

Naquele dia, porém, tudo foi diferente. Quando cheguei em casa, entrei discretamente pelo portãozinho lateral por onde saíra, tirei a camisa e enfiei a cabeça debaixo da torneira aberta. O jato d'água era um refresco para os quase cinqüenta graus ao sol e justificava, sem palavras, a minha seminudez. Essa operação garantiu para a camisa imunda, como eu esperava, um trajeto, sem perguntas nem acidentes, até o cesto de roupa suja. Porém, apesar do êxito da encenação, não consegui ficar tranqüilo. É que o ambiente em casa estava mais carregado do que quando eu saíra, de manhã. Um movimento mais brusco, e fagulhas saltariam no ar.

Um fato que nem eu nem meus irmãos nos lembrávamos de ter visto alguma vez lá em casa, e que atestava a gravidade da situação, se deu na hora do almoço: o lugar do meu pai à mesa estava vazio. E — algo não menos revelador — ele perdera o apetite. E, depois de não ter dormido nada na noite anterior, estava agora na oficina, com dor de cabeça. Só então, pela voz de minha mãe, sussurrada aos três filhos durante o almoço, soubemos qual era, afinal, a razão do nervosismo do meu pai.

Alguém — com certeza uma alma maldosa ou enviado de uma alma maldosa — viera lhe contar, na tarde anterior, que acabara de chegar na loja do seu Nailor uma novidade sensacional: um terno — paletó e duas calças — moldado, cortado e costurado inteiramente por máquinas. E a tal roupa-feita — que era como se chamava aquele novo produto industrial — já se tornara, nas grandes cidades, a nova moda, a maneira moderna e prática de se vestir para milhares e milhares de homens. Pelo que seu Nailor dissera ao anjo anunciador daquela desgraça, se quem veste tem o corpo de acordo com os diversos números fabricados, a calça tem a cintura exata, o comprimento exato, a manga do paletó do tamanho exato. Embora seu Nailor só tivesse recebido uma unidade de cada tamanho, os tais ternos eram fabricados em tamanhos que serviam para todos — todos! — os homens do Brasil. E não só do Brasil, mas do mundo todo. E — inacreditável, pois quem fazia a roupa nem sabia quem iria vesti-la — o caimento era mais perfeito do que os ternos mal-ajambrados de muitos alfaiates, insinuara, diabólico, o anjo anunciador.

A notícia deixara meu pai pálido e trêmulo, segundo contou minha mãe, por quem ele, afobado, gritara, não se sabe se para que ela também ouvisse, ou se para ele ter algum apoio, caso lhe faltasse de vez o chão. E o infeliz mensageiro, depois de repetir a notícia para minha mãe, e sem perceber o estrago que fizera, despedira-se, reiterando o convite de seu Nailor para que meu pai fosse à loja, ver de perto o tal terno civilizado.

Apesar das explicações de minha mãe, eu não alcancei, de imediato, as razões por que meu pai se transtornara. E quando, para serenar o turbilhão de dúvidas que me assaltava, eu ia começar a perguntar, a voz dele, chamando por mim, tronitroou por toda a extensão da casa. O nosso quarteto — minha mãe, minha irmã, meu irmão e eu —, que se apertara para se ouvir, pôs-se de pé ao grito curto e cortante. Numa decisão rápida, que dava idéia de trabalho e ação, minha mãe reuniu os pratos e talheres do almoço, mandou minha irmã recolher a roupa que estava no varal, advertiu meu irmão de que se não saísse imediatamente chegaria atrasado no Ginásio, passou a mão no meu cabelo para infundir-me coragem. Parti trêmulo para a oficina, enquanto minha mãe, sem disfarçar a preocupação, permitia que inúmeras rugas se desenhassem no seu rosto.

Sentado na sua velha cadeira de braços, o rosto afundado na mão e os olhos fechados, meu pai balançava as pernas. Abandonada na outra mão, uma calça azul-marinho, com a agulha espetada, da qual desistira de chulear a bainha para mergulhar nos seus temores. Ele intuiu a minha presença, aquietou as pernas, ergueu a cabeça e me indicou um banquinho a seu lado.

— Seu irmão foi pra escola, então vai você mesmo até a loja de Nailor para mim. Fala direto com ele. Diz que não fui porque ando assoberbado. Agora, presta atenção...

Para resumir a infinidade de minuciosas recomendações, repetidas à exaustão, meu pai queria que eu fosse à loja como um agente secreto em missão de reconhecimento. Decorei várias perguntas para lhe dar a certeza de que seriam feitas rigorosamente como ele queria. Porém, era preciso fazê-las sem demonstrar muito interesse e, principalmente, como alguém que nada tivesse contra a tal roupa-feita. Fui.

Mal entrei no beco dos Suspiros, e me deparei, seguindo a minha frente, com um bloco compacto e silencioso, formado por Nézinha, o irmão dela, Jofre-Caolho, a mãe, dona Tibúrcia e o pai, conhecido como seu Raul-Neném, todos sobraçando bolsas, caixas e sacos. Mais atrás, três carregadores com malas na cabeça. A família fora nossa vizinha e, há alguns anos, tinha se mudado, mas mantínhamos a amizade. Eu já tinha ouvido falar que eles iam deixar Olhos D'Água, e me lembrava até de seu Raul-Neném conversando com meu pai na oficina sobre uma cidade que o governo estava construindo, chamada Brasília, e que seria a nova capital do Brasil, onde havia muito emprego. Porém, aquela imagem de toda a família, com sacos e malas na minha frente, materializava a despedida com um impacto inesperado. Mantive-me atrás dos carregadores, apreciando o tremor das nádegas de Nézinha a cada passo, enquanto minha memória, sob a urgência de ser aquela a última imagem da família, voava, de moto próprio, para trás e para a frente, vasculhando os desvãos da nossa convivência.

Mais velha do que eu, Nézinha foi a minha primeira intimidade física com uma mulher. Quando eu tinha uns seis ou sete anos, ela costumava ir lá em casa todo final do dia. Para isto, bastava cruzar o portãozinho que seu Raul-Neném abrira na cerca viva — ramagem densa de chuchu, bucha e maracujá — que separava os dois quintais e que tinha um sistema de molas, engenhoso como tudo o que aquele homem fazia, para fechar automaticamente e impedir que as cabras que dona Tibúrcia criava soltas no quintal viessem destruir a nossa horta. Quando, por volta das cinco ou seis da tarde, eu ouvia o portãozinho bater, já sabia que Nézinha estava chegando. E se, por acaso, minha mãe ainda não estivesse me gritando para ir tomar banho antes que escurecesse, rotina em que, à terceira chamada, Nézinha invariavelmente se oferecia para me dar banho, eu mesmo anunciava que estava de partida para o banheiro, quando então a minha generosa e ousada vizinha, sem despertar qualquer suspeita de minha mãe, me pegava pela mão e seguia comigo, em silenciosa cumplicidade, para o fundo do quintal, onde nos esperava o quadrado de alvenaria a céu aberto, com porta só até três quartos da altura, encimado por um tambor à guisa de caixa d'água.

Depois de me despir e me enfiar debaixo da coluna d'água, Nézinha fechava o chuveiro para economizar e começava um silencioso ritual. Ensaboava o meu corpo molhado, enfiava o dedo nos meus ouvidos, me mandava assoar o nariz, e, com as mãos suavemente escorregadias, descia para o peito, friccionando em círculos os meus mamilos. Depois, segurando-me pelos ombros, me girava e ensaboava as minhas costas com movimentos longos e suaves, que, começando abaixo dos ombros, escorregavam com segura intimidade até entre as nádegas, me provocando, ao mesmo tempo, um certo desconforto e uma excitada curiosidade. Quando me girava de volta à posição original, era sinal de que se aproximava a parte mais deliciosa. Ela então abria o chuveiro, acolhia a água entre as mãos e as esfregava, ritualisticamente, com o sabão, produzindo uma quantidade premeditada de espuma. Depois de apoiar o sabão no alto da parede, descia, com as mãos desimpedidas, úmidas e escorregadias, para o meu entrepernas, onde, curvando-se inicialmente em concha, sustinha as minhas partes, sopesando-as e como que reconhecendo-as, para depois, confirmada a familiaridade, envolvê-las como a casca de uma noz e, assim contidas, fazê-las ir e vir, escorregando-as para dentro e para fora da concha, que, às vezes, se reabria em mãos hábeis e autônomas, deslizando sobre a umidade ensaboada em ritmo cadenciado, me proporcionando uma tal sensação de prazer que até as minhas pernas tremiam. Com um murmúrio meio ofegante, que pretendia passar por repreensão, ela fingia reclamar da água com que eu, espadanando, supostamente molhava a sua roupa, obrigando-a a desabotoar a parte superior do vestido e soltá-la cintura abaixo, deixando ao alcance da mão os dois brancos, pequenos e rígidos seios. Depois, arrepanhava os panos da saia molhada e, erguendo-os, prendia-os entre as coxas. A branca nudez do torso e das coxas e o bico rosado do seio atraíam instintivamente a minha atenção. Ela, então, voltava a abrir a torneira, mantendo-me sob a coluna d'água. A pretexto de tirar a espuma, suas mãos voltavam a deslizar pelo meu corpo, sobretudo entre as coxas, até o momento em que ela estacava numa pose teatral, sorria maliciosa com os olhos nos meus olhos e erguia diante de mim o pedaço de sabão. Era a senha para que os papéis se invertessem. Eu então pegava o sabão, molhava-o e ensaboava-lhe delicadamente os seios, cuidando de pressionar um pouco mais os bicos e torcê-los suavemente para um e outro lado, conforme ela, sobrepondo sua mão à minha, me ensinara na primeira vez que brincáramos. Ofegante, ela fechava os olhos, mordia os lábios e, às vezes, apertava ainda mais a minha mão sobre o seu seio, até que, num ímpeto, conduzia minha mão para entre as suas pernas e, entre murmúrios e revirar de olhos, a esfregava com força sobre o próprio sexo, protegido pela calcinha. Suas coxas se fechavam e, aos poucos, começavam a se esfregar uma na outra, esmagando e torcendo meus dedos, até que eu sentia uma umidade quente sobre a mão, e ela, quase desfalecida, procurava o apoio da parede para não cair. E quando ela começava a me enxugar, havia gratidão no seu olhar e, na suavidade com que passava a toalha no meu corpo, ternura.

Esse ritual se repetiu até que uma tarde eu ouvi o portãozinho batendo e tratei de anunciar que ia tomar banho. Nézinha imediatamente me tomou pela mão, mas minha mãe falou:

— Não, Nézinha. Esse menino já está grandinho. É melhor ele começar a tomar banho sozinho.

Nézinha soltou a minha mão, constrangida, e nunca mais pegou. Eu tinha oito anos. Depois disso, ela mudou para outra casa e, naquela tarde, seguia de mudança para Brasília.

O pai de Nézinha, seu Raul-Neném, que caminhava à minha frente, sob o peso de malas e bolsas e, vez por outra, reduzia a sua marcha para deitar longos e silenciosos olhares a uma ou outra casa, foi o homem de maior habilidade manual que eu já conheci. Consertava tudo que a Olhos D'Água lhe punha nas mãos: bicicleta, torneira, fechadura, máquina de costura, máquina de fazer sorvete, motor de barco, o motorzinho de fazer obturação do doutor Garrido, instalava os fios de eletricidade das casas, consertava a macadame da Prefeitura, o trator de seu Agostinho, a cadeira de roda de dona Bernardina, a autoclave do hospital, o motor diesel do gerador, todos os onze jipes que circulavam pela cidade e até alguns carros. Imagina que uma vez deu um defeito na caldeira de um dos grandes vapores que navegavam pelo rio São Januário e o comandante, ao invés de esperar o técnico, que só chegaria em quinze dias, contratou seu Raul-Neném, que nunca mexera numa caldeira. Em três dias, a gaiola partiu com a caldeira a pleno vapor. Numa outra vez, quiserem desmerecê-lo, e ele deu o troco.

O doutor Itabaiana, avô de Maria Antônia, trouxera de uma viagem — não sei se a Belo Horizonte ou a São Paulo — um rádio novo. Ninguém na cidade jamais tinha visto um rádio tão pequeno. Não era maior do que a metade de um tijolo e tão leve que podia ser carregado com apenas uma das mãos. O que mais impressionava, porém, além do peso e do tamanho, era que o tal rádio não precisava ser ligado na tomada. Usava pilhas de lanterna. Permitia, pois, que se andasse na rua ouvindo música, um prodígio da tecnologia que inflava de orgulho o velho doutor Itabaiana quando, ao fim do dia, passeava na beira do rio, de rádio ao pé do ouvido, enchendo de intermitente melodia o fluvial silêncio e deixando boquiabertas as rodinhas de fazendeiros, pescadores, lavradores, caixeiros-viajantes, funcionários e pequenos comerciantes. Pois foi na frente de uma dessas rodinhas que o avô de Maria Antônia mexeu com os brios de seu Raul-Neném. Diante da curiosidade geral sobre o intrigante rádio, o doutor Itabaiana, vendo que Raul-Neném passava de bicicleta, o chamou com a sua secular autoridade. Seu Raul-Neném fez a curva e parou rente à calçada. Doutor Itabaiana estendeu o rádio na direção de Raul-Neném e lançou o desafio:

— Você que é sabichão, Raul-Neném, explica aqui para essa patuléia como é que esse bicho funciona.

Seu Raul-Neném esboçou o gesto de pegar no rádio, mas o doutor Itabaiana recuou.

— Não precisa pegar. Se não sabe, fala que não sabe. Ninguém é obrigado a saber tudo. Diz sim ou não: você sabe como funciona esse rádio?

Raul-Neném sorriu amarelo. Não sabia se o poderoso doutor Itabaiana falava a sério ou não. A rodinha torcia para ele desbancar o velho.

— Você não sabe, Raul-Neném. Nem precisa ficar com essa cara de quem sabe, mas tem dúvida. Ninguém em Olhos D'Água sabe como isso funciona. Ninguém no Brasil sabe.

Seu Raul-Neném abaixou a cabeça, humilhado. O velho Itabaiana, encarando um por um da rodinha, prosseguiu empolgado, brandinho o rádio no ar.

— Olha bem: cabe na minha mão, não tem fio, nem tem tomada. Vocês estão vendo? E fala e toca música, estão ouvindo? Que Deus me perdoe, mas parece milagre. Aqui dentro tem uma peça eletrônica que vai mudar o mundo. Nem adianta explicar porque vocês, analfabetos de pai e mãe, não vão entender nunca. É coisa tão avançada que até o diabo duvida. É invenção de cientista lá dos Estados Unidos. É que nem avião, bomba atômica, cinema. — E, voltando-se outra vez para Raul-Neném, o velho Itabaiana desafiou. — Explica como funciona isso, Raul-Neném. Se você explicar, eu lhe dou de presente. Explica e o rádio é seu, Raul-Neném.

— Eu não sei — disse seu Raul-Neném, profundamente abalado. O doutor Itabaiana assumiu um ar vitorioso diante da rodinha.

— Vocês ouviram. Ele disse que não sabe. O nosso Raul-Neném, coitado, é um moço esforçado, não tem culpa de não saber. Mas a verdade é que o homem que conserta tudo nessa cidade não vai saber consertar o meu rádio, se um dia ele der defeito. A sorte é que isso nunca vai acontecer. Pelo que me disseram, eu morro antes dessa porqueirinha dar defeito.

Seu Raul-Neném não explicou como funcionava o tal rádio, nem sabia como consertá-lo. Porém, pouco depois — ele ainda era nosso vizinho — começou a receber prospectos e apostilas de um curso de radiotécnico por correspondência. Não demorou muito e instalou, no telhado lá de casa, um fio de cobre entre duas varas de bambu. Ligada ao rádio, a coisa, chamada antena, diminuiu o chiado durante as novelas de minha mãe. Foi questão de meses e, uma noite, seu Raul-Neném foi à casa do doutor Itabaiana. Queria consertar, de graça, o rádio que já não se via mais em sua mão nos passeios vespertinos à beira do rio. Pegou Itabaiana reunido com a família, ouvindo a novela num enorme rádio à válvula, que mais tarde ficou conhecido entre os técnicos como "rabo quente". Estava decepcionado. Bastou que lhe caísse da mão para que o tal prodígio da tecnologia se tornasse uma inutilidade, pois só podia ser consertado nos Estados Unidos. Embora cético, permitiu que Raul-Neném tentasse consertá-lo. E quando o recebeu de volta, funcionando como novo, passou a tratar Raul-Neném de "Doctor Engenheiro", numa tal mistura de línguas, títulos e sotaques que, vindo de quem vinha, não se podia avaliar o quanto continha de ironia e de gratidão.

Quando dei por mim, estava diante da loja do seu Nailor. Parei e, da porta, acompanhei a família se afastar. Numa cidade pequena as pessoas vivem tão próximas umas das outras, têm histórias tão semelhantes, que, em maior ou menor grau, sempre acabam influindo na sua vida e até na sua carne. Aquelas pessoas que partiam para reconstruir suas vidas, enquanto estariam construindo a nova capital, não podiam avaliar que estavam iniciando, naquele momento, uma aventura irreversível.

Eu me desvio muito do assunto, não é? Pelo brilho dos seus olhos e pelo cigarro que você logo acende, eu já percebo quando o assunto está interessando. Pela sua frieza, tudo isso que eu disse sobre Nézinha e Raul-Neném não interessou em nada. É que a lembrança não vem na ordem certa e, volta e meia, confunde o leito principal com os afluentes. Além disso, nem tudo o que a gente vive é interessante. Fazer com que tudo se torne interessante é arte que eu não tenho. E nem seria o caso. Como disse, estou aproveitando esses quinze minutos para ordenar e selecionar os fatos. E já constatei que não é preciso falar dessa parte de Nézinha e Raul-Neném — só do que aconteceu depois com eles. Mas vamos voltar à história.

Quando, enfim, voltei para casa, da esquina anterior notei a agitação de meu pai, entrando e saindo da oficina. Vendo que me aproximava, começou a fechar as portas. Desde que eu saíra — minha mãe me contou mais tarde — ele não conseguira mais trabalhar, nem sequer esperar sentado. Dobrara e desdobrara peças de tecido, tirara e repusera nos cabides encomendas prontas, fora duas vezes à cozinha tomar café, dependurara uma régua aqui, afiara uma tesoura ali, trocara o carvão do ferro de engomar, reunira os pedaços de alvaiade numa caixa e, durante todo esse tempo, indo e vindo seguidas vezes até a porta, de onde podia alcançar, com o olhar, toda a extensão da rua.

Mal entrei e a última porta foi trancada. Na semi-obscuridade da luz de fim de tarde que entrava pela janela aberta, meu pai, rosto suado, lábios trêmulos, me encarou como quem reúne coragem para ouvir uma desgraça.

— E então, meu filho, você viu o tal do terno?

O "meu filho" na boca de meu pai naquele momento, e em outros semelhantes, tinha um tom de melodramática pieguice, pelo contraste com a secura habitual e pela intenção oculta de dividir comigo a tragédia que só ele antevia. No entanto, o seu medo e a sua solidão eram tão sinceros que, incontinenti, eu me tornei um cúmplice comovido.

— Vi, pai — respondi, incerto de por onde devia começar e, ao mesmo tempo, tentando manter o clima dramático com que ele tratava a situação

— E então? Fala, meu filho. O que foi que você viu? É bem cortado?

— É, pai. Acho que é bem-feito... mas eu não... é... é... E silenciei, inseguro dos meus conhecimentos do ramo.

— É o que, menino? — e meu pai fungava, dando os primeiros ares de impaciência. — Fala. Parece que nunca entrou numa alfaiataria. Foi chuleado à mão? E a costura, é reforçada?

— É, sim, pai. Teve uma hora que seu Nailor se distraiu, e eu aproveitei e puxei as bandas do pano, igual o senhor faz quando eu chuleio, e a costura não abriu.

— É um paletó e duas calças mesmo?

— É.

— Duas calças? — ele repetiu, quase incrédulo. — E iguais?

— É, pai. Iguaizinhas

— E tem algum elástico na cintura? Como é que a calça se ajusta na cintura do primeiro que entrar para comprar? — Pela sinceridade da sua angústia, aquele parecia ser o nó górdio da sua dúvida: — Você viu se tem sobra de pano no pesponto para cintar descosturando e depois costurando?

— Não tem muita sobra, não. Um dedo, eu acho.

— Vai ter alfaiate na loja para ajustar cintura, manga de paletó, bainha de calça?

— Não sei, pai. O senhor não mandou perguntar isso, não.

Meu pai silenciou por alguns instantes. Ofegava, coçava a cabeça. Parecia estar diante do enigma da esfinge. Eu queria ajudá-lo, mas não sabia como. Ele me olhava, mas não me via. Sua cabeça parecia girar num turbilhão. Eu me mantinha em silêncio, olhando-o, solidário. Voltou a perguntar.

— O paletó é de três botões, dois botões ou jaquetão?

— É jaquetão, pai.

— É bem cortado, tem caimento?

— Não sei, pai. Acho que é bem cortado. Caimento... eu não sei... mas eu achei bacana.

— Bacana, bacana! E o que, diabo, quer dizer bacana? É de casimira, é de tropical, de linho, gabardine, mescla, alpaca, brim... qual é o pano do diabo da roupa?

— Acho que é tropical, pai — disse, e dei dois passos até as roupas dependuradas. Apesar da pouca luz, peguei em várias, senti a textura, a trama dos fios, até reconhecer um dos tecidos. — É igual a esse — afirmei.

— De tropical? — ele indagou com um espanto que eu não atinava a razão. — Você tem certeza que é tropical? — insistiu.

A dúvida me assaltou. Voltei a acariciar o tecido.

— Tenho. É esse pano mesmo — respondi, confiante.

Ele enfiou as duas mãos pelos cabelos e falou quase para si mesmo:

— Deus do céu, com duas calças de tropical?

Um novo silêncio. Na sua testa brotavam grandes bolhas de suor, que escorriam pela fronte sobre o rosto gordo e moreno.

— Vai ser uma desgraça, meu filho. Eu sei o que é isso. Depois que começaram a fabricar camisas de colarinho, nunca mais recebi uma encomenda. Agora, vai ser pior.

Tomado por uma emoção melodramática, ele recuou o corpo, mantendo as mãos apoiadas sobre o balcão e, curvando-o ligeiramente para a frente, mergulhou a cabeça no espaço aberto entre os braços esticados. Ficamos um tempo em silêncio até que grossas lágrimas explodiram em manchas circulares sobre os tijolos avermelhados do chão. Tomado de compaixão, tive a nítida sensação de que uma dor aguda me trespassava o coração. Queria fazer alguma coisa para aliviar a dor daquele homem, mas nada, absolutamente nada, me ocorria. Nenhuma idéia, nenhuma palavra, nenhum gesto. Numa impotência desesperada, me aproximei dele e pousei a mão nas suas costas. Lembro-me de uma sensação estranha: aquele corpo enorme estava quente e tremia. Fiquei imóvel. Meu gesto tinha sido tão ousado que não sobrara mais coragem nem para me mexer. Súbito, ele deu um impulso para trás, largou o balcão, ergueu o corpo e se postou de pé. Virou-se para mim, pegou-me pelos ombros com mãos trêmulas e, abaixando-se quase à altura do meu rosto, olhou, com olhos úmidos e vermelhos, dentro dos meus olhos, e só então desfechou a pergunta fatal. A pergunta que deveria ter sido a primeira, mas acabara esquecida pelo seu melodramático fatalismo, foi finalmente feita.

— A quanto sai uma roupa dessa?

— Quatro contos e quinhentos — respondi.

Com o semblante iluminado e esmagando meus ombros com as mãos, repetiu a resposta, com olhos arregalados.

— Quatro contos e quinhentos? Nailor disse que custa quatro contos e quinhentos?

— Disse, pai — respondi, aliviado pela mudança na sua expressão enquanto contorcia sutilmente o torso para aliviar a pressão de suas mãos sobre os meus ombros. De repente, ele tirou as mãos de mim num repelão e, gesto contínuo, deu um tapa no balcão.

— Filhos duma égua! Se eu faço por um conto e quinhentos, ninguém vai me roubar serviço.

Seus olhos brilhavam, vitoriosos, e os lábios, tentando sorrir, tremiam nas extremidades. Deu outro tapa na mesa, e repetiu num tom mais baixo:

— Filhos duma égua!

Tomou-me entre os seus braços e sussurrou:

— Estamos salvos, meu filho. Graças a Deus e ao Sagrado Coração de Jesus.

Senti que seu corpo, atracado ao meu, estava trêmulo e molhado. A vontade de chorar me apertou a garganta, mas não chorei. Meu pai se afastou de mim e foi se ajoelhar diante do quadro do Sagrado Coração de Jesus, pendurado na parede do fundo da oficina. De mãos postas, rezou em silêncio. Depois de um tempo, pareceu ter se lembrado de mim. Sem se virar e mal interrompendo a sua reza, ordenou:

— Pode ir. Sai e fecha a porta.

Voltou a rezar, contrito, o corpanzil pesando sobre os joelhos, à luz dos últimos vestígios do dia que entravam pela janela. De um rádio distante, que minha mãe devia estar ouvindo, chegavam os acordes da "Ave Maria", de Schubert. Eu saí e fechei a porta.

Dias depois, tendo recuperado um mínimo de serenidade, meu pai criou coragem e foi à loja do seu Nailor, não sem municiar-se, como pretexto, com a compra de um meio metro de casimira para uma suposta encomenda. Prevenindo-se contra algum eventual descontrole, me arrastou como companhia. Foi recebido com um efusivo e desafiante: "O que achou da novidade?", desferido pelo próprio seu Nailor que, sem esperar reação, foi buscar o cabide onde, dependurada, repousava a fonte do desassossego de meu pai. Levando ao limite extremo sua capacidade de reprimir emoções, ele ouviu as entusiasmadas e provocativas explicações de seu Nailor com expressão impávida. Depois de um silencioso mal-estar causado pela sua indiferença, meu pai fez algumas perguntas, pegou finalmente no terno, olhou por dentro e por fora, acariciou-lhe o tecido, examinou o forro, avaliou-lhe as costuras, os botões e casas, ergueu-o à altura dos olhos, avaliou-lhe o corte e acabou pedindo a um dos caixeiros que vestisse o paletó. Olhou de frente, de trás, pegou na manga, lapela, ombros, cintura. Tirou uma das calças do cabide e, colocando verticalmente rente à perna do caixeiro, observando-lhe o corte, os bolsos, a braguilha, outra vez as costuras internas, os botões e, com um puxão na costura entre as pernas, avaliou-lhe o gavião. Depois do exame minucioso, rompeu o silêncio, acompanhado por todos com intensa expectativa, e indagou com ar de indiferença qual era o preço de venda. Mal ouviu a resposta, sorriu com ar triunfante e contida superioridade e comentou: "Faço por menos da metade" e, afastando-se, pediu para ver as padronagens de casimiras, deixando seu Nailor desconcertado, com o cabide na mão, e o caixeiro, apalermado, vestido com o paletó.

Aquele dia, que nunca vou me esquecer, marcou o início da *débâcle*. Dali para a frente, o carrossel começou a girar cada vez mais depressa e a força centrípeta foi nos empurrando para fora do centro. Nada permaneceu como estava.

VI

Para andar descalço na areia quente é preciso, a cada passo, enfiar o pé abaixo da superfície, lá onde o sol não bate direto, e tirá-lo rapidamente. E era isso que eu fazia, já com a sola do pé assada, na canícula das três da tarde. Era tal a claridade refletida do areião que mal se podia abrir os olhos. Eu seguia Graciliano, meu irmão e Vilmo, o melhor amigo dele, num passeio à Quinta — açude nas cercanias da cidade, formado pelo represamento natural de um dos inúmeros olhos d'água que brotavam na região, em torno do qual o céu e o sol, as árvores, as folhagens e os pássaros faziam uma festa permanente. Nos domingos de muito calor, a população, sobretudo sua banda mais humilde, se refestelava naquele oásis tropical. Em dias de semana, o oásis, vazio e silencioso, virava um paraíso.

Não era rotineiro passear junto com Graciliano. Na verdade, era algo extraordinário. Eu vivia pedindo para ir aonde ele fosse. Estava sempre me oferecendo para ajudá-lo no que ele tivesse que fazer e, quando podia, dava um jeito de ficar perto dele, vez por outra até inventando ardis. Graciliano, porém, sempre me evitava, me driblava, às vezes até me convencia de que eu deveria fazer outra coisa ou estar em outro lugar. Tudo à sua maneira, sem grosseria, nem ofensa. Não sei se para me proteger, para se sentir mais livre ou por algum misterioso processo de identificação, ele preferia outras companhias, como a de Vilmo, com quem meu pai já o proibira de sair.

Portanto, mesmo em silêncio e três respeitosos passos atrás dos dois, a caminhada rumo à Quinta me deixava exultante. Eles mantinham uma conversa interminável, reconstituindo, passe-por-passe, todos os gols da seleção brasileira que, três meses antes, ganhara a Copa do Mundo, na Suécia. Minha presença ali fora, como sempre, resultado de insistentes pedidos para acompanhá-lo que, daquela vez, incluíram até a ameaça de delatá-lo ao meu pai por estar em companhia de Vilmo. Graciliano acabara cedendo, mas tenho certeza de que não fora por temor à denúncia.

Olhando-o por trás e meio de lado, seu perfil tinha nariz pequeno e testa larga, o sorriso doce e franco e o olhar — que de tempos em tempos se voltava para confirmar se eu ainda os seguia — era penetrante, mas suave, confiante e sonhador. Para defini-lo numa única palavra, eu diria desprendimento: essa era a característica de Graciliano que mais me intrigava. Ele estava sempre contente com o que lhe coubesse, mesmo sabendo, às vezes até presenciando, as partições desiguais e injustas. Dava sempre a impressão de não querer nada para si. Aquele desprendimento o tornava inatingível nas nossas disputas. Não se beneficiava em nada por ser dois anos mais velho, mais alto e mais forte do que eu.

Na época em que éramos crianças, nossos embates físicos duravam o quanto eu quisesse, e eu sempre vencia. Se cismasse de lhe tomar umas bolas de gude, como diversas vezes cismei, ele não apenas concordava que eu ficasse com elas, como repartia comigo as bolas que restavam. E, como se não bastasse, ainda me convidava, com os olhos brilhando de alegria, para jogar com ele. Se na mesa de refeição eu pedisse mais, digamos, um pé-de-moleque, que já tivesse acabado, ele prontamente me oferecia o pedaço dele, para irritação de Idalina, minha irmã, que detestava me ver beneficiado e incentivava-o a reagir, dizendo:

— Você é muito besta, Graciliano!

Os míseros trocados com que meu pai de vez em quando retribuía a sua ajuda na oficina, ele guardava entre as páginas dos cadernos de escola. Sempre me servia clandestinamente deles — e não só uma nem duas vezes, disputei-os, sempre clandestinamente, com Idalina — e ele nunca sentia falta; ou, se sentia, nunca reagia. Hoje acho que ele devia perceber, mas preferia ignorar.

Quando começamos a nos interessar por garotas, ele estimulava as minhas fantasias de conquistador irresistível. As garotas que se encantavam por ele e me desdenhavam, deixando-me na boca o fel da inveja, eram as mesmas que apareciam me seduzindo nas cenas eróticas que ele inventava para me consolar. Como se não bastasse ser o fiel escudeiro de meu pai e, por isso, merecer toda a deferência de minha mãe, conseguia ainda a proeza de ser o melhor amigo de minha irmã — que o defendia com unhas e dentes — e o meu melhor amigo. E tudo espontaneamente, sem se impor nenhum esforço especial, sem os malabarismos de panos quentes para esconder divergências e, ao mesmo tempo, sem se deixar esmagar entre duas vontades irredutíveis.

Quando senti, com alívio, a sola dos pés tocando o chão fresco e respirei uma brisa perfumada, reconheci, sob uma luz suavemente filtrada, o bosque que circundava o açude. Estávamos na Quinta, e o alarido vindo da água denunciava que não estávamos sós.

O indicador sobre os lábios, Vilmo pediu silêncio. Abaixou o corpo e assumiu a dianteira, esgueirando-se por entre as árvores. Nós o seguimos até que, escondidos por trás de pedras e arbustos, vimos a clareira onde repousava o açude.

Umas jogavam bolas aos gritos com água pela cintura, outras nadavam e mergulhavam; outras, sentadas à beira d'água, conversavam em grupos; algumas colhiam flores silvestres pelas franjas do bosque; outras estiravam-se ao sol sob as pedras — ao todo, umas dez ou doze mulheres, entre quinze e trinta anos de idade, divertiam-se no açude. O que nos deixou extasiados foi o fato de umas vestirem camisolas, uma ou duas, maiô; outras usarem calcinha e sutiã, algumas só a calcinha, e a maioria não vestir nada. Nuas, nuas como vieram ao mundo, espaireciam na água e ao sol.

A visão quase me tirou o fôlego. A excitação se fundiu ao nervosismo. Pela expressão de Graciliano, deduzi que se passava o mesmo com ele. Vilmo me pareceu mais calmo, como se já esperasse ver aquilo. Tanto que, com gestos, indicou uma touceira próxima, mais densa e mais alta, para onde, agachados e de quatro seguimos um a um. Instalados lado a lado, com Graciliano ao centro, com mais visão, segurança e conforto, nos dedicamos aos prazeres do voyeurismo.

Não levou muito tempo e Vilmo já abaixava a calça, deixando à vista o calção, em cujo traseiro, com a forma de um carimbo de desbotadas letras vermelhas, lia-se: "Farinha Pura." Ato contínuo, arriou também o calção. A serena desfaçatez de Vilmo me convenceu de que ele tinha certeza do que encontraria ali, embora aquele ar imperturbável fosse sua máscara permanente. Com a mesma sonsice já fizera o que nem o diabo faria: amarrar fieira de traques em rabo de cachorro, pegar canoa alheia para atravessar o rio, apropriar-se de galinha solta em terreno baldio. Já fizera pau-de-bosta com padre Anselmo, e, como se não bastasse, uma noite colocara Trinco, o mendigo paraplégico que se arrastava pela cidade, no galho de uma árvore, onde o infeliz, incapaz de descer, passara toda a noite. Por essas e por outras, Vilmo era considerado má companhia por todos os pais. Daí Graciliano ser proibido de andar com ele; proibição, de resto, inútil, porque eles estavam sempre juntos, embora Vilmo não aparecesse mais lá em casa.

Atrás da touceira, éramos três a resfolegar com as calças pelos joelhos, a mão armada em frenética agitação a estremecer os corpos, numa mecânica recriação de sensações, com o pensamento concentrado na nudez das ninfas.

Embora teso e tenso, acabei descobrindo, entre as mulheres na água, aquelas duas — de cabelos longos e encaracolados, uma um pouco mais alta, mais magra e mais velha do que a outra — que, dias antes, carregavam água do rio. Não sei por que — talvez pelo inesperado aparecimento dos animais que, anunciando o meu atraso, me obrigaram a afastar-me às pressas —, mas todas as vezes que me lembrava delas, me vinha à cabeça chamálas de "as mulas do seu Aniceto". Agora, ali, chapinhando nuas na água, bem diante dos meus olhos, eram dois belos animais selvagens, oferecendo-se à imolação no altar da sensualidade. E mereciam o elogioso epíteto de "as mulas de seu Aniceto". E foi por elas, pelas duas mulas do seu Aniceto, ora por uma, ora por outra, que imolei meu corpo nas convulsões do orgasmo, num inefável prazer que me assustava. Pela primeira vez, as minhas entranhas cuspiram aos céus a seiva da vida que, descrita a parábola de ascensão e queda, acabou por penetrar a terra.

Deitados atrás das touceiras, quase desfalecidos, de calças nos pés e cuecas nos joelhos, assistíamos, com saciada indiferença, ao balé das ninfas. Tive vergonha de confessar aos meus parceiros que aquela fora a primeira vez que meu corpo escapara de mim, abandonara a minha consciência e, à minha revelia, entregara-se ao que me pareceram ser os estertores da vida. Preferi falar do meu encontro com as "mulas do seu Aniceto".

— Aquelas querem dinheiro — disse Graciliano, como se só de bater o olho pudesse diagnosticar.

Não acreditei. São putas, pensei comigo. Teriam dezessete, no máximo dezoito anos, e putas? Graciliano está mentindo, concluí. Porém, Vilmo esclareceu.

— Não precisa ser dinheiro. Arranja um par de sapato, um pedaço de pano para fazer vestido ou um brinco, que elas aceitam.

Só na terceira vez em que entrei no quarto da minha mãe foi que consegui. Na primeira, não cheguei nem a abrir a gaveta. Estava tão assustado que bastou um ruído na sala para eu sair do quarto, apavorado. Na segunda vez, abri a gaveta da cômoda, levantei umas roupas dobradas e lá estava a caixinha de pó-de-arroz, com uma gravura muito antiga na tampa. Olhei por um tempo, com as mãos trêmulas, mas não tive coragem de abrir. Acabei desistindo e saí do quarto apressado. Mas a nudez selvagem das duas "mulas do seu Aniceto" e a sensação do meu corpo sem alma se estertorando me tiravam o sono, dispersavam a atenção na aula, me perturbavam o juízo. Eu me sentia compelido àquele quarto, e voltei. Abri a gaveta, levantei as roupas, peguei a caixinha de pó-de-arroz, retirei a tampa com a gravura, desdobrei um pedaço de veludo azul, e lá estavam todas as jóias de minha mãe, coisas antigas, miúdas: dois pares de brinco, sendo um com pingente na forma de gota, uma pulseira que parecia de ouro, uma correntinha com medalha, uma pulseira infantil em cuja chapinha se lia "Idalina", um camafeu, um broche com a forma de borboleta, dois anéis, sendo um com uma pedra grande amarela, um colar de contas brancas. Enfiei no bolso o par de brincos com o pingente de gota, embrulhei o resto no veludo azul, tampei a caixinha, repus no lugar, recobri com as mesmas roupas, fechei a gaveta e saí do quarto.

À luz da lua, eu avancei, ansioso e inseguro, pelo leito seco do rio, contornando os barcos encalhados na areia luminosa. As sombras das grandes embarcações desenhavam irregulares áreas escuras. Meu pé afundava e a areia entrava no sapato. Com a mão no bolso, eu apertava o papel de seda onde embrulhara o par de brincos. Enquanto procurava, apreensivo, o barco Santa Genoveva, passei pelo Manaus, onde um bêbado cantava e tocava violão à luz de uma lamparina, pelo Bemquerer, onde uns tipos sem camisa e cigarro no canto da boca me olharam em silêncio, pelo Pirapora, de onde vinha um cheiro forte de peixe frito, pelo São Cristóvão, em cuja janela uma tênue vela bruxuleava, pelo Mandaú, onde ouvi risos abafados de mulher, e por vários outros, imóveis e silenciosos, abandonados como navios fantasmas, até que cheguei diante do Santa Genoveva. Era um barco de porte médio, de madeirame sólido e pintura ainda sem descascar. Alguém fizera uma escada de acesso com um barril de óleo vazio e algumas pedras. Apurei os ouvidos: silêncio. Subi a tal escada e entrei no barco. Ele rangeu. Fiquei imóvel, mal respirando. Uma gargalhada feminina ecoou pelo leito seco do rio. Logo outra lhe fez coro.

Firmei a vista e vi, primeiro, as duas fieiras de dentes brancos e, logo depois, por inteiro, as "mulas do seu Aniceto" deitadas no chão do convés, corpos mal cobertos, carnes expostas à luz da lua.

— Ele veio, Calu. Você achou que ele não vinha — disse a que riu por último. A que foi chamada de Calu, e que parecia a mais nova, riu mais algum tempo, e depois estendeu a mão na minha direção. Eu me aproximei. Ela pegou na minha mão e disse:

— Senta aí, filho. Senta.

Estranhei que ela me chamasse de filho, devia ter dezessete, dezoito anos, mas obedeci. Calu prosseguiu.

— A gente estava aqui olhando a lua cheia.

Senti uma brisa fresca que soprava no leito do rio.

— Você custou a achar o barco? — perguntou a outra.

— Não — respondi, enquanto olhava para o interior do barco, uma caverna escura onde não se via nada,

— Está abandonado? — perguntei.

— Abandonado, não — disse a outra. — O dono voltou para São Gonçalo até o rio encher de novo.

— Vocês conhecem o dono?

— É amigo da gente — disse Calu.

— Ele pediu pra gente tomar conta até ele voltar — disse a outra.

Calu, cabeça sobre as duas mãos, me olhava com um sorriso enigmático. Sob aquela luz, sua pele morena ganhava um brilho sensual e misterioso. A outra, com o olhar distante, apoiava as duas mãos na cobertura do barco e impulsionava seu corpo para frente, deixando-o curvar-se como um esguio arco, ameaçando precipitar-se no leito do rio. A luz da lua sobre as suas roupas brancas contrastava com a noite e deixava entrever, através das transparências, os contornos das pernas roliças e coxas grossas. Eu estava aturdido. Olhava para uma, para a outra, para o barco e para a lua, me dando tempo para entender o que estava acontecendo. Ao marcar o encontro, supus que apenas uma delas estaria no barco. Com as duas, eu não sabia o que fazer nem atinava para o que poderia acontecer. Tampouco imaginava que haveria uma conversa preliminar. Pelo que vira na Quinta, uma vez marcado o encontro, tudo estaria subentendido. Bastaria chegar e partir para a ação. O silêncio me desconcertava. Estava sem assunto e não me ocorria nada para falar. Enfim, rompi o silêncio.

— Ela chama Calu. E você, como é que você chama? — perguntei.

— Juraci — ela disse, sem mudar a posição de arco distendido contra o céu escuro. — Mas pode me chamar de Jura.

— Juraci e Calu — repeti. — Vocês são irmãs?

— Primas — disse Calu.

— Não desgrudam uma da outra.

Elas explodiram em gargalhadas. Juraci interrompeu seu malabarismo e, cobrindo a boca com as duas mãos, encostou-se na parede do barco e dobrou o corpo para frente. Sem parar de rir, Calu ergueu o tronco para sentar-se, e a frente de seu vestido, que estava apenas jogado sobre o corpo deitado, desceu. Os dois seios, pequenos e rijos, ficaram à mostra, e ela, às gargalhadas, deixou-os balançar à vontade, sem esboçar qualquer gesto para se cobrir. Aquelas gargalhadas tinham uma cumplicidade marota que me deixava inseguro. Calu, porém, segurou a minha mão e, sem deixar de rir, me puxou para junto de si e assentou a minha cabeça sobre o seu peito. Eu me deixei levar como uma criança, mas deu para ver quando Jura desapareceu no escuro do interior do barco. Quando meus lábios roçaram aqueles seios túmidos, senti o coração se acelerar, e o instinto conduziu as ações. Os dezessete ou dezoito anos de Calu já lhe tinham dado vivência suficiente para ela perceber que aquela era a minha experiência inaugural. Percebeu e calou-se, como se adivinhasse que qualquer comentário me deixaria constrangido. Enquanto rolávamos pelo convés, despiu-me e despiu-se com mãos firmes e gestos precisos, jogando nossas roupas para fora da área de ação. Com objetividade, mas sem perder a delicadeza, tentava aplacar a minha irrequieta sofreguidão e me conduzia e orientava com carinhosos sussurros aos meus ouvidos. De quantos privilégios gozam as mulheres, que já nascem sabendo até o que não conhecem! Calu já nascera vocacionada para o sexo. Sabia os segredos do prazer — de como dá-lo e usufruí-lo à larga, sem medidas nem limites, sem regras nem convenções. Mais do que a anatomia erótica, ela sabia da geografia do prazer, com suas saliências intumescidas, reentrâncias úmidas, as imprevisíveis sensações de inesperados usos. Calu se empenhava com a abnegação de uma deusa que, do alto do seu poder, descobre o prazer na docilidade com que se oferece ao uso e abuso.

Todo esse empenho, porém, não me tirou a alma do corpo, nem muito menos o levou a estertorar-se. Depois de horas de embate — e digo horas mais pela sensação de aniquilamento do meu corpo do que pelo tempo cronológico transcorrido — Calu, suada e ofegante, foi se aquietando aos poucos até se imobilizar por completo. Rolei meu corpo para o lado, aliviando-a do peso. Além de exaurido, sentia-me frustrado e, o que era pior, envergonhado. O que acontecera comigo para fracassar na primeira vez? Será que não era homem de verdade? Ou será que estava condenado a só ter prazer me masturbando? Minha cabeça girava.

A lua se deslocara, obrigando-me, para vê-la, a deitar de costas para Calu. Nuvens mais baixas, que se iluminavam ao passar diante dela, estavam mais velozes. Minhas pálpebras começaram a pesar. Pensava em ir para casa quando Calu se levantou em silêncio e desapareceu no escuro do barco. Ouvi vozes sem entender o que diziam e depois não vi nem ouvi mais nada.

Acordei com as mãos que me acariciavam os cabelos. Abri os olhos, mas mantive-me imóvel. Logo senti a maciez de um colo sob o rosto. Girei lentamente a cabeça e dei com Juraci, sorridente. Olhei à volta: Calu desaparecera.

Intuí que, à minha revelia, a missão de me iniciar na vida sexual já fora confiada a outra mulher. E não precisou muito tempo para que seus gestos confirmassem a minha intuição. Mais velha que Calu, Juraci era também mais, digamos, técnica, para não dizer profissional e soar pejorativo. Embora fosse técnica, não era menos dedicada. Meu fracasso é que foi maior. Não agüentei muito tempo e, suado, ofegante e já sentindo dores em certas partes, pedi que parasse.

Enquanto nos vestíamos, Calu reapareceu, vindo do escuro interior do barco. Em silêncio, beijou a minha nuca e voltou a deitar-se, mal coberta, no chão, quase na mesma posição em que eu a encontrara. Sem acabar de se vestir, Juraci se deitou ao lado dela, com um suspiro profundo e ruidoso. Aquele suspiro bastou para que Calu desse uma grande gargalhada, que Juraci, incontinenti, acompanhou. Outra vez o riso daquelas duas mulheres me humilhava.

Enquanto elas riam, acabei de me vestir rapidamente e, aterrado, me aproximei de Calu. Ela sentou-se. Eu peguei o embrulho de papel de seda no bolso e, discretamente, depositei na sua mão.

— Obrigada, filho — disse ela, enquanto desembrulhava o presente.

Avancei até o lado oposto do convés, passei uma das pernas para a parte de fora. Juraci acenou.

— Volta outro dia. Vai ser bom.

Quando descia a escada de barril e pedras, ainda registrei, como última imagem daquela noite, Calu, sorridente e feliz, balançando o pingente do brinco na direção de Juraci.

— "O ouro, a prata, os corpos belos e todas as coisas são dotados dum certo atrativo. O prazer de conveniência que se sente no contato da carne influi vivamente; e cada um dos outros sentidos encontra nos corpos uma modalidade que lhes corresponde. Do mesmo modo, a honra temporal e o poder de mandar e dominar encerram também um brilho, donde igualmente nasce a avidez de vingança. Todavia, para a aquisição de todos esses bens o homem não Vos deve abandonar nem afastar-se da Vossa Lei, ó Senhor. A vida neste mundo seduz por causa de uma certa medida de beleza que lhe é própria, e da harmonia que tem com todas as formosuras terrenas. A amizade dos homens torna-se doce por unificar, com um laço querido, muitas almas.

Por todos estes motivos e outros semelhantes é que se comete o pecado, porque pela propensão imoderada para os bens inferiores, embora sejam bons, se abandonam outros melhores e mais elevados, ou seja, a Vós, meu Deus, a Vossa Verdade e a Vossa lei. De fato, as coisas cá debaixo também deleitam, mas não como o meu Deus que criou todas as coisas, porque é as delícias dos corações retos, e é Nele que o justo rejubila."

Enquanto padre Anselmo, perturbado pelo barulho de martelos e serrotes vindos de fora da igreja, lia estas palavras — que, como vê, acabei decorando, tal o alento que me trouxeram não só naqueles dias da adolescência, em que sofria pela culpa de ter pecado gravemente, mas também nos momentos de grande desespero que vivi mais tarde por erros ainda mais graves — tiradas das *Confissões*, de Santo Agostinho, eu contemplava os vitrais coloridos das laterais da Matriz com o coração compungido, alheio aos excitantes cochichos, beliscões e bilhetinhos entre adolescentes que, nas tardes de sábado, freqüentavam aqueles Encontros com Jesus. Com os vitrais iluminados pelo sol da tarde, as imagens de São Francisco ganhavam um tom sépia que reforçava a dimensão mística do santo da bondade. Enquanto ouvia padre Anselmo ler as sofridas confissões de Santo Agostinho, tendo ao fundo o batuque do martelo, eu me deslumbrava com o vitral de São Francisco ao receber os estigmas de Jesus Cristo, ou o outro, em que ele renuncia à vida de rico e faz voto de pobreza, ou ainda aquele — o que mais me emocionava — em que ele cego, descalço e maltrapilho, é conduzido pelos passarinhos e pequenos animais.

O sofrimento de Santo Agostinho e o despojamento de São Francisco me induziam a um arrependimento tão profundo, que bastava pensar na minha própria morte para ser tomado por um sentimento de alívio. Porém, bastava materializar minimamente esta morte, imaginando, por exemplo, meu próprio corpo num caixão, para ser, imediatamente, inundado por lágrimas de piedade. O arrependimento me atormentara durante toda a semana. Tivera sonhos pavorosos: que Calu e Juraci estraçalhavam o meu corpo com os dentes, que meu pai passava o cinturão no meu pescoço e me pendurava na porta até que centenas de brincos me saltassem do nariz e dos ouvidos, que ao comungar a hóstia me enchia a boca de sangue. Passara a lutar contra o sono para não sonhar. Tinha perdido o apetite e, na escola, evitava Maria Antônia, certo de que, pelo meu olhar, ela adivinharia que eu roubara um brinco de minha própria mãe para traí-la com Calu e Juraci.

Humilhado e envergonhado, tinha procurado Calu e pedido que me devolvesse o brinco, sem esclarecer que fora roubado. Em troca, daria o que ela escolhesse na loja do seu Nailor e depois arranjaria um emprego para pagar as prestações. Mas ela já tinha vendido o brinco para um caixeiro-viajante que estava hospedado no Hotel São Januário. Correra ao hotel, mas o homem já tinha viajado, não se sabia para onde. Por várias vezes estivera prestes a confessar a minha mãe. Numa delas, chegara a anunciar que lhe queria contar um segredo; mas, quando ela se dispusera a ouvir, tinha ficado com medo e inventado uma história sobre um sujeito supostamente interessado em Idalina, o que ela ignorou e passou a suspeitar que algo errado estava acontecendo comigo.

Por tudo isso, até ali, na igreja, onde, de todos os participantes do Encontro com Jesus, eu fora o único a recusar a confissão, o sofrimento me corroía em silêncio, quando comparava a minha sordidez com a santa imagem de São Francisco, enquanto ouvia, na voz de padre Anselmo, as confissões de Santo Agostinho.

— "Portanto, quando se indaga a razão por que se praticou um crime, esta, ordinariamente, não é digna de crédito, se não se descobre que a sua causa pode ter sido ou o desejo de alcançar alguns dos bens a que chamamos ínfimos ou medo de nos perder. Esses bens são, sem dúvida, belos e atraentes, ainda que, se comparados com os superiores e beatíficos, não passem de desprezíveis e abjetos."

Ouvindo Santo Agostinho e vendo São Francisco, eu mergulhava na minha expiação interior, quando, subitamente, fui de lá arrancado pelas vozes que vinham do adro da Matriz. Era um coro masculino que entoava um som prolongado e ritmado. Saímos apressados e curiosos, com padre Anselmo à frente, na direção da porta principal da Matriz.

Dependurado por cordas a uma roldana com catraca que estava presa no alto de um andaime cujo topo ultrapassava a própria torre da igreja, o sino subia em avanços curtos e intermitentes, conforme o esforço de vários homens, entre os quais o cabo Cachoeiro, o sacristão Lamberto e o vereador Pompílio Mascarenhas, que puxavam a outra ponta da corda. Cada impulso conjunto era apoiado em uníssono pelo coro e correspondia a alguns centímetros de ascensão do sino. Afrouxada a corda após cada impulso, a catraca impedia que a roldana girasse ao contrário sob o peso, o que criava uma espécie de intervalo para respiração. Inúmeras pessoas espalhadas pela praça — aos sábados, muita gente das cercanias ia a Olhos D'Água fazer compras — além de nós, do Encontro com Jesus, que acabáramos de chegar ao adro, acompanhavam com apreensão a subida do sino. Cada avanço, por pequeno que fosse, era considerado uma vitória, que só não era festejada porque aumentava a altura e, segundo diziam, e eu não entendia, quanto mais alto estivesse, maior seria o perigo de despencar, talvez, suponho, pelo risco da corda se romper ou de se desfazerem os nós e laços sob o peso prolongado. Na minha opinião, porém, o que aumentava a apreensão, à medida que o sino subia, era a incerteza sobre a maneira de, no alto da torre, enfiá-lo no seu nicho. A arriscada translação do andaime para a torre, ao final daquela trabalhosa operação, enfeixava grandes expectativas.

Apesar disso, o sino subia, já contando com o apoio dos presentes, entre os quais dona Isolda e dona Pulu, que, espontaneamente, começaram a participar do coro, formando, aos poucos, uma torcida, que logo se alastrou por toda a praça. Nesse entusiasmo, demorei a perceber o que estava diante dos meus olhos. Colado à parede da igreja, com traços nítidos num desenho vistoso, estava o minucioso projeto de reposição do sino, com a torre, o engenhoso sistema de cordas, roldanas e catraca, além de instruções de operação, concebido, segundo soube depois, por ninguém menos que seu Raul-Neném, momentos antes de embarcar para Brasília. Era mais uma motivação para eu torcer pela perfeita reposição do sino no seu lugar.

No justo momento em que mais uma vez se confirmava o talento de seu Raul-Neném, um ruído forte atraiu a atenção de todos para o alto do andaime. O que se temia começara a acontecer: o sino estava caindo. Não despencara, mas descia devagar. Alguma coisa precisava ser feita, mas ninguém se mexia. Os homens recolhiam a corda, que se afrouxava à medida que o sino descia. Um murmúrio percorreu a praça. As pessoas, paralisadas, pareciam não acreditar. Agitado, um desconhecido explicou aos berros: a corda que prendia a roldana no alto do andaime estava escorregando no laço. Mal anunciou o problema e o sino parou de descer. Fez-se silêncio. Todos se entreolharam. Os mais curiosos se aproximaram do andaime. Os mais cautelosos se afastaram. Os homens, mantendo a corda distendida, não sabiam o que fazer. Depois de um silêncio perplexo, começaram a aparecer sugestões. Uma aqui, outra ali, e logo brotavam idéias em profusão. Todos queriam dar palpite. Uns achavam que a amarração não estava bem-feita; outros, que a corda não suportaria, e outros, que a catraca arrebentaria. Para uns o andaime estava fora do lugar; para outros, estava mal construído. Debateu-se a qualidade da roldana, e o cabo Cachoeiro discutiu qual o tipo de nó mais adequado. Pompílio Mascarenhas aproveitou para esclarecer que, apesar do padre Anselmo ser amigo do prefeito, foi pelo empenho pessoal dele, um vereador da oposição, que se conseguiu liberar a verba para a construção do andaime; e ele só se empenhou porque a Matriz não pertencia nem ao padre nem ao prefeito, mas a toda a população. A contralto, dona Isolda, sugeriu que se benzesse o sino. Dona Pulu, reiterando a convicção de que ele caíra por vontade divina, propôs que se celebrasse uma missa. Houve quem dissesse que tudo estava errado, e que o melhor seria descer o sino e desmanchar o andaime. E não faltou quem achasse que aquilo estava dando muito trabalho e sugerisse deixar o sino no chão mesmo. Depois de observar de vários lugares e ângulos, um desconhecido, com ares de experiente no assunto, concluiu que o laço deixara provisoriamente de escorregar, e que os homens deveriam voltar a puxar a corda, agora com mais cautela. Estes se entreolharam em silêncio e, mesmo hesitantes, obedeceram. Puxaram a corda, o sino subiu um pouco e parou. Todos se imobilizaram em silêncio, aguardando algum ruído ou movimento que, afinal, não veio. Sempre junto ao andaime, o desconhecido assumiu a liderança e, por gestos, passou a comandar os homens. Agitava a mão em movimentos verticais, os homens puxavam a corda e o sino subia; espalmava a mão no alto, e tudo parava. Com solenidade, ele reexaminava o laço, a corda e o andaime e, só depois, mandava subir mais um pouco. A tensão crescia. Toda a praça participava da expectativa. Padre Anselmo abriu os braços, pegou a minha mão de um lado, a mão de uma moça do outro, e sugeriu que fizéssemos o mesmo. Logo armou-se uma corrente que se estendeu por quase toda a praça. Daí em diante, sob o ritual comandado pelo desconhecido, com o coro incentivando os homens que puxavam a corda e a torcida de mãos dadas, o sino subiu, devagar e sempre, até o alto do andaime. Apesar da expectativa, a orientação de seu Raul-Neném foi perfeita. Com cordas puxadas lateralmente por homens colocados na torre e no telhado, o sino se aproximou do seu nicho, foi enganchado por dentro da torre, e erguido até a posição original. Mal foi instalado e voltou a badalar festivamente. No adro e na praça, as pessoas aplaudiam, gritavam vivas e davam graças a Deus. Os mais fervorosos se ajoelhavam e até nós do Encontro com Jesus, nos abraçávamos. Quando ouviu que o sino voltara a tocar, a população acorreu à praça. E logo espocaram foguetes.

Desculpando-se pela ausência causada pelo grande movimento no salão aos sábados, o barbeiro Nico aproximou-se de padre Anselmo e, num tom maledicente, disse que o sacristão Lamberto não teria mais desculpa para não tocar o sino de manhã.

Em meio à alegria geral, eu vi o desconhecido que liderara a operação se aproximar de um saco de compras que um homem acabara de pousar no chão, enquanto se distraía na companhia da mulher e duas crianças. Sem saber que era observado, o desconhecido olhou para os lados, pegou o saco e desapareceu entre os presentes. Fiquei tão perplexo que nem me ocorreu denunciar ou reagir. O que fiz foi procurar um canto atrás do andaime — onde dei com Trinco que, condenado a rastejar, procurava lugares seguros — e me ajoelhar. Mais uma vez, pedi perdão a Deus. Tomado pela mais fervorosa devoção, alheio ao vozerio e foguetório à minha volta, fiquei olhando o sino badalar. Imaginei, então, aquele som, que reverberava pela praça e por toda a cidade, se espalhando também pelo espaço. Recomendei a cada badalada que dissesse a Deus do meu arrependimento. Quando olhei o céu por trás da torre, de um azul profundo e imaculado, não sei por que, senti um aperto no coração.

VII

Com o São Januário cheio não se podia passar pela beira do rio. Indomáveis, as águas chocavam-se com violência contra o cais, saltavam sobre o paredão e avançavam pelas ruas próximas, que, já castigadas pelas chuvas, inundavam-se, quase transformando-se em pequenos afluentes. A correnteza costumava arrastar barrancos, árvores, barcos, casebres, animais e até pessoas. Com as cheias, o rio que lambia mansamente a cidade ameaçava tragá-la. O temor à enchente tirava o sossego até dos que, como nós, moravam afastados do rio. Quando a chuva desabava sem trégua, meu pai e minha mãe levantavam com freqüência de madrugada e verificavam pela janela se a rua ou o quintal estavam inundados. Do jeito que as coisas andavam difíceis lá em casa, a ameaça das águas era, para mim, uma conspiração da natureza contra uma família à beira do desespero.

Há tempos meu pai não recebia qualquer encomenda; nem da mais modesta calça de brim. Ninguém sabia exatamente há quantos meses, porque ele sempre mantivera em sigilo a rotina do seu trabalho. E os fregueses não desapareceram de uma vez, foram rareando. E, se apareciam, encomendavam menos, ou queriam apenas ajustes e consertos; o que, antes, ele recusava, passava agora a aceitar. Depois, nem isso aparecia mais. A oficina ficou entregue às moscas, mas meu pai ainda se manteve lá por muito tempo, a cada dia fingindo uma atividade, até que, no meio da tarde, o sono o derreasse sobre uma cadeira.

Nesse período, ele ficou ainda mais silencioso. Passou a ter insônia.

Levantava de madrugada e ia para a beira do rio ver o avanço das águas ou a partida dos pescadores, onde o dia o surpreendia. Viu-se também atacado por uma inimaginável inapetência. Não comia quase nada no almoço, e ainda menos no jantar. Por fim, estarreceu a todos ao deixar, nos restos do almoço de domingo, quase toda a moqueca de surubim, seu prato predileto, preparado por minha mãe como uma espécie de teste definitivo. Confirmada a suspeita, ele, no entanto, se recusou a ir ao médico, a responder perguntas sobre o que sentia e não abria a boca para se queixar de nada. Naquele primeiro momento de hesitações sobre o que fazer, Graciliano, que já era muito ligado a meu pai, tornou-se sua sombra: resolveu acompanhá-lo, se ele o permitisse, ou segui-lo, em caso contrário, de modo a nunca deixá-lo só — onde quer que fosse.

Ficou logo evidente o quanto meu irmão amava meu pai. Mais do que amá-lo, era capaz de compreendê-lo, de decifrar as raras palavras que, aos solavancos, tartamudeava e que, aos meus ouvidos, raro alcançavam clareza e, ao meu entendimento, raro completavam um sentido. E era mútuo esse amor, embora expresso segundo as peculiaridades de cada um. Aliás, não fora outra coisa senão um gesto de confiança e cumplicidade — partes visíveis do *iceberg* que é o amor — ter decidido, muito tempo antes, que meu irmão iria ajudá-lo na oficina. À sua maneira de ser paciente, ensinou-o a chulear, fazer casas e pregar botões, iniciando-o nas artes da alfaiataria e elegendo-o, precocemente, seu herdeiro profissional na cidade.

De sua parte, meu irmão, cuja generosa docilidade cativava a todos, retribuía à sua maneira — a retribuição é prescrição importante entre os que se amam. Servia-lhe o cafezinho que não fora pedido, surpresa bem recebida, mas nunca revelada, adivinhava-lhe a hora do banho e, antecipando-se, corria a completar a água do barril; não apenas esmerava-se no acabamento das costuras, como as entregava pela cidade — tarefa que nos seus impedimentos me era confiada, não sem muitas observações e advertências — e era incumbido de receber os pagamentos — confiança que nunca mereci —, o que, às vezes, incluía seguir os passos de devedores que, em vão, tentavam escapulir do cobrador, humilde, mas implacável.

Depois que meu pai mudou subitamente o seu comportamento, Graciliano entregou-se, de corpo e alma, ao seu cuidado. Adivinhava suas vontades, antecipava-se às suas necessidades, sempre atento a cada gesto, numa dedicação silenciosa e instintiva, diria mesmo canina, que, com o tempo, passou a incluir até a vigília. Falava pouco comigo, afastou-se de Vilmo, deixou de fazer as tarefas escolares e, se as fazia, era no limite do necessário e na própria oficina, com meu pai sempre ao alcance dos olhos. Ia apreensivo para a escola e voltava às pressas para, à luz do crepúsculo, passear à beira do rio, compartilhando um silêncio de misterioso entendimento — meu pai cabisbaixo, de mãos às costas, e ele um passo atrás.

A falta de encomendas era porque os clientes de meu pai tornaram-se fregueses da loja do seu Nailor. Todos, sem exceção, compraram o tal terno de duas calças. Até mesmo gente endinheirada, como os Carneiro e os Mendonça e, no outro extremo, gente simples, como o sacristão Lamberto e o barbeiro Nico. Nem todos porque achassem que era uma roupa mais bem-feita, ou mais bonita ou mais na moda, mas porque podia ser comprada em prestações mensais, uma facilidade que a indústria oferecia ao revendedor, que a repassava ao comprador. Muita gente que nem sonhava ter um terno, ou que não tinha mesmo necessidade de ter um terno, comprou seu terno de duas calças. A moda se alastrou até entre os adolescentes. Por não haver um acontecimento que o exigisse ou um local adequado para usá-lo, a missa nas manhãs de domingo, os fins de tarde na beira do rio e os princípios de noite no jardim do coreto tornaram-se o acontecimento e o lugar para o desfile dos enfarpelados. A falta de gravata, ou a dificuldade em dar-lhe o nó, ou ainda a sensação de enforcamento, levava muitos a usar o terno com camisa esporte, ora com o colarinho abotoado, ora dobrado sobre a gola com os primeiros botões abertos, expondo peludos peitos. Homens rudes, habituados ao trabalho pesado de chapéu e botina, vestiam seus ternos — uns com a calça curta, deixavam os tornozelos à vista, outros com o paletó apertado, deixavam à vista a barriga — para passear a cavalo, de canoa ou a pé. Quando quase todos passaram a usar terno, meu pai não tinha mais trabalho.

Um dia — uma terça-feira, bem antes da chegada das chuvas, me lembro perfeitamente — meu pai desistiu de fingir que trabalhava e, por isso, não havia mais razão para manter a oficina aberta. Ao sair para a escola, dei com as portas da oficina trancadas. Fui tomado por uma sensação estranha, de insegurança e medo. Meu sentimento era de que alguma coisa muito grave estava acontecendo. Fui para a aula com o coração na mão.

Na noite daquela mesma terça-feira — por isso me lembro tão bem — era dia de novena lá em casa. A falta de dinheiro estava nos deixando numa situação tão difícil que minha mãe apegou-se à esperança inesgotável que lhe vinha da fé em Deus e passou a desdobrar-se em mil rezas, missas, orações e promessas. Como as coisas ao invés de melhorarem, pioravam a cada dia, ela talvez tenha começado a desconfiar da eficácia de suas orações solitárias e, quem sabe, até a suspeitar do próprio fervor. Pediu socorro espiritual. Convenceu padre Anselmo a liberar a imagem de Nossa Senhora do Perpétuo Socorro — ele exigiu apenas que a imagem fosse devidamente escoltada pelas "Filhas de Maria" — e, a seu pedido, reuniram-se vizinhas, beatas, e amigas, umas trinta e tantas mulheres de fé, para rezar a ladainha durante nove terças-feiras consecutivas. E aquela era uma terça-feira de novena.

Começava a anoitecer quando o andor, com a pequena imagem da santa no interior de uma redoma de vidro, saiu pela porta lateral da Matriz, como vinha acontecendo nas últimas terças-feiras. Mais escolta do que cortejo, íamos, eu, minha mãe, minha irmã e meu irmão, junto com as seis Filhas de Maria, duas delas atracadas ao andor. Eu e Graciliano, os únicos homens, só estávamos ali obrigados, o que aumentava a vergonha de participar daquela marcha que cortava a cidade. A passos rápidos e em silêncio logo chegamos em casa.

O andor foi colocado sobre a mesa, deslocada para junto da parede que dava para o quintal. Dessa forma, os que entravam na sala viam a santa de frente e as devotas de costas. A presença da imagem, as velas acesas e as seis uniformizadas Filhas de Maria instalavam um clima de silêncio e respeito em toda a casa. Andávamos na ponta dos pés e conversávamos aos sussurros. E a ordem era não trançar nem conversar. As devotas — e me lembro nitidamente da misteriosa dona Isolda — chegavam aos poucos, com gestos lentos e vozes baixas, a maioria trazendo véus negros, terços enormes e pequenas almofadas. Numa solidariedade silenciosa e espontânea, que deixava minha mãe constrangida para receber, mas não soberba para recusar, uma punha discretamente sobre a mesa um pratinho de pão de queijo, outra um tonelzinho de leite; uma deixava um saquinho de café torrado, outra como que esquecia uma cesta de mangas ou meia dúzia de ovos. Embora constasse do ritual servir-se um cafezinho com biscoito após as orações, para o qual quem quisesse contribuía, a quantidade das contribuições, assim como o número de contribuintes, era de uma generosidade maior do que a usual.

A sala estava repleta de mulheres ajoelhadas em intenso clima de devoção, a litania seguia seu ritmo peculiar — a cada curta evocação lida por minha mãe todas repetiam "Rogai por nós" —, quando o inesperado entrou, arrombando as portas.

Eu estava em pé, rente à parede, de frente para a santa, quando pressenti um vulto ofegante na porta de entrada, à minha esquerda. Virei o rosto e olhei. Era meu pai.

Como a oficina já estava fechada quando saí para a aula, e ele não aparecera para almoçar, aquela era a primeira vez que o via naquele dia. Seu corpanzil balançava levemente para a frente e para trás — parece que ao estacar à porta interrompera um impulso que o levaria ao meio da sala. Ofegante, olhava para as mulheres ajoelhadas de costas como se tentasse, com tudo o que lhe restara de discernimento, entender o que se passava diante dos olhos e dos ouvidos, martelados pela ladainha. Pareceu ter identificado a santa lá na frente, pois tentou persignar-se. Digo tentou, porque ergueu a mão direita com o polegar destacado e, a certa altura, parou. Como se não conseguisse levantar mais o braço, optou por abaixar a cabeça até que os dois se encontrassem em algum lugar do espaço intermediário. Porém, o polegar, em vez de descrever a cruz na sua testa, manteve-se rígido sob o peso da cabeça, enquanto todo o corpo balançava perigosamente. Depois, não sei se desistindo ou dando por concluído o sinal-da-cruz, soltou o braço e ergueu a cabeça, voltando a olhar em torno, com olhos vermelhos e injetados. Foi então que o coro de mulheres, respondendo a uma evocação, repetiu: "Tende piedade de nós."

Foi o bastante. Meu pai sussurrou o "Tende piedade de nós" enquanto impulsionava os seus cento e tantos quilos na direção da santa. Adivinhando o que viria, tentei segurar-lhe a mão, mas ele escapou com um safanão e, no movimento, seu corpo se desequilibrou. Aos gritos de "Tende piedade de nós", ele avançou atabalhoadamente, pisando e atropelando as devotas ajoelhadas no seu caminho até a santa. Em pânico, as mulheres começaram a gritar, levantando-se, chocando-se com ele, empurrando-o, enquanto ele girava no olho daquele redemoinho. Elas caíam no chão, voltavam a se levantar, corriam para o quintal ou para a rua, até que ele desabou pesadamente sobre mãos, pés e pernas de umas quatro. Graciliano e eu corremos para ele. Enquanto as quatro se desvencilhavam do peso, outras, entre as quais dona Pulu, tentavam, em vão, arrastá-lo ou mudá-lo de posição. Graciliano estava transtornado. Na sua aflição, sussurrava aos ouvidos de meu pai:

— Pai! Pai! Levanta, pai! — sem obter qualquer reação.

Entre choros, gemidos e alguns gritos, as mulheres anunciavam ou clamavam por cachaça alcanforada, mercurocromo, álcool, arnica, água com sal, água com açúcar, água quente, ar fresco. Eu e Graciliano tentamos carregar meu pai para o quarto, mas não conseguimos sequer tirar seu corpo do chão; tentamos arrastá-lo, e outra vez fracassamos; era impossível mexer aquela montanha. Em pé, de véu, terço e livro de oração apertado contra o peito, minha mãe olhava para aquele enorme corpo inerte no chão e chorava, tremendo a cada soluço. À sua volta, várias mulheres giravam pela sala feito baratas tontas, à procura de chinelos, sandálias e sapatos largados na correria. Idalina trançava da cozinha para o quarto, acudindo uma, respondendo a outra; do quarto para a sala, levando mercurocromo e álcool, trazendo algodão e tiras de panos; distribuía, sobretudo, envergonhados pedidos de desculpas, que incluíam aflitos "pelo amor de Deus", mas não poupavam meu pai, ignorando até a atenuante de ser a primeira vez, lembrada por uma ou outra.

As mulheres que correram para o quintal ou para a rua retornavam aos poucos. De boca aberta, por onde uma baba viscosa esticava-se até o chão, meu pai ressonava, emborcado no meio da sala. Idalina postou-se ao lado de minha mãe — que chorava cabisbaixa num tom mais dolorido —, passou o braço no seu ombro e chorou também. Ajoelhado no chão junto a meu pai, eu, olhando para cima, sentia no choro das duas uma confusa mistura de vergonha, decepção, desespero, ódio, compreensão e amor — sentimentos que em mim também se alternavam.

Os ânimos foram serenando. A compaixão e a solidariedade de todas reduziu o volume das vozes até o murmúrio. Foi então que me dei conta: como a fêmea protege a cria do ataque predador, as seis Filhas de Maria, amontoadas num canto da sala, garantiam, com os próprios corpos, a segurança da imagem de Nossa Senhora. E assim que perceberam que não havia mais nenhum risco, postaram-se em escolta à volta do andor e começaram a sair, levando a santa. Numa reação descontrolada, me levantei de um salto e, bloqueando-lhes o caminho, pedi que não fossem embora, que não levassem a santa. Gritei para a minha mãe que puxasse a reza, impedi a passagem de umas mulheres que saíam, exigindo que acabassem a ladainha. Porém, ninguém me ouviu. Fechando o cerco em torno do andor, as Filhas de Maria desapareceram, levando a santa. Em pequenos grupos, as devotas, trocando sussurros escandalizados, dirigiram-se para a porta, que, aberta, deixava ver curiosos aglomerando-se na calçada. Vendo a sala se esvaziar, Idalina não se conteve e murmurou com ódio:

— Linguarudas! Futriqueiras!

Minha mãe tentou contê-la com um gesto, mas ela insistiu, falando alto:

— Essas cobras vão nos difamar, mãe! Conheço essas fuxiqueiras! Vão difamar meu pai!

Minha mãe a silenciou com um puxão no braço.

Quando a sala se esvaziou, Idalina foi até a porta e a fechou com violência na cara dos curiosos da calçada. Minha mãe, que parara de chorar, mantinha agora os olhos fixos em meu pai. Como num transe, ela foi se abaixando devagar até ficar de joelhos, e passou a acariciar-lhe o escasso cabelo. Graciliano quis chamar alguns vizinhos para ajudar a levá-lo para a cama, mas ela não permitiu. Depois, suspirou fundo, levantou-se e foi para o quarto. Aproveitando sua ausência, Idalina voltou a murmurar com ódio:

— Gordo nojento!

Graciliano deu um salto e se pôs frente a frente de minha irmã, pálido, o olhar rútilo e uma disposição para a violência que jamais deixara transparecer, vociferando:

— Cala essa boca!

Idalina tremeu com a inesperada reação, evitou encará-lo e, sensata, se recolheu a um silêncio obediente. Porém, Idalina jamais perdoou meu pai, ao passo que Graciliano, a partir daquele dia, se aproximaria ainda mais dele.

Minha mãe reapareceu trazendo roupas de cama. Tirou os sapatos de meu pai — e notei que ela interrompeu sutilmente a respiração —, afrouxou-lhe o cinto, desabotoou-lhe a camisa, pôs-lhe um travesseiro sob a cabeça, enxugou-lhe a baba e o cobriu com uma colcha. Aquela imagem de meu pai me arrepiou.

A terça-feira que amanhecera com as portas da oficina fechadas, anoitecia fechando muitas outras portas. Seria a quinta terça-feira das nove que cumpririam a novena. Mas não só não se completou, como a própria novena também não se completaria. Envenenado pelos relatos das seis Filhas de Maria, padre Anselmo não cedeu mais a santa, embora tenha instado minha mãe a ficar com as doações feitas pelas devotas, que ela foi entregar para as obras sociais da igreja. A contragosto, e de orgulho ferido, minha mãe voltou com o tonelzinho de leite, o café torrado, as mangas e os ovos.

Na terça-feira seguinte, pairava uma silenciosa expectativa em toda a família, que se manteve em casa, exceto meu pai. E Graciliano que, preocupado com a sua segurança, passou a segui-lo como um cão farejador. No horário da novena, a apreensão cresceu. Nenhuma das devotas apareceu. Sem deixar transparecer a sua decepção, minha mãe chamou Idalina para rezar a novena diante do quadro do Coração de Jesus — transferido da oficina para o seu quarto — à frente do qual ardia uma vela. Depois de discutirem sobre o valor da reza sem a imagem de Nossa Senhora, Idalina alegou dor de cabeça e se esquivou. Mas eu não tive direito a nenhuma alegação.

Na penumbra do quarto, ajoelhados diante do Coração de Jesus, minha mãe evocava santos, santas, querubins e serafins, e eu respondia um "Rogai por nós" atrás do outro, mecanicamente, atento apenas ao ritmo sincopado da ladainha, que eu até tentava acelerar, sem o menor interesse pelo que pudesse significar tudo aquilo. E assim eu ia ajudando a iludir minha mãe de que a novena não fora interrompida, quando bateram palmas. Deixando sem resposta a invocação de minha mãe, saí do quarto para atender quem batia à porta, certo de que seria uma das devotas que, enfim, me livraria daquela peroração. Na sala, ultrapassei Idalina e abri a porta. Sem dizer uma palavra um garoto me entregou uma cesta de mangas. Sabendo das contradições de minha mãe em relação a esses presentes, não sabia o que fazer. Virei-me e, pedindo socorro, estendi a cesta na direção de Idalina. Foi quando vi minha mãe surgir na porta do quarto e, arfando de expectativa, olhar com curiosidade. Ampliei na sua direção o gesto de estender a cesta. Num rompante de irritação, ela se virou e desapareceu para dentro do quarto. Quis devolver aquele presente, mas o garoto desaparecera. Fechei a porta e levei a cesta para a cozinha. Eram dez ou doze belas mangas, maduras e cheirosas.

VIII

Os pingos grossos da chuva mergulhavam nas poças fazendo os respingos saltarem, de modo que, ao rés-do-chão, as águas se cruzavam numa translúcida coreografia. Da janela, eu descobria a minúscula dança das gotas, já entediado com a visão monótona do quintal inundado. A chuva prolongada encharcava o tempo, que se esparramava e se alongava em pesada lassidão. A preguiça de ir até o banheiro, afundando os pés nas poças barrentas e molhando a roupa na chuva fria, era maior do que a vontade de urinar. E enquanto as duas mãos no bolso pareciam aliviar a pressão da bexiga, adiava-se o prazer de esvaziá-la, substituindo-o pela contemplação extática da chuva que caía interminavelmente.

Por mais horas, dias ou semanas que permanecesse em pé diante da janela, nada mudaria na casa, onde cada um se isolava num dos cômodos. Minha mãe na cozinha, debruçada sobre uma panela ou um ferro de engomar, inventando maneiras de nos alimentar e nos manter vestidos, com pouca comida para muitas bocas e muita roupa para pouco sol. Idalina no seu quarto, lendo e relendo velhas fotonovelas de revistas emprestadas. Meu pai, como sempre, na rede, instalada na sala, com Graciliano por perto, desenhando. Na janela, eu esperava a chuva dar uma trégua para ir ao banheiro.

Agora você pode entender melhor o que eu quis dizer quando afirmei que a violência das águas em Olhos D'Água era uma conspiração da natureza contra uma família à beira do desespero. O aguaceiro fazia da casa uma ilha, obrigando a convivência de pessoas que, a cada dia, se entendiam menos. Meu pai e minha mãe mal se falavam, limitando-se ao necessário. Ela não superou o ressentimento pela ingratidão e humilhação de que se julgava vítima no episódio da novena — uma das devotas disse que ela enganara a cidade, escondendo quem era seu marido, e que ninguém teria feito novena para melhorar a vida de um alcoólatra que chegava em casa bêbado e espancava mulheres que rezavam.

De sua parte, meu pai, que dizia assumir a responsabilidade pelo que acontecera, mergulhara num silêncio tumular, imagino que de grande dor interior, pela repercussão do episódio na cidade. As versões se alastraram com espantosa rapidez, ganhando, a cada comentário, cores mais fortes e juízo mais desfavorável — imagine que até um colega da escola me perguntou, meses depois, se era verdade que, quando meu pai via alguém rezando, o demônio tomava conta do seu corpo e ele atacava a pessoa.

Idalina passara a evitar ostensivamente meu pai e, diante de situações incontornáveis, limitava-se a obedecê-lo, num silêncio revoltado. Ela e Graciliano nunca mais se falaram. Em casos de necessidade extrema, ambos me faziam de mensageiro. E o pior é que aquelas ilhas humanas não tinham profissão nem emprego, não tinham renda nem lucro. A fome ainda não era uma ameaça porque minha mãe tinha uma pequena reserva e só comprava o indispensável com o crédito da caderneta que mantinha no armazém do seu Ambrósio. Mas tanto a variedade quanto as quantidades começaram a ser dosadas em função dos preços na cidade. Na ração diária havia mais feijão do que arroz, havia leite, mas sumira a carne, havia peixe, mas não havia verdura nem doce. Ovos, às vezes, mas café, só para meu pai. Fome não havia, é verdade, mas também não havia fartura. Partia-se e repartia-se a carne, quando havia, media-se os pedaços de pão e as colheres de arroz. Tudo sob os nossos olhares atentos, prontos a denunciar qualquer privilégio, mesmo involuntário. Ao final de cada refeição, restava a sensação de que ainda se comeria mais e o inconfessável temor de que no dia seguinte piorasse.

Minha mãe aplaudia quando Graciliano voltava para casa com uma fieira de pequenos peixes ou, às vezes, um dourado e até um surubim. Sem embarcação para lançar anzol ou rede em águas mais férteis, nossas tentativas — digo nossas porque eu também andei me aventurando — se limitavam às vizinhanças da cidade ou no próprio cais, ao fim do dia, princípio da noite. Nunca fui bom pescador, mas Graciliano tinha intuições sobre os mistérios das águas; sabia escolher o lugar e tinha uma sensibilidade instintiva para dar a fisgada. Porém, para pescadores episódicos como nós, o rio era uma incerteza. Não se podia prever os resultados, daí não se poder dedicar muito.

Um dia minha mãe mandou buscar duzentos e cinqüenta gramas de café moído no armazém do seu Ambrósio. Eu fui contente pelas ruas, aspirando o ar fresco da manhã. Mais um período de chuvas estava se encerrando e um sol tépido se esgueirava por entre as nuvens, atraindo passarinhos de asas molhadas e velhos macilentos. Mulheres animadas falavam em voz alta enquanto lavavam o barro das calçadas. A cidade estava suja, mas queria ficar alegre com a chegada do sol.

Àquela hora da manhã o armazém de seu Ambrósio já estava cheio — além do barbeiro Nico e do vereador Pompílio Mascarenhas, havia pescadores, tropeiros e caixeiros-viajantes —, e a conversa era sobre a viagem do prefeito a Belo Horizonte naquela manhã, para pedir ajuda ao governador. Eu não me importava de esperar. Gostava das conversas e das histórias que, em prosa mansa, contava-se à beira daquele balcão, tão desgastado por anos e anos de uso que parecia esculpido a canivete, sobre o qual se expunham mantas de toucinho, fumos-de-rolo, selas e arreios para cavalos. Gostava daquela lâmpada, quase uma brasa acesa na ponta de um longo pendente, jogando uma réstia de luz sobre a desordenada e pequena mesa onde ficava o caixa. Gostava das prateleiras escuras que se erguiam até o teto e gostava da maneira ordenada como se empilhavam rapaduras, caixas de sabão, sacos de mantimentos, latas de querosene. Gostava daquele cheiro intenso, ardido e penetrante da mistura, curtida em anos e anos, de alimentos, bebidas, couros, café torrado, carnes-secas, toucinho, fumo e tudo o mais que ali se vendia. Gostava do próprio seu Ambrósio, cabelos brancos despenteados, lápis atrás da orelha e óculos na ponta do nariz, a camisa aberta no peito deixando à mostra a camiseta de dormir, enfiada na calça de cintura baixa, a barriga saltada, relando a beira do balcão. Os pés, metidos em meias, passavam o dia arrastando chinelos de um lado para o outro. Cheguei a pensar que se meu pai, em vez de alfaiate, tivesse se dedicado ao comércio, eu trabalharia com a maior alegria num armazém como aquele. Seu Ambrósio sorveu um gole de café frio de um copo que ele deixava num canto do balcão e olhou para mim.

— Minha mãe mandou buscar duzentos e cinqüenta gramas de café moído.

— E cadê a caderneta?

— Ela disse que o senhor pediu.

Ele foi até a mesa, pegou algumas cadernetas e, olhando-as sob a brasa acesa, separou a nossa. Voltou ao balcão, passando-lhe as páginas.

— Não vai poder levar o café, não.

— Não? Por que, seu Ambrósio? — perguntei, já temendo a resposta.

Ele tomou mais um gole do café frio e indicou a caderneta.

— A conta ficou muito alta. Há dois meses não acerta. Agora, se não pagar, não pode levar mais nada.

Todos aqueles homens olhavam para mim. Alguns com o sorriso de quem acabou de surpreender um rato na ratoeira. Eu estava envergonhado.

— Vou falar com a minha mãe.

Saí transtornado, mas ainda deu para ouvir alguém dizer.

— O pai parou de trabalhar, começou a beber e a família é quem paga.

E o seu Ambrósio responder:

— Ele bebe e manda pôr sal, feijão ou arroz na caderneta.

Os olhos de minha mãe se encheram de lágrimas quando acabei de repetir, para ela e meu pai, o que o seu Ambrósio dissera e o que eu ouvira ao sair do armazém. Em nenhum momento ela dirigiu a palavra a meu pai, sequer olhou para ele. Estava muito magoada. Num desespero silencioso, ela recolhia repetidas vezes os cabelos atrás da orelha. Nervoso e envergonhado, meu pai, que sempre fora curto de palavras, não sabia o que dizer. Tentou consolá-la pondo-lhe a mão no ombro, mas ela, sutilmente, evitou-o, aproximando-se do fogão, de onde tirou do fogo uma chaleira de água fervendo. Meu pai trovejou:

— Eu vou pagar aquele filho duma égua. Deus vai me ajudar.

E afastou-se, pisando duro. Minha mãe sentou-se num banquinho. Em movimentos simétricos, recolheu os cabelos atrás das orelhas, mergulhou o rosto nas duas mãos e suspirou fundo. Seu corpo estremeceu com o estrondo da porta da rua sendo fechada por meu pai.

— Graciliano! — ela gritou.

Ninguém respondeu.

— Graciliano, você está aí? Graciliano! Eu sei que você está aí. Vem cá — ela insistiu.

Graciliano apareceu na porta da cozinha.

— Não vá atrás do seu pai, meu filho.

— Eu vou, mãe — Graciliano respondeu, determinado.

— Se ele descobrir que você o está seguindo, vai lhe bater outra vez.

— Pode bater. Eu vou.

— Ele saiu nervoso, Graciliano. Pode machucar você.

— Eu vou atrás dele, mãe — disse Graciliano, e saiu apressado.

Minha mãe então estendeu a mão para mim, eu me aproximei, ela arrumou meu cabelo.

— Toma sua xícara de leite e vai para a aula, senão vai se atrasar.

A porta da sala bateu. Era Graciliano saindo. Minha mãe me deu um abraço apertado.

— Que bom que o sol saiu! Vai fazer um dia lindo. Quando voltar da aula, você vai comer um almoço gostoso que eu vou fazer.

Pode entrar!... Nós só estamos conversando e... Ei, entra!... Pode entrar!... Desistiu... Vai ficar sem mijar?... Por que será que não quis entrar?... É conhecido seu?... Mas foi até engraçado... ele meteu a cabeça, espiou, viu a gente aqui e desistiu... Notei que você reagiu como se o conhecesse... Puxa, você está acendendo um cigarro no outro!?... Como você fuma!... Mas até que nesse banheiro, a fumaça do cigarro pode ser útil para aliviar o cheiro de eucalipto... Mas vamos voltar à minha história.

Uns dias depois, meu pai chamou a mim e a Graciliano na oficina. A porta estava aberta e ele tinha acabado de passar um pano na sua máquina de costura para tirar a poeira. Graciliano e eu trocamos olhares de entendimento. Estávamos contentes porque parecia que decidira voltar a trabalhar. Logo nos oferecemos para lavar e limpar a oficina, mas ele, interrompendo a nossa alegria, ordenou que o seguíssemos carregando, um na frente e outro atrás, a máquina de costura.

Seguindo meu pai e sentindo o coração amargurado por intuir o que aconteceria, cruzei a cidade com meu irmão levando a máquina de costura. Paramos na porta da casa de Carmela, que diziam estar de namoro com o padre Anselmo. Meu pai bateu palmas. A própria Carmela apareceu na janela, acenou e desapareceu. Nesse momento, Graciliano se aproximou de meu pai e disse:

— Pai... — meu pai olhou para ele com impaciência. — Vende não, pai — pediu.

Mas Carmela, numa alegria incontida, já abria a porta de par em par. A um sinal do meu pai, nós entramos com a máquina até uma sala de costura onde havia três mulheres e duas outras máquinas. Mal pusemos a máquina no chão, meu pai nos mandou de volta para casa.

Sem a máquina de costura, meu pai não poderia mais trabalhar como alfaiate. O consolo foi ter pago a dívida do seu Ambrósio e recuperado o crédito da caderneta. Escaldada com o susto da cobrança anterior, minha mãe ficou rigorosa nas compras e proibiu seu Ambrósio de vender bebida fiado para meu pai. Ao mesmo tempo, tratou de pensar em formas de ganhar algum dinheiro.

De sua experiência na cozinha, veio-lhe a idéia de fazer pão de queijo, que nós venderíamos pela cidade. Graciliano logo concordou. A idéia me assustou, mas fiquei calado. Idalina, porém, se arrepiou. Indignada, avisou que jamais venderia o que quer que fosse pelas ruas. E, como sempre acontecia, minha mãe concordou com ela.

Idalina tinha ascendência sobre minha mãe, que lhe devotava descarada preferência e lhe fazia os gostos. As duas cultivavam uma cumplicidade que excluía a mim e a Graciliano. Por isso, quase tudo que Idalina fazia nos incomodava, e nós cuidávamos de deixar isso bem claro.

Desde que éramos crianças minha mãe pedia que a tratássemos com delicadeza, pois, sendo mulher, não poderia conviver com os chutes, socos e empurrões freqüentes entre nós, não deveria ouvir os palavrões que deixávamos escapar e que, enfim, merecia de nós proteção, e não agressão.

Mais tarde, e durante muito tempo, me imbuí da obrigação de protegê-la, com o estímulo de minha mãe. E, para melhor protegê-la, passei a vigiá-la, com a tácita aprovação de meu pai. Minhas sugestões e opiniões, oriundas de ímpetos de ciúme, de crises de inveja, de impulsos de vingança e até mesmo da curiosidade adolescente sobre o mundo das mulheres, eram acatadas como parte da minha abnegada e fraternal proteção. Assim, consegui dar ares de cavalheirismo e generosidade à implacável espionagem que passei a lhe mover, com denúncias e delações sistemáticas que, naturalmente, faziam crescer a sua raiva contra mim. Na mesma proporção em que eu me sentia mais importante, mais ouvido e respeitado, fruía o secreto prazer de tê-la à minha mercê, e me deleitava com aquela sensação de poder, principalmente quando ela, humilhada e desconfiada, propunha retribuir o meu silêncio sobre algum flagrante com um picolé ou com novas informações sobre Maria Antônia ou alguma outra garota que ela, espertamente, inventava estar interessada em mim.

Se ela tinha, de fato, razões para ter raiva de mim, não me faltavam também motivos para viver pisando-lhe nos calos. Porém, o que mais me irritava não podia, a rigor, ser atribuído apenas a ela. Nunca me conformei com o fato de minha irmã resumir seu curso a apenas ir à aula. Não estudava, não fazia as tarefas escolares, não lia nada além de fotonovelas e nem, muito menos, trabalhava em casa. E, para meu desconsolo, todo aquele ócio tinha a complacência de minha mãe — por quem eu jamais me permitiria sentir raiva, embora, às vezes, sentisse; mas que, acumulada pela impotência, era canalizada contra minha irmã. Mas se eu ou Graciliano, num eventual rasgo de coragem, esboçávamos qualquer reação, por mais sutil ou respeitosa, contra aquele escancarado privilégio, minha mãe, supondo que o justificava, dizia:

— Ela é mulher. Será que não entendem? É muito diferente de vocês. — O que, digamos, explicava, mas também confirmava a discriminação.

Se acontecia, como de fato aconteceu, do sino da igreja bater às cinco da tarde — hora da religiosa obrigação de encher a caixa d'água do banheiro, que consistia em tirar a água de um barril no chão e, com a lata cheia numa das mãos, subir, um a um, os degraus de uma precária escada de pau roliço para, afinal, despejá-la no outro barril, apoiado entre dois troncos, no alto do banheiro sem teto — e se, como eu ia dizendo, às cinco badaladas, eu e Graciliano, estivéssemos estudando ou na rua, fazendo alguma entrega de roupa a clientes de meu pai, a minha irmã, que provavelmente estaria espremendo cravos com o rosto grudado num espelho apoiado nos joelhos, jamais encheria a caixa d'água do banheiro, poupada pelo implacável veredicto de minha mãe:

— Isso é serviço para homem. Sua irmã não pode carregar peso. E nem fica bem.

Se acontecia, como de fato aconteceu, de romper o meio-dia, estando eu, de volta da escola, de miolo cozido pelo sol, Graciliano na oficina, pespontando a barra de uma calça ou pregando botão numa braguilha, e meu pai, de palito na boca no cochilo da sesta, vislumbrasse, no tremor do mormaço, as plantas da horta ou do pequeno jardim esturricando no calor desértico, só teria a Idalina para mandar molhá-las. Pois mal ele dava a ordem, minha mãe surgia e, numa afronta temerária, não hesitava em desautorizá-lo:

— Larga esse regador. Vai adoecer se torrando debaixo desse sol. Ainda mais com pomada Minâncora no rosto. Periga ficar com a pele toda manchada.

Se acontecia — e não aconteceu nem uma nem duas, mas várias vezes — de faltar, inesperadamente, alguma coisa, digamos sal, e se nessa hora

Graciliano estivesse ocupado, seria inútil sugerir que Idalina soltasse os cabelos dos rolinhos de jornal que lhe enfeitavam a cabeça com tufos brancos e desse uma corrida até o armazém. Minha mãe reagiria:

— Você não pensa no que essa gente vai dizer vendo sua irmã desse jeito na rua? E se arrumar é pior: para eles, andar arrumada a essa hora é porque não tem o que fazer. Quer ver sua irmã difamada?

Gozando de tais privilégios, não foi difícil concluir que eu e Graciliano seríamos os vendedores dos pães de queijo feitos por minha mãe, que seria auxiliada por Idalina. Aproveitando-se das dificuldades, minha irmã, que já não tinha muito interesse pelos estudos, decidiu naquele momento mesmo abandonar o Ginásio Santo Antônio.

Eu resisti muito até admitir a idéia. Na hora de sair, inventava desculpas, fugia ou me escondia. Minha mãe me explicou, me aconselhou, me ameaçou e chegou a me dar uns tapas. Acabei saindo uma vez com aquele balaio horroroso, forrado com um pano bordado de florzinha que eu odiava. Não dei mais que uma volta, sem me afastar muito de casa. Não ofereci pão de queijo nenhum para ninguém. Ao contrário, se vinha alguém na minha direção, eu não só mudava de calçada, como tratava de esconder o balaio. Eu me sentia terrivelmente humilhado de ser um vendedor de rua. Nunca me imaginara naquela situação, em que eu só vira meninos pobres, que moravam nuns casebres à beira da cidade. Voltei para casa sem vender nada. Como Graciliano sempre vendia tudo, minha mãe desconfiou. Acabei confessando a verdade.

Quando, porém, ela pagou as combinadas comissões a Graciliano como vendedor, e a Idalina como ajudante, eu fiquei mais interessado. Era um bom dinheiro. Além disso, sempre que Graciliano chegava em casa, tinha história para contar, estava fazendo amigos, minha mãe o tratava com carinho e atenção e, o que eu mais temia, ninguém na escola o humilhou por ser vendedor de pão de queijo. Calcei a cara, escondi meu orgulho e minhas vergonhas e passei a vender também.

Dessa época em diante, quando não estávamos na aula, Graciliano pela manhã, eu à tarde, saíamos pela cidade com um balaio cheio de pão de queijo. Gritávamos: "Olha o pão de queijo", e as pessoas surgiam nas portas e janelas, querendo ver, cheirar e provar. De Graciliano muitos compravam ainda para o café da manhã, e de mim compravam para o lanche da tarde. Íamos para a beira do rio, entrávamos nos barcos, oferecíamos aos marinheiros, viajantes, pescadores e a quem cruzasse nosso caminho. Ao anoitecer, eu vendia no jardim do coreto e, aos domingos, quando havia futebol, vendíamos, ora um ora outro, para as torcidas. Como era macia e dissolvia na boca com um sabor suave de queijo curado, a massa que minha mãe fazia foi aos poucos consolidando uma freguesia.

Num domingo de folga, o dinheiro da comissão deu para ir à matinê do Cine Odéon. Cheguei antes e sentei no fundo, para ficar afastado da gritaria das crianças. Logo entrou, em passos medidos, o cabo Cachoeiro, conduzindo a mãe, idosa, cega e aficionada do cinema. Sentaram-se duas filas à minha frente. Começado o filme, Cachoeiro passou a narrar para a mãe o que se passava na tela. Embora falasse baixo, quase ao ouvido da vetusta senhora, era impossível não ouvi-lo e, a partir de um certo momento, era tal a curiosidade com o seu entendimento do que ia na tela, que era igualmente impossível deixar de ouvi-lo. De olho na tela, entrava pelos meus ouvidos o sussurro de Cachoeiro, que chamava o mocinho de artista.

— ... agora o artista desceu do cavalo... ele desce bem, o danado... amarrou o cavalo... e vai andando... tem gente espiando ele, por trás das cortinas das janelas... ihhhh, agora apareceu o cano de um revólver no canto de outra janela... ihhh, vão pegar ele...

A mãe perguntou aflita:

— Quem está por trás da cortina? É o louro?

— Não sei, mãe. Não deu para ver.

— Deve ser o louro — ela disse. — Viu só? O louro, que dizia que era amigo dele, o traiu... Ele vai morrer, o artista vai morrer?

— Não sei, mãe... vamos ver...

— Deus é grande, não há de deixar morrer um moço tão bom...

— ...agora ele parou, olhou para os lados... o cano do revólver que estava na janela é recolhido... desistiram ... ele volta a andar... anda pela varanda do bar... ele já anda com os braços em forquilha, qualquer coisa ele puxa o revólver na cintura... agora ele abriu as duas portas do bar e entrou...

Num gesto instintivo, ela cobre os olhos com as mãos, temendo pelo pior:

— Virgem Nossa Senhora!

Nesse momento, senti alguém tocar o meu ombro. Virei-me. Era Maria Antônia.

— Vamos sentar mais na frente — ela disse.

— A Josefina não veio?

— Não — ela disse. E insistiu: — Vem logo.

Ela avançou pelo corredor central e eu a segui, livrando-me da narração do cabo Cachoeiro. Adiante, Maria Antônia sentou-se e eu me sentei a seu lado. A meninada gritava e batia os pés à nossa volta, enquanto na tela o "artista", brigando com uma meia dúzia de bandidos ao mesmo tempo, revirava mesas, quebrava vidraças e derrubava lustres.

Embora quisesse olhar para Maria Antônia, a timidez me prendia o olhar na tela. Mas, enquanto os homens se esmurravam, eu pensava no quanto ela fora ousada e corajosa me chamando para sentar a seu lado. Podia não haver grandes riscos porque a luz estava apagada e o público era infantil, mas havia gente da nossa idade, além de algumas mães, pais e adultos esparsos, como o cabo Cachoeiro. Entre os claros e escuros das imagens refletidas sobre o seu rosto eu podia vislumbrar, com o canto do olho, que ela estava atenta à tela. Porém seu braço, rente ao meu sobre o braço da cadeira, foi se aproximando, de modo que passei a sentir o seu calor, a sentir seus pêlos se enrolarem aos meus, até nos tocarmos pele com pele. Pouco depois, ela apertava a minha mão. Com o coração acelerado, eu estava alheio ao filme e à gritaria em volta.

O facho de luz da lanterna acendeu sobre o meu rosto, deslocou-se para o rosto dela e, em seguida, para as nossas mãos entrelaçadas. Era João-Beiju, o manco lanterninha, que esperou alguma mudança de atitude nossa. Como não veio, ele se afastou coxeando. Criei coragem e olhei para ela. Lá estava aquele rosto, de pele aveludada como pétala, iluminado por um sorriso de pérolas, e aqueles olhos misteriosos de mel e verde-musgo, olhando para mim, enquanto seus dedos apertavam com força a minha mão.

Eu estava zonzo, as imagens se agitavam na tela, os gritos da meninada me azucrinavam os ouvidos, as batidas do meu coração repercutiam por todo o corpo. Abracei-a, dobrando-me sobre o braço da cadeira. Ela acedeu, apertando-me as costas. Quando recuei a cabeça, vi o seu sorriso a centímetros de distância. Avancei os lábios na direção daquela boca. Nossos lábios se tocaram. Meu corpo estremeceu. Avancei a língua, mas encontrei seus lábios fechados. Rocei a língua sobre os seus lábios. Sentia o calor da sua respiração ofegante. Forcei a penetração da minha língua na sua boca. Ela foi cedendo aos poucos. Minha língua avançava, tateando, roçando, insistindo, até que encontrou a língua dela. Nesse momento, fui arrancado da cadeira por um puxão pelo colarinho e posto de pé no corredor. Um sopapo explodiu no meu rosto, jogando-me sobre a outra fila de cadeiras. As luzes se acenderam. Só então vi que era o doutor Carneiro da Cunha, pai de Maria Antônia que, com outro puxão, a arrancava da cadeira e a atirava metros adiante no corredor central, onde Josefina a esperava apavorada, enquanto João-Beiju sorria maquiavélico. A projeção fora interrompida. As crianças olhavam assustadas, sem entender o que estava acontecendo. Os adultos ficaram de pé. O doutor Carneiro da Cunha, antes de se afastar, ainda me olhou, trêmulo de raiva.

— Moleque! Safado! Se você tocar outra vez na minha filha, eu acabo com a sua raça, desgraçado. Vai procurar as da sua laia!

Ia se afastando, quando cruzou com o cabo Cachoeiro, que se aproximava. Ele empurrou o cabo sobre as cadeiras, abriu caminho e foi em frente. O cabo o seguiu solícito. O cinema emudeceu. Eu me levantei, zonzo. Passei a mão trêmula no rosto e senti, pelo tato, as marcas dos dedos na minha pele. A luz se apagou e a projeção reiniciou. Eu não sabia o que fazer. Sentei na cadeira e olhei para a tela. Algumas crianças me rodearam e ficaram me olhando. Eu não conseguia entender nada do que acontecia no filme. Levantei-me e caminhei, aturdido, pelo corredor central. Olhavam-me e riam de mim nas cadeiras laterais. Ao fundo, cruzei com João-Beiju, que também ria, sarcástico. Deixei o cinema sem saber para onde ir.

Dias depois, já era noite quando, voltando para casa com alguns pães de queijo no balaio, entrei na sala, contando o dinheiro da féria, e me deparei com Idalina de mão dada com um sujeito no velho canapé. Ela disse a ele quem eu era e a mim disse:

— Esse é o Antônio Carlos.

Fiquei olhando para ele, atônito, sem entender. Então, pensei comigo, Idalina já tem namorado que vem vê-la em casa? Deu vontade de chamar minha mãe e meu pai para ver. Mas com certeza ambos já o tinham visto e concordado com a presença dele ali. Supondo que eu estivesse tentando reconhecê-lo, Idalina completou.

— Ele não é daqui, não. É viajante.

Estendi-lhe a mão suja. Ele a apertou com força e exibiu um sorriso enigmático nos lábios. Era bem mais velho do que Idalina e dava a impressão de que se julgava superior. Enquanto procurava alguma coisa para falar, entrevi minha mãe na cozinha, fazendo gestos para que eu entrasse. Deixei os dois sem dizer uma palavra e entrei. Minha mãe estava empolgada. Sussurrava com animação.

— Ele é simpático, não é? Se você não achou, não diga nada a sua irmã, pelo amor de Deus. É o primeiro namorado dela e parece ser um bom rapaz. É educado e alegre, você não achou? E tem boas intenções, já que aceitou vir namorar em casa. Vamos deixar sua irmã em paz. Deus vai ajudar para que tudo dê certo.

Fechou os olhos, concentrada como se rezasse.

— Meu pai já sabe? — perguntei.

— Não — ela respondeu sem abrir os olhos. Seu semblante revelava preocupação. — E você acha que seu pai está interessado no futuro da filha dele? Se estivesse, não faria o que tem feito.

Ela abriu os olhos, movimentou a cabeça até encontrar um bom ângulo e ficou olhando, satisfeita, para a sala. Depois, fechou os olhos outra vez.

— Mãe — eu chamei. Ela abriu os olhos e foi para o fogão.

— Estou fazendo um cafezinho para o Antônio Carlos. — Já, já eu faço seu prato.

— Sobraram quatro pães — eu disse, erguendo o pano bordadinho para que ela visse os pães no fundo do balaio. Mas ela estava mais interessada no café que coava. — O dinheiro está aqui — concluí, pondo o maço de notas sobre a mesa.

— Será que ele se incomodaria se eu ouvisse a minha novela? — ela perguntou inteiramente alheia ao que eu tinha dito, enquanto servia o café na melhor xícara da casa.

— Ele? Ele quem? Meu pai? — eu quis saber.

— Não, o Antônio Carlos. Seu pai! Sabe Deus onde andará seu pai a essa hora. Sumiu de manhã e até agora não apareceu — ela disse e fez uma pausa. Depois, voltou a falar num tom mais brando: — Ele pode não gostar de novela e não querer pôr mais os pés aqui.

— Ora, mãe. Vê se pode. A senhora nunca deixou de ouvir sua novela. Vai deixar por causa desse moço? Ouça sua novela, mãe.

Quando saía para a sala, levando numa das mãos a bandeja com o café quente, de passagem pegou o maço de notas com a outra e o mergulhou no bolso do vestido.

— Nessa casa não se deixa mais dinheiro à vista.

Ela serviu o café e ofereceu pão de queijo, mas o moço agradeceu. Pôs a bandeja sobre a mesa e já ia voltando para a cozinha quando olhou em cima do guarda-louça e estacou, levando as duas mãos ao rosto.

— Deus do céu, onde está o meu rádio?

De fato, o rádio não estava no seu lugar. Ela não se conteve.

— Valei-me, Maria Santíssima! O que aconteceu com o meu rádio?

Fiquei mudo de espanto. Minha mãe começou a procurar atrás do guarda-louça, debaixo do móvel. Abriu a porta e olhou na parte inferior, sem vidro. Recuou uns passos, olhando para os cantos da sala, depois apalpou cada cadeira. Idalina tentou ajudar.

— A senhora não levou para o quarto, mãe?

— E quando foi que eu já levei esse rádio para o quarto, Idalina?

Entrou no quarto. Eu e Idalina trocamos um perplexo olhar. O tal Antônio Carlos continuava sorrindo, superior. Uma idéia me passou pela cabeça, mas tentei me desvencilhar dela por absurda. Minha mãe voltou do quarto.

— Levei nada para o quarto. Inferno.

— Calma, mãe. Foi só uma idéia. O rádio está por aí. Não ia sumir sem mais nem menos — disse Idalina, tentando ganhar tempo, enquanto o corpo de minha mãe começava a sacudir num choro silenciado pela pressão de suas mãos sobre o rosto.

— Era a minha única distração — queixava-se por trás das mãos.

— Calma, mãe — eu disse. — Será que Graciliano não levou para o nosso quarto?

Corri para o quarto, enquanto minha mãe encostava-se numa parede. Procurei sobre a mesa, revistei embaixo e em cima das camas, revirei o guarda-roupa.

Quando voltei à sala, meu pai estava chegando da rua, amparado em Graciliano, com o rosto, os cabelos e a roupa sujos de barro seco. Parou diante de Idalina e seu namorado e tentou firmar as vistas, como se buscasse reconhecer. Seu corpo balançava sutilmente para a frente e para trás.

— Quem é este sujeito, Graciliano? — perguntou.

— Não sei, pai — respondeu Graciliano.

— É meu namorado, pai — antecipou-se Idalina, levantando-se e induzindo o rapaz a levantar-se também. — O nome dele é Antônio Carlos. — E ao rapaz, disse: — Esse é o meu pai.

O rapaz estendeu a mão na direção de meu pai, que se limitou a olhá-lo, mantendo as mãos onde estavam. Minha mãe, depois de gesticular em vão para Graciliano levá-lo logo para dentro, voltou a encostar-se na parede, cruzou o braço esquerdo sobre o peito, apoiou o outro cotovelo sobre ele e a cabeça sobre a mão direita, numa atitude de quem espera pelo pior. Constrangido, o tal Antônio Carlos recolheu a mão. Meu pai apontou-lhe a porta.

— Fora daqui!

Seu corpanzil balançava e quase arrastava Graciliano, que era obrigado a sapatear para manter o equilíbrio. O rapaz sorriu superior e olhou para Idalina.

— Fora daqui, seu atrevido! — gaguejou meu pai.

Minha mãe aproximou-se, transtornada. Pálida e ofegante, suas mãos tremiam.

— Ele não vai sair daqui, não. Não vai porque fui eu que convidei... Por favor, Antônio Carlos, fica. Eu peço desculpas pela falta de educação do meu marido. Senta e fica à vontade. Graciliano, leva seu pai para o quarto. Ele precisa é de um banho.

— Vamos, pai — disse Graciliano, tentando conduzi-lo.

Ele, porém, resistiu. Virou-se para a minha mãe, os olhos injetados, mal mantendo-se de pé.

— Eu não vou para dentro, nem vou tomar nenhum banho. Que conversa é essa? Eu quero ver esse sujeitinho na rua agora.

— Pai! Pelo amor de Deus, pai! É o meu namorado! — disse Idalina quase chorando.

— Dane-se! Por que não me avisou que tinha um namorado? Por que não me perguntou se podia trazer um namorado aqui? Agora, rua!

Minha mãe deu um grito desesperado.

— Não! Ele não vai sair daqui! Não vai! Por Deus, que não sai!

O grito e o desespero abaixaram o tom da conversa, mas não aliviaram a tensão. Depois de uma pausa, meu pai recomeçou aos solavancos.

— Lavínia! Você vai me contrariar, Lavínia? Vai deixar um estranho dentro da minha casa, contra a minha vontade? Ela não me avisou que tinha um namorado. Nem que ia trazer o namorado aqui. E eu sou o pai. Tenho que ser respeitado. Sou ou não sou o pai? Responde, mulher! Se um estranho pode fazer o que bem entende nessa casa é porque ninguém me respeita mais aqui. E isso não é verdade. Meus filhos me respeitam; não é, Graciliano?

— Eu não o respeito mais — antecipou-se minha mãe em voz baixa, com o rosto molhado de lágrimas. — Não posso respeitar um homem que sai de casa de manhã e só volta à noite, bêbado. Como seus filhos vão respeitá-lo se você não se importa se eles têm ou não têm o que comer? Como eu posso respeitá-lo se você bebe e manda pôr arroz e feijão na caderneta? Se você vende o meu rádio para comprar bebida?

Houve um momento de silêncio. Ninguém se mexeu. Minha mãe virou-se para o tal Antônio Carlos e falou com firmeza.

— Por favor, não vá embora. Desculpa tudo isso. Você é bem-vindo nessa casa.

Ela se afastou para a cozinha. Meu pai ficou alguns instantes quieto, depois arrancou das entranhas uma espécie de rugido:

— Lavínia! — E, num galeio, deu uma trôpega arrancada atrás dela, arrastando consigo Graciliano. Cruzou a sala no mesmo impulso, derrubando cadeiras e ameaçando desabar, até chegar na cozinha, onde minha mãe o esperava altiva e empertigada. Ofegante e balançando o corpo, os olhos vermelhos arregalados, com o ódio a saltar-lhe de cada gesto, meu pai parecia completamente fora de si, como eu nunca o vira. Falou em espasmos. — Quem você pensa que é, Lavínia, para me desmoralizar na vista de meus filhos e de um estranho? Você é santa, por acaso? Nunca errou? Nunca fez nada errado? Eu não sou macho de agüentar desaforo de mulher calado, sua vagabunda...

Bastou ele esboçar a intenção de esbofeteá-la para Graciliano se atracar ao seu braço. Corri e tirei minha mãe de perto dele. Com Graciliano preso ao seu braço, ele girou, perdeu o equilíbrio e desabou seus cento e tantos quilos no chão. Levei minha mãe, assustada e trêmula, para o quarto. Nesse momento, ouvimos palmas na porta. No quarto, com a luz apagada, nós ouvíamos atentos o que se dizia lá fora. A voz masculina, que eu conhecia, mas não sabia identificar, queria falar com meu pai. Solícita, Idalina mandou o visitante entrar, sentar-se e foi chamá-lo na cozinha. Minha mãe pegou o terço pendurado na cabeceira da cama e começou a murmurar uma oração. Ouvimos o visitante perguntar se Antônio Carlos também era filho. Aquela voz, eu conhecia aquela voz. Antônio Carlos respondeu que era namorado da filha. A voz então perguntou se ele era de Olhos D'Água. Ele disse que era viajante. Ouvimos então a voz de meu pai, ainda meio pastosa, mas alta e alegre, cumprimentar:

— Doutor Carneiro da Cunha! O senhor na minha casa. Quanta honra!

O pai de Maria Antônia, o homem que me esbofeteara no cinema, na minha casa! Minha mãe me sussurrou:

— O que este homem quer aqui?

— Não sei — respondi, mas eu temia pelo pior.

— Que noite! — suspirou minha mãe, que não imaginava nem em sonhos o que acontecera no cinema.

Depois de alguma formalidade, em que meu pai reiterou o quanto estava honrado, o doutor Carneiro da Cunha disse que queria falar-lhe a sós. Meu pai ordenou:

— Idalina... vão para a cozinha... serve um café lá... O plural "vão" era a forma de incluir o Antônio Carlos sem precisar fazer referência a ele. Depois, deve ter olhado para o doutor Carneiro da Cunha, pois acrescentou: — ...e traz um cafezinho fresco aqui para o doutor...

— Obrigado, eu não quero — disse secamente o doutor Carneiro da Cunha.

Ouvimos Idalina e Antônio Carlos indo para a cozinha.

— E você vai lá tomar conta deles, Graciliano.

Graciliano também foi para a cozinha. O doutor Carneiro da Cunha então assumiu um tom mais baixo e mais grave.

— Estou vendo que o senhor está bêbado, mas não posso mais adiar essa conversa.

— Bêbado?... O que é isso, doutor? Só tomei uma cervejinha, nada que atrapalhe...

— Espero que não atrapalhe mesmo. É um assunto sério. Deixei até passar uns dias para me manter calmo quando o encontrasse. O senhor acha que podemos conversar?

— Por que não, doutor?

— Amanhã o senhor se lembrará de tudo que eu disser?

— De tudo. Pode confiar em mim, doutor.

Houve uma pausa. O doutor Carneiro da Cunha parecia avaliar o estado de meu pai. Até que quebrou o silêncio.

— Domingo, no Cine Odéon, eu dei um tapa na cara do seu filho.

— No Graciliano?

— No outro. Eu o surpreendi abusando de minha filha em público. Minha filha é uma criança e, numa cidade pequena como Olhos D'Água, pode estar sendo difamada por isso. Se o senhor tem filha mulher e deixa qualquer um meter a mão é problema seu...

— Doutor, o senhor está certo, eu acabei de ter uma discussão...

— Deixa eu acabar de falar. Cada pai sabe como educar. Ou deveria saber. Minha filha não é para qualquer um. Por isso eu quero que seu filho se afaste dela. Não quero que ele dê nem bom-dia para ela, nem olhe na direção dela. Vim na sua casa avisar porque é uma coisa séria. O senhor entendeu?

— Entendi, doutor. O senhor tem toda razão. Eu vou conversar com ele. O senhor pode ficar descansado... eu garanto que ele não vai nem olhar mais para a sua filha.

— Porque — e o senhor presta atenção nisso — se ele cruzar o caminho da minha filha, ele vai morrer.

— Mas, doutor, o senhor tem as suas razões de pai, mas não precisa ser assim...

— Vai ser assim. O senhor entendeu?

— Eles são novos e...

— O senhor entendeu ou quer que eu repita?

— Eu entendi. Só acho que...

— Não interessa o que o senhor acha. Eu vim aqui lhe avisar o que vai acontecer se o seu filho se aproximar da minha filha. Está avisado. Se o senhor não se lembrar disso amanhã, pior para o seu filho. Então, boa noite.

— O senhor não quer tomar um cafezinho? O doutor já foi meu freguês, mas nunca veio aqui em casa. A Idalina está...

— Obrigado. E boa noite.

— Boa noite — disse meu pai. A porta bateu e fez-se silêncio.

No quarto, iluminado pela luz da lua que entrava pela janela aberta, eu estava ajoelhado no chão, com o rosto no colo da minha mãe, que, sentada na cama, se alternava em passar a mão no meu cabelo, ouvir a conversa na sala e rezar o terço. Quando a porta bateu e a casa ficou em silêncio, ela apertou a sua face contra a minha cabeça. Senti o calor da sua solidariedade, profunda e silenciosa. Abracei-a pela cintura, apertei a minha face contra o seu ventre e ficamos assim, juntos, quietos e cúmplices, até que ouvi meu pai me chamar aos gritos, andando pela casa. Eu estava confuso e angustiado, mas tinha a certeza de que não queria falar com ele, não queria nem vê-lo. Levantei-me. Minha mãe parecia entender o que se passava comigo. Dei-lhe um último abraço. Ela me perguntou:

— Você não vai atrás do tal doutor, vai, filho?

— Não — respondi.

— Nem vai atrás da filha dele, vai?

— Também não.

Afastei-me da minha mãe, saltei a janela, ganhei a rua e, ainda ouvindo os gritos de meu pai, saí correndo.

Corri pelo meio da rua o mais rápido que pude, passei pelo jardim do coreto e corri na direção do Matadouro. As pessoas me olhavam. Eu estava ofegante, mas alguma coisa dentro de mim estava se desprendendo, se soltando. E corri ainda mais. Quando dei a volta no Matadouro, reduzi a marcha e passei a andar depressa. Eu precisava aspirar muito ar porque quando expirava me dava a sensação de que expelia tudo de ruim que estava dentro de mim. Senti que estava meio tonto. A lua cheia iluminava todo o meu percurso. Corri mais, peguei a rua de Baixo, de volta ao centro da cidade. A corrida me aliviava e me alegrava. Minha camisa estava molhada de suor e a brisa que vinha do rio congelava a umidade sobre a minha pele. Eu sentia a leveza e o prazer de um animal correndo nos campos. Cheguei a me imaginar um cavalo corredor. Quando fui chegando à beira do rio, eu não agüentava mais correr. Já não tinha mais fôlego, estava tonto, as pernas e os pés doíam. Passei a andar depressa. Aos poucos, fui diminuindo a marcha, de modo que ao chegar ao cais, andava lento, arrastando os pés na calçada. Fui atraído pelo reflexo da lua, que transformava o leito do rio num espelho suavemente ondulado. Sentei na beira do cais, tirei a camisa encharcada e fiquei olhando a lua tremeluzir sobre as águas. À distância, talvez num dos barcos ancorados, uma voz masculina cantava uma canção triste. Minhas pernas e meus pés doíam, mas eu nem sentia o resto do meu corpo, sequer sentia a minha respiração; estava calmo como o rio.

Foi então que, sem querer, comecei a pensar no que tinha acontecido. Mas pensava como se tivesse acontecido há muito tempo, num lugar muito distante, e como se não fosse comigo. Espontâneos, os pensamentos não se fixavam nem se organizavam, iam e vinham, leves e soltos, misturando-se uns aos outros, como a fumaça de dois cigarros, enquanto eu assistia à lua dançar nas águas e ouvia o homem cantar ao longe.

Ocorreu-me, então, que eu fora proibido de namorar Maria Antônia porque era pobre. Maria Antônia era linda, educada, tinha a pele de pétala e não precisava mentir, porque não era pobre. A minha mãe tinha as mãos ásperas, a pele maltratada, o ar cansado e seus dentes estavam começando a se estragar, porque era pobre. Por que o Carneiro da Cunha podia mandar me matar se eu namorasse a Maria Antônia? E por que meu pai fora tão dócil quando ele havia dito que me mandaria matar? Porque o Carneiro da Cunha nunca fora pobre e meu pai sempre fora. Por que eu não tinha nascido filho do doutor Carneiro da Cunha? Ou do doutor Mendonça, ou do coronel Climério Bastos ou mesmo, sei lá, do farmacêutico Lagoeiro? Se eu tivesse nascido deles, a minha vida seria completamente diferente. O acaso pode mudar a essência de uma vida. Nascer de meu pai fora uma punição;

mas que crime, que pecado ou que erro eu cometera antes de nascer? Em Olhos D'Água eu nunca teria um carro, nem uma casa com repuxos saltando da boca de leões, nem viajaria de avião — sonhos que não me abandonavam. Viver em Olhos D'Água seria me condenar a só ter amigos pobres, a ter um emprego que me manteria pobre, a namorar moças pobres, a casar com uma pobre, a viver como pobre e a ter filhos pobres. Ficar rico era a única salvação do pobre. E para alcançar a salvação, escapar da condenação irremissível, valia tudo: ameaçar, mandar matar, matar, saquear, expropriar, roubar, tudo. Depois que se fica rico, tudo é esquecido. Sempre foi assim. É a pobreza que ninguém perdoa nem esquece, porque está escrito na cara — como uma tatuagem ou uma cicatriz — que aquela criatura é pobre. Está escrito na maneira de olhar, na maneira de sentir, de pensar, de falar, de comer. Em tudo que um pobre faz se vê que foi pobre quem fez. Meu pai tinha que adular os fregueses para costurar suas roupas. Para ter trabalho, sujeitava-se a tudo. Com o tempo, ficara servil. Depois, tornara-se medroso e covarde. Eu tinha vergonha e pena de meu pai. O pobre comete o único pecado que não se perdoa na vida, que é o de ser pobre. A pior desgraça que pode acontecer a um homem é ser pobre.

A música triste da voz longínqua, o barulho das águas lambendo as margens, as idéias fluindo intangíveis, o suceder de imagens distantes, a luz suave da lua, tudo isso foi me pesando as pálpebras e me transportando para um sono tranqüilo.

Estremunhei com cócegas no peito. Entreabri os olhos e vislumbrei Calu silhuetada pela luz da lua. Com uma melena de seus cabelos na mão me acariciava o torso nu.

— Você agora dorme na rua? Não tem mais casa, não? — sussurrou Calu com voz rouca quase no meu ouvido. — Vou levar você para minha casa.

Abri os olhos e rolei a cabeça para o lado. Juraci sacudia a minha camisa molhada. Fora descoberto pelas "mulas do seu Aniceto".

— Você lavou essa camisa aqui no rio?

Sentei-me e bocejei. A luz tinha mudado de lado, devia ser noite alta. Senti um pouco de frio e dores nos pés e nas pernas. Só então tomei consciência da presença das duas. Sorri para elas e cumprimentei.

— Ei, Calu... Ei, Juraci... — e voltei a bocejar, erguendo os braços numa longa espreguiçada, para logo os recolher, cruzados à volta do peito, como proteção contra o frio.

Elas acharam tanta graça que ficaram um longo tempo rindo, às vezes às gargalhadas, sem que eu atinasse de quê. Desconfiado, verifiquei se estava com a roupa rasgada, suja ou desabotoada. Tudo em ordem. Mas — fui percebendo aos poucos — era apenas um desses risos frouxos, que, sem nenhum motivo, costumam acudir duplas de amigos. Nesse caso, apenas mais desconfortável pela marota cumplicidade. Cessadas as gargalhadas, me convidaram — sem chance de recusa — para ir à casa delas. Entre os pretextos, o de me emprestarem uma camisa.

A casa, de pau-a-pique e chão de terra batida, era pequena mas muito limpa e asseada. Elas mesmas tinham dado uma caiação recente nas paredes da sala — conjugada à cozinha — e nas dos dois quartos. E, a óleo, haviam pintado de azul portas e janelas. Todos os cômodos recendiam a perfumes suaves que — soube depois — exalavam de cascas e lascas de sândalo e outras árvores aromáticas, que elas colhiam nas matas ao redor da cidade. Enquanto Juraci me enfiava pela cabeça um camisão de gorgorão, Calu, num solitário cálice que tirara da prateleira forrada de plástico, me servia um licor, oleoso como azeite e doce de enjoar.

Aquecido por dentro e por fora, fui conduzido por Calu a um dos quartos, onde mergulhei em alvos e macios lençóis, travesseiros suavemente perfumados pela macela do enchimento, sobre uma cama de casal ampla e de tosca carpintaria. Calu se atirou às minhas calças, arrancando-as e à cueca, deixando-me, rapidamente, nu em pêlo sob o camisão. Em seguida, despiu-se a si mesma, não sem um certo ritual exibicionista que me estremeceu as carnes e acelerou o sangue. Com o habitual sorriso malicioso na boca molhada, ergueu lentamente o vestido de algodãozinho, e as pernas morenas foram se engrossando em coxas roliças e roçantes até surgir o vértice, que o branco da calcinha, numa intromissão intempestiva, enchia de mistério. E eis que despontaram os quadris que, no sutil requebro para livrar-se dos panos, puseram o ventre a dançar. Os seios, rijos e pequenos, saltitaram com bicos pontudos no solavanco da passagem pelo funil da cintura estreita. Com a cabeça encoberta pelos tufos do vestido, o corpo, de proporções perfeitas, se ofereceu sem censuras. Livre dos panos, os cabelos retornaram, longos e encaracolados, aos ombros e ao colo. Depois de jogar o vestido para o alto, ela mergulhou sobre mim.

Naquela noite, eu experimentei, pela primeira vez na vida, a plenitude do genuíno prazer sexual. Por alguns instantes a cada vez, meu corpo escapou de mim; em vôo próprio, se libertou dos controles da minha consciência. A descoberta de meu lado animal, servil a um instinto incontrolável, foi tão surpreendente quanto a descoberta de que a mulher era dona e senhora dos meus prazeres. E Calu, com pouco mais de dezessete anos e sua irreprimível compulsão de fêmea, fez a minha iniciação ao mundo inefável da sensualidade. Quando ela, no calor da nossa entrega, prestes a mergulhar nos estertores da vida, sussurrava nos meus ouvidos: "Vem, filho. Vem comigo, vem", era a um outro tipo de maternidade que se referia, a da mulher que dá à luz um homem. Tenho essa dívida de gratidão para com ela. Apesar de volta e meia os brincos de minha mãe ainda me atormentarem a consciência, qual ferida aberta, acabaram se revelando uma retribuição modesta ao bem que Calu me fez. E, só agora percebo — até como um consolo — que a jóia, subtraída à mãe que criara o bebê, homenageou a mãe que criou o homem. E não estou querendo com isso me livrar da punição que já sofri ou que virei a sofrer por aquele erro.

Saciado, seguro e feliz, eu cantava debaixo do chuveiro da minha casa, com o sol da manhã brilhando nas gotas da coluna d'água, quando meu pai bateu na porta, querendo falar comigo.

— Pode falar, eu estou atrasado para a aula.

— Que diabo aconteceu com você? Você lá tem idade para dormir fora de casa? Onde passou a noite?

— No cais.

— Cais? Abre essa porta. O quê você estava fazendo no cais?

— Dormindo.

— Sua mãe ficou preocupada. Abre essa porta, menino, anda.

— Já disse que estou atrasado.

— Mas eu preciso falar com você. Abre a porta.

Abri a porta, mas continuei me ensaboando debaixo da coluna d'água. Ele silenciou por instantes e, pelo seu olhar, senti que fazia uma rápida avaliação do meu corpo, como se quisesse saber se eu já era um homem. Quando voltou a falar, seu tom mudara.

— Você ouviu tudo ontem. Não preciso dizer mais nada. Só quero saber uma coisa: você ainda vai se meter com a tal moça?

Eu nem tinha me colocado essa questão até aquele momento. Tirei o rosto da coluna d'água e falei com sinceridade.

— Não sei.

Ele não disse nada. Voltei a enfiar o rosto na água para, instantes depois, tirá-lo e perguntar.

— E se me meter?

Meu pai percebeu o desafio. Calou-se. Esperei sua resposta, que veio depois de um suspiro.

— Ele vai matar você.

Pela primeira vez — nu e molhado — eu senti o peso da ameaça. O absurdo da proibição se instalou em mim. Percebi que realmente poderiam acabar com a minha vida. Senti-me frágil e só. Fiquei apavorado. Também pela primeira vez senti meu pai me tratando como um homem. A solidão aumentou.

— Você gosta dela? — ele quis saber.

Eu gostava de Maria Antônia, estava claro, porém, se as revelações da noite anterior já estavam me confundindo, a sensação recente de me perceber um homem adulto e solitário me causava um verdadeiro tumulto interior. Respondi com sinceridade.

— Gosto — e acrescentei, instantes depois: — Não sei.

Enfiei-me completamente debaixo da coluna d'água e tirei todo o sabão. Fechei o chuveiro e enrolei-me numa toalha. Quando saí para o quintal, meu pai me segurou pelo braço.

— Afasta dessa menina, filho. Mulher nenhuma vale a sua vida.

Abaixei a cabeça. Ele me sacudiu pelo braço.

— Promete? Promete que vai se afastar dela? Eu não tenho como lhe proteger, filho. Não tenho como impedir que o matem. A sua mãe está apavorada, não pregou os olhos essa noite. Você promete ficar longe dela?

Tirei meu braço sutilmente de suas garras e passei a toalha como se quisesse enxugá-lo.

— Não sei, pai. Eu estou assustado, mas não posso prometer. Vou pensar. Agora tenho que ir. Até logo, pai.

Afastei-me apressado. Ele cruzou os braços e ficou me olhando, preocupado.

Mal entrei na sala de aula, soube que era para me "dirigir imediatamente à secretaria" — conforme deixara escrito no quadro-negro a própria secretária. Incontinenti, dei meia-volta e ia saindo, certo de que era mais uma cobrança de mensalidades eternamente atrasadas, quando irrompeu uma incontrolável vontade de olhar para Maria Antônia. Parei, hesitando se me virava na direção dela. Meu corpo e minha alma estremeciam entre o medo e o desejo. Seguindo meu instinto, virei-me num impulso para ela. E vi Maria Antônia iluminada, sorrindo para mim, os olhos de mel brilhando sem mistérios, a pele aveludada e os lábios, úmidos e entreabertos, convidando para muitos e loucos beijos, como se nenhuma ameaça pairasse sobre aquele olhar que, aliás, já se prolongava perigosamente. Saí da sala imediatamente e, embora aturdido pela imagem de Maria Antônia, me dirigi à secretaria, pronto para desfiar meu longo e decorado rosário de desculpas pelo atraso das mensalidades. No entanto, para minha surpresa, a secretária não falou de mensalidade. Secamente, informou que eu fora transferido para a turma "D", no turno da tarde.

— Por quê? — quis saber.

— Porque foi decidido — ela respondeu.

— Quem decidiu?

— A diretoria.

— Só eu serei transferido?

— Por enquanto, só.

— E se eu não puder freqüentar aulas à tarde?

— Esta questão não diz respeito ao Ginásio Santo Antônio.

Toda a minha indignação contra o cinismo do Ginásio Santo Antônio não mudava nada. Ali, a vontade de um Carneiro da Cunha era lei. Ou eu aceitava estudar à tarde, para me afastar do meu desejo, ou deixava de estudar, para me afastar do meu sonho. Não havia escolha.

Com aulas à tarde, e estudando em casa de manhã, passei a vender pão de queijo à noite. Graciliano, ao contrário, vendia de manhã, ia à aula à tarde e, à noite, seguia meu pai na sua peregrinação etílica pela cidade — obrigação de que se imbuiu e da qual não abria mão. O resultado foi que as vendas caíram tanto que, juntando as nossas comissões de quatro meses, nós não conseguimos dar sequer a entrada na compra de um novo rádio para presentear minha mãe. Eram necessários dois meses de comissões para pagar uma mensalidade do Ginásio. A crise se agravava.

IX

Depois do Antônio Carlos, que foi o primeiro, Idalina já levara três ou quatro namorados lá em casa — quase todos de fora da cidade — quando apareceu com Aguinaldo, filho de família tradicional de Olhos D'Água. Minha mãe ficou animada com o rapaz, que ela achava perfeito para Idalina, e não mediu esforços para agradá-lo. Se os anteriores haviam merecido tratamento nobre, ao Aguinaldo ela oferecia uma recepção a cada noite. E não apenas em salamaleques e rapapés, mas também em generosidades gastronômicas.

Uma noite, movido talvez pela preocupação de retribuir a tantas gentilezas, Aguinaldo anunciou, com detalhes espetaculares, a festa de bodas de ouro do casal Rosalvo e Honorina Bello Vale, seus avós. O convite verbal para a festa incendiou a fantasia de minha mãe, que não falava mais de outra coisa. A própria Idalina se espantava com tamanha empolgação que, de resto, se alastrara por toda a cidade, sobretudo entre as mulheres.

Imaginar Idalina ao lado de Aguinaldo Bello Vale numa festa daquela importância era, para minha mãe, a reparação do estrago que a conduta de meu pai fizera a toda a família, e em particular a sua filha, por ser mulher. Imaginar Idalina e Aguinaldo como um dos cinqüenta casais que dançariam a tradicional valsa dos cinqüenta anos de casados era, para minha mãe, uma espécie de cala a boca para as futriqueiras, que depois de difamarem meu pai, já murmuravam maledicências sobre o número de namorados de minha irmã. Imaginar Idalina nessa festa, vestida com o luxo e a pompa de uma princesa, era, para minha mãe, sua vingança contra os que apontavam a mim e a meu irmão como "coitadinhos" porque vendíamos pão de queijo na rua. Enfim, com o brilho de Idalina nessa festa, minha mãe iria à forra.

Porém, a nossa realidade destruía o que minha mãe imaginava, como um sopro destrói bolhas de sabão. Obstáculos, no entanto, não abalavam a sua determinação. Pedia emprestadas revistas de moda que lia à noite, após a faina diária, com o mesmo interesse com que uma noiva procura o vestido do casamento. Mais tarde, depois que Aguinaldo se despedia, arrastava Idalina pelo braço e discutiam, até altas horas, as minúcias de um decote, uma manga ou um enfeite. A impressão era de que Idalina não iria apenas a uma festa, iria se casar.

Eu e Graciliano assistíamos àquilo com perplexo ceticismo. Não atinávamos de onde viria o dinheiro para tantas exigências, se a venda de pães de queijo mal cobria os custos. Aos primeiros gastos minha mãe disse — sem ninguém perguntar, é claro — que Idalina merecia seu empenho por ser a única filha; depois disse — ainda sem ninguém perguntar — que poderia gastar com ela porque não lhe pagava o Ginásio; e, por fim, informou — como sempre sem ninguém perguntar — que vendera uma pulseira herdada de sua mãe.

Se Graciliano, pela sua índole generosa, jamais protestara, apesar do seu insuperável conflito com Idalina, não seria eu, que trazia ainda aberta a ferida do brinco roubado, a reclamar da preferência de minha mãe por minha irmã. Já ficara sobressaltado ao saber que a pulseira saíra da mesma caixa de pó-de-arroz, mas logo me tranqüilizei porque minha mãe não dera pela falta do brinco — conseqüência de uma absoluta falta de interesse pelas jóias, aliada a preocupações tumultuosas.

O planejamento e a preparação para a festa foram tão competentes e rigorosos que nem mesmo com a infinidade de exigências de minha mãe, nada da minuciosa toalete de Idalina atrasou, danificou ou saiu diferente do previsto. Uma semana antes da festa, tudo — do sapato à bijuteria — já estava lá em casa, experimentado e testado.

Àquela altura, a única coisa que ainda não tinha chegado era o convite, que minha mãe vira por acaso na sacristia da igreja, destinado ao padre Anselmo. Ficara impressionada. Aquilo era trabalho de gráficas de Belo Horizonte ou São Paulo. À noite, enquanto servia um cafezinho com sequilhos ao Aguinaldo, comentou a sofisticação do convite, o luxo do papel e a beleza dos tipos manuscritos das letras douradas, aproveitando para perguntar, de forma oblíqua, quando chegaria o nosso. Ao concluir a pergunta, lembrou-se que era a segunda vez que a formulava. Aflito, Aguinaldo disse que já estava endereçado, mas que, na pressa para não se atrasar, esquecera sobre a escrivaninha. Depois de pedir desculpas, garantiu que na próxima vez o traria. Não trouxe. Idalina se recusou a tocar no assunto e minha mãe ficou constrangida de lembrá-lo. Esqueceu-se também no outro encontro. Na antevéspera da festa, minha mãe, afinal, cobrou o convite, não escondendo sua estranheza por tantos esquecimentos, que ela, na verdade, já interpretava como displicência ou até algo mais grave. Vexado, Aguinaldo gaguejou, tentou desconversar, dissimulou, alegou uma providencial dor de cabeça e quis ir embora. Minha mãe o reteve e exigiu a verdade. O rapaz então confessou com candura que seus avós haviam se recusado a convidar nossa família, inclusive Idalina. Ele tentara de todas as maneiras demovê-los, mas desistira quando os velhos garantiram que abandonariam a festa se vissem algum de nós. O silêncio que se seguiu foi tão longo e aterrador que o rapaz pediu desculpas, deu boa-noite e desapareceu. Nunca mais foi visto lá em casa.

Minha mãe, que sofreu mais do que meu pai quando ele foi difamado pelas devotas e mais do que eu quando fui humilhado pelo Carneiro da Cunha, sofreu mais do que Idalina, discriminada pelos Bello Vale. Pouco tempo depois, Idalina já tinha outro namorado. E eu, que ainda sonhava com Maria Antônia, encontrara na sensualidade de Calu uma consolação para a minha tristeza. Minha mãe não tinha nada que mitigasse a sua dor, nem mesmo as suas novelas de rádio podia ouvir mais.

Eu disse que ainda sonhava com Maria Antônia, quase um ano depois que deixara de falar com ela e até de me aproximar. É verdade que a vi algumas vezes — inevitável numa cidade como Olhos D'Água —, mas, a distância, estando ela de costas e acompanhada. Por isso, fiquei aturdido quando numa noite em que vendia pão de queijo no jardim do coreto, ela se aproximou. Mesmo com o coração aos pulos e uma confusa mistura de medo e vergonha, vi que, nela, o que era beleza, a magia do tempo transformara em deslumbramento. O olhar provocante e o mistério daqueles olhos verde-musgo eram menos de uma menina e mais de uma mulher. Os lábios, um pouco mais vermelhos, se harmonizavam com o rosa da pele aveludada e, quando se abriram num sorriso, ressaltaram o branco perolado dos dentes. Com o dinheiro na mão, ela pediu um pão de queijo. Confuso, não sabia o que fazer, quando vi que se aproximava o Studebaker de seu pai. Virei e me afastei, enquanto ela, brandindo o dinheiro, reclamava o pão de queijo. E quando, dobrando a esquina adiante, olhei para trás, o Studebaker estava parado, e ela se aproximava dele.

Entrei no beco trêmulo de susto, gratificado por tê-la visto, envergonhado de vender pão de queijo e indignado pelo aparecimento do Studebaker. Nesse tumulto, com o coração na boca, descubro Graciliano sentado no batente de uma porta fechada, com o balaio de pão de queijo no chão à sua frente, na penumbra do beco. Se Graciliano, o cão farejador, estava ali, era porque meu pai estava por perto. Instintivamente, me escondi no vão de porta mais próximo. Vi, metros adiante, um facho de luz que, partindo de duas portas abertas, iluminava aquele trecho do beco. O vozerio que de lá partia indicava um bar cheio. Depois de um tempo, Graciliano levantou-se, deixando no chão o balaio de pão de queijo, foi até a área de luz e, numa atitude furtiva, olhou por alguns momentos para o interior do bar. Depois, voltou para junto do balaio. Foi fácil concluir que meu pai estava naquele bar. Fiquei nessas deduções até que me virei para a esquina de onde viera. O Studebaker passava devagar, como se o seu motorista esquadrinhasse dali o escuro beco que, muito estreito, não permitia o tráfego. Gelei, me apertei contra a porta fechada e, para escondê-lo do olhar lateral, passei o balaio de pão de queijo para o outro lado. Eu mal respirava, certo de que o meu perseguidor desceria do carro e me daria três tiros. O Studebaker enfim partiu, me deixando sob o temor de que me esperaria em casa. Mas logo em seguida meu pai surgiu na área iluminada. Na sombra, Graciliano pegou o balaio e, supondo que meu pai fosse avançar na direção oposta à sua, se levantou. Meu pai, porém, veio trocando os passos e, surpreendendo Graciliano, parou à sua frente. Sabia que o encontraria ali, pois a pouca luz e o seu estado etílico não o ajudavam a distinguir o próprio filho de uma cabra. E com a voz emplastada, disse num tom autoritário:

— Você ainda está aí, diabo? Não mandei ir para casa, seu bosta?

— Eu só vou se o senhor for, pai — respondeu Graciliano com humildade.

— Já disse que não vou. Vá você, anda. Some daqui.

Meu pai caminhou para Graciliano, claudicando a cada passo. Segurou-o pelo colarinho e, ora se apoiando ora o empurrando, exigiu:

— Vá embora agora, desgruda de mim, ou lhe arrebento.

— Pode arrebentar, pai. Eu não vou deixar o senhor sozinho aqui.

Meu pai pegou o balaio e o virou sobre Graciliano. Os pães de queijo se espalharam pelo chão. Ele jogou o balaio longe — quase caindo com o impulso — e passou a estapear Graciliano que, sem reagir e sem sair do lugar, abaixou-se e protegeu a cabeça com as mãos. Por fim, trocando os passos, afastou-se na direção do bar. Graciliano juntou os pães de queijo, recolocou-os no balaio e, de pé, predispôs-se a acompanhar meu pai que, embora esboçasse intenção de seguir em frente, desistiu e entrou no bar. Graciliano voltou a sentar-se no mesmo lugar. Passaram-se uns vinte ou trinta minutos — durante os quais Graciliano foi duas vezes até a porta do bar, de onde, furtivamente, olhou para o interior, com certeza controlando meu pai, e retornou ao seu lugar junto ao balaio. De repente, em meio a gritos e palavrões, dois homens empurraram meu pai com violência para fora do bar. Meu pai caiu pesadamente sobre as pedras do beco. Graciliano correu para socorrê-lo e eu o segui. Graciliano debruçou-se sobre o meu pai, que estava desacordado, e ergueu-lhe a cabeça, de onde o sangue descia rosto abaixo. Graciliano chorava e o beijava.

— Filhos da puta! Covardes! Fazer isso com um homem bêbado?! — gritei indignado para dentro do bar onde, entre vários outros, estavam os dois agressores.

— Puta é a sua mãe. Fiz com ele e faço com qualquer um que deve e não paga — disse um dos homens, enquanto o outro enchia uma vasilha d'água.

— E quanto ele deve? — perguntei, já entrando no bar com a féria na mão.

O homem me estendeu a conta em silêncio. Paguei rapidamente e saí. O outro homem acabava de entornar a água da vasilha no rosto de meu pai, que acordou, sacudindo a cabeça, nos braços de Graciliano. Misturada ao sangue, a água ampliou a mancha vermelha na sua roupa. Peguei-lhe um braço, passei por trás das minhas costas e o segurei com a outra mão. Graciliano fez o mesmo com o outro braço. Com enorme esforço o levantamos. Semi-acordado, ele tentava apoiar os pés no chão. Assim o levamos até em casa, evitando as ruas mais iluminadas e as casas mais movimentadas. Ao chegar, procurei o Studebaker, mas não o vi.

Você está olhando as horas porque acha que estou me desviando? Vou tentar ser mais objetivo. Mas fica calmo. Dá tempo de contar tudo. Pelo meu relógio, nós ainda temos precisamente... dezesseis minutos até começar a entrevista. E eu vou dar uns saltos no tempo...

Uns seis meses depois que eu fora transferido para o turno da tarde, minha mãe chamou Graciliano, Idalina e eu para uma conversa na cozinha. Estava tensa e falou muito emocionada. Nunca imaginara que um dia precisasse ter aquele tipo de conversa com os filhos. Mas a vida nunca é como se imagina. A situação se agravara demais. A venda de pão de queijo não estava rendendo o suficiente para as despesas da família. Há seis meses não se pagavam as mensalidades do Ginásio Santo Antônio e as cobranças se acumulavam. Estava cada vez mais difícil pagar em dia a caderneta do seu Ambrósio e não havia mais o que reduzir na alimentação, onde não se viam mais carne nem verdura.

— O que podemos fazer? — perguntou minha mãe, olhando emocionada para cada um de nós.

O primeiro a falar foi Graciliano, com o desprendimento de sempre. Disse que era melhor ele parar de estudar e aceitar o emprego que lhe haviam oferecido na padaria do seu Isaúl. Seria uma decisão provisória. Mais tarde, quando as coisas melhorassem, ele gostaria de continuar os estudos. Idalina falou em seguida: cansara de ajudar na produção de pão de queijo, queria ganhar o próprio dinheiro, iria procurar emprego. Depois de um silêncio, eu disse que não queria parar de estudar. Com mais seis meses eu concluiria o curso ginasial. E vender pão de queijo era a única maneira que tinha para ganhar uns trocados e continuar estudando. Graciliano achou que eu estava certo. Depois, ficamos em silêncio. De repente, meu pai entrou na cozinha; surpreendeu-se com a reunião silenciosa e recuou sem dizer nada. Aquela passara a ser a sua atitude habitual: esquivar-se em silêncio, escapar dos olhares, evitar as conversas...

Uma tarde, voltando da aula, encontrei em casa seu Raul-Neném e Nézinha. A minha alegria com o encontro inesperado me revelou o quanto eu o admirava e gostava dela. Tinham ido vender a casa, último elo com Olhos D'Água, onde não pensavam mais em morar. Contaram maravilhas sobre a inauguração de Brasília, sobre a arquitetura em forma de avião e os cruzamentos sem esquinas da cidade. Dirigindo-se a mim,

Nézinha falou com entusiasmo sobre a grande quantidade de empregos que havia por lá, e como era divertido conviver com pessoas vindas de todas as partes do Brasil. Seu Raul-Neném já era responsável pela manutenção do setor de telecomunicações de uma das empreiteiras que construíam a cidade. Viajava muito para vistoriar os equipamentos de radiotransmissão dos acampamentos, mas quando ficava em casa, dedicava-se aos estudos de sua nova paixão: a televisão, que, para ele, seria uma revolução nas comunicações muito mais importante do que o rádio. Nézinha trabalhava na mesma construtora, como secretária de um dos engenheiros-chefe, que era também seu namorado. Então, pensei comigo, o doutor engenheiro roubara a deusa da minha infância! Mas como Nézinha e o pai estavam saudáveis, satisfeitos, bem de vida e até felizes, daquele encontro me ficou a certeza de que, para melhorar de vida, tinha que sair de Olhos D'Água. E tinha que estudar.

Meu pai morreu de infarto fulminante. Encharcado de álcool e com altas doses de colesterol, o coração não agüentou mais bombear sangue para os seus cento e tantos quilos, àquela altura reduzidos a uns cem, de sedentária gordura. Foi um impacto forte para minha mãe e Graciliano, que não se conformou. A mim me pareceu — e sua expressão pacificada no caixão confirmava esta impressão — que meu pai vinha procurando um desfecho para a sua angústia silenciosa. Desde que a sua profissão perdera a função econômica, ele não encontrara mais sentido para viver, e entrara em declínio acelerado.

Sua morte me doeu, mas o que doeu mesmo foi ter que pagar alguns homens para ajudar a carregar o caixão, pois eu e Graciliano não agüentaríamos carregar o seu peso até o cemitério. Ninguém apareceu no velório, exceto padre Anselmo e o sacristão Lamberto, que lhe encomendaram a alma. Nem mesmo o tio Alberto, irmão de meu pai, que morava em Belo Horizonte e foi avisado por telegrama. Minha mãe manteve-se silenciosa e sóbria, atenta a Graciliano, que não se afastou do caixão, sempre acariciando o rosto de meu pai. Eu e Idalina cuidamos da parte objetiva: compramos o caixão, fomos ao cartório e ao cemitério, avisamos o padre e às pessoas mais próximas, pedindo-as que avisassem às outras. Com quatro estranhos, além de mim e Graciliano, a segurar as seis reforçadas alças, e seguido por minha mãe e Idalina, o enterro cruzou a cidade, ao sol do entardecer. Apenas o sino da igreja, em lentas badaladas, despedia-se de meu pai.

Quando os coveiros começaram a jogar terra sobre o caixão foi que senti que meu pai morrera de fato, que jamais o veria e, portanto, não havia mais nenhuma maneira de conhecê-lo melhor, de tentar ser seu amigo, e com aquela perda, definitiva e irreversível, alguma coisa morria em mim também. Não chorei, mas senti uma dor aguda na boca do estômago.

No dia seguinte, chegou o tio Alberto, que era um mito para mim. Vivia na capital e, quando ainda voltava com regularidade a Olhos D'Água, trazia uma mala com presentes para as crianças. Eu e minha mãe o acompanhamos ao cemitério. Chorou a morte do irmão, a quem não via há oito anos, tranqüilizou minha mãe quanto à casa, de sua propriedade e pela qual não pagávamos aluguel, e me convidou para ir morar com ele em Belo Horizonte depois que terminasse o ginásio. No fim do mesmo dia, partiu.

Meu pai já estava tão afastado dos problemas da família — para não dizer que ele era um desses problemas — que a sua ausência era mais afetiva do que objetiva. E no plano afetivo, foi Graciliano quem se abateu mais profundamente. Meu irmão perdeu o apetite, passou a dormir mal e, sem alterar o pesado ritmo de trabalho na padaria do seu Isaúl, emagreceu muito. Seus passeios a pé com Vilmo eram agora mais distantes e mais silenciosos.

Era época da campanha eleitoral para a presidência da República, com os candidatos Jânio Quadros e Teixeira Lott dividindo as famílias poderosas de Olhos D'Água e, por decorrência de suas influências, as demais. A disputa era entre a vassoura de Jânio e a espada de Lott. Parece que ninguém apoiava o tal Adhemar de Barros na cidade. Nessa época, recebemos as visitas dos chefes de duas das famílias poderosas, pedindo votos. Minha mãe, ainda ressentida com tudo o que a cidade nos fizera, respondeu a ambos que não apoiaria nem votaria em nenhum dos candidatos. Indispôs-se com todos os poderosos de Olhos D'Água.

No dia da eleição, a cidade estava movimentada. Além dos eleitores locais e da agitação dos grupos políticos de um e outro candidato, oferecendo transporte, alimentação, roupas, calçados, ferramentas, óculos e dentaduras em troca do voto, chegavam, a pé, a cavalo, de carro ou pelo rio, os eleitores dos distritos e lugarejos próximos. Eram umas cinco da tarde, o sol estava se pondo, e eu já vendera seis balaios de pão de queijo — mais do que em uma semana normal de trabalho — quando, andando pela beira do rio, um rapaz me assobiou de dentro de um barco, em cuja proa se lia Pirapora. Com o cais atulhado de embarcações, subi na que estava mais próxima e fui saltando de um barco para o outro até chegar ao Pirapora. Entrei debaixo do toldo onde o rapaz me esperava, levantei o pano bordadinho para ele escolher e, de repente, vi pela porta aberta do camarote uma moça dormindo nua. Era Idalina. Saí apressado dali, sem receber pelos dois pães de queijo que ficaram na mão do rapaz.

Estava com ódio, com pena e com medo do que seria de Idalina. Não sabia o que fazer. Pensei em voltar ao barco e exigir de minha irmã que se vestisse e fosse para casa imediatamente. Mas temi que não me obedecesse. Depois, pensei em contar para a minha mãe — eu não fora sempre seu vigia, seu fiscal, seu delator? Mas achei que devia poupar minha mãe dessa amargura. O que ela não sofreria ao saber que sua filha predileta andava nua pelas camas dos marinheiros?

Depois de andar horas a esmo, achei que não devia contar nada a ninguém. Silenciei. Idalina, que já era desprezada por Graciliano, perdeu também a minha amizade. Eu não conseguia sequer olhar para a minha irmã.

Uma manhã, pouco tempo depois, minha mãe encontrou o quarto de Idalina vazio, a cama intocada e um bilhete de despedida. Partira de barco para tentar ser feliz em outro lugar. Eu e Graciliano lamentamos, mas acho que entendemos sua atitude. Minha mãe foi que ficou transtornada. Sentiu-se traída e abandonada. Foi uma decepção maior do que a que meu pai lhe causara. Ela não se conformava com a escolha de Idalina por um marinheiro, homens conhecidos como inconstantes e mulherengos. Durante muito tempo chorou pelos cantos, mas evitava falar no assunto. Preferia rezar pela alma do marido e pela felicidade da filha. Mas não perdeu a compostura. Se algum vizinho perguntava por sua filha, ela, sem perder a altivez, respondia que Idalina fora trabalhar em São Paulo. Na lacuna criada em seus afetos, minha mãe aproximou-se mais de Graciliano. Trocavam confidências, falavam do futuro e silenciavam quando eu me aproximava.

Graciliano tornara-se um chefe de família exemplar. Entregava quase todo o seu salário para minha mãe e resolvia com ela as questões da casa. Minha mãe não só confiava cegamente nele, como o admirava e respeitava. Firmara-se na padaria onde, além de entregar os pães de madrugada, atendia no balcão. Seu Isaúl não só confiava nele, como o elogiava para minha mãe. Continuava amigo de Vilmo, com quem saía nos finais de semana.

Não posso esconder as evidências: meu irmão não era egoísta, não era invejoso, não era mesquinho. Graciliano era, na verdade, um sujeito bom, que fazia da renúncia permanente a sua profissão de fé. Aquela abnegação implacável, no entanto, me colocava frente a frente com a minha própria incapacidade de renunciar, com a força incontrolável do meu egoísmo, e eu me sentia envergonhado. Para ser sincero, aquele estoicismo resignado me humilhava. Sem perceber que me aniquilava, ele envergava todo o despojamento de um espírito franciscano para se defrontar com a mesquinharia do meu egoísmo e da minha vaidade. Diante da bondade de Graciliano, eu me sentia um pecador irremissível, condenado às chamas eternas do inferno. E essa condenação diária me atormentava. Sua grandeza humana ora me irritava, ora me deprimia, mas sempre me derrotava.

Chegou dezembro e eu, afinal, concluí o curso ginasial. Por falta de dinheiro, não participei da festa de formatura, mas assisti, da cabine de projeção do Cine Odéon, à entrega de diplomas dos dois turnos. Vi Maria Antônia de longe. Estava divina.

No Natal, Graciliano deu um rádio de presente para minha mãe e, para mim, um envelope. Dentro, uma passagem para Belo Horizonte. Fomos os três à missa do Galo e, depois, numa mesa que minha mãe preparou na cozinha, ceamos frango assado com farofa e cerveja. Rimos muito das histórias de Vilmo que Graciliano contou e cantamos, acompanhados por Graciliano ao violão. Minha mãe estava feliz como nunca a vira. Fomos dormir de madrugada.

Dois dias depois eu partia para Belo Horizonte. Minha mãe chorou, Graciliano me abraçou apertado e me deu um beijo na face. Com os olhos úmidos, ele me sussurrou:

— Seja feliz, maninho.

Entrei na jardineira com a mala que minha mãe me dera. Não deixei que a pusessem lá em cima porque, tendo a fechadura enferrujada, eu a amarrara com uma corda para não abrir. Levava um sapato novo, duas calças, quatro camisas e três cuecas. Enrolada num saco de pano, uma lata com frango assado, farofa e ovo cozido para comer na viagem.

Quando o ônibus arrancou, vi pela janela que minha mãe e Graciliano, chorando abraçados, me acenavam. Respondi ao aceno com a garganta travada de emoção, mas não chorei. Nunca alguém teve mais esperanças no coração do que eu naquela partida. Como eu poderia imaginar o que me esperava?

X

Pelo estreito beco lateral, tio Alberto ia na frente, em silêncio e com o seu indefectível cigarro na mão. Eu o seguia com a minha mala, amarrada por cordas, na cabeça. Nos fundos da casa, de frente para um pequeno quintal, havia um modesto barracão, com duas portas para uma área central, onde se via um tanque.

— A entrada é independente. Não precisa passar por dentro de casa para entrar — disse tio Alberto.

Uma das portas estava entreaberta. Ele acabou de abri-la para que eu visse. No interior do cômodo, onde mal cabia alguém em pé, havia uma latrina e um chuveiro.

— Não pude instalar um chuveiro elétrico. Vai ter que tomar banho frio — ele disse e aspirou a fumaça, escondendo um discreto sorriso por trás dos dedos amarelados que sustinham o cigarro.

Destrancou a outra porta e, com um gesto, me sugeriu entrar. Entrei. Era um cômodo com a mesma largura do estrado com colchão que faceava uma de suas paredes. Na parede oposta, distante uns dois metros do estrado, uma janela que, mal ele abriu, inundou o quarto de luz e descortinou uma ampla vista da cidade. Aliviado, pousei a mala no chão.

— Você tem roupa de cama? — ele perguntou, soltando jatos de fumaça pelo nariz e pela boca.

— Tenho, sim senhor — menti.

Achei que diante de tantas gentilezas, de ter ido me buscar na rodoviária, de me acolher em sua casa e de me oferecer aquele quarto, seria um abuso usar seus lençóis e fronhas.

— Se não tiver, Lorena lhe arranja.

— Não é preciso, tio. Eu tenho — reiterei com uma falsa segurança.

— Não pude pôr um guarda-roupa aqui. Só deu para comprar o estrado e o colchão. Mas, para uma roupa melhor, você usa o nosso. É só falar com a Lorena.

— Assim está bom, tio. Está ótimo.

Ele jogou o toco do cigarro pela janela e segurou a maçaneta da porta como se fosse sair.

— Acho que deveria descansar. Depois de vinte e quatro horas naquela jardineira, pulando que nem cabrito e comendo poeira, deve estar arrebentado. Tome um banho e durma um pouco.

Por alguns instantes, parados e em pé naquele quarto, eu e tio Alberto nos olhamos nos olhos. Aquele homem que, de tempos em tempos, surgia como um relâmpago em Olhos D'Água, fazendo perguntas e dando presentes, tinha, para mim, uma vida misteriosa. Irmão caçula de meu pai, era agora o único sobrevivente dos três filhos de meu avô, uma vez que, bem antes de meu pai, tia Rosária morrera de parto junto com o bebê. Tendo vindo cedo para Belo Horizonte, vivera afastado de meu pai e de nós — o que restava de sua família. Da infância me ficara a imagem de um homem bom, de poucas palavras e muitos segredos, que nem mesmo ali, na minha frente, se desfaziam. Era magro, alto, de olhar doce e voz calma, embora rouca pelo excesso de cigarros. Se exibia entradas avançadas, seus cabelos ainda eram pretos para os seus cinqüenta e tantos anos. Nele, nada lembrava meu pai, exceto, talvez, alguma obscura tristeza incrustada no fundo da alma, que se diluía, de forma indefinível e sutil, entre o semblante, a atitude e os gestos.

— Agora, eu preciso voltar à repartição — disse tio Alberto, me tirando do devaneio. — Dei uma fugida para ir buscar você, mas estou no horário de expediente. Vou deixar um bilhete para Lorena, dizendo que você está aqui. Quando ela chegar, virá lhe conhecer. Não sei aonde ela foi, nem sabia que ia sair. Agora, descanse.

— Está bem, tio — eu disse. — E muito obrigado.

— Não tem que agradecer. Até logo.

— Até logo — respondi.

Ele saiu e fechou a porta. Mal fiquei só, fui para a janela e contemplei o horizonte, que de tão elogiado virara o nome da cidade. De um extremo ao outro, casas e mais casas se sucediam até onde a vista ainda lhes garantia a forma e, fechando todo o contorno circular, as montanhas impunham o limite, como uma coroa verde-escura, que se desdobrava, em morros e morros, até o verde se diluir no azul do céu. Eu nunca vira nada tão grande, tão amplo nem tão assustador. O medo me apertou o coração. As perguntas não encontravam respostas. Como é que eu vou sobreviver sozinho nesse mundo desconhecido? O que eu vim buscar aqui? O que exigirão de mim para que eu me torne um morador da capital? Aos poucos, fui sendo tomado por uma vontade irresistível de sair rapidamente daquele quarto, correr até a rodoviária, comprar uma passagem, embarcar na velha jardineira e voltar para Olhos D'Água. Mas, em vez disso, fechei a janela, mergulhando o quarto na penumbra, e deitei-me na cama. Inquieto, revirei para um lado e outro sobre o colchão até que fui me encolhendo e, com as coxas diante do peito, me senti confortável. Lentamente, aquele quarto estranho, como um útero silencioso, foi me acalmando, minha respiração ganhou cadência e; num estado indefinível entre o sonho, a memória e a imaginação, as imagens foram se sucedendo sem ritmo nem ordem.

Minha mãe, despedindo-se na porta da jardineira, empalmando meu rosto com as mãos pede, com os olhos úmidos, que Deus me acompanhe e, em seguida, põe na minha mão o terço com que fazia suas orações. A caixinha de pó-de-arroz com a antiga gravura na tampa está escondida sob as roupas do fundo da gaveta. Minhas próprias mãos a destampam, abrem o veludo azul e, depois de procurar entre as jóias, retiram o par de brincos com o pingente em forma de gota. Eu, despedindo-me de Calu, nua sobre a cama e com o brinco de minha mãe na orelha enquanto Juraci olha da porta do quarto. As duas rindo com marota cumplicidade. Sozinha, Maria Antônia anda numa rua de Olhos D'Água protegida por sua sombrinha. Eu a ultrapasso para vê-la de frente. Seu sorriso iluminado, a pele de pétala e os cabelos lisos de sempre fazem moldura para os olhos serenos que mudam da cor de mel para o verde-musgo, porém seu corpo, em vez da brancura imaculada, é moreno e exibe a despudorada nudez de Calu. Na beira do rio, Nézinha fala da construção de Brasília para Graciliano, Vilmo e eu, que não estranhamos a sua nudez. Quando ela pára de falar, Graciliano me pergunta se eu quero mesmo ir estudar em Belo Horizonte. Da janela da jardineira que se afasta de Olhos D'Água, eu contemplo a paisagem com o sentimento de que nunca mais voltarei a ver aquelas palmeiras, aquele pasto interminável e aquela balsa que lentamente atravessava o rio São Januário. Eu, sozinho e assustado, na movimentada rodoviária de Belo Horizonte, atracado à mala, sem saber para onde ir, até ver tio Alberto chegar esbaforido. No bonde que cruza a capital, eu, de mala no colo, presto atenção às explicações de tio Alberto sobre a cidade.

Batidas na porta me tiraram do estado de torpor. Acordei zonzo, sem reconhecer onde estava. Sentei na cama e encarei a escuridão em que a penumbra se transformara. As batidas insistiram. Levantei estremunhando e abri a porta. A luz do dia me ofuscou. Por alguns segundos, em que me esforcei para fixar a visão, olhei para a mulher à minha frente: alta, loura, vestido preto decotado, o colo muito branco.

— Acordei você? — ela perguntou.

Mas eu não consegui responder nada. Ela então me olhou com uns olhos castanhos, meio amendoados, de olhar intenso e curioso.

— Desculpa — continuou. — Eu sou Lorena. Muito prazer. — E me estendeu a mão longa e de unhas pintadas, que eu peguei como um autômato. — Tive que sair na hora que você deveria chegar e só pude voltar agora. O Alberto deixou um bilhete mandando trazer uma roupa de cama.

E avançou o braço com a roupa de cama e de banho, que só então notei que trazia. Tinha a boca grande, de lábios carnudos e vermelhos, que sorriam para mim. Quando eu ia pegar, envergonhado por ter sido desmascarado da mentira que dissera a tio Alberto sobre a roupa de cama, ela recuou o braço e se antecipou.

— Quer que eu estenda a cama para você? — e entrou no quarto antes que eu respondesse, parando diante da cama: — Coitado, dormiu sem lençol?!

Só naquele momento comecei a tomar pé do que estava se passando. Então, aquela moça, nova daquele jeito, era a esposa do tio Alberto? Mas ela não tinha mais do que uns trinta anos! Seus cabelos louros ondulavam-se sobre os ombros, contrastando com a roupa preta. Sem saber o que dizer, me limitei a sorrir, constrangido. Com naturalidade e desenvoltura, ela, num movimento único, jogou o lençol aberto sobre a cama e passou a enfiar suas bordas sob o colchão.

— Fez boa viagem? — indagou, e prosseguiu falando sem esperar a minha resposta. — Alberto me disse que são vinte e quatro horas de viagem e que a estrada é uma costela-de-vaca. Ele chegou aqui coberto de pó, como você está.

Ao inclinar-se para acertar o outro lado do lençol, sua roupa subiu e, sem querer, entrevi, de relance, as coxas longas e bem torneadas. Incontinenti, me penitenciei.

— Aliás, o que você devia fazer mesmo é entrar debaixo do chuveiro e tomar um bom banho. — E me enfiando uma toalha na mão, concluiu: — Enquanto isso, arrumo esse quarto e suas coisas.

Ela enfiara o travesseiro na fronha e, o corpo dobrado para a frente, colocava-o na cabeceira da cama, afofando-o com as duas mãos. Mal os seios se insinuaram pelo decote, desviei o olhar para a toalha e, ato contínuo, fui para o banheiro. Ainda a ouvi dizer:

— Vou deixar seu quarto arrumado para você descansar depois do jantar.

Tio Alberto sentava-se na cabeceira da mesa, forrada com toalha apenas até a metade. Servia-se arrastando para o seu prato parte considerável do que estivesse na travessa fumegante que tia Lorena acabara de trazer para a mesa. Antes de comer, empunhando o garfo como uma pá de pedreiro, esmagava o feijão e o arroz, tombando a maçaroca para um lado e outro; e depois, com sucessivas reviradas, misturava-a a molhos, pimenta e farinha. Indiferente ao aspecto indefinível, ele mastigava com tal prazer cada garfada que sugeria um sabor de quintessência. Depois de trazer da cozinha todas as travessas, tia Lorena — rosto lavado, cabelos presos, com um outro vestido, branco e leve, mais singelo e menos decotado — sentou-se à direita dele — a esta altura adiantado na deglutição —, enquanto eu me mantinha à esquerda, conforme ele me indicara mal me aproximara da mesa.

— Sirva-se enquanto está quente — me disse tia Lorena. — Ou quer que eu lhe sirva? — E, para alívio da minha timidez, cruzou a mesa com o braço, pegou meu prato e passou a me servir sem esperar a resposta. — Se quiser, ponha mais sal — acrescentou. — Faço tudo quase sem sal por causa da pressão alta do seu tio.

O sabor do arroz com feijão, bem temperado e quentinho, me reanimou. A fome abriu a sua bocarra. Enquanto mastigava, tio Alberto olhava longamente para a esposa, ocupada em se servir, como se perscrutasse a sua alma. Quando percebeu que eu o observava, voltou-se para mim.

— Como está se sentindo como o mais novo morador da capital?

— O que ele pode sentir se mal chegou e ainda nem saiu de casa? — antecipou-se tia Lorena. — Depois eu vou levá-lo para dar umas voltas, conhecer o parque Municipal, a praça da Liberdade, a lagoa da Pampulha...

— Ele não está aqui para passear — esclareceu tio Alberto.

— E eu não sei, Alberto? — ela disse meio impaciente.

— Ele veio para trabalhar e estudar — ele explicou devagar, com a boca cheia.

— Eu sei muito bem. Mas ele não vai trabalhar ou estudar amanhã nem depois de amanhã.

— Não vá desviar o rapaz do seu intento — ele disse, sem tirar os olhos do prato.

— E por que eu desviaria? Do que você está falando?

Ele parou de mastigar e a encarou, irritado.

— De você, que acha que a vida é só diversão...

— Até parece! — ela me olhou, sorriu e revirou os olhos debochando dele, que continuou falando.

— ...e passa o dia batendo perna!

— Não vou responder, Alberto — ela disse e, olhando para mim, comentou: — Seu tio gosta de me provocar.

Ele a olhou por um tempo e falou com voz grave.

— Onde você esteve hoje à tarde? — E pela maneira de falar, ele não só queria mesmo saber, como parecia desconfiar de algo.

— Pára, Alberto! Nós não estamos sozinhos. Temos um hóspede cansado de viagem e com fome. Não é o momento para esses interrogatórios. Vamos deixar essa conversa para depois.

— Pois vá preparando as suas explicações, porque depois eu vou querer saber por onde a senhora andou hoje.

— Veja como fala, Alberto! Assim, o que é que o seu sobrinho vai pensar de mim?

— Ele é da família. Se vai viver aqui, é bom ir se acostumando. Estive aqui hoje, de surpresa, e encontrei a casa fechada. Já falei, não sei quantas vezes, que não quero que saia sem me dizer aonde vai.

— Estava na Zuleica, Alberto. Você sabia que hoje eu iria à costureira.

— Depois nós conversamos — ele disse, encerrando o assunto.

Os dois abaixaram a cabeça. Comiam com a cara quase enterrada no prato. Instalou-se um silêncio de pedra. A respiração ofegante de tio Alberto e um ou outro ruído de talher raspando a louça era tudo o que se ouvia naquela mesa. Além da minha inibição de comer numa casa onde eu nunca tinha estado, diante de pessoas que eu não conhecia direito, aquele mal-estar me afligia. Eu já não sentia o sabor do que estava na minha boca. Pensava em alguma coisa que pudesse fazer para aliviar o clima, mas tremia só de imaginar que poderia piorar. Pensei em perguntar alguma coisa sobre a cidade, mas e se ninguém me respondesse? Cogitei em falar da viagem, mas não me lembrei de nada que fosse interessante. Minha cabeça girava: e se eu contasse alguma coisa engraçada de Olhos D'Água? Mas nada engraçado me acudia.

Empenhado em vasculhar os nichos da memória, à procura de assunto para aliviar o ambiente, quando olhei para o meu prato, me vi terçando garfo e faca sobre um bife renitente. Se já me sentia embaraçado só por estar naquela mesa, debaixo de nuvens que anunciavam tempestade, o duro pedaço de carne que do prato me desafiava me infundiu um quase pânico. Pressenti o olhar de soslaio do casal e, sem erguer os olhos, percebi que, a cada gesto meu, eles, apreensivos, reduziam o ritmo de suas garfadas ou até se imobilizavam, na expectativa do meu próximo passo. Sem poder desistir para não ser deselegante, enfrentei o desafio de estraçalhar aquele feixe de músculos. Segurei firme os talheres, cravei o garfo na carne e ataquei com a faca. Ao encerrar o primeiro talho, mal a faca liberou a carne, o impulso do garfo atirou para o alto o bife, que descreveu uma parábola e foi aterrissar sobre a parte nua da mesa, a quase trinta centímetros do prato. Com garfo e faca paralisados no ar, eu olhava, consternado, para aquele maldito pedaço de carne, sem acreditar no que estava vendo. O pior é que eu não sabia o que fazer. O que a boa educação recomendava para aquela situação? Fingir que nada acontecera? Trazer o bife de volta ao prato? Jogá-lo fora e me servir de outro pedaço? Pela segunda vez desde que chegara tive vontade de sair correndo daquela mesa, entrar numa jardineira e voltar para casa. Olhei para os donos da casa, pedindo socorro. Num gesto brusco, tio Alberto esticou o braço e enfiou o garfo no pedaço de carne. Ergueu-o à altura dos olhos e girou-o no ar, avaliando-o de todos os ângulos. Tia Lorena acompanhava a inspeção, olhando apreensiva ora para o marido ora para o bife. Senti que o bolo de comida que estava na minha boca, de tão seco, tinha virado pedra. Tio Alberto apontou o bife para ela.

— Você tem coragem de servir uma muxiba dessa, Lorena?

— Uai, Alberto... — ela disse com um movimento de ombros e uma expressão ao mesmo tempo de espanto e impotência — ...é a carne que você trouxe.

— Não, senhora. Não é a carne, não. É a maneira como você cortou. Podia ter tirado os nervos e as pelancas. Você bateu esse bife?

— Bati, Alberto.

Ele pôs o bife no seu próprio prato e tentou cortá-lo de uma maneira teatral.

— Você vai me dizer que bateu essa carne? Vai? Olha aqui.

— Bati sim, Alberto. Se não está bom, troca por outro mais macio. Tem mais na travessa. — E, virando-se para mim, perguntou com um tom sutil de impaciência: — Quer outro pedaço? — E sem esperar a minha resposta, completou: — Se quiser, eu te sirvo. — Ela, porém, viu o que fazia tio Alberto e não se conteve: — Pára com isso, Alberto! Esse bife não pode estar tão duro assim. Sempre cortei desse jeito e você nunca reclamou! Por que isso, agora?

Sem deixar de terçar exageradamente a faca sobre o pedaço de carne, ele olhou para mim, cobrando o meu impossível testemunho de que ela, de fato, não batera o bife. Diante do meu silêncio, buscou a minha cumplicidade.

— Você não tem culpa se ele saltou do seu prato. Sola de sapato é feita para andar mesmo.

— Já sei como isso vai acabar — disse tia Lorena, levantando-se indignada da mesa. Olhou para mim e disse entre dentes: — Com licença.

E foi saindo da sala, enquanto tio Alberto, depois de ter espetado outra vez o bife, balançava-o na ponta do garfo. De repente, ele deu uma impulsão na mão e parou-a bruscamente no ar, retendo o garfo. O bife cruzou a sala voando, passou raspando em tia Lorena e foi chocar-se contra a parede. Ela se virou e fuzilou o marido com o olhar. Senti chispas no ar. Sem tirar os olhos dela e armado de garfo e faca, ele se levantou devagar, empurrando a cadeira com as costas da perna. Falou com voz rouca e ameaçadoramente pausada.

— Se aqui tivesse uma dona de casa de verdade, a gente teria uma comida decente na mesa.

— Esta é a comida que o dono da casa põe em casa — ela respondeu.

Os dois não tiravam o olho do olho. Um tremor tomou conta das minhas pernas. Pressenti que alguma coisa brutal estava prestes a acontecer e eu não sabia o que fazer nem o que dizer. Tentei firmar os pés no chão, mas o tremor crescente não permitia. Intuí que toda aquela ameaça não podia ser apenas por causa de um bife duro.

Ela se virou bruscamente e saiu da sala pisando firme. Ouvi seus passos se afastarem até que uma porta bateu com estrondo e o silêncio ocupou a casa. Tio Alberto voltou a sentar-se e afastou o prato de comida. Tirou do bolso o maço de Liberty Ovais, serviu-se de um cigarro, acendeu-o e sorveu uma longa tragada. Soltou a fumaça para o alto com um suspiro relaxante.

Foi então que voltei a fechar a boca. O maxilar estava tão rígido que deu um tranco. Senti a pedra fria e dura sobre a língua seca — o insosso bolo de comida empedrara e crescera. Embora meu impulso fosse o de cuspi-lo longe, mantive-o intacto na boca fechada. Senti também que meus pés doíam e latejavam. Olhava para a mancha do bife na parede e para o próprio no chão, quando senti a mão do meu tio segurando o meu braço.

— Quer um conselho? — ele perguntou com um palito rolando na boca e aspirando com dificuldade o ar. — Fica solteiro. Não casa, não. Casamento é a maior desgraça na vida de um homem. Não casa nunca.

Peguei o garfo, levantei-me e fui até o bife, no chão. Espetei-o e trouxe-o de volta ao meu prato.

Tio Alberto, então, espetou um outro bife na travessa e esboçou trazê-lo para o meu prato. Segurei-lhe a mão, impedindo-o de me servir.

— Não, tio. Não quero mais.

— Você acabou não comendo nada. Viajou o dia inteiro. Deve estar com fome.

— Não, não. Eu comi salada, arroz e feijão — menti.

— Você está fazendo cerimônia?

— Não, senhor.

— Tem certeza de que não quer?

— Não estou com fome não, tio...

— Esse parece estar mais macio — ele disse, avaliando o bife na ponta do garfo, deixando ver os dedos impregnados de nicotina.

— ...estou é com um pouco de sono — acrescentei, deixando um motivo para bater em retirada o mais depressa possível.

— Vê bem, hein! E se der fome mais tarde? Quando eu fechar a porta, você não vai poder entrar mais aqui, e seu quarto não tem nada para comer. — E, a contragosto, repôs o bife na travessa. — Ah, por falar nisso...

Ele se levantou e saiu da sala. Uma vez sozinho, cuspi a pedra no prato e a cobri com arroz. A sensação de alívio foi tão grande que passei a circular a língua sobre dentes, gengivas e lábios, sentindo a saliva aflorar e fruindo o prazer da reconquista dessa estranha forma de liberdade. Ao mesmo tempo, corria os olhos pela casa, aproveitando a primeira chance de estar só desde que entrara ali.

A mesa onde estávamos, assim como as cadeiras, de negro e pesado jacarandá com grossos pés torçalados, ocupava quase toda a área da pequena sala. Rente a uma das paredes, um guarda-louça da mesma madeira, recortado por resplandecente cristal bizotado com desenhos em relevo, no interior do qual luziam cálices, taças, compoteiras e licoreiras. Sobre ele, uma bem cuidada coleção de bibelôs de porcelana, delicados enfeites de louça e bichinhos de vidro. Tudo tão limpo e com tão estudada disposição que revelava uma dona de casa dedicada e minuciosa. Junto a outra parede, um amplo sofá verde-musgo estampado com florões vermelhos, que terminava com franjas douradas até o chão. Na parede, a foto de casamento, colorida artificialmente, com fundo azul desmaiado. Apesar das bochechas rosadas em excesso, tia Lorena, linda e exuberante, sorria feliz, enquanto tio Alberto, ao seu lado, não conseguia completar o sorriso que esboçava; seus olhos brilhavam, mas o rosto mantinha-se rígido. No canto uma árvore de Natal — na verdade, um pequeno pinheiro natural com alguns galhos já ressecados, enfeitado com algumas poucas bolas coloridas, cartões de Natal e um gordo Papai Noel de pano — o que me fez momentaneamente pensar por que o casal não tinha filhos, sem que conseguisse atinar com a razão. Na parede oposta, emoldurado em decapê ouro velho, um Sagrado Coração de Jesus, idêntico ao lá de casa, porém bem maior, me dava uma desconfortável sensação de impertinência — de que não deveria, não poderia, estar ali. Da sala, uma porta dava para a pequena varanda de entrada, outra para um corredor e outra para a cozinha, de onde, naquele momento e precedido por uma nuvem de fumaça de cigarro que o envolvia, tio Alberto retornava com uma garrafa de água em cujo gargalo, à guisa de tampa, tilintava um copo de vidro emborcado.

— Leva. Você pode ter sede à noite — ele disse, estendendo-me a garrafa.

— Obrigado, tio.

— Tem um cafezinho quente na cozinha, você não quer?

— Não, senhor.

Ao segurar a garrafa, senti que a água estava fresca. Ficamos frente a frente; eu não sabia o que dizer, e ele sorvia longamente o cigarro. Pelo silêncio, entendi que era hora de ir e avancei para a porta.

— Boa noite, tio.

— Boa noite. E bem-vindo a Belo Horizonte.

Lembrando-se de alguma coisa, ele disse:

— Espera um pouco. — Foi até o sofá, pegou um jornal dobrado que lá estava e me entregou. — É de hoje. Para você ler os anúncios de emprego. Tem que ler todo dia.

Recebi, agradeci e saí, com o copo e a garrafa tilintando. Mal ganhei a pequena varanda, a brisa noturna me banhou de surpresa, criando um friozinho refrescante em pontos do meu corpo. Só então notei que nesses pontos minha camisa estava molhada de suor. Ao atravessar o jardim, a suavidade da noite desceu sobre mim e aspirei com prazer o perfume das poucas flores à minha volta, mas voltei a sentir os pés latejando e me dei conta de que era o sapato novo que me apertava. Antes de entrar no beco, olhei para a varanda e vi, por trás da espessa fumaça esbranquiçada, a silhueta de meu tio me acenando da porta entreaberta.

Mal fechei a porta do quarto, fui arrancando sapatos e meias. Meus pés, vermelhos e inchados, latejavam. Enfiei os dedos das mãos entre os dedos dos pés e senti um alívio refrescante. Depois, pisei descalço no chão de cimento e tive a sensação de estar com os pés num riacho. Só então percebi com que cuidado tia Lorena desfizera a minha mala. No cabide de parede pendurara a calça e as duas camisas e, sobre um caixote de "Manzanas Argentinas", forrado com papel de embrulho rosa, arrumara meias e cuecas. Confesso que fiquei envergonhado quando a imaginei dobrando e arrumando minhas esgarçadas e encardidas peças íntimas. Vi, enrolada no canto onde eu a deixara, a roupa surrada que usara na viagem. Mantive a pequena trouxa afastada do nariz, para evitar a poeira ao desenrolá-la. Era deplorável o estado da meia, da camisa, da calça e até da cueca. O pó vermelho tinha se entranhado de tal maneira no tecido que lhes mudara a cor. Achando que seria pior guardar aquela imundície, peguei tudo pela ponta dos dedos, abri a porta e joguei dentro do tanque — foi quando ouvi o alarido que vinha da casa da frente. Apurei os ouvidos.

Tio Alberto e tia Lorena discutiam num clima agressivo, mas não se entendia muito bem o que diziam. Ele gritava para ela ficar onde estava e ela respondia que não ficaria, que iria dormir no não-sei-o-quê da sala. Devia ser o sofá da sala. Depois, parece que ele fez alguma ameaça, porque ela gritou: "Vem, que eu chamo a polícia! Eu chamo agora! Quer ver?" Daí em diante, a discussão continuou, mas as vozes foram abaixando até que ficaram inaudíveis. Tampei o fundo do tanque e mantive a torneira aberta até o nível da água cobrir as roupas. Não ouvi sequer um murmúrio durante esse tempo. Voltei ao quarto e tranquei a porta.

Vista da janela, a cidade, com tantas luzinhas acesas, parecia um céu estrelado. Dava até a impressão de que, as mais distantes, tremeluziam lentamente como as estrelas. Diante daquela imensidão, a noite fundindo o céu e a cidade num único mundo desconhecido, tive ainda mais medo. Em cada casa daquelas viviam rapazes da minha idade. Eram milhares e milhares que, como eu, queriam trabalhar, estudar e vencer na vida. Que chances eu teria diante deles, que haviam nascido na metrópole e conheciam todos os seus bairros, ruas e edifícios, e que desde crianças sabiam o bonde ou o ônibus para se chegar a todos os lugares? Como eu poderia competir com eles, que tinham estudado nos bons colégios da capital e tido os melhores professores; rapazes que vinham de famílias importantes ou, pelo menos, de famílias da própria cidade, que lhes dariam referências e indicações ou, no mínimo, teriam amigos, vizinhos e relações que com o tempo tornaram-se importantes? Como é que eu, que vinha de um lugar perdido nos grotões, sem pai e sem sobrenome vistoso, que não tinha dinheiro e morava de favor, não conhecia ninguém e não sabia nem me mexer na capital, poderia conseguir alguma coisa ali?

Estava prestes a constatar que fora uma loucura ter vindo para Belo Horizonte e que o mais sensato seria voltar para Olhos D'Água, quando me lembrei da noite do cavalo corredor. Foi com este nome que, em minhas conversas comigo mesmo, passei a me referir às descobertas que fiz naquela noite em que corri como um animal desesperado à volta de Olhos D'Água. Na beira do rio, depois da correria, vieram as revelações, que refluíram naquela primeira noite que, pela janela, enfrentei Belo Horizonte.

Voltar a Olhos D'Água — pensei — seria me condenar à pobreza irremediável. Lá, concluído o curso ginasial, não havia mais o que estudar. E sem estudar, a que poderia aspirar um vendedor de pão de queijo? A nenhum sonho que incluísse carros, casas com repuxos saltando da boca de leões, viagens de avião e namoradas como Maria Antônia. Haveria que se resignar a um emprego numa padaria, a beber cachaça no balcão de seu Ambrósio com amigos de dentes cariados, a casar com alguma mocinha humilde, embora honrada. Se era justamente desse pântano que eu tentava escapar, voltar para quê? Nos últimos tempos, tudo ficara sufocante em Olhos D'Água: as casas, as ruas, a igreja, o colégio... eu não podia voltar.

Se já não tivera chances lá, temia não tê-las também aqui; mas aqui ainda poderia sonhar e lutar; lá, nem isso. E um homem sem sonhos nem lutas é como um corpo sem alma. Eu poderia até fracassar em Belo Horizonte, mas voltar a Olhos D'Água, não!, concluí.

Fui para a cama e abri o jornal, decidido a encontrar um emprego naquele momento mesmo. Lia cada anúncio como quem decide a vida, mas, com o tempo, tornou-se difícil ignorar o ronco de fome que vinha da minha barriga. Sem ter como satisfazê-la, tentava me abstrair daquele protesto estomacal concentrando-me no anúncio seguinte. Pouco depois percebi que de tanto revirar na cama estava amarrotando a roupa. Tirei a calça e a camisa e pendurei com o mesmo cuidado que tia Lorena pendurara as outras. Voltei à cama e ao jornal, tentando ignorar a reivindicação do estômago. Ao primeiro arrepio, senti na própria pele que a noite esfriara e eu teria que dormir de cueca. Levantei, fechei a janela e voltei para a cama. Deitei de bruços e me cobri com a colcha. Voltei a ler o jornal, aberto sobre o travesseiro. Dormi com a cabeça nos pequenos anúncios.

XI

— Quem tem o ginásio completo levanta a mão — disse o rapaz, de gravata e óculos de lentes grossas, que acabara de entrar na sala onde uns trinta candidatos, inclusive eu, esperavam sentados em longos bancos rentes às paredes. Todos nos voltamos para ele. A metade, eu inclusive, levantou a mão. — Os outros estão dispensados.

Mais do que desolados, uns quinze deixaram a sala humilhados. Ao passarem por mim, percebi que o sorriso amarelo de alguns mais velhos era a forma de esconder a vergonha que sentiam. Se já é humilhante procurar emprego, disputá-lo com pessoas necessitadas é como ser empurrado para diante de um espelho, que tornará visível o que se esconde de si mesmo. Não posso, no entanto, negar que senti orgulho por já ter o ginásio completo, apesar de ser o mais jovem dos presentes. Cresceu a esperança de que conseguiria uma das vagas por não ter sido dispensado já na primeira leva, como acontecera nas tentativas anteriores. Como sempre, os dispensados, fustigados pelas exigências com a aparência, ofereciam, na saída, um melancólico desfile de paletós sem gravatas, quase todos puídos e brilhosos de tão surrados. Uns tão justos que mal permitiam mover os braços, outros tão grandes que, abaixados os braços, as mãos eram engolidas. Adereço de desempregado, quase todos traziam um jornal enrolado na mão, duplamente útil, para se saber de um possível emprego e para se ler e reler durante as intermináveis esperas.

Reduzidos à metade, esperamos, em silenciosa expectativa, a próxima etapa da seleção. Olhei, ansioso, para o rapaz de gravata e óculos de lentes grossas. Aquele rapaz, que eu nunca vira na vida, disciplinado, míope e frio, poderia decidir o meu destino. Dependendo do que ele dissesse, eu estaria empregado ou não. Eu teria como viver em Belo Horizonte ou não. Eu poderia estudar ou não. Eu seria alguém na vida ou não.

— Quem sabe datilografia levanta a mão — ele disse.

Apenas três levantaram a mão. E eu não estava entre eles. Chegara, mais uma vez, a minha hora de deixar a sala, suando de vergonha sob o frouxo e surrado paletó do tio Alberto, batendo o jornal enrolado na mão e sorrindo com o cinismo dos que tentam esconder o fracasso. Quem procura emprego é sempre lembrado de que não tem direito a nenhum tipo de orgulho.

Mal ganhei a calçada, já com o paletó do tio Alberto no braço, me vi aparvalhado em meio à correnteza de gente desconhecida, levando esbarrão de uns, dando encontrões em outros. Deslumbrado, eu admirava a maneira como se vestiam, como andavam de cabeça erguida e sem olhar para os lados, como conversavam com desembaraço e rapidez, como gesticulavam com distinção. Tudo completamente diferente de mim e do que eu conhecia. As pessoas eram mais limpas, mais penteadas, mais engomadas, mais elegantes. As mulheres então! O sapato alto lhes emprestava uma altivez de garça, e o rosto pintado dava a todas um ar de estrelas de filme colorido. Sentia um grande prazer de estar andando naquela calçada, quando, do fundo de mim, emergiu uma revelação: mesmo sem saber como era, eu sempre quisera ser como aquela gente. Esse sentimento de identificação só era quebrado quando um ou outro que me olhava, sobretudo moças da minha idade, descobria o caipira em mim. Voltavam a me olhar de alto a baixo, as sobrancelhas arqueadas de estranheza e um demolidor riso de deboche. Eu me sentia um ser desprezível. Morria de vergonha de ser o que era. Mais até do que vergonha, eu sentia ódio de ser caipira. O que eu queria — estava convencido disso — era ser como eles. Mais: era ser um deles. Porém, não apenas a minha aparência, mas algo mais profundo, me denunciava. Passei a imitá-los na maneira de andar sem olhar para os lados e sem trombar com ninguém. Mas logo estava diante de um outro desafio, um desafio que me punha em pânico: atravessar a rua.

Diante da rápida sucessão de carros na primeira pista da avenida Afonso Pena, a principal da cidade, eu me apavorava, apesar do meu fascínio por automóvel. Eu tentava me controlar para aparentar a mesma tranqüilidade com que as outras pessoas ziguezagueavam entre os carros. Nos primeiros passos, eu até ia bem. Mas, de repente, me subia uma espécie de calafrio, e eu disparava numa corrida cega pelo resto da pista, deixando atrás de mim carros freando e motoristas xingando.

Não sei se pela corrida que movimentou meu corpo, se por ter me misturado às pessoas na calçada ou se pela brisa fresca que soprava sob a copa das árvores — o fato é que a sensação de fracasso por ter perdido mais uma chance de emprego foi sendo substituída por uma aragem de liberdade que me estremeceu o corpo mal pisei os paralelepípedos da aléia central da avenida.

Sob aquele teto natural não se via o céu, encoberto pela frondosidade entrecruzada dos dois renques de árvores cinqüentenárias, "Ficus Beniamini", como vim a saber depois, que formavam a larga aléia em cujo eixo se estendia a linha do bonde. Soube, muito tempo depois, que o arquiteto que planejara a cidade se inspirara nos *boulevards* parisienses para realçar a própria avenida, e não os edifícios às suas margens. O longo leito daquele rio vegetal com certeza deve ter contribuído para a legenda do cartão-postal de Belo Horizonte — a cidade vergel, depois a cidade jardim. Debaixo daquele caramanchão central a temperatura era mais amena; a luz, filtrada pela folhagem, dava a tudo um tom suavemente esverdeado, e o chilrear dos pardais enchia o ar de uma tranqüilidade familiar, eventualmente quebrada, como acontecia naquele momento, pela ruidosa e colorida passagem do bonde, cheio de passageiros nos estribos. Afastando-se rumo ao ponto final, o bonde me deixara paralisado em extasiada contemplação, até que localizei, encostada num dos carros estacionados do outro lado da linha, tia Lorena, atenta ao livro que lia enquanto me esperava. Não sei se pela roupa que vestia, pela maneira como prendera o cabelo ou pela posição descontraída com que se recostava no carro, mas de onde eu estava ela não parecia a esposa do meu tio, mas uma mulher muito mais jovem, quem sabe uma moça, talvez até uma garota. E quanto mais eu me aproximava, mais nítida ficava essa impressão, até que ela ergueu os olhos do livro e me viu. Sorrindo, veio ao meu encontro.

— E então? — perguntou com o olhar irradiando curiosidade.

— Nada — respondi. — Precisava saber datilografia.

Ela me olhou com a mesma expressão com que me olhava toda vez que eu voltava de uma entrevista ou teste de seleção, desde que se incumbira de ser a minha paciente cicerone. Era uma expressão de decepção tão sofrida que parecia vir do fundo de suas entranhas. Não uma decepção comigo —

e não sei por que eu tinha certeza disso —, mas com o mundo, que insistia em me excluir ou me ignorar. Ela exalava um suspiro suave, a cabeça tombava ligeiramente para o lado, as sobrancelhas se aproximavam e se erguiam um pouco, os olhos perdiam o brilho habitual, ficavam opacos, sombrios, os cantos da boca apertavam e, por fim, ela abaixava a cabeça. Mas apenas por um átimo. Quando voltava a erguê-la, seu semblante já estava completamente transformado, como se, naquele segundo cabisbaixa, uma máscara de otimismo tivesse sido sobreposta àquela de decepção. E foi com os olhos brilhando que ela ergueu a cabeça e disse com um amplo sorriso nos lábios:

— Então, ótimo! Vamos passear! Chega de procurar emprego por hoje! Vamos conhecer Belo Horizonte! — E, me puxando pelo braço, avançou decidida entre os trilhos do bonde.

Não poderia haver idéia melhor. Nos últimos dias eu já tentara mais de vinte empregos. Alguns tinham ficado de dar resposta por carta, mas a maioria me dispensara na hora. Não que já estivesse desanimado, mas, àquela altura, eu queria pensar em outra coisa que não fosse emprego, precisava me distrair, arejar, criar alento. E uma das coisas que eu mais queria era conhecer aquela cidade, me familiarizar com ela, penetrar nela. Conhecer seus bairros, ruas, esquinas e lojas. Todos os detalhes me interessavam. Eu andava pelas ruas com olhos deslumbrados pelas tantas novidades e gulosos de quem tem fome de conhecê-las pelas entranhas. Felizmente, tia Lorena não só percebera isso, como sentia um certo orgulho de morar há mais de doze anos na capital e de conhecer as suas intimidades. Além disso, fruía um secreto prazer em me impressionar. E, partindo dela, a sugestão de conhecer a cidade era como um álibi. Ninguém poderia dizer que, em vez de procurar emprego, eu estava fazendo turismo na capital.

A aléia central, ladeada por pistas com trânsito numa e noutra direção, era uma espécie de arborizado túnel do tempo. O que restava do rosto austero do general Lott nos cartazes colados nas árvores e a voz infantil do pequeno jornaleiro anunciando que aquela edição do *Diário da Tarde* trazia o ministério de Jânio Quadros relembravam, com som e imagem, que a eleição já fazia parte do passado. E mesmo do recente Natal o que restava era a fieira de apagadas lâmpadas coloridas entre uma árvore e outra.

Ao longo do percurso, tia Lorena ciceroneava. Ali, o edifício Sulacap-Sudameris, erguido no triângulo de três ruas, com uma inesperada praça ajardinada entre os dois blocos, onde pessoas paravam para, através da moldura criada pelo vão entre eles, contemplar a vista que se estendia para além de um viaduto, guarnecido por altos balaústres em arco. Do lado oposto, a Casa Sloper, a Casa Porcelana e a Sedan, cuja propaganda eu já ouvira no rádio. Adiante, as caras zangadas dos índios acaiacas, incrustadas na fachada do arranha-céu mais alto da cidade com seus vinte e nove andares de varandas, pareciam protestar contra a agitação à frente: nos primeiros degraus da interminável escadaria da igreja de São José, alguém discursava contra alguma coisa e era aplaudido por um grupo inflamado, atraindo a atenção dos transeuntes. Entre o índio e o santo, os doze andares da Casa Guanabara, o maior "magazine" da cidade — e eu não quis perturbar tia Lorena sobre o que queria dizer "magazine".

Depois de me mostrar como era chique o Hotel Normandy, tia Lorena se deliciou com a mistura dos perfumes das flores frescas da Flora Barbacenense; em seguida, olhamos a nova moda masculina e feminina nas vitrines de A Capital Mineira. No Cine Glória, vimos os impressionantes cartazes que anunciavam para breve o próximo filme: *Psicose*, com Anthony Perkins e Janet Leigh, dirigido por Alfred Hitchcock.

Enquanto ela continuava me introduzindo na Belo Horizonte real, fui invadido por lampejos da minha iniciação na Belo Horizonte escolar. Na aula de geografia, dona Guaraciaba falava com orgulho da — tão distante então! — "nossa capital", uma cidade planejada, com um traçado em xadrez, onde as avenidas cruzavam com as ruas em ângulos de quarenta e cinco graus, e uma avenida circular, chamada "do Contorno", delimitava o espaço urbano. "Ruas com nomes de poetas cruzam com outras de nomes indígenas, é o Brasil que se civiliza sem esquecer a sua origem", empolgava-se dona Guaraciaba.

— Esta é a praça Sete — disse tia Lorena, apontando para a confluência de duas avenidas e duas ruas, formando um polígono com dezesseis esquinas que davam a impressão de circularidade por causa das copas das árvores que, unidas num maciço de folhagem, criavam um círculo verde central. Concêntrico a ele, o círculo dos trilhos por onde os bondes contornavam a praça. No centro, um obelisco, chamado de Pirulito, com que se comemorara o centenário da independência do Brasil.

Numa metade da praça, meia centena de rapazes comprava, vendia e trocava figurinhas de jogadores de futebol para colecionar em álbuns. Como o álbum completo oferecia prêmios, o negócio florescia. Os mais profissionais carregavam pequenas caixas de papelão abarrotadas de cromos coloridos, organizados em ordem numérica.

Na outra metade, numa aglomeração, pessoas olhavam e apontavam para o alto do Brasil Palace Hotel, como identificava o letreiro. Um homem explicou a tia Lorena que era Pelé — que três anos antes brilhara em Estocolmo — quem acenava da janela, junto com a equipe do Santos que, no dia seguinte, jogaria contra o Atlético Mineiro, no Estádio do Sete de Setembro. Minha excitação foi aos píncaros: Pelé ao alcance dos olhos! Deus do céu, quando isso seria possível em Olhos D'Água? Nunca! Um astro que encantou o mundo só podia mesmo jogar nas grandes cidades! E ali estava uma emoção a mais para se viver na capital: eu começava a fazer parte dos acontecimentos.

No abrigo de bondes — gare coberta no ponto final das linhas, com charutaria, casas de frutas, *bombonières*, bancas de jornal e lojinhas de presentes —, o cobrador puxou do alto a haste que, pressionada por molas, fazia o contato deslizante com o cabo aéreo eletrificado, deslocou-se lateralmente ao veículo para inverter a sua posição e, no extremo oposto, reencaixou-a no mesmo cabo. Do banco onde estava sentado, enquanto tia Lorena com o espelhinho apoiado na perna ajeitava os cabelos com a mão e refazia a maquiagem, eu o observava, feliz por aprender que o bonde era como uma cobra de duas cabeças. Do ponto final, para retornar sobre a única linha, em vez de curvas e manobras, bastava o motorneiro inverter a sua própria posição; e onde ele estivesse seria a nova frente. Enquanto esperávamos em silêncio por mais passageiros para partir e eu acompanhava a inversão de direção dos bondes que iam para os bairros de Lagoinha, Santo André, Cachoeirinha e outros cujas placas eu, de onde estava, não conseguia ler, pressenti o olhar de viés de tia Lorena sobre mim. Um perfume suave emanava dela. Senti uma confusão de emoções, sendo o medo a maior delas. Fixei meu olhar no vazio, de modo a mantê-la no meu ângulo de percepção. Quando, porém, senti o calor do seu hálito no meu pescoço, virei-me para ela. Por um átimo, ela me olhou sorrindo nos olhos — não durou mais do que um piscar de olhos, foi tão pouco tempo que nunca pude identificar qualquer intenção oculta, não estou certo nem mesmo desse sorriso — e, imediatamente, me mostrou os prédios que ladeavam o abrigo de bondes. A Feira de Amostras, segundo ela, uma espécie de museu das riquezas minerais do estado, e a Drogaria Araújo, a maior e mais tradicional farmácia da cidade. Depois dos dois toques de uma sineta com que o cobrador anunciava ao motorneiro que tudo estava em ordem, o bonde partiu. Por escolha e decisão dela, seguimos para a Pampulha.

Em quase duas horas de bonde, depois de cruzar quatro bairros e uma longa extensão na qual as casas foram rareando e se ampliando as vastas áreas baldias, passamos pelo aeroporto para, logo em seguida, o horizonte se abrir num raso vale, onde, debaixo de um céu de azul muito claro, repousava a lagoa da Pampulha.

Uma brisa suave me lambia o rosto e refrescava minhas narinas enquanto o bonde, em curvas sucessivas, margeava a lagoa. Era curioso o contraste. De um lado, a presença constante da água, represada artificialmente pela mão do homem; do outro, o agreste natural das áreas quase abandonadas, onde o mato crescia à vontade, carente da mão do homem. Enquanto me perdia nessa contemplação, tia Lorena, que ao meu lado se entretivera em silenciosa leitura durante quase todo o percurso, mantinha agora o seu olhar distante, perdido no meio das águas, até que o cobrador anunciou o ponto final. Ainda descendo do bonde já avistara a igrejinha, tão solitária quanto diferente de tudo que eu já tinha visto. Pequena e branca, contrastava com o verde-claro do gramado onde fora plantada e com o azul-escuro das águas à sua frente. O teto em ondas parecia reproduzir, de forma ampliada, o tremular tranqüilo que a brisa desenhava na água.

Por dentro, a igrejinha era tão pequenina e despojada na sua nudez que já me sentia tomado por um sentimento de decepção, quando fui atingido em cheio pelo impacto de uma surpresa. Nas laterais, um impressionante e desfigurado São Francisco de Assis, pintado em azul sobre azulejos brancos, ocupava as paredes. Olhos desmesurados, de uma tristeza arrebatadora, num rosto magro, anguloso, de ossos salientes. O corpo descarnado, esquálido e sofrido era quase imperceptível diante do tamanho e da força expressiva de mãos e pés. Oh, Deus, pensei comigo, ao primeiro impacto, essas deformações, que resultam numa figura meio monstruosa, aumentam ainda mais a emoção que sinto com o meu São Francisco de Assis! Enquanto tia Lorena, ajoelhada de frente para o altar, rezava contrita, eu não conseguia mais tirar os olhos do mural. Os vitrais da Matriz de Olhos D'Água escaparam dos porões da minha memória e me invadiram a imaginação. Num tom sépia, que desmaiava todas as cores, lá estava o bondoso São Francisco da minha infância, mais real e menos obra de arte, cego, descalço e maltrapilho, sendo conduzido pelos passarinhos e animaizinhos. À minha revelia, as duas imagens do santo foram se sucedendo. Aos poucos, fui me dando conta das diferenças. Se no vitral de Olhos D'Água eu via mais um santo do que um homem, no mural da Pampulha eu via mais um homem do que um santo; um era reconhecido, seguido e ajudado por aves e animais; o outro era a solidão do andarilho que os homens rejeitavam; o cego, eu o via e me emocionava, ele, porém, não me via; já o outro, eu sentia que seus olhos arregalados me procuravam, viam dentro de mim, me devassavam e me emocionavam. As imagens foram se sucedendo numa velocidade cada vez maior, enquanto crescia a sensação de abafamento dentro da igrejinha sem janelas, até que eu, sem conseguir fazer mais qualquer daquelas inúteis comparações, saí rapidamente para o adro, onde a brisa indulgente e o horizonte aberto me encheram pulmões e olhos de alento.

Tia Lorena saiu logo em seguida. Parou ao meu lado e, como eu, ficou olhando para a lagoa por algum tempo. Depois, sem se virar para mim, perguntou:

— Gostou da igrejinha?

— Gostei — respondi, também sem me virar. — É tão pequenininha que parece uma capela. O São Francisco é que é muito bonito.

— E aquilo é São Francisco de Assis, pelo amor de Deus? — espantou-se, para em seguida anuir: — Mas é verdade. A igreja é de São Francisco. — E concluiu com uma careta: — Mas é tão feio que nem parece o pobre do santo. — Depois de uma pausa em que aspirou profundamente a brisa, disse, saboreando: — Ah, que ventinho gostoso!

Avançou um passo na direção da lagoa e abriu os braços como se quisesse abraçá-la.

— Você não rezou, por quê? — quis saber. — Porque é ateu?

— Não. Fiquei olhando pro São Francisco e...

Ela, que girava o corpo de braços abertos, estacou de repente e gritou:

— Pipoca, que delícia!

E marchou na direção do carrinho de pipoca, que parecia abandonado. Segui-a, curioso. Logo percebi que o homem que dormia à sombra de uma árvore devia ser o pipoqueiro. Antes de nos aproximarmos, ele abriu os olhos e nos viu. Levantou-se de um arranco e, num segundo, estava de pé junto ao carrinho.

— Dá um saquinho pra mim, moço — ela disse, chamando de moço a um homem com mais de uns sessenta anos. E, ato contínuo, virou-se para mim: — Quer um também? — Como hesitei por um segundo, ela voltou-se para o pipoqueiro: — Dois.

Enquanto o homem enchia os saquinhos com mãos trêmulas, ela me sussurrou:

— Eu pago.

Foi um grande alívio. Em todos aqueles dias que ela vinha se oferecendo para me levar aos endereços de possíveis empregos, eu ficava angustiado. Se a bondade do oferecimento facilitava o meu trânsito pela cidade, o gasto com ônibus e bonde dobrava. E o meu já escasso dinheiro, que não podia ser torrado em passeios, sorvetes ou pipocas, encolhia ameaçadoramente. A cada sugestão para uma vitamina de frutas, um caldo-de-cana, um pastel ou um cafezinho, meu coração ficava pequenininho e esperneava de taquicardia, apavorado com o quanto me escorregaria por entre os dedos fechados. Eu sabia muito bem o que aquilo significava: o que escapasse da minha mão jamais teria reposição.

Eu sofrera com os quatro seguidos sustos no bonde que nos levara até ali. Como a tal Pampulha era mais longe do que o inferno, dividiram o percurso em quatro etapas. E por quatro vezes tive que suportar o maldito cobrador arrancando-me mais dinheiro da mão. Daí o alívio quando ela me poupou de mais gasto com pipoca. Ora, pipoca!

Lado a lado, margeávamos a lagoa a pé, nos deixando penetrar pelo silêncio à volta, quebrado aqui e ali pelo intermitente marulhar das águas, o canto de algum passarinho e pelo ruído da pipoca, fria e salgada, triturada pelos dentes, quando, de repente, tia Lorena deu um suspiro que pareceu vir de tão fundo que as palavras soaram como um gemido de agradecimento:

— Ah, que bom estar aqui...

Olhei para ela sem entender muito bem o que lhe daria tamanho prazer. Sorrindo, ela me deu três inesperados tapinhas no rosto:

— Você não sabe, nem imagina, como tem sido bom para mim sair esses dias com você. Eu gosto de passear, sempre gostei. E passear para mim pode ser fazer qualquer coisa, ir a qualquer lugar, até mesmo bater perna na rua. Eu preciso sair de casa, respirar, ver gente... Mas seu tio não quer que eu ponha o pé na rua. Você já viu como ele fica. E não é dizer que eu não gosto da vida de casada. Eu gosto de arrumar a casa, cuidar da roupa dele, gosto de cozinhar, gosto de tudo. A única coisa que eu não gosto mesmo é de viver trancada dentro de casa. Você me entende?

Ela me olhou nos olhos, esperando uma resposta. Balancei a cabeça, querendo dizer que a entendia. Ela passou a mão no meu cabelo, tentando tirá-lo da testa.

— Eu sei que você me entende.

Um carro solitário — Sinca Chambord — passou na rua calçada. Ela voltou a andar. Eu a segui. O ruído do motor se diluiu ao longe.

— Sabe de uma coisa? — ela disse depois de alguns passos em silêncio. — Não sei por que, mas desde que o Alberto me falou que tinha convidado você para vir morar com a gente eu tinha certeza de que iríamos nos entender. — Ela estacou, eu parei também. Ela me olhou firme e disse: — E eu nem conhecia você.

Sorriu para mim, e senti, pelo seu semblante iluminado, que ela realmente tivera prazer em me conhecer. Súbito, porém, ela abaixou a cabeça num movimento brusco e logo depois voltou a andar, afastando-se de mim. Segui-a e emparelhei-me com ela.

— Sei que você não tem dinheiro sobrando para gastar em passeios. E já percebi que não gosta que eu pague nem uma pipoca — ela disse, olhando para o meio das águas. — Mas, para essas besteiras, eu tenho dinheiro. Deixa eu pagar.

Parou mais uma vez, encostou-se numa palmeira, mantendo seu olhar distante. Eu não sabia o que responder. Encostei-me no outro lado da palmeira e ficamos em silêncio olhando para o reflexo do sol sobre as águas tranqüilas. Quando ela falou, senti apreensão na sua voz.

— Fico com medo de que, por causa disso, você deixe de sair comigo.

Percebi que ela girou lentamente o rosto na minha direção. Continuei a olhar para o espelho que o sol criava sobre as águas. O tronco da palmeira separava os nossos rostos.

— Se você fizer isso, vou ficar muito triste.

— Se eu fizer o quê?

— Se deixar de me chamar para levar você nos empregos.

Pressenti que tirou os olhos de mim e olhou para a beira da água, onde um beija-flor sugava uma flor.

— Mas eu não vou ficar trancada em casa. Vou voltar a sair sozinha.

— A senhora sempre sai sozinha?

— Antes de você chegar, toda tarde.

— Ia passear?

— Ia ao cinema, olhava vitrines, ia ao parque Municipal, passeava na praça da Liberdade.

Ela silenciou e voltou a olhar para mim. Eu enfrentei aquele olhar ansioso. Ela disse:

— Você vai me chamar para procurar emprego com você?

— Vou sim, tia. Pelo menos até eu aprender a andar na cidade.

Seu rosto, ao invés de desanuviar, se contraiu. Ela virou-se para a lagoa. Pela primeira vez, tive uma intuição estranha. Me deu a impressão de que ela não gostara que a chamasse de tia.

— E vai me deixar pagar o sorvete, o caldo-de-cana, a pipoca?

— Eu preferia pagar, mas não posso gastar dinheiro com isso. A senhora não precisa pagar para mim. Compra só para a senhora.

— E se eu quiser pagar para você? Se for um prazer para mim?

Dessa vez, eu não podia ficar sem responder. A dificuldade da resposta me silenciou por alguns instantes. Ajeitei o paletó dobrado sobre o braço. O silêncio e a ansiosa expectativa dela me arrancaram uma resposta num tom baixo e de visível desconforto.

— A senhora paga, uai.

Seu rosto se abriu num sorriso amplo, de inesperada gratidão. Afastou-se da palmeira com um giro de corpo e falou eufórica:

— Oba! Que maravilha! Então, vamos começar comemorando! E vai ser naquele bar ali, onde era a Casa do Baile! Eu quero, eu faço questão de pagar a conta. E você vai fazer o que ninguém nunca quis fazer: me levar para tomar cerveja, e na Casa do Baile!

De repente, ela me estendeu sua bolsa, pesada e esticada por abrigar um livro, e saiu correndo de uma maneira intencionalmente desengonçada. Dava saltos e cabriolas, jogava pipocas para o alto e abria a boca para apará-las, volteava as palmeiras que circundavam a lagoa, voltava-se para mim com uma careta, e gritava para eu segui-la. Tudo aquilo era uma surpresa para mim, uma revelação de enorme graça. Eu ria de sacudir o corpo com aquela insuspeitada palhaça que irrompera sob a pele da tia Lorena. E foi às gargalhadas, avançando e parando, que tentei segui-la.

Antes, porém, de chegar à Casa do Baile, ela invadiu um pequeno parque infantil, com balanços, escorrega e gangorras, recém-construídos sob as árvores de uma área aterrada do trajeto. Quando cheguei, ela já estava no alto do escorregador, preparando-se para deslizar, sob o olhar, curioso e irônico, de uma meia dúzia de estudantes uniformizados, quase todos adolescentes. Ela começou a gritar meu nome, dizendo para eu subir também.

Imitando a voz dela, os estudantes repetiam-lhe os gritos em coro, o que, ao mesmo tempo, me inibiu e irritou. Afastei-me do escorregador e sentei-me numa gangorra, à sombra. Dali, pude observá-los melhor. Eram, na verdade, cinco. Tinham um ar irreverente e gozador. Pela aparência e atitudes, eram bem-nascidos. Estavam deitados sob as árvores, estirados na gangorra, sentados no balanço, sem nada para fazer, para falar nem muito menos pensar. Pastas com livros espalhavam-se aos pés das árvores. Vestiam calça cáqui e camiseta olímpica branca, onde se lia Anchieta em letras verdes bordadas no peito, com certeza o nome do colégio em que estudavam. Um deles, mais alto, mais parrudo e tão peludo que parecia um turco — suas densas sobrancelhas se uniam num grosso traço negro sobre a testa —, parecia o líder. Os demais o chamavam de Elias. No alto do escorregador, tia Lorena silenciou, sentou-se e, depois de persignar-se, soltou-se rampa abaixo, aos gritos. Os estudantes fizeram um carnaval.

Mal refeita da emoção, ela levantou-se ao pé do escorregador e, com um resto de pipoca no saco esmagado na mão, caminhou na minha direção, ainda eufórica.

— Ai, que delícia! — ela disse para mim.

— Ai, que delícia! — repetiu, em feminino falsete, o coro dos estudantes, puxado pelo tal Elias.

Tia Lorena estacou a meio caminho entre o escorregador e a gangorra onde eu estava sentado. Olhou na direção dos estudantes e, parece, registrou-os pela primeira vez. Eles silenciaram. Ela, então, mudando inesperadamente de rota, caminhou na direção deles. A cada passo, seus pés produziam um chiado de suspense no chão de terra e pedregulho. Diante do grupo, que se mexeu apreensivo, ela estacou. Olharam-se, em mútua avaliação. Um deles, que parecia o mais novo, iniciando-se nos prazeres do fumo, tossiu com o peito cheio de fumaça. Rubro pelo sufoco, foi ainda humilhado pelo riso dos colegas. Tia Lorena estendeu a mão, oferecendo-lhe o amarfanhado saco de pipoca.

— Quer pipoca?

Sem conseguir conter o acesso de tosse, ele ergueu a mão em sinal de recusa. Ela estendeu a oferta aos demais. Todos mantiveram-se indiferentes, exceto o tal Elias que, num bote rápido, arrancou-lhe o saco da mão. Numa reação instantânea, inúmeras mãos mergulharam no saco de pipoca, numa disputa agressiva e gratuita, enquanto tia Lorena, em atitude solidária, sentava-se ao lado do desastrado fumante e dava-lhe tapas nas costas, como se faz a quem se engasgou com espinha de peixe. O rapaz, que a princípio tentou segurar a mão dela e desvencilhar-se dos tapas, acabou serenando. Com a atitude de grande conhecedora do assunto, ela logo pediu para dar um trago no cigarro dele. Livre da tosse, mas ainda com os olhos vermelhos, ele estendeu-lhe o toco de cigarro com um sorriso cúmplice. Os demais, que se divertiam com a destruição do saquinho de pipoca, sentiram o desconforto da presença invasiva de tia Lorena.

O peludo Elias erguia ao máximo as grossas sobrancelhas e entortava a cabeça ameaçadoramente. Alheia ao silêncio e à troca de olhares, ela sugava o cigarro aceso e, ao mesmo tempo, acenava para eu me aproximar. Peguei a bolsa e o paletó, e obedeci.

Mal me acheguei ao grupo, que me recebeu com uma troca desconfiada de olhares, ouvi o sussurro do tal Elias:

— O que o caipira é dela? Namorado?

Tia Lorena, engasgada com a fumaça, ergueu-se de repente e repetiu idêntico acesso de tosse do seu parceiro de fumo; apenas com mais sufocamento, mais sofreguidão para respirar, espasmo muscular mais amplo, volume mais alto e, no todo, mais teatralidade. A vingança do fumante foi imediata: levantou-se num pulo e começou a socar-lhe as costas, para delírio dos demais. O mais surpreendente era que, a cada soco, ela abria exageradamente os braços, como se quisesse ampliar a caixa torácica, e aspirava ruidosamente mais ar, com o rosto vermelho pelo esforço e ambos os olhos voltados para a ponta do nariz, em inesperado estrabismo. A cada tapa, as gargalhadas explodiam. Ninguém diria que aquela era a mesma mulher do tio Alberto. Ninguém negaria que não estávamos diante de uma inata palhaça, senhora de sua platéia, feliz em provocar o riso pelo secreto prazer de se aproximar das pessoas.

Depois desse intróito, o grupo e tia Lorena ficaram amigos. Eles estavam ali matando aula, fumavam escondido dos pais e só um tinha namorada. Dois — um dos quais o Elias — confessaram que roubavam dinheiro dos pais para ir ao cinema e ao futebol. Ninguém acreditou quando ela disse que não era atriz e que o seu marido fumava feito uma chaminé. Quando ela recorreu ao meu testemunho, eles quiseram saber o que eu era dela. Quando dissemos que eu era sobrinho, todos, em coro, passaram a chamá-la de tia. Elias, mais assanhado, estendeu-lhe a mão e, imitando um sedutor caipira, pediu-lhe a bênção. Os demais olhavam para mim e se divertiam. Ela começou achando graça da brincadeira, mas logo se despediu, sem convidá-los para tomar cerveja. Segui-a em silêncio.

O homem gordo e enrolado num avental que fora branco e era hoje quase cinza de tão sujo, gaguejou uma longa peroração para explicar por que a cerveja estava quente. Pouco me importei para o que disse depois que entendi que sempre faltava luz à tarde no bairro da Pampulha. Deixei tia Lorena numa animada conversa com o gordo, entrecortada de gargalhadas e, da mesa ao ar livre onde estávamos, passei a observar duas cenas alternadamente. Na lateral da área externa da Casa do Baile, por trás de floridos arbustos de hibisco, um casal de meia-idade, sentado numa mesa como a nossa, trocava carícias. Quando um dos dois olhava para onde estávamos, eu imediatamente passava a observar a própria Casa do Baile, construção circular, com linhas sinuosas, formas curvas e muitos espaços arejados, metros para dentro da lagoa, como uma ilha acessível através de uma estreita ponte. Solitário na paisagem da margem oposta, erguia-se sobre uma pequena elevação, com suas linhas retas, o envidraçado Cassino. Logo notei que a aparência solene da Casa do Baile já não escondia as marcas do tempo e do abandono: vidraças quebradas, paredes, além de úmidas e sujas, trincadas de alto a baixo. O casal beijava-se com uma voracidade sem medidas, embora mantivesse, a cada intervalo de respiração, uma atitude vigilante a olhares ou aproximações indesejadas, temor peculiar a encontros clandestinos. A certa altura, enquanto ela vasculhava as redondezas com o olhar, ele enfiou-lhe a mão no decote e... Em algumas paredes da Casa do Baile o reboco já desabara, e mais perto da água o limo subia implacável, cobrindo tudo de verde. O Sinca Chambord que estava estacionado à nossa frente só podia ser do homem que... que tinha agora os seios dela nas mãos e já aproximava a boca aberta, quando ouvi o cochicho de tia Lorena no meu ouvido:

— Deus do céu! Não olha, não! Vira pra cá — e, sem transição, perguntou ao gordo num tom normal, que não escondia uma certa censura: — Que tipo de gente freqüenta isso aqui?

— Aos domingos, famílias e visitantes — repondeu ele com candura. Mas, quando o seu olhar girou até a área dos arbustos, ele empalideceu e concluiu meio gaguejante: — Mas durante a semana costumam aparecer casais à procura de um recanto discreto afastado da cidade.

Os dois prosseguiram naquela conversa, enquanto eu fui ao banheiro. No interior da tal Casa do Baile, vi o piso destruído e, desenhadas no teto, enormes manchas de infiltrações. Pela janela, vi o rosto do homem desaparecer no colo da mulher, que, abraçada à cabeça dele, puxava-lhe os cabelos e ofegava de olhos fechados. Quando ela abriu os olhos... percebi o modesto mobiliário do bar — mesas forradas com toalhas em xadrez vermelho e branco, com vidros de pimenta e farinheira de alumínio — para um ambiente suntuoso onde, conforme me explicara tia Lorena, se dariam as grandes festas da cidade. Retornei à nossa mesa e encontrei a minha cadeira numa nova posição, de costas para os arbustos.

Quando, enfim, três garrafas de cerveja mais tarde, o gordo, segurando a barriga de tanto rir, retornou à sua trincheira atrás do balcão, tia Lorena se deu conta da altura em que ia o sol — já iniciando o mergulho com que se despede desse lado do mundo — e sugeriu que tomássemos logo o que restava de cerveja no fundo do copo de espuma.

Não sei do que falaram, mas pela solicitude do gordo, que se desdobrou em mesuras, agradecimentos e elogios quando tia Lorena pagou a conta, deduzi que a conversa o enchera de gratidão e alegria. Ela estava ainda mais falante e alegre. Desconfiei, porém, de que era por ação mais do álcool do que da conversa do gordo.

A caminho do ponto final do bonde, tia Lorena, à minha frente, cantou e dançou. Por duas vezes me envolveu no seu bailado. Mesmo atrapalhado pela bolsa e pelo paletó, esbocei alguns passos, mas o temor de que algum dos raros carros que se aventuravam por aquelas paragens nos surpreendesse me paralisava. Tomada pela volúpia da dança, ela parecia ignorar o mundo, inclusive a mim. Senti-me distante de tudo aquilo e, subitamente assaltado por um vislumbre da minha singularidade no mundo, fui abatido pela sensação de solidão.

Alguns homens, com varas de pescar em punho e enfiados até os joelhos na água, conseguiram tirá-la daquele delírio esvoaçante. Ofegante, ela desceu à beira d'água. Os homens a olharam em silêncio e voltaram à pesca. Ela ficou observando sem dizer nada. Eu esperava em pé no alto da calçada, já preocupado com o horário que chegaríamos em casa. Depois de um tempo no qual nenhuma das varas sequer se mexeu, ela perguntou:

— Tem peixe aqui?

Apenas um dos homens se voltou, sem surpresa nem pressa, e olhou para ela em silêncio. Depois, confirmou com lentos movimentos de cabeça e, por fim, disse em voz baixa:

— Tem.

— Vocês já pescaram alguma coisa?

O mesmo homem, preocupado em manter o silêncio, fez, com a mesma lentidão, um movimento com a cabeça, de modo que seu queixo indicou vagamente algo na margem, bem perto dela. Ela se aproximou de uma corda que, amarrada a um galho da margem, sustinha um balaio semi-submerso. Ela puxou a corda e ergueu o balaio. Do meu lugar deu para ver que estava pela metade de peixes pequenos, alguns ainda agitados. A admiração dela, antes silenciosa, ganhou voz.

— Quantos! Que maravilha! Tudo isso foi pescado aqui?

De dentro d'água, o homem, que a acompanhava com impaciência, confirmou com a cabeça.

— Há quanto tempo vocês estão pescando?

O homem ergueu a mão com três dedos destacados.

— Tudo isso em três horas?! — ela se admirou.

O homem fez um sinal para ela descer a corda. Ela obedeceu. O balaio voltou a submergir.

— Vocês estão de parabéns!

Ela disse e, ao se virar, descobriu uma vara de pescar junto aos pertences dos pescadores. Ergueu a vara e gritou:

— Achei uma vara aqui. De quem é?

— Shhhhhh — fez o homem dentro d'água, pedindo silêncio, já irritado.

— Mas de quem é? — ela insistiu num tom mais baixo.

Esforçando-se para conter sua irritação, o homem fez o mesmo movimento de cabeça e o seu queixo apontou para um seu colega de chapéu que, naquele justo momento, acabara de erguer a vara, retirando da água um trepidante bagre de tamanho médio.

— Que lindo! Que lindo! — exclamava tia Lorena da margem, enquanto o primeiro homem, sem esconder a irritação, afastava-se lagoa adentro, empenhando-se em não agitar a água ao andar.

Tentando segurar o peixe esquivo, o homem de chapéu aproximou-se do balaio. Ela o esperava, ansiosa.

— Você deixa eu pescar com a sua vara? Eu sei pescar. E não vou sair daqui de perto.

O homem olhou para ela, ao mesmo tempo que retirava o anzol do peixe fisgado. Estranhou que uma mulher pudesse se interessar por pescaria.

— Você já pescou alguma vez na vida?

— Me empresta a sua vara que eu provo.

O homem estendeu-lhe o peixe fisgado, que se contorcia na sua mão.

— Então, tira esse anzol sem rasgar o peixe.

Tia Lorena vacilou, olhou para mim, depois pegou o peixe. Na sua mão, o bagre debateu-se frenético. Ela se assustou. O peixe escapou-lhe das mãos. O homem ergueu a vara, mantendo-o na ponta da linha. Debatendo-se no anzol, o peixe voava como um pássaro ferido. O homem sorria, vitorioso. Desafiada, tia Lorena enxugou as mãos na roupa e partiu decidida para o peixe. Segurou-o firme com as duas mãos. Com surpreendente habilidade, girou o anzol e, repetindo a sua própria curvatura no movimento, retirou-o do corpo do peixe. Com ar vitorioso, soltou o anzol que, balançando na ponta da linha, chegou à mão do homem. Com ela restou o bagre, agora mais calmo. O homem pegou-o e conferiu o lugar da fisgada. Em silêncio, mas com um sorriso triunfante, mostrou o rasgo que facilitara a saída do anzol.

— Não fui eu que fiz isso — protestou tia Lorena. — Foi quando ele escapou e ficou dependurado pelo anzol. — E, partindo para a vara de pescar, exigiu: — Agora, eu quero a vara emprestada. Combinação é combinação. Tirei o anzol sem rasgar o peixe e agora quero pescar.

— Eu vou emprestar, não precisa gritar — disse o homem, depois de jogar o bagre no balaio, enquanto seus colegas, mesmo o mais nervoso, que fugira lagoa adentro, riam dentro d'água.

Ela pegou a vara e, erguendo-a, brandiu-a na minha direção, com um sorriso de triunfo e uma alegria infantil. Enfiou uma isca no anzol, tirou os sapatos, arrepanhou o vestido e prendeu-o entre as pernas. Com passos de gueixa entrou na lagoa, segurando a vara. A água batia-lhe na altura dos joelhos, quando lançou o anzol.

A preocupação com a hora de voltar para casa me encheu a cabeça com imagens do tio Alberto, grave e implacável, inquirindo tia Lorena: "Onde você esteve hoje à tarde? Vá preparando suas explicações porque depois eu vou querer saber onde a senhora andou hoje. Já falei não sei quantas vezes que não quero que saia sem me dizer aonde vai." Comecei a ficar com medo do que poderia acontecer se chegássemos tarde em casa. O interrogatório do tio Alberto poderia ter um desfecho imprevisível. E como só fôramos à Pampulha para eu conhecer a lagoa, eu seria o pivô da confusão. As imagens do tio Alberto refluíam: "Não vá desviar o rapaz do seu intento. Ele não está aqui a passeio. Ele veio para trabalhar e estudar." E a verdade é que eu tinha vindo à Pampulha com a esposa dele. E àquela altura, eu já percebera que a bucólica Pampulha, onde estudantes matavam aula e casais tinham encontros clandestinos, não podia ter uma boa fama. Mais do que envolvido, eu era cúmplice. O medo ganhava corpo dentro de mim.

Eu já estava começando a me sentir responsável pela inevitável briga do casal. Quando concluí que era preciso convencer tia Lorena de que devíamos ir embora imediatamente, a voz dela ecoou por toda a lagoa:

— Peguei! Peguei! Peguei!

No lusco-fusco do fim do dia, lá estava ela com a vara erguida, enquanto, na ponta da linha, um peixe tremeluzia no estrebuchamento final. Com a mão livre ela tentava segurá-lo, mas ele, debatendo-se, escorregava para um giro de carrossel à volta da vara. Até que ela ergueu bem a vara com a mão esquerda, reduzindo o raio do giro: num único bote com a mão direita conseguiu segurá-lo firme. Tateando passo a passo o fundo da lagoa, iniciou a volta à margem num equilíbrio instável, que não podia contar com as mãos ocupadas. Foi do que se aproveitou o inesperado. Num relance, tia Lorena passou a girar aflitivamente os braços, as mãos agarradas à vara e ao peixe, enquanto seu corpo tombava para trás. As águas se abriram para recebê-lo e se fecharam para abraçá-lo. Por instantes, ela desapareceu, até que suas pernas brancas emergiram, agitadas. Com um único salto cheguei à margem, ao mesmo tempo, que, rindo muito, um dos pescadores se aproximou das suas pernas, que logo desapareceram. No lugar delas, ergueu-se tia Lorena, como uma desastrada Iemanjá, ramagens escuras enredadas nos cabelos que lhe cobriam o rosto e por onde a água despencava encachoeirada; folhas, cipós, cascas e raízes dependuradas como adereços à roupa, tão grudada ao corpo que suas formas ganharam quase a nitidez da nudez. Sua mão direita estava vazia e a esquerda ainda segurava a vara que ela, mal se levantou, foi erguendo, até que o peixe, ainda fisgado, saltou para fora da água, como se fosse pescado outra vez. Só então ela olhou para si mesma e, da margem, pude ouvi-la:

— Que bosta! E agora, o que é que eu faço?

O sol já desaparecera, restando apenas a luminosidade difusa do fim do dia quando nos aproximamos do ponto final do bonde. Nosso trajeto até ali ficara marcado no chão. Os grossos pingos d'água que, de vários pontos, caíam da barra do vestido de tia Lorena e, às vezes enfileirados, escorriam contínuos, deixaram na terra o rastro sulcado. Eu andava em silêncio ao seu lado, carregando-lhe a bolsa. Depois de ter rido, e me levado a rir, de sua própria situação, ela não dissera mais nada, e agora avançava com o semblante preocupado, os braços cruzados sobre o peito. De tempos em tempos saía dessa posição para dobrar o corpo para o lado e torcer os longos cabelos, ou despegar da pele o vestido encharcado, talvez temendo que a transparência expusesse sua opulência a olhares curiosos que, naqueles ermos, não apareceram outros, além dos meus. De repente, ela estacou, um sorriso lhe brotou nos lábios e o olhar brilhou. Soltou os braços, retesou o corpo e, numa arrancada, correu alguns passos e, com o bico do sapato, chutou uma lata vazia de salsicha. Milhares de gotículas saltaram do seu sapato encharcado. A lata subiu, girou lá no alto e caiu na água. Tia Lorena me olhou iluminada pela alegria com a própria proeza e, diante do meu espanto, riu de sacudir, já esquecida da roupa molhada e do involuntário mergulho na lagoa. Pela felicidade que exibia, chutar aquela lata significara para ela muito mais do que chutar uma lata. No resto do percurso seu corpo ficou mais relaxado e, por umas três vezes, soltou gargalhadas inesperadas.

No silêncio do ponto final do bonde, enquanto a noite descia suavemente, eu, sentado no meio-fio, acompanhava as músicas que ela cantava, uma após outra, ao mesmo tempo que, de olhos fechados e aparentemente ausente, dançava uma dança aleatória de movimentos insinuantes, os braços abertos e o corpo girando.

Cansada da longa espera pelo bonde, ela também acabou sentando-se no meio-fio, mas continuou cantando, até que os faróis de um carro nos ofuscaram a vista. Era o Sinca Chambord e seu casal clandestino, que partiam deixando instalada uma noite de lua cheia, recepcionada por um coral de sapos e grilos. Minha apreensão cresceu. Eu já imaginava tio Alberto aflito, fumando um cigarro atrás do outro no portão da casa, quando tia Lorena comentou num tom satisfeito:

— Hoje eu fiz duas coisas que há muito tempo queria fazer.

— Passear na Pampulha e pescar — arrisquei.

— Não — ela disse.

— Tomar cerveja e nadar na lagoa.

— Também não.

— Cantar e dançar.

— Chutar lata na rua e sentar no meio-fio.

Diante do meu espanto, ela deu uma risada.

— Está achando que sou louca, não está? Quando você fazia isso lá em Olhos D'Água não era chamado de moleque? Pois eu adoro ser moleque. Fiz boas molecagens quando era solteira. Sinto tanta falta dessa liberdade que nunca vou esquecer a tarde de hoje.

Ela interrompeu a conversa e se mexeu, tentando esconder a roupa molhada, porque os estudantes do Colégio Anchieta se aproximavam. Saudaram-na com ironias:

— Tia Lorena, há quanto tempo! A senhora ainda por aqui?!

O peludo Elias olhou desconfiado para os cabelos e a roupa molhada de tia Lorena e depois me encarou com desprezo. O mais novo, que se engasgara com a fumaça do cigarro, sentou-se ao lado de tia Lorena e perguntou ansioso:

— A senhora sabe se vai demorar muito o próximo bonde?

— Não sei, não — ela disse, abraçando o próprio corpo com ambos os braços. Depois de constatar a aflição do estudante, prosseguiu mais solidária: — Por quê? Está com medo de chegar tarde em casa?

O garoto confirmou com a cabeça e confessou, assustado.

— Meu pai vai me matar.

Ela ajeitou-lhe os cabelos com a mão e retribuiu a confissão:

— Meu marido também. Hoje, ele me mata.

O garoto olhou para ela, apavorado. Seus olhos se encontraram à luz da lua. Trocaram um sorriso cúmplice. Ela se levantou num impulso e estendeu-lhe teatralmente a mão. Sem entender a inesperada formalidade, ele se viu obrigado a levantar e estender-lhe a mão. Ela disse:

— Então, boa sorte para nós, que vamos morrer juntos, hoje.

Enquanto os dois divertiam-se, rindo de mãos dadas, o Elias, que sem tirar os olhos de tia Lorena sentara ali perto, agitou-se, mal ela se levantou, e comentou algo ao ouvido do seu vizinho, que também se assanhou. Logo os dois, trocando sussurros, aproximaram-se dela com olhares concupiscentes para o corpo nitidamente delineado pela transparência da roupa molhada. A raiva de que fui tomado — só muito mais tarde vim a saber que poderia ser chamada de ciúme — serviu para transbordar as minhas diferenças com o tal Elias. Esculpi uma expressão agressiva no rosto e o encarei, certo de que me respeitaria. Mas ele não só ignorou a minha ameaça, como, de forma acintosa e ostensiva, passou a agitar obscenamente a mão dentro do bolso, ao mesmo tempo que segredava palavras e ruídos ao ouvido do seu parceiro, que, teso e vesgo, também não tirava os olhos do corpo dela. Alheia ao devassamento, tia Lorena entretia o fumante iniciante com uma conversa agitada, com risos, gestos largos e rodopios, que não escondia o pretexto de relaxá-lo. À luz da lua, o tecido úmido de sua roupa tornou-se diáfano e revelou o contorno das peças íntimas, as saliências e reentrâncias. Com o movimento, o trêmulo de suas carnes macias dava a completa sensação de nudez. Não resisti: aproximei-me dela e coloquei-lhe sobre os ombros o paletó do tio Alberto.

Já no bonde vazio, acomodados num dos últimos bancos, tia Lorena acariciava os cabelos do seu pequeno amigo, que dormira estirado com a cabeça no seu colo, ao mesmo tempo que acompanhava as evoluções dos outros sobre o estribo. Confesso que, em silêncio e de coração apertado, eu não conseguia me livrar das imagens do tio Alberto, envolto numa nuvem de fumaça, andando de um lado para o outro da casa, a ponto de explodir de raiva. Se ao menos o vestido dela enxugasse, ou o seu hálito de cerveja desaparecesse! O que vai pensar o tio Alberto quando souber que fomos passear na Pampulha num dia de semana, e que eu, em vez de procurar emprego, estava tomando cerveja, e que a mulher dele, meio bêbada, caíra na lagoa? Estava rendido a essas apreensões, quando a voz de tia Lorena me trouxe de volta ao bonde.

— Estou ficando com medo do Alberto. O que ele vai achar disso? — E suspirou, num lamento fundo: — Oh, meu Deus! — Depois de um momento de silêncio, acrescentou: — Parece que o bonde está me levando para o juízo final. O frio na alma vai aumentando.

Ela olhou para o rosto do garoto no colo e depois para os outros, que, no estribo, faziam malabarismos de cabelos ao vento. Num instante seu rosto se transfigurou com um sorriso de admiração e cumplicidade. Sem tirar os olhos deles, comentou:

— É como eu disse: não posso me sentir alegre que logo começo a pensar no que o Alberto vai achar, no que ele pode fazer. E a alegria vai embora.

Num movimento decidido ela se levantou, ao mesmo tempo em que se livrava do paletó sobre os ombros e, equilibrando-se no balanço constante do bonde, manteve a cabeça do garoto cuidadosamente apoiada numa das mãos, enquanto com a outra dobrava o paletó sobre o banco. Depois, apoiou-lhe a cabeça sobre o improvisado travesseiro e me pediu:

— Fica de olho. Quando o bonde frear, segura para ele não rolar.

E, iluminada por um sorriso infantil, desceu rapidamente para o estribo e se transformou num dos estudantes. Com apenas um dos pés no estribo e uma das mãos no balaústre, soltou o corpo no espaço e, cabelos e roupas esvoaçando na noite escura, gritava:

— Aaaaaiiiiuuuuu...!

Logo os estudantes, animados pela inesperada adesão, começaram a imitar-lhe os gritos. Com apenas nós sete como passageiros, o bonde, iluminado e vazio, varava, como um navio fantasma, as vastas áreas baldias, com uma ou outra luzinha acesa, como se fossem bóias num mar de escuridão.

Nos raros pontos onde havia passageiros, mal a velocidade começava a diminuir, os malabaristas se esmeravam em saltar e, imediatamente, reembarcar com o bonde em movimento, quantas vezes fosse possível até a parada completa. E tia Lorena lá estava, subindo e descendo, anunciando em voz alta cada nova proeza, com segurança, graça, elegância e uma tal familiaridade com aquele perigoso balé que deixavam espantados e fascinados não só a mim, como ao motorneiro e ao cobrador.

Numa das paradas, um garoto tirou um cigarro do maço e, mal o acendeu, tia Lorena furtou-o de sua boca e, em vez de atirá-lo longe, como esperei que fizesse, passou a fumá-lo, ridicularizando o frustrado fumante, que logo acendeu outro. E foi com um cigarro aceso entre os dedos e soltando fumaça pelo nariz que ela, depois de um gracioso meio-giro de corpo, alçou-se até o estribo, embarcando no bonde já em movimento.

Noutra parada, ela correu até o motorneiro e segredou-lhe algo. O homem a encarou com estranheza, e ela, sem esperar resposta, desembarcou aos pulos, atravessou correndo a rua escura e embrenhou-se no mato do terreno baldio. Os passageiros trocaram olhares de perplexidade. Sem entender o que se passava, o cobrador foi até o motorneiro. Trocaram duas palavras, riram, olhando na direção da fuga, e sentaram-se calmamente no primeiro banco, tiraram o boné, coçaram a cabeça e começaram uma conversa cansada de fim de expediente — claro indício de que não partiriam de imediato. Os estudantes, com o tal Elias na frente, vieram logo na minha direção.

— Aonde ela foi? — indagou o Elias.

— Entrou no mato — respondi.

— Isso eu vi — ele disse, irritado. — Mas o que foi fazer lá?

— Não sei — respondi. O mais novo, que dormia com a cabeça sobre o paletó, acordou, sentou-se e se espreguiçou.

— Vamos lá — propôs o Elias aos demais. E desapareceram no escuro.

O mais novo indagou, bocejando:

— A gente já chegou?

— Não. Estamos parados aqui — respondi.

Com a boca ainda aberta do bocejo, desabou a cabeça no travesseiro improvisado e voltou a dormir. Foi quando começaram a ecoar os gritos na escuridão:

— Tia Lorena! — chamava uma voz.

— Onde você está? — indagava a outra.

— O que você esta fazendo? — era uma terceira .

E se repetiam a intervalos regulares, até que se ouviu uma revelação:

— Ela tá ali! E tá mijando!

Ouviu-se ainda gritos e risadas esparsas e, de repente, o vulto de tia Lorena, correndo na direção do bonde, veio ganhando nitidez na escuridão, até reaparecer e saltar para o estribo, gritando:

— Pode tocar. Muito obrigada.

O motorneiro partiu acelerado para recuperar o tempo de espera. Tia Lorena me sorriu de orelha a orelha, com o brilho inquieto da travessura nos olhos, e piscou o olho direito. Respondi com um sorriso à proposta de cumplicidade. Olhei para trás e, por alguns minutos, ainda vi uns quatro vultos, de camiseta branca com letras verdes, correndo no escuro atrás do bonde. Depois não vi mais nada. No estribo, apenas tia Lorena dançou o seu balé noturno pelas ruas de Belo Horizonte até chegarmos de volta ao abrigo de bondes.

No outro bonde, que nos levaria do centro da cidade para casa, no bairro do Carlos Prates, depois de nos despedirmos do garoto dorminhoco com as mais criativas explicações sobre o paradeiro de seus amigos, tia Lorena foi se ensimesmando e entristecendo, como se uma nuvem escura pairasse sobre a sua cabeça. Sentada, com as pernas encolhidas sob o banco, os braços cruzados sobre o peito, manteve a fisionomia carregada, o cenho franzido e não disse uma única palavra em todo o trajeto. Durante esse tempo, tentei me preparar para a cena, de desfecho imprevisível, do nosso encontro com o enciumado tio Alberto, na qual eu seria, no mínimo, convidado a procurar outra casa para morar. Já perto de descer tia Lorena me devolveu o paletó do tio Alberto, tirou da bolsa um espelho, pente e maquilagem e se recompôs. Levantou-se e sacudiu o vestido, na esperança de desamarrotá-lo; já não pingava, mas permanecia úmido e frio.

Diante da casa, ela me abraçou apertado com o rosto no meu peito. Nunca estivéramos tão próximos. Estava pálida e senti que seu coração batia acelerado. Um tremor estranho me varreu o corpo. Ela sussurrou:

— Fiquei muito feliz essa tarde. Agora, tenho que enfrentar o seu tio. Seja o que Deus quiser.

Ela enfiou a chave na fechadura, mas antes que acabasse de girá-la, a porta se abriu e tio Alberto surgiu no vão, roupa em desalinho, cabelo despenteado, expressão rígida, o cigarro aceso na mão. Imóvel, com a mão na maçaneta, olhou para ela e depois para mim, com um olhar opaco. Acabou de abrir a porta. Tia Lorena entrou. Esbocei gesto de entrar, mas ele disse:

— Vai pro seu quarto — e bateu a porta com estrondo. Quando a pressão nos meus ouvidos diminuiu, ouvi a voz de tia Lorena.

— Deixa o rapaz entrar. Ele está sem jantar.

— Não se meta — reagiu tio Alberto com voz rascante. — Hoje não vai ter jantar aqui. Nem para ele, nem para você.

Recuei transtornado. Estava trêmulo quando cruzei apressado o pequeno jardim e ganhei o beco lateral. Os gritos da feroz discussão me aturdiam, mas dava para deduzir que o casal andava pela casa.

— Onde você esteve até essa hora?

— Fui passear.

— Passear? Você tem coragem de dizer na minha cara que foi passear? Que largou suas obrigações de mulher casada, de dona de casa, para ir zanzar na rua no meio da semana?

— Eu não larguei as minhas obrigações de dona de casa. É só você olhar: a casa está arrumada, sua roupa lavada e passada, o jantar está no forno.

E foi então que ele gritou com um ódio tão descontrolado que senti tremer a janela fechada que dava para o beco.

— Lorena!

Dois segundos de silêncio e ouvi a voz dela, doce e assustada.

— Alberto! Pelo amor de Deus! Não precisa gritar desse jeito. Calma.

— Calma, coisa nenhuma! Volte aqui! Onde você pensa que vai?

— Eu vou esquentar o jantar.

— Agora? A essa hora? E, por acaso, eu mandei você esquentar algum jantar?

— Num minuto eu esquento e ponho na mesa.

— E eu lá quero saber de jantar?! O que interessa é que eu cheguei do trabalho e você não estava aqui. E sua obrigação era estar em casa para receber seu marido.

— Alberto, eu já te expliquei que não agüento mais passar o dia inteiro trancada nessa casa! Chega uma hora que eu tenho que sair, tomar ar, ver as pessoas, senão eu morro.

— Onde você estava, Lorena?

— Eu já disse que fui...

Um tapa estalou. E logo outro. Ela gritou duas vezes. Na segunda vez, parecia uma fera acuada. Fechei os olhos e, instintivamente, levei a mão ao rosto. Senti a dor como se fosse em mim. A voz dela ressurgiu chorosa.

— Não faz isso, Alberto! Não me bate, pelo amor de Deus! Eu não mereço.

— Eu já não proibi você de sair de casa à tarde?

Outro tapa ressoou pelo beco e, com certeza, pela vizinhança.

— Não faz assim, Alberto. Eu não fiz nada demais. Fui só passear um pouco.

E outro tapa e mais outro, vários. Eu mantinha os olhos fechados e sentia meu corpo sacudir a cada tapa.

— Passear, sua cínica? Larga a casa de qualquer jeito e vai bater perna na rua e ainda fala como se tivesse feito a coisa mais certa do mundo.

Agora a voz dela chegava rouca e abafada, como se ele lhe apertasse o pescoço.

— Me solta, Alberto! Me solta, pelo amor de Deus! Você está me machucando. E eu estou sufocada.

— Você merece. Isso é para você aprender a diferença entre uma dona de casa... e uma vagabunda.

Além da voz dele, eu só conseguia ouvir um gemido baixo e gutural, como se saísse diretamente do esôfago, até que, de repente, soou uma pancada seca e surda de um corpo tombando no chão. E depois, não ouvi mais nada.

Acabei de atravessar o beco correndo, entrei no meu quarto e tranquei a porta. Estava assustado e ofegante; o coração aos pulos ameaçava saltar pela boca. Acendi a luz e joguei sobre a cama alguma coisa que carregava no braço e só então me dei conta de que era o paletó do tio Alberto. Recuperei-o e, tomado por um impulso descontrolado, comecei a batê-lo contra a cama, como se fosse uma lavadeira. Com violência crescente, reuni todas as minhas forças a cada golpe, numa sucessão cada vez mais rápida e mais violenta de açoites até que, tonto e exausto, prostrei-me de joelhos, suado e ofegante, aos pés da cama.

Acordei assustado com batidas na porta. Senti que o lençol, sob a minha cabeça, ainda estava úmido — não sei se de suor ou lágrimas. Levei um tempo para tomar ciência do tempo e do espaço. As batidas ficaram mais fortes. A lembrança do tio Alberto abrindo a porta, desgrenhado e descomposto, me pôs em pé de um salto. Abri a porta.

Era tia Lorena. Trazia na mão um pequeno embrulho de papel cinza. Sua palidez contrastava com o escuro à sua volta, e o inesperado sorriso, embora tênue, tinha algo de um enigmático cinismo. Empurrou a porta — e a mim, que ainda segurava a maçaneta —, entrou rapidamente, fechou-a atrás de si e, com um breve suspiro, recostou-se nela. Estendeu-me o pequeno embrulho. Colhi-o.

— É bife com pão. Come. Você ficou sem jantar.

Olhando-a de frente, vi que o olho esquerdo, praticamente fechado de tão inchado, estava no centro de um roxo hematoma. Sobre a pele branca da maçã do rosto ficaram impressos três dedos vermelhos. Um galo violáceo brilhava na testa. O canto do lábio superior erguia-se inchado, enquanto vergões arroxeados no pescoço marcavam a trajetória de quatro unhas. Deve ter cruzado correndo o beco, pois arquejava, fazendo subir e descer o leve tecido do penhoar negro, deixando entrever o colo róseo.

— Fica tranqüilo — ela disse. — Ele está dormindo. Não viu que tomei banho, fritei o bife e fugi para cá. Ele, agora, dorme a noite toda. Só vai acordar lá pelas seis da manhã.

Ela ficou me olhando por um tempo. A respiração foi se acalmando. Sua expressão se modificando. Parecia querer ajuda. Mas eu não sabia o que dizer, nem o que fazer. O estado dela me assustava e me paralisava.

— Come o pão com bife — disse com um meneio de cabeça na direção do pequeno embrulho.

— A senhora está muito machucada — foi o único e óbvio comentário que me ocorreu fazer. Ela esboçou um sorriso, mas logo o interrompeu com um esgar de dor e levou a mão ao rosto.

— Está tudo dolorido — murmurou, enquanto apalpava com cuidado a área atingida. Erguido, o braço nu exibiu mais marcas e manchas, negras e roxas. — Gemi de dor debaixo do chuveiro. Quase não consigo tomar banho.

Desde o momento que tia Lorena entrara no meu quarto, me fustigava o sentimento de que eu tinha alguma responsabilidade naquela violência. Mas não sabia pelo que eu era responsável, nem até onde ia a minha responsabilidade. De qualquer forma, me senti compungido a ajudar de alguma maneira. Deixei o pequeno embrulho sobre a mesa e perguntei:

— Eu posso ajudar a senhora em alguma coisa, tia?

Mal fiz a pergunta, percebi que talvez tivesse me excedido em generosidade e, ao mesmo tempo, me dei conta dos riscos em que poderia me envolver. Senti um calafrio de arrependimento. E se ela, por vingança, me pedisse para fazer alguma coisa contra o meu tio? — pensei comigo mesmo. Ou alguma coisa que ele não gostasse ou que me deixasse mal com ele? Por mais que ele fosse ciumento e tivesse sido brutal, tratava-se de briga de casal, e eu não tinha que me meter. Além disso, eu não podia me esquecer de que fora tio Alberto quem me convidara para morar com ele e, na verdade, sem a ajuda dele eu não teria nenhuma chance de continuar em Belo Horizonte. Temi pela resposta dela.

— Claro que pode — ela disse. E sorriu enigmática.

— Será que eu posso? — tentei criar a dúvida sobre a minha capacidade de ajudar, de modo a facilitar o meu recuo, se fosse o caso.

— Pode, sim — ela confirmou.

— E o que eu poderia fazer? — usei o verbo no condicional para deixar aberta a porta da recusa, se ela, por acaso, me pedisse algo comprometedor.

— Você pode me receber no seu quarto, me mandar sentar, conversar comigo. Você pode me poupar parando de me chamar de tia, ou de senhora, e me tratando por Lorena. Até porque eu não sou sua tia e nem sou tão velha assim.

Fiquei embaraçado. Tinha pensado noutro tipo de resposta.

— Eu não sabia que a senhora não gostava. Desculpa.

Ela me olhou como se perscrutasse as minhas intenções ocultas e depois sorriu. Levou a mão ao rosto enquanto o riso voltava a desaparecer num novo esgar de dor.

— Eu te desculpo. Mas agora, diz para mim: "Senta, Lorena."

Fiquei constrangido, mas entrei no jogo:

— Senta, Lorena — disse.

Indiquei a cama, único lugar em que se poderia sentar, uma vez que a cadeira tinha o assento coberto por jornais e o encosto por camisas. Ela sentou-se e, uma vez sentada, estendeu a mão na minha direção.

— Vem cá. Senta também. Aqui, do meu lado.

Obedeci. Ela sorriu suavemente para mim, depois se levantou, pegou o pequeno embrulho cinza sobre a mesa, desembrulhou-o de modo a manter o papel para eu segurar, voltou para a cama e me entregou.

— Come. Você não pode dormir sem comer nada.

Não sei bem por que, mas achei que eu não devia comer diante dela naquele estado. Mastigar um pão com bife na frente de tantos hematomas, vergões, escoriações, manchas e galos devia ser falta de respeito. Porém, a fome que me roncava na barriga não resistiu à tentação daquele pitéu na minha mão. Bastou a primeira mordida para se desvanecerem todos os pudores. Com os cotovelos enfiados nas coxas e as duas mãos mantendo o bife com pão à altura da boca, locupletei-me.

Movendo-se com cuidado sobre a cama às minhas costas — a cada posição doía uma parte de seu corpo — tia Lorena, ou melhor, Lorena, conseguiu recostar-se na cabeceira da cama, de onde acompanhou o meu ritual de matar a fome. Seu olhar intenso queimava a face do meu rosto voltada para ela. Depois de um tempo em silêncio, ela disse:

— Gostei tanto do nosso passeio de hoje! Você gostou?

De boca cheia, balancei a cabeça, concordando. E tinha, de fato, gostado. O que me faltava era a indispensável paz de espírito para fruir passeios como aquele. Mais um dia sem emprego me deixava ansioso e apreensivo. A passagem do tempo não consolidava a minha situação em Belo Horizonte. Meu futuro era cada dia mais incerto.

— Você não imagina como faz bem para o meu espírito sair com você.

Olhei para ela espantado. Nem com toda aquela violência estampada no corpo ela mudava de idéia?, me perguntei. A expressão de contentamento dela dispensava respostas. E não era a primeira vez que me dizia aquilo. Continuei mastigando em silêncio.

— Nós não vamos deixar de sair juntos só por causa do Alberto, não é? Seu tio tem lá as razões dele para ficar zangado. E eu tenho cá as minhas razões para não ficar trancada. Ele é ciumento, e eu sou desobediente. Eu vou continuar saindo, ele vai continuar me batendo. Até um de nós cansar.

Fiquei intrigado com a determinação dela. A determinação e a coragem: Que mulher!, pensei. Mas não dava para ignorar o seu estado geral. Provoquei:

— Mas olha o seu estado, tia. Toda machucada. Não pode nem mexer que dói.

— Não vai ser por isso que a gente vai deixar de passear e se divertir.

Ela insistia em não dar importância à surra. Estranhei, mas resolvi ficar calado. Não falava, mas pensava. Eu fora o pretexto para a escapada à Pampulha. E ao bater a porta na minha cara, tio Alberto prenunciara a minha cumplicidade. Eu temia que alguma punição sobrasse para mim.

— Tio Alberto está zangado comigo também? — sondei.

— Não. Ele sabe que sou eu quem inventa essas coisas.

— Ele não disse nada a meu respeito?

— Acho que não. E se disse, eu não ouvi. Era tanto sopapo que eu posso ter ficado surda. — E percebendo a minha preocupação, ela tentou me tranqüilizar. — Não fica preocupado, não. Alberto gosta de você. Ele já me disse, mas tem vergonha de lhe dizer: você é como se fosse o filho que ele não teve.

— Ele gosta da senhora também, tia... e olha o seu estado.

— É muito diferente. Ele não vai fazer nada contra você. Pode tirar isso da cabeça. E não se impressione tanto com o meu estado.

Eu não entendia muito bem a cabeça dela. Em vez de se queixar, de chorar, de voltar para a casa dos pais, de pensar em se vingar ou de abandoná-lo, ela tentava minimizar aquela violência.

— A senhora acha normal apanhar desse jeito do marido? — indaguei intrigado.

— Normal, não é. É horrível! Ele me machuca, me humilha, me enche de vergonha e de dor, mas não é nisso que eu tenho que pensar agora. Eu tenho que pensar no tanto que eu me diverti hoje. Imagina que eu fui com você à Pampulha, dancei, pesquei, tomei cerveja, fumei cigarro, caí na água de vestido, chutei lata na rua, sentei no meio-fio, vi o pôr-do-sol, andei no estribo do bonde. E fazer tudo isso com você, quanta alegria, meu Deus!

Encolhera as pernas de modo que, recostada na cabeceira da cama, apoiava o queixo nos joelhos, cobertos pelo penhoar. Sorria, os olhos fixos em mim, com um brilho quase infantil.

— Você é o companheiro que eu esperava. Só tem é que parar de me chamar de tia.

— Desculpa. Ainda não me acostumei a chamar você de Lorena.

Acabei de comer o bife com pão, limpei a mão no papel cinza, emboleio-o e, num arremesso de basquete, encestei-o num copo vazio que estava sobre a mesa. Ela ficou admirada.

— Puxa vida! Você é craque mesmo!

Rimos muito pela proeza do acaso e depois, mais relaxados, silenciamos. Pressenti, pelo rubor da minha face, que ela continuava a me olhar fixamente.

— Seu rosto tem tanto cravo que me dá comichões de espremer. Você deixa?

Concordei, embora detestasse que me espremessem cravos — uma obsessão de Idalina, minha irmã, que, não satisfeita de viver com a cara borrada de cremes, não podia me ver ou a meu irmão distraídos sem avançar como uma felina, garras à mostra, para os nossos rostos. Eu me livrava do castigo com um repelão, mas Graciliano se submetia com estóica resignação.

Pois lá estava eu, com resignado estoicismo, confiando a cara às unhas de tia Lorena — ou melhor, Lorena, — que, com minúcia e paciência, desentupia, um a um, os meus poros. Apesar da minha anuência cautelosa, não foi preciso muito tempo para que eu notasse que as bem tratadas mãos de Lorena não me infligiam o mesmo incômodo que as de Idalina. Enquanto minha tia comprimia delicadamente cada poro com as finas pontas das unhas, minha irmã me esmagava um latifúndio de pele com a cabeça dos dedos — os cravos saltavam pelo arrombamento dos poros. Aos poucos, fui relaxando e comecei a sentir uma sensação tão agradável que me quedei quieto e silencioso.

A cada novo cravo, tia Lorena procurava novas posições para as mãos, movendo-as suavemente sobre o meu rosto, a minha cabeça, o meu pescoço, e o fazia com tal delicadeza que eu sentia como um carinho. O que, com Idalina, me exasperava, agora me proporcionava um prazer sutil. A esse prazer, outros se agregaram: para localizar minúsculos cravos, ela aproximou o rosto do meu. Eu sentia o sopro suave da sua respiração sobre a minha pele, assim como o arfar ritmado do seu corpo rente ao meu. Instintivamente, a nossa respiração foi, aos poucos, entrando em ressonância. À nossa revelia, meu corpo e o dela, quase sem se tocarem, estavam em harmonia. Talvez pelo toque suave das mãos dela no meu rosto e pescoço, talvez pelo efeito na minha pele do sopro tépido da sua expiração, ou pela sensação de comunhão de nossos corpos arfando num mesmo ritmo ou, quem sabe, por tudo isso ao mesmo tempo, o fato é que foi crescendo entre nós um clima de intensa sensualidade, tão irresistível que, a certa altura, ela segurou meu rosto com as duas mãos e olhou dentro dos meus olhos com uma intensidade assustadora. Senti o desejo latejando no abrir e fechar das suas narinas. Sua boca foi se abrindo pouco a pouco, como se fosse movida por uma força incontrolável. Arfava mais intensa e aceleradamente. O hálito, quente e perfumado, chegava à minha boca e ao meu nariz. Ela puxou a minha cabeça para si, aproximando sua boca irresistivelmente da minha. Beijamo-nos um beijo molhado, lambido, mordido, de línguas sôfregas e desbragadas. Sem descolar nossos lábios, ela, com um hábil movimento de pernas, sentou-se ao contrário no meu colo e, empurrando-me para trás, me obrigou a deitar. Livrou-se do penhoar e apertou meu rosto contra os seios — rígidos e róseos na base do bico, num volume que enchia e sobrava na boca aberta. Desabotoou-me, desafivelou-me e descalçou-me com a precisão e a rapidez de um prestidigitador. Uma vez despido, cavalgou-me aos uivos, gritos, gemidos e sussurros, com a energia selvagem de uma amazona, com a sofreguidão de uma fêmea insatisfeita e o prazer de uma esposa vingativa, que, na iminência do gozo, sublima a dor de ferimentos e inchaços, vergões e hematomas. Demo-nos um gozo que nos estremeceu a alma.

XII

Acordei com pancadas na porta. Saltei da cama assustado. Era o tio Alberto. Estava transtornado e queria conversar comigo. Tinha que ser naquele momento, mas não naquele lugar. Vesti uma roupa e o segui — meu corpo ainda guardava os restos do amor e o cheiro suave da mulher dele.

Na rua, não trocamos uma palavra. Ele não me disse sequer aonde iríamos. Em silêncio, eu caminhava ao seu lado, meio passo atrás. A fumaça do cigarro dele vinha no meu rosto. Eu estava em jejum, a garganta tão seca que nem conseguia engolir a saliva, o coração disparado. Por mais que a minha cabeça girasse, eu não atinava o que ele pretendia comigo. O mais aflitivo era não saber o que ele sabia. E se Lorena tivesse se arrependido de tudo e resolvido confessar?, eu me perguntava. Olhando-o meio de perfil, sua expressão ficava ainda mais impenetrável. Impossível prever o que faria. Por um segundo pensei em sair correndo. Mas logo desisti. Com Lorena ele era ciumento, desconfiado, violento, autoritário e implacável. Comigo sempre foi lacônico e misterioso, mas sempre bom. Se a ela espancara, o que faria comigo se soubesse o que tinha acontecido? O dia estava amanhecendo, mas pelo abafamento prometia um calor senegalês.

Na pracinha diante da igreja, ele sentou-se num banco e fez um gesto vago para que o imitasse. Obedeci. Ele acendeu um novo cigarro. Sugou fundo a fumaça, sacudiu o fósforo no ar e, ato contínuo, levou o fósforo, já apagado, diante da boca, soprou a fumaça nele e jogou o fósforo por sobre o ombro na grama atrás do banco. Eu esperava em silêncio, respirando aos bocadinhos. Por fim, ele olhou — com um olhar baço, triste e misterioso — bem dentro dos meus olhos. Meu corpo estremeceu. Só então, ele falou:

— Vou lhe fazer umas perguntas e quero que me responda a verdade. Você pode fazer isso?

Tirei meus olhos dos dele e os cravei no chão, protegendo-me da devastação do seu olhar. Naquele curto tempo, as perguntas se atropelavam na minha cabeça: O que será que ele sabe? Será que a Lorena contou? O que ela contou? E como será que contou? O que seria a verdade que ele pedia? Como eu deveria responder? Mentir? Não mentir?, mas não apareciam as respostas que me salvariam. Voltei a olhar para ele, que aguardava a minha resposta.

Balancei a cabeça afirmativamente. Deduzi que ele gostou, pois tirou os olhos de mim e fixou-os no vazio à sua frente. Falou sem olhar para mim.

— E o passeio à Pampulha, você gostou?

— Gostei — respondi.

— Vocês foram e voltaram de bonde?

— Fomos.

Ele ficou em silêncio. Puxou uma forte tragada do cigarro e reteve a fumaça no pulmão.

— Foram só você e a Lorena ou havia mais alguém?

— Só nós — respondi.

— E lá, enquanto vocês estiveram lá, ela se encontrou com alguém?

— Não, senhor.

— E em outras ocasiões, ela já lhe apresentou algum amigo?

— Não, senhor.

— Nem ex-namorado, conterrâneo, colega de escola ou amigo de infância?

Fiquei um tempo em silêncio, fingindo que pensava. Ele aguardava ansioso, olhos fixos em mim.

— Não. Ela nunca me apresentou a ninguém.

Ele fez uma pausa e me olhou. Criei coragem e o encarei. Seu olhar opaco, onde eu sempre vira uma tristeza da alma, agora transparecia uma intensa desconfiança. Intuí que estava abalado e frágil.

— Você jura que está dizendo a verdade?

— Juro, tio.

Dessa vez foi ele quem tirou os olhos dos meus. Acompanhei o seu olhar. Perambulou pelo jardim da praça, pelas palmeiras, pelas duas colegiais uniformizadas que passavam, pela torre da igreja, até retornar à brasa do seu próprio cigarro. Fez, enfim, a pergunta que — achou eu — lhe roía a alma.

— A Lorena, às vezes, se encontra com algum outro homem?

— Não sei, tio. Eu nunca vi — respondi de imediato, com uma firmeza que lhe deve ter inspirado confiança.

— É preciso que você me diga tudo. Não minta para mim, nem me esconda nada. Ela tem saído com você todos os dias. Ficaram amigos. Com certeza ela deve ter feito algum comentário ou, quem sabe, deixado escapar alguma pista. Eu preciso saber, me diga tudo o que souber ou desconfiar. E fique tranqüilo porque o que você disser ficará entre nós. Ela nunca saberá dessa nossa conversa, nem de qualquer outra que tivermos.

Ele silenciou e me olhou com um olhar angustiado e súplice. Estava ofegante. Aquele olhar me incomodava.

— Você acha que ela tem um amante? Ela nunca falou sobre isso? Você não desconfia de nada?

— Nunca vi nada, tio. E ela também nunca me falou nada sobre isso. Eu não desconfio de nada.

Ele ficou olhando para mim em silêncio. Depois, soltou o cigarro no chão e pisou em cima. Suspirou fundo.

— Se quer um conselho, eu dou de graça: não casa, não. Casamento é a maior desgraça na vida de um homem.

Suspirou outra vez, mais fundo, deixando escapar um murmúrio. Mexeu o corpo no banco de cimento, procurando uma posição mais confortável. Olhou para mim como quem avalia.

— Você ainda é novo, mas já tem idade para saber dessas coisas. E, sendo homem, vai entender a minha situação. Além disso, é meu sobrinho, vive na minha casa. Acho que posso confiar em você para trocarmos umas idéias. De vez em quando, eu preciso de alguém para desabafar. Quem sabe não ficamos amigos?

Pela primeira vez durante aquela conversa eu consegui respirar com o pulmão pleno. Um pouco mais aliviado, até procurei outra posição no banco. Olhei para ele. Preferia que não me contasse nada. Se pudesse, iria embora. Suas últimas palavras, no entanto, desviaram, temporariamente, a minha atenção do medo. Elas deixaram entrever uma face obscura daquele homem, ou uma face que eu ainda não tinha notado. Tio Alberto tinha idade para ser meu pai, quem sabe até meu avô, e queria ser meu amigo. Não devia ter com quem conversar. E eu nunca o vira antes como um solitário.

— Eu fiquei solteiro até os quarenta e quatro anos — retomou tio Alberto. — Nessa idade, me apaixonei por Lorena, que tinha dezoito. Todo mundo disse que não ia dar certo, inclusive seu pai. Não dei ouvidos a ninguém: casei. Hoje, ela deve estar com uns trinta e quer viver como uma mulher de trinta. Deve preferir um homem bem mais novo do que eu.

Tirou o maço de Liberty Ovais do bolso, serviu-se de outro cigarro. Acendeu e aspirou tão sofregamente que as maçãs do rosto encovaram-se. Soltou a baforada de uma vez. Pareceu momentaneamente mais aliviado.

— Você vê como é lá em casa. Eu vou trabalhar, ela deixa a casa sozinha, vai bater perna na rua e só volta de noite: diz que foi ao cinema — vai quase todo dia à matinê! —, foi remar no parque Municipal, ver vitrine na Afonso Pena, folhear revista na costureira, pegar um romance na Biblioteca Pública, tomar um sorvete na Churrascaria Camponesa, o diabo! E eu me pergunto: será que ela vai mesmo a esses lugares?

Quase respondi, mas percebi em tempo que a pergunta não era para mim. Mas ele precisava tanto da resposta, quanto o náufrago de uma bóia. Tio Alberto fumou em silêncio. Só então notei o seu corpo magro, o aspecto cansado, as olheiras, a barba por fazer, os cabelos despenteados, os dedos amarelos de nicotina.

— Eu amo Lorena com todas as minhas forças. É a única mulher que amei na vida. Não suporto, nem por um segundo, a idéia de me separar dela. Prefiro morrer. E quando eu penso que ela pode ter outro homem, perco completamente o juízo. O meu impulso é de matar os dois. E eu sei que sou capaz disso.

Ele ficou lívido só de tocar no assunto. Pressenti que era mesmo capaz de matar por causa dela e o medo tomou conta de mim. Meu coração voltou a disparar e minha garganta ficou tão seca que seria impossível engolir qualquer coisa. Mal conseguia respirar. Ele sussurrou uma confissão.

— A desconfiança está me enlouquecendo. Minha vida virou um inferno. Eu não sei mais o que fazer.

Deu uma longa tragada, jogou o cigarro no chão e pisou em cima. Só então soltou a fumaça pelo nariz e pela boca. Seu rosto foi envolvido pelo etéreo véu. Ele esperou desanuviar e falou com voz mais firme.

— Você é meu sobrinho. O sangue que corre aqui nessas veias, corre nas suas também. E sangue não se trai, se une, se protege. Por exemplo:

você precisava estudar aqui, eu dei a mão. Agora, vou precisar da sua ajuda. Você entende: a mão esquerda lava a direita.

Ele tentou avaliar a minha reação, mas eu mantive o olhar cravado no chão e uma expressão impassível. Ele entendeu que era uma anuência e disse:

— De hoje em diante, eu quero que você vigie a Lorena para mim. Quero saber quem são os homens com quem ela se encontra, quem são os amigos dela, aonde ela vai com eles e o que fazem. Qualquer homem que se aproxime dela, eu quero saber quem é.

Logo eu, justo eu, incumbido dessa missão. Eu, que deveria ser o último homem a se cogitar para isso, fui o primeiro. Senti-me num redemoinho. Como ficar indiferente ao pedido do tão esperado tio Alberto, solteiro e sem filhos, que, vindo de uma remota capital, surgia em Olhos D'Água com mágicas malas de presentes e enchia de expectativa, esperança e alegria os corações de três crianças pobres: Graciliano, Idalina e eu? Como ficar indiferente ao desespero de uma criatura do meu próprio sangue? E uma coisa que eu jamais poderia esquecer: se eu estava em Belo Horizonte naquele momento, foi porque ele, e ninguém mais, me estendeu a mão. Em mãos onde corre o mesmo sangue, é muita ingratidão que uma suje a outra. Foi por isso que no banco da praça, naquela manhã abafada, eu me mantive em silêncio quando ele pediu que vigiasse Lorena. Todo mundo sabe que o silêncio é uma forma de concordar. Mas pode ser também uma maneira de não se comprometer.

Quando nos despedimos na praça, eu estava convencido de que se o tio Alberto viesse a saber que eu ocupara o seu lugar na cama com Lorena, ele me mataria. Desde esse dia, o medo se instalou dentro de mim como um câncer — crescendo e se alastrando dia após dia.

De volta da praça, com o medo plantado na alma, em vez de ir para o meu quarto, passei primeiro na casa do tio Alberto para tomar o café da manhã — plausível pretexto para encontrar logo com Lorena. Entrei pela porta da cozinha — mantida sempre destrancada por minha causa —, mas já encontrei o café servido, certamente pelo tio Alberto, cuja xícara era a única suja. O resto era silêncio.

Avancei pelo corredor abafado e mal iluminado. A porta do quarto do casal estava encostada. Empurrei-a devagarinho. Lorena dormia — descoberta, de bruços, apenas uma calcinha preta, a mesma, aliás, com que estivera na minha cama e que criava um excitante contraste com as pernas alvas, longas e bem torneadas à mostra, e com as costas brancas e aveludadas, onde rebrilhavam gotinhas de suor. Aqui e ali, manchas roxas começavam a ficar azuis. Não quis acordá-la, mas aquela imagem me extasiou e me paralisou. Só quando ela se mexeu foi que recuei e saí dali na ponta dos pés.

Fui para o centro da cidade fazer a única coisa que, há meses, eu vinha fazendo naquela cidade: testes e entrevistas. A sucessão de fracassos e decepções já abalara a minha autoconfiança. De nada haviam adiantado as orações e promessas que fizera, nem o passe que um médium da vizinhança me dera, nem as rezas de uma benzedeira a quem Lorena me levara. Àquela altura, eu já diminuíra as minha ambições que, na verdade, nunca tinham sido altas. Já aceitaria, com o coração aos pulos de alegria, qualquer das vagas a que andara me candidatando — de balconista, *office-boy* ou cobrador de rua — e que sempre perdera para algum protegido, ou para outro que conhecia melhor a cidade, ou outro mais bem-vestido ou de melhor aparência. Meu desânimo era tal que eu já entrava derrotado para as entrevistas — o que comprometia ainda mais o meu desempenho.

Olha, você não me conhece e pode duvidar de tudo que estou dizendo, menos que eu seja uma pessoa determinada. Eu sou, pode acreditar. Além da minha determinação, que beirava a obsessão, a coisa mais importante da minha vida, naquele momento, era um emprego. No entanto, eu já estava perdendo a esperança, e o desespero me tomava aos poucos.

E foi justamente naquela manhã tão confusa que eu me apresentei para uma entrevista da qual nunca me esqueci. Era uma loja de roupas femininas, que vendia à prestação e precisava de um cobrador. A sala do gerente, no fundo da loja, tinha uma das paredes de vidro, através do qual ele controlava as funcionárias, as clientes, o movimento, enfim. E era para lá que ele olhava, enquanto me fazia perguntas. Era gordo, suarento e peludo, de amplos bigodes sobre a boca enorme. A barba espessa lhe descia pelo pescoço, quase juntando-se aos pêlos do peito, que saltavam pela gola da camisa. Gotas de suor se acumulavam sobre a pele fina das duas entradas que iam até quase o meio da cabeça, obrigando-o a enxugá-las também quando, de tempos em tempos, passava uma toalha no rosto, no pescoço e no peito. Com o calor que fazia naquela manhã, agravado pelo abafamento do fundo da loja sem janelas, pouco valia o ventilador que, voltado para ele, zumbia no chão, ao lado da mesa.

Toda aquela massa, suada e peluda, se manifestava numa voz autoritária, mas tão aguda, que, quando ele falava, tudo perdia peso e seriedade, ganhando os tons alegóricos de uma ópera bufa, uma anedota cênica ou um número de circo.

Depois de me fazer umas três perguntas, cujas respostas ele mal ouviu, mais atento que estava ao que acontecia na loja, a porta se entreabriu, sem batidas nem anúncios, e surgiu uma senhora — empertigada, de óculos, séria e seca como os que, sendo subalternos servis, sabem ostentar, diante dos fracos, as migalhas de autoridade que caem do altar dos poderosos. Sem comprimentá-lo, a mulher dirigiu-se a ele com um sorriso de escárnio desenhado nos lábios.

— Seu Moisés chegou e quer falar com você. Agora.

O gerente se transfigurou. A empáfia desabou instantaneamente. Empalideceu e gaguejou. A voz aguda ficou assustada e submissa.

— Ele quer falar comigo? Sobre o quê? — indagou, como quem pede socorro. Ela manteve-se impassível.

— Ele lhe dirá. Mandou que você subisse imediatamente — ela disse e fechou a porta, desaparecendo.

Ele coçou a cabeça e olhou para um lado e outro. Parecia tão atordoado que não sabia o que fazer. Vagou pela pequena sala, passando a toalha no pescoço, no rosto, no peito e na cabeça, inteiramente alheio à minha presença. Percebi que suas mãos tremiam. Vestiu o paletó sobre a camisa sem gravata e saiu da sala sem me dizer uma palavra e sem sequer olhar para mim.

Esperei com paciência. Como não vira as habituais filas de candidatos, uma ponta de esperança começou a crescer em mim. Sem ter o que fazer, passei a acompanhar o movimento da loja pela parede de vidro. Pela atitude solícita das vendedoras e o ar de satisfação das compradoras, intuí que aquele deveria ser um ótimo lugar para se trabalhar. E a função de cobrador não me assustava. Ao contrário, era das poucas, numa loja como aquela, com a qual eu já tivera algum contato.

Cansado de olhar pelo vidro, peguei alguns mostruários de tecidos que estavam sobre a mesa dele. Demorei-me olhando as cores, as tessituras e pensei que, trabalhando ali, eu poderia comprar, com facilidades, os presentes que gostaria de dar a Lorena pelo tanto que ela me ajudara a procurar emprego. E também a minha mãe, coitada, há anos indo à missa com o mesmo vestido. Porém, o tempo foi passando e o gerente não reaparecia.

Fui atraído por um jornal que estava sobre a mesa dele. Li, apreensivo, temendo que ele entrasse de repente e me surpreendesse — o que talvez pudesse ser interpretado como uma atitude abusada. Na primeira página — me lembro como se fosse hoje porque eu lia, não entendia quase nada, mas sentia a emoção da gravidade e da urgência — estava escrito em letras grandes:

CUBA INVADIDA.

Depois, em letras menores:

AVIÕES BOMBARDEIROS B-26, DE ORIGEM NORTE-AMERICANA, ATACARAM CUBA NA MANHÃ DE ONTEM. FORAM ATINGIDOS O AEROPORTO DE SANTIAGO DE CUBA, AS BASES AÉREAS DE CIUDAD LIBERDAD E DE SANTO ANTÔNIO DE LOS BAÑOS. AERONAVES FORAM DESTRUÍDAS. O PRESIDENTE CUBANO FIDEL CASTRO DENUNCIOU VÁRIAS MORTES DE CIVIS E RESPONSABILIZOU O GOVERNO AMERICANO. HÁ RUMORES DE QUE HOUVE TENTATIVAS DE DESEMBARQUE DE TROPAS. JOSÉ MIRO CARDONA, EX-PREMIER DE FIDEL CASTRO, QUE PEDIU ASILO POLÍTICO NOS ESTADOS UNIDOS, ONDE FUNDOU O CONSELHO REVOLUCIONÁRIO CUBANO, NÃO CONFIRMA NEM DESMENTE A OPERAÇÃO. OBSERVADORES ESTRANGEIROS CONSTATARAM O DESLOCAMENTO DE BARCOS NAS PROXIMIDADES DA PRAIA DE GIRON, SOB DISCRETA PROTEÇÃO DA ESQUADRA AMERICANA. EM RECENTES DECLARAÇÕES, O PRESIDENTE JOHN KENNEDY GARANTIU QUE TUDO FARIA PARA IMPEDIR A PARTICIPAÇÃO DE NORTE-AMERICANOS EM QUALQUER AÇÃO CONTRA CUBA. ASSINADA PELO PRESIDENTE JÂNIO QUADROS, O GOVERNO BRASILEIRO DIVULGOU A SEGUINTE NOTA OFICIAL: “O BRASIL, REITERANDO SUA DECISÃO INABALÁVEL DE DEFENDER NESTE CONTINENTE E NO MUNDO OS PRINCÍPIOS DE AUTODETERMINAÇÃO DOS POVOS E DE ABSOLUTO RESPEITO À SOBERANIA DAS NAÇÕES, MANIFESTA A SUA MAIS PROFUNDA APREENSÃO PELOS ACONTECIMENTOS QUE SE DESENROLAM...

... nesse momento, o telefone tocou. Levei um susto de perder o fôlego. É preciso dizer que eu não tinha nenhuma familiaridade com telefone. Não havia telefone em Olhos D'Água, nem na casa do tio Alberto, ou onde quer que eu já estivera. Para ser sincero, eu só conhecia telefone pelo cinema, pelo que me contara seu Raul-Neném e pelo pouco que vira nas empresas onde andara procurando emprego. De modo que estar diante daquele aparelho desconhecido, preto e barulhento, me deixou vexado. Enquanto ele estrilava sobre a mesa, eu, aflito e de pé, não sabia o que fazer: atender ou não atender? Se não atendesse, o gerente poderia me achar sem iniciativa ou, pior, sem costume com telefone. Se atendesse, ele poderia me achar enxerido e abusado — sem falar da minha aflição de, atendendo, não saber o que dizer. O chamamento estridulava em espasmos nos meus ouvidos, exigindo urgência numa decisão que eu não conseguia tomar — atender ou não atender? Afinal, inseguro e amedrontado, levantei o fone do gancho e levei à boca e ouvido.

— Alô — eu disse, repetindo o que já vira muita gente dizer.

— Onofre? — uma impaciente voz masculina perguntou do outro lado. — É o Onofre? É o Macieira, Onofre.

— Aqui não é o seu Onofre, não — expliquei.

— Alô! Não é o Onofre?

— Eu acho que o seu Onofre saiu.

— O quê? O que foi que você disse?

— Disse que o seu Onofre saiu. Ele foi chamado...

— O Onofre não está?

— Não. Ele foi chamado por alguém e foi para algum lugar lá em cima.

— Alô! Como é? Ele foi chamado aonde?

— Lá em cima.

— Alô! Quem está falando aí? Alô!

— Sou eu.

A minha resposta deixou o tal do seu Macieira furioso. O homem gritava do outro lado.

— Quem? Oh, meu Deus do Céu! Eu quero falar com o Onofre.

— Eu disse para o senhor que o seu Onofre não está.

— Não está, já entendi. Mas eu quero saber quem é a toupeira que está falando aí?

— Quem está falando é um rapaz que não trabalha aqui.

O homem se irritou ainda mais. Gritava junto com o que eu falava.

— Quem? Alô! Não trabalha aí?

— Não, senhor. Eu vim para uma entrevista...

— Não trabalha aí? Não é funcionário? Então por que atendeu, seu animal?

— ... para arranjar emprego...

— Então desliga essa porcaria, seu enxerido!

Desliguei, certo de que tinha feito uma burrada. O tal seu Macieira, que devia ser importante, tinha me chamado de toupeira e animal. Não ia deixar que me empregassem. Só então notei que estava com a camisa e a testa molhadas de suor.

Pelo relógio na parede vi que estava ali há mais de uma hora e o gerente não reaparecia. Apesar do desastrado telefonema, eu estava alimentado pela renascida esperança de me empregar, de modo que nem passava pela minha cabeça arredar o pé dali, embora a demora me impacientasse.

Para passar o tempo, comecei a olhar a desorganizada estante. Grossos livros de contabilidade e uns de direito, se misturavam a catálogos, mostruários, etc. Peguei um deles e folheei ao acaso. Passou-se pelo menos mais meia hora até que a porta se abriu e o gerente entrou.

— Perdeu alguma coisa aí? — indagou, vendo-me junto à estante.

— Não, senhor. Desculpa — eu disse, repondo o livro no lugar e voltando a me sentar. Ele tirou o paletó, deixando ver a camisa ensopada. Estava mais pálido e trêmulo do que quando saíra. E mais agressivo. Quando me viu sentado, sacudiu a mão na minha direção, mandando-me sair.

— Sai daí. Sai. Pode ir embora.

Aquele desprezo me agitou o sangue. Senti o rosto se avermelhar e queimar.

— Mas e a vaga de cobrador?

— Que vaga? Não tem vaga nenhuma para você.

— O senhor nem ouviu as minhas respostas.

— Nem quero ouvir. Sai daqui.

— Mas eu sei fazer cobrança. Eu juro para o senhor que eu sei. Estou acostumado. Quando eu era menino, já cobrava dos fregueses do meu pai, que era alfaiate. Depois que o meu pai morreu, cobrava das famílias que encomendavam o pão de queijo que a minha mãe fazia. Eu sou acostumado a esperar a pessoa chegar no emprego ou na porta da casa até o dia inteiro, se for preciso. Eu sei apavorar o devedor falando mais alto quando tem visita na casa ou quando o chefe está por perto.

Ele me olhava fixamente. Achei que o tivesse impressionado. Mas ele estava era chocado com o meu atrevimento.

— Eu já não mandei você sumir daqui? — ele disse.

— Eu preciso desse emprego. E não tem outros candidatos. Eu não vi ninguém quando entrei.

— Tem muitos. Você não viu porque chegou tarde.

— O senhor podia fazer uma experiência comigo, me dar dívidas antigas para eu cobrar.

— Eu já disse que esse emprego não é para você — ele disse e abriu a porta. Segurando-a, ordenou: — Desinfeta!

— Eu estou precisando muito trabalhar. Eu posso receber tudo que devem ao senhor.

— Olha aqui, rapaz. Você nunca trabalhou, não tem um ex-patrão que me dê uma referência sua, não conhece a cidade para fazer as nossas cobranças, não tem quem lhe dê uma carta de fiança para garantir o dinheiro que vai receber, como é que você pode ser cobrador? Você não pode ser nada. Some daqui e não me amola! Já perdi muito tempo com você.

Mal saí da sala, ele bateu a porta com violência. Cruzei a loja movimentada, olhando para o chão e me sentindo um verme, certo de que, através da parede de vidro, todas aquelas freguesas e vendedoras souberam que eu era um incompetente, despreparado, incapaz de conseguir trabalho, um grande fracasso, enfim.

Saí apressado da loja e ganhei a rua dos Caetés. O calor abafado e o sol do meio-dia afugentavam as pessoas da rua. As poucas que se arriscavam, me olhavam com desprezo ao cruzarem comigo. Com certeza já sabiam que eu não era da capital, que eu não tinha uma família, que eu não conseguia um emprego. Quando me dei conta da enorme diferença entre mim e aquelas pessoas, comecei a correr.

Corri naquele abafamento, sob um sol de rachar, com todas as forças que eu tinha. Quanto mais eu corria, mais me sentia aliviado de um peso sobre o meu peito; quanto mais ofegante eu ficava, mais sentia que alguma coisa se desprendia em mim. Desci toda a rua dos Caetés, virei na avenida dos Andradas e continuei correndo. Depois de um tempo, além de me aliviar, a corrida me alegrava. Voltei a me sentir como um animal correndo, me lembrei daquela noite em Olhos D'Água e pensei comigo mesmo que eu era um cavalo corredor.

E foi como um garboso cavalo corredor que eu entrei no parque Municipal e continuei correndo sob as sombras das aléias arborizadas, sentindo na pele a refrescante sensação da brisa secando-me o suor. Corri, corri, corri até que, sem forças, conduzido pela inércia, a velocidade diminuiu e, por fim, meu corpo, exaurido, desabou, e eu o entreguei à grama, deixando-o livre e solto para deitar e rolar.

Do chão, via-se apenas estreitas nesgas de céu. As árvores — milhares de espécies selecionadas em várias partes do mundo — formavam uma cobertura densa e tão alta que não impedia que, rente às copas, corresse uma brisa fresca e repousante. Na calma silenciosa daquele parque podia-se cochilar com o suave bulício das folhagens.

Estirado na grama, calmo, relaxado e mordendo um capim, eu contemplava o verde e imbricado céu de altas copas, enquanto meus pensamentos se formavam e se desfaziam livremente. E me veio a imagem do gerente, dizendo que eu não podia ser nada, que se misturou com o pai de Maria Antônia, dizendo que eu não podia namorá-la. Agora, eu entendia que era um único e mesmo motivo: eu nascera pobre e continuava pobre. Isso não era diferente em Olhos D'Água ou em Belo Horizonte. Se em Olhos D'Água eu jamais teria a namorada de quem gostava, nem um Studebaker vermelho, nem uma casa com repuxos saltando da boca de leões; na capital eu não conseguiria sequer um emprego que me permitisse pagar a cama e a mesa. A pior desgraça que pode acontecer a um homem é ser pobre — repeti, mentalmente, a conclusão a que chegara tempos antes. Porém, quando me imaginei voltando para Olhos D'Água, senti um mal-estar físico. E, apesar dessa rejeição orgânica à minha volta, não me acudiram imagens alternativas que me induzissem a ficar.

Lembro que o meu almoço foi ali mesmo, no parque Municipal, diante de um vendedor ambulante: um abacaxi inteiro, que devorei em grandes mordidas segurando-o pelo cabo, o corpo curvado para a frente, tentando evitar os pingos do caldo pegajoso sobre a roupa: melei a camisa e a calça. E foi assim que, desanimado e derrotado, participei de outros testes e entrevistas naquela tarde — num armazém de atacadista e num posto de gasolina —, tendo sido recusado em ambos. Só voltei para casa depois das seis horas — e foi nesse dia que eu descobri um novo tipo de medo, que me acompanharia por muito tempo: o medo de voltar para casa.

Quando cheguei, a casa estava silenciosa. Pela hora, tio Alberto já devia ter chegado. Mas eu estava tão aflito para falar com Lorena, que não resisti: novamente, em vez de ir para o meu quarto, entrei na casa. Antes, porém, maquinei um álibi imbatível para o caso do tio Alberto estranhar: a fome. Não só o sensibilizaria como, de fato, eu não almoçara.

Embora não se visse ninguém, a cozinha e a sala tinham sido arrumadas. Cauteloso, refiz o percurso até o quarto do casal. Hesitei se empurrava a porta. Temia que o tio Alberto, depois de ouvir a confissão arrependida de Lorena, estivesse lá dentro, de arma em punho, esperando que eu enfiasse a cabeça na porta. Venci o medo e empurrei a porta devagar. Lá estava Lorena, dormindo de vestido, composta, um livro aberto ao lado. Outra vez recuei e fui para o meu quarto.

Eu já tinha lavado a camisa e limpado a calça com terebintina, ambas meladas com abacaxi, e também já tinha tomado banho e mudado de roupa, quando ouvi os chamados de Lorena para o jantar. Como fazia sempre, ela chegou à porta dos fundos e gritou o meu nome. Naquele dia, hesitei se atendia. Ela disse, então:

— Sei que está aí.

Resolvi aparecer. Quando surgi na porta do quarto, ela disse, sorridente e sedutora:

— Vem jantar. Está na mesa.

Na verdade, eu não queria ir. Depois do pedido do tio Alberto naquela manhã, nascera o medo de ficar numa mesa junto com os dois. Temia que surgissem assuntos perigosos, frases subtendidas, sem falar de olhares e climas — afinal, ambos me consideravam um aliado. Porém, eu tinha corrido tanto naquele dia, almoçado apenas um abacaxi, e a minha fome era tanta que... fui.

O jantar tinha uma misteriosa solenidade. Talvez porque Lorena tivesse forrado toda a extensão da mesa, em vez de só a metade, como de costume. Talvez porque tivesse usado uma toalha branca, no lugar das xadrezes habituais. Talvez pela disposição mais espaçosa dos pratos, copos e talheres ou, talvez, pelo colorido e inesperado arranjo de flores numa jarra sobre a cristaleira ou, talvez, pelo belo empadão de galinha, corado de dar água na boca, exposto no centro da mesa ou, talvez até, pela nossa maneira de vestir que, por estranha coincidência, estava, naquela noite, mais aprumada do que de costume.

Tio Alberto, de barba escanhoada, cabelo penteado, a camisa limpa e bem passada, me recebeu com tapinhas no ombro. Queixou-se do dia quente e abafado e descreveu os prazeres de um banho frio ao fim do dia. Lorena estava sóbria, mas sem amargura. Transpirava leveza com um vestidinho suavemente estampado, bem adequado à temperatura ambiente, e que deixava entrever as formas do seu corpo — aquele mesmo corpo que, poucas horas antes, minhas mãos haviam esquadrinhado cada saliência, cada recanto da sua nudez ardente, agora estava ali, serenado num recato de véus; aquele e este pareciam dois corpos diferentes, assim como, aquela e esta também pareciam duas mulheres diferentes; mas eu sabia que elas eram uma só, e sabia como se tornava fogoso esse mesmo corpo silenciado pela letargia. Minha memória fundia a imagem dela à minha frente com as lembranças da noite anterior e me suscitava o desejo de ali mesmo naquela sala e na vista do marido dela, pegar, alisar, apertar, morder, lamber... Só voltei à realidade quando ela, ao passar por mim para sentar-se à mesa, cumprimentou-me com um sorriso discreto e deixou no ar um rastro perfumado de flores frescas.

Tio Alberto estava em clima de reconciliação — atencioso, delicado, disponível — enquanto Lorena mantinha a altiva indiferença da ofendida.

Ela partiu o empadão com cuidado, serviu o primeiro pedaço num prato, sem deixar esfarinhar, e estendeu ao tio Alberto.

— O primeiro pedaço para mim, querida? De jeito nenhum! — ele fingiu protestar me estendendo o prato. — O primeiro tem que ser para o nosso hóspede! — e me piscou o olho, procurando uma cumplicidade que nunca tivemos.

— Não senhor, o primeiro pedaço é sempre do dono da casa — reagi, estranhando aquela inesperada solicitude e devolvendo-lhe o prato antes mesmo que o pousasse à minha frente.

Pelas duas caras, uma imediatamente após a outra, com que Lorena me olhou, concluí que ela também estranhara a insólita homenagem ao hóspede — tanto que revirara os olhos, ao mesmo tempo que deixara escapar um "Eu, heim!", exclamação sem qualquer significado literal, mas prenhe de debochada irreverência — e aprovara a reação do mesmo hóspede — lançando-me uma sutil e perigosa piscadela, incluída nos códigos da cumplicidade que, nós sim, àquela altura já tínhamos.

— Vai um pedaço maior para você, que não veio almoçar hoje — ela disse, estendendo-me um prato com um enorme pedaço do empadão. — Pelo menos comeu alguma coisa na cidade? — ela quis, maternalmente, saber.

Eu então narrei o meu dia, incluindo a história do gerente e do desânimo que me sugeria a volta a Olhos D'Água. Enquanto eu falava, Lorena se mantinha em silêncio, com uma expressão atenta e assustada. Já o tio Alberto se mostrava progressivamente mais indignado, com suspiros, gestos e interjeições de protestos. Ao final, desabafou.

— Que sujeito cretino! Como é que pode tratar assim alguém que quer trabalhar? Você não acha um absurdo, querida? — e ele procurou os olhos dela.

Lorena balançou a cabeça em concordância, mas preferiu oferecer a mim o seu olhar. Quando falou, vi que sua tensão tinha motivações ocultas.

— Então, só por causa do que aconteceu hoje, você vai voltar para a roça?

— Fiquei pensando nisso. Estou cansado de tanto procurar emprego e não conseguir nada — respondi.

— Mas você ainda não tinha topado com um patrão bruto e insensível como esse — ela disse.

— É verdade. Como esse, nunca — concordei.

— Graças a Deus que é um caso isolado — ela disse. — Você não pode tomar nenhuma decisão para a sua vida inteira por causa dele.

— É — concordei. E, temendo que ela se descuidasse e deixasse escapar alguma coisa, mudei rapidamente de assunto: — Puxa, tia Lorena, como está gostoso esse empadão!

— Você gostou? — ela perguntou orgulhosa, os olhos brilhando de satisfação, na expectativa de uma confirmação mais eloqüente.

— Uma delícia! A senhora cozinha bem pra chuchu! — reiterei, cuidando de aumentar a distância entre nós. Tratei-a de senhora, assim como, pouco antes, a chamara de tia. Nas barbas do marido dela era impossível para mim mudar esse tratamento.

— Obrigada — ela disse. — Que bom que você gostou. Gosto de cozinhar para quem sabe apreciar.

Tio Alberto sentiu a farpa, mas tinha reservas de tolerância naquele dia.

— Não fala assim, minha querida. Eu sei apreciar a sua comida, sim. Esse empadão mesmo está estupendo. Eu vivo dizendo que você é uma ótima cozinheira — e ele acariciou ligeiramente o braço dela sobre a mesa. Ela recolheu o braço rapidamente.

Animada com o meu elogio e com o efeito da farpa atirada, Lorena distraiu-se das cautelas de convalescente de lesões corporais. Ao acolher uma garfada, sentiu o ferimento no canto do lábio. Fez um esgar de dor, levou a mão à boca e silenciou, irritada.

— É verdade ou não é? — insistiu tio Alberto, estendendo a mão para fazer um carinho no rosto dela que, no mesmo instante, virou-se bruscamente. A mão dele chocou-se com a área arroxeada em volta do olho. Ela deu um grito curto e irritado, ao mesmo tempo que cobriu o olho com a mão em concha. Vexado e aflito, ele começou a se lamuriar. — Oh, meu Deus! Desculpa, minha querida! Desculpa! Foi sem querer! O que eu queria era lhe fazer um carinho, mas você mexeu o rosto na hora. Perdão, perdão.

— Esse é o carinho que você me dá: quando começo a melhorar, você me machuca outra vez — ela resmungou, parecendo exagerar na dor.

— Não fala assim, querida. Pelo amor de Deus. Eu já pedi perdão por tudo. E agora, você viu que foi sem querer. Não é justo. Eu já disse que não tive a intenção. Vamos pôr uma toalha com água fria aí — ele ofereceu, prestativo, já começando a se levantar.

— Não — ela falou com firmeza. — Não vou pôr nada, não.

Ele esboçou um gesto de acariciar-lhe os cabelos. Ela se esquivou.

— Me deixa! — e saiu da mesa com a mão sobre o olho. Restamos os dois em silêncio, ele balançando a cabeça, chateado.

— Que azar! — disse para si mesmo. — Você viu? Eu só queria fazer um carinho! Coisa mais besta! — Serviu-se do empadão e voltou a comer.

Aproveitei a chance e também voltei a comer. Com a barriga nas costas de fome, não agüentava mais olhar para aquele empadão — um troféu dos deuses.

Comíamos cabisbaixos e silenciosos quando Lorena voltou à mesa, apertando uma toalha úmida contra o olho. Ela sentou-se e voltou a comer, sem dizer uma palavra. Pela maneira como acolhia o garfo na boca, via-se que o ferimento dos lábios quase a impedia de comer. Mastigava devagar, olhando fixa e ostensivamente na minha direção, mas, não me pareceu que olhasse para mim. Seu olhar me atravessava para se concentrar em algo muito distante dali. Eu mantinha a cabeça baixa, voltada para o prato, mas, apesar do medo, eu às vezes também olhava para ela e a via nua, comigo na cama, pondo a minha mão sobre o seu seio, enquanto lambia os próprios lábios e murmurava que lhe fizesse um carinho. Senti que aquela cumplicidade clandestina me dava uma sensação de poder que me deixava em vantagem sobre o marido dela. Tio Alberto acariciou-lhe a mão. Ela não retirou a mão, mas, sem olhar para ele, manteve-se indiferente. Ele, então, seguiu o olhar dela e deu com o meu, que naquele momento a olhava. Olhamo-nos. Senti que estranhou. Gelei.

— Tira da cabeça essa idéia de voltar para Olhos D'Água — disse

Lorena, saindo subitamente do seu alheamento e dando ao tio Alberto a impressão de que era nisso que pensava enquanto me olhava. E ele achou que fosse, pelo menos deu essa impressão, pois avaliou-a por alguns segundos e balançou a cabeça numa calorosa concordância.

— Concordo inteiramente com você, querida — ele disse e, ato contínuo, virou-se para mim. — Você tem que ficar aqui o tempo que for preciso e continuar procurando emprego. Você vai fazer o que em Olhos D'Água? Se aqui está difícil, lá está impossível. E já pensou na decepção de sua mãe, se você voltar? O sonho dela é ver você formado — o primeiro da família, já pensou?

— Se você voltar agora, vai se sentir derrotado. E vai ser humilhado por aqueles caipiras — disse Lorena. — E isso pode ficar na sua cabeça a vida toda. Vai sempre achar que fracassou.

— Lorena tem razão — disse tio Alberto. — E que covardia é essa também? Então, aparece a primeira dificuldade, você pega a malinha e corre para debaixo da asa da mãe?

Os dois se calaram. O silêncio pesou. Eles me olharam discretamente. Fiquei com o sentimento de que temiam terem me ofendido. Ou queriam saber a minha opinião sobre o que disseram.

— É... — concordei. Dei uma pausa e prossegui: — Mas quando eu penso em voltar, não é só porque não estou conseguindo emprego. É que eu penso também no trabalho que estou dando para vocês; e no quanto estou aumentando a despesa e... tirando a liberdade de vocês dentro de casa...

— Nós é que deveríamos pensar nisso, não você — me interrompeu tio Alberto. — E nós não estamos pensando nisso. E eu quero que saiba de uma coisa que fiquei pensando depois da nossa conversa de hoje de manhã...

Olhei rapidamente para Lorena. Ela me olhava com intrigada curiosidade. Tio Alberto percebeu a nossa troca de olhares, mas estava envolvido com o que dizia e seguiu em frente.

— ... bem... você sabe... eu e a Lorena não tivemos filhos e a sua presença aqui, num certo sentido, preenche esse vazio... você é meu sobrinho, mas o fato de morar com a gente, é como se fosse filho...

— Você tem é que continuar procurando emprego e não pensar em mais nada — disse Lorena, com a intenção clara de mudar de assunto, num tom que tinha qualquer coisa de autoridade materna.

O silêncio se instalou de novo, quebrado apenas pelos ruídos que o tio

Alberto produzia, absorvendo o ar sibilante entre os dentes para limpá-los. Continuei comendo cabisbaixo até deixar o prato limpo.

— Serve mais empadão para ele, querida.

— Não, tio, eu não quero mais. Obrigado.

— Sirva-o, Lorena. Só mais um pedaço.

— Ele disse que não quer — respondeu Lorena, secamente.

— É timidez. Pode servir que ele come — insistiu tio Alberto.

— Eu não vou servir coisa nenhuma.

— E precisa ser grosseira comigo assim, Lorena?

— Ele já disse que está satisfeito, você fica insistindo.

— Você é muito mal-educada.

— Eu sou grosseira e mal-educada, mas e você, que espanca a própria esposa, é o quê?

Abaixei a cabeça, tentando me manter neutro e distante. A discussão prosseguiu num crescendo de agressividade. Eu gostaria de estar longe dali. Ou de desaparecer sem ninguém notar. Isso eu não consegui, mas aos poucos fui conseguindo afastar o meu espírito daquela sala. Deixei de dar atenção ao que diziam, passei a ouvir apenas o alarido distante, sem distinguir vozes nem palavras.

Deitado na cama, olhando para o teto, enquanto esperava a improvável visita de Lorena, a minha memória trazia e levava imagens com um critério de seleção que eu não sabia explicar. O gordo gerente me expulsando da sala dele; tio Alberto me pedindo para vigiar Lorena; Lorena, à mesa, olhando fixamente através de mim; eu correndo no parque Municipal; Lorena nua, lambendo os próprios lábios; tio Alberto dizendo que minha mãe ficaria decepcionada se eu voltasse para Olhos D'Água; minha mãe se despedindo de mim na rodoviária; Graciliano me dando a passagem de ônibus; Lorena dizendo para eu tirar da cabeça a idéia de voltar; tio Alberto acariciando a mão dela e descobrindo que ela estava olhando para mim; tio Alberto dizendo que eu tinha que ficar em Belo Horizonte o tempo que fosse preciso e continuar procurando emprego. Num salto, levantei da cama, peguei o jornal e li, outra vez, o caderno de anúncios. Como acontecia sempre, adormeci sobre as ofertas de empregos.

Acordei com batidas na porta. Levantei assustado e abri. Era Lorena, com o seu penhoar negro. Mal me viu e atirou-se em meus braços, apertando-se a mim. Senti no peito o calor do seu corpo meio ofegante. Nas costas dela minha mão acariciava a suavidade da seda.

— Como é bom te abraçar — sussurrou, enquanto me beijava o pescoço. — Senti tanto a sua falta de ontem para hoje.

E me olhou com admiração, como se estivesse me vendo pela primeira vez, ou melhor, como se confirmasse alguma descoberta que fizera a meu respeito.

— Que suplício voltar a ver você naquele jantar, na frente do Alberto.

A simples menção do nome reinstalou o medo, que a presença dela momentaneamente afastara.

— E ele, está dormindo? — eu quis saber, recuando instintivamente o corpo e olhando para o despertador, que marcava três e quinze da madrugada.

— Como uma pedra. Pode ficar tranqüilo. Divido a cama com ele há mais de doze anos. Nunca acordou no meio da noite — ela disse e reaproximou-se insinuante de mim. Sussurrou no meu ouvido: — Durante o jantar, eu olhava para você e me lembrava da noite anterior.

— Eu também.

— Vinham loucuras na minha cabeça.

— Na minha também.

— Verdade? O que vinha na sua cabeça? Fala! Pode falar.

— Ah, nem sei dizer.

— Você gostou do meu vestidinho?

— Que maravilha! Eu ficava adivinhando suas coxas, sua bunda...

— Escolhi aquele de propósito... para você ver, se lembrar de ontem e me desejar mais. Você se lembrou?

— Lembrei, lembrei. — As coisas se misturavam na minha cabeça.

— E me desejou mais?

— Me deu uma vontade louca de abraçar você, apertar, beijar, rasgar aquele vestido e lamber você ali mesmo, na vista do tio Alberto.

Ela cobriu a minha boca com a dela, me interrompendo. Beijamos um beijo úmido, voraz, longo, intercalado de suspiros para recuperar o fôlego. Depois, segurou meu rosto entre as mãos.

— Eu olhava para você, mas não conseguia ver você jantando ali, na minha frente. Só via você na cama comigo, me beijando, mordiscando meus lábios, meus seios... achei que estava ficando louca!

Ela largou o meu rosto e foi até a janela. Aspirou o ar fresco.

— Fiquei assustada. Fiz uma cena com aquele esbarrão do Alberto no meu olho só para sair da mesa. Fui ao banheiro, respirei fundo, molhei com água fria os pulsos, o colo e o pescoço.

Recostou-se na janela, voltada para dentro. Observei-a com atenção. Estava mesmo diferente. Seu olhar, seus gestos, sua atitude, enfim, tudo nela tinha uma intensidade que eu nunca vira. Transpareciam uma espécie de frenesi interior.

— Por que está me olhando desse jeito? — ela quis saber.

— De que jeito? — perguntei para ganhar tempo, enquanto relaxava o interesse e a atenção.

— Não sei. Assim. Parece que está me observando.

— Você é que está diferente hoje. Muito diferente.

— Eu, diferente? Diferente, por quê?

— Não sei. Mas está. Parece que nunca me viu. Aconteceu alguma coisa?

Ela me olhou mais uma vez com uma admiração intrigada e disse:

— Acho que eu devo estar diferente, sim. E aconteceu uma coisa, sim.

— O que aconteceu? — perguntei.

Ela olhou dentro dos meus olhos. Falou devagar, com uma incredulidade remanescente.

— Ontem, você me deu um prazer que eu nunca havia tido na vida. Deus do céu, jamais poderia imaginar que o sexo pudesse levar alguém a sentir tudo aquilo! Muito menos a mim. O que eu senti, eu nem sei explicar. Acho que agora eu entendo melhor esses romances que às vezes eu leio. Meu corpo ficou tão leve, tão relaxado, que eu passei quase o dia inteiro dormindo. Só me levantei para fazer o jantar e, mesmo assim, tive que inventar uma fantasia para me animar. Sabe o que imaginei? Que estava fazendo aquele jantar só para você. Fiz um arranjo de flores — você viu, em cima da cristaleira?

— Vi. Foi você quem fez?

— Para você. Pus bem em frente à sua cadeira. Gostou?

— Achei bonito.

— Forrei a mesa com toalha branca, tirei os guardanapos da gaveta, pus talheres completos, ficou bem arrumadinha, não ficou? E fiz o empadão. Tudo pensando que era só para você.

— E para você também.

— Para nós dois. Você gostou da minha fantasia?

— Gostei. E do empadão também.

— Eu fiquei tão emocionada de você elogiar o meu empadão.

Ela se reaproximou de mim. Beijamo-nos outra vez, mas ela se afastou bruscamente.

— Depois disso tudo você vem dizer que está pensando em voltar para Olhos D'Água. Como é que uma bobagem dessas pode passar pela sua cabeça?

— Eu não agüento mais procurar emprego. Lá, eu posso conseguir algum barco e trabalhar como grumete.

Ela ficou pálida e emocionada. Ergueu a voz e falou com um misto de irritação e súplica.

— Você ainda está pensando nisso? Mas é um absurdo! Você tem que tirar essa idéia louca da cabeça! Qual barco, qual grumete, coisa nenhuma! Você não tem o que fazer em Olhos D'Água, será que só você não vê? Esquece isso que eu vou arranjar um emprego para você. Agora eu encasquetei! Eu conheço umas pessoas que podem me ajudar. Talvez eu não consiga o emprego ideal, nem o que você sonhou, mas eu juro que algum eu consigo. Nem que seja uma coisa provisória, só para acalmar essa emergência. Amanhã eu começo. Você vai para um lado e eu para o outro. Mas você vai me prometer uma coisa. Você me promete que nunca mais fala em voltar para Olhos D'Água?

Não respondi de imediato. Meu ceticismo já não cedia só com empolgação. Além disso, desconfiei que havia alguma intenção oculta no arrebatamento com que ela tentava impedir que eu voltasse para minha terra.

— Você promete? — ela reiterou o pedido.

— Prometo — respondi. Mas acrescentei: — Vou me dar mais dois meses.

— Vem comigo, vem — ela sussurrou dengosa, conduzindo-me para a cama. Fez-me sentar e, em seguida, sentou-se no meu colo, com as pernas em oposição às minhas. Envolveu o meu pescoço com ambos os braços e, com a boca entreaberta, procurou a minha boca. Interessado em conversar, tentei me esquivar, mas ela abocanhou-me os lábios, a boca e a língua com tal sofreguidão que foi me reclinando aos poucos para trás até me deitar completamente. Segurou firme meus punhos, abriu-me os braços em cruz, recuou o dorso, postando-se a cavaleiro.

— Agora você é meu. Meu escravo. Só meu e de mais ninguém, não é?

— A gente precisa conversar.

— Tem que conversar nada. Responde, anda. Senão eu lhe mordo —

e mergulhou, dentes à mostra, no meu pescoço. Tinha uma força surpreendente para uma mulher. Tive que me empenhar e agitar o corpo para me desvencilhar de suas garras. Virei-a, às gargalhadas, do meu lado na cama.

— Você nem parece que está toda roxa e inchada — eu disse. — Não está sentindo mais dor, não?

— Você não me machuca não, seu bobo.

Aos poucos, foi serenando. Passou a perna sobre a minha, apoiou a cabeça na mão, o cotovelo na cama e ficou me olhando de lado, em silêncio. Depois, abaixou a cabeça até o meu ouvido e murmurou.

— Você teve uma conversa com o Alberto hoje de manhã e não me falou nada. Vocês agora têm segredos?

Fiquei inquieto. Por que lhe teria ocorrido que eu poderia ter segredos com o tio Alberto?

— Segredos? Que segredos? Tem segredo nenhum. Tive que ir ao centro da cidade. Tentei lhe falar antes de ir e depois que voltei, mas você passou o dia dormindo.

— Que conversa foi essa? — ela perguntou, enquanto tirava a perna de cima da minha e serpenteava o corpo sobre a cama para se afastar de mim — Sobre o que vocês falaram?

— Sobre você.

— Quer dizer que agora os dois se juntam para falar de mim? Falaram o quê? Bem é que não foi.

— Ele desconfia de você...

— Era de se imaginar! Até aí, nenhuma novidade. O Alberto é doente. Tem ciúme da minha sombra, da roupa que eu visto, do ar que eu respiro. Isso já está me cansando. Mas essa conversa justamente com você? O que ele queria com você?

— Queria saber se você tem encontros com homens, se tem muitos amigos, se conhece homens, essas coisas.

— Eu bem que poderia ter tido. Só para ele morrer logo de ciúme.

— E não teve? — eu quis saber.

Lorena sentou-se na cama num impulso, virou-se incontinenti para mim, o corpo hirto como mármore, e me fuzilou com um olhar de fera ferida. Seu coração dava pulos sob o penhoar. Falou com raiva, aos arrancos.

— Não. Não tenho. Nunca tive. E me respeite. Eu não admito. Você foi o único, além dele.

— Desculpa. Não quis ofender — eu disse, arrependido da pergunta.

Ela não disse nada. Continuou me olhando, magoada, o corpo rígido. Depois, virou-se para a frente, ficando de costas para mim.

— E o que mais ele quis saber?

— Só isso — respondi, e me sentei também. — Mas eu fiquei preocupado. Ele é capaz de tudo por você. Esses nossos encontros aqui são um perigo. Ele disse que se souber que você tem outro homem, é capaz de matar os dois.

— Você está com medo?

— Estou. Com muito medo, Lorena. Eu acho que a gente deveria parar com isso.

— Não acredito que você esteja me propondo isso! Que covardia!

— Mas não é só o medo... é tudo! Ele é meu tio, Lorena!

— E meu marido! Mas... e daí?

— Você pode ter suas razões, mas eu me sinto um verme por magoar um homem que tem sido tão bom para mim.

— Eu também não quero magoá-lo. Tanto não quero que ele faz o que faz comigo e eu agüento calada. Nem penso em desquite. Não só porque desquitada nessa terra sofre mais do que mulher da vida, mas também porque ele sofreria demais, talvez fizesse até uma loucura qualquer — que Deus nos livre e guarde! — ou morresse de tristeza. Eu tenho compaixão pelo Alberto, e digo isso do fundo do meu coração! Mas tudo na vida tem sempre dois lados. E eu tenho que olhar o meu lado também. Eu sou uma mulher de trinta e um anos de idade, tenho saúde e alegria de viver. E, no entanto, vivia insatisfeita. Eu, que sempre sonhei ser mãe, depois de anos de desolação, acabei me resignando a nunca parir, porque ele não consegue me engravidar. Você caiu do céu na minha vida. Sua mudança para cá tem a mão de Deus. Desde que você está aqui, eu encontrei um sentido para a minha vida. E depois do que eu senti na noite de ontem, parece até que você me fez encontrar comigo mesma. Agora, eu não posso mais me conformar com o pão e a água que ele tem me oferecido nesses anos todos. Nem posso ter medo de desfrutar o que a vida me oferece, o que Deus põe nas minhas mãos como uma dádiva — eu estou apaixonada por um homem que mora na minha casa e de quem meu marido jamais vai suspeitar.

XIII

Pelo empoeirado RCA Victor, sintonizado na Rádio Inconfidência Mineira, a voz solene do locutor acabara de anunciar a hora certa: "Na capital do estado são, precisamente, dezesseis horas e quarenta e cinco minutos", quando o seu Paraíso, óculos na ponta do nariz e um lápis vermelho na mão, pegou a Lista de Pedidos sobre o balcão e começou a ticar cada item que eu lhe cantava, à medida em que acomodava a peça, ou o material, nos caixotes de entrega.

Enquanto Anísio Silva — anunciado como o cantor do milhão de discos vendidos — me envolvia com a sua *Alguém me disse / que tu andas / novamente / de novo amor / nova paixão / toda contente...*, eu arrumava as torneiras de jardim, registros de gaveta de vários diâmetros, latrinas, lavatórios, bidês, metais para banheiro, pias e torneiras de cozinha, tubos de ferro galvanizado de três quartos e uma polegada; joelhos de quarenta e cinco e noventa graus, niples, tês e luvas de ferro galvanizado, tubos de ferro fundido, manilhas de barro vidrado e mais chumbo, barbante, zarcão, até concluir a lista, quando, então, como era a rotina, seu Paraíso liberava o pedido e o Jurandir se incumbia de entregar as caixas.

Quando não eram materiais para instalação hidráulica, como os dessa lista, eram para instalação elétrica — eletrodutos, caixas de quatro por dois, de quatro por quatro, de fundo móvel, fios de cobre, sondas, etc. — ou para construção — cimento, areia, brita, ferro, madeira, tijolo, ladrilho, azulejo, cal, tintas, etc. Esses nomes e essas coisas — muitas delas eu ainda não sabia como funcionavam nem para que serviam — tinham passado a ocupar a minha cabeça, a solicitar a minha atenção, a exigir o meu conhecimento e a encher os meus dias desde que fora trabalhar no Depósito Paraíso de Material de Construção, ali mesmo no bairro, bem perto da casa do tio Alberto.

Ajudante de seu Paraíso, o intempestivo proprietário, eu chegava ao depósito às sete horas da manhã e não tinha hora para sair, embora às seis da tarde fosse o horário legal. Como o Jurandir, o outro empregado, só cuidava das entregas, da carroça e da mula, eu fazia tudo o que fosse preciso — preparar os pedidos de miudezas, receber e medir o caminhão de brita, carregar a carroça com areia lavada, pesar e despachar a ferragem para armação, arrumar as latas de tinta nas prateleiras, controlar o estoque de fio de cobre, atender o balcão, tirar nota fiscal — ou o que desse na veneta do imprevisível patrão: como mudar, rapidamente, o monte de cal do lugar para protegê-lo da chuva, descarregar e empilhar o caminhão de tijolos, ir buscar-lhe o almoço, escrever cartas de cobrança ou desmarcar, na última hora, um encontro com a sua amante.

O patrão era estúpido e o trabalho pesado, mas eu não podia me queixar. Afinal, eu tinha um emprego — conseguido Deus sabe com que dificuldade! — e isso era fundamental para me manter e fazer com que eu me considerasse um morador da capital e, a partir daí, pudesse sonhar com outras conquistas.

Lorena — e eu já estava me acostumando a evitar aquele "tia" que tanto a incomodava — e seu Paraíso já se conheciam há tempos. E não apenas como vizinhos, separados por algumas quadras, nem como cliente e fornecedor, que foram na época que ela pintou a casa e que ainda o eram quando ela, eventualmente, precisava de um reparo para torneira ou de uma bóia para caixa-d'água, mas também como pessoas que se permitiam trocar gracejos maliciosos, saborear conversas picantes e se divertir com anedotas indecorosas durante as visitas, que, às vezes, ela lhe fazia ao final do dia, no escritório aos fundos do depósito.

Foi esse conhecimento que a animou a pedir-lhe um emprego para mim — que ela considerava provisório e de emergência, porque aquém das minhas possibilidades — quando eu, desesperado pelas inúmeras decepções e frustrações, já me preparava para voltar a Olhos D'Água, pensando em, quem sabe, tentar a sorte como grumete num daqueles barcos cargueiros que transitavam pelo São Januário. Esta decisão — tomada pela absoluta falta de opção, quando já tinham sido queimados todos os cartuchos e não restava nem mais um níquel para o bonde — deixara Lorena transtornada. Ela se recusara a sequer admitir que eu partiria. Dissera que eu não acreditava em mim mesmo, que eu não tinha esperança na vida e nem compaixão por ela. E mais: apesar do seu empenho incansável, da sua determinação quase obsessiva e da sua dedicação quase maternal durante todo aquele tempo, ela insistira em considerar o meu regresso como um fracasso seu, pessoal e irremediável. Não pense você que estou tentando esconder o quanto de paixão havia nessa avaliação; não estou. E seria inútil se estivesse. Gostaria apenas de falar dela mais adiante.

Até hoje eu guardo a impressão de que seu Paraíso só me contratou quando percebeu que, se continuasse resistindo aos seus apelos, perderia a simpatia de Lorena. Refutar-lhe os argumentos, ele refutou com lógica irrepreensível, mas ela rebateu, sofismou sobre a falta que lhe fazia um ajudante como eu, imaginou atividades a que ele, como proprietário, poderia se dedicar nas horas que lhe sobrariam com a minha contratação; e quando, enfim, ele brandiu o argumento imbatível, ela desviou, atalhou, pareceu até recuar, mas apenas se dava tempo para reorganizar as idéias e voltar ao ataque. E o fez com tal paixão, que ele acabou se rendendo, mesmo sem se convencer. Empregou-me, é verdade, porém ganhando menos que o salário mínimo.

Bastou, no entanto, que eu começasse a trabalhar para ele reconhecer a necessidade do tal ajudante. E não só aumentou o meu salário — passei a ganhar o mínimo —, como agradeceu a Lorena na primeira vez que ela apareceu por lá.

No rádio, Anísio Silva ainda choramingava a sua dor-de-cotovelo pela nova paixão da amada — *Conheço bem/tuas promessas/outras ouvi/iguais a esta/este seu jeito de enganar/conheço bem*, quando a música foi bruscamente interrompida pela voz solene do locutor: "Senhores ouvintes, nesse momento interrompemos a nossa programação para transmitir informações urgentes procedentes de Brasília."

Seu Paraíso interrompeu a ticagem, aumentou o volume do rádio e aguçou os ouvidos. Eu estava agachado, acomodando um joelho de ferro fundido na caixa de entrega, mas prestei atenção no que dizia o locutor, num tom dramático-sensacionalista: "O presidente da República, doutor Jânio da Silva Quadros, acaba de renunciar ao cargo de supremo mandatário da nação."

Seu Paraíso ajeitou os óculos no nariz e me olhou com olhos arregalados. Eu acomodei o pesado joelho na caixa e me levantei. Num silêncio apreensivo, ouvimos o locutor dar o resto da notícia, inicialmente num tom trágico solene: "'Nessa data, e por este instrumento, deixando com o ministro da justiça as razões do meu ato, renuncio ao mandato de presidente da República.' Com estas palavras o doutor Jânio Quadros inicia a carta-renúncia, lida pelo deputado Dirceu Cardoso, no plenário da Câmara dos Deputados."

— Não é possível! Não acredito! — sussurrou seu Paraíso, com uma expressão de espanto no rosto, branco como uma folha de papel.

O locutor prosseguiu: "No documento, o ex-presidente diz que cumpriu o seu dever e que nos sete meses em que ocupou o cargo trabalhou, infatigavelmente, para conduzir a nação à sua libertação política e econômica e à justiça social a que tem direito o seu povo generoso. Diz, ainda, que sonhou com um Brasil para os brasileiros e que, por isso, teve que enfrentar a corrupção, a mentira e a covardia. Sem citar nomes nem fatos, o ex-presidente declara-se vencido pela reação e esmagado por forças terríveis que se ergueram contra ele, mas que não lhe faltou a coragem da renúncia. Assegurando que há muitas formas de servir à pátria, o ex-presidente informou que retornará ao seu trabalho de professor e advogado."

Boquiaberto, os olhos arregalados, seu Paraíso parecia não acreditar no que acabara de ouvir.

— Mas, como?! — tartamudeou, levando as duas mãos à cabeça. — Mas por quê? — perguntava-se, atônito, sem encontrar resposta. — Eu não entendo! Renunciar, por quê? Que forças terríveis são essas? Não prometeu fazer pelo Brasil o que fez por São Paulo? O símbolo não era uma vassoura justamente para varrer a corrupção? Desistiu? Medrou? — Começou a andar de um lado para o outro, rente ao balcão. — Se tinha inimigos, que lutasse! Que denunciasse os corruptos! Eu tenho certeza de que os quase seis milhões que o elegeram ficariam do lado dele. Eu, pelo menos, ficaria! Para o que desse e viesse. O que não podia era renunciar. Renunciar, nunca! Eu me sinto traído. Somos seis milhões de traídos nesse país desgraçado. E agora, meu Deus? Os corruptos venceram! Juscelino e sua quadrilha de empreiteiros vão construir uma outra Brasília para roubar o que ainda resta. Eu senti na pele as conseqüências da roubalheira de Brasília. Esse depósito vivia vazio. Não tinha uma torneira para vender! Não tinha uma pia, uma lata de tinta! Passei semanas sem um prego para vender. Ia tudo para construir Brasília, para alimentar a corrupção e encher os bolsos de empreiteiros!

Ele deu um soco no balcão e silenciou por alguns instantes. Ofegava. A expressão indignada foi sendo substituída por outra, de tristeza, de desamparo. Falou quase num sussurro.

— Por que, meu Deus? Qual é o motivo da renúncia? Que forças terríveis são essas, que não têm nome nem cara?

Silenciou. Com os olhos semicerrados, seu olhar se perdeu em algum ponto do lado de fora, no sol da área descoberta.

— Coragem para renunciar! Isso é conversa para boi dormir! Precisa de coragem é para ficar no cargo! — E depois de uma pausa, falou olhando para mim: — E agora, como é que a gente vai ficar? A gente que não rouba, que trabalha, que paga imposto e que votou nele para acabar com a bandalheira, para moralizar o país? Vamos ficar órfãos?

Coçando a cabeça e arrastando o salto do sapato a cada passo, seu Paraíso caminhou até a larga porta lateral que dava para a área descoberta. Pela primeira vez percebi que os mais de cinqüenta anos que já vivera começavam a pesar sobre o seu corpo — parecia bem mais velho que tio Alberto, embora regulassem em idade. Encostou no alizar e, silhuetado pela luz do sol, que lá fora começava a declinar, ficou balançando a cabeça, como se travasse um debate interior com algo que não conseguia entender nem aceitar.

Temendo que aquele queixume se prolongasse e que quando ele, enfim, voltasse a ticar a lista acabasse por me pedir para ficar até mais tarde — o que eu não poderia atender naquela noite —, retomei a arrumação das caixas de entrega.

No rádio, o locutor prosseguia: "Embora alguns parlamentares temam que a renúncia abra uma crise sem precedentes no país, o deputado mineiro Último de Carvalho acha que o ex-presidente Jânio Quadros fez o que devia fazer. Já seu colega Nestor Duarte considera o ato uma calamidade. E apela aos demais parlamentares para que se mantenham em calma, pois é grave a crise para as instituições e o regime. Em discurso no plenário da Câmara, o deputado Gustavo Capanema afirmou que a renúncia é, por definição, ato unilateral e irretratável. A Câmara não tem competência constitucional para aceitá-la, para recusá-la, para aplaudi-la, para tomar qualquer pronunciamento em face dela."

Seu Paraíso veio, aos poucos, se reaproximando do rádio. Tinha o semblante tenso e triste. Por trás dos óculos embaçados, seus olhos pareciam úmidos. Sua atitude, inicialmente, era de indiferença em relação ao que dizia o locutor: "O presidente do Senado federal, Auro de Moura Andrade, enviou emissário ao aeroporto de Brasília para impedir que os parlamentares embarquem para os seus estados, como acontece todas as sextas-feiras, e compareçam à reunião extraordinária do Congresso Nacional logo mais, às vinte e uma horas."

Seu Paraíso, que tinha a intenção de voltar a trabalhar e manter em silêncio a sua indignação, ao ouvir isso não resistiu:

— O país se danando e esses filhos da puta correndo para casa. Vão cuidar das suas negociatas, das suas putarias, dos seus interesses. E a gente que se arrebente de trabalhar para pagar os salários deles, as passagens de avião, os hotéis de luxo e as roubalheiras. Um dia ainda vai aparecer um macho nesse país, com colhão para fechar esse Congresso e mandar esses vagabundos de volta para casa.

Sem tirar das orelhas a parte de trás dos óculos, seu Paraíso ergueu-os da frente dos olhos com o polegar sob uma das lentes e o indicador sob a outra e apertou os cantos de ambos os olhos contra o vértice do nariz. Estava ajeitando os óculos na posição correta, quando o locutor assumiu um tom sensacionalista: "E atenção, atenção, senhores ouvintes! O vice-presidente da República, João Marques Belchior Goulart, foi finalmente localizado em Cingapura, de volta de sua viagem oficial à República Popular da China, atendendo a convite do presidente Mao Tsé Tung. Um de seus assessores, João Etcheverry, declarou ao correspondente da United Press que o vice-presidente foi surpreendido com a notícia da renúncia e que aguarda maiores detalhes antes de qualquer declaração."

Mal acabou de ajeitar os óculos, o punho fechado de seu Paraíso desabou com violência sobre o balcão, ao mesmo tempo que o sangue se acumulava no seu rosto, avermelhando-o instantaneamente, e sua voz explodia de ódio.

— Comunista! Comunista! João Goulart é comunista!

Descontrolado, avançou para o rádio de dedo em riste. Espumando, gritava para o locutor.

— Não pode entregar esse país de mãos beijadas para um vermelho! Viu onde foram encontrar o homem? Na China comunista! Claro, ele é unha e carne com Mao Tsé Tung! Não é possível que vão entregar o país a este homem! Será que não vai acontecer nada que possa evitar essa desgraça?

Não há um macho nesse país para impedir essa posse? — Limpou com as costas da mão a espuma branca que se acumulara nos cantos da boca e silenciou por alguns instantes. Sua respiração ofegante foi diminuindo o ritmo.

A voz do locutor voltou a ficar audível: "E novamente atenção!! Com a impossibilidade da posse imediata do vice-presidente João Goulart, o senhor Auro de Moura Andrade, presidente do Senado, convidou os parlamentares ao Palácio do Planalto, para assistirem à posse do senhor Ranieri Mazzili, presidente da Câmara dos Deputados, como presidente da República, em obediência ao que determina a Constituição federal."

Desligou o rádio. Um silêncio pesado instalou-se em todo o Depósito. Seu Paraíso prosseguiu, num tom mais baixo:

— Todo mundo sabe que esse Goulart foi capanga do tal Getúlio Vargas lá no Rio Grande do Sul! Aprendeu com o patrão. E herdou os votos dos pelegos. De populista, de trabalhista e de comunista o Brasil já está farto! — e pegou o lápis e a lista de pedido. Fez um gesto vago na direção da caixa de entrega e disse secamente: — Vamos continuar.

Voltei a anunciar as peças e materiais à medida que os acomodava nas caixas. E ele voltou a ticá-los. Trabalhamos um longo tempo num silêncio denso, quebrado apenas pela minha voz, que, ritmadamente, citava o nome de uma peça ou um material.

— São seis horas, seu Paraíso. Posso ir? — perguntei, mal acabei de anunciar o último item e de acomodar as restantes seis latas de zarcão na caixa de entrega.

— Pode — ele respondeu, concluindo a ticagem da lista e liberando as caixas para o Jurandir fazer as entregas.

— Essa entrega ainda é para hoje? — quis saber o Jurandir, que acabara de entrar, vindo da área aberta. Pelo tom de sua voz, ele também temia a possibilidade de trabalhar depois das seis.

— É, sim — respondi, enquanto me afastava para o tanque nos fundos do depósito. Fumegando pelo olhar sua raiva silenciosa, Jurandir apoiou no ombro a primeira das caixas que seu Paraíso o ajudou a erguer do chão. Carregou-a na direção da carroça, estacionada na área descoberta.

Eu levava algum tempo diante do tanque para me colocar em condições de sair à rua. Primeiro lavava as mãos, impregnadas de óleos, graxas, manchas de tinta, pó de tijolo, cal e tudo mais. Além de sabão, pasta Rosa, gasolina e removedor, passava o canivete debaixo das unhas — detestava quando me escapava alguma unha "enlutada", como dizia minha mãe, referindo-se à sujeira escura que se acumula sob ela, claro vestígio do tipo de trabalho que eu fazia. Lorena me recomendara esconder o quanto pudesse que trabalhava num depósito. Ela achava que era um emprego que não me recomendava e que só valia a pena provisoriamente. E foi ela quem me instruiu em cada etapa daquele longo ritual diário de limpeza. Lavadas as mãos, eu tirava o macacão e, só de cueca, enfiava a cabeça sob a torneira e deixava que a água escorresse do meu cabelo o cimento, a cal, a areia e a poeira. Uma água barrenta, de cor indefinível, descia pelo meu rosto. Depois, eu lavava — muito bem lavados — os braços, os sovacos, o pescoço e o rosto — com o rosto uma lavagem ainda mais requintada. Segundo Lorena, a poeira acumulada nos poros é que viravam cravos. Por último, livrava-me da alparcata Roda, erguia uma perna e metia um pé dentro do tanque sob o jato d'água. Assim também com o outro.

Depois de vestido e calçado — cuidando de dar duas pequenas dobras nas mangas da camisa, o que salientava o bíceps, e de erguer a parte posterior do colarinho, que era como se usava a camisa na capital —, eu voltava ao tanque — dessa vez para me postar diante do pedaço de espelho afixado na parede. Espalhava Brylcreem — um creme para dar brilho aos cabelos que Lorena me dera e cuja propaganda tinha uma musiquinha que me fazia sentir um grande sedutor e dizia: "*Brylcreem é o melhor caminho/para mil pequenas conquistar*". Com o pente, que nessa época nunca saía do bolso de trás da calça, punha-me a partir e repartir, pentear e repentear o cabelo até doerem os braços. Os lábios, esticados rumo às orelhas, deixavam os dentes à mostra para a última inspeção diante do espelho.

Depois dessa operação, tornava-me outra pessoa. Eu me sentia mais simpático, mais polido e mais urbano. Com camisas iguais à que eu estava usando naquele momento, por exemplo — que, aliás, fora Lorena quem me dera de presente —, eu já vira uns dois sujeitos de aspecto típico de gente da cidade. Vestido com ela, penteado e limpo, eu me sentia um autêntico morador de Belo Horizonte, um habitante da capital, e era uma sensação que eu gostava de sentir — a de ser parte daquela gente, pertencer àquele mundo, mais moderno, mais rico e mais evoluído do que Olhos D'Água. Aliás, de Olhos D'Água eu queria era distância — menos da minha família, é claro. Eu me sentia desconfortável quando aparecia alguém de lá na casa do tio Alberto. Um dia apareceu por lá o seu João Inácio, trazendo uma encomenda — duas dúzias de pão de queijo, sequilhos, doce de laranja, postas salgadas de surubim, rapadura batida — que minha mãe mandara para tia Lorena. A mulher dele viera fazer um tratamento médico na capital. Pois o homem ficou uma tarde inteira na sala do tio Alberto contando — para o casal e para mim — uns casos acontecidos lá nos grotões de Olhos D'Água, envolvendo cobra, onça e boi bravo. Eu não agüentava mais ouvir o sotaque caipira daquele fazendeirão, de botina, chapéu e dente de ouro! Foi preciso que Lorena pusesse a vassoura atrás da porta para o homem se mancar.

Eu gostava mesmo era de me sentir da capital, me vestindo, me comportando e falando como as pessoas da capital — os "esses" tão escandidos que sibilavam, e sem o sotaque caipira de Olhos D'Água. Viver na capital e participar dos acontecimentos. A renúncia do presidente, por exemplo, eu senti como se tivesse acontecido pertinho de mim. E fiquei besta com a reação do seu Paraíso. Parecia que iria mudar tudo na vida dele. Em Olhos D'Água ninguém se preocuparia nem com a renúncia de Deus. Lá não mudaria nada mesmo. Com renúncia ou sem renúncia, o doutor Carneiro da Cunha, pai de Maria Antônia, continuaria mandando e desmandando na cidade; com renúncia ou sem renúncia, seu Ambrósio continuaria relando no balcão a barriga saltada e suspendendo a caderneta de quem atrasasse o pagamento. Eu gostava de estar era ali, onde as coisas aconteciam, onde a terra girava e o mundo mudava.

— Até amanhã, seu Paraíso — me despedi.

— Até amanhã — ele respondeu.

— Até amanhã, Jurandir — eu disse, acenando para ele, que não só não me respondeu, como sequer virou-se para mim. Ergueu outra caixa até o ombro e afastou-se na direção da carroça. Segui apressado para casa.

Andar às seis horas da tarde nas ruas da Belo Horizonte daquela época era render tributo ao recato, à religião e à vida em família. Bastava passar diante de qualquer casa, onde a essa hora o rádio estava sempre ligado, para se ouvir, através das janelas e, às vezes, até de portas abertas, a Ave-maria de Gounot. Aquela melodia — que entristece qualquer alma interiorana, como era a da população, arrancada de suas origens para uma capital planejada — se misturava às seis badaladas do sino da igreja. Esses sons — que já inundavam o meu coração de nostálgica piedade — faziam fundo musical não apenas para as conversas ou brincadeiras de crianças educadas, de banho tomado e roupas limpas, que enfeitavam jardins e calçadas, como também para o silêncio das esposas, que, penteadas e perfumadas, esperavam os maridos, em calma expectativa, nas janelas e nos portões. E eles, aos poucos, iam chegando. Desciam dos bondes ou lotações, roupas amassadas, silenciosos e cansados do dia de trabalho, mas ainda com reservas de alegria e afeto para dedicar à família. Para coroar esse quadro, quando eu passava na calçada, era sentindo o doce perfume que as Damas da Noite, dobrando-se sobre os muros baixos, começavam a exalar. Às seis horas, a noite era uma promessa para quem tinha família. E uma ameaça para mim.

Nove quarteirões, no mesmo bairro, separavam o Depósito Paraíso de Materiais de Construção, onde eu trabalhava, da casa do tio Alberto, onde eu morava. No começo, indo ou voltando, eu os vencia tão depressa que quase não sentia o cansaço nem a distância. Com o tempo, porém, o percurso de volta para casa ficara mais lento que o de ida para o trabalho — a distância parecia mais longa, e eu mais cansado —, justamente quando eu tinha mais pressa: a minha aula, no centro da cidade, começava às oito em ponto.

É evidente que depois de um dia de trabalho o corpo fica mais lento. Mas não era essa a questão. A dificuldade do trajeto era que eu tinha pressa, mas não queria chegar. Como acontecia todos os dias, o medo de voltar para casa me roía por dentro. Naquele início de noite mesmo, eu avançava com o coração apertado. Desde que o tio Alberto me pedira para vigiar Lorena, a minha relação com ele ficara como uma bomba de estopim aceso. O rastilho de pólvora estava sendo consumido. A qualquer momento explodiria; só não se sabia quando. Lorena, com o seu temperamento impulsivo, é quem decidiria a hora dessa explosão — no exato instante em que ela confessasse ao marido o que estava acontecendo. O meu medo, a cada volta para casa, era que já tivesse explodido, ou que viesse a explodir mal eu entrasse em casa. Quem seria capaz de prever o que Lorena fizera ao longo de um dia inteiro? E — pior — ela estava ficando destemida, abusada. Eu poderia chegar em casa, ela ter se arrependido e contado tudo para ele, que, evidentemente, a perdoara, mas não a mim. Àquela altura, eu já não tinha como detê-la nem como me afastar dela. Nada, ou quase nada, do que acontecia comigo era independente dela. Até aquele pavor que tomava conta de mim, me secando a garganta e me deixando o coração pequenino à medida que me aproximava de casa, devia-se inteiramente a ela.

Fui direto para o meu quarto, como fazia todo dia, mas, ainda no beco, um toco de cigarro, lançado pela janela, denunciou a presença em casa do tio Alberto. E lá estava Lorena no meu quarto, penteada e perfumada, ,me esperando. Sobre a mesa, um copo de vitamina de abacate e um pão recheado com carne moída — a palavra sanduíche eu só ouvi muito mais tarde —, minha merenda de todo dia — a palavra lanche eu só ouvi ainda mais tarde — antes de ir para a aula. Lorena avaliou a minha roupa, meu cabelo, minhas mãos e minhas unhas.

— Muito bem! Parabéns! — ela disse, e abriu a boca, fechando ao mesmo tempo os olhos, pronta para me beijar. Recusei.

— Não — eu disse. — Ele está aí.

— Não, não está — ela disse.

— Está, sim — insisti.

— Como é que pode saber? Você o viu chegar? Entrou lá em casa?

— Não vi, nem entrei, mas sei que ele está. Jogou um toco de cigarro pela janela.

— E daí? — ela perguntou desafiadora. — Sabe de uma coisa? Eu estou pouco ligando para ele. Por mim, se ele está ou não está, tanto faz.

É preciso abrir um parêntese aqui para comentar essa atitude de afrontamento de Lorena. À medida que crescia o envolvimento comigo, ela se tornava mais atrevida. Digo atrevida no sentido de desrespeitar as cautelas e normas de segurança em relação ao tio Alberto. Parecia sentir prazer em correr riscos.

Lembro-me que uma noite, quando cheguei da aula, ela estava no meu quarto — o que não era comum, pois seria tarde demais para fazer uma arrumação qualquer, e cedo demais para se ter certeza de que tio Alberto não acordaria mais. Desculpou-se porque eu fora para a aula com fome. Tinha ido à cidade e não voltara em tempo de me servir a merenda. Mas preparara uma surpresa para eu não dormir de estômago vazio. Só que não poderia trazer ao meu quarto. Eu teria que ir à casa. Recusei, mas ela disse que tio Alberto já estava no décimo primeiro sono e que seria uma desfeita se eu não fosse. Mencionei o risco dele acordar, mas ela jurou que isso jamais acontecera. Ainda tentei resistir, mas ela insistiu com tanta veemência e, tendo a seu favor a minha fome, que era de doer o estômago, cedi. Com medo, fui.

Lá estava uma mesa com o meu cardápio preferido: arroz, feijão, salada de tomate e alface, batata frita e um bife acebolado com um ovo estrelado por cima. Mas era uma mesa posta de verdade: toalha branca em toda a extensão, talheres, copos, taças e, a grande surpresa, uma garrafa de vinho tinto e duas velas acesas. Fiquei maravilhado, ao mesmo tempo que um frio varria-me a espinha. Ela me abraçou, me deu um beijo na boca e sussurrou:

— Fiz para você.

— Você está louca? — sussurrei apavorado. — E se ele acordar? O que vai pensar desse vinho e da vela acesa? — A minha vontade era voltar imediatamente para o meu quarto, com fome, mas em segurança. Nem cheguei a manifestar essa vontade, pois ela já me fizera sentar, assim como sentara-se à minha frente e começara a me servir. Comi e bebi como dizem que comem e bebem os abades, mas com uma única diferença deles: tinha entre as pernas o pé da louca Lorena a me tatear em carícias.

Aos poucos, a descontração de Lorena foi me contagiando. Eu evitava falar, ela falava aos sussurros. E foi sussurrando que disse alguma coisa que nos arrancou um riso abafado — nesse instante tio Alberto surgiu na sala. Foi tanto o susto que senti o coração bater dentro da minha cabeça. O garfo escapou da minha mão e tilintou sobre o prato. Tive certeza de que tudo seria descoberto naquele instante — só não estava certo do que ele faria comigo: me mataria, me expulsaria, me espancaria? Ele mal nos olhou por um segundo, deu meia-volta e, sem dizer uma única palavra, desapareceu no corredor escuro, com o seu pijama e os cabelos desgrenhados. Nunca ficamos sabendo se ele nos viu. E, se viu, por que recuou. Para Lorena, a fraca luz das velas não nos iluminava o suficiente para que sua vista cansada e sonolenta nos visse. Como tio Alberto nada comentou, esta dúvida nunca foi resolvida. Mas o que me surpreendeu foi que Lorena jamais admitiu que foi o atrevimento dela que nos expôs àquele risco de conseqüências imprevisíveis.

Numa outra vez, eu estava na cozinha comendo um pão de queijo antes de ir para a aula, e Lorena, que fazia o jantar, me abraçou por trás e começou a beijar o meu pescoço. Aquilo me arrepiava o corpo inteiro e eu me contorcia de prazer. De repente, tio Alberto irrompeu na cozinha — ele estava em casa e ela sabia disso. Flagrada, ela disfarçou. Passando a mão no pé do meu cabelo, comentou:

— Seu cabelo está grande. Precisa cortar logo. Por que não corta ao estilo Príncipe Danilo? Você vai ficar bonitinho!

Mantive-me de costas. Não sei qual foi a reação do tio Alberto. Ao que parece, acreditou na cena dela. Quando me virei, ele tomava um cafezinho e me olhava com uma expressão enigmática. Despedi-me e saí dali rapidamente.

Você percebe como ela procurava as situações de perigo, como desafiava a sorte? Parecia sentir prazer com a adrenalina do risco. Um domingo estávamos os dois no meu quarto — vou contar só mais esse episódio porque acho que você já entendeu a necessidade que ela tinha de desafiar. Era um fim de tarde de domingo e eu tinha passado o dia de calção, dentro do quarto, estudando. Cansado, deitara na cama e, pela janela aberta, via a noite chegar. Uma brisa suave passava pelo quarto e saía pela porta aberta. Um vizinho ouvia a transmissão de uma partida de futebol pelo rádio. Acho triste ouvir a voz distante do locutor num fim de tarde. Lorena entrou, fechando a porta atrás de si. O quarto foi inundado pelo seu perfume — tinha acabado de tomar banho. Na penumbra, não nos víamos muito bem, mas a simples presença dela espantou a tristeza que me espreitava. Sem dizer uma palavra, ela ajoelhou-se ao pé da cama e passou a beijar o meu peito, a minha barriga, o meu corpo. Sabendo aonde aquilo iria chegar, perguntei pelo tio Alberto. Ela sussurrou que ele tinha ido à missa. As carícias avançaram naturalmente e, sem surpresas nem percalços, estávamos no limiar do gozo pleno quando a porta se abriu de súbito e, com isso, uma lufada de ar invadiu o quarto. Saltamos da cama incontinenti. Enrolando-nos em toalhas e lençóis, não conseguimos ver ninguém. Enquanto Lorena se vestia, avancei até a porta. Ninguém. Mais um passo, já na pequena área de serviço, olhei na direção do beco e vislumbrei um vulto que se afastava rapidamente. Camisa clara e calça escura, eu tenho certeza de que vi. E nada mais, porque estava de costas para mim. Até hoje acho que era o tio Alberto, embora ele nunca tenha comentado nada e Lorena insista em que ele estava na igreja. Quando o vi mais tarde, aparentemente voltando da missa, estava de calça escura e camisa clara.

Mas vamos fechar o parêntese e voltar àquele início de noite. Agora você entende por que eu resistia à boca aberta e aos olhos fechados de Lorena à minha frente. Era uma façanha resistir àquilo, mas eu vinha conseguindo, para irritação dela, que a cada dia era mais ostensiva ao desafiar o azar. Tornara-se comum ouvi-la dizer, como disse naquele dia quando lhe garanti que o tio Alberto estava em casa:

— Estou pouco ligando para ele. Por mim, se ele está ou não está, tanto faz. — E com uma súbita mudança de atitude, em que seus olhos, sua boca, seu corpo inteiro se investiam de uma mesma emoção, acrescentar:
— Eu só quero saber de você, meu amor.

Mais uma vez me esquivei. Peguei o copo de vitamina e o pão com carne moída, sentei na cama e comecei a comer e a beber. Ela, então, entregou-me um embrulho de presente.

— É para você.

— Para mim? — perguntei de boca cheia. Uma pergunta ridiculamente desnecessária. Eu sabia que era para mim, ela já dissera que era para mim. Mas era preciso dizer alguma coisa que ocupasse o silêncio que se fez depois que ela me estendeu o presente. Além disso, a pergunta revelava uma certa inocência que, nas circunstâncias, me caía bem.

— Para o homem que eu amo — ela disse.

— Você não está me dando presentes demais, não?

— Já falamos sobre isso. Dou porque gosto e posso dar — ela disse, tentando encerrar o assunto. Quase sem pausa, indagou, referindo-se ao presente: — Não vai abrir?

— Estou com as mãos ocupadas — respondi, erguendo o copo de vitamina e o pão com carne moída.

— Pára de comer isso um minuto. Só enquanto abre o presente.

— Não posso. Estou atrasado. Abre para mim, por favor.

Ela abriu. Era uma camisa de mangas curtas, com finas listras verticais, azul e branca.

— Que bonita!

— Gosto de ver você bonito.

— Você tem muito bom gosto.

Ela se aproximou e me beijou suavemente a testa.

— O que eu tenho é muito amor por você — sussurrou.

— Tio Alberto sabe que você me dá esses presentes?

— Nem sonha.

— E se ele descobrir?

— Me mata — ela disse e sorriu.

Ficamos em silêncio. Enquanto eu comia, ela me olhava.

— Por que você nunca disse que me ama? — perguntou de repente.

A pergunta me surpreendeu. Fiquei embaraçado. Não sabia o que dizer. Ganhei tempo mastigando.

— Eu nunca disse?

— Nunca.

— Acho que é porque eu ainda não sei o que é amar. Acho que estou aprendendo alguma coisa com você. Lá em Olhos D'Água...

— Você me ama? — ela me interrompeu, o olhar ansioso, ofegando de curiosidade. — Responde! Me ama?

— Não sei, Lorena. Eu estou confuso com tudo isso. E você, sendo minha tia, me confunde ainda mais. Tenho medo do que estou fazendo. O tio Alberto não merece.

— E eu, mereço o que ele faz comigo? E eu não quero falar de nenhum tio Alberto. Eu quero falar de mim. E de você. Eu quero saber uma coisa simples. Responde: você me ama ou não?

Acabei de comer o pão com carne moída, tomei o último gole da vitamina de abacate e repus o copo na bandeja. Limpei a mão no guardanapo de bordas vermelhas.

— Você é uma pessoa generosa, Lorena. De bom coração. Que só quer o bem dos outros. Afora minha mãe e Graciliano, eu nunca vi na vida pessoa tão boa como você. Mas esses nossos encontros, os presentes que você me dá, as coisas que você diz, tudo isso me dá muito medo.

— Você não me ama. Diz logo. Pode dizer. Não fica enrolando.

— Eu não estou enrolando.

— Então, seja claro e direto. Diz: eu não amo você.

— Eu só posso dizer que... eu sei que eu vou amar você.

Ela me olhou atônita. O que eu dissera não fazia sentido para ela.

— Você vai me amar? Mas quando? Como é que você pode dizer que vai me amar? Vai me amar no futuro?

— É só o que eu posso dizer, Lorena. Por favor, tenta entender. Eu nunca amei uma mulher. Eu ainda não conheço nada da vida. Eu vim outro dia de Olhos D'Água. Nunca tive uma namorada, nunca tive uma mulher assim como você. Como é que eu posso saber se eu amo? Eu sei que gosto de você, gosto muito. Mas sobre o amor, não posso falar nada. E se eu disser que amo você, vai acontecer o quê? Você vai querer se separar do tio Alberto? Vai querer casar comigo? Fugir comigo? Viver comigo? Eu não posso fazer nada disso. Eu trabalho num depósito de material de construção. Ganho um salário mínimo. Não dá para pagar o meu colégio. Eu só estudo porque você paga o colégio. Eu não tenho dinheiro para amar você, Lorena. Eu não tenho dinheiro nem para sonhar, Lorena.

Ela me puxou para si. Apoiou a minha cabeça sobre o peito dela. Dava tapinhas nas minhas costas como se acalmasse uma criança. Ficamos em silêncio ouvindo a respiração um do outro. O medo que me afligia foi se transformando num desespero. Tudo aquilo estava errado. Estava errado ela trair o tio Alberto. Estava erradíssimo que fosse comigo — o sobrinho a quem ele estava acolhendo na própria casa. De que adiantava dizer que não tinha sido eu que tinha começado, que não fora eu que procurara? Ela era diabólica. E era maravilhosa. Mas eu intuía que tudo aquilo acabaria em brigas, separações, quem sabe, sangue.

— Então você sabe que vai me amar — ela sussurrou. Eu confirmei com movimentos de cabeça sobre o peito dela. — Por quê? — ela acrescentou.

— Porque o dia que eu tiver dinheiro, emprego, profissão, você vai ser a mulher perfeita para eu amar.

— Que lindo! — ela disse, sorrindo, e me beijou o rosto algumas vezes.

— Mas agora, não — eu disse. — Agora eu não posso amar você. Eu estou com medo do rumo que as coisas estão tomando. Eu não sei como tudo isso vai acabar. Eu não vou ter outra chance como essa que o tio Alberto e você estão me dando.

Ela acariciava meu cabelo e beijava suavemente o meu rosto. Depois de um tempo em silêncio, murmurou com muita delicadeza:

— As coisas não são como você pensa, minha paixão. O coração, quando quer, fala sozinho. Não precisa de emprego, de dinheiro, nem de profissão. Mas vamos continuar essa conversa depois. Você está atrasado para a sua aula. Vá na frente: eu ainda fico para dar uma arrumação nesse quarto.

Ela procurou a minha boca. Beijamo-nos com uma intensidade louca. Meus lábios queimavam quando nos separamos. Peguei rapidamente meu fichário e dois livros e ia saindo, quando ela segurou a minha mão e beijou-a.

— Boa aula para você, meu amor.

Outra vez eu ia saindo, mas tive que voltar para enfrentar a que era, para mim, uma das mais constrangedoras situações: pedir dinheiro a Lorena.

— Lorena, eu ia me esquecendo... você pode me arranjar o...

Não foi preciso concluir. Ela sabia do meu mal-estar com aquela situação e se antecipou.

— Oh, meu amor! Esqueci do seu dinheiro — e enfiou a mão no seio, de onde tirou uma cédula dobrada e me entregou. Afastei-me.

Atravessei o beco apressado. Quando alcancei o jardim, quase trombei com o tio Alberto, que vinha em sentido contrário.

— Ia lhe fazer uma visita.

— Oh, tio!

— Você sabe onde anda Lorena?

— Que pena, tio. Estou indo para a aula.

— E o Jânio Quadros, heim? Quem diria!

— Pois é. O seu Paraíso está espumando de raiva.

— Bem feito! Elegeram um louco! Fosse o Marechal Lott garanto que não tinha renúncia. Esse é macho. Morre, mas não cede. Um homem não renuncia a nada na vida.

— Desculpa, tio, mas preciso ir. Depois conversamos mais.

— Será que vai ter aula com essa renúncia?

— Acho que vai.

— Na repartição não ficou ninguém.

— Se não tiver, volto mais cedo.

Afastei-me apressado. Ainda o ouvi murmurar, entrando em casa.

— Onde, diabo, será que Lorena se meteu?

Fui para a aula tomado pelo pressentimento de que aquele triângulo não acabaria bem.

XIV

Você está sendo paciente de ficar tanto tempo em silêncio, em pé nesse banheiro, para me ouvir contar uma história tão desconjuntada. É que, por mais que eu tenha me preparado para essa entrevista, na hora agá a emoção me envolve e eu fico perdido. Vou falando conforme vou lembrando e, você sabe, a memória tem as suas preferências, se encanta mais por umas passagens do que por outras. Sabe Deus por que, umas ressurgem com uma força e um frescor que parecem ter acabado de acontecer. Outras se escondem nos porões do tempo — os poucos vestígios que com muito esforço se consegue trazer à tona não dão a impressão de coisa acontecida, mas de coisa inventada às pressas. As diferenças entre o que parece verdade e o que parece mentira não são da história que estou contando — toda ela verdadeira e acontecida. Resultam, primeiro, da minha incapacidade de lembrar todas as passagens com o mesmo brilho e riqueza de detalhes. À medida que o tempo passa, a memória mais se parece com um filme que, a cada exibição, perde certas cenas, as cores vão se desbotando, alguns personagens desaparecem, cenários somem ou se modificam, o enredo vai ficando incompleto, desalinhavado, até não se entender mais. Segundo, porque eu não me emociono igualmente com todas as passagens.

Estou narrando fatos que aconteceram comigo, que me deram grandes prazeres, mas também me arrastaram para o precipício em que estou até hoje. Por mais que eu tente ser imparcial, e eu estou tentando, é claro que, aqui e ali devo estar sendo tendencioso, sem o querer e até sem o saber. Parece que na luta entre a memória e o orgulho, independente da minha vontade, vence o orgulho. E, terceiro, porque eu não consigo domar as palavras — aves rebeldes, de plumagem cambiante — nem as frases — aves em bando, voando em formação elegante e precisa, à mesma altura, na mesma direção e com a mesma velocidade —, de modo a contar cada passagem dessas lembranças com a mesma emoção. Não tenho com as palavras nem familiaridade nem autoridade bastante para que me obedeçam e assumam o significado que necessito. Junto uma, duas, até três; pressinto que o bando vai alçar vôo, mas quando revejo o conjunto, lá não está o que eu queria dizer. E se está, não está com a mesma emoção que aconteceu. São três dificuldades que se somam, três filtros, três deformações para a história que eu quero contar, que fica, assim, incompleta, obscura, desconjuntada.

Outra dificuldade é a ordem e o ritmo dos fatos. Eu estou tentando contar na mesma ordem que aconteceram. Mas nem sempre consigo. E fica um vai-e-vem que pode confundir tudo. E, às vezes, eu sinto que a história avança aos solavancos. Ora dá saltos, como se eu quisesse imitar os locutores de rádio e televisão, que dão apenas duas ou três linhas sobre os acontecimentos mais importantes; ora se detém em longas ruminações sobre pequenos detalhes, o que só serve para dispersar o seu interesse.

Apesar de tudo, está sendo muito útil para mim. As suas reações, a expressão do seu rosto, a maneira como fuma e até como olha para cada pessoa que entra nesse banheiro me informa se está claro ou não o que estou dizendo. Aliás, os intrusos que entram aqui me obrigam a ficar remoendo a mesma cena, esticando o tempo, de modo a que não ouçam nada importante enquanto mijam. De qualquer forma, estou conseguindo rever tudo antes de enfrentar o interrogatório dos jornalistas. Como até hoje eu só tinha feito essa reconstituição mentalmente, ao falar em voz alta estou aprendendo a contar. Por isso, eu agradeço a sua paciência de ficar aí, em silêncio, ouvindo tudo isso. Ainda mais tendo que respirar esse cheiro de urina e eucalipto. Mas não vai demorar muito. Nesses dez minutos que faltam para começar a coletiva eu acabo de contar tudo.

O Colégio Afonso Celso, onde estudei desde que fui para Belo Horizonte, funcionava num velho casarão de dois andares, pintado de um vermelho-escuro, na confluência de duas ruas — Guajajaras e Bahia — e uma avenida, a Olegário Maciel. Defronte, ficava o Clube Belo Horizonte — que, até a construção do Automóvel Clube, era o mais importante da cidade — em cujo andar térreo ficava o Cine Guarani. No prédio vizinho ao

Colégio funcionava o Restaurante Alba-Mar, de cozinha requintada e freqüentado pela fina flor da sociedade, políticos e artistas de fora. Na mesma quadra, descendo a rua da Bahia, ficava a Câmara dos Vereadores e o Grande Hotel. E, na quadra seguinte, o Hotel Metrópole, a Gruta Metrópole — ponto de encontro de jornalistas, compositores, intelectuais, artistas locais e boêmios — e, por fim, o Cine Metrópole. A repetição da palavra metrópole não escondia a aspiração da jovem cidade de vencer o provincianismo.

Como se vê, para quem, como eu, estudava à noite, o Colégio Afonso Celso estava ilhado pelo mundo das festas e bailes, do entretenimento, da boêmia, dos artistas e turistas. Essa localização também deve ter contribuído para a sua péssima reputação entre os estudantes de outros colégios. Era conhecido como "boate" — um lugar aonde se vai para se divertir — ou colégio "pp" — que significava: "Pagou, passou." A geografia deve ter contribuído, mas foi mesmo a qualidade do ensino que lhe garantiu esse título.

Na minha sala, por exemplo, do segundo científico noturno, havia uns trinta alunos. Depois da convivência de todo o primeiro ano e parte daquele segundo, eu já os conhecia o bastante para dividi-los em duas turmas. Uma, de uns dez rapazes, era conhecida como a turma "dos bocós" — formada pelos pobres, que calçavam sapatos Vulcabrás e andavam malvestidos, moravam longe, saíam cedo de casa, trabalhavam o dia inteiro, chegavam cansados no colégio, assistiam às aulas entre bocejos e cochilos, quase sempre com o estômago roncando de fome, aprendiam pouco — o que obrigava alguns a tentar recuperar nos finais de semana — e mal acabava a última aula saíam correndo para não perder o último bonde. Estavam no Afonso Celso porque não tinham conhecimentos nem tempo para acompanhar o curso em outros colégios, e também porque lá se cobrava a menor mensalidade da cidade.

A outra, conhecida como "dos filhinhos de papai", tinha uns vinte membros: rapazes saudáveis e bem-nascidos, que chegavam ao colégio de banho tomado e roupas bem passadas, sentavam nas últimas carteiras, inteiramente alheios ao que dizia o professor. Comentavam ostensivamente os programas da noite anterior ou se programavam para aquela noite, tudo num clima de gozação, obscenidade e acintoso desrespeito, bem peculiar às pessoas que se sabem acima das exigências da disciplina, da ordem, da educação e das obrigações escolares. Se algum colega, quase sempre um "bocó", ou até mesmo um professor, eventualmente reclamasse do barulho e da dispersão, eles, quando não afrontavam ou desdenhavam do reclamante, fingiam uma cínica obediência: abaixavam o tom da voz e aumentavam a acidez dos comentários sarcásticos e, à guisa de estarem escrevendo, faziam desenhos pornográficos, envolvendo o professor ou o colega, nas páginas em branco dos seus fichários. Esses desenhos circulavam de mão em mão nas últimas carteiras ou cruzavam a sala nos sinuosos vôos de elaboradas gaivotas. Os "filhinhos de papai" não ficavam na sala mais do que quinze ou vinte minutos, e no colégio nunca além do intervalo para o lanche. Logo partiam — alguns nos seus próprios carros, outros no carro dos pais — para a vida noturna. No final do ano, ninguém, fosse "bocó" ou "filhinho de papai", era reprovado — desde que estivesse com as mensalidades em dia. Localizado entre clubes, restaurantes, bares, hotéis e cinemas, o Colégio Afonso Celso estava no lugar certo.

Para os "filhinhos de papai", que já nasciam com a vida ganha, ou melhor, herdada, o colégio — ou o conhecimento — que não fosse o específico dos interesses empresariais da família não tinha nenhum valor. Todos eles iniciavam a vida estudantil nos melhores colégios da cidade e, por indisciplina ou reprovações sucessivas, eram expulsos, convidados a se retirar ou não tinham suas matrículas renovadas. Vinham despencando de colégio em colégio — muitos eram amigos há vários colégios — até caírem no Afonso Celso, apenas para satisfazer a vontade dos pais. Cínicos, não tinham pudores de se auto-ridicularizarem pela decadência. Ao contrário, nas bravatas que viviam contando, se vangloriavam por brigas com colegas, flagrantes de cola, desacato de funcionários e transgressão de normas de disciplina. Arrogantes, desobedeciam, afrontavam e desrespeitavam os professores. Gozadores, tripudiavam da credulidade dos "bocós", que se apegavam com unhas e dentes à escola — ou ao conhecimento — como única maneira de escapar dos porões da pobreza. Aos meus olhos de então, a divisão entre os dois grupos era nítida e marcada, com fronteiras e proibições tácitas, sem nuances nem contradições. Aos meus olhos de agora, é estranha uma separação tão estanque: apenas o preto e o branco. Mas era assim que eu via.

Aliás, pelo meu perfil, eu deveria ser um "dos bocós". E, na verdade, era. Mas eu era um "bocó" diferente. De um lado, a generosidade de Lorena — pagando-me o colégio, presenteando-me com roupas e sapatos e, às vezes, até com o dinheiro do bonde — me tirara da vala comum onde sobreviviam, malvestidos e maltratados, os esforçados "bocós". De outro lado, o trânsito que eu conseguira entre os "filhinhos de papai" levara-os a me incluir em alguns dos seus programas. Vejo agora que eu próprio era a contradição, a nuance entre o preto e o branco.

Foi exatamente com essa turma do segundo científico que aconteceram alguns fatos que mudaram a minha vida. Por isso não esqueço a noite em que fizemos uma prova de matemática — a única matéria que vinha ameaçando nos criar embaraços. O professor, jovem e recém-contratado, bem-intencionado e mal informado sobre o colégio, tinha a temerária ambição de que aprendêssemos matemática. E, depois de delimitar a matéria e advertir que não admitiria cola, marcou a data da prova.

Foi um rebuliço. "Bocós" e "filhinhos de papai" superaram suas divergências e, pela primeira vez, se uniram. Ninguém estava disposto a ser avaliado por meio de prova. Tentaram de tudo para que a prova não fosse realizada. Colheram informações sobre o professor em outro colégio, cercavam-no depois da aula, tentando demovê-lo — a princípio de maneira educada, mas depois com irreverência, afrontas e até ameaças. Uma comissão foi à casa dele. O pai de um "filhinho de papai" lhe telefonou. Como ele permaneceu irredutível e sereno, tentaram intrigá-lo com o diretor do colégio. Interpelado, preferiu se demitir a deixar de dar a prova. O diretor então sugeriu que fizéssemos a prova e, se o nível de dificuldade fosse incompatível, reclamássemos. Não houve jeito. Haveria a prova. Cada um tratou de se preparar da maneira que achou melhor.

Por isso, no domingo anterior à data da prova, depois de vencer a oposição de Lorena — que tentava impedir de todas as maneiras que eu saísse de casa nas tardes de domingo, único horário que eu ficava à mão para as suas escapadelas até o meu quarto, já que as manhãs eram ocupadas com a missa e o curso gratuito de datilografia que eu fazia na Casa Paroquial —, fui estudar matemática na casa do Romualdo, um colega "dos bocós".

Romualdo — Romu, para os amigos — morava nas franjas da cidade, várias quadras depois do final do bonde, num bairro de nome bonito, Renascença, de ruas esburacadas e lambidas por valas negras. A casa, por trás de uma cerca viva que se imbricava por entre hastes de bambu, tinha um pequeno jardim, seguido por um alpendre com samambaias-choronas, banco de madeira sem encosto e, pendurado na parede ao lado da porta, um azulejo toscamente pintado, onde se lia: "Seja bem-vindo, mas limpe os pés" — e lá estava o capacho junto ao batente da porta.

Romu devia ter uns vinte anos, era gentil e humilde. Trabalhava numa fábrica de tecidos que tinha o mesmo nome do seu bairro e ficava perto da sua casa. Abotoava a camisa até o último botão, falava pouco e baixo. Sorria quase sempre, mas o seu sorriso era triste; de uma tristeza que não nascia no rosto, como uma nuance de suas feições, mas parecia emanar do fundo de sua alma. Raramente olhava nos olhos de alguém; mantinha o olhar obliquamente para o chão, com a cabeça levemente tombada, numa atitude que, combinando timidez e humildade, dava-lhe um ar de calma e resignação. Estudioso e inteligente, não exibia seus predicados; ao contrário, minimizava-os e até os escondia, como quem se envergonha do que o distingue. Romu parecia estar sempre pedindo desculpas por estar entre os vivos.

Quando cheguei, seus pais tinham ido ao culto dominical — toda a família era crente. Romu me apresentou sua irmã — Romilda —, dois anos mais nova do que ele, sorridente, falante e desembaraçada, que me apertou a mão e olhou diretamente nos meus olhos. Debochou do nosso empenho de estudar num domingo, enquanto ela, que acabava de acordar, dedicaria o dia às solicitações da preguiça. Comentou, com bom humor, a comida, a bebida, a música e a dança da festa a que fora na noite anterior, contrariando a vontade dos pais — conforme me explicou Romu sem criticar a irmã —, que, por motivos religiosos, evitavam aquele tipo de divertimento e censuravam a sua índole independente. Mal ela desaparecera nos fundos da casa, chegou o Lobão, nosso colega do Afonso Celso que, surpreendentemente, também viera se preparar para a prova — à sua maneira, é claro.

"Dos bocós" e bem mais velho do que nós, Lobão, meio gorducho, bochechudo e sorridente, falava baixo e manso como bom malandro. Já alisara bancos de todos os colégios do naipe do Afonso Celso — não sabia quantas vezes repetira cada série e vacilava sobre qual delas freqüentava naquele ano. Embora trabalhasse numa loja de acessórios para automóveis, padecia de crônica falta de dinheiro — comentava-se que as prostitutas da rua Paquequer faziam bom uso do numerário que ele lá deixava —, mas não perdia a linha, nem o humor. Criara até um estilo próprio de pedir pequenos empréstimos, para a condução ou o cafezinho, que não escondia uma boa dose de safado cinismo e contava com a complacência da vítima: sorriso amplo no rosto redondo, punha a mão no ombro de qualquer um de nós e sussurrava: "O colega tem um trocado aí para me emprestar? É que eu saí de casa e..." — completava uma desculpa das mais esmolambadas. E para evitar que o fracasso daquela tentativa prejudicasse outras investidas, acrescentava sem esperar resposta: "Se não tiver, não dá alarme, não." Sempre conseguia. Se não tudo, pelo menos uma parte do que pedia. Porém, o que pedia já era bem mais do que precisava.

E mergulhamos nos problemas de análise combinatória, um dos capítulos da matéria da prova. Quando digo mergulhamos, entenda-se, eu e o Romu, porque o Lobão passou todo o dia preparando colas com letras microscópicas em longas e finas tiras de papel enrolado. De tempos em tempos, erguia os olhos do meticuloso trabalho para imprecar contra o professor: "O mestre não gosta de mim. Passar o domingo no trabalho intelectual! Ele quer ver a minha caveira."

No meio da tarde, por sugestão do Lobão, interrompemos os trabalhos. Romilda logo reapareceu, com a sua alegria e um lanche de café, leite, refrescos, bolos e biscoitos domésticos. Como o assunto veio à baila, ela me levou ao alpendre para mostrar a chamada Cidade Ozanan, um retiro de leprosos já fora da cidade. Estávamos a sós, eu mais à frente e Romilda atrás, entre as choronas ramagens das samambaias, quando senti no pescoço o calor da sua respiração. Uma sensação de desconforto tomou conta de mim. Pensei em me afastar dela, mas o peitoril à minha frente me impedia de avançar. Ela continuou falando. Sua voz ganhou um tom sussurrado e, agora, o hálito quente penetrava no meu ouvido. Eu não sabia o que fazer. "Será que ela sabe o que está fazendo?", me perguntei. Concluí que sim, que ela sabia, que era intencional. Apesar disso, eu não conseguia acreditar que aquilo estivesse mesmo acontecendo. Para aumentar o meu espanto, algo macio começou a pressionar as minhas costas — pressenti que eram os seios dela. "Como é que tem coragem?", pensei comigo. "É louca!" Eu tinha que sair dali, mas não queria magoá-la, nem afrontá-la. Preferia que fosse de uma maneira discreta, que desse a ela a impressão de que eu não percebera nada. Constatei, porém, que estava encurralado. Virei-me de uma vez, girando o corpo apertado entre ela e o peitoril. Ficamos cara a cara. Ela não só não recuou um milímetro da sua posição, como me olhou, altiva, dentro dos olhos. Notou que eu estava acuado e sorriu. Atônito, eu sentia o coração bater com medo de que Romu e Lobão surgissem no alpendre ou os pais dela no portão, enquanto minha cabeça girava entre perguntas que eu não sabia responder: "Ela, que estava tão gentil, tão simpática, como pode ter ficado de repente tão atrevida? Quer se impor a mim desse jeito! O que será que ela quer comigo? Será que ela pensa que... Oh, meu Deus, eu estava quieto no meu canto, só vim aqui para estudar, e essa moça... eu nem sabia que o Romu tinha uma irmã... como é que eu saio dessa? Eu não quero ofender ninguém, não quero magoar ninguém, mas será que passa pela cabeça dela que eu poderia namorá-la? Mas essa idéia é um absurdo! Oh, meu Deus, que situação! Será que essa moça não se enxerga, não?" Se ela me perguntasse, eu não teria coragem de dizer. Mas dentro de mim eu sabia que não conseguiria namorar uma negra — não sei se já tinha dito que Romilda e Romualdo eram negros. Retintos. Confesso que teria pudores de dizer isso a ela; jamais diria, mas se ela insistisse, eu pediria desculpa e confessaria. Mas diria que não estava em mim. Que não era repulsa, nem aversão, mas havia um sentimento dentro de mim, mais forte do que eu mesmo, que rejeitava qualquer imagem minha beijando-a, indo com ela para a cama, ou apenas tocando-a. E não era só por causa da cor da pele. Era também pelo nariz rombudo, os lábios agressivos, o cabelo duro, mas principalmente pelo suor e pelo cheiro. Não era preconceito, era o meu instinto. Eu não conseguiria namorar uma índia também. Aquele seio negro, pontudo e rígido, que roçava o meu peito, não me excitava, e tanto me nauseava o hálito que me entrava pelo nariz que me vi obrigado, enquanto não conseguia escapar, a prender a respiração quase ao sufocamento.

— Vamos voltar para dentro? — sugeri. — Obrigado pelo que me ensinou sobre a lepra e a Cidade Ozanan. Agora, preciso estudar. Romu e o Lobão estão esperando.

Continuávamos cara a cara, e ela, com uma altivez inabalável, me olhava diretamente dentro dos olhos. Quando acabei de falar, ela sorriu, superior e desafiadora, girou nos calcanhares, abrindo o caminho, e avançou, sem se virar, direto para a porta. Segui-a, invadido pelo remorso de não ser uma pessoa melhor do que era.

Voltamos a estudar, e o Lobão a preparar suas colas. Romilda reapareceu na sala umas duas ou três vezes e sorriu para mim. Abaixei a cabeça. Ao fim da tarde, Romu me surpreendeu com um pedido inesperado.

— Você, que é amigo dos "filhinhos de papai" lá da sala, não vá dar cola para eles dessas coisas que a gente estudou hoje aqui.

— Por que, Romu? — eu quis saber.

— Não acho justo.

— Besteira, Romu. Tem nada de justiça nisso, não — disse Lobão.

— Só por isso? — indaguei. E esclareci: — Olha, eu não sou amigo deles. Às vezes, eles me convidam...

— Mas não é só por isso — prosseguiu Romu, me cortando. — Também não é porque eles são ricos. O problema é que eles não querem aprender mais nada. Não precisam saber mais nada para vencer na vida. E avacalham a aula. A gente, que trabalha o dia inteiro, que não tem tempo para estudar em casa, precisa muito da aula. Sem aula, onde é que a gente vai aprender? E gente como nós só tem chance na vida se estudar.

— Concordo com você, Romu — eu disse.

— Mas você foi contra a prova — ele disse.

— Todo mundo foi contra essa prova.

— Eu, não. Eu fui a favor.

— Ficou maluco, Romu? — espantou-se Lobão. — A favor de uma sacanagem dessas?

— Eu sou.

— Por que, meu irmãozinho? — perguntou Lobão. — Você quer castigar o seu amigo Lobão?

— Não é isso, Lobão. É que sem prova, só com trabalhos em grupo, os "filhinhos de papai" não fazem nada e acabam tirando as mesmas notas que a gente. Se você dá cola para eles é a mesma coisa. Dá a impressão de que todo mundo tem o mesmo nível e está no mesmo barco. Imagina se é verdade! Já uma prova individual separa o joio do trigo. E quem se der mal pode começar a respeitar as aulas.

Houve um curto tempo de silêncio. Lobão concluiu a sua última tira de cola e disse:

— Respeitar a aula, até que eu respeito, Romu. Mas, sinceramente, eu já cansei de estudar. E já passei da idade também. Eu quero é acabar logo esse curso e nunca mais botar o pé numa escola. Vou vender bugiganga para carro e ganhar dinheiro. Para isso não é preciso análise combinatória. Basta saber a diferença entre pára-lama e pára-choque.

Satisfeito, Lobão enrolava cuidadosamente as suas colas, preparando-se para ir embora. Resolvi acompanhá-lo. Já no portão, Romu reiterou o seu pedido.

— Então, estamos combinados? — indagou. Como não entendi, acrescentou: — Ninguém dá cola nem ensina nada para os "filhinhos de papai".

— Por mim, tudo certo. E como é que eu poderia ensinar, Romu, se eu mesmo não entendi patavina desse troço?! — disse Lobão entre gargalhadas, contagiando-nos com o seu bom humor.

Nesse momento, Romilda surgiu na porta e veio na nossa direção. Meu riso desapareceu tão bruscamente que Romu olhou para trás e pareceu ter relacionado uma coisa a outra. Ela se aproximou, querendo saber o motivo do riso. Tratei de apressar as despedidas. Agradeci ao Romu a acolhida e as lições e estendi a mão para Romilda. Ela apertou, olhando-me diretamente nos olhos, com um sorriso franco. Partimos, eu e Lobão, deixando Romu com a mão carinhosamente apoiada no ombro da irmã.

De volta ao meu quarto, tomei um banho e, só de calção, me deitei na cama. As imagens de Romilda invadiram minha cabeça cansada. O que me intrigava é que ela tinha um olhar firme, uma atitude altiva, como se não fosse uma negra. Estava quase dormindo, quando as três batidinhas de Lorena me despertaram e, ato contínuo, a porta se abriu e ela surgiu com um prato na mão e atitudes desconfiadas.

— Que hora você chegou, que eu não vi?

— Há uns quinze ou vinte minutos.

— Entrou tão de mansinho que eu estava atenta e não ouvi. Por que não passou lá em casa?

— Estava cansado, doido por um banho.

Estendeu-me o prato, coberto por um guardanapo. Sentei na cama e descobri-o. Era um pedaço de bolo.

— Fiz para você. Não deve ser como o da sua mãe, mas me esforcei.

Levantei com o prato na mão, beijei-lhe o rosto rapidamente e agradeci. Sentei na cadeira e comecei a comer o bolo. Ela sentou-se na cama, olhando-me fixamente. Suas perguntas eram alternadas com silêncios, tentando disfarçar suas suspeitas — proeza que jamais conseguiu. Quando pressentia o ciúme por trás da sua curiosidade, eu ficava ainda mais lacônico, só para espicaçá-la.

— Estudou a tarde toda? — ela quis saber.

— Hum, hum — respondi de boca cheia depois de um tempo.

— Valeu a pena, pelo menos? Aprendeu tudo que precisava?

— Hum, hum.

— Veio direto para casa ou ainda foi dar uma volta?

— Vim direto.

Houve um silêncio mais prolongado. Ela olhou para a roupa com a qual me vira vestido quando saí de casa, que eu jogara sobre a caixa de "Manzanas Argentinas" antes do banho. Supondo que eu não estivesse vendo, procurou, disfarçadamente, marcas no colarinho e no peito. Não encontrou, abaixou a cabeça e falou com um suspiro.

— Briguei outra vez com o Alberto.

— Por quê? — perguntei.

— Ele passa o domingo inteiro dormindo e quando acorda vai ouvir futebol pelo rádio. Não me leva a canto nenhum. Como é que eu posso viver sem nenhuma diversão?! E ainda quer que eu fique em casa durante a semana! Mas eu não vou ficar mais! Não vou mesmo!

— No próximo domingo a gente vai passear — tentei consolá-la.

— Você! Agora, nem no domingo você não tem mais tempo para mim. É missa, é datilografia, é até matemática... Você ficou o dia inteiro fora de casa e agora quer passar mel na minha boca?

Mostrou-me a mão trêmula. Estava pálida e ofegante.

— Olha a minha mão. Veja como estou nervosa. Está vendo o que vocês fizeram de mim?

— Vocês, Lorena? Eu também?

— Sabe como eu me sinto? Eu me sinto uma mulher abandonada. Pelo Alberto e por você.

— Eu não abandonei você. Hoje eu precisava estudar, Lorena. Você disse que entendia.

— Passei o dia esperando você voltar. Da janela para a porta da cozinha; da porta da cozinha para a varanda. Foi um domingo de suspiros pelos cantos. E você não chegava nunca.

Acabei de comer o bolo e me aproximei da cama. Sentei-me a seu lado e pousei a mão no seu ombro. Estava vestida sem cuidado, uma saia desbotada e uma blusa tão apertada que a costura saltava. O rosto sem pintura estava macilento, os olhos encovados, com olheiras. Senti que sofria. Estava trêmula, os olhos úmidos, triste e infeliz.

— Quem ama como eu amo você, precisa falar desse amor. Mas eu não tenho com quem falar. E ainda que tivesse, onde eu iria encontrar coragem? Tenho que sentir tudo o que sinto e engolir em seco. Eu só posso falar de você com você mesmo. Você já pensou como eu fico se você desaparece o dia inteiro?

— Mas eu também não posso falar com ninguém do que eu sinto por você.

— Mas você não me ama como eu amo você.

— Como se pode comparar isso, Lorena?

— Eu amo você da única maneira que se deve amar: desesperadamente.

E ela se atirou, chorando, em meus braços. Esmagava o rosto contra o meu peito nu, tentando abafar os soluços. Era um choro sentido, que vinha dos escuros de seu desespero. Seu corpo estremecia entre os meus braços. As lágrimas quentes escorriam sobre a minha pele. Apertei o seu corpo contra o meu, como se pudesse protegê-la. Aos poucos, ela foi serenando. Recuou a cabeça do meu peito e com o rosto banhado de lágrimas sussurrou uma súplica.

— Vamos embora daqui. Vamos viver juntos em algum lugar, meu querido. Eu sou muito infeliz nessa casa. Eu largo o Alberto, largo tudo para viver com você. Onde você quiser. Eu sei que vou ser feliz com você. Eu estou desesperadamente apaixonada. Vamos sumir daqui.

Os olhos dela tinham um brilho intenso e estranho. Demorei a identificar, mas senti um frio na espinha quando o associei à insanidade. Ela insistia.

— Vamos, meu amor. Eu faço tudo que você quiser. O que você acha? Vamos? Fala alguma coisa. Não, não; então não fala, não. Fica calado e me beija. Na boca.

Beijamo-nos. Suspirava durante o beijo. Foi se acalmando. Sem descolar os lábios dos meus, sussurrou:

— Quando você tirar sua boca, minha alma vai com você. Faça o que quiser com ela. É sua.

Interrompi o beijo na tentativa de instalar a realidade. Sôfrega, ela insistia:

— Agora que a minha alma está em você, eu lhe pertenço. Aonde você for, eu vou. O que você mandar, eu faço. Vamos fugir logo daqui, meu querido. Vamos? Responde!

— Pára com isso, Lorena! Não vê que é uma loucura o que está dizendo?

— Não sei que loucura é maior: estar aqui nos seus braços, correndo o risco de meu marido entrar de repente, ou fugir para bem longe? Responde!

Eu não sabia responder. Comecei a temer que tudo aquilo caminhasse para um desfecho perigoso. A paixão dela tinha passado dos limites. Eu precisava fazer alguma coisa para evitar o pior, mas eu não sabia o quê. Ela insistia.

— Vamos para o Rio de Janeiro, meu amor. Ninguém nunca vai nos achar numa cidade grande. E o Rio é a cidade mais linda do mundo. A gente vai ser feliz lá.

A menção ao Rio de Janeiro mexeu em alguma coisa da minha imaginação. Fui me afastando daquela conversa louca e me deixando levar pelas imagens do Rio que vira recentemente numa revista colorida. Tive a sensação de um paraíso: a praia de Copacabana com suas mulheres lindas e nuas, o Maracanã cheio, o desfile das escolas de samba, a alegria do carnaval — só que eu não conseguia me incluir naquelas imagens. E a realidade da sofreguidão de Lorena falando diante de mim se impôs.

— Você está certo. É loucura fugir agora. Mas a gente pode sonhar com isso, não pode? Eu li numa revista que tudo o que acontece é porque, antes, alguém sonhou muito com aquilo. E daqui uns tempos, depois de pensar bastante, quem sabe? Me diz, meu amor. Você promete pensar? A gente planeja tudo. O que acha, meu querido? Nós vamos ser felizes no Rio de Janeiro, não é lindo?

— É, é lindo. Mas vamos pensar nisso com calma, Lorena. Nem eu nem você podemos largar tudo de repente.

— É claro, meu querido. Nós não vamos fazer nada precipitado.

— E eu não quero cometer nenhuma ingratidão com o tio Alberto.

— Eu sei. A gente vai tomar esse cuidado. E sabe o que seria o meu sonho? Convencer o Alberto de que a separação é o melhor para nós dois. Nós poderíamos reconstruir nossas vidas, sem brigas nem desavenças. A última coisa que eu quero fazer é magoá-lo.

Ela estava mais calma, seus olhos haviam recuperado o brilho de sempre e seus lábios esboçavam o desenho de um sorriso ainda inseguro. Estava esperançosa, quase feliz. Começou a beijar suavemente o meu peito nu. Sua boca foi subindo pelo meu pescoço, lambeu o meu rosto, sempre procurando a minha boca. Encontraram-se, enfim, as duas, abertas e ávidas, num beijo definitivo.

Às segundas-feiras, o depósito tinha mais movimento do que nos outros dias. Os construtores, pedreiros e demais fregueses planejavam no sábado o trabalho da semana seguinte e na segunda-feira queriam o material na obra. Eu precisava estar lá cedo e, na minha nova função, não podia me atrasar — agora, era eu quem abria e fechava o depósito todos os dias. Aliás, eu me esqueci de contar que fora promovido a uma espécie de gerente. Digo espécie porque seu Paraíso achava que eu era apenas um “encarregado”. Segundo ele, o depósito não tinha gabarito para ter gerente, mas segundo Lorena, que conhecia a sua incorrigível sovinice, ele desmerecia a minha função e o seu próprio negócio apenas para não me pagar o que seria justo. Na avaliação do meu patrão, o salário de um “encarregado” era muito menor do que o de um gerente, ainda que tivessem as mesmas funções e as mesmas responsabilidades. Mas, seja como for, eu saltara de um para três salários mínimos por mês — graças ao empenho de Lorena, que convencera seu Paraíso a me promover. Aliás, acho que vale a pena contar como foi essa promoção.

Seu Paraíso andava muito cansado e nervoso. Você não imagina a pilha que se tornara aquele homem, já naturalmente intempestivo e estúpido! Vivia com espuma branca nos cantos dos lábios, reclamando de tudo e de todos. Da esposa, que gastava demais e ainda o atormentava com cenas de ciúmes; dos filhos, que gastavam demais e não queriam saber de estudar; da amante, que gastava demais e volta e meia aparecia no depósito ameaçando fazer escândalo; dos fregueses, que atrasavam os pagamentos; dos fabricantes, que não entregavam os produtos nas datas acertadas, etc. Mas o que o levava a dar socos na mesa, enquanto o rosto se tingia de vermelho sangrento, era qualquer comentário sobre João Goulart, que, no ano anterior, tomara posse como presidente da República, depois que o Congresso aprovara o regime parlamentarista. Seu Paraíso, literalmente aos berros e uivos, o acusava de ser o responsável por tudo de ruim que acontecia ao país e principalmente aos seus negócios, mesmo sabendo que o parlamentarismo — a maneira que os políticos haviam encontrado para contornar a vontade dos militares de não permitir a posse do vice-presidente, eleito no regime presidencialista — transferira para o Congresso muitos poderes do presidente. Segundo seu Paraíso, Goulart planejava implantar uma República comunista no Brasil e, para isso, estava disposto a fuzilar cidadãos honestos e honrados, da mesma maneira que Fidel Castro fizera com os democratas cubanos. Depois de desancar os planos sinistros do presidente, chamava de frouxos e covardes os militares que hesitavam em fuzilar Goulart, da mesma maneira que Fidel Castro fizera com os democratas cubanos. Trabalhar naquele depósito era viver sobressaltado. Eu e o Jurandir passávamos oito, dez horas por dia pisando em ovos, trocando olhares e sussurros, respirando baixo. Eu aprendera o quanto um patrão tem o poder e o direito de infernizar a vida de um empregado.

Tudo isso era verdade, mas, na minha opinião, o que andava realmente fustigando seu Paraíso, a ponto de incitá-lo à cólera mais descontrolada, eram as visitas que, naqueles dias, lhe andava fazendo uma certa autoridade do governo.

Eu me lembro da primeira vez que ele apareceu. Alto e magro, metido num terno sóbrio e bem talhado, os colarinhos engomados, desceu de um reluzente carro oficial, cujo motorista ficara ao volante. Avançou depósito adentro, cuidando de manter distância de tudo, incomodado com a poeira. Do balcão, onde eu conferia as listas de estoques para pedir reposição, acompanhei a sua aproximação. Cumprimentei-o, mas, ao invés de responder, ele me perguntou pelo proprietário. Eu o conduzi para o escritório, aos fundos, onde ele já entrou estendendo a mão para o seu Paraíso, que estava sentado à sua pequena mesa, quase escondido atrás de uma ruma de catálogos, notas, pedidos, amostras de cano de ferro galvanizado, metais para banheiros com defeito de fabricação, uma caixa sifonada trincada e poeira, muita poeira. Ao me ver, seu Paraíso indicou uma pilha de pedidos e ordenou:

— Confere o que já foi entregue e manda a fatura.

— Bom dia! — disse o homem, revelando uma falsa intimidade com o meu patrão. — Como vai essa força, seu Paraíso?

— Bem, obrigado — respondeu mecanicamente seu Paraíso sem se levantar, olhando com fria surpresa para o homem, que sacudia sua mão no ar.

— Prazer em conhecê-lo. Eu sou o doutor Solinas, do Departamento de Arrecadação da Secretaria da Fazenda — disse o homem, exibindo um sorriso seguro nos lábios e escandindo cada sílaba do nome do seu cargo com a viva intenção de ostentar o seu poder.

— Muito prazer — balbuciou seu Paraíso, repentinamente preocupado.

— Posso sentar? — indagou o tal doutor Solinas, já de lenço à mão, espanando a cadeira.

— Faz favor — disse meu patrão. — A que devo a honra da visita, doutor? — A pergunta não conseguia disfarçar a ameaça que o cargo do visitante infundira no seu espírito.

Enquanto conferia as notas, eu assistia à cena. O doutor Solinas, deixando a pergunta intencionalmente sem resposta, sentou-se, dobrou meticulosamente o lenço, recolocou-o no bolso detrás da calça e apoiou uma perna sobre a outra, cuidando de manter incólume o vinco da calça e de deixar à mostra a meia de seda preta de cano longo. Depois, ajeitou o nó da gravata e olhou ostensivamente para mim, num silêncio que estranhava a insolência da minha presença e exigia que eu me escafedesse imediatamente dali. Percebi sua intenção e concentrei-me na conferência dos pedidos que já poderiam ser faturados. Ele voltou a falar a contragosto e com alguma dificuldade.

— E os negócios, seu Paraíso? Vão bem?

— Vai-se levando. O senhor, que é do governo, é que...

— Do governo estadual, seu Paraíso! Estadual, bem entendido! — acrescentou o doutor, como se erguesse um salvo-conduto.

— Estadual, está bem — concordou seu Paraíso. — Mas do governo. E da Secretaria da Fazenda. Deve saber tudo sobre os negócios no estado. E o que é que me diz? Os negócios vão bem?

— Muito bem! Nunca estiveram tão bem, seu Paraíso! O senhor não tem notado, no seu ramo? Pode acreditar: o estado vai de vento em popa! E eu não digo isso porque faço parte do governo, embora eu tenha muito orgulho disso. Mas a verdade é que nós temos um governador extraordinário. Como nunca tivemos, tirante Juscelino. O homem é trabalhador, dinâmico, despachado, progressista. Eu vou dizer uma coisa pro senhor: esse eu conheço. Tenho a honra de privar com ele. O homem é um outro Juscelino. O mal é que detesta propaganda. Daí esse *slogan*: "Minas trabalha em silêncio", que eu não gosto, mas que tem lá a sua verdade. Pode acreditar, seu Paraíso: só não estamos melhor porque Brasília não ajuda. Esse tal de João Goulart...

— Nem me fala nesse homem! — seu Paraíso ergueu a voz e a mão, num gesto teatral. — Nem me fala desse comuna!

— Mas um mineiro como primeiro-ministro é uma garantia, e é mais prestígio para a política de Minas, seu Paraíso! O Tancredo Neves é um homem sensato, não vai deixar o demagogo fazer besteira.

— Não confio nesse Tancredo. Foi ministro de Getúlio. Tem o rabo preso. Por isso faz vista grossa para os comunas.

— Não é o Tancredo, seu Paraíso. Tancredo é a salvação. A culpa é do João Goulart — disse o doutor, ao perceber que a cólera de seu Paraíso e esse seu veredicto os aproximava. — Ele é o único culpado dessa agitação política toda que está quase paralisando o país.

— Eu sei que é ele! Eu sei. Eu só não sei é como os militares puderam acreditar nessa balela de que o parlamentarismo seria uma camisa-de-força capaz de segurar aquele maluco.

— Os militares são ingênuos, seu Paraíso. Muito ingênuos. Eles precisam se articular com os civis. E isso tem que ser depressa. Tem que ser já. Esse Jango é sonso. Tem essa cara de besta, mas é cobra criada. O senhor viu: se meteu numa pele de cordeiro e foi aos Estados Unidos. Conseguiu ser recebido pelo próprio presidente Kennedy. E sabe o que disse no Congresso americano? Que é contra a ditadura de Fidel Castro. Pura estultice, seu Paraíso. É o lobo fantasiado de carneiro. Mas, com isso, amoleceu os deputados brasileiros. Agora, está negociando com o Congresso. Vai acabar conseguindo aprovar o plebiscito sobre parlamentarismo ou presidencialismo. E, com a máquina federal na mão, o senhor tem dúvida de que ele ganha o plesbicito? Ganha, e o país volta ao presidencialismo... e olha o homem com todo o poder na mão!

— Não me fala uma desgraça dessa, doutor! O Brasil na cortina de ferro! Será que os militares vão cruzar os braços e deixar esse homem comunizar o Brasil? Eu morro atirando, mas ninguém vai tomar o que é meu e que me custou tanto!

— Mas fica calmo, seu Paraíso. O senhor não estará sozinho nessa luta. O nosso governador pensa exatamente como o senhor. Tem muita gente honrada do nosso lado. O Goulart não vai fazer o que bem entender com o país. De qualquer forma, gostei de saber como o senhor pensa. Com certeza ainda vamos conversar muito sobre política. Mas, se o senhor me permite, seu Paraíso, eu gostaria de mudar de assunto. A política é sempre apaixonante, mas uma visita como esta nunca deixa de ter o seu lado prático.

— O senhor desculpa. Eu me exaltei e não deixei o senhor dizer a que devo a honra de sua visita.

— No fundo, é uma visita de cortesia. Para fazer novos amigos. Eu estou começando a construir uma casa nesse bairro e nós seremos vizinhos.

— É um bom bairro, doutor. O senhor vai morar bem e ainda vai fazer um ótimo negócio. Essa região tem futuro.

— O senhor acha? Esse terreno é uma herança do meu sogro. E o que me animou a construir foi ver a felicidade da minha mulher. Ela sonha com uma casa própria. É só tocar no assunto e os olhos dela brilham. Claro que eu também pensei na segurança da família. A gente não pode se iludir: hoje eu ocupo um cargo importante, sou respeitado, prestigiado, tenho algum poder... preciso aproveitar esse momento; amanhã, muda o governo, o que será de mim e da minha família? Foi por isso que eu pedi a um engenheiro de uma empreiteira que presta serviço para o Estado que fizesse a planta da casa. Mas agora, mal comecei a construção, e já estou desanimado, seu Paraíso. Já nos alicerces me deparei com os preços de material de construção. Andam pela hora da morte!

— E eu não sei? Pela hora da morte, doutor! O senhor há de ver quando chegar a fase de acabamento!

— Construir uma casinha simples, sem luxo nem ostentação, é uma empreitada grande demais para um funcionário público modesto como eu.

— E o preço da mão-de-obra?! De matar, doutor! Qualquer pedreirozinho quer ganhar os tubos!

— A mão-de-obra até que eu consegui contornar. Quando a gente tem amigos as coisas ficam mais fáceis.

O doutor olhou para os lados e abaixou o tom de voz.

— Que fique aqui entre nós, mas o diretor da penitenciária Dutra Ladeira está me cedendo alguns presos. São pedreiros, carpinteiros, bombeiros, etc., todos do pavilhão de sangue, como eles chamam. É gente boa, quase sempre arrependida do que fez, que tinha uma profissão e era acostumada a trabalhar. Ora, só porque o sujeito perdeu a cabeça por um momento na vida — às vezes, porque flagrou a mulher com outro homem, por exemplo, e matou o rival ou a mulher —, não é justo que apodreça no ócio de um xadrez. Eu sinto que, trabalhando na construção da minha casa, eles estão se reeducando para a vida profissional e se reintegrando na sociedade. O que eles ganham em dinheiro é secundário. Vale mais o teste de bom comportamento que é sair e voltar à penitenciária diariamente. E tudo isso conta pontos a favor, na hora de fazer a lista de indulto de Natal. Mas, mesmo assim, eu faço questão de ajudar. São os óculos para um, o par de sapato para outro, uma dentadura, a bíblia. Já cheguei a dar até um rádio portátil para um obcecado por futebol.

— Desse jeito, a casa do senhor vai sair pela metade do preço.

— Mas, ainda assim, continua pesado para mim, seu Paraíso. Por isso vim conversar com o senhor. Queria trocar uma idéia com um amigo que conhecesse bem o assunto. A obra está num estágio em que parar seria um prejuízo. Sem falar no desgosto da minha mulher. O que o senhor me diz, seu Paraíso?

— Francamente, doutor, eu não sei. Ou melhor, eu sei. Mas acho que o senhor não gostaria de ouvir.

— O senhor acha que eu devo parar a construção, não é?

— É. E, talvez, recomeçar mais adiante, quando as coisas melhorarem.

— Não, não, seu Paraíso! Não me diga uma coisa dessa. Eu não posso me conformar com isso. O que vai sentir a minha mulher, coitada, quando souber que a casa dos seus sonhos acabou, virou fumaça, sumiu? Eu não posso parar essa obra.

Um silêncio pesado se abateu sobre o pequeno escritório. O doutor Solinas tirou o lenço do bolso e passou na testa. A temperatura aumentara. A manhã já ia alta. Ele recolocou o lenço no bolso. Olhou para mim e disse para o meu patrão.

— Será que o rapaz pode ir dar uma volta?

Seu Paraíso fez um gesto mandando-me sair.

— O depósito está sem ninguém. Vai separar isso lá no balcão.

Saí, levando as notas, mas deixei a porta do escritório aberta. Fiquei ouvindo do lado de fora. O doutor Solinas pigarreou e voltou a falar.

— Seu Paraíso, como o senhor já sabe, eu chefio o Departamento de Arrecadação, que é responsável pela cobrança dos impostos estaduais. Por força do meu trabalho, eu fico sabendo quem deve ao Estado, há quanto tempo e de quanto é a dívida. É uma informação sigilosa, mas que pode dar muito poder a quem a tem. Os empresários sabem que eu conheço a situação de suas empresas e sabem o que a lei me autoriza a fazer. Por isso eles me tratam com deferência. Se, por exemplo, o Depósito Paraíso de Material de Construção tem débitos com o Estado, é comigo que o senhor terá que negociar o acerto. Que fique bem claro: eu jamais me beneficiei disso. É claro que, como somos seres humanos, o nosso relacionamento pessoal pode facilitar ou dificultar esse acerto, sem que isso signifique, necessariamente, que alguém esteja burlando a lei. O poder inerente ao meu cargo, eu só uso nos limites rigorosos que a lei estabelece. Mas, como o senhor sabe, toda lei tem mil interpretações. O poder do chefe do Departamento de Arrecadação também está previsto em lei. Não sei se o senhor está entendendo o meu raciocínio.

— Estou tentando, doutor. Estou tentando.

— O senhor quer ver um exemplo do que estou dizendo? Eu posso determinar, hoje mesmo, que meia dúzia de fiscais acampem aqui no seu depósito por dez ou quinze dias e façam uma devassa na sua contabilidade. E qualquer irregularidade... o senhor já sabe, tem que acertar em vinte e quatro horas, com multas, juros, etc. É o que a gente chama, lá no Departamento, de botar chumbo na cruz do seu Paraíso.

Nesse momento, dois homens entraram no depósito e eu tive que ir atendê-los. Não pude ouvir o resto da conversa. Uns quarenta minutos depois, eu já estava atendendo a um encanador, que era freguês antigo, quando o doutor Solinas cruzou o balcão, saindo, rápida e silenciosamente, sem sequer olhar para mim. Vi quando entrou no carro, que arrancou e desapareceu.

Vindo do fundo, seu Paraíso aproximou-se minutos depois. Caminhava devagar, arrastando a perna, com os cabelos despenteados. Os óculos tinham descido para a ponta do nariz, o sangue se acumulava no rosto e a saliva espumava nos cantos da boca. O encanador o cumprimentou, mas ele não respondeu. Acho que nem ouviu. Recostou-se na frente do balcão e ficou olhando a rua pela porta aberta. Acabei de atender o encanador que, ao sair, levando latas de zarcão, chumbo, pacotes de estopa e rolos de cordão, fez questão de liberar uma das mãos para acenar-lhe em despedida. Seu Paraíso continuou imóvel e em silêncio. Eu voltei à tarefa de separar as notas, do lado de dentro do balcão. Fazia o mínimo de movimento e ainda menos barulho. Intuía que aquele vulcão entraria em erupção a qualquer momento, espalhando lava incandescente para todo lado. E eu seria o primeiro a me queimar.

Depois de algum tempo, sempre de costas para mim, ele ajeitou os óculos no alto do nariz, passou a mão ao longo da cabeça, como se tentasse recompor os cabelos, e sussurrou:

— Aquele filho duma puta me botou a faca no peito. Ou eu dou tudo que for preciso para construir a casa dele ou ele vai botar chumbo na minha cruz. O Jânio enfiou a tal vassoura no rabo e renunciou. Agora, os corruptos tomaram conta até do Estado. Estão que nem formiga no açucareiro, que nem gafanhoto no milharal. Vão devastar o Estado, quebrar as empresas, depenar as pessoas.

Parou, ofegante. De repente, ergueu a mão acima da cabeça, girou o corpo na minha direção e, com os punhos fechados, deixou o braço desabar sobre o balcão, fazendo voar as notas que eu acabara de separar, enquanto uivava:

— Não dou! Não dou merda nenhuma a esse ladrão! Que vá roubar da puta que o pariu! Canalha! Aproveitador!

Rubro de ódio, bufando e soltando saliva para o ar, seu Paraíso repetia aos gritos "ladrão", "aproveitador", "canalha", enquanto se afastava para os fundos até desaparecer no escritório.

Não passou uma semana e o contador entrou esbaforido no depósito. Metido num terno de tergal cinza, brilhoso de tão surrado, abraçado a uma pasta de couro, fouveira de tão ralada, o homenzinho, olhos arregalados por trás dos óculos de fundo de garrafa, anunciou, pálido e gaguejante, que dois fiscais da Secretaria da Fazenda estavam no seu escritório, conferindo cada conta e cada documento da contabilidade do depósito. Seu Paraíso que se preparasse. Eles estavam descobrindo um mar de irregularidades. E foi então que, surpreso, eu fiquei sabendo a verdade: meu patrão não pagava impostos há seis anos. Nenhum tipo de imposto. Nada.

Mal percebeu a gravidade da situação, aquele sonegador, tão radical e inveterado que parecia um convicto, tentou, no entanto, transferir a responsabilidade para o contador. O homenzinho, porém, que era tão pequeno quanto bravo, não aceitou o papel de bode expiatório. Aos pulos, gritava que sempre fizera a sua parte como contador, que as guias de recolhimento eram enviadas mensalmente para o depósito, que fora seu Paraíso que decidira deixar de pagar, e que ele cansara de advertir para os riscos de sonegar. Falava com tal convicção e propriedade que seu Paraíso desistiu da manobra, desesperada e inútil, de achar algum culpado para a sua desdita e assumiu a responsabilidade de tudo. Ato contínuo, tomou-se de inesperada humildade e, num tom quase suplicante, pediu ao contador que o ajudasse. O homenzinho se acalmou, enxugou a testa suada e engordurada pelo óleo Glostora que lhe escorria dos cabelos e, com voz serena, começou a cogitar das possibilidades de escapar daquela represália.

Estavam nessas conjecturas quando dois homens, de terno, gravata e pastas, irromperam no depósito e se apresentaram como fiscais da Secretaria da Fazenda. Vinham verificar o livro caixa, os estoques, as notas de compra e venda de mercadoria.

— Mais dois? — espantou-se o contador e, virando-se para o seu Paraíso, vaticinou: — Quatro fiscais em cima de você! Isso não é apenas uma devassa. É um massacre.

Um dos fiscais refutou o contador. Estendeu-se numa peroração, tentando explicar que se tratava de fiscalização rotineira. Enquanto isso, numa transformação gradual e nítida, a humildade de seu Paraíso foi cedendo lugar a uma turbulência ameaçadora. Arquejando, ele andava de um lado para o outro, as mãos enfiadas nos bolsos da calça, olhando para o chão, a cabeça enterrada entre os ombros. O ruído da respiração difícil aumentava com a velocidade dos passos. Parecia que tentava conter uma pressão interior que crescia. O movimento e o ruído davam ao seu corpo uma inesperada truculência. Quando o fiscal perguntou: "Onde ficam os documentos?", aconteceu a explosão. Foi a primeira vez que eu vi um ataque de apoplexia.

Seu Paraíso estacou, ergueu os braços, o rosto afogueado pelo ódio, os olhos injetados e, como uma fera, uivou — no pescoço rubro as veias incharam-se com o esforço:

— No inferno! Os documentos ficam no inferno, seus filhos duma puta! Corruptos! Ladrões! Aqui, nesse depósito, vocês não entram! Puxa-sacos! Capachos! Vão procurar documentos no...

E interrompeu a frase com um animalesco som gutural, um gemido alto e surdo, que parecia ter-se desentranhado dos escuros de suas vísceras, ao mesmo tempo que levou a mão ao peito, o corpo curvou-se para a frente, as pernas cambalearam e o sangue fugiu-lhe do rosto, restando uma palidez de cera. Corri para ele, mas antes que pudesse ampará-lo, desabou de joelhos, o corpo se enrolando em torno de si mesmo, as mãos contra o peito, até a cabeça tocar no chão. O contador se aproximou e disparou várias perguntas sobre o que estava acontecendo, o que ele sentia, onde doía. Seu Paraíso não respondia a nenhuma. Tinha perdido os sentidos. Eu não sabia o que fazer. O fiscal, então, disse que era preciso levar depressa para o hospital. O contador, com o seu metro e meio de altura, era inútil para carregar. Gritei pelo Jurandir, que entrou, assustado. Por sua sugestão, carregamos seu Paraíso até a carroça. O contador ficou no depósito com os fiscais. Enquanto, na frente, Jurandir gritava e chicoteava a mula, eu, atrás, segurava a cabeça do patrão contra o meu peito. Assim, cruzamos numa carroça as ruas do bairro até o hospital.

Por alguns dias, um derrame cerebral deixou meu patrão entre a vida e a morte, mas ele reagiu. Enquanto esteve internado, assumi sozinho o depósito. A mulher dele — que tinha denso buço e voz grossa — preferia que o mais velho dos quatro filhos fizesse isso. O rapaz, mais ou menos da minha idade, chegou a ir para lá nos primeiros dias. Não entendia nada de material de construção, não se interessava por comércio, nem por nada que não fosse mulher e bebida — só falava disso, quando não estava dormindo sobre os pacotes de estopa. Mas, tão logo recuperou a consciência, o que se deu ao final da primeira semana, seu Paraíso exigiu que o filho se afastasse e eu assumisse todas as funções no depósito.

Embora não entendesse a origem de tanta confiança, me senti prestigiado. Comemorei com Lorena tomando uma cerveja no meu quarto, e fizemos conjecturas otimistas sobre o meu futuro no depósito. Lá, desde então, além do meu trabalho habitual, incumbi-me também das funções do seu Paraíso — entre outras coisas, encomendar, comprar e pagar todo o material de estoque, assim como vender, cobrar, receber de cada cliente, etc., incluindo-se até o abrir e fechar o depósito todos os dias — e ainda atender às solicitações dos dois fiscais que, o dia inteiro no depósito, criavam comigo um clima policialesco — eles como investigadores e eu como suspeito — exigindo, a toda hora, contratos, notas, informações, esclarecimentos, o diabo. E depois de um dia de trabalho como esse, eu ainda ia para a aula e voltava tarde para casa. Lorena, quando aparecia no meu quarto, era para me cobrir, tirar-me os sapatos ou me lembrar de trocar de roupa — eu estava desmaiado sobre a cama.

Eu disse que o dia inteiro havia um clima de mocinho e bandido entre mim e os fiscais. É apenas meia-verdade. A verdade completa é que havia momentos de trégua entre nós. Mais do que trégua, havia uma verdadeira harmonia, em que ficávamos todos do mesmo lado e nos sentíamos unidos como irmãos, não raro entre eufóricos abraços, pulos e gritos. Isso acontecia à volta do rádio, ouvindo a transmissão dos jogos da seleção brasileira na Copa do Mundo do Chile. Nesses momentos, o depósito parava, não se vendia nem se investigava nada. Até o Jurandir esquecia a mula e a carroça e vinha juntar-se a nós na torcida pelo bicampeonato mundial. Pelé, que era a grande estrela, machucou-se no segundo jogo e o Aymoré Moreira botou o Amarildo. Sem Pelé, a torcida ficou desanimada. O bicampeonato escapava da mão. Mas foi aí que brilhou a estrela de Garrincha. O Mané virou um demônio em campo. Com as pernas tortas e os dribles desconcertantes, deixava os gringos no chão e avançava até a linha de fundo, de onde, inesperadamente, cruzava para trás. Ainda me lembro da escalação: Gilmar, Djalma Santos, Mauro, Nilton Santos. Zito, Zózimo e Didi. Garrincha, Vavá, Amarildo e Zagalo. Eu me lembro também que ouvir aqueles jogos pelo rádio me dava muita saudade de Graciliano, meu irmão, e de Vilmo. Anos depois da Copa de 58, eles ainda "irradiavam" — com rigor nos passes e dribles — os gols do Brasil. E qualquer engano sobre quem dera um passe ou cobrara um lateral, um corrigia o outro e começava uma discussão interminável. Ficava pensando como eles deveriam estar, lá em Olhos D'Água, ouvindo essa copa, com o Brasil se aproximando do bicampeonato.

Pois na semifinal, o Brasil ganhou de quatro a dois do Chile, que era o dono da casa. E na final, demos de três a um na Tchecoslováquia. Era o bi! Eu, o Jurandir e os fiscais comemoramos durante uma semana.

Aliás, eu falei do Jurandir e me lembrei de um episódio que foi marcante para mim. Entre as minhas funções no depósito, estava a de pagar o salário mensal do Jurandir. Quando venceu o primeiro mês, chamei-o ao escritório e entreguei-lhe o dinheiro, pedindo que conferisse o valor. Uma a uma, ele passou as cédulas lentamente, molhando o grosso dedo algumas vezes na língua, numa silenciosa solenidade e, por fim, enfiou o maço no bolso. Quando lhe estendi o recibo e a caneta, olhou perplexo, ora para mim, ora para o papel, sem dizer nada. Pelo olhar, atônito e súplice, percebi que ele sabia o que deveria ser feito, mas não sabia fazê-lo. Da minha parte, eu precisava do recibo e não sabia como substituí-lo. Por timidez, esperei em silêncio. Suspeito que a minha pouca idade o tenha inibido de confessar a dificuldade. Humilhado, segurou a caneta que, na sua mão, ficou pequena, estranha, inútil. O corpo curvado sobre a mesa, ele começou a desenhar alguns rabiscos com mão trêmula e insegura, mas tão lentamente, que a tinta, encharcando o papel, se espalhava aleatoriamente, misturando os traços e fundindo as formas. Jurandir olhava desesperado para o desenho que surgia à sua revelia, a caneta parada sobre o papel, incerto sobre a direção a seguir dali, enquanto crescia a mancha azul à volta da pena. Afinal, nervoso e impotente, ergueu o olhar para mim. Seus olhos estavam úmidos. Estendi-lhe a mão, ele me devolveu a caneta e o papel, virou-se e saiu apressado.

Logo que seu Paraíso começou a receber visitas, me convocou ao hospital. Quando cheguei, a família, reunida no quarto, discutia a recente renúncia do primeiro-ministro Tancredo Neves. Mal entrei, ele expulsou todos do quarto para ficar a sós comigo. Foi lacônico ao falar da doença — que lhe deixara a voz cava, a fala ralentada e a boca torta, de cujo canto, em vez da saliva acumulada, pendia agora uma baba contínua — mas quis saber, com minúcias, do dia-a-dia do depósito na sua ausência. Cobriu-me de perguntas. A cada resposta fazia observações, reparos, advertências. Exigiu rigor na cobrança de dois credores, atenção no atendimento de alguns clientes e cuidados especiais com os estoques a céu aberto. A certa altura da conversa, me pediu que trancasse a porta do quarto e passou a assuntos confidenciais. Determinou a quantia máxima semanal a ser entregue à esposa e à amante. Nada deveria ser dado a qualquer dos filhos. Vinte por cento do saldo semanal do caixa deveria ser depositado numa conta bancária secreta — o número e o nome do titular fictício estavam no verso da folhinha da parede do escritório. Quando me despedi, determinou que eu fosse ao hospital três vezes por semana para prestar contas e mandou que convocasse o contador para o dia seguinte.

Foi nessa visita ao hospital que seu Paraíso autorizou o contador a procurar o doutor Solinas e oferecer-lhe todo o material necessário à construção da sua casa. Quando me informou dessa decisão, o baixinho comentou:

— A ceder, que cedesse logo no começo. Pelo menos, teria poupado a saúde.

Dois dias depois, mandei entregar, na obra do chefe da Arrecadação, a primeira lista de material: latrinas, lavatórios, pias, metais cromados, tubos de ferro fundido, caixas sifonadas, etc. No fim daquele mesmo dia, os fiscais deixaram o depósito e o escritório do contador. Várias listas foram atendidas nos meses seguintes.

Com ou sem a presença dos fiscais, o que mais me incomodava no depósito eram as mulheres do seu Paraíso. A legítima não se conformava com o dinheiro que ele me autorizara a entregar semanalmente a ela. E, com o bigode e o vozeirão, sempre reclamava que não era suficiente, que com aquilo a família acabaria passando privações. Mas o que mais a ofendia era que um simples empregado, da idade dos filhos dela, tivesse mais poder do que ela sobre os negócios do marido. Já a outra, a amante, loura oxigenada, de longas e ameaçadoras unhas vermelhas, nem ligava para mim. Chegava falando alto, reclamando que a ausência do seu Paraíso estava excessiva e ameaçando fazer escândalo indo à casa dele. Arrastava-me a um canto, onde me submetia a um minucioso interrogatório, desconfiada de que não fosse uma internação, mas um golpe para escapar dela. Recebia o dinheiro que eu lhe entregava, na quantia que me fora recomendada, porém, não satisfeita, seguia direto ao caixa, de onde retirava o que bem entendia. Com o tempo e a experiência, passei a esvaziar o caixa ao se aproximar o dia de sua visita. De nada adiantavam meus cuidados e minhas explicações. Elas sempre me infernizavam.

Quando seu Paraíso ganhou alta, com a recomendação médica de trabalhar menos, Lorena achou que era a hora de acertar a minha situação. Ofereceu-se para convencê-lo de que, apesar da pouca idade, eu era a pessoa talhada para ser promovida definitivamente a gerente — meu desempenho durante a doença dele era prova cabal da minha competência. Aceitei imediatamente a oferta. Mas ela me impunha uma condição: que uma vez promovido e ganhando mais, eu continuaria morando no quartinho dos fundos — ao alcance das mãos e dos lábios. Aceitei também.

Seu Paraíso voltou a freqüentar o depósito — de forma irregular, por pouco tempo de cada vez, sem horários, obrigações nem tarefas. A doença lhe paralisara o lado esquerdo do corpo. Sem obedecer ao seu comando, o braço era um peso morto, que balançava inútil pendurado pelo ombro. A cada passo a perna era puxada para a frente, arrastando-se até emparelhar com a direita, que só então avançava mais alguns centímetros. A boca ficara mesmo torta, mas já não babava. Lorena aumentou a assiduidade das suas visitas. As conversas, porém, já não eram apenas picantes. Incluíam agora longas passagens em que ela o persuadia da minha capacidade e honestidade. Um dia, ele acabou concordando. Esperou que ela saísse e me chamou ao escritório. Com a fala arrastada, me anunciou a promoção ao novo cargo. Apenas preferia chamá-lo de encarregado, em vez de gerente. Exultei.

À noite, depois da aula, eu estava no quarto, escrevendo uma carta para minha mãe e Graciliano contando a proeza da promoção, o novo salário e a possibilidade de vir a mandar alguma ajuda mensal para eles, quando Lorena apareceu com o seu penhoar negro e uma garrafa de vinho. Ela gostou da carta, mas achou que era cedo para falar em ajuda. Disse que eu deveria pensar primeiro em mim, em me estabilizar no emprego e garantir a aprovação no colégio. Depois, aí sim, ajudá-los de forma constante e expressiva. Cortei a parte sobre a ajuda. Para comemorar, passamos quase a noite toda bebendo vinho e nos amando, enquanto tio Alberto dormia.

Agora que sabe como se deu a minha promoção, você pode entender por que eu caminhava apressado na manhã ensolarada daquela segunda-feira. Para entregar os pedidos que chegavam no sábado, o encarregado tinha que abrir o depósito às sete horas. Na minha cabeça, porém, as inúmeras tarefas do encarregado se misturavam à apreensão com a prova de matemática daquela noite, com as regras da análise combinatória, que me consumira a tarde de domingo, com a proposta de fuga de Lorena, que me consumira a noite de domingo. Eu começava o dia, e a semana, preocupado, apreensivo, cansado.

Como o depósito não tinha mais rádio, eu e o Jurandir não soubemos de imediato que, justamente naquela segunda-feira, começava uma ameaça de guerra mundial. E ficáramos sem o rádio porque um dia seu Paraíso aparecera por lá e ouvira uma propaganda que dizia: "Vote não. Não à carestia. Não à inflação. Não à reação. Não no plebiscito quer dizer sim às reformas de base." Indignado, ele arrancara o rádio da tomada com um puxão e jogara-o no meio da rua. Desde esse dia o depósito mergulhara num silêncio sepulcral. Não tinha mais música, nem notícia, nada.

Foi por isso que fiquei embasbacado quando, naquela segunda-feira de tantas apreensões, seu Paraíso ainda me surgiu no depósito dizendo que era iminente o início da Terceira Guerra Mundial. Segundo ele, os americanos tinham descoberto que a União Soviética estava instalando mísseis em Cuba secretamente, com a intenção de bombardear os Estados Unidos.

— Se os americanos não tivessem descoberto a tempo, os comunistas acabariam com a raça deles! — disse seu Paraíso com a sua voz cava, a fala lenta e a boca torta. — Já imaginou? Aquelas bombas voadoras ali, coladinhas! Agora, o Kennedy mandou que eles tirassem os tais mísseis de lá. Mas o que ele tinha que fazer era acabar com a arrogância desse barbudo. Esse homem é um perigo. Tem que bombardear a ilha! Sumir com ela do mapa. O diabo é que os russos e a cambada da cortina de ferro querem defender o Fidel Castro. Aí, é a guerra mundial. Vai ser bomba atômica voando para tudo que é lado. Pior que Hiroshima e Nagasaki.

— E já começou, seu Paraíso? — indaguei apavorado.

— Ainda não — ele disse. — Os americanos cercaram Cuba para os navios russos não desembarcarem mais bombas. Acontece que tem um transatlântico russo, carregado de míssil até a boca, que está em alto-mar, indo para a ilha. O Kennedy exigiu que ele voltasse. Mas ele está indo em frente.

— E se tiver guerra, o senhor acha que o Brasil entra?

— Tem que entrar. Não entrou na Europa, contra os nazistas? Agora, tem que entrar contra os comunistas, que estão aqui, na nossa porta. E vá se preparando. Gente como você vai ser convocada para defender o mundo livre.

Mais essa! Como se não bastassem as minhas apreensões com a prova de matemática daquela noite, com as regras da análise combinatória, com a proposta de fuga de Lorena, com o movimento de entregas do depósito naquela segunda-feira, ainda tinha que me preocupar com uma guerra mundial! Era demais!

Cheguei atrasado ao colégio. Em silêncio, a turma fazia a prova. O professor passeava pela sala, atento aos sussurros e movimentos suspeitos. Quando sentei, ainda estava ofegante e suado de tanto que correra para chegar a tempo. Logo percebi que, afora o Zé Féliz, que estava na minha frente e era "bocó", eu estava ilhado por "filhinhos de papai" — Rodolfo, Luiz Márcio e o Norberto. Dali eu vi o Lobão desenrolando sua cola em tirinha — piscou-me com um sorriso maroto. Mergulhei nas questões da prova com uma desenvoltura que me surpreendeu e me consolou por não ter sido em vão o domingo perdido, até que fui atraído pelos sussurros do Rodolfo, que, da carteira ao lado, pedia cola. Lembrei-me do Romu, exigindo que eu não desse cola aos meus amigos "filhinhos de papai", e procurei-o com o olhar. Lá estava ele, numa das primeiras carteiras, quase roçando o nariz na folha de papel almaço para vencer a miopia. Convencido de que eu sabia a matéria, Rodolfo sussurrava, numa insistência aflitiva. Logo, Luiz Márcio e Norberto o imitavam. Juntos, os sussurros soavam quase como um murmúrio. O professor ficou ainda mais atento à nossa área. Para me amedrontar, Norberto praticamente exigia que eu lhe desse cola, numa atitude deliberada que, flagrada pelo professor, me tornaria cúmplice do delito e o levaria a tomar ambas as provas. De repente, além do murmúrio, um pedaço de papel em branco foi posto perigosamente sobre a minha carteira — era o Rodolfo, querendo a transcrição das soluções. Àquela altura, já concluíra que, cercado por aqueles três, se eu não desse a maldita cola, correria mais risco de ser punido junto com eles do que se desse e os acalmasse. Dei.

Esgotado o tempo, o professor começou a recolher as provas e criou-se uma agitação em torno de algumas respostas. Havia controvérsia quanto ao entendimento e aos resultados. Inconformados, alguns dos "filhinhos de papai" rodearam o professor, protestando não contra a dificuldade, mas ainda contra a existência da prova. Rodolfo, Luiz Márcio, Norberto e outros me cercaram amigavelmente e estavam agradecendo a cola, quando Romu, desvencilhando-se de Lobão, que tentava detê-lo, furou o alegre cerco e estacou, indignado, diante de mim, esticando o indicador quase até o meu nariz.

— Você é um moleque! Um homem sem palavra!

— Eu, Romu? Por quê? — perguntei com exagerada surpresa, mas já sabendo do que ele falava. Romu tremia de raiva.

— Não se faça de besta! Você sabe muito bem do que estou falando!

— Eu sei? Eu não sei de nada, Romu! — menti.

— Você deu cola para esses sujeitos! — denunciou Romu, apontando, com os olhos apertados por trás dos óculos, para Rodolfo, Luiz Márcio, Norberto e os outros.

— E você tem alguma coisa com isso, crioulo cu-de-ferro? — perguntou Norberto. Romu, porém, o ignorou. Continuou me desafiando.

— Ontem, lá em casa, nós combinamos que ninguém daria cola para eles!

— Você falou isso, mas eu não concordei, Romu. O Lobão é testemunha. Foi ou não foi, Lobão?

— Me tira dessa, meu irmão — disse Lobão. — Eu não sei de nada. Eu só acho é que vocês não deviam discutir isso aqui. Pode dar confusão.

— Mas por que não dar cola para nós? — quis saber Luiz Márcio.

Houve um silêncio. Romu hesitou. Resolvi falar.

— Ele acha que vocês são ricos e não precisam aprender mais nada.

— Por isso esculhambam a aula — completou Romu. E acrescentou: — Eu, que trabalho o dia inteiro e só tenho a aula para aprender, fico prejudicado.

— E o que isso tem com dar ou não dar cola para nós? — insistiu Luiz Márcio.

— É porque o crioulo é despeitado — antecipou-se Norberto. — Quer que a gente leve ferro.

— Eu não vou te responder. Pense o que quiser de mim — disse Romu ao Norberto. E me olhando no olho, continuou: — Eu só vim aqui para dizer que você é um moleque. Ontem, nós combinamos uma coisa, e você...

— Mas hoje ele mudou de idéia e resolveu dar cola para nós — cortou Rodolfo. E prosseguiu: — Qual é o problema, ô ceguinho?

— Cuida da sua vida, meu chapa! — disse Norberto, pressionando ameaçadoramente o peito de Romu com a mão espalmada. Romu, porém, não se intimidou. Continuou me desafiando.

— Minha irmã tinha razão. Você não passa de um preconceituoso e oportunista. Agora, você encontrou a sua turma. Quando quiser aprender alguma coisa, vai para a casa deles no domingo. Vamos ver se deixam você entrar.

Luiz Márcio segurou o meu braço e foi me tirando do círculo:

— Vem. Deixa esse despeitado pra lá. Vamos cair fora.

— Esse crioulo não se enxerga, não? Além de preto e cego, é metido a besta?! — admirou-se Rodolfo.

— Vamos tomar uma cerveja para comemorar! — sugeriu Norberto.

Concordância geral entre os "filhinhos de papai". Referindo-se a Romu com expressões diretas e indiretas, mas sempre agressivas, o grupo foi me conduzindo para fora da sala. Romu ficou imóvel, me olhando por trás das lentes de fundo de garrafa. Vi o Lobão aproximar-se dele, sorrindo. Deu-lhe tapinhas nas costas e deve ter dito alguma coisa que eu já não pude mais ouvir. Romu sorriu o seu sorriso triste. Estava mais triste do que nunca.

Éramos seis e, na nossa mesa, nos fundos da Gruta Metrópole, já se acumulavam dezoito garrafas de cerveja vazias. Todos falavam alto e quase ao mesmo tempo. Mas fez-se silêncio quando o Luiz Márcio começou a falar.

— É verdade, é verdade. Tudo isso que vocês disseram sobre os pretos é verdade. Mas eu concordo com o meu pai, que todo mundo aqui conhece. Como advogado, ele tem muita experiência de julgamentos, às vezes na acusação, às vezes na defesa. Papai diz que problema maior não é ser preto, é ser pobre. O preto pode até ter inveja da minha cor, mas ele sabe que não há nada que se possa fazer. Não há tratamento, não há cirurgia, não há dinheiro que possa fazer um preto ficar branco. Ou ele aceita a própria cor ou, como diz meu pai, vira um ressentido inofensivo. Já o pobre, não. O pobre sabe que há maneiras de sair da pobreza. E vai fazer de tudo para deixar de ser pobre: arrumar um emprego, tentar um negócio por conta própria, procurar uma sociedade, etc. Ou então, estudar, aprender uma profissão qualquer, se possível tornar-se um advogado, um médico, um engenheiro, enfim, um profissional competente. E, se nada disso der resultado, você acha que o pobre vai se conformar com a pobreza? Meu pai diz que não; que ele vai se tornar um ressentido perigoso, vai invejar os ricos. E vai tentar sair da pobreza na valentona, dando golpes, roubando, matando, fazendo o diabo. É para nos proteger dos pobres que existem as leis, a polícia, a justiça, os presídios.

Luiz Márcio parou de falar e levou o copo de cerveja à boca. Louro, olhos claros, ele tinha traços europeus clássicos, mãos finas e longas, educado e discreto. Pelo que soube, sua família era ligada a mineradoras e fábricas de cimento. Enquanto ele sorvia grandes goles gelados, a mesa fez um silêncio de reverente concordância.

— É isso mesmo — disse Rodolfo. — Pobre é de lascar o cano. O que mais me incomoda é como eles são feios. Feios de doer. E me arranjam umas roupas, que eu vou lhe contar! A camisa, seja apertada ou frouxa demais, é sempre colorida demais. E nunca combina com a calça, quase sempre pega-frango, com um palmo acima do sapato. Mulher, então, nem se fala! Usa sandália com o pé sujo; a mão parece uma lixa de tanto calo; a unha vive de luto e a boca fede de mau hálito. Pobre é uma merda, meu chapa.

No silêncio que se seguiu, havia algo de reflexivo. Todos beberam. Alguns acompanharam o movimento de carros e pessoas lá fora, na rua da

Bahia. Norberto, moreno, alto e forte, herdeiro de gado, frigoríficos e cafezais, ex-campeão de natação, comentou com a sua voz grave.

— Tem outra coisa que faz pobre ficar perigoso. Já viu como pobre vive doente? Esses bostas trabalham feito escravos, moram mal, comem pior, ficam logo magros, desdentados... Lá em casa, minha mãe separa louça, copo, talher, tudo dos empregados. Não é por ruindade. Não é por nada, não. É só para proteger a gente...

— Minha mãe também faz isso — disse Fabiano, o mais calado do grupo. Comentava-se que o pai tinha uma famosa rede de farmácias.

Luiz Márcio virou-se para mim e, à guiza de consolo, disse:

— E você, se incomodar com o Romu, que além de pobre é preto?! Tem cabimento?

— Preto e pobre não é gente — disse Norberto. — Não devia existir.

— Puta merda! — protestou Rodolfo. — Que conversa vocês escolheram para acompanhar uma cerveja! Vamos falar de outra coisa.

— E a guerra entre Cuba e Estados Unidos? — perguntei como sugestão.

— Sair de preto e pobre para guerra? — protestou Rodolfo.

— Vai ter guerra nenhuma — disse Luiz Márcio. — Imagina: Cuba e Estados Unidos! Cuba é o cocô do cavalo do bandido!

— Acontece que não é só Cuba. Tem os russos também — disse Fabiano. — Meu pai está preocupado.

— Pode enfiar Cuba no cu da Rússia que os americanos vão botar pra jambrar — garantiu Norberto.

Luiz Márcio esclareceu com voz mansa e jeito de conhecedor:

— Não vai haver guerra coisa nenhuma. Os comunistas vão afinar e vão tirar os mísseis de Cuba. É só.

— Eu não quero falar desse assunto. Quero falar de outra coisa. De preferência, de sacanagem, que é a única coisa que interessa — exigiu Norberto com o seu vozeirão.

Luiz Márcio iluminou-se. Ficou até em pé, de animação.

— Grande idéia, Rodolfo! É hora de partir para a sacanagem! Vamos buscar aquelas meninas de Santa Teresa!

— É pra já! — concordou Rodolfo, virando de uma vez o resto de cerveja do copo. Os demais se agitaram com a idéia.

— Ferreira! — gritou Luiz Márcio. — A conta!

O garçom se mexeu. Rodolfo contou os presentes e concluiu:

— Não vai dar para ir todo mundo. — E, virando-se para o Luiz Márcio: — Hoje, nós só temos o seu carro.

Uma leve decepção percorreu a mesa. Com um estranho brilho nos olhos, Rodolfo sussurrou alguma coisa a Luiz Márcio.

— Fala alto! — exigiu Norberto, mas foi ignorado. Luiz Márcio olhou para Rodolfo com alguma surpresa, mas confirmou com a cabeça.

— Então, até lá, vamos todos no meu carro — confidenciou a Norberto num tom mais baixo.

Com quatro atrás, Rodolfo no banco da frente e Luiz Márcio ao volante, fomos, os seis, no mesmo carro. As duas dúzias de cerveja foram as responsáveis pelo frouxo de riso, pela brincadeira idiota de passar a mão na bunda uns dos outros, pela batucada na lataria do carro, pela cantoria de uma obscena musiquinha e pelo ziguezague, de uma calçada até a outra, com que o Luiz Márcio, intencionalmente, arrancava gritos dos seus passageiros. E foi assim que subimos a rua da Bahia. Lá no alto, por indicação do Rodolfo, dobramos à direita, a rua em declive ao lado do Minas Tênis Clube, que, pelos comentários, todos ali freqüentavam. Fazendo mistério, Rodolfo pediu silêncio. Luiz Márcio desligou o motor e apagou os faróis. O carro desceu suavemente pela rua escura, arborizada e silenciosa, com mansões de um lado e o muro do clube do outro. Eu não sabia o que eles planejavam fazer, mas senti uma espécie de corrente elétrica percorrer nossos corpos espremidos na penumbra do banco de trás. Fui tomado por inesperada apreensão, mas preferi não fazer perguntas. Fiquei, como todos, tenso e em silêncio.

— Encosta aqui — sussurrou Rodolfo.

Luiz Márcio encostou o carro ao meio-fio sob uma árvore que — percebi bem sua preocupação — nos protegia da luz de uma janela ao fundo de um jardim, de onde vinham risos abafados. Evitando fazer barulho, Rodolfo abriu a porta, desceu e fechou-a sem bater. Andou alguns passos à nossa frente. Entrevi, metros adiante, um carro estacionado. Ninguém dizia nada. Podia-se ouvir a respiração de cada um. Luiz Márcio e Norberto vasculhavam a área com o olhar. Lá fora, Rodolfo estacou de repente, como se tivesse ouvido algum ruído. Voltou rapidamente até nós e sussurrou pela janela do carro:

— Liga esse carro.

Luiz Márcio obedeceu. Com Rodolfo do lado de fora do carro, avaliou-se, por instantes, a área com o ruído do motor em funcionamento.

— Mantém ligado — disse Rodolfo, e avançou rapidamente para a nossa frente.

Aproximou-se do carro estacionado. Mexeu e remexeu na maçaneta da porta do motorista, abriu-a e entrou no carro. Sua silhueta abaixou-se e desapareceu por trás do encosto do banco. No nosso carro, um silêncio tenso. De repente, pelas nossas costas, dois poderosos faróis fizeram a curva, entraram na rua e se aproximaram rapidamente. Luiz Márcio engrenou uma primeira, para arrancar numa emergência. Ninguém falava, ninguém se mexia, ninguém respirava. O carro passou ao nosso lado com um casal. À frente, Rodolfo continuava encoberto. Afinal, sua silhueta reapareceu no banco do motorista. O carro começou a descer ainda com o motor desligado e os faróis apagados. O nosso permanecia parado. Rodolfo fez o carro pegar no tranco e acelerou. Luiz Márcio o seguiu. Na primeira esquina, ambos viraram à direita e desceram a rua Espírito Santo. Na esquina da avenida Bias Fortes, Rodolfo encostou e fez um sinal.

— Você, Norberto, e mais um: vão com o Rodolfo.

Norberto saiu do nosso carro e foi para o do Rodolfo. Fiquei quieto. Nenhum dos outros dois se mexeu. Eu estava decidido: por nada eu iria para o outro carro. Preferia descer e ir embora.

— Vai você, Ferrugem — ordenou Luiz Márcio.

Ruivo, magro e alto, o judeu Usiel, que era conhecido como Ferrugem, saiu do carro furioso comigo e foi ficar com o Rodolfo e o Norberto.

— Vem um dos dois para a frente — ordenou Luiz Márcio. — Eu não sou motorista de madame.

Incontinenti, abri a porta e me instalei, com segurança e conforto, ao lado do motorista. Fabiano ficou atrás. Seguindo o Rodolfo, descemos a rua Espírito Santo, rumo a Santa Teresa. No caminho, uma parada para comprar uma dúzia de cerveja Portuguesa e uma garrafa de conhaque.

É claro que dois carros parados depois das onze da noite, diante de uma casa singela, na penumbra de uma rua de trânsito escasso, num bairro modesto, chamava a atenção dos moradores, desconfiados e arredios. Ainda mais se, dentro dos carros, seis rapazes, acompanhados de garrafas e garrafas de cerveja, depois de terem bebido outras tantas, faziam uma serenata de gracejos, piadas e gargalhadas. Quando, enfim, Luiz Márcio resolveu buzinar para chamar as tais garotas, mil cachorros latiram em coro, enquanto, à volta, luzes se acenderam em sucessão, janelas se abriram, portas se entreabriram e — temi — a reputação das moças desceu sarjeta abaixo.

Porém, a julgar pela presteza com que atenderam, a prontidão com que aceitaram o convite de seis rapazes para passear àquela hora e a rapidez com que se aprontaram, nelas pouco deveria restar do que a vizinhança chamaria, então, de reputação.

Eram duas irmãs — Zélia e Zulma — e uma prima, Cordélia, na faixa dos dezoito e vinte anos, nem feias nem bonitas, mas de alegria esfuziante, sensualidade à flor da pele e generosidade cega. Zulma foi para o meu lugar no carro do Luiz Márcio, e eu fui para o banco de trás. Zélia e Cordélia foram para o carro do Rodolfo. Quando partimos, olhares maledicentes nos espiavam da penumbra atrás de frestas, cortinas e venezianas.

Emparelhados, acelerador no toco, passageiros torcendo aos gritos, garrafas de mão em mão, os dois carros disputavam espaço na estreita pista da avenida Antônio Carlos, que ligava o centro da cidade à Pampulha, para onde decidiram que iríamos.

A esta altura, você pode imaginar a barafunda de pensamentos, sensações e emoções que se confundiam dentro de mim. Naquele torvelinho interior, eu não conseguia distinguir uma coisa da outra nem, muito menos, explicar nada. Era uma mistura de alegria por estar ali com uma sensação de alívio e satisfação comigo mesmo por ter conseguido romper algum bloqueio que me impedira, até então, de fazer o que estava fazendo; o orgulho da minha coragem de participar do roubo de um carro fundia-se ao medo de ser preso como ladrão; era uma excitação tão descontrolada com tantas novidades numa mesma noite que eu não conseguia sequer entregar meu corpo ao encosto do banco; a admiração deslumbrada com aqueles rapazes, ricos, bonitos, poderosos, ousados, que sabiam arrancar alegria, prazer e emoção da vida, misturada com a gratidão por me terem convidado a compartilhar daquela aventura; o sentimento de onipotência de estar naquela velocidade e o medo de estar naquela velocidade; a ansiedade de chegar logo à Pampulha e a expectativa com o que poderia acontecer entre seis rapazes e três garotas; o tesão de ver, através do decote, os seios claros, pequenos e rígidos de Zulma; e todas essas sensações, emoções e pensamentos acontecendo ao mesmo tempo, circulando pelo meu corpo e girando na minha cabeça, ampliadas pelo álcool e, simultaneamente, anestesiadas pelo álcool.

Os faróis acesos dos dois carros estacionados sobre o gramado iluminavam a festa à beira da lagoa. Todo mundo nu, exceto Luiz Márcio e Ferrugem, que, sentados sobre o capô do carro, bebiam cerveja no gargalo e se divertiam assistindo. Rodolfo e Zélia, os mais ruidosos, rolavam seus corpos brancos sobre a grama, revezando-se em cima e embaixo. Bem à frente do facho de luz, exibindo-se de quatro no chão, com Fabiano à sua frente e Rodolfo *à derrière*, Cordélia, a mais ousada, desinibida, falante e dadivosa, entregava-se, com dedicação e alegria, à exigente arte de proporcionar prazer a dois homens ao mesmo tempo. Fora do jato de luz, meio encoberto por uma palmeira, eu me deliciava com a generosidade de Zulma, que a mim se dispunha com fervor por sugestão de Luiz Márcio, naquela noite mais propenso a ser platéia.

Depois de uma nova rodada de cerveja e conhaque, gozação, riso frouxo, comparações de tamanhos, formas de prazer e posições preferidas, surgiram desafios e apostas. Mudados os pares, os lugares e as posições, iniciou-se uma nova jornada, agora com um certo clima competitivo. Desafiado, Ferrugem decidira participar ativamente, enquanto eu ficava com Luiz Márcio, conversando, bebendo e assistindo.

A festa corria animada quando uma radiopatrulha, em alta velocidade, avançou sobre o gramado e freou cinematograficamente. O pânico instalou-se num primeiro momento. Nas zonas de sombra entre os jatos de luz, corpos brancos e ágeis corriam para todos os lados. Os dois policias desembarcaram agitados, dando voz de prisão aos gritos. Assustados e amedrontados, todos foram retornando aos poucos à área de luz, cobrindo, envergonhadamente, o corpo com as mãos. Numa instintiva e mútua proteção, embolaram-se num círculo central, de costas para nós. Enquanto um dos policiais qualificava a ocorrência como orgia sexual em logradouro público, citando o artigo e a pena prevista para o crime de grave atentado ao pudor, o outro chutava as roupas largadas pelo gramado na direção dos presos. Na ansiedade de se cobrirem rapidamente, houve várias trocas de peças até que, enfim, vestiram as próprias roupas. Só então os policiais iniciaram a identificação de um por um.

À medida que ouviam os nomes e sobrenomes dos presos, as profissões e cargos de seus pais, desaparecia o clima inicial de ameaça, os policiais ficavam mais polidos e respeitosos, e os presos mais arrogantes. Logo, os homens da lei recuaram da idéia de prisão para a de grave advertência, dando conhecimento da ocorrência às famílias. Diante da ameaça de que alguns pais poderiam se sentir criticados ou censurados como educadores dos próprios filhos, os policiais recuaram para o conselho paternal. Ao final desta ópera bufa, todos foram libertados com o compromisso de dar por encerrada a festa e ir para casa dormir. Quando a radiopatrulha se afastou, os policiais acenaram amigavelmente para a turma que, entre gargalhadas, distribuía as últimas cervejas.

O Café Palhares era um bar folclórico porque nunca fechava. Nem mesmo na Sexta-feira da Paixão. Dizia-se que sequer tinha portas. O fato é que depois de uma certa hora, era o único aberto em Belo Horizonte. Pois foi no Café Palhares, no centro da cidade, que, na volta da Pampulha, já de madrugada, paramos para matar a fome. Ninguém se importou de estacionar, diante da porta iluminada de um bar movimentado, um carro roubado. Desceram todos com a altivez de quem não deve nada aos homens nem aos céus.

De pé, a barriga roçando o balcão, comemos um *caol* — prato típico de boêmios, prostitutas, motoristas de praça, policiais de plantão e notívagos em geral, constituído, conforme indicam as iniciais do nome, de carne, arroz, ovo e lingüiça. Exaustos, destroçamos tudo em silêncio, com voracidade canina.

Quando, afinal, nos despedimos, ia alta a madrugada. Luiz Márcio levou as garotas de volta a Santa Tereza. Os outros se livrariam do carro nos altos da avenida Afonso Pena e depois se dispersariam. Eu, que morava no lado oposto da cidade, resolvi voltar a pé para casa — seria bom para pensar na vida e fazer a digestão, expliquei.

À medida que o céu passava lentamente do negro para o azul-escuro, eu era tomado por um estranho sentimento, uma espécie de angústia pela ameaça crescente de o dia me surpreender ainda na rua. O que me aliviava dessa aflição era pensar no que acontecera naquela noite — coisas que eu nunca tinha vivido, sentido, nem mesmo imaginado — e na admiração que eu passara a sentir pelo Luiz Márcio, o Rodolfo, o Norberto, o Ferrugem e até pelo silencioso Fabiano. Que maravilha era viver a vida como eles — faziam o que gostavam, compravam o que queriam, nunca se chateavam nem tinham medo de nada, eram ricos, fortes, bonitos, adorados pelas mulheres, respeitados pela polícia, bajulados pelos garçons. Assim, a vida virava outra coisa. Passava a ter sabor, prazer, beleza. Era um sonho viver como eles. Eu sabia que não era para mim, que eu não podia nem sonhar com aquela vida. O que eu poderia sonhar, e já me daria por feliz e satisfeito, era em ficar amigo deles e que continuassem a me convidar para sair.

O dia já tinha amanhecido quando cheguei em casa, incomodado pela sensação de que estava fazendo algo muito errado e com uma vontade louca de me jogar na cama e dormir o resto do dia. Mas eu sabia — e isso me desanimava — que o máximo que poderia fazer era dormir uma meia hora, tomar um banho e sair às pressas para o depósito. Quando entrei no meu quarto, porém, a surpresa quase me fez recuar dois passos, fechar a porta e sair correndo. Mas não consegui sequer tirar os olhos dos olhos vermelhos e inchados de Lorena, contrastando com a palidez do seu rosto.

— Bom dia, meu senhor — ela disse irônica e secamente, com tanta raiva contida que achei melhor não responder.

Fiquei calado. Ela atacou de novo:

— Divertiu-se bastante na sua noitada?

Mantive-me calado. Sentei na cama e comecei a tirar sapatos e meias.

— Eu também me diverti. Passei a noite em claro, esperando o meu senhor, sentada nessa cadeira. Queria saber se ele se saíra bem na prova de matemática.

— Muito bem — respondi.

— Parabéns! — ela disse.

— Por que esse ódio todo, Lorena? Aconteceu alguma coisa?

— Nada. Não aconteceu nada. Desculpa, se não o recebi sorrindo. É que não consigo sorrir quando passo a noite sem dormir. Já com você, pelo visto, não é assim. Está muito bem. Deve ter sido uma noite agradável, não?

— Fui comemorar com uns colegas.

— Até de manhã? Animados, seus colegas, hein!

Tirei a camisa e a calça, acertei o despertador e me enfiei, só de cueca, debaixo da colcha.

— Desculpa, Lorena, mas a gente conversa depois. Preciso dormir uma meia hora antes de ir para o depósito.

Lorena se enfureceu. Levantou-se e, com um puxão, arrancou a colcha que me cobria e atirou-a longe.

— Dormir, uma ova! Então eu passo a noite inteira esperando, correndo o risco de meu marido acordar e me encontrar aqui, e você pensa que vai chegar em casa de manhã e vai dormir? Você acha que não me deve nenhuma explicação?

Ela estava transtornada. As olheiras, azuladas e profundas, eram como uma máscara sobre seu rosto, branco feito cera. Os lábios, de um róseo desbotado, tremiam. Seu estado geral me assustava. Gostaria de dizer alguma coisa para acalmá-la, mas não me ocorria o quê. Mantive-me em silêncio, deitado de cuecas.

— Afinal, o que eu sou para você? Sua mãe? Sua irmã? A tia que toda noite esquenta o seu jantar? Que passa as suas camisas? Que compra roupa e sapato para você? Que paga o seu colégio? Que consegue sua promoção no emprego?

Lorena chorava. Levantei e a abracei. Ela soluçou no meu peito nu e depois me abraçou apertado. Olhou-me dentro dos olhos e perguntou:

— Você estava com outra mulher?

Beijei-lhe o rosto e apertei-a contra mim. Contorcendo-se, ela conseguiu escapar do meu abraço. Insistiu:

— Responde, anda. E, pelo amor de Deus, não mente para mim. Eu estou desesperada. Você estava com outra mulher?

— Não — respondi.

— Jura?

— Juro — e voltei a beijá-la no rosto.

Ela interrompeu o meu beijo, me apertou o rosto com as duas mãos e me olhou nos olhos tão profundamente que deve ter visto a minha alma.

— Descobri uma coisa esta noite que eu mesma fiquei assustada. Mas estou certa de que sou capaz. Se você me trair um dia, eu mato você. E me mato.

Depois, começou a morder e lamber meus lábios com voracidade e violência. Cravava os dentes e depois passava a língua molhada. Até que vi o meu sangue nos lábios dela. Empurrei-a. Foi quando ecoou a voz do tio Alberto, chamando-a:

— Lorena!

Ela me deu um último beijo e, apavorada, saiu rapidamente do quarto.

XV

Deviam ser entre seis e sete da noite. Eu saíra do depósito e, como sempre, passara em casa para tomar banho e comer alguma coisa antes de ir para a aula. Estava no beco lateral que levava ao meu quarto quando ouvi Lorena me chamar. Pela janela, pedia que entrasse para ver uma surpresa. Eu não tinha tempo, mas ela estava tão alegre e insistiu tanto que entrei.

Num canto da sala, com a luz apagada e as janelas fechadas, espalhando um clarão azulado, estava a novidade; um aparelho de televisão. Radiante, quase infantil, Lorena informou:

— Alberto me deu de presente, acredita?

Fiquei admirado de ver aquele aparelho mágico e misterioso, assim em casa, tão acessível. Achava, até então, que só as pessoas ricas podiam comprar um.

Sentado no sofá, tio Alberto não tirava os olhos da tela, embora lá só se visse o desenho parado de um indiozinho, escrito embaixo: TV Itacolomi, Canal 4.

— Que presente bacana! — eu disse.

— Não é? — concordou Lorena com um sorriso iluminado.

— Senta, para você ver — sugeriu tio Alberto.

— Não posso, tio, eu tenho aula.

— Não vai à aula hoje, não — ela pediu.

— É, não vai, não — reforçou ele.

— É só hoje, fica — seu olhar era um convite, íntimo e secreto, para compartilhar da alegria dela.

— Você vai ver que imagem espetacular — disse tio Alberto, levantando-se para me pegar pelo braço com uma empolgação que eu jamais o vira manifestar por nada. — E no domingo passa o jogo! Já pensou? Ver o jogo em casa, sentado no sofá, tomando uma cervejinha? Hein, hein? O que acha?

Segurando meu braço, exigia uma resposta.

— Acho bacana! — respondi.

Mas ele achou a resposta insuficiente.

— É o que há, meu caro! Atlético e Cruzeiro do sofá, com uma cervejinha? É o que há!

— Mas por que só fica parado nesse desenho? — perguntei.

— Não começou ainda, não — respondeu tio Alberto com uma ponta de impaciência, como se a minha pergunta diminuísse o brilho da sua televisão. — Isso é enquanto espera. Só começa mesmo é às sete e meia, com o *Fyrestone nos Esportes*, e às oito tem o *Repórter Esso*, e aí vai direto até as dez, só com programa bom.

Ficamos os três em silêncio, olhando para o desenho do índio. Tio Alberto comentou com ar vitorioso:

— Essa aí se queixava de que não tinha divertimento. Agora, não tem do que se queixar. Ter televisão em casa é o que há. Você já conhecia essa maravilha?

— Já tinha visto na vitrine da loja Floriano Nogueira da Gama, que fica no meu caminho do colégio. Toda noite tem um bolo de gente assistindo da calçada.

— Essa é a única televisão da nossa rua! — disse Lorena, orgulhosa.

— Do bairro! — corrigiu tio Alberto. — Aposto que é a única do bairro! Os vizinhos já vieram aqui espiar com olho comprido. Uns até pediram para voltar na hora que começasse. — Seus olhos brilhavam; estava fascinado com a televisão e com o prestígio que ela lhe daria na vizinhança. Mas Lorena, suposta dona do aparelho, tinha lá suas reservas.

— Eu não quero a casa cheia de vizinho não, Alberto. É um ou outro que eu vou deixar assistir. Os linguarudos agora vão me pagar! Chegou a hora de eu me vingar dessa gentinha!

Ficamos olhando por mais um tempo para a mesma imagem do indiozinho. Estava constrangido de sair, embora me atrasasse para a aula. Tomei coragem, dei um passo para a porta.

— Preciso ir.

— Não vai, não. Fica para ver a inauguração — suplicou Lorena.

— Pus umas cervejas na geladeira. Pra gente tomar enquanto assiste — disse tio Alberto.

— Vou ver se volto mais cedo — prometi.

— É só até as dez, hein! — avisou Lorena.

Despedi-me e saí apressado. Estava curioso com a televisão, mas era dia de aula de biologia, a que eu mais gostava, e nunca tinha perdido nenhuma. O professor Hugo começava a aula rigorosamente no horário.

Na minha opinião, o terceiro ano foi o mais difícil do curso científico. Não porque as matérias tivessem mais dificuldades ou os professores fossem mais exigentes — embora isso também fosse verdade. Verdade relativa, em se tratando do Colégio Afonso Celso. Basta dizer que o diretor considerou aquela prova de análise combinatória do ano anterior com um grau de dificuldade acima das possibilidades dos alunos, e o professor foi demitido. No seu lugar entrou um excelente professor, chamado Godofredo. Esse era um verdadeiro mestre. A extraordinária facilidade com que conseguia ensinar parecia até mágica. Mas o professor Godofredo não conseguia controlar a compulsão para o álcool. Dizia-se até que fora demitido dos dois melhores colégios da cidade por causa do vício — por isso viera bater no Afonso Celso. Várias vezes, bêbado de se apoiar na lousa para não cair, deu as mais brilhantes aulas de matemática que já assisti.

Mas, como ia dizendo, o terceiro ano foi o mais difícil porque era o último. Todos estavam doidos para ficar livre de aulas, trabalhos, etc. Alguns porque deixariam de estudar e sonhavam com as noites livres, ou com o casamento, ou em mudar de cidade; outros — poucos —, que pensavam em fazer um curso superior, já estavam se preparando para o vestibular. Havia um clima de prematuro encerramento de um ciclo, como se nada mais fosse acontecer ali, e o futuro se imiscuía no presente, precipitando o seu fim, fazendo aflorar o cansaço, o desânimo e o desinteresse por tudo, e instalando uma curiosidade difusa sobre o que viria. As salas viviam quase vazias, os poucos que se espalhavam pelas carteiras não prestavam atenção na aula — quando não dormiam acintosamente. O professor se dedicava apenas aos dois ou três sentados nas primeiras carteiras, entre os quais estava sempre o Romu e, nas aulas de biologia, também eu.

Aliás, depois daquele episódio da cola, Romu não falou mais comigo. Acatei a decisão dele, embora nunca tivesse concordado com seus argumentos. Passamos a nos evitar mutuamente, mas sempre o respeitei. Como ele era um líder ou, pelo menos, uma referência para os "bocós", sua atitude repercutiu no comportamento do grupo em relação a mim. Os "bocós" passaram a me tratar friamente, quando não me evitavam. Esse afastamento me aproximou ainda mais dos "filhinhos de papai", que se tornaram a minha turma.

Até hoje, tantos anos depois, sinto uma espécie de vergonha do que aconteceu entre mim e os "filhinhos de papai". Tudo aquilo foi uma lição que nunca me esqueci e acho que teve muita influência na minha vida.

Depois da noitada na Pampulha com as garotas e o carro roubado, passei a sair com eles sempre que podia, ora no horário das aulas, ora depois. Íamos tomar cerveja no Gruta Metrópole e discutir futebol, falar sobre a ameaça comunista, o fim do curso e o futuro de cada um, discutir as melhores profissões, a importância de ganhar dinheiro e a fortuna de algumas famílias. De outras vezes, íamos ver o treino do time feminino de vôlei do Minas Tênis Clube só para apreciar as coxas das jogadoras, na maioria conhecida ou vizinha deles, e, aos poucos, eu — que nem sequer as conhecia — fui me sentindo íntimo de cada uma, de tanto que comparávamos as coxas, os peitinhos, os rostos, os namorados, as famílias, etc. Às vezes, o encontro era na avenida Afonso Pena, às seis da tarde, diante da Casa Sloper — nesses, eu raramente podia ir, preso ao fechamento do depósito —, onde, rodando a corrente do chaveiro, o agasalho jogado nas costas com as mangas dobradas sobre o peito, fazíamos poses à beira da calçada para atrair a atenção das garotas à saída do trabalho. Em outras ocasiões, abandonávamos a aula para assistir ao *footing* na praça Raul Soares, onde me fascinavam as sucessivas formas e cores dos esguichos de uma fonte luminosa. Reluzentes colunas de água — ora azuis, ora verdes, ora vermelhas — que se erguiam mais alto que as casas, suavemente se recurvavam e, ao caírem, pulverizavam-se em gotículas coloridas. Eu me sentia transportado para Olhos D'Água, para o jardim da casa de Maria Antônia, onde um repuxo, modesto e sem cores, encantara a minha infância. Meu deslumbrado alheamento provocava a gozação da turma — para quem só um caipira passaria tanto tempo olhando a dança das águas.

O clima de brincadeira permanente entre nós começou a mudar sutilmente em relação a mim. E a primeira vez que percebi isso foi numa das noites em que tomávamos cerveja depois da aula na Gruta Metrópole. Luiz Márcio pediu a conta e, sem que eu visse, dividiu o total por seis. Cada um dos cinco depôs a sua parte. Vendo que eu não me mexia, Norberto cobrou.

— A sua parte. Paga e não bufa.

Fez-se um silêncio de expectativa. Todos olhavam para mim, esperando, talvez, que eu enfiasse a mão no bolso e pagasse a minha parte. Mas eu não poderia fazer isso porque no meu bolso, naquele momento, não havia nada além do dinheiro do bonde para voltar para casa. E eu não sabia o que fazer diante da pressão daqueles olhares. Bati as mãos nas pernas, na altura dos bolsos, à guiza de confirmação e admiti.

— Eu hoje estou desprevenido.

— Na última vez, quando a gente foi ver América e Cruzeiro, você estava desprevenido também. Acabou que o Luiz Márcio teve que pagar a sua entrada — disse Norberto. E completou: — Viciou, é?

— É fim de mês — balbuciei, constrangido, mas ninguém se sensibilizou. Todos se mantiveram calados. Tentei me atracar num salva-vidas que me ocorreu: — Você pode me emprestar mais uma vez? — perguntei ao Luís Márcio.

— Hoje eu não tenho — ele respondeu com frieza. Intuí que mentia.

— Você tem, Rodolfo? — as palavras me saíam num fio de voz, envergonhadas, amedrontadas. — Pago na semana que vem. Pode contar.

— Se estava desprevenido, por que bebeu? — Desafiou-me Rodolfo com uma pergunta que eu não sabia responder. E concluiu: — Eu não tenho dinheiro para lhe emprestar, não.

Olhei para o Fabiano e o Ferrugem, que me encaravam em silêncio. Pela expressão deles, desisti de pedir. Como se não tivessem mais nada com a situação, os cinco foram andando para a saída. Fiquei sozinho na mesa. Nada me vinha à cabeça para sair daquela aflição. O garçom contou o dinheiro, sentiu que faltava uma parte. Ficou de pé, com o dinheiro na mão, esperando. Tomei o resto de cerveja do copo para ganhar tempo. Ele percebeu a minha intenção e começou a empilhar os copos da mesa. Propus, então:

— Escuta, eu venho sempre aqui, você deve ter me visto, e estudo ali, no Afonso Celso. Será que você poderia pendurar a minha parte na conta?

— A essa hora, é difícil, chefinho. O patrão já foi dormir. A casa até pendura a conta de algum freguês, mas só com ordem dele.

— Mas deixa eu lhe dizer uma coisa: acabei de descobrir que estou sem dinheiro no bolso. Eu assino uma nota e pago amanhã sem falta. Pode confiar.

— Não posso fazer isso, chefinho. Se o caixa não fechar, o patrão tira do meu. E eu não ganho que dê para pagar a sua bebida.

Nesse momento, o Luiz Márcio voltava à mesa, aparentemente para saber do desfecho. O garçom, já nervoso com a ameaça de prejuízo, falou para que ele ouvisse.

— Seus amigos não pagam por quê? Cada um é mais rico que o outro.

Luiz Márcio tirou um dinheiro, já contado e separado, do bolso, e entregou a ele, mas falou olhando para mim.

— É a última vez que pago conta sua.

— Eu vou devolver seu dinheiro. Semana que vem eu recebo. Pode ficar tranqüilo.

— Não precisa me devolver nada. Mas de hoje em diante, você paga a sua parte.

— Está bem — concordei. — É o certo. — E enquanto saíamos, dei uns tapinhas nas suas costas, sussurrando: — Muito obrigado, Luiz.

A outra vez foi na Churrascaria Camponesa. Estávamos matando aula na porta do colégio quando alguém se queixou de fome. Logo outro sugeriu e fomos todos para a Camponesa. Enquanto eles jantavam, pedi apenas um Guarapam — um refrigerante adocicado. À certa altura, o Fabiano virou-se para mim e, indicando as travessas cheias sobre a mesa, perguntou:

— Não quer dividir comigo?

— Não, obrigado — respondi sem muita convicção.

— Eu vou pagar, não se preocupe. Esse prato é grande demais para mim. Se você não quiser, vai voltar quase tudo. — E num tom mais baixo, de uma sinceridade quase cúmplice, disse: — Come.

A verdade é que aquela mesa farta, depois de uma tarde pesada no depósito, me deixara com fome. Aceitei. Mas, enquanto comia, senti que havia uma espécie de censura na troca de olhares que se seguiu — censura ao Fabiano, por ter oferecido, e a mim, por ter aceitado. Eu me senti humilhado.

Uma noite, depois da aula, Rodolfo sugeriu que fôssemos tomar uma cerveja no Chuá — um barzinho afastado, no alto da BR-3, a estrada para o Rio de Janeiro.

— Dizem que lá fica assim de garotas — argumentou.

Esta informação foi o suficiente para a imediata decisão de irmos ao tal Chuá. Fomos para o carro de Rodolfo — o único motorizado naquela noite. Embarcaram o próprio Rodolfo, o Fabiano, Luiz Márcio, Ferrugem e Norberto. Quando eu fui entrar, o Rodolfo disse.

— Dessa vez não vai dar para você ir. Não posso levar mais de cinco nesse carro. Desculpa.

O Norberto bateu a porta. Fiquei em pé na calçada, com vergonha e raiva de mim mesmo, enquanto o carro se afastava com eles debochando de mim com acenos e gargalhadas.

Desse dia em diante percebi que todos me evitavam. Quando acabava a aula, eles saíam apressados sem me dizer aonde iam. Se o grupo estava conversando na cantina e eu me aproximava, eles se dispersavam aos poucos.

Uma noite em que o professor se atrasou, o grupo estava reunido no corredor e eu me aproximei, em tempo de ouvir o Norberto, que estava de costas para mim, dizer:

— Amanhã é meu aniversário. Mamãe vai dar um jantar...

E silenciou quando me viu. Na falta de um assunto para disfarçar, Rodolfo anunciou a chegada do professor. O grupo se afastou, deixando-me sozinho.

Daquele dia em diante, evitei me aproximar deles. Como o grupo dos "bocós" se afastara de mim, eu fiquei isolado na classe. Meu consolo eram as aulas de biologia do professor Hugo, que me fascinavam, e também as de química, do professor Tomáz.

O professor Hugo não só conhecia muito o assunto, como era apaixonado pelo que fazia. Além disso, empenhava-se em que aprendêssemos. Destoava completamente dos demais professores do Afonso Celso — soube mais tarde que era professor de bons colégios durante o dia e só aceitara dar aquelas aulas noturnas para aumentar temporariamente sua renda porque queria casar.

E foi justamente por causa de um trabalho em grupo sobre taxionomia, proposto pelo professor Hugo, que os "filhinhos de papai" voltaram a me procurar. Como eu conhecia bem a matéria, me convidaram para fazer parte do grupo deles. Aceitei e fiz o trabalho — sozinho, como era de se esperar.

No dia da entrega, porém, não fui à aula. Quando fechei o depósito, senti febre, dor de cabeça e mal-estar típico de gripe forte. Caí na cama e não consegui mais levantar, apesar dos cuidados de Lorena, que me trouxe um comprimido de Melhoral e chá de limão.

Eu nunca levara nenhum colega lá em casa. Não permitia nem mesmo que, voltando tarde dos nossos passeios, me levassem de carro. E tinha as minhas razões: uma delas é que eu morava de favor e não tinha liberdade para convidar ninguém, sem falar que havia sempre o risco de suspeitarem de mim com a Lorena. Além disso, perante os "filhinhos de papai", eu me sentiria envergonhado de ser tão pobre e humilhado de morar num quartinho de fundos.

Sob o efeito do chá e do comprimido, eu suava debaixo das surradas cobertas que herdara de Lorena, quando, de repente, lá estava o Fabiano, conduzido por ela até o meu quarto. Ele indagava educadamente sobre o meu estado. Lorena, mais do que eu, lhe respondia. Enquanto falava, ele observava todo o quarto e parecia chocado com o que via. Aflitos com a minha ausência no último dia de entrega do trabalho, os "filhinhos de papai" o incumbiram de me encontrar. Desculpava-se porque tomara a liberdade de pegar o meu endereço na secretaria. Oferecia-se para entregar o trabalho ao professor Hugo. Concordei. Lorena o entregou, ele se despediu, me desejou melhoras, os dois saíram do quarto. Passados alguns instantes, ele voltou.

— Se você precisar de alguma coisa, me telefona. Meu pai tem farmácia. Talvez ajude.

Escreveu o telefone num papel, deixou em cima da cadeira, despediu-se mais uma vez e saiu. Fiquei imaginando o que ele pensaria de mim a partir de então.

No dia seguinte, Lorena informou ao seu Paraíso do meu precário estado de saúde e que não poderia trabalhar. Ele mesmo se incumbiu do depósito.

Naqueles três dias que estive de cama, recebi cartas de Olhos D'Água. Uma de minha mãe, outra de Graciliano. Minha mãe queixava-se de saudade, reclamava do meu silêncio e da minha ausência. Minha última carta já fazia tanto tempo e fora tão curta que parecia um bilhete, embora a tenha deixado feliz porque comunicava a minha promoção a gerente. Apesar das queixas e reclamações, dizia compreender a vida agitada que eu levava, trabalhando de dia e estudando de noite, numa cidade grande como Belo Horizonte. Dava notícias de Idalina, que reaparecera de surpresa e, aos prantos, pedira desculpas pela fuga. Vivia agora com um outro marinheiro, na verdade o dono de um pequeno barco, que aportara em Olhos D'Água. Por fim, dizia que todas as noites rezava um terço para mim e que estava certa de que São Francisco de Assis continuaria iluminando o meu caminho e protegendo os meus passos.

Na carta de Graciliano, apesar da sua doçura habitual, os próprios fatos desvelavam uma vida mais áspera. Ele e minha mãe estavam passando algumas dificuldades. Seu salário não dava para as despesas, embora já soubesse tudo sobre uma padaria, do caixa ao forno, do trigo aos impostos. Será que eu não poderia colaborar com alguma importância mensal, agora que era gerente do depósito?, ele perguntava. Sobre a Idalina, disse: ela esteve aqui. Rosto pintado, cabelo tingido, roupa estampada. Tornou-se o que nenhum irmão deseja para a irmã, mas que nós já esperávamos.

Na cama, olhando para o teto, eu comparei a minha família de criança com a de hoje. E voltou à minha cabeça a imagem do carrossel, girando alucinado e nos atirando, e a tudo que amávamos, para longe uns dos outros. Senti que estávamos abandonados, de mãos vazias, à mercê do mundo. E acabei chorando. Mas não soube explicar a razão das lágrimas quando Lorena, me surpreendendo, perguntou.

Quando voltei a freqüentar a aula, me dei conta do meu isolamento. Ninguém sentira a minha falta, ninguém falou comigo. Aliás, minto. O Fabiano se aproximou para conversar. E essa conversa — e, claro, seus desdobramentos — acabou tendo uma importância e uma influência decisivas na minha vida. Ele começou querendo saber como estava a minha saúde, se me sentia restabelecido. Depois, de uma maneira discreta e sutil, começou a fazer perguntas sobre a minha vida em Belo Horizonte: família, emprego, moradia, salário, etc. A princípio, achei que fosse apenas uma curiosidade bisbilhoteira, e respondi com evasivas e disfarces; mas, aos poucos, fui percebendo que havia um interesse real, aparentemente solidário, e minhas respostas foram se aproximando da verdade. Ao final da conversa, Fabiano me disse:

— Olha, todo mundo sabe que você é bom em química e biologia. Não sei se você sabe, mas meu pai tem uma rede de farmácias na cidade. Ele emprega muita gente. E gosta de gente nova e esforçada. Quem sabe se não há lá uma função que você possa ganhar mais? Se quiser, posso falar de você com ele.

— Muito obrigado, Fabiano — eu disse. — Vou pensar nisso. Depois a gente conversa.

Exultei! Afinal, fora tão difícil conseguir o emprego no depósito e, de repente, me aparecia outro, de mão beijada, sem eu pedir nem nada?! De exultante, passei a intrigado. Por que só agora, depois que fui promovido a encarregado? Será que tem de ser sempre assim? E o protesto contra o destino emergiu fácil. Por que as oportunidades na vida não surgem quando você mais precisa, mais deseja? Por que a gente primeiro tem que se esfalfar em descaminhos, falsos atalhos e volteios, para só depois de escalavrado aparecer uma possibilidade interessante? Não soube responder então, como não o sei agora.

De volta ao trabalho, deparei-me com uma novidade. A saúde do seu Paraíso se agravara. Segundo sua mulher — que assumira o comando do depósito —, a minha ausência o obrigara a trabalhar pesado por três dias seguidos. Em conseqüência, estava de cama, sob cuidados médicos, embora não tivesse sido internado.

Fiquei preocupado. Tentei explicar a ela que não era de hoje que seu Paraíso — no pouco tempo que, quando aparecia, ficava no depósito — vinha se irritando com os acontecimentos. Contei a ela o quanto se agastara e sofrera durante a chantagem do doutor Solinas. A cada lista de material que chegava, datilografada e sem assinatura, ele se encolerizava e passava dois ou três dias amaldiçoando os corruptos e os políticos, que roubavam descaradamente de quem trabalhava. Lembrei a ela que no início do ano ele se sentira mal com o resultado do plebiscito. Xingara o povo brasileiro — até espumar a saliva — por ter dado a vitória ao presidencialismo. Com a sua boca torta, gritara aos quatro cantos que nesse país só prestavam os dez por cento que votaram a favor do parlamentarismo. Contei que ele ficava rubro de ódio, com as grossas veias quase a saltar do pescoço, toda vez que se lembrava de que João Goulart tornara-se o presidente de verdade do Brasil. Ela me ouvia, impassível.

Depois — prossegui —, ele ficou muito exaltado naqueles dias em que quase começou a Terceira Guerra Mundial. Eu cheguei a comentar com o Jurandir sobre seu estado, porque a gente tinha medo de ele ter outro ataque. Enquanto o transatlântico russo, carregado de mísseis, seguia para Havana, e o presidente americano ameaçava invadir Cuba se ele prosseguisse, seu Paraíso tinha surtos de ódio. Queria que Kennedy bombardeasse a ilha e extirpasse Fidel Castro e Cuba do mapa. Quando, enfim, os russos recuaram e a ameaça acabou, ele teve um ataque de apoplexia e, para mim, esteve à beira da morte.

Ela continuava me ouvindo em silêncio, mas seu rosto não revelava qualquer mudança de expressão. O que eu dizia parecia entrar-lhe por um ouvido e sair pelo outro. Tive ganas de sacudir aquela mulher, de contar o quanto ela própria, os filhos e a amante atormentavam seu Paraíso, mas desisti.

A verdade é que dona Gertrudes — só agora me lembrei, era Gertrudes o nome dela! —, apesar de tudo o que falei, não mudou de idéia sobre a causa da recaída do marido. Para ela — que parecia me culpar por eu ter pegado aquela gripe —, tinham sido aqueles dias em que ele me substituíra como "encarregado" do depósito. Essa convicção certamente deve ter contribuído para que ela passasse a azucrinar a minha vida.

Primeiro, pediu-me de volta as chaves do depósito. Ela mesma passou a abrir e fechar as portas. Depois, proibiu-me de mexer no caixa — ela mesma se incumbiria dos pagamentos e recebimentos. Passou a conferir pessoalmente cada caixote de entrega que saía e, nas listas de compra para reposição de estoque que eu preparava, diminuía sistematicamente o número de unidades de cada item. Insatisfeita com o lucro, aumentou em vinte por cento o preço de tudo que lá se vendia.

Eu não era mais encarregado de coisa alguma. E, como se não bastasse, aquela águia de vozeirão e bigode não me deixava em paz. Queria saber a função de cada parafuso, niple ou arruela; como se avaliava a qualidade da cal; o que fazer para o cimento não empedrar; quais os tipos de registros de gaveta, etc. Enfim, passava o dia fazendo perguntas a mim e a qualquer freguês que aparecesse — encanadores, eletricistas, pedreiros, pintores. E quando não entendia, pedia para repetir a resposta, às vezes mais de uma vez, até achar que entendera.

Um dia, depois de uma tempestade de perguntas, ela percebeu que a minha paciência estava se esgotando, que estava prestes a não responder mais nada, e disse com aquela voz de trovão:

— Você não agüenta mais as minhas perguntas, não é? Eu entendo. Mas não posso deixar de perguntar. Antes, eu não precisava saber nada disso. Bastava cuidar da casa e dos filhos. Mas agora, tudo mudou. Meu marido não volta mais a trabalhar, e eu vou ter que tocar sozinha esse depósito, que é a única fonte de renda da família. Por isso, eu tenho que aprender tudo da noite para o dia. E só você, e um ou outro freguês, é que podem me ensinar.

À noite, depois da aula, no quarto, contei essa conversa para Lorena que, tendo ido me levar umas empadinhas que fizera especialmente para mim, achou-me tenso e preocupado. Ela disse que entendia a situação de dona Gertrudes — uma quase viúva que não sabia ganhar a vida. Se o tio Alberto morresse, ela própria ficaria nessa situação. E concluiu que eu deveria ajudá-la.

— O problema dela, você entendeu logo — eu disse. — Mas e o meu? Aquela águia disse que precisa aprender tudo para tocar sozinha o depósito. Se vai tocar sozinha, é porque vai me despedir.

— Não, meu amor — Lorena me contestou, segurando meu rosto com as duas mãos. — É só maneira de dizer. Ela precisa agora e vai continuar precisando de você. Imagina! Se o seu Paraíso precisava!

— Pois eu acho que depois que aprender tudo ela vai me dar um pé na bunda. Até porque ela me detesta. Você se esqueceu de quando seu Paraíso estava internado e mandou que eu desse a ela a mesada da família? A bigoduda bufava de ódio quando recebia o dinheiro contado das mãos de um fedelho desconhecido, que merecia mais a confiança do marido dela do que ela.

— Se for assim, meu querido; se ela te despedir, nós vamos para o Rio de Janeiro.

— Ora, Lorena! — reclamei, com a empadinha se esfarinhando na boca seca. — Eu falando sério e você me vem...

— Eu também estou falando sério! — ela retrucou, antes que eu acabasse a frase. — Muito sério. Se ela demitir você, nós vamos para o Rio de Janeiro começar a nossa vida! Eu já resolvi isso dentro de mim. Só estou esperando você.

Decidi ficar calado enquanto ela me abraçava e beijava. A toda hora esse assunto vinha à tona nas nossas conversas. Para mim, era uma idéia completamente louca, que nem me passava pela cabeça. Mas Lorena estava cada dia mais obcecada por ela.

Há tempos eu deixara de comentar com ela as minhas ligações com os "filhinhos de papai". Desde que ela me surpreendera chegando em casa de madrugada, com cheiro de bebida, e fizera uma cena ridícula de ciúmes. Entre as tolices que dissera, tinha acusado o pessoal de estar me levando para o mau caminho. Assim como não comentara as sacanagens que eles haviam feito comigo, também não tinha dito que o Fabiano me oferecera uma oportunidade na rede de farmácias do pai dele.

— Você acha que estou brincando quando falo em ir para o Rio de Janeiro? — Lorena recomeçou num tom grave. — Eu jamais brincaria com um assunto desses. Você conhece o seu tio Alberto. Sabe do que ele é capaz. E eu não quero correr nenhum risco. Mas na hora que você disser vamos, eu arrisco a minha vida, mas vou.

Aquilo parecia uma conversa de loucos. Eu, com medo de perder o emprego, e ela torcendo para que eu o perdesse e fugisse com ela, a mulher do meu tio! Sentei na cama, cotovelos apoiados nos joelhos, o queixo enfiado entre as mãos, e deixei que ela, enquanto me acariciava as costas, falasse à vontade sobre o sonho de viver comigo no Rio, de ter filhos, de passear na Cidade Maravilhosa, etc. Ouvi até de madrugada, mas não disse uma palavra.

Na primeira oportunidade que tive de conversar a sós com o Fabiano, perguntei se era verdade aquela possibilidade de emprego. Ele não só confirmou, como me deu o nome e o endereço da pessoa a quem eu deveria procurar. E ainda disse que me recomendaria ao próprio pai.

Agora era só decidir. Mas eu não conseguia decidir sozinho. E não queria tratar disso com Lorena. O meu medo era largar o certo pelo duvidoso. Mas o certo, que era o depósito, ficava cada dia mais duvidoso. Eu me roía de angústia, mas não me decidia. Cheguei a pensar em alguém que pudesse decidir por mim. Mas, além de Lorena, quem poderia fazer isso? Decidir — o que quer que fosse — sempre fora uma tortura para mim.

Uns dias depois, era final do mês. Aconteceu, então, o que era de se esperar. Dona Gertrudes, a águia rouca e bigoduda, estava junto ao balcão, interrogando o contador de um metro e meio e cabelo untado de óleo — sua curiosidade se espraiava também para as leis e normas contábeis —, quando a oxigenada amante do seu Paraíso irrompeu no depósito.

Tremi quando ela veio na minha direção — eu arrumava latas de tinta numa prateleira do lado de dentro do balcão — com as suas pontudas unhas vermelhas à mostra. Dona Gertrudes fez um gesto para que o contador silenciasse e, discretamente, se dispôs, com olhos, ouvidos, cabeça e todo o corpo atentos, a assistir à cena de dona Alzira — enfim, consegui me lembrar! Era Alzira o nome dela! — comigo. Alzira cruzou o balcão sem notar a presença de dona Gertrudes e do contador.

— Cadê o velho? — ela me perguntou. — Está por aí?

— Não — respondi, e hesitei sobre o que dizer sem comprometer seu Paraíso com a esposa, até que, nos dois ou três segundos de sofrimento que se seguiram, me decidi por algo que, supunha, manteria Alzira contida e contrita. Completei, então, num tom sério:

— Ele teve uma recaída.

Inútil o meu cuidado. Ao invés de contrição, Alzira soltou o verbo, em alto e bom som.

— Recaída? Eta, diabo! Eu sou uma infeliz mesmo! Esse velho vai acabar morrendo sem me dar o bangalô que prometeu!

Foi só então que girou o corpo e viu dona Gertrudes. As duas cruzaram um olhar que soltou chispas de alta tensão. Embora não se conhecessem, nem nunca se tivessem visto, pareciam identificar-se mutuamente. Sem tirar seu olho do olho da outra, Alzira me perguntou pelo canto da boca e no tom mais baixo que conseguiu:

— Quem é a bigoduda?

— Eu sou a legítima esposa do velho que lhe prometeu o bangalô — respondeu pausadamente dona Gertrudes, com a sua voz grave. — E você, quem é?

Alzira estava perto de mim. Senti que ofegava e seu coração dava saltos. A roupa estampada tremulava na altura do peito.

— Eu sou mãe de um filho dele.

Dona Gertrudes empalideceu com o impacto. Senti que perdeu o equilíbrio porque estendeu a mão até o balcão procurando apoio.

— Filho? — ela perguntou. Sua voz ficara mais aguda e frágil.

— Filho, sim senhora — respondeu Alzira com um orgulho que soava inoportuno. — Ele é pai do meu filho.

— A senhora está me insultando! Está querendo dizer que o homem com quem sou casada há vinte e sete anos tem um filho bastardo?

— Bastardo, eu não sei o que é! Mas a senhora faça o favor de me respeitar e não ofender o meu filho. Ele tem pai e tem mãe.

— Pai, ele deve ter, mas não é o meu marido.

— Que o dono desse depósito é o pai do meu filho, eu sei que é. O que eu não sei é se ele é o seu marido.

— Esse depósito agora é meu.

Insegura, Alzira me procurou com o olhar. Abaixei a cabeça, como uma confirmação. Implacável, dona Gertrudes completou:

— E você faça o favor de se retirar.

— O quê? Eu, me retirar? — E Alzira procurou outra vez o meu apoio. Voltei a abaixar a cabeça.

— Eu vim aqui buscar a pensão do meu filho, que o pai dele tem obrigação de dar.

Ato contínuo, Alzira partiu na direção do caixa. Dona Gertrudes adivinhou e, mais próxima, trancou-o.

— Me dá essa chave! — exigiu Alzira.

— Saia imediatamente daqui! — exigiu dona Gertrudes com sua voz poderosa.

— Vê como fala comigo! — reagiu Alzira. — Eu não sou sua empregada. E só saio daqui com o dinheiro do meu filho.

— Daqui você não leva um tostão! — garantiu dona Gertrudes, guardando a chave do caixa no seio. — Esse depósito é meu! Aqui não tem nada do seu filho.

— Eu preciso desse dinheiro! — pediu Alzira, desesperada. E apontando para mim, disse: — Pergunta a ele. Ele é testemunha de que toda semana venho aqui buscar o dinheiro do meu filho. Diga a ela que é verdade — me exigiu. Mas antes que eu dissesse qualquer coisa, dona Gertrudes se antecipou.

— Ele pode dizer o que quiser. A palavra dele não vai mudar nada. Nem Deus me faria dar a você um dinheiro que é meu, do meu marido e dos meus filhos. Pode tirar essa idéia da cabeça. Eu morro, mas não dou. Nem vou discutir se o filho é ou não é do meu marido.

— Desgraçada! — reagiu Alzira. E partiu para cima de dona Gertrudes. — Me dá o dinheiro, anda, sua bruxa! Quem enfiou um filho na minha barriga foi o dono dessa espelunca.

O contador postou seu metro e meio à frente de dona Gertrudes e eu segurei o braço de Alzira.

— Me solta! Me larga — gritava Alzira, sacudindo-se.

— Chama a polícia, Giocondo! — Gritava dona Gertrudes, protegendo-se atrás do contador, cujo nome só me veio agora.

— Pois chama! É você que quer roubar o que é do meu filho.

— Vagabunda!

— Vagabunda, não! — gritou Alzira, os olhos esbugalhados de raiva e sacudindo-se toda para escapar da minha mão. Não me chama de vagabunda que eu perco a cabeça! Você não me conhece, sua bruxa! Horrorosa! E você, que nem sabe ser fêmea do seu marido? O infeliz tem que arrumar outra para aprender o que é uma mulher! Você não devia ter direito a um tostão da herança dele!

De repente, Alzira desabou num choro inesperado e convulso. Dona Gertrudes, escondida atrás de Giocondo, espiava com os olhos arregalados. Alzira mordia os lábios, tentando conter o choro, mas ele irrompia com força.

— É muita humilhação — sussurrou. — Eu não agüento mais. Todo mundo se acha no direito de pisar, humilhar, desrespeitar.

No depósito silencioso só se ouvia o seu soluço. Aos poucos, ela foi se acalmando, embora visivelmente ferida, como se tivesse sido apunhalada no coração. Depois, livrou-se de mim com um repelão — na verdade, eu mesmo a soltara quando percebi que tinha se acalmado —, enxugou as lágrimas do canto dos olhos com a ponta da gola, aprumou o corpo com discretos movimentos para os lados, o vestido se reacomodou sobre suas curvas, e a sua altivez reapareceu. Andou alguns passos na direção da saída, mas parou ao cruzar o balcão e encarou dona Gertrudes.

— Meu filho também é herdeiro de tudo isso. Vou contratar um advogado e exigir tudo na justiça. Mas antes, vou procurar o Paraíso. Ele teve uma recaída, mas ainda não morreu, apesar de ter muito urubu agourando o pai do meu filho.

Olhou ostensivamente para dona Gertrudes e se virou para a saída. Afastou-se em passos lentos e firmes, deixando no ar um clima pesado. Dona Gertrudes respirou aliviada, mas continuava pálida e suas mãos tremiam. Toda a sua aparência de mulher forte e poderosa desabou, restando apenas uma figura envelhecida, frágil e triste. Giocondo trouxe-lhe um copo d'água com açúcar, que ela tomou com vontade. Aproximou-se de mim com o copo na mão.

— Essa mulher vinha toda semana aqui buscar dinheiro?

Confirmei com a cabeça. Pressenti que não haveria como proteger seu Paraíso.

— E você dava?

— Seu Paraíso dava.

— Desde quando?

— Não sei. Desde antes de eu trabalhar aqui.

— E depois que ele adoeceu?

— Ele me mandou dar.

— Ela é sua amiga?

— Não, senhora.

— Mas parece. E conhecer, você conhece?

— Conheço daqui — menti; na realidade, por várias vezes levei dinheiro na casa dela.

Dona Gertrudes voltou ao balcão e eu à arrumação das latas de tinta na prateleira. Ela teve uma sussurrada discussão com o contador — Giocondo! Já tinha esquecido o nome dele outra vez! — sem que eu pudesse ouvir nada. Em seguida, o Giocondo se aproximou de mim e, constrangido, me informou que eu estava despedido. Ele iria fazer as minhas contas. Que eu passasse no dia seguinte para receber.

No tanque dos fundos, enquanto repetia pela última vez o ritual de lavar as mãos, o rosto e o cabelo, senti meu coração apertado. Sentimentos, ressentimentos e emoções se misturavam em minha cabeça, sob a torneira de água fria. Eu detestava aquela águia rouca e bigoduda, que despejara em mim todo o seu ódio por Alzira. A demissão em si não me surpreendera. Apenas supunha que seria depois que eu lhe tivesse ensinado tudo sobre o depósito. A surpresa foi ver a facilidade com que se perde um emprego. Não há nenhum diálogo, não é preciso qualquer explicação, depende exclusivamente da vontade ou do humor do patrão. O que você imagina como duradouramente seu, não é nem seu nem duradouro. Isso me deixou impotente, frágil e inseguro como alguém num precipício durante o temporal. Além disso, havia o medo, quase pânico, de que não desse certo a oferta do Fabiano — e não me aceitassem na rede de farmácias. Eu estaria desempregado, Deus do céu!

Quando saí do depósito, estava tão atarantado que, em vez de passar primeiro em casa, como fazia sempre, fui direto para o colégio. E a pé.

Desci a rua Padre Eustáquio andando depressa. Quando estava na rua Mauá, percebi que estava quase correndo e resolvi correr mesmo. E me veio à cabeça a imagem do cavalo corredor. Cego ao que se passava à minha volta, eu me sentia como um animal solto num campo. A respiração sôfrega e o suor que molhava a roupa me davam a sensação de estar expelindo sujeiras e pensamentos ruins. Desci a rua Paraíso e ganhei a Tupinambás sempre correndo, ofegante e tonto, mas já distante da decepção e do medo. Estava meio trôpego quando cheguei na Afonso Pena. Eram pouco mais de seis horas. As pessoas que deixavam o trabalho enchiam as calçadas. Passei a correr na rua, rente ao meio-fio. Embora minhas pernas e meus pés doessem, me faltasse fôlego e estivesse meio zonzo, eu me sentia como um cavalo de raça, grande, belo, e livre. Subi a rua da Bahia reunindo as últimas energias. Quando parei diante do Colégio Afonso Celso, meu corpo, maltratado, dolorido e encharcado, estava leve e solto.

Indaguei, mais uma vez, do Fabiano, a possibilidade do tal emprego, acrescentando a minha condição de recém-demitido. Para o meu alívio, ele confirmou tudo o que tinha dito.

Quando cheguei em casa depois da aula, não estava disposto a contar nada a Lorena. Entrei rapidamente no banheiro e tomei um banho restaurador. Quando caí na cama, desmaiei. Nem vi se ela apareceu ou não naquela noite.

Na manhã seguinte, saí cedo, como se fosse trabalhar. Lorena serviu o café em silêncio e tio Alberto comentou com entusiasmo a programação da televisão na noite anterior. Alguém fora sorteado e ganhara uma casa mobiliada, um carro e mais uma quantia em dinheiro, oferecidos pela Cesta de Natal Amaral, uma empresa que vendia cestas de Natal em doze prestações mensais. Mas o infeliz sorteado não pudera receber o prêmio porque não estava com o carnê em dia.

— Eu estava pensando em comprar uma cesta de Natal Columbus, mas acho que vou comprar dessa Amaral — disse tio Alberto. — Os prêmios são muito bons.

Despedi-me e saí, fingindo pressa. Fiquei zanzando pelas ruas para não chegar muito cedo ao depósito. Comprei um jornal e sentei num banco da praça. Mal olhei à volta e lembrei que, tempos atrás, naquela mesma praça, o tio Alberto, corroído pelo ciúme, me pedira para vigiar Lorena. E me lembrei também que depois daquele dia ele me chamara duas ou três vezes para conversar, querendo saber o que ela dizia sobre ele, o que fazia na sua ausência, se saía, com quem saía, tudo, enfim, sobre ela. Eu havia mentido descaradamente. E continuara omitindo dela a vigilância que ele me pedira.

Folheei o jornal para passar o tempo. Entre os anúncios de Bemoreira, Ingleza-Levy e Galeria Futurista, uma notícia sobre o próximo vestibular da Universidade de Minas Gerais — chamada UMG. Falava das condições de inscrição, das provas escritas e orais de cada Faculdade, etc. O que me chamou a atenção foi que, no ano anterior, somando-se todos os cursos, quase cinco mil candidatos haviam disputado mil e trezentas vagas. Eu logo me perguntei: se eu pretendesse estudar biologia ou química, por exemplo, que chance poderia ter um estudante como eu, disputando com gente muito mais preparada? Nenhuma, concluí. E, tranqüilamente, virei a página do jornal.

Quando cheguei ao depósito, dona Gertrudes não estava e Giocondo, o contador de cabelos engordurados, já me esperava. Conduziu-me ao escritório, nos fundos. Lá, explicou-me as contas e me entregou algum dinheiro, pedindo que conferisse o valor. Depois, deu-me uns papéis para assinar e, sacramentada a demissão, nos despedimos.

Fiz questão de me despedir do Jurandir. Para isso, fui procurá-lo na área aberta do depósito. Enquanto a mula comia o monte de capim, ele estava sentado num canto, com um exemplar do Almanaque Biotônico Fontoura aberto na mão. Aproximei-me.

— Vim me despedir, Jurandir.

Ele me olhou e, tentando esconder o Almanaque, levantou-se e ficou em pé diante de mim. Estava confuso, seus lábios esboçavam um sorriso, mas os olhos estavam turvos. Não sabia o que dizer, nem se deveria me estender a mão. Estendi-lhe a minha.

— Vai com Deus — ele disse. Emocionado, brandiu o Almanaque na minha direção: — E Deus lhe pague, viu.

Ele agradecia porque, nas horas de folga, eu o estava ensinando a ler.

— Você estava lendo essa revista? — perguntei sorrindo para aliviar a sua emoção.

— Lendo que nada — respondeu com um sorriso franco, que lhe revelava as falhas na dentadura. — O professor é bom, mas burro velho custa a aprender. Vou soletrando. Meio no arranco. Mas com desenho ajuda. Um dia, se Deus quiser, ainda vou ler corrido e mando lhe contar.

Ele ameaçou ficar triste. Procurei distraí-lo:

— É engraçada essa história do Jeca-Tatu, não é?

— Muito engraçada — ele voltou a rir, desdentado.

Depois, ficamos em silêncio alguns instantes. Ele abaixou a cabeça e ficou batendo a revista na mão. De repente, parou e disse:

— Qualquer dia eu também vou embora.

— Então, adeus, Jurandir.

Estendi a mão, e ele tentou me abraçar. A falta de jeito e o acanhamento levaram a um abraço desencontrado, desconjuntado e silencioso. Não sei por que, durante os poucos instantes que durou aquele abraço, senti saudade de seu Paraíso e, ali mesmo, decidi que me despediria dele também. Afastei-me do Jurandir e fui embora, certo de que nunca mais o veria.

A ouvir o meu medo, eu teria ido direto ao endereço que o Fabiano me dera, tratar do novo emprego. Mas preferi ouvir meu coração e fui me despedir de seu Paraíso.

Só depois que toquei pela quarta vez a campainha foi que a porta se abriu e a empregada apareceu. Apressada, introduziu-me na sala. Mal sentei, e ela, alegando que estava atendendo a seu Paraíso, me pediu que aguardasse no interior da casa.

Tudo era em profusão naquela sala. Bibelôs de todos os tipos, cores, tamanhos, origens; cinzeiros de cristal, porcelana, cerâmica, madeira e nem sei do que mais, enfeites de prata, de bronze, de cristal, de alpaca e do que mais houvesse; porta-retratos de todos os tipos e tamanhos, miniaturas, *souvenirs* de viagens, peças de artesanato em barro, madeira e pedra-sabão, uma enorme bíblia aberta sobre um suporte, tudo misturado e espalhado sobre a mesa de centro, mesinhas laterais, aparadores, pequenas estantes de parede, como se fosse o inumerável acervo de um espantoso museu de quinquilharias. Eu estava perdido, olhando aquela loja de bricabraque, onde era impossível observar algo isoladamente, quando seu Paraíso irrompeu na sala numa cadeira de rodas conduzida pela empregada — parecia ter envelhecido anos em dias. O pijama listado, sujo de restos de comida e aberto no peito, acentuava a decadência e a dependência — seu Paraíso, segundo me disse a empregada, não conseguia mais andar, vestir a própria roupa, levar o garfo à boca, tomar banho ou atender às suas necessidades fisiológicas. Passava horas do dia olhando em silêncio através de uma janela. Falar, falava; mas com voz frágil, quase um sussurro, e prejudicada pela boca torta. Ouvia tudo. Quando me viu, seus olhos brilharam.

— Como vai o senhor, seu Paraíso?

Sorriu. Sua boca despencou para o lado esquerdo, deformando todo o rosto e, pelo canto, a baba esticou-se até o pijama. A empregada recolheu-a com um pano.

— Eu estou no fim — ele sussurrou.

— Que nada, seu Paraíso. Não diga isso.

— E você, como vai? — e sem esperar a minha resposta, antecipou se. — Por que você vai embora para o Rio de Janeiro?

Fiquei perplexo com a pergunta, mas deduzi que fora aquela a explicação que lhe deram para a minha saída do depósito. Não soube o que responder. Ele prosseguiu.

— Vai não. O Rio é só perdição. Mineiro tem que morrer em Minas.

— O senhor está falando demais em morte. Cuidado! — quis brincar.

— Agora, a morte anda do meu lado — ele disse, e sorriu. A boca refez o esgar. O rosto se contorceu. Olhou para a empregada e fez um leve movimento na minha direção antes de perguntar:

— E Alzira? Esteve por lá?

— Não — menti. — Ainda não.

— Quando ela aparecer, dê a mesma quantia que combinamos.

— Sim, senhor.

— Não a deixe sem dinheiro.

— Sim, senhor.

Ele ficou me olhando, imóvel, distante, silencioso. Depois sussurrou:

— Fica aqui. Toma conta do depósito. Eu lhe faço meu sócio.

Ele não sabia nada do que acontecia no depósito. E achei que não devia lhe dizer nada.

— Não posso, seu Paraíso. Seus filhos vão tomar conta direito.

— Meus filhos são uns vagabundos. Querem que eu morra logo.

Ele silenciou e voltou a olhar para mim. Mas seu olhar me atravessava e se fixava em algum lugar distante. Uma lágrima despencou do canto do olho e rolou pelo seu rosto. A empregada enxugou e disse:

— Ele precisa descansar — e assumiu o comando da cadeira de rodas.

Eu me levantei e apertei a mão dele.

— Adeus, seu Paraíso. E muito obrigado por tudo que o senhor fez por mim.

Ele me olhou. Senti que se esforçava para apertar a minha mão, mas não conseguia.

— Eu queria ter um filho como você.

A empregada começou a movimentar a cadeira. Soltei a mão dele.

— Boa sorte — ele disse.

E uma fila de lágrimas desceu-lhe pelo rosto, enquanto a cadeira de rodas recuava.

XVI

Juliana foi a mulher mais bonita que eu conheci na vida. Jamais, em tempo algum, em lugar algum, eu vi algo parecido. Nem a tão cantada e decantada Ava Gardner lhe fazia sombra. Ou a Ingrid Bergman, do jeito que apareceu em *Casablanca*. Juliana era insuperável, enquanto beleza feminina — e era assim, deslumbrado, embasbacado, que eu, do meu lugar da bancada, a contemplava, no seu impecável uniforme branco, manipulando medicamentos no laboratório da farmácia.

Tinha os olhos de um azul que só se vê nos céus do outono — desmaiado, quase transparente. Os óculos, de lentes brancas e ovais, em delicada armação de fino metal dourado, harmonizava-se, na cor e na forma, com o seu rosto, como se fosse uma jóia ou um adereço. A sutil deficiência visual traía a perfeição dos traços, humanizando a deusa, além de emprestar-lhe um ar vagamente intelectual, apenas o suficiente para neutralizar uma certa aura de frivolidade que, quase sempre, acompanha a beleza. A pele, de um róseo natural, tinha a suavidade aveludada de uma pétala. Nenhuma sombra, marca, pinta ou sinal — um *biscuit* com vida e movimento. Se, eventualmente, uma mecha de seus cabelos, que ela usava na altura dos ombros, lhe caía sobre o rosto, o castanho-alourado revelava-se o tom perfeito para a cor da sua pele. Quando sorria, primeiro os lábios, finos e avermelhados, abriam-se discretamente, revelando dentes perfeitos, brancos e brilhantes. Só depois, com a evolução do sorriso, é que a boca se entreabria, com uma sensualidade irresistível.

Juliana era esbelta, pernas alongadas e relativamente alta. Tinha uma elegância espontânea e se vestia com classe e recato. Dedos longos em mãos firmes, porém macias — não dispensava luvas de borracha nos trabalhos de manipulação. Falava baixo e sua voz era suavemente rouca, o que dava um tom de íntimo sussurro a tudo o que dizia. Mas o que mais me seduzia em Juliana é que ela era, em tudo, feminina; conhecia o segredo de ser mulher, irradiava por todos os poros o prazer de ser fêmea...

É sempre assim. Se começo a pensar em Juliana, me perco em lembranças e devaneios... agora mesmo, até me esqueci que estava conversando com você... as imagens dela foram me arrastando para longe daqui. Mas já estou de volta. Desculpa, mais uma vez.

Mas, já que falei dela, é bom dizer tudo: Juliana foi a mulher que mais amei na vida. Amei com todas as minhas forças, com todo o meu desejo, com toda a minha fé. Há quem diga que o homem pode amar várias mulheres ao longo da vida, mas apenas uma o completa absolutamente. Desconfio desses aforismos categóricos, principalmente quando incluem números arbitrários. No entanto, a minha vida, pelo menos até agora, não me deu argumentos para refutar esse. Até hoje, com nenhuma mulher, além de Juliana, eu consegui me manter em permanente estado de paixão. Mas, para você entender, é preciso contar essa história direito.

No dia em que, finalmente, eu fui procurar a pessoa que o Fabiano me indicara, coincidiu de ele próprio estar lá, na farmácia, acompanhando o pai — de quem era uma espécie de secretário particular ou anjo da guarda, como vim a saber mais tarde — para uma reunião rotineira. Ao me ver, foi gentil, como sempre fora em nossa convivência no colégio. Apresentou-me ao pai, o doutor Homero, de quem era uma cópia fiel não apenas do ponto de vista físico, mas em discrição e serenidade. Depois de contar do meu interesse por biologia e química, sugeriu que eu fosse aproveitado, certo de que, depois de um treinamento, poderia ser útil no laboratório de manipulação. O doutor Homero o ouviu com atenção e me olhou com curiosidade. Depois, sem fazer perguntas nem objeções, disse:

— Se você acha isso, meu filho, então encaminha o rapaz ao professor Cândido. O que nós mais precisamos é de gente de laboratório.

— Então, eu vou com ele até lá — disse Fabiano ao pai. Depois, me conduziu pelo braço: — Vamos lá. Você vai conhecer o professor Cândido, que é o responsável pelo laboratório de manipulações.

— Espero na minha sala — disse o doutor Homero ao filho, enquanto acenava, simpaticamente, para mim, despedindo-se: — Prazer em conhecê-lo.

Estávamos nos escritórios das farmácias São Félix, no segundo andar do sobrado, em cujo térreo funcionava a loja-matriz, onde, trinta e dois anos antes, a rede se originara. Descemos a escada e avançamos por um corredor. Eu estava impressionado com o respeito e a confiança do doutor Homero no filho — atendera-o sem fazer perguntas. E, no entanto, o poderoso e respeitado Fabiano era um péssimo estudante, um devasso e desordeiro, que, à noite, se divertia pela cidade em carros roubados. Mas, se quisesse ou cismasse, tinha o poder para me arranjar um emprego com aquela facilidade. Chegamos a um *hall* com três portas: uma dava para a rua, outra para os fundos da farmácia e a terceira, do tipo vai-e-vem, onde entramos, era a do laboratório.

Cobrindo as paredes, exceto nos retângulos das janelas, escuras e sólidas estantes de nobre madeira de lei trabalhada com requinte erguiam-se do piso ao teto, com portas de cristal bizotado, por onde podia-se ver prateleiras repletas de potes, frascos, garrafas e garrafões. Ao longo do salão, no sentido longitudinal, uma ampla bancada de mármore branco, dividida ao meio por prateleiras — onde estavam balanças de precisão, bicos de Bunsen, *beckers*, pipetas, almofarizes metálicos e de louça, e mais potes, vidros, vasilhames diversos, etc. De cada lado da bancada, duas grandes pias e alguns bancos altos, onde, no momento em que entramos, estavam sentados dois senhores em uniformes brancos, manipulando coloridas misturas. Um, mais gordo, cabelos pretos e bigodes, devia ter uns quarenta anos. O outro, bem mais velho, tinha os cabelos completamente brancos — e foi dele que nos aproximamos. Era o professor Cândido.

Fabiano lhe repetiu o que considerava fossem as minhas qualificações, acrescentando a orientação do pai para encaminhar-me a ele. O professor me olhou calmo e risonho, balançando a cabeça afirmativamente, e perguntou:

— Então, você gosta de química e biologia?

— Gosto — respondi. — Mas sei muito pouco.

— Eu também — ele disse, sorrindo. — Quando pode começar?

— Até agora, se for preciso — respondi, meio gracejando.

— Então, abanque-se! — disse ele com um gesto amplo na direção dos altos bancos. — E mãos à obra — concluiu.

Fiquei embaraçado com tão imediata aceitação. Afinal, as tais qualificações que o Fabiano via em mim não passavam de coisas de colégio — e de um colégio como o Afonso Celso, que nem laboratório tinha. É fácil imaginar o meu pânico diante daquele mundo de frascos, potes, pastas, pós e líquidos. Eu não conhecia absolutamente nada daquilo. Foi quando o Fabiano interveio:

— Antes, eu tenho que levá-lo ao Meireles, o contador, para acertar a admissão. Quer dizer que o senhor aceita o rapaz?

— Com prazer. E peça ao Meireles para apressar essa contratação. — E virando-se para mim, disse: — Providencie um uniforme branco.

— Sim, senhor — respondi.

Quando saímos dali, embora assustado, eu estava animado com aquele trabalho, tão diferente do depósito. O medo por não saber nada do que iria fazer era menor do que a minha vontade de aprender e do que a minha necessidade de trabalhar. Mas não posso esconder uma decepção: meu salário seria praticamente o mesmo; pouco mais de três mínimos. Então, o encarregado de um modesto depósito de material de construção, incumbido de singelas tarefas, valia mais ou menos o mesmo que alguém responsável pela manipulação de remédios que aliviariam a dor de pessoas doentes? Vi essa inversão se repetir ao longo da minha vida, mas nunca consegui entender nem, muito menos, aceitar. Mas, enfim, eu tinha um novo emprego.

À tarde, no meu quarto, aprendia a diferença entre cadinho e *becker*, pipeta e proveta, num ilustrado *Manual do laboratorista* que o professor Cândido me emprestara com a intenção de acelerar o meu treinamento, quando Lorena entrou para guardar algumas camisas, engomadas e penduradas num cabide, e se surpreendeu ao me ver ali àquela hora. Sem ter mais como esconder ou disfarçar, acabei por lhe contar tudo — da dispensa do Depósito Paraíso de Materiais de Construção à admissão na Farmácia São Félix. Lorena não se conteve: atirou sobre a cama o cabide de camisas passadas numa explosão de raiva. Andando de um lado para o outro no pequeno cômodo, perguntava, aos gritos, como tudo acontecera sem ela saber! Como eu tomara tantas decisões importantes, que a envolviam, que alteravam seus planos, sem consultá-la, sem sequer informá-la? Como pudera ignorá-la tão completamente? E depois de tantas perguntas para as quais eu não consegui respostas convincentes, concluiu, com voz embargada, que eu já não dava a menor importância a ela. Que o importante para mim era o tal filhinho de papai que me arranjara um emprego bacana. Que para ela, agora, eu só tinha indiferença e desprezo.

Deixei-a falar e espernear à vontade. Aos poucos foi se acalmando e diminuindo o movimento pendular, até parar diante da janela e ficar olhando para fora. De vez em quando, balançava a cabeça em silenciosa discordância. Quando serenou, aproximei-me e a abracei por trás.

— Me perdoa — sussurrei-lhe ao ouvido; ela permaneceu em silêncio. — Eu errei de não lhe contar tudo. Mas não foi porque eu a despreze ou não dê mais importância a você. Não é nada disso.

— Então, por quê? Diga! Por que esconder tudo de mim? — ela falou num tom mais baixo, com mais mágoa do que raiva, mas querendo, de fato, compreender.

Hesitei se devia falar o que realmente pensava. Mas decidi dizer. Acho que foi em respeito à dor dela.

— Quando eu disse que a dona Gertrudes ia me botar no olho da rua, você logo entendeu a situação dela e propôs que se ela, de fato, me despedisse, nós fôssemos viver no Rio de Janeiro. Eu comecei a achar que enquanto eu estava com medo de perder o emprego, você torcia justamente para que isso acontecesse, para eu poder ir com você para o Rio de Janeiro.

— Mas que absurdo! — ela disse, virando-se para mim. — Como é que você pode pensar uma coisa dessa? Eu, torcendo pra você perder o emprego!?

— Sobre a farmácia, eu não disse nada porque você já morria de ciúmes dos "filhinhos de papai" e achei que, se soubesse, iria dizer exatamente o que acabou de dizer: que só porque me arranjou um emprego o Fabiano agora é mais importante para mim do que você.

Ela segurou o meu rosto entre as mãos. Estava ansiosa, emocionada. Senti a paixão arder nos seus olhos.

— Oh, meu amor! Oh, meu querido, eu amo você mais do que qualquer coisa nessa vida. Você sabe o que isso quer dizer, minha paixão? Que eu nunca — nunca, ouviu! — vou estar contra você, tenha você razão ou não. Que eu vou estar sempre do seu lado, em qualquer situação, correndo qualquer risco. Tudo o que eu quero, meu amor, que eu sonho, que eu desejo, é que você seja feliz. E que seja feliz comigo, ao meu lado, nos meus braços. Eu jamais torceria para você ser mandado embora ou para você ser prejudicado. Eu quero, sim, que a gente vá viver no Rio. Mas no dia que você decidir, que você estiver disposto a começar uma vida nova comigo, que se convencer de que será feliz. Eu sonho com isso, mas não sou tão egoísta a ponto de torcer pela sua demissão. Eu amo você, mas, antes, sou sua amiga. Você me entende?

Seu olhar tinha um brilho meio insano, como sempre acontecia nesses momentos. De tão intenso, parecia querer arrancar as palavras da minha garganta. Pelo calor que se desprendia das mãos dela no meu rosto, eu pressenti o fogo que lhe queimava as entranhas.

— Agora, entendo melhor — disse.

Ela puxou o meu rosto para o dela e encostou os lábios, secos e quentes, nos meus. Afastou o meu rosto e ficou me olhando. Depois pediu:

— Fala alguma coisa comigo! Fala!

— Eu sei que você é minha amiga — disse. — Também sou seu amigo. Também faria tudo para ver você feliz. Não sou um ingrato. Sei muito bem o que você tem feito por mim. Não me esqueci de que foi você quem me arranjou o emprego no depósito; que no começo você pagou as mensalidades do colégio e comprou roupas para mim; que você me hospeda na sua casa; que arruma o meu quarto, que toda noite tem o trabalho de deixar o jantar no forno; que as minhas roupas, como essas camisas aqui, você tem o trabalho de lavar e passar; e isso não há como agradecer...

— Oh, meu amor! — ela me interrompeu, carinhosa, mas impaciente. — Há horas em que a nossa diferença de idade aparece com tanta força que me dá medo. Sinto até um frio escorrendo pela espinha. Eu não faço essas coisas como um favor que se possa agradecer, meu querido. Eu cuido de você porque o amo desesperadamente.

— Eu sei, eu sei...

— Não, você não sabe — ela me interrompeu outra vez, ainda mais impaciente. — Eu fico achando que sabe, mas de repente vejo que não sabe. Com você, é preciso explicar tudo, tintim por tintim. — Pegou-me pela mão, dizendo: — Vem cá. — E levou-me até a cama.

Sentamos. Ela passou a mão pelos cabelos, traindo a dificuldade para começar a falar junto com uma crescente impaciência. Começou pausada, mas ansiosamente. Olhava para o chão e mantinha as mãos rigidamente entrelaçadas.

— Antes de você vir morar aqui, eu era muito infeliz. Como eu sou do interior, não tenho parentes nem amigas aqui. Para não morrer de tristeza, eu saía de casa toda tarde. O Alberto me proibia, me vigiava, me interrogava, me batia, mas eu desobedecia, porque precisava respirar, ver gente. Eu adoro a vida, acho lindo viver. Mas o meu casamento estava me matando aos poucos. O Alberto nunca foi carinhoso, nunca me deu o prazer que eu esperava do sexo. Eu ia morrer ou enlouquecer, quando você chegou. E foi como se, de repente, o sol entrasse num quarto que estava fechado há muito tempo. Eu me apaixonei por você. E hoje o meu sonho é viver com você, ser sua mulher, andar na rua de mãos dadas com você para que todo mundo nos veja, ficar grávida de você. Oh, meu Deus, eu sonho com isso! Sonho em ter com você os filhos que o Alberto não pôde me dar. A cartomante me disse o que eu já sabia: que você é o homem da minha vida. É por isso que eu faço o que você precisar, o que você pedir, o que você quiser. E nada é por favor, é por amor. Você é o único pensamento que me ocupa o dia inteiro. Da hora em que acordo até a hora de dormir. E tudo que eu sonho inclui você. Eu sou sua. Sua. Sua. Inteiramente sua.

Calou-se. No silêncio que restou, notei a sua respiração pesada. Continuava com os olhos no chão e as mãos entrelaçadas. Levantou-se e voltou à janela. Falou olhando para fora.

— E cada dia fica mais difícil manter esse amor escondido. Eu não agüento mais fingir que sou mulher do Alberto. Fico com raiva quando não posso abraçá-lo ou beijá-lo porque ele está por perto. Toda noite vejo televisão ao lado dele com o coração apertado de medo de que ele queira sexo. Se toca em mim, quase entro em pânico. É um sofrimento enquanto ele não dorme. E quando acontece dele me procurar na cama, eu tenho tanto nojo que sinto como se estivesse sendo estuprada.

Voltou até onde eu estava, sentou-se no meu colo e abraçou a minha cabeça contra o peito. Murmurou dentro do meu ouvido:

— Pelo amor de Deus, me tira daqui, meu amor, antes que aconteça alguma desgraça. Vamos fugir dessa casa, sumir dessa cidade. Vamos para o Rio de Janeiro, meu querido. Lá a gente vai ser feliz, vai viver a vida.

— Se a gente fugisse, o que você acha que o tio Alberto faria?

— Que me importa o que ele vai fazer se nós estivermos longe?

— Você pode não se importar, mas para mim não é assim tão simples. Puxa vida, ele é o meu tio. Gosta de mim, tem sido bom para mim. Se eu fizer isso com ele, com certeza vou ter remorso.

— Que Deus nos livre e guarde, mas você já pensou o que pode acontecer se ele souber que eu sou sua amante, e que nós nos encontramos aqui, na casa dele, nas barbas dele? Eu tremo só de pensar! Vai ser muito pior, meu querido. Vai ser uma tragédia.

Uma corrente gelada me percorreu as costas. Minhas pernas não tremeram porque Lorena estava sentada no meu colo, mas a saliva que engoli ardeu na garganta. Naquele momento eu senti, com todo o impacto, a situação em que tinha me metido. Eu estava à beira de um precipício, no meio da tempestade. E não me ocorria nada que eu pudesse fazer.

— Se você quer mesmo poupar seu tio — disse Lorena, levantando-se e segurando as minhas mãos — vamos embora daqui. De longe, a dor é menor.

— Vou pensar — disse. — Em dezembro acabo o curso científico. É um momento favorável para se pensar numa mudança de cidade. E até lá dá tempo para a gente decidir.

Pela maneira como me olhou, Lorena se decepcionara com a minha cautela. Parecia achar excessivo o tempo de espera. Puxei-a de volta ao meu colo. Ela cedeu, deixando o corpo cair sem entusiasmo sobre as minhas pernas. Enquanto eu lhe beijava o pescoço, ela, de costas para mim, percorria o quarto com um olhar distante. Subi os beijos para a orelha. Ela revirava a cabeça, como se quisesse evitar a minha língua e, ao mesmo tempo, como se quisesse poupar o prazer para desfrutá-lo mais longamente. Aos poucos, rendeu-se e entregou a boca entreaberta à minha voracidade. Beijamo-nos, mordemo-nos, lambemo-nos, comemo-nos durante uma tarde, longa e calma, de completa entrega aos prazeres da carne. Lorena estava com o diabo no corpo. Inesquecível.

Anoitecia — e, portanto, tio Alberto devia estar voltando para casa — quando acordei com Lorena, já vestida, curvada sobre mim, beijando-me os lábios, em despedida. Saltei da cama apressado. Tinha que ir buscar o uniforme branco que deixara na loja para ajustes.

Na manhã seguinte, quando saí de casa metido num impecável uniforme branco, estalando de novo, e sobraçando o volume do *Manual do laboratorista*, eu me sentia o mais importante dos mortais. Sinceramente, eu estava orgulhoso de mim.

Já no café da manhã, Lorena bateu palmas de emoção ao me ver entrar na cozinha enfarpelado em brancuras. Gritou que eu ficara uma gracinha como "doutor" e, cedendo a um impulso incontrolável, se atirou nos meus braços, o que, sob o olhar atento do tio Alberto, me deixou assustado. Foi um abraço, de fato, efusivo, porém contido — apenas uma de suas mãos, inacessível aos olhos dele, apertou minhas carnes com tanta força que quase gritei. Tio Alberto, que só na noite anterior soubera da minha reviravolta profissional, parabenizou-me com sincero entusiasmo.

Ao chegar à farmácia, refreei a minha vaidade que, no percurso, já me levara a assumir doutorais poses de médico, que atraíam — sobretudo das mulheres — olhares de admiração, respeito e cobiça. Quando, porém, abri a porta do laboratório, tratei de cobrir o sedutor uniforme branco com o manto humilde da minha ignorância. Eu não vestia um uniforme, mas uma fantasia.

O professor Cândido me pediu que ficasse junto dele, acompanhando tudo que ele fizesse e, principalmente, ouvindo o que dissesse. No primeiro mês eu não tocaria em nenhum produto químico; me dedicaria apenas a aprender para que serviam e como funcionavam máquinas, aparelhos, instrumentos, ferramentas e utensílios, conforme a minuciosa divisão do manual. Ao mesmo tempo, estudaria alguns volumes, disponíveis na biblioteca do laboratório, sobre farmacologia, farmacotécnica, farmacodinâmica e toxicologia. E me autorizou a fazer, a qualquer tempo e em qualquer lugar, todas as perguntas que me passassem pela cabeça.

— É importante que você pergunte tudo — ele disse. — Sem constrangimentos nem censuras. O melhor momento para aprender qualquer coisa é quando surge a dúvida. Perguntando, você aprende sobre o assunto, e eu aprendo sobre você.

Estávamos nessa conversa quando a porta vai-e-vem se abriu e Juliana entrou, abraçada a uns livros. Bastou esse primeiro olhar para que, instantaneamente, se iniciasse em mim um estranho fenômeno. O coração disparou em furiosa taquicardia, o corpo estremeceu como se tivesse recebido uma descarga elétrica, o suor brotou nas têmporas e na palma da mão, fiquei surdo ao que dizia o professor Cândido e cego a tudo o que, naquele laboratório, não fosse ela, que, com o imaculado uniforme, avançava em medidos passos na nossa direção, deixando, na passagem, os livros sobre a bancada. Paralisado e sob forte turbulência interior, vi crescer à minha frente uma mulher com a elegância e a pureza de uma garça.

— Bom dia, professor — ela disse, sorrindo. Depois, olhou para mim e repetiu o cumprimento num tom mais baixo e menos efusivo, mas ainda caloroso: — Bom dia.

Nenhum som saiu da minha boca quando tentei responder. Minha garganta secara tanto que parecia entupida de pedras.

— Bom dia, Juliana — retribuiu sorridente o professor Cândido e me apresentou a ela, informando-a sobre a minha recente admissão. A mim, disse que ela era irmã do Fabiano.

— Muito prazer. Juliana. O professor Cândido me falou que você viria hoje — disse ela, estendendo-me a mão.

— Prazer — balbuciei, sem conseguir tirar os olhos dela e sentindo o calor de sua mão, lisa como seda.

— Seja bem-vindo! — desejou-me, enquanto recolhia a mão.

— Obrigado — respondi, quase recuperando a voz, mas ainda em transe pelo fascínio com a beleza harmoniosa daquele monumento esculpido por Deus como um testemunho vivo do Seu poder de criar a perfeição para estimular a nossa beatitude.

— Você estuda medicina, odontologia ou bioquímica? — ela perguntou, iluminada por um sorriso de anjo com esperteza infantil. — Um dos três há de ser, não é professor, para gostar de química e biologia?

— É verdade, mas ele ainda não está na universidade. Está terminando o científico — respondeu o professor Cândido e, virando-se para mim, perguntou: — Você pretende fazer o quê?

— Ainda não decidi. Estou pensando — menti. Juntei a minha coragem e, com a voz ainda falhando, perguntei: — E você?

— Medicina — ela respondeu. — Terceiro ano.

Não sei se eles perceberam que menti — ora, vivendo da mão para a boca, como eu vivia, nunca me detive a pensar que curso faria, nem mesmo se entraria para a universidade — ou se perderam o interesse em mim porque eu ainda era secundarista. O fato é que, depois de um segundo de silêncio, Juliana voltou-se para o professor:

— Ah, professor! Sabe o que eu recebi ontem?

— Pela sua cara, foi algum anjo do céu — ele brincou.

— Não adivinha? Saído do forno.

O professor não atinava. Ela tentou facilitar-lhe.

— De Nova York. Nós estávamos esperando há muito tempo.

— O livro do Root! — ele quase gritou com eufórica surpresa.

— *Physiological Pharmacology; A Comprehensive Treatise*! — ela disse com uma rapidez e uma familiaridade com o inglês que me deixou besta.

O medo me ensurdeceu. Eles seguiam conversando sobre o tal livro, e eu continuava deslumbrado pela luz que ela irradiava, mas já não ouvia mais do que uns sons distantes. E o inglês que ela debulhou com todos os esses e erres foi um golpe mortal para o meu ânimo. Assustado, comecei a duvidar do meu futuro naquele emprego. Eu não sabia nada da tal farmacologia. E quando eu digo nada, é nada mesmo. Seria impossível para mim fazer qualquer coisa naquele lugar. Aquele laboratório, que era um templo de conhecimento dos mistérios da natureza, onde trabalhava um professor paternal, que tinha a humildade de dizer que nada sabia, acompanhado por uma deusa, que estudava medicina, falava inglês e lia o último livro sobre farmacologia editado nos Estados Unidos! Aquele emprego era um sonho para um filho de alfaiate que ontem vendia pão de queijo nas ruas de Olhos D'Água. Definitivamente, não era para o meu bico.

Mas eu não tinha opção. E, na verdade, não queria sair de lá. Venci a vergonha da minha ignorância e o medo de ser demitido por causa dela, e fiquei. Foi a decisão mais certa que tomei na vida, apesar de todos os problemas que ela acarretou. Basta dizer que experimentei, quase ao mesmo tempo, a alegria e a dor, a tristeza e o prazer, a ansiedade e a decepção, a indiferença e a sofreguidão, a conquista e a perda. Tudo porque duas paixões desabrocharam, quase simultaneamente, em mim: por Juliana e pela medicina.

De início, grudei no professor Cândido e, conforme ele mesmo sugerira, perguntava tudo. Ele era professor catedrático de farmacologia da Escola de Medicina da UMG e criara aquele laboratório a pedido do doutor Homero, de quem fora colega e era amigo. Ia lá quando não estava dando aulas e só elaborava pessoalmente as receitas mais complexas. O professor Duílio, seu assistente — o mais gordo, com uns quarenta anos, de cabelos pretos e bigodes, que eu vira na primeira vez em que fora ao laboratório —, era quem trabalhava mais horas e se incumbia da maioria das receitas. Mas o que eu quero dizer é que o professor Cândido não era apenas um professor. Era um verdadeiro mestre. Não apenas pela paciência e tolerância com que respondia a todas as perguntas — às vezes até interrompia o que estava fazendo para ir à lousa escrever uma fórmula ou fazer um desenho para esclarecer a mais elementar das dúvidas —, mas também pela maneira afetiva, prazerosa e quase sempre lúdica com que ensinava. Ora usava um conto infantil para explicar a ação de um reagente, ora o catalisador de certa reação aparecia como o personagem de uma piada, ora contava a história da farmacologia, desde Avicena ou Paracelso, para explicar o princípio ativo de certo vegetal. O conhecimento e até a erudição, que, às vezes, se espraiavam da sua especialidade para outras áreas, não lhe incutiam qualquer solenidade. O que sabia não ficava apenas na sua cabeça, era metabolizado — estava no seu sangue, no seu corpo, no seu coração. Por isso, repartia-o generosamente, respondendo, com serena segurança, a todas as questões, ou dizendo que não sabia — com a mesma serena segurança —, o que raramente acontecia. Foi uma grande sorte, um privilégio, ter tido a chance de conviver com um homem como o professor Cândido.

Ao mesmo tempo que, no dia-a-dia, eu arrancava o que podia do professor Cândido, do professor Duílio e da Juliana, me debruçava sobre os livros de farmacotécnica e farmacodinâmica. Primeiro, os mais didáticos, nos quais Juliana estudara no seu curso e que se dispusera a me emprestar. Mais tarde, e aos poucos, os da biblioteca do laboratório, que eram de farmacologia aplicada.

Envolvi-me tanto que mal comparecia às aulas no colégio; ia apenas para ganhar presença. À medida que se aproximava o final do curso, crescia a debandada dos alunos, e os professores afrouxavam as exigências. Muitas vezes li textos de farmácia durante as aulas sem que os professores me importunassem. O fato de estar afastado dos "bocós" e dos "filhinhos de papai" me poupava de conversas e permitia que eu me mantivesse concentrado na leitura.

Em casa, todo o tempo disponível era dedicado a estudar — os sábados e domingos e, quando não estava muito cansado, até as noites, depois que voltava da aula. Lorena, às vezes, aparecia. Tentava conversar ou fazer um carinho, mas desistia logo que percebia as minhas intenções. Uma noite, já incomodada com a minha desatenção, insistiu em conversar. Eu estava estudando a equação de um composto que o professor Cândido, para me desafiar, propusera que, pela primeira vez, eu fizesse sozinho. O remédio — uma pomada — deveria ser entregue na tarde do dia seguinte, o que me deixava apenas a manhã para a sua preparação. Expliquei a Lorena que só tinha aquela noite, mas ela não quis ouvir. E desandou numa peroração lamentosa sobre o meu descaso por ela e o desinteresse pelos riscos que corria ao vir ao meu quarto, deixando o tio Alberto assistindo televisão sozinho na sala. À certa altura, minha aflição cresceu a tal ponto que pedi a ela que me deixasse sozinho. Ela silenciou sem acreditar no que ouvira e, enfurecida, bateu a porta e desapareceu.

Houve um momento em que me descobri fascinado pelo que estudava. Mais do que a preocupação em aprender para garantir o emprego, eu passara a ter um grande prazer em aprender. Ficava maravilhado ao pensar que estão espalhados pela natureza os elementos ativos capazes de acabar com todas as formas de dores e doenças que a natureza e o homem criam — a dificuldade é encontrá-los, isolá-los e combiná-los nas proporções certas. Estimulado por um mestre como o professor Cândido, comecei a ler até sobre a própria história da farmacologia, tão antiga que nos seus primórdios — e até hoje isso acontece em áreas mais atrasadas — era associada à magia e ao misticismo. Os doentes invocavam os deuses, rogando o alívio e a cura de seus males em troca de sacrifícios e presentes. Os mortais que conheciam um pouco das propriedades de plantas e raízes eram considerados magos, bruxos, sacerdotes. Foi um médico maluco chamado Theophrastus Bombastus von Hohenheim, que entrou para a história com o nome de Paracelso, o primeiro a dizer que as propriedades curativas dos vegetais se deviam a um segredo, que ele chamava de "quinta-essência". E disse que era preciso a *experientia* para descobri-las. Paracelso estava falando da ciência experimental e do que depois veio a se chamar "princípio ativo".

O professor Cândido, que admirava a genialidade de Paracelso, contava, com empolgação e riqueza de detalhes, passagens da história da farmacologia. Ele se admirava que conhecimentos tão antigos só tivessem se tornado ciência no século passado, quando um farmacêutico alemão, procurando — a *experientia* que sugerira Paracelso — no ópio a substância responsável pela sua ação hipnótica, isolou o que ele chamou de morfina, em homenagem a Morfeu, o deus do sono — a quinta-essência sugerida por Paracelso — e que hoje se chama princípio ativo.

— A farmacologia evoluiu muito em menos de dois séculos — dizia o professor Cândido, enquanto misturava vários componentes num cadinho. — Mas, para cumprir o seu papel sagrado de aliviar as dores do homem, tinha que enfrentar um obstáculo tão grande quanto vinha sendo, nesses anos todos, isolar os elementos ativos disponíveis na natureza. Esse obstáculo era saber qual a dosagem mínima de certa substância que fosse suficiente para aliviar a dor ou curar a doença, mas que ficasse distante da dose que põe em risco a vida do paciente. Para isso, era preciso estudar minuciosamente como funciona a fisiologia humana e experimentar as dosagens. Outro desafio: uma droga formada por apenas uma substância poderia não curar a doença e, em geral, não curava. Ou, o que era comum, quando curava, produzia efeitos colaterais, em alguns casos mais graves do que a própria doença original. Era indispensável combinar as substâncias em determinadas proporções; e as inúmeras possibilidades de combinação de incontáveis substâncias se estendem ao quadrado do infinito. E é nisso que estamos metidos até hoje. E que você está começando a se meter.

O professor sorriu. Ficamos em silêncio por alguns instantes. Ele voltou a amassar a pasta de componentes misturados no cadinho. Depois, disse num tom mais baixo, sem qualquer solenidade, quase para si mesmo.

— O que compensa tanto trabalho é a possibilidade de aliviar a dor de alguém aqui, ou salvar a vida de alguém acolá.

Era impossível não admirar o professor Cândido. Com toda a informalidade e o despojamento com que falava, era capaz de transmitir a grandeza da profissão. E era igualmente impossível não se apaixonar pela farmacologia.

Mas, como já disse, não era só a farmacologia que me arrastava para os seus mistérios infinitos. Juliana, a deusa, também me arrastava para os seus infinitos mistérios. E, como se não bastasse o turbilhão de infinitas novidades e emoções, um mistério me levava ao outro. Eu mergulhava na farmacologia com paixão, mas uma parte dessa dedicação era para que o meu desempenho atraísse a atenção de Juliana. E quando a farmacologia se fechava em seus mistérios e eu precisava de ajuda, era Juliana que eu preferia procurar. Mas eu não sabia quase nada sobre a sua vida pessoal. Farmacologia era o único assunto que ela falava comigo e com o professor Duílio. Só conversava mais amiúde, e em tom mais baixo, com o professor Cândido, que, sendo amigo da família, freqüentava a sua casa, conhecia seus parentes e, talvez, compartilhasse do seu cotidiano. A farmacologia era a senha que eu tinha para chegar perto dela. O uso dessa senha, porém, tinha limites. Ter tantas dúvidas quanto era a minha vontade de falar com Juliana poderia comprometer a minha inteligência.

Nos primeiros tempos, quando as dúvidas eram as mais elementares, eu procurava Juliana para saná-las por sugestão do próprio professor Cândido. Ela me atendia como uma deusa deve atender aos seus seguidores angustiados: com paciência e bonomia. Primeiro, ouvia-me com atenção. Depois, perguntava pelos conceitos que envolviam o assunto; se eu vacilasse, ela, então, à guisa de recordar, os repetia para mim e, só depois, circunscrevia-os à particularidade da pergunta, de modo que eu aprendia sempre muito mais do que apenas a resposta que queria.

Nesses momentos, os meus dois sonhos e as minhas duas paixões se materializavam numa única pessoa. Para as explicações, dadas quase sempre ali mesmo na bancada, ficávamos tão próximos que eu podia sentir o perfume de alfazema que vinha do seu corpo. Algumas vezes, sentia até o calor suave do seu hálito. Quando era preciso escrever uma ou outra equação, ela tirava as luvas, e eu podia me deliciar com o contraste de sua mão e de suas bem cuidadas unhas sobre o papel branco. A pele rósea e delicada deixava transparecer as finas veias azuis. Escrevia devagar, em letras redondas, simples e sem arabescos. Enquanto escrevia, eu, ao seu lado, me aproveitava da proximidade e olhava furtivamente para ela. Os cabelos, escorridos para a frente, cobriam quase todo o rosto, mas deixavam entrever o seu pescoço. Tinha a nuca mais clara que o rosto, de um branco suave e delicado, onde uma finíssima e quase invisível penugem despontava. Mal começava a apreciar essas intimidades, e ela logo dizia algo que me levava a olhar de novo para o papel. Sua voz, suavemente rouca, penetrava em mim não apenas pelos ouvidos, mas também pelos olhos, pela boca, pelo nariz, pelos poros, pelo coração. Eu sentia uma espécie de vibração varrer todo o meu corpo. Não existe forma mais eficiente para se aprender: o conhecimento penetra por todos os buracos de um corpo emocionado e receptivo. Os estudantes deveriam se apaixonar sempre pelas professoras.

Mas enquanto meus conhecimentos básicos de farmacologia avançavam e meus horizontes se expandiam, a minha secreta paixão por Juliana crescia para dentro, prendendo-me com invisíveis liames, transformando-se numa espécie de camisa-de-força da alma. Em mim coabitavam a alegria da razão e o sofrimento do coração.

Falei em sofrimento do coração e você não deve ter entendido porque eu ainda não contei o que já deveria ter contado. Mas já, já você vai entender.

Eu não tinha como retribuir a gentileza e a generosidade daquelas pessoas do laboratório. Por isso, quando abri o recém-chegado pacote mandado por minha mãe e vi que era uma lata cheia de pães de queijo, achei que surgira, enfim, a oportunidade de agradá-los. Depois de dar a metade para Lorena e tio Alberto, distribuí o restante em três pacotes, pensando em levar para o laboratório, o que não passou imune aos ciúmes de Lorena, que nunca antes tivera divididos os doces, queijos, requeijões, rapaduras batidas, mel, peixe salgado, pães de queijo e outras guloseimas que chegavam de Olhos D'Água. Entenda bem, não era um ciúme pela repartição dos comestíveis, mas pela divisão dos meus interesses. Lorena repetia comigo, que não era seu marido, a rotineira intuição de todas as mulheres: com o faro cada dia mais aguçado, parecia adivinhar que não era apenas pela farmacologia que eu estava apaixonado.

No dia seguinte, no laboratório, dei um dos pacotes para o professor

Duílio, que agradeceu sobriamente e guardou na sua gaveta, e outro para o professor Cândido, que, alegre e curioso, abriu imediatamente o embrulho e experimentou um pedaço do pão de queijo. Mastigando de olhos fechados, elogiou com entusiasmo o sabor e comentou o tamanho e a consistência da massa, bem diferente do que em Belo Horizonte se vendia com o nome de pão de queijo: pequenas e murchas bolas de ar, que não tinham sequer o gosto de queijo. Como Juliana não estava, tive que esperar que chegasse.

Durante a espera, que perturbou o meu trabalho, fui assaltado por inúmeras dúvidas. Será que devo mesmo dar um presente para uma pessoa com quem não tenho intimidade? O que ela vai achar disso? Será que vai gostar?, me perguntava, angustiado. Mas não tinha como responder; eu pouco sabia sobre Juliana; muito menos se ela gostava de pão de queijo. Para presenteá-la, tinha que ser no escuro. Mas e se ela se decepcionar? Ou se achar doméstico demais, ou caipira demais? Como será que ela vai interpretar um presente meu?

Só mais tarde, quando ela chegou, e depois de várias tentativas e recuos, consegui me aproximar e, tímido e inseguro, entreguei-lhe o pacote de pão de queijo. Ela se surpreendeu.

— É pra mim? — perguntou intrigada, com o embrulho na mão.

— É — respondi. — É minha mãe quem faz.

— Mas é o quê? Doce?

— Não. É pão de queijo.

— Ah... obrigada.

— Você gosta?

— Gosto, sim — ela disse, pondo o embrulho sobre a bancada.

— Veio lá de Olhos D'Água. Da minha terra.

— Muita gentileza sua. Obrigada.

— Depois você me diz se gostou — eu pedi, já me afastando.

— Digo, sim — ela respondeu.

Afastei-me, decepcionado. Juliana recebera com frieza o meu presente. Talvez não com frieza exatamente, mas sem entusiasmo. Pelo menos sem o entusiasmo do professor Cândido. Não abriu, não provou nem fez qualquer pergunta. O pacote ficou sobre a bancada. E quando ela foi para a aula na Escola de Medicina, ainda estava lá. Intocado.

Durante três dias sofri com aquele pacote largado sobre a bancada. Ela nem sequer o abriu. No segundo dia, pensei em lembrá-la do pacote, na suposição de que pudesse ter se esquecido. Concluí que seria muita humilhação e desisti da idéia. Depois, pensei em aproveitar a ausência dela e levá-lo de volta para casa, onde Lorena saberia dar valor. Desisti também. Toda vez que eu olhava para aquela bancada — e eu olhava muito para aquela bancada — e via Juliana trabalhando, com o pacote esquecido a seu lado, sentia o peso do desprezo — e não apenas por mim, mas também por minha mãe e até por Olhos D'Água. Durante esse tempo, fiz questão de não ter nenhuma dúvida sobre farmacologia. E, quando tive, perguntei ao professor Duílio. Engoli o desdém e tratei de digeri-lo. No quarto dia, ao fazer ponta num lápis, vi o intocado pacote de pão de queijo na lata de lixo.

Fiquei tão abalado que não consegui mais trabalhar. Passei horas tentando ler uma receita que o professor Cândido me incumbira de aviar. Às seis da tarde eu sequer conseguira ler a receita. Quando deixei a farmácia, Juliana já tinha saído, o que me poupou de ter que me despedir dela. Não tive ânimo para ir à aula. Fui direto para casa.

Tomei banho e pretendia dormir, quando tio Alberto, sabendo que eu estava em casa, me chamou para jantar com eles. Como há muito tempo não sentávamos os três à mesa, fui. Mesmo a contragosto.

Tio Alberto estava generoso, falante e especialmente interessado em mim. Repetiu as perguntas que já me fizera sobre as Farmácias São Félix e lhe dei as mesmas respostas. Perguntou também pelo laboratório e sobre os meus conhecimentos de farmacologia — assunto sobre o qual tinha não apenas opiniões, mas, segundo dizia, conhecimento e experiência. Garantiu que sabia receitar os medicamentos mais eficientes — "comigo é tiro e queda", dizia — para inúmeras doenças e pontificou sobre folhas, frutos, raízes, cascas, chás, emplastros e ungüentos. Discorreu sobre as curas que realizara, que testemunhara e de que tomara conhecimento. Depois, quis saber sobre o final do curso científico e o meu futuro escolar, insistindo em que eu deveria fazer o vestibular — "De medicina, ouviu? Medicina! Nessa terra, tem que ser doutor!" — porque a minha mãe sonhava em me ver formado e, enfim, que eu poderia continuar contando com o apoio dele; a casa, como sempre, estaria à minha disposição.

Quando voltei para o quarto, sentia um certo alívio. Para alguns estados de ânimo, mesmo as palavras soltas ao vento podem consolar. O carinho e a generosidade de tio Alberto aparentemente compensaram o desprezo de Juliana. Deitei para dormir uma noite de sonhos bons, mas não consegui.

A imagem de Juliana dançava na minha vigília, impedindo que o sono me trouxesse um pouco de paz. Quando finalmente consegui adormecer, a imagem de Juliana transformou-se em pesadelo. Ora ela era uma cientista que me ensinava os movimentos moleculares; ora uma deusa, sei lá se grega, egípcia ou romana, aos pés de quem eu me ajoelhava para receber ordens; ora uma beata de roupas pretas que pedia perdão ajoelhada diante do quadro do Sagrado Coração de Jesus, e o rosto de Jesus era o meu rosto, que lhe negava o perdão, e ela, enfurecida, devorava-lhe o coração exposto, sujando o rosto e as mãos de sangue; ora uma faxineira, de vassoura na mão e pano na cabeça, que jogava o pacote de pão de queijo na lata de lixo; ora uma prostituta em meio à fumaça do cigarro aceso nos lábios vermelhos de batom, mas seu corpo nu era o de Lorena; ora uma noiva que caminhava de véu e grinalda numa névoa na direção do altar, de braço dado com um homem vestido de noivo cujo rosto eu não conseguia ver, mas que depois percebi que era eu mesmo... e foi nesse momento que acordei com o ruído da porta do quarto se abrindo e vi Lorena entrando.

Ela fechou a porta atrás de si e, sem acender a luz, sentou-se cuidadosamente na cama para não fazer barulho. Ergui a mão e acariciei-lhe as costas. Só então ela percebeu que eu estava acordado.

— Pensei que estivesse dormindo — ela sussurrou.

Não respondi. Podia vislumbrá-la na semi-obscuridade criada pela fraca luz que entrava pelo vidro da janela. Continuei acariciando-lhe as costas.

— Fiquei em dúvida se vinha ver você.

— Por quê?

— Você passou o jantar inteiro conversando com o Alberto. Nem ligou pra mim.

— Ele hoje queria falar. E falou pelos cotovelos, puxa vida!

Ela segurou a minha mão, interrompendo o carinho nas suas costas, e esperou que o silêncio instalasse o seu peso. Intuí que pretendia dar um tom mais dramático ao que iria dizer e aguardei. Depois de um tempo de silêncio e imobilidade, falou:

— O que está acontecendo com você?

— Comigo? Como assim?

— Não mente, não. Você tem me evitado.

— Eu? Evitado você? De onde você tirou isso?

— Eu sinto no ar. Você está se afastando de mim.

— Não é verdade. Eu tenho estudado muito, depois que entrei para a farmácia. E à noite ainda tem o colégio.

— Não é por causa do trabalho. No depósito você trabalhava muito e tinha aula à noite do mesmo jeito, mas a gente sempre se encontrava. Agora, eu não vejo mais você.

— É diferente. No depósito eu sabia fazer o meu trabalho e, quando baixava as portas, eu não tinha que estudar nada em casa. Agora mudou. No início, eu não entendia nada do que se fazia no laboratório. Ainda hoje, sei muito pouco. Sou obrigado a estudar fora do expediente.

Ela se manteve calada. Não se convencera dos meus argumentos. Segurando friamente a minha mão, deixou que o silêncio instalado manifestasse a sua insatisfação. Puxei a mão, deixando-a sentir-se só na sua desconfiança, e recostei na cabeceira da cama. Depois de um tempo, ela voltou à carga, agora de forma mais direta.

— Tem alguma mulher que trabalha nesse laboratório? — perguntou, tentando encontrar meus olhos na obscuridade.

— Não — respondi, escapando dos olhos dela. E acrescentei depois de uma pausa, como se, pela desimportância, tivesse até esquecido. — Tem só a filha do dono. Estuda medicina. Aparece lá só de vez em quando.

Procurei seus olhos para avaliar o efeito do que dissera. Mas pela sua silhueta vi que enfiara o queixo entre as mãos e olhava para o chão. Parecia ter acreditado que a filha do dono nada significava para mim — senão não estaria calada.

— Fala a verdade, meu amor. O que está acontecendo que a gente está tão diferente um com o outro? Você não sente que a gente está diferente?

— Não — respondi. — Não sinto nada de diferente entre nós.

— Nada mesmo?

— Nada, nada. Se sentisse, eu falava.

Ela virou-se para mim e soltou o corpo sobre o meu, caindo com o rosto na minha virilha. Abraçou-me apertado. Seu corpo estremeceu, como se chorasse, mas era um longo e profundo suspiro. Falou com a boca apertada contra o meu corpo.

— Oh, meu amor! Meu amor! Eu estou com medo de perder você.

— Mas você não está me perdendo. Vem cá, vem.

Ajudei-a a subir arrastando-se sobre o meu corpo, até ficarmos rosto contra rosto, olho contra olho, boca contra boca. Apertei-a contra mim.

— Eu te amo tanto, meu amor. Tanto! Se perder você, eu morro.

— Então, me beija — pedi.

Ela mergulhou sua boca na minha, beijou, lambeu, mordeu, numa voracidade louca. Mordeu meu rosto, minha orelha, meu pescoço, meu peito, sempre sussurrando:

— Beijo, meu amor. Beijo, sim. Beijo você todo. Beijo o quanto você quiser, onde você quiser, do jeito que você quiser. Porque eu sou sua, meu corpo é todo seu, para lhe dar prazer, para fazer você feliz.

As palavras abafadas de Lorena chegavam aos meus ouvidos na voz rouca e sensual de Juliana. Aquela boca que me lambia e mordia deixava na minha pele a sensação dos lábios finos e dos dentes perfeitos de Juliana.

Amamo-nos, Lorena e eu, um amor louco, sem eira nem beira, sem limites nem pudores, sem tempo nem hora, mas aquele corpo que se entregava ao meu, em suada fricção, era o corpo inescrutável de Juliana, que só se desvaneceu quando a saciedade nos aquietou e vi que Lorena restava exaurida ao meu lado. Nem notei quando ela deixou o meu quarto, mas estava certo de que tinha sepultado as suas suspeitas e pacificado a sua alma assustada com o fantasma do meu afastamento.

No laboratório, eu também acabei por sepultar o meu ressentimento com Juliana pelo desprezo a mim, à minha mãe e a Olhos D'Água no episódio do pão de queijo. A atenção, a gentileza e a generosidade habituais dela comigo me convenceram de que tudo não passara de distração e esquecimento não intencionais. Claro que esse convencimento — que deveria submeter-se à lógica implacável da razão — contou com a colaboração de um coração cada dia mais complacente.

Com o tempo e a convivência, Juliana mudara sutilmente seu comportamento comigo. Respondia às minhas dúvidas com a mesma atenção, mas com um pouco mais de interesse pelo meu real entendimento; atendia com mais presteza quando lhe pedia emprestado algum livro que o professor Cândido achava que eu precisava conhecer; passou a me trazer, espontaneamente, livros que também considerava de leitura indispensável ou oportuna, colhendo sempre a minha opinião sobre eles e auscultando eventuais dificuldades de entendimento; pedia a minha ajuda em manipulações que exigiam energia física para evitar endurecimento ou encaroçamento, ou o uso do centrifugador, do forno, etc. — situações em que eu, ao invés de contemplá-la a distância, como sempre fazia, podia ficar bem próximo, ouvindo-lhe os comentários sussurrados, sentindo-lhe o perfume de alfazema e o calor do hálito e, ocasionalmente, até roçando os pêlos do meu braço à penugem do braço dela.

Tudo isso conspirou para que se me revelasse uma realidade que, por mais que escondesse de mim mesmo, acabou transbordando através dos meus poros: eu estava apaixonado por Juliana. Essa verdade, porém, eu tinha que esconder debaixo de sete chaves, de sete disfarces e de sete dissimulações da própria Juliana, de Lorena e do mundo.

O amor secreto tem regras que não podem ser violadas. A primeira delas é não apenas manter o silêncio, mas impedir, com vigilância implacável, que transpareça qualquer vestígio de seus sentimentos. Amar Juliana era um exercício solitário e permanente de paciência, tolerância, discrição e imaginação. Decorei seus horários de aula e trabalho e, a cada dia, esperava ansiosamente a hora prevista da sua chegada. Para controlar a crescente ansiedade, doses crescentes de paciência. Se, às vezes, se atrasava, era preciso rigorosa discrição para conter a expectativa, resistindo à vontade de me virar a cada vez que soava o vai-e-vem da porta; jamais deixava transparecer que pressentia a sua chegada nem, muito menos, o prazer de vê-la aproximar-se da bancada, espargindo no ar o seu perfume de alfazema, que nunca podia ser aspirado com mais força; era também indispensável conter qualquer exteriorização da minha felicidade em ouvir aquela voz de rouca intimidade me cumprimentando. Importantíssimo, era evitar olhá-la de frente. Quando a vontade de admirá-la atingia o estágio irreprimível, tinha que contentar-me em apenas olhá-la de viés ou por entre os tubos de ensaio.

Claro que amar assim é um sofrimento redobrado. Além de sofrer por não possuir a pessoa que se deseja, sofre-se por ter que esconder o próprio desejo. A obrigação de silenciar e dissimular cria um mundo interior ansioso, desesperadamente atento, perspicaz, sensível, fantasioso e sempre ameaçado por uma tragédia, que nada tem a ver com o mundo real. Se, por exemplo, Juliana chegava alegre, eu me sentia imediatamente impregnado daquela alegria. Da minha bancada, sem deixar de trabalhar, eu sentia o prazer de vê-la sorridente e falante. Pouco depois, porém, quando eu começava a me perguntar pelas razões da alegria dela, concluía que, qualquer que fosse, não me incluía. Eu não era parte da vida dela. Quando a razão ocupava o lugar da fantasia e eu imaginava que aquela alegria poderia estar ligada a algum namorado, sucumbia de vez à tristeza, que ia se apossando de mim.

O inverso era também verdade. Se ela chegava triste ou apenas mais silenciosa e quieta, eu logo me deixava contagiar por aquela melancolia. Mas, dali a pouco, acutilado pela imaginação de segregado, passava a atribuir aquela tristeza ao fim de algum romance, o que a tornaria livre e desimpedida para se apaixonar por mim. E eu era tomado de solitária e discreta euforia.

Esses secretos estados de ânimo eram tão intensos quanto efêmeros. Às vezes, ao longo de um mesmo dia me alçavam aos céus e me atiravam aos infernos duas ou mais vezes. E isso ao sabor dos sinais mais aleatórios, de um gesto inocente ou uma palavra solta ao vento. Se ao final de um dia de trabalho ela saía apressada, eu já imaginava os programas noturnos que a esperavam: jantares, bailes, festas, visitas, filmes — sempre acompanhada de homens bonitos, bem-vestidos e ricos. E no dia seguinte, lá estava eu perscrutando sua alma à distância, tentando colher vestígios da noite anterior, adivinhando até onde tinham ido suas intimidades com o tal acompanhante bonito, bem-vestido e rico. Se ela aparecia no laboratório vestida com outras roupas que não o uniforme branco, o que raramente acontecia — e era uma pena, porque ela ficava ainda mais deslumbrante e extraordinariamente feminina —, incendiava a minha imaginação. Ela me aparecia nas poses mais sensuais, em atitudes provocantes, algumas até vulgares, o que me levava a fantasiar que a deusa tinha uma vida dupla.

Num mundo interior e secreto que guarda tênues vínculos com a vida real, a imaginação torna-se o alimento da paixão. E a paixão, o estímulo da imaginação. Nutrindo-se mutuamente, ambas crescem desmesuradamente. Para não se perder nos labirintos da fantasia, o próprio instinto de sobrevivência impõe choques de realidade.

Nesses momentos, eu me perguntava com realista crueza: o que um rapaz como eu poderia oferecer a uma moça linda, inteligente, rica, de família respeitada e sobrenome tradicional como ela? Nada — eu me respondia de pronto. E acrescentava: também não há nada em mim que possa interessar a uma moça como essa.

Mas logo mudava de opinião, certamente levado pela ilusão que a esperança costuma incutir nos apaixonados. E passava a acreditar que Juliana poderia ser minha, quem sabe atraída pela idéia de que eu fosse carinhoso e viril; ou, talvez, pela minha origem humilde, justamente por ser oposta à dela; ou pela... não, eu não tinha nada mais que pudesse interessá-la, mas isso não abalava a minha esperança, quase certeza, de que um dia ela seria minha; e só ela saberia responder por que, se é que se sabe por que se ama alguém.

Para quem vive atormentado entre a esperança e a desilusão, cada dia é uma aventura com tantos sobressaltos, surpresas, ameaças, possibilidades, descobertas, alegrias e tristezas que parece ter a duração de uma vida. E dia a dia a vida se desgasta, se esgarça, se exaure. E assim, a semana, o mês, até que a própria alma se cansa, a chama vai se apagando, e tudo se dilui na fumaça do tempo.

Mas a tempestade — com seus raios, relâmpagos e trovões — às vezes cai de uma só pancada. E foi o que aconteceu num certo fim de tarde.

Naquele dia, Juliana foi para o laboratório com um vestido azul-claro e passou a tarde lendo relatos sobre o "Fogo Selvagem", uma dermatose bulbosa que o professor Cândido, sensibilizado pelas dores lancinantes dos pacientes, cogitara de uma pomada paliativa. Embora interessado no estudo, eu estava, naquele momento, inteiramente atraído por Juliana, que, sentada à bancada, deixava ver o joelho, de um branco imaculado, articulando pernas firmes e grossas coxas, parte entrevistas e parte adivinhadas. As harmônicas proporções das pernas prometiam um sensual esbanjamento de carnes nos altos do corpo. O decote exibia o colo, suave e delicado, que apenas insinuava o vale entre os seios, cada qual mais farto do que poderia acolher a minha mão. As costas, com uma ou outra sarda, se harmonizavam com os cabelos que as cobriam parcialmente.

A tarde foi de encantamento até que Juliana se preparou para ir embora, depois de conferir as horas. Meu coração se apertou. Ela penteou rapidamente os cabelos, retocou o pó-de-arroz, pegou a bolsa, despediu-se de nós e caminhou para a porta, deixando perfumado o seu trajeto. Aquilo não era apenas uma mulher. Foi uma rainha que eu vi desaparecer do outro lado da porta.

Fiquei agitado de não conseguir mais trabalhar. O coração pipocava como uma metralhadora, os pensamentos se confundiam e minha imaginação começou a funcionar como se fosse uma usina desgovernada de imagens. E em todas as imagens que surgiam, lá estava ela ao lado de um homem. Interrompi o que estava fazendo, reuni meus livros e o fichário, despedi-me dos dois professores como se estivesse atrasado para a aula e saí apressado. Estava disposto a segui-la e verificar se tinha, de fato, vida dupla.

Saí da farmácia e, mal pisei na calçada, vi uma cena que até hoje permanece intacta na minha memória e, mesmo agora, ainda tenho dificuldade de falar dela. Juliana estava dentro de um carro e beijava o rosto do rapaz ao volante. Levei um susto tão grande que fiquei completamente paralisado. O chão me faltou e eu não consegui tirar os olhos dos dois. Juliana me viu e acenou. Nunca soube se acenei ou não de volta. O carro partiu. Eu continuei parado, pregado na calçada, trêmulo como quem agoniza.

Deitado na cama, horas depois de assistir àquela cena, com o corpo exaurido pela cavalgada da farmácia até em casa do delirante cavalo corredor e com o coração no olho de um redemoinho, eu ainda não conseguia acreditar no que vira. Minha cabeça girava como se eu estivesse bêbado. A imagem de Juliana beijando aquele sujeito se fixara na tela da minha memória como um quadro petrificado, inamovível. Às vezes, desaparecia por instantes, e eu conseguia pensar na aula que perdera ou nela mesma, linda no seu vestido azul-claro, com as pernas grossas de pele branca de seda. Mas nem chegava a me distrair, pois logo irrompia, atropelando tudo, o beijo fatídico, gravado na pedra. Eu pressentia um peso no estômago, mas não conseguia prestar atenção nem distinguir se era dor ou enjôo; sentia apenas aquela pressão constante enquanto me debatia numa montanha-russa de emoções, me dizendo que era verdade, que ela tinha um namorado, bonito, bem-vestido e rico, a quem beijava; que estava escrito em algum lugar da Terra que uma moça linda, educada, inteligente e rica só poderia namorar um sujeito bonito, educado e rico; que esta lei eu já conhecia desde Olhos D'Água, quando me apaixonara por Maria Antônia e o pai dela me ensinara, com tapas e ameaças, qual era o lugar de um filho de alfaiate que vendia pão de queijo na rua; e esse lugar era aquele onde eu estava: um quarto de empregada, cedido de favor, que tinha como guarda-roupa uma caixa de "Manzanas Argentinas".

Logo depois que disse isso, um certo sentimento de realidade foi tomando conta de mim. Abri os olhos e vi as telhas do teto; olhei à minha volta e consegui ver aquele cômodo sem a minha presença e os meus pertences; depois, olhei para a caixa de "Manzanas Argentinas" e as minhas roupas arrumadas nela; naquele cômodo, cada coisa tinha o seu lugar e a sua função, tudo obedecia a uma certa ordem, tendia a uma certa harmonia, por isso o mundo podia girar em paz. Então, eu prestei atenção ao meu estômago. Não era um peso, era uma dor aguda. De fome.

Avancei pelo beco evitando fazer ruído. Não queria ver Lorena, embora agradecesse aos céus se tivesse alguém com quem desabafar. Mas essa pessoa nunca poderia ser Lorena. Estranhei que a casa estivesse quieta e às escuras, o que nem notara quando cheguei. Fui até um bar, ali perto.

Depois de um sanduíche e duas cervejas, sentado à mesa do fétido bar, minha cabeça parou de rodar e o estômago de doer. Foi então que aflorou a tristeza que estava entranhada em mim. Um desalento frio, um desânimo paralisante, uma indiferença exausta. Os pensamentos foram chegando aos poucos, de longe, sem novidades, emergindo do fundo da memória, como coisa já pensada. Ser pobre é como ter uma doença; como ser tuberculoso, canceroso, louco. Cada dia que se vive é como uma dádiva porque a expectativa é de que se morra hoje ou amanhã. Pobre não pode sonhar. Alguém mais inteligente, mais bonito, mais educado, mais bem informado — tudo isso, afinal, é o mesmo que dizer alguém mais rico — vai lhe roubar o sonho que, merecidamente, pertence mais a ele, porque é mais inteligente, mais bonito, mais educado, mais bem informado — que, afinal, é mais rico. E, mais uma vez, jurei que ficaria rico. Disse em voz alta para mim mesmo — tendo como testemunhas as moscas que se acumulavam em torno do resto de salame, o vira-lata que esperava a sua migalha com olhar suplicante e o mendigo que, da porta, me estendia a mão purulenta — que iria ficar rico, que iria estudar e trabalhar como um burro de olaria — que iria fazer de tudo, o possível e o impossível, mover céus e terra, revirar mares e montanhas, servir a Deus e ao diabo, para ser rico, para não ser mais humilhado, nem rejeitado, nem discriminado, nem ridicularizado.

De volta ao quarto, estava mais calmo. Tomei um longo banho e me deitei só de cueca. A pétrea imagem do beijo tentou perturbar aquele sossego, mas expulsei-a dos meus pensamentos para dar o lugar a Lorena, que me consolava com a sua paixão constante, fiel e insana. E logo minha memória me acudiu com imagens de Lorena afirmando e reafirmando o seu amor das maneiras mais diversas e correndo todos os riscos. Ela era a única pessoa que eu gostaria que estivesse comigo naquela hora.

Nesse momento, a porta se abriu e entrou Lorena. Estava vindo do casamento de um chefe do tio Alberto, vestido preto, justo, com um decote ousado, cujo vértice ficava em meio à garganta profunda entre os seios, cabelo penteado em salão e preservado pela rigidez do laquê, o rosto muito bem maquiado ressaltando os lábios carnudos desenhados em vermelho vivo, esbelta sobre saltos muito altos — uma bela mulher, de sensualidade arrebatadora, que sorria, de braços abertos, à minha frente.

— Não podia dormir sem você me ver — ela disse.

Depois de apreciá-la dos pés à cabeça, saltei da cama e me atirei entre os seus braços. Ela me acolheu, carinhosa e calorosa. Senti-me protegido e desejado.

— Você está linda! Linda! — sussurrei no seu ouvido.

Ela me apertou contra o seu corpo. Senti com nitidez as formas de sua carne macia — as coxas, o ventre, os seios —, senti os diferentes calores que irradiavam, senti no meu peito o seu peito arfar e as batidas aceleradas do seu coração, senti o seu perfume e senti o hálito quente dentro do meu ouvido quando ela sussurrou:

— É para você, meu amor.

Ocupei com a minha, toda a sua boca. Beijamo-nos um beijo longo, calmo, úmido e sensual. Senti o gosto intenso de álcool e compreendi melhor a presença dela ali, com aquela roupa, àquela hora e até mesmo com aquela volúpia.

— Você bebeu um bocado, hein?

— Champanhe. Uma taça a cada vez que o garçom passava por mim. Com o Alberto me beliscando e reclamando no meu ouvido. E eu pensando que era você quem devia estar lá comigo.

Ela parou de falar e ficou me olhando. Era visível o efeito do champanhe no seu olhar, no sorriso que não se completava e num sutil balanço do corpo.

— Senti tanto a sua falta que me deu até uma dor aqui — e ela apontou o vértice do decote.

— Era efeito do champanhe — brinquei.

— Não, meu querido. Era efeito do amor. O efeito do champanhe é outro. Vou lhe mostrar.

Ela avançou sobre a minha boca. Beijamo-nos mais. Sem despregarmos os lábios, ela foi me conduzindo na direção da cama. Quando minhas pernas estavam rentes, ela me empurrou pelos ombros e eu sentei na cama. Ela recuou dois passos e começou uma espécie de dança em que, num mesmo lugar, mexia suavemente os quadris para um lado e outro, os braços erguidos acima da cabeça, murmurando uma quase inaudível música. Aos poucos, os movimentos ficaram mais sinuosos, incluindo também sutis contorções do ventre para a frente e para trás, ao mesmo tempo que o seu rosto virava-se para um e outro lado — uma dança silenciosa e diabolicamente sensual. E, sem deixar de dançar, levou uma das mãos às costas e desceu o fecho *éclair* do vestido. Retirando os braços pela manga cavada, reteve, tentadoramente, a frente do vestido na altura do colo. Sua dança passou a incluir um giro completo, revelando-me as costas nuas e brancas, apenas trespassadas pela faixa negra do sutiã — que ela desabotoou com um gesto rápido da mão esquerda. Na boca, o múrmurio se misturou a um sorriso de provocante malícia. Ela largou a frente do vestido e os seios saltaram para a liberdade de balançar ao sabor de seus requebros. E mais não resisti. Saltei sobre ela e, aos beijos e abraços, chegamos à cama. Uma mulher quando quer, e uma taça de champanhe estimula, torna-se a encarnação de tudo o que no mundo se possa chamar de prazer. Saciados e lânguidos, foi fácil o sono nos colher abraçados e nus.

Um uivo lancinante nos arrancou, de um só golpe, do sono para o desespero:

— Lorena!

Era o tio Alberto, olhos arregalados num rosto pálido, as mãos crispadas esmagando a cabeça. Atrás dele, o sol invadia o quarto pela janela. Lorena dormira demais. E foi ela que voou da cama e se atracou a uma toalha de banho.

— Eu não acredito, meu Deus do céu! — bradava tio Alberto. — Eu não acredito! Minha mulher na cama com o meu sobrinho!

Enrolada na toalha, ela saltou para a porta, mas tio Alberto, inteiramente transtornado, a segurou pelo braço.

— Pelo amor de Deus, Alberto — suplicou Lorena, trêmula e branca como a parede, agitando-se para escapar das mão dele.

— Cala essa boca, sua sem-vergonha! — vociferou tio Alberto e, ao mesmo tempo, desfechou-lhe um violento tapa no rosto. Lorena rodopiou, bateu a cabeça contra a parede e, desequilibrada, apoiou-se na caixa de "Manzanas Argentinas". A toalha soltou-se e caiu. Ela tentava cobrir o corpo com as mãos.

— Pelo amor que você tem a Deus, Alberto. Não me bate, não — ela suplicava e chorava ao mesmo tempo.

— Quem trai o marido tem que apanhar até morrer, sua cachorra! — Ele uivou e lhe desferiu outro tapa, que a arremessou outra vez contra a parede.

Ela abaixou-se para pegar a toalha. Do seu nariz escorria sangue que, misturado às lágrimas, entrava pela boca. Ela enrolava-se na toalha, quando ele agarrou-lhe o pescoço com as duas mãos.

— Me solta, Alberto! Me solta! Você vai me matar! — ela gritava sufocada, o rosto vermelho, a boca aberta, as mãos lutando desesperadamente para livrar-se do estrangulamento.

De repente, o instinto de sobrevivência a levou ao ataque: avançou no rosto dele com ambas as mãos, enfiando-lhe os dedos na boca, no nariz e nos olhos. Tio Alberto deu um grito rouco, soltou o pescoço dela e rodopiou desarvorado, cobrindo os olhos com as mãos.

— Estou cego! Você me cegou, sua filha da puta! — gemia e girava, tentando encontrá-la nos cantos do quarto. Ela correu para a porta, mas ele se atracou a ela pela cintura. — Você me paga! — ele gritava, de olhos fechados, cabeça abaixada e colada às costas dela, os braços envolvendo-lhe o ventre, sem parar de gemer.

Nua, ela contorcia-se e esperneava:

— Me solta, Alberto! Pelo amor de Deus, me deixa sair daqui! Eu vou embora!

— Você não vai sair daqui, sua traidora! Você me cegou! Me traiu e me cegou!

— Me solta, Alberto. Me solta! É melhor eu sumir da sua vida.

— Não! Isso é o que você quer, mas não vai ter! Eu mato você, eu arrebento, arrasto nua pela rua, mas você não vai embora.

— Não fala assim, Alberto. Eu errei. Eu sei que errei. E peço perdão. De joelhos, se você quiser. Mas não faça nenhuma loucura, Alberto. Você é um homem bom. Um bom marido.

Os uivos do tio Alberto se transformaram num choro convulso. Cobriu os olhos com uma das mãos, mantendo a outra em volta da cintura dela. Seu corpo sacudia. Perguntava num tom desesperado:

— Então, por que, Lorena? Por quê? Eu não entendo.

— A culpa é minha, Alberto. A errada sou eu.

— Por que você fez isso comigo?

— Eu não mereço você.

Ele voltou-se para a minha direção, ergueu a cabeça para mim, tentando enxergar com a vista coberta.

— Foi você, seu canalha, o culpado disso tudo.

— Ele não tem culpa nenhuma, Alberto — disse Lorena.

— Eu ajudei esse canalha, botei dentro da minha casa, e ele traiu o próprio tio!

— Ele é inocente, Alberto. A culpa é toda minha. Faça o que quiser comigo, mas com ele, não. Eu juro que ele é inocente!

Ele ergueu o braço para dar outro soco nas costas dela. Sem a mão sobre os olhos, que ele se esforçava para manter entreabertos, vi que lágrimas e sangue se misturavam no seu rosto. O soco fez o ruído surdo de um coice nas costas dela. Ela gemeu e seu corpo estremeceu. Num ímpeto que reunia todas as suas forças, ela conseguiu se desvencilhar dele com um repelão, abriu a porta e saiu correndo, nua como nasceu, pelo beco afora. Ele ia saindo atrás dela, mas estacou e se virou na minha direção.

— E você dizia que vigiava ela pra mim!

Num impulso, passou a mão no que lhe estava mais próximo. Desviei rapidamente o corpo e a caixa de "Manzanas Argentinas" chocou-se violentamente contra a parede, fazendo minhas roupas voarem pelo quarto.

— Some dessa casa, antes que eu mate você, seu filho duma puta!

E seguiu, zonzo e trôpego, as mãos sobre os olhos, sem enxergar direito o caminho, gritando e imprecando contra Lorena.

Quando voltei a sentir meu corpo, estava trêmulo, a garganta seca, o coração disparado. Eu nunca vivera nada parecido. Achei que não sairia vivo daquele quarto. Só então percebi que estava inteiramente vestido, sem que me lembrasse em que momento eu me vestira. Resolvi sair imediatamente dali. Arrumei a mala ouvindo os gritos de Lorena e tio Alberto que vinham da casa. Lembraram-me os gritos que eu ouvia logo que cheguei de Olhos D'Água.

XVII

Era uma casa branca e imponente, de dois pavimentos, situada numa quadra plana e arborizada da rua Rio de Janeiro, entre as ruas Guajajaras e Timbiras — um ponto nobre, apesar dos nomes indígenas. Tinha um jardim pequeno e uma varanda menor. No andar de cima, três quartos, onde morávamos, dois em cada quarto, eu e mais cinco rapazes. No de baixo, a sala, mobiliada com apenas dois velhos e estropiados sofás de couro; uma copa grande com uma pequena mesa encostada numa das paredes, o que dava a sensação de vazio; a cozinha ampla, dando a mesma sensação, e o quarto de dona Izaura, a proprietária, que estava sempre de porta fechada. Embora o chão fosse limpo, as paredes eram nuas e não havia cortinas nas janelas. Era chocante o contraste entre a nobreza da localização e a imponência da fachada com a pobreza do mobiliário. Mas mudar do Carlos Prates para a fronteira entre o Centro e o bairro de Lourdes, era trocar a vizinhança de pequenos funcionários, empregados do comércio e professoras para a dos grandes comerciantes, industriais, atacadistas, advogados e médicos famosos, políticos, construtores, etc.

Tendo ficado viúva ainda jovem e sem filhos, dona Izaura, não sei por que, não se casara outra vez. Quando a conheci, devia ter uns quarenta anos; de baixa estatura, braços curtos e seios grandes, a pele muito branca e o rosto redondo; não chegava a ser gorda, mas a cintura já perdera a definição. O marido deixara-lhe a casa, mas não deixara pensão. Para ter alguma renda, alugava a estudantes as vagas do andar superior.

Dali, eu subia a rua Guajajaras e duas quadras depois estava no colégio. Até mesmo para a farmácia, distante umas dez ou doze quadras, eu ia a pé. Esta economia de bonde, ônibus e lotação tornara-se importantíssima para mim — eu passara a pagar, além da vaga na pensão, a minha alimentação, o colégio e a lavadeira, tudo isso com o mesmo salário, de pouco mais de três mínimos. A vida ficara muito mais difícil para mim, apesar das aparências.

Na farmácia, embora eu já aviasse sozinho — incluindo dosagem e manipulação — as receitas dos medicamentos rotineiros — pastas, ungüentos, pomadas, extratos, tinturas, filtrados, etc. —, continuava ganhando o mesmo salário. E eu nunca criei coragem para falar em aumento. Nem quando o doutor Homero, sempre acompanhado pelo Fabiano, entrou no laboratório e me deu os parabéns pelo meu progresso.

Assim como nunca criei coragem para falar com Juliana da minha paixão por ela, que, mesmo sem ser correspondida e mesmo no silêncio a que fora condenada, e talvez por isso mesmo, crescia avassaladoramente dentro de mim. Estávamos agora mais amigos — isto é, ela me concedia meia dúzia de palavras e três ou quatro olhares, duas ou três vezes ao dia. Nunca falava nada sobre sua vida pessoal, nem sobre sua família, nem mesmo sobre seu irmão, que era meu colega no colégio, ou sobre um filme ou uma diversão qualquer. Nossos diálogos eram sobre alguma receita fora da rotina, alguma técnica de manipulação, sobre livros de farmacologia ou novos medicamentos que surgiam no mercado e cuja bula ela e o professor Cândido tentavam eventualmente destrinchar.

Juliana era definitivamente impenetrável. Não sei se por uma empedernida índole solitária, se pela austera educação no Colégio Sacré Coeur ou se pelo peso da tradição e da fortuna da sua família. Para você ter uma idéia do que estou dizendo, uma vez, numa rara conversa em que confessávamos a nossa admiração pela vastidão dos conhecimentos e pela modéstia do professor Cândido, eu, inteiramente rendido aos seus encantos e trêmulo de paixão, perguntei de repente:

— Seu namorado também estuda medicina?

Ela enrubesceu instantaneamente, abaixou a cabeça e franziu o cenho. Parecia hesitar se respondia ou não. Para mim, foram instantes de aflição e arrependimento. Afinal, olhando na direção do professor Cândido, respondeu apenas:

— Estuda.

Manteve-se mais um pouco em silêncio e logo encontrou o pretexto que procurava para se afastar, dizendo:

— Preciso perguntar uma coisa ao professor Cândido.

Fiquei aterrado. Mal consegui andar até a minha bancada, onde curti em salmoura um ódio a mim mesmo. Para que, diabo, fazer uma pergunta idiota como aquela? Que me importava se o namorado dela estudava medicina ou não? Que idiotice dizer que sabia que ela tinha um namorado, apenas para criar uma falsa cumplicidade e, através dela, penetrar, como um ladrão, no seu mundo. Mas eu também não deixava de me perguntar: o que haveria naquela pergunta para perturbá-la tanto? Eu não atinava para nenhuma resposta satisfatória. Acabei admitindo que só podia ser uma radical necessidade de privacidade que a levava a uma vida quase misteriosa. Sofri como um condenado por causa daquele pergunta. Ela reduziu ainda mais a minha ração diária de palavras e olhares. Por três dias, mal me cumprimentou. Eu me apaixonara perdidamente por uma esfinge.

Meu sofrimento crescia mais à noite porque não havia mais o amor e a loucura de Lorena para me consolar. Tinha que resistir calado à indiferença, educada mas implacável, de Juliana. Não há dor maior do que a rejeição à sua paixão; o desdém ao que há de melhor em você, a recusa aos seus melhores sentimentos. É como se você fosse um ser tão asqueroso que nem mesmo o seu amor pudesse interessar a alguém.

Aquela infelicidade me doía na alma, mas eu lutava para não sucumbir. Apeguei-me ao estudo. Aos domingos, quando a ausência dela era insuportável, eu estudava da manhã até a noite. Mas não a esquecia um instante sequer. Para mim, esquecê-la era uma espécie de infidelidade. E eu sofria meu abandono sem traí-la. Durante a semana, acordava cedo, antes mesmo do sol nascer, e era o primeiro a chegar ao laboratório. Trabalhava duro, sem parar. Às vezes, nem almoçava. No fim do dia, ficava até depois que ela ia embora. Queria que ela soubesse que eu a vira partir e, apesar disso, continuara ali, à espera dela. Às vezes, ficava dias sem fazer a barba, vestia a mesma roupa dias seguidos, deixava alguma pomada colorida sujar o guarda-pó branco. Mostrava-me triste, humilde e educado. Queria que avaliasse o quanto o desprezo dela me deixara abalado e combalido. Queria que se sentisse responsável por aquele estado lamentável a que eu fora reduzido porque a amava. Mas que, nem por isso, eu a importunara mais; nem por isso eu perdera a minha dignidade.

À falta de um amigo, de um interlocutor qualquer, eu era obrigado a sofrer em silêncio; sentir a serpente do ressentimento crescer em meu ventre. Foi isso que me aproximou do Demerval, o meu colega de quarto.

Pouco mais velho do que eu, Demerval era de uma família de fazendeiros e pecuaristas da região de Pedra Bonita e estava em Belo Horizonte há dois anos, tentando entrar na Escola de Medicina. Fora reprovado no vestibular do ano anterior e passara todo aquele ano se preparando. Estudava oito, dez horas por dia e não tinha outra preocupação — a família lhe garantia todos os meios necessários.

Como eu nunca tinha morado num mesmo quarto com um desconhecido, fiquei, de início, inseguro. A experiência de dividir o quarto com Graciliano quase não valia porque éramos irmãos e, na maior parte do tempo, crianças; e, naquilo que poderia valer, não recomendava muito. Mas eu e Demerval nos adaptamos muito bem à coabitação. A nossa origem comum, em cidades do interior, foi o primeiro traço que facilitou a amizade. Conhecíamos histórias parecidas, com personagens semelhantes, que contávamos um para o outro, com grande deleite, às vezes madrugada adentro. Vivêramos o mesmo impacto na mudança para a capital e tínhamos a mesma nostalgia de nossas cidades, com a diferença de que ele pretendia voltar a Pedra Bonita depois de formado; eu, não. Um outro traço de união era gostarmos de química e biologia — o que nos rendia longas conversas. Ele admirava os meus conhecimentos de farmacologia e, volta e meia, tinha dúvidas e fazia perguntas. Outro ponto que nos aproximava era o despojamento de Demerval. Despia-se, espontaneamente, de tudo o que lembrava a sua origem abastada; às vezes, parecia até constranger-se com ela. Não raro o vi tentando escondê-la para compartilhar, solidariamente, das queixas de falta de dinheiro — minhas e de outros hóspedes. Gostava de sentir-se um igual.

Magro e alto, parecia mais velho do que era. Cabelos pretos e muito lisos, que, naturalmente, escorregavam para a testa, o acostumaram a um gesto que se tornou característico, justamente o de devolvê-los a todo momento à cabeça. O que, no entanto, mais marcava a sua expressão eram os olhos pretos, pequenos, redondos e vivos, que lhe davam o olhar penetrante e poderoso das pessoas obstinadas. Tinha um jeito manso de falar e a voz macia e aveludada — aliás, cantava muito bem no chuveiro. Demerval era obcecado por limpeza — do quarto, da roupa, das mãos, do corpo — e por ordem — do quarto, da cama, dos livros e dos papéis sobre a sua mesa. Sua camisa entrava com perfeição para dentro da calça, cujo vinco era perfeito, e perfeito era o comprimento da barra sobre os sapatos, aliás, sempre bem engraxados.

Demerval era bom e generoso. Emprestava dinheiro a um ou outro hóspede em dificuldade temporária, emprestava roupas para uma ou outra festa e, principalmente, sabia ouvir os dramas e aventuras de um ou outro — até mesmo de dona Izaura, que o considerava um amigo, o que era facilitado pelo fato de ser o único que não trabalhava, estando todo o tempo na pensão, estudando e acessível.

Dividindo o quarto com Demerval, em pouco tempo eu tinha, mais do que um amigo, um confidente na cama ao lado. E Juliana logo se tornaria o centro das nossas conversas. Mas, antes, eu lhe contara a minha história com Lorena e o que acontecera comigo depois que o tio Alberto me expulsara de casa. A esta altura, portanto, Demerval já sabia, você é que ainda não sabe.

Naquela manhã mesmo, pouco depois da cena de horror que lhe contei, deixei o quartinho dos fundos, carregando a minha velha mala amarrada por corda. Atravessei o beco rapidamente, ouvindo os gritos desesperados do casal. Sou incapaz de dizer o que sentia. As emoções se misturavam num turbilhão, mas o sentimento dominante era de medo. Só quando ganhei a rua foi que me perguntei: e agora, para onde eu vou?

Não soube responder, mas sabia que precisava fugir urgentemente daquela área. Fui até a rua Padre Eustáquio e peguei um bonde para o centro da cidade. Ao longo do percurso, a paisagem que se sucedia diante dos meus olhos foi me descontraindo, o medo foi se desvanecendo e uma enorme gratidão por Lorena tomou conta de mim. Foi com esse sentimento que fui recapitulando desordenadamente suas imagens desde a minha chegada a Belo Horizonte até aquela última, dela escapando nua do quarto. E fui tomado de grande compaixão por ela, pelo que poderia acontecer à sua vida. Senti um arrepio me varrer o corpo e uma lágrima se acumular em meus olhos.

Com ares de quem chega de viagem, pedi um quarto no modesto hotel da Avenida Santos Dumont, perto da rodoviária. Subi dois lances de escada e me instalei num quarto com cama patente, interruptor tipo pêra pendurado na cabeceira, mesa com toalha de plástico e moringa tampada com um copo de alumínio emborcado. Com a toalha em volta do pescoço, a escova de dentes presa entre os caninos e a saboneteira na mão, atravessei o longo e estreito corredor até o banheiro. Estava zonzo e confuso. Agia mecanicamente, como um zumbi à luz do dia. Na boca, o gosto amargo do jejum e a sensação áspera de saburra na língua.

O banho frio foi um choque de realidade. Recuperei um pouco do ânimo e uma parte da consciência. No bar da esquina tomei uma xícara de café com leite e comi um pão com manteiga. Melhorou o sabor na boca. Fui, apressado, para a farmácia.

Passei todo o dia num estado de torpor, preocupado com a precariedade da minha situação naquele hotel e pensando numa maneira de saber o que acontecera com Lorena. Só me esqueci dela naquelas duas ou três vezes em que Juliana me dirigiu rapidamente olhares e curtas palavras — as migalhas de alento que me concedia para manter acesa a fogueira que ardia dentro de mim. Foi um dia de confusão e tumulto interior. Quebrei pipeta, errei dosagens, perdi o ponto de uma pasta. Juliana me olhou com estranheza e o professor Cândido com desconfiança. Mas ambos silenciaram.

À noite, no colégio, expliquei a minha situação a uns poucos com quem ainda falava, e um tal de Elson — figura discreta e silenciosa — me disse que havia uma vaga na pensão onde morava. Pedi que falasse a meu respeito com a proprietária e anotei o endereço.

No hotel, deitado depois de um banho, as imagens de Lorena roubavam o meu sono. O magro colchão de capim deixava as molas quase em contato com o meu corpo. Eu virava de um lado para o outro e os ruídos do molejo me irritavam. Acendi a luz e fiquei olhando para o quarto. Sua nudez tinha uma fria impessoalidade. A minha velha mala aberta sobre a cadeira, com roupas saltando pelas bordas, me dava uma sensação de solidão e abandono. Eu passara o dia preocupado com Lorena, mas naquele momento eu senti, pela primeira vez, a dor da sua ausência. A essa dor ajuntou-se a aflição por não saber o que teria acontecido a ela.

No dia seguinte, aproveitei o horário de almoço para ir à pensão indicada pelo Elson. Quem me atendeu foi a própria dona Izaura, que estava à minha espera. O Elson falara a meu respeito. Depois de algumas perguntas, ela me conduziu ao andar de cima. Bateu na porta de um dos quartos e ouvimos um "Entra!". Ela abriu a porta. Entramos. Demerval, que estava estudando, interrompeu. Foi gentil e receptivo comigo. Gostei do quarto e achei que valia o aluguel. Fui ao hotel, peguei a minha mala e, afinal, ocupei a vaga.

Tive perfeita consciência de que estava começando uma nova etapa da minha vida. Daquele momento em diante, eu não dependia de família nem de parentes. Tinha o meu emprego, custeava a minha cama, a minha comida e o meu estudo. Era completamente independente. E completamente sozinho.

Uma semana depois da minha mudança, aconteceu uma novidade. Estava trabalhando no laboratório, quando um balconista veio me avisar que tinha alguém procurando por mim na farmácia. O coração quase me escapou pela boca. Hesitei se deveria ou não atender. Estava certo de que era o tio Alberto. O professor Cândido e Juliana me olhavam, estranhando a visita e, mais ainda, a minha hesitação. Assustado, fui atender.

Antes de entrar propriamente na farmácia, pedi ao balconista que mostrasse a pessoa que me procurava. Ele indicou alguém que, a uma certa distância, olhava a vitrine, e que eu não identifiquei num primeiro momento. Felizmente, não era o tio Alberto. Era um rapaz de idade indefinível, de estatura mediana, pele clara, cabelos despenteados. Nada nele chamava a atenção — a não ser as roupas puídas, amarrotadas, enxovalhadas e fora de moda. A apertada camisa xadrez era velha e desbotada, com punhos e colarinho abotoados; a calça curta deixava à mostra a meia de algodão; os sapatos estavam velhos e empoeirados. Era alguém que devia trabalhar na roça. Já estava convencido de que havia algum engano, quando o rapaz se virou na minha direção. Era Graciliano, meu irmão.

Abraçamo-nos, emocionados. Graciliano, sempre doce, fraternal e sensível, apertou-me mais, prolongou o abraço e chorou. Depois, nos olhamos com admiração. Ele, por reconhecer em mim um habitante da capital. Eu, por vê-lo envelhecido antes do tempo, malvestido, com aspecto pobre e jeito de caipira. Trocamos duas rápidas palavras sobre a saudade, e ele me puxou, apressado, para fora da farmácia.

Só na calçada Graciliano me mostrou: sob a sombra de um árvore e vestida de preto, a delgada figura de minha mãe. Ao seu lado, uma pequena mala no chão. Senti um arrepio de emoção e corri para apertá-la num abraço. Sua voz embargada só conseguia exclamar:

— Oh, meu filho! Meu filho! Meu filho!

— Oh, mãe! Que saudade, mãe!

Apertou o rosto entre as mãos e, de olhos úmidos, me olhou dentro dos olhos, como só as mães sabem fazer, tentando, ao mesmo tempo, me reconhecer como aquele que esteve no seu ventre, relembrar as minhas feições em cada idade, avaliar as mudanças que o tempo fez e perscrutar minha alma para saber se eu estava ou não feliz. Os transeuntes paravam para olhar.

— Que saudade, meu querido! Que saudade!

E voltou a me abraçar em silêncio, o rosto colado ao meu peito, ao mesmo tempo que passava a mão carinhosamente na minha cabeça. Então vi que seus cabelos, antes pretos e brilhantes, haviam se tornado de um prateado fosco. Eufórico e tentando espantar as preocupações, ergui seu corpo do chão. Estava leve como um pássaro. E frágil, espantosamente frágil.

— Que surpresa agradável, gente! — eu disse, repondo-a no chão. — A senhora está ótima, mãe! Você também, mano. Como vão as coisas em Olhos D'Água?

— Vão como Deus quer, meu filho — respondeu minha mãe.

— Vão indo — disse Graciliano. — Tudo na mesma. E por aqui?

— E você, meu querido, como você vai?

Percebi uma sombra de preocupação nas perguntas e nas fisionomias. Intuí do que se tratava e deduzi a razão da presença dos dois. Busquei confirmação:

— Onde estão hospedados?

— Na casa do tio Alberto — respondeu Graciliano.

Houve um segundo de silêncio. O olhar de minha mãe me devassava a alma. Parecia ansiar por uma palavra minha. Protetor, Graciliano pôs a mão no ombro dela e lhe fez um carinho cúmplice.

— Então, já sabem de tudo — eu disse.

Os dois confirmaram com a cabeça. Graciliano mais resignado, minha mãe mais decepcionada.

— É verdade, meu filho?

— Que o tio Alberto me expulsou de casa? É verdade.

— Que você era amante de Lorena.

Hesitei. Não queria decepcionar ainda mais a minha mãe, tão frágil e tão abalada. Nem comprometer Lorena.

— Era, filho? Você e Lorena... é verdade que eram...?

— É verdade, mãe.

Ela cobriu a boca com a mão, fechou os olhos, abaixou a cabeça e respirou fundo. Eu acabara de dizer o que ela já sabia mas não queria acreditar. Foram instantes de intenso sofrimento para ela. Graciliano a encorajou com um carinho no ombro.

— Alberto não merecia... foi tão bom com você! — ela disse, cabisbaixa.

— O mano não queria magoar o tio Alberto, mãe — disse Graciliano.

— Mas magoou. E Alberto é um homem bom. Foi bom para seu pai, foi bom para mim, foi bom para você. Não merecia sofrer o que está sofrendo.

— E Lorena? — perguntei. — O que aconteceu com ela?

Minha mãe me olhou, censurando a pergunta. Recusou-se a responder, olhando para o lado.

— Está lá — respondeu Graciliano.

— Sofrendo também, coitada — disse minha mãe com uma raiva que parecia responsabilizar unicamente a mim por tudo. — Por que justo a Lorena, meu filho? Com tanta mulher no mundo!

— Não sei, mãe. Não sei explicar. Mas eu queria que a senhora entendesse que eu não sou o único culpado não, mãe.

— Não fuja da sua responsabilidade. Eles viviam a vida deles, do jeito que Deus queria. Foi você que apareceu lá para infernizar tudo.

— Mas, mãe — cortou Graciliano —, eu já disse para a senhora o que eu penso e vou repetir: o mano pode ter sido ingrato com o tio Alberto, e foi; mas Lorena não é inocente, não. A casada era ela.

— Que me importa a Lorena, Graciliano? Ela não tem o meu sangue. Que a família dela se atenha com ela. O que não podia acontecer, na minha família, era um sobrinho trair o tio. Se o seu pai fosse vivo, morreria de vergonha. E digo mais, meu filho, para ser justa e lhe ensinar a justiça: seu tio tem toda razão de estar com ódio de você. Não fosse o homem bom que é, teria lhe matado, como muitos fazem. Você só não morreu porque Deus não quis.

— Mãe, me deixa falar um pouco — pedi com todo o respeito.

— Pois fala, filho. Eu vim aqui para ouvir você.

— Eu fiz o que fiz, e acho que errei. A senhora tem razão; eu não podia ter tratado o tio Alberto desse jeito.

— Eu pedi a ele, pelo amor de Deus, que perdoasse você. Disse que você é novo e não sabe o que faz.

— E ele? Me perdoou?

— Não — disse Graciliano.

— Não estou dizendo que você não sabe o que fez? Você não faz idéia do que sofre um homem traído. Costuma matar a mulher e o amante. Ele não vai perdoar assim, assim. Isso é ferida que leva muito tempo para cicatrizar. Se Deus ajudar que cicatrize um dia. Eu tenho para mim que a sua salvação foi a Lorena ter confessado e assumido a culpa de tudo.

— Mas era justamente isso que eu queria dizer, mãe.

— Quem sabe um pouco da vida, sabe que essas coisas nunca são culpa de um só.

— Eu acho que errei, mãe. Mas eu também não sou o único culpado de tudo. Quando cheguei na casa deles, eu fiquei quieto no meu quartinho, nos fundos. De noite, eu ouvia os gritos dos dois brigando. Tio Alberto queria que ela ficasse em casa, mas ela não agüentava viver trancada, e toda tarde saía escondido para passear, ir ao cinema, bater perna. Foi ela quem foi se oferecer para sair comigo e procurar emprego, para mostrar a cidade. Passou a me dar presentes, a me ajudar a pagar o colégio. Lorena é uma pessoa boa e me ajudou muito, mas ela já não vivia bem com o tio Alberto. O que aconteceu comigo, aconteceria com quem lhe desse atenção e um pouco de carinho, que era o que ela mais precisava.

Quando parei de falar, minha mãe ficou me olhando em silêncio. Parecia compreender toda a verdade.

— Filho, você não quer voltar para Olhos D'Água com a gente?

— O que a senhora está dizendo, mãe? — reagi, incrédulo. — Voltar? Não, mãe. De jeito nenhum. Voltar por quê?

— Eu ficaria mais tranqüila com você longe de Alberto e de Lorena.

— Eu me arrumei aqui, mãe. Tenho um bom emprego, estou estudando, consegui uma boa pensão para morar. Não vou botar fora tudo o que consegui. Tira isso da cabeça, mãe. Eu não vou sair daqui agora. Muito menos voltar para Olhos D'Água. O que eu iria fazer lá? Vender pão de queijo na rua?

Fez-se silêncio. Minha mãe olhou para Graciliano. Ele baixou a cabeça. Percebi que o magoei. Mas não quis pedir desculpa naquele momento. Ela apertou a mão de Graciliano apoiada no seu ombro. Depois de um tempo, ela rompeu o silêncio.

— E se Lorena lhe procurar?

— Isso não vai acontecer, mãe. Tio Alberto não vai deixar ela botar nem o nariz fora de casa.

— Pelo amor de Deus, meu filho. Pelo amor que você tem a sua mãe. Não veja Lorena mais, não fale mais com ela. Evite, meu querido. Afaste-se dela. Fuja como o diabo da cruz. Você me promete? Promete?

— Prometo, mãe.

— Que Deus lhe proteja! — ela disse, enquanto passava a mão no meu rosto carinhosamente. — Quando é que você vai aparecer em Olhos D'Água com calma? Quero matar a saudade.

— Quando é que vocês voltam?

— Agora mesmo — disse Graciliano.

— Vocês vieram por causa disso?

Ela interrompeu o carinho, hesitante. Depois decidiu falar tudo.

— Alberto me escreveu. Pediu que eu viesse urgente. Chegamos ontem. Ele contou tudo. Depois me pediu que conversasse com você.

— Conversasse o quê?

— Para você se afastar de Lorena. Disse que lhe poupou porque é o mesmo sangue. Mas jurou que se um dia souber — nem precisa ver, basta alguém lhe dizer — que vocês se encontraram, lhe mata.

Minha mãe deu um suspiro e depois esmagou o próprio rosto entre as mãos, olhando para o chão.

— Você tem que arranjar uma moça da sua idade, meu filho. E solteira. O que você precisa é de uma namorada.

— Mãe, vamos indo? — propôs Graciliano, erguendo a pequena mala.

— Eu vou com vocês. Espera um minuto que eu vou avisar o meu chefe.

Voltei ao laboratório, avisei ao professor Cândido. Depois, fui levá-los à rodoviária. Dentro do ônibus, já de partida, minha mãe me fez prometer, mais uma vez, que fugiria de Lorena. Não só prometi, como jurei.

A vinda de minha mãe e de Graciliano me deixou contente pela confirmação de que os amava e eles me amavam, mas também ficou claro para mim que eu tinha mudado muito e que já eram nítidas as diferenças entre nós. Para ser sincero, minha mãe e meu irmão — o que restara da minha família — pouco tinham em comum comigo. E isso me deixava a sensação de que estava cada vez mais só.

Como já disse, Demerval ocupara o lugar de meu único amigo e de meu confidente. Além das nossas conversas sobre as histórias de Olhos D'Água e Pedra Bonita, sobre farmacologia e sobre Juliana, saíamos para ir ao cinema, para tomar uma cerveja ou para ir ao *rendez-vous* da Zezé, onde ele atraía a atenção da mulherada que, mal entrávamos, o rodeava com carinhos, carícias, convites e propostas. Ele retribuía as brincadeiras e tinha fama de generoso. Fazia, sem alardes, o que viera fazer e parecia não dar importância àquilo — jamais comentou nada à saída. Como, aliás, nunca contava histórias de namoros nem amores, embora ouvisse com interesse, e até com uma certa cumplicidade, as sofridas e exaustivas lamentações sobre a minha paixão não correspondida por Juliana. Essa discrição era vazada pela freqüência com que alguns nomes femininos eram inadvertidamente citados, aqui e ali, nos seus casos; e pela quantidade — duas a três por semana — de cartas que recebia de Pedra Bonita, a maioria com nomes de mulheres no remetente, alguns dos quais presentes nas suas histórias. Para mim, Demerval era muito assediado pelas mulheres e, talvez por isso, não lhes desse importância. Mas, às vezes, quando o meu desespero crescia, ele dava sugestões de como eu deveria agir com Juliana. Numa dessas vezes, nós estávamos num bar e, ao som dos meus queixumes, já tínhamos tomado várias cervejas. A certa altura, ele disse:

— As mulheres só confiam nas palavras. Elas prestam atenção nas atitudes do homem, no comportamento, nos gestos, mas só acreditam mesmo no que o homem diz para elas, só se decidem pelo que ouvem. E falar é uma coisa que você sabe fazer.

— Mas falar o quê? O que eu vou dizer para a Juliana?

— Diga tudo isso que você me tem dito.

— Está louco, Demerval? Juliana nunca me deu essa confiança!

— Mas é isso que ela quer ouvir de um homem. Pode ser que esse homem não seja você. Mas, ainda que não seja, ela vai gostar de ouvir. O importante é que você diga tudo para ela, com toda a sinceridade.

— Eu me sentiria ridículo. Não, não tenho coragem.

— Ou você tem coragem e age; ou você tem medo e renuncia.

— Se eu soubesse que tenho alguma chance, talvez dissesse.

— Se não disser, nunca vai saber.

Ele ficou me olhando em silêncio, depois começou a falar num tom intencionalmente desafiador.

— Que tipo de homem é você, que tem medo de dizer a uma mulher o que sente por ela? Um covarde?

Senti um calor me subir pelo corpo e tive certeza de que estava ruborizado. Meu primeiro impulso foi de lhe dar uma porrada na cara, mas consegui me conter. Não sei por que na minha cabeça surgiram as imagens de Maria Antônia e eu nos beijando no cinema, depois o pai dela me esbofeteando, depois o pai dela exigindo de meu pai que eu me afastasse dela senão mandaria me matar.

— Você está bem? — perguntou Demerval, segurando no meu braço.

— Claro, estou.

— Ficou pálido de repente. Acho que já bebemos demais. Vamos embora.

Fomos para casa. As palavras de Demerval ecoavam na minha cabeça, já enevoada pelo álcool. Dormi mal aquela noite. E quando acordei, na manhã seguinte, foi angustiado pela dúvida de falar ou não falar com Juliana. E assim foi nos dias e semanas seguintes.

No laboratório, a dúvida se materializava em tremores e suores a cada olhar, a cada bom-dia ou boa-tarde. Algumas vezes, estive prestes a iniciar a conversa — e eu sabia que se iniciasse, iria até o fim —, mas logo desistia.

Um dia em que eu estava mais folgado — o movimento do laboratório dera uma aliviada depois de um período agitadíssimo — aproveitei para ler os relatos sobre o "Fogo Selvagem", que o professor Cândido me recomendara conhecer, logo que Juliana concluíra seu estudo. O laboratório estava vazio àquela hora e eu estava na minha bancada, diante de alguns volumes, quando ela se aproximou, um anjo de beleza, na pureza do uniforme branco. Chegou tão perto que o perfume de alfazema penetrou-me as narinas com a suavidade de uma brisa matinal. Meu coração se acelerou instantaneamente.

— Está entendendo tudo? — perguntou, referindo-se aos textos.

— Estou. Quer dizer, acho que estou.

— Deve estar, sim.

E sorriu para mim, olhando-me nos olhos como nunca o fizera até aquele dia. Senti as pernas bambearam, sentado no banco alto da bancada.

— Você deveria estudar medicina.

— Eu? Será? Por que você diz isso?

— Andei conversando sobre você com o professor Cândido. Ele também acha que você seria um ótimo médico.

E ela continuava a me olhar nos olhos, tão próxima que não só me inundava de alfazema, como o calor da sua respiração chegava ao meu rosto. Firmei o pé na perna do banco para conter o tremor.

— Mas, por quê? Por que eu tenho jeito? Você tem me observado?

— É claro que observo. Nós somos só quatro, trabalhando juntos, todos os dias, nesse laboratório!

— E o que você tem observado de mim?

— Que você é inteligente, estudioso, atento, minucioso...

Eu já não conseguia manter quieta a perna. Cruzei as mãos para que uma segurasse a outra. Meu coração acelerado parecia balançar o meu corpo. Ela estava linda como uma santa, os olhos brilhando como duas turmalinas. Senti que era o momento de abrir o coração, de falar tudo.

— Por que você nunca me disse isso antes? — quis saber.

— Por que eu não disse? Não sei. Falta de oportunidade.

— Pois há muito tempo eu também tenho umas coisas para lhe dizer e nunca tive oportunidade. Será que eu posso dizer agora?

— Claro. Diga.

Ela esperava sorrindo, os finos lábios entreabertos, os dentes reluzentes como diamantes. Eu me rendera às emoções. Entre calores, tremores, taquicardias, medos e ansiedades eu já não sabia distinguir, em toda aquela convulsão interna, que coisas se passavam comigo. Dizer ou não dizer? Resolvi dizer:

— Eu também acho você inteligente, estudiosa, dedicada...

— Puxa vida! Muito obrigada.

— ...educada e... bonita, linda. Você é linda, Juliana. Nesse tempo que estou trabalhando aqui, que a gente se vê quase diariamente, eu tenho observado você, observado muito e... me acostumei com a sua presença... e sinto muita falta quando você não vem, ou mesmo quando chega atrasada... e eu vou para casa pensando em você, às vezes nem durmo direito, com você na cabeça e...

Estaquei. Não consegui falar mais. Tentei olhar para ela, mas encontrei sua expressão tão estupidificada que desisti imediatamente e recolhi meu olhar ao chão. Depois de um curto tempo de silêncio, ela falou:

— Você está querendo dizer que...

— Isso mesmo, Juliana. Estou querendo dizer que estou apaixonado por você.

O laboratório vazio mergulhou num silêncio aterrador. Ela ainda manteve o olhar nos meus olhos por instantes, mais por inércia do que por desejo e, ao mesmo tempo que afastava o corpo do meu, virou-se para o lado com um sussurro:

— Oh, meu Deus!

Foi uma exclamação de reprovação. Não tive coragem de dizer mais nada. Ficamos ambos em silêncio e sem nos olharmos. Cravei os olhos na página aberta do livro à minha frente, com a fotografia de um doente de "Fogo Selvagem".

— Eu não sei o que dizer — ela disse.

— Não é preciso dizer nada.

— Você acha?

— Se a perturbou tanto assim, não diga nada.

— Seria o melhor para mim mesma. Mas se eu saísse daqui agora sem dizer nada, seria um desrespeito a você e ao que você sente por mim. Por isso eu vou falar, com toda a dificuldade.

Ela fez uma pausa. Estava ofegante. Apertava uma mão na outra. A dermatose bulbosa do doente da foto não poderia fazê-lo sofrer mais do que eu, naquele momento.

— Eu acho você um rapaz inteligente, educado, cheio de predicados, mas não tenho como responder à sua paixão. Infelizmente, eu não sinto o mesmo por você. Imagino que deve ser difícil ouvir isso, porque é muito difícil dizer. Mas eu já aprendi que, nesses assuntos, é melhor a gente ser clara, ainda que doa. Dói, mas não alimenta ilusões. Você poderia até propor que a gente se conhecesse mais, se desse uma oportunidade, mas... eu já tenho um namorado. Ele estuda medicina também, somos amigos de infância e nossas famílias se conhecem. Acho até que você já nos viu juntos, não viu?

Balancei a cabeça, confirmando. Foi o único movimento que consegui fazer; meu corpo tinha se petrificado. Ficamos em silêncio. Estávamos mais afastados, mas eu podia sentir a respiração dela.

— Espero que isso não mude nada entre nós aqui no laboratório — ela disse e fez menção de que ia se afastar. — Dá licença.

Antes de se afastar, parou e falou num tom amistoso.

— Eu continuo achando que você deveria estudar medicina — e foi para a sua bancada.

O chão se abriu em fendas aos meus pés e eu desapareci terra adentro, arrastando comigo aquela paixão recusada, desprezada, cuspida e escarrada. Eu merecia morrer queimado no centro da Terra pela insolência de ter confessado o meu amor à deusa de branca pureza. Como me odiei por ter feito aquela confissão! Como me odiei por não estudar medicina, por não ser seu amigo de infância, pela minha família não conhecer a família dela. Que ódio eu tive de ser aquele verme desprezível que eu era. Que ódio eu tive do meu pai, da minha mãe, que me puseram no mundo para ser aquele merda. Eu merecia contrair o “Fogo Selvagem” para o meu corpo arder em coceiras e a minha pele se arrebentar em chagas purulentas.

A vontade de morrer me perseguiu por várias noitadas etílicas a que Demerval sentiu-se obrigado a me acompanhar com indulgente paciência.

A cada noite ele desfiava novos argumentos que justificariam qualquer mortal manter-se vivo. Mas eram a cerveja, o conhaque e a cachaça que me arrastavam para algum lugar onde a dor ficava mais suportável e a própria vida tão banal que nem valia a pena morrer.

Sofri como um cão hidrófobo, como um condenado às galés, como um monge trapista. Uma paixão não correspondida é o princípio do fim. Você oferece a alguém tudo o que há de melhor em você, e a oferta é recusada. O sentimento não é apenas o de rejeição de uma pessoa, mas do mundo inteiro. É como se lhe empurrassem num abismo; você despenca indefinidamente sem ter onde se agarrar. Nessa queda interminável, o cotidiano se despedaça.

Eu deitava quase sempre de madrugada e bêbado. Demerval — sabe Deus com que dificuldade! — se incumbia de me tirar a roupa e os sapatos. Era ele também que me acordava, poucas e maldormidas horas depois, para ir trabalhar. Perdi completamente o apetite. Mal conseguia comer um pão com manteiga e uma xícara de café com leite. Não conseguia me concentrar no que fazia. No colégio, não dava notícia de nenhuma matéria. Eu tinha noção de que a vida continuava, mas sentia que tudo à minha volta perdera a importância, se esvaziara, se diluíra. O sentimento de inutilidade só aumentava a sensação de impotência. Meu único alento era conversar com o Demerval e tentar, a cada noite, arrancar dele uma resposta para a pergunta que me devastava: por que ela não se interessara por mim, que a amava tanto e que poderia torná-la a mulher mais feliz do mundo?

Demerval se esforçava, usava de todos os malabarismos verbais para responder, dava exemplos, contava histórias. Mas, a cada tentativa, eu dizia para mim mesmo: mas ela me ama, ela deve me amar, ela só não quer admitir porque eu sou quem sou, e disfarça esse amor alegando que tem um namorado que foi amigo de infância, etc.

O meu estado de aniquilamento pelo desprezo de Juliana me levava, às vezes, a pensar em como estaria Lorena, que dizia me amar da única forma que se pode amar, desesperadamente. Deveria estar sofrendo tão desesperadamente quanto eu, coitada. Várias vezes tive vontade procurá-la; ela poderia ser um consolo para o meu abandono. Mas logo desistia da idéia. O arrependimento por ter traído o tio Alberto riscara completamente Lorena da minha vida. Por motivos diversos, eu fazia com ela o mesmo que Juliana fazia comigo.

Depois de um longo tempo de sofrimentos e conversas noite adentro,

Demerval me convenceu de que apaixonar-se é muito perigoso. Que para escapar à autodestruição irreversível e preservar o que ainda me restava de dignidade e altivez, eu deveria esconder os meus sentimentos. No laboratório, passei a usar a máscara glacial da indiferença e a camisa-de-força da impassibilidade — nada da turbulência da minha paixão poderia transparecer. Porém, por mais que me empenhasse nesse teatro, tinha certeza de que Juliana sabia que eu estava mascarando. Mais: ela sabia que eu sofria por mascarar. Algumas situações do dia-a-dia eram delicadas, difíceis mesmo. Mas as longas conversas com Demerval — que parecia conhecer a psicologia feminina, principalmente no seu viés oportunista e interesseiro — me davam força e frieza para contorná-las e ultrapassá-las.

Como — graças a Deus! — não há mal que sempre dure, e o próprio sofrimento um dia exaure o sofredor, a minha dor foi se amainando. Aos poucos, minhas conversas com Demerval passaram a incluir outros assuntos — ele cismara, com mais convicção do que Juliana, que eu tinha que estudar medicina —, comecei a prestar atenção no mundo à minha volta, já conseguia me concentrar no trabalho e até assistir a uma aula do começo ao fim.

Enfim, um dia, da mesma forma que os egípcios faziam com seus faraós, embalsamei a deusa Juliana e a sepultei num canto sombrio do meu coração. Claro que, no princípio, ela, às vezes, ressuscitava subitamente; mas, com o tempo, essas ressurreições já não se repetiam com a anterior intensidade dos ciclones. Foram, aos poucos, rareando e enfraquecendo tanto que já não alteravam sequer as batidas do meu coração. O que restou foi um insuperável ressentimento. Mas isso é outra coisa.

Sem o sepultamento e o luto, eu não conseguiria continuar trabalhando no laboratório, nem freqüentar as aulas e, talvez, quem sabe, nem mesmo viver. Outra coisa que me trouxe ânimo e esperança foi ter me deixado convencer, pelo Demerval e — por que não admitir — pela Juliana, de que deveria estudar medicina. Ter uma meta, um ideal — e quanto mais difícil melhor — alivia qualquer fracasso amoroso. Foi uma motivação a mais imaginar que a medicina me alçaria ao mesmo patamar, senão de Juliana, do seu namorado. Além disso, uma profissão de tal nobreza e que exige tamanha abnegação recomporia a minha imagem perante minha mãe, que se decepcionara com a traição ao tio Alberto. Por último, meus conhecimentos de farmacologia seriam aproveitados, sem falar que, na preparação para o vestibular, teria a companhia e o apoio de Demerval. Desde então, meu programa nos finais de semana passou a ser estudar.

Assim iam as coisas, quando uma noite eu assistia aula no colégio e fui chamado à secretaria. Para minha surpresa, quem lá me esperava era o Jurandir, do Depósito Paraíso de Materiais de Construção. Fora me avisar que o seu Paraíso morrera e o enterro seria na manhã seguinte, no cemitério do Bonfim. Estava ali por iniciativa própria, não a mando de dona Gertrudes. Achava que seu Paraíso gostava de mim e que ficaria feliz se eu estivesse presente à sua despedida. Consternado, agradeci o gesto de Jurandir e prometi que iria ao cemitério.

Dada a notícia e aliviado o impacto, Jurandir me disse, com um sorriso de felicidade:

— Preciso dizer uma coisa. Vou aproveitar agora: já leio corrido. Mesmo quando não tem desenho.

Dei-lhe os parabéns. Ele foi embora feliz. Fiquei com a impressão de que viera mais para falar que aprendera a ler do que para anunciar a morte do seu Paraíso.

Não consegui mais assistir aula. Fiquei andando pela avenida Afonso Pena, pensando na última vez em que vira seu Paraíso e ele, na cadeira de rodas, me dissera que gostaria de ter um filho como eu.

Era insuportável ouvir o barulho surdo de cada monte de terra desabando sobre o caixão onde seu Paraíso fora trancado. Não me lembrei de ter sentido essa agonia no enterro do meu pai. Estava à beira da cova e procurei pelos filhos do morto. Tinham a fisionomia compungida, mas não choravam como dona Gertrudes, a quem amparavam. Comecei a observar a centena de presentes — todos silenciosos e circunspectos —, me perguntando em que estaria pensando cada um, quando me deparei com um par de olhos fixos em mim. Era Lorena.

Apesar do susto, não consegui tirar imediatamente os olhos dela, atraído como um sapo pela serpente. E ela me devorava com o olhar. Quando, afinal, escapei das linhas de força daquele ímã, foi por muito pouco tempo — apenas o suficiente para registrar que, à sua volta, não havia ninguém conhecido. Logo, meus olhos estavam de volta àquele rosto, belo sempre, agora, porém, mais pálido, mais magro e com uma sombra de amargura que parecia anterior à tristeza pela perda do amigo. Ficamos, pois, de olhos nos olhos, enquanto durou o sepultamento. Só quando os últimos presentes se afastavam do túmulo, já coberto de coroas de flores, foi que ela, visivelmente a contragosto, girou lentamente, olhando-me até o último ângulo de visão, e seguiu em frente, sem se virar. Não nos falamos, sequer nos aproximamos. Mas, para que eu soubesse o que lhe ia na alma, não era preciso nem uma coisa nem outra. Aquele olhar valia por palavras e abraços.

Eu devia conhecer Lorena para saber que o fogo daquele olhar não se apagaria só de me ver. Se a conhecesse, de fato, não levaria o susto que levei quando, menos de uma semana depois do enterro, ela foi me procurar no Colégio Afonso Celso. E, bem ao seu estilo, ultrapassou porteiro e secretária, surgindo inopinadamente na porta da minha sala, em plena aula. Toda a turma se voltou para a porta. Ela sorriu e balançou na minha direção um embrulho que tinha na mão. Sob a gozação de todos, saí da sala e fui ao seu encontro.

No corredor, fora do alcance da turma, olhamo-nos em silêncio por um tempo. Ela mordia os lábios, nervosa. Depois, me estendeu o embrulho.

— Essas camisas eu ainda não tinha passado quando você... ficaram lá... achei que podiam estar fazendo falta.

— Estão mesmo. Obrigado.

De repente, ela se atirou sobre mim, me abraçou e me apertou com sofreguidão. Estava trêmula e emocionada. Senti as formas do seu corpo contra o meu. Ela ofegava ao mesmo tempo que sussurrava no meu ouvido.

— Ah, que saudade! Que saudade desse abraço! Que saudade de você! Que saudade do seu corpo!

Apertei-a contra mim, confortado. Eu também estava com saudade daquele corpo, daquele calor e até daquela sofreguidão meio insana.

— Vamos sair daqui — eu disse. — Pode vir alguém.

Deixamos o colégio e ganhamos a rua. Ela segurou a minha mão, mas na primeira oportunidade soltei-a delicadamente. Parei na penumbra da esquina. Ela começou a morder seguidamente a minha boca até que nos beijamos com o mesmo fogo de outros tempos. Um vulto virou a esquina; instintivamente, afastei-a de mim. Era um homem que, ao passar, virou-se para nos olhar.

— Depois que o vi no cemitério, não agüentei mais ficar longe de você. Resolvi vir. Fiz mal?

— E o tio Alberto? — perguntei ao invés de respondê-la.

— Você emagreceu tanto! — ela disse sem me responder. — O que você tem feito?

— Trabalhado, estudado, tudo igual.
— Continua na farmácia?
— Hum-hum.
— Está morando onde?
— Numa pensão, aqui perto.
— Sentiu a minha falta?
— Senti.
Ela levou minha mão à boca e beijou-a inúmeras vezes.
— Por que não me procurou, meu amor? Você sabe que o Alberto sai toda tarde para trabalhar.
— Eu também trabalho toda tarde. Mas não é só por isso.
Parou de beijar a minha mão e passou a apertá-la.
— Eu sei. Você ficou assustado com o Alberto.
— O que ele fez com você?
— Não quero falar disso.
— Mas eu quero saber.
— Foi tudo tão triste.
— Ele bateu em você?
— Humilhou. Espancou. Tentou me matar.
— E você?
— Eu o quê? Eu era culpada.
— Você vai esmagar a minha mão — eu disse, recolhendo-a.
— Desculpa.
— Ele jurou me matar se eu voltasse a me encontrar com você.
— Eu sei. Se ele ao menos sonhar que estive aqui, me mata. Eu queria conversar com você justamente sobre isso, meu amor. Se ele me mata porque eu o vi, eu morro se não vejo você. Cada dia que passo longe de você, meu querido, eu o quero mais, fico mais apaixonada, amo mais você. Eu não consigo, eu não quero viver sem você.

Ela me abraçou apertado, esmagando as carnes das minhas costas; estava muito emocionada e começou a soluçar.

— Vamos fugir daqui, meu amor. Vamos embora para o Rio de Janeiro. Começar uma vida nova. Vamos ser muito felizes, meu querido.

O embrulho das camisas escapou da minha mão. Desfiz o abraço e peguei-o no chão. Ela tirou o lenço da bolsa e enxugou as lágrimas.

— Você está calado. O que está acontecendo? Por que não diz nada?
— Estou pensando.

— Pensando em quê? Então, pensa alto! Eu quero saber.

Deixei que o silêncio se incumbisse de abaixar o tom da conversa. Ela esperou, ansiosa, que eu dissesse alguma coisa. Voltou a chorar. Quando, não resistindo mais ao silêncio, falou de novo, foi num tom mais baixo e mais humilde.

— Em que você está pensando, meu amor?

— As coisas mudaram, Lorena.

— O que foi que mudou? Para mim, não mudou nada.

— Eu traí meu tio, Lorena. Meu próprio sangue. Minha mãe e meu irmão não aceitaram isso.

— Mas isso não é de agora. Se há traição, há desde o começo.

— No começo, ninguém sabia. Nem eu, nem você estávamos ameaçados de morte.

— Esquece essas ameaças, meu amor! Quem vai nos encontrar numa cidade do tamanho do Rio de Janeiro?

Calei-me. Ela estava exaltada outra vez. Um casal virou a esquina e se aproximou. Passou por nós em silêncio.

— O que você quer dizer com "as coisas mudaram"?

— Que minha vida tomou um rumo; consegui um bom emprego, gosto da pensão onde estou morando, falta pouco para acabar o curso científico, estou me preparando para o vestibular de medicina...

— Você vai estudar medicina, meu amor? Que maravilha!

— Por enquanto, vou apenas fazer o vestibular. E com poucas chances. Medicina e engenharia são os mais difíceis e disputados.

— Você vai passar, meu amor! Você é inteligente, estudioso, determinado, por que não passaria? Meu amor, um doutor, imagina! Fico emocionada só de pensar!

Ela fez uma pausa e abaixou a cabeça.

— Agora, entendi por que as coisas mudaram. Eu estou fora, não é?

— Eu tenho muito que aprender, Lorena. Sou novo ainda para...

— É outra, não é? Fala a verdade! Você já arranjou outra! Responde! Já se agarrou noutro rabo-de-saia?

— Lorena! Vê como fala!

— Está bem. Vou falar com calma. Assim está bem? Agora, me diga com toda a calma: você tem outro emprego, tem outra casa, tem também outra mulher?

— Eu vou dizer a verdade, Lorena. Você merece o meu carinho e a minha sinceridade. E depois eu aprendi que, nessas coisas, é melhor a gente ser claro, mesmo que doa. Dói, mas não cria ilusões. Eu já sei como é difícil ouvir isso e agora estou sabendo como é difícil dizer.

— Vá direto ao assunto, anda! É outra?

— É.

— E você está apaixonado por ela?

— Estou.

Lorena desabou num choro convulso e descontrolado. Falava entre os soluços, de maneira desconexa, às vezes para mim, às vezes para ela mesma.

— Você está apaixonado por outra mulher? Para que, meu amor? Você já não me tem? Por que, meu Deus, fazer isso comigo? Eu apanhei tanto por você! Quase morri por sua causa! Eu sou sua amante, sua tia, sua mulher, sua puta, sua protetora, sua escrava, sua tudo que você quiser! E você se apaixona por outra? Eu queria entender, meu amor, ser compreensiva, mas não entendo! Nem consigo aceitar. Eu amo você tanto, meu querido! Sou desesperadamente apaixonada! Eu já fiz, faço agora e vou fazer sempre, tudo o que for preciso para ter você! Porque você é o homem da minha vida! E agora, que você tem outra, o que eu vou fazer da minha vida? A quem eu vou amar, meu Deus? Eu sofri tanto por você e não o tenho...

Sem parar de chorar, e repetindo suas perguntas no murmúrio interminável de uma insana oração, Lorena foi se afastando, o corpo abandonado a si mesmo, num passo incerto. Encostei no poste e, com o coração dilacerado, mas o espírito aliviado, acompanhei, da penumbra, ela afastar-se.

A cada dia eu ficava mais animado com a idéia de fazer o vestibular de medicina. Todo o meu tempo disponível era agora dedicado a estudar. E Demerval contribuía muito para essa empolgação. Ele sabia bastante e tinha uma enorme facilidade para ensinar. Durante a semana, começávamos logo que eu chegava do colégio — isto é, nos dias, cada vez mais raros, que eu ia ao colégio — e ficávamos até por volta das duas da manhã. Nos finais de semana, só parávamos quando os pardais, que infestavam as árvores da rua Rio de Janeiro, anunciavam a alvorada com a caótica sinfonia do seu chilreado.

Apesar do cansaço, eu estava gostando de aprender. No laboratório, passei a conversar mais com o recatado professor Duílio. De origem muito humilde, ele conseguira tudo o que tinha através do estudo da medicina. Na adolescência fora trocador de ônibus e dizia que, sem estudar, seria, no máximo, motorista — que foi o destino de todos os garotos da sua rua. Aos poucos, a idéia de ser médico, e não apenas de fazer um vestibular, foi tomando corpo dentro de mim. Até Juliana me surpreendeu um dia, trazendo-me, sem que eu pedisse, alguns livros com matérias para o vestibular.

Enfronhado com as características de cada curso de medicina de Minas, Rio e São Paulo, assim como com as tendências dos seus vestibulares e as datas das provas, Demerval decidira se inscrever em dois exames: da Universidade de Minas Gerais e da Faculdade Nacional de Medicina, no Rio de Janeiro. Queria me convencer a fazer o mesmo. Mas eu não poderia fazer provas fora de Belo Horizonte por causa do meu trabalho. Ele insistiu, garantindo inclusive que me conseguiria emprego com um tio seu estabelecido no Rio de Janeiro. Não me convenci e esqueci o assunto. O que interessava mesmo era estudar.

Um dia — eu me lembro como se fosse hoje, pois naquele dia minha vida deu outra guinada — estávamos mergulhados no silencioso trabalho do laboratório, quando o doutor Homero, seguido de Fabiano, entrou abaladíssimo e deu uma notícia chocante. O presidente dos Estados Unidos, John Kennedy, fora assassinado em Dallas, no Texas. Segundo meu patrão, que estava transtornado, um maluco o alvejara na cabeça, quando desfilava em carro aberto. A reação foi de consternação e revolta. Todos interromperam o que faziam e nos reunimos em círculo à volta da bancada do professor Cândido. Enquanto o doutor Homero dizia que Kennedy fora o melhor presidente americano dos últimos tempos, criador da Aliança para o Progresso, que tanto beneficiara os pobres da América Latina, e o professor Cândido, que estudara nos Estados Unidos, considerava incompreensíveis o fanatismo e a violência do país mais avançado do mundo, o professor Duílio lamentou a morte de um presidente tão jovem e Juliana lembrou que ele e a esposa, Jacqueline Kennedy, formavam um lindo par — ambos ricos, bonitos, inteligentes e com filhos maravilhosos. A conversa prosseguiu num tom de lamento até mesmo quando o doutor Homero comentou algumas características do vice-presidente, Lyndon Johnson, que já assumira a presidência.

Foi quando o inesperado abriu a porta de vai-e-vem e irrompeu como um furacão no laboratório. Cabelos despenteados, roupas em desalinho, magra de encovar os olhos, pálida de ressaltar as olheiras profundas, mãos trêmulas e agitadas — assim era o inesperado furacão, que atendia pelo nome de Lorena. Todos se voltaram para ela, perplexos.

— Lorena! — eu disse. — O que está acontecendo? Você não pode entrar aqui!

Ela não respondeu, nem se abalou. Com uma respiração ruidosa, encarou um a um os presentes no círculo, detendo-se mais tempo em Juliana.

— A senhora deseja alguma coisa? — perguntou o professor Cândido.

— Desejo, sim — ela disse com uma voz irreconhecível, lenta, grave e gutural. — Quero falar com esse rapaz.

— Então, vamos conversar lá fora — eu disse, avançando para ela e segurando-a pelo braço.

Sem tirar os olhos de Juliana, ela livrou o braço com um safanão e disse com aquela estranha voz.

— É ela, não é?

— Ela, quem? — perguntei.

— Quem é essa? — quis saber o doutor Homero.

— É a tia dele — respondeu Fabiano, que reconhecera Lorena da vez em que fora ao meu quarto dos fundos buscar um trabalho.

— Vamos sair daqui, Lorena — eu pedi.

— É ela, sim. Eu sei que é ela — Lorena afirmou com insana convicção.

— Eu, o quê? — perguntou Juliana.

— Vamos lá para fora, Lorena — eu disse com mais firmeza, assustado com a estranheza das suas atitudes e segurando com mais força o seu braço. Mas ela, com um vigor surpreendente, arrancou a minha mão do próprio braço e me empurrou de encontro à bancada com tal ímpeto que ela própria quase caiu e eu derrubei um banco.

— O que há com a minha filha? — quis saber o doutor Homero.

— A sua filha quer me roubar o homem da minha vida — respondeu Lorena sem tirar os olhos de Juliana e caminhando para ela.

— Eu? Está louca? — disse Juliana, recuando assustada.

— Afaste-se do meu homem! — rugiu Lorena, ameaçadoramente.

— Segura ela! — gritou o doutor Homero.

Lorena erguera o braço para atacar Juliana, quando Fabiano o reteve e o professor Duílio segurou o outro.

— Me larga! Me larga! — gritava Lorena. — Eu vou mostrar a essa vagabunda o que ela merece!

Segura pelos dois braços, Lorena sacudia-se tentando escapar. Mais pesado, o professor Duílio logo perdeu o equilíbrio e soltou-a para não cair.

Fabiano se esforçava para contê-la, mas ela se agitava, girava e sacudia-se, empurrando-o contra a parede ou contra a bancada, ao mesmo tempo que gritava.

— Me larga! Me solta! Essa vadia merece uma lição!

O doutor Homero, o professor Cândido e o professor Duílio entraram no corpo-a-corpo para contê-la. Juliana deu a volta à bancada geral e ia escapando pela porta, quando Lorena alcançou um vidro de um produto qualquer e atirou nela.

— Larga meu homem, sua vaca! Ou eu te mato!

Juliana abaixou-se antes de cruzar a porta, enquanto o vidro se espatifava contra a parede e o líquido amarelado escorria pelo azulejo branco. Quase detida, e com Juliana fora do seu alcance, Lorena vingou-se dando prejuízos. Com o braço solto, arrastou inúmeros vidros que estavam sobre a bancada, jogando-os no chão, num mar de cores e cheiros, ao mesmo tempo que gritava:

— Ele é meu homem! Se tomar meu homem, eu mato!

Foi, enfim, dominada pelos quatro. Ela caiu num choro convulso. Olhava para mim e suplicava:

— Não me deixa, meu amor. Eu não posso viver sem você.

O doutor Homero correu até a farmácia e voltou com um farmacêutico de seringa na mão. Aplicaram uma injeção em Lorena.

— Larga ela, meu amor. Volta para mim. Vamos ser felizes no Rio de Janeiro.

Foi, aos poucos, sedando, até adormecer. O doutor Homero, irritado, me perguntou:

— É sua tia mesmo?

— É, sim, senhor — respondi.

— Então leve a sua tia para casa. — Virando-se para o doutor Duílio, disse: — Vá junto para qualquer eventualidade. — E falou para o filho Fabiano: — Leve-os de carro.

Eu e o doutor Duílio a carregamos até o carro. Ela foi no banco de trás, com a cabeça no meu colo. Os dois foram na frente. No caminho, inventei uma mentira para não precisar descer. Lorena sofria das faculdades mentais. Nos seus surtos, me confundia com o marido, que, mesmo sabendo-a doente, passara a suspeitar de mim. O clima ficara difícil e eu acabara me mudando de lá. Ela, agora, quando entrava em crise, saía à minha procura, achando que eu era o seu marido e que vivia com uma amante. Fabiano e o doutor Duílio acreditaram. Diante da casa, desceram com ela, e eu esperei no carro. Abaixei-me quando o tio Alberto abriu a porta.

De volta ao laboratório, o professor Cândido me comunicou que o doutor Homero me demitira por conduta incompatível com a empresa. Foi inútil repetir a mentira. Perdi o emprego.

Felizmente, Demerval tinha o abençoado poder de transformar derrotas em vitórias. Aplacou o meu desespero com a idéia de que era uma dádiva o desemprego a dois meses do vestibular. Nesse tempo, com dedicação exclusiva ao estudo, eu poderia recuperar o meu atraso e rever toda a matéria. E mais: com a sua peculiar generosidade, se dispôs a emprestar o dinheiro que, eventualmente, viesse a faltar nesse período. Aceitei, agradecido, a oferta, certo de que não precisaria, pois, concluído o curso científico, eu deixaria de pagar o colégio a partir daquele mês. Outra decisão que decorreu da perda do emprego foi a de tentar também o vestibular no Rio de Janeiro, que era antes do da UMG. Afora o aumento das chances de aprovação com um outro teste, havia nesta decisão uma possibilidade confortadora, que era atender ao pedido de minha mãe, e que se tornara um anseio também meu: afastar-me de Lorena e do tio Alberto.

Demerval escreveu ao tio dele, que morava no Rio de Janeiro, enviando documentos e procuração para que fizesse a nossa inscrição; e ele nos mandou a matéria de cada prova.

Entramos de cabeça nos estudos. Era dia e noite trancados no quarto. Não se fazia outra coisa, não se falava de outro assunto. Mal sabíamos qual era o dia da semana ou qual era a hora do dia ou da noite. Contra nós, o tempo, que passava rápido, muito rápido, rápido demais.

Estudamos até na noite de Natal, com uma interrupção à meia-noite para tomar um copo de vinho Sangue de Boi e comer um pedaço do frango assado que dona Izaura preparara. Na passagem do ano, compramos uma garrafa de champanhe Michielon e estouramos no quarto mesmo e, bebendo no gargalo, fizemo-nos votos mútuos de boa sorte no vestibular. O que restou no fundo da garrafa presenteamos dona Izaura com votos de Feliz 1964.

Numa manhã ensolarada pegamos, enfim, o ônibus da Viação Cometa com destino ao Rio de Janeiro. Lembro-me, como se tivesse acontecido ontem, porque uma imagem, que guardo com nitidez até hoje e que se fixou na minha memória nos poucos instantes da passagem do ônibus, me inundou o coração de tristeza. Quando passamos pela avenida Afonso Pena, aquelas árvores maravilhosas, antigas e frondosas, que um dia deram a Belo Horizonte o cognome de "cidade jardim", estavam sendo arrancadas. Raízes profundas emergiam à luz do sol, deixando no lugar enormes crateras de revolvida terra vermelha.

XVIII

Quando o ônibus começou a descer a serra, já pude vislumbrar, mesmo a distância, o tamanho do Rio de Janeiro e senti um calafrio de medo. "Santo Deus, por que não me resignei, como todo mundo, a fazer o vestibular só em Belo Horizonte?", me perguntei. "Tinha que inventar moda? E se eu for aprovado, como será viver sem família nem parentes numa metrópole desse tamanho? Será que isso vai dar certo?" As perguntas se atropelavam na minha cabeça, mas não conseguia responder a nenhuma. Elas apenas afligiam o meu espírito. Porém, Demerval, cochilando ao meu lado, me emprestava uma certa tranqüilidade — não só conhecia a cidade, como tinha parentes lá.

O que assustava e, ao mesmo tempo, enchia de curiosidade não era só o tamanho, mas o significado que a cidade tinha para mim. Afinal, desde a escola primária, em Olhos D'Água, eu ouvia falar do Rio de Janeiro, a capital do Brasil durante séculos e até quatro ou cinco anos antes. As emissoras de rádio em que minha mãe ouvia novela e nós às vezes ouvíamos um programa humorístico chamado *Balança, mas não cai* eram do Rio; as artistas que saíam na *Revista do Rádio*, que Idalina lia — Angela Maria, Emilinha Borba, Marlene —, todas moravam no Rio; os times de futebol que tinham as maiores torcidas — Flamengo, Fluminense, Vasco e Botafogo — eram do Rio e jogavam no Maracanã, o maior estádio do mundo; as revistas que chegavam a Olhos D'Água — *O Cruzeiro* e *Manchete* — eram do Rio; os filmes brasileiros que a gente via, estrelados por Oscarito e Grande Othelo, eram todos feitos no Rio — e tanto as revistas quanto os filmes mostravam as praias, as mulheres seminuas, a vida noturna de Copacabana, as boates, o carnaval. Enfim, o Rio de Janeiro, na minha imaginação, era uma espécie de paraíso de prazeres, alegrias e tentações.

Desembarcamos na rodoviária. O barulho e o movimento de ônibus e passageiros me assustaram. Além disso, achei a gare meio escura. Com a advertência de Demerval para ficar atento à bagagem, atraquei-me à minha mala — com um peso maior de livros do que de roupas — e o segui — passo atrás de passo —, trombando com uns que corriam com bagagens para embarcar, desviando de outros, apressados após desembarcar. E quando ganhamos a calçada, o meu susto virou quase pânico. Fiquei atarantado com tantas sensações simultâneas. Primeiro, a luminosidade, intensa e feérica, como se o sol tivesse ficado mais perto. Todas as cores ganharam contrastes agressivos. Era desconfortável, embora não insuportável. Para não ofuscar os olhos, fui obrigado a mantê-los semicerrados e a pôr a mão em aba sobre a testa. Depois, o calor — esse, sim, insuportável — abafado, asfixiante, mais pesado do que o de Olhos D'Água, o que aumentava a impressão de que o sol estava, de fato, mais próximo. Naquela canícula, o cansaço da viagem crescia e a respiração ficava mais difícil. E ao calor se juntava o barulho: ônibus, carros, buzinas, as ofertas ruidosas de camelôs e cambistas, pessoas que brincavam aos gritos e se cumprimentavam aos berros. Além de tudo isso, a quantidade espantosa de gente! Eu nunca vira nada igual. Um verdadeiro formigueiro humano. Foi então que a voz de Demerval, quase gritada, aplacou um pouco da minha intranqüilidade:

— Essa é a praça Mauá. E ali é o porto — e me indicou com um movimento de cabeça.

— Dá para ver o mar dali? — perguntei alto.

— Claro. Não está vendo um navio atracado? Mas isso não é hora de ver o mar. Muito menos de mala na mão.

Atravessamos a praça Mauá. Com o calor, o asfalto amolecia, prendendo o sapato a cada passo. Apavorado com a quantidade de gente, carros e barulhos, acertei o passo com Demerval. Logo, tomamos um ônibus. Para entrar foi um empurra-empurra. Dava a impressão de que só entrava um atrás, se espirrasse um na frente. Uma vez embarcados, para sentar foi um outro vale-tudo. Foi só quando me vi, enfim, sentado, a mala entre as pernas, a camisa molhada, que fiquei mais calmo. E pela conversa coletiva e em voz alta dentro do ônibus — é um costume carioca discutir um determinado tema com a participação de todos os presentes em ônibus, elevadores, salas de espera e filas —, ficamos sabendo que os empregados da Light, a empresa de eletricidade, haviam entrado em greve. Naquele dia, a cidade estava sem bonde, sem gás e com a luz racionada.

Durou pouco a minha calma. Mal zarpou, o ônibus logo atingiu a velocidade de um bólido. Eu não fazia idéia do percurso nem conseguia apreciar as pessoas, a paisagem, os logradouros ou a arquitetura. A cada reta, tinha certeza de que seria impossível voltar a pará-lo, e a cada curva, vinha a certeza de que capotaríamos. Afinal, desembarcamos vivos e, aliviado, pisei em terra firme. Estávamos no bucólico bairro do Catete, em pleno verão carioca.

No pequeno Catete, de não mais que dez ou quinze ruas calmas e arborizadas, onde pululavam pensões e pequenos hotéis, a construção típica eram os sobradinhos de dois andares, com portas e janelas dando diretamente para a rua. Por incrível que pareça, o bairro tinha uma quietude provinciana. A pensão indicada e reservada pelo tio do Demerval ficava no número 163 da rua Silveira Martins, uma silenciosa transversal às duas principais ruas do bairro, a Bento Lisboa e a própria rua do Catete. Poucos metros abaixo, havia a travessa Carlos de Sá e, descendo mais, na esquina com a rua do Catete, ficava nada menos que o próprio palácio do Catete — onde dez anos atrás o presidente Getúlio Vargas se suicidara e que fora a sede do governo federal até cinco anos antes.

Bem diferente dos sobrados típicos do bairro, a pensão tinha um pequeno jardim na frente, que se estendia para a lateral, onde uma mangueira, alta e de ampla copa, garantia a sombra nos bancos de cimento. Na varanda, havia quatro preguiçosas cadeiras de vime, onde os hóspedes liam o jornal, palitavam os dentes ou cochilavam após as refeições. A sala, meio sombria, apesar das janelas, tinha móveis escuros de madeira e couro e um televisor grande, com pés, acima do qual pendurara-se um quadro do Sagrado Coração de Jesus. Uma das paredes era semicircular, o que dava à fachada um inesperado abaulado. Um corredor quase sem luz, de tábuas corridas cobertas por um linóleo, levava aos fundos, com várias portas fechadas de ambos os lados. Uma escada de madeira envernizada e lustrada, com o mesmo tipo de linóleo na parte central dos degraus, levava ao andar de cima. No vão sob a escada funcionavam a recepção, a administração e a gerência.

E lá estávamos nós, cansados e suados, diante do pequeno balcão, as malas entre as pernas. Do outro lado, sob uma forte luz pendurada do teto inclinado e um pachorrento ventilador, a figura esguia e austera de Maria Luísa, que acumulava as funções de recepcionista, administradora, gerente e proprietária. Explicou-nos, com clareza, objetividade e até uma certa secura, as regras da casa, os horários de almoço, jantar e café da manhã, as condições para se receber visitas, lavagem de roupa, troca de roupa de cama e banho, preço, data de vencimento, etc. Explicou também que, devido à falta de chuva na região do vale do Paraíba, os reservatórios, já insuficientes para a cidade, estavam praticamente sem água, daí o racionamento. Diariamente, entre seis e meia e dez e meia da noite, havia cortes de luz com duração variável. Naquele dia, por causa de uma greve, a cidade estava também sem gás, e o jantar seria improvisado. Maria Luísa tinha uma maneira firme e objetiva de falar e algumas frases pareciam decoradas. Depois, nos conduziu ao andar de cima — seguindo-a escada acima, deu para imaginar, a partir dos cambitos que ficavam à mostra, que suas pernas deviam ser longas e finas nos altos da saia comprida — e mostrou o nosso quarto, número 16, ao fundo do corredor. Tinha duas camas, duas mesas, um guarda-roupa e duas janelas para a rua. Mostrou as velas e os fósforos para as horas em que faltasse luz e, depois de nos desejar boa estada, afastou-se, fechando a porta atrás de si. Estávamos instalados no Rio.

Arrumamos as roupas no armário e os livros sobre as mesas e nos preparamos para tomar banho. Mas uma surpresa nos aguardava: a água, também racionada, tinha horários certos para chegar em cada bairro da cidade. No Catete, os horários eram das sete às oito da manhã, de uma às duas da tarde, das seis às sete da noite e das dez às duas da madrugada. Os hóspedes ficavam em fila, garantindo o lugar para quando chegasse a água. Fizemos o mesmo e esperamos. No verão carioca, a uma temperatura que o rádio anunciava como sendo de 41 graus, depois de uma longa viagem, o corpo suado e pegajoso entregava-se à leseira e ao desânimo. Mas, felizmente, a água não demorou a chegar. Tomamos um banho e descemos para jantar.

Antes porém, Demerval telefonou da recepção para o tio — com Maria Luísa ao lado, atenta ao tempo da ligação. Comunicou a nossa chegada, elogiou e agradeceu a pensão que ele reservara e combinou que o visitaríamos. Enquanto ele falava, me dei conta de que era a primeira vez que eu morava — ainda que temporariamente — num lugar que tinha telefone. Um luxo.

Embora o porta-chaves na parede da recepção já nos tivesse indicado que havia vinte e dois quartos, foi na hora do jantar que pudemos avaliar o tamanho da pensão. Comparada a ela, nem se poderia chamar pelo mesmo nome a casa de dona Izaura — na verdade, uma modesta locadora de vagas. O refeitório tinha doze mesas, servidas por duas atarantadas garçonetes, que, suadas e esbaforidas, se agitavam entre o salão e a porta vai-e-vem que dava para a cozinha, tentando atender aos vários pedidos simultâneos. Sobre um balcão no alto de um estrado, Maria Luísa supervisionava tudo com um olhar de lince, além de anotar os pedidos extras.

Os cerca de vinte hóspedes que jantavam àquela hora conversavam sobre os mais variados assuntos. Uns reclamavam do atraso do trem que chegara de São Paulo com novos hóspedes, dois outros, em mesas separadas, queixam-se da confusão que causavam as obras na cidade, principalmente o aterro de algumas praias; outro, magro, alto e de bigode, reclamava com uma mulher de óculos escuros que o estado gastaria uma fortuna com a ornamentação da cidade para o carnaval, dando à mulher — uma foliã que acusava o governo de ter abandonado o carnaval nos anos anteriores — o pretexto que ela precisava para cantar um trecho do que ela julgava o melhor samba-enredo do ano: "*Joaquim José da Silva Xavier / foi traído / e não traiu jamais, / a inconfidência de Minas Gerais*"; um homem gordo, dono de entradas profundas e com sotaque do interior paulista, protestava contra o decreto da Supra — que alguém perguntou o que significava e ele respondeu com visível desprezo: Superintendência da Reforma Agrária — que pretendia desapropriar as terras à beira de rodovias, ferrovias e açudes; um rapaz muito elegante comentava com outro, mais ou menos de mesma idade e igualmente elegante, porém estrábico, que o seu terno era de nycron e realmente não amarrotava, uma bossa-nova da Casa José Silva, que vendia à prestação, acrescentando que tão logo acabasse de pagar aquele compraria outro, ainda mais bacana, de tropical, padrão príncipe de gales; uma senhora comentava emocionada que uma amiga vira o papa Paulo VI entrando triunfalmente em Jerusalém e um senhor e um adolescente discutiam se Bianchini deveria ir para o Fluminense ou para o Botafogo. Na mesa grande, de oito lugares, a discussão era sobre a futura candidatura à presidência da República do governador Carlos Lacerda, que, segundo um dos seus defensores, era o único que poderia livrar o Brasil do comunismo. A esse vozerio todo, acrescente-se o barulho de pratos, talheres e o zumbido permanente dos dois ventiladores pregados no alto de paredes opostas. Falava-se alto naquele refeitório, como em toda a cidade e, como em toda a cidade, o tom dominante era o da galhofa, da graça e da gozação, embora poucos hóspedes fossem cariocas.

Enquanto meus olhos e ouvidos registravam as primeiras impressões sobre tudo à volta, eu comia feito um abade, tentando matar a fome de quase um dia inteiro de viagem. Foi quando faltou luz — uma rotina com hora marcada. Depois de uma ou duas piadas, as velas disponíveis no centro de cada mesa foram acesas, o barulho dos ventiladores desapareceu e o vozerio recomeçou num tom mais baixo, embora a temperatura ambiente aumentasse.

Depois do jantar, ainda me restavam ânimo e curiosidade para sair e, mesmo à noite, conhecer, enfim, o mar. Mas a Demerval sobrava cansaço. Eu, que não me aventuraria a sair sem ele, resignei-me a ir dormir.

Nem à noite o calor cedia. Abertas as duas janelas do quarto e deitado apenas de cuecas sobre o lençol, meu corpo continuava molhado e pegajoso. Quase não dormi naquela primeira noite.

O mar, que eu só conhecia de fotografias, do cinema e das muitas histórias que ouvira, estava, enfim, diante de mim. Descalço, calça arregaçada, eu correra, sapatos na mão, por toda a areia, para enfiar os pés na água. Foi uma sensação de arrebatamento contemplar aquelas ondas de um azul intenso, que, no infinito, se uniam a um céu de azul suave. Eu, um nativo das montanhas, nunca vira, até então, o céu se curvar diante de nada. E lá estava ele, dobrando-se sobre si mesmo, para reverenciar o mar. Diferente de um rio, que eu conhecia bem, o mar não corre para lugar algum, apenas vai e vem, interminavelmente. O êxtase não me poupou do lugar-comum. Mergulhei na onda a mão em concha e sorvi a água para confirmá-la, deliciosamente sem surpresas, salgada.

À minha volta, no esplendor ensolarado do verão, uma Copacabana inteira, em calção e maiô de duas peças, que, percebi em seguida, ria de mim. Da calçada, Demerval e sua prima me acenavam para ir embora. Queimando os pés na areia quente, avancei entre centenas de corpos bronzeados esparramados ao sol, me deleitando, quase ao delírio, com coxas roliças, umbigos de fora e seios conformados pela espuma de borracha dos sutiãs. Na calçada, enquanto eu calçava os sapatos e desenrolava as pernas da calça, Demerval e Domitila — era assim que se chamava a prima dele — me aguardavam com risinhos de deboches pela imperdoável gafe — entrar na água de calça arregaçada e sapatos na mão. Nem liguei. A emoção de ver o mar, pisar na areia, beber da água e ver as mulheres era maior do que qualquer ridículo.

Foi de completa excitação o caminho de volta até a casa do tio do Demerval. Copacabana me fascinara à primeira vista. Mal saímos da praia — aquela abertura ao infinito de luz, mar e céu — e nos vimos em meio a ruas estreitas, entre prédios altos, colados um ao outro, formando impressionantes muralhas de concreto que a brisa não ultrapassava e de onde só se enxergava o céu com o pescoço totalmente inclinado para trás. As portarias, algumas amplas e abertas, quase todas decoradas com folhagens, mármores, tapetes e espelhos, tinham porteiros uniformizados e primavam por dar a impressão de requinte e sofisticação. Fosse apenas isso e tudo não passaria de excitação de um mineiro que nunca vira o mar. Mas havia as pessoas, os habitantes da cidade, ou do bairro. Entre a casa e a praia, os moradores — homens, mulheres e crianças — transitavam em trajes de banho, acenando e saudando uns aos outros com uma alegria genuína e espontânea, costume que se estendera por todo o bairro, a qualquer hora do dia ou da noite, dentro dos bares, das lojas, nas ruas ou nas areias. A seminudez generalizada disfarçava o poder, a riqueza e a importância das pessoas, dando a impressão de uma convivência de iguais, que cultuava o lado sensual, bem-humorado e prazeroso da vida. Convenci-me de que aquela era a gente mais feliz que eu conhecera na vida.

Ao lado do percurso, enquanto Demerval conversava assuntos familiares com Domitila, eu me detinha, fascinado, para admirar a altura ou a portaria dos prédios, para ouvir a batucada que vinha de um botequim ou para ver uma banhista desfilar os seus encantos. A cada parada, Demerval e Domitila se distanciavam, obrigando-me a correr para alcançá-los. Acontece que Domitila também me fascinara à primeira vista.

Mais ou menos da minha idade, alta, cabelos dourados abaixo dos ombros, pele clara e fina de quem não freqüentava a praia, a prima do Demerval falava baixo — o que me obrigava, para ouvi-la, a andar colado no Demerval e manter os ouvidos atentos — e tinha no olhar — de olhos amendoados de um azul translúcido — uma estranha tristeza que, às vezes, sem ser arrogante, assumia ares de entediada superioridade. Nem mesmo quando sorria se diluía completamente a nuvem de suave melancolia que a envolvia e que lhe dava uma sedutora vulnerabilidade. Era esse o mistério feminino que Domitila tinha e, acho, cultivava: oscilar sempre entre a frágil e a inatingível.

E, como disse, lá ia eu, ora parando aqui para a contemplação extasiada de um detalhe daquela Copacabana debochada e escancarada, ora correndo para tentar decifrar o enigma daquela Domitila reservada e lacônica, dividido entre atenções tão antagônicas, deslumbrado e excitado com aquela Copacabana e aquela Domitila, e precipitadamente convencido de que era um privilégio morar ali, naquela espécie de comunidade do prazer e da alegria. Logo senti em mim reforçado o desejo e intensificada a expectativa de ser aprovado no vestibular e poder viver, se não naquele bairro, pelo menos naquela cidade. Seria ganhar o paraíso — o que estava muito acima das possibilidades de quem nada ainda fizera para merecê-lo.

Quando voltamos ao apartamento do doutor Camilo, o tio de Demerval, dona Glória, sua esposa, dava voltas em torno da mesa, movia minimamente a posição de um copo aqui, um talher adiante e uma taça acolá, além de pratos e guardanapos, com um rigor e um preciosismo que me deixaram previamente inibido com a solenidade de que aquele almoço poderia se revestir. Tenso, eu a observava da varanda contígua à sala de jantar, onde Demerval e Domitila haviam me deixado para que ela lhe mostrasse no quarto, onde estava a eletrola, os passos do *hully gully*, a nova dança da moda. Dona Glória não me dirigira mais a palavra e nem sequer voltara a olhar para mim desde que, ao sermos apresentados naquela manhã, perguntara de quem eu era filho e se era de Pedra Bonita. Um filho de anônimos de Olhos D'Água não merecia a sua atenção.

Da varanda do sexto andar de um edifício da primeira quadra de uma transversal à praia, eu podia ver o mar — bastava um pequeno deslocamento lateral do tronco — e uma infinidade de janelas e sacadas que, à minha frente, devassavam a vida doméstica e até a intimidade de pessoas e famílias. No Rio, a proximidade dos apartamentos não permite que se faça muita distinção entre a vida pública e a vida privada. Por isso, a indiferença de dona Glória me perturbava menos do que ter à disposição do olhar quartos, camas, salas e varandas com pessoas muito à vontade e alheias à minha curiosidade.

Só as abandonei quando o doutor Camilo, ainda de cabelos molhados do banho recente e arrematando o nó da gravata, chegou até a varanda com uma constatação disfarçada de pergunta.

— Está aí sozinho?

Sorri em resposta. Ele chegou ao peitoril e, ajeitando o colarinho, esquadrinhou a vizinhança com o olhar atento e a espontaneidade de quem faz isso com freqüência.

— Quer dizer que vai ser médico?

— É — respondi. — Se conseguir passar no vestibular.

— Bonita carreira! — ele disse. — Mas é preciso ter vocação. E disposição para trabalhar. Mas dá muito dinheiro. Todo médico que eu conheço ficou rico depois de uns anos de profissão.

Balancei a cabeça em vaga concordância, enquanto, para retribuir a sua gentileza, procurava mentalmente alguma coisa que fizesse a conversa prosseguir:

— O senhor trabalha com o quê?

— Eu? — ele perguntou com um sorriso de surpresa, que logo cedeu lugar a um certo mal-estar. — Bem — ele disse —, eu me formei em direito, mas logo fui convidado para ser assessor parlamentar de um deputado mineiro. E foi o que eu fiz durante muitos anos. E no mundo político você fica conhecendo muita gente, surgem muitas oportunidades de negócios paralelos; até que a capital mudou para Brasília e eu não quis ir. Tinha uns negócios imobiliários por aqui e preferi ficar. Ainda sou funcionário público, lotado no Ministério da Fazenda, mas como o poder foi todo para Brasília, não há nada a fazer aqui. E, por ter ficado, acabei virando o administrador dos negócios de vários políticos e altos funcionários que se viram obrigados a mudar. É o que faço hoje.

Dona Glória veio de dentro, seguida de Domitila e Demerval, e, sempre me ignorando, disse ao marido:

— Vamos almoçar, meu bem? Almoço sem gás. Comida esquentada no fogareiro elétrico.

— Temos uma greve na companhia de gás. É a anarquia nacional — explicou o doutor Camilo.

Ele fez um gesto na minha direção, cedendo-me a frente. Levantei-me e fui para a mesa. Ele me seguiu. Dona Glória indicou o lugar de cada um. Vi, sobre um aparador, um porta-retratos. Abaixei-me para ver a foto. O doutor Camilo sorriu, vaidoso.

— Sabe quem é?

— O senhor — respondi.

— Eu e quem? — ele quis saber, com a vaidade a inflar-lhe o peito.

— Parece a Brigitte Bardot — eu disse.

— Parece, não — ele disse. — É!

— É a Brigitte mesmo? — quis saber Demerval.

— Brigitte Bardot, em carne e osso, abraçando a minha cintura.

— Vamos sentar, gente! — ordenou dona Glória.

Dirigimo-nos todos aos lugares que ela indicara, enquanto o doutor Camilo explicava.

— Ela ficou hospedada em Búzios numa casa ao lado da nossa. Acabamos amigos.

— Amigos? — debochou dona Glória. — Ouviu, Domitila? Seu pai disse que ficou amigo da Brigitte! Amigos!

— A Glória tem ciúmes da Brigitte Bardot — pilheriou o doutor Camilo. — Vê se pode!

Aquela conversa sobre Brigitte Bardot e o ressentimento de dona Glória pouco me importavam quando eu tinha à minha frente ninguém menos que Domitila, que, segundo parecia, só então descobrira a minha presença e dirigia a mim seus olhos rasgados e sedutoramente tristes. Com toda a discrição que as circunstâncias impunham, eu retribuía com ardor. De tempos em tempos, além do olhar suave, ela me premiava com um sorriso sutil em que os lábios sequer se entreabriam, limitando-se a se alongarem unidos e simétricos. Meu coração se acelerou.

Era esse *flirt* secreto que me distraía da formalidade daquela mesa, onde dona Glória reinava de cetro e coroa. Servia a cada comensal antes que seu prato esvaziasse, mas com uma quantidade mínima de cada vez. Os de casa usavam os talheres de uma maneira que eu nunca vira — garfo e faca estavam sempre à mão; não se deixava a faca descansar no canto do prato; os alimentos eram aglutinados na ponta do garfo, mantido quase na vertical, e não na sua parte curva, que ficava voltada para baixo quando levado à boca.

— Quer dizer que vocês estão gostando da pensão? — quis saber o doutor Camilo.

— É ótima — respondeu Demerval.

— Eu também morei lá.

— É mesmo? — surpreendeu-se Demerval.

— Você botou os rapazes naquela pensão? — perguntou dona Glória com uma ponta de irritação.

— Mas antes eu convidei o Demerval para ficar aqui em casa. Ele preferiu outro lugar, onde pudesse ficar com o amigo.

— Mas justamente na pensão da tal Ana Luísa? Precisava ser lá?

— Não é Ana, é Maria Luísa. É a pensão que eu conheço.

— Seu tio não vai visitá-lo naquele lugar, Demerval. Para vê-lo, você terá que vir aqui ou marcar outro lugar. Aquela pensão é vetada nessa casa — disse dona Glória com um sorriso que não conseguia disfarçar a seriedade da proibição. A conversa trouxe uma surpresa reveladora para a nossa amizade: Demerval recusara o convite do tio para ficar junto comigo na pensão.

— Morei lá assim que vim para o Rio — disse o doutor Camilo, num tom calmo e algo nostálgico, ignorando a reação de desagrado de dona Glória. — Durante todo o curso de direito eu morei lá. Foi um tempo bom, aquele! Tenho saudade.

Houve um minuto de silêncio. Dona Glória se fixou no próprio prato. O doutor Camilo parecia mergulhado nas suas lembranças. Apenas parecia. Quando voltou a falar, já não havia mais nada de passado no seu espírito.

— Puxa vida! Vai ser hoje à noite o coquetel de lançamento dos novos modelos da Willys. Vocês não querem vir com a gente?

— Meu querido — lembrou dona Glória —, hoje nós já temos outro compromisso.

— Outro? Qual? — ele indagou decepcionado.

— Hoje é o aniversário da Ninita — ela disse.

— Não acredito! Não é possível! E eu não vou ver o Aero-Willys 2.600 por causa do aniversário da Ninita?

— Meu querido. O senador Meireles não vai nos perdoar. Não se esqueça de que ele nos tem sido muito útil.

— Mas eu estava contando nos dedos os dias que faltavam para esse lançamento. E se eu gostar, hoje mesmo eu compro esse Aero-Willys 2.600. A Ninita vai me desculpar, mas...

— Desculpar, ela não vai não, meu querido. E olha que certamente nós ainda vamos precisar deles.

— Você manda um belo buquê de flores em nosso nome.

— Não dá para sair logo do lançamento e ir para a casa dela?

— Não dá, meu amor. O Waldir Camargo vai estar lá. Dependendo de uns acertos, eu tenho chance de pegar uma revendedora autorizada Willys numa cidade do interior do Estado do Rio.

— E o que faremos com a Ninita? Ela vai ficar ofendida.

— Não, nunca! Ninguém pode se dar ao luxo de perder a amizade de um senador e sua esposa. Você escreve um daqueles seus belíssimos cartões e manda para ela com um belíssimo buquê de flores.

— Está bem. A conversa está inoportuna. Depois nós acertamos isso.

Calaram-se. Ela serviu-lhe mais uma colher de arroz, enquanto dizia:

— Na vida social, aprendam enquanto são jovens, a gente não faz o que quer ou o que gosta, mas o que é mais conveniente.

Aquela mulher não me era simpática, mas a sua frase ficou ecoando na minha cabeça como um ensinamento óbvio, desses que você sabe, mas ninguém disse. As pessoas sempre fazem o que lhes é mais conveniente, o que, mais cedo ou mais tarde, vai beneficiá-las, não o que gostam ou o que querem — só que ninguém diz, muito menos com a clareza que ela disse. Outra coisa que aprendi naquele almoço pode ser resumido com uma frase que foi dita: "Ninguém pode se dar ao luxo de perder a amizade de um senador e sua esposa." Na verdade, ninguém pode se dar ao luxo de perder a amizade de ninguém, porque qualquer pessoa lhe poderá ser útil em algum momento.

Observando o casal, notei a enorme diferença entre eles. No rosto arredondado, o doutor Camilo tinha profundas marcas de expressão, que, assim como as mãos grandes e as costas largas, o remetiam ao passado de trabalho pesado em Pedra Bonita. Por outro lado, a voz doce, o sorriso fácil, os gestos espontâneos e, em contraste com a pele queimada de sol, as têmporas brancas num cabelo repartido de lado faziam dele um carioca educado e cosmopolita. Ela já não tinha essa ambigüidade simpática. Nascera e fora criada no bairro da Tijuca, no Rio. Seu ideal era vencer na vida. Fazia da aparência seu valor maior e o impunha, com unhas e dentes, à filha, ao marido, à casa, à mesa de refeição. Tinha o nariz aquilino que mal separava os dois olhos, vivos, redondos e tão próximos um do outro que lembravam uma águia, e o olhar direto e invasivo das pessoas obstinadas. Mas ela também sabia sorrir e adoçar seus comentários, se as circunstâncias assim o recomendassem. Ali mesmo, na mesa, tratava a mim e ao Demerval com ostensiva diferença. Demerval e sua poderosa família lhes poderiam ser úteis um dia, eu jamais. Embora lembrasse uma águia, me parecia uma pessoa medíocre, incapaz de grandes vôos. Mas seus pequenos desejos, seus sonhos triviais e suas vontades menores, isso ela sabia muito bem como satisfazer. A ambição de poder e de dinheiro era o amálgama que os unia. A primeira impressão é de que Domitila ficara fora do pacto de vencer ou vencer mantido pelos pais. Tanto que puxara conversa comigo mal a mãe dera seu conselho sobre a vida social:

— Para escolher uma profissão como médico tem que gostar muito. O Demerval eu sei que é obcecado. E você, gosta?

— Acho que eu também sou — respondi.

— Vai ficar rico — disse o doutor Camilo. — Milionário!

— Depende da especialidade — disse dona Glória. — Hoje em dia, todo médico se especializa em alguma coisa.

A conversa deixou de me interessar, ficando apenas como um ruído ao fundo, porque em primeiro plano estava Domitila, com o seu sorriso tênue e enigmático e os seus olhos tristes, que pareciam olhar não para mim, mas para a minha alma.

— O que você pensa em estudar, Domitila? — perguntei num tom mais baixo para não atrapalhar a conversa dos demais sobre criação de gado.

— Direito, aposto — antecipou-se Demerval para minha surpresa, uma vez que o supunha envolvido no outro assunto.

— Línguas — antecipou-se também dona Glória, interrompendo seus próprios comentários sobre a criação de gado no sul do país. — Domitila precisa falar bem o francês e o inglês. E viajar, conhecer o mundo, visitar museus, saber conversar sobre as grandes obras de arte. Nada de faculdade nem de vestibular. Isso toma muito tempo, é muito cansativo. E inútil, já que ela não vai trabalhar mesmo. E no meio desses estudantes, que só falam em política, em reforma disso e daquilo...

— Tudo agitador — interveio o doutor Camilo.

— ... no meio dessa gente, ela não vai conhecer nenhum rapaz interessante.

Em silêncio, Domitila mantinha a cabeça erguida, mas os olhos no prato, ajuntando, com discreta habilidade no manuseio da faca, o arroz em torno do minúsculo pedaço de carne na ponta do garfo. Quando ergueu os olhos, os meus os esperavam, na expectativa da sua resposta à minha pergunta ou de alguma reação, o que, afinal, não veio — continuavam serenos e indiferentes a tudo o que fora dito, exceto ao meu olhar. Lançou-me um sorriso suave e quase imperceptível, mas eu não só o percebi como adivinhei que me propunha uma silenciosa cumplicidade. Não pude, porém, mantê-lo por mais tempo, pois Demerval me fuzilou com um olhar de explícita censura. Afinal, Domitila não disse o que gostaria de estudar.

Dona Glória agitou a sineta, a empregada uniformizada surgiu na sala e recebeu a ordem de tirar a mesa e, em seguida, servir a sobremesa. Observando a cena, percebi que dona Glória sabia ocupar a sua posição muito bem, assim como fazer com que os demais ocupassem as suas. Tinha clareza sobre as diferenças e deixava-as manifestas — quer estivesse lidando com a sua própria filha, com o Demerval, comigo ou com a empregada. E ninguém ousava contrariar essa ordenação.

Nas despedidas, ela insistiu para que Demerval aparecesse mais, que quando quisesse ir à praia mudasse de roupa lá, que se precisasse de alguma coisa era só telefonar e que quando Domitila tivesse alguma festa ou passeio o convidaria. Para mim, limitou-se a estender-me a mão, sem dizer uma única palavra, nem mesmo quando agradeci a acolhida e o almoço. E quando Domitila me estendeu a mão e eu a apertei, olhando com intenção para dentro daqueles olhos alongados como duas amêndoas de esmeraldas, estávamos sob a dupla vigilância de Demerval e dona Glória e nada pudemos dizer, a não ser um quase inaudível "Prazer".

No carro, guiado por um motorista uniformizado, enquanto Demerval mantinha-se calado ao meu lado no banco de trás, o doutor Camilo — que fizera questão de nos levar à pensão — comentava os lugares por onde passávamos. Foi então que pude entender uma conversa que ouvira na pensão sobre as praias que estavam sendo aterradas. Segundo o doutor Camilo, uma grande extensão da orla, que ia da Glória ao morro da Viúva, estava, de fato, sendo aterrada, ganhando espaço sobre o mar. Nesta área seriam construídas vias de alta velocidade, um gigantesco jardim arborizado, quadras de esportes, centros de recreação, piscinas e praias artificiais. Ouvi as entusiasmadas explicações do doutor Camilo — que, reiteradas vezes, anunciou o governador Carlos Lacerda, responsável por aquela revolução urbana, como o presidente ideal para o Brasil —, mas perguntei a mim mesmo se o mar, no seu vai-e-vem incansável, não acabaria por recuperar a área que lhe estavam tomando. Outra coisa que me deixou impressionado foram as propostas que, segundo o doutor Camilo, estavam em discussão para a ligação entre o Rio de Janeiro e Niterói, cidades separadas pelos quinze quilômetros da baía de Guanabara, distância que se atravessava de barco. Uma das propostas era construir uma ponte; a outra, um túnel. Não disse nada, mas pensei comigo mesmo: quinze quilômetros, abaixo ou acima d'água, vão custar um mar de dinheiro.

Diante da pensão, o doutor Camilo também desceu do carro e, por instantes, contemplou a fachada em silenciosa circunspecção. Com as mãos no bolso, andou de um lado para o outro. Demerval convidou-o a entrar, mas ele recusou com um gesto peremptório. Dobrou ligeiramente o corpo para a frente, tentando ver o interior da sala através da fresta da porta entreaberta. Justamente nesse momento Maria Luísa, que ia fechar a porta, resolveu dar uma olhada na rua. E, inesperadamente, os dois se viram frente a frente. Olharam-se nos olhos em silêncio. Num gesto instintivo e desnecessário de autoproteção, Maria Luísa levou uma das mãos à gola e a outra ao cinto. O doutor Camilo tirou as mãos do bolso e apertou uma contra a outra.

— Maria Luísa — ele sussurrou.

— Camilo — ela respondeu com um fio de voz.

Continuaram olhando-se em silêncio. Alguma coisa muito emocionante se passava entre eles sem que eu e Demerval pudéssemos adivinhar.

— Vim trazer os rapazes — ele balbuciou como uma desculpa.

— Não quer entrar? — ela sugeriu com um sutil movimento de corpo.

— Não. Obrigado.

Um novo silêncio. Continuaram com os olhos nos olhos. As mãos de Maria Luísa tremiam. Achei que deveríamos deixá-los a sós, mas estava a alguns passos de Demerval e jamais me atreveria a falar alto naquele momento, nem mesmo me mexer. E ele, por sua vez, não olhava para mim, acompanhando a cena sem sequer piscar os olhos.

— Então, até logo, Maria Luísa — disse o doutor Camilo.

— Até logo, Camilo — repetiu Maria Luísa.

Ele caminhou para o carro, onde o motorista o esperava com a porta aberta. Antes de entrar, voltou-se e disse.

— Cuida bem dos rapazes. São meus sobrinhos.

Fez um aceno silencioso, entrou no carro, o motorista fechou a porta. Olhei para Maria Luísa. Lágrimas despencavam pelo seu rosto abaixo. O carro desceu a Silveira Martins até desaparecer. Maria Luísa entrou apressada, enxugando o rosto. Entramos atrás sem falar nada, sem entender nada.

Apesar do mistério que envolveu o encontro dos dois, não me passou despercebido que ele me chamara, a mim também, de sobrinho. Desvaneci-me com a distinção. Senti-me, na imensidão daquele Rio de Janeiro, acolhido, abraçado, protegido. Muito simpático da parte do doutor Camilo incluir-me entre os seus. Se nada mais tivesse acontecido, bastaria isso para que eu admirasse aquele homem.

Estava eu nesses desfrutes quando entramos no quarto. Demerval, mal fechou a porta atrás de si, disparou.

— Você não podia ter feito o que fez! É muita falta de consideração!

— Eu? O que foi que eu fiz?

— E não me venha com essa de inocente, não! Você sabe muito bem do que eu estou falando.

— Não sei, não, Demerval. Juro que não sei.

— Você não se envergonha de dar em cima de uma menina como a Domitila, não?

— Eu? Dei em cima da Domitila?

— Não se faça de inocente! — ele gritou. — Não se faça de inocente porque eu não sou besta! Você deu em cima da menina, sim!

— Mas como dar em cima, Demerval? O que foi que eu fiz?

— O que foi que você fez? Deixa de ser cínico! Então você não passou o tempo todo olhando descaradamente para ela?! Comendo a menina com os olhos?!

— Mas, Demerval, eu olhei, está certo. Mas que mal há nisso, para você ficar nesse estado?

— Você é um cínico! Olhei! Você não olhou, você atacou a menina. E na casa dela, na vista dos pais dela, que o recebiam com toda a educação!

— Que absurdo! É um exagero o que você está dizendo! Eu não ataquei ninguém. Eu olhei para ela. E isso não tem nada demais.

— Parece tarado! Não pode ver mulher bonita que vai logo atacando!

Aquela maneira de falar me incomodou. Mexeu com alguma coisa dentro de mim. Eu calei a boca e o encarei com firmeza. Falei devagar, sem tirar os olhos dele.

— Eu não estou entendendo você. Aonde quer chegar? Fala claramente o que você quer dizer.

Demerval me olhou nos olhos, mas hesitou para responder. Eu esperei. Notei que ficou inseguro. Ele falou num tom mais baixo

— O que eu quero dizer é que você me desrespeitou e traiu a minha confiança.

Fiquei irritado. Era um absurdo o que ele estava dizendo. Falei alto.

— Desrespeitei você? Por que, meu Deus? Como foi que eu traí a sua confiança?

Ele assumiu um tom ofendido, de vítima. Falou mais devagar e mais sentido.

— Porque eu confiei em você. Eu levei você para dentro da casa do meu tio, para o seio da minha família. E você atacou a minha própria prima!

— Mas eu não ataquei a moça, Demerval! Eu olhei para ela!

— Atacou com o olhar! Você acha que não existe isso! Tem olhares que devassam até a alma! E era assim que você olhava para ela! Eu vi.

— Se você viu, então diga como é que ela olhava para mim.

— Com medo. Assustada. Apavorada.

— Não é verdade, Demerval. Não é verdade. Você não entende nada de mulher.

Ele assumiu um tom de cruel ironia, sabendo que me espicaçava. Nesses momentos, que eram raros, sua linguagem ficava grosseira, vulgar.

— Você é que entende! Você, que se considera o bacanão, o gostosão, o entendido em mulheres, acha que elas vivem caidinhas por você. Mas eu sei quem foi que quase arrebentou de paixão quando a tal de Juliana mandou você procurar o seu lugar. E quem foi que lhe estendeu a mão para tirá-lo do atoleiro?

Ele esperou, mas eu não respondi. Ficou um silêncio aterrador. Ele atacou mais feroz.

— Isso você não responde! Pode ficar calado, mas tira a minha prima da cabeça! Será que você não se enxerga, não? Então, toma semancol, meu chapa! Já que fui eu que levei você à casa dela, eu tenho obrigação de defender a minha prima, porque ela é uma menina delicada e sensível. E estava apavorada com o seu olhar de tarado. Mete uma coisa na cabeça , rapaz — e eu vou dizer isso com todas as letras para ficar bem claro: Domitila é a mais fina flor da sociedade do Rio de Janeiro! Não é para o bico de um garanhão qualquer dos grotões de Olhos D'Água!

Demerval sabia fazer a ferida sangrar. Ele me abateu como se abate um frango. E ainda colheu o sangue que saltava do pescoço.

— Não posso mais levar você à casa do tio Camilo.

Naquela noite, não tive condições de estudar. Deixei Demerval debruçado sobre os livros e tentei espairecer, passeando pelo bairro do Catete. Ao cruzar a porta da pensão, me lembrei do misterioso encontro do doutor Camilo com Maria Luísa. E foi pensando nos dois que desci a Silveira Martins. Aliás, desde a hora do jantar — enquanto houve luz — eu mantive o olho nela, um pouco por curiosidade e um pouco para escapar da obsessão do Demerval, que, dizendo-se preocupado com a nossa dispersão, principalmente a minha, que não conhecia a cidade, insistia em fazer um rigoroso plano de estudos, com dias, horas, minutos, disciplinas, assuntos, páginas, etc. Notei, então, que, por trás do balcão, no alto daquele estrado. a austera gerente, de estóica magreza, fala seca, sorriso raro e olhar de lince, escondia, na verdade, uma pessoa maltratada pela vida, com um olhar sem brilho nem esperança típico de gente mal-amada. Quem sabe — imaginei — se Maria Luísa nunca vivera a plenitude da paixão de um homem e por um homem e, por isso, nunca se casara, mantendo-se virgem e solitária? E a minha fantasia — alimentada pelo que dissera dona Glória à mesa do almoço e pelo reencontro dos dois à porta da pensão — me levava a pensar que uma grande paixão os unira, mas acabaram separados — pela malévola interferência de dona Glória, concluía eu, ressentido com a frieza que ela me dedicara.

A indiferença de dona Glória me doeu, é verdade, mas a crueldade de Demerval doeu mais. Ele me humilhou e espezinhou sem nenhuma razão. Que mal poderia haver em eu olhar para a prima dele, se ela também olhava para mim? Será que Demerval cultivava um sentimento de casta em relação à sua família? Será que se repetiria, mais uma vez, e agora no Rio de Janeiro, o caso de Maria Antônia? Demerval, como o doutor Carneiro da Cunha, exigiria o meu afastamento de Domitila? Até quando isso iria se repetir? Fora assim com Maria Antônia em Olhos D'Água, fora assim com Juliana em Belo Horizonte, seria assim com Domitila, no Rio de Janeiro?

Quando dei por mim, estava ofegante, a camisa molhada, as pernas doendo, em desenfreada correria pelas ruas do Catete — era o cavalo corredor solto na noite do Rio de Janeiro. Foi quando, súbito, por entre as copas das árvores, em meio às sombras noturnas da rua, assomou-se à minha frente o casarão imponente, de linhas retas e incontáveis janelas iluminadas, com as águias de negras asas abertas vigiando do alto da platibanda. Estaquei, ofegante, e contemplei-o a distância — o palácio do Catete. Aos poucos, as luzes foram se apagando a partir do andar superior. Não sei por que, comecei a pensar que devia ter sido numa noite assim que o presidente Vargas se matara. Sem nenhuma pompa nem solenidade, como eu imaginara desde que a diretora do colégio, lá em Olhos D'Água, nos mandara de volta para casa porque fora decretado luto nacional por três dias. Lá em casa, minha mãe rezara diante do quadro do Sagrado Coração de Jesus e o rádio passara o dia tocando música triste. Nos intervalos, o locutor, com voz embargada, ora contava a vida do presidente, que, nascido nos pampas gaúchos, herdara a índole estóica dos caudilhos e ganhara o coração do brasileiro mais humilde, a quem defendera e protegera, e que, por gratidão, o apelidara carinhosamente de "pai dos pobres"; ora relia a carta de despedida, que dizia num trecho: "Eu vos dei a minha vida. Agora ofereço a minha morte. Nada receio. Serenamente dou o primeiro passo no caminho da eternidade e saio da vida para entrar na História." No fim do dia, quando o rádio anunciara a *Hora de Angelus* vira meu pai, chorando na penumbra da janela que dava para o beco, perguntar à minha mãe, que tentava consolá-lo: "E agora, quem vai ser por nós?"

Enquanto arrancava de remotos nichos da memória os acontecimentos daquele dia, consegui serenar a respiração ofegante e domar a revolta do cavalo corredor. Ali, diante do palácio onde dez anos antes tudo se dera, a morte de Getúlio Vargas me parecia muito mais singela, até mais trivial. De perto, mesmo o suicídio de um presidente perde a pompa. Imaginei que naquela noite ele, sozinho no quarto — quem sabe numa janela do andar de cima, cuja luz acabara de se apagar —, vestindo o mesmo pijama listrado que ficara confortável pelos anos de uso, sentou-se na cama com colchão de crina e lençóis de algodão branco, releu a carta de despedida, achou o estilo solene e presunçoso, mas adequado ao ritual de um suicídio presidencial, pegou o velho revólver na gaveta da cômoda, apontou contra o peito e puxou o gatilho.

Enquanto imaginava essa cena, fui me aproximando da porta do palácio, que, estando aberta, lançava um retângulo de luz na escuridão. Três homens descalços, as calças arregaçadas até os joelhos, lavavam o piso de mármore do *hall* de entrada, enquanto, ao fundo, um outro, abaixando-se degrau em degrau, enxugava a suntuosa escada. Deduzi que o racionamento da água os levava a fazer àquela hora a faxina de um palácio abandonado. A água suja, que escorria para a calçada, molhou os meus pés. Afastei-me devagar.

De volta à pensão encontrei a luz do quarto apagada. Demerval dormia. Foi um alívio para mim. Não queria mais falar com ele naquele dia. Tirei a roupa sem acender a luz e deitei. Mas não consegui dormir.

Além do calor sufocante, a memória expulsava o sono, me deixando num angustiante estado de vigília. A imagem aflita e apaixonada de Lorena suplicava: "Vamos fugir daqui, meu amor. Vamos embora para o Rio de Janeiro. Começar vida nova. Vamos ser muito felizes, meu amor." E logo aparecia o tio Alberto, dizendo: "Some dessa casa antes que eu te mate, seu filho da puta." E as imagens do tio Alberto em fúria solta, dando socos e pontapés em Lorena, me agitavam. Eu mudava de posição na cama, tentando me acalmar. Mas logo surgia a minha mãe assustada, porém pedindo com a sua doçura de sempre: "Pelo amor de Deus, meu filho. Pelo amor que você tem a sua mãe. Não veja Lorena mais, não fale mais com ela. Evite, meu querido. Afaste-se dela. Fuja como o diabo da cruz." E logo, no lugar de minha mãe, era Juliana quem me dizia: "Não tenho como responder à sua paixão. Eu já tenho um namorado, ele estuda medicina também, somos amigos de infância e nossas famílias se conhecem." Levantei-me, tomei um banho frio — àquela hora havia água e não havia fila de hóspedes — e só então consegui afugentar o calor e as lembranças.

Os dias que se seguiram foram inteiramente dedicados a estudar. Demerval soubera que havia oito candidatos disputando cada vaga e achou que deveríamos entrar para um curso preparatório para o vestibular da Faculdade Nacional de Medicina, dado pelos próprios estudantes mais adiantados. Achei a idéia boa, mas eu não dispunha dos quarenta mil cruzeiros que cobravam. Demerval, então, decidiu que ele faria o cursinho e me repassaria a matéria. E assim foi feito.

Cumpríamos com rigor o minucioso plano que Demerval elaborara. Começávamos às oito da manhã e só parávamos às seis da tarde, quando ele ia para o curso preparatório, e eu prosseguia sozinho até às dez da noite, quando ele voltava, e repassávamos tudo que ele vira na aula, sem hora para encerrar. Era esse o nosso dia de estudos, com intervalos de uma hora para almoço e jantar. Nossas manhãs e tardes eram divididas entre física, química e biologia, as disciplinas que tinham mais peso no vestibular de medicina — às demais eu dedicava as noites e, juntos, os finais de semana.

Demerval e eu passávamos juntos quase vinte e quatro horas do dia — acordávamos, tomávamos o café da manhã, almoçávamos e jantávamos juntos. Tomávamos banho depois da meia-noite, quando havia água e não havia fila, e dormíamos no mesmo quarto. Além disso, juntos nos desesperávamos com a dificuldade de assimilação de alguma matéria, assim como juntos saboreávamos as vitórias pela resolução de um problema que nos exigira muito empenho. Essa convivência, intensa e ininterrupta, numa cidade estranha, compartilhando o sonho comum de passar no vestibular, nos aproximou mais do que se tivéssemos nascido irmãos. Meu ressentimento pela sua reação aos meus olhares para a Domitila se diluiu na poeira do tempo ou congelou-se em algum recanto do meu coração. A nossa amizade abriu espaço para a intimidade — aqui e ali escapavam confissões e sonhos, arrependimentos e desejos, invejas e orgulhos.

Maria Luísa, que passara a nos tratar com especial deferência desde que soubera que éramos sobrinhos do doutor Camilo, mandava servir, no horário de estudos, sucos e refrigerantes em nosso quarto, quando não aparecia, ela própria, carregando uma bandeja com sanduíches, pães de queijo ou alguma fruta descascada. Nessas ocasiões — que não duravam mais do que dez ou quinze minutos —, conversávamos sobre o calor, o andamento dos estudos, a medicina, o movimento da pensão, a excentricidade de alguns hóspedes, as dificuldades com os empregados, etc. Com o tempo, ela conversava cada vez mais à vontade conosco, seus gestos ficavam mais suaves e sua expressão se desanuviava. Às vezes até sorria. Maria Luísa nunca cobrou por esse lanche extra nem pelas velas extras que consumíamos para estudar nos horários de racionamento de luz, e nós nunca lhe perguntamos nada sobre a sua história com o doutor Camilo.

O cansaço, a ansiedade, o medo e a esperança presentes na preparação para qualquer tipo de exame, teste, concurso ou sabatina crescem à medida que se aproxima a hora. E, no caso do vestibular, que envolve a definição de uma profissão e de toda a vida da pessoa, multiplicam-se por mil. E para alguém como eu, que pelas dificuldades materiais provavelmente não teria outra chance, crescem ao insuportável: é tudo ou nada que está em jogo. Ou passa, forma-se médico e a vida será uma; ou não passa e a vida será outra, completamente diferente. Eu, não passando, não saberia o que fazer da vida; nem em que cidade morar, nem onde trabalhar, nada. Minha vida estava suspensa no ar, tudo dependia daquele resultado.

Foi pensando em descansar um pouco e aliviar a ansiedade que concordei com a proposta do Demerval de nos darmos uma tarde de folga, o que, segundo ele, recuperaria a nossa capacidade de absorção, declinante de tão saturada. Ele aproveitaria para visitar o tio, e eu talvez fosse ao cinema. Depois do almoço, enquanto Demerval se vestia no quarto, eu folheava o jornal na sala, procurando a programação de filmes. Nesse momento, a porta se abriu e, com os seus olhos rasgados e o ar de suave melancolia, Domitila entrou.

Mal me viu e seu rosto se iluminou; os olhos brilharam e os lábios se alongaram, ligeiramente entreabertos. Cumprimentamo-nos com alegria sincera e espontânea e sugeri que sentasse. Estava com um vestidinho leve e vaporoso, à altura dos joelhos, o discreto decote deixando adivinhar a suave saboneteira.

— E o primo, onde está? — ela quis saber.

— Está se vestindo no quarto. Mas deve descer já — respondi.

— Que pena você não poder ir com a gente!

Eu não sabia o que dizer. Ela lamentava que eu não pudesse ir, mas eu não fora convidado para ir a lugar algum. Tentei ganhar tempo.

— Eu?

— Não dá mesmo? — ela perguntou, vivamente interessada. — Antes das cinco a gente está de volta.

— Será? — eu mentia uma dúvida, tentando saber mais.

— Eu garanto. O papai mandou o carro de volta para eu passear com vocês. Eu tinha até combinado com o Demerval que ele passaria lá em casa, mas como fiquei com o carro, vim buscá-lo.

Eu intuía o que poderia estar acontecendo, mas não conseguia entender com clareza.

— A que horas chega a sua noiva?

Pronto, era o que faltava. Entendi tudo. Eu não podia ir passear porque a minha noiva chegaria naquela tarde. Por isso nos déramos folga. Ele, então, passearia sozinho com a prima.

— Minha noiva chega às três horas — respondi.

— Ah, que pena! Às três não dá. O Pão de Açúcar não é longe, mas já é mais de uma hora.

— Fica para a próxima vez — eu disse.

— Então, da próxima vez a gente combina com antecedência.

Ouvi os passos de alguém descendo a escada. Sabia que era Demerval. Ele apareceu na sala. Constrangeu-se ao me ver com a prima dele. Estacou e, de onde estava, disse.

— Você aqui? Eu ia para a sua casa.

— O papai deixou o carro para nós. Vim buscar você.

— Ah, é? Ótimo! Então, vamos?

— Vamos — ela respondeu, levantando-se e estendendo-me a mão.

Despedimo-nos. Demerval abriu-lhe a porta. Afastaram-se. Ele não se despediu, não me acenou, sequer me olhou. Nunca tocamos nesse assunto.

Afinal, chegou o dia. Acordamos cedo. O sol ainda não despertara e a manhã prometia um dia quente e abafado. Tomamos banho e descemos para o café. Maria Luísa apareceu no refeitório para nos desejar boa sorte. Na véspera, quando demos os estudos por encerrados, desci até a Igreja de Nossa Senhora da Divina Providência, levando o terço que minha mãe me dera. Pedi à mãe de Jesus que me iluminasse na hora da prova.

Quando, naquela manhã escura e sufocante, respondendo aos acenos de Maria Luísa, deixamos a pensão para fazer a primeira prova do vestibular para a Escola Nacional de Medicina, eu aparentava serenidade, como se nada mais dependesse de mim. Na verdade, eu tentava apenas esconder a apreensão de saber que o meu destino estava em jogo.

XIX

Os nomes dos aprovados estavam em listas afixadas na parede da secretaria. Eu e Demerval nos aproximamos amedrontados. Embolados, os candidatos tentavam, ansiosamente, localizar seus nomes, listados na ordem de classificação. A custo, conseguimos penetrar no bolo e avançar até ficar frente a frente com as listas. De mãos trêmulas e corações apertados, começamos a procurar. Empurrado de um lado para o outro, eu não conseguia acompanhar nome por nome da lista. De tempos em tempos, alguém achava o próprio nome e, eufórico, saía do bolo aos pulos e gritos, obrigando todos a recomeçar. Eu, que me apartara de Demerval, suava frio, tamanha a expectativa. De repente, lá estava o meu nome, com todas as letras. Perdi o chão.

— Passei! — gritei. — Eu passei!

Procurei por Demerval, mas não o vi. Li, reli, tornei a ler. Não havia dúvida. Era mesmo o meu nome. Foi uma das maiores emoções da minha vida. Eu, o caipira de Olhos D'Água, aprovado no vestibular da Faculdade Nacional de Medicina!

— Se passou, sai fora. Dá lugar para outro.

Fui empurrado para fora do bolo, sem conseguir localizar Demerval. Minha emoção pedia que eu ficasse sozinho. Desci os degraus até o pátio interno onde havia um jardim no centro. Um impulso de vitória, sob a forma de uma onda de calor, me subiu pelo corpo. Euforia incontrolável, dei um salto e soquei o ar. E outro salto. E mais um. Andei de um lado para o outro, à beira do jardim, orgulhoso de mim. Depois, de punhos cerrados, sacudi os braços lateralmente à cabeça. De repente, alguém gritou para o pátio do alto dos degraus:

— Passei! Caralho, passei!

— Eu também, meu chapa! Passei! — gritei em resposta.

O sujeito correu para mim de braços abertos — nunca o vira na vida; era ruivo, alto, magro e desengonçado, com óculos de lentes fortes. Abraçamo-nos, pulamos e dançamos em volta do jardim, até que outro grito ecoou do alto dos degraus.

— Eu também passei, Cachorrão!

O ruivo me largou e correu para o pé da escada. O sujeito, mais velho e de barba, que acabara de gritar, saltou os degraus e caiu nos braços do ruivo. Abraçados, dançaram e gritaram.

— Doutor Cachorrão! Doutor Cachorrão!

Os candidatos não paravam de chegar, apressados, semblantes lívidos, ansiosos pelo resultado. O bolo diante das listas inchava e a confusão aumentava. De tempos em tempos, ouvia-se um grito "Passei", seguido de um rebuliço. Eu não me identificava com os tipos que eram aprovados. Sozinho, no meio do jardim, sentei num banco de cimento e senti o calor das lágrimas que desciam pelo meu rosto. Voltei a ter orgulho de mim e a imagem de minha mãe me veio à cabeça. Pensei na sua alegria, ao saber que seu filho, que lhe dera tanto desgosto e preocupação, seria doutor. Lembrei do tio Alberto dizendo que o sonho de minha mãe era ter um filho doutor. Lembrei de Graciliano, que gostava de estudar e poderia ser doutor, mas abandonara a escola para trabalhar na padaria. Lembrei de Idalina, que detestava estudar. Restara apenas eu para realizar o sonho de minha mãe. E eu poderia realizá-lo. E foi então que me lembrei de Lorena — como estaria, meu Deus, a vida da boa e infeliz Lorena? —, que tanto insistira para que eu estudasse e que durante muito tempo pagara o meu colégio e me dera o dinheiro do ônibus. Lorena merecia toda a minha gratidão!

Estava perdido nesse passado quando ergui os olhos e Demerval estava diante de mim, pálido, a expressão abatida e desalentada. Sorriu com esforço para mim:

— Levanta para ganhar um abraço.

Levantei-me ao mesmo tempo que perguntava.

— E você? Você passou? Passou ou não?

Sem responder, ele me deu um abraço apertado.

— Parabéns. Você mereceu.

Recuei do abraço, preocupado. Demerval estava envergonhado.

— E você? — insisti. — Por que essa cara? Você não passou?

— Não — ele respondeu, tão triste que a voz quase não lhe saía, presa na garganta. — Mas fico feliz por você ter passado.

— Mas que chato! — eu disse, por não me ocorrer nada que pudesse confortá-lo mais. — Esse resultado não é nem um pouco justo. Você estudou mais do que eu, sabe mais do que eu, merecia passar muito mais do que eu.

— Isso não é verdade. Você estudou, sabe a matéria e mereceu passar. Mas vestibular é assim mesmo. Tem muito de loteria.

Enquanto conversávamos, sucediam-se gritos de "Passei", seguidos de palavrões, abraços, pulos e correrias.

— É uma pena, Demerval. Estou chateado.

— Não fica, não. Você tem que ficar alegre, rapaz. Muito alegre!

— Eu queria que nós dois passássemos. Aí, sim, eu ficaria muito alegre.

— Mas eu vou passar na UFMG.

— Isso, Demerval! Acredita! Você sabe, rapaz! Você é cobrão!

Passei a mão no ombro dele e fomos saindo. De vez em quando, alguém nos ultrapassava aos gritos de "Passei! Passei nessa merda!"

No ônibus de volta à pensão, Demerval ocupou o lugar da janela e eu o outro. Ele passou todo o percurso em silêncio, olhando para fora, mas estava tão triste que, tenho certeza, não via nada da paisagem. Eu tinha que silenciar a minha alegria. Até mesmo quando os passageiros, na sua maioria vestibulandos, comentavam em voz alta seus estados de espírito ou seus planos mais imediatos, eufóricos, deprimidos ou enfurecidos, conforme tivessem sido aprovados ou reprovados. "Eu vou passar três dias bebendo", dizia um. "Eu vou passar três dias dormindo", dizia outro. "Eu vou passar três dias fodendo", dizia um terceiro. "Foi naquela prova de química que eu rodei", justificava um. "Não é nada disso. A gente passou", explicava outro. "Foi o ministro da Educação, o tal de Júlio Sambaqui, que mandou reprovar todo mundo para não ter mais excedentes. Agora, só passa se tem vaga." "Perdi um ano da minha vida", queixava-se outro. E a conversa, os gritos e a batucada se espalharam por todo o ônibus. Reprimi os impulsos de aprovado para não constranger Demerval, mas eu estava louco de vontade de entrar na bagunça.

Naquela manhã, quando estávamos saindo para saber o resultado, Maria Luísa dissera que nos esperaria com uma garrafa de champanhe na geladeira, tão certa estava da nossa aprovação. Por isso, quando fomos nos aproximando, comecei a temer pelo efeito daquele champanhe. Demerval estava cada vez mais ensimesmado, e eu não sabia como poderia reagir. Quando entramos na pensão, eu contava que Maria Luísa deduziria o resultado só de olhar para nós, sem ser preciso dizer nada.

E foi o que aconteceu. Só que ela olhou para nós, não disse nada, nós também não dissemos nada, mas ela concluiu que ambos haviam sido reprovados. Esqueceu o champanhe e tentou nos consolar, até que Demerval disse que eu tinha passado. Surpresa, ela me abraçou, me cumprimentou e perguntou a ele:

— Você toma uma taça de champanhe pela aprovação do seu amigo?

— Claro — disse Demerval.

Ela mandou buscar o champanhe e estourou junto com os empregados, dando vivas aos hóspedes, ao futuro médico, a Demerval e à nossa amizade. Bebemos e conversamos alegremente sobre o futuro de muito trabalho e a nobreza da profissão de médico. Antes, porém, de os empregados se dispersarem, voltando aos seus afazeres, Demerval afastou-se discretamente e subiu para o quarto. Maria Luíza percebeu e comentou comigo o quanto era delicada a situação e que era melhor eu não subir imediatamente, deixando-o só, no quarto, por algum tempo. Concordei e me deixei ficar por ali, conversando com ela. A ausência de Demerval e a taça de champanhe me deixaram expandir um pouco da minha felicidade. Contei, com detalhes, como vivi a expectativa, a tensão e o medo de cada prova e, por fim, a emoção que sentira ao saber que tinha sido aprovado.

— Deve estar sendo difícil para ele — ela disse.

— Também acho. Esse resultado foi uma surpresa. O que eu esperava, e que talvez fosse o mais justo, era que Demerval fosse aprovado e eu, não.

— Isso não se pode dizer. Mas seria melhor que os dois passassem.

Tomei de um gole o que restava de champanhe na minha taça. Maria Luísa acompanhou meu gesto. Àquela altura, estávamos apenas os dois no refeitório.

— Vocês já avisaram o Camilo?

A pergunta trouxe à tona o misterioso encontro dos dois. Eu olhei para ela com vontade de desvendar aquele segredo, mas me lembrei de que ele me nomeara seu sobrinho — o que era um segredo meu.

— Não — respondi.

— Ele vai ficar numa situação difícil — ela disse.

Pensei imediatamente a quem avisaria. A minha mãe, claro. Decidi escrever para ela e Graciliano naquele mesmo dia. Será que deveria avisar a Lorena?, me perguntei. Merecer, ela merecia, pensei comigo. Mas o que faria Lorena ao saber do meu paradeiro? E o que faria o tio Alberto se, por azar, caísse em sua mão uma carta minha para ela? Desisti de avisar a Lorena. E Juliana?, me perguntei. Será que Juliana, ao saber que eu atendera à sugestão dela e viera estudar medicina me olharia com outros olhos, talvez mais curiosos ou até mais interessados? Não, concluí. E encerrei as conjecturas convencido de que só deveria escrever para a minha mãe e Graciliano — uma única carta.

— Demerval vai voltar para a terra dele? — quis saber Maria Luísa.

— Não. Acho que vai tentar o vestibular em Belo Horizonte.

— E você? Vai ficar morando sozinho aqui no Rio?

Essa era a questão que girava na minha cabeça desde que soubera o resultado. Mas eu não sabia respondê-la e, até aquele momento sequer a havia formulado com clareza. Foi só quando Maria Luísa falou que eu repeti para mim mesmo: Eu vou morar sozinho aqui no Rio de Janeiro? Como? Onde? Com que dinheiro? Minha cabeça girava, querendo se apoiar em alguma coisa concreta para começar a pensar, mas eu não conseguia nenhum apoio e não sabia como responder a nenhuma daquelas perguntas. E, no entanto, eu respondi com segurança a Maria Luísa.

— Vou.

— São quantos anos o curso de medicina?

— Seis.

— E o que seus pais acham de você morar seis anos aqui no Rio?

— Meu pai já morreu. Minha mãe vai gostar de saber que entrei para a Faculdade de Medicina. A cidade não faz diferença. Eu já vivia fora de casa, em Belo Horizonte.

— Sei que você se hospedou aqui provisoriamente, só até fazer o vestibular, e agora vai pensar num lugar para morar. Mas para nós seria um prazer ter um estudante de medicina na pensão. Tenho certeza de que os hóspedes se entregariam aos seus cuidados já no primeiro ano.

Eu sorri em agradecimento, mas entendia que aquela solicitude não era destinada a mim, mas ao suposto sobrinho do doutor Camilo. Daí eu deduzi que Maria Luísa queria agradá-lo. Fosse por gratidão a favores recebidos, fosse por nutrir secretas esperanças em relação a ele — hipóteses que a minha fantasia preferia alimentar. E quanto mais eu conversava com aquela mulher esguia e austera naquele refeitório vazio, mais eu pensava que mistério a envolveria com o doutor Camilo, e mais aguçava a minha curiosidade.

Quando subi para o quarto, de espírito preparado para tudo, tive uma surpresa: Demerval não estava. Mas lá estavam suas roupas, seus livros e todos os seus pertences. Larguei o corpo sobre a cama; o champanhe, o cansaço e um princípio de relaxamento se incubiram de me arrastar para um sono pesado.

Acordei, assustado, sacudido por Demerval. Não entendi direito o que ele disse. Sentei na cama, zonzo. A luz acesa me ofuscou. Esfreguei os olhos e vi a sua mala no meio do quarto. Só então entendi o que ele me repetia:

— Queria ir sem me despedir de você, mas andei tomando uns chopes e, na hora de sair, não agüentei.

— Vai viajar? Não me disse nada.

— Você dormiu quase o dia todo. E deve ficar por aqui. Eu ainda vou tentar o vestibular da UFMG.

— Mas por que não falou comigo? Por que arrumou tudo em silêncio? E se eu quisesse ir com você?

— Fui comprar passagem, depois aproveitei para fazer umas compras e tomei umas biritas para afogar a tristeza. Você dormiu o dia inteiro, já disse. Além disso, não poderia ir comigo.

— Ainda tem coisas minhas no quarto da dona Izaura.

— Você precisa ficar aqui, juntar documentos, tratar da matrícula, procurar um lugar para morar. E eu tenho que ir logo. Lá, o vestibular começa na semana que vem.

Ele me estendeu a mão. Levantei-me. Ele estava emocionado. Apertei-lhe a mão.

— Parabéns, meu chapa.

— Obrigado — eu disse.

Soltamos as mãos. Ele me olhava nos olhos. Deu dois tapinhas no meu ombro e depois o segurou com força.

— Boa sorte — ele disse.

Abraçamo-nos. Ele me apertou com força. Nossos corpos estavam colados um no outro, por isso senti quando o corpo dele começou a sacudir e ele me apertou ainda mais. Logo soluçava alto. Senti meu coração diminuir e o abracei mais forte. Ele chorava muito. Já ensopara a minha camisa na altura do ombro. Depois de um tempo quieto, tentei, timidamente, que se afastasse. Ele resistiu a princípio, mas, em seguida, recuou ligeiramente o corpo e segurou o meu rosto com ambas as mãos. Com o seu rosto a dois palmos do meu, vi que estava coberto de lágrimas, os olhos inchados — com certeza chorara antes daquele momento. Fiquei impressionado com aquela máscara angustiada e sofrida. Estava desesperado. Eu não sabia o que fazer; o rosto imobilizado entre as mãos dele. Sem parar de chorar, ele começou a falar. Não era mais a voz aveludada e macia de sempre.

— Eu poderia ir embora sem falar com você. Bastava deixar um bilhete de despedida enquanto você dormia. Mas eu resolvi falar tudo, olhando nos seus olhos.

— Calma, Demerval — eu disse. — Solta meu rosto. Vamos conversar sentados.

— Não — ele respondeu alto e bruscamente, com um sentimento que, pela primeira vez, me pareceu de raiva. — Eu quero assim — ele disse. — Quero em pé. Com a sua cara na minha mão.

As lágrimas aumentaram, misturando-se à raiva, cada vez mais nítida. Suas mãos tremiam, sacudindo meu rosto. Seu hálito quente recendia a álcool.

— Tenho ódio de você — ele disse. — Nunca odiei ninguém como a você.

— Por que, Demerval? O que foi que eu fiz?

— Cala a boca! Deixa eu falar!

Silenciei, assustado. Eu não entendia o que estava acontecendo. Ele estava desesperado e, pela maneira de falar, disposto a tudo. E eu não conseguia descobrir o que eu havia feito para deixá-lo naquele estado. Apertava-me o rosto de maneira ameaçadora, porém o seu olhar, apesar do ódio que faiscava, me dava a sensação de grande fragilidade, quase de desamparo. Mordendo os lábios e com incrível esforço interior, conseguiu conter as lágrimas.

— Você é o culpado — ele disse, ofegante. E foi silenciado pelo empenho de conter as lágrimas.

— Culpado de quê? — sussurrei, aproveitando o seu silêncio.

— Cala a boca — ele falou, baixo mas ameaçador.

Ele lutou e, afinal, conseguiu conter as lágrimas. Falou devagar, ofegante, esforçando-se para não chorar. O cabelo, muito liso, escorria pelo rosto e ele já nem se importava de arrumá-lo. O cheiro intenso de álcool me perturbava.

— Eu odeio você porque foi você quem fez crescer em mim esse sentimento que eu tenho por você, e que eu detesto.

— Não fala assim, Demerval.

— Cala a boca!

— Fica calmo. Deixa eu falar um pouco.

— Não! Eu não quero ouvir a sua voz.

— Você é o meu melhor amigo.

— Não vem com essa conversa. Eu não cedi, nem vou ceder.

— Ceder a quê, Demerval?

Ele me olhou no fundo dos olhos. Estremeci. Havia qualquer coisa naqueles olhos que me lembrava Lorena. Não sei se a intensidade fremente, o álcool ou se um inesperado ar de insanidade. Sem tirar os olhos de mim, ele sussurrou com um ar vagamente vitorioso e um sorriso duro insinuado nos lábios.

— Eu não cedi a essa paixão por você.

Gelei. Não consegui dizer nada. Fiquei entregue ao meu próprio espanto. Ele silenciou e começou a apertar cada vez mais o meu rosto, quase esmagando-o. O tremor de suas mãos crescia, como se lutasse com forças contrárias. Aos poucos, ele começou a puxar o meu rosto para o dele. Assustado e sem saber o que ele pretendia, fui me deixando conduzir. Ele parecia se debater consigo mesmo. Quando nossas bocas estavam muito próximas, ele largou o meu rosto com um repelão, recuou um passo e disse:

— Eu sou homem, meu chapa. Sou muito macho.

De pé e sem apoio, seu corpo balançava ligeiramente. Olhou-me em silêncio. Enxugou os olhos e as faces com a mão, e a mão na calça. Estava irreconhecível: a camisa desabotoada com a fralda para fora da calça, amarrotada, sem vinco e suja.

— Boa sorte — disse.

— Obrigado.

Pegou a mala e foi saindo. Viu um embrulho sobre a mesa e indicou-o com um movimento de cabeça:

— É para você.

— Não quer que eu vá à rodoviária com você?

— Não.

Avançou até a porta, abriu-a e saiu. Antes de fechá-la, ainda me olhou por alguns instantes, em silêncio. Fechou-a devagar, sem tirar os olhos de mim.

Peguei uma toalha, enxuguei o rosto molhado de suor e tirei a camisa molhada de lágrimas. Sentei na cama, tentando pensar sobre o que acontecera. Mas estava aturdido e não conseguia concatenar as idéias. Vencido o primeiro impacto do susto, recostei-me na cabeceira e fiquei olhando para o teto. Apesar de ter dormido quase todo o dia, estava tomado por um cansaço que me fazia o corpo doer. Aos poucos, algumas imagens do passado foram se adensando na minha memória, organizando, numa premeditada intencionalidade, fatos que, antes, pareciam espontâneos, aleatórios e ocasionais.

Uma tarde, logo que chegamos ao Rio, nós estudávamos naquele ritmo frenético, e eu cochilei depois do almoço, recostado naquela mesma cama. Quando abri os olhos, dei com Demerval sentado ao meu lado, me olhando dormir. Surpreso, ele sorriu e disse que estava me mudando de posição para diminuir o meu ronco, que o impedia de estudar. Vieram-me à cabeça também algumas das várias vezes em que, enquanto estudávamos, eu o surpreendi olhando fixamente para mim. Quando não conseguia desviar os olhos em tempo ou mesmo disfarçar, ele fingia um olhar vago e distante, que aparentemente não me via, embora pousado em mim. E me lembrei também dos seus cuidados com a minha aparência, exigindo, em tom de brincadeira, que eu fizesse a barba, ou penteasse o cabelo; às vezes até penteando-o ele mesmo. E o requinte com que criticava a minha maneira de vestir, sugerindo que trocasse de camisa por causa de uma ou outra dobra, o que, para ele, significava ser repassada, ou mudar uma calça porque não combinava com a camisa. Lembrei-me também dos presentes que me dera: camisas, cuecas, loção para após a barba, caneta, livros, etc. Será que nada fora espontâneo?, eu me perguntava. Será que tudo havia sido pretextos para dedicar uma paixão que ele mesmo rejeitava? Da mesma forma que — e, de repente, tudo ia ficando mais claro — o seu agressivo empenho em me afastar da prima Domitila tinha sido puro ciúme de mim? Queira Deus, pensei comigo, pois não sabia quando tudo começara — que a sua sugestão para que eu me declarasse, intempestivamente, a Juliana também não tivesse sido uma maneira de afastá-la de mim pelos meus próprios atos. E foram tantas as imagens que se sucederam confirmando as intenções de Demerval, que acabei por dormir de novo.

Outra vez acordei sacudido, dessa vez por Maria Luísa, preocupada porque eu não almoçara e, até aquela hora, ainda não jantara. Prometi tomar um banho e descer imediatamente. Logo que ela se afastou, me levantei, peguei a toalha, a saboneteira e ia saindo para o banheiro, quando vi, sobre a mesa, o embrulho deixado por Demerval. Abri-o.

Uma calça branca, um calção de banho, uma quantia em dinheiro e um bilhete, que dizia mais ou menos o seguinte: "Voltei para Belo Horizonte. Vou tentar a UFMG. Estou triste e deprimido. E não pense que é porque eu fui reprovado e você aprovado. Tão triste que achei que não agüentaria me despedir de você e saí de fininho. Desculpa.

Como você já tem uma bela camisa branca, deixo-lhe uma calça branca. Vai precisar nas aulas de anatomia. Como você não tem calção, aí está um para ir à praia aos domingos. Não deixe de ir, hein! O dinheiro é para as despesas de início do curso. Sobre esse assunto, aliás, que sempre o preocupa mais do que tudo, acho que deveria procurar o tio Camilo; quem sabe ele não lhe arranja um emprego?

Lembra-se de quando você estava apaixonado pela Juliana e ela o desprezava? Você estava se destruindo, e todo dia me perguntava se deveria ou não se declarar a ela. Eu sempre lhe dizia que sim, que devia dizer tudo a ela, não esconder nada. Você fez isso e ela o repeliu. Eu aprendi com o seu sofrimento. Tanto que mais tarde lhe disse que se apaixonar é muito perigoso. Que para escapar da autodestruição irreversível e preservar o que ainda lhe restava de dignidade e altivez, você devia esconder os seus sentimentos. Por isso vou embora. E sem despedidas. Boa sorte. Demerval."

Li e reli o bilhete. Pobre Demerval! Não conseguira partir sem se despedir, nem conseguira esconder o que sentia. Mas a sua generosidade me comoveu.

Quando cheguei ao refeitório não havia mais ninguém jantando e a maior parte das lâmpadas estava apagada. Numa das mesas de entrada, algumas pessoas jogavam cartas e Maria Luísa assistia em pé. Ao me ver, aproximou-se e falou num tom exageradamente sério:

— Nem eu lhe acordando você chega na hora. O jantar já encerrou.

Fingi que levei a sério para manter o jogo. Ela sorriu, satisfeita por ter me passado um susto.

— É brincadeira. Mandei guardar o seu jantar. Hoje você merece essa atenção. Senta.

Sentei-me. Ela foi ao fundo do salão, acendeu as luzes da área onde eu estava, abriu a porta vai-e-vem e falou para dentro da cozinha:

— Henriqueta, serve o jantar do nosso futuro doutor.

Voltou para a minha mesa. Na mesa do carteado começou uma discussão em voz alta sobre uma carta "descida" no lugar errado.

— Posso sentar um pouquinho? — perguntou Maria Luísa.

— Claro — respondi. — Faça o favor. É um prazer para mim.

Ela sentou-se. Não sei se por causa do champanhe que estourou de manhã, ou da brincadeira de quando cheguei, ou por ter ido ao quarto me acordar, ou por ter sentado à mesa comigo — coisas que eu nunca a vira fazer antes —, mas achei o seu semblante mais desanuviado. Seu olhar estava menos duro, os gestos mais leves. Olhou para a mesa dos jogadores. Foi o bastante para abaixarem o tom. Voltou-se para mim e falou com um quase sorriso.

— E agora? Como é que está se sentindo sozinho?

— Não posso dizer que estou triste; a alegria de ter passado supera tudo. Mas acho que vou sentir a falta dele.

— Aliás, ele deixou sua conta paga até o fim desse mês.

— É mesmo? Puxa vida!

— Isso é que é amigo!

— Amigão! Você nem imagina quanto!

— Foi uma pena ele não ter passado.

— Mas ele vai passar lá em Minas.

— Ele tem até jeito de médico.

— Ele vai ser um grande médico. Um grande médico!

— É bonita a amizade de vocês. Os hóspedes comentavam.

— Comentavam o quê?

— Como vocês são amigos, estudiosos, educados. Vocês têm um verdadeiro fã-clube nessa pensão. É uma pena você ficar aqui e ele lá.

— Mas pode ser bom também.

— Nunca é bom separar pessoas que se gostam. Bom, por quê?

A garçonete tirou, uma a uma, as travessas da bandeja e as arranjou sobre a mesa. Servir-me foi um bom pretexto para não responder à pergunta dela. Tratei de mudar de assunto.

— Escuta, Maria Luísa, agora você poderia me mudar para um quarto individual.

— Eu queria mesmo conversar com você sobre isso, mas pensei em deixar para amanhã. Você pretende continuar na pensão depois que começarem as aulas?

— Isso eu ainda não sei. Mas até lá eu posso economizar ficando num quarto menor, só para uma pessoa.

— Engano seu . O quarto individual custa mais do que uma vaga num quarto para dois.

— Ah, é? Então eu economizo ficando onde estou?

— Claro. Ainda mais já estando pago.

Enquanto eu jantava, conversamos sobre amenidades, especialidades médicas, a minha necessidade de descansar, a proximidade do carnaval e, como sempre, sobre o calor implacável daquele verão. Maria Luísa estava gentil e afável como eu nunca a vira.

De volta ao quarto, escrevi uma carta para a minha mãe e Graciliano. Ao relê-la, imaginei a reação dos dois com tantas surpresas: eu morando no Rio, eu aprovado no vestibular, eu estudante de medicina. Para tranquilizá-los: eu longe de Lorena. E para se orgulharem de mim: eu, um futuro médico.

A carta me infundiu um certo orgulho pela minha façanha, que eu começava a acreditar como real. Fiquei com vontade de sair e comemorar a minha vitória, mas não tinha companhia, e sozinho não saberia aonde ir. Li mais uma vez a carta de Demerval e fui dormir.

Na manhã seguinte, com o calção que Demerval me deixara debaixo da calça e na mão uma toalha da pensão, peguei um ônibus e, pela primeira vez na vida, fui à praia. Embora fosse dia útil, Copacabana regurgitava de gente. Desde então, sempre me intrigou a maneira — tão diferente da minha — como o carioca tenta encarar a vida como fonte de prazer. Depois de estender a toalha numa ilha de areia cercada de tagarelice por todos os lados, tirei, constrangidamente, os sapatos, a calça e a camisa. Notei que a minha mineira brancura atraíra olhares debochados. Corri para o mar e, pela primeira vez na vida, meu corpo mergulhou na água tépida e salgada. A sensação de leveza e soltura do corpo imerso é um prazer raro. O suceder das ondas — furando uma ou suavemente erguido pela seguinte — recuperou-me uma alegria infantil que se perdera no tempo. Depois, sentei-me sobre a toalha e, alheando-me de tudo à minha volta, fixei o olhar na linha do horizonte, onde o céu e o mar se fundem. E, aos poucos, fui descobrindo, naquela contemplação absorta, um sentimento de imensidão, uma sensação de infinito completamente nova para alguém habituado a conviver com as montanhas. A amplidão de mar e céu que se misturam num lugar inalcançável é mais intrigante que o suceder de montanhas, possíveis de serem percorridas. Por fim, cansado, estirei-me na toalha, expondo meu corpo branco ao sol do verão. E, apesar do burburinho à minha volta, dormi.

À noite, o corpo, vermelho como um pimentão, ardia de não me deixar dormir. Tive que bater na porta do quarto de Maria Luísa altas horas e pedir socorro. Solidária ao meu desconforto e culpando-se por não me ter avisado dos cuidados com o sol de verão, vestiu-se e foi até o meu quarto. Com mão leve e delicada — qualquer descuido eu gemia de dor —, ela mesma espalhou uma pasta branca sobre o meu corpo, apenas de calção. E foi só depois de ter rosto, peito, costas, braços e pernas caiados pelo anestésico que consegui dormir.

Os dias de calma e descanso que se seguiram deram início à reparação do meu desgaste físico e mental. Orgulhoso e emocionado, fiz a minha matrícula na Faculdade Nacional de Medicina. Recebi o horário das aulas e, surpreso, verifiquei que me tomariam quase o dia inteiro, de praticamente toda a semana.

Minhas férias duraram pouco. Foram interrompidas pela preocupação. Já me considerando um estudante de medicina, a necessidade de um emprego tornara-se urgente, porém a falta de tempo disponível para trabalhar criava um impasse sem solução.

Procurei Maria Luísa para ver se me dava uma luz. Estávamos ficando mais amigos a cada dia, e eu não tinha nenhuma outra pessoa com quem conversar. Ela estava na recepção sob a escada, somando umas notas de compras, quando me aproximei. Perguntei se me concederia dois minutos. Ela acedeu prontamente, mas pediu outros dois, para concluir a sua contabilidade. Fui esperá-la no jardim.

Sentado sob a mangueira, admirando a sua ampla e densa copa, que criava aquela sombra agradável e me protegia do sol tórrido, Lorena, não sei por que, me veio à cabeça, e uma ponta de saudade me fustigou. A disposição com que me ajudou a procurar emprego logo que cheguei a Belo Horizonte, e o empenho com que convenceu seu Paraíso a me empregar e a ajuda e o estímulo que me dava para estudar refluíram em imagens que me comoveram. E pensei em como ela estaria vivendo debaixo do tacão do tio Alberto, e na ironia de eu estar tentando viver no Rio, onde ela sempre sonhara recomeçar a vida na minha companhia. Como seria — tentei imaginar —, se Lorena estivesse comigo naquele momento? Mas às primeiras imagens que me ocorreram — ela sorrindo, conversando animada ou me beijando —, Maria Luísa interrompeu-me com a sua aproximação.

— Desculpa a demora. Tive que refazer todas aquelas contas. Não sei o que é mais difícil: administrar dinheiro, empregado ou o cardápio.

— Ou as dificuldades dos hóspedes — acrescentei, brincando, enquanto ela, sorrindo, sentava-se na cadeira em frente a mim.

— Estou à sua disposição, doutor — ela disse, repetindo a simpática ironia que inventara dias antes de me chamar de doutor.

Expliquei-lhe a minha situação, acrescentando como prementes ameaças que eu ainda considerava distantes, como desistir do curso de medicina e voltar para Minas. Falei da minha experiência em laboratório de manipulação. Ela ouviu com atenção e interesse. Por fim pedi-lhe uma sugestão, uma luz, um palpite. Ela pensou um pouco e depois disse:

— Eu acho uma precipitação você pensar em deixar o curso ou voltar para Minas. A situação não é fácil, mas você não pode desistir no começo da luta. Você precisa arranjar um emprego que só ocupe as horas sem aula, as noites e os fins de semana. Talvez como professor. Ou em algum laboratório que possa aproveitar a sua experiência. Ou, quem sabe, numa farmácia. Mas o ideal mesmo seria num hospital ou numa clínica...

À medida que ela falava, tudo parecia ficar mais simples, e eu ia me acalmando. E agradeci a Deus por ainda ter alguém com quem conversar. Quem quer que se disponha a ouvi-lo ou a falar sobre você está, na verdade, fazendo um gesto de amizade que poucos sabem avaliar, a não ser aqueles que já experimentaram o silêncio de viver longe dos amigos ou a amargura de não os ter.

— Eu sei de uma pessoa que pode lhe arranjar esse emprego — disse Maria Luísa, concluindo sua longa sugestão e, ao mesmo tempo, fazendo um certo mistério sobre quem seria.

— Quem é? — perguntei, já intuindo a resposta.

— Seu tio.

— Você acha? — indaguei, sem desmentir que o doutor Camilo fosse meu tio.

— Camilo é um homem influente. Você não sabe disso?

A familiaridade com que falou do tio do Demerval incendiou a minha curiosidade.

— Não sei quase nada sobre a vida dele aqui no Rio. Você o conhece bem?

— Só o que sai na imprensa.

— Mas ele não morou aqui na pensão? — perguntei com fingida inocência.

— Há muitos anos. Quando veio de Minas.

Pensei em mencionar o misterioso reencontro dos dois, que eu e o Demerval presenciáramos, mas temi pela reação de Maria Luísa. O silêncio instalou-se. Depois de um tempo, retomei.

— O Demerval também acha que eu deveria procurá-lo.

— Mas parece que você não acha uma boa idéia. Por quê?

— A esposa dele não gosta de mim.

Notei que Maria Luísa mordeu a isca. Olhou-me com os olhos acesos de curiosidade, esperando que eu prosseguisse. Como me calei, ela não resistiu:

— E como ela é, a esposa dele? A tal Glória? É sempre citada nas colunas sociais.

— Nunca vi pessoa mais afetada. Quer aparentar muito mais do que é.

— Ainda é bonita?

— Deve ter sido. Mas o tempo está apagando os últimos vestígios dessa beleza. Você é muito mais bonita e viçosa do que ela.

Pelo sorriso, contido, mas agradecido, de Maria Luísa, senti que tinha dado um sopro de alívio em uma velha ferida. Fiquei certo de que aquele caminho me levaria a uma aliada.

— E eu fiquei com a impressão de que o tio Camilo não é muito feliz com ela, não.

— Será? Mas então por que está casado com ela há vinte e um anos?

— Isso não quer dizer nada. Muitos casais vivem juntos só para manter as aparências. E ela é do tipo para quem aparência é tudo.

— Ele também — ela acusou com indisfarçável ressentimento, mas tão logo deu-se conta do que deixara escapar, acrescentou: — Já que se entendem há tantos anos.

— Se ele está casado para manter as aparências, ela não deve ser o verdadeiro amor da vida dele.

— Não é. Eu sei que não é. Mas do que adianta não ser, se ele vive é com ela, se tem uma filha com ela?

Maria Luísa não conseguiu manter mais o seu segredo. O ressentimento transbordou. A gerente austera de sorriso raro se fragilizara diante de mim. Bastava apenas mais uma punhalada para ela tombar abatida. Não a poupei.

— Você ainda ama o tio Camilo?

Ela silenciou. Senti que lutava consigo mesma, resistia a se entregar, contorcia-se na agonia de confessar ou esconder. Mas as lágrimas denunciaram que o golpe fora oportuno e certeiro. Ela apenas balançou a cabeça confirmando a paixão sufocada por anos a fio, enquanto as lágrimas despencavam abundantes pelo seu rosto abaixo. Eu conseguira o que queria, e não sabia o que dizer mais. Ela se levantou num impulso e, sem dizer uma palavra, afastou-se apressada para os fundos da pensão, tentando cobrir o rosto com a mão.

Foi com o coração pequenininho que apertei a campainha do apartamento do doutor Camilo. Ajeitei mais uma vez o colarinho e, mais uma vez, enfiei o tufo da camisa para dentro da calça a fim de mantê-la esticadinha e, mais uma vez, esfreguei cada sapato na parte de trás da outra perna da calça. A porta se abriu e a empregada uniformizada apareceu.

— Por favor, o doutor Camilo está? — perguntei.

— Quem deseja falar com ele?

— É o amigo do Demerval. Ele deve estar me esperando.

Dona Glória surgiu na sala, querendo ver sem ser vista.

— Como vai a senhora, dona Glória? Lembra-se de mim?

A empregada acabou de abrir a porta. Dona Glória não teve como escapar.

— Eu sou o amigo do Demerval. Almoçamos aqui outro dia.

— Como vai? — ela disse, secamente.

— Bem, obrigado. E a senhora?

— Você quer falar com o doutor Camilo?

— Quero, sim senhora — respondi, estranhando ela chamar o próprio marido de doutor.

— E qual é o assunto? Posso saber?

— Bem, é um assunto particular. Eu expliquei a ele.

— Particular? — ela me olhou desconfiada e se aproximou da porta.

Eu não queria responder, mas o silêncio que se fez me obrigou a falar alguma coisa.

— É sobre um trabalho...

Ela esperou que eu dissesse mais alguma coisa. Decidi calar porque não queria tratar daquele assunto com ela.

— Você marcou hora?

— Marcamos pelo telefone.

— Marcaram aqui ou no escritório?

— Ele mandou que eu viesse aqui.

— Então, entra.

Entrei tão humilhado que quase rastejava. Como é que me ocorrera aquela idéia de ir à casa de alguém que me desprezava daquele jeito para pedir emprego? A recepção já me tirava todas as esperanças.

— Senta e espera um pouco — ela disse. — O doutor Camilo acabou de sair do banho.

Saíram ambas da sala. Fiquei sozinho, esmagado pela solenidade dos móveis, tapetes, lustres e quadros, enquanto remoía o arrependimento de ter vindo. Felizmente isso não durou muito, pois logo apareceu o doutor Camilo, como sempre, caloroso e gentil. Cumprimentou-me pela aprovação no vestibular e lamentou a reprovação do Demerval. Repetiu-me, palavra por palavra, o que já me tinha dito sobre médicos e medicina.

— Bonita carreira! Mas é preciso ter vocação e vontade de trabalhar. Mas dá dinheiro. Todo médico que eu conheço ficou rico com pouco tempo de profissão. Você está de parabéns! Mas pelo que me disse por telefone, há uma certa dificuldade para você ficar no Rio, não é isso?

Expliquei-lhe a situação, esclarecendo que o procurava por sugestão do Demerval e da Maria Luísa.

— Da Maria Luísa também? — ele perguntou, sinceramente admirado e num tom cuidadosamente mais baixo. E, como confirmei, ele reiterou: — Ela sugeriu que você me procurasse? — Voltei a confirmar.

Ele pegou uma flor de prata que estava sobre a mesa de centro e, brincando com o enfeite, manteve-se em distante silêncio por alguns instantes. Depois, como se voltasse ao mundo real, me olhou e disse:

— Vou ver o que posso fazer. Tenho que consultar alguns amigos. Pelo que disse, você poderá trabalhar à noite e nos finais de semana. Mas nem pense em desistir ou em voltar. Pode contar que vou me empenhar.

Já estávamos nas despedidas, em pé junto à porta aberta, quando Domitila saiu do elevador e ganhou o corredor. Ao me ver, abriu um sorriso que iluminou o rosto triste. Deu-me os parabéns pelo vestibular — o Demerval a informara — e beijou carinhosamente o pai, que retribuiu. Olhou-me com aqueles olhos rasgados, de um azul de céu de outono, e perguntou:

— E agora, que sua noiva foi embora, você pode passear?

— Não só pode, como merece — antecipou-se o doutor Camilo.

— Eu vou ligar para você — prometeu. Virou-se para o pai e comentou: — Acredita que ele não conhece o Corcovado nem o Pão de Açúcar?

— Agora, que ele virou carioca, vai ter tempo.

— Eu vou ligar, hein! — ela insistiu.

Despedimo-nos. Você pode imaginar o estado de euforia com que ganhei a rua. Estava certo de que o doutor Camilo me arranjaria um emprego, que faria o curso de medicina e que viveria no Rio de Janeiro. Nem o desprezo de dona Glória abalava a minha convicção. Fiz questão de caminhar pela praia, apesar do calor. Meu estado de espírito pedia luz, espaços abertos, céu, mar e horizonte.

De volta à pensão, procurei Maria Luísa, que andava esquiva e lacônica desde a sua silenciosa confissão de que ainda amava o tio Camilo. Conteilhe como fora a visita à casa dele, destacando a antipática recepção de dona Glória e a comovida surpresa do tio Camilo quando eu disse que fora dela a sugestão de procurá-lo. Maria Luísa gostou dos dois destaques e, vivamente interessada, pediu detalhes. Dei-os com tendenciosa benevolência, com o que recuperei a sua cumplicidade.

Dois dias depois, Domitila ligou, convidando para passear. Aceitei incontinenti. Acertamos que ela me pegaria às três da tarde. Tomei banho e me enfarpelei com o rigor que Demerval me ensinara. Quando desci, fui surpreendido por uma cena que, por descuido meu, se desenrolava na sala: Domitila e Maria Luísa conversavam animadamente. O assunto era a própria pensão, onde o pai morara quando estudante e à qual já fizera referências. A minha chegada interrompeu a conversa.

Do Pão de Açúcar — um morro alto e escarpado que se ergue de dentro do mar, acessível apenas através de uma espécie de bonde aéreo que desliza por cabos ligados a outro morro, este mais abaixo e no continente — descortina-se uma vista estupenda para além da enseada de Botafogo — Domitila me mostrou toda a extensão da obra de aterro da praia do Flamengo. Era uma área gigantesca, que ocupava tudo o que, do alto do Pão de Açúcar, a vista alcançava da orla. Segundo ela lera no jornal, depois de gramado e arborizado, seria o maior parque urbano do mundo. Bem junto a mim e com os longos dedos a apontar morros, prédios ou ruas como referências, mostrou-me também os limites dos bairros da Glória, do Flamengo, de Botafogo, do Catete — onde eu morava — e da Urca, bem ao pé do morro. Eu olhava para onde o seu dedo apontava e, ao mesmo tempo, aspirava o perfume que seu corpo exalava. O que acontecera na subida, repetiu-se na descida do bondinho, que balançava perigosamente ao sabor dos ventos àquela altura do mar: fiquei com medo. E tratei de exagerar esse medo para envolver Domitila, que ora se divertia, ora se compadecia de mim, protegendo-me a mão, carinhosamente, com suas longas, brancas e macias mãos. Logo percebi, no entanto, que, se havia segundas intenções no meu medo, o riso e a proteção dela eram espontâneos, inocentes e livres de qualquer interesse. Intrigado, passei a observá-la com mais atenção.

No Corcovado — outro morro, este irrompendo da terra —, um gigantesco Cristo de granito, com os braços abertos, parecia proteger a cidade. Daquela altura, e acompanhando as indicações de Domitila, via-se, com nitidez, uma faixa de terra entre o mar e a lagoa Rodrigo de Freitas. Ocupavam esta faixa uma parte de Copacabana — onde ela morava — e os bairros de Ipanema e do Leblon. À volta da Lagoa, de um lado, o morro do Cantagalo e a favela da Catacumba; do outro, o Jóquei Clube, o Estádio da Gávea — o campo do Flamengo — e a favela da Praia do Pinto. Ao pé do morro, o Jardim Botânico. Nas costas do Cristo, a chamada zona norte, que, com a região suburbana, se estendia para além do que a vista alcançava. Domitila era a cicerone dos sonhos de qualquer visitante, não só pelo que sabia sobre a cidade, mas principalmente por sua beleza delicadamente triste, sua voz sussurrante, seus gestos lentos e seu perfume suave, que contrastavam com a luminosidade ofuscante e o calor abrasador de uma cidade plantada no meio de uma natureza exuberante, de colorido eufórico, com uma população barulhenta, alegre, sensual e desnuda. Apesar da sedução que significava esse contraste, Domitila a ignorava. Observando-a bem, concluí que suas atitudes não partiam de nenhum interesse por mim; eram realmente espontâneas e inocentes. E isso a tornava ainda mais irresistível. Porém, Domitila tinha um mistério qualquer que me lembrava Juliana. E isso me atemorizava.

À noite, eu jantava sozinho numa mesa, quando Maria Luísa se aproximou com uma certa familiaridade, mas sem esquecer de todo a formalidade de gerente, e, com um semblante abatido, pediu licença para sentar, perguntando:

— Está vendo os meus olhos?

— Estão inchados, Maria Luísa? O que aconteceu?

— Chorei a tarde inteira.

— Por quê?

Ao invés de me responder, ela assumiu um sorriso quase infantil e, com uma voz que eu nunca ouvira tão doce, perguntou:

— Você acha que Domitila se parece comigo?

A comparação não tinha propósito, era quase absurda, mas a expectativa dela era intensa. Tentei ser delicado.

— Por quê? Você acha? Engraçado, não me parece.

— Nada, nada?

— Não acho, não.

— Então, deve ser delírio meu.

— Mas, por que você chorou?

— Você não imagina o que eu passei naquela conversa com a Domitila. Se você não chegasse naquele momento, eu teria morrido.

— Mas a conversa estava animada, vocês estavam rindo.

— Por fora. Eu ria por fora. Mas por dentro, oh, meu Deus! — estava toda mexida.

— Mas por quê?

— Agora, que já sabe um pouco da minha história, imagina o que aquele encontro significou para mim! Eu olhava para aquela moça, linda como um anjo, e não conseguia pensar em outra coisa: que eu amara o pai dela e ela era a filha que eu sonhara ter com ele. E a nossa conversa era uma conversa entre mãe e filha, sobre quando o pai era jovem. E nós ríamos com as histórias do Camilo, que ela ama e que eu amei, mas as lágrimas que me escorriam por dentro afogavam o meu coração. Porque eu não consigo rir da minha história com o Camilo, nem poderia contar para ela. Oh, meu Deus! Isso tudo se passava na minha cabeça e, ao mesmo tempo, eu sabia que ela não era a minha filha. O Camilo teve com outra mulher a filha que deveria ser minha. Ele não precisou de mim para nada.

Maria Luísa parou de falar. Sua respiração ficou difícil pelo esforço para conter o choro. Estava realmente abatida. Respeitei o seu silêncio e continuei jantando. Aos poucos, ela se recuperou. Voltou a falar:

— Eu fiquei toda arrepiada quando imaginei que Domitila era a minha filha. Mas quando você saiu com ela e eu fiquei sozinha, me belisquei, mordi os lábios e disse para mim mesma que não estava ficando louca e que eu não tinha nenhuma filha. Mas isso não aliviou a minha tristeza. De qualquer forma, se eu tivesse uma filha, ela já não seria uma criança, como a gente sempre imagina os filhos, mas uma mulher, assim como Domitila. E nesse momento, a minha vida inteira desabou diante dos meus olhos. Os cacos se espalharam por todos os lados e eu ainda não consegui reuni-los. E nem sei se ainda quero reuni-los. Não restou nada que pudesse ser juntado, emendado, colado. Cheguei à conclusão de que nada mais pode ser salvo na minha vida. O tempo me enganou, meu Deus! Ele parecia ser paciente com o meu fracasso, parecia que me daria outras chances, mas o que fez foi passar mais depressa do que eu poderia imaginar.

Ela voltou a silenciar. Abaixou a cabeça e quebrou um palito em inúmeros pequenos pedaços. Eu já acabara de jantar. O refeitório se esvaziara. Alguém apagou a maior parte das luzes.

— Você disse que eu já sei a sua história, mas eu não sei.

— Sabe, sim. Eu já disse tudo.

— Disse que o amava. Mas ele a amava?

— Ele dizia que sim. E eu acreditava.

— Mas o que aconteceu? Por que não se casaram?

— Bem, ele morou aqui enquanto fazia o curso de direito. Dos cinco anos de curso, quatro nós namoramos. Meus pais gostavam dele e o dispensaram de qualquer pagamento. Era uma paixão avassaladora. Eu ia para o quarto dele quase todas as noites, escondido de meus pais. Passamos a ter quase uma vida conjugal. Minha mãe era mais compreensiva, fazia vista grossa e me protegia. Mas meu pai era ciumento, vivia desconfiado, me procurando pela casa, dando incertas no meu quarto, até que descobriu. Foi uma cena horrível. Ele ficou abalado. Para ele, a sua única filha vinha sendo desonrada na própria casa e à vista de todos os hóspedes. Camilo, então, me pediu em casamento. Ficamos noivos, de aliança e tudo, e eu comecei a preparar o meu enxoval. No último ano da faculdade, ele arranjou um emprego de assessor parlamentar de um deputado e, sem que eu desconfiasse, começou a namorar a filha do deputado. Quando, no fim do ano, ele se formou, e eu e meus pais quisemos marcar o casamento, ele disse que já estava de casamento marcado com uma outra, chamada Glória, filha do tal deputado. Foi um choque tão brutal que eu quase enlouqueci. O médico me mandou para uma espécie de clínica de repouso em Petrópolis. Mas meu pai ficou tão transtornado que pediu ao Camilo que deixasse a pensão e, um mês depois, morreu — ele já tinha problemas de coração, mas ninguém me convence de que o desgosto não tenha contribuído. E como toda tragédia tem o seu séquito, a minha não se encerrara ainda. Minha mãe, que era profundamente ligada ao meu pai, não suportou a vida sem ele e um ano depois também morreu. Fiquei sozinha no mundo. Tranquei meu coração e nesses vinte e poucos anos me entreguei a essa pensão e nem notei a minha vida passar.

Maria Luísa silenciou. Parecia calma. Mas, de repente, levantou-se e se afastou depressa. Parecia chorar. Fiquei no refeitório silencioso por mais um tempo, pensando na vida de Maria Luísa. Convenci-me de que, apesar de tudo, ela ainda amava o doutor Camilo. Depois, subi e fui dormir.

Nos dias que se seguiram, mantive o meu ócio restaurador. Dormia até mais tarde, às vezes ia à praia, almoçava atrasado, contando sempre com a compreensão de Maria Luísa, fazia a sesta e, quando Domitila se oferecia como cicerone, visitávamos a Quinta da Boa Vista, o Mosteiro de São Bento, tomávamos um sorvete na Confeitaria Colombo, passeávamos a pé por Copacabana ou íamos de bonde até o final do simpático e quieto bairro de Ipanema. A inefável Domitila mantinha-se doce, triste e amiga, mas sem nenhum gesto que traísse qualquer interesse para além disso. De minha parte, aprendi a respeitá-la e a agradecer sua dedicação.

Um dia ela perguntou pela minha noiva. Neguei que fosse noivo. Ela mencionou o que lhe dissera Demerval. Eu confessei que não entendera aquela invenção do Demerval. Ela se limitou a dizer:

— Engraçado, ele inventar uma noiva para você. Por que será que fez isso?

— Não sei — respondi.

E nunca mais falamos nada sobre esse assunto.

Como o carnaval se aproximava, à noite surgiam, em vários lugares da cidade, batucadas em botequins e até ensaios de blocos em algumas praças. Uma pensionista, que não tirava os óculos escuros nem à noite, foliã de muitos carnavais, me indicava, a pedido de Maria Luísa, os lugares mais recomendáveis, assim como o ônibus mais indicado, e eu ia assistir. Ficava fascinado com a força do ritmo e a sensualidade das sambistas. Logo me convenci de que não perderia o desfile das escolas de samba de jeito nenhum.

Era o anoitecer da quinta-feira da semana que iniciava o carnaval, quando, depois de um passeio a Niterói, atravessando a baía de Guanabara na barca da Cantareira, cheguei em casa e fui direto para o quarto. Mal tirei a camisa e larguei sobre a cama o corpo cansado, ouvi três pancadinhas na porta, com a mesma discrição de dona Olímpia, a arrumadeira. Sem me dar ao trabalho de sequer abrir os olhos, mandei que entrasse. Ouvi o ruído da porta se abrindo seguido de um silêncio. Quando abri os olhos, me deparei com uma surpresa que ninguém seria capaz de imaginar: olhando para mim, de pé junto à cama, estava ninguém menos que Lorena. Sentei-me num ímpeto, exclamando obviedades do tipo:

— Lorena! Santo Deus! Você aqui?

Ela riu do meu espanto, jogou sobre a cama uma sacola que trazia, estendeu as duas mãos para mim e disse:

— Levanta, meu amor. E me dá um abraço, anda.

Obedeci. Ela apertou meu dorso nu entre os seus braços, os olhos fechados, murmurando ahs! e huns! de intensa satisfação enquanto cravava as unhas nas minhas carnes. Estava tão emocionada que, de tempos em tempos, estremecia dos pés à cabeça. Senti seu corpo tão completamente colado ao meu que respirávamos no mesmo ritmo. Fui tomado por uma inexplicável sensação de saudade física. Como se, pelo contato, meu peito, meus braços, minhas coxas, reconhecessem o calor, as curvas e a maciez do corpo dela e o desejassem tão ardentemente como se deseja um prazer sem novidades, mas inesquecível e seguro. Beijamo-nos e reconheci nos lábios carnudos a boca de sempre, familiar, generosa, molhada e insaciável. Só depois da compulsão irrefreável dos primeiros apertos, abraços, beijos, mordidas e lambidas, quando ficou indispensável conter a sofreguidão até para respirar, foi que, ofegante, consegui sussurrar:

— O que aconteceu? O que está fazendo aqui?

Recuei o corpo para olhá-la e vi que não estava molhada de suor, mas das lágrimas que lhe escorriam pelo rosto.

— Vim ver você — ela disse.

— Não acredito. E o tio Alberto?

— Pensa que fui para o interior, passar o carnaval com meus pais.

— E como conseguiu o meu endereço?

— Demerval me deu. Estive na pensão procurando por você.

— E ele, como vai? Passou no vestibular?

— Passou.

— Passou? Que maravilha! Essa é uma ótima notícia! Estou feliz! Enfim, a justiça! Demerval merecia! Ele mandou algum recado?

— Não... Mas, por falar nisso...

Ela me abraçou ainda mais apertado, beijou-me o rosto inteiro. Seu corpo continuava estremecendo como se varrido por intermitentes vibrações. Murmurou no meu ouvido:

— Parabéns pelo vestibular! Eu sabia que conseguiria! Você me enche de orgulho, meu amor.

— Agradeço a você por isso. Se não fosse a sua ajuda...

— Diga que se não fosse o meu amor... por favor. Ajuda, não: amor.

— Está bem. Se não fosse o seu amor, nada disso teria acontecido. Obrigado, Lorena.

— Não! Não me agradeça, amor. Não se agradece o amor de alguém.

Escapei delicadamente de sua boca e dos seus braços e sentei na cama. Ela ajoelhou-se à minha frente. As lágrimas brotavam de seus olhos espontâneas e silenciosas como de uma fonte e escorriam mansas sobre um rosto sem contrações nem esgares.

— Você me perdoou? Pelo que eu fiz no laboratório?

— Que coisa feia, Lorena. Custou-me um ótimo emprego, aquele seu escândalo. Por que fez aquilo?

— Ciúme, meu amor. Morro de ciúme de você. Eu não queria prejudicar você, mas... foi mais forte do que eu. — Ela abaixou a cabeça e silenciou. Depois, ergueu-me dois olhos suplicantes, e sussurrou: — Você me perdoou?

— Não sei. Já tinha me esquecido.

— Ah, que bom! Quem esquece é porque perdoou.

As lágrimas sossegaram. Ela enxugou o rosto com as duas mãos. Abriu a sacola, tirou um embrulho e me entregou.

— É para você.

Recebi, adivinhando que era mais um dos seus presentes. Desembrulhei-o. Era um estetoscópio. Fiquei emocionado. Coloquei os auriculares no ouvido. Era a primeira vez que se materializava a idéia de que eu seria médico. Senti que o aparelho me dava um ar grave e sábio. Poucos entendem o que se ouve através daquilo. Na verdade, àquela altura nem eu mesmo entendia direito. Mas fiquei orgulhoso de mim e da profissão. Era inacreditável que Lorena pudesse me dar presente tão caro. Em retribuição, foi a primeira pessoa em quem o usei. Auscultei-lhe o coração.

— Dá para ouvir o quanto eu o amo? — ela perguntou.

— Isso, não.

— Dá para sentir que ele só bate por você?

— Também não.

— Está disparado?

— Um pouco.

— É por sua causa. É de amor por você

Sorrimos. Auscultei-lhe as costas e pedi que dissesse trinta e três. Ela disse. Rimos ainda mais. Guardei o aparelho na caixa. Beijei-lhe a mão.

— Muito obrigado, Lorena.

— Você merece. E com ele no peito, nunca vai se esquecer de mim.

Voltei a sentar. Ela ajoelhou-se outra vez diante de mim. Referiu-se à sacola.

— Está aí tudo que ainda tinha de seu na pensão.

Esboçou um sorriso tímido, mas que revelava algum alívio. Depois, segurou as minhas pernas e disse:

— Você está tão bonito assim, queimado de praia.

— Onde está hospedada?

— Adivinha?

— Na casa do tio do Demerval.

— Não. Aqui, seu bobo.

— Aqui, na pensão?

— Quarto oito. No primeiro andar.

Era uma façanha Lorena ter saído sozinha de Belo Horizonte, pegado um ônibus, viajado durante nove horas e chegado ao Rio de Janeiro. Era raro uma mulher com coragem para empreender uma aventura dessas. Muito menos casada com um homem ciumento e truculento. Enquanto a olhava, eu me perguntava se aquele ar de insanidade que se escondia na sua paixão não teria saltado para a loucura plena. Ela me olhava como se quisesse suprir toda a falta que sentia de mim, quase me devorando com os olhos.

— Então, quer dizer que você veio escondida para o Rio de Janeiro?

Ela balançou rapidamente a cabeça e abriu um sorriso de orgulho infantil pela sua proeza.

— Não tem medo do tio Alberto vir atrás de você?

— Até entrar no ônibus tive medo. Mas aqui, agora, não tenho medo nenhum. Ao contrário. Estou feliz de ter vindo, de ver você, de pegar em você.

Ela acariciou minhas pernas. Olhou para os meus olhos com um sorriso tímido e deve ter percebido minhas preocupações.

— Nesse tempo todo, eu tenho obedecido ao Alberto. Não faço nada do que tenho vontade, só o que ele manda e o que ele quer. Se nem assim ele está satisfeito, não há mais nada que eu possa fazer. Além disso, eu não consigo viver tanto tempo sem ver você, sem tocar em você. Essa vontade, como o meu ciúme, é maior do que eu. E eu estou aqui por isso. Eu preciso de você, eu amo você desesperadamente. E, por você, estou disposta a tudo, a correr qualquer risco.

Ela fez uma pausa e esperou a minha reação. Mas eu me mantive impassível. Ela, então, prosseguiu:

— A não ser que você não me tenha perdoado e não me queira aqui. É isso? Você não me quer aqui?

Sempre me abraçando e me beijando, Lorena repetiu a pergunta, em tons cada vez mais sussurrados. Era impossível dizer que não a queria. Vieram, então, os segundos apertos, abraços, beijos, mordidas e lambidas. Embora perigoso, o amor de Lorena era irresistível.

Jantamos na mesma mesa, cautelosamente afastados, mas sob o olhar atento de Maria Luísa, que nos tinha como amigos de Minas. No entanto, só os muito ingênuos entenderiam como de amiga os olhares de Lorena para mim. Esse, porém, não era o caso de Maria Luísa, que nada tinha de ingênua. A gerente manteve a vigilância e não se aproximou da nossa mesa, a não ser para me avisar que alguém queria falar comigo ao telefone.

Fui atender. Era a inefável Domitila. Convidava-me, em nome dela e do pai, para passar o carnaval em Petrópolis. Subiriam na manhã seguinte e, se eu quisesse, poderiam me pegar na pensão. Agradeci o convite, mas preferia ficar. Ela insistiu que no carnaval a cidade ficava confusa, perigosa, havia muita mistura, que a presença dos turistas aumentava ainda mais a confusão. Repeti o agradecimento, mas preferia ficar, pois nunca vira aquela festa. Despedimo-nos e desliguei.

De volta à mesa, Lorena me crivou de perguntas. Tive que explicar tintim por tintim. Só depois de todas as explicações, e de ela se sentir segura e seu ciúme aplacado, foi que recuperamos o clima anterior e acabamos de jantar.

Quando lhe expliquei as regras da pensão, Lorena se insurgiu contra a idéia de dormimos em quartos separados. Vencido no mérito, discuti, então, qual dos quartos seria o indicado para nos acolher mais discretamente. Acabamos no meu, que era maior, de frente e no segundo andar. E tivemos, afinal, a nossa noite de núpcias no Rio de Janeiro.

Nos dias seguintes, voltei, dessa vez com Lorena, aos mesmos lugares onde a inefável Domitila me levara. E como era carnaval, a cidade estava diferente, mais alegre, fantasiada e ruidosa. Lorena quis ir à praia apenas para ver. Mal viu Copacabana e se encantou com a alegria, a nudez, o sol e o mar — que ela nunca vira nem provara. Eufórica, comprou um maiô de duas peças e, no dia seguinte, lá estávamos nós, em trajes de banho. Com o corpo exposto, Lorena chamou a atenção. Ninguém imaginaria que ela tivesse a idade que tinha nem, muito menos, que fosse casada com um homem de cinqüenta e tantos anos. Eu mesmo fiquei impressionado, observando-a entre outras mulheres de maiô, com a generosidade de suas carnes e a perfeição de suas formas. O que mais ressaltava nela, no entanto, além da juventude, era o sorriso constante, a alegria esfuziante. No Rio, Lorena parecia uma carioca.

Na pensão, depois da praia, enfrentávamos com galhardia e bom humor a espera pela chegada da água, a fila do banheiro e a fila por uma mesa para almoçar — tudo agravado pela presença dos turistas que lá se hospedavam durante o carnaval. À tarde, depois da sesta — com cada um no seu quarto — íamos para o centro da cidade.

Na Cinelândia e avenida Rio Branco, a multidão fazia o *footing* para apreciar ou exibir fantasias das mais convencionais às mais originais, envolvendo personagens da vida pública nacional, sobretudo da política, quase sempre ridicularizados.

Lorena acompanhava tudo com um misto de fascínio infantil e bom humor carnavalesco. Ao contrário de mim, que me deslumbrava com algo que nunca vira, Lorena agia como se aquilo fizesse parte da sua vida. De tempos em tempos, passava um bloco ou mesmo uma simples bateria, e ela, de olho nas sambistas, tentava despudoradamente imitá-las, a cada momento com mais êxito. Soltava o corpo, as pernas e os pés com tal facilidade que um desavisado a identificaria como carioca, como sambista, provavelmente nascida e criada no morro. Mais uma vez, sua beleza, espontaneidade e alegria atraíam a atenção.

À noite, em pé, as pernas doendo e o corpo ardendo pelos efeitos do sol, assistíamos, colados ao cordão de isolamento, ao desfile das escolas de samba. A maravilha que, antes, eu via nas fotos coloridas das revistas, agora passava diante dos meus olhos deslumbrados, e os de Lorena, excitados. E passou o Império Serrano, a Mocidade Independente, o Salgueiro, a Portela, a Mangueira. Quando voltamos para a pensão, o sol estava nascendo.

Na pensão, fui levá-la até a porta do seu quarto sob protestos sussurrados, pois ela queria dormir comigo. Estávamos cansados, o corpo suado, a roupa molhada. Quando nos desejamos boa-noite, ela me abraçou, beijou-me todo o rosto e murmurou no meu ouvido:

— Lembra quando eu dizia que eu e você poderíamos começar uma vida nova aqui no Rio de Janeiro? Eu estava falando disso que a gente tem vivido nesses dias. Não do carnaval, mas da alegria. Aqui com você, eu tenho sido feliz como nunca fui na vida. É desse jeito que eu quero viver com você aqui. Você também quer, meu amor?

— Amanhã a gente conversa sobre isso. Estou exausto. Praia e carnaval deixam qualquer um podre.

Ela enfiou a chave na fechadura. Virei-me e avancei na direção da escada. Em vez de entrar, ela ficou parada, me olhando afastar pelo longo, estreito e silencioso corredor. O dia se anunciava através das bandeiras da porta da sala. Quando comecei a subir a escada, ela ainda estava parada na porta do quarto. Jogamo-nos beijos.

Ao abrir a porta do meu quarto, havia um envelope no chão. Era uma carta de minha mãe e Graciliano. Espantaram-se com a minha silenciosa mudança para o Rio, mas estavam eufóricos com a aprovação no vestibular. Minha mãe mandara celebrar missa para agradecer a Deus a bênção de ter um filho médico. Graciliano falava de seu orgulho pela minha inteligência e da importância para a família de ter pelo menos um formado, afirmando que tinha fé em Deus que eu seria um excelente médico. Contou que minha mãe estava impossível de tão orgulhosa e que já espalhara a notícia para quase toda a cidade. Minha mãe descreveu a reação de algumas pessoas à novidade e listou os que me mandavam parabéns. Ao final, confessava que agradecia a Deus ter guiado meus passos para longe de Lorena, o que era um alívio para a maior das suas preocupações.

A carta me deixou feliz. Eu nunca me sentira tão prestigiado, elogiado e querido. Voltei a considerar que aquela aprovação fora realmente uma façanha. E não apenas para mim, mas para toda a família. Eu tinha que ter outras vitórias, tinha que vencer na vida, conseguir prestígio e ganhar dinheiro para recuperar o orgulho da minha família, perdido com tanta pobreza, para lhe dar um pouco de conforto e segurança. Minha mãe e Graciliano mereciam todo o meu esforço, mereciam tudo que eu pudesse fazer por eles. E eu estava disposto a tudo para proporcionar a eles o que mereciam. Num lampejo, me perguntei por Idalina. Por onde andaria a minha irmã, que não ficara sabendo de nada e não pudera aplaudir o meu triunfo? Mas logo meu pensamento retornou ao Rio de Janeiro, à pensão, ao meu quarto, a Lorena, que dormia no andar de baixo, e ao meu cansaço.

Tomei um banho frio e longo e me larguei na cama, o corpo ardendo, as pernas doendo. A prostração física venceu qualquer veleidade de pensar na vida, em Lorena, num emprego ou na medicina. Logo adormeci. Despertei com discretas batidas na porta. Ergui da cama com dificuldade as toneladas que o cansaço acrescentava ao meu peso e fui até a porta. Abri. Era Lorena, em irresistível camisola branca, sob a qual vislumbrava-se um corpo nu, sequioso e queimado de sol. Acolhi-o na minha cama sem muita discussão. Apesar da voracidade preliminar, acabamos por dormir como anjos puros e exaustos.

No dia seguinte, fui para o refeitório separado de Lorena, como sempre fazíamos para não dar motivos a reclamações por violação do regulamento. Ao passar à frente da gerência sob a escada, Maria Luísa comprimentou-me como uma amiga que não me via há alguns dias. Finda a brincadeira, ela falou seriamente:

— Você vai me desculpar, mas, apesar da brincadeira, eu preciso lhe falar como gerente. A sua namorada mineira tem dormido no seu quarto.

— Não é namorada — eu disse.

— Achei mesmo que você é muito novo para ela. Mas, então, a sua amante mineira...

— Também não é amante, Maria Luísa. É minha amiga.

— É costume, lá em Minas, dormir com amigas? Bem, como você sabe, aqui isso não é permitido. Eu peço que você e sua amiguinha durmam cada um no seu quarto. Ou será melhor que procurem outro lugar. Isso aqui não é Minas. Desculpa, mais uma vez, por eu falar desse jeito, mas é que todo mundo tem seus chamegos e seus amores, e se eu descuidar, essa pensão vira uma espelunca da Lapa. Você me faz essa gentileza — cada um no seu quarto?

— Claro! Maria Luísa. Não se preocupe — respondi, constrangido, a garganta seca, com vontade de me esconder em algum lugar.

— E me desculpa, mais uma vez.

— Nada a desculpar. Você tem razão. Depois eu explico essa história.

— Então, obrigada.

Segui para o refeitório com o rosto afogueado de vergonha. Lorena logo apareceu. Contei-lhe o acontecimento. Ela ouviu em silêncio e, no final, fez uma cara de desprezo referindo-se a Maria Luísa.

— Isso é puro ciúme dessa solteirona!

A proibição tisnou a plenitude do último dia de Lorena no Rio de Janeiro. Fomos à praia e ao centro da cidade. Ela tentou esquecer, mas volta e meia a questão retornava:

— Mas, amor, a gente vai dormir separado na minha última noite aqui?

Eu argumentava, ela parecia entender e se acalmava. Pouco tempo depois, porém, a insatisfação refluía. Lorena não se conformou, mas foi o que acabou acontecendo: dormimos cada um no seu quarto.

Antes, porém, desse motivo, digamos, regimental, surgiu outra razão mais grave. Nós tomávamos um chope no Amarelinho, apreciando o *footing* de carnavalescos pela Cinelândia. Lorena, que se sentara à minha frente, passou para o meu lado e se enroscou em mim. Beijou-me o rosto e mordeu-me a orelha, enquanto sussurrava.

— Quando é que a gente vai voltar a se ver, meu amor?

— Não sei.

— Vou embora amanhã e já estou morrendo de saudade.

— Não fica assim. Ainda é carnaval. Vamos nos divertir.

Ela segurou o meu rosto com as duas mãos. Olhamo-nos nos olhos. Lorena estava sôfrega, intensa, apaixonada.

— Se você quiser, eu fico com você. Não volto para lá. Ele nunca vai saber onde estou. E a gente vai ser feliz aqui, como fomos esses dias. Você quer que eu fique?

— Lorena, eu não tenho emprego, meu dinheiro mal dá para pagar dois meses de pensão e dentro de alguns dias começo um curso de medicina. Não tenho nem para mim, como é que eu vou assumir você?

— Você não vai me assumir. Eu vou trabalhar. Faço o que for preciso; vendo roupa de porta em porta, perfume, arranjo emprego de empregada doméstica, de babá, do que for. Isso não tem problema. O que interessa é saber o que você quer. Você quer que eu fique?

Eu tinha a resposta pronta na ponta da língua, mas fiz um tempo de silêncio grave para dar a impressão de que estava pensando, ou para ver se ela desistia de pergunta tão direta. Mas ela não desistiu. Agarrou-me o pescoço, puxou-me para ela, alcançou-me a alma com o olhar e, ofegante, murmurou com a intensidade de quem decide a vida.

— Você quer que eu fique com você, meu amor?

— Não, Lorena. É loucura — respondi.

Ela engoliu a decepção. Tentei desviar o olhar, mas ela reteve a minha cabeça diante da dela. Ofegava como se tivesse acabado de fazer uma caminhada. Fez a última pergunta que, naquelas circunstâncias, eu gostaria de ouvir.

— Você me ama?

— Por que essa conversa aqui, Lorena? Dentro de um bar, no meio do carnaval. Vamos falar disso depois.

— Não. Eu preciso saber agora. É a minha vida que está em jogo. Responde!

— Eu já lhe expliquei isso lá em Belo Horizonte. Você é casada com o meu tio e...

— Ora, não me vem com essa conversa! Casamento com um homem que me espanca vale alguma coisa? Casamento com um homem que eu não amo vale alguma coisa? Casamento que me faz infeliz vale alguma coisa? Eu não aceito essa resposta. Eu quero saber se você me ama. É sim ou não. E eu decido a minha vida agora. Eu fico no Rio de Janeiro e vou ser a mulher mais feliz do mundo ou volto para Belo Horizonte e vou ser a mulher mais infeliz do mundo. É a água ou o vinho, basta você dizer sim ou não. Responde, meu amor; você me ama?

— Não — respondi.

Nunca vou me esquecer da máscara que a decepção esculpiu no rosto de Lorena. Num átimo, a palidez lhe furtou o sangue e o colorido com que o sol a maquiara. Os olhos, onde momentos antes luziam a alegria e a vivacidade juvenis, se embaçaram com uma tristeza irremissível. Movida pelo pasmo, a boca, ao invés de se fechar, foi se abrindo devagar, cavando sulcos profundos nas maçãs, desenhando as formas da incredulidade crescente. A impressão era de que Lorena despencava num precipício interior sem ter onde se segurar. A tudo faltava vida e sobravam amargura e dor. Era insuportável olhar para ela.

No dia seguinte, na rodoviária, Lorena estava murcha como uma flor esquecida num canto. Apagada, o olhar súplice e sem brilho, um silêncio resignado como se estivesse de partida para um sanatório ou um velório. Ao abraçarmo-nos, na despedida, me apertou contra si, mordeu o meu pescoço, enquanto seu corpo estremecia de soluços contidos. Todos os passageiros já tinham embarcado, e ela resistia a desaninhar-se. O ônibus começou a buzinar. Ela recuou um passo. Com o rosto banhado em lágrimas, ainda disse:

— Eu te amo, desesperadamente, meu amor.

Virou-se e entrou no ônibus, que partiu imediatamente. Não deu nem para me acenar da janela. Fiquei parado olhando-o se afastar, certo de que Lorena me amava desesperadamente.

Na segunda-feira seguinte começaram as aulas na Faculdade Nacional de Medicina.

XX

O relógio na parede azulejada marcava cinco horas da tarde. Embora às sextas-feiras o meu horário de saída fosse às oito, eu precisava ir embora mais cedo naquele dia. O livro de anatomia geral que eu tentara pegar durante toda a semana seria devolvido naquele dia à biblioteca da faculdade e, conforme instruíra dona Consuelo, a bibliotecária, para que eu pudesse estudar durante o fim de semana, como pretendia, teria que retirá-lo antes das seis horas — quando a biblioteca fechava. E da Tijuca, onde eu estava, até a Urca, onde era a faculdade, eu levaria de trinta a quarenta e cinco minutos. Por isso, teria que pedir ao doutor Bernardo autorização para sair mais cedo. Fui à sala dele.

Mas acho que estou pulando alguns acontecimentos. Antes de contar o que aconteceu na sala do meu patrão, é preciso contar como fui parar na Laboratório Pasteur de Análises Clínicas.

Uns quinze dias antes, Maria Luísa me dissera, com solidária alegria, que haviam telefonado para mim do escritório do doutor Camilo, pedindo que eu entrasse em contato com ele. Para ela, era o prometido emprego. Liguei imediatamente, e a secretária me marcou hora para o dia seguinte.

Caprichei na apresentação, Maria Luísa me desejou boa sorte e saí de casa cheio de esperança. Com a gentileza de sempre, o doutor Camilo foi me encontrar na ante-sala tão logo a secretária me anunciou e, depois de elogiar a minha elegância, me fez entrar na sua sala com a mão no meu ombro. Pela ampla janela via-se a baía de Guanabara, a ilha

Fiscal, uma parte do porto e o movimento das barcas chegando e saindo para Niterói.

— Como vai o curso de medicina? As aulas já começaram?

— Já. Vai muito bem.

— E a nossa pensão, como está? Você continua gostando? — ele perguntou, indicando-me uma poltrona e sentando-se em outra.

— Continuo gostando. Tenho que lhe agradecer a indicação.

— Engraçado, eu nunca indiquei aquela pensão para ninguém. Parece até que a tinha apagado da memória nesses vinte anos que me mudei de lá. Quando o Demerval me pediu que reservasse um quarto para vocês, me lembrei e liguei para lá. Aliás, foi a Maria Luísa quem atendeu. No momento em que identifiquei a voz dela, a minha vida na pensão passou toda pela minha cabeça. E sabe que eu me emocionei? Fiz algumas perguntas sem me identificar e reservei um quarto para vocês no nome do Demerval. O resto do dia eu fiquei pensando na minha vida.

— Ela não reconheceu a voz do senhor?

— Mais de vinte anos depois? Impossível. Nem se eu fosse fanho e gago ao mesmo tempo.

Ele riu, eu o acompanhei. Depois fez silêncio e olhou para mim. Achei que falaria do emprego, mas parecia pensar em algo distante. Depois de algum tempo, disse:

— E por que ela me reconheceria, se teve milhares de hóspedes nesses vinte anos?

— Bem, não sei... talvez...

— Ela contou para você?

— O quê?

— Você já sabe?

— Bem... nesse tempo que estou lá, ela tem sido muito boa para mim e estamos ficando amigos.

— O que é que você sabe?

— Eu sei que ela foi interessada no senhor no tempo que morou lá.

— Interessada? Ela disse que foi interessada em mim?

— Bem, não sei se foi essa palavra, mas deu para entender que gostou do senhor.

— Ela foi perdidamente apaixonada por mim. E, para falar a verdade, eu também gostei dela. Mas você sabe o que ela teve o desplante de fazer? Criou uma situação que quase me complica a vida. Eu posso falar porque somos homens e amigos. E já se passaram muitos anos.

Ele deu um sorriso, olhou para a vista que invadia a sala e balançou lentamente a cabeça, como se a incredulidade tivesse resistido ao tempo. Fiquei curioso para saber que versão ele daria de uma história que eu já ouvira sob um outro ponto de vista. Ele voltou a falar como se tirasse a história de algum baú da memória.

— A Maria Luísa ia sempre ao meu quarto. Ela se fazia de virgem, mas nada de uma virgem lhe restava mais. Numa dessas vezes, quando estávamos na cama, nus como viemos ao mundo, bateram na porta. Supus que fosse a arrumadeira ou a lavadeira. Ela se enfiou debaixo do lençol, escondendo até a cabeça, eu me enrolei na toalha e entreabri a porta. Era o pai dela — um brutamontes no corpo e nos modos. Acabou de abrir a porta com um empurrão e foi entrando para ver uma tal infiltração na parede. Quando percebeu que havia alguém sob o lençol, não teve dúvida, ergueu o lençol. E lá estava, nuinha em pêlo, sua própria filha.

O doutor Camilo apertou o rosto entre as mãos como se a vergonha da cena se repetisse naquele momento. Depois riu. Riu muito. E só aos poucos foi recuperando o seu tom natural.

— Você pode imaginar o que é um flagrante desses. O pasmo do homem. O constrangimento de Maria Luísa, nua diante do pai. A minha vergonha, o meu medo. Que situação, meu Deus! Para encurtar, foi tamanha a confusão, que eu tive que ficar noivo dela. Mas isso ainda não foi o pior. O pior é que a própria Maria Luísa inventara a história da infiltração e dissera ao pai que eu o esperaria no quarto — justamente na hora que ela estaria lá comigo na cama.

O doutor Camilo balançou a cabeça para um lado e para outro, dizendo:

— Louca! Maria Luísa era louca!

Fiquei atônito com essa versão, mas, ao mesmo tempo, me parecia crível. E o doutor Camilo contava aquela história com tão serena bonomia que não poderia ter a intenção de difamar Maria Luísa. Ele passou a falar com mais suavidade, quase nostálgico.

— E você sabe que eu a perdoei depois que fiquei noivo? Incendiada pela paixão, a mulher é capaz de qualquer coisa. Tudo o que Maria Luísa queria na vida era casar comigo. E por amor. Porque eu era um péssimo partido, não tinha nem onde cair morto. Eu a entendi, a perdoei e a amei muito. E teria casado com ela, se a Glória não tivesse aparecido.

Silenciou. A história me distraíra, mas o silêncio me lembrou que eu estava ali para saber sobre o emprego. E fui tomado pelo medo súbito de que não houvesse emprego algum. Maria Luísa deduzira que se tratava de emprego, mas a secretária não dissera nada sobre isso. O doutor Camilo reemergiu de seu mergulho no passado.

— E ela, vai bem? A Maria Luísa?

— Vai bem, sim. Trabalha muito, naquela pensão. Mas vai indo.

— Ela se casou?

— Não, senhor.

— Não tem namorado?

— Não, senhor. Quer dizer, não que eu saiba.

Ele olhou para a vista. Apertou os olhos para se proteger da claridade. Ficou em silêncio. Eu tinha certeza de que estava pensando na própria vida. Depois, deu um suspiro profundo.

— Mas vamos ao que interessa. Você me disse que já trabalhou num laboratório, não foi?

— No laboratório de manipulação de uma farmácia.

— Acho que consegui um emprego para você. Mas é um laboratório de análises clínicas. Você tem alguma experiência em exames de sangue, fezes, de urina?

— Não, senhor. Mas posso aprender. Estou disposto a estudar.

— Mas você gosta disso?

— Gosto. Mas ainda que não gostasse, eu aceitaria. Estou precisando muito. As aulas já começaram. Os livros são caríssimos. E eu ainda tenho que pagar a pensão, condução, lavadeira. Não posso me dar ao luxo de ficar escolhendo.

— É isso mesmo. Você está certíssimo. Gostei da sua disposição.

— Mas o senhor acha que daria para conciliar com o horário das minhas aulas?

— Se não der, não serve para você. Mas eu falei com o Bernardo, o dono do laboratório, que é muito meu amigo e até me deve algumas gentilezas. Eu disse que era para um estudante de medicina. Ele disse que mandasse você lá. Sendo médico, ele deve saber desses problemas de horário. E eu também posso fazer uma pressãozinha política...

— Eu agradeço muito tudo o que o senhor está fazendo por mim. Muito, doutor.

Ele foi até a mesa, escreveu um cartão, enfiou no envelope e me entregou, junto com o endereço do laboratório.

— Procura o doutor Bernardo nesse endereço e entrega esse cartão. Depois me telefona.

— Sim, senhor. E muito obrigado, doutor.

Ele me levou até a porta segurando o meu braço.

— Dê lembranças a Maria Luísa.

— Darei, com certeza. E, mais uma vez, muito obrigado, doutor.

Eu estava realmente agradecido quando saí daquele escritório. Para me ajudar tanto, sem ser meu parente, sem me conhecer direito e sem esperar retribuição, o doutor Camilo gostara verdadeiramente de mim. Tanto quanto a mulher dele me detestara.

Na pensão, quando confirmei que era mesmo um emprego, Maria Luísa, que me esperava ansiosa, bateu palmas de euforia. E quando disse que o doutor Camilo lhe mandara lembranças, ela se transfigurou. Seu rosto perdeu completamente a cor e ela esboçou um sorriso inseguro; depois enrubesceu e ficou séria — essas mutações se repetiram algumas vezes, num semblante que oscilava entre a surpresa e a incredulidade tão rapidamente que ela se apoiou discretamente no balcão da recepção, como se sentisse que poderia cair.

— Você está brincando comigo — ela disse numa voz insegura. — O Camilo me mandou lembranças?

— Mandou.

A cor de seu rosto sumia e reaparecia, a boca se estendia e se contraía. Seu corpo era pura emoção.

— De verdade mesmo?

— De verdade.

— Você jura?

— Juro, Maria Luísa.

Ela sentou-se lentamente e mergulhou o rosto entre as mãos. Ergueu apenas um olhar perplexo para mim e perguntou:

— E agora, o que isso quer dizer? — e voltou a fechar os olhos.

Deixei-a com as suas conjecturas. Mas a intensidade da turbulência que ela experimentara por tão pouco, me fez pensar em Lorena e no que dissera o doutor Camilo: que, incendiada pela paixão, a mulher é capaz de tudo.

Naquela noite eu fui estudar na biblioteca da faculdade e, no dia seguinte, parti cedo para a Tijuca.

O laboratório funcionava num casarão de dois pavimentos adaptado para a nova função. Embaixo, ocupando a maior parte da área, ficava o atendimento ao público, onde se fazia a coleta de sangue e a entrega de material para exames de fezes e urina, o setor de administração e contabilidade e a sala do diretor. Em cima ficavam as salas do laboratório propriamente dito.

Bastou a recepcionista informar pela porta entreaberta que estava ali um enviado do doutor Camilo, para que o doutor Bernardo me mandasse entrar imediatamente.

Era um homem elegante e extremamente preocupado com a aparência. Devia ter uns trinta e cinco anos, alto e de voz grave, cabelo preto minuciosamente penteado e fixado com brilhantina, a barba escanhoada, gravata com nó windsor — outro dos requintes que Demerval me ensinara — sob o guarda-pó de um branco imaculado.

Apresentei-me e entreguei o cartão. Ele me estendeu a mão grande e firme e, enquanto nos cumprimentávamos, deu para sentir o perfume que vinha dele. Indicou-me a cadeira com um gesto e, lendo o cartão, sentou-se à mesa — uma mesa limpa, organizada, com cada coisa rigorosamente no seu lugar.

— O Camilo já tinha me falado sobre você. Eu estou mesmo precisando de mais um laboratorista. E recomendado pelo Camilo, o emprego é seu. Vai ser preciso acertar os seus horários com os da faculdade. Aqui, você terá que cumprir quarenta e quatro horas por semana — pode ser de manhã, de tarde, de noite e até nos fins de semana. Os exames precisam ser feitos, não importa em que dia, nem a que horas do dia ou da noite. Você acha que é possível?

— Acho que sim. E podendo ser em qualquer horário, facilita mais.

Enquanto falava, ele tirava com a ponta do dedo invisíveis sujeirinhas de sobre a mesa. A elegância e a voz grave lhe infundiam uma solenidade professoral.

— Eu sei que você está no primeiro ano da faculdade e parece que só no terceiro vai estudar análise clínica. Mas o Camilo diz no bilhete que você tem experiência em laboratório de manipulação...

— Tenho sim, senhor.

— Isso é bom. Depois eu vou lhe dar uma bibliografia e um outro laboratorista, que é estudante de farmácia e bioquímica, vai lhe orientar sobre o uso do equipamento. Tudo é muito simples e os exames são rotineiros.

Depois de colher sujeirinhas em vários pontos da mesa, ele deslocava o braço e friccionava o polegar contra o indicador, soltando-as — sempre invisíveis — sobre a lixeira.

— Quando sair daqui, você vai procurar o seu Romeu, na administração. Ele vai pedir a sua carteira de trabalho e mais uma papelada. A remuneração de laboratorista é de três salários mínimos para quarenta e quatro horas de trabalho semanais. Trabalhou menos, ganha proporcionalmente.

Ele deslocou o peso de papel um milímetro para a esquerda e a caneta dois milímetros para a direita.

— Você tem alguma dúvida ou quer fazer alguma pergunta?

— Quando eu posso começar?

— Logo. Amanhã. Às oito, você pode?

— Posso sim, senhor.

— Então venha. E traga o seu horário de trabalho. Mas, antes, vou levá-lo ao seu Romeu. Vem comigo.

Aconteceu o previsto. Seu Romeu me pediu a carteira de trabalho, uma abreugrafia, vacina disso e daquilo e o horário de aulas.

Eu estava exultante quando saí do casarão. Afinal, conseguira um emprego que me permitiria estudar e um salário que cobriria as minhas despesas! Era tão inacreditável que arrepios de emoção me varriam o corpo inteiro. Consegui conter a vontade de gritar de alegria, mas não resisti a uma lata vazia na calçada. Dei-lhe um bico que ela voou até a outra calçada. Era tal a minha euforia que, quando olhei à minha volta, estava na praça Saens Peña, sem saber como tinha chegado ali. Peguei um ônibus e fui para a pensão.

No almoço, Maria Luísa sentou-se à minha mesa e pediu champanhe para comemorar. Estava duplamente alegre: pelo meu emprego e pelas lembranças mandadas pelo tio Camilo — que, suspeitei, poderiam ter ressuscitado esperanças que ela própria supunha mortas. Comemos e bebemos até muito depois de os hóspedes terem deixado o refeitório. No dia seguinte, comecei a trabalhar no Laboratório Pasteur de Análises Clínicas.

Agora, que você já sabe como fui parar no laboratório, posso voltar à tarde daquela sexta-feira. Com a intenção de sair mais cedo, fui pedir autorização ao patrão. Parei diante da porta com a placa “Dr. Bernardo Montana, Diretor” e bati. Ouvi um “Entra” na voz grave do doutor Bernardo. Abri a porta e entrei.

— Pode me dar um minutinho, doutor?

— Claro.

— É que eu precisava sair mais cedo hoje...

— Se for para ir ao comício na Central do Brasil, não pode.

— Comício? — fingi que não sabia de nada para ganhar tempo e descobrir a opinião do patrão. Não queria discordar dele.

— O João Goulart e a camarilha comunista querem botar fogo nesse país. E esse comício, justamente hoje, uma sexta-feira treze, vai ser o começo da desgraça. É para lá que você quer ir?

— Não, doutor. Quero saber de comício, não. Eu não entendo nada de política. Não me meto, nem tenho tempo.

— Faz você muito bem. Então, para que quer sair mais cedo?

— É que a biblioteca da faculdade fecha às seis horas, e eu preciso pegar o livro de anatomia geral para estudar no fim de semana.

— Pode ir — ele disse.

Demorou até que eu conseguisse pegar um ônibus. Lotados, eles passavam direto, os passageiros exibindo cartazes e gritando pelas janelas "Fora Yankees", "Abaixo os Gorilas", "Lacerda, Traidor da Pátria". No ponto, uma centena de pessoas, que certamente largaram o trabalho mais cedo para ir ao tal comício, carregavam cartazes e faixas enroladas e vaiavam cada motorista que não parava, aos gritos de "Puxa-saco do Lacerda", "Traidor do Povo" ou "Abaixo o Boicote". No primeiro que parou, avancei decidido para a porta e embarquei aos empurrões e cotoveladas.

Dentro do ônibus, espremido por uma gente suada e malcheirosa, que falava alto e gritava pelas janelas, eu perdi o humor e a paciência. Praguejava em silêncio contra aquele comício que lotava os ônibus e me atrasava justamente quando eu estava com pressa. Se não pegasse a biblioteca aberta, não poderia estudar no fim de semana. E não era a primeira vez naquele dia que me sentia prejudicado por ele.

Naquela mesma manhã, a aula de fisiologia fora interrompida por um grupo do Diretório Acadêmico. O bando entrara na sala, um deles pedira licença ao professor para fazer uma comunicação que eles consideravam importante e, para minha surpresa, o professor concordara. Então, enquanto três deles distribuíam pelas carteiras um manifesto, um jornal tablóide e uma bandeirola, o líder, chamado Vinícius, falara, num tom grave e exaltado, qualquer coisa como: "Vocês já devem ter visto nas faixas e cartazes espalhados pela faculdade que hoje, às cinco e meia da tarde, na Central do Brasil, o presidente João Goulart vai falar ao povo brasileiro. Estarão junto com ele no palanque o governador Miguel Arraes, de Pernambuco, o ex-governador Leonel Brizola, do Rio Grande do Sul, e outros líderes políticos. E nós estamos aqui — o representante da UEE, União Estadual dos Estudantes, o representante da UNE, União Nacional dos Estudantes, e nós, do Diretório Acadêmico — para convidar vocês especialmente, como calouros de medicina, a comparecer. O comício é o início de uma mobilização nacional para pressionar o Congresso a votar as reformas de base: a reforma agrária — aliás, o presidente hoje vai assinar um decreto desapropriando terras à margem de rodovias e ferrovias — a reforma bancária, a reforma universitária, que nos interessa de perto, porque vai assegurar a autonomia universitária, a plena liberdade de ensino e vai abolir a cátedra vitalícia, a reforma eleitoral, que vai garantir elegibilidade para todos os eleitores, assim como o voto do analfabeto, dos cabos, dos soldados e marinheiros. No ato, nós vamos exigir também a preservação do monopólio estatal do petróleo e o fortalecimento da Petrobrás, assim como a anistia a civis e militares indiciados por crimes eleitorais. Estarão presentes trabalhadores do campo e da cidade, funcionários públicos, profissionais liberais — a previsão é de duzentas mil pessoas. Nós, os estudantes brasileiros, também estaremos lá, marcando a nossa posição a favor das reformas de base. A partir das três horas, quem for chegando é só procurar as faixas da UEE e da UNE. Hoje, o povo brasileiro dará uma demonstração de unidade e patriotismo na defesa das soluções populares e nacionalistas para os problemas brasileiros, de consciência social e força política, convencidos que estamos de que compete ao povo traçar os destinos nacionais. Tudo pelas reformas de base!"

Muitos aplausos quando o Vinícius acabou de falar. Logo, um outro, mais exaltado, tomou a palavra: "Nós queremos registrar o nosso protesto e denunciar aqui mais um crime do governador Carlos Lacerda, esse lacaio do imperialismo americano. Como se não bastasse incendiar favelas e afogar mendigos no rio da Guarda, o governador e os provocadores da extrema direita querem amedrontar a classe trabalhadora brasileira e amordaçar a consciência nacional. Esta madrugada tentaram incendiar o palanque armado para o comício. Mas fracassaram. Trabalhadores que estavam nas proximidades puseram os criminosos para correr. O palanque ficou apenas avariado, mas já foi reparado. Nada vai deter o avanço das forças progressistas. Tudo pelas reformas de base."

Mais aplausos e o grupo deixara a sala. O professor, que assistira a tudo em silêncio encostado na parede, encerrara a aula porque não teria tempo para mais nada. Eu fora prejudicado.

Espremido, sufocado e quase surdo de tanta gritaria dentro daquele ônibus, eu me afligia com o risco de não encontrar mais a biblioteca aberta, quando soldados da polícia militar pararam o ônibus na avenida Presidente Vargas, na altura do edifício "Balança mas não Cai", e mandaram os passageiros desembarcarem. Enquanto os policiais diziam que o trânsito fora interrompido por causa do comício, os passageiros retrucavam que era mais uma manobra do governador Carlos Lacerda para sabotar a manifestação, impedindo que os participantes chegassem até o local. Quanto a mim, que nada tinha a ver com aquilo, desci furioso, obrigado a seguir a pé. Fora prejudicado mais uma vez.

O centro da cidade regurgitava de gente. Parecia que toda a população decidira ir ao comício. Os ônibus eram interceptados pela polícia longe da Central do Brasil, o que obrigava os participantes a longas caminhadas. Avançando apressado, eu procurava as ruas secundárias, becos, desvios e atalhos, mas, ainda assim, cruzava com milhares de pessoas. Na verdade, trombava com um, desviava de outro, num malabarismo interminável e irritante, que me atrasava ainda mais. Os grupos que passavam por mim portavam faixas, cartazes e bandeirolas, com dizeres do tipo: "Jango, Assine a Reforma Agrária Já que Cuidaremos do Resto", "Manda Brasa, Jango", "Ministérios nas Mãos dos Verdadeiros Nacionalistas", "Sexta-feira 13, mas não é Agosto", "Jango, Defenderemos suas Reformas à Bala", "Legalidade para o Partido Comunista Brasileiro". Um grupo grande, com tochas acesas nas mãos, erguia faixas onde se lia: "O Petróleo é Nosso", "Petróleo não Dá Duas Safras", etc. Eu estava na praça Tiradentes quando explodiu o foguetório, que durou uns dez minutos e encheu de fumaça branca um céu que começava a escurecer. Aos gritos de "O presidente chegou", "Jango chegou", homens, mulheres e crianças, com cartazes e bandeirolas, dispararam numa correria na direção da Central.

Quando, finalmente, cheguei à faculdade, depois daquela verdadeira maratona com obstáculos, é claro que a biblioteca estava fechada. Não pude pegar o livro e, por isso, não pude estudar anatomia geral no fim de semana. Fui muito prejudicado.

De volta para casa, vi nas janelas de várias casas em Botafogo cartazes com dizeres como "Vermelho Bom, Só Batom" ou "Verde e Amarelo, Sem Foice e Sem Martelo" encimados por velas acesas, num protesto silencioso contra o incendiário e estrepitoso comício.

Pouco mais de duas semanas depois, acordei atrasado para a aula. O calor só me deixara pegar no sono alta madrugada. Sem tempo para tomar banho nem mesmo café, me vesti rapidamente, reuni alguns livros e cadernos e saí esbaforido para a rua. A manhã estava quente e iluminada como são as manhãs de verão. Desci a rua Silveira Martins. Várias casas estavam com as janelas abertas. Moradores sem camisa fumavam debruçados sobre o parapeito, o que sempre acontecia quando o calor aumentava. À medida que descia, comecei a notar que em quase todas as casas os rádios, em altos volumes, estavam ligados em programas de noticiário. Relaxei um pouco o passo para ouvir. O locutor falava num tom intensamente dramático: "E novamente atenção! Quatro caminhões militares, carregando fuzileiros navais fortemente armados, tendo à frente um carro de combate, foram vistos na avenida Brasil, deslocando-se para o centro da cidade. Testemunhas afirmaram que os veículos têm identificação dos batalhões Humaitá e Riachuelo, sediados na Ilha do Governador. Autoridades militares suspeitam que se trata do primeiro movimento de resistência do almirante Aragão, comandante do Corpo de Fuzileiros Navais..."

Voltei a andar sem ter entendido nada do que ouvira, mas pressenti que algo grave estava se passando. Foi esse pressentimento que me levou a estranhar tantos moradores nas janelas. Eu nunca vira todos ali num dia de trabalho, mesmo no verão. Através de uma outra janela, ouvi mais abaixo um outro locutor: "...o presidente da República foi homenageado ontem à noite pelo Clube dos Sargentos, em solenidade no Automóvel Clube. Na oportunidade, discursaram o ministro Abelardo Jurema e o cabo da marinha José Anselmo dos Santos, conhecido como cabo Anselmo. O presidente agradeceu a homenagem num discurso inflamado. Autoridades militares consideraram a homenagem mais uma provocação e um desrespeito à hierarquia militar, e as palavras do presidente foram qualificadas como intempestivas e radicais."

Embora a minha apreensão crescesse, eu continuava sem entender nada. Preocupado com o atraso, voltei a andar mais depressa. Um homem de cabelos brancos chegou à janela e, acenando para um outro que caminhava na calçada oposta enquanto lia o jornal, gritou, alegre.

— Até que enfim!

— Caiu! — respondeu o outro, sorridente.

— Caiu mesmo? — insistiu o primeiro.

— Já caiu tarde — disse o outro, brandindo o jornal.

A satisfação dos dois pacatos vizinhos aplacou a minha apreensão.

Apertei o passo. Na minha frente, um homem que levava uma criança pela mão mantinha, com a outra, um radinho junto ao ouvido. Sem me deter, ouvi uma voz, mais grave e mais dramática do que as anteriores, dizer: "O presidente João Goulart deixou o Rio apressadamente na manhã de hoje, com destino a Brasília. Estava acompanhado apenas pelo ajudante-de-ordens, o assessor de imprensa e o secretário particular."

Cheguei à esquina da rua do Catete e fiquei surpreso com a quantidade de gente nos pontos de ônibus. Centenas de pessoas aguardavam condução para ir trabalhar. Justo naquele momento, um ônibus se aproximava. No ponto, todos se agitaram fazendo sinal, acenando; alguns desceram da calçada e gesticularam da rua. O ônibus, lotado, com pingentes dependurados nas portas, passou em alta velocidade, ignorando-os. Indignados, uns xingaram, outros se desesperaram; alguns desistiram e se afastaram; outros, porém, como eu, continuavam chegando. Ouvi um homem de terno e gravata dizer a uma senhora que os motoristas de ônibus tinham decretado greve geral, mas a paralisação parecia ser apenas parcial. Como meu ônibus passava no quarteirão seguinte, na praia do Flamengo, e no sentido da Urca, contrário ao daqueles, que iam para o centro da cidade, achei que conseguiria. Comecei a atravessar a rua com esta esperança, quando vi inúmeros soldados da polícia militar, fortemente armados, postados, lado a lado, na frente do palácio do Catete. Mal dei dois passos e uns gritos me atraíram a atenção. Recuei até a calçada e vi, uns duzentos metros adiante, uma aglomeração diante da entrada dos fundos da sede da União Nacional dos Estudantes, a UNE. De lá, vinham os gritos de uma vaia. Olhava naquela direção, quando, vindo pelas minhas costas, irrompeu um carro de combate, seguido de quatro enormes caminhões com fuzileiros navais em fardas de camuflagem e armados até os dentes. Meu corpo estremeceu e até a calçada tremeu à passagem do comboio. Paralisado, vi quando o comboio parou justamente em frente à UNE, enquanto a aglomeração debandava aos gritos. Foi só então que, atraído como o sapo pela cobra, caminhei naquela direção, inteiramente esquecido da minha aula e do meu atraso. Já mais perto, vi que eram estudantes, os que vaiavam e corriam. A vaia fora para os soldados da polícia militar, que ocupavam a entrada da entidade estudantil, e a correria fora por medo do comboio militar, estacionado bem em frente. Alguém gritou:

— São fuzileiros do Aragão, gente! São do nosso lado! Volta todo mundo!

E logo um coro repetia: "Volta! Volta!" A aglomeração foi, aos poucos, se recompondo, ocupando a rua e dificultando o trânsito. Dependurados na porta do primeiro caminhão de combate, três estudantes conversavam com o militar que parecia chefiar o comboio. Na fachada do prédio da UNE, várias faixas diziam: "Tudo pelas Reformas de Base", "Reforma Agrária Já", "Lacerda, Lacaio dos Yankees." Das janelas superiores, estudantes que haviam sido surpreendidos pela polícia enquanto estavam dentro do prédio gritavam que estavam com fome e exigiam liberdade.

Os três que conversavam com o comandante desceram do caminhão. O comboio partiu.

— Viva o almirante Aragão! — alguém gritou.

Gritos e aplausos da aglomeração que crescia foram a resposta. Os estudantes prostraram-se frente a frente com os soldados da polícia militar. Os do alto do prédio voltaram a gritar que estavam com fome.

Eu, que também estava sem café da manhã até aquela hora, senti o estômago exigir algum alimento. Entrei no botequim em frente, que estava cheio, agitado e com o rádio ligado. Pedi uma xícara de café com leite e um pão com manteiga. Enquanto esperava, comecei a pensar na coragem daqueles estudantes que enfrentavam a polícia. Eu não tinha aquela coragem. Se eu fosse preso numa situação dessas, minha mãe e meu irmão, lá em Olhos D'Água, jamais iriam saber. E não haveria ninguém naquela cidade que fosse me tirar da cadeia, que me defendesse ou que me protegesse. Na minha situação, eu jamais poderia dar sopa.

Estava assim entretido quando o locutor anunciou que o governador Carlos Lacerda falaria ao povo carioca. Houve vaias dentro do bar, mas algumas vozes graves exigiram silêncio. O bar silenciou, mas a gritaria que vinha da rua continuou. E logo ouviu-se a voz emocionada do governador Lacerda, fazendo um apelo dramático: "O palácio da Guanabara está sendo atacado, neste momento, por um bando de desesperados. Fuzileiros, deixem suas armas, porque vocês estão sendo tocados por um oficial inescrupuloso. Aragão, covarde, incestuoso, deixe os seus soldados e venha decidir comigo esta parada. Quero matá-lo com o meu revólver! Ouviu, Aragão? De homem para homem. Os soldados nada têm a ver com isto!"

E, em seguida, retornou a voz do locutor. Depois de ouvir aquelas palavras, me convenci de que a situação tinha uma gravidade insuspeitada. Estávamos à beira de uma guerra civil. Nem esperei o meu café da manhã. Saí imediatamente do bar.

Na rua, outro entrevero estava armado. Uns vinte ou trinta homens, com lenço azul e branco no pescoço, estavam diante dos estudantes, ameaçando um embate corpo a corpo. Os estudantes gritavam: "Entreguistas", "Lacerdistas", "Vão defender o palácio da Guanabara?" enquanto os de pescoço engalanado retrucavam: "Melancias: verde por fora e vermelho por dentro", sugerindo — e isso eu já aprendera a distinguir — que o verde dos nacionalistas era um disfarce para o vermelho dos comunistas. Os soldados da PM protegeram os engalanados lacerdistas, que se afastaram vitoriosos, dando "bananas" para os estudantes, que retrucavam com vaias. Nesse momento, me lembrei da minha aula. Afastei-me da confusão, retornei pela rua do Catete e entrei na Silveira Martins. Segui para a praia do Flamengo.

Ao passar pelo portão que dá para os jardins do palácio do Catete, vi um grupo de agentes da polícia federal em greve por melhores salários. Segui em frente.

Na praia do Flamengo, constatei que, também na direção da Urca, os ônibus estavam escassos. Fui andando, até que cheguei diante da entrada principal da sede da UNE, fechada por um pelotão de policiais militares, por sua vez envolvido por estudantes e curiosos. Mantive-me a uma prudente distância, de modo a poder assistir o que se passava, sem o risco de perder o primeiro ônibus. Lá se repetia o mesmo quadro. No segundo andar, em meio às faixas de protesto, estudantes gritavam para os transeuntes que estavam presos e com fome; que precisavam sair para ir à aula e trabalhar. A aglomeração vaiava os policiais e chamava-os de "Gorilas" e "Pistoleiros do Lacerda". De tempos em tempos, os policiais esboçavam uma reação. Era o quanto bastava para que um estouro espalhasse moças e rapazes para os quatro cantos.

Dividido entre esperar o ônibus e acompanhar o espetáculo, não me dera conta da aproximação de Beatriz, ou Bia, como era chamada, minha colega de sala na faculdade. Excitada, o rosto vermelho e suado, estava entre os que protestavam do lado de fora, até que me vira.

— Você, aqui? Puxa vida! — ela se admirava. — Nunca poderia imaginar que encontraria você aqui.

Não carregava livros nem cadernos e falava alto, revelando explosiva indignação contra a arbitrariedade da polícia.

— É um abuso desses gorilas, não é? — ela perguntava, chiando em todos os esses, como convinha a uma carioca da gema. — O pessoal não fez nada, não cometeu nenhum crime. Eu e você poderíamos estar lá dentro quando eles chegaram e bloquearam a saída. Aliás, eu estava para vir hoje mesmo aqui. Tinha uma reunião do CPC.

— CPC? E o que é CPC? — quis saber, já imaginando algum tipo de ajuda para estudante pobre.

— Você é engraçado — ela disse. — Parece que veio de Marte. Não sabe mesmo o que é o CPC da UNE?

Ela sorriu superior diante da minha ignorância. E me concedeu:

— CPC é o Centro Popular de Cultura. Eles promovem *shows* de música, peças de teatro nas favelas, passam filmes, distribuem livros de poesia e fazem debates sobre arte. Eu estou interessada na área de música.

Eu reagia com indiferença à empolgação dela. Também, não entendia nada daqueles assuntos, reservados às pessoas inteligentes, sensíveis e cultas. E eu não estava entre elas.

— Você vai à aula hoje? — ela me perguntou, apontando espantada para os meus livros.

— Vou, é claro. E já estou atrasado.

— Não acredito! Deixa de ser cu-de-ferro, rapaz — ela disse. E disse assim mesmo, cu-de-ferro, para o meu espanto, nada acostumado com mulheres que falavam palavrão em público. — O mundo está acabando, os milicos derrubando o governo, e você indo para a aula, como se nada estivesse acontecendo? Os estudantes são a vanguarda das forças progressistas! Nós temos que assumir a dianteira para que o operariado e o campesinato nos sigam. Diante disso, você tem coragem de fechar os olhos ao momento histórico e tomar a atitude pequeno-burguesa de ir assistir à sua aulinha e aprender a sua medicinazinha?

Claro que ela não estava me fazendo uma pergunta. Ela estava me tripudiando, para não dizer agredindo. Eu não sabia o que dizer, ou então, não queria mesmo dizer nada. No entanto, de mim para mim, eu sabia que nada tinha a ver com o que não fosse a minha aula, o meu curso, a medicina, etc. O que importava para a minha vida, para a minha profissão, se o governo fosse assim ou assado? E eu me lembrei de Olhos D'Água. Lá, só as famílias poderosas podiam ter posições políticas, porque só elas poderiam resistir às perseguições que sempre vêm com a derrota. E mesmo numa capital como Belo Horizonte, o que acontecera com o seu Paraíso também fora conseqüência da política. De modo que eu tinha que ir para a minha aulinha e aprender a minha medicinazinha, por mais que isso incomodasse à minha coleguinha Bia.

— Você é alienado, reaça ou cu-de-ferro mesmo?

Não respondi. Limitei-me a sorrir. Aquela moça era realmente uma enxerida. Esperta, bonitinha, gostosinha, mas adorava uma provocação. Além do mais, naquela época, eu não sabia mesmo se era alienado, reacionário ou cu-de-ferro.

— E você acha que vai ter aula hoje? De jeito nenhum, rapaz! Vai bater com a cara na porta.

Nesse momento, ressurgiu o comboio militar que estivera na entrada dos fundos: o carro de combate, seguido de quatro caminhões com fuzileiros navais armados para batalhas campais. Estacionaram à porta da UNE. Eufórica, Bia correu para lá, gritando:

— É a tropa do Aragão! Vamos libertar os companheiros presos.

Aproveitei a oportunidade e me afastei dali. Segui pela mesma praia do Flamengo, margeando as obras do Aterro, na direção da Urca. De passagem, ainda vi a Bia, o rosto afogueado de agitação, batendo palmas ritmadas e gritando em coro com os que ocupavam as calçadas e parte da rua: "Solta! Solta! Solta!"

No caminho, fui pensando na Bia. Como ela era diferente das outras moças! Embora baixinha, era bonita, tinha enormes olhos azuis e pele queimada de freqüentadora assídua da praia. Não se pintava nem mesmo com batom. Sua beleza era natural e sem muitos cuidados. A voz era grave, rouca, sensual, apesar de inesperadamente soar algo masculina. Era toda espontaneidade, o que incluía ocasionais derrapagens para a vulgaridade. Tocava violão e, com a voz rouca, cantava sambas e boleros. Usava saias curtas e, vez por outra, circulava um murmúrio pela sala, ora informando a cor de sua calcinha, ora anunciando que estava sem sutiã. Além de ter a língua solta, ela fumava e conversava como se fosse um homem. Nas rodas onde se contavam piadas de sacanagem, ela era participante ativa, gargalhando com sua voz rouca, sentada com as pernas bem à vontade.

Ia entretido com essas conjecturas quando atravessei a rua Farani e estranhei o que vi. Orientados por graduados da polícia militar e homens com lenço azul e branco no pescoço, vários caminhões da limpeza pública manobravam para atravancar a rua. Manifestantes presentes denunciavam que aquilo era ordem do governador Lacerda para impedir que qualquer tipo de veículo alcançasse o palácio do Governo. Nem me detive. Segui em frente.

Estava atrasadíssimo. Mas tinha uma boa justificativa: até aquele momento, não passara nenhum ônibus para a Urca.

Quando me aproximei da faculdade, vi que o meu empenho fora inútil. A polícia cercara toda a área. Estava proibida a entrada de estudantes e professores. Fiquei irritado pelo fato em si e por ter que reconhecer que a Bia tinha razão. Mas logo me resignei; se não era possível ter aulas, seria possível trabalhar. Fui direto para o laboratório.

Passei o dia envolvido com reagentes, fezes, urina e sangue. Emiti tantos resultados que consegui tirar um pouco do atraso. A ninguém daquele laboratório passou despercebida a alegria do doutor Bernardo Montana com os últimos acontecimentos políticos. O patrão, que passara quase todo o dia ao telefone, comentando a situação, a certa altura subiu à nossa sala. Seu perfume estonteante chegou antes, como para anunciá-lo. Quando surgiu, parecia que acabara de tomar banho. Tinha os cabelos impecavelmente penteados e firmes de brilhantina, o colarinho engomadíssimo por baixo do guarda-pó de imaculado branco e sobre o seu sapato podia-se pentear o cabelo.

— Você viu? — ele me perguntou com a voz grave e imponente e, ato contínuo, estendeu a pergunta aos outros três laboratoristas: — Vocês viram?

Não respondi e ninguém mais respondeu, porque não entendemos a pergunta. Ele prosseguiu, olhando para mim.

— Não falei que os militares iriam reagir? Agora, a anarquia vai acabar.

Sorri, lacônico. Não tinha o que dizer diante da euforia dele. Apenas balançava a cabeça em concordância. Ele tirou um cigarro do maço e ficou batendo a ponta contra o isqueiro.

— O Camilo deve estar feliz — prosseguiu. — Ele é amigo de muitos militares. O general Mourão Filho, que botou as tropas na estrada, avançando para o Rio de Janeiro, é mineiro como você. Você tem militares na família?

— Não, senhor — respondi.

— O Camilo é unha e carne com eles. Já conheci vários militares em jantares na casa dele.

Eu não sabia nada sobre as relações do doutor Camilo que — é sempre bom lembrar — sequer era meu tio, nem mesmo amigo da família. No entanto, se ele estava próximo do novo poder, tanto melhor. É sempre bom saber que temos amigos influentes e poderosos. Afinal, eu ficara amigo da filha dele, a inefável Domitila, nós próprios ficáramos amigos — embora eu não soubesse bem como —, mas a prova disso fora ele ter me arranjado aquele emprego.

— A essa hora o tal do João Goulart já deve estar procurando o caminho de Cuba. Tomara que fique por lá e morra nos braços de Fidel Castro. Aqui não vai ter mais para ele. Que vá fazer revolução comunista nos quintos dos infernos.

Ele continuava batendo a ponta do cigarro contra o isqueiro, ao mesmo tempo que apertava os dois antebraços contra a cintura, num gesto rápido e sutil de suspender a calça.

— E onde estão os homens da CGT, o tal Comando Geral dos Trabalhadores, que controlava todos os sindicatos? Viviam arrotando que eram capazes de, numa greve geral, parar todo o país em vinte e quatro horas! Sabe onde devem estar a essa hora? Escondidos debaixo da cama. São uns cagões, uns merdões.

Finalmente, ele parou de bater aquele cigarro contra o isqueiro e o acendeu. Sugou uma vasta tragada e soltou um jato de fumaça para o lado.

— E esses sujeitos, chefiados pelo tal João Goulart, queriam implantar o comunismo no Brasil. Vocês são novos, não sabem o que significa isso. O regime comunista não permite que ninguém tenha nada de seu; tudo tem que pertencer ao Estado. A intenção deles era me tomar esse laboratório, tomar minha casa, tomar tudo que eu tenho, e que custou o meu trabalho e mais o trabalho da vida inteira do meu pai, e entregar para um vagabundo qualquer administrar. Se alguém quer ter um laboratório, tem que estudar anos a fio, tem que trabalhar dia e noite, tem que botar dinheiro no negócio, tem que correr risco. Porque se eu fracassar aqui, vou à falência. Ninguém vai me proteger. Quem quiser ter o que eu tenho tem que fazer o que eu fiz.

Ele silenciou para enfiar o cigarro na boca. Puxou outra longa tragada. Soltou o jato de fumaça outra vez para o lado e para baixo. Retomou depois da pausa:

— Se o comunismo viesse, ia ter muito derramamento de sangue. Porque eu seria capaz de matar e não teria medo de morrer para defender o que é meu. Eu não iria entregar de mão beijada tudo o que consegui na vida a um infeliz sem berço e sem instrução, que não se esforçou, que não estudou, que não fez nada para merecer. Eles teriam que me fuzilar no paredão, como fez o Fidel lá em Cuba.

Bastava olhar para o doutor Bernardo Montana para perceber que ele não blefava. Era visceral o ódio dele contra os comunistas. Depois da pausa, em que se livrou da cinza do cigarro num cinzeiro, ele pareceu se acalmar. Voltou a falar mais devagar e mais aliviado.

— Foi esplêndido os militares terem agido rápido e em tempo. Não foi preciso dar um tiro sequer. Nem, muito menos, usar a tropa americana. Vocês não leram nem ouviram falar, mas eu sabia que uma esquadra americana estava em condições de alcançar a costa brasileira e, se fosse necessário, apoiar os militares. Não seria intromissão, porque eles têm que nos ajudar a combater o comunismo internacional, além de zelar pela segurança dos quarenta mil americanos que vivem aqui e pela integridade dos interesses americanos no país. Foi bom que tudo tenha acontecido sem derramamento de sangue, mas agora é preciso acabar com esses comunistas. Meu pai dizia que comunista é feito tiririca; quanto mais você capina, mais ele se alastra. O Exército tem que eliminar, tem que extirpar essa gente do Brasil. Extirpar mesmo, não deixar nem vestígio.

A secretária veio lhe avisar que havia uma ligação telefônica urgente. Ele esmagou o cigarro no cinzeiro, saiu em silêncio e desceu apressado.

Eram umas quatro, talvez cinco horas da tarde, quando, voltando mais cedo para a pensão, passei pela Cinelândia. Uma multidão atônita estava reunida. O clima era de consternação e perplexidade. Um grande grupo de estudantes confrontava-se com pelotões da polícia militar que guarneciam a sede do Clube Militar e do Clube Naval, nas proximidades. Fiquei na porta de um bar onde havia televisão e rádio ligados. Nas mesas, que avançavam pela calçada, pessoas tomavam chope, comentavam os acontecimentos e mantinham os rádios portáteis nos ouvidos, ansiosas por notícias. Dali, eu assistia a tudo em relativa segurança.

Alguns presentes comentavam que as Rádios Nacional, Mauá e Ministério da Educação e Cultura, conhecida como Rádio MEC, haviam sido ocupadas por tropas federais. Os últimos bastiões do governo federal estavam sendo silenciados. Os que ouviam a Rádio Mayrinck Veiga diziam que ela anunciava a ocupação para qualquer momento. Um recém-chegado, cansado e suado, que acabara de perder todos os botões da camisa ao escapar à prisão, avisou que a sede do jornal *Última Hora* — o mais janguista dos jornais cariocas — fora depredada pelo pessoal do Lacerda, que usava lenço azul e branco no pescoço.

De repente, um forte contingente da Polícia Especial do Exército, conhecida como PE, chegou à Cinelândia. Achando que os PEs se oporiam à

Polícia do Lacerda e garantiriam a concentração, a massa os aplaudiu. Mas logo ficou evidente que eles estavam ali para render os policiais militares, que logo começaram a se retirar. A massa ficou perplexa.

Nisso, o locutor da televisão anunciou que o governador Carlos Lacerda falaria ao povo carioca. E logo apareceu no vídeo um homem pálido e de nariz adunco, aspecto cansado, cabelos despenteados, óculos de aros escuros e lentes claras, por trás das quais estava um olhar poderoso e determinado. Havia qualquer coisa naquela figura que me pressagiava tragédia. Com voz cansada, mas expressiva, intercalada de silêncios dramáticos, ele falou qualquer coisa como: "Não tenho nada contra João Goulart, já lhes disse, nenhum ódio pessoal. Tudo que me tenham feito, tudo que fizeram a este meu pobre Estado, toda a perseguição, nada disso me impediria de atuar até o fim desse malfadado mandato para não quebrar o ritmo da vida democrática. Mas quando o Brasil está sendo traído, quando este homem tem a coragem de falar em Cristo, e neste dia ele usava as palavras do papa para entregar o Brasil ao comunismo, para destruir a Marinha de Guerra, usando um cabo datilógrafo, que nunca conheceu a guerra em sua vida e que da Marinha só conhecia o lado sopa, entregando a esse cabo datilógrafo a triste missão de trair seus camaradas e trair sua corporação no Brasil..."

Súbito, o governador interrompeu o discurso. Começou a chorar, clamando: "Obrigado, meu Deus; muito obrigado." Seus assessores o ajudaram a levantar-se. O locutor reassumiu a tela e anunciou: "E agora voltamos ao segundo andar da nossa sede, na esquina da avenida Atlântica com a rua Francisco Otaviano, de onde o repórter Paulo César tem novas informações."

E viu-se na tela o tal Paulo César falando do segundo andar da emissora e, ao mesmo tempo, mostrando as imagens do Forte de Copacabana, bem em frente: "O Forte Copacabana, que apoiava o presidente João Goulart, acaba de se render ao Comando de Artilharia da Costa, fiel ao novo governo. O Forte Copacabana caiu sem resistência."

Tirei os olhos da televisão porque nesse momento, na Cinelândia, algo inesperado atraía a atenção de todos para o meio da praça. A multidão estava assustada. A partir do final da avenida Rio Branco, passando pelos jardins do palácio Monroe e pelas áreas adjacentes ao Clube Militar, atravessando a avenida Almirante Barroso, passando pelo Teatro Municipal e chegando à Cinelândia, os homens da PE, em posição de ataque militar, marchavam com o firme propósito de dispersar a multidão. Muito antes que chegassem a mim, tratei de ir embora depressa.

Quando desci do ônibus na praia do Flamengo, a sede da UNE estava em chamas. As faixas que chamavam a atenção de quem passasse tinham virado cinzas. Centenas de automóveis desfilavam buzinando, debaixo de uma chuva de papel picado que era lançada dos edifícios. Junto à mureta que separava a calçada da área ocupada pelas obras do Aterro, um jovem casal chorava abraçado.

XXI

Falei muito de política. Não era preciso tanto detalhe para você compreender o que aconteceu comigo. Porém, aquele dia acabou ficando muito importante para mim. Aliás, eu nunca poderia imaginar que toda aquela confusão, que nada tinha a ver comigo nem eu com ela, poderia ter tanta influência na minha vida.

Mas, vamos em frente. Antes, porém, permita-me uma observação. Você notou como sou capaz de repetir certas passagens com precisão de detalhes tanto tempo depois de acontecidas? É a minha obsessão. Ao longo de todos esses anos, tenho rememorado e repetido para mim mesmo cada episódio, cada situação e cada personagem dessas histórias. Passei dias inteiros reconstituindo como foi um determinado dia, como eram as pessoas que, eventualmente, conhecia e as circunstâncias em que as conheci. Depois que passei a ter insônia, varei as noites relembrando os que estavam presentes em determinada cena, como se vestiam, do que falavam, de que maneira falavam, etc., etc. Por isso, acho que estou preparado para responder às perguntas que os jornalistas me farão daqui a pouco. E, como já disse, essa conversa está sendo ótima para reavivar a minha memória. À medida que falo, tenho a impressão de que tudo aconteceu ontem.

Parece que foi ontem, por exemplo, que, voltando do laboratório, lá pelas dez da noite, ao pegar a chave do quarto na recepção, encontrei Maria Luísa às voltas com uma pilha de notas fiscais e uma barulhenta máquina de somar acionada por uma manivela.

— Estava doida para você chegar — ela disse, abrindo um amplo sorriso, inimaginável em alguém que estivera trabalhando até aquela hora. — Tenho uma coisa para lhe mostrar.

Descansei os livros sobre o balcão e esperei. Minhas pernas doíam; o corpo, suado e cansado, clamava por um banho fresco e uma cama macia. Ela revirou alguns papéis sobre a mesa desordenada e acabou achando um jornal dobrado, que abriu à minha frente.

Lá estava uma foto do tio Camilo, ilustrando uma grande entrevista, na qual ele elogiava o discurso de posse do marechal Castelo Branco como presidente da República, destacando o fato de ele ter marcado o dia 31 de janeiro de 1966 para entregar o cargo a quem fosse eleito presidente da República pelo voto direto. Elogiava também a consciência cívica e o senso de oportunidade dos militares, que, ao destituírem João Goulart, salvaram a pátria da ameaça comunista. Dizia ainda que os militares eram intelectualmente muito bem preparados, que estudavam a fundo os problemas brasileiros e que, portanto, estavam aptos a governar o país. Achava que o mandato-tampão estabelecido para o presidente Castelo Branco era tempo suficiente para depurar a vida pública brasileira, com a exclusão dos inimigos da democracia. Dizia-se favorável aos expurgos de corruptos e subversivos, já iniciados com a cassação de mandatos, suspensão de direitos políticos, demissões, aposentadorias compulsórias, transferências para a reserva, prisões, indiciamentos em inquéritos policiais-militares, etc.

— Não precisa ler tudo — disse Maria Luísa, interrompendo-me. — Isso não interessa. Eu só queria que você visse a foto do seu tio. Ele está muito bem, não está?

Concordei, mas não entendi o que pretendia. Depois de olhar para a foto, ela disse com a voz da alma:

— Esse homem é o anjo e o demônio da minha vida.

— Anjo e demônio, Maria Luísa? O que quer dizer?

— Desde o dia que ele me mandou lembranças, não consegui mais botar os pés no chão. Minha vida virou um inferno.

Lembrei-me, então, do dia em que lhe transmitira as lembranças que o tio Camilo mandara. Ela se transfigurara entre a surpresa e a incredulidade. Apoiara-se no balcão para não desabar. E acabara por me perguntar o que aquilo queria dizer. Lembrei-me de que não havia respondido.

— Ele ora me arrasta para o passado, e tudo que a gente viveu me volta à cabeça, ora me arrasta para o futuro, e minha cabeça se enche de sonhos. E quem consegue se concentrar no trabalho com a cabeça rodando assim? Gasto dez vezes mais tempo para fazer as mesmas coisas. Por isso sou obrigada a trabalhar até essa hora.

— Quer dizer então que a antiga paixão voltou?

— É uma loucura, não é? É uma loucura, eu sei. Mas não é a gente que escolhe.

Ela silenciou. Contemplou a foto, acariciou-a e, depois, disse:

— A velha paixão voltou. E voltou desvairada. Se é que ela foi embora algum dia. Oh, meu Deus, já pressinto o quanto vou sofrer.

— Como é que se pode saber? — tentei confortá-la com uma incerteza que poderia ser entendida como esperança.

— Ora, eu imagino o que me aguarda. Não sou muito vivida, mas já aprendi alguma coisa. O que se pode esperar de uma paixão por um homem casado? Se eu fosse uma menina, ainda podia ser ingênua; mas na minha idade?! E, depois, ele não sabe de nada, nem sonha!

Ela ergueu a parte móvel do balcão e passou para o lado de fora. Segurou-me pelo braço e, já me conduzindo, deu uma brusca guinada no assunto:

— Lá em Minas se faz arroz-doce?

— Claro — respondi, entre surpreso e intrigado, enquanto pegava meus livros. — Minha mãe mesma fazia um delicioso, com lascas de canela, cravo-da-índia e casca de limão.

— Isso. E mais canela em pó por cima. Bem geladinho, como esse deve estar, é uma delícia. Então, eu fiz bem em guardar para você. Pois vamos ao refeitório que eu vou lhe servir.

Fomos ao refeitório. Ela me serviu e se serviu de arroz-doce. Depois que elogiei o prato e agradeci o privilégio de desfrutá-lo àquela hora, o silêncio se instalou no refeitório, como há muito já se instalara nas salas, corredores e quartos da pensão. O sabor do arroz-doce me remetera à infância em Olhos D'Água. Lembrei de minha mãe, meu pai, Graciliano, Idalina, nós todos à mesa, ao entardecer de um domingo, comendo arroz-doce e discutindo se Idalina deveria ir ou não ao *footing* dominical na praça Getúlio Vargas. Retomando por outro ângulo a conversa que, imagino, lhe fustigava o espírito, Maria Luísa me trouxe de volta à pensão.

— Aquela sua amiga, a que pagou um mês adiantado para você...

— Lorena.

— Isso, Lorena. Ela era sua amante?

— Não, Maria Luísa. Eu já disse que não.

— Você também disse que ela não era sua namorada.

— Também não.

— E a Lorena é casada?

Engasguei propositalmente. Tossi um pouco enquanto pensava na resposta. Com Lorena longe, não havia necessidade de mentir. Disse a verdade.

— É.

— E vocês são amigos. Amigos que dormem juntos, vá lá. Mas você ficou de me dar uma explicação sobre isso. E nunca deu.

Surpreso, eu não sabia como sair daquela situação. Mastiguei longamente o arroz-doce para ganhar tempo. Ela, não agüentando esperar, se antecipou.

— Dessa vez, eu não estou lhe censurando. Como a Lorena não está mais aqui, nem a reputação da pensão está em jogo, não estou mais interessada em explicações. Aliás, para ser sincera, se a Lorena ainda fosse hóspede, eu nem estaria conversando sobre isso com você. Para o que eu quero, as mulheres se entendem melhor. E o que eu quero é aprender.

— Aprender o quê?

— Você já teve uma amante? Digamos que a Lorena nunca foi sua amante. Faz de conta que a sua amante é uma outra mulher. Você não precisa identificar quem é. O que eu quero saber é o seguinte: o que você pensa sobre a mulher que é a sua amante?

Eu jamais diria que Lorena foi minha amante. Pode até ser que ela me tivesse como seu amante. Mas o fato é que ela nunca foi minha amante. Afinal, eu nem sou casado. A verdade é que eu não sei dizer nada sobre a mulher que fosse minha amante, pensei.

— Eu não sei responder essa pergunta. Eu nunca tive amante.

— Santo Deus! Você é mineiro demais, seu come-quieto!

Rimos, ambos, da fingida irritação dela. O arroz-doce acabara. Ela ofereceu mais. Agradeci.

— Já que você não abre a boca sobre suas histórias, eu vou perguntar de maneira mais direta. O que seu tio acha da amante dele?

— Como é que eu vou saber isso, Maria Luísa? Nem sei se ele tem uma amante?

— Se ele tivesse uma amante! Se tivesse! Que julgamento você acha que ele faria do caráter dela? Da moral dela? Da honra dela? Dela, enfim?

— O que você está querendo, Maria Luísa? Isso não tem resposta. É uma adivinhação.

Ela queria me dizer alguma coisa, mas não sabia como. Esperei em silêncio. Não demorou e a vontade dela falou mais alto.

— Vou ser sincera porque confio em você. Eu queria ser amante do Camilo.

Olhei nos seus olhos. Senti, além da candura, que estava sendo mesmo sincera.

— Ele é o homem da minha vida e, a essa altura, eu sei que nunca vou tê-lo só para mim. E o que importa que ele tenha uma esposa, se ele me fizer companhia, me dedicar alguma atenção, se me der carinho, se pudermos conversar, passear, quem sabe até viajar juntos? Não é preciso viver grudada nele para amá-lo. E, depois, nesses anos todos, embora tenha aparecido um ou outro pretendente, nenhum homem me interessou tanto quanto ele. E eu não consigo ficar com alguém quando preferia estar com outro; nem me conformo em estar com alguém, que eu sei, está muito aquém dele. Por isso, eu quero ser amante dele; se ele me quiser, é claro. Sei que vão me condenar. Principalmente as mulheres. Essas vão me humilhar, me espezinhar. Mas elas não me incomodam. De mulheres, eu entendo. Estarão, como sempre, defendendo a posse de seus homens. Na minha situação, fariam o mesmo que eu quero fazer. A única coisa que me assusta, que me apavora, é o julgamento que o próprio Camilo possa fazer de mim, do meu caráter, da minha honra.

Ela fez uma pausa, depois me olhou nos olhos e disse:

— O que acha que o Camilo vai pensar de mim?

Era muito difícil responder às perguntas de Maria Luísa. Eu não tinha informação nem vivência. O meu embaraço era tão evidente que ela acabou por me poupar:

— Claro que você não sabe. O próprio Camilo teria dificuldades para responder. Esquece.

Agradeci-lhe com um sorriso cúmplice. Ela retribuiu e, ainda sorrindo, disse:

— Mas uma coisa eu quero ouvir de você. E não abro mão. O que você acha da minha decisão?

Eu achava uma loucura. Homem nenhum respeita a amante. Maria

Luísa seria realmente condenada. Por tudo o que já ouvira falar, a diferença entre amante e puta era apenas de endereço. E a dona Glória, que já lhe tinha ciúmes pelo namoro passado, se viesse a sabê-la amante presente, faria um escarcéu, apesar da sua grã-fina discrição. Mas eu não tinha coragem de dizer nada disso àquela criatura assustada, pálida, insone, aflita e esperançosa que estava à minha frente. E, ademais, seria ocioso dizê-lo.

— O que eu acho de sua decisão? Olha, outro dia eu ouvi de um sujeito, um homem já vivido, uma coisa interessante. Ele disse que incendiada pela paixão, uma mulher é capaz de tudo.

— E é verdade — ela concordou. — No meu caso então! Uma paixão que foi brasa dormida por vinte anos, quando reacende quer se queimar de uma vez.

Ela seguiu falando do que sentia, da vontade de vê-lo, da saudade do passado, das noites insones, da falta de apetite, de quanto emagrecera, etc. Só cogitou de que eu deveria estar com sono quando não consegui mais conter o bocejo. Deixamos o refeitório. Achei que tinha escapado de dar a minha opinião sobre a sua decisão, quando, ao pé da escada, nos desejamos boa-noite, e ela, segurando a minha mão e com os olhos brilhando de esperança, perguntou:

— Você vai me ajudar, não vai?

— No que eu puder, é claro que ajudo.

— Você pode muito.

— Posso? Posso o quê?

— Nos aproximar. Você é a única pessoa que pode fazer isso.

— Mas, como? De que maneira?

— Pensa um pouco. Se quiser, você encontrará uma maneira.

Apesar do meu corpo continuar clamando por um banho e uma cama macia, subi a escada devagar. As pernas me doíam. De cima, vi Maria Luísa desaparecer sob o vão da escada. Mal pisei no corredor, confirmei, aliviado, que não havia fila na porta do banheiro e segui para o meu quarto. Larguei os livros sobre a mesa, reuni meus acessórios de banho e fui me oferecer o prazer refrescante de um jato d'água sobre o corpo exausto, a carícia suave da água roçando a pele e relaxando os músculos. O adorável num banho é que tudo é sensação, apenas sensação.

Estirado na cama só de cueca, voltei a me preocupar com a prova de anatomia geral da manhã seguinte. Desde a mudança do governo, a faculdade estivera fechada e cercada pela polícia. Marcada para aqueles dias, a prova fora automaticamente adiada e, afinal, seria feita sem uma aula preparatória, sem que o professor desse pistas dos assuntos mais importantes, falasse do tipo de questões e dos critérios de avaliação. Apesar de ter estudado, eu estava inseguro. Seria minha primeira prova na universidade. Demorei a dormir.

Antes de o professor chegar, a sala e o corredor foram tomados por uma agitação ansiosa, que dava a impressão de que a turma tinha muito mais do que os quarenta alunos matriculados — dos quais, aliás, só trinta e oito freqüentavam, sendo trinta e um homens e sete mulheres. Formaram-se pequenos grupos de três, quatro e até cinco alunos, em conversas variadas sobre futebol, sobre as recentes cassações de mandatos e direitos políticos, sobre o movimento da praia naquele final de verão e — a maioria — sobre a matéria da prova. Tudo numa algaravia de vozes, risos e até gritos, e num entra-e-sai nervoso entre a sala e o corredor.

Minha turma era, quase toda, de classe média alta. Havia alguns ricos e apenas três pobres — eu, o mais pobre deles, é claro, o Jesuíno e a Joana. Vários eram filhos de médicos, como o Clovis e a Bia; alguns até de médicos famosos, como o Rafael, a Ingrid e o Cachorrão. A maioria, que não precisava trabalhar e apenas estudava, era inteligente, saudável, bem-vestida, bonita e já viajara ao exterior.

Era uma turma completamente diferente daquela do Colégio Afonso Celso. Ninguém estava ali como num último degrau, após reprovações e expulsões; ninguém passava o tempo todo pensando em cola ou em maneiras de enganar o professor; ao contrário. Na medicina, assim como na engenharia, estavam as mais altas médias do vestibular. E, na verdade, nós tínhamos consciência e até orgulho de que éramos a elite da universidade. Nenhum de nós se limitava a estudar apenas o necessário. Se escolhêramos a medicina, um curso difícil e uma carreira ingrata, fora por vocação. Precisávamos de conhecimento para exercê-la. Pelo menos era o que eu pensava naquela manhã da nossa primeira prova.

No fundo da sala, o Jesuíno, a Olívia e eu conversávamos sobre a constituição da túnica mucosa, que tem um epitélio com características histológicas próprias. Esse epitélio tem função protetora e de absorção, podendo atuar também como elemento de secreção por causa de suas glândulas. Divergíamos sobre o funcionamento dessas glândulas.

Olívia Cavalcanti tinha enormes olhos negros e uns vinte e cinco, vinte e seis anos. Era a mais velha das moças e também a mais sensual e provocante; a única, aliás, que ia à aula maquiada, perfumada, o cabelo armado de laquê, o que lhe dava uma aparência mais velha do que a sua idade. Suas unhas, longas e pintadas, já tinham merecido censura do professor de anatomia prática, como inadequadas à prática médica, mas Olívia fizera-se de surda. Morava na Tijuca, não era brilhante — tanto que só conseguira passar no terceiro vestibular —, mas era estudiosa e tinha verdadeira paixão pela medicina. Minha intuição me dizia que já sofrera muito. Talvez por amor.

Se houvesse uma disputa pelo troféu de mais pobre, Jesuíno seria um páreo duro comigo. Mulato, ex-operário e filho de operário da indústria têxtil, nascera e crescera em Bangu. Era mais inteligente do que estudioso — não tinha tempo para estudar, nem mesmo depois que, aprovado no vestibular, passara a trabalhar nos escritórios da fábrica. A modéstia e a humildade atávicas não permitiam que sua inteligência fulgurasse, mas diante de uma pergunta mais complexa, seu conhecimento, sóbrio e consistente, se revelava na voz calma e quase sussurrada. Dois ou três anos mais velho do que eu, Jesuíno tinha gestos discretos, voz macia, sorriso suave de dentes bem cuidados e um olhar manso. Suas roupas humildes eram limpas e bem passadas. Duas coisas me impressionavam em Jesuíno: a polidez imperturbável e permanente e a sensação que me transmitia de nunca ter sentido raiva, ódio, rancor ou ressentimento.

Inquieto com o atraso do professor, afastei-me de Jesuíno e Olívia, depois de nos termos entendido sobre a túnica mucosa e até sobre a túnica submucosa. Dei uma volta pela sala. Perto do quadro-negro, Bia — a mesma que encontrei diante do prédio da UNE — fumava e falava agitada, provocando o espanto de Delano e a indignação do Cachorrão, a quem já me referi no dia que saiu o resultado do vestibular. Cachorrão era o apelido de Ladislau Paranhos, um ruivo alto e desengonçado, que se escondia atrás de um óculos de fundo de garrafa. Dizia Bia:

— Não é só a polícia militar, não. É a polícia civil também. E mais uns favelados a quem eles deram armas. Um batalhão deles atacou o prédio do Instituto Superior de Estudos Brasileiros, o ISEB, na rua das Palmeiras, ali em Botafogo. Aos gritos de que ali só tinha comunista, eles reviraram mesas, arrancaram as gavetas e espalharam o que havia dentro; rasgaram, à faca, poltronas e sofás, estriparam o estofamento, puxaram os quadros das paredes, quebraram as molduras e esfaquearam as telas; invadiram a biblioteca, derrubaram as estantes, rasgaram livros e atiraram pelas janelas. As pessoas que estavam lá estudando, homens e mulheres, foram presas e levadas, aos tapas e pontapés, como se fossem bandidos, pela rua das Palmeiras, e atiradas na traseira do camburão. Parecia ataque de índio em filme americano. E me disseram que foi a mesma coisa nas sedes dos jornais *Brasil-Urgente*, *Novos Rumos* e *Semanário*...

— Já tem mais de quinhentas pessoas presas — disse Cachorrão, os olhos assustados por trás dos óculos de lentes grossas.

Bia continuou a falar sobre outras prisões e invasões, e me senti atraído por ela. Observei com atenção seu rosto, seu corpo, seus gestos, sua maneira de falar e o que dizia. Como já disse, era bonita, de olhos azuis cintilantes, inteligente e articulada para falar, tinha um corpo bem desenhado e queimado de sol. Mas olhando bem, embora não soubesse o que e nem por que, alguma coisa nela me assustava. Não sei por que, às vezes me parecia masculina, sempre com um cigarro aceso na mão, quando não soltando baforadas de fumaça para o alto; ou porque dizia palavrões ou, ainda, porque se sentava e gesticulava de modo vulgar. E também aquela obsessão por política tornava-a chata, presunçosa, metida a importante e bem informada, dada a bravatas e até meio heróica.

A conversa prosseguiu na sala, mas me afastei, passando por vários grupos até chegar ao corredor, onde a sorridente Joana, a amiga de todo mundo, e o Eugênio, nascido no berço de ouro da família Câmara Vilaverde, assistiam, em silêncio, a mais uma manifestação de onipotência do Leonel:

— Não é brincadeira, não. Eu sei tudo. Anatomia geral é muito fácil. Para mim, é facílimo. Se vocês duvidam, podem testar. Eu sou uma potência para estudar, mas nem perco tempo com anatomia. Pergunta o que quiser.

— Não duvidei de você, não, Leonel — disse Eugênio com uma sutil ironia. — Se você está falando, é porque sabe mesmo. Só tentei dizer que a isquemia é o oposto da hiperemia...

— Mas foi o que eu disse — antecipou-se Leonel. — Foi justamente o que eu disse. Não foi não, Joana?

— ... e que a hemorragia — prosseguiu, educadamente, Eugênio — é a fuga do sangue do sistema cardiovascular. E a hemorragia pode ser capilar, venosa, arterial e cardíaca.

— Exatamente — disse Joana, e virando-se para o Leonel, completou: — Foi isso que o Eugênio disse. E está certo.

— Mas foi o que eu disse — reagiu Leonel. — Todo mundo sabe disso. Só um otário não sabe que isquemia é o contrário de hiperemia.

— Não era isso que estávamos discutindo, Leonel — explicou calmamente Eugênio. — Nós discutíamos os distúrbios locais que pode haver num tecido, em parte de um órgão ou em todo o órgão, e que são: isquemia, hiperemia, estase, hemorragia, trombose e embolia...

— Perfeito — disse Joana.

— ... e você definiu isquemia como se fosse hiperemia, e confundiu hemorragia com embolia.

— Exatamente — completou Joana, olhando para Leonel.

— Se eu confundi, então foi só na hora de falar, porque eu estou careca de saber essas diferenças.

Nesse momento, o professor Carvalhosa, seguido dos seus dois assistentes, responsáveis pelas aulas práticas, dobrou o corredor e veio na nossa direção. Entramos imediatamente na sala, avisando:

— O professor chegou! O professor chegou!

Todos se acomodaram rapidamente nos seus lugares e fez-se silêncio. O trio entrou na sala. Enquanto os assistentes distribuíam a prova — seis páginas mimeografadas a álcool —, o professor Carvalhosa disse:

— Os senhores me desculpem pelo atraso. É que, como está acontecendo em toda a cidade, e acho que em todo país, a polícia fechou a minha rua para prender um vizinho, que ela considera um delinqüente de alta periculosidade, apesar dos seus setenta anos e de estar quase cego. Os moradores de toda a quadra tiveram que esperar, trancados em casa, que arrastassem o homem até um jipe.

E, depois de olhar o relógio de pulso, informou, com aquela ironia sempre presente nas suas excelentes aulas e com a qual se divertia e tripudiava de nós:

— São sete horas e quarenta minutos. Os senhores doutores terão até às onze e quarenta para responder a estas pequenas questões, e provar que a anatomia humana é uma ciência simples e sem mistério, e que os seus parcos conhecimentos já são de domínio público. Com o que sabem, os senhores doutores já se sentem aptos a sair por aí a retalhar corpos humanos vivos, certos de que são excelentes cirurgiões. Sugiro, porém, que demonstrem tal conhecimento em silêncio, sem consulta a livros, apostilas, cadernos, anotações ou quaisquer outros meios e, principalmente, sem consulta ao colega.

Em seguida, sentou-se confortavelmente à cátedra e pôs-se a ler um livro, enquanto os dois assistentes passeavam pela sala, atentos a qualquer movimento que fizéssemos. Assustado com a extensão da prova, debrucei-me sobre as seis páginas. Eram questões difíceis, mas muito bem formuladas. Não apenas imbricavam a matéria das aulas práticas com as das aulas teóricas, como apuravam efetivamente o grau de conhecimento sobre aquela etapa do curso. Dei tudo de mim, demonstrei tudo o que sabia. Estava exausto quando acabei, mas estava também satisfeito. Pela primeira vez, tivera a sensação de que era, de fato, um estudante de medicina. E, pelas conversas à saída, percebi que o mesmo acontecera com quase toda a turma. Fiquei orgulhoso do meu curso, da faculdade, dos professores e até de mim.

Sem parar de comentar a prova, um grupo de uns dez estudantes — inclusive eu — pegou o bonde na avenida Pasteur, como sempre acontecia quando havia aula de manhã e à tarde. Fomos almoçar no bandejão dos estudantes — conhecido, não sei por que, como Calabouço. Ficava perto do aeroporto Santos Dumont, o que obrigava a quem estava na Urca, como nós, a dar um passeio de ida e volta por toda a obra do Aterro. Às duas da tarde deveríamos estar na sala de anatomia para a parte prática da prova.

O vozerio da nossa discussão só silenciou quando o bonde passou diante dos escombros da sede da UNE. Todos voltaram as cabeças à medida que o bonde avançava, enquanto, do chão, os policiais, que nunca se afastavam dali, olhavam com desconfiança na nossa direção. Embora não fosse mais novidade, Cachorrão e Bia ainda se incomodavam com aquela imagem. Ela mordeu os lábios, e ele enterrou a cabeça na mão.

Um hangar — era o que o Calabouço mais parecia. Ou um enorme galpão com teto semicircular de telhas de amianto, que virava uma gigantesca sauna sob o sol abrasador do verão. Lembrava qualquer coisa, menos um restaurante. Mas o que importava é que diariamente almoçavam e jantavam ali estudantes vindos de todas as partes do país, mais os sem-recursos da própria cidade, e mais os que não tinham tempo para fazer as refeições em casa por causa do horário de aula e do trabalho. Depois de vencer a longa fila, que em determinadas horas serpenteava pela área externa do hangar, conseguia-se, afinal, garantir a bandeja e os talheres.

Carregando a bandeja, percorria-se o balcão metálico aquecido em suas entranhas por vapor d'água, onde a "gororoba" — como se chamava a comida — era servida de panelões. Depois, sentava-se no primeiro lugar vago em qualquer uma das longas mesas e, finalmente, matava-se a fome. Comparado ao mais modesto dos restaurantes, o preço era irrisório. Porém, comparado à pobreza de boa parte dos estudantes, deixava de ser irrisório. Sempre devolvi vazia a minha bandeja. Não sei se pela fome ou se pela qualidade da comida.

Para gente fina como Guilherme, Eugênio e Ingrid, que nunca iam ao Calabouço, aquilo devia ser uma espécie de provação. Para outros, como Leonel e Delano, que lá comiam uma ou duas vezes por semana, o Calabouço tinha um certo sabor turístico. Para gente como Bia e Cachorrão, devia ser uma espécie de solidariedade à pobreza, como parte do engajamento nas reivindicações estudantis. E para aqueles como eu, Joana e Jesuíno, o Calabouço era a salvação.

A prova prática foi individual e ainda mais interessante. Os professores-assistentes pediam explicações detalhadas de ossos, cartilagens, músculos, tendões, aponeuroses, fáscias, todos os nervos, pele, pêlos, unhas e glândulas, usando diretamente os cadáveres. Na verdade, partes dos diversos cadáveres, devidamente esquartejados para uso de inúmeros alunos em incontáveis aulas. Braços, pernas, troncos e mãos de diferentes origens, idades, sexos e cores acumulavam-se, indistintamente, submersos nos tonéis de formol — cujo cheiro, quase insuportável, nos obrigava a usar máscaras. A explicação era que a faculdade tinha dificuldade de conseguir cadáveres e, quando conseguia, a maioria já chegava sem cabeça, que era enviada para a odontologia. Corria a gozação de que, estudando em pedaços de diferentes cadáveres, só conhecíamos a anatomia do Frankestein. Depois de formados, se encontrássemos numa mesa de cirurgia dois braços, duas pernas e um tronco de um mesmo corpo, ainda por cima com cabeça, sairíamos correndo do marciano.

Saí confiante da prova, mas recusei o convite da turma para tomar um chope em comemoração e segui direto para o laboratório, apesar de ser um dia em que, habitualmente, eu teria aula e só trabalharia à noite. Mas eu não podia perder tempo.

Quando cheguei e me deparei com o Carlos Ítalo e o seu Paixão trabalhando no mesmo horário, percebi que não fora uma boa idéia ir ao laboratório naquela tarde. A coincidência era ameaçadora. Eu já presenciara algumas vezes, mas sempre que podia, evitava. Mas, às vezes, não dava para escapar. E, como dizia Luzia, a auxiliar de laboratorista que completava a nossa equipe, quem ficasse entre os dois arriscava-se a virar mortadela de sanduíche.

Embora ainda estivesse no terceiro ano do curso de farmácia e bioquímica, Carlos Ítalo já estava noivo e de casamento marcado. Trabalhava o máximo que podia — deixando, às vezes, até de ir à aula — para comprar móveis e enxoval. Por recomendação do patrão, fora o meu instrutor quando eu começara a trabalhar no laboratório. Prestativo e gentil, ele não só conhecia a teoria e a prática de análise clínica, como gostava de ensinar o que sabia. Porém, essas suas características, que tanto me facilitaram o aprendizado, provocavam os ciúmes de seu Paixão, um excelente laboratorista prático, com mais de trinta anos de experiência, que jamais aceitara que, naquele laboratório, alguém conhecesse o assunto mais do que ele. Menos ainda se fosse alguém jovem. Irreverente e cioso de sua capacidade, Carlos Ítalo reagia a todas as farpas, ironias e ataques diretos de seu Paixão. Não deixava nada sem resposta. Seu Paixão, por sua vez, não ouvia resposta sem reagir. E o ambiente ficava explosivo.

Para aumentar a tensão, os dois eram tão antagônicos que qualquer assunto que se abordasse poderia atear fogo ao ambiente. Carlos Ítalo estava na universidade, Paixão era prático; Carlos Ítalo era mais para gordo e baixo, Paixão era mais para magro e alto; Carlos Ítalo era mais para jovem, Paixão mais para velho; Carlos Ítalo ia se casar, Paixão era solteirão convicto; Carlos Ítalo era carioca, Paixão era paulista; Carlos Ítalo era flamenguista, Paixão era vascaíno; Carlos Ítalo era mais falante, Paixão mais calado, e assim por diante.

Pisando em ovos, avaliando os assuntos, escolhendo as palavras e evitando certas respostas, Luzia e eu nos esforçávamos para manter uma cautelosa eqüidistância dos dois quando ambos trabalhavam no mesmo horário. Porém, o fato de ser novo, estar na universidade e de ter sido instruído pelo Carlos Ítalo, levava o atento seu Paixão a achar que eu torcia, apoiava ou estava do lado do seu rival. Carlos Ítalo, por sua vez, vendo-me respeitoso com o mais velho, lacônico com suas próprias provocações e não querendo tomar partido, supunha que eu apoiasse seu Paixão.

Quem se beneficiava dessa situação era o doutor Bernardo Montana. Chamando-os separadamente à sua sala, estimulava a competição entre os dois, comparando o número mensal de laudos emitidos por um e outro. Eu é que ficava longe do páreo. Emitia metade dos laudos de cada um deles.

— Boa tarde — cumprimentei a todos, que estavam silenciosos e concentrados no trabalho.

— Boa tarde — respondeu seu Paixão, sem se virar para mim.

— Olá — festejou Carlos Ítalo, sem tirar os olhos do microscópio.

— Você não tinha aula hoje? — antecipou-se Luzia.

— Hoje teve prova. Acabei mais cedo e vim trabalhar.

Enquanto vestia o guarda-pó e calçava as luvas, vi que Luzia ordenava o material recém-chegado para exame:

— O que está mais acumulado hoje? — eu quis saber.

— Fezes — ela respondeu.

— Então prepara alguns para mim.

Mal sentei diante da bancada, Carlos Ítalo comentou no tom baixo e lento de quem está atento a outra coisa.

— Prenderam um pessoal do Diretório Acadêmico.

— Ah, é? — eu disse, à falta do que mais dizer.

— Comunista agora vai comer o pão que o diabo amassou — intrometeu-se seu Paixão, sem se dirigir a ninguém em particular, mas num tom de quem quer ser ouvido.

Ninguém disse nada. Instalou-se um silêncio preocupante. Seu Paixão voltou a atacar com sarcasmo:

— Agora é que eu quero ver quem é o quê. Quem é valente e vai enfrentar os milicos; quem é medroso e vai se esconder; quem é covarde e vai calar a boca; quem é traidor e vai mudar de lado.

— E eu quero ver quem é nazista e vai aplaudir os gorilas — retrucou Carlos Ítalo, meio alterado.

Seu Paixão reagiu num tom ainda mais alterado, elevando a tensão.

— Eu não aplaudo gorila nem sou nazista, mas aplaudo a prisão de comunistas e esquerdistas, sim. E torço para ver os simpatizantes atrás das grades também.

Troquei um olhar de apreensão com Luzia. Não sabíamos o que fazer. A situação se agravava, e eu não conseguia trabalhar. Carlos Ítalo levantou-se e, do meio do laboratório, gritou diretamente para seu Paixão, que se manteve de costas para ele.

— Você vai me ver atrás das grades, sim. Não porque eu seja comunista, esquerdista, simpatizante ou qualquer merda dessa. Mas por eu ter quebrado a cara de um velho safado.

Seu Paixão, que já se levantara armado com uma espátula, gritou, transtornado:

— Então vem quebrar a minha cara, seu filho duma puta! Vem quebrar! Vem que eu te mato.

E começou a avançar na direção de Carlos Ítalo, mas Luzia se atracou a ele, tentando impedir.

— Não, seu Paixão! Pelo amor de Deus, não faz isso!

— Me solta! Me solta, que eu mato esse desgraçado!

Enquanto se debatia com Luzia, que o segurava desesperado, Carlos Ítalo ergueu um sólido banco de madeira e avançou xingando:

— Solta esse filho da puta, Luzia!

Quando eu ia segurar Carlos Ítalo, a porta se abriu e o doutor Bernardo entrou, gritando com sua voz poderosa:

— Pára! Pára com isso! Larga esse banco, Carlos! Me dá essa merda, Paixão! Vocês estão loucos? Brigando dentro de um laboratório?!

Tirei o banco da mão de Carlos Ítalo. Luzia fez o mesmo com a espátula que estava com o seu Paixão. Doutor Bernardo estava chocado:

— Eu não admito uma coisa dessa! Acabem com isso ou ponho os dois no olho da rua! Agora!

Pálido e trêmulo, seu Paixão girou o corpo e retornou à sua bancada. Carlos Ítalo, menos pálido e mais trêmulo, fez o mesmo. Doutor Bernardo abaixou o tom:

— Seu Paixão, lava o rosto, toma um copo d'água e desce. Espero o senhor na minha sala. Precisamos conversar.

Abriu a porta e ia saindo, mas parou e se virou:

— Vamos trabalhar — disse para mim e Luzia. — E você, Carlos, quando eu mandar chamar, desce. Precisamos conversar também.

E saiu, fechando a porta atrás de si. Podíamos ouvir a respiração uns dos outros, tal o silêncio que restou naquele laboratório. Eu e Luzia voltamos a trocar olhares. Agora de perplexidade. Logo, seu Paixão, ainda pálido e trêmulo, abriu a porta com ar derrotado e desapareceu.

Esperei que, com a ausência do seu Paixão, Carlos Ítalo fizesse algum comentário. Mas ele não disse uma palavra. Voltamos, os três, a trabalhar em silêncio. Eu não atinava com o que poderia acontecer aos dois. Cheguei a pensar que o doutor Bernardo os demitiria, o que, num primeiro momento, até me beneficiaria. Mas essa hipótese logo se desvaneceu. Principalmente porque, sozinho, eu não conseguiria preparar tantos laudos quanto os dois. Meia hora depois, seu Paixão reapareceu junto com a Maria Alice, secretária do doutor Bernardo, que convocou Carlos Ítalo à sala do patrão Ele a acompanhou em silêncio. Também em silêncio, seu Paixão tirou o guarda-pó, vestiu o paletó e, sem se despedir e nem sequer olhar na nossa direção, saiu, fechando a porta atrás de si. Eu e Luzia voltamos a nos olhar. Dessa vez com desolação. Ainda tentei trabalhar, mas me senti cansado. A apreensão com a prova na noite anterior, e o próprio desgaste de fazer a prova já tinham me deixado exausto. Aquela briga num dia em que estava alegre e merecia tomar um chope com a minha turma me deixara triste. Pouco tempo depois, fui para casa.

Ainda não tinha escurecido quando cheguei à pensão. Maria Luísa estava sentada numa poltrona de canto da sala, cabisbaixa, a testa apoiada na mão. Ergueu os olhos quando ouviu meus passos. Estava triste, os cabelos descuidados, a roupa em desalinho e, com certeza, havia chorado. Sem dizer nada, bateu a mão no lugar vazio a seu lado no sofá, sugerindo que me sentasse ali. Já me aproximei querendo saber o que acontecera, embora minha intuição apontasse para alguma decepção com o tio Camilo — ela teria telefonado para ele ou ele teria aparecido? Deixei os livros sobre a escura mesa de centro e sentei-me a seu lado. Incontinenti, ela repousou a cabeça no meu ombro. Falou sem olhar para mim:

— Aconteceu uma coisa horrível.

— O que foi? — perguntei, já convencido de que o tio Camilo estava metido naquela coisa horrível.

— Eu nunca tinha visto nada igual. Nem nada parecido tinha acontecido na pensão.

— O que aconteceu, Maria Luísa?

— Sabe o Leopoldo?

— Leopoldo...?

— O hóspede do dezoito, não se lembra? Um calvo, de olhos claros, muito calado. Estava na pensão há uns quatro anos. Você deve tê-lo visto aqui na sala. Passava horas lendo jornal naquela poltrona perto da janela.

— O que aconteceu com ele?

— Uns homens entraram aqui, gritando que eram da polícia. Invadiram o quarto dele, que estava dormindo, reviraram gavetas, rasgaram papéis e recortes de jornal que ele guardava, jogaram os livros pela janela. Arrastaram-no de pijama pelo corredor, dando-lhe socos e chutes na barriga, nas costas e na cabeça. Eu disse que era a dona da pensão e pedi que não fizessem aquilo, que ele era uma pessoa fina e educada. "Esse canalha é fino e educado?", disse um deles. "Pois fique sabendo que ele é um comunista! Um vermelho! Traidor da pátria!" Eu disse que não podia ser, que se ele fosse comunista já teria feito alguma maldade comigo, que não tenho marido nem família, mas que ele nunca tentara nada. Fora sempre educado e atencioso. Eu tinha certeza, eu jurava, que ele não era comunista. Que eles é que eram covardes! Então, um brutamontes me segurou pelo pescoço e me deu um empurrão com tal violência que bati com as costas na parede e não consegui me manter em pé. Fui escorregando até ficar de cócoras, assistindo-os arrastar e espancar o pobre do Leopoldo. Henriqueta, que vinha do açougue, viu quando o jogaram na porta-malas de um carro. Não é horrível? Eu estou chocada.

Era só o que me faltava ouvir. Eu querendo ficar justa e merecidamente alegre, e os problemas desabando, um depois do outro, sobre a minha cabeça. Sinceramente, naquele momento, eu não queria saber daquele assunto. Eu poderia até consolar Maria Luísa, de quem já se podia dizer que era minha amiga, mas, depois de um dia como aquele, eu não tinha a menor disposição para fazer nada pelo tal de Leopoldo. E, na verdade, eu nem sequer o conhecia. Se, eventualmente, eu o vi lendo jornal naquela sala, nunca conversei com ele. Sei lá se era comunista ou não. Para ser procurado e preso assim, é porque devia ser. E, se fosse, era uma convicção dele, uma causa dele; não minha. Um pobre-diabo como eu, que trabalhava, estudava, pagava suas despesas e cumpria todas as obrigações, tinha o direito de se poupar das desgraças do mundo, de ficar alegre, de se divertir.

Consolei Maria Luísa como pude, tentei reanimá-la e me fiz solidário na ignorância das questões políticas. Para concluir, disse:

— Se ele é mesmo comunista, deve saber dos riscos de ser o que é.

— Não sei, nem me importa se ele é ou não é comunista. Como você disse, isso é um problema dele. Quem escolhe ser comunista sabe que há um preço a pagar. Mas o que me importa é que nenhum ser humano, ninguém, muito menos um homem fino e educado como ele, pode ser tratado com aquela violência.

— O melhor a fazer agora, Maria Luísa, é esquecer tudo isso. Vamos falar de outras coisas.

Aproveitei a oportunidade e falei da prova de anatomia, contei como fora a briga no laboratório e comentei a minha vontade de espairecer, me divertir, descansar. Ela se desculpou por me ter importunado contando a tal prisão, e achei que estava começando a relaxar. Confessei, então, que ao encontrá-la tão abatida pensara logo em alguma decepção com o tio Camilo. Bastou pronunciar aquele nome para imediatamente o brilho dos seus olhos se reacender e o doutor Camilo tomar conta da conversa. Ela voltou a falar da saudade que sentia dele, das noites insones pensando nele e nos sonhos que tinha com ele, quando finalmente conseguia dormir. Acabou segurando a minha mão e sussurrando num tom melodramático:

— Paixão de mulher madura já é mais sofrida. Quando não é correspondida então, vira uma chaga aberta na alma.

E, depois de acariciar a minha mão entre as suas, me olhou intensamente nos olhos e murmurou:

— Você vai me ajudar, não vai? Eu faço o que você disser, dou o que você quiser.

Tranqüilizei-a dizendo que contasse comigo. Reanimada, ela agradeceu a minha atenção, desculpou-se mais uma vez por me importunar e foi para a cozinha supervisionar o jantar. Eu peguei a chave na recepção e subi. Pela fila de hóspedes na porta do banheiro, deduzi que a água ainda não chegara. Fui para o quarto e, só de cuecas, deixei meu corpo despencar sobre a cama, enquanto esperava a água chegar.

Deitado, a cabeça revendo o que tinha acontecido no dia, comecei a pensar na minha própria vida. E constatei, satisfeito, que estava indo muito bem — o emprego, a faculdade, a pensão, o dinheiro, a saúde, tudo. No entanto, e incompreensivelmente, havia dentro de mim uma espécie de tristeza, como se alguma coisa me estivesse faltando ou estivesse indo mal. Por mais que me esforçasse, não atinava com o que pudesse ser. Foi então que a imagem de Lorena me veio à cabeça. E senti uma dor aguda de saudade. O que estaria ela fazendo àquela hora? Como estaria sua vida com o tio Alberto? E me ocorreram lembranças da vinda dela ao Rio, dos nossos passeios, da sua paixão arrebatadora, das suas declarações de amor, e principalmente daquela tarde na Cinelândia, quando eu, com o coração dilacerado, tivera que dizer que não a amava. Aos poucos, porém, fui me dando conta de que não era saudade de Lorena o que me incomodava. Pensei também em Demerval. Como ele era um amigo generoso, cúmplice. Como sabia viver! Conseguia equilibrar estudo e diversão. Quando morávamos juntos, nós conversávamos, passeávamos, íamos ao cinema, visitávamos pessoas. Mas a maneira como nos despedíramos me deixara um certo desconforto. Não, também não era saudade de Demerval. Talvez aquela tristeza que roía dentro de mim fosse por causa da maneira como eu estava vivendo. Só estudando e trabalhando — de manhã, de tarde, de noite, aos sábados, domingos e feriados, numa correria sem descanso, só parando para dormir. Sem passeios nem divertimento, sem ninguém para conversar. E esse cansaço, essa tensão permanente, vinha se acumulando há muito tempo — desde a mudança para o Rio, a preparação para o vestibular, a expectativa de arranjar emprego; quem sabe se desde a mudança para Belo Horizonte, da saída da casa do tio Alberto... Era isso! Enfim, descobrira! Mas o que fazer para mudar? Eu não via como mudar, nem o que mudar.

Quando se luta para realizar sonhos como eu lutava, vive-se numa guerra, não como se sonha. Não havia nada a ser feito, nem nada poderia ser mudado na minha vida. Essa descoberta, que no princípio me deixou angustiado e deprimido, logo começou a me trazer um certo alívio. Eu só podia descansar, passear e me divertir nos intervalos, nas brechas, nas folgas inesperadas, como a daquele dia.

Animado, entrei na fila do banho — coisa rara, pois chegava sempre depois das dez, quando o banheiro já estava livre. Tomei um banho e, depois de muito escolher entre as minhas escassas possibilidades, vesti a melhor roupa de que dispunha para passear.

Depois de jantar, escovar os dentes e pentear o cabelo pela vigésima vez, desci e fui dependurar a chave na recepção. Lá estava uma Maria Luísa já restabelecida e sorridente, que, depois de elogiar a minha aparência, se rendeu à própria curiosidade e quis saber aonde eu iria tão bonito.

— Vou à casa de um tio. Em secreta missão amorosa.

— Você vai lá agora? — ela surpreendeu-se e levou as mãos ao rosto, assustada. — Oh, meu Deus! O que você vai dizer? Não, você não vai dizer nada! Quer dizer, não vai dizer nada a meu respeito! Jura que não vai dizer nada?

Limitei-me a olhar para ela em silêncio. Impressionou-me a aflição com que tentava recuar de algo que queria tanto, que até sonhava. Será que era o medo que a levava àquela covardia? Mas medo de quê? Eu nem dissera o que faria ou o que diria. Medo de ser a amante? De ser descoberta? De ser difamada? Ou o medo de ser rejeitada? Ou seria o medo de, enfim, amar e ser amada?

— Fica calma, Maria Luísa. Fiz uma brincadeira. Eu vou fazer apenas uma visita.

— É melhor assim — ela disse, entre aliviada e decepcionada.

— Agora, se surgir uma oportunidade, se ficarmos a sós, eu e o tio Camilo, talvez eu fale no seu nome...

— Não, não, não. Não fala, não. Falar o quê, meu Deus?

— Apenas mencionar o seu nome. E ver a reação dele. Se ele se estender em comentários ou elogios...

— Ah, coitada de mim! Ele me elogiar? Por quê?

— Bem, se ele disser alguma coisa, se abrir uma porta, quem sabe não dá para dizer que, às vezes, eu tenho a impressão de que você ainda gosta dele...

— Não, não. Está louco? Dizer que eu gosto de um homem casado?

— ...e que, na minha opinião, para uma pessoa como você, eu acho que ele ser casado não seria um obstáculo.

— Oh, meu Deus! Será que dizendo isso você não estará me expondo demais, não? O que o Camilo vai achar disso? E o que vai pensar de mim?

Maria Luísa se agitava como uma adolescente diante do primeiro namorado. Queria, mas tinha medo. Recusava, mas tinha vontade. Comecei a achar aquilo ridículo para uma mulher com a idade, a experiência e a paixão dela. Dei-lhe um ultimato.

— Você quer ou não quer que eu fale sobre você?

Ela me olhou atônita, os olhos piscando rápido.

— Sobre mim? Será que é sobre mim que você deve falar? Não seria melhor arranjar um jeito dele aparecer aqui na pensão? Ou da gente se encontrar como se fosse por acaso? Ou será que... não sei...

Permaneci em silêncio. Queria que ela se decidisse. Ela piscava, esfregava as mãos, mordia os lábios. Por fim, disse:

— Você sabe o que falar, não sabe? E sabe como falar. E também sabe o melhor momento, não sabe? Você está entendendo a minha situação? Entende o meu medo? É difícil para uma mulher... mas eu vou confiar em você. Eu sei que o que você quer é me ajudar. Vai com Deus.

Quando apertei a campainha do apartamento do doutor Camilo, ouvi um rumor de muitas vozes vindo de dentro. A empregada uniformizada abriu a porta. Um casal bem-vestido, de copos à mão, me olhou com curiosidade.

— O doutor Camilo está? — perguntei.

A empregada acabou de abrir a porta em silêncio, sugerindo que eu entrasse. Dois outros homens e uma mulher, igualmente bem-vestidos, entraram no meu campo de visão. O clima era festivo. Mas o rumor de vozes serenou com a minha aparição. Todos me olhavam com surpresa e curiosidade. Não reconheci ninguém e, por um momento, hesitei se avançava. O meu mal-estar se estendeu a eles. Enfim, dona Glória, vindo de dentro, surgiu na sala e, me olhando com espanto, caminhou até a porta. Pela expressão do seu rosto pressenti que eu chegara na hora errada ao lugar errado. Tardio pressentimento.

— Boa noite — disse dona Glória num tom mais baixo, enquanto ocupava o vão da porta, de modo a me encobrir aos olhos de suas visitas.

— Boa noite — respondi, estendendo-lhe a mão. — Como vai a senhora?

— Bem, obrigada — ela disse, recolhendo a mão. — Posso ser útil?

— O doutor Camilo está?

— Bem, ele está, mas esta noite recebe alguns amigos para jantar e... você marcou com ele?

— Não, senhora.

— Você me desculpa, mas... são amigos íntimos, você compreende?

— Claro, claro. Eu volto outro dia...

— Faça isso. Ele terá prazer em recebê-lo. Digo isso porque sei que ele admira muito você...

— Quem é, meu bem? — perguntou uma voz masculina que reconheci e, em seguida, vi o próprio doutor Camilo surgir inopinadamente às costas da esposa.

— É aquele rapaz... — disse dona Glória, já começando a fechar a porta. — Mas ele preferiu voltar amanhã.

— Ora, ora, é o meu querido doutor! — disse o tio Camilo, ultrapassando a barreira criada pela esposa e abrindo os braços na minha direção. — Como é que vai essa força, rapaz?

Abraçou-me efusivamente, sob o olhar frio de dona Glória, que continuava com a intenção de fechar a porta.

— Que conversa é essa de voltar amanhã? Entra, entra. Você é bem-vindo! — ele disse, enquanto me conduzia, com a mão sobre o meu ombro, através da porta, obrigando dona Glória a abrir passagem. Ela, porém, sem esconder a irritação, deixou-nos na porta e retornou ao centro da sala. O doutor Camilo segurou-me pelos dois ombros e, cara a cara, me perguntou com caloroso interesse: — E como vai indo lá no laboratório?

— Muito bem — respondi, e no momento mesmo em que pronunciava essas palavras, me surgiu uma oportuníssima idéia. Atraquei-me a ela e fui anunciando: — Aliás, eu estou aqui justamente para agradecer ao senhor pela indicação.

— Nada a agradecer, meu querido. Nada a agradecer. Você merece. Mas, escuta aqui: e o Bernardo, está lhe tratando bem?

— Muito bem, doutor.

Ainda não acabara de falar, quando vi, por sobre os ombros do doutor

Camilo, que dona Glória conduzia as visitas para fora da sala, enquanto ele, numa intimidade que me prestigiava, friccionava o indicador sobre o polegar, sussurrando:

— Mas o safado paga bem?

— Para mim está bom, doutor.

— Não seja modesto! Nada de modéstia no Rio de Janeiro! Esta não é uma cidade para modéstia, mas para o alarde! Mas, se você está satisfeito, ótimo!

O doutor Camilo fechou a porta e, com a mão sobre o meu ombro, começou a me conduzir para o interior do apartamento. Tentei resistir:

— Não seria melhor eu voltar outro dia, doutor? O senhor está recebendo visitas hoje.

— Nada disso — ele disse. — Você também será minha visita.

Abraçando-me pelo ombro, ele me introduziu na sala de jantar, onde três casais, maduros e grisalhos, além de dona Glória, ocupavam a ampla mesa, posta com requinte de pratas e cristais. O doutor Camilo me apresentou a todos ao mesmo tempo, como seu sobrinho por afinidade, carioca por opção e futuro médico por vocação. Diante daquela platéia austera e silenciosa, sua eloqüência, inflamada por uma dose de euforia etílica, exagerava minhas qualidades. Os presentes me olhavam com curiosidade e admiração. Fiquei com tanta vergonha que tive vontade de que o chão se abrisse e me tragasse para sempre. A minha salvação foi Domitila, que, linda como a lua, surgiu milagrosamente na sala e me arrastou para a varanda — depois de explicarmos por que não jantaríamos: ela por inapetência, eu por já ter jantado.

A luz incerta da varanda não escondia os pêlos suaves e alourados da pele de pêssego da inefável Domitila. Seus olhos longos e rasgados, que se mantinham apenas semicerrados, deixavam entrever o azul translúcido da pupila. O sorriso, tão leve e insinuado que os lábios sequer de deslocavam, estava em harmonia com a sutil indolência dos seus gestos e movimentos. Domitila sabia-se bela, mas não parecia envaidecer-se com isso; dava a impressão de acolher com silenciosa resignação todo aquele empenho da natureza em fazê-la uma deusa. Daí um certo ar *blasé*, recatadamente descuidado, com que se comportava, ajeitava os cabelos, se vestia e até falava. A simples contemplação de Domitila me suscitava vontades misteriosas. Uma delas — e a mais freqüente — era a de protegê-la, resguardá-la, impedir que lhe acontecesse algum mal. Sua delicadeza de louça rara parecia clamar todo o tempo pela minha proteção. Por várias vezes, durante a nossa conversa daquela noite, repousou a cabeça no encosto da cadeira, deixando seus longos cabelos flutuarem no ar, como se fossem uma dourada cachoeira. Era irresistível a vontade de acariciá-los e de tocá-la. Nesses momentos, ela ficava tão linda que, não sei por que, me lembrava uma pomba branca que, há muitos anos, em Olhos D'Água, eu acolhera desfalecida entre as mãos.

A beleza etérea de Domitila e sua indolência disfarçavam um temperamento resoluto e voluntarioso. Naquela noite mesmo ela me contou que estava decidida a contrariar frontalmente a vontade da mãe. Não iria mais ficar em casa, como pretendia dona Glória, aprendendo etiqueta social, freqüentando salões de beleza e de festas e estudando línguas até que surgisse um rapaz rico, bonito, educado e de boa família, que a levaria ao altar. Ainda não sabia qual, mas teria uma profissão. Não lhe agradava nem um pouco repetir os passos da mãe, a quem considerava inútil, dependente e infeliz. Se fosse indispensável, até se prepararia para o vestibular, entraria na universidade e se formaria advogada, engenheira, arquiteta ou no que viesse a gostar.

Enquanto meus olhos se alumbravam com a suavidade e a harmonia da beleza de Domitila, meus ouvidos, mesmo ouvindo-a, não conseguiam ignorar a conversa que vinha da sala de jantar contígua. Uma animada voz masculina, apesar do tom moderado, se sobressaía das demais, que exclamavam, perguntavam, comentavam, acrescentavam detalhes:

— ... eu achei perfeito o nome que dona Amélia Bastos deu: "Marcha da Família com Deus pela Liberdade." Você não achou, Camilo?

Mas em vez da voz do doutor Camilo, o que se ouviu foi uma engasgada voz feminina:

— Mas não foi ela quem deu esse nome, não, meu querido. Imagina! A marcha de São Paulo já tinha esse nome.

— Espera lá, Berenice! — tronitruou sobre as outras uma voz masculina. — A César o que é de César, minha querida. A dona Amélia Bastos realmente não deu nome à marcha, mas foi ela quem organizou tudo aqui no Rio.

A tal Berenice interrompeu com sarcasmo cortante.

— Organizou tudo! Organizou o quê? Vocês, militares, são tão ingênuos que parecem bobos! Quem vocês pensam que pintou aquelas faixas que os jornais fotografaram nas mãozinhas das mulheres? A tal de Amélia

Bastos ia sujar as mãozinhas dela de tinta? Quem pegou no pincel e ficou de joelhos no chão fomos eu, a Cremilda, a Glória e muitas outras mulheres de coronéis, de capitães e até de sargentos. Verdade ou mentira, Cremilda? Glória? O que essa Amélia fazia era distribuir as frases que estavam numa lista mandada pelo Alto Comando. E mais nada. Além de dar entrevista e fazer tudo para aparecer. Aliás, ela só pensa nisso!

— Berenice! — repreendeu o do vozeirão.

— Foi um parente dela do Alto Comando, não vou citar o nome porque vocês sabem muito bem quem é, que decidiu que ela seria a líder das donas de casa. Você não sabe disso, Cremilda? — provocou a tal Berenice.

— Cremilda não sabe de nada disso — antecipou-se outra voz masculina. E, de fato, não ouvi a voz de Cremilda dizer se sabia ou não. Ouvi, sim, o do vozeirão em nova advertência, dessa vez mais áspera.

— Cala essa boca, Berenice! Cala imediatamente! Você não sabe do que está falando. Acaba com essa picuinha. Você não gosta da dona Amélia Bastos, mas tem que enfiar o rabo entre as pernas: a mulher botou um milhão de pessoas na avenida para nos apoiar. A marcha foi um sucesso. Só de Petrópolis vieram doze mil pessoas. E é isso que interessa. Não a sua opinião.

— Até o ex-presidente Dutra participou! É a maior prova da unidade e coesão das forças armadas! — admirou-se a mesma voz masculina que silenciara a tal Cremilda.

— E a mulher do governador Lacerda também! — voltou a arriscar Cremilda.

— O nome dela é Letícia, Cremilda! Dona Letícia Lacerda. Todo mundo sabe que ela participou.

— Pois é — murmurou Cremilda. — Isso que dizer que a família brasileira apoiou a marcha.

— Essa é que é a idéia! — retomou o vozeirão. — Foi a família brasileira, foi a sociedade brasileira que pediu, que suplicou a nós militares, que livrássemos o país do perigo comunista. Nós apenas atendemos ao clamor do povo brasileiro. E fizemos a nossa obrigação como militares. Não é o que manda a Constituição? Mas o que me emocionou na Marcha da Família com Deus pela Liberdade foi ver que as famílias brasileiras saíram às ruas com terços, velas, orações e faixas para nos agradecer.

— Você tem alguma dúvida de que o povo brasileiro, u-na-ni-me-mente, está apoiando o presidente Castelo Branco? Do Oiapoque ao Chuí todo mundo está aplaudindo essas prisões e cassações.

— Cala essa boca, Berenice!

Fez-se imediato silêncio. O que mandara a Cremilda calar rompeu o silêncio e mudou de assunto.

— Muito boa a sua entrevista, Camilo. Mandei todos os meus oficiais lerem.

— Por que entrevistaram você, Camilo? — estranhou o do vozeirão.

— Não sei. Também estranhei quando me procuraram. Mas talvez tenha sido porque os amigos da imprensa, que conhecem as minhas posições, precisassem de alguém que não tivesse envolvimento muito público.

O silêncio se reinstalou. Mas foi logo interrompido pela voz da tal Berenice, agora num tom mais baixo.

— Só eu é que ainda não aplaudi o presidente Castelo Branco. Primeiro eu quero saber se nesse seu novo cargo vai ser preciso morar em Brasília. Pelo amor de Deus, Otávio, me deixa ficar aqui no Rio!

De ouvidos atentos à conversa na sala de jantar, não me dera conta de que, diante de mim, Domitila fazia sinais e falava alto para atrair a minha atenção.

— Ei! Onde é que anda a sua cabeça que você não me vê e nem ouve o que digo?

— Desculpa, Domitila! Mil desculpas! Eu estava pensando num problema de trabalho e me distraí. O que foi mesmo que você disse?

— Eu lhe fiz três perguntas. Como vai o curso de medicina, se teve notícias do Demerval e o que está achando do trabalho no laboratório. Papai me contou que você está trabalhando com o Bernardo.

— É, seu pai me indicou para trabalhar com ele. Eu estou gostando muito.

— Você faz o que lá?

— Bem, eu faço os exames de laboratório de análises clínicas.

— Exame de sangue?

— Exames de sangue, de fezes, de urina.

— De fezes também? Argh, que nojo! — ela reagiu com uma careta de asco. — Como é que você agüenta mexer com essas porcarias?

Fiquei irritado com o comentário e, mais ainda, com a pergunta. Como é que aquela princesa da beleza podia dizer tamanha tolice? Depois de me conter, respondi com frieza.

— Não é exatamente mexer com porcarias.

— Eu sei, eu sei — ela se desculpou. — É só uma maneira de falar.

— Aliás, o correto mesmo é dizer exame parasitológico.

— Desculpe a minha ignorância, mas o que é parasitológico?

— A parasitologia é a ciência que estuda o parasitismo, ou seja, a associação entre dois seres de natureza animal, mas de espécies diferentes. Nessa associação, que é uma espécie de casamento, apenas um é beneficiado; o outro é prejudicado. O beneficiado é chamado de parasita; o prejudicado, de hospedeiro.

— Puxa, você fala com tanta seriedade, com tanto rigor! Parece até um professor. Pelo jeito está adorando.

— Eu gosto do que faço.

Dizendo isso, olhei vagamente para os prédios vizinhos. Senti que Domitila me olhava com silenciosa curiosidade.

— E o curso de medicina? — ela perguntou, enfim.

Respondi sem olhar para ela. Percebi que isso aguçava-lhe o interesse.

— Gosto ainda mais. Hoje mesmo fiz prova.

— E saiu-se bem?

— Acho que sim — respondi sem entusiasmo e olhei serenamente para ela, procurando dar a impressão de que era rotineiro eu me sair bem nas provas. Acho que funcionou, porque ela continuou me olhando, agora não apenas com curiosidade, mas com admiração, depois que voltei a olhar os prédios em volta.

— E o Demerval, será que ele está gostando do curso? Ele também vai ser um ótimo médico — disse Domitila, trazendo-me de volta à conversa.

— Você disse "também"? Por quê? Você acha que eu vou ser um bom médico? — quis saber, forçando-a a falar a meu respeito.

— Tenho certeza. Tanto você quanto Demerval são apaixonados pelo que fazem. E isso é o mais importante na profissão.

Domitila tinha razão, mas não dissera nada de novo. A novidade foi ela tocar nesse assunto, falar em paixão pela profissão. Mas a minha surpresa não parou aí. Ela prosseguiu:

— Sabe que eu tenho inveja de vocês?

— Inveja? — me espantei. — Inveja de quê?

— De vocês, que se apaixonaram desse jeito pela medicina.

— Invejar por isso? Mas é uma coisa tão comum.

— Pois vou lhe confessar uma intimidade: eu não tenho paixão por nada. Para mim, tudo é mais ou menos interessante e, ao mesmo tempo, tudo é mais ou menos desinteressante. Nunca nada me arrebatou, ou me tirou o juízo, ou me deixou cega para as outras coisas.

— Não será por causa da idade? Você ainda é muito nova...

— Mas eu tenho amigas, mais ou menos da minha idade, que já se apaixonaram pelo namorado, pelo professor de inglês, pelo estudo de piano, por Paris e até por artista de cinema; e houve paixão séria, dessas que a pessoa não pensa em outra coisa, deixa de ir à aula, não come, não dorme, emagrece, tem que fazer tratamento e, pelo menos uma de minhas amigas, teve que ser internada.

— Você nunca se apaixonou por um namorado?

— Não. Nem mesmo essas paixões menos fanáticas, como de algumas amigas, que se apaixonam por um namorado e quando acaba o namoro sofrem um pouco, mas logo se apaixonam por outro. Nem aquelas paixões de criança eu tive. Eu gostava dos meus brinquedos, mas nunca me apaixonei por nenhum deles; nem dormi abraçada com bichinho de pelúcia, nem desejei muito algum vestido. Nada disso aconteceu comigo. Agora, que eu resolvi ter uma profissão, me incomoda não ser apaixonada por nenhuma delas.

Para que servirá — eu me perguntava enquanto ouvia Domitila — tanta beleza numa criatura que nunca se apaixonou? Será que Deus lhe dera toda aquela perfeição apenas para ser contemplada, como uma estátua? Essas indagações duraram pouco. Logo, a sua ostensiva juventude restabeleceu a minha sensatez. É claro que o tempo se incumbirá de abrir-lhe o coração, pensei, e como sempre acontece nesses casos, a sua primeira paixão será devastadora como um tufão, abrasadora como as lavas de um vulcão, uma entrega absoluta como o mergulhador que se atira dos altos de um penhasco. Feliz de quem a merecer.

A inefável Domitila silenciou, quem sabe angustiada com a sua própria confissão. Eu também me calei. Fiquei pensando no que deveria fazer para me tornar a primeira paixão de Domitila e não dei atenção à conversa que prosseguia na sala de jantar. Mas notei que de lá vinham apenas vozes femininas. As masculinas, com destaque para o vozeirão, vinham de outro cômodo, certamente do escritório do doutor Camilo, onde os homens teriam se reunido após o jantar. Um murmúrio era o que se ouvia quase todo o tempo. Às vezes, porém, alguns gritos. Mas era impossível distinguir-se o que diziam.

Com os olhos semicerrados, Domitila se esticara silenciosamente na cadeira, repousando a cabeça no alto do encosto, os cabelos pendendo como uma dourada folhagem. Durante algum tempo me permiti contemplar a pomba branca e desfalecida da minha infância. Mas o tempo se alongou demais e decidi que era hora de ir embora.

Ao passar pela sala com Domitila me acompanhando, senti arder na minha pele o olhar das quatro mulheres — Cremilda, Berenice e uma outra silenciosa, que eu não distinguia uma das outras, e dona Glória, que eu conhecia bem. Avaliaram de alto a baixo o que imaginavam ser o namorado de Domitila — equívoco que, tenho certeza, dona Glória esclareceria tão logo eu cruzasse a porta.

— Boa noite — eu disse.

E quando responderam quase em coro, descobri pela voz esganiçada quem era Cremilda e quem era Berenice. Saímos para o corredor.

Domitila manteve-se em silêncio, enquanto esperávamos o elevador. Sua indolência crescera e se esforçava para disfarçar o bocejo. A espera pareceu uma eternidade. Tive raiva da minha incapacidade de ser agradável, atraente e interessante. O elevador finalmente chegou. Abri a porta e, no último instante, criei coragem e disse.

— A minha conversa deixou você triste.

— Não, não foi a sua conversa. Nem pense nisso. Eu tenho andado assim mesmo, meio esquisita...

— Quem sabe a gente não sai um outro dia, para conversar?

— Eu gostaria muito. Mas será que você arranja tempo?

— Para isso é claro que arranjo. Eu vou telefonar marcando.

— Eu vou esperar você ligar.

— Então, tchau.

— Tchau — ela disse.

Fechei a porta do elevador, apertei o térreo e ele desceu aos céus. Isso mesmo, era como se eu estivesse descendo ao paraíso, tal era o meu estado de graça. Na minha euforia, esmurrei cada uma das paredes da cabine, exceto a porta pantográfica.

Pelas ruas coloridas de Copacabana, entre néons, luminosos, vitrines e faróis, minha exaltação cresceu. O rosto de Domitila se multiplicava em todas aquelas luzes. À medida que caminhava meio a esmo, meus pés pareciam flutuar a um palmo do chão. Nos fundos da minha cabeça, sua voz suave repetia, como o único verso que alguém se lembra de uma velha música: "Eu vou esperar você ligar", "Eu vou esperar você ligar", "Eu vou esperar você ligar." Eu sentia os arrepios da plenitude de estar no mundo; que não é ter realizado tudo ou possuir tudo, mas estar pleno de possibilidades, estar grávido de esperanças. Era assim que me sentia naquele momento: grávido de esperanças. Naquele estado, eu podia tudo.

Eu podia não apenas ser o homem que arrebataria a paixão da inefável Domitila, mas podia também casar com ela e morar num daqueles prédios de Copacabana, de luxuosas entradas em mármore, altos portões dourados, solenes tapetes vermelhos e solícitos porteiros uniformizados. Podia ter um daqueles carros que, com todas as portas abertas, acolhiam louras mulheres vestidas de preto e muito ouro nos decotes, que saíam rindo dos prédios. Eu podia, podia, podia... naquele estado, eu podia sonhar o que deve sonhar um deus.

Eu não fazia idéia das horas quando girei a chave na porta da pensão. Ao entrar, a sala estava na penumbra, mas um jorro de luz branca vinha de sob a escada. Foi o suficiente para deduzir que Maria Luísa ainda estava trabalhando. E não foi difícil adivinhar a razão do serão. Ela estava me esperando. E me pressentiu pelos passos. Largou o que fazia e ergueu-me um olhar tão ansioso que, no seu silêncio, era um interrogatório completo.

— Outra vez trabalhando até tarde? — tentei começar por outro assunto. Mas ela, olhos fixos nos meus, sequer ouviu o que eu disse. Foi direto ao que lhe interessava.

— Você falou com ele?

Por um átimo, hesitei sobre o que responder. A expectativa dela era tão intensa que ficou completamente paralisada, o peito ofegante, enquanto os olhos cresciam a cada instante da minha hesitação.

— Ficou acordada até agora só para saber isso? — perguntei, tentando ganhar tempo.

— Responde! — ela suplicou, os lábios perdendo a cor. — Você falou com ele ou não?

— Calma, Maria Luísa. Calma.

— Ele disse que estou louca, não disse? Responde pelo amor de Deus! Não precisa me poupar. O que foi que ele disse? Ou será que você nem falou nada? Não surgiu uma chance, foi isso? Ou você se esqueceu?

Era um massacre de perguntas, uma depois da outra, sem deixar tempo para a resposta. Tentei pôr um bálsamo na sua ansiedade.

— Não, não foi isso. Eu falei com ele.

A mentira surtiu efeito contrário. Ela levou ambas as mãos ao rosto, numa mistura de assombro e autocomiseração, e disparou mais perguntas.

— Você falou? Oh, meu Deus! Falou o quê? Como foi que você falou? Que idéia, Deus meu! Havia alguém por perto? Será que a mulher dele ouviu? O que foi que disse?

— Calma, Maria Luísa! Calma! Que aflição é essa? — Eu precisava de tempo para inventar rapidamente o que, afinal, teria dito.

— Desculpa. Eu estou calma — ela disse ainda ofegante.

— Eu disse a ele que achava que você ainda gostava dele.

— E ele?

— Ele ficou interessado.

— Interessado, como? O que foi que ele disse?

— Ele perguntou: "Você acha mesmo que ela ainda gosta de mim?"

— E você?

— Eu confirmei: "Acho que gosta."

— E ele?

— Ele, então, perguntou: "Como pode saber disso? Ela disse que ainda gosta de mim?" E eu, claro, tentei proteger você. Respondi: "Não. Dizer, dizer, ela nunca disse. Mas já me deu a entender."

— E ele?

— Ele disse: "Ela continua uma mulher muito atraente. Eu a vi recentemente, no dia em que deixei você e o Demerval na pensão. Ainda é um mulherão."

Os olhos de Maria Luísa cintilaram e um sorriso lúbrico, que ela cuidou de manter apenas numa das faces, deu-lhe uma súbita e surpreendente sensualidade. Foi por pura vaidade de fêmea que repetiu a pergunta:

— Ele falou assim mesmo? Que eu sou um mulherão?

— Assim mesmo: "Ainda é um mulherão." — Repeti com uma ênfase vulgar no "mulherão" porque percebi que ela gostava da palavra.

— Você tem certeza de que ninguém ouviu essa conversa? Nem a mulher nem a filha, ninguém?

— Tenho.

— Vocês falaram baixo?

— Claro, Maria Luísa.

— E onde foi? Em que lugar da casa?

— No escritório dele.

— E depois? O que mais ele disse? — ela quis saber.

— Depois, ele me pediu, num tom de confidência de homem para homem, que observasse você. Que apurasse se você tem namorado, pretendente ou amante. E, principalmente, que tentasse confirmar se você, de fato, ainda gosta dele.

Maria Luísa se atirou sobre mim num abraço apertado, apoiando uma das faces no meu ombro. Amparei no meu corpo o tremor do dela. Ficamos assim um tempo longo, sem dizermos uma única palavra. Aos poucos, senti um líquido quente umedecendo-me a camisa na altura do ombro. Naquele momento, sentindo no meu próprio corpo o frêmito de esperança e alegria que com tanta facilidade aquela cena imaginada proporcionara a uma criatura triste e infeliz como Maria Luísa, eu disse para mim mesmo que certas mentiras são mais úteis do que mil verdades.

Mais tarde, na cama, embora cansado, eu rolava de um lado para o outro. A inefável Domitila me roubava o sono. Não conseguia esquecer a doçura de sua voz me dizendo: "Eu vou esperar você ligar", enquanto minha cabeça, já aplacada a euforia inicial, se esforçava para responder a pergunta: o que havia de errado com aquela princesa que nunca se apaixonara por ninguém nem por nada? Foi então que Demerval me veio à cabeça. Ele dissera a Domitila que eu tinha uma noiva. Na primeira oportunidade com Domitila, eu desmentiria categoricamente a história dessa noiva.

Entre o sono e a insônia, no estado de vigília que avançava pela madrugada silenciosa, quando nossos desejos ganham a força de imagens, um sonho começou a crescer em mim. Nesse sonho, eu seria a primeira paixão de Domitila — a pessoa que, finalmente, arrebataria o seu coração, a quem ela se entregaria como um mergulhador atira seu corpo ao ar, possuída por uma paixão devastadora que lhe tiraria o juízo e a deixaria cega para tudo o mais da vida. O que eu não sabia, e o sonho não explicava, era o que deveria fazer um homem para conquistar dessa maneira o coração de uma mulher. Mas eu iria descobrir. Custasse o que custasse, a inefável Domitila seria minha.

XXII

Eu, que nada tinha com a história, fui o mais prejudicado na briga entre o Carlos Ítalo e o seu Paixão. Para não demitir nenhum dos dois, considerados bons profissionais, o doutor Bernardo decidiu reduzir as áreas de atrito entre eles, instalando-os, inclusive, em salas contíguas. Para isso, inventou o laboratorista de um só tipo de exame. Segundo Luzia me confidenciou, na avaliação do doutor Bernardo, Carlos Ítalo era o mais eficiente; seu Paixão, o mais experiente; e eu, o mais recente. Daí que Carlos Ítalo passou a fazer apenas os exames de sangue; seu Paixão, os de urina; e eu, os de fezes. Fui prejudicado, mas não reclamei.

A medida surtiu algum efeito. O clima de trabalho, que tinha alguma descontração, mas era explosivo, ficou apenas frio e, ocasionalmente, tenso. Foi o que de melhor se conseguiu entre os dois. Como eles não se falavam, sequer se cumprimentavam, o silêncio passou a imperar no laboratório. Luzia, cujo trabalho de datilografar os laudos dependia de informações nossas, falava com cada um o estritamente necessário e no tom mais baixo possível. Trabalhar junto com os dois ficara difícil não apenas para mim, mas para Luzia também. O pior é que ultimamente isto estava acontecendo com freqüência, pois eu diminuíra bastante meus horários noturnos no laboratório para dedicá-los a algo que passara a me obcecar: a conquista da inefável Domitila.

Desde a noite em que ela me confessara que nunca amara ninguém, eu não mais pensara nem sonhara com outra coisa: eu tinha que ser o homem que arrebataria o seu coração. O problema é que eu não sabia o que fazer, nem o que dizer, nem como me comportar para conseguir isso. Além dessa ignorância, eu ainda tinha que superar a minha timidez e a inexperiência com as mulheres.

Cansado de ruminar tantas dúvidas e temores, decidi conversar com Maria Luísa. Como ela se abrira comigo sobre o seu romance com o tio Camilo, achei que poderia me sugerir alguma estratégia. Uma noite em que estava jantando sozinho no refeitório — eu era sempre o último hóspede a deixar o refeitório, pois só jantava na pensão quando me atrasava e encontrava o Calabouço fechado — Maria Luísa sentou-se à minha mesa.

— Não vi quando chegou — ela disse. — Está me evitando?

— Evitando, por quê? Quando cheguei você não estava na recepção.

— Eu não estava na recepção? — ela perguntou, esboçando um quase sorriso de superioridade, que reforçava sua misteriosa desconfiança, para no segundo seguinte lembrar-se, surpresa, de que realmente andara ausente da portaria.

— Ah, é verdade! Você tem razão. Andei saindo da recepção algumas vezes para visitar uma hóspede que está com febre. Você deve ter chegado num momento em que eu estava no quarto dela.

— Quem é a pessoa e o que ela tem? — quis saber.

— É a Ednaide, aquela aposentada do treze. Pegou uma gripe fortíssima.

— Está medicada? — perguntei mais com a aparência da autoridade que só reconhece como salvadora a própria ação, do que por interesse na paciente. Mas só aparência. Eu tinha muito medo de que me pedissem para olhar qualquer doente. Eu tinha consciência de que não sabia nada.

— Tomou Cibalena com chá de limão quente.

Silenciei com a aparência, sempre a aparência, de superior indiferença de quem, não sendo consultado, lava as mãos. Uma medicação doméstica e leiga, com a qual eu mesmo fora tratado e curado por diversas vezes do mesmo mal na infância, merecia, agora, ser olhada com desconfiança por quem, supostamente, passara a conhecer os segredos da doença e da cura. O meu silêncio, no entanto, ensejou a oportunidade que ela ansiava. De peito ofegante pela expectativa, finalmente perguntou o que estava a lhe roer a alma:

— Você o tem visto? — referindo-se, evidentemente, ao tio Camilo.

Antes de dizer qual foi a minha resposta, é preciso contar o que estava acontecendo com Maria Luísa. Desde que eu lhe dissera que o tio Camilo a achava uma mulher muito atraente — um mulherão, para ser fiel à minha mentira —, uma transformação radical acontecera com ela. A discreta, sofrida e resignada dona da minha pensão entregara-se, literalmente de corpo e alma, ao delírio de ser realmente um mulherão. Passara a freqüentar, com religiosa regularidade, um salão de beleza da rua Bento Lisboa — onde lhe cortaram os longos e pretos cabelos e pinçaram-lhe as sobrancelhas, deixando apenas um fino feixe de pêlos cuja curva ascendente precisava ser reforçada com lápis *crayon* —, passara também a usar longos cílios postiços ressaltados por delineador e batom quase branco sobre os lábios, além das unhas, que passaram a ser cultivadas longas e esmaltadas de vermelho vivo. Não dispensava mais o sapato de salto alto, a meia arrastão e a minissaia, nem no cotidiano da gerência. Uma costureira tornou-se presença constante na pensão. As novas roupas não só ressaltavam suas formas, ainda com exuberância e rigidez surpreendentes, como exibiam ora o colo promissor, ora as pernas longas quando não pernas e colo.

O impressionante foi o quanto, de um momento para o outro, como num lance de prestidigitação, Maria Luísa se transfigurou. E o que mais me espantou nessa transformação, além da rapidez, da determinação e da radicalidade, foi a motivação. Tudo começou porque o tio Camilo teria dito que ela ainda era um mulherão. Essa qualificação, vaga e vulgar, decorrente da avaliação de alguém supostamente rendido pela sedução, foi o quanto bastou para detonar, na placidez das águas onde remanchava a afetividade de Maria Luísa, o turbilhão de sonhos, desejos, frustrações e esperanças. Ela se atirou por inteiro num mergulho apaixonado e cego: ser a mulher que o homem que ela amava supostamente gostaria que ela fosse.

Uma conseqüência prática dessa reviravolta foi que, de um momento para o outro, a pensão passou a ter uma gerente elegante e na moda. Impossível não notar a mudança. A maioria dos hóspedes comentou, com maior ou menor entusiasmo. Uma parte das mulheres fez silêncio, entendido como reprovação, e outra reprimiu o riso, entendido como deboche. Unânimes, mas não com a mesma intensidade, foram as queixas: com tantas ocupações da gerente a administração da pensão ficara relegada a um plano secundário.

A outra, ou melhor, as outras conseqüências desabaram, todas, sobre a minha cabeça. Ah, que decisão infeliz, a de mentir para agradar alguém! Quem faz uma besteira dessas se torna refém de quem pretendia lisonjear.

Se há um algoz insaciável, é aquele que você supunha necessitado de sua lisonja! Ele é cruel e implacável com a sua generosidade. Cobra até a última gota uma dívida que você não contraiu nem tem como pagar, seja a reparação de alguma injustiça do mundo, seja a promessa de um momento de felicidade. E eu cheguei ao desatino de dizer que certas mentiras são mais úteis do que mil verdades! Hoje, depois de tudo o que vivi e aprendi, não acho que a verdade e a mentira sejam úteis. Para mim, útil mesmo é o silêncio.

Desde aquela noite fatídica, em que inventei que o tio Camilo, além de achar Maria Luísa um mulherão, me pedira para apurar se ela tinha algum namorado ou amante, minha vida na pensão virou um tormento. Todos os dias, a qualquer hora que eu chegasse, Maria Luísa, de salto alto, meia arrastão, minissaia e cílios postiços, me procurava para fazer — com uma humildade dilacerante — a indefectível pergunta: você falou com ele ou não?

E, a cada dia, eu era obrigado a inventar uma resposta: "Ele está viajando", "Não foi trabalhar hoje", "Saiu mais cedo", "Estou em prova na faculdade, só vou ter tempo de falar com ele na sexta-feira", e assim indefinidamente. A cada resposta como essas, que ela ouvia com credulidade infantil, Maria Luísa me olhava com tal expressão de desamparo e resignação que me deixava consternado.

Uma noite em que cheguei muito tarde, encontrei Maria Luísa metida no seu aparato de mulherão, cochilando no sofá. Sabia que dormira me esperando para fazer a desesperada pergunta, mas, ainda assim, hesitei se deveria denunciar a minha presença ou subir em silêncio para o meu quarto. O quadro, escassamente iluminado pela luz amarela do abajur, de uma mulher que se empenha à exaustão para valorizar seus parcos dotes físicos e que, afinal, se rende ao cansaço que a assalta no silêncio da noite, suscitou a minha indulgência. A vontade de ser amada, que a levava a se fazer tal e qual o desejava o ser amado, é de uma generosidade tão grande que só mesmo os que amam podem compreender. Mas suscitou-me também a curiosidade: será que ela se veste, se penteia e se maquia com tanto apuro na absurda suposição de que o tio Camilo possa entrar de repente?, pensei. Ou será que — não vou esconder que foi isso mesmo que passou pela minha imaginação — faz isso para agradar a mim? Nesse caso, não estaria apaixonada pelo tio Camilo, mas por mim! Tirei imediatamente essa idéia da cabeça. Não havia confusão possível entre Lorena e Maria Luísa que, aliás, começara a despertar justamente naquele momento, movimentando-se devagar, ao mesmo tempo que se esforçava para abrir os olhos, cujas pálpebras mantinham-se grudadas pelos longos e imbricados cílios postiços.

Assim que conseguiu me enxergar, ajeitou-se rapidamente no sofá e puxou a minissaia na direção dos joelhos.

— É você? — ela disse e, sem piscar, respirar ou esperar resposta, aduziu a razão de estar ali até aquela hora: — Você falou com ele ou não?

Só que dessa vez, a expressão de desamparo e resignação se desenhou no seu rosto emassado antes mesmo da minha resposta, como se intuísse que seria a mentira de sempre. Minha indulgência se antecipou a qualquer lógica, razão ou verdade:

— Falei — menti mais uma vez.

Mesmo a uns dois metros de distância de Maria Luísa, pude sentir o tremor que sacudiu o seu corpo e que a fez levantar-se incontinenti, enquanto gaguejava:

— Deus do céu! Você falou com ele? Eu nem acredito! E o que foi que ele disse? Mas o que foi que você falou? — As perguntas atropelavam-se, repetiam-se, enquanto ela, instintivamente, aproximava-se, trêmula, de mim.

— Eu disse que você não tem pretendente, nem namorado, nem amante.

— E ele?

— Ele me perguntou se eu tinha certeza. Eu respondi que sim.

— E é verdade — ela disse, ansiosa. — Você sabe que é verdade. Não há nenhum homem na minha vida, além dele. E depois?

— Bem, depois ele perguntou se eu tinha certeza de que você ainda gostava dele.

— E você disse que sim, não disse? Disse que eu sempre o amei?

— Eu disse que tinha certeza de que você gostava muito dele.

Ela me abraçou. Mais uma vez senti seu corpo estremecer, enquanto minhas narinas eram penetradas pela profusão de perfumes que emanava dela. Sem me soltar, ela disse:

— Ah, você caiu do céu na minha vida! Oh, meu Deus, como é bom ter um amigo como você! Eu nem sei como lhe agradecer.

Ela recuou o corpo, mantendo-me preso com as duas mãos nos meus ombros. Imobilizou-se para perguntar:

— E ele? Ele disse alguma coisa? — imóvel, ansiosa, olhos atentos a mim, quase arrancando-me uma resposta.

— Ele? — eu não sabia o que dizer.

— O que foi que ele disse depois que você falou tudo isso? Ele ficou calado?

Antes que eu respondesse, Maria Luísa soltou meus ombros num movimento de desânimo. A decepção se estampou no seu rosto como se fosse esculpida. A piedade me arrastou, mais uma vez, à mentira.

— Ele disse que... Na verdade, ele ficou pensativo. Depois disse: "Você acha que eu devo procurar Maria Luísa?"

— Ele perguntou a você se devia me procurar? — ela estranhou que o tio Camilo tivesse comigo intimidade para se abrir tanto. Sua estranheza me afligiu. Tratei de desconversar.

— Já que eu estava ali, ele perguntou. Não porque precisasse da minha opinião. E vou lhe dizer uma coisa, Maria Luísa: eu entendo a situação dele. Não é fácil. E depois tem a dona Glória, que é uma fera. Deve dar medo.

Ela fez uma pausa como se estivesse pensando no que eu acabara de dizer, mas intuí que seus pensamentos viajavam por outros caminhos. Seu olhar vasculhava cada parte do meu rosto à cata de sinais, indícios, pistas. Depois perguntou:

— E o que foi que você respondeu?

— Eu respondi que sim, que ele devia procurar você.

— E você acha que ele vai fazer isso?

— Acho — afirmei, tentando dar a naturalidade da convicção. Mas me protegi de futuras queixas deixando uma ressalva no ar: — Só não sei quando...

Senti que a ressalva deu credibilidade a tudo o mais que eu dissera. Tanto que ela segurou meu rosto entre as mãos, dando tapinhas numa e noutra face, enquanto dizia:

— Você é um anjo. Um anjo do céu. Nem sei como agradecer tudo isso que tem feito por mim.

— Não há nada a agradecer.

Ela sorriu e se afastou, apertando uma mão contra a outra. Tensão e ansiedade se misturavam a euforia e esperança.

— Agora eu vou ter que me preparar para essa espera. Amanhã, semana que vem, quando? Que Deus me dê paciência! Muita paciência!

Agora você pode entender melhor a pergunta que Maria Luísa, de peito ofegante pela expectativa, me fez naquela noite em que eu jantava sozinho no refeitório e ela sentou-se à minha mesa, de salto alto, meia arrastão, minissaia, cílios postiços e delineador.

— Você o tem visto? — referindo-se, evidentemente, ao tio Camilo.

— Nada? — perguntei, no código de entendimento que o tempo e a repetição do assunto foram criando.

— Nada — ela respondeu.

— Não. Não o tenho visto, não. A última vez que o vi foi mesmo naquela noite do tal jantar. E mal falei com ele. Estavam lá uns amigos dele.

A garçonete aproximou-se timidamente da mesa, com as suas olheiras profundas e arrastando sua perna inchada de varizes. Maria Luísa entendeu sua intenção e, antecipando-se a ela, me perguntou:

— Já terminou?

— Já — respondi

— Então, pode tirar, Henriqueta. E pode ir para casa. Aliás, não. Antes me faz um favor. Vai até o quarto 13 e pergunta a Ednaide — a que está gripada, para quem você fez o chá — se ela precisa de mais alguma coisa da cozinha. Depois, pode ir.

Enquanto a mulher, com o corpanzil cansado, tirava lentamente a mesa, Maria Luísa continuou conversando meio em código.

— É dura essa espera. Quando o dia começa, eu já acordo pensando nisso; o dia está acabando, e eu continuo pensando na mesma coisa. Se o telefone toca, o coração acelera; se um carro pára na porta, o coração dá arrancos.

A garçonete se afastou arrastando a perna, levando a bandeja de pratos e travessas. Maria Luísa prosseguiu num tom mais baixo:

— Estou me encharcando de chá de erva-cidreira e camomila. Os empregados já andam até comentando. Uma hora dessas eu subo pelas paredes, igual lagartixa.

Rimos da situação. Mas eu estava ansioso. Não conseguia uma maneira de introduzir o assunto que me roía a alma. Eu precisava me abrir com Maria Luísa e perguntar o que deveria fazer para ser o homem que, finalmente, arrebataria o coração da inefável Domitila. Porém, para mudar o assunto, era necessário um segundo silêncio, uma pausa de respiração, que Maria Luísa não dava. Aquele riso foi a chance. Mudei o assunto:

— Eu também estou quase subindo pelas paredes.

— Não! Você, subindo pelas paredes? Não acredito! Por quê?

Contei tudo para Maria Luísa. Inclusive o que você ainda não sabe e que vai saber agora. É que dois dias depois daquela noite do jantar, eu liguei para Domitila, conforme prometera. E ela, conforme prometera, estava, de fato, esperando a minha ligação. Combinamos ir ao cinema duas noites depois, e ela escolheria o filme.

Naquela tarde, eu saí mais cedo do laboratório, cortei o cabelo e fiz a barba no salão — normalmente fazia a barba em casa, com gilete, mas não ficava bem escanhoada. Vesti uma roupa adequada e fui pegá-la em casa. Quando cheguei, ela me esperava na portaria do prédio. Linda como sempre, sorriu para mim e me cumprimentou com doçura. Tentei retribuir à altura.

— E então, aonde vamos?

— Eu pensei em ver um filme brasileiro que entrou em cartaz há pouco tempo, mas não sei... pouca gente gosta de filme brasileiro. Se você não quiser, a gente pode ir ver outra coisa.

Imagina se eu iria contrariar a vontade daquela deusa! E eu gostava dos filmes brasileiros, principalmente as comédias com Oscarito e Grande Othelo, que via em Olhos D'Água. Além do mais, naquelas circunstâncias, eu lá estava interessado em algum filme! Com Domitila do meu lado, eu assistiria com prazer até a um filme imaginário, que foi anedota da minha infância, chamado *A volta dos que não foram*.

Fomos a pé e em passo rápido a um cinema ali mesmo em Copacabana. No caminho, ela me disse que aquele era o filme mais comentado do momento, que havia debates e reportagens nos jornais. Eu, que não sabia nada desses assuntos de artista de cinema, não ouvira ninguém no laboratório, na pensão e nem mesmo na faculdade falar de filme algum nem, tampouco, vira nada nos jornais, que, aliás, eu nem lia, já me dava por feliz e satisfeito só de ouvir o som suave de sua voz e de admirar, ainda que de perfil, a sua beleza terna e lânguida. Alta, de pernas longas e elegância indolente, o andar da inefável Domitila tinha qualquer coisa de garça.

O filme, chamado *Deus e o diabo na terra do sol*, era uma história esquisita sobre cangaceiro do Nordeste e eu não entendi nada. Tinha lá umas partes que me lembravam Olhos D'Água e, essas, eu achei interessante. Mas, para mim, o que estava passando na tela não tinha importância nenhuma, se comparado ao prazer de olhar de esguelha o rosto iluminado de Domitila, de sentir a sua respiração ou o calor do seu braço rente ao meu.

Depois do filme, ela agradeceu o convite para tomar um sorvete na Confeitaria Colombo e pediu que a levasse de volta para casa. Lamentei.

Esperava que, tomando sorvete, pudéssemos falar de outras coisas e, então, surgisse a chance de revelar a verdadeira história da minha noiva, inventada pelo Demerval.

No caminho de volta para casa, ela comentou o filme com entusiasmo e tentou me explicar o que significavam certas passagens lembrando-se do que lera nos jornais. Continuei sem entender patavina, mas balançava a cabeça como se concordasse com o que diziam os jornais. Com vergonha da minha ignorância, não tive coragem de perguntar nada. Afinal, eu era um aluno da Faculdade Nacional de Medicina; não podia me expor. Preferi ficar calado durante todo o percurso e descobri, muito incomodado, diria mesmo decepcionado, que Domitila estava começando a se interessar por essas coisas inteligentes e intelectuais.

Diante do prédio, ela me agradeceu, prometemos sair outra vez quando eu tivesse uma folga e nos despedimos. No ônibus de volta para a pensão, me senti ridículo, um boboca. Eu não soubera me comportar como o homem por quem ela se apaixonaria, e ela me tratara apenas como um amigo. E devia ter me achado um estúpido pelo meu silêncio sobre o tal filme.

Depois disso, nós saímos mais duas vezes. Num domingo à tarde, fomos, afinal, tomar sorvete na Confeitaria Colombo. Nesse dia, ela quis saber como era a vida em Minas e sobre o curso de medicina. E também falou de sua vida, de como era seu colégio, dos colegas do primeiro ano científico e de sua dificuldade de fazer amigos. Acabou contando, emocionada, que a sua melhor amiga morrera recentemente de câncer. Tinha dezenove anos. E ela acompanhara o lento desenlace. A tragédia a abalara tanto que, quase um ano depois, ainda não conseguia falar sobre o assunto sem chorar.

Achei que naquele dia ela me tratou, outra vez, como amigo, mas estava certo de que ficáramos mais amigos. No entanto, por três ou quatro vezes durante aquela tarde senti a eletricidade dos seus olhos olhando dentro dos meus. Mas como nos sentáramos de frente um para o outro, talvez tivessem sido olhares involuntários e descomprometidos, ou mesmo impressão minha. Na volta para a pensão me lembrei que esquecera de falar sobre a tal noiva.

Numa sexta-feira, ela me ligou convidando para ir, na noite seguinte, a uma festa em casa de uma amiga. Fiquei tão animado que até comprei uma camisa nova. Fomos de táxi até o bairro do Jardim Botânico. A festa era num palacete de dois pavimentos, piscina e um amplo jardim gramado, onde se espalhavam inúmeras mesas.

Eu estava certo de que ficáramos mais amigos, mas logo descobri que me enganara. A todos a quem Domitila me apresentava era como seu amigo de Minas. Fiquei indignado com a impessoalidade e a discriminação. Vá lá que eu ainda fosse apenas um "amigo". Mas por que "de Minas"? Eu não saberia explicar por que, nem acho que Domitila tivesse esta intenção, mas aquele "de Minas" me tirava alguns pontos de prestígio.

Talvez a explicação estivesse na descoberta que fiz uma hora depois que cheguei: eu era muito diferente de todas as pessoas que estavam ali, que tinham algo indefinível em comum. Eu era diferente na maneira de me vestir, de me comportar, de falar, de viver e de pensar. Para mim, ficou muito evidente: eu não pertencia àquele mundo. Mas aquele mundo me fascinava.

Domitila, sim, era rainha daquele mundo. Num vestido azul, leve e simples, que realçava a suavidade da sua pele muito branca, e usando um colar de pequenas pérolas quase rente ao pescoço, ela chamava a atenção. Homens e mulheres de todas as idades olhavam encantados para ela e, ato contínuo, curiosos para mim. E muitos se aproximavam. Ela acolhia a todos com gentileza, mas sem euforia, e os apresentava a mim.

De repente, surgiu de braços abertos na minha frente o Guilherme Otávio, meu colega de faculdade. Cumprimentou-me efusivamente e a Domitila com a familiaridade de conhecidos. Ficou surpreso de me encontrar naquele ambiente e ainda mais na companhia de Domitila. Era primo da aniversariante, o que não me surpreendeu, pois já o sabia de família milionária. Conversamos sobre a faculdade e quando se afastou propôs que saíssemos uma noite para tomar um chope.

Domitila continuava assediada. Era tanta a dispersão que quase não conversávamos. Eu já estava irritado com tudo aquilo, cogitando até de propor irmos embora, quando ela sugeriu que fôssemos dançar. Estremeci de medo e confessei que não sabia dançar. Ela me tranqüilizou, garantiu que era simples, que me ensinaria e que ficaríamos num canto mais discreto.

Foi a salvação da noite. Claro que como bailarinos não íamos além de dois passos para um lado e dois para o outro, no ritmo que eu conseguisse. Mas o que interessava é que lá estava eu, no coração da alta sociedade carioca, com a inefável Domitila em meus braços, meu corpo junto ao dela, sentindo as suas formas, respirando a sua respiração, aspirando o seu perfume.

Na terceira música já estávamos de rosto colado. Eu sentia na minha pele a carícia aveludada da pele dela. Naquele enlevo, não havia clima para falar da história da noiva. E, do jeito que estávamos, concluí que nem era mais necessário.

Porém, com a mesma desenvoltura com que sugeriu que dançássemos, propôs que parássemos. De volta à mesa, o assédio reiniciou. E daí em diante, pouco nos falamos e nem nos tocamos mais. Nem mesmo quando a deixei na porta do prédio e ela, com muita simpatia, me agradeceu a companhia. Voltara a me tratar como um amigo. Nada mais que um amigo.

Quando acabei de contar a minha história, Maria Luísa estava pasma com a confissão de Domitila de que nunca amara nada nem ninguém, enternecida com a minha disposição de fazê-la apaixonar-se por mim, solidária à minha confusão, mas sem saber o que dizer. A garçonete reapareceu com as suas enormes olheiras, mas já sem o uniforme. Estava de partida:

— Dona Maria Luísa, eu fui lá no treze. A dona Ednaide disse que não precisa de nada, não. A senhora disse que eu já podia ir. Então, até amanhã. Boa noite.

— Boa noite, Henriqueta. Vai com Deus.

A mulher se afastou arrastando pesadamente suas pernas nervuradas de vergões arroxeados. Maria Luísa ficou quieta, piscando suas enormes pestanas artificiais e me olhando com o queixo apoiado na mão. Deu para sentir o silêncio que caía sobre a pensão, a rua e até sobre o bairro. Após uma pausa, ela disse:

— Você ainda não está subindo pelas paredes. Mas pode chegar lá.

— O que acha que devo fazer para evitar?

— Para mim, é difícil falar. Acontece uma coisa esquisita comigo em relação a Domitila. Quando penso nela, sinto que devo protegê-la. Como se fosse minha filha.

Maria Luísa silenciou outra vez. Fiquei decepcionado e me senti como se tivesse sido traído. Resolvi não dizer nada também. Ela brincou com as migalhas de pão que estavam sobre a mesa. Depois de um tempo, voltou a falar:

— Eu acho que você está fazendo tudo certo. Está mais amigo dela, virando confidente, respeitando as dificuldades e o tempo dela. Acho que deve continuar assim. Agora ela está em dúvida se quer namorar você, mas já, já a vontade vai ficar mais clara.

Não fiquei satisfeito com a resposta. Achei óbvia, impessoal. Irritado, deixei o silêncio pesar. Ela disse mais algumas tolices e o cansaço foi me tomando. Não reprimi o bocejo; quis que ela o percebesse, mesmo cobrindo educadamente a boca.

— Você está cansado — ela disse, já se levantando. — Amanhã conversamos mais.

— E eu tenho aula amanhã cedo.

Deixamos o refeitório. Desejamo-nos boa noite. Ela foi para a recepção e eu subi para o meu quarto. Deitei de cueca. Embora cansado, não consegui dormir. Fiquei pensando por que Maria Luísa me decepcionara. Ela não torcera por mim, não me estimulara, não criticara Domitila, ao contrário, achara até natural que ela me tratasse como um amigo! Maria Luísa bem que merecia ser enganada!, disse a mim mesmo. Ela que espere pelo tio Camilo! Mas espere sentada, para não se cansar!

Sem que, a princípio, eu me desse conta, as imagens de Lorena foram emergindo da minha memória e se insinuando na minha vigília. Comecei a sentir uma saudade tão grande que até doía o peito. Mas, aos poucos, as lembranças foram me trazendo uma espécie de consolo, de conforto interior. Lorena, sim, eu tinha certeza de que gostava de mim. Torcia por mim. Empenhava-se para que eu estudasse, me ajudava a pagar o colégio, queria que eu progredisse. Eu ainda vivia cercado dos seus presentes: roupas, carteira, meias, sapatos, livros, estetoscópio.

Na minha vigília, lembrei-me da época em que andei saindo depois da aula com o pessoal do Colégio Afonso Celso. Ela morria de ciúmes. Muitas noites me esperou até alta madrugada no quartinho dos fundos. Quando o dia estava quase rompendo, ela retornava desalentada à sua cama, para amanhecer ao lado do tio Alberto. No dia seguinte, sempre discutíamos a hora que eu chegara, para mim sempre muito mais cedo do que para ela. Até que uma noite, quando entrei no quartinho, encontrei-a deitada na cama. Porém, ao invés de brigar, me recebeu com beijos. Depois, me perguntou mansamente:

— Sabe que horas são?

— Deve ser uma e meia — respondi.

Ela então me exibiu um relógio — eram quatro e dez da manhã — e, em seguida, enfiou o relógio no meu pulso sem dizer nada. Era mais um presente. Soube depois que fora comprado à prestação. Era da marca White-Star e só saiu do meu braço depois que comprei um com ponteiro de segundo. Lorena, sim, gostava de mim. Adormeci confortado e sereno.

Mas não dormi muito. Acordei com batidas na porta. Abri, escondendo o corpo, pois estava apenas de cueca. Era Maria Luísa. Queria minha ajuda. A dona Ednaide, do treze, estava delirando. Pedi um tempo para me vestir. Fechei a porta e entrei em pânico. Comecei a andar de um lado para o outro, sem saber o que fazer. Eu não entendia nada de doença, não sabia nem me comportar diante de um paciente. Vesti a calça como um robô. Tentei raciocinar: a mulher está com quarenta graus de febre e delira. O que eu faço primeiro? Tomo a temperatura? Conto o pulso, meço a pressão? Vesti a camisa sem perceber. Se for mesmo gripe, receito o quê? E se não for gripe? Mando ligar para um médico? Mas se ela acha que eu sou o médico, fico desmoralizado! Enfiei os pés nos sapatos. Peguei o estetoscópio. Com ele no pescoço ganhava mais credibilidade. Mas ainda não sabia usar. Podia fingir que sabia. Pendurei-o no pescoço. Peguei também o termômetro que ganhara de um laboratório farmacêutico. Saí do quarto. Maria Luísa, que me esperava, reparou no estetoscópio. Fiquei com vergonha e quase volto para tirá-lo. Descemos rapidamente a escada e entramos no quarto treze.

A mulher, de uns sessenta anos, empapada de suor, balançava a cabeça de um lado para o outro e dizia coisas sem nexo. Desabotoei-lhe a camisola e enfiei-lhe o termômetro nas axilas, ao mesmo tempo que dizia a Maria Luísa:

— Enxuga o rosto dela. Que medicação ela tomou mesmo?

— Cibalena com chá de limão quente.

Achei que a palavra medicação calhou bem. A seriedade com que Maria Luísa me obedeceu e a presteza com que me respondeu diminuíram a sensação de ridículo e aumentaram o medo que eu sentia.

— Nenhum antitérmico?

— Não.

Não sabia o que mais fazer até que pudesse tirar o termômetro. Pousei a mão esquerda sobre a barriga da mulher e dei sobre ela pancadinhas com o indicador e o pai-de-todos da mão direita. O som de tambor ecoou. Maria Luísa me olhou com respeitoso espanto. Mantendo as pancadinhas, desloquei a mão esquerda sobre a barriga, com o ar compenetrado de quem interpreta como maus os sinais daquele tambor. Em seguida — e estava macaqueando o que vira em algum lugar, sem ter a mínima idéia do que poderia significar —, descobri-lhe os pés e apertei-lhe os tornozelos. Peguei uma colher que estava sobre a mesa-de-cabeceria, abri-lhe a boca e abaixei a língua com o cabo da colher: a garganta estava vermelha e inflamada. E, por fim, com a solenidade devida a um momento inaugural, coloquei nos ouvidos os aurículos do estetoscópio e auscultei-lhe pulmões e coração — na verdade, não poderia dizer auscultei, porque me limitei a ouvir ruídos e batimentos que eu era incapaz de interpretar. Sob o olhar grave de Maria Luísa, fiquei nessa escuta até que achei que poderia tirar o termômetro. E quando o fiz, ergui-o teatralmente na direção da lâmpada e li a temperatura — a única coisa que eu sabia realmente fazer em toda aquela encenação: trinta e nove ponto três de febre. Era mesmo para delirar.

— Maria Luísa, você tem Cibalena, Melhoral ou AAS?

— Cibalena, eu tenho.

— Então, dê a ela dois comprimidos de Cibalena com chá de limão bem quente. Agasalhe-a bem e deixe-a suar à vontade. Quando a roupa estiver molhada, troque-a por outra seca.

E ali estava a receita infalível da dona Lavínia, minha sábia mãe, que criara três filhos sem nunca levá-los a médico.

— Amanhã a gente vê se é preciso chamar o médico dela para localizar o que está provocando a febre. Qualquer coisa durante a noite, me chama. Vou deitar porque preciso acordar cedo. Até amanhã, Maria Luísa.

— Até amanhã... — ela hesitou, mas acabou dizendo — ...doutor.

Rimos, os dois. Ela agradeceu. Saí do quarto. Cruzei corredores e subi a escada sentindo-me um sacerdote da medicina, um salvador de vidas, verdadeiro Louis Pasteur ou Osvaldo Cruz. Dormi como um anjo.

Na faculdade, à medida que o curso avançava e apareciam as notas das provas, consolidava-se a minha situação de aluno estudioso, que não faltava às aulas e que fazia perguntas pertinentes e oportunas. Alguns professores destacavam meus trabalhos e minhas provas. Logo, os colegas começaram a me convidar para estudar com eles. No princípio, esforçava-me para aceitar todos os convites, ajustando-os aos meus horários. Andei estudando na casa do Clóvis, do Cachorrão, da Ingrid, do Delano, do Eugênio e com vários outros na própria faculdade.

Com o tempo, porém, fui aprendendo a me esquivar de alguns com os quais, na minha opinião, não valia a pena estudar. O primeiro grupo que passei a evitar foi o dos que se envolviam com política estudantil, formado pela Bia, o Cachorrão, o Virgílio, o Caldeira e outros. Esse pessoal vivia em reuniões, assembléias, discussões e protestos. Estudar com eles era quase como dar aula. O Cachorrão — que era filho de um médico renomado e com certeza herdaria a fama e a clientela do pai — ia mais às aulas, estudava um pouco e conseguia sair-se relativamente bem. Mas os outros — a Bia entre eles — eram bons de discussão, falavam muito bem em público, mas a medicina mesmo iam aprendendo de cambulhada, aos trancos e barrancos. O que eu não entendia, e que me deixava intrigado, é que esse pessoal era o mais inteligente da turma. O Cachorrão, por exemplo, tinha lampejos de gênio.

O outro grupo com o qual eu desisti de estudar foi o dos pobres. Era um grupo pequeno: Jesuíno, Quintino, Joana, Leonel e mais uns dois. Nem todos eram tão pobres quanto o Jesuíno e a Joana, mas como estudavam quase sempre juntos, eu os reunia, a todos, num mesmo saco. A dificuldade era que, exceto Jesuíno, nenhum deles era bom aluno.

Para um pobre ser bom aluno, ele tem que se desdobrar, fazer, como se diz, das tripas coração, se multiplicar para garantir bom desempenho no trabalho e no estudo. E são raros os que, como eu, conseguem. É preciso ter resistência física para levantar, diariamente, às seis da manhã e deitar à meia-noite. Às vezes, depois de um dia assim, para se estudar à noite ou, como no meu caso, identificar protozoários através do microscópio, tem-se que tomar cafezinho de meia em meia hora ou enfiar a cabeça sob a torneira a cada hora, senão o sono arrasta o corpo exaurido para longe da obrigação. Domingos e feriados são para estudar e, para aqueles que são pagos pelo número de horas trabalhadas, como eu era, podem ser também para trabalhar. É difícil renunciar à diversão, ao namoro e até ao descanso na idade em que se freqüenta a faculdade.

E não era só isso. Em geral, os pobres não vinham de bons cursos secundários — assim como eu, que viera do Colégio Afonso Celso. Aprendiam um pouco de programas que já eram fracos, em cursos avacalhados, com péssimos professores e colégios desorganizados. Se alguns conseguiam passar no vestibular, era por serem um pouco mais bem-dotados ou por terem freqüentado cursinhos preparatórios, onde se treina apenas os macetes para passar no vestibular. Tanto que, uma vez na faculdade, eles tinham mais dificuldades. As deficiências e lacunas emergiam. E como eles precisavam trabalhar, continuavam sem tempo para estudar, sem dinheiro para comprar os melhores livros, quase todos em inglês, que eles não sabiam ler, e as diferenças se ampliavam. E uma vez o professor de fisiologia disse em sala de aula, referindo-se a uma pesquisa, que a desnutrição e subnutrição das mães, dos bebês e das crianças comprometiam a capacidade de aprendizagem. Disse, praticamente, que nascer pobre é quase uma condenação irreversível à burrice e à ignorância.

Eu, que nasci pobre, mas não miserável, se não fosse o Demerval não teria rompido esse cerco e estaria na mesma situação. O Demerval foi fundamental, é claro, mas, a bem da verdade, é preciso dizer que fui obrigado a me esforçar até o limite das minhas forças. Atraquei-me com unhas e dentes ao estudo, como a minha única chance de escapar da vala comum. E, ainda assim, as minhas deficiências eram grandes. A dificuldade para entender e a ameaça de ficar para trás rondavam cada aula, cada prova. Era o fantasma da pobreza me espiando desde Olhos D'Água. Eu não podia descuidar nem perder tempo. A falta do inglês, por exemplo, já começava a me prejudicar. Eu tinha que arranjar dinheiro e inventar um horário para aprender a língua dos inteligentes e ricos.

Por tudo isso, deixei de estudar com o grupo dos pobres, enquanto via crescer em mim o medo da pobreza. Convites para estudar eu passei a aceitar apenas dos meus colegas ricos ou filhos de médicos. Esse grupo era formado pelo Eugênio Câmara Villaverde, de tradicional família de banqueiros, pelo Guilherme Otávio Falcão de Brito, que era primo do dono da festa a que fui com Domitila, pela Ingrid Furlan, filha do doutor Furlan, o dono da Clínica Furlan, pelo Rafael Quental Fraga, filho do doutor Quental, um neurologista de renome internacional, e mais uns dois ou três. Com esses, eu aprendi muita coisa.

O Eugênio, por exemplo, fizera o curso secundário nos Estados Unidos e tinha costume de passar as férias em Paris, onde a família tinha casa. Voltara a estudar aqui a pedido da mãe, que não se conformava com sua longa ausência. Falava inglês, francês e italiano; gostava de ópera e música clássica e, às vezes, ia para a aula numa Mercedes Benz com motorista, que, aliás, me pegava na saída do laboratório, quando íamos estudar em sua casa, no Alto da Boa Vista.

Nunca me esqueci da primeira vez em que lá fui. Quando o porteiro uniformizado abriu as metades do pesado portão de ferro, apenas entrevi a mansão ao fundo do jardim arborizado. O carro avançou pela aléia pavimentada, chegando a uma espécie de praça com alguns carros estacionados no contorno e um repuxo central que lançava ao ar três colunas de água. Só então pude ver: de um lado a piscina, do outro uma quadra de tênis e, no centro, a mais sólida das mansões, com dois pavimentos, inúmeras janelas e amplas varandas, onde conversavam Ingrid, Rafael e Guilherme. O carro parou, desembarquei. Com a sua cordialidade habitual, Eugênio veio me receber.

Enquanto discutíamos a matéria de bioquímica, sentados à volta de uma mesa redonda de mármore, que tinha no centro um arranjo de frutas em bronze, eu me distraía e deixava passear os olhos fascinados pelo escritório monumental. Vários conjuntos de sofás e poltronas de couro, à volta de mesas cobertas de livros de arte. Esculturas de vários tamanhos e formas, de metal, mármore e madeira, dispostas em lugares estudados. Uma delas, de bronze, com uns sessenta centímetros de altura, que estava sobre um aparador, me chamou a atenção: uma mulher nua tentava cobrir os seios com uma das mãos e o sexo com a outra, tendo uma ânfora a seus pés. Escuras estantes de madeira maciça, com caixilhos de vidro bizotado na porta, erguiam-se ao longo de todo o alto pé-direito de uma das paredes. Guardavam livros bem encadernados, que se divisavam através do vidro, e eram recortadas de modo a criar vãos em cada uma das três portas que se abriam para um jardim florido, com mesas e cadeiras brancas sob as árvores. Na parede oposta, vários quadros com paisagens de amplos campos de trigo vergados ao vento sob um sol amarelo-pálido, um trapiche com pequenos barcos açoitados pelas ondas do mar tempestuoso, marinas de cores vivas e sol intenso, geleiras calmas e ameaçadoras. Na parede à minha esquerda, mais telas, agora retratos a óleo: numa, um senhor de cabelos, suíças e bigodes brancos, olhos muito azuis por trás do pincenê, colarinho alto e gravata do início do século, sorria com candura; noutra, com uns dois metros de altura, uma mulher loura, na faixa dos trinta anos, de olhos muito azuis, bela e serena — com certeza a mãe de Eugênio, que nos recebera na sala quando entramos —, vestida com um clássico uniforme de equitação, paletó vermelho, calças escuras, botas brilhantes de cano alto e um pequeno chicote na mão, está semi-sentada no braço de um sofá; e noutra, ainda, quatro irmãos, duas meninas e dois meninos — um dos quais com todos os traços de Eugênio. O ambiente transpirava arte e bom gosto, quietude e paz — a que não faltava o chilrear dos passarinhos que, de onde estava, eu podia ver no alto das árvores ou saltitantes no gramado.

Só quando pressenti que a pergunta estava sendo repetida pela segunda ou, quem sabe, terceira vez, voltei a olhar para Eugênio, Ingrid, Rafael e Guilherme, que explodiram numa gargalhada com o meu completo alheamente da discussão.

Voltei a me concentrar na discussão de bioquímica. Com aquelas pessoas, era fácil aprender. Inteligentes, suscitavam questões bem mais complexas do que o nível do curso. E as discussões nos levavam a um aprofundamento permanente. Bem informados — uns por serem filhos de médico, outros por lerem revistas estrangeiras —, eles falavam de coisas que eu não sabia e que jamais aprenderia em outros grupos de estudo. Por exemplo: o Rafael comentou que o pai dele conhecera o doutor Elmer Verner McCollum, o descobridor da Vitamina A, que ainda estava vivo naquele momento em que estudávamos a sua descoberta. Eugênio percebeu o meu espanto e acrescentou que lera, recentemente, na revista *Time*, uma reportagem com os doutores James Dewey Watson e Francis Harry Compton Crick. Espantei-me ainda mais: então, aqueles nomes que apareciam nos nossos livros, ao lado de Lavoisier, Pasteur e Gay-Lussac, ainda estavam vivos e dando entrevistas? Imagine que aqueles dois senhores — o James tinha, então, trinta e seis anos e o Francis, cinqüenta e dois — revolucionaram a genética através da bioquímica. Eles descobriram nada menos que a natureza química do gene — a unidade de transmissão da hereditariedade — não é mais do que um composto do ácido desoxirribonucléico, conhecido como DNA. Onze anos antes, os dois haviam acertado sua complicada estrutura molecular. Agora, imagine: essas informações surgiam naturalmente, nas conversas paralelas. Em que grupo as conversas paralelas seriam desse nível? No grupo dos políticos? No dos pobres? No dos mais ou menos? Não, nunca, em nenhum deles!

O estudo foi interrompido com a entrada respeitosa da governanta que, em voz baixa, informou a Eugênio que o lanche estava servido. Ele olhou o relógio de pulso e consultou-nos se queríamos lanchar àquela hora ou mais tarde. Decidimos por aquela hora, e ele nos conduziu à sala de refeições. Cruzamos dois salões até chegarmos a um terceiro, de decoração leve e clara, onde, sobre uma mesa cercada por doze cadeiras, com pratas, cristais, louças e linho, estava servido um lauto lanche.

De olhos atentos a cada gesto dos demais, eu me esforçava para repetir rigorosamente o que os outros faziam com guardanapo, talheres, pratos, xícaras, bolos, biscoitos, mel, geléia, chás, sucos, frutas, sorvetes. Tudo, porém, mais devagar, para dar tempo de observar os outros e para movimentar com segurança todo aquele aparato. Evitei até conversar para não prejudicar a minha concentração, intensa, mas disfarçada.

Foi essa necessidade de prestar atenção aos demais, que riam e conversavam, que me levou a descobrir um fato curioso. Enquanto Ingrid olhava para Eugênio, tentando fisgar o olhar dele, sorrindo do que ele dizia, balançando a cabeça em concordância e etc., Rafael fazia o mesmo em relação a ela. Se Eugênio não respondia à expectativa de Ingrid, Ingrid, por sua vez, não respondia à expectativa de Rafael. Sem descuidar das minhas cautelas à mesa, passei a acompanhar o jogo de sorrisos, o balé de olhares. A certa altura, Guilherme sorriu para mim. Fiquei com a impressão de que ele também percebera o clima de sedução que se instalara sobre bolos, frutas e sorvetes. Única mulher entre quatro homens, Ingrid escolhera o dono da casa: o mais bonito, o mais inteligente, o mais rico.

Mas ela tinha cacife para a escolha. Ingrid Furlan era descendente de alemães por parte da mãe, e de italianos, por parte do pai. Morena de olhos verdes e cabelos curtos, tinha lábios carnudos e uma perfeita fieira de dentes brancos. Pelo que se via do joelho para baixo, movia-se com o mais belo par de coxas da Faculdade Nacional de Medicina. Quem possuísse tudo aquilo, seria um privilegiado de Deus, mas quem o perdesse, como Rafael parecia perder, poderia se queixar do abandono divino.

A indiferença de Eugênio disparava a minha imaginação. Para ignorar os esforços de Ingrid, ele certamente tinha à mão as mais belas garotas do Rio de Janeiro. Sendo quem era e tendo o que tinha, esse harém imaginário só não seria realidade se ele não quisesse. Confesso que passei a ter inveja de Eugênio. Ele tinha tudo o que um mortal poderia sonhar.

Como os encontros se repetiam cada vez na casa de um, fomos nos familiarizando uns com os outros, e o grupo foi se consolidando. Com alguns, a relação se estendia para além dos horários de estudo, como aconteceu entre mim e Guilherme, que já tínhamos em comum a amiga Domitila. Eugênio, que cultivou sempre a polidez, mesmo quando entre nós todos a convivência degelara a formalidade, manteve cauteloso distanciamento — até compreensível pelas características do seu círculo de relações familiares e dos seus costumes. Mas era uma atitude natural — sem qualquer vestígio de arrogância, esnobismo ou discriminação —, como se fosse parte da sua discrição.

Nas minhas raras folgas, eu e o Guilherme — às vezes, o Rafael também — íamos à praia, ao cinema, tomávamos um chopinho e íamos a festas, quando havia. Com o tempo, fomos nos tornando um pouco mais do que colegas de sala. Embora milionário — sua família tinha interesses econômicos tão diversificados que iam desde fazendas de gado e café até a construção civil, passando pela indústria têxtil e de cimento —, Guilherme

Otávio Falcão de Brito não era formal nem austero, nem tão inteligente e bonito como Eugênio. Era educado, alegre e gostava de parecer um igual — sua condição social, qualquer que fosse o vestígio que levasse a deduzi-la, não vinha à frente das suas outras características. Foi dele a idéia de — numa certa noite — convidar a nossa amiga comum para ir ao cinema conosco — e Domitila passou a compor o trio.

Dito assim, dá a impressão de que eu passeava muito, mas é só impressão. É verdade que durante um certo tempo eu andei folgando um pouco mais no laboratório. Com a tensão entre o Carlos Ítalo e o seu Paixão, temia presenciar a outra explosão, e qualquer convite era pretexto para eu não trabalhar. Com o tempo, porém, eles foram desarmando os espíritos e, embora continuassem ressentidos e sem se falar, o clima foi relaxando. E isso se deveu principalmente à forma de convivência que foi surgindo espontaneamente. Carlos Ítalo e seu Paixão descobriram que poderiam conversar um com o outro, sem se falarem diretamente.

Lembro-me de uma situação que se repetia com freqüência. Os médicos costumavam pedir, numa mesma requisição, exames simultâneos de sangue, fezes e urina, que, de preferência, deveriam ter seus laudos emitidos simultaneamente. Quando isso não acontecia, Luzia tinha que cobrar dos atrasados.

— Seu Paixão, o senhor não poderia passar na frente "esse urina" número 27.362? "O sangue" e "o fezes" dele já estão prontos.

— Passar na frente, por quê? — irritou-se seu Paixão. — Eu já expliquei, Luzia. Eu respeito a numeração de chegada. Tem gente aí dando laudo fora da ordem.

Da sala contígua, e de ouvidos atentos, Carlos Ítalo logo reagiu:

— Eu não estou emitindo nenhum laudo fora da ordem, Luzia.

Mal ouviu, seu Paixão foi em cima de Luzia.

— Nem eu, Luzia. É só olhar aqui: o material de exame está na ordem de numeração.

— Luzia — esclareceu Carlos Ítalo —, eu só passei na frente esse 27.362 porque você pediu.

— E eu só pedi porque o doutor Bernardo mandou — explicou Luzia.

— O quê? O doutor Bernardo mandou? Que história é essa, Luzia? — reclamou seu Paixão. — Quer dizer que o patrão manda passar um laudo na frente e você não me diz?

— Estou dizendo agora, seu Paixão.

Luzia falou baixo, já temendo a reação de seu Paixão, que ficou muito irritado.

— Está querendo me prejudicar? Só passa as ordens aos seus amiguinhos?

— Esclarece isso aí, Luzia — exigiu Carlos Ítalo. — Aqui não tem amiguinhos, não!

— Nem tenta, Luzia! Nem tenta esclarecer nada, porque eu não sou trouxa! Você protege seus amiguinhos e, em troca, seus amiguinhos protegem você.

— É bom ficar bem claro, Luzia, que eu nunca lhe protegi. Você não está aqui porque alguém a proteja, mas porque sabe fazer o seu trabalho.

— Então, me explica, Luzia: a sua obrigação era avisar a todos os laboratoristas que o patrão queria esse laudo na frente. Mas por que só os seus amiguinhos foram avisados? Isso é fazer o seu trabalho direito?

— Esclarece tudo, Luzia. Inclusive esse negócio de amiguinho. Essas insinuações são perigosas. Você é noiva e eu também. Deixa isso claro, ouviu Luzia?

— Eu não estou interessado na sua vida particular, Luzia. Faça dela o que bem entender. Para mim, a única coisa que importa é que eu estou sendo o último a saber de uma emergência. E só agora eu vou tratar o material como emergência. Portanto, se o doutor Bernardo cobrar alguma coisa, dê um jeito de explicar a ele.

Não foi preciso explicar nada porque o doutor Bernardo não cobrou nada. Seu Paixão emitiu o laudo a tempo. Apesar dessas cenas ocasionais, o clima voltara a ficar calmo. O que de pior acontecia era que, às vezes, eles me punham na mesma situação da Luzia, servindo de canal para a conversa dos dois.

Eu devia ter cara de moleque de recado, pois foi exatamente para esta mesma função que Maria Luísa quis me usar, numa tarde de domingo em que eu estava estudando.

— Pode entrar — autorizei, quando bateram na porta do meu quarto.

A porta se abriu devagar, e ela foi aparecendo aos poucos, primeiro a cabeça, inflada pelos *bobs* sob o lenço, depois o rosto, untado de cremes e com um sorriso excessivo para ser mera simpatia.

— Posso incomodar um minutinho?

Concordei com um movimento de cabeça, lápis na mão e mesa atulhada de livros e papéis. Então, surgiu o tronco, num acolchoado robe cor-de-rosa.

— Ah, você está estudando? Eu vou atrapalhar?

Por fim, o corpo inteiro: *bobs*, lenço, creme, robe e pantufos de cetim. Fechou a porta atrás de si.

— Desculpa. É só um minutinho. Você tem andado tão difícil de encontrar. Deve estar muito ocupado, não é? E como vão as coisas? Isso foi o presente da Ednaide? Cruz-credo!

Maria Luísa referia-se ao peso de papel em forma de caveira com que a Ednaide me presenteara, como retribuição por tê-la curado de uma gripe. Por paradoxal que pareça, caveiras eram muito comuns em mesas e estantes de médicos. Não sei por que os médicos as exibiam nos consultórios. A minha estava sobre a mesa como um registro do primeiro pagamento que recebi como médico.

— E a Domitila, já se decidiu? — quis saber Maria Luísa.

— Não — respondi secamente, resolvido a não tratar desse assunto, e emendei uma pergunta: — E o tio Camilo, Maria Luísa, já apareceu?

— É justamente sobre isso que vim falar com você. Ele não apareceu. E, pelo tempo que já passou, não vai aparecer, a não ser que você faça mais um favor para a sua amiga aqui.

Fiquei em silêncio, mas não indiferente. Apenas não queria prometer nada antes de saber o que ela pretendia. Apoiando as duas mãos na mesa e inclinando-se sobre mim, Maria Luísa prosseguiu:

— Com o Camilo, é preciso estar lembrando a toda hora, senão ele vai adiando, adiando, até esquecer. Você poderia falar com ele?

— Falar com ele?... Mas... falar o quê?

— Pode falar o que você quiser. Tudo! Que eu ainda estou aqui, esperando por ele. Que o amo. Que eu o perdôo por ter se casado com outra. Que eu quero ser dele. Que eu mudei muito. Que agora eu sou o mulherão que ele gosta. Que eu quero ser amante dele.

— Está louca? Quer que eu diga tudo isso?

— Se quiser, diga. O que eu quero mesmo é que ele venha aqui. Ou mande dizer aonde eu devo ir. Eu preciso me encontrar com ele. Não agüento mais esperar aqui, sentada.

— Eu não posso dizer essas coisas, Maria Luísa. Quem tem que dizer isso é você.

— Eu digo! Tudo o que eu quero é dizer isso a ele. Você marca um encontro com ele? Marca? Marca que eu vou. Onde ele quiser.

— Eu vou tentar.

— Tentar, não. Você tem que conseguir. Você não é meu amigo? É ou não é?

— Sou. Você sabe que sou. Mas não depende de mim. O que eu posso garantir é que eu vou tentar.

— Então, você jura que vai tentar? Se você tentar mesmo, você consegue. Você jura?

— Eu vou tentar, já disse.

Ela apertou a minha cabeça contra o seu ventre e enfiou os dedos pelos meus cabelos. Ficamos em silêncio por um tempo. Uma sensação de conforto e proteção tomou conta de mim. Notei que sua mão tremia um pouco. Depois, ela me soltou e foi para a porta.

— Já atrapalhei você demais. Desculpa.

Abriu a porta e virou-se para mim com as mãos postas, uma expressão de súplica no rosto e um sutil dobrar de pernas. Foi engraçado. Sorri. Ela sorriu de volta e saiu, puxando a porta.

Daquele domingo em diante, Maria Luísa repetiu, com a mesma insistência e obsessão, a implacável perseguição a mim. Não havia manhã em que não me cercasse na saída para pedir que me lembrasse do encontro nem noite em que não me esperasse voltar para saber se conseguira marcá-lo. A expressão esperançosa do seu rosto pela manhã contrastava com a de decepção à noite. Ao mesmo tempo, comecei a merecer deferências especiais na pensão. A roupa de cama, que mudavam às sextas-feiras, passou a ser trocada duas vezes por semana. As camisas passadas não eram mais deixadas dobradas sobre a cama, mas penduradas em cabides no guarda-roupa. No café da manhã, o pãozinho francês passou a vir quentinho, direto do forno para a minha mesa, acompanhado de dois ovos quentes, que nunca foram oferecidos antes. Como se não bastasse, numa daquelas noites em que, metida no seu aparato de mulherão, me esperava até tarde, Maria Luísa me disse, antes mesmo de perguntar se eu marcara o famigerado encontro, que aparecera um hóspede para a vaga livre do meu quarto. Mas, prosseguiu, quando lá entrou o pretendente, constatou que, depois de tanto tempo ocupando-o sozinho, eu espalhara meus pertences por todo o cômodo. Ela concluíra, então, que, dividindo-o com outra pessoa, eu perderia muito do meu conforto. E desistira de alugar, mesmo perdendo dinheiro. Arrematou, com candura, que estava certa de que ganharia em amizade. Ato contínuo, perguntou — adicionando um "Deus há de ajudar que sim" — se eu, afinal, marcara o encontro.

Hesitei por um instante e acabei por mentir mais uma vez. Disse que falara com o tio Camilo e garanti que no dia seguinte, às oito da noite, ele viria vê-la na pensão. Maria Luísa se transfigurou.

— Virgem Maria! — murmurou assustada, atirando-se em meus braços.

— E agora, meu Deus? Estou tremendo, meu coração parece que vai saltar pela boca. Será que ele vem mesmo? E o que vai achar de mim?

Abraçada a mim, ela fez inúmeras perguntas e eu não respondi. Depois, afastou-se, resoluta:

— Não vou ficar assustada. Ora, bolas! Isso era tudo que eu queria. Amanhã eu vou me fazer a mais bonita que puder e vou recebê-lo de braços abertos. — E, virando-se para mim, olhou-me nos olhos, as mãos apertadas junto ao peito e a cabeça levemente tombada para o lado, e disse: — Obrigada. Eu estou muito feliz. E devo isso a você. Você é um anjo.

Nesse momento, tocou o telefone na recepção. Maria Luísa foi atender.

— Só um minutinho.

— Vou subir — disse. — Estou louco por um banho.

Enquanto ela falava ao telefone, ganhei rapidamente a escada e comecei a subir.

— É para você — ela avisou.

Retornei. O grande relógio da recepção marcava dez e quarenta e seis. Não atinava para quem pudesse me ligar àquela hora. Atendi com uma certa apreensão. Era a inefável Domitila, ainda mais inefável ao telefone. Conversamos um pouco e ela acabou me convidando para ir ver um *show* na noite seguinte. Aceitei o convite e combinamos a hora e o local do encontro. Quando desliguei, ainda com o som de sua voz nos ouvidos, Maria Luísa disse:

— Ela está arrastando a asa para o seu lado.

— Você acha? Por quê? — perguntei apenas para ouvir a confirmação do que eu já sentia.

— Conheço mulher. Se não estivesse interessada, não ligaria a essa hora. Muito menos para fazer um convite. Fez bem em aceitar. Aliás, você tem feito tudo certo. Essa já está no papo.

— Você acha? — perguntei ansioso. — Mas amanhã, quando eu chegar lá, ela vai me tratar como amigo. É sempre assim.

Foi o que eu disse. Mas não foi o que senti. Desta vez, Domitila estava mais atenciosa, mais carinhosa ao telefone. Perguntou se eu estava muito ocupado, como ia na faculdade e no laboratório, se estava cansado.

— Ouça o que estou falando. Domitila está se apaixonando por você.

Eu não disse nada, mas gostei de ouvir isso de Maria Luísa. Suas palavras me entraram ouvido adentro como uma música de anjos.

— Engraçado — acrescentou Maria Luísa. — Essa família tem nos atormentado. O pai e a filha fazendo gato e sapato de mim e de você.

Ela riu. E, rindo, subiu as escadas. Estávamos, ambos, eufóricos.

O jato de água fria do chuveiro refrescava a cabeça, mas não acalmava os pensamentos que saltavam, inquietos e desordenados, de um para o outro, voltando sempre a Domitila, ao seu quase sorriso e gestos lentos, ao som de sua voz mansa ao telefone. E eis Maria Luísa, piscando seus longos cílios postiços, alegre com a mentira que lhe digo e me deixando o coração apertado e sem respostas para o que poderia acontecer e o que eu poderia fazer. E Domitila ressurge para me salvar do impasse, dançando comigo, o rosto de princesa bem perto do meu, enquanto a voz de Maria Luísa reverberava no meu ouvido, dizendo que Domitila estava no papo. E depois é a própria Maria Luísa dizendo que apareceu um hóspede para a vaga livre do meu quarto e é expulsa pelas imagens das ruas de Copacabana, dos néons piscando, da praia. E me vem a vontade de morar em Copacabana, de ser um sujeito fino, educado, bem-vestido, rico, uma mistura do doutor Camilo, do Eugênio, do Guilherme, do doutor Bernardo. E lá estou eu, de braço dado com Domitila, entrando no teatro. E, súbito, as imagens param. O branco apaga tudo. Não penso mais em nada. Um frio interior me varre o corpo. Tenso, me pergunto: por que ela marcou o encontro no teatro e não na porta de sua casa, como sempre fez? O que estaria acontecendo? E por quê?

XXIII

Na aula de fisiologia, com a sala iluminada apenas pelo reflexo do *slide* que o projetor espocava na parede, nem mesmo o tom enérgico da voz do professor Cunha evitava que eu pensasse no encontro que teria com Domitila à noite.

— ... os senhores podem observar nesse gráfico como se modificam os níveis de energia de uma contração muscular. Vejam o comportamento dos filamentos de actina e de miosina. Na posição A, o sarcômero está relaxado. Na B, está parcialmente contraído. Na C, vemos o sarcômero totalmente contraído...

Protegido pela penumbra, eu me encostara à parede lateral e devaneava, alheio à aula. Foi só quando a turma disparou a fazer perguntas que minha atenção retornou à sala. Sob a claridade cambiante do facho de luz, acompanhava cada rosto que, atento e interessado, queria saber detalhes, mencionava observações ao microscópio ou livros de referência que só podiam ser encontrados na biblioteca da faculdade. Eu senti inveja de vários deles, que podiam passar o dia consultando livros raros ou revistas estrangeiras, fazendo experiências nos laboratórios, assistindo a conferências, participando das pesquisas dos professores ou apenas convivendo com eles, familiarizando-se com as inovações científicas e clínicas. Claro que seriam melhores médicos, avaliei.

E não senti só isso. Quando o professor Cunha passou a fazer perguntas, notei que a turma discutia com desembaraço e se relacionava com intimidade. Não foi difícil concluir que a minha falta de tempo estava me isolando dos demais, menos, talvez, daqueles com quem, às vezes, eu estudava — os ricos e os filhos de médicos. E mesmo com esses, a amizade avançava devagar, já que eu não podia ir a todos os encontros. Na verdade, a única exceção era o Guilherme. Por termos Domitila como amiga comum, estávamos, aos poucos, ficando amigos. Mas isso não era consolo suficiente. Fiquei triste ao me imaginar como um lobo solitário.

Das quatro às seis eu passei, como todos os dias, revolvendo fezes, procurando vestígios da presença dos "bichos que mais gostam do homem", como dizia seu Paixão. "Gostam tanto, que querem viver dentro dele." De armas em punho, eu caçava *Schistosoma mansoni*, *Ascaris lumbricoides*, *Necator americanus*, *Giardia lamblia*, *Diphyllobothrium latum*, *Ancylostoma duodenale*, *Strongyloides stercoralis*, *Taenia saginata*, entre outros. Mas a minha cabeça estava no encontro daquela noite. Ora imaginava que Domitila se rendera, afinal. Era eu o homem que arrebataria o seu coração virgem. Ora a desconfiança me invadia: por que ela não quis que eu a pegasse em casa?

Descansado, o ânimo restaurado por um banho frio, a barba escanhoada, o cabelo penteado e fixado com Gumex, camisa bem passada, calça com vinco perfeito e sapato engraxado, eu descia a escada, quando senti o cheiro adocicado de perfume no ar. A cada degrau, aumentava a intensidade. Mal cheguei embaixo e me deparei com a fonte: Maria Luísa — um espanto no seu equipamento de mulherão — andava de um lado para o outro na sala, com uma *flûte* de champanhe na mão. O vestido vermelho-sangue e justo valorizava as discretas curvas do seu corpo; curto, mostrava as pernas até um pouco acima do joelho; e, decotado, deixava entrever o raso *canyon* entre os seios pequenos. Como uma máscara pespegada ao rosto, na qual os cílios postiços e o delineador escureciam a região dos olhos, a maquiagem era mais escura do que o claro colo, criando uma fronteira de duas cores no pescoço. Dois enormes pingentes balançavam em suas orelhas. Todo o seu corpo exalava o adocicado e intenso perfume. Mal me viu, anunciou:

— Estou nervosíssima! Já tomei meia garrafa de champanhe. Que tal estou? Comprei esse vestido hoje. Ficou bem em mim? E o sapato também, salto sete e meio. E ainda passei mais três horas no salão.

Eu não dizia nada porque, na sua ansiedade, a própria Maria Luísa não deixava e, também, porque o perfume me sufocava. Só conseguia respirar quando, no seu vai-e-vem, ela se afastava de mim.

— Ele vem, não vem? Você disse! Se não vier, eu morro! Eu me mato! Que horas são?

Perguntou por ansiedade. Ergueu os olhos e viu as horas no relógio da sala. Sorveu um grande gole de champanhe, depois prosseguiu:

— O sapato está me apertando, mas não quero sentar para não amarrotar a roupa. Oh, Camilo, Camilo! Você me leva à loucura, homem!

Aproveitei o nosso riso para despedir-me e sair. Estava preocupado com o que poderia acontecer a Maria Luísa. Mas a expectativa do encontro com a inefável Domitila era maior.

O teatro ficava na galeria de um prédio em Copacabana. Quando cheguei, ela já estava — linda, linda! — me esperando. Cumprimentamo-nos, ela calorosa e alegre. Usava uma minissaia que deixava à vista suas longas e bem torneadas pernas. Uma deusa! Nada menos que uma deusa!

— Foi difícil encontrar o teatro?

— Não. Foi fácil. Subi a Siqueira Campos a pé. Eu gosto de andar em Copacabana. Um dia ainda vou morar aqui.

— Eu também gosto, mas minha mãe está querendo mudar para Ipanema.

Ela ajeitava os cabelos atrás da orelha, num movimento lento que descia até o pescoço, destacando a mão branca, de dedos longos e finos. Inefável deusa!

— Engraçado o nome desse teatro: Opinião — disse, para dizer alguma coisa.

— O *show* também chama Opinião. Está fazendo o maior sucesso.

Tive vergonha de dizer, jamais diria, mas eu não sabia o que era um *show*. Nunca vira nada com esse nome.

— É com a Nara Leão, o Zé Kéti e o João do Vale.

Eu também não sabia quem eram aquelas pessoas. Acho até que de Nara Leão eu já ouvira falar na faculdade ou lera em alguns dos cartazes que infestavam as paredes da cantina ou do Calabouço.

— Vi no jornal que a idéia do *show* foi reunir um artista do Nordeste, outro do morro e um do asfalto. São mundos tão diferentes, não são? Mas, pelo sucesso, deu certo. Uma amiga já assistiu tantas vezes que decorou todas as músicas.

Pelo entusiasmo de Domitila, concluí que o *show* devia ser alguma coisa inteligente como aquele filme sobre o Nordeste. Esfriei. A conversa murchou. As pessoas chegavam e esperavam por ali, conversando, em pé, como nós. Depois de um tempo, olhei para ela. Para dentro dos olhos dela. Ela manteve o olhar por instantes, mas depois riu:

— O que foi?

— Nada, por quê?

— Esse seu olhar. Puxa vida!

Fiquei sem graça. Procurei um pretexto para aquele olhar. Não foi difícil.

— Estou querendo lhe perguntar uma coisa, mas não sei se devo.

— Deve, sim. Pode perguntar.

— Você não vai ficar chateada?

— Não. Mas, se ficar, eu digo.

— Por que você não quis que eu fosse buscá-la em casa?

— Porque não precisava. E o teatro é tão perto. Vim a pé.

— Foi por isso mesmo?

Ela me olhou rapidamente nos olhos e, em seguida, abaixou a cabeça sem responder. Fui em cima.

— Por que, Domitila?

— Faz questão de saber?

— Eu gostaria. Pode falar.

— Meu pai tem a maior admiração por você. Gosta mesmo. Mas minha mãe, você sabe, é diferente. Ela prefere que eu saia com outro tipo de rapaz.

— Que tipo?

— Do tipo que ela gosta. Mas minha mãe é minha mãe; e eu sou eu. Saio com quem quiser. Mas para evitar problema, ela não precisa saber.

— Eu já sabia que ela não gostava de mim. Só não sei por quê.

— Ah, esquece isso. Minha mãe é de outra época, outro mundo. Não liga, não.

Súbito seus olhos brilharam e seu rosto se iluminou num sorriso amplo. Olhei para onde ela olhava. Para meu espanto, era Guilherme que estava chegando.

— Pensei que não viesse mais — disse ela ao recebê-lo.

— Desculpa o atraso. Mas ainda está em tempo.

Depois de ouvir a confissão de que a mãe dela não gostava de mim, ainda descobri que ela não convidara somente a mim. A decepção me roubou o chão. Sentia-me no ar. Depois de cumprimentá-la, Guilherme, sempre alegre e gentil, me deu tapinhas nas costas:

— Como é que vai essa força, "doutor"?

— Que surpresa! Não sabia que você também viria — arranquei a fórceps essas palavras de dentro de mim.

— Eu não disse que ele também viria, não?! — estranhou Domitila.

— E precisava? — desconversei. — Se fosse um desconhecido, eu poderia até rosnar, mas sendo o "doutor" Guilherme Otávio Falcão de Brito, eu tenho é que agradecer a surpresa.

Meu cinismo evitava a violência que regurgitava dentro de mim. Guilherme estendeu um ingresso a Domitila e, quase como uma retribuição ao que eu acabara de dizer, outro a mim.

— Obrigada — disse Domitila.

— Obrigado, "doutor" — eu disse. — Mas por que você comprou? Quando? Você sabia que eu vinha?

— Ele comprou ontem — disse Domitila. — Tinha que comprar antes. Na hora não se acha mais.

— Domitila me disse que você também viria — explicou-se Guilherme.

Ali estava uma intrigante revelação: dos três, o único que não sabia de nada era eu. Puxei a carteira do bolso de trás.

— Quanto custou?

— Nada, "doutor". É um prazer. Guarda essa carteira.

— Faço questão, Guilherme.

— Ora, "doutor"! Esquece isso. Me dá essa chance de ser gentil.

— Abriram a porta. Vamos entrar? — sugeriu Domitila.

— Então, eu fico lhe devendo essa, "doutor" — brinquei, devolvendo a carteira ao bolso.

Entramos no *foyer* do teatro. Fiquei um passo atrás dos dois. Estava ressentido. Dois passos atrás. Espectadores apressados ocuparam o espaço entre nós. Deu vontade de ir embora dali. Quatro passos. Percebi que ambos pararam e se voltaram para mim. Disfarcei, enfiando a mão no tabuleiro do baleiro que passava por ali. Sabia que me esperavam. Peguei um dropes e segui atrás deles. Chegamos à platéia e nos sentamos, Domitila entre nós dois. O teatro estava repleto.

Guilherme falava animadamente de suas preferências musicais. Parecia entender do assunto. Usou várias vezes a expressão bossa-nova e mencionou nomes como João Gilberto, Tom Jobim e outros de quem eu ouvira falar, mas não sabia direito quem eram. E mesmo que soubesse, jamais entraria numa conversa em que ele brilhava e eu não entendia nada. Envolvida, Domitila estava praticamente de costas para mim. Meu consolo era a liberdade para contemplar aquele par de coxas ao meu lado, ao alcance da mão, que as minhas pernas quase tocavam. O ciúme e a inveja — esses sentimentos surgem quase sempre tão misturados que se confundem — me corroíam a alma. Desdenhado e sem ter o que fazer, encontrei uma utilidade para o dropes que estava na minha mão: atrair a atenção de Domitila. Desembrulhei-o e toquei no seu braço. Ela virou-se para mim — deu certo, exultei! — e tirou uma bala.

— Obrigada — disse, sorrindo e, em seguida, mudando de idéia, pegou todo o dropes: — Posso?

— Claro — respondi, já adivinhando o que aconteceria.

Ela virou-se para Guilherme e ofereceu; no momento em que ele ia tirar uma bala, a luz se apagou e, quando voltou a se acender, foi somente no palco: o tal *show* começara. O meu dropes, que eu oferecera a ela gentilmente, ela dera para ele. Guilherme me roubara tudo: a atenção dela e o meu dropes.

Vi, com o rabo do olho, quando ele, afinal, tirou uma bala e entregou-lhe o dropes, que ela não me devolveu. Vi também quando ele levou a bala à boca. A inveja e o ciúme me aniquilavam. Eles acompanhavam o que acontecia no palco. A certa altura, ele, com a minha bala na boca, sussurrou algo ao ouvido dela, que balançou a cabeça, concordando. Ela, com meu dropes na mão, prestava atenção ao que ele cochichava e ao que os crioulos diziam no palco. E me ignorava.

No palco, o tal *show* era mais fácil de entender do que o filme do matador. Não passava de dois crioulos e uma moça magrinha, muito frágil e voz fininha, que cantavam acompanhados por uns músicos e diziam umas coisas sobre o Nordeste e as favelas. A cada música, o público aplaudia, assobiava e gritava.

Eu queria ter raiva de Guilherme, mas não conseguia. Eu só tinha inveja. Queria estar no lugar dele, ser como ele ou, o que seria o ideal, ser ele. Nem mesmo dela eu tinha raiva. Tinha ciúme. Afinal, eu sabia que ele era mais bonito do que eu, mais inteligente, mais rico, mais envolvente, mais sedutor. Raiva eu tinha de mim, de ser como eu era, de ser o que eu era.

Na saída do teatro, Domitila elogiou o *show* com empolgação. Guilherme até gostou, mas fazia restrições ao protesto político. Só que ele dizia isso com elegância e delicadeza, evitando a confrontação, os olhos brilhando, fascinados, completamente seduzidos por ela. Quando perguntaram a minha opinião, eu disse que tinha gostado, apenas para fortalecer a posição de Domitila diante de Guilherme e para ela me achar mais inteligente e evoluído. Mas a verdade é que eu detestara. Principalmente uma música que falava de um pássaro nordestino, chamado Carcará, que pegava, matava e comia. Um bicho feio e uma música horrorosa!

Quando saímos da galeria, Guilherme se ofereceu para levar Domitila em casa no seu carro. Apesar de insistir em me levar também, declinei. Despedimo-nos. Desci a pé. O carro dele passou por mim e os dois me acenaram.

Comecei a andar cada vez mais depressa. E logo estava correndo. Cheguei à avenida Nossa Senhora de Copacabana. Corri feito um desesperado, como se fugisse de alguém. As pessoas abriam passagem e me olhavam, espantadas. Passei pelo Copacabana Palace Hotel e continuei correndo. As pernas começaram a doer, mas não parei. Quando estava tão ofegante que mal podia respirar, diminuí a marcha. Minha camisa estava molhada. Virei a avenida Princesa Isabel e senti a brisa fresca do mar. Recomecei a correria. Em pleno Rio de Janeiro eu voltei a me sentir como um animal solto no campo. A corrida me aliviara e alegrara. Eu era o cavalo corredor. Por várias vezes, quando não conseguia mais respirar, reduzia a marcha, mas voltava a correr logo que me recuperava. Deixei de sentir a dor nas pernas e mal sentia as próprias pernas. Avancei pela praia de Botafogo, passei pelas obras do Aterro, cheguei ao Largo do Machado. Já não conseguia respirar nem sentia mais o meu corpo. Estava a algumas quadras da pensão. Soltei o corpo no gramado. Ele desabou. Fiquei deitado ali, respirando com todo o corpo, sob a luz da lua que chegava a mim através das folhas das árvores. Devo ter ficado ali cerca de uma hora: o corpo relaxado pela exaustão, a cabeça mais leve, o coração mais sossegado. Já estava começando a cochilar quando resolvi ir para casa.

Caminhando devagar pela rua do Catete, vazia e silenciosa àquela hora da madrugada, comecei a rever mentalmente as imagens de Domitila e Guilherme desde a chegada dele. Era difícil acreditar que ela nunca amara nada nem ninguém — todos os seus gestos e atitudes eram de quem estava completamente envolvida por ele. E ele por ela, também. Eu fora desdenhado por ambos — e ambos eram meus amigos, para dizer o mínimo. Mas o que eu não compreendia era a razão desse desprezo por mim. Por quê?, eu me perguntava. Afora as evidências de que ele era, em tudo, mais atraente do que eu — o que explicaria a preferência dela, mas não o desprezo por mim —, a única resposta que me ocorria é que eu não vinha de uma família tradicional carioca, não tinha um sobrenome pomposo, não esperava herança alguma, sequer nascera no Rio de Janeiro, não era bonito, morava numa pensão do Catete e tinha que revirar as fezes da cidade para ganhar a vida. Que pretensão, querer ser o homem que arrebataria o coração virgem de Domitila! Eu não era nada. O único ponto favorável que tinha era ser um estudante de medicina. Favorável aos meus olhos, mas era muito pouco para a desmedida ambição de aspirar a uma deusa, além de não significar quase nada para pessoas daquela classe. Era indispensável tirar Domitila da cabeça.

Mal abri a porta e entrei na pensão, ouvi uma pastosa voz feminina, murmurando, num ritmo descontínuo e aleatório, uma letra de música quase ininteligível: *Risque/ Meu nome do teu caderno/ Já não suporto o inferno/ Do nosso amor fracassado*. Na sala, deparei-me com a cena: sob a amarelada luz do abajur, Maria Luísa, sentada no chão, a cabeça apoiada no sofá, olhava para o teto e tentava cantar. No desleixo da posição, o vestido, curto e justo, enrugara-se pernas acima, franzindo-se no alto das coxas, agora completamente expostas, brancas e finas, em vivo contraste com o vermelho-sangue do tecido. Uma alça do decotado vestido arriara, deixando à mostra o colo e o sutiã. Apenas um dos pingentes permanecia na orelha. A maquiagem escorrera com o calor, deixando o rosto borrado. Um dos cílios postiços desaparecera e o outro ameaçava despencar. Os sapatos, de salto muito alto, atirados ao chão entre duas garrafas vazias de champanhe.

Depois de um tempo, ela pressentiu a minha presença, parou de cantar, girou a cabeça sem erguê-la do sofá e sorriu na minha direção. Era um sorriso de bêbada, meio cínico, meio patético. Era uma voz de bêbada também, falava aos arrancos, esticava longamente uma sílaba, interrompia, gaguejava, repetia:

— É você quem está aí, meu amigo? Vem cá, vem. Senta aqui do meu lado. Toma um champanhe comigo.

Com dificuldade para se movimentar, ela pegou uma garrafa e ergueu à altura da vista.

— Acabou. Eu tomei tudo.

Repôs a garrafa no chão e ficou me olhando em silêncio. Depois, disse:

— Eu gosto muito de você, sabia? Você é o meu melhor amigo. Não quer sentar aqui comigo, não? Eu estava aqui cantando. Tem horas que eu gosto de cantar. Você também gosta?

Ela voltou a murmurar uma música ininteligível. Tive vontade de estar ali, sentado ao lado dela, a cara cheia de champanhe. Vontade passageira:

— Não quer ir dormir no seu quarto, não, Maria Luísa?

Ela me olhou com o espanto de quem acabou de ouvir uma heresia. Seu olhar estava baço, misterioso, imprevisível.

— Dormir? Como, dormir? Não vê que estou esperando o Camilo?

A certeza da resposta me confundiu, mas confirmou o seu estado etílico. Para evitar confrontos, fui delicado.

— Será que ele ainda vem, a essa hora?

— Vem, sim. Ele disse que viria. Pode atrasar um pouco, mas virá.

Se obedecesse ao meu corpo, subiria para a cama imediatamente. Mas o estado dela me levava a insistir. Abaixei-me e tentei erguê-la pelas axilas. De perto, o perfume adocicado ficou forte e nauseante. Ela tentava resistir, mas não tinha forças. Apenas murmurava palavras incompreensíveis. Consegui erguê-la. Cruzei seu braço sobre minhas costas e segurei-lhe a mão do outro lado, enquanto prendia-lhe a cintura com a outra mão. Sua cabeça tombou sobre o meu ombro, sujando a camisa com a maquiagem borrada. Caminhei até a recepção, peguei a chave do quarto dela e toquei para lá. Ela silenciara. Da sua boca entreaberta uma baba escorria até o meu ombro. Abri a porta com dificuldade e entramos. A luz estava acesa. Sobre a única cama — de casal — muita roupa amontoada. Empurrei as roupas para o chão, acomodei-a na cama e cobri suas pernas com a colcha. Afofei-lhe os travesseiros, tirei o brinco que restava e o cílio postiço que caía. Amontoei sobre uma poltrona a roupa que jogara no chão. Só então pude ver que o cômodo tinha sala e quarto contíguos e um banheiro privativo. Voltei à sala, recolhi sapatos, *flûte* e as garrafas vazias. Deixei o vasilhame na cozinha e os sapatos no quarto dela. Quando apaguei a luz e saí, Maria Luísa ressonava. Puxei a porta e fui para o meu quarto.

Só uns dois ou três dias depois, de passagem pela recepção, voltei a falar com Maria Luísa — na roda-viva de sair cedo e voltar tarde em que me metera, ficava difícil encontrar com ela. Sua primeira reação ao me ver foi cobrir o rosto com as mãos, exagerando a vergonha:

— Não! Pelo amor de Deus! Não quero ver você. Que vergonha!

Achei a brincadeira engraçada e me diverti. Aos poucos, porém, ela descobriu o rosto e falou num tom mais baixo:

— Quem me levou para o quarto? Foi você, não foi?

— Por quê? Fiz mal?

Ela voltou a cobrir o rosto, balançando a cabeça. Voltamos a rir.

— Que vexame! Fiquei arrasada! Agora, com que moral eu vou pedir aos hóspedes para não beberem aqui?

— Alguém ficou sabendo? Já era tarde, não vi ninguém por aqui.

— Todo mundo ficou sabendo. Acordaram uns aos outros para me ver escornada no chão. Um escândalo! Nesses dois dias não se falou de outra coisa nessa casa. Foi tanta fofoca, tanta futrica.

— É mesmo?

— Também, que se danem! Ando farta dessa gente enxerida! Mas você não tem nada com isso. Você é muito diferente dessa gentalha. Aliás, eu quero agradecer o cuidado que teve comigo. Muito obrigada pelo seu cavalheirismo e pela sua amizade. Nessa pensão, você é a única pessoa capaz de fazer alguma coisa por mim. O resto quer ver a minha caveira.

Ela fez uma pausa, olhou para um e outro lado, aproximou a boca do meu ouvido e falou num tom ainda mais baixo.

— Mas aquele seu tio também! Estou por aqui com ele! Vontade de esganar! Vê se isso é coisa que se faça, marcar e não aparecer? Perdi meu tempo em salão, torrei um dinheirão em vestido, sapato, champanhe, e ele não dá um telefonema para se explicar?! O que aconteceu, você sabe?

— Não, não sei. Mas eu...

— Você tem que pedir uma explicação em meu nome. Foi muita humilhação.

— Deve ter acontecido alguma coisa séria. Eu vou conversar com ele para saber.

— Por favor. Se não eu vou lá no escritório dele.

— Não faça isso, Maria Luísa. Você não deve procurá-lo. Não fica bem para você esse papel de oferecida. E se ele se sentir pressionado, pode reagir mal. Além disso, ressentida assim, você pode estragar tudo. Deixa comigo. Eu vou procurá-lo.

— Jura?

— Juro.

— Diga a ele o quanto fiquei arrasada.

— Vou dizer. Mas você promete que não vai procurá-lo?

— Prometo. Mas eu quero, faço questão, de ouvir as explicações dele.

Confesso que saí dali preocupado. Mais que isso: assustado. Decidido, inclusive, a procurar imediatamente o tio Camilo. Porém, eu não era dono do meu tempo. Vivia na azáfama de aulas teóricas, práticas, grupos de estudo ou estudo individual, com boa parte dos livros emprestados de colegas em horários que eles decidiam ou disputados na biblioteca por ordem de procura, e as provas — em algumas disciplinas, semanais! Em meio a tudo isso, a implacável cota mensal de exames, que, para ser cumprida, me obrigava a varar as madrugadas da semana, sábados e domingos a revolver cocô. Tio Camilo foi ficando para depois, apesar do cerco permanente de Maria Luísa, que das cobranças passou aos pedidos e, por fim, às súplicas. Voltei a mentir. Ora dizia que fora ao escritório e ele lá não aparecera; ora que ele ficara de ligar para ela, a fim de acertarem diretamente hora e local do encontro — e Maria Luísa esperava em vão ao pé do telefone —, ora que naquela semana ele apareceria na pensão a qualquer momento, e assim por diante.

Um dia — como era de se prever — Maria Luísa perdeu a paciência. Eu vinha da faculdade, de passagem para tomar um banho, jantar e seguir para o laboratório, e encontrei-a pensativa à janela, contemplando um plácido final de tarde da primavera.

— Preciso falar com você — ela disse, caminhando para a porta por onde eu acabara de entrar.

— Aconteceu alguma coisa? — eu quis saber. — Você está tão séria.

— Não é séria, é triste. Estou vindo da prisão. Fui visitar o pobre do Leopoldo, que continua preso.

— E como ele está?

— Está bem. Quer dizer, ninguém pode estar bem numa prisão. Mas eu fiquei até surpresa. Ele está calmo, resignado. Ficou feliz com a minha visita e me apresentou a outros presos — são professores, médicos, advogados, jornalistas, alguns operários, todos gente de bem. Parece que são todos irmãos. Dividem tudo, até a pasta de dente. Eu não entendo bem esse negócio de comunista. Mas aquela gente é tão educada e instruída que eu fiquei me perguntando o que eles estavam fazendo atrás daquelas grades. Comecei a duvidar que eles façam as maldades que dizem que fazem.

Estava com pressa e, como aquele assunto não me interessava, silenciei para criar a oportunidade de subir e tomar banho. Ela também fez silêncio, mas apenas de palavras. Olhou-me com um olhar completamente sem brilho. Estava tão triste que parecia prostrada, quase não se movimentava e, quando falou, foi sem gesticular.

— Sabe, o Leopoldo me falou uma coisa sobre a prisão que me fez pensar. Ele disse que não são só as grades que prendem, que há várias formas de prisão. O analfabeto está preso à palavra falada. Precisa de alguém que lhe diga o que está escrito ou que fale com ele. O empregado está preso ao patrão pela necessidade do salário para viver. O político está preso ao poder como uma sanguessuga. E eu, então, fiquei pensando que a paixão também é uma prisão. Eu estou presa ao Camilo. Para todo o lado que me viro, lá está ele, como um carcereiro, me impedindo de afastar, de avançar, de voar. Se nessa prisão ele me desse ao menos um pouco do meu sonho, eu me conformaria. Mas ele não me dá nada! Por isso, eu resolvi que vou esperar por ele só até domingo. Se até lá ele não aparecer, irei ao escritório dele, na segunda-feira, para decidir. Ou ele ata ou desata.

A tristeza dela me inibiu de tentar contemporizar. Por outro lado, estávamos na terça e até o domingo daria tempo de procurar o tio Camilo Por isso, quando ela pediu a minha opinião, eu disse:

— Você está coberta de razão. — E assim começou a contagem regressiva.

Se arrependimento matasse, meu corpo já estaria em decomposição. Repito o que já disse, agora na linguagem do Leopoldo, que tanto encantou Maria Luísa: quem quer ajudar acaba prisioneiro de quem foi ajudado. Por que fui me meter na vida amorosa de Maria Luísa, se eu mal conseguia resolver a minha?

Comparar o meu interesse por Domitila com o de Maria Luísa pelo tio Camilo era um despropósito. Era como comparar a chama de uma vela acesa ao incêndio de uma floresta. O que eu vivera me dava meios para apenas intuir o desespero de Maria Luísa. Àquela altura, aliás, depois de muito esforço, eu tinha praticamente tirado Domitila da cabeça — para ser mais preciso, ela estava em trânsito da zona ativa do cérebro para a zona silenciosa, onde, congeladas, repousam as perdas, as derrotas e as frustrações.

Pois foi um diabólico telefonema da própria Domitila que a tirou da zona gelada das minhas frustrações e a reconduziu ao calor das possibilidades ativas. O objetivo da ligação, segundo ela própria revelou, era saber por que eu andava sumido, dizer que estava com saudade de mim e que iria à festa de bodas de prata dos pais de Ingrid, no sábado. Foi o quanto bastou para reinstalar, pelo resto da semana, o desassossego na minha alma, com a ansiedade de revê-la e a expectativa de que o seu telefonema tivesse sido um sinal de que eu lhe havia, finalmente, arrebatado o coração. E mais: imaginei que Domitila iria porque o tio Camilo fora convidado — portanto, ele estaria na festa, e lá conversaríamos sobre Maria Luísa.

O doutor Furlan tinha mais cabelos brancos do que mereciam os seus cinqüenta anos e o seu porte atlético. Mas isso não lhe tirava a jovialidade nem a simpatia. Era saudável o contraste com a sua pele queimada de sol de assíduo freqüentador da praia. E lá estavam — no pai — a origem dos belos olhos verdes de Ingrid. Metido em elegantes roupas italianas, exibia dentes imaculados num sorriso franco, após o comentário do doutor Bernardo Montana, meu patrão e seu amigo, que o comparara a um atacante de futebol, que parecia sempre estar de frente para o gol.

— O Bernardo está careca de saber disso, mas você, como estudante, talvez não saiba — disse o doutor Furlan, olhando para mim e recolhendo o riso. — A palavra obstetrícia, vem do latim, *obstetrix*, *icis*, do verbo *obstare*, que quer dizer "estar diante, em frente", porque as parteiras se colocavam diante da parturiente, exatamente para aparar o nascituro.

Conversávamos em pé, junto à piscina, na área aberta do andar de cima, onde havia mesas e cadeiras espalhadas, ainda vazias àquela hora, quando os primeiros convidados apenas começavam a chegar.

— Mas, voltando ao que estávamos falando, a Ingrid, desde que entrou na faculdade, tenta esconder que eu sou professor ou que é minha filha. Chegou a me pedir que não dissesse a nenhum dos atuais professores dela. O que é uma tolice, porque todos eles me conhecem. Aliás, a cidade inteira sabe que existe a Clínica Furlan. Hoje, por exemplo, ela convidou os colegas para vir aqui. Um estudante de medicina, só de olhar da porta do meu escritório, fica sabendo que sou médico.

Não me lembro quem me dissera, mas eu sempre soube que Ingrid tinha pai médico e era herdeira da Clínica Furlan.

— Pelo que a mãe dela apurou, a Ingrid teme é dar a impressão de que, por ser minha filha, goza de algum privilégio na faculdade.

— Privilégio, não há. Mas eu não queria estar na pele dela — disse o doutor Bernardo. — Ser aluna do próprio pai não deve ser muito engraçado.

— Mas pode ser útil — completou o doutor Furlan com um sorriso.

— E como! — exclamei. — Ela pode aprender em casa, mastigado e digerido, o que eu, por exemplo, levaria anos de profissão para aprender.

— Se ela se tornar minha assistente então, que é o que eu gostaria, será herdeira não apenas da clínica, mas também da minha clientela.

— Um pai médico — disse o doutor Bernardo — significa muitas portas abertas, algumas que estão sempre emperradas para quem está começando na profissão. Não tive esse problema. Também sou filho de médico.

— Você tem razão. Em medicina — disse o doutor Furlan, olhando para mim —, e vá aprendendo desde já, as relações com gente poderosa, com sobrenome e com dinheiro valem ouro! Mas valem muito, também, as relações com outros médicos. O respeito dos seus pares, sim, abre muitas portas.

— Eu que o diga — disse o doutor Bernardo. — O que vale um laboratório sem credibilidade, sem a confiança dos médicos? Nada, nada.

— E esse respeito — acrescentou o doutor Furlan — já começa com os colegas da faculdade. Para mim, por exemplo, um filho de imigrante, desconhecido do meio médico, foi fundamental ter me tornado professor da faculdade. Foi a melhor chance profissional da minha vida. E só cheguei a professor porque fora, antes, monitor.

Nesse momento, Ingrid surgiu na escada — num vestido branco, leve, curto e vaporoso, deixando visíveis suas belas pernas; mas como não acabou de subir, me privou de apreciar aqueles olhos de felino. Nos últimos degraus, ao mesmo tempo que nos acenou com um sorriso de luz, chamou:

— Papai!

— Sim, meu amor — respondeu o doutor Furlan, que nos pediu licença e foi ao encontro da filha. Eu e o doutor Bernardo acompanhamos a maneira carinhosa com que se abraçaram e desceram a escada.

— O Furlan está muito bem, hoje, mas já viveu maus pedaços na profissão. Graças a Deus, conseguiu dar a volta por cima — comentou o doutor Bernardo com admiração sincera, enquanto tirava um cigarro do maço.

— Ah, é? — eu disse, querendo dizer, ao mesmo tempo, que desconhecia a história, que tinha curiosidade de conhecê-la, mas que ficava a critério dele contar ou não.

O doutor Bernardo parece ter entendido tudo. Enquanto batia várias vezes a ponta do cigarro contra o isqueiro e erguia sutilmente a calça batendo os dois antebraços contra a cintura, me olhava como quem avalia. Acendeu o cigarro, sugou longamente e soltou um jato de fumaça para o alto.

— Aqui entre nós, e posso falar dessas coisas contigo porque já ficamos amigos e o seu tio é um grande praça; sabe que seu tio é como se fosse um irmão mais velho para mim? Mas o Furlan, que hoje é tão respeitado, começou como aborteiro. Papa-anjinho, como se dizia na época. Tinha uma clínica lá no Rio Comprido e faturava alto. Um dia recusou-se a dar uma contribuição para a campanha eleitoral do secretário de saúde, que era candidato a deputado federal. O homem ficou furioso e partiu para a represália. Mandou a polícia dar um flagrante. Acharam mais de trinta mulheres na clínica: prostitutas da Lapa, empregadas domésticas, mulheres casadas e menininhas de família da Zona Sul, que foram mandadas para o juizado de menores; o próprio Furlan foi preso, teve sua foto publicada no jornal e declarações do secretário de saúde em defesa da família e da moralidade. Um escândalo! Uma hecatombe! Ele respondeu a inquérito policial na delegacia, a inquérito administrativo na faculdade e à comissão de ética do Conselho Regional de Medicina. A clínica foi fechada, ameaçaram demiti-lo da faculdade e cassar-lhe o CRM. O tempo passou, o secretário não conseguiu se eleger, os inquéritos foram arquivados, as comissões dissolvidas e nada aconteceu. O Furlan reabriu a clínica com o próprio nome. Hoje, está rico; é respeitado e famoso. E aqui, nesta magnífica cobertura de Ipanema, estamos nós e toda a sociedade carioca que conta, comemorando as suas bodas de prata. Agora eu lhe pergunto — e que ninguém nos ouça: o crime compensa ou não compensa? Enquanto se decide, você vai me dar licença, porque preciso dar uma volta. É hora de fazer relações públicas.

O doutor Bernardo afastou-se sorrindo e desceu as escadas. Fiquei sozinho, à beira da piscina, e comecei a pensar no conforto que deveria ser mergulhar toda manhã, dar umas braçadas, depois tomar um belo café enquanto se lê o jornal e, só então, sair para o trabalho. Assim — pensei —, a vida ganhava um sabor que eu jamais sentira. E fiquei animado de estar estudando medicina, de viver no Rio de Janeiro, de conhecer pessoas bem-sucedidas, de estar naquela festa com a sociedade carioca que contava, como disse o meu patrão. Com esse ânimo, não consegui ficar parado e, decidido a dar um giro pela casa, desci a escada.

Inúmeras coisas eu vim a conhecer naquela noite. Para começar: apartamento de dois andares e piscina em apartamento. A festa tinha música ao vivo e casais rodopiando no amplo salão decorado. Garçons uniformizados complementavam o atendimento dos vários bufês com iguarias de diferentes países. Outras três coisas que eu ainda não experimentara: champanhe francês, uísque escocês e caviar russo. As convidadas, os corpos queimados de sol saltando de trajes sensuais, ostentavam nos pescoços, orelhas e pulsos tudo o que podiam em ouro, pérolas e brilhantes. Um grande desfile!

Estava nessa contemplação deslumbrada, quando Ingrid, com seu par de olhos de gato, aproximou-se de mim, seguida de perto pelo incansável Rafael. Ansiosa, apertava as mãos e falou baixo, quase ao meu ouvido, para que o Rafael não ouvisse. Humilde, ele parou dois passos atrás.

— O Eugênio falou com você se viria?

— Não. Comigo, não.

— Droga!

— Fica calma, Ingrid — tentei consolá-la.

Ela mordeu os lábios olhando para a porta. A ansiedade deu lugar à frustração, e a frustração ao desespero. As mãos se apertaram com mais força. Vi umedecerem-se os dois enormes olhos verdes.

— Ele deve vir, sim — encorajei-a.

Ela virou-se de repente e, na passagem, disse ao Rafael:

— Eu vou lá dentro.

— Você precisa de alguma coisa? — ele disse, tentando retê-la pelo braço.

— Solta meu braço, Rafael. Por favor. Eu preciso ir ao meu quarto. Mas sozinha — ela respondeu e, com um repelão, afastou-se.

Rafael me olhou perplexo e humilhado. Sorri, tentando ser solidário, mas ele estava inteiramente envergonhado. Desviei o olhar para não aumentar o constrangimento, mas mantive-o sob a minha atenção. Depois que se recuperou, ele puxou conversa, empenhado em demonstrar que era superior àquela rejeição:

— Vá entender essas garotas! Você enlouquece.

— Você parece gamadão!

— Dá para perceber? Estou mesmo. Só penso nela.

— E ela?

— Também está.

— A Ingrid está gamada por você, Rafael? — perguntei com toda a surpresa que consegui embutir na pergunta, dando-lhe a chance de ter dúvida.

— Claro — ele respondeu; e ainda acrescentou: — Por que tanto espanto?

— Porque todo mundo acha que ela está gamada pelo Eugênio.

— Estava. Mas agora, ele já está fora da jogada. Além de esnobe, o Eugênio não sabe lidar com as mulheres. Ou tem demais ou não gosta muito, sei lá. A Ingrid ele já perdeu.

— Você tem certeza?

— Claro. Você não imagina a batalha para ganhar essa princesa!

— E o que fez para ganhá-la?

— Bem... eu fico o mais que posso junto dela, aproveito todas as chances, não deixo escapar uma única oportunidade, telefono para comentar uma aula, peço caderno emprestado ou venho trazer os meus emprestados, ofereço a minha companhia quando ela diz que quer ver algum filme ou quer tomar um sorvete, trago-a em casa quando ela fica estudando anatomia até tarde da noite, me insinuo o quanto posso, me antecipo, tento, enfim, me fazer indispensável.

Eu o ouvia com a atenção de um discípulo quando me virei para a porta e não ouvi mais nada. Com o coração na boca, me deparei com a inefável Domitila. Acabara de chegar e avançava entre os grupos de convidados. Livrei-me do que restava de um salgadinho, limpei os dentes com a língua e enxagüei com champanhe, a mão eu limpei no bolso da calça e, decidido, parti na sua direção. Cinco passos antes, meus olhos encontraram os dela. Um estremecimento me percorreu de alto a baixo. Ela sorriu e se fez a deusa de sempre — iluminada, linda, harmoniosa! — mas, inesperadamente, virou-se para trás, de onde, supus, surgiria o tio Camilo. Porém, espremendo-se entre corpos, gestos bruscos e taças cheias, quem surgiu foi Guilherme Falcão de Brito. Gelei. Meu corpo enrijeceu. Senti que o meu sorriso congelara no rosto um amarelo de decepção. Os dois vieram alegres na minha direção, mas ainda tive tempo de verificar que não estavam de mãos dadas. Cumprimentamo-nos com efusão e logo Guilherme afastou-se alguns passos, atendendo aos acenos de dois conhecidos.

— Você desapareceu! — reclamou Domitila. — Se eu não telefono, não fico sabendo se você ainda mora aqui ou voltou para Minas. O que aconteceu?

— Não aconteceu nada. É pura falta de tempo.

— Achei que podia estar com ciúmes do Guilherme.

— Ciúmes, eu? — tentei, reunindo todo o cinismo de um ator e pondo o máximo de espanto na pergunta, afastar qualquer possibilidade de que eu pudesse ter ciúmes. E, num rasgo inesperado de ousadia, decidi enfrentar, de uma vez por todas, o fantasma que mais temia: — Por quê? Vocês estão namorando?

— Ciúme não é coisa só de namorados — ela respondeu com um sorriso enigmático, acrescentando: — Amigos também têm ciúmes, pais têm ciúmes, irmãos têm ciúmes. Eu acho um sentimento horrível. Que bom que você não tem ciúmes do Guilherme.

Guilherme estava de volta. Seu sorriso ambíguo não me deixou saber se ouvira ou não o fim da frase de Domitila. Explicou-se:

— Eram dois colegas do Colégio Santo Inácio. Acho que vou encontrar muitos conhecidos aqui, hoje. Vamos abraçar os pais da Ingrid?

Guilherme segurou a mão de Domitila e começou a puxá-la. Domitila, por sua vez, segurou a minha mão:

— Vem também.

— Eu já cumprimentei os pais dela.

— Mas vem com a gente. Não vou deixar você aqui sozinho. Anda, vem — e foi me puxando salão adentro.

Cumprimentaram os pais da Ingrid — que logo se aproximou —, e Guilherme apresentou Domitila como uma amiga. Ingrid retocara a maquiagem, mas percebi que chorara.

— Eugênio falou se vinha? — ela quis saber de Guilherme.

— Subiu para Petrópolis — ele respondeu, com o olhar disperso pelos convidados. Por isso não percebeu a reação de Ingrid: ela fechou os olhos e suspirou.

— Olha lá o Rafael! — disse Guilherme, acenando.

— Não agüento mais o Rafael, gente! Ele parece um carrapato! Não desgruda um segundo! E eu tenho que ajudar a receber os convidados. Segura ele com vocês, pelo amor de Deus!

— Ele está vindo para cá — sussurrou Guilherme.

— Eugênio, que eu queria que viesse, não veio — ela disse, afastando-se. — Depois eu falo com vocês.

Rafael se aproximou quando Ingrid já se afastara, mas Guilherme minorou seu desapontamento recebendo-o com efusões. Apresentou Domitila e brincou de me apresentar. Depois, sobraçando-o pelo ombro, saiu arrastando-o, enquanto dizia:

— O senhor vai unir-se aos bons esta noite, "doutor" Rafael! É uma grande oportunidade para a sua depuração espiritual! Vem com a gente! Você vai entender como vivem os anjos.

Sem ter como escapar, Rafael seguia Guilherme a contragosto. Aproveitei para me aproximar de Domitila.

— Seu pai não vem?

— Papai? Não! Por quê? Ele não foi convidado. Nem eu tampouco. Eu só vim porque o Guilherme insistiu muito.

— Ah, entendi. Quando você me ligou e disse que viria, eu pensei que fosse com seu pai.

— Você entendeu mal.

Em torno de uma mesa na varanda do andar de baixo, nós ouvíamos música, conversávamos, assistíamos à dança e éramos bem servidos de bebida e comida. Bastou um descuido de Guilherme para Rafael escapar sem que percebêssemos. De onde estávamos, podíamos acompanhar sua obcecada perseguição aos passos de Ingrid e as aflitivas fugas dela. Tive pena de Rafael: um derrotado humilhado, que se acreditava um vitorioso indispensável. Nesse ridículo, eu jamais cairia, disse a mim mesmo.

Eu acompanhava a perseguição e fuga de Rafael e Ingrid, mas em nenhum momento deixei de observar Domitila e Guilherme. Aos poucos, fui notando que ela o tratava da mesma maneira que a mim. Percebi também que isso deixava Guilherme tão inseguro quanto eu. Não sabíamos — nem eu, nem ele — em que terreno pisávamos. Ela mantinha a mesma ambigüidade, repetia o mesmo jogo de aproximação e afastamento, de querer e não querer. Por várias vezes, enquanto mantive Domitila e ele sob atenta e discreta observação, cruzei meu olhar com o de Guilherme, que também mantinha a mim e a Domitila sob discreta e atenta observação. Com o passar do tempo, uma idéia foi crescendo dentro de mim. A idéia era dar um basta naquela situação. Provocar um desfecho, qualquer que fosse. E quanto mais pensava nisso, mais a idéia me possuía. E quanto mais eu assistia ao esconde-esconde de Rafael e Ingrid e ao mútuo controle entre mim e Guilherme, mais crescia a necessidade de uma atitude. Cresceu tanto que me levou a outra decisão: o desfecho não poderia passar daquela noite. Tudo estava decidido na minha cabeça, mas eu não sabia o que fazer.

Súbito, num impulso mais forte do que eu, me vi levantando-me da cadeira, indo até Domitila e tirando-a para dançar. Guilherme me olhou com o canto do lábio superior erguido, como um cão que rosna para a sua vítima. Domitila hesitou.

— Aprendeu depressa a dançar! — ela ironizou.

Fomos para o salão e começamos a dançar. Quer dizer, dançar é força de expressão. O correto seria dizer que andávamos dois passos para um lado e dois para o outro. Mas, naquele momento, essa minha inépcia pouco importava. A força que me movia vinha da decisão firme de dizer a Domitila tudo o que sentia. Só me faltava escolher o momento. Mas depois de quase começar algumas vezes e recuar outras tantas, começar várias vezes e desviar o rumo improvisando novos assuntos, cheguei ao limite. Ou falava, ou me calava para sempre. Falei:

— Domitila, eu preciso conversar com você.

— Claro. Pode falar. É sobre o quê? É assunto sério? Quer parar de dançar?

— Quero.

Fomos para o andar de cima e sentamos em duas espreguiçadeiras vizinhas, à beira da piscina. As cadeiras eram um convite a deitar, mas permanecemos sentados lateralmente, um de frente para o outro. O burburinho à volta não aliviava o silêncio entre nós. Domitila me olhava, esperando que eu dissesse alguma coisa. Eu não sabia como começar.

— É o seguinte, Domitila... — comecei, mas logo empaquei. Depois de uma pausa, recomecei: — ...eu queria conversar com você porque... — parei de novo. Recomecei: — ...a gente tem saído algumas vezes e acho que ficamos amigos... mas eu não queria ser só seu amigo... eu gosto de você e... resolvi chamar você para conversar porque... para ver se você quer namorar comigo.

Calei-me, esperando que ela dissesse alguma coisa. Mas nada, nenhuma palavra foi dita. Quando ergui os olhos na direção dela, vi que não olhava mais para mim. Apoiara os cotovelos sobre os joelhos e, com o queixo sobre as mãos cruzadas, olhava, cabisbaixa, para o próprio pé. Os cabelos escorriam lateralmente, cobrindo-lhe o rosto. Não suportei mais a espera e rompi o silêncio:

— E então, Domitila, o que você acha?

Num movimento brusco, ela girou o corpo, ergueu as pernas e soltou-as, assim como as costas, sobre a espreguiçadeira, sem dizer palavra. Ficou estirada, olhando para cima, em silêncio.

— Você não vai dizer nada? — perguntei depois de longa espera.

Ela não respondeu. Um casal, que veio olhar a piscina, ficou perto de nós. Falaram de largura, comprimento, profundidade, limpeza da água e depois se afastaram.

— Você quer que eu vá embora, Domitila?

Sem se virar, ela estendeu a mão, segurou o meu braço, puxou-o para baixo e o soltou, voltando a aquietar-se. Entendi que queria que eu ficasse. Deitei-me na espreguiçadeira e esperei, enquanto observava que a lua, nova, parecia estar parada sobre a cobertura. Foi então que ela, sem tirar os olhos da lua, disse:

— Eu não quero namorar você; eu quero ser sua amiga.

— Você está namorando o Guilherme?

— Isso não importa.

— Mas está?

— Não.

— Então, por que você não me namora?

— Porque eu não quero namorar.

— Nem comigo?

— Com ninguém. Eu já disse: quero ser sua amiga. Mas se você acha que não é possível, eu respeito.

— Não me ocorria nada para dizer. Estava arrasado. Sentia raiva, sentia vergonha, rejeição, impotência. Num impulso irritado, Domitila levantou-se e disse:

— Por que tem que ser assim? Por que não se pode mais ser só amigo?

Você, o Guilherme, minha mãe, todo mundo só pensa em namoro! Eu não quero namorar porque não gosto de ninguém! E por isso não posso ter amigo?

Afastou-se, pálida e trêmula. Estava indignada. Pensei em chamá-la, cheguei a sentar, mas não tive ânimo. Refletida na piscina, a lua também estava trêmula. Deitei-me de novo. Continuei olhando para a lua enquanto sentia a tristeza tomar conta de mim. A alegria da festa, que me invadia pelos ouvidos, me perturbava. Senti-me isolado do mundo. Era uma tristeza tão profunda que doía no meio do peito. Tive pena de mim.

Levantei-me e, sem saber para onde ir nem distinguir muito bem o que via, atravessei vários grupos de convidados, trombei com alguns e desci a escada. No andar de baixo, quase derrubei a bandeja de um garçom, e a taça de champanhe de uma mulher se espatifou no chão depois de chocar-se contra o meu braço. Cheguei ao *hall* do elevador. Desci. Ganhei a rua silenciosa e arborizada de Ipanema. Andei sem rumo. A tristeza me roía as vísceras. Senti náuseas. Apoiei a cabeça numa árvore e vomitei. Durante o vômito, chorei.

À medida que se aproximava o fim do ano, mais o cansaço minava as minhas forças. Eu vivia com sono, cochilando nos ônibus, durante as aulas e, invariavelmente, durante as jornadas noturnas no laboratório. Era impossível ficar acordado diante de um livro. Lavar o rosto, tomar café ou Coca-Cola com café não adiantava mais. Apelei para o Perventim — um comprimidinho capaz de tirar o sono de urso hibernado — e comecei a sonhar com as férias de final de ano, já que nas quatro semanas de julho eu me enfurnara na biblioteca, aproveitando a disponibilidade dos livros para pôr em dia a matéria de várias disciplinas.

Meu sonho era passar as festas de fim de ano e o mês de janeiro em Olhos D'Água. Rever minha mãe e Graciliano, rever a cidade aonde não voltara desde que me mudara para Belo Horizonte. Nadar no rio, pescar, descansar, dormir, sem horários nem obrigações. E também — por que não? — depois de oferecer à cidade a glória de ter um de seus filhos estudando medicina no Rio de Janeiro, colher os louros dessa vitória que, secretamente, tinha um leve sabor de vingança.

A esperança de realizar esse sonho me dava alento para enfrentar cada longa jornada, que começava com a enorme dificuldade de arrancar meu corpo da cama às seis da manhã e terminava com a impossibilidade de mantê-lo em pé depois das onze da noite, sem esquecer o desespero de mantê-lo ativo durante todo o dia. Mas essa era a minha realidade incontornável. Sonho é sonho.

O que eu sofri com o desprezo de Domitila me ensinou, na carne, não apenas que sonho é sonho, mas que o seu sonho é só seu — ninguém mais participa dele. E foi isso que tentei explicar a Maria Luísa quando, vencido o prazo que se dera para esperar um encontro com o tio Camilo, ela me procurou.

Eu me lembro que, naquele dia, as aulas haviam sido suspensas pelo Diretório Acadêmico. A faculdade estava coberta de cartazes e faixas contra a lei 4.464 — chamada pelo doutor Cachorrão e pela Bia de Lei Suplicy —, que proibia atividade política em entidades estudantis. Pela primeira vez, não me senti prejudicado, mas beneficiado. Fui para casa pensando em dormir até a hora de ir para o laboratório. Ao entrar na pensão, porém, Maria Luísa me segurou pelo braço. Estava voltando da prisão — que passara a freqüentar com regularidade — e não media palavras para elogiar o Leopoldo, sua inteligência, sabedoria, generosidade.

— Leopoldo é um filósofo, um iluminado, um santo! — dizia.

E dizia também que as conversas com um homem como Leopoldo a levaram a pensar na própria vida, a reavaliar a conduta do tio Camilo e a colocá-lo no seu devido lugar: aproveitador dos sentimentos alheios, carreirista, oportunista, o diabo a quatro. Não queria mais saber dele nem pintado de ouro, como se dizia. Agradeceu a Deus por eu não ter marcado o tão esperado encontro que, se acontecesse, ela teria se iludido por mais tempo. Segundo suas próprias palavras, Leopoldo iluminara sua vida com a luz da bondade, da fraternidade, da generosidade e da justiça.

Fiquei convencido de que Maria Luísa se apaixonara por Leopoldo, o que era um alívio para mim. Mas, por outro lado, esse convencimento me deixava confuso. Ele me levava à conclusão de que era impossível saber como funcionava a cabeça das mulheres.

Quando eu estava me preparando para as provas finais, a cidade já vivia um certo clima natalino. A saudade de minha mãe e meu irmão e a necessidade de descansar me levaram a conversar com o meu patrão sobre a possibilidade de ele me dar férias em janeiro. Pela primeira vez senti que patrão é patrão e empregado é empregado — e têm interesses inconciliáveis.

Apesar de ter mudado o tratamento comigo depois que nos encontramos na festa do doutor Furlan, meu patrão foi intransigente. O doutor Bernardo Montana não me concedeu as férias que eu tanto sonhava porque eu ainda não completara um ano de trabalho. E ele não abriria exceção — nem mesmo para um estudante que tinha família em outro estado. E garantiu que se eu viajasse, descumprindo a lei, ele lamentaria perder um bom funcionário, mas me demitiria.

Quando saí do laboratório, mais de dez da noite, estava tão chateado que ignorei meus horários da manhã seguinte e fui para um bar na praça Saens Peña. Lá, bebi, sozinho, meia dúzia de garrafas de cerveja. Ao entrar na pensão, mais de meia-noite, fui surpreendido por uma cena inimaginável: Maria Luísa estava aos beijos e abraços com um homem no sofá da sala. Tive que prestar atenção para identificar o parceiro: para meu espanto, era Artur, um hóspede antigo e nada simpático, que trabalhava como representante comercial de uma fábrica de utensílios de alumínio. Saí discretamente da sala e subi para o meu quarto.

Apesar do cansaço e das cervejas, demorei a dormir. Fiquei metabolizando a idéia de que não teria férias. Depois, decidi que, se não poderia mesmo viajar, aproveitaria aqueles meses de férias na faculdade para trabalhar mais durante o dia e juntar dinheiro para morar em Copacabana. E, à noite, estudaria inglês.

Quando voltei a me encontrar com Maria Luísa, ela continuava elogiando o Leopoldo como sábio e santo, mas passara a considerar que, por ser ele um preso, sem culpa formada, nem data para ser libertado, não seria sensato investir nele tempo, mercadoria cada dia mais preciosa para ela. Além disso, descobrira em Artur — a quem eu só ouvira falando de faturamentos, comissões, cotas, etc. — raras virtudes humanas. Estava encantada com a capacidade que ele desenvolvera de agradar uma mulher — em quase todos os sentidos. Diante do meu pasmo silencioso, ela quis saber de Domitila. Sem querer tratar diretamente de um assunto que ainda me magoava muito, mencionei a minha decepção com a volubilidade da mulher. Maria Luísa vestiu a carapuça. Disse que a única e verdadeira paixão de sua vida era o tio Camilo, que não a quis. Para provar que se mantinha fiel a ele, disse que todos os homens por quem se interessava eram, para ela, o tio Camilo.

Enfim, chegou o Natal e, apesar do desgaste das provas finais, eu ainda estava vivo. Não conseguira férias no laboratório nem fizera a sonhada viagem, mas não podia me queixar. Era justamente sobre isso que eu pensava na noite de vinte e quatro de dezembro, debruçado na janela do meu quarto. Estava há menos de um ano no Rio de Janeiro e as minhas conquistas eram quase inacreditáveis: passara no vestibular, em breve estaria no segundo ano de medicina, conseguira um bom emprego, ganhava o suficiente para morar, comer, estudar, vestir e até me divertir, e fizera um bom círculo de relações. Quem diria que aquele caipira de Olhos D'Água chegaria aonde eu estava?

Fui dormir. Sozinho, mas satisfeito comigo mesmo. Uma sensação que, hoje em dia, eu não sei mais o que é.

XXIV

Foram tão radicais e rápidas as mudanças da minha vida no primeiro ano de Rio de Janeiro que os cinco anos seguintes pareceram arrastar-se lentos como um rio lamacento. Além da rotina do curso de medicina e do trabalho no laboratório — que me tomavam praticamente todo o tempo —, pouca novidade aconteceu. E os períodos sem acontecimentos ficam sem registros e sem memória emotiva; tudo se iguala na mesma pasmaceira, se dilui na névoa do tempo. A repetição, que faz da vida um tédio, facilita a reconstituição — o que é um consolo. Como tenho apenas seis minutos para lhe contar o resto da minha história, é tranqüilizador saber que posso dar saltos no tempo, sem qualquer prejuízo para a sua compreensão.

Claro que a vida é contínua e nunca é interrompida. Mas há tempos mortos na vida: o tempo de dormir, de comer, de tomar banho, de cortar o cabelo, de atender às necessidades fisiológicas, de cortar as unhas, de fazer a barba, etc., etc., inclusive o tempo de trabalhar, se o trabalho for mera repetição diária das mesmas tarefas. A vida não fica em suspenso, mas como os átomos, as células e as moléculas, inclui lacunas, espaços vazios, tempos mortos.

Foi um tempo morto para mim o que se seguiu à recusa de Domitila a me namorar. Continuei a trabalhar, a estudar, a fazer tudo o que devia fazer, dando a impressão de que a vida seguia o seu curso, e que eu absorvera bem o impacto. Na verdade, a vida seguia mesmo o seu curso — na faculdade, no laboratório, na pensão — e eu, retardado, anestesiado, corria atrás da vida. Você não imagina o quanto demorou para eu me emparelhar outra vez com ela.

Porém, a aparente galhardia com que eu vencia o desprezo de Domitila foi abalada quando percebi que Guilherme Otávio mudara o tratamento comigo. No princípio, deixou de parar quando cruzava comigo no corredor; apenas cumprimentava e seguia em frente. Depois, passou a me dirigir um rápido aceno e, por fim, limitava-se a esboçar um sorriso ou erguer a sobrancelha. Nunca mais me convidou para sair; e quando o chamei para tomar um chope, desconversou. Eu perdi, além da possível namorada, o amigo. E fiquei com a certeza de que eles estavam namorando.

Alguma coisa desabou dentro de mim, desmontando a máscara de altivez inabalável e destroçando a minha auto-estima. O desânimo me arrastou à prostração. Não dormia e nem conseguia me levantar da cama. Ficava no quarto escuro, olhando para o teto, as imagens de Domitila e Guilherme — que eu não sabia se eram lembranças ou criação — revezando-se, sem nexo, na minha cabeça. Inventei uma gripe forte e mandei avisar que não iria à aula nem ao laboratório. Perdi completamente o apetite. Não desci ao refeitório e recusei os sucos, chás e sopas que Maria Luísa mandava me servir no quarto. Sem banho, sem escovar os dentes, sem pentear o cabelo e sem fazer a barba, eu estava entregue ao meu abandono. Sentia-me um ser desprezível, meio monstruoso, que só provocava a repulsa e o desprezo das pessoas. E se ela me desprezava, nada mais importava para mim. O que me restava era me deixar morrer, com a certeza de que ninguém sentiria a minha falta; ela mesma continuaria namorando Guilherme como se nada houvesse acontecido.

Maria Luísa — que eu acabara por expulsar da porta do quarto tantas vezes lá estivera, batendo, chamando, fazendo perguntas, sugerindo um banho, convidando para um passeio a pé, oferecendo isso e aquilo — não conteve mais sua apreensão: abriu a porta com a chave mestra e entrou. Sentou-se na cadeira ao lado da cama e segurou a minha mão em silêncio. Sua silhueta quieta na penumbra me incomodou menos que suas batidas na porta. Senti um enorme conforto com o carinho de sua mão na minha. Depois de um tempo, ela sussurrou:

— Não sei o que está acontecendo com você, mas não posso deixar que continue desse jeito. É preciso fazer alguma coisa. O que acha que devo fazer? Chamar um médico? Chamar alguém da faculdade ou do laboratório? Escrever para sua mãe?

Balancei a cabeça negativamente a todas as perguntas. Mas a preocupação de Maria Luísa me fazia bem.

— Eu não posso falar com o Camilo nem com a mulher dele, mas posso ligar para Domitila. Tenho certeza de que ela vem ver você. Quer que eu ligue?

De repente, em vez de Maria Luísa, era Domitila que eu via sentada na cadeira, acariciando a minha mão. E eu sentia um alívio, um prazer enorme por ela estar ali, aflita e preocupada com o meu estado. Era bom que ela olhasse bem para mim e visse o que fizera do meu corpo, que antes era saudável, que sentisse a infelicidade a que condenara um jovem cheio de esperanças e possibilidades como eu, que percebesse a tristeza, o desânimo, a vontade de morrer que se apossaram de mim, enfim, sofresse ao saber que toda a minha mortificação era por culpa e responsabilidade exclusivas dela. E se ela continuasse a acariciar a minha mão como quem tenta se desculpar, eu recolheria a mão — se me condenara, eu preferia morrer com altivez. Ela que sofresse a culpa pela minha morte, o que, pelo meu estado, não deveria tardar — ou, então, me salvasse e se salvasse de vez, declarando-se apaixonada por mim.

— E então, quer que eu ligue para Domitila? — repetiu Maria Luísa.

A voz de Maria Luísa trouxe-a de volta para a cadeira junto à cama, ao mesmo tempo que um tremor de assombro me sacudiu — Deus do céu, será que eu estava delirando? — Balancei a cabeça em recusa à sugestão de Maria Luísa, que continuava a acariciar a minha mão. Ela deve ter percebido o meu susto porque passou a acariciar levemente a minha testa, meu cabelo, meu rosto.

No dia seguinte eu estava de pé. E no outro, assisti à aula e fui trabalhar. Com o tempo, voltei lentamente a correr atrás da vida. Mas demorou para reinstalar-se a normalidade. Esse foi um tempo morto, que não deixou memória nem história para ser contada, apenas um irremissível ressentimento de Domitila.

Só muito tempo depois entendi por que foi penoso para mim assimilar uma recusa tão corriqueira que, hoje em dia, parece banal. Naquele episódio, não era só Domitila que dizia não para mim. Era ela e tudo o mais que a envolvia: o pai dela, a mãe, os amigos, a elegância, o charme, as festas, a riqueza, o poder, tudo que era o mundo dela e que me desprezara. O próprio Guilherme — ela disse que não o namorava, mas soube que continuou indo a festas, filmes e *shows* com ele — fazia parte do mundo dela. Um mundo que me fascinava, que eu queria que fosse o meu. E Domitila me expulsara dele com um pontapé. Senti-me como Adão depois de perdido o paraíso.

Uma vez recuperado, restavam-me a faculdade e o laboratório como passaportes para, um dia, quem sabe, voltar ao paraíso. Entrei de sola nos dois e tentei esquecer todo o resto. Na faculdade, candidatei-me a monitor não de uma, mas de três disciplinas: anatomia, fisiologia e bioquímica. Todo mundo achou um exagero. Comentou-se até que era a primeira vez na história da faculdade que um estudante se candidatava a monitor de três disciplinas. Joana, a colega mais pobre e mais querida da turma, me procurou:

— Você está se candidatando à vaga de anatomia também?

— Estou, por quê?

— Fisiologia, bioquímica e anatomia?

— As que achei que tinha chance. Mas por que você está tão surpresa?

— Porque eu também estou tentando anatomia, mas disputando com você não vou ter nenhuma chance.

— Ora, Joana, que tolice! Você foi ótima aluna de anatomia.

— Não tanto quanto você. Mas anatomia é a minha paixão.

— É, eu sei. E o professor Carvalhosa também sabe: ponto a seu favor.

— Mas vem cá: se passar, você vai largar o laboratório?

— Não. Não posso. Se eu largar, vou viver de quê? O dinheiro da bolsa é pouco para mim. Eu não moro com meus pais.

— Mas você vai ficar com os dois? E os horários de trabalho?

— Se eu passar, vou pensar num horário que possa conciliar. Mas isso é assunto para depois.

— Eu preciso muito dessa bolsa! Do dinheiro, que vai ser um alívio para a minha família, e da possibilidade de estudar mais. Eu só quero anatomia e só tenho chance em anatomia.

Joana silenciou, embora desse a impressão de que tinha algo mais a dizer. Também fiquei calado.

— Eu quero lhe pedir uma coisa, mas estou com vergonha.

— Eu já sei. Você quer que eu desista de participar do concurso.

— E se fosse isso?

— Eu não poderia.

— Mas só no de anatomia.

— Por que a gente não disputa, Joana? Que entre o melhor.

— Será você, que tem emprego e não precisa.

— Você acha justo me pedir para desistir?

— Acho e não acho. Por isso estou envergonhada. Não é justo que você renuncie porque estou pedindo. Mas será justo que eu deixe de estudar porque não tenho emprego nem uma família que possa me manter? Você, que já tem seu emprego, ainda poderá ganhar a monitoria de fisiologia ou de bioquímica, ou até as duas. É tanta coisa que você nunca conseguirá cumprir todas as obrigações.

— Mas, Joana, você não tem o direito de pedir que eu renuncie ao meu direito de fazer esse concurso.

— É verdade. Só faço isso para defender o meu direito de estudar.

— Por que não disputamos a bolsa e conversamos depois que saírem os resultados? Eu quero disputar, Joana. E quero ser aprovado porque tenho meus planos. Se for o caso de desistir, posso desistir depois de aprovado.

Joana ficou decepcionada. Agradeceu a minha compreensão e se afastou, ressentida. Eu não tinha a intenção de magoá-la. Ela era a mais alegre e generosa da classe. Além de pobre, a natureza não a dotara de atributos físicos que atraíssem grandes luzes fora da vida profissional. Mas eu sabia o que estava fazendo. A monitoria seria um primeiro passo num projeto mais ambicioso e a longo prazo, o de vir a ser professor da Faculdade Nacional de Medicina.

Depois do episódio com Joana, senti que alguns colegas — principalmente os políticos — torceram o nariz para mim. Certamente achavam que o mais justo seria que eu renunciasse em nome dela. Ignorei os narizes torcidos e fiz o concurso, que começava pela entrevista. Achei que tinha me saído bem com os professores de anatomia e bioquímica. A última foi com o professor Cunha, de fisiologia, e seus dois assistentes.

Mal entrei na sala e já senti um clima pouco acolhedor. Cumprimentamo-nos e me sentei. Com a sua ironia habitual, o professor Cunha falou com pausadas palavras:

— Eu estou intrigado com o senhor, "doutor". Pelo seguinte: como o senhor deve saber, o monitor precisa ser um estudante destacado e com um interesse especial na disciplina que vai monitorar, no nosso caso, de fisiologia. E deve provar que está muito bem preparado. Ele fará parte da nossa equipe e ganhará uma bolsa de estudos. Quando não estiver em aula, participará das nossas discussões, trabalhará em nossos projetos de pesquisa, na preparação de aulas e no atendimento de alunos. Pela ficha que tenho aqui, vejo que o senhor saiu-se bem em todas as matérias, inclusive em fisiologia. Merece parabéns. Mas o que nos intrigou foi o "doutor" inscrever-se em três disciplinas, mesmo sabendo que só poderá ser monitor de uma. Por que fez isso?

— Há alguma proibição?

— Proibição regimental, não. Há uma questão... digamos... ética. Dá a impressão de que o senhor, em vez de escolher a área de estudo de sua vocação, atira em várias direções. A disciplina que o aceitar, será esta. E nós achamos que o monitor deve ter, além de conhecimento, uma nítida predileção pela disciplina que escolhe.

— Mas eu gosto das três. E o senhor pode verificar aí que tive boas notas em todas elas. Estou disputando as três, mas é claro que, se passar, só vou ser monitor de uma.

— O senhor não acha que pode estar ocupando o lugar de um colega que só tem uma opção?

— Mas, professor, o monitor não é o aluno que teve as melhores notas durante o curso, que conseguiu a melhor nota na prova de seleção, que se saiu melhor na entrevista?

— É isso, mas não é só isso. Acontece que a faculdade ainda não tem uma maneira de formar seu quadro de professores. A monitoria, então, funciona como uma maneira improvisada e lenta de preparação de um futuro professor. Meus assistentes são todos ex-monitores. A nossa expectativa é de alguém que se interesse por uma dedicação de longo prazo. Daí a necessidade da predileção, diria mesmo da paixão, pela fisiologia. O "doutor" entendeu?

— Entendi, professor. Pois é exatamente porque quero ser professor depois de formado que eu gostaria de ser monitor agora.

— Sei. Muitos médicos dão aula porque adquiriram competência na área específica. E ser professor dá credibilidade junto aos pacientes. Mas isso só funciona para disciplinas que são especialidades, como ortopedia, cardiologia, nefrologia, etc. Não funciona para disciplinas básicas, como anatomia, bioquímica ou fisiologia. Se no bloco de receita de um obstetra estiver escrito que ele é professor de bioquímica, ao invés de ganhar, ele perderá em credibilidade, pois passará a impressão que ainda não é suficientemente competente para ser professor da própria especialidade. Será que não seria melhor para o "doutor" ser monitor de disciplinas mais do final do curso?

O professor me surpreendeu. Ele tinha razão. Eu não sabia o que responder.

— É. Talvez. Mas ser aprovado é importante para mim, professor. Ainda que, depois, eu renuncie.

— Só para tomar o nosso tempo?

— Não, professor. De jeito nenhum. Eu me expressei mal. Se for aprovado, eu vou ser monitor.

— Vai deixar o Laboratório Louis Pasteur para ganhar bolsa de monitor?

Outra surpresa. Não imaginava que ele soubesse onde eu trabalhava. Fiquei embatucado para responder.

— Eu pensei em conciliar.

— Conciliar, como? Quando não está em aula, o monitor tem ocupação todo o tempo.

— O senhor acha que não dá para conciliar?

— Eu tenho certeza de que não dá. Eu nem sei como é que o senhor concilia o curso de medicina com um emprego no laboratório.

Nem é preciso continuar. A entrevista foi um fiasco. Quando o professor disse "Para mim está bom, pode ir", saí da sala envergonhado e decidido a não fazer nenhuma das provas de seleção. Esse episódio me deixou chateado e com a certeza de que fora prejudicado. Acho que os professores combinaram me desclassificar já na entrevista, pois seria mais difícil numa prova escrita. Fui eliminado nas três disciplinas, sem direito a fazer a prova de conhecimentos específicos que, aliás, eu já decidira não fazer. Apurei que a razão oficial da eliminação fora a minha falta de tempo. Uma explicação plausível, mas precipitada, que não me satisfez. Para mim, alguns colegas — principalmente os políticos — que torciam para a Joana, fizeram chegar aos professores que eu trabalhava no laboratório. Uns e outros tramaram contra mim. A Joana foi aprovada.

Mas a vida, que inclui derrotas, cria suas compensações. Meses depois, chegando ao laboratório, Luzia me informou que o patrão queria falar comigo. Desci até a sala dele. O doutor Bernardo me recebeu afavelmente — aliás, como já disse, depois que nos encontramos na casa da Ingrid, ele passou a me tratar na palma da mão. E continuava assim, apesar de ter sido intransigente quanto às férias. Aos seus olhos, além de indicado pelo doutor Camilo, eu era amigo do doutor Furlan. Inicialmente, falamos de amenidades, até que ele assumiu um tom sério:

— Não quero que comente com ninguém essa nossa conversa, ok?

— Ok — respondi.

— É o seguinte: o governador me convidou para participar da campanha eleitoral do seu candidato ao governo do estado. Para mim, é mais do que um convite, é uma intimação. É impossível recusar. E é a minha chance de entrar na política pela porta principal. De modo que vou passar um período meio afastado do laboratório. E vou precisar muito da sua ajuda.

— Pode contar comigo, doutor.

— Esse desentendimento entre o Paixão e o Carlos Ítalo é uma bomba-relógio. Pode explodir a qualquer momento. E profissionais como eles não estão dando sopa por aí. Não posso perdê-los.

— O senhor tem razão. São dois excelentes profissionais.

— E você é a solução para manter a bomba desativada.

— Eu, doutor?

— Quero que seja o chefe do laboratório.

Foi difícil manter a sobriedade diante do doutor Bernardo. Exultei e não hesitei. Ele próprio subiu ao laboratório e anunciou a minha promoção. Foi só depois que Luzia me cumprimentou que seu Paixão e Carlos Ítalo a imitaram. Mas era visível que ambos detestaram a solução, pois, secretamente, pretendiam o cargo. Mas diante das circunstâncias, cada um achou melhor que eu, e não o rival, o assumisse.

Como chefe do laboratório, responsável por manter a bomba desativada, conservei a orientação do doutor Bernardo de evitar áreas de atrito entre seu Paixão e Carlos Ítalo — eles continuariam em salas contíguas. Conversei com ambos — um de cada vez, é claro — sobre a idéia de laboratorista de um só tipo de exame. Os dois preferiam fazer todos os tipos de exames, o que acatei. Voltamos à situação anterior, obedecendo apenas à ordem numérica. Logo constatei que o cargo me obrigava a estar no laboratório em horários a que não estava habituado, o que me exigia malabarismos ainda maiores para compatibilizá-lo com as minhas aulas.

Ganhei mais trabalho, responsabilidade, preocupação e um aumento de dez por cento no salário, o que me faltava para resolver um problema prático e tentar realizar um sonho. Com melhores condições de comprar livros, eu acabava com o transtorno de tomá-los emprestados de colegas, às vezes em remotos endereços e impossíveis horários, ou esperar que fossem devolvidos à biblioteca. O sonho era morar em Copacabana. Afixei no painel do Calabouço um anúncio me oferecendo para dividir apartamento e deixei os telefones da pensão e do laboratório para contato.

Passado um tempo, recebi um telefonema. Na primeira oportunidade, fui ver o apartamento. Tinha uma sala, dois quartos pequenos e quatro moradores — dois em cada quarto. Era apertado demais para quem se habituara a morar sozinho num quarto duplo. Desisti. Tempos depois, outra ligação. Esse era grande e tinha três quartos, onde viviam nove pessoas. Dormia gente na sala e até no quarto de empregada. Tudo bagunçado, escuro e meio sujo. E que tipos viviam ali! Uns barbados, trançando só de cueca pela casa, se coçando e falando alto. Fiquei muito mal-impressionado e percebi que não seria fácil encontrar algo aceitável por um preço razoável. Os dois que visitei tinham preços acima das minhas possibilidades, mesmo com os dez por cento de aumento. Fiquei decepcionado. Mantive o anúncio, mas perdi o entusiasmo e a pressa. Disse a mim mesmo que só visitaria algum apartamento depois de minucioso interrogatório pelo telefone.

Foi num fim de tarde mais ou menos dessa época que eu, atrasado para a aula de inglês, descia aos saltos a escada da pensão, quando Maria Luísa veio ao meu encontro. Esmagava o rosto transtornado entre as mãos.

— Você nem imagina o que aconteceu!

Eu não imaginava e, com a pressa que estava, nem queria mesmo imaginar. Além do mais, àquela altura eu já me cansara dos dramas, das cenas e das histórias de Maria Luísa. Nem cheguei a parar. Diminuí a velocidade, mas continuei avançando. Ela me seguiu, tentando reter-me pelo braço.

— O Leopoldo foi solto.

— É mesmo? E por que você não está alegre?

— Eu não sabia que ele ia sair hoje. Chegou de surpresa e encontrou outro hóspede no quarto. Nem seus pertences estavam lá. Eu havia mandado juntar tudo e descer para o porão. Ele, que chegara alegre, me olhou decepcionado e com uns olhos tão tristes que quase me debulhei em lágrimas. Espera, me deixa acabar de falar! Eu fiz uma coisa horrível com um homem que é quase um santo. Mas foi o desgraçado do Artur que me aconselhou a fazer isso. Não sei por que fui dar ouvidos a um vendedor de bacia como o Artur! Um vendedor de penico, é o que ele é! Que pressa é essa que não pode parar para me ouvir nem um segundo? Vai tirar o pai da forca?

— Estou atrasado para a aula de inglês — justifiquei-me.

— Esse inglês pode esperar um segundo. Mas vê se tem cabimento: eu aluguei o quarto dele para outro hóspede.

— Mas mesmo preso ele estava pagando?

— Estava. Os companheiros da cadeia faziam uma vaquinha todo mês. Eu não queria receber, mas não tinha coragem de dizer que pusera outro. E, de repente, sem que eu tivesse tempo para consertar nada, ele me avança pensão adentro com um buquê de flores na mão. Pôs o buquê na minha mão e depois me deu um abraço apertado.

— E você tirou o outro hóspede do quarto dele?

— Ele não deixou. Pegou seus pertences no porão e foi embora. Agora imagina: ele sai da prisão, volta para casa e descobre que não tem mais casa. E ele nem reclamou, acredita? Disse que precisava mesmo mudar de endereço porque poderiam querer prendê-lo de novo a qualquer momento. Não acreditei nisso. Acho que magoei um santo, um filósofo! E tudo porque fui ouvir o desgraçado do Artur. Aquele paneleiro do saco roxo!

Disse-lhe duas palavras de consolo e escapei. Deixei-a xingando um homem e chorando por outro. Durante o trajeto até o curso de inglês pensei no tumulto que os homens causavam à sua vida. Quando cismou de ser o mulherão do tio Camilo, tanto se ocupou com costureiras, manicures, cabeleireiras etc. que a administração da pensão ficou para as horas de folga. E os hóspedes começaram a reclamar. Pelo menos um eu sei que se mudou porque não recebia os recados telefônicos. De uns tempos para cá, o zunzum que corria — a dona Ednaide, do quarto treze, dia desses tomara o café da manhã na minha mesa e me contara tudo — era de que Maria Luísa estava dando muita trela ao tal do Artur nos assuntos da administração. E o homem já andara falando alto com os empregados, já batera em porta de quarto para reclamar com hóspede do volume do rádio e já se altercara com a própria Maria Luísa, em pleno refeitório, na hora do jantar. Segundo dona Ednaide, ele não inspirava confiança aos hóspedes, que já sussurravam maus pressentimentos para o desfecho daquele romance.

Logo — ainda no trajeto para a aula de inglês —, sem que eu percebesse, talvez por associação de idéias com os homens que tumultuavam a vida de Maria Luísa —, era a minha própria vida que me ocupava a cabeça. Passara muito tempo, desde a festa de bodas de prata do doutor Furlan, para que eu voltasse a prestar atenção em mulher. E, mesmo assim, uma atenção que poderia ser chamada de clínica: se não conseguia entender como funcionava a cabeça delas, eu queria, pelo menos, descobrir o que mais as seduzia num homem. Ou, mais particularmente, o que, em mim, poderia interessar a uma mulher. E passei a observar algumas à minha volta.

Ingrid, uma apaixonada incansável, se deliciava com tudo que Eugênio dizia, fazia ou imaginava. Mesmo sem ser correspondida, ela se entregava completamente à paixão, sem pudores nem meias medidas. De modo que era fácil, ou impossível, saber o que, em Eugênio, a seduzia. Pela visão mais fácil, Eugênio era milionário, inteligente, educado, bonito e carinhoso — uma combinação tão rara quanto irresistível. Inútil procurar outras razões. Mas quantos homens no mundo são milionários, inteligentes, educados, bonitos e carinhosos?

Também com Maria Luísa, que passara a ver cada homem que lhe interessava como uma nova faceta do tio Camilo, a dedução era lógica. Não há nada no tio Camilo que seja comum a todos os homens — quer sejam Leopoldo, Artur ou qualquer outro — a não ser, é claro, o fato de serem machos. Ora, nesse caso, Maria Luísa poderia se apaixonar por qualquer macho. Ou por nenhum.

Já a Bia parecia desconsiderar a riqueza e a beleza. Entronizara a inteligência. O que a seduziria num homem seria a sua maneira de ver o mundo e os seres humanos, o direito e a justiça, sua ideologia, enfim. Bia se apaixonaria mais por um conceito do que por um homem.

Simples e de origem humilde, Luzia era noiva de um bancário, que eu não conhecia. Seu salário como secretária era para comprar lençóis, toalhas, colchas e panos de prato para o seu enxoval, que ela nos mostrava com orgulho. O que, no seu futuro marido, a apaixonara? Eu não o conhecia, não saberia dizer. E, ainda que conhecesse, não creio que soubesse. Mas eu sabia que todo final de tarde, com o pretexto de levar os laudos para serem assinados, Luzia descia à sala do doutor Bernardo e aplicava-lhe o *fellacio*. Quinze minutos depois, quando saía da sala de batom fresco nos lábios, todos baixavam a cabeça, uns para disfarçar o riso, outros para esconder a vergonha. Definitivamente, eu não conseguia entender as mulheres. Apesar do Carlos Ítalo estar sempre repetindo que elas só existem para serem amadas, não para serem entendidas, eu vivia ao largo delas.

Num final de tarde de outono, seu Paixão e Carlos Ítalo trabalhavam em silêncio, Luzia já descera à sala do doutor Bernardo com a pilha de laudos para serem assinados, e eu acompanhava da janela a lenta queda das folhas nas árvores em frente ao laboratório. A rua silenciosa se cobria com um tapete marrom-amarelo-avermelhado, que a brisa ocasional empurrava suavemente com um ruído de folhas secas arrastando-se sobre o cimento. Eu estava paralisado, a cabeça em suspenso, fora do tempo e do espaço, absorto. Aos poucos fui sendo tomado por uma indefinível sensação corpórea da passagem do tempo. Como se meu corpo, ou minha mente, me fizessem sentir o mundo não como um jovem, mas como um homem adulto, já vivido, com um olhar meio cansado, que contempla, sem pressa nem surpresa, o flutuar hesitante das folhas, o sol recolher-se atrás das sombras, a própria vida encurtar-se face ao instante que se eternizara. Naquele momento, o meu ser, com suas marcas, seus percursos, seus sonhos e seus mistérios, pousou no fundo de mim — eu senti a nítida distinção entre a concretude limitada do meu corpo e a fluidez livre do meu espírito. Eu nunca estivera tão perto de mim e nunca sentira tão palpável o meu estar no mundo.

Foi a entrada ruidosa do doutor Bernardo que me tragou de volta à janela, ao laboratório, à realidade:

— O Castelo Branco acabou de soltar outro Ato Institucional! — vociferou ele, cigarro e isqueiro na mão, erguendo a calça com movimentos simultâneos e simétricos do antebraço sobre a cintura.

Antes de continuar essa vociferação, é preciso dizer que o candidato apoiado pelo governador Carlos Lacerda, para o qual o doutor Bernardo fizera campanha, perdera a eleição. O eleito, mas ainda não empossado, fora o embaixador Negrão de Lima, candidato de oposição a Lacerda e ao presidente da República, o marechal Castelo Branco. Como já disse, não entendo patavina de política, mas decorei esse resultado de tanto que o patrão azucrinou a minha vida e a de todo mundo do laboratório nas três últimas semanas, reclamando da ingratidão e da burrice dos eleitores.

— O homem enlouqueceu! Acabou com os partidos políticos! Acabou com a eleição direta para presidente da República! Aumentou seu poder para decretar estado de sítio, intervenção nos estados, suspender direitos políticos e cassar mandatos! Determinou que só a justiça militar julga os crimes contra a segurança nacional e acabou com o recurso judicial para qualquer ato do presidente! O homem quer ser Deus! O mundo vai ser do jeito que ele disser!

Eu, seu Paixão, Carlos Ítalo e Luzia, que entrara atrás dele, ouvíamos em pé, encostados nas bancadas, enquanto ele, socando a ponta do cigarro sobre o isqueiro e, no que se tornara um cacoete, erguendo a calça com os antebraços, andava de um lado para o outro, indignado. Deve ter aprendido muito com os políticos na campanha porque passara a usar um palavreado rebuscado e um tom de voz solene.

— E sabem o porquê disso? Porque o povo estúpido da Guanabara e

Minas Gerais resolveu voltar ao passado! Elegeu a oposição, votou contra a revolução, contra os militares! Cutucaram a onça com vara curta! Esses boçais, que não sabem votar, também não sabem que a cada ação corresponde uma reação. Agora, os milicos se vingaram! A revolução virou eterna! Eles nunca mais vão soltar o osso! Se os deputados e senadores é que vão eleger o presidente, só ganha a eleição quem os milicos quiserem! E eles vão querer sempre um deles porque acham que são mais honestos, mais inteligentes, mais preparados, mais patriotas. E quem votar em outro perde o mandato. Guarda o que estou dizendo: os militares vão destruir a elite política brasileira. Só vão fazer política os imbecis, os corruptos e os sequiosos de poder.

Ele parou, acendeu o cigarro, aspirou uma longa tragada e falou num tom baixo e dramático.

— Esse ato sepulta a vida política do governador Carlos Lacerda. O melhor presidente da República que esse país poderia ter. O mais cruel é que o homem que ajudou a fazer a revolução se tornou uma vítima dela. O país vai pagar caro por isso!

Ele deu outra baforada. Estava emocionado, as mãos trêmulas. Caminhou devagar até a outra porta. Parou, voltou-se para mim e disse:

— Eu queria entrar na política pela porta da frente. Essa vontade abortou hoje.

E saiu sem dizer mais nada. Nós voltamos a trabalhar em silêncio.

O ano letivo chegara ao fim, o Natal se aproximava e, mais uma vez, eu não viajara porque as férias do laboratório não coincidiam com as da faculdade. Como a maioria dos hóspedes viajava para passar as férias com a família, a pensão ficava vazia e silenciosa nessa época do ano. Os que não podiam viajar, ou não tinham família, ficavam mais próximos. No refeitório, que Maria Luísa enfeitava com guirlandas de Feliz Natal, festões nevados e efígies de Papai Noel com trenós e renas coladas nas paredes, poucas mesas bastavam para atender os hóspedes desgarrados. Com a redução dos comensais, o cardápio melhorava bastante.

Maria Luísa estava especialmente triste. Artur também viajara, segundo ele, para tratar de problemas do comércio de utensílios de alumínio — argumento que não a convencera completamente. Rendida à presença ostensiva e protetora de Artur, Maria Luísa parecia ter esquecido não apenas o santo filósofo Leopoldo, como o próprio tio Camilo, que fora um dia o homem de sua vida. Artur já era dono de seu coração e, a julgar pelos comentários de alguns hóspedes, tinha apetite para muito mais. Maria Luíza agradecia a Deus ter, finalmente, encontrado o protetor que tanto necessitava.

Uma noite me pediu que a ajudasse a montar a árvore de Natal na sala. Estávamos pendurando bolas e enfeites no pinheiro artificial, quando, inesperadamente, Maria Luísa começou a chorar — um choro manso e silencioso, de longas lágrimas rosto abaixo. Convenci-me de que andava acobertando problemas e sufocando-se de angústias. Sugeri que se abrisse comigo. E ela começou a falar.

— Eu amo o Artur. E sei que ele me ama. É a primeira vez que meu amor é correspondido. Desde que ele viajou ando roxa de saudade. Tenho sentido falta da voz, do corpo e até do cheiro dele. Mas quando está aqui, ele me deixa meio insegura, desconfiada. É um homem misterioso, não responde às minhas perguntas direito, não é daqui do Rio e ninguém conhece a família dele... Essa viagem, por exemplo... será que é preciso mesmo viajar a trabalho em época de festas? Além disso, os negócios dele não vão bem. Ele diz que os utensílios de plástico estão roubando o mercado de alumínio. E eu lhe tenho emprestado algum dinheiro para quitar as faturas de suas cotas mínimas de mercadorias. Se não paga a cota mínima, não tem praça exclusiva nem preço compensador. Se paga, a mercadoria fica encalhada. Aliás, algum dinheiro, não; a essa altura, a soma já é alta. Quase todas as minhas economias. E eu estou com medo de ele não conseguir me pagar.

Achei a situação delicada, mas não tinha o que dizer. Sugeri que se acautelasse, não emprestasse mais e começasse a tentar reaver aos poucos o montante cedido. O telefone tocou, e ela, enxugando as lágrimas, foi atender. Voltou dizendo que o tio Camilo queria falar comigo. Atendi. Efusivo, ele reclamou porque eu desaparecera. Disse que o doutor Bernardo me elogiara, cumprimentou-me pela promoção a chefe do laboratório e convidou-me para passar o Natal na casa dele. Agradeci e menti que já aceitara convite de um colega. Ao se despedir, perguntou por Maria Luísa e me desejou um Feliz Natal e um próspero Ano-Novo. Agradeci e retribuí, estendendo os votos aos seus familiares.

Durante as férias da faculdade trabalhei o dia inteiro no laboratório — queria juntar um pouco mais de dinheiro para o dia que aparecesse um apartamento em Copacabana — e intensifiquei o curso de inglês, com mais aulas noturnas. Pela primeira vez, desde que mudara para o Rio de Janeiro, eu não tinha que trabalhar nem estudar nos fins de semana. Acordava mais tarde, ia à praia, às vezes ao cinema, à vezes ao Maracanã ou ficava sob a mangueira à frente da pensão, vendo o tempo passar.

Entre os hóspedes que viajaram para as festas, Artur foi o último a voltar. Segundo me dissera Maria Luísa, a distância o tornara ainda mais amoroso e ela mais apaixonada. Viviam como dois pombinhos em lua-de-mel. O problema — e por isso ela foi me procurar no quarto — é que ele queria mais dinheiro.

— Olha, Maria Luísa, o dinheiro é seu e a paixão é sua. Só você pode avaliar. Mas se eu fosse você, não emprestaria mais dinheiro a ele.

Ela ouviu, sofreu atormentada pela dúvida, chorou e, por fim, confessou que não tinha coragem de dizer isso a ele. Pela primeira vez, lavei as mãos. Mais tarde ela me contou que criara coragem e o enfrentara, negando-se a lhe dar mais dinheiro.

— Mas o coitado ficou desesperado — ela disse. — Não tinha a quem apelar. Se não pagasse a fatura, perderia a praça. E começou a chorar. Não resisti. Emprestei-lhe os últimos níqueis das minhas reservas. Ele me agradeceu de joelhos e viajou no dia seguinte para São Paulo.

Lavei as mãos, mais uma vez. A vida era dela e o dinheiro também. Porém, passou janeiro, depois fevereiro, e Artur não voltou. Às vezes telefonava, ora de São Paulo, ora de Curitiba e até de Porto Alegre. Fazia-lhe derramadas declarações de amor, garantia que estava trabalhando duro, vendendo os utensílios de alumínio em praças menos exploradas, e que, em breve, quando tivesse reunido o montante da dívida, voltaria ao Rio. Maria Luísa se comovia e jurava amá-lo eternamente.

Quando as aulas recomeçaram, o meu inglês já alcançara um nível sofrível, e eu tinha descansado tanto naqueles fins de semana que estava, além de queimado de sol, predisposto a estudar e animado com as novas disciplinas do curso. Logo a roda-viva começou: faculdade-Calabouço-laboratório-pensão-faculdade.

Artur afinal reapareceu. Maria Luísa não se continha de alegria. Ofereceu um jantar especial para comemorar. Porém, segundo ela me sussurrou mais tarde, trêmula e com o rosto banhado em lágrimas, ele não conseguira reunir o dinheiro para pagá-la e, para completar a tragédia, perdera a representação de utensílios de alumínio. Numa palavra, Artur estava desempregado e endividado. Maria Luíza continuou acolhendo-o — oferecendo-lhe casa, comida, roupa lavada e muito carinho.

Foi por essa época que, chegando à noite na pensão, Maria Luísa me entregou um telegrama. Abri e li: "Venha imediatamente. Mamãe estado grave. Abraços. Graciliano."

XXV

O rosto magro e pálido, as maçãs sumidas, os olhos encovados ao fundo de negras olheiras, os cabelos minguados espalhados sobre o travesseiro, confundindo-se com o branco da fronha, o colo descarnado, salientando os ossos sob a pele. Só se percebia a respiração colando o ouvido ao seu nariz. Seu corpo definhara, suas forças haviam se desvanecido. A doença maltratara minha mãe.

Quando entrei no quarto e a vi jogada na cama, o impacto foi tão grande que as lágrimas brotaram de maneira descontrolada — tive certeza de que o seu estado era terminal. E uma culpa me abateu. Minha mãe se despedia, e eu nunca lhe dedicara a atenção e o carinho que merecia. Nos últimos anos, eu sumira para Belo Horizonte e depois para o Rio de Janeiro; fora tratar da minha vida e largara-a aos cuidados de Graciliano. Nunca a ajudara, raramente lhe escrevera, jamais a visitara e ainda a atormentara com aquela história com Lorena. O único prazer que talvez lhe tivesse dado foi o de estudar medicina. Aos poucos, sucumbi à idéia de que não havia no mundo ninguém que me amasse como ela. Sua morte me deixará completamente desamparado, pensei.

Eu estava sentado ao pé da cama desde que chegara, e ela não abrira os olhos, sequer percebera a minha presença. A memória me aliviava da condolência pela sua figura devastada, revezando-a com imagens de outros tempos. Seus cabelos, então de nuvem, haviam sido pretos de reluzir e, em certas posições, deslizavam pelo rosto, daí o cacoete de recolher a mecha para trás da orelha. Se, eventualmente, estivesse com as mãos ocupadas, pedia ajuda. Muitas vezes me antecipei e prendi a madeixa rebelde. Em retribuição, ela esboçava um quase sorriso e me olhava com aquela sua maneira de mover lentamente as pálpebras. Sempre me impressionou que sorrisse tão pouco. E, quando acontecia, tentava esconder, como se o riso a desvelasse.

Nunca me saiu da memória, por exemplo, a expressão de desespero e decepção que se desenhou no seu rosto quando lhe contei que seu Ambrósio não queria mais nos vender fiado porque meu pai bebia cachaça e mandava pôr na caderneta arroz e feijão. Ou a máscara de fera ferida com que desafiou meu pai que expulsara o namorado de Idalina. Ela gritou, acho que pela primeira vez na vida: "Ele não vai sair daqui! Por Deus que não vai!" Nunca vi num semblante humano expressão mais profunda de decepção, desconsolo e abandono do que a dela no dia em que respondeu a meu pai, que lhe pedia mais respeito: "Como posso respeitar alguém que vende o meu rádio para comprar bebida?" Não me esqueço, também, da última vez que a vi em Belo Horizonte. Magra, vestida de preto, os cabelos ainda prateados, segurou meu rosto entre as mãos, me olhou fundo, como se me perscrutasse a alma, e perguntou: "É verdade, meu filho, que você é amante de Lorena?" E, quando confirmei, ela esmagou o próprio rosto entre as mãos e senti que seu coração sangrava por dentro. Depois, sussurrou: "Eles viviam a vida do jeito deles. Você veio e infernizou tudo." E concluiu: "Eu ficaria mais tranqüila com você longe de Alberto e Lorena." Se ela pudesse me ouvir, eu diria, aliviado, que vivia longe deles; mas como já não ouvia, disse mentalmente que cumprira a promessa.

Nesse momento, minha mãe entreabriu a boca num esgar e estertorou mansamente. Dona Isolda, que rezava o terço em silêncio, arrancou-se da cadeira, pegou a vela acesa sobre a mesa-de-cabeceira, foi até a cama e curvou-se sobre ela. Com o ouvido sobre a boca e o nariz, passou a auscultar-lhe, imóvel e atenta, a respiração. A cada susto desse, meu coração como que parava de bater, certo de que era a partida. Quase sem respirar, acompanhei cada reação de dona Isolda, sem outra coisa a fazer senão rezar e temer. Logo, o rosto dela se descontraiu, meu coração voltou a bater. Ela repôs a vela na mesa e voltou a rezar o terço.

Eu chegara naquela manhã e ainda não vira Graciliano. Todo dia ele saía para trabalhar, assim que chegava dona Isolda ou dona Veneranda, que se revezavam, uma pela manhã e outra à tarde, como acompanhantes de minha mãe desde que o médico a desenganara. Graciliano cuidava dela à noite.

Dona Isolda, a maestrina do coro da igreja, me recebera com a consternação que o momento impunha e a admiração por eu já ser um adulto e quase médico. Com a sua voz de contralto, me explicara o quadro clínico de minha mãe, que já recebera a extrema-unção.

— Nos momentos de lucidez, quando ainda falava, ela perguntava por você e pela sua irmã — sussurrou dona Isolda, mal concluiu o terço e preparava-se para reiniciá-lo. — E você, volta para a terrinha depois de formado? Olhos D'Água está crescendo, precisa de mais médicos. Principalmente dos filhos da terra. Você já viu o colosso que está a cidade?

— Ainda não. Desci da jardineira e vim direto para cá.

— Não é mais jardineira, é ônibus! Não notou que é um ônibus novo? Inaugurou há um mês! Depois você tem que dar umas voltas por aí. Vai ficar espantado com o progresso! Nem vai reconhecer Olhos D'Água!

A mulher não parou mais de falar. O seu sussurro me incomodava e o assunto não me interessava. Eu queria ficar a sós com a minha mãe ou que, pelo menos, ela voltasse a rezar o terço. Tentei me desligar daquela peroração sobre o progresso da cidade, mas não consegui. A horas tantas, perdi a paciência — que já andava curta pelo cansaço de um dia e uma noite de viagem e pelo quadro desolador da minha mãe — e saí do quarto.

A luz do dia, que inundava a sala pela porta e janela, ofuscou-me a visão, acomodada à penumbra do quarto. Fechei os olhos e estaquei. Voltei a abri-los aos poucos. Revi o piso de cimento avermelhado e, à medida que os erguia, outras coisas entravam no meu campo de visão: a velha cristaleira, com os mesmos e intocados cálices e compoteiras, e, sobre ela, o rádio com que Graciliano presenteara minha mãe no mesmo Natal em que me dera a passagem para Belo Horizonte. A mesa de refeição, de madeira escura e corroída pelo tempo, onde meu pai ocupava a cabeceira, minha mãe e Graciliano um lado, Idalina e eu o outro. Aquela mesa, que fora o ponto de encontro da família, tinha, então, mais lugares vagos do que ocupados. E descobri uma novidade: havia um lavatório afixado à parede da sala, com sabonete e toalha dependurada! Abri a torneira. Desceu uma água clorada. Onde andará o outro lavatório, que tinha uma bacia no alto e uma ânfora na base do tripé metálico?, me perguntei. Na cozinha, outra novidade: o fogão a lenha fora substituído por outro, a gás, com o botijão metido numa espécie de saiote. Encostado na porta da cozinha, protegendo a retina do clarão que vinha do quintal, vi o velho banheiro de tabique! No teto, porém, não havia mais o tonel, que eu era obrigado a encher, nem a escada de madeira, que eu galgava carregando a lata d'água. As coisas haviam melhorado. A água encanada devia ser parte do colosso de que falara dona Isolda. O que mais me tocou, no entanto, foi constatar que Graciliano estava fazendo o que podia para dar um pouco mais de conforto para nossa mãe. Como sempre, sua bondade e seu desprendimento evidenciavam, ainda mais, o meu egoísmo e a minha falta de generosidade — e isso sempre me incomodou. Estava nessas conjecturas, quando pressenti alguém às minhas costas e me virei. Era Graciliano que, na sua silenciosa humildade, me olhava com emocionada admiração.

— Sou eu, maninho! Sou eu — ele disse.

— Mano! Oh, mano! Como vai você? — retribuí.

Caímos nos braços um do outro. Quando nos separamos, lágrimas, que tentávamos disfarçar, escorriam rostos abaixo. Despenteei-lhe os cabelos com um afago, ele sorriu, tímido, e entrevi as cáries escuras em dois dentes frontais, assim como as marcas, manchas, buracos e cicatrizes que salpicavam a pele fouveira do rosto e dos braços. Notei as suas mãos calosas e ásperas, a sujeira negra acumulada sob as unhas, o sapato empoeirado, a calça acima dos tornozelos, parte da fralda da camisa fora da cintura. Graciliano aparentava muito mais idade do que tinha. Mas silenciei sobre isso. Preferi comentar seus cuidados com a casa e elogiar-lhe a atenção com minha mãe. Ele quis saber do Rio de Janeiro e do curso de medicina; e eu do seu Isaúl e da padaria — seu Isaúl, vítima de artrose e reumatismo, praticamente abandonara a padaria, da qual Graciliano tornara-se o gerente. Apesar de trabalhar demais — sem férias, sem domingos nem feriados para descansar —, ele estava satisfeito. Conversamos sobre a avaliação do médico: nenhuma esperança.

Encostados na porta da cozinha, olhando umas galinhas que ciscavam preguiçosamente no quintal, falávamos sem nos olhar.

— E Idalina? — perguntei.

— Falei com o dono do Pirapora. Parece que ela andou por São Sebastião. Pedi a ele que lhe entregasse uma carta que escrevi, avisando. O homem zarpou há uma semana. Até agora, nada.

— Teve alguma notícia dela depois que sumiu?

Nesse momento, o grito desesperado de dona Isolda atravessou toda a casa.

— Morreu! Meu Deus do céu! Lavínia morreu!

Corremos para o quarto. Minha mãe acabara de revirar os olhos. Dona Isolda, ajoelhada ao pé da cama, mantinha a vela acesa na mão dela. Graciliano ajoelhou-se do outro lado e desatou num choro convulso e contido. No seu desespero, foi se abaixando aos poucos até a cabeça tocar o chão. Não consegui conter as lágrimas, que desceram abundantes sem que eu abrisse a boca. Dona Isolda retirou a vela da mão de minha mãe e a apagou com um sopro. Depois, começou a rezar em voz alta. Aproximei-me da cama, ajoelhei e contemplei o rosto sereno e aliviado de minha mãe. Acariciei-lhe os cabelos, prendi-os atrás da orelha, beijei-lhe a testa e a mão. Tudo se acabara. Olhando seu corpo inerte, vieram-me imagens das aulas de anatomia — braços, pernas, corpos retalhados nos tonéis de formol.

— Graciliano — disse dona Isolda. — Chega de chorar, meu filho. É hora de tomar as providências que lhe falei. Chama Veneranda, imediatamente, para ajudar a vestir sua mãe. Avisa Lamberto para bater o sino. Manda Bonifácio trazer o caixão e armar a câmara-ardente na sala. Avisa o doutor Borges e o Eunápio, do cartório. Depressa, meu filho!

Graciliano saiu apressado, enxugando as lágrimas. Dona Isolda começou a rezar a Ave Maria. Parou ao fim da primeira parte. Como fiquei em silêncio, mandou que eu rezasse a segunda parte. Obedeci. Gaguejei em uma ou outra passagem, e ela me corrigiu. E ficamos ajoelhados rezando. Conforme as pessoas iam chegando, ajoelhavam-se e entravam no coro da reza. Logo o sino começou a dar badaladas tristes. Dona Veneranda chegou com sua austera magreza, roupas negras, véu, terço e missal. Pediu a todos que saíssem do quarto. Iam preparar minha mãe. Quando lhe disseram quem eu era, apertou-me o ombro, olhou-me nos olhos e falou com a solenidade de uma abadessa:

— Coragem, meu jovem. É a vida! Agora, Deus cuidará de sua mãe!

Saí do quarto. Na sala já havia bastante gente. As pessoas me olhavam com a curiosidade de quem olha para um forasteiro. Algumas me estendiam a mão em silenciosa solidariedade. Fui para o quintal, encostei na mangueira e fiquei me lembrando de quando éramos crianças e subíamos naquelas árvores, ficávamos escondidos entre as bananeiras e fazíamos estradinhas no chão. Quando anoitecia — como anoitecia naquele momento, com a novidade de se ouvir a Ave Maria em toda a cidade, pelo recém-instalado alto-falante da igreja —, minha mãe, jovem e bonita, cansada de nos chamar para tomar banho, vinha nos buscar. Para nos amedrontar, dizia que aquela era a hora em que as almas do outro mundo voltavam à Terra.

Às dez horas da manhã seguinte, o féretro avançava pelas ruas de Olhos D'Água — eu e Graciliano segurávamos as alças da frente e, ao meu lado, seguia Idalina, que chegara de madrugada. O cortejo era muito maior do que o do enterro do meu pai e tinha mais mulheres do que homens. Ao longo do trajeto, as pessoas abriam as janelas ou surgiam nas portas, descobriam a cabeça e se persignavam. Notei que olhavam com curiosidade para mim e para minha irmã. Eu estava me sentindo fraco e meio tonto. Há dois dias e duas noites não dormia.

Durante o velório, Graciliano, numa tristeza profunda e sem lágrimas, não arredara pé, nem por um minuto, do caixão, o queixo apoiado na borda, o olhar fixo em minha mãe — acarinhava-lhe o rosto, as mãos enlaçadas sobre o peito, os cabelos. Eu ficara com a incumbência de conversar com as pessoas, receber os pêsames, responder às perguntas. Não falou com seu Isaúl, seu patrão, que se apoiava na filha para conseguir se arrastar. Nem com Vilmo, seu melhor amigo — o rapaz encostou-se na parede atrás dele e lá ficou toda a noite em silêncio. Agradeci a presença do seu Pompílio Mascarenhas, que representava a câmara dos vereadores, de dona Pulu, do barbeiro Nico. Fiquei emocionado com a presença de dona Eglantina, que, apesar da cegueira recente, encontrara meios de ir cumprimentar seu ex-aluno e futuro médico e dizer que sempre soubera que eu seria alguém na vida. E a surpresa de rever o cabo Cachoeiro, agora sargento, cuja mãe morrera, o que lhe permitira casar. E me apresentou sua esposa: ninguém menos que Juraci, a Jura — que, junto com a prima Calu, fizera a minha iniciação sexual.

Quando o dia amanhecia, uma loura oxigenada, de óculos escuros, sapato alto, saia e blusa pretas, justas e curtas, entrou no velório. Usava maquiagem pesada, tinha as sobrancelhas pinçadas, as unhas vermelhas e longas. Mais mulher do que moça. Num primeiro momento, não a reconheci. Mas logo que chegou diante de mim, vi que era Idalina. Abraçamo-nos longamente, em silêncio. Quando as lágrimas desceram sob os óculos, arrastaram a densa pasta de cremes e pós.

O cortejo passou diante da loja do seu Naylor, do Cine Odéon, do Hotel São Januário, do Ginásio Santo Antônio, da Matriz. Embora zonzo e exausto, e apesar de segurar a alça do caixão de minha mãe, diante de cada um desses locais a memória, solta e enlouquecida, ignorava as formalidades e saltava pelos espaços do tempo, colhendo fatos, personagens e imagens que reconstruíam uma passagem, remontavam o passado, reconstituíam uma vida.

No cemitério, quando o caixão baixou, Graciliano segurou no meu braço, procurando apoio. Parecia mais fraco do que eu — estava transtornado, pálido e trêmulo, mas não chorava. Abracei-o pelo ombro. À primeira pá de terra que despencou sobre o caixão ergui os olhos, mas não escapei de ouvir o barulho cavo. E foi nesse momento que vi, a uns metros da sepultura, Lorena e o tio Alberto. Meu estremecimento foi tão intenso que Graciliano me apertou o braço, tentando infundir-me confiança — supondo uma reação ao sepultamento. De onde estava, podia vê-los sem que me vissem. Lorena estava bonita como nunca. O tempo que passara não lhe roubara nada da beleza nem das formas do corpo. Um pouco mais magra, vestia-se com a gravidade que o momento exigia e, ainda assim, exalava sensualidade. De braço dado com ela, tio Alberto, em quem o tempo deixara marcas impressionantes. Estava muito magro e pálido, o corpo ligeiramente curvado para a frente, a boca aberta de quem tem dificuldade para respirar. De repente, pressenti que o olhar de Lorena encontraria o meu. Hesitei se o enfrentava ou não. No último instante, desviei o olhar para o caixão, completamente coberto de terra.

Apesar da nossa insistência para que ficasse pelo menos mais um dia, Idalina despediu-se de nós ali mesmo no cemitério, sem dizer uma única palavra sobre a sua vida e sem deixar o seu endereço. Graciliano pediu que ela não sumisse, que fosse passear em Olhos D'Água. Ela o ouviu em silêncio e, depois de nos abraçar, partiu.

Fiquei mais um dia em Olhos D'Água e não fiz outra coisa senão dormir. Quando acordei, Graciliano me disse que tio Alberto e Lorena o visitaram, estiveram hospedados no Hotel São Januário e já haviam voltado para Belo Horizonte. Ele ficara com a impressão de que tio Alberto estava mal de saúde; tinha dificuldade para respirar e ofegava até para falar. Ouvi em silêncio o que Graciliano disse e não fiz nenhuma pergunta.

No ônibus, o passageiro que viajava ao meu lado acompanhava pelo radinho colado no ouvido o jogo Brasil e Portugal pela Copa do Mundo da Inglaterra. De repente, o homem desligou o rádio indignado. A seleção brasileira fora desclassificada.

XXVI

Deviam ser umas seis horas da tarde de uma quinta-feira e eu estava jantando no Calabouço, com mais uns duzentos ou trezentos estudantes. Era o final do verão, o sol já se escondera, mas a temperatura dentro daquele "hangar" era mais de quarenta graus. Além do vozerio da estudantada falando alto, da barulheira dos cozinheiros às voltas com panelões, bandejas de alumínio e milhares de talheres, havia os gritos dos que, volta e meia, subiam nas mesas para dar avisos de *shows*, peças de teatro, debates, assembléias ou fazer conclamações de atos de protesto, de desagravo ou apoios. No início da noite daquela quinta-feira, o mais assanhado desses arautos era um tal de Elionor, ou Alinor, ou Alonor, sei lá, não me lembro agora o nome, mas me lembro bem da sua arrogância muito conhecida e nada simpática, do seu vozeirão e da chuva de saliva que lançava ao ar ao falar. Ele se apresentava como dirigente de uma espécie de associação dos freqüentadores, ou dos usuários, ou sei lá, dos estudantes do Calabouço, chamada de AEC, ou UEC, ou FEC, não me lembro —, mas não importa. O fato é que, de tempos em tempos, o Alinor, ou Elinor, e outros de sua turma, com vozes roucas e rostos vermelhos de agitação, subiam em mesas e bancos para incitar os presentes a participar de uma manifestação, que sairia dali a pouco do pátio lateral, em protesto contra o governo pela falta de verbas para a educação e a má qualidade da comida. Apesar do tumulto dentro do "hangar", podiam-se ouvir as vaias e gritos dos manifestantes, já reunidos do lado de fora. E eis que o Alinor, ou Olinor, pisando no banco e apoiando-se no meu ombro, subiu na mesa justamente à minha frente, deixando rente à bandeja com o meu jantar o pé suado, empoeirado e fedorento, mal contido pelo trançado de couro cru da sandália franciscana. Enquanto repetia a sua conclamação, com um vozeirão que silenciava todo o Calabouço, perdigotos saltavam de sua boca espumante sobre a minha cabeça e o meu prato. Quando ele pulou da mesa e, seguido pelo seu grupo, desapareceu no pátio, eu estava indignado: sentia-me desrespeitado e agredido. Se já não simpatizava com o tal, passei a detestá-lo. Além disso, eu não achava a comida do Calabouço tão ruim assim, nem podia me queixar das verbas para a educação. De modo que jamais participaria daquela bagunça. Minha preocupação era jantar depressa e sair correndo para o laboratório, pois já estava atrasado.

De repente, uma manada de estudantes, vinda do pátio, irrompeu galpão adentro numa correria desenfreada, atropelando uns aos outros e aos gritos de "Meganhas, filhos da puta!" "Eles vão invadir o Calabouço!" "Calma, é só intimidação!" "Vamos voltar lá!" "Vamos voltar, mas armados com pedra e pau!" Eu levei um susto de perder o fôlego. Cheguei a me levantar. Mas a correria acalmou, embora a agitação entre eles tenha crescido. O tal de Leonor subiu numa mesa e trovejou:

— Os meganhas estão querendo impedir a nossa manifestação. Eles acham que a gente quer quebrar o consulado americano. Nós queremos é expulsar o imperialismo americano. Se formos poucos, não vamos conseguir nem sair daqui. Mas se formos muitos, eles recuam. Então, nós temos que ser muitos para exigir mais verbas para a educação e uma alimentação mais digna para o estudante pobre. Vamos nos unir e mostrar à ditadura a nossa força! Vamos lá, gente. Todo mundo de braço dado!

Senti que aquilo daria confusão. Tratei de dar as últimas garfadas. Vários dos que jantavam entregaram suas bandejas e entraram no protesto. Os corajosos, que continuaram jantando — apavorado, mas esfomeado, eu tomava meu copo de leite e comia a banana da sobremesa, em pé —, assistiram, sem sair de suas mesas, a duas ou três centenas de estudantes se armarem com o que encontravam no pátio lateral ao "hangar" — o que não era difícil, tendo em vista os restos de demolição que se amontoavam por ali. E viram também — enquanto o permitiu o ângulo de visão com as portas abertas — que avançaram em bloco, gritando seus protestos. Eu atravessava o galpão para entregar a minha bandeja e sair rapidamente dali, quando ecoaram sucessivos estampidos.

— É tiro! — alguém gritou.

— Se joga no chão! — gritou outro.

Atirei-me ao chão, ouvindo crescer os sons de novos estampidos, do tropel e dos gritos dos contestadores, que, logo em seguida, irromperam galpão adentro, me atropelando e pisoteando minhas mãos. Mal passaram, levantei-me e corri para o pátio, em tempo de pegar o fim da debandada e ver, de relance, dois corpos no chão e, ao fundo, soldados recuando de arma na mão. Corri na direção deles: "Para não ser confundido com os arruaceiros", pensei, atarantado.

— Pára, gente! Não foge, não! — gritou alguém na penumbra.

Alguns pararam, mas eu segui correndo. Poucos passos adiante, vi que os soldados haviam se postado como um paredão compacto e assumido a atitude de quem ia atirar. Intuí que, se avançasse, me prenderiam, pois não teriam como me distinguir dos demais. Estaquei e procurei uma saída que contornasse o prédio do Calabouço. Fui dar nos fundos da cozinha. Sem conseguir me orientar na obscuridade, tropecei e caí com os braços dentro de um latão de restos de comida. A lavagem respingou pelo meu rosto, pelo meu cabelo e emporcalhou a minha camisa. Levantei-me rapidamente. Enquanto sacudia os braços para me livrar da sujeira, ouvi gritos:

— Quantos tem caídos?

— Aqui tem um!

— Aqui tem outro!

— Estão mortos?

— Vamos levar para a Santa Casa! Depressa!

— Meganha assassino!

Ao avançar, trombei com sacos e caixotes, deslizei no chão gorduroso, escorreguei em cascas e restos de comida, corri tateando paredes, mas acabei por cruzar toda a extensão dos fundos da cozinha, o lado menor do "hangar" retangular. Mal alcancei a outra lateral — o lado maior — imediatamente tive a vista ofuscada por incontáveis faróis. Corri às cegas, guiando-me pela parede, até que a pupila se acomodou e vislumbrei vários jipões militares estacionando, lado a lado, a uns cinqüenta ou cem metros de distância e a silhueta de soldados armados desembarcando. Corri ainda mais. Quando dobrei a outra esquina, vi um grupo de estudantes erguendo dois corpos à altura dos ombros. Um deles tinha a camisa ensangüentada. Avançavam pela avenida Beira-Mar em tumultuada rapidez. Gritavam.

— Mais depressa, gente! Os meganhas vão voltar para levar os corpos! — reconheci a voz cavernosa do Elionor, ou Alinor.

— Mas levar para onde? — quis saber uma voz ofegante.

— Para a Santa Casa! — respondeu Alinor.

O cortejo desapareceu na direção da Santa Casa de Misericórdia. Afastei-me no sentido contrário e entrei na avenida Presidente Wilson. Meu coração batia acelerado. Nunca sentira tanto medo na vida. Com a polícia atirando para matar, só estando louco para enfrentar. O pior é que mesmo os que, como eu, não queriam enfrentar, ou não sabiam nada daqueles protestos, ou não queriam se meter, podiam levar um balaço no peito e morrer sem nem saber por quê, ou podiam ser presos. E ser preso numa baderna daquela era a pior coisa que poderia me acontecer naquele momento. Sem pai, sem mãe e sem família no Rio, quem me tiraria da cadeia? O doutor Bernardo me demitiria na hora que soubesse, e ainda teria problemas na faculdade. Minha profissão, meus sonhos — tudo que eu tinha na vida — desceriam pelo esgoto. E a troco de quê? A troco de absolutamente nada. Graça a Deus que escapei.

Entrei no bar Vilarino, àquela hora repleto de homens de terno e gravata, que, depois de um dia de trabalho, tomavam seu chope ou seu uísque antes de voltar para casa. Cruzei o salão direto para o banheiro, sob o olhar desconfiado dos garçons. Senti que, mesmo de passagem, a minha sujeira e o cheiro de lavagem incomodavam as pessoas.

No banheiro, lavei as mãos, o rosto e os braços. Tirei a camisa e a limpei com papel higiênico. Um garçon entrou, fingiu que urinava, mas apenas me observava.

— Jogaram água suja do alto do prédio — eu disse.

O garçom não disse nada, mas a desconfiança estava clara no seu rosto. O homem lavou as mãos e saiu do banheiro. Vesti a camisa molhada, penteei o cabelo e saí também.

Na porta do Vilarino, misturado aos fregueses que saíram de copo na mão para a calçada, ainda peguei os últimos participantes da manifestação, que passavam correndo e gritando. Atrás deles, a fila de carros e ônibus acelerava e buzinava, impaciente com o engarrafamento. Ao acompanhar com o olhar o percurso daqueles retardatários, entrevi, cem metros adiante, com a nitidez que a iluminação pública permitia, o momento em que a aglomeração passava em frente ao consultado americano — e lá iam os dois corpos estirados, como que flutuando sobre o rio de cabeças, de onde se erguia um vozerio grave e, daquela distância, ininteligível, que soava como um réquiem. Os holofotes que iluminavam o prédio iluminavam também a chuva de pedras que cruzava o espaço e espatifava as vidraças das janelas. Eu olhava a cena e, ao mesmo tempo que admirava a coragem daquele pessoal, me perguntava por que não era como eles, por que, em vez de estar lá, eu me mantinha afastado, trêmulo e humilhado, por que, enfim, nascera com tanto medo? Claro que a falta de uma família que me protegesse, de amigos que me encorajassem e de dinheiro que me defendesse me deixavam vulnerável, mas o meu medo era maior, era atávico, ancestral, atropelava qualquer lógica, obscurecia qualquer razão, ultrapassava as minhas próprias explicações. Tratei de me afastar dali. Segui pela pequena quadra da avenida Calógeras e retornei à avenida Beira-Mar. Uma quadra adiante, do outro lado da praça 4 de Julho, por trás da estátua que celebra a amizade entre o povo americano e o brasileiro, voltei a avistar o prédio do consulado — não havia mais nenhuma vidraça inteira. Fui para casa.

Quando cheguei na recepção para pegar a chave do quarto, o Artur estava, como sempre, plantado lá. Estiquei o braço até o guarda-chaves quase tocando o seu rosto, sentindo a sua respiração aquecer o ar que eu respirava e crescer a tensão entre nós. Mas, como sempre, não o cumprimentei; e ele sequer ergueu os olhos do jornal aberto sobre o balcão. Avancei para a escada no momento em que Maria Luísa, que me vira chegar da janela do segundo andar, acabava de descê-la apressada.

— Camilo ligou — ela disse com um sorriso. — Precisa lhe falar. Pediu que você ligue para ele.

Uma ligação do tio Camilo era uma boa surpresa. Não falava com ele há tempos. Fiquei curioso. Tive vontade de ligar imediatamente, mas logo desisti. Com o pulha do Artur na recepção eu não conseguiria.

— Ele foi tão gentil comigo — completou Maria Luísa com uma satisfação contida, que transformava a gentileza do tio Camilo no mais importante do telefonema. E, na verdade, para ela, era. Maria Luísa ainda suspirava quando um bramido estremeceu-me as costas.

— Quem é esse Camilo?

Maria Luísa empalideceu. Não precisei me virar para saber que era Artur. Vai ser preciso interromper esta cena para contar como foi que o canalha foi parar ali.

Depois que perdeu a representação comercial dos utensílios de alumínio, Artur não conseguiu outro emprego. A paixão de Maria Luísa, porém, o poupou de maiores dificuldades. Acedeu ao convite e mudou-se, de vez, para o quarto dela, assumindo o papel de seu marido. Pouco depois, era o gerente da pensão. Com o tempo, a humildade inicial foi se transformando em atitudes autoritárias e truculentas, que não escondiam sua ambição nem sua ganância. Destratava os empregados e, às vezes, a própria mulher, de quem deixara de aceitar sugestões. Passou a fazer economia no cardápio, demitiu funcionários antigos, aumentou o preço da mensalidade e passou a controlar o uso do telefone. Se o hóspede reclamava, ele sugeria procurar outro lugar para morar. Se Maria Luísa fazia perguntas, ele dizia que era a maneira de fazer da pensão o que ela nunca fora — um negócio lucrativo.

Não gostava de mim. Acho que temia que, por causa da nossa amizade, Maria Luísa pudesse me dar ouvidos e, não sei como, prejudicá-lo. A desconfiança só se transformou em hostilidade quando ele decidiu pôr outro hóspede no meu quarto. Eu já me acostumara com o privilégio e conforto de ter um quarto só para mim; até a arrumação dos meus pertences exigia todo o espaço. Não queria dividi-lo com ninguém. Não conseguia nem me imaginar vivendo ali com outra pessoa. Decidi resistir.

— Moro sozinho nesse quarto desde que me mudei para cá. Tenho o direito de continuar morando do mesmo jeito — reagi, irritado, no dia em que ele me reteve na recepção para informar que, com a nova administração da pensão, eu não continuaria só.

— Escuta aqui, rapaz — ele disse. — Vá reclamar seus direitos com o bispo, com o juiz, com quem você quiser. Menos comigo. Eu não estou perguntando a sua opinião sobre merda nenhuma. Como gerente dessa pensão, eu estou lhe avisando que seu quarto terá mais um hóspede. E ponto final. E só aviso para que você não se assuste quando encontrar um estranho por lá.

— Então, eu vou deixar a pensão.

— A decisão é sua.

— Mas preciso de uma semana para procurar outro lugar.

— Dois dias são suficientes.

— Eu não tenho tempo para procurar. Preciso de uma semana.

— Dois dias. No terceiro, mando juntar suas coisas no porão.

— Onde está Maria Luísa?

Ele ficou furioso com a pergunta. Largou a manivela da calculadora, que se chocou ruidosamente com o batente, e parou de somar a pilha de notas que estava sobre o balcão.

— Não adianta falar com ela. Maria Luísa não se mete nisso.

— Como não se mete? Ela é a dona da pensão!

— Ela é a dona, mas quem manda aqui sou eu.

Deixei-o na recepção e entrei no refeitório, chamando por Maria Luísa. Ele me seguiu.

— O que quer com ela? Você tem que falar é comigo. Quem resolve tudo aqui sou eu. Você não pode entrar aí. Maria Luísa não está em casa. E, se estivesse, não ia adiantar nada falar com ela.

Entrei na cozinha. Diante de duas cozinheiras, Maria Luísa avaliava umas carnes dispostas sobre a mesa. Interrompeu o gesto quando me viu entrar seguido por Artur.

— O que está acontecendo? — ela perguntou, mantendo erguida a ponta do pedaço de carne que se estirava ao longo da mesa.

— Preciso falar com você.

— Não tem que falar nada com esse sujeito — antecipou-se Artur.

— Você me dá um minutinho, Maria Luísa? — insisti, ignorando-o.

— Nem um segundo, Malu. Continua seu serviço aí. Esse camarada está querendo se meter na administração da pensão.

— Eu estou querendo conversar com a proprietária porque quando vim morar aqui foi com ela que acertei tudo.

— Mas hoje é comigo que você tem que acertar. Não há nada a tratar com ela.

— Maria Luísa, você não vai falar comigo? — perguntei num tom mais alto e mais impaciente.

— Olha como fala, rapaz!

Fez-se silêncio. Eu, Artur e as duas cozinheiras olhamos para Maria Luísa. Ela, que assistira à discussão imobilizada, sustentando no ar a ponta do pedaço de carne, soltou-o.

— Podem fazer com esse — disse para as cozinheiras, referindo-se ao pedaço de carne, enquanto limpava a mão num pano. Avançou para a porta e sussurrou ao passar entre nós dois:

— Vamos conversar noutro lugar.

Ela cruzou o refeitório com passos firmes. Nós a seguimos. Artur insistiu:

— Não há nada para conversar. Eu já disse o que tem que ser feito. E você não vai se meter nas minhas decisões. Malu! Veja lá o que vai fazer!

Maria Luísa estacou. Estávamos na entrada do refeitório. Ela olhou para mim e perguntou.

— Qual é o problema?

— Veja lá, Malu! Veja lá! — voltou a ameaçar Artur.

— É sobre o meu quarto — eu disse. — Não aceito outro hóspede lá.

Maria Luísa olhou para Artur. Ele abriu os braços e tombou a cabeça para o lado:

— Essa casa tem que dar lucro, Malu. Nós combinamos que isso aqui não é mais a casa da sogra! — e, virando-se para mim, acrescentou: — Que vai ter outro hóspede naquele quarto, vai. Isso eu já decidi. O que você queria era ver se a Malu lhe dava uma semana para se mudar, porque eu só dou dois dias! Se não sair em dois dias, suas coisas vão para o porão.

Houve uma pausa. A dona da pensão abaixou a cabeça, esfregou as mãos. Esperamos. Ela voltou a falar baixo e calmamente, o que lhe restaurou algo de sua autoridade. Mas a situação era difícil. Senti que não queria me magoar nem desautorizar o seu homem.

— Meu querido, primeiro, acalme-se. Você é o gerente dessa casa e tem toda a autoridade para fazer o que achar melhor. Mas não pode perder a elegância, meu amor. Um gerente, quanto mais sereno, mais respeitável.

Maria Luísa segurou-lhe o braço, apertou como quem encoraja e depois recostou o rosto como quem pede proteção. Notei que, com esse gesto. Artur suspirou aliviado, com a sua autoridade assegurada.

— Você se lembra, meu querido, que na mesma conversa em que decidimos que aqui não seria mais a casa da sogra, eu disse que havia aqui três hóspedes especiais? São amigos da casa, que foram amigos de meus pais ou são meus amigos. E com esses três, nada seria feito sem que eles concordassem. Lembra-se, querido?

Amuado, Artur balançou a cabeça em concordância. Ela acariciou-lhe a mão entre as suas, como quem consola.

— Pois esse é um deles.

Houve um momento de silêncio. Artur retirou a mão das mãos dela e afastou-se, pisando firme. Maria Luísa suspirou, aliviada.

— Deus do céu! Como os homens são difíceis! Artur é voluntarioso como uma criança birrenta. Eu não sei mais o que fazer. Ele foi grosseiro com você?

— Tanto quanto foi com você.

— Desculpa. Ele padece do que meu pai chamava de "a glória vã de mandar"!

— E não gosta de mim.

— Não é que não goste. Ele tem ciúme de você. Mas fica tranqüilo, seu quarto vai continuar sendo só seu. Aqui entre nós, eu é que não sei o que será desse meu casamento.

Ela me apertou o braço com ambas as mãos e pousou a cabeça no meu ombro. Assim, lado a lado, caminhamos para a saída do refeitório. Voltando à cena interrompida ao pé da escada:

— Eu lhe fiz uma pergunta, Malu! Eu quero saber quem é esse Camilo. Que história é essa de mulher casada receber telefonema de homem desconhecido? Quem é esse sujeito? — tronitroou Artur às minhas costas, ao pé da escada.

Apertei a chave do quarto na mão, enquanto minhas narinas eram penetradas pelo cheiro ardido da lavagem que me impregnara a camisa. À minha frente, Maria Luísa, pálida, os lábios trêmulos, se transfigurara, no tempo de um olhar, do estado de deleite — com o telefonema do tio Camilo — para o de terror — com o bramido de Artur. Como ela não conseguia responder, resolvi interceder.

— O doutor Camilo é meu tio — respondi, sem me virar.

— Responde, Maria Luísa! É de você que quero ouvir. Quem é esse tal Camilo? — rugiu Artur.

A comoção que paralisava Maria Luísa dava a medida de quanto Artur a dominara com a sua truculência. Tornara-se uma mulher amedrontada, fustigada pelas ameaças constantes. Vendo-a um dia almoçar, silenciosa e acabrunhada, ao lado do marido, dona Ednaide sussurrara no meu ouvido: "O que não sofre uma mulher na mão de um homem! É incrível, mas ele se apossou até do espírito dela!"

— Você vai responder ou quer entrar no sopapo? — gritou Artur.

Sem responder, ela girou o corpo e saiu correndo, aos prantos, para os fundos da pensão.

— Vagabunda! Depois você me paga! — ameaçou Artur.

Senti silenciar a sua respiração ofegante. Virei-me. Ele se afastara na direção oposta e entrara na recepção. Resolvi procurar Maria Luísa. Empurrei a porta vai-e-vem do refeitório e olhei. Ela estava sentada de costas para mim, o rosto entre as mãos, os cotovelos sobre a mesa, no fundo do salão mal iluminado. Eu estava atrasado para o plantão no laboratório, mas achei que devia conversar com ela. Entrei no refeitório e, sem fazer ruído, me aproximei. No percurso, temi a entrada de Artur pelas minhas costas e voltei a sentir que minha camisa tresandava a lavagem — disse para mim mesmo que não deveria me aproximar demais de Maria Luísa. Ela pressentiu a aproximação e, com um estremecimento, olhou na minha direção com uma expressão de pânico, que se desanuviou ao me reconhecer. Sentei-me à sua frente. Ela enxugou as lágrimas em silêncio e sussurrou:

— Que bom que veio me ver. Você anda sumido.

— Falta de tempo.

Houve uma pausa. Nem eu nem ela sabíamos do que falar. Ela encontrou uma maneira de romper o silêncio.

— Sabe que a polícia matou um estudante no calabouço?

— Um, não: dois.

— Não, foi só um.

— Eu estava lá. Vi tudo.

— Você estava lá? Virgem Maria! Sabe que eu pensei em você quando ouvi a notícia? O que aconteceu?

— Não sei direito. Essas confusões. Mas foram dois que morreram.

— Disseram no rádio que um deles estava só desmaiado e, quando chegou na Assembléia, ressuscitou.

— Eles foram para a Assembléia?

— Foi o que o rádio disse. Que coisa horrorosa essa polícia, matar um garoto, um adolescente.

Quase mencionei a sujeira da minha camisa, mas achei que não era a hora. Ficamos um tempo em silêncio. Maria Luísa me olhou nos olhos e as lágrimas desceram.

— E você, como está se sentindo? — perguntei.

— Eu preciso de você.

— Se eu puder ajudar, conta comigo — respondi.

— Não sei mais o que fazer. Estou muito infeliz com o Artur.

— Imagino.

— Fui uma estúpida! Troquei um santo como o Leopoldo por essa besta. Não sei onde estava com a cabeça.

As lágrimas, que lhe desciam pelo rosto, não a deixaram continuar. Silenciou, enxugou os olhos.

— Por onde anda o Leopoldo, tem notícia dele? — perguntei.

Ela demorou um pouco a responder.

— Não. Outro dia pensei em voltar à prisão para saber com os amigos dele por onde ele anda.

— E não voltou por quê?

— Passou muito tempo. Eles já devem ter saído. E também pelo medo do Artur. Ele vigia cada passo meu. Se soubesse, me mataria de pancada.

— A polícia deve ter o endereço dos amigos. Você tem saudade do Leopoldo?

Mais lágrimas desceram pelo seu rosto. Ela voltou a enxugá-las. Ficou em silêncio por um tempo, depois envolveu minha mão com as suas e murmurou:

— Me ajuda. Pelo amor de de Deus.

— O que pensa fazer? — perguntei, enquanto imaginava o que aconteceria se o Artur nos surpreendesse de mãos dadas.

— Não sei. Só sei que eu não agüento mais viver com esse homem.

Pensei em perguntar se ela queria se separar, mas achei que seria muita intromissão. Então, ela mesma disse:

— Estou pensando em me separar dele.

Ela me olhou como se avaliasse a minha reação. Eu balancei a cabeça numa vaga concordância. Isso a encorajou a prosseguir.

— Mas tenho medo. Medo de tudo. De dizer a ele. Da reação dele. De ser malvista como mulher separada. De os homens me desprezarem. De nenhum se interessar mais por mim. Eu sei que não sou mais uma mocinha. Nem, muito menos, uma *miss*. E vivi sozinha muitos anos da minha vida. Não agüento mais ficar só. Eu gosto, eu preciso ter um homem do meu lado.

Naquele dia, eu entendi profundamente o que Maria Luísa queria dizer quando falava dos seus medos. Ela também não tinha família, tinha raros amigos e, do dinheiro que a pensão lhe rendia, cada vez menos lhe chegava às mãos depois que Artur passara a administrá-la. Irmãos no medo e na falta de quem nos pretegesse, não atinei de que maneira eu — logo eu! — poderia ajudá-la a sair daquele desespero. Ela prosseguiu. Só de falar, parecia entender melhor a própria situação:

— Mas eu estou tão infeliz que preciso criar coragem para me separar mesmo com medo.

— Você não gostaria de bater um papo com o tio Camilo, não? Ele é advogado, é seu amigo, é um homem vivido.

— E você acha que ele teria tempo para me ouvir? Nunca! Bem que eu gostaria. Me sentiria protegida. Mas ele não me quis nem para ser sua amante.

— Posso falar com ele. Quem sabe?

— Ele foi tão gentil comigo no telefone — ela repetiu com o mesmo ar enlevado a frase que provocara a explosão de Artur. — Reconheceu a minha voz e conversamos um bocado.

— Hoje mesmo vou falar com ele. Mas acho melhor ligar lá do laboratório — mal pronunciei a palavra laboratório, e senti a aflição de estar atrasado.

— Ah, se ele aceitasse...! Eu ficaria... nem sei! Diz que é profissional, que é como advogado. Eu pago a consulta!

Eu precisava sair dali, tomar um banho, acabar com o fedor que exalava da minha camisa úmida e correr para o laboratório. Mas ainda não tinha encontrado uma oportunidade. Quando Henriqueta, a garçonete, acendeu as luzes do refeitório para começar a arrumar o salão para o jantar, aproveitei e anunciei:

— Preciso ir. Estou atrasado. E ainda tenho que tomar banho.

— Eu também tenho que supervisionar o jantar. Serviço de copa e cozinha foi o que sobrou para mim na nova administração. Você vai mesmo falar com o Camilo?

— Vou.

— Obrigada, meu amigo.

Levantamo-nos, despedi-me e já ia avançando à sua frente, quando ela disse:

— Sabe aonde vou amanhã? À cadeia. Saber aonde anda o Leopoldo.

— Faz muito bem.

Quando cheguei ao laboratório, de banho tomado, cheiroso e de camisa limpa, estava com mais de duas horas de atraso. E me surpreendi com a presença de Carlos Ítalo, trabalhando até aquela hora. Enquanto eu vestia o guarda-pó, ele me disse que a necessidade o levara a fazer horas extras, mas que também me esperava para uma conversa. Estava chocado com a morte do estudante e achava que o governo tinha perdido os limites. Com a população amedrontada, cabia aos estudantes protestar. Pedi que esperasse até eu dar um telefonema. Desci até a sala do doutor Bernardo e liguei para o tio Camilo. Ele estava tenso e preocupado. Perguntou se eu estava envolvido com os agitadores do Calabouço e recomendou que me mantivesse afastado das badernas. Chegou a dizer que "aquele era o cadáver que faltava" como pretexto para os subversivos atacarem o governo. Depois, mais calmo, disse estar contente por eu ter ligado e comentou que eu andava sumido — notei, porém, que algo grave o intranqüilizava. Queria falar comigo o mais rápido que eu pudesse, mas quando verificou a agenda, constatou que, entre outros compromissos, teria uma viagem a Porto Alegre. Acabou por marcar um encontro no seu escritório para dali a uma semana, no fim da tarde.

Quando voltei, Carlos Ítalo já tinha se livrado do guarda-pó e me esperava ansioso. Sentei-me para ouvi-lo. Ele estava nervoso, mas conseguiu se controlar e falou pausadamente:

— Bem... é uma conversa chata, e eu estou ansioso... Eu podia ter procurado o doutor Bernado diretamente, mas achei que devia respeitar a hierarquia e falar com você, que é o meu chefe imediato. É o seguinte:... eu estou precisando de um aumento de salário; e, modéstia à parte, acho que mereço. Desde que acabei o curso de farmácia e bioquímica, passei a dar tempo integral ao laboratório. Mas com o casamento, minhas despesas aumentaram. Não dá mais para viver com o que estou ganhando. Desde a formatura que o doutor Bernardo diz que tenho que ser mais bem aproveitado, mas continuo fazendo a mesma coisa. Trabalho aqui há quatro anos e nunca fui promovido.

Eu nunca estivera antes naquela situação: ter que responder como se fosse o patrão. Eu não sabia o que dizer. Carlos Ítalo esperava ansioso, o olhar assustado.

— Olha aqui, Carlos Ítalo. Você sabe que isso não depende de mim. O que eu posso fazer é conversar com o doutor Bernardo.

— Eu sei como é. Eu só gostaria de saber — e você poderia perguntar a ele também — que planos o laboratório teria para um profissional como eu. Você sabe, a minha mulher está grávida. Agora, sou obrigado a pensar em segurança no emprego e nas possibilidades de futuro.

— Claro. Vou conversar com ele o mais depressa possível e falo com você!

— Eu lhe agradeço. Gosto de trabalhar aqui e queria continuar. Mas se não for possível... vou ter que procurar outro emprego.

— Não vai ser preciso. Acho que o doutor Bernardo vai concordar.

Ele se levantou e me estendeu a mão. Estava mais calmo. Parecia também aliviado e esperançoso. Cumprimentamo-nos:

— Ainda tenho que passar na Assembléia.

— Você vai ao velório?

— Vou. Tenho que pegar minha mulher, que está lá.

— Ela está lá?

— Claro.

— O rapaz que morreu era conhecido de vocês?

— Não. Minha mulher ouviu no rádio e me ligou. Era estudante pobre de um curso de Madureza, chamava-se Édson Luís e tinha — sabe quantos anos?

— Quantos?

— Dezessete! Dezessete anos e assassinado!

— Você deixa sua mulher, grávida, ir a essas confusões?

— Ela tem que ir se eu estou trabalhando. E não tem confusão nenhuma. Toda hora dá no rádio quem está lá. São estudantes, professores, intelectuais, artistas — que cancelaram espetáculos e *shows*. Só gente de paz. Quem faz a confusão é a polícia. Quer que a gente fique com medo e não faça nada, para que eles continuem atirando em estudantes desarmados.

Fiquei em silêncio. Para mim, que vira, não fora só a polícia que fizera confusão. Mas eu não queria discutir aquele assunto com o Carlos Ítalo.

— Então, até amanhã — ele disse, afastando-se com um aceno.

— Até amanhã — respondi.

Carlos Ítalo foi embora. Fiquei sozinho no laboratório, silencioso àquela hora da noite. Preparei o material para começar a trabalhar, mas as imagens que eu vira no Calabouço, no início daquela noite, se recompunham na minha memória e eu voltei a sentir medo — um medo absurdo, que me tomava só de imaginar que o que não aconteceu poderia ter acontecido, ou seja, pensar que eu poderia ter morrido se, naquele segundo de indecisão, em vez de desviar para os fundos da cozinha, eu tivesse corrido na direção dos soldados — e meu corpo estremecia com as ondas geladas que me cortavam a espinha. Quando pensei que Carlos Ítalo estaria no velório com a esposa grávida, admirei a coragem dos dois — afinal, a polícia poderia invadir o local, expulsar todos à bala, matar, ferir, prender. Ao me imaginar fugindo de um tiroteio, sendo atingido por uma bala, ou mesmo sendo preso, fui tomado por um medo-pânico, que me deu vontade de nunca mais sair daquele laboratório, ou de me esconder para sempre em Olhos D'Água ou, ainda, de pedir ao tio Camilo que me protegesse. Foi por isso que diante do espelho — trêmulo, pálido, num torpor humilhante — não consegui mais esconder de mim um juízo que me aniquilava, mas que, por ser verdadeiro, a minha consciência me impunha sem complacência: eu era um covarde. E quanto mais pessoas protestassem, enfrentassem a polícia, fossem àquele velório, principalmente os corajosos como Carlos Ítalo e sua mulher grávida, mais ostensiva ficava a minha pusilanimidade. Claro que ninguém sabia disso, sequer desconfiava, mas eu sabia. E era o bastante.

Eu odiava ser um covarde. Mas não tinha coragem para deixar de sê-lo. E, por mais que eu alinhasse para mim mesmo as razões por que me poupava dos riscos, por que me deixava dominar pelo medo, não conseguia qualquer atenuante no julgamento da minha própria consciência. O que poderia aliviar a minha angústia seria acabarem-se as situações de risco, as confrontações, os protestos e tudo o que permitisse, de quem quer que fosse, as atitudes de coragem, bravura e destemor que eu não tomaria. Eu viveria mais aliviado se não existissem o corajoso, o atrevido, o ousado, o destemido. Eles ostentavam o que eu não tinha, expunham a minha fragilidade e ameaçavam me desmascarar até sem o saberem. Naquela noite, eu gostaria que alguém me dissesse que o velório não tivera nenhuma importância, que poucas pessoas haviam comparecido e nenhuma mulher grávida lá estivera.

As fezes me chamavam e, aos poucos, fui saindo de dentro de mim e voltando à objetividade da parasitologia — que me distraía de pensamentos tão cruéis. Trabalhei intensamente. Eram mais de duas da manhã quando, mais aliviado, parei. E senti um grande prazer com o vento batendo no meu rosto, do lado de fora da janela do ônibus, que rasgava a madrugada em alta velocidade, rumo ao centro da cidade.

Ao passar pela Cinelândia, o outro ônibus, para o Catete, reduziu a marcha — motoristas curiosos provocavam retenções. Dois passageiros — um rapaz e uma moça — desembarcaram. Da janela, eu os vi passar pelos soldados armados da polícia militar que cercavam a praça e, passos adiante, abrir uma faixa preta sem nenhuma palavra escrita, enquanto seguiam para a sede da Assembléia Legislativa, completamente iluminada. Uma grande aglomeração se formara à frente do prédio. Uma fila bem organizada entrava por uma porta e, saindo pela outra, se dispersava. Toda a praça estava mergulhada num estranho silêncio, quebrado apenas pelo ininteligível discurso que alguém fazia do alto da escadaria — sua indignação se revelava na força com que brandia a camisa ensangüentada que — suspeito — eu vira no corpo de um dos mortos. O lento avanço do ônibus foi afastando gradativamente o velório da minha visão. E a minha cabeça foi, gradativamente, se ocupando com a mesma idéia, agora de um novo ângulo: em vez do Édson, eu é que poderia ter morrido naquele fim de tarde. Afinal, assim como ele, eu comia no Calabouço e estava lá na hora do tiroteio. Eu também não tinha dinheiro, não tinha pai, não tinha mãe, não tinha família importante, não tinha casa, me desdobrava para estudar e ter uma profissão. Por acaso, tinha sido ele. Mas podeira ter sido eu. E com aquele tiro, uma bala de dois centímetros de comprimento e meio de diâmetro acabou com tudo que era o Édson. Um minúsculo, um insignificante, um estúpido pedaço de chumbo teria o poder de dar fim à minha vida e a um mundo de sonhos e esperanças. Era tão espantoso e chocante que eu larguei aquela idéia e prestei atenção na paisagem quieta que desfilava pela janela do ônibus. Eu ainda não conseguia imaginar a minha morte.

Na manhã seguinte, quando cheguei à faculdade, os portões estavam fechados. O ministro da Educação suspendera as aulas. Ignorando a decisão, os estudantes — das várias turmas, dos seis anos do curso — iam chegando e ficando por ali. As conversas giravam em torno dos últimos acontecimentos. Entre os da minha turma, Bia e o doutor Cachorrão eram os mais envolvidos. Haviam participado desde os primeiros momentos. Na véspera, estavam no Diretório Acadêmico quando chegaram as notícias do tiroteio e de que os mortos estavam sendo levados para a Assembléia Legislativa. Tinham ido para lá tão depressa que haviam chegado antes das vítimas. Tinham passado a noite em vigília e negociações sobre o enterro e estavam ali para convidar toda a faculdade a participar do cortejo. Quando a dupla informava o local, a hora de saída, o trajeto e o cemitério, Joana perguntou:

— Escuta aqui, Bia: afinal, quantos morreram? Já ouvi falar em dois, em três e, depois, em um.

— Morreu um companheiro, secundarista do Artigo 99, que tinha dezessete anos de idade! — respondeu Bia, iracunda.

— No começo eram dois — completou Cachorrão. — Chegaram à Assembléia carregados. Mas um deles se reanimou. Não tinha sido baleado nem tinha ferimento grave. De repente, levantou e saiu andando. Estava apenas em estado de choque. A gozação que estão fazendo é que ele ressuscitou sem ter morrido.

A turma esboçou uma gargalhada, mas Bia a cortou:

— Vamos respeitar o companheiro morto, gente! E você, Cachorrão, pára de fazer piada com esse assunto, merda!

Nesse momento, um Mercedes Benz, conduzido por um motorista uniformizado, estacionou na outra calçada. Todos se viraram. A porta de trás se abriu e Eugênio Câmara Villaverde desembarcou. Um *frisson* percorreu toda a faculdade de medicina ali presente. Ingrid, que estava no lado oposto ao meu, não tirou mais seus enormes olhos verdes de cima dele. Como era do seu feitio, Eugênio não caminhou direto para o portão; fez uma trajetória semicircular e aproximou-se discretamente dos que estavam um pouco mais afastados da aglomeração — entre os quais eu —, escapando da vaia que ameaçara, mas abortara porque Cachorrão começara a falar. Inflamado, o orador lembrou o compromisso dos médicos com a vida e a necessidade de protestar contra a morte arbitrária de um jovem. Enquanto ele falava, Eugênio continha a impaciência ao saber que as aulas haviam sido suspensas. Na sua opinião — quase sussurrada ao meu ouvido —, quem quisesse protestar, que protestasse, mas para quem quisesse assistir aula, deveria haver aula; e o ministro não tinha nada que fechar a faculdade. Enquanto ouvia Eugênio, mantinha Ingrid no meu campo de visão: os dois olhos de gato não se afastavam dele. Quando Cachorrão propôs que todos fossem imediatamente para o velório, Eugênio me chamou para ir embora — o carro o esperava adiante e ele me deixaria no laboratório. Aceitei. Ingrid acompanhou o nosso afastamento com o olhar.

No carro, depois de reclamar da perda de tempo que era vir à faculdade e não ter aula, Eugênio comentou o seu interesse crescente pela cardiologia. Estava fascinado, mas não esperava muito da faculdade. Vinha desenvolvendo seus estudos sozinho ou orientado por especialistas ligados à sua família. Pretendia estudar fora do país.

— E você — perguntou —, já escolheu uma especialidade?

— Ainda não — respondi —, mas tenho uma certa simpatia pela clínica geral.

— É uma simpatia bem realista. Se, por acaso, você voltar para o interior de Minas, não vai dar para fazer muito mais que geral, pediatria e... o que mais?

— Nada. Nem mesmo pediatria dá. Só clínica geral.

— E você pretende voltar?

— Também não decidi ainda. Mas acho que não.

Eugênio silenciou e virou-se para a janela do carro, o olhar perdido na paisagem. Eu observei o luxo daquele Mercedes: o conforto do assento largo, o encosto amplo, o estofamento de couro, o espaço para esticar as pernas, o ar-refrigerado que além de deixar a temperatura agradabilíssima, permitia manter os vidros fechados e garantia o silêncio para ouvir a música suave. A maciez com que se deslocava dava a sensação de que deslizava sobre um colchão de ar. O motorista, silencioso, limpo, uniformizado, limitara-se a balançar a cabeça afirmativamente, sem dúvidas nem perguntas, quando Eugênio mandara que me deixasse primeiro. Do lado de fora, pedestres ou passageiros de outros carros olhavam com curiosidade, tentando identificar quem ocupava o banco de trás — os homens com um certo respeito e as mulheres com uma certa disponibilidade. Dentro daquela redoma flutuante, a humanidade me observava, me respeitava, me admirava, talvez me invejasse.

Não sei que associações de idéias fiz, mas bastou pensar nisso para Domitila me vir à cabeça. Talvez porque fora ela que, tendo me rejeitado pelo Guilherme, me afastara desse mundo que tanto me fascinava e no qual eu começava, então, a penetrar. Como naquela época eu não sabia o que hoje sei, não conseguia compreender o comportamento da inefável Domitila! Aliás, ela repetiu com o Guilherme o que fez comigo. Ele se apaixonou perdidamente — tanto que, por ciúmes, afastou-se de mim, do Eugênio e de todos os outros rapazes —, e ela, como sempre, ora dava a impressão de querê-lo, ora parecia desprezá-lo. Guilherme sofreu como um cardíaco na montanha-russa. Seu coração, que parecia esperto, mas era apenas ingênuo, não estava habituado às incertezas com que ela o fustigava — despencava das alturas da mais exultante euforia para o poço da tristeza mais sombria. Essas oscilações intempestivas abalaram a sua auto-estima de rapaz rico, mimado, simpático e estudante de medicina assediado pelas garotas. Tornou-se inseguro, perdeu o brilho e o humor. O medo de perdê-la levou-o a submeter-se aos seus caprichos. Estudava cada vez menos e começou a faltar às aulas para levá-la ou buscá-la no curso preparatório do vestibular — que ela decidira fazer, mesmo contrariando a vontade da mãe. Durante todo o tempo de dedicação exclusiva, de provas e juras de amor de Guilherme, Domitila o tratou, quase sempre, como amigo, embora ele, quase sempre, entendesse que esse tratamento era de namorada. No fim do ano, Guilherme foi reprovado em três disciplinas — como não se podia passar com três dependências, ele foi obrigado a repetir o ano e, por isso, saiu da nossa sala e da minha convivência. Domitila, ao contrário, foi aprovada no vestibular. Pouco tempo depois ela revelou que estava apaixonada por outro. Pediu a Guilherme que não a procurasse mais. Confesso que senti um certo prazer quando soube.

O Maracanã passava suavemente diante da janela quando voltei ao banco do Mercedez Benz, à música, ao motorista uniformizado e à companhia de Eugênio que, ao meu lado, lia um exemplar do *The New England Journal of Medicine*. Observei-o de perfil, os cabelos louros que a luz do sol da manhã fazia brilhar, penteados com esmero, a pele branca e macia do rosto bem barbeado, os óculos de lentes brancas e ovais, aros finos e dourados, o colarinho engomado da camisa esporte de um branco impecável. Os olhos verdes de Ingrid tiveram requintado gosto quando revelaram a beleza de Eugênio ao seu coração, que se rendeu a uma paixão avassaladora, que ele, por polidez, timidez ou fria altivez, fingiu ignorar durante muito tempo. Ingrid lutou com todas as armas de sedução, das mais ostensivas às mais sutis, de que podia dispor: insinuou-se, exibiu-se, convidou-se, ofereceu-se, rebaixou-se, aviltou-se, magoou-se, humilhou-se. Eugênio manteve-se impassível. Impulsionada pelo desespero da paixão não correspondida, Ingrid se declarou e o interpelou. Polido e reverente à beleza da pretendente, Eugênio, no entanto, escusou-se: não poderia responder às suas expectativas por fidelidade à namorada inglesa. O impacto da resposta inimaginável atirou Ingrid numa vertigem de incredulidade e decepção. E ela sucumbiu. Afundou-se numa depressão de se trancar, dias a fio, num quarto escuro sem querer ver ninguém. Não se sabe o que lhe aconteceu nas trevas. Quando emergiu, porém, surpreendeu a todos com uma convicção adquirida sabe Deus como: a tal namorada inglesa não existia; era apenas uma invenção de Eugênio para descartá-la. Movida por essa fé, Ingrid reiniciou a sua guerra particular de sedução. A inglesa, porém, não apenas existia, como materializou-se no Rio de Janeiro. E Eugênio abriu as portas de sua mansão: ofereceu um jantar para apresentar a loura Catherine, que viera conhecer o Brasil. Convidada para o jantar, Ingrid voltou a surpreender: aceitou.

A expectativa do que poderia acontecer criou um rebuliço na turma. Durante toda a semana não se falou de outro assunto; e a fantasia correu solta pelos corredores, todas as histórias apontando para um grande escândalo, com bate-bocas e brigas descabeladas entre as contendoras. Surgiu até um desenho anônimo no mural: o corpo nu de Eugênio estendido sobre a mesa da sala de anatomia, enquanto Ingrid e Catherine, com uniformes e instrumental médico, disputavam e retalhavam seus órgãos.

Na noite do jantar, além dos pais de Eugênio, alguns parentes e uns poucos amigos, quase toda a nossa turma estava presente, tendo como centro das atenções Eugênio e a deslumbrante Catherine. Ingrid era a grande ausente — o que era motivo de murmúrios entre nós; uns achando que era garantia de jantar tranqüilo, outros de jantar sem graça. Rafael também não estava, mas desde que Ingrid liquidara todas as suas esperanças, sua ausência se tornara tão rotineira que ninguém a notava mais.

Catherine não era apenas linda; era o exemplo acabado da milenar depuração étnica, da educação e da cultura européia. Loura-dourada, os olhos de um azul tão suave que pareciam de água, cabelos finos que escorriam rosto abaixo até os ombros, como se os raios do sol tivessem sido enfeixados e, a cada movimento da cabeça, se movessem como ondas de brilho etéreo. Usando um vestido de tecido leve e vaporoso, num rosa-claro que se harmonizava com a pele, esta de um róseo um pouco mais suave, Catherine sorria sempre. Seu sorriso revelava dentes sem máculas, numa ordenação perfeita, cujo brilho rivalizava com o dos brilhantes cravejados na gargantilha de ouro, fina e delicada, que trazia no pescoço.

Ela dedicava a Eugênio uma atenção absoluta: aos olhos dele, que procurava sem trégua; à sua boca, cujas palavras, na língua nativa, tentava adivinhar; às mãos dele, que ela segurava, acariciava e, às vezes, beijava. Era uma princesa devotada ao seu príncipe.

A nossa turma estava alvoroçada. Enquanto alguns, que ainda não a conheciam, estavam boquiabertos com a mansão da família do Eugênio, outros se admiravam com a beleza da inglesa ou com o requinte do serviço que antecedeu o jantar. Doutor Cachorrão e Bia, militantes em tempo integral, não poupavam a inglesa. Para ambos, tratava-se de uma representante do colonialismo inglês, que, para manter seus feudos medievais na África, dizimava tribos e explorava nações. Cachorrão chegou a dizer que as jóias que Catherine usava eram originárias do Brasil Colônia, que os portugueses teriam repassado aos exploradores ingleses. Já Bia explicava que a preferência de Eugênio pela inglesa era reflexo da histórica submissão do colonizado ao colonizador, aguçada, no caso, pelo deslumbramento da burguesia nativa, sonhando em se europeizar, com os modelos de beleza, cultura e comportamento do imperialismo britânico. O Brasil, que se acreditava civilizado, repetia o servilismo de tribos africanas. Cachorrão provocava, afirmando que Ingrid, filha de italiano com alemã, não era nativa — já era produto de colonizadores.

Mas eis que, de repente, surge ninguém menos que a própria Ingrid — alegre e elegante, num deslumbrante vestido branco, que lhe realçava a pele morena dos trópicos. Um *frisson* percorreu toda a turma, que assistiu à aproximação paralisada de expectativa. Com um sorriso iluminado, os grandes olhos verdes acesos, Ingrid cumprimentou, sorridente, Eugênio, que a apresentou a Catherine. A turma até parou de respirar. As duas deram-se a mão com toda a civilidade e, num inglês impecável, Ingrid falou do prazer de conhecer a namorada do colega, perguntou se já conhecia o Brasil, o que achava do que vira, se a temperatura dos trópicos a incomodara. Catherine, de sua parte, quis saber a que especialidade médica Ingrid se dedicaria e sobre a origem de sua família, que lhe dera um nome europeu. As duas se entenderam tão bem que a expectativa de escândalo se frustrou e a tensão relaxou. Pouco tempo depois, Eugênio se reaproximou e, animado com a aparente compreensão de Ingrid, a conversa ficou a três — num tom mais baixo, porém não menos divertido, pois riam a cada frase.

Nada posso dizer sobre o comportamento de Catherine porque ignoro até hoje se ela sabia que o homem que amava era amado por outra. Nem consigo imaginar como reagiria uma inglesa se soubesse que a tal outra sorria alegremente à sua frente. Portanto, não posso deduzir, pela sua conduta, se ela sabia ou não. Mas Ingrid, eu sei, sabia de tudo. E foi pelo seu comportamento que aprendi mais alguma coisa sobre as mulheres. Elas são capazes de tudo para conquistar ou reconquistar a posse do homem a quem amam. Desde fingir a mais cínica amizade pela rival até cometer o mais hediondo crime passional — não há regras, nada se pode prever, tudo pode acontecer. Hoje, com a vivência que adquiri com toda essa história, concluí que se dá o mesmo com os homens — só que suas causas costumam ser menos nobres.

Durou pouco, no entanto, a encenação criada por Ingrid. Quando o *maître* veio nos avisar que o jantar seria servido, ela pediu licença para ir à toalete e, ao passar por nós, já estava em prantos —, o que levou Bia e Olívia a segui-la. Logo voltaram com a última surpresa da noite: Ingrid fora embora e mandara dizer que não estava se sentindo bem. Três semanas depois começou a namorar o Rafael.

O Mercedes parou diante do laboratório. Despedi-me de Eugênio, agradeci-lhe a carona e desembarquei. O carro partiu e, só então, vi que o doutor Bernardo, em roupas esportivas, me observava, perplexo, do portão:

— De Mercedes Benz com motorista! — exclamou sorrindo e, virando-se para a ruiva sardenta de boca vermelha a seu lado, disse:

— Viu, Anabela, como os meus funcionários andam? Esse laboratório paga os melhores salários do mundo!

Comprimentou-me efusivo e apresentou a ruiva. Expliquei-lhe a carona do colega, e ele comentou a morte do estudante:

— Os subversivos ficam provocando e os inocentes pagam o pato. — E advertiu: — Sai de perto dessa gente! Fuja dos baderneiros! Vai por mim. Os militares não vão tolerar a desordem pública. A próxima bala pode ser no seu peito. E aí, adeus Mercedes Benz!

Quis saber se era algum problema o que o trazia ao laboratório numa manhã ensolarada de sábado, e ele explicou que acordara com vontade de ir para Búzios. Como fora uma decisão de momento, não viria trabalhar na segunda-feira.

Nesse momento, o reboque com um barco veio surgindo da garagem, empurrado e conduzido por três empregados do laboratório. A ruiva se encantou:

— Você disse que era pequeno, amor. É enorme!

— Vinte e dois pés.

Enquanto o reboque era engatado à traseira do carro, achei que poderia falar sobre questões de trabalho.

— Então, o senhor não virá aqui na segunda-feira?

— Não. Se o sol continuar firme e o mar calmo, só volto na quarta. Por quê?

— É que surgiu um problema com o Carlos Ítalo, mas na quarta a gente conversa.

— Com o Carlos Ítalo? — ele se interessou. — Qual é o problema?

— Não, é melhor deixar para...

— Pode falar — ele segurou o meu braço e me conduziu para a frente do carro. — O que ele quer?

— Aumento. Ele diz que se casou e o salário não dá para as despesas. Depois que se formou, passou a trabalhar em tempo integral e, apesar de o senhor ter prometido aproveitá-lo melhor, ele nunca foi promovido, em quatro anos de casa. Ele gosta de trabalhar no laboratório e quer continuar, mas se o senhor não puder atender, a disposição dele é de procurar outro emprego.

O doutor Bernardo olhou para a traseira do carro, onde o trabalho de engate do reboque estava sendo concluído, enquanto, no seu gesto característico, erguia a calça com os cotovelos:

— Mais essa! E com o seu Paixão se aposentando! Bem... vou pensar no assunto. Diga que quando voltar converso com ele.

— Está bem.

Ele entrou no carro por um lado e a ruiva pelo outro. Bateram as portas quase ao mesmo tempo. Ele deu a partida e arrancou devagar. Eu e os homens acompanhamos o barco afastar-se sobre as rodas do reboque. Depois, entrei e trabalhei até umas cinco e meia da tarde, sem parar nem para almoçar.

Estava voltando para casa cansado, suado e com fome, quando o ônibus fez uma curva e entrou na praia do Flamengo. Já anoitecera e estranhei que a rua, os bares e os prédios estivessem às escuras. Vi velas acesas em algumas janelas e, em outras, pessoas com lenços brancos na mão. O asfalto estava coalhado de pétalas de rosas. O ônibus andou mais uns cinco minutos e parou. Os passageiros se agitaram para saber o que estava acontecendo. Alguns punham metade do corpo para fora da janela, tentando ver à frente, outros informavam-se com os pedestres que, na calçada, acendiam velas e tochas com jornal torcido. Logo se soube: era o cortejo do estudante Édson Luís, que seria enterrado no cemitério São João Batista. O ônibus andava como tartaruga. Subi no banco e enfiei o corpo pela janela. Lá na frente, uma multidão, com velas e archotes acesos, avançava devagar e silenciosa. Dos prédios caíam pétalas de flores e papel picado.

Voltei a sentar. Meu estômago doía de fome e meu corpo de cansaço. Naquele ritmo, só chegaria em casa às dez da noite. Desembarquei, peguei uma transversal e segui a pé até a pensão.

Eu já conhecia cada uma das trinta e seis tábuas envernizadas do forro do meu quarto. Deitado na cama, pensando na vida, relembrando uma matéria que estudara, fazendo mentalmente as contas a pagar, reconstituindo algum acontecimento do dia ou de outra época que surgia espontaneamente na minha cabeça ou apenas esperando o sono chegar, eu esquadrinhava aquele teto de uma parede à outra, conferia encaixes e emendas, decorava as formas dos nós e das manchas. Naquela noite, porém, depois de ter tomado banho e jantado, eu passeava o olhar pelo teto, mas a minha cabeça se ocupava com as imagens do doutor Bernardo e a sua ruiva indo passar uns dias em Búzios, com o barco a reboque, sem saber quando voltariam. Como a vida pode ser um grande prazer!, pensei.

Estava no deleite de me imaginar no lugar do doutor Bernardo, quando bateram na porta. Mandei entrar. A porta se abriu devagar. Era Maria Luísa. Estava sombria, tensa, olhos inchados de quem andara chorando.

— Está querendo dormir? — perguntou, segurando a porta.

— Entra. Aconteceu alguma coisa? Não vi você no jantar.

— Dei uma saída — respondeu, fechando a porta com as duas voltas na chave. — Fui ver o enterro do estudante. O cortejo passou aqui na praia do Flamengo.

— Você foi até o cemitério? — perguntei, enquanto ela puxava uma cadeira para perto da cama e sentava-se.

— Não. Fiquei só olhando da calçada. Mas estava muito emocionada. Não parava de chorar. O caixão ia coberto com a bandeira do Brasil, seguido por uma multidão. Tinha gente de todo tipo, inclusive freiras, padres, colegiais de uniforme, velhos, homens de terno, mulheres com crianças. Quase todos seguravam velas e tochas acesas ou levavam faixas pretas. Das janelas dos prédios caíam pétalas de flores. Pelo rosto das pessoas, você via que estavam tristes, mas ninguém estava humilhado. Havia uma indignação no ar; e acho até que essa indignação é que dava àquelas pessoas uma certa altivez de serem brasileiros que não se conformaram que um brasileirinho de dezessete anos pudesse ter sido assassinado pela polícia. E sabe quem estava no meio da multidão? Você nem pode imaginar. O Leopoldo! Sério, de roupa escura, lá ia o meu filósofo, o meu sábio! Senti meu corpo tremer dos pés à cabeça. Furei o cortejo e puxei-o pelo braço. Sem parar de andar, ele passou o braço no meu ombro e me apertou. Era um abraço de um só braço, mas eu senti toda a emoção dele, que me disse: "Apesar dessa tristeza toda, fico orgulhoso de encontrá-la aqui."

"O meu filósofo achou que eu estava no cortejo. Andamos por algum tempo assim, meio abraçados. Pode parecer um desrespeito ao garoto morto, mas eu estava feliz. Além de confortada e segura nos braços dele, eu me sentia importante de estar ali. Tive arrepios de ser mais uma, no meio da multidão, indignada com aquele assassinato. Mas, ao mesmo tempo, me afligia estar me afastando cada vez mais de casa. Com medo, decidi retornar. Ele se decepcionou quando me despedi. Abracei-o e pedi no ouvido dele para que me ligasse, porque eu estava com saudade. Ele então, pediu que não fosse embora, mas eu disse que tinha de servir o jantar. 'Vem comigo. Vamos juntos até o cemitério', ele insistiu, tentando segurar minha mão. Mas eu retirei a mão e respondi: 'Não. Estou atrasada. Os hóspedes não podem esperar. Mas eu vou esperar você me telefonar.'

"Não era o que eu queria dizer nem fazer. O que eu queria era seguir aquele cortejo ao lado dele. E, no entanto, fiquei parada no meio da rua, chorando, enquanto ele se afastava me chamando, e a multidão me ultrapassava. Voltei à calçada. Meu Deus! Leopoldo é mesmo um homem digno, de bom coração. E ele ficou sinceramente alegre de me ver, apesar da tristeza do enterro. No sorriso e no abraço dele não havia nenhuma ponta de ressentimento pelo que eu lhe fizera. Uma criança, que distribuía velas, deixou uma na minha mão. Outra, que vinha atrás, acendeu a minha na dela. E seguiram distribuindo e acendendo velas. A vela acesa na mão me emocionou ainda mais. Tentei continuar assistindo, mas não consegui. Passei a vela a uma moça que estava sendo empurrada numa cadeira de rodas e voltei para casa chorando.

Maria Luísa silenciou e abaixou a cabeça, apertando as mãos. Fiquei calado, achando que estava aliviando suas tensões. Porém, quando levantou o rosto, era a própria máscara do sofrimento banhada em lágrimas. Sussurrou:

— Foi então que aconteceu o pior.

Pareceu que ia prosseguir, mas não teve forças. Abaixou de novo a cabeça e chorou mais. Soluçava e estremecia. Quando os soluços diminuíram, perguntei:

— O que foi que aconteceu?

Ela respirou fundo, empenhou-se em conter as lágrimas e, afinal, conseguiu murmurar:

— O Artur brigou comigo. Me destratou, aos gritos. Me chamou de irresponsável. Disse que abandonei a pensão na hora do jantar. Os hóspedes começaram a surgir nos corredores, atraídos pelos gritos. Corri para o quarto para evitar mais escândalo. Ele foi atrás. Entrou, trancou a porta e continuou me chamando de criança, de débil mental, de incapaz. E quando eu pedi que parasse de me desacatar e humilhar porque, afinal, a pensão era minha, ele passou a me bater. Me deu tapas, socos, chutes, sempre gritando que eu dizia que era dona só para humilhá-lo, mas que se não fosse ele ter assumido a gerência, a espelunca já teria falido. E que eu nunca mais abrisse a boca para falar que era dona de coisa alguma.

Maria Luísa estava novamente banhada em lágrimas. Esticou o braço e pegou a toalha de rosto pendurada nos pés da cama. Enxugou-se aos soluços. Depois, apertou a minha mão entre as suas. Falou intensa:

— Pelo amor de Deus, fala com o Camilo para me atender. Eu preciso me livrar desse homem, antes que aconteça uma tragédia.

— Você já disse a ele que não quer mais viver com ele?

— Perdi a conta do número de vezes. E cada vez de uma maneira diferente.

— Mas, então, por que ele continua com você?

— Ele diz que preciso dele mais do que eu mesma imagino. Que sem ele vou perder tudo o que tenho e a minha vida vai virar um caos. Que eu preciso perdoar os excessos dele, que não é um homem polido, que não teve chance de estudar. Que é, de fato, um grosseirão, mas que me ama, e tudo o que faz é para o meu bem. Diz também que não há nenhum homem interessado em mim. Se, por acaso, ele fizesse o que lhe peço quando perco a cabeça e fosse mesmo embora, eu seria uma mulher infeliz, abandonada e falida.

— E você, concorda?

Ela silenciou. Soltou as minhas mãos. Acabou de enxugar as lágrimas.

— O pior é que concordo. Porque tem uma coisa — eu nunca falei disso com ninguém —, tem uma coisa que ele me deixa completamente satisfeita. Não sei se me entende, eu digo satisfeita como mulher, como fêmea.

Ela fez uma pausa, cobriu o rosto com a toalha, acariciou-o, depois tirou a toalha de uma vez:

— Mas, agora, eu decidi: prefiro ficar só do que na companhia dele. Você vai falar com o Camilo para me receber?

— Vou. Já está marcado o nosso encontro: sexta-feira que vem.

Ela abaixou a cabeça e apertou-me ainda mais a mão. Seu corpo estremeceu. Uma lágrima quente pingou no meu pulso. Ela beijou a lágrima e ficou acariciando a minha mão entre as suas. Quando voltou a falar, foi lenta e suavemente, com o alívio de quem se livrou de uma dor intensa e antiga.

— São bonitas as suas mãos. Brancas, longas, limpas, lisas. Todo médico tem mãos assim. Acho que é porque vocês lavam antes e depois de tocar no paciente. Desde criança eu observo mão de médico. Eram frias e enormes as mãos do médico que me apertavam a barriga, abaixavam-me as pálpebras inferiores ou apertavam-me os tornozelos. Ou quando, mais tarde, me apertavam os seios, procurando caroços, ou me davam o toque ginecológico. Gosto das suas mãos. Talvez porque não sou sua namorada. Essas mãos sóbrias, limpas e frias são boas para médicos, não para namorados.

Ela silenciou. Aproximou as minhas mãos dos olhos e, enquanto as esquadrinhava, murmurava:

— Eu não sou sua namorada, mas gosto de você, adoro a atenção com que você me escuta cada vez que lhe procuro e tenho muito carinho por você. Confio tanto em você que nunca lhe escondi nada. É a única pessoa no mundo que sabe tudo da minha vida. Para mim, você é, ao mesmo tempo, o amigo de infância, que eu não tive, o irmão caçula, que eu não tive, o filho que eu não tive, o marido...

De repente, Maria Luíza cravou os dentes na parte carnuda da minha mão direita. Puxei-a com um grito. Veio com as marcas, vermelhas e fundas, latejante.

— Por que fez isso? Enlouqueceu?

Ela sorriu, desafiadora.

— Você só não é o meu homem porque é um anjo. E eu preciso de um demônio como o Artur para me cavalgar, me amansar.

Levantei da cama friccionando a mão e fui até a janela.

— Desculpa, meu querido — ela disse, me acompanhando. — Não sei por que fiz isso. Você me desculpa? Foi uma vontade estranha que me tomou. Acho que foi essa sua mão de médico.

Aproximou-se tanto de mim que senti o calor do seu hálito. Segurou a minha mão carinhosamente e beijou a marca da mordida.

— Você me perdoa?

Não respondi. Retirei a mão e virei-me para a janela. Ela manteve-se atrás de mim.

— Por favor, não me dê as costas. Olha para mim. Eu já pedi desculpa. Se você virar para mim, eu vou embora e deixo você em paz.

Virei-me para ela. Sua expressão, que era de desamparo, foi se tornando de gratidão. À medida que falava, recuava para a porta.

— Obrigada. Eu vou sair, agora. Espero que tenha me desculpado. Obrigada por ter me ouvido mais uma vez. Não me queira mal porque você é o meu melhor amigo. Aliás, você é o meu único amigo. Quero que conte comigo para o que quiser.

Abriu a porta e cruzou-a, esboçando um sorriso inconcluso à medida que a fechava. Voltei para a cama. Uma vez estirado, a olhar de novo o teto, não demorou e fui surpreendido por uma saudade aguda de Lorena. Daquelas de doer no meio do peito. Logo suas imagens se sucediam na minha memória como se fosse um filme. Nossos corpos nus dançando sobre a cama do quartinho de fundos, enquanto tio Alberto e Belo Horizonte dormiam. Que saudade daqueles beijos que começavam sempre afoitos, lábios secos e ardentes, que se abrasavam e se queimavam, com uma vontade maior do que o desejo. Aos poucos, porém, o ímpeto se arrefecia, os movimentos se harmonizavam. De mordidos e esmagados, lábios e línguas passavam a escorregar uns sobre os outros e a se penetrarem uns nos outros, cada vez mais molhados, cada vez mais devagar e cada vez com mais prazer. Deus meu, a saudade de Lorena doía fisicamente! No meu peito, nas minhas mãos, nas minhas pernas. Lorena não beijava apenas os lábios, ela beijava a boca. E quando me beijava a boca, era como se seus lábios e sua língua roçassem o meu corpo todo.

Fui ao banheiro e tomei outro banho. Na volta, escrevi uma carta a Graciliano. Confessei a meu irmão que sentira uma saudade louca e súbita de Lorena naquela noite. Pedi que ele escrevesse a Lorena procurando saber como andava a vida dela. E também o estado de saúde do tio Alberto. Se quisesse, podia contar que eu tivera um surto de saudade dela, mas me sentira impedido de escrevê-la diretamente. Se ela respondesse, queria que ele me remetesse a carta. Depois, desabei sobre a cama, cuidando de me ajeitar de lado, evitando olhar para o teto. Enfim, dormi.

Deviam ser umas cinco da tarde, eu estava checando uns laudos, quando a secretária do doutor Bernardo veio avisar que ele chegara e queria falar comigo. Pisquei para o Carlos Ítalo, certo de que o assunto era o seu pedido de aumento. Desci imediatamente, deixando-o a roer unhas de expectativa.

À elegância habitual, o patrão acrescentara o bronzeado do sol de Búzios. Recebeu-me sorridente, indicou-me a cadeira e sentou-se à mesa. Trocamos três palavras sobre a importância de uns dias de descanso para recuperar o ânimo, duas outras sobre o movimento do laboratório, uma sobre o curso de medicina até que ele tocou no busílis:

— Nesses dias de descanso, pensei com calma sobre o pedido de aumento do Carlos Ítalo. E acho que cheguei a uma solução. Mas quero saber a sua opinião, antes de decidir.

Tirou um cigarro do maço, pegou o isqueiro, levantou-se, saiu de trás da mesa e começou a andar de um lado para o outro.

— O Carlos Ítalo é um profissional competente, não é verdade?

— É verdade — respondi, estranhando um pouco aquela formalidade.

— Para a empresa, é um excelente funcionário. E tem lá suas razões de se sentir desprestigiado, você não concorda?

— Claro que concordo.

— Está aqui há tanto tempo e nunca foi promovido. Nem mesmo depois de formado. Agora, que está casado e esperando um filho, seria justo e oportuno que fosse promovido e tivesse um aumento de salário.

— Que bom, doutor! Ele vai ficar feliz!

Doutor Bernardo, que continuava andando de um lado para o outro, batendo o cigarro contra o isqueiro, estacou e me olhou nos olhos.

— Você está de acordo?

— Claro, doutor.

— É bom saber disso. Vou precisar muito da sua compreensão.

Ele acendeu o cigarro, sugou a fumaça e soltou-a para o lado e para baixo.

— Estou pensando em promover o Carlos Ítalo a chefe do laboratório.

Senti que o sangue me fugiu das mãos. Minha cabeça rodopiou. Eu não entendera direito o que aquilo queria dizer, mas fiquei assustado.

— Ele é formado em farmácia e bioquímica, dedica-se em tempo integral ao laboratório, é educado e disciplinado. O que poderia ser um problema, o ciúme do seu Paixão, não será mais, com a aposentadoria dele.

Ele parou e deu outra tragada no cigarro. Senti uma fria gota de suor rolar das axilas pelo meu corpo abaixo. Minha garganta estava seca. Se tivesse que falar alguma coisa naquele momento, com certeza gaguejaria. Ele soltou a fumaça e voltou a andar.

— Aliás, você foi promovido a chefe justamente para apagar o estopim da bomba que os dois ameaçavam explodir. O mais jovem, mais inexperiente e mais novo na empresa foi o promovido. E você não decepcionou. Mas o tempo passou, e hoje o quadro é outro. É por isso que preciso da sua compreensão. Você ainda não se formou e não pode dar tempo integral ao laboratório. E quando se formar, será como médico. Não irá se limitar à análise clínica, tendo novos horizontes profissionais.

Foi considerando tudo isso que pensei em entregar a chefia ao Carlos Ítalo, e liberar você da responsabilidade com laudos, produção, prazos, etc., para que possa dedicar-se exclusivamente às funções de laboratorista. O que acha disso?

Eu não conseguia falar. E, se conseguisse, não saberia o que dizer. A garganta estava seca e a camisa molhada de suor. A decepção, a raiva e a impotência me paralisavam. Ele soltou a baforada de fumaça.

— Pode falar! O que acha? Não tenha pudores. Você acompanhou o meu raciocínio?

Confirmei com lentos movimentos de cabeça para dar a impressão de serenidade.

— E concorda?

Repeti os movimentos. Senti que a onda de tensão que crescera dentro de mim, começava a subir. Eu sabia no que daria se chegasse à garganta: choro. E choro convulso. Tratei de contê-la, acelerando a respiração. Doutor Bernardo deu vários tapas nas minhas costas.

— Eu sabia que compreenderia! Você é um sujeito sensato e realista! Vai longe na profissão! Eu agradeço a sua compreensão. Você não vai se arrepender. E qualquer problema, me procura; vamos conversar. Mais do que patrão, eu gostaria de ser um amigo. Pode contar comigo. Ah, ia me esquecendo. Os dez por cento de gratificação de chefia vão ser transferidos para o salário do novo chefe, é claro. Agora vá, meu querido. E, por favor, peça aos Carlos Ítalo para descer aqui.

Subi, dei o recado ao Carlos Ítalo e vi que não tinha a menor condição de continuar trabalhando. Livrei-me de guarda-pó, máscara e gorro e fui embora. Na rua é que os olhos foram umedecendo e as lágrimas escorreram discretamente. Andei a pé, cada vez mais acelerado, na direção do centro da cidade. Logo, estava correndo. Porém, à certa altura, cansei. Peguei um táxi e fui direto para um botequim na rua do Catete, perto da pensão. E comecei a tomar cerveja.

Deviam ser umas nove horas — e eu, sozinho, já liquidara quatro garrafas de cerveja —, quando elas começaram a chegar. O cheiro intenso da mistura de perfumes baratos inundava o meu canto do bar em ondas intermitentes, conforme o giro do ventilador soprava o vento numa direção ou noutra. Entre dezoito e cinqüenta anos, com algumas negras, poucas brancas, e mulatas na maioria: todas empregadas domésticas naquela área, invariavelmente perfumadas, com bocas vermelhas, bochechas rosadas, minissaias e blusas que deixavam à mostra umbigos e barrigas. Bebiam, umas cerveja e outras refrigerante, indo e voltando entre o balcão e a porta do bar, ensaiando requebros e passos de samba entre uma frase e outra, mas mantendo acesa a conversa sobre uma festa a que quase todas haviam ido no sábado anterior. Às vezes, o assunto incluía os empregados do bar, a quem tratavam com intimidade, chamando-os de Ceará e Bené. Do meu canto, com algumas cervejas no juízo, eu acompanhava tudo, já fascinado com uma sararazinha, de pele queimada de sol e dentes brancos, que devia ter uns vinte e poucos anos, de peitinhos duros e barriguinha enxuta aparecendo entre o cós baixo da minissaia e a blusa amarrada na cintura. Fumante em início de carreira, segurava o cigarro na ponta dos dedos, olhava para a brasa enquanto tragava e, quando soltava a baforada, acompanhava com o olhar a trajetória da fumaça. Tantas vezes retribuiu o meu olhar com um sorriso maroto que, em dado momento, ergui o copo de cerveja na sua direção, num solene convite ao brinde. Ela se aproximou sorridente, disponível e prosaica.

— Você é doutor mesmo ou essa roupa é só uma onda?

— Sou médico mesmo. Senta um pouco e toma uma cerveja comigo.

Ela sentou-se. Fiz um sinal ao garçom para trazer mais um copo.

— Vai atender os doentes de pilequinho ou já parou de trabalhar?

— Já parei. Estou dando uma relaxada antes de ir dormir. E você, já parou também?

— Eu, já. Graças a Deus. De qual doente que você trata?

— De todos. Sou clínico geral. E como é o seu nome?

— Luzia. E o seu?

O garçom pôs o copo sobre a mesa, me dando um segundo para inventar um nome para mim.

— Bernardo — disse, estendendo-lhe a mão. — Muito prazer.

— Prazer. Luzia — ela repetiu, retribuindo-me a mão.

— Luzia, que coincidência! Mesmo nome da minha secretária.

Segurei o mais que pude a mão dela na minha. Até que ela tirou de arranco e apontou para as próprias costas.

— Sabe que apareceu um caroço aqui nas minhas costas? O médico que cuida do meu irmão disse que é... como foi que ele disse?... É... acho que foi "cisco sobáceo"...

— Cisto sebáceo — corrigi.

— Isso mesmo. Você é sabido, hein! Trata de tudo que é doente mesmo, é? O médico do meu irmão só trata de coração. Ele disse que tem que cortar fora esse... como é o nome mesmo?

— Cisto sebáceo.

— Pois é. Vou ter que entrar na faca.

— E onde é?

— Aqui nas costas. Quer ver?

— Só para saber se é mesmo cisto.

Ela deu um sorriso malicioso, girou um pouco o corpo até ficar meio de costas para mim e puxou a gola da blusa para baixo e para trás. Na nuca, harmonizavam-se o áspero cabelo amarelo com o pescoço cor de cobre. Suas costas, de pele lisa e bronzeada, entremostraram-se no pequeno campo desvelado. A vontade de acariciá-la era quase irresistível. Mas resisti, pelo menos a princípio. E lá estava o pequeno caroço do tumor subcutâneo. Era mesmo um cisto sebáceo. Apertei-o levemente:

— É esse mesmo — ela disse.

— Dói?

— Não. Mas é perigoso, doutor?

Passei o dedo sobre ele e, não resistindo, comecei a contorná-lo de leve, com a ponta da unha. Ela contorcia o corpo, murmurando alguns ruídos:

— Ui, ai... hum...!

Aos poucos, fui ampliando o círculo de carícias e usando mais dedos. Ela se remexia, arrepiada, até que, num movimento brusco, acompanhado de um "Uh!" de intensa sensação, repôs a gola no lugar e girou o corpo de volta à posição original, obrigando-me a retirar a mão.

— Você é muito safadinho, sabia?

Servi-lhe cerveja. Ela tomou um copo quase de virada e lambeu os lábios. Servi-lhe mais e pedi ao garçom outra garrafa. Ela acendeu um cigarro.

— Meu irmão, eu tenho um irmão mais novo, de dezessete anos. Ele tem sopro no coração. Sabe o que o doutor disse? Que ele pode morrer de repente. É verdade?

— Ele tem mesmo sopro?

— O doutor diz que tem. Mas ele nem liga. Joga bola, empina pipa; sobe o morro correndo. Você acha que ele pode morrer de repente? Morre nada, morre?

Suas amigas despediam-se a distância, sorrindo e acenando, cúmplices.

— Tchau, Luzia! Até amanhã.

— Até amanhã — ela respondeu e acenou.

Desapareceram. Aproximei a minha cadeira da dela, nossas pernas se tocaram, pousei-lhe a mão sobre o ombro. Pela curva do tecido entre os botões da blusa entrevi o peito pequeno e a rósea base do bico. Sorrindo, ela soprou fumaça no meu rosto e se divertiu porque quase me sufoquei. Exagerei a reação com tosses e falta de ar. Fingi que queria tomar-lhe o cigarro. Ela resistiu — ou fingiu resistir. Na luta simulada, consegui a minha intenção que, suspeito, era a dela também: nossos rostos se aproximaram e a beijei na face.

— Você me beijou? — ela disse, no seu papel de fingir espanto.

Beijei-lhe outra vez; ela revirou o pescoço.

— Ah, pára...! — sussurrou com muita manha e nenhuma convicção.

Beijei-lhe outra e outra vez; ela sempre repetindo "Pára", "Não faz assim", mas certa de que eu prosseguiria; até que meus lábios roçaram os dela.

— Aqui, não. O Bené e o Ceará estão vendo — murmurou no meu ouvido.

Pedi a conta. Paguei. Quando levantei da cadeira, senti o mundo girar. Dei o primeiro passo, e o chão ficou mais embaixo. Dei o segundo, ele ficou mais em cima. O ombro de Luzia foi o meu discreto apoio para sair dali com a dignidade de alguém vestido de médico. Antes de ganhar a rua, ainda perguntei as horas, e o Bené, ou o Ceará, me respondeu "Quinze para as onze".

O álcool me tirava a lucidez e, na rua, ríamos sem razão aparente, talvez do meu estado. Caminhamos devagar por uma transversal silenciosa, em direção ao mar. A semi-obscuridade sob as árvores nos protegia. De tempos em tempos, encostávamos num muro ou numa árvore e nos apertávamos, um corpo se sentindo no outro, se esfregando no outro, e nos beijávamos, uma boca engolindo a outra. Voluptuosa, Luzia não só oferecia com vontade sua boca e seu corpo, como sabia o que colher do meu corpo para o seu uso.

No meio do jardim do Aterro, encostamos numa murada que, junto com as árvores, nos protegia da luz e dos olhares da rua. Beijos e abraços se acaloraram. O álcool atenuava o medo de que alguém nos flagrasse. Minha excitação me surpreendia. Desabotoei-lhe a blusa, as duas peras saltaram, firmes e pontudas. Ela também desabotoou a minha camisa e passou a morder e lamber o meu peito. Logo sua minissaia estava recolhida à cintura e minha calça e cueca se embolavam sobre os meus pés. Esmaguei seu corpo pequeno contra a murada, que era os fundos da arquibancada de uma quadra de basquete. Nossos corpos suados se engoliam numa fricção selvagem. Ela murmurava obsessivamente meu nome: "Bernardo, gostoso!", "Bernardo, meu macho!" "Bernardo, seu tarado!" Foi quando, de repente, sem que eu me desse conta, recuei o corpo, segurei-a pelos ombros, comprimi-a para baixo até que ficasse de joelhos e comecei a falar alto:

— Faz, Luzia! Faz como você faz toda tarde! Faz como o Bernardo gosta!

Eu falava e tentava enfiar meu membro rígido em sua boca. E ela o evitava, girando o rosto de um lado para o outro, tentando manter a boca fechada e, ao mesmo tempo, suplicando:

— Não! Eu não gosto! Não gosto! Não faz assim comigo, Bernardo.

— Você não faz com o Bernardo todo dia? Por que não vai fazer comigo?

— Eu não quero! Eu vomito!

Eu estapeava o seu rosto para que me obedecesse. Mas ela, chorando, segurava o meu membro para se proteger, afastando-o de si com firmeza. Seja porque o desespero a agitava e ela perdera a noção do que fazia, seja porque acreditava que o meu gozo rápido a aliviaria, a verdade é que ela me masturbava e eu a esbofeteava. E foi assim que, entre lágrimas, sangue, súplicas e agitação, seus cabelos, suas faces, seus olhos, nariz e lábios foram emplastrados pelo sêmem que, às golfadas, esguichou de dentro de mim.

Quando abri os olhos, Luzia se afastava chorando e cuspindo, ajeitava a minissaia e, ao mesmo tempo, limpava o rosto com a blusa, avançando meio às cegas, numa trajetória sinuosa. Eu estava em pé, meio zonzo de álcool e esgotamento, a camisa aberta, calça e cueca arriadas aos pés. A cabeça rodou, achei que ia cair e me segurei na amurada, enquanto ouvia, ao longe, os últimos soluços de Luzia. Respirei fundo, meu peito doeu. Uma sensação de mal-estar tomou conta de mim. Devagar e tateando o muro de concreto, abaixei-me e, reunindo as forças que me restavam, arrepanhei calça e cueca. Reergui-me apoiado na aspereza do concreto. Com a ânsia de vômito subindo e descendo dentro de mim, abotoei-me e afivelei-me. Olhei à volta, Luzia desaparecera e não havia mais ninguém naquele parque. Comecei a andar, querendo sair dali, mas minhas pernas moviam-se com dificuldade. Eu era um vulto todo vestido de branco quase se arrastando na penumbra silenciosa.

Larguei-me na cama, de roupa e sapatos. O teto girava como uma roda-gigante. Fechei os olhos. O desconforto físico se misturou à sensação de alívio interior. Mas eu estava assustado comigo mesmo, como se o que acontecera fosse mais forte do que eu e proviesse de uma força que eu desconhecia. Começou a crescer dentro de mim o obscuro sentimento de que fizera algo errado. Mas não chegou a avançar muito porque dormi. Acordei mais tarde, tentando sentar-me na cama, sem conseguir deter as golfadas de vômito que enxovalharam minha roupa e o lençol brancos. Nem assim consegui me levantar. Extenuado, soltei o torso de volta à cama e dormi em meio ao vômito.

Tio Camilo me recebeu em seu escritório com as efusões habituais. Notei, porém, que alguma preocupação turvava o seu sorriso — nuvens de sombra, que ele preferiria esconder, inibiam a sua expressão. Ainda em pé diante da vista que se rasgava do seu escritório, ele disse:

— O "doutor" tem participado da baderna que se instalou nessa cidade?

— Não, senhor. Nem tenho tempo para isso.

— Faz muito bem. A coisa está preta. O Exército e a Polícia Militar estão de prontidão. Aliás, o comandante do I Exército acabou de dizer que os agitadores profissionais estão querendo fabricar outros cadáveres para justificar mais baderna.

— Quando vim para cá, notei que havia soldados em vários lugares da cidade e muitas lojas estavam baixando as portas.

— O governo decretou feriado bancário e ponto facultativo nas repartições públicas. Em Brasília já se fala até na decretação do estado de sítio. A situação é grave.

Ele sentou-se numa poltrona e me indicou outra. Depois de um tempo de silêncio tenso e preocupado, que dava a impressão de que tinha dificuldade para começar a conversa, ele disse:

— Tudo isso está me preocupando, mas não é exatamente sobre isso que eu quero falar com você. Aliás, antes de começar, você tem visto a Domitila ultimamente?

— Não, senhor. Faz tempo que não a vejo.

— Mas você sabe que ela também está na universidade, que passou no vestibular e tudo, não é?

— Ah, é? Que bom! Ela faz o quê?

— Sociologia, você acredita? Ninguém acredita. Pois ela se preparou, passou no vestibular e hoje está fazendo curso de sociologia. Agora me diga, você sabe para que, diabo, serve a sociologia? Ou o que faz um sociólogo?

— Não, senhor.

— Nem eu. Mas imagino: tudo o que é palavra de ordem dessas passeatas é coisa de sociólogo: justiça social, luta de classes, contestação da ordem, reformas de base, agitação, revolução social e o diabo a quatro. E ela meteu na cabeça de estudar essas bobagens. Não houve quem a dissuadisse. Não adiantou nada o que eu e a mãe dela dissemos.

Tio Camilo bufava. Nunca o vira com tanta raiva. Eu não sabia o que dizer, nem atinava com o que pretendia ao me contar aquela história. Lembrei-me que dona Glória uma vez dissera que Domitila não faria curso superior porque não havia mais rapazes interessantes nas faculdades. E me lembrei também que quando a conhecera, Domitila já gostava de assistir a uns filmes e umas peças de teatro que tratavam dessas coisas intelectuais e políticas. Tio Camilo retomou num tom mais baixo e mais lento, mas só aparentemente mais calmo.

— Uma vez você veio aqui atrás de minha indicação para um emprego. Agora é a sua vez de retribuir aquele favor. Mas preciso, antes, contar com a sua discrição, porque vou tocar em assuntos familiares. Espero que nada saia daqui.

— Pode confiar, doutor.

— O problema é o seguinte: como se não bastasse estar fazendo a porcaria desse curso, Domitila ainda se apaixonou por um professor — um pé-rapado, barbudo, subversivo e muito mais velho do que ela.

Ele parou para respirar. A indignação quase o sufocava. Levantou-se e foi até a janela, enfiou os dez dedos cabeleira adentro, sacudiu a cabeça e voltou a sentar.

— Eu e Glória estamos chocados com essa situação. Temos conversado muito e cogitado inúmeras maneiras de tirar nossa filha das garras desse sujeito. E, se possível, até desse curso. Uma dessas maneiras inclui você. Domitila o respeita e nós sabemos que você gosta dela. Por isso, você vai nos ajudar a afastá-la desse camarada.

— Eu entendo o que o senhor está sentindo. Educar uma filha com todo o carinho e cuidado para depois... Eu quero ajudar, doutor, mas não sei como.

— Eu sei. Você gosta dela, não gosta? Ou já gostou muito, não foi? Eu quero dizer que... Na verdade, eu nunca notei nada, mas a Glória percebe essas coisas, é muito observadora. Ela acha que você era apaixonado pela Domitila. Era ou não era?

— Bem, eu...

— Eu preferiria mil vezes você a esse professor de merda. Falo sério. Você é pobre, não é herdeiro, nem tem um sobrenome — me perdoa a franqueza —, mas é um rapaz esforçado, estudioso, que tem ambição e vai vencer na vida. Eu ficaria tranqüilo se minha filha estivesse com você. Você entende esse lado de pai preocupado? É o futuro e a felicidade da minha única filha.

Ele parou, respirou, conteve a emoção e perguntou:

— Você sabe o que significa uma filha única? Se ela não for feliz, tudo terá sido um fracasso.

Voltou a silenciar, sem olhar para mim. Sua respiração ofegava. Não esperava resposta. Parecia falar para si mesmo. Relaxou um pouco.

— Eu poderia lhe abrir muitas portas. Você subiria depressa. E olha, até a Glória, que antes não simpatizava com você, hoje pensa assim também.

— Muito obrigado, doutor. Mas...

— Não precisa agradecer. O que a gente tem que fazer é agir depressa. Você tem que procurar a Domitila, se aproximar dela, começar a sair com ela, ver se consegue tirar esse camarada da cabeça dela. Enquanto isso, pode contar que, em casa, a Glória e eu vamos estar trabalhando por você. Então, o que acha? Você topa?

— Claro, doutor. Claro. A Domitila é uma moça encantadora e inteligente. É incrível como se deixou influenciar a esse ponto. Mas eu não sei se essa aproximação vai ser assim tão simples.

— Vai ser, sim. Vai, sim.

— Não sei, doutor. Não sei.

— Por quê? Qual é o problema?

— Bem...

Eu pensei em contar que ela preferira o Guilherme a mim, mas temi que pudessem fazer aquela proposta a ele. Resolvi contar só a minha história com ela:

— ... no tempo em que a gente andou saindo junto, eu quis namorar a Domitila, mas ela não quis. Disse que não gostava de ninguém para namorar.

— Coisa de momento, doutor. Você tem que entender. Era uma menina-moça. Mas o tempo passou. Domitila virou mulher.

— Mas se agora está namorando, doutor, é porque está gostando.

— Ora, ora, meu caro. Você, um garoto e praticamente um médico, educado como um príncipe e com essa simpatia toda que Deus lhe deu, duvidando do seu poder de sedução? Basta querer e você vira a cabeça de qualquer mulher. Ora, vamos! Você já conhece Domitila, sabe o que precisa fazer para conquistar o coração dela. Ainda mais contando com a nossa cumplicidade!

— O senhor dizendo essas coisas eu até fico animado.

— Pois fique mesmo, porque é verdade. Você promete que vai procurá-la?

— Prometo, sim.

— Liga para ela hoje. Ela me prometeu que voltaria cedo para casa. Hoje estão acontecendo várias missas de sétimo dia daquele estudante na igreja da Candelária. De manhã, eu mesmo vi a confusão e os espancamentos. Soldados a cavalo e de sabre à mão subiram as escadas da igreja e atacaram os que saíam da missa. Eles ficaram imprensados e foram massacrados. Uma coisa horrível, inacreditável, impressionante. E agora, no fim do dia, que é o horário oficial da missa, e que as pessoas deixam o trabalho, a cidade vai virar um inferno. Até eu vou cedo para casa. E já está na hora.

Levantou-se e imitei-o. Segurou o meu braço e me conduziu para a porta. Interrompi-o:

— Doutor, eu tenho um recado da Maria Luísa para lhe dar. Ela quer ter uma conversa com o senhor.

— Mas uma conversa sobre o que, você sabe?

— É profissional. Como advogado. Ela está querendo se separar.

— Ah, ela se casou?

— Não, mas tem lá um sujeito que... é melhor ela explicar.

— Sei. Vamos marcar. Mas você falou nisso e eu me lembrei: sabe que o filho da puta do professor da Domitila é casado? Nem se deu ao trabalho de se separar.

Seu rosto enrubesceu, ele balançou a cabeça para um e outro lado. Depois, respirou fundo e, de leve, deu três tapinhas no meu rosto:

— Você vai ser meu genro!

Abriu a porta e mandou a secretária agendar um encontro com Maria Luísa. Despedimo-nos. Ele me abraçou apertado e deu vários tapas nas minhas costas. Na minha saída, disse:

— Vamos ficar em contato!

Enquanto esperava o elevador, senti que aquela conversa dera uma cambalhota na minha cabeça. Eu estava orgulhoso e alegre. Então, a inefável Domitila, princesa dos meus desejos, que me desdenhara e me desprezara como a um cão, tornara-se a amante de um homem mais velho e casado! Avaliei, uma a uma, as pessoas feias, suadas e sujas que se apertavam naquele elevador calourento e concluí que o tio Camilo tinha razão. Um garoto ainda, e eu já era praticamente um médico; era inteligente, simpático e no caminho de me tornar um vencedor. Na situação escandalosa de Domitila, eu era um partidão, uma saída honrosa, uma solução perfeita. Na rua, ombro a ombro com transeuntes anônimos, eu enchia o peito e erguia a cabeça para não ser confundido com eles, simplesmente porque eu não era um deles, eu tinha uma distinção. Dona Glória, uma mulher ambiciosa e seletiva, habituada desde o berço a conviver com gente bem-sucedida, que sabia identificar um vencedor pelo olhar, reprimira suas próprias idiossincrasias contra mim e curvara-se à evidência de que eu seria o homem ideal, um verdadeiro príncipe encantado para a sua filha.

À medida que me aproximava da esquina da avenida Presidente Vargas com Rio Branco, mais lojas baixavam as portas, os prédios despejavam mais e mais pessoas nas calçadas, dificultando, a cada passo, andar pelo acúmulo de transeuntes e de militares armados. O gás lacrimogêneo, provavelmente de bombas detonadas ao longo de todo o dia, impregnara o ar, levando as pessoas a chorar sem motivo. O trânsito fora fechado e, nas esquinas, viaturas policiais e carros de combate do Exército estavam a postos. Aviões sobrevoavam a área em vôos tão rasantes quanto o permitiam a altura dos prédios. A sensação era de que a qualquer momento começaria uma guerra.

A igreja da Candelária, assim como a praça que a envolve, formam uma espécie de ilha que, de repente, reparte em dois o leito de um rio — no caso, a avenida Presidente Vargas — que volta a se reunir após ultrapassá-la, para desaguar no mar, logo adiante — o seu fim. A avenida Rio Branco lambe perpendicularmente a praça aos fundos da igreja, aonde eu — os olhos úmidos pela ação do gás lacrimogêneo — acabava de chegar.

O que vi foi aterrador. O interior da área isolada por um cordão, ombro a ombro, de militares armados, carros de combate e viaturas policiais, era uma praça de guerra. A área ao fundo da Candelária fora totalmente ocupada por centenas de soldados a cavalo, sabres à mão e, logo atrás deles, outras centenas de fuzileiros navais armados, restando vazia apenas uma aléia central que ia dar nas portas da igreja. Militares a pé e policiais civis à paisana obrigavam os transeuntes a se afastar mais depressa dali com gritos e empurrões. O ronco dos helicópteros, em rasantes mais baixos sobre o leito da avenida, infundia pavor nos passantes e agitava os cavalos. O céu estava azul-escuro, mas pairava no ar a névoa branca do gás lacrimogêneo.

Estão saindo! — alguém gritou, emocionado.

Policiais e militares se movimentaram sob as ordens gritadas dos superiores. Os cavalos se agitaram. Uma onda de curiosidade percorreu a multidão, que se mexeu para assistir, tentando driblar a proibição, mas os policiais atacaram de cassetete. Corri, apavorado. Adiante, um grupo de pessoas, procurando proteção no interior de um prédio, forçava a abertura do portão de ferro que o porteiro tentava fechar. Mal entrei e o portão fechou pesadamente.

O elevador não estava e subi correndo a escada, atrás de um grupo de mulheres que, no segundo andar, entrou num salão, onde foi recebido com familiaridade pelos presentes. Não tinha a intenção, mas assustado, entrei atrás. Todas acorreram às janelas, várias com olhos lacrimejantes pela ação do gás, apertando-se entre as que, pelo que diziam, esperavam o desfecho da situação para irem embora. Algumas murmuravam orações. O salão era atapetado, tinha uma longa mesa de reuniões, sofás de couro nos vértices, antigos retratos a óleo de homens sisudos nas paredes e três grandes janelas, onde todos se aglomeravam. Aproximei-me por trás dos últimos, temendo ser identificado e expulso, além de preocupado com a porta aberta às minhas costas. Escurecera mais um pouco, um resquício do gás lacrimogêneo me causava desconforto, mas ainda podia ver com nitidez a área sob o cerco.

Eram tantos os militares à volta da praça que poderiam ser contados aos milhares. Nas bordas da aglomeração, policiais empurravam e atacavam os transeuntes para dispersá-los, criando várias áreas de correria, enquanto na parte central cavalarianos, de sabres para o alto, se preparavam para o ataque. O clima de apreensão era crescente. Nesse momento, abriu-se a porta central da igreja. As mulheres da janela se benzeram. Um padre idoso surgiu, ainda paramentado, seguido por duas filas de padres que, de mãos dadas, formavam um corredor de proteção. No meio do corredor, apareceram os primeiros estudantes que, igualmente de mãos dadas, formavam a fila dos que haviam assistido à missa. Uma mulher à minha frente, que murmurava orações, falou amedrontada:

— Reza, gente, para não acontecer nada. Podiam ser nossos filhos.

Ela passou a rezar alto e as demais respondiam em coro, enquanto na praça o cortejo passava em frente aos cavalos inquietos, de cavalarianos de sabres desembainhados, até que o velho padre estacou diante da barreira de militares armados, carros de combate e viaturas policiais que o separava da avenida liberada. Em fila, atrás dele, pararam os estudantes. Houve um momento de tensão insuportável. Tinha-se a impressão de que qualquer movimento mais brusco resultaria em massacre. As mulheres rezaram com mais fervor. Um grande número de estudantes — toda a extensão da corrente de mãos dadas que ia da porta da igreja à barreira frontal — parara na estreita aléia entre os dois batalhões. De um lado e outro, cavalos inquietos sapateavam no asfalto, conduzidos por soldados que brandiam seus sabres, prontos para o ataque. De repente, descobri, alarmado, os meus colegas Bia e doutor Cachorrão, de mãos dadas na fila. Aflitos com a inesperada paralisação da caminhada, olhavam, acuados, para um lado e outro. Uma onda de emoção subiu-me pelo corpo — era o meu orgulho, o orgulho de um medroso, pela coragem dos colegas. Foi então que, lá na frente, o velho padre ergueu a mão com uma solenidade reforçada pelos paramentos. Um militar desmontou e foi até ele. Conversaram. A praça fez um silêncio grávido de expectativa, agravado pelo ruído dos cascos de alguns cavalos mais agitados que saíam da ordenação. As mulheres persignavam-se de olhos fechados. Depois de uma parlamentação que incluiu gestos em várias direções, o militar afastou-se do velho padre na direção da barreira, que começou a se mexer, abrindo uma passagem. Logo, a fila, sempre protegida pelo corredor de padres, começou a sair do cerco. Do outro lado, os estudantes dispersavam-se, dois a dois, em ordem e em silêncio.

Entre os pares que ganhavam, enfim, a zona livre, um casal me chamou a atenção. Sim, não havia dúvida, era ela, a inefável Domitila, que saía abraçada a um homem alto e de barba. Deixei o salão imediatamente, sem saber a que empresa ou entidade pertencia nem quem seriam os velhos dos quadros, desci a escada aos saltos, alcancei o *hall* de entrada, onde pessoas assustadas e lacrimejantes esperavam o melhor momento de sair, e pedi ao porteiro que abrisse o portão. Ganhei a calçada dez passos depois que Domitila e seu companheiro passaram diante do prédio. Mesmo sentindo os incômodos da névoa de gás lacrimogêneo estacionada sobre nossas cabeças, os segui.

Caminhavam devagar, passo a passo, ele envolvendo-a num abraço pelas costas e pela frente, ela com o rosto aninhado sobre o seu peito. Domitila chorava; imaginei, a princípio, que fosse por causa do gás. Mais adiante, porém, vi que seu corpo.estremecia. Eram lágrimas da tensão acumulada e, afinal, aliviada. Ele era atencioso e a protegia ternamente. Às vezes, ele olhava para trás, suspeitando que eu os seguia. Emparelhei com dois rapazes, como se estivéssemos juntos. Então, aquele era o tal professor que arrebatara o coração da inefável Domitila! Era bem mais velho do que ela, mas era alto, forte e pisava firme. Os fios brancos que, aqui e ali, enfeitavam-lhe o cabelo e a barba, talvez dissessem mais de suas preocupações do que de sua idade.

Meus companheiros apertaram o passo e ultrapassaram o casal, que parou para atravessar a rua, e eu, não encontrando pretexto para estacar também, acabei me aproximando o bastante para Domitila, surpreendida, me reconhecer:

— Não acredito! Meu Deus, você por aqui?

— Você está bem, Domitila? Há quanto tempo!

— Pois é. Há quanto tempo! Que bom ver você.

— Soube que passou em sociologia.

— Você também estava na missa? Mas que loucura, essa repressão, hein! Achei que iam matar a gente com aquelas espadas. Olha a minha mão: ainda estou toda trêmula. Você, gostou da missa?

A pergunta me emudeceu, mas ela mesma desviou o assunto, apresentando-me a seu acompanhante, com um "desculpa, ia me esquecendo, esse é o Caio". Mal soltamos a mão, porém, ela voltou à carga.

— Mas valeu, não valeu? A gente mostrou que pode enfrentar esses milicos. E eu achei a missa linda! Nunca tinha visto nada tão emocionante na minha vida. Chorei o tempo todo; não foi, meu amor?

— Minha camisa está ensopada — disse o Caio, sorrindo. — Mas muito dessa lágrima é do gás lacrimogêneo.

— Não fala assim, amor. Eu estava chorando até agora de nervosismo, de medo. E você, não ficou com medo agora na saída?

Eu ia responder que não ficara com medo porque não estivera na missa, mas, antes mesmo de falar, me senti humilhado. Tive ódio da pergunta e, por instantes, tive raiva da própria Domitila que, com a minha demora para responder, mudou subitamente e perguntou num tom de demolidora desconfiança:

— Mas escuta aqui, você estava na missa ou está só passeando por aqui?

Caio me fuzilou com um olhar repentino e intuí que os dois me achariam o último dos mortais.

— Que pergunta, Domitila! Passear aqui? Claro que estava na missa.

Ela respirou aliviada, e eu me senti respeitável. Mas logo que voltamos a andar, pressenti que Caio me avaliava com um insistente olhar de soslaio. Porém, à medida que a conversa o informava a meu respeito, sua desconfiança se deslocava para a minha ligação com o tio Camilo. Tentei marcar um encontro com Domitila para que ela me contasse sobre as mudanças de sua vida, mas ela não tinha folga no horário, tomado por assembléias, reuniões, debates e manifestações estudantis. A essa altura, havíamos chegado à Cinelândia, onde o trânsito estava liberado. Ao embarcarem num ônibus para Botafogo, Domitila prometeu que me ligaria na primeira oportunidade para marcar o nosso encontro.

Mal botei o pé na pensão Maria Luísa me segurou pelo braço e me arrastou para um canto. Nenhuma novidade:

— Não agüento mais. Você não faz idéia do que ele fez hoje. Fui pedir dinheiro para comprar umas coisinhas para mim e sabe o que ele me disse? "Não há dinheiro. Além de gastadeira, você deixa seus amiguinhos morarem quase de graça! Essa espelunca está no vermelho. Não demora, quebra!"

Ela continuou se queixando do Artur, mas eu não consegui mais prestar atenção. Disse-lhe apenas a hora e o dia da consulta com o tio Camilo. Agradecida, ela me abraçou com os olhos brilhantes e úmidos, me elogiou e se nutriu com a esperança de que, depois das sugestões do tio Camilo, sua vida mudaria radicalmente. Aliás, segundo ela, já começara a mudar. O Leopoldo telefonara. Andava muito ocupado com suas questões políticas, mas ia aparecer na primeira oportunidade. Quando já estava me afastando, ela anunciou — num clima oposto ao que a encontrara — que chegara uma carta para mim.

No quarto, li o bilhete de Graciliano — sem novidades, inclusive nos chocantes erros de ortografia e gramática —, que servia apenas para introduzir a carta de Lorena a ele, anexa. Ela dizia que estava bem, mas que o tio Alberto sofria muito com o enfisema. O esforço de tentar respirar através de um pulmão que se tornara uma armadura era desesperador. Com a falta de ar, ele não conseguia ter um sono prolongado e acordava a toda hora sufocado. Alimentava-se mal e só com muito esforço conseguia levantar-se da cama. E com dez passos parava ofegante. Tudo isso o deixava nervoso e intolerante. Mas apesar da proibição médica e de todo o sofrimento, ele continuava fumando escondido. A vida dela estava sem cor e sem luz. No princípio, tentara estudar à noite, mas teve que abandonar porque ele não queria ficar sozinho em casa. Agora, tudo o que fazia era atender às suas reclamações, suas queixas e aos seus caprichos. Vivia exausta, dormia pouco e alimentava-se mal. A tristeza e a amargura tomaram conta dela.

Fiquei na cama, olhando para o teto e pensando em Lorena. Um misto de gradidão e piedade tomaram conta de mim. A doença não tinha cura, os sofrimentos dele iriam aumentar — seria cada vez mais difícil aspirar o ar — e, em conseqüência, os dela também. Eu precisava visitá-los — era o mínimo que poderia fazer para demonstrar a minha gratidão. Afinal, se eu estava onde estava foi porque no princípio mereci a generosidade deles. Mas o sono me arrastou em meio a esses pensamentos.

Houve uma festa de despedida do seu Paixão lá no laboratório. Até os funcionários da recepção, da administração, da contabilidade e do almoxarifado foram para o andar de cima. Luzia e Maria Alice, a secretária do doutor Bernardo, serviram pastéis, quibes e empadinhas em pratinhos de papelão, cerveja e Crush em copinhos de plástico. Doutor Bernardo agradeceu os anos de trabalho de seu Paixão e assegurou que o laboratório Louis Pasteur não seria o mesmo se não contasse, desde o seu princípio, com a competência e a dedicação de seu Paixão. E concluiu dizendo que aquela casa estaria sempre de portas abertas para ele. Abraçou seu Paixão, que agradeceu comovido. Fez-se uma fila e todos o abraçaram, pedindo a seu Paixão que não sumisse, que aparecesse de vez em quando. Alguns choraram. Até o Carlos Ítalo se esforçou para esquecer os desentendimentos numa hora como aquela e estendeu-lhe a mão, desejando merecido descanso e dizendo "o senhor desculpa qualquer coisa", que todos os presentes entenderam e o desculparam interiormente. Em retribuição, seu Paixão meio que o abraçou, os olhos úmidos. Enquanto os funcionários queriam saber de seu Paixão seus planos de aposentado, junto à janela, Carlos Ítalo conversava com o doutor Bernardo — ouvi, de passagem, que falavam num substituto mais jovem e que tivesse passado pela faculdade. Luzia tentava se controlar, mas não conseguia. Chorava, corria para o banheiro e voltava de maquiagem retocada. O doutor Bernardo abraçou pela última vez seu Paixão, despediu-se e desceu. Pouco depois, pratinhos e copinhos foram reunidos e jogados no lixo e todos voltaram a trabalhar. Mais tarde, vi seu Paixão esvaziando o seu escaninho. Escova de dente, creme dental, caixas de remédios, uma marmita — ele acomodou tudo cuidadosamente sobre o guarda-pó esticado em cima do banco. Depois, veio enrolando, dobrando em sucessivas voltas o guarda-pó. Ali estava tudo o que levaria depois de trinta e cinco anos de trabalho. Pôs o pequeno embrulho debaixo do braço, fechou o escaninho, acenou sorridente para mim, Carlos Ítalo e Luzia, e foi embora. Luzia correu para o banheiro e Carlos Ítalo me chamou para conversar. Sentamo-nos junto à sua bancada. Ele falou e eu ouvi.

O doutor Bernardo estava procurando um substituto para o seu Paixão, de preferência um profissional de farmácia e bioquímica. Mas enquanto ele não encontrasse esse susbstituto, a situação do laboratório estava crítica. O doutor Bernardo não queria nem ouvir falar na idéia de recusar exames. Nem mesmo temporariamente. Queria que se mantivesse o mesmo ritmo de entrada de material e saída de laudos. Isso significava aumentar a carga de trabalho de ambos —, mas sobretudo a minha, que não dava dedicação integral. E o doutor Bernardo me mandava um recado direto: fora tolerante e compreensivo com a carga de trabalho no início do meu curso, mas chegara a hora da retribuição. Exigia rigoroso controle das horas efetivamente trabalhadas. As minhas noites, meus sábados e domingos teriam que ser inteiramente dedicados ao laboratório — mesmo tendo perdido os dez por cento de salário com a mudança da chefia. Trabalharia mais e ganharia menos.

Na faculdade, eu, que sempre me sentira prejudicado pela agitação, que suspendia ou interrompia as aulas, poderia agora me beneficiar — e pela primeira vez —, trabalhando quando não houvesse aulas. Mas nem por isso eu ficava satisfeito. Àquela altura, a Faculdade Nacional de Medicina se transformara num antro de assembléias, reuniões, debates e protestos. Enquanto as salas de aula e laboratórios ficavam vazios, os corredores, pátios, auditórios e diretórios viviam agitados, as paredes pichadas com palavras de ordem e infestadas de faixas e cartazes. Lembro-me que, tempos antes, em cima do anúncio de um seminário sobre anestesiologia que me interessava, fizeram uma pichação exigindo a libertação de cento e vinte estudantes de medicina presos em Belo Horizonte — e não consegui me inscrever. Auditórios e anfiteatros há muito não eram usados para conferências sobre temas médicos — neles já haviam feito o julgamento do governo militar, debatido o papel dos estudantes franceses que saíram às ruas proibindo que se proibisse, promovido um ciclo de palestras sobre Cuba e não sei mais o quê. É claro que, naquele caos, os professores não davam mais aulas, ou as davam mal, pela metade, irritados com os agitadores que invadiam as salas para ler manifestos, fazer comunicados, conclamações e denúncias.

Em meio à balbúrdia, eu tinha que definir se optaria mesmo pela clínica geral e, o que mais me preocupava, em que hospital faria o sexto — que seria o próximo — e último ano, como interno. Conversei com o Eugênio sobre esses assuntos e, embora não me ajudasse muito, ele me fez uma proposta: quando fosse impossível estudar na faculdade, pediríamos aos professores uma orientação bibliográfica e iríamos para sua casa — aprenderíamos o que fosse possível e voltaríamos para tirar as dúvidas. Aceitei na hora. E foi o que fizemos a partir dali.

Eu me lembro que ali mesmo na Praia Vermelha ficava a Faculdade de Economia, onde a agitação parecia ser ainda maior. Uma manhã, quando chegava para encontrar Eugênio e sanarmos com os professores uma lista de dúvidas, notei que soldados da polícia militar cercavam o prédio da economia. Comentei com Eugênio, que também vira, e fomos tratar das nossas dúvidas. Mais tarde, ficamos sabendo que a polícia pretendia acabar com uma assembléia que haveria na economia e prender alguns líderes. Como o Conselho Universitário estava reunido, os estudantes fizeram o reitor e os conselheiros reféns. O pior é que nós, da medicina, que não tínhamos nada com o assunto, também estávamos cercados. Os que tentaram sair foram presos. Eugênio telefonou para o pai dele e ouviu a recomendação de não arredar pé da faculdade. Aproveitamos para estudar. A negociação para acabar com o cerco durou o dia inteiro e, afinal, o governador prometeu ao reitor que a polícia se afastaria. Enfim, liberaram a saída. Eu quis sair imediatamente, pensando em ir trabalhar, mas o Eugênio me sugeriu que ficasse, que esperasse um pouco mais. Foi a minha sorte. Os que foram primeiro se deram mal. A polícia os emboscou e, depois de muita pancadaria, prendeu quatrocentos estudantes no estádio do Botafogo. Quando saímos já era mais de meia-noite e a situação se acalmara. O pai de Eugênio o esperava no carro e me deixou em segurança na esquina da pensão.

No dia seguinte, tive uma surpresa. Como não fora trabalhar na véspera, Carlos Ítalo — que a cada dia se tornava um chefe mais exigente e rigoroso — ignorou os meus argumentos, me repreendeu asperamente e cortou o meu dia de trabalho. Para compensar, não fui à faculdade nem à casa do Eugênio; trabalhei o dia inteiro.

Quando me preparava para ir embora, o doutor Bernardo reuniu os funcionários para avisar que era melhor permanecermos no laboratório até que as coisas se acalmassem. Segundo ele, a baderna agora não era feita só pelos estudantes. O povo também resolvera ajudar. O centro da cidade virara um campo de batalha, com barricadas e trincheiras, tiros, pedradas e bombas de gás. Do alto dos edifícios, jogavam garrafas, jornais molhados, cadeiras e até máquinas de escrever. A polícia atirava para matar. Mais de vinte pessoas haviam sido baleadas e pelo menos quatro estavam mortas, havia mais de trinta soldados feridos e centenas de pessoas espancadas. Depois daquele balanço, eu e os que precisavam passar pelo centro da cidade continuamos trabalhando. Voltei para casa de madrugada.

Nos dias seguintes, na faculdade só se falava de mais uma passeata de protesto. Essa seria gigantesca. Pela primeira vez, participariam, além dos estudantes, artistas, intelectuais e o povo. Eu, Eugênio e alguns outros não queríamos nem saber desse assunto. Com a progressiva adesão de Guilherme, Delano e o casal de namorados Ingrid e Rafael, crescera o grupo que estudava no Alto da Boa Vista. Foram os nossos estudos e, principalmente, as nossas conversas naquela época que me levaram à convicção de que eu deveria mesmo fazer clínica geral. Foi um alívio para mim.

Uma manhã, eu tomava café no refeitório, quando Maria Luísa sentou-se, radiante, à minha mesa.

— Estive com o Camilo e ainda nem lhe contei. Foi educado, gentil, diria até carinhoso comigo. Que homem, meu Deus! Não existem mais homens que saibam fazer uma mulher ficar segura, protegida, fascinada.

Às vezes, olhava para os lados e reprimia o próprio entusiasmo, mas logo a espontaneidade rompia os diques dos seus temores e seus olhos voltavam a sonhar.

— Camilo é o homem mais sedutor que conheci na vida. Duvido que alguma mulher que ele deseje possa resisti-lo.

— Mas o que disse, como advogado, sobre a sua situação? — perguntei num tom mais baixo.

Ela olhou para os lados e também abaixou o tom.

— Disse que primeiro o tirasse do meu quarto, o que fiz ontem.

— E ele saiu tranqüilamente?

— Virou bicho. Eu aleguei que o motivo era o seu ronco, que não me deixava dormir, mas ele gritou, deu chutes e socos, dizendo que não sairia. "Então, saio eu", ameacei. Quando me viu arrumar meus pertences, segura e decidida, mudou de idéia e passou a reunir suas coisas. Antes de sair, porém, me acusou de estar destruindo o nosso amor. E eu disse que não, que nosso amor continuava o mesmo, inclusive as nossas maravilhosas noites de amor continuariam enquanto tivéssemos vontade. Ele me chamou de louca e saiu praguejando, carregando as suas tralhas. Foi para o quarto onze. Camilo acha que esse deveria ser o primeiro passo. O próximo é tirá-lo da gerência. Ele deve voltar a ser apenas um hóspede.

Ficamos em silêncio por um tempo. Um dado me intrigava naquela trama. Hesitei se perguntava, mas acabei cedendo à minha curiosidade.

— Mas, escuta aqui, Maria Luísa, você não o ama?

— Amo.

— Você quer que o homem que você ama se torne apenas um hóspede?

— Mas um hóspede especial, com quem, às vezes, eu possa ter alguma intimidade.

— Se diz que o ama, isso não significa que você quer estar ao lado dele todo o tempo possível, dividir com ele os problemas de administrar a pensão, compartilhar as alegrias e as tristezas do dia-a-dia, viver, enfim, como um casal?

— Deveria ser. Seria o ideal. Mas eu já aprendi que a vida não é o ideal. Amar um homem é uma coisa maravilhosa. Casar com ele é outra muito diferente. Nem todo homem que você ama é o melhor companheiro para se compartilhar o dia-a-dia. Eu já aprendi, aprenda você agora: uma coisa é o relacionamento entre um homem e uma mulher, outra é o amor entre um homem e uma mulher.

Hoje eu posso compreender melhor o que Maria Luísa queria dizer. Mas, naquele momento, tudo o que disse me soou estapafúrdio. Para o meu entendimento de então, ela queria apenas defender o seu patrimônio, sem correr o risco da solidão absoluta.

O encontro com Domitila envolvia tanta coisa que eu a esperava tenso, sentado à última mesa de um bar no Leblon, como ela tinha, reiteradamente, recomendado. Eu sabia que seriam, no mínimo, dois encontros completamente diferentes: um, com ela sozinha; outro, se viesse com o tal professor Caio. E quando acertamos pelo telefone a hora e o lugar, não encontrei maneira elegante de dizer que seria melhor que viesse sozinha. Pedi um chope e, tomando-o, lenta e cautelosamente, esperei, torcendo para que viesse só.

E foi sozinha que ela avançou bar adentro, sorriso amplo contrastando com o olhar eternamente triste, os longos cabelos soltos, parecendo mais alta e magra do que era pela saia que descia aos pés e lhe deixava a barriga à mostra. Ao mesmo tempo que se desculpava pelo atraso, pendurou no encosto da cadeira a bolsa que trazia a tiracolo, soltou num canto da mesa os livros que carregava — o que ficou por cima chamava-se *Eros e a civilização* — e, ainda antes de sentar, ergueu os braços, triunfante:

— Cem mil pessoas na passeata, você viu? Nunca houve nada parecido no movimento estudantil! Uma loucura, o que a gente conseguiu!

Arrastou a cadeira para trás, largou o corpo sobre ela e tomou um grande gole do meu chope, enquanto eu fazia um gesto para que o garçom trouxesse mais dois.

— Quando eu vi — imagina quem! — o Chico Buarque de Holanda, de braço dado com outras pessoas em plena avenida Rio Branco, como se fosse um cidadão comum no meio da multidão, senti um arrepio pelo corpo todo e pensei comigo: agora a gente derruba a ditadura! — Empolgada, tomou numa virada o resto do meu chope. — E vamos derrubar, você duvida?

Silenciou, enquanto o garçom punha os dois chopes sobre a mesa e retirava o copo vazio. A inefável Domitila mudara. Perdera muito do recato. Era agora uma mulher — no corpo, na sensualidade ostensiva, nas atitudes desenvoltas, na palavra direta. Preservava ainda uma classe difusa na maneira de sorrir, de ajeitar os cabelos, no tom de voz. Porém, na maneira de sentar, de vestir, de beber de uma golada no copo alheio e em outros gestos, transparecia um certo desleixo, alguma rudeza, misturada com uma inimaginável vulgaridade. Depois que o garçom se afastou, ela voltou a falar, porém num tom de clandestina cumplicidade.

— E a ditadura vai ter que mandar soltar os companheiros presos. Senão — eles já sabem! — a gente pára o país. — Ela tomou um gole do copo recém-servido, saboreando-o como os que sabem fruir o prazer do chope gelado. — Delícia! É o chope mais bem tirado do Rio. Eles têm serpentina longa. O colarinho vem no tamanho certo e servem na tulipa gelada.

Era inacreditável. A inefável Domitila discorrendo sobre o chope! Era como se estivesse repetindo o que ouvira de algum entendido, só para me impressionar. Mas o que a levava a crer que os seus conhecimentos a respeito do chope me impressionariam?, me perguntei. E deduzi que a sua verdadeira intenção era me mostrar que mudara: tornara-se uma mulher livre, tão independente que namorava um homem mais velho sem se importar com a opinião de ninguém, tão inteligente que namorava o próprio professor, que tinha opiniões políticas e saía em passeatas, enfrentando a polícia para defendê-las, que era capaz de pontificar sobre assuntos considerados masculinos.

— Por que está me olhando tanto? — perguntou. — Hoje em dia, quando me olham muito, eu já fico grilada.

— Por quê?

— Não com você, é claro; estou brincando. Mas é verdade que a gente tem que ficar atento. A repressão tem agentes infiltrados só para gravar a cara da gente. Mas posso imaginar por que está me olhando tanto. É porque eu mudei muito, não é?

— Demais! É impressionante! Nem parece a mesma pessoa.

Ela sorriu, satisfeita. Seus olhos tristes brilharam. Estava feliz com as próprias mudanças.

— Eu descobri muita coisa. Ainda estou descobrindo. E há muito para ser descoberto — ela revirou levemente os olhos quando disse "muito", como se fosse algo inesgotável.

— O que seus pais acham dessa nova Domitila? Eu me lembro que sua mãe não queria nem que você entrasse na universidade.

— É verdade. Não queria que eu estudasse, vê se pode! — Ela riu e tomou mais um gole de chope. — Você precisava ver quando eu disse que ia fazer vestibular para sociologia. Foi um escândalo: "Coisa de comunista! Não dá dinheiro! Não serve para nada! Não tem futuro!" Nem dei bola para o que diziam. Fiz o vestibular mesmo com eles torcendo contra, passei e adoro o curso. Hoje, não ligo a mínima para o que eles pensam. Nem ouço mais o que dizem. São uns reacionários. Vivem fora do tempo. Você não imagina o escândalo que fez a minha mãe porque achou uma cartela de pílula anticoncepcional na minha bolsa! E eu já não era virgem há mais de um ano! Eles queriam — principalmente minha mãe — que eu ficasse uma eterna menininha, virgenzinha, metida em salões de beleza e costureiras, esperando um maridinho, de preferência rico, para casar e ter três filhos lindos. Hoje, eu não consigo nem me imaginar nesse papel! Eu, nascida e criada em Copacabana, em pleno século vinte, querer isso para minha vida?

— Puxa, por que tanta raiva de seus pais, Domitila?

— Porque eles estão me enchendo o saco.

— Por quê?

— Eles não aceitam o meu namoro com o Caio, não aceitam o curso que eu faço, não aceitam a minha maneira de pensar, nem de vestir, nem de falar, reclamam da hora que eu chego em casa e querem me controlar pelo dinheiro da mesada. São uns reaças, autoritários, de direita. Mas eu vou acabar com isso.

— Como?

— Vou sair de casa.

— Não faça uma bobagem dessa, Domitila. Onde você vai morar?

— Não sei. Talvez com uma amiga. Ou com o Caio.

— Você vai morar com o seu namorado?

— Se ele se separar, sim. Porque ele é casado.

— Mas qual é a diferença entre morar junto e casar?

— Porque não é "para sempre". A gente pode vir a morar junto para curtir a nossa paixão, enquanto ela durar.

O tom de desprezo com que ela falara dos pais já me incomodara. Ridicularizar a virgindade, o casamento e a maternidade me irritara. Quando disse que ia sair de casa para morar com um sujeito casado, achei um desplante, um desrespeito, um abuso. Não sei como, consegui manter-me gentil, mas não consegui esconder a curiosidade sobre aquela criatura que abria mão de tudo o que faria qualquer pessoa feliz.

— Quer dizer que você não quer se casar, nem ter filho, nem família, nada?

— Não, não, não. Nem pensar!

A arrogância dela me perturbava. Sua atitude era de desdém com tudo que eu mais prezava.

— Mas escuta aqui, Domitila: se você destesta a maneira de viver dos seus pais, se não quer casar, nem ter filhos, então, o que você quer da vida?

— Eu? Nesse momento, quero viver a vida do jeito que eu escolher. Quero me formar na profissão que eu gosto e que, espero, vai me garantir o sustento e a independência. Quero ajudar a derrubar essa ditadura para ter mais liberdade de lutar pelas coisas em que acredito. E quero viver as minhas paixões.

— Mas viver as paixões assim, sem casar, sem constituir família? Só trocando de homem a cada nova paixão?

— Talvez.

Ela respondeu e ficou me olhando com um sorriso de provocação. Foi difícil me conter, mas contive-me. Ela percebeu o meu esforço.

— Vem cá, você está zangado porque eu prefiro viver assim?

— Estou chocado. Seus pais devem estar... nem sei! Puxa vida, parece que você vive num outro mundo.

— É o mesmo mundo. Só que ele está mudando e você e meus pais não estão vendo. E para você é mais grave porque você é novo.

Se seguisse por esse caminho, brigaríamos. Ela tinha convicções e sabia provocar. Pouca coisa naquela moça que estava à minha frente lembrava a inefável Domitila. Ao invés do antigo encantamento, ela me provocava indignação. Tomei um gole de chope; ela também. O silêncio e a bebida arrefeceram o clima. Retomei num tom mais leve, porém mais irônico:

— E você quer muitas coisa da vida. Será que se consegue tanto?

— Não sei se vou conseguir; eu disse que quero. E vou lutar para consegui-las.

— E quase tudo o que você quer é muito complicado.

— Complicado, por quê? Você também não quer essas mesmas coisas?

— Mas eu sou homem; é diferente.

— Diferente, por quê?

— Homem tem que pôr o emprego na frente de tudo; senão, ele nem existe. Já a mulher, não.

— Não, se a mulher quer depender de homem. Mas se for uma mulher que pretenda ser independente, ela também tem que pôr o emprego na frente de tudo.

— Na frente do amor, da família, dos filhos?

— Claro. Na frente de tudo. Senão, ela fica dependente.

— Para você, o mais importante na vida é ser independente.

— E para você não é?

— Acho que não. Tenho minhas dúvidas se alguém pode ser tão independente assim. A pouca independência que tenho me basta.

— E você, se não é independência, que coisas você mais quer da vida?

— Emprego, dinheiro — muito dinheiro! —, mulher, filhos, família.

Ela me olhou por longo tempo em silêncio. Aquele olhar ficou gravado definitivamente na minha memória. Nunca vi tamanho desprezo num olhar. Eu me senti um verme. Depois, com um suspiro de superioridade, ela disse:

— É... o tempo passou... nós hoje somos pessoas muito diferentes... parece até que vivemos em mundos diferentes.

Não demorou e o Caio chegou. Beijaram-se, abraçaram-se, acarinharam-se e cochicharam. Ele continuava a me olhar com desconfiança. Conversaram sobre passeatas, reportagens de jornal, reuniões e outros assuntos, enquanto eu tomava o meu chope. Depois de um tempo, deixei sobre a mesa um dinheiro para a conta e me despedi. Domitila foi superior e glacial. Saí do bar sentindo-me o último dos seres humanos, rastejando como um réptil.

Passaram-se dois dias, eu chegava à pensão, depois da jornada de aula e trabalho, e encontrei Artur deixando a pensão de malas e tralhas sob os olhares implacável do tio Camilo e lacrimoso de Maria Luísa. Ele cruzou comigo sem dizer uma palavra, abriu a porta e desapareceu. Maria Luísa me inteirou do que acontecera.

Precisando de dinheiro para a feira, ela pedira-o a Artur. É bom lembrar que, embora dormisse em outro quarto, Artur continuara como gerente da pensão, com o direito, se não o dever, a ocasionais incursões noturnas ao quarto dela. Para seu espanto, Artur respondera que não havia nenhum dinheiro em caixa nem no banco. Maria Luísa não compreendia nem como nem por que a situação chegara a tal ponto. Com todas as vagas da pensão ocupadas, não teria como explicar aos hóspedes a falta de frutas, verduras, legumes, peixe etc. E isso nunca acontecera desde que assumira a pensão, nem muito menos quando era administrada pelos seus pais. Atarantada, exigira explicações, porém, em vez de argumentar — se argumentos houvesse — com notas, números e contas, Artur protestara contra a desconfiança dela — inicialmente magoado, depois revoltado e, por fim, furioso. A discussão se acalorara, virara briga e Artur acabara por esbofeteá-la.

Maria Luísa correra até a farmácia e telefonara para o tio Camilo, pedindo ajuda. Ele sugerira que ela se acalmasse, tentasse comprar a crédito na feira — o que não seria difícil para uma freguesa de tantos anos — e que o evitasse, mantendo-se mais no quarto ou na cozinha, e prometera aparecer no fim do dia, quando eu estaria em casa, e ele aproveitaria para tratar também de um outro assunto comigo. Maria Luísa acolhera as sugestões como ordem e obedecera uma a uma.

No fim do dia, tio Camilo chegara e apresentara-se a Artur como advogado de Maria Luísa. Surpreso, Artur atrapalhara-se todo para explicar as contas. Tio Camilo desconfiara e ameaçara chamar a polícia. Artur confessara que se apropriara de parte do faturamento. Achava natural, pois estava "casado" com Maria Luísa. Tio Camilo negara que fosse juridicamente casado e exigira a imediata devolução do dinheiro, sob pena de mandar prendê-lo por roubo. Artur começara a chorar como uma criança desamparada. Aos soluços, perguntara a Maria Luísa: "Você tem coragem, querida, de mandar o seu homem para a cadeia?" E Maria Luísa, também aos prantos, respondera: "Tenho, meu querido. Tenho, sim." Artur, então, fora ao seu quarto, acompanhado por todos, e entregara a Maria Luísa todo o dinheiro que desviara da pensão. Tio Camilo mandara que ele deixasse a pensão e nunca mais aparecesse. Sempre chorando, Artur virara-se para Maria Luísa e perguntara: "Você quer que eu vá, querida?" Também entre lágrimas, e com os pacotes de dinheiro nas mãos, Maria Luísa respondera: "Quero, querido." E Artur se fora, deixando Maria Luísa inconsolável, choramingando no ombro de tio Camilo.

— Será que depois dessa proeza eu mereço um cafezinho, Maria Luísa? — perguntou tio Camilo, brincalhão.

— É claro, meu querido — disse Maria Luísa, enxugando as lágrimas e saindo diligentemente da sala. — Você merece tudo! Vou providenciar o melhor café do mundo.

Mal ela saiu, tio Camilo me pegou pelo braço e me levou até à janela. Estava aflito. Falou baixo e grave, com o rosto a um palmo do meu.

— Sei que esteve com Domitila. Ela falou de você no jantar. E então?

— Fiquei impressionado como ela mudou. É uma pessoa completamente diferente da que eu conheci e de quem fui amigo.

Tio Camilo ofegava, mordia os lábios, queria me arrancar palavras com os olhos.

— E ela está apaixonada pelo tal professor. Paixão cega.

— Sei, sei, mas eu quero saber como ela o recebeu. Foi atenciosa, simpática?

— Sei o que o senhor quer saber. Eu acho que o plano não vai dar certo. Domitila não tem nenhum interesse em mim. Ao contrário, ela me detesta.

— Detesta?

— Pior, despreza. Nunca ninguém me olhou com tanto desprezo quanto ela. Ela me olhou como se eu fosse um verme.

A expressão do seu rosto mudou instantaneamente. A aflição, as rugas, os lábios apertados, as sobrancelhas erguidas relaxaram de uma vez, desenhando um semblante de silenciosa decepção. Tirou os olhos de mim e os fixou na calçada. O vento de início de inverno, que soprava naquele fim de dia, empurrava para longe as últimas folhas que o outono despegara das árvores. Tio Camilo sofria em silêncio. Quando falou, foi sem desviar os olhos da calçada, como se quisesse confirmar para si mesmo o inexorável.

— Ela está apaixonada por ele, então.

— Está — repeti.

— Ela falou se tem algum plano? Ele vai se separar da mulher?

— O plano que ela tem é sair de casa.

O impacto da surpresa trouxe os olhos dele de volta a mim e redesenhou a expressão do rosto do tio Camilo. A boca se abriu, os olhos arregalaram-se, as sobrancelhas subiram para a testa.

— Sair de casa? Da nossa casa? Para morar com ele?

— Se ele se separar. Senão, vai morar com uma amiga.

A incredulidade se instalara na sua expressão quando ele voltou a olhar através da janela. Eu era cúmplice da sua decepção, mas não sabia como manifestar. Ficamos em silêncio. Ele parecia pensar longe, como se reavaliasse a sua vida de pai. Súbito, seu rosto se avermelhou e ele rosnou com voz cava:

— Eu vou me vingar do filho da puta desse professor. Eu tenho uns amigos que sabem o que fazer com comunistas.

Maria Luísa reapareceu com uma bandeja de café fumegante, de aroma fresco e intenso.

— O mais caprichado café que fiz na vida!

Ficou paralisada no meio da sala, com a bandeja entre as mãos, quando tio Camilo passou por ela sem se despedir e desapareceu pela porta da rua.

XXVIII

A expressão séria, quase triste, da garota sentada sozinha na área aberta da cobertura me chamou a atenção desde que a vi, assim que chegamos à festa. Foi para mantê-la ao alcance dos olhos que aboletei-me num banco de bar colocado na fronteira entre o salão e a área aberta. Dali, ao mesmo tempo que conversava com Eugênio, acompanhava os casais na pista de dança e me deixava encantar pelo olhar que ela, de raro em raro, me concedia. E que olhar, Deus meu! Era a inocência angelical envolta numa suave melancolia que lhe dava ora um certo ar de abandono — que clamava pela minha proteção — ora de intangível resignação — que dispensava a minha cumplicidade. Mesmo inconstante e fugidio, aquele olhar, quando cruzava com o meu, me seduzia e rejeitava, me instigava e ignorava, me fustigava e acariciava — me desafiava, desafiava e desafiava.

O rosto, meio arredondado, tinha a pele clara de quem evitava a praia. Um vestígio de permanente sorriso restava-lhe na boca, acrescentando à languidez do todo um toque enigmático. Os cabelos — castanhos com tons alourados — desciam até um pouco abaixo do ombro. Tudo nas suas atitudes e maneira de vestir indicava serenidade, comedimento e discrição — até mesmo a naturalidade com que, sozinha e do lado de fora, participava da festa. Desde que chegara não vira ninguém se aproximar dela, nem mesmo para um cumprimento, o que aguçava a minha curiosidade e aumentava meu interesse.

Com o tempo, ela passou a me contemplar com mais generosidade na distribuição do seu olhar. Não que tenha aumentado a duração do olho no olho, o que me favoreceria no perscrutar-lhe da alma; apenas diminuíra os tempos em que fingia não me ver plantado ali, ávido por uma migalha do seu interesse. No entanto, a ambigüidade daquele olhar instalava uma dúvida insuperável. Eu, que nunca estive entre os ousados — para quem o simples desejo justifica qualquer atitude —, fiquei paralisado. Não sabia o que fazer. Limitava-me a procurar os seus olhos e, se não os encontrava, estendia o meu olhar ao esplendor do mar ao anoitecer, que se oferecia logo após o parapeito, dando a impressão, àquela altura, que o prédio se erguia sobre as suas águas.

Enquanto se desenrolava esse jogo secreto entre mim e a enigmática garota, Eugênio me reproduzia — com explicações minuciosas sobre as reações orgânicas e estatísticas dos riscos de cada etapa — todos os procedimentos cirúrgicos e terapêuticos do primeiro transplante de coração no mundo, realizado pelo doutor Christian Barnard em dezembro do ano anterior. Ele tivera acesso à primeira publicação, que devorara ao longo daquele dia, com uma abordagem realmente científica da utilização do coração de uma jovem de vinte e cinco anos em um homem de cinqüenta e cinco. Esse relato, sendo feito durante uma festa, sofria inevitáveis interrupções a cada convidado que se aproximava de Eugênio para cumprimentá-lo, falar das novidades ou, como acontecia com a maioria das mulheres, mostrar-se presente e disponível ao herdeiro do império Villaverde.

Na véspera daquele sábado, estivéramos estudando até tarde da noite na mansão do Alto da Boa Vista. Eu estava lá quando ligaram convidando-o para uma festa surpresa — e ele me estendeu o convite assim que desligou o telefone, já me dispensando da contribuição pedida, uma vez que levaria um litro de uísque. Improvisada pelos colegas, a festa era o bota-fora de uma amiga dele, formada em arquitetura, que ia fazer pós-graduação na Itália. Daí a presença de arquitetos e artistas plásticos — notória, segundo me explicara Eugênio, pelos cabelos grandes e a maneira extravagante de vestir — na cobertura da avenida Vieira Souto, em Ipanema. Menciono esses detalhes de uma festa banal porque ela marcou o início da mudança na minha vida. Até então encaminhado numa direção, meu destino deu uma súbita guinada e tomou rumos inesperados. Tudo o que aconteceu comigo — desde aquele sábado até a entrevista que darei daqui a cinco minutos — só aconteceu porque eu fui ao bota-fora da amiga do Eugênio.

Se fosse possível passar a vida a limpo, para mim bastava não ter estado naquela festa — e eu teria chance de ser feliz.

O olhar ambíguo e o sorriso enigmático daquela garota sentada na área aberta, agora sob a luz recém-acesa do pequeno poste ornamental, mexiam tanto com os meus batimentos cardíacos que, a certa altura, contei tudo ao Eugênio. Ele não a conhecia e chamou logo a amiga arquiteta:

— Claro que conheço! É a Eliza. É amiga de infância da minha irmã mais nova.

— Ela faz o quê? — perguntou Eugênio.

— Não sei. Ela foi nossa vizinha quando morávamos na Tijuca. Vem cá que eu a apresento a vocês.

— Eu, não. É o meu colega aqui que está com taquicardia por causa dela — escapou Eugênio, com uma brincadeira, na qual, não deixei de registrar, referira-se a mim como colega, não como amigo.

— Então, vem comigo — disse a arquiteta, puxando-me pela mão.

E lá fui eu, arrastado, envergonhado, amedrontado.

— Eliza, você vai ter o prazer de conhecer alguém mais tímido do que você!

E com esse anúncio que nos colava o mesmo rótulo na testa, demo-nos a mão e balbuciamos um "muito prazer", enquanto a arquiteta se afastava, deixando uma montanha de constrangimento erguida entre nós. Apesar de toda as nossas dificuldades, começamos a remover, pedra a pedra, a montanha que nos separava. Mas um fato inesperado contribuiu para acelerar a nossa aproximação. Aconteceu que, pouco depois de termos sido deixados à nossa própria sorte, um grupo de arquitetos e artistas plásticos — segundo a identificação que Eugênio me ensinara — veio para a área aberta e fez um semicírculo em volta do nosso banco, onde alguns sentaram-se, e os demais agacharam-se ou sentaram-se no chão. Eliza e eu nos entreolhamos e permanecemos quietos e calados. Um barbudo de cabelos compridos e óculos redondos acendeu um estranho cigarro, grosso, longo e mal enrolado, que me lembrou os pitos de fumo picado que pescadores, barqueiros e lavradores de Olhos D'Água fumavam. O barbudo aspirou a fumaça com um ruído chiado até encher os pulmões, retirou o cigarro da boca e, prendendo a respiração, reteve a fumaça. Passou o cigarro para o que estava a seu lado, que repetiu o ritual. Senti o cheiro intenso de erva queimada e deduzi que era maconha, de que já ouvira falar muito na faculdade e que já fora até citada numa aula de farmacologia com o nome de *Cannabis Sativa*, mas nunca fumara, nem mesmo vira alguém fumar. Mal identifiquei o narcótico e me deu medo, pois sabia que seu uso dava cadeia. Enquanto o cigarro rodava de mão em mão, crescia em mim a vontade de fugir dali, mas, ao mesmo tempo, eu não queria me afastar de Eliza, nem lhe sugerir que saíssemos, pois não sabia se estava habituada ou não àquilo. A calma, ou indiferença, com que acompanhava a cena e as conversas sem pé nem cabeça que começaram a surgir e que provocavam incompreensíveis gargalhadas, dava a impressão de que o ritual lhe era familiar. Comigo, ao contrário, crescia o pavor de que a polícia irrompesse de repente para acabar com a "festa de embalo", como saía nos jornais, e eu fosse preso como maconheiro. Como sempre acontecia nessas situações, a minha avaliação me dizia que ali, entre moradores e freqüentadores da avenida Vieira Souto, certamente eu era o único sem pai, sem família e sem sobrenome — o único, portanto, que ficaria preso. Para completar, me lembrei que Eugênio Câmara Villaverde, o único presente que me conhecia, não apenas estava longe daquela roda, como cautelosamente me apresentara como seu colega.

À medida que, no seu giro, o cigarro se aproximava de Eliza, comecei a ficar apreensivo com uma outra questão: será que ela ia fumar também? E se fumasse, o que faria eu, a quem ela passaria o maldito cigarro? Ao medo e à apreensão somou-se a raiva daqueles maconheiros filhos da puta. Será que não havia outra hora nem outro lugar para os merdas fumarem aquela porcaria? Tinham que se meter justamente entre mim e a primeira garota que me interessava desde que Domitila me mandara às favas?

Se Elisa fumar — eu me perguntava — o que aqueles camaradas vão pensar de mim, o único da roda a não fumar? — isso equivalia a uma rejeição a eles, ou uma censura ao vício, ou ambas? E o que a própria Eliza acharia de mim? Será que me chamaria de "careta", como um deles se referira desprezivelmente à arquiteta homenageada? Ou será que compreenderia que eu, como um quase médico que conhecia a ação prejudicial dos narcóticos, não poderia fumar maconha? Eu não tinha nenhuma resposta nem queria fumar aquela porcaria, mas também não gostaria de perder Eliza nem de ser desprezado por pessoas que, embora desencaminhadas, freqüentavam a mesma festa que Eugênio e deviam pertencer a famílias importantes. Se, ao contrário, Eliza não fumasse — pensei comigo —, eu também não fumaria. E ela poderia até interpretar o meu gesto como de solidariedade, o que certamente renderia pontos ao conceito que tivesse de mim. Se o grupo nos desprezasse, nos tornaríamos vítimas e, por isso, cúmplices — uma vitória!

E eis que o cigarro — curto e babujado — chega a Eliza. Ela o pega sem jeito, não sei se por falta de familiaridade ou porque esquenta os dedos, e sem jeito o leva aos lábios. Sorve a fumaça, retém-na e, quando estende o cigarro na minha direção, começa a tossir. A fumaça desaparece. Alguns riem e outros lamentam. Finda a tosse, ela, enrubescida, aspira outra vez e, com a respiração suspensa, me passa a ponta, amassada, quente e molhada do madito cigarro. E agora, fumar ou não fumar? Havia que decidir depressa, antes que a polícia invadisse o apartamento e — como sempre acontece com iniciantes — me pegasse em flagrante.

Certo de que Eliza tinha familiaridade com a tal *Cannabis Sativa*, de que pessoas importantes e bem informadas como aquelas não a utilizariam se fosse tão maléfica e de que uma pequena tragada não teria conseqüência alguma, fumei. Mantive a fumaça sem tossir e passei adiante a ponta nojenta — para o barbudo que a acendera. Ele sugou longamente, queimou os lábios, jogou a brasa no chão, pisou em cima e levantou-se, dando por encerrado o ritual. O grupo o seguiu. Restamos Eliza e eu.

O silêncio inicial dava a impressão de que fora reconstruída a montanha que nos separava. Não me incomodou porque estava voltado para mim próprio, tentando sentir alguma alteração.

— Você usa maconha sempre? — tentei quebrar o gelo.

— Eu? — admirou-se, Eliza. — Nunca! Essa foi a primeira vez.

— A primeira vez? — admirei-me eu, sentindo a garganta seca e uma leve taquicardia. — Você parecia acostumada.

E pela primeira vez a vi rindo. Fascinou-me a metamorfose. Os olhos brilharam, os dentes reluziram, todo o rosto se iluminou — sorrindo, Eliza ficava linda.

— Eu nunca tinha visto maconha na minha vida. Muito menos fumado. E você?

— Eu também: foi a primeira vez. E fumei contra a vontade. Estudo medicina e...

— Ah, é? Que bacana!

— ... sei que o uso prolongado de qualquer narcótico faz mal à saúde. Para ser sincero, fumei porque você fumou. Não queria parecer diferente.

— Eu também. E eles são legais. Gostei quando me estenderam o cigarro; me senti aceita. Sou tímida, falo pouco e sempre fico meio à parte de tudo.

Comecei a sentir, além de um certo relaxamento, alterações na percepção: a música entrava pelos meus ouvidos e repercutia no meu corpo, como se estivesse sendo tocada dentro de mim; a sensibilidade mais aguçada para a brisa que vinha do mar, enxergava melhor os detalhes do rosto de Eliza, os olhos, a boca, o nariz; as cores do cabelo, da pele, da roupa ficaram mais nítidas e intensas; a garganta seca e fome. Nós falávamos e falávamos sem parar, depois não me lembrei sobre o quê. Ríamos e ríamos sem parar, depois não me lembrei do quê. O fato é que a maconha — que nós fumamos pela primeira e única vez — nos ajudou a conhecer um ao outro. E foi assim que comecei a namorar aquela que acabou tornando-se a minha noiva, sobre quem já falei no começo dessa conversa.

Depois daquele sábado, começando já pelo dia seguinte, passamos a ficar juntos todos os dias que me sobrava tempo. No princípio, ficávamos conversando no portão do casarão da Tijuca. Quando começamos a sair, eu a pegava na porta de casa — e podia identificar a silhueta de sua mãe espiando da janela — e, na volta, deixava-a na porta de casa — e podia identificar a silhueta do seu pai espiando da janela. Os horários eram rigorosos. Um atraso ameaçava a próxima saída.

Eliza não gostava de praia nem de teatro, mas íamos sempre ao cinema — ela preferia os filmes americanos, bem diferentes daqueles de que Domitila gostava — a festinhas e, se tivesse dinheiro, tomar um chopinho ou comer uma *pizza*.

Uma noite, Eliza me disse que fora autorizada a me levar até a varanda. Era uma grande conquista. Lá havia espaçosas cadeiras de cana-da-índia, com macios almofadões no assento e no encosto. Estávamos conversando, confortavelmente instalados, quando a porta da sala se abriu e os pais dela surgiram diante de mim.

— Boa noite — rugiu o pai, estendendo-me a enorme mão. — É um prazer.

— Boa noite — respondi, pondo-me de pé num salto e entregando-lhe minha mão, que ele esmagou dentro da sua e ainda sacudiu energicamente.

— Meu pai e minha mãe — murmurou Eliza.

— Prazer — retribuí.

A mãe limitou-se a segurar a minha mão, em silêncio. Imitei-a. Ficamos os quatro em pé.

— Quer dizer que estuda medicina? — quis saber a mãe.

— Sim, senhora. Quinto ano.

— Senta, senta — ordenou o pai.

Sentei. Eliza sentou ao meu lado. E eles sentaram em frente. A conversa começou sobre o médico — bela profissão, porém sacrificada, sem horários nem descansos, lenta para remunerar dignamente, faz maridos ausentes e esposas queixosas —, passou para a medicina — os grandes avanços, o transplante de coração, a cura do câncer, as melhores especialidades, a cirurgia plástica — e, numa guinada brusca provocada pela mãe, acabou na minha família, a vida no interior, a desconfiança dos mineiros, etc. Até que, finalmente, o casal levantou, deu boa-noite e entrou. Antes de fechar a porta, a mãe ainda murmurou:

— Demora não, filha.

E foi assim que fiquei conhecendo o general-de-divisão Humberto de Lira Monteiro e sua esposa, dona Abigail Queiroz Monteiro, pais da minha namorada, meus sogros. Antes, eu já conhecera Elga, irmã de Eliza, e Antônio Manoel, seu namorado. Com o acesso à varanda, às vezes conversávamos os quatro. Uma noite me convidaram para jantar — era aniversário de Elga — e, finalmente, entrei no casarão da Tijuca. Daí em diante me chamavam para jogar baralho, lanchar, assistir ao jogo pela televisão, até que fiquei "de casa".

Fiz questão de contar, passo a passo, esse namoro, mesmo sabendo que todo mundo conhece essa rotina, por duas razões. A primeira é que eu nunca vivera nada parecido. Afinal, Eliza era a minha primeira namorada. E digo namorada como todo mundo entende a palavra — como você sabe, até então eu já vivera um romance com Lorena, uma paixão adolescente por Maria Antônia, uma paixão platônica por Juliana, uma paixão rejeitada por Domitila, mas nunca tinha namorado. A segunda razão é para você perceber o quanto era confuso aquele momento: numa mesma cidade, Domitila desafiava os pais, participava de passeatas, usava pílula anticoncepcional e namorava um homem casado; garotas fumavam maconha na cobertura da Vieira Souto, e Eliza obedecia a um ritual de namoro mais rigoroso do que meus pais impunham a minha irmã, Idalina, em Olhos D'Água!

Namorar foi uma revelação para mim. Eu podia contar para Eliza tudo o que me acontecia, falar de todos os assuntos da minha vida, das minhas dúvidas, dos meus medos, dos meus sonhos. Ela ouvia com atenção e, interessada, fazia perguntas, dava sua opinião e sugestões. Habituado a viver só, a novidade daquele diálogo me fascinou. Era como se, conversando com Eliza, eu fosse, naturalmente, unindo as minhas várias faces que viviam separadas: o estudante de medicina, o laboratorista, o hóspede da pensão, o ambicioso, o irmão de Graciliano, o amigo do tio Camilo, o medroso, o amigo de Maria Luísa, o rejeitado por Domitila, etc. Eu, que me sentia repartido, como numa sala dos espelhos de parque de diversão, em imagens gorda, magra, alta, sinuosa etc., passei a me perceber como a origem de todas elas. Uma namorada, descobri, é, antes de tudo, uma amiga.

Além de amiga, uma namorada faz carinho — eis uma obviedade que sinto necessidade de dizer. Embora Lorena tenha sido a primeira a me acarinhar, foi com Eliza que descobri a importância e o significado que tinham para mim a mão que passeia suavemente sobre o meu corpo — até no mais singelo dos toques, como alisar o rosto, fazer um cafuné ou simplesmente pegar na mão. Há anos eu não sentia essa sensação deliciosa — a rigor, ninguém me fazia um carinho desde que Lorena estivera no Rio.

Uma noite, estava no meu quarto, estirado na cama e olhando para o teto, enlevado pelas descobertas sobre o namoro, quando enfiaram debaixo da porta um telegrama para mim: "Gravíssimo estado saúde tio Alberto. Vá antes seja tarde. Abraços. Graciliano." Telefonei avisando a Eliza e ao Carlos Ítalo, peguei o primeiro ônibus e fui.

Não sei bem por que, talvez por falta de imaginação, de dinheiro, por comodidade ou preguiça, ou tudo ao mesmo tempo, mas o fato é que desci na rodoviária de Belo Horizonte na manhã seguinte e fui direto para um hotel na avenida Santos Dumont — o mesmo onde, anos antes, me hospedara quando tivera que sair às pressas da casa do tio Alberto. Tomei um banho rápido, me vesti, entrei num táxi e, pela primeira vez depois daquele episódio, retornei à casa dele.

Ao cruzar a avenida Afonso Pena, o impacto de sua árida nudez, multiplicada em várias pistas asfaltadas, apertou-me o coração. Não a vira após a devastação iniciada nos dias em que me mudei para o Rio, nem quando, aturdido pela agonia de minha mãe, passei a caminho de Olhos D'Água e baldeei de um ônibus a outro sem sair da rodoviária. Vi, então, no lugar do leito vegetal de *Ficus beniamini*, que lhe dera o epíteto de cidade jardim, um deserto de asfalto e carros, que expulsara o clima ameno à sombra das árvores, o chilrear dos pássaros e a paz dos pedestres.

A casa do tio Alberto estava o mesmo, exceto pela pintura descascada, o reboco despencado em algumas áreas e, no pequeno jardim, margaridas, hortências e rosas semicobertas pelo mato. O beco que levava ao quartinho estava sujo, a umidade cobrira de limo o muro lateral e o portão arqueara com uma dobradiça solta. Olhei aquilo em silêncio, com a sensação opressiva de que o tempo passara. Apertei a campainha.

— Já vai! — respondeu uma voz que parecia a de Lorena, porém com tal impaciência e a tal distância que não consegui ter certeza.

Esperei com apreensão crescente. A mancha escura de uma infiltração descia pela parede da pequena varanda. A chave começou a girar pelo lado de dentro da porta. A memória abriu suas comportas. Lembrei-me de quando Lorena, no carnaval do Rio, me perguntara, transtornada:

— Eu quero saber se você me ama. É sim ou não. E eu decido a minha vida agora. Eu fico no Rio de Janeiro e vou ser a mulher mais feliz do mundo, ou volto para Belo Horizonte e vou ser a mulher mais infeliz do mundo. Responde, meu amor, você me ama?

— Não — eu respondera.

A chave girou pelo lado de dentro da porta com mais impaciência e no sentido contrário.

— Droga! Só um minuto — disse a voz irritada e mais de perto; era a de Lorena.

Um pardal em pleno vôo penetrou num vão de telha de onde pendia, estripado, os fundos de um ninho. Então, veio-me à cabeça o enterro de minha mãe. Lorena, bonita e sensual como nunca, embora um pouco mais magra e de roupas austeras, de braço dado com tio Alberto. A chave girou outra vez no primeiro sentido. A porta foi sacudida e, finalmente, se abriu.

Estremeci quando Lorena surgiu à minha frente: mechas do cabelo despenteado despencavam sobre o rosto, que de tão pálido escurecia ainda mais o roxo das olheiras; o vestido surrado de estampas desbotadas, com uma alça escorregando pelo braço, expunha metade do colo; jogada sobre o outro ombro, a camisa de um pijama listrado descia peito abaixo. Enquanto a mão esquerda mantinha a porta entreaberta, a direita segurava uma caneca de louça. Quando me viu, não conseguiu conter o espanto. Os olhos cresceram, os lábios entreabriram-se e chegou a dar um passo atrás, ao mesmo tempo em que, mulher, ergueu a alça pendente e recolheu atrás da orelha as mechas soltas do cabelo, com um murmúrio:

— Oh, meu Deus! Você...?

— Como vai, Lorena? Você está bem?

— Nunca poderia pensar que...

— Vim ver o tio Alberto... Soube que não está bem.

— ... Oh, Deus! E eu nesse estado! Entra.

Ela acabou de abrir a porta, recuou outro passo para ceder passagem e livrou-se da caneca e do pijama. Levou ambas as mãos ao rosto, como se o lavasse e, comprimindo-o, deslizou-as até os cabelos, puxando-os para trás. Entrei.

— Senta — indicou-me o sofá enquanto fechava a porta.

Sentei-me. Ela sentou-se em frente. Olhamo-nos. Ela suspirou e esboçou um sorriso. Falou baixo.

— Que bela surpresa! Chegou quando?

— Cheguei há pouco.

— Você não mudou nada.

— Você também está do mesmo jeito — menti.

— Mentiroso! — disse com um sorriso triste, ao mesmo tempo que corria os olhos rapidamente pelo próprio corpo. — Não adianta querer me agradar. Eu estou ficando velha, gorda e cansada.

Era um exagero típico de quem quer ouvir o desmentido, mas me limitei a balançar a cabeça negativamente porque achei que estava mesmo descuidada. Ela não vacilou:

— Você não vai dizer que é impressão minha, que estou enganada?

Rimos. O sorriso recuperou a sua alegria. Mas mantive-me calado. Ela esperava. Falei num tom sério:

— É impressão sua, Lorena. Você está enganada. Você não está velha nem gorda, está apenas cansada.

— Demorou, mas, de qualquer forma, obrigada. Você está ótimo: um médico bonitão! Deve estar partindo os corações das cariocas! E então, muitas namoradas?

Eu sabia que não escaparia dessa pergunta ou de insinuações semelhantes, mas não imaginava que viesse tão cedo. Resolvi não botar mais chumbo na sua cruz.

— Nenhuma.

— Você acha que eu acredito?

Comecei a sentir alteração no tom de sua voz. O ciúme engravidava aquelas palavras. E isso era um mau sinal para a minha visita. Eu precisava ser convincente e sereno para acalmá-la.

— Mas devia. Eu não tenho tempo para namorar, Lorena.

Ela meneou a cabeça e esboçou um sorriso irônico, com um muxoxo:

— Hum!... Vocês acham que a gente é besta!

Pronto, desandou — pensei comigo. A ironia cortante do muxoxo, o plural descabido do "vocês acham" e o ressentimento com que falou davam a impressão de que estávamos casados há dez anos e ela acabara de me flagrar com outra mulher. Entrei na simulação e falei como quem se desculpa.

— Acredita em mim, Lorena. Eu vivo correndo. Tenho aulas na Urca, trabalho na Tijuca e moro no Catete. Isso me toma a manhã, a tarde e a noite.

— Durante a semana. Mas e nos sábados e domingos?

— Nos sábados, eu tenho aulas e trabalho, inclusive à noite. Nos domingos, eu trabalho e estudo.

Nesse momento ouvimos o bimbalhar agudo de um sino. Lorena levantou-se.

— É Alberto me chamando.

— E como ele está?

O sino bateu mais forte. Lorena respirou fundo.

— O médico disse que pode ser a qualquer momento. Espera aqui. Vou saber se quer ver você.

Ela desapareceu nos fundos da casa, sua voz ressoando: "Já vai! Estou indo!" Uma vez sozinho, revi a sala que me fora tão familiar: a mesa de jacarandá continuava incólume, mas a palhinha do assento de algumas cadeiras estava afundando. O guarda-louça, com seus cristais, cálices, compoteiras e licoreiras, permanecia solene e intocado, assim como o Sagrado Coração de Jesus. Mas senti falta da coleção de bibelôs e bichinhos de porcelana e da foto de casamento de fundo azul-desmaiado. O sofá verde-musgo com florões vermelhos — que ficava em frente à televisão — estava com os acentos afundados, encosto sujo e a estopa de suas vísceras sendo cuspida para fora. Lorena reapareceu, o cabelo penteado, uma corzinha no rosto e um róseo batom.

— Vem. Ele quer ver você.

Levantei-me e avançamos dois passos. Ela parou e com o rosto tão próximo ao meu que senti o calor do seu hálito. Murmurou:

— Por favor, não fale de certos assuntos do passado. Você entende?

Balancei a cabeça afirmativamente. Lorena esboçou um sorriso cúmplice a que não correspondi. Imagina se eu iria falar do motivo que me levou a sair fugido daquela casa e que me obrigara a passar tanto tempo sem ver tio Alberto. Aquele afastamento estava atravessado na minha garganta. Achei que ele foi generoso de aceitar me receber. Ela avançou para o corredor e a segui. Enquanto caminhava, senti o arrepio que prenuncia uma grande emoção. Eu gostava do tio Alberto. O desacerto de sua vida me comovia. Nunca me esqueci que se ele não tivesse facilitado a minha ida para Belo Horizonte, eu não estaria onde estava.

Lorena entrou no quarto, pôs-se de lado, e eu me defrontei com o tio Alberto. Vê-lo naquele estado me encheu de compaixão e piedade. Terrível doença, o enfisema! O pulmão enrijecido quase não consegue se movimentar para aspirar o ar — como se estivesse envolvido por uma armadura de ferro — nem realizar as trocas necessárias à criação da energia vital.

Estirado sem camisa na cama de casal, cada uma das costelas visível, o corpo de tio Alberto não pesava cinqüenta quilos — de pele, ossos e vísceras. No rosto macilento com barba de vários dias, os olhos sem brilho piscavam lentos ao fundo de duas covas. Era através da boca, permanentemente aberta e ressequida, expondo dentes escuros de tártaro, que respirava, num esforço tão grande que parecia consumir toda a energia que lhe restava. A cada ruidosa aspiração, empenhava as poucas forças para acionar nervos, músculos, brônquios, traquéia, pulmão — o aparelho respiratório, enfim. No entanto, esse esforço se encerrava mal se iniciava. A armadura não deixava o pulmão dilatar. E eu sabia que tudo tendia a se agravar. À medida que a doença avança, diminui o volume de ar absorvido. E para manter a vida, o organismo solicita cada vez mais oxigênio, exigindo do paciente um esforço cada vez maior. E o ciclo recomeça, cada vez mais breve. É angustiante, aflitivo, sufocante.

Tio Alberto tentou sorrir para mim, mas a boca aberta dificultou e os lábios secos ficaram rígidos — só conseguiu um esgar. Mas ergueu a mão um palmo acima da cama. Segurei-a. Esforçou-se para falar. Saiu um murmúrio rouco, lento.

— Como vai o Rio de Janeiro?

— Vai bem, tio.

— Já se formou?

— Quase.

— Sua mãe ia ficar orgulhosa de você.

Ele retirou a mão. Num dedo estava amarrado um cordão, que passava por uma espécie de polia, e a outra ponta, quando puxada, fazia bater um pequeno sino, pendurado no alto da janela. Súbito, tio Alberto passou a respirar cada vez mais depressa e com tamanho esforço que, a cada aspiração, um gemido rascante era engolido junto com o ar, ao mesmo tempo que as pernas e os braços batiam-se sobre a cama no despero da asfixia e suas feições arroxeavam-se. Lorena atirou-se rapidamente sobre ele, colocou-o sentado, esfregando a mão nas suas costas, enquanto dizia:

— Calma, calma. Respira devagar. Devagar. Calma.

Ele se esforçava para obedecer, mas a aflição da asfixia o agitava. Ao poucos, porém, foi conseguindo sorver um pouco mais de ar e acalmando-se lentamente, o gemido foi cedendo lugar a um ofego, e uma certa serenidade se restaurando, até que ela voltou a acomodá-lo sobre o travesseiro. Saiu do quarto, voltou com um copo d'água. Pegou um comprimido na mesa-de-cabeceira. Ajudou-o a tomar o comprimido com água e pôs o copo sobre a mesa-de-cabeceira. Fez-me um sinal para que a seguisse e deixou o quarto. Retornamos à sala.

— Ele se emocionou com a sua presença — sussurrou. — E quando fica nervoso sente falta de ar. Mas agora, com o tranqüilizante, vai dormir pelo menos meia hora. Não consegue dormir durante muito tempo. E vai acordar de novo com sufocamento, batendo o sino, desesperado. É assim o dia inteiro. Você ficou assustado?

— É aflitiva a luta dele para respirar.

— E piora a cada dia. O médico disse que o pulmão vai empedrando e encolhendo. Cada vez cabe menos ar.

— E você sabe o que fazer. Tem iniciativa. Virou uma enfermeira!

— Também, há quanto tempo convivendo com isso! — suspirou. — Estou exausta. Senta.

Sentamos. Outra vez frente a frente. Ela fez uma pausa, olhou para as unhas, o esmalte soltando. Começou a tirar o que restava com a ponta da outra unha.

— Mas, graças a Deus, esse sofrimento está acabando. Dele e meu.

Passou a falar do seu cotidiano repetitivo, cozinha, tanque, arrumação da casa e o tio Alberto, que dependia dela para tudo. Não saía mais, vivia presa em casa, tinha saudade da época em que morei lá. Durante a conversa, dava pausas longas, me olhava firme, como se quisesse arrancar algum segredo das minhas entranhas. Eu tentava evitar que se instalasse algum clima, introduzia um novo assunto quando o silêncio demorava, desviava o olhar quando o dela se fixava. Numa dessas fugas, perguntei por Demerval — o meu colega de quarto e parceiro de vestibular —, com quem ela obtivera meu endereço no Rio.

— Faz tempo que não vejo. Como é que eu posso sair de casa, meu querido? Se o dinheiro desse para comprar um telefone! Mas eu gostei do Demerval. Ficamos amigos por um tempo.

— Gostaria de vê-lo. Você tem o endereço dele?

— Tenho. Não sei se ainda mora lá. Mas era no edifício Arcângelo Malleta, na avenida Augusto de Lima. Depois lhe dou.

Ela fez uma pausa e me olhou demoradamente com um quase sorriso irônico.

— Vocês foram muito amigos?

— Muito! Fomos colegas de quarto. Foi ele quem me convenceu a fazer o vestibular no Rio. Viajamos juntos para lá. O resto você já sabe.

— Vocês... Não sei como se diz... vocês foram... namorados?

— Não, nunca! Que pergunta é essa? E eu lá sou disso? Você me conhece!

— Mas você sabia que ele... como é que se fala sem ofender?... Que ele é... efeminado?

— Homossexual? Sabia. Mas isso é problema dele, e nunca conversamos sobre esse assunto. Ele me escondeu o tempo todo. Só vim a saber no Rio, nas vésperas dele vir embora.

Ela ficou me olhando em silêncio, com um ar de desconfiança, como se eu não estivesse dizendo tudo. Aquele olhar me incomodou. Mudei o assunto.

— O tio Alberto... vocês estão precisando de alguma coisa que eu possa ajudar?

— O Alberto precisa. Mas o que ele precisa, nem você nem ninguém pode dar...

— Eu sei, eu sei, mas eu falo de alguma ajuda que esteja ao meu alcance.

— ... mas o que eu preciso, você, se quiser, pode me dar.

Ela falou e ficou me olhando nos olhos. Eu sabia o que me responderia se eu perguntasse o que era. Mas eu não queria que a conversa resvalasse para esse assunto nem queria ser indelicado. Porém, antes que eu dissesse qualquer coisa, ela se levantou e veio até onde eu estava. Ajoelhou-se ao pé do sofá e se colocou entre as minhas pernas, com os cotovelos apoiados nas minhas coxas e o queixo entre as mãos.

— Por que está fazendo isso, meu amor? O que está pretendendo? Você acha que a gente pode passar uma borracha no passado, esquecer o que nós vivemos? Não, meu querido. O nosso passado ainda está presente, meu amor por você está vivo, agora mesmo o meu coração está batendo forte porque está diante de você.

Ela envolveu o meu pescoço com as mãos e puxou-o para si. Olhou-me nos olhos, com o rosto colado no meu. Começou a beijar o meu rosto, foi aproximando os seus lábios dos meus, lambeu-os, passou a mordê-los e acabou por enfiar a língua dentro da minha boca. Beijamo-nos. O calor que vinha de Lorena era irresistível e cedi, embora pretendesse resistir. Pendurada em meu pescoço, sem tirar os lábios dos meus, ela me puxou para baixo, para sobre o corpo dela, que, aos poucos, se deitara no chão. Rolamos de um lado para o outro, beijando-nos, mordendo-nos, despindo-nos. Logo, nossos corpos nus, depois de anos de afastamento, se reconheciam. Foi quando ouvi o sino tocar. Imobilizei-me por um instante. Na sua sofreguidão, Lorena gemeu:

— Não! Não! — e cravou as unhas nas minhas costas, mantendo meu corpo sobre o dela e impedindo a interrupção.

Rendi-me ao prazer enlouquecedor a que Lorena, como nenhuma outra mulher, transformava o sexo, tentando não ouvir o sino, que tocava insistentemente. Nus e suados, nossos corpos se entregavam um ao outro com a intimidade de velhos conhecidos, que sabiam o gosto um do outro, ofereciam a mais sensual carícia e usufruíam do movimento mais excitante, até que um orgasmo profundo, completo, veio coroar tanto desejo e empenho. Depois, deitado sobre o corpo de Lorena, como ela gostava que relaxássemos, notei que o sino silenciara e me tranqüilizei. Quando, porém, ouvi uma respiração ofegante e virei a cabeça, me deparei com a figura esquálida, curvada e seminua de tio Alberto nos olhando de pé junto à porta. Saltei de cima de Lorena, tentando, pateticamente, reunir peças de roupa espalhadas pela sala, sob o olhar imóvel dele. Enfiamos as roupas ao som rascante dos seus gemidos para respirar. Mal me vesti, abri a porta para fugir dali, quando tio Alberto escorregou lentamente pela parede até seu corpo amontoar-se de borco no chão.

Num salto, Lorena abaixou-se junto dele e colheu-o nos braços. Fechei a porta e retornei à sala. Sua cabeça pendeu e vi seus olhos abertos, estáticos e duros como se fossem de pedra; e, pela boca muito aberta, aspirava desesperadamente mais ar, com um ruído mais gutural e mais alto Lorena reconduziu-o ao quarto. Acompanhei até a porta. Ela o pôs na cama. Seus olhos continuavam arregalados e sem expressão. O desespero para aspirar agitava-lhe as pernas, os braços e o que lhe restava de músculos pelo corpo ossudo.

Com um fósforo, Lorena acendeu o álcool do suporte da caixinha metálica de seringas — uma espécie de esterilizador portátil, que estava sempre à mão sobre a mesa-de-cabeceira. Estava descalça, suas roupas desabotoadas e o cabelo desgrenhado. Envolveu em algodão o gargalo da ampola e quebrou-o. Justapôs a agulha na seringa e sorveu o conteúdo da ampola. Molhou o algodão no álcool e esfregou no braço do tio Alberto. Naquela pele descarnada, enfiou a agulha e aplicou a injeção. Aos poucos, a agitação foi diminuindo, mas não parou. Às vezes, o ruído da respiração me dava arrepios. Preocupada, Lorena mediu-lhe o pulso e a temperatura.

Já na sala, me entregou um papel com um número de telefone e algumas anotações. Pediu que fosse à vizinha e ligasse para o médico, informando-o que o tio Alberto levantara, andara e caíra. Que lhe desse a sua temperatura e o pulso. Avisasse também que já fora aplicada a injeção para situações críticas. Fui. Na volta, Lorena evitou que eu entrasse no quarto e veio à sala para me ouvir. Estava tensa e, comigo, foi fria e objetiva. Contei-lhe que o médico ficara preocupado e prometera vir rápido. Ela então me deu o endereço do Demerval, sugerindo que fosse visitá-lo, pois a situação estava sob controle. Voltou ao quarto, me deixando na sala. Entendi que ela se sentiria melhor se eu não estivesse por ali e saí.

No pequeno jardim semi-abandonado, me deu vontade de rever o quarto de fundos onde morei. Ergui o portão arqueado, cruzei-o e avancei pelo beco. O chão reclamava umas boas vassouradas e o limo que subia pelo muro dava a impressão de abandono. Por fora, o quartinho continuava o mesmo, apenas com a pintura desbotada e o reboco despencado. As lembranças refluíram em imagens soltas, como a do dia em que cheguei de Olhos D'Água e o tio Alberto veio me mostrar o quarto onde dormiria, as incontáveis cenas de Lorena comigo, tantas alegrias, tristezas e emoções, até aquela em que tio Alberto, com o rosto molhado de lágrimas e sangue, me mandou desaparecer dali. Tentei abrir a porta. Estava trancada. A do banheiro estava aberta e vi que havia um chuveiro elétrico instalado.

— Perdeu alguma coisa aí?

Virei-me para ver de onde vinha aquela voz aguda que me interpelava. Era de um rapaz negro, de uns dezoito anos, portando fichário e livros.

— Não. Nada. E você, perdeu?

— Eu moro aqui.

— Ah... — compreendi. — Eu também morei aqui.

— Ah, é?

— É. Vim matar a saudade.

— Como é o seu nome?

— Por que quer saber?

— Já sei quem é você. É sobrinho do seu Alberto. Lorena sempre fala de você.

Ele me estendeu a mão, animado. Senti que tinha boas referências a meu respeito.

— Muito prazer. Josimar.

— O prazer é todo meu — retribuí.

— Lorena já sabe que está aqui?

— Sabe.

— Quer entrar?

Antes que eu pudesse responder, ele destrancou a porta do quarto e a abriu, ao mesmo tempo que entrou e pôs-se na posição de anfitrião. Hesitei, depois avancei um passo e parei na porta. Tudo no mesmo lugar, porém mais limpo, arrumado e organizado: a cama, a cadeira, o caixote que servia de guarda-roupa — só que, no lugar do de "Manzanas Argentinas", era um mais novo, de Leite Moça.

— O que você faz, Josimar?

— Estudo e trabalho. Estou acabando o secundário e me preparando para o vestibular. Sei que fez de medicina no Rio. Vou fazer de engenharia aqui. E trabalho numa construtora.

Josimar era magro, alto e simpático. Sorria com facilidade, exibindo uma fieira de imaculados dentes brancos que contrastavam com a pele negra.

— Lorena disse que eu entrei no seu lugar.

Despedi-me, alegando pressa. Ele insistiu que fora um prazer me conhecer.

— Fica atento, Josimar, porque o tio Alberto não está bem.

— Eu sei. Qualquer coisa, a Lorena me chama. Ela sabe a hora que chego.

O tal edifício Arcângelo Malleta, onde morava Demerval, era um mundo: trinta e tantos andares de salas de escritórios e apartamentos residenciais. Toquei a campainha no número do endereço e ninguém atendeu Deixei um bilhete debaixo da porta, com o telefone do hotel e o número do meu apartamento. Insisti que gostaria de revê-lo. Desci e almocei no Restaurante Lucas, na entrada do edifício Malleta.

Quando voltei à casa do tio Alberto, ele já estava morto e o médico ainda não tinha chegado. Lorena estava arrasada e chorava como se tivesse sido apanhada de surpresa. Ela e Josimar já tinham providenciado o velório, na Santa Casa de Misericórdia, para onde o corpo foi levado. Poucas pessoas compareceram, apenas alguns vizinhos e colegas de trabalho. Tio Alberto não tinha muitos amigos e, da família, apenas eu estava presente. Durante a noite do velório, restamos apenas Lorena, Josimar e eu. Na quietude silenciosa da madrugada, a lembrança de Eliza me acudia. A imagem dela me trazia alento. Pensei nela com saudade. Pela manhã, apareceu meia dúzia de vizinhos e amigos que eu não conhecia. O corpo foi sepultado no cemitério do Bomfim. À tarde, Lorena estava inconsolável. Só descansou com o efeito de um tranqüilizante. No início da noite, voltei ao Rio, sem ter me despedido dela nem visto Demerval, que não apareceu nem telefonou para o hotel.

Como se não bastasse a noite maldormida na poltrona de um ônibus da Cometa, ainda encontrei o Carlos Ítalo intolerante, reclamando porque eu viajara:

— Parece que você não está entendendo o problema ou não quer mesmo colaborar. Até hoje não encontrei ninguém para o lugar do seu Paixão. O movimento tem aumentado e quem faz exames aqui, hoje, somos só nós dois. E nunca se pode contar com você quando as coisas apertam. Ora você tem aula, ora tem prova e, ultimamente, apareceu até uma namorada! Você sempre põe as suas coisas em primeiro lugar. Você já trabalha no horário que quer, faz a carga horária que bem entende e ainda fica viajando?!

— Eu não fico viajando, não. E nem viajei para passear. Fui ao enterro de um tio!

— Vai-se a enterro de tio quando é na mesma cidade! Viajar para enterro de tio, só estando de férias. Vou falar com o doutor Bernardo: eu não consigo tocar esse laboratório sozinho, não. E para trabalhar comigo, tem que ser do meu jeito.

Achei melhor calar e trabalhar. Mas fiquei com aquela reclamação atravessada na garganta e a impressão de que Carlos Ítalo iria tentar me prejudicar na primeira oportunidade.

Eliza, ao contrário, me recebeu com carinho e gostou quando eu disse que sentira saudade dela. Desde então, nosso namoro foi ganhando corpo.

Passei a sentir uma vontade irreprimível de estar junto dela, uma necessidade inadiável de conversar com ela, de olhar para ela, de tocar nela — e, como já disse, é a isso que eu chamo de amor.

Acho que o mesmo acontecia com Eliza. Não só estava cada vez mais carinhosa e atenciosa, como começaram a aparecer manifestações de ciúme. Eu sempre comentava com ela as histórias de Maria Luísa — que nos últimos tempos sonhava com a volta de Leopoldo, "um santo, um filósofo", como ela o chamava. Fizera uma novena: durante nove sextas-feiras, às seis da tarde, ela rezara o terço na igreja de Nossa Senhora da Divina Providência. O "santo e filósofo" não apareceu. Como os santos não a ajudaram, resolveu se apegar com a umbanda. Subiu o morro e consultou um babalorixá, ou pai-de-santo, que lhe recomendou banhos de ervas e que oferecesse alguns despachos para Pomba-Gira — uma entidade de forte apelo erótico que, parece, é a protetora das mulheres mal-amadas, em particular das prostitutas. Maria Luísa seguiu à risca as recomendações. Além disso, todas as noites acendia uma vela para a sua protetora, banhava-se com as ervas, perfumava-se, maquiava-se, vestia-se com as suas roupas mais sensuais e postava-se na sala, à espera de Leopoldo. No princípio, Eliza se divertia com essas histórias, mas depois passou a fazer perguntas e a ironizar:

— Por que ela sempre escolhe você para contar essas histórias?

— Ora, Eliza, nós somos amigos desde que vim para o Rio.

— Essa mulher... não sei, não!

Uma vez nós estávamos diante do Hotel Copacabana Palace porque Eliza queria ver de perto a rainha Elizabeth e o duque de Edimburgo, que estavam visitando o Brasil. Depois de horas de espera, acabamos vendo-os desembarcar da limusine, acenar para a turma do sereno e entrar rapidamente no hotel. Na volta para casa, depois de falarmos sobre como deveria ser a vida de uma rainha, Eliza comentou que uma pessoa rica, poderosa e famosa, como a rainha Elizabeth, devia ter sempre a dúvida se o marido, plebeu, realmente a amava ou não. Afinal, ela possuía coisas demais que podiam ser amadas. Não sei que associação de idéias me passou pela cabeça, que resolvi lhe contar a última história da Maria Luísa, que batera no meu quarto para me falar da sua nova idéia:

— Sabe o que vou fazer? Sei que estão prendendo muita gente que é contra o governo, os subversivos e os comunistas. Eu vou visitar todos as cadeias, delegacias, quartéis, tudo. E vou encontrar o Leopoldo, você não acha?

Eliza ouviu em silêncio. Não riu nem se admirou. Apenas disse:

— Essa mulher está apaixonada por você. Faça o favor de cortar a asa dela.

— Mas, Eliza, não é nada disso. O sonho de Maria Luísa é casar, ela só pensa nisso. Mas não comigo. Nunca houve nada entre nós. Se fosse para haver, já teria havido.

— Eu não gosto que ela fique lhe contando essas histórias. Você acha que não tem nada, mas eu acho que ela é apaixonada por você. Acaba com isso. Corta esse papo.

Não tinha o mínimo fundamento a preocupação de Eliza. Mas para não criar problemas, não lhe contei mais as histórias de Maria Luísa. E, quando era possível, evitava até que a própria Maria Luísa me contasse.

Foi por isso que, estando uma noite no meu quarto, me atirei na cama quando bateram na porta. As batidas insistiram.

— Quem é? — perguntei. — Eu já estou deitado.

A porta se abriu lentamente, mas não foi Maria Luísa quem surgiu. O susto me estremeceu dos pés à cabeça.

— Lorena! Você aqui?

— Eu mesma, meu amor. Vim matar a saudade. Levanta e me abraça.

Levantei e abracei-a. Beijamo-nos. Ela, com a sofreguidão de sempre. Estava bonita, bem-cuidada, bem-vestida. Era outra mulher, muito diferente da que eu vira no dia da morte do tio Alberto.

— E como vai o meu doutor?

— Bem. Você também parece muito bem. Como tem sido a viuvez?

— Um alívio, que Deus me perdoe. Não vou mentir para você. A verdade é que eu me sinto como se fosse outra pessoa. Ou como se tivesse nascido outra vez. Por isso vim aqui. Para dizer que agora estou livre para querer e para ter você.

Escapei dos braços dela e sentei na cama. Ela sentou-se ao meu lado. Usava um perfume suave. Começou a acariciar-me a nuca. Desviei o assunto para saber o que pensar.

— Fez boa viagem? — quis saber.

— Ótima. Descobri que gosto de viajar. Descobri, não; eu já sabia. Eu só não viajava, a não ser para visitar doentes ou enterrar alguém.

— E a sua situação financeira? Não ficaram muitas dívidas?

— Não muitas. Mas Alberto me deixou a casa de Olhos D'Água e um bom seguro de vida, que me tem valido e vai valer por um tempo. Pelo menos até que eu dê um rumo à minha vida. Eu poderia até vir morar no Rio, o que acha?

— No Rio? — reagi com frieza. — Não sei. — E perguntei como se fosse uma negativa: — Será?

Minha frieza não a abalou. Ao contrário, parecia determinada, disposta a enfrentar quaisquer obstáculos.

— Agora eu sou independente. Moro onde quiser. Falei no Rio você sabe por quê. É porque o meu sonho mesmo é morar com você, meu amor. Você é o homem da minha vida.

Olhei para ela. Não sabia o que dizer, mas estava certo de que era preciso amputar as ilusões. Para mim estava inteiramente fora de cogitação qualquer relação com Lorena. Ela me beijou o rosto.

— Agora que sou livre, eu quero viver para você.

— Lorena... — eu disse.

E silenciei propositalmente, para dar mais gravidade ao que ia dizer. Ela percebeu e calou-se também. Senti que a sua respiração mudou de ritmo.

— ... você não deve mais fazer planos comigo. O tempo passou, a minha vida mudou. Eu vim para o Rio, já estou quase formado, ano que vem vou fazer residência e, daqui para a frente, meus planos estarão ligados à medicina.

— Claro, não poderia ser diferente. Você é médico. Mas o que isso tem a ver comigo?

— Tem, sim. Eu não estou pensando em viver com outra pessoa.

— Está, sim!

— Não estou.

— Está. Só que essa pessoa não sou eu.

Ela já disse essas palavras com a voz embargada. Era preciso convencê-la de que não havia ninguém, antes que fizesse qualquer loucura, pensei comigo mesmo.

— Não há ninguém, Lorena. É que a medicina é absorvente, exige exclusividade. Principalmente no começo da carreira. E eu não quero ter ninguém se queixando da minha ausência.

— Mentiroso! — ela explodiu. — Quem é ela?

— Ela, quem? Mentiroso por quê? Que conversa é essa, Lorena?

— Você tem outra mulher. E está apaixonado por ela.

— Calma, Lorena! Como é que pode dizer isso?

— Conheço você. É verdade ou não é? Não minta para mim. Eu quero saber a verdade. Pelo amor de Deus!

Hesitei. A verdade me aliviaria, mas poderia magoá-la muito. E a minha gratidão não me permitia maltratá-la.

— É verdade.

— Oh, Deus! — ela gemeu.

Silenciou. Silenciei. Sua respiração ficou ruidosa.

— Quem é?

— Você não conhece. Chama-se Eliza. É carioca.

— Está apaixonado?

— Estou.

— Oh, Deus! — ela gemeu outra vez.

Ficamos em silêncio. Lorena arfava ao meu lado. Eu sofria por ela, mas, ao mesmo tempo, me sentia aliviado. Depois de um tempo, ela se levantou. Começou a falar e as lágrimas desciam pelo seu rosto, fazendo um estrago na maquiagem.

— Ouvir isso de você é como se alguém esmagasse meu coração com as mãos. É uma dor que sangra.

Ela fez uma pausa. Chorou em silêncio. De tempos em tempos, um soluço mais alto.

— É horrível, horrível, horrível! E agora, sem você, o que eu vou fazer com a minha liberdade?

— Há muita coisa a fazer, Lorena. Você vai encontrar. Viva a sua vida.

— Sem você?

— É, sem mim.

Ela enfiou o rosto entre as mãos. Chorou mais ainda, sem dizer uma palavra. Seu corpo estremecia. Ela pegou uma toalha de rosto nos pés da cama e enxugou a pasta colorida que se tornara a maquiagem. Suspirou fundo.

— Sabe uma coisa que eu não quero mais na minha vida? Sofrer por causa de homem. Não sei se vou conseguir. Mas vou tentar. Os homens não merecem o amor que as mulheres dedicam a eles. Eu cansei de me apaixonar, me entregar, me dedicar, e só levar pancada, só ganhar desprezo. Eu vou tentar não sofrer por sua causa. Deus há de me ajudar porque eu não agüento mais sofrer. A vida não pode ser só isso. E, se for, então é melhor morrer.

Caminhou até a porta sem se virar. Pelas costas viam-se os tremores do seu corpo. Abriu a porta e se afastou sem olhar para trás. Fiquei sentado na cama, com medo do que poderia acontecer a ela, mas aliviado por ter conseguido dizer a verdade.

Pouco tempo depois, começaram as provas finais e tive que enfrentar a perseguição de Carlos Ítalo, que controlava meus horários e reclamava quando eu precisava faltar para estudar. Ele decidira que faria da minha vida um inferno — embora eu, durante o período em que fora chefe, nunca lhe tivesse cobrado coisa alguma. Com ele, aprendi a chefiar.

Meus momentos de paz e prazer eram com Eliza. Ela punha a minha cabeça no seu colo, falávamos de tudo, mas principalmente do nosso amor, que crescia dia a dia.

Lembro-me que uma noite — era uma sexta-feira, treze, dia do azar — estávamos eu, ela, sua mãe e seu pai vendo o noticiário na televisão, quando o locutor anunciou que o general Costa e Silva, então presidente da República, decretara o Ato Institucional número cinco, que ficaria conhecido como AI-5. A partir daquela data, o Congresso Nacional estava fechado por tempo indeterminado, a Constituição e os direitos individuais estavam suspensos, e o presidente da República adquiria poderes para impor sanções políticas a qualquer cidadão brasileiro, independentemente de qualquer controle judiciário.

Meu sogro quase teve um ataque de apoplexia. Sua indignação o levou a gritar, a dar socos nas mesas e paredes:

— Gorilas! Golpistas! Estão usando o glorioso Exército brasileiro para servir aos seus interesses pessoais! Canalhas! Canalhas!

Assustada, Eliza pegou a minha mão e me conduziu para fora. Atravessamos o jardim e, lá no portão, ela me abraçou e beijou. Enquanto nos beijávamos, podia-se ouvir a voz do general ecoando pela noite:

— Essa não é a revolução que nós fizemos. Deram um golpe na nossa revolução. Nós somos soldados. Temos que defender a pátria e a Constituição. Exército não é para governar nem fazer leis. Esse canalha deu um golpe dentro do golpe!

Os lábios macios e a boca molhada de Eliza eram excitantes demais para que eu pudesse prestar atenção no que meu sogro queria dizer.

XXVIII

Todo estudante acha que será amigo para sempre dos colegas de classe. A verdade, porém, é que poucos colegas tornam-se, verdadeiramente, amigos. Findo o curso, mesmo esses raros, considerados amigos, encontram-se cada vez mais espaçadamente e, se não houver outros motivos, o próprio tempo se incumbirá de diluir o que ainda restar da amizade. Digo isso porque já fazia seis meses que eu estava trabalhando como médico-residente quando o Delano — um distante colega de turma — apareceu por acaso lá no hospital, e me dei conta de que aquela era a primeira vez que eu me encontrava com alguém da faculdade. Parece que o início da profissão nos envolvera de tal maneira que não sobrava mais tempo para nada.

Eu mesmo trabalhava oito, dez, às vezes, quinze horas por dia. A maior parte do tempo fazendo a triagem dos estropiados que acabavam de chegar. O doutor Moreira Bentes, meu supervisor, considerava a entrevista com o paciente — com os que podiam responder, evidentemente — um momento decisivo para a ação da clínica médica, pois permitia obter os sintomas subjetivos. A palpação, percussão e ausculta, que são necessárias, às vezes são insuficientes. Pela sua orientação, quanto mais informações rigorosas e minuciosas conseguíssemos na entrevista com o paciente, mais objetivos seriam os exames de laboratório a serem feitos e mais chances teríamos de um diagnóstico rápido e preciso. Diante de cada resposta do paciente, tínhamos, pois, que saber fazer a próxima pergunta, afunilando progressivamente as conjecturas, além de saber interpretar as respostas de pacientes humildes, que raramente sabiam descrever a dor que sentiam ou os próprios sintomas.

Você já conhece a Emergência do Hospital Santo Inácio. Pelo menos eu lhe contei no começo dessa conversa. E não vale a pena repetir. Lembro que cheguei a falar até em "Inferno" de Dante. Claro que nem sempre havia tempestades nem enchentes, mas não faltavam atropelamentos, choques de ônibus, carros, incêndios, acidentes domésticos ou de trabalho, afogamentos, queimaduras, envenenamentos, intoxicações, surtos psicóticos, tentativas de suicídio, brigas, facadas, tiros — tudo, enfim, que se possa imaginar acontecer com seres humanos, principalmente quando milhões deles vivem numa mesma área geográfica. Pois eu, que escolhera me dedicar, definitivamente, à clínica geral, foi só na Emergência do Hospital Santo Inácio que consegui uma vaga para cumprir a minha residência.

Apesar de a residência ser parte obrigatória do curso de medicina, sem a qual não se recebia o diploma nem o número de inscrição no CRM — Conselho Regional de Medicina —, a faculdade, em princípio, deixava a critério do estudante a escolha da especialidade, do hospital e do supervisor do seu sexto ano. Uma vez escolhidos, eram avaliados pela coordenação do curso e, quase sempre, aprovados. A liberdade de escolha, no entanto, era um problema para o aluno que não conhecesse médicos nem hospitais que pudessem acolhê-lo como residente. Tudo dependia do círculo de relações pessoais.

Com uma indicação do doutor Bernardo, meu ex-patrão, procurei o doutor Moreira Bentes, seu amigo e clínico respeitado, cuja assinatura eu já conhecia das requisições de exames de laboratórios. Em consideração à amizade pelo doutor Bernardo, o doutor Bentes me acolheu como um dos seus três assistentes na Emergência do Santo Inácio e me recomendou à direção do hospital para receber o salário-residente. A faculdade aceitou a minha especialidade, o supervisor e o hospital.

Portanto, desde janeiro eu trabalhava com dedicação exclusiva no Santo Inácio, como assistente do doutor Moreira Bentes — isso significava saber a hora rigorosa em que entrava no hospital, mas não ter idéia da hora que sairia. Eu não só cuidava da triagem dos que chegavam — com as minuciosas entrevistas, pedidos de exames e medicação de urgência —, como avaliava, ao longo de todo o dia, os que estavam em observação, acompanhando a evolução da doença, alterando, se fosse o caso, a dosagem da medicação e, também se fosse o caso, pedindo novos exames. Tudo, é claro, com a anuência do supervisor, que precisava ser localizado onde quer que estivesse, fosse em hospitais, no consultório ou em casa.

Aqueles primeiros seis meses de trabalho diário num hospital me convenceram de que eu escolhera a profissão certa. Eu gostava de acordar de manhã e ir trabalhar, gostava do ambiente de médicos e enfermeiras, gostava das dúvidas do diagnóstico, de consultar a bibliografia para analisar um caso concreto, de acompanhar o tratamento e, claro, conseguir a cura. Era um grande prazer para mim — eu realmente me emocionava e ora ficava arrepiado, ora de olhos umedecidos — quando um paciente que fora internado agonizante ganhava alta e deixava o hospital andando, completamente curado. Eu sempre me sentia comprometido com o paciente, fazia tudo que estivesse ao meu alcance para curá-lo e aliviar a sua dor. Confesso até que era tomado por uma saudável onipotência quando o paciente confiava em mim e se entregava completamente às minhas mãos. Eu sempre pensava que minha mãe ficaria orgulhosa de me ver trabalhando e que a vida fora injusta de não lhe ter dado esse prazer. Eu gostava tanto de ser médico que não me interessava por nada que acontecia no mundo, a não ser trabalhar e, nas horas de folga, namorar.

Por isso, a inesperada presença do Delano na Emergência do Santo Inácio trouxe à tona a turma da faculdade. Seis meses sem aulas, e os colegas de todos os dias já se distanciavam como se fossem anos. Delano — que viera saber do estado da empregada de sua mãe, atropelada sem gravidade e já liberada — tinha notícias de alguns:

— O Leonel está fazendo clínica geral no Hospital Municipal de Campos, que é a sua cidade natal; fica no interior do Estado do Rio de Janeiro. A família dele é importante lá e deve ajudá-lo a montar uma clínica particular. O Clóvis eu não sei que especialidade escolheu. Estava em dúvida. Sei que foi para Brasília, o pai dele é do governo. Conseguiu o melhor salário-residente da turma. A Ingrid está fazendo obstetrícia na Clínica Furlan, do pai dela; o Rafael também está com o pai dele, na Clínica Fraga, mas não sei que especialidade, acho que é ginecologia. A Joana, eu sei que é pediatria, mas não sei onde está fazendo. Sei que continua lá na anatomia e deve virar professora. A Olívia é obstetrícia e acho que está na Maternidade São José. O Eugênio, você deve saber, está fazendo cardiologia nos Estados Unidos, e o Jesuíno, cirurgia plástica com o doutor Pitangui. O resto do pessoal eu não tenho notícia.

— E você? — quis saber.

— Psiquiatria. No Pinel.

Delano estava com pressa e se despediu logo. Ficamos de nos encontrar outra vez, mas ambos sabíamos que isso seria difícil. Durante o resto do dia me vieram à cabeça imagens daqueles colegas e de alguns momentos que compartilháramos nos cinco anos de convivência — apesar de estar com a atenção voltada para um paciente, vítima de capotamento na estrada Rio—São Paulo, que passara os últimos três dias entre a vida e a morte.

Era homem de uns trinta e cinco anos, atlético e saudável, que tinha mulher e um casal de filhos. Seu estado era lastimável. Sem entrar em detalhes, tivera amputação, fraturas expostas, traumatismo craniano. Seu quadro era tão grave que o doutor Bentes, na primeira reunião de avaliação clínica, pedira toda a nossa atenção e empenho. E, como um desafio, dissera que salvar a vida dele seria um ponto de honra profissional da equipe. Pelo desafio e por ser o quadro mais periclitante da Emergência, nós o tratáramos como prioridade nos três últimos dias.

Pois naquela tarde, eu estava numa entrevista de triagem quando a enfermeira veio me chamar às pressas. O quadro geral do paciente prioritário se agravara. Larguei a entrevista e fui atendê-lo: ele estava com uma arritmia grave, avançando para fibrilação ventricular. Apavorado, pedi à enfermeira que trouxesse o desfibrilador, à assistente que localizasse o doutor Bentes e colei a minha boca na dele, tentando a ventilação artificial. Mas a arritmia se agravava, e eu tinha que decidir sozinho. Passei para a massagem cardíaca externa. Ofegante, comecei a esmagar-lhe ritmadamente o peito, com o objetivo de sincronizar os feixes musculares ventriculares. Eu suava e rezava, mas era inútil. O quadro se avizinhava da chamada parada cardíaca. A enfermeira reapareceu com o desfibrilador DC. Com a roupa molhada e o rosto pingando suor, firmei os eletrodos no tórax do paciente e acionei a descarga elétrica, certo de que o movimento ventricular voltaria ao ritmo normal. Porém, nada aconteceu. Acionei outra vez. Nada. O coração estava parando. Outra vez. Segurei os dois eletrodos e acionei: nenhuma descarga. O equipamento não estava funcionando. Xingando, larguei-o nas mãos da enfermeira.

— Outro! Traz outro!

A enfermeira saiu apressada. Subi na cama. Ajoelhei-me sobre ele e, com todas as minhas forças, voltei a aplicar a massagem cardíaca. Fechei os olhos para aliviar o ardor do suor e continuei massageando-lhe o peito com um gemido ritmado. De repente, senti a mão da enfermeira sobre a minha. Parei a massagem. Ele estava morto.

Exausto e molhado de suor, sentei sobre as suas pernas. A enfermeira falou alguma coisa que não entendi. Uma confusão de sentimentos me sufocava. Não consegui me conter e chorei. Eram lágrimas de raiva, desespero, impotência, tudo. Depois de um tempo, notei que a enfermeira dizia alguma coisa. Olhei para ela. Estava com o desfibrilador na mão, repetindo:

— Só tinha esse no hospital, doutor. Se ele tivesse funcionado, o moço escapava. Não tem verba para manutenção. Por isso é que não funcionou. Mas se funcionasse, o pobre do rapaz estava vivo.

Desci da cama e me afastei. Fui ao banheiro dos médicos, tirei o jaleco, lavei o rosto, o pescoço, as axilas, os braços. Esfreguei a toalha com força no rosto e no peito. Vesti o outro jaleco que deixara no escaninho. Depois, na copa, tomei um café quente e sem açúcar. A xícara tremia na minha mão. Retornei à triagem e recomecei a entrevista que abandonara.

Mais tarde, quando o doutor Bentes chegou, nos reuniu e se deteve em interpretar e nos explicar o que teria acontecido para o paciente entrar em fibrilação ventricular, mas durante todo o tempo não escondeu a sua decepção com os assistentes e a irritação com o hospital. No início da noite, quando fui para casa, ainda sentia uma mistura de decepção, irritação e tristeza — além da impotência, que sempre me angustiou, de que nada mais poderia ser feito nem reparado para salvar a vida do paciente. Meu consolo era repetir insistentemente para mim mesmo o que a enfermeira dissera: "Se ele tivesse funcionado, o moço escapava."

Gostei quando vi que o Belizário não estava em casa. Ele ia querer conversar e eu não queria. O Belizário tinha um humor... Mas espera aí, eu já contei quem era o Belizário? Não, não contei! Também não contei que mudei de casa! Então, eu tenho que voltar atrás para contar. Mas é rápido.

Eliza andava cada dia mais enciumada da minha amizade com Maria Luísa. Um dia ela não agüentou mais. Disse que eu não podia mais morar na pensão e que ia procurar um apartamento para mim. Acabei concordando porque poderia, enfim, morar em Copacabana. Aconteceu, porém, que o Antônio Manoel, namorado da Elga, tinha um amigo, chamado Belizário, que estava procurando alguém para dividir o apartamento onde morava. Eliza esteve lá e se encantou. Contabilizou a minha parte no aluguel, condomínio, luz, gás, faxineira, lavadeira, etc., e concluiu que eu poderia e deveria morar lá. Só que o apartamento não era na Copacabana dos meus sonhos, mas no Humaitá. Eliza, então, me convenceu de que Copacabana já não era mais a maravilha que eu imaginava.

Achei o apartamento confortável, arejado e silencioso, o meu quarto espaçoso e com vista, o bairro sem graça e o Belizário simpático. Decidi mudar.

Quando informei a Maria Luísa — ainda dedicada a localizar Leopoldo em delegacias, presídios e quartéis — que me mudaria, ela se recusou a tratar do assunto. Tive que insistir. Ela me ouviu, mas não aceitou de jeito nenhum. Protestou, reclamou, falou que aquela mudança não tinha lógica, que devia ser ciúme de Eliza, que ela nem conhecia; depois falou mal do Humaitá, um bairro minúsculo, sem personalidade, mera passagem, etc. Propôs que eu pagasse a metade da mensalidade e acabou oferecendo para eu ficar de graça. Depois, me acusou de ingrato, por não retribuir a tudo que ela fizera por mim e por me mudar justamente quando a pensão poderia ter um médico como hóspede; me acusou de crueldade por abandoná-la sem um amigo. Por fim, chorou dias seguidos. Não podia me ver que desabava em prantos.

No dia que retirei meus pertences, ela me deu um enxoval de presente: lençóis, fronhas, colchas, toalhas de banho e de rosto e até um tapete para pôr nos pés da cama. Estava de olhos inchados e ainda chorou todo o tempo. Disse que não alugaria mais o meu quarto. Ia mantê-lo fechado e só o abriria para o Leopoldo, quando ele voltasse. Abraçamo-nos na despedida. Ela me apertou e me beijou no rosto.

— Não me abandona, não. Todos que eu gosto vão e não voltam.

Saí triste, mas, ao mesmo tempo, satisfeito de dar aquele passo. Afinal, pela primeira vez na vida, eu ia morar numa casa minha. Dividida com outro, mas minha. Você não pode avaliar a importância que isso tinha para mim. Era uma conquista. Uma vitória!

Retomando, gostei quando cheguei em casa e vi que o Belizário não estava. A voz da enfermeira continuava martelando a minha cabeça: "Se ele tivesse funcionado, o moço escapava." Tirei sapatos e meias e senti o alívio e o prazer de arreganhar os dedos do pé. Livrei-me do uniforme cheirando a hospital e, só de cueca, soltei o corpo sobre a cama e deixei que repousasse, tentando evitar que as imagens do dia se apoderassem da minha memória. Dormi.

Acordei e me assustei com as horas. Saltei da cama e corri para o banheiro. Tomei um banho reparador, fazendo a barba sob o jato d'água. Vesti-me, peguei o elevador e, já na rua, um táxi para a Tijuca. Queria ver Eliza, que era o meu consolo, o meu alento e a minha alegria.

Quando cheguei, todos já estavam à volta da televisão, que mostrava as primeiras imagens da Lua e, exceto Eliza, que me recebeu com beijos, mal repararam na minha entrada e responderam ao meu cumprimento sem olhar para mim. Meu sogro era o mais entusiasmado. Mas o Antônio Manoel não ficava muito atrás:

— O Collins está sozinho na nave-mãe, girando em torno da Lua!

Foi então que vi o módulo lunar Eagle descendo lentamente sobre a Lua — uma vasta e desolada planície. Meu sogro não se conteve:

— É incrível! Eles estão a quatrocentos mil quilômetros da Terra e as imagens estão perfeitas!

Neill Armstrong desceu a escada e, no último degrau, disse: "Esse é um pequeno passo para o homem, e um salto gigante para a humanidade." E afastou-se cuidadosamente do Eagle.

— Ele está se afastando! — gritou Antônio Manoel. — Dá até medo!

Logo depois veio Buzz Aldrin. Os dois começaram a caminhar. Meu sogro gritou:

— Quanta emoção, meu Deus! É a primeira vez que a raça humana pisa num outro mundo que não a Terra!

Os dois astronautas moviam-se facilmente com a pequena gravidade da Lua, que, segundo os locutores, era um sexto da gravidade da Terra. Saltavam com as pesadas roupas espaciais e, como se fossem balões, voltavam lentamente a tocar o solo, aliás, mais escuro e poeirento do que parecia. Em volta, um deserto de pouco ar, nenhuma água e muitas crateras. Eles montaram instrumentos científicos e fincaram a bandeira americana na Lua. Meu sogro aplaudiu.

— Muito bem! Parabéns para vocês, que chegaram primeiro! Os russos devem estar se mordendo de inveja. Pois que se mordam!

Os astronautas brincaram com a base central e depois encheram duas caixas com umas pedras cinzento-acobreadas. Reembarcaram e retornaram. Nenhum acidente, nenhum incidente. Tudo funcionou perfeitamente. Meu sogro exultava de admiração pela competência dos americanos, pelo valor que davam à pesquisa científica, pelo poderio tecnológico e pelo exemplo de liberdade e democracia que davam ao mundo. Com a demonstração de superioridade daquela noite, dizia ele, os americanos haviam ocupado a vanguarda da guerra fria que mantinham com a União Soviética.

Logo eu estava bocejando e, em seguida, cochilando. Era hora de pegar o ônibus e ir embora. Não fora uma noite própicia ao namoro, mas toda aquela agitação me distraíra e me fizera esquecer os acontecimentos do dia que, afinal, nem contei a Eliza.

O episódio da morte do paciente pode lhe ter dado uma impressão errada do nosso trabalho no Hospital Municipal Santo Inácio. É claro que havia muitos óbitos, como acontecia e acontece na Emergência de qualquer hospital — boa parte dos pacientes já chegava ali agonizante. Mas nós salvávamos muito mais vidas do que perdíamos. E com ótima qualidade de atendimento para o instrumental, as instalações e o número de profissionais disponíveis.

Por isso, as famílias de alguns pacientes com mais recursos pediam que se continuasse o acompanhamento após a alta, em caráter particular. Eu mesmo recebi propostas nesse sentido e aceitei. Ia à casa deles depois que saíam do hospital e cobrava a consulta a domicílio. Foi essa, aliás, a origem da pequena poupança que, estimulado por Eliza, comecei a juntar. À medida que fui liquidando as prestações de umas compras a que não pude escapar para começar a residência — relógio com ponteiro de segundos, aparelho de pressão, calças, camisas, meias, sapatos brancos, etc. —, passei a guardar essas economias também.

O fato é que um dia Eliza me surpreendeu com a notícia de que eu já tinha o suficiente para pagar a entrada na compra de um carro usado. Segundo ela, um médico não poderia ficar andando de ônibus. O carro facilitaria os atendimentos particulares, me daria *status* de médico e seria ótimo para o nosso lazer. Eu nem acreditei que seria possível. Imagine: eu, dono de um carro! Empolgado, matriculei-me numa auto-escola e passei a ter aulas de motorista às seis horas da manhã. No mês seguinte, fiz exame e tirei a carteira. Eliza conseguiu, com um amigo da família, um carro dentro das minhas condições. Foi assim que comprei um fusca branco, modelo 66, bem conservado, pagando uma entrada e vinte e quatro prestações mensais. Uma grande vitória!

Eu vivia feliz. Gostava da minha profissão e, embora ainda não tivesse concluído o curso de medicina, já morava num apartamento e tinha um carro. É evidente que não me sobrava dinheiro para mais nada. Aos domingos, quando passeava com Eliza, o programa era mesmo andar de carro. E não íamos muito longe, para poupar gasolina. Mas isso era temporário. Eu tinha certeza de que em pouco tempo iria melhorar. O que me animava era a certeza de que nem todos os que tinham um passado como o meu conseguiam essa situação tão cedo — mesmo considerando que o apartamento era dividido e que o carro era usado e não estava pago. Para mim, significavam dois grandes troféus.

É claro que isso me custava muito esforço. Meu dia começava às seis da manhã, quando me levantava, e não tinha hora para acabar, incluindo-se aí os atendimentos particulares, que continuavam a aparecer — aliás, para ser sincero, cada vez menos espontâneos. Depois de um tempo, quando percebia que a família dispunha de algum recurso, eu mesmo lhes sugeria a conveniência de se prosseguir o tratamento com atendimento doméstico, muito mais confortável e exclusivo. Mais tarde, já na triagem eu dava um jeito de selecionar para eu atender os pacientes mais bem-vestidos ou acompanhados de pessoas mais apresentáveis. Mas isso era a exceção, não a regra. E, antes que você faça algum juízo precipitado e desinformado, é bom esclarecer que, por causa disso, eu não diminuía o número de atendimentos nem mudava a maneira de atender os mais humildes.

Eu me lembro que uma manhã — deviam ser umas seis e meia de um dia nublado — eu estava saindo para o hospital e, ao passar pela portaria do prédio, me deparei com o porteiro, assustado e nervoso, segurando a mão da esposa grávida, que, sentada nos degraus da escada, sentia as pontadas das contrações. Eles esperavam que descesse o morador que prometera levá-los ao hospital. Qualquer leigo perceberia que a moça já estava em trabalho de parto e, com mais quinze minutos, o bebê nasceria naquela escada. Como o vizinho não aparecia, ofereci-me para levá-los no meu carro para o Santo Inácio. Eles aceitaram. Eu de um lado e o marido do outro conduzimos a parturiente até o meu carro, estacionado em frente ao prédio. Arranquei e tentei ir na maior velocidade que a minha experiência de motorista permitia. A moça, ao meu lado no banco reclinado, ofegava e gemia, enquanto o marido, do banco de trás, segurava-lhe a mão e enxugava-lhe o suor.

De repente, antes da entrada do túnel Rebouças, uma *blitz* do Exército estava armada à nossa frente. Carros de combate, jipes e furgões atravessados na pista, soldados de metralhadora. Restava apenas uma estreita passagem, que só permitia um carro de cada vez. Àquela hora o trânsito era pequeno, mas o carro à nossa frente foi obrigado a parar, sob a mira de fuzis e metralhadoras. O motorista desceu com as mãos para o alto. Cada militar abriu uma das portas do carro e o porta-malas. Revistaram tudo. O motorista mostrou os documentos e também foi revistado. Ao meu lado, a moça gemia e suava. O marido choramingou:

— Logo agora?

Com sinais, mandaram que eu avançasse e, depois, que eu parasse. As armas apontadas para nós assustaram a moça, que murmurou:

— Oh, meu Deus!

— Desliga o motor! — gritou o militar. — E saí com a mão para o alto.

Desliguei o motor. Rapidamente, abriram as duas portas pelo lado de fora. Outro puxou a alavanca do porta-malas. Saí do carro.

— Mãos para o alto! — gritou um deles, com a arma apontada para mim.

Obedeci. O porteiro empurrou o banco e saiu pela porta do meu lado. Sua esposa permaneceu quieta, mas começou a chorar baixinho. Outros militares revistavam o interior do carro e o porta-malas. Com as mãos erguidas, falei com o militar que parecia chefiar a *blitz*.

— Sou médico. É uma emergência. A moça está em trabalho de parto.

O homem enfiou a cabeça dentro do carro e olhou. Depois recuou e disse para mim e o porteiro:

— Documentos.

Enquanto tirávamos os documentos, ele rodeou o carro e olhou a moça de perto. Apalpou-lhe o ventre. A moça chorou mais. Ele retornou e olhou os nossos documentos. Em seguida, devolveu-os.

— Pode ir.

O porteiro e eu entramos no carro e fechamos as portas. Ele segurou a mão da esposa e consolou-a. Liguei o carro. Não resisti e perguntei ao que parecia ser o chefe:

— O que aconteceu, o senhor pode dizer?

— Seqüestraram o embaixador dos Estados Unidos.

Arranquei. Com a rua vazia depois da barreira, acelerei o mais que pude. Chegamos rapidamente ao hospital. Atropelei a burocracia e a entreguei ao pessoal da obstetrícia. A moça foi direto para a sala de parto. O bebê nasceu imediatamente. Enorme, saudável e perfeito. O porteiro me agradeceu. A mãe, ainda na maca, apertou a minha mão com força.

No domingo seguinte, estávamos na varanda, eu com a cabeça no colo de Eliza, quando meu sogro anunciou, aliviado, que o embaixador americano fora libertado. Os seqüestradores cumpriram a palavra, assim como o governo. A televisão mostrara que os quinze presos políticos trocados pela libertação do diplomata já tinham desembarcado no México. Ergui-me respeitosamente do colo de Eliza enquanto ele, satisfeito, andava de um lado para o outro.

— Escapamos! Se matassem esse embaixador, os americanos não ficariam quietos. Ou exigiriam mais firmeza contra a subversão ou começariam a conspirar contra essa ditadura. E as duas coisas seriam péssimas. Tomara que com o susto desse seqüestro essa gente ponha a cabeça no lugar. Já que o presidente está doente e não apita mais, essa junta militar devia acabar logo com esse AI-5, fazer eleição para presidente e mandar tudo que é milico de volta para os quartéis, que é o nosso lugar.

— Não fala essas coisas, Berto — disse dona Abigail, acabando de surgir na varanda.

— Eu estou na minha casa, Biga! Será que nem aqui eu posso falar?

— Entra, anda. O embaixador vai dar uma entrevista na televisão agora.

Meu sogro saiu apressado para assistir, seguido da mulher. Eliza abriu os braços e voltei a repousar a minha cabeça no seu colo. Dormi.

Enfim, chegara dezembro e, com ele, o fim do sexto ano e do curso de medicina. Joana me telefonou convocando para uma reunião. A turma precisava decidir como seria a solenidade de formatura.

A reunião foi num clima de nostalgia e esperança. A maioria compareceu, mas algumas ausências deixaram lacunas insubstituíveis. Eu, por exemplo, lamentei muito que o Eugênio não tivesse ido — embora compreendesse que, para uma pessoa como ele, uma festa de formatura não significava muita coisa; além disso, não era do tipo que viria dos Estados Unidos para uma reunião tão prosaica. Outras ausências que lamentei foram da Bia e do doutor Cachorrão. Estavam ambos desaparecidos por causa de militância política.

Em vários de nós já se notava uma diferença de atitude, se comparássemos com o quinto ano. Em apenas um ano de residência, já se notava uma espécie de amadurecimento precoce — estávamos, em geral, mais sóbrios; alguns, mais graves. O semblante mais preocupado e, em alguns, mais cansado. Um ou outro já exibia os primeiros e precoces fios brancos nos cabelos ou entradas mais profundas. O médico é o profissional que mais trabalha no início da carreira, que mais se choca na passagem da sala de aula para as enfermarias, que mais sofre com a precariedade da sua formação e com a insegurança do seu conhecimento para salvar vidas e aliviar a dor. Podia-se ver naquela reunião: o primeiro ano de um médico deixa marcas.

Afora isso, a reunião foi objetiva e agradável. A faculdade exigia alguma forma de encontro para a chamada colação de grau, que, necessariamente, teria que ocorrer durante uma reunião da congregação. Depois de alguma discussão, decidiu-se por uma solenidade no auditório da própria faculdade no dia 18 de dezembro. Escolheu-se o paraninfo, não me lembro o nome, mas era um pesquisador da esquistossomose do quadro da Fundação Osvaldo Cruz, que o governo militar demitira e cassara os direitos políticos. Joana, para quem se descortinara uma carreira de professora universitária, se apresentou como candidata a oradora da turma. Na falta de concorrentes, foi escolhida por aclamação. Decidiu-se também que, em solidariedade a Bia e ao doutor Cachorrão, não haveria o tradicional baile de formatura. Houve uma tentativa de esticar a reunião até algum lugar onde se pudesse confraternizar com chope e *pizza*, mas a maioria daria plantão naquela mesma noite ou teria que acordar cedo na manhã seguinte — o meu caso. Despedimo-nos com o conforto de que, naquela noite, a emoção nos criara a agradável sensação de que o tempo recuara. Nada além de uma sensação.

Uma vez marcado o dia a partir do qual, supostamente, eu me tornaria médico, a data ganhou um significado especial para mim. Percebendo isso, Eliza, em meio a uma conversa, mencionou, assim como quem não quer nada:

— A gente podia aproveitar e ficar noivo.

A idéia me assustou e me intrigou ao mesmo tempo. Aquela data bem que merecia marcar definitivamente a minha história. Emocionado, não pensei duas vezes:

— Eu topo! — respondi.

Fomos tomados por uma emoção inesperada. Abraçamo-nos e beijamo-nos com paixão e volúpia. Estava selado o noivado. Pelo menos entre nós. Eliza ficou incumbida de informar seus pais da nossa intenção e, se possível, evitar um pedido formal. Como não tinha quem o fizesse, eu seria obrigado a fazê-lo, o que seria uma violência contra a minha timidez.

A incumbência de Eliza não se limitava a meramente informar a nossa decisão. Na verdade, ela tinha que quebrar a oposição de dona Abigail e de Elga, que me achavam um rapaz esforçado e inteligente, mas sem um sobrenome tradicional, sem herança familiar, enfim, destituído demais para garantir a Eliza uma vida segura e confortável. Talvez eu tivesse futuro, mas o futuro era incerto demais para competir com o presente.

Não sei como Eliza agiu nem o que disse. Ela nunca entrava nos detalhes de suas dificuldades. O fato é que escolhemos e compramos as alianças, e ficou acertado que haveria um jantar depois da solenidade de formatura. Entreguei — ou mandei pelo correio — num único envelope os dois convites para a mesma noite. Destinavam-se a Graciliano, tio Camilo, dona Glória, Domitila, Maria Luísa, doutor Bernardo e Belizário. Não convidei ninguém da minha turma — não tinha intimidade com eles e soubera que a maioria faria comemorações particulares.

Afinal, chegou a grande noite. Metidos em ternos pretos e engravatados, fizemos o juramento de Hipócrates e cantamos o Hino Nacional — com a mão esquerda sobre o peito, como era a recomendação. Joana fez um discurso emocionado, conclamando os colegas à abnegação e à generosidade, à ética e ao desprendimento, como guardiães da vida humana.

O que mais me comoveu — que, na verdade, me levou às lágrimas, embora eu disfarçasse — foi a presença de Graciliano, que veio especialmente de Olhos D'Água. Estava enfatiotado num brilhoso terno de alpaca cinza-grafite, com meias brancas e sapatos marrons, que ainda guardavam a poeira da estrada. Logo que desci do palco com o diploma na mão, e muito antes de a solenidade acabar, ele ultrapassou o cordão de isolamento, correu para mim e, com lágrimas nos olhos, me abraçou apertado. Em consideração, o paraninfo interrompeu a chamada nominal dos formandos e assistiu, assim como toda a platéia, às efusões de meu irmão, que ao sorrir revelava a falta de um dente pré-molar.

— Mamãe ficaria orgulhosa de você, mano. Ela queria que um de nós fosse doutor e você foi o único que conseguiu.

Graciliano enfiou a mão no bolso, tirou uma caixinha quadrada e me entregou:

— É para você. Em nome de mamãe, de Idalina e em meu nome também.

Abri a caixinha. Era um anel de formatura de médico. Num átimo me passou pela cabeça o quanto deveria ter custado ao padeiro Graciliano as despesas da viagem, do terno e daquele anel. Emocionou-me seu empenho:

— Muito obrigado, maninho.

— A gente é que agradece. Nossa família está orgulhosa de você.

Abraçamo-nos mais uma vez. A platéia, que a tudo assistira, aplaudiu.

Envergonhado, mandei-o de volta ao fundo do auditório e fui sentar-me nas cadeiras reservadas aos formandos, a fim de que a solenidade prosseguisse. Ao final, a confusão de abraços, lágrimas, agradecimentos e promessas. De lá, num clima de euforia, rumamos para o casarão da Tijuca.

O requinte e a qualidade do jantar me surpreenderam. Garçons circulavam entre uns quarenta convidados. Apesar de suas reservas quanto ao noivado e ao noivo, minha sogra e minha cunhada souberam se comportar com educação e elegância. Meu sogro, que bebera uma ou duas *flûtes* de champanhe, exultava.

Maria Luísa, de braço dado com Graciliano — que, além de seu hóspede, tornara-se sua prenda por tê-la emocionado às lágrimas na solenidade —, comportava-se como se fosse minha tia ou irmã mais velha, tal o orgulho que exaltava de ser íntima da nossa família. Chegara a dizer que se o Leopoldo não aparecesse, ela já sabia com quem construir um novo projeto amoroso — Graciliano sorria, enrubescido, deixando visível a sua inocência e a lacuna do dente. Sussurrando num canto, tio Camilo e meu sogro trocavam impressões sobre a esperada morte, afinal ocorrida naquele dia, do ex-presidente general Costa e Silva. Dona Glória tentava conversar com a exuberante morena com uma pinta na face que não largava o braço do doutor Bernardo. Aliás, o tio Camilo e a dona Glória me trataram com a intimidade de quem se sente cúmplice do meu êxito. À certa altura, a sós, perguntei, discretamente, por que Domitila não viera. Eles não disfarçaram o mal-estar. E foi ela quem respondeu, com a voz seca dos magoados:

— Não sabemos dela. Saiu de casa. Foi morar com o tal professor. Fizemos o que foi possível. Nossa consciência está tranqüila. Mas, como você sabe, a vida dos filhos não pertence aos pais. Mas esse é um pedaço da minha vida que eu gostaria de esquecer.

Silenciamos. Logo Belizário se aproximou. Estava bêbado, como sempre acontecia onde lhe ofereciam bebida. Abraçou-me com a admiração de quem nunca concluíra um curso superior e, ao mesmo tempo, com a ironia de quem nunca acreditou que cursos, superiores ou inferiores, pudessem resolver o absurdo da vida.

— Espero que agora, como médico, você consiga ser feliz — disse ele com um sorriso de cínica incredulidade.

A certa altura, conduzidos por Elga e Antônio Manoel, eu e Eliza fomos envolvidos pelos convidados, amigos e parentes. Elga entregou uma aliança à mãe e outra ao pai. Dona Abigail enfiou a aliança no meu dedo e o general enfiou a outra no dedo de Eliza. Todos aplaudiram, nós tomamos champanhe e nos abraçamos. Num sussurro ao pé do ouvido, meu sogro me pediu que fizesse sua filha feliz. Eu disse que me esforçaria para isso.

Do que me lembro e do que vale a pena contar, isso foi tudo o que aconteceu de importante na festa da minha formatura e do meu noivado. Quando voltei para casa, já médico e noivo, mal conseguia dirigir o meu fusquinha, de tão bêbado com apenas duas *flûtes* de champanhe. Estava, na verdade, bêbado de cansaço, de felicidade e de sonho. Só me restava dormir para cair na realidade. E foi o que fiz.

Antes, porém, tomei um banho para relaxar. Na cama, ainda no estado de vigília, me ocorreu que estava formado e não recebera nenhuma proposta de trabalho, exceto a do próprio Hospital Santo Inácio, feita duas semanas antes. Eu pedira tempo para pensar, na esperança de que, com a formatura, surgissem outras ofertas. Agora, não havia mais o que pensar. Continuaria na Emergência.

Comparando esse desfecho com o dos meus colegas — e eu fizera essa pesquisa em discretas conversas de pé-do-ouvido com um por um —, todos, sem exceção, estavam começando a vida profissional com empregos melhores, às vezes até mais de um, e melhores salários do que eu. Comparando o desempenho durante o curso, só um tivera aproveitamento melhor do que eu — Eugênio. O resto — sem exceção — se saíra pior do que eu. Para mim, era mais uma prova de que, nesse país, o sucesso nada tinha que ver com o conhecimento ou a competência, mas com as suas relações familiares e pessoais, a sua capacidade de fazer amigos ou de participar de panelinhas. E eu, que não tinha nada disso, saíra prejudicado, embora fosse melhor médico do que os demais. Era revoltante.

Agora, que já lhe contei todo o meu passado, você pode compreender a minha euforia — está lembrado? — quando voltei para casa aquela noite chuvosa, em que o Rio de Janeiro parecia naufragar sob as enxurradas. Meu sogro, coitado, apesar da decepção com o jantar de sua despedida da caserna, me conseguira um emprego no próprio Exército. Você se lembra? Ele disse que conversara a meu respeito com um tal Bernardelli. Pois é. Agora, você entende por que eu cheguei em casa procurando o Belizário para comemorar com uma boa farra. Entende agora por que aquela noite merecia uma bela farra? Como o Belizário não estava, eu me deitei e fiquei horas olhando para o teto e rindo de alegria. Parecia um bobo — agora você sabe por quê. Eu até disse que o sono me colhera com um sorriso de felicidade nos lábios.

Pois no dia seguinte eu fui procurar o coronel-médico doutor Bernardelli, no Hospital Central do Exército. Estamos chegando ao fim da minha história. Nesses quatro minutos que faltam para o início da entrevista, eu conto o resto.

XXIX

Sem abrir os olhos, alcancei, às apalpadelas, o relógio de pulso na mesinha-de-cabeceira e trouxe-o até diante do rosto. Eram quase dez horas da manhã de sábado. Levantei da cama de um salto e senti as pernas doerem — conseqüência do plantão dobrado, quase todo em pé. Dolorido, meu corpo suplicava cama, mas não pude atendê-lo. Fui para o banheiro. O coronel-médico Bernardelli só atenderia até o meio-dia. E, depois de quarenta e oito horas no "Inferno" de Dante, que era a Emergência do Santo Inácio, precisava muito empenho para recuperar uma boa aparência.

Diante do espelho, antes de espalhar a espuma, avaliei o aspecto doentio de uma barba de três dias, a palidez de folha de papel de uma pele sem viço, as olheiras azuladas, os cabelos sem brilho, as entradas que avançavam. A medicina envelhece, concluí. Para desfazer aquela imagem, cobri tudo rapidamente com espuma e comecei a raspá-la com gilete. Meus pensamentos ficam mais soltos ao fazer a barba do que sentado na latrina. Logo, imagens do dia anterior, reconstruídas espontaneamente pela memória, ocuparam-me a cabeça.

A menina Adelaide, estirada na maca com a perna esmagada, tenta esconder o seu sofrimento do pai; e o pai, sem camisa e com as calças arregaçadas até o joelho, esconde da filha a lágrima e tenta ensiná-la a resignar-se com o abandono. Registro na memória que preciso telefonar para o hospital e saber como ela passou a noite. A lágrima de Eliza quando lhe entrego a estripada boneca "Eliza", presente de Adelaide para a nossa futura filha.

Surgem imagens da Emergência e dos corredores do hospital, à luz de velas e lampiões, atulhado de gente que geme e grita de dor. Registro na memória que preciso ligar para o Rogério e cobrar os três plantões em que o substituí. O sorriso de amargura de meu sogro com o jantar de despedida; depois de uma vida inteira de dedicação, não teve a promoção tão sonhada e, mal reformou, já foi esquecido pelos colegas de farda. A gargalhada exagerada da minha sogra ao me ver com as roupas do marido. Registro na memória que preciso ligar para meu sogro e saber se Elga chegou bem ao sítio — um gesto de interesse consolida meu papel na família. A curiosidade me fustiga: quanto deve ganhar um médico recém-formado no Hospital Central do Exército? Não sei me responder.

De passagem pela sala, vi uma bolsa e sapatos femininos espalhados — indicativos da presença de ovelha no abatedouro de Belizário. No espelho do elevador ainda dei os últimos retoques na aparência: ajeitei o cinto, ergui a gola da camisa, alisei as sobrancelhas, ordenei o cabelo na nuca.

— Bom dia, doutor — saudou-me a voz masculina.

— Atrasado, doutor? — preocupou-se a voz feminina. Eram o porteiro — que, descalço e com as calças arregaçadas, fazia as vezes de faxineiro, lavando a calçada — de vassoura na mão e mangueira aberta no chão — e sua mulher, que, no degrau da porta, olhava o marido trabalhar enquanto balançava o bebê, tão enrolado em lãs e agasalhos que mal se o via. Ficaram meus amigos e protetores desde o dia do parto.

— Bom dia. Atrasado, não. Hoje é folga — respondi, enquanto dava uma espiada na criança, que dormia.

— O doutor viu o que a chuva fez?

— Que imundície! Ao invés de lavar, a chuva traz mais sujeira! — disse, caminhando para o carro, estacionado em frente.

— É verdade, doutor. Isso tudo vem descendo das ladeiras e dos morros e encalha por aqui, que é mais plano.

— Ainda bem que deu uma estiada.

O dia estava nublado e frio, mas não chovia. Havia lama, pedras, latas, caixotes, lixo, folhas e até galhos de árvores sobre o asfalto e as calçadas. Na vizinhança, viam-se zeladores na azáfama de lavar e limpar. Despedi-me, entrei no carro e me afastei devagar, atento aos obstáculos espalhados pela pista. No trajeto até o Hospital Central do Exército, encontrei ruas bloqueadas por árvores caídas, outras quase intransitáveis por causa de carros trombados e ônibus enguiçados pelo volume de entulho trazido pela enxurrada. Vi muita gente tirando lama das casas e, nas franjas dos morros, barracos desabados. A cidade começava a se mexer depois do temporal. Mas, enfim, consegui chegar ao Hospital Central do Exército e, depois de me identificar, um soldado me conduziu ao gabinete do coronel-médico doutor Bernardelli. Na ante-sala, um outro militar, seu ajudante-de-ordens, depois de perguntar meu nome, profissão e assunto, desapareceu por uma porta. Quando voltou, mandou-me entrar.

Com uma cordialidade inesperada, o coronel me recebeu de pé no meio da ampla sala. Tratou-me por doutor e, evitando a sua mesa de trabalho, indicou-me a poltrona de um conjunto estofado, sentando-se na outra.

— O senhor foi rápido e objetivo! Eu conversei com o Monteiro ontem à noite, não se passaram nem doze horas, e o senhor já está aqui?!

— Por aí o senhor pode avaliar o meu interesse — brinquei. — É que estava na casa dele quando voltou do jantar e me falou da conversa que tiveram.

O coronel ergueu as sobrancelhas e, sorrindo, balançou a cabeça em concordância. Não usava farda, mas uniforme de médico, limpo e bem passado, com guarda-pó por cima. Calmo e de voz mansa, transmitia serenidade nos gestos, no olhar e na maneira de falar. Os cabelos brancos completavam a imagem de uma vida em paz.

— O senhor é noivo da Elga ou da Eliza?

— Da Eliza — respondi, intimidado pelo tratamento de senhor.

— Sabe que ontem, no jantar de bota-fora, eu fiquei meio preocupado com o Monteiro? Não sei se sabe, mas nós nos conhecemos há mais de trinta anos. Posso permitir-me um comentário. Ele está muito triste. Você notou se ele ficou deprimido com a reforma? Quer dizer, é comum uma certa tristeza, uma melancoliazinha.

— Com a reforma em si, não sei. Acho que não. Mas não ter sido promovido foi um baque. Ele sentiu muito. Sentiu demais.

O coronel silenciou e olhou para a janela aberta. Achei que poderia me beneficiar se demonstrasse intimidade com o general Monteiro. Acrescentei:

— O sonho dele era pegar a quarta estrela e, depois, pedir a reforma. Com a promoção automática, encerraria a carreira como Marechal. Quando se viu caroneado, coitado do meu sogro! Foi como se o mundo tivesse desabado. Passou a ter insônia, inapetência, começou a falar sozinho e a depressão desceu sobre ele como um manto. Passava o dia de pijama. Não conseguia ler nem jornal, não via mais televisão, apenas vagava sem rumo pela casa, arrastando chinelo de um cômodo para o outro. Quem já tivesse visto o seu entusiasmo com a vida militar, com o progresso do Brasil, com a ciência, com a descida do homem na Lua, não acreditaria que se tratava da mesma pessoa. Foi de dar pena. Diante disso, acho que não deu tanta importância à ausência de muitos colegas ao jantar de ontem.

O coronel me ouviu em silêncio e continuou a me olhar quando parei de falar. Pareceu que a demonstração de intimidade dera resultado.

— É possível — ele disse. — A vida militar tem dessas coisas e a civil tem coisas piores. Mas vamos voltar ao assunto que o trouxe aqui. Quer dizer, então, que o senhor está interessado em ser médico do Exército. E, a julgar pela presteza com que apareceu, está muito interessado.

— Estou, doutor.

— É curioso. Ultimamente, o Exército não tem tido prestígio com os jovens em geral, nem com os estudantes em particular. Uns preferem usar cabelos compridos e roupas coloridas, não gostam de vestir uniformes. Outros são contra os militares no governo, a chamada ditadura. E você, o que pensa sobre isso?

— Eu vou ser simples e direto com o senhor. Eu acho que, para um profissional iniciante como eu, que não tem herança nem parentes médicos, que está noivo, quer se casar e constituir família, o Exército é um ótimo emprego: estável, duradouro, oferece cursos de atualização, aperfeiçoamento e especialização, e tem uma carreira bem definida.

— É isso mesmo. Mas tem uma exigência: que você se torne um militar. O que acha disso?

— Um médico militar, o senhor quer dizer.

— Exatamente. O oficial-médico trabalha exclusivamente como médico. Faz cursos de medicina militar, de práticas médicas em situação de guerra, etc. Por isso, aliás, damos preferência ao clínico geral. E faz também cursos na área militar — sobre regulamentos, armamentos, artilharia, estratégia, etc. — sempre num nível mais elementar, apenas informativo. Mas o oficial-médico é obrigado a respeitar a hierarquia e o Regulamento Disciplinar do Exército, será identificado e respeitado como um militar pelos demais oficiais e, em determinadas ocasiões, terá que usar farda. É evidente que se faz vista grossa para alguns rituais — não ficaria bem, num hospital ou ambulatório, estar um oficial-médico a bater continência para um paciente hierarquicamente superior. E então, o senhor acha que se enquadraria nessa estrutura?

— Acho que sim. Mas esse profissional vai trabalhar aqui, no Rio de Janeiro?

— Sim. Em princípio, sim. Mas, o senhor sabe, um soldado está onde o país precisa que ele esteja. O seu sogro, por exemplo, é gaúcho, mas já rodou o Brasil inteiro. Na prática, porém, no dia-a-dia, os oficiais-médicos são mais poupados. Não rodam tanto. Nem há tantas unidades hospitalares espalhadas por aí.

— Então, o trabalho seria aqui no HCE?

— Não, não. Seria no quartel da Polícia do Exército, na Tijuca.

Ele silenciou e ficou me olhando, coçando o queixo. Senti que seus olhos, por trás dos óculos claros, olhavam para além de mim, embora me fixassem. Aparentemente, me avaliavam, mas até hoje guardo a nítida impressão de que iam mais longe. Talvez já soubessem o que poderia me acontecer, talvez intuíssem o que, de fato, veio a acontecer mais tarde.

— O senhor trabalha na Emergência, não é isso?

— Exatamente.

— Deve estar acumulando muita experiência para enfrentar situações inesperadas, não é?

— É verdade.

— Um oficial-médico, prestando serviço num quartel do Exército, em tempos de paz, não terá surpresas. Por mais que seja movimentado, um quartel não se compara com um hospital como esse nem, muito menos, com a Emergência de uma unidade civil urbana. Para ser franco, o oficial-médico de um quartel vive exausto de não fazer nada. Quando é procurado, é para tratar de resfriado, dor de cabeça, calos, doenças venéreas, diarréia, para tirar pressão de general e botar na tipóia braço de recruta.

Achei engraçado e ri. Ele sorriu. Depois, levantou-se, foi até a mesa, pegou alguns papéis e, lendo-os, retornou ao seu lugar.

— Os candidatos terão que preencher uma ficha de inscrição com dados pessoais — e olha, o prazo expira em seis dias. É uma ficha minuciosa e o Exército é rigorosíssimo quanto a isso. Para checar os dados, o serviço secreto fará uma verdadeira devassa sobre a vida do candidato. Afinal, ele poderá ser admitido como oficial-médico, e já no posto de tenente. Uma vez aprovado na sindicância pessoal, o candidato trará um histórico escolar e um *curriculum vitae*. Depois, uma banca examinadora lhe fará uma prova de conhecimentos específicos e uma entrevista. Por último, os indispensáveis exames médicos.

Pouco depois, o telefone tocou e o atencioso coronel Bernardelli encerrou a nossa conversa, pois teria uma reunião com alguns médicos. Ao nos despedirmos, agradeci-lhe a atenção e assegurei que me candidataria. Ele me deu a papelada da inscrição para preencher em casa e mandou um abraço ao meu sogro.

Voltei para casa animado. Duas certezas me embalavam: a de que aquele era o melhor emprego que uma pessoa como eu poderia conseguir e que eu seria aprovado — tinha esperança de que o prestígio do meu sogro tivesse alguma influência, assim como a conversa amigável do coronel Bernardelli, além, é claro, da minha experiência na Emergência, que, esperava, contaria pontos a favor. Será que a sorte, enfim, sopraria para o meu lado?, me perguntava. Eu, que fora ótimo aluno e vira colegas menos capazes recebendo melhores propostas, nunca tivera qualquer convite profissional, a não ser para continuar na Emergência do Santo Inácio, onde ficaram conhecendo o meu trabalho porque lá fizera a minha residência. Pois eu teria, enfim, a primeira chance — chance a ser disputada em concurso —, mas uma chance. Estava convencido de que não a perderia.

Em casa, telefonei para saber como estava Adelaide; recomposta a sua fratura, dormira toda a noite e seu estado era regular. Telefonei a Eliza para contar o encontro com o coronel Bernardelli e, aproveitando a chamada, repeti tudo ao meu sogro e ainda perguntei se Elga chegara bem ao sítio. Ele disse que Elga estava bem e sugeriu que me tranqüilizasse quanto ao concurso. Liguei para o Rogério — pagaria na segunda-feira os três plantões que dera por ele. Depois, comecei a preencher as dezoito páginas da ficha de inscrição, o que acabou me tomando o resto do sábado e o domingo.

Na segunda-feira, entreguei a papelada. Dias depois, fui chamado ao HCE. Dos dezenove inscritos, oito foram aprovados na chamada devassa — eu inclusive. Onze tiveram problemas. Na avaliação do histórico escolar e do *curriculum vitae*, dois foram considerados insuficientes. Os seis restantes fizemos a prova de conhecimentos específicos. A banca me pediu que, de posse de todos os exames, das papeletas e da medicação receitada, analisasse e, se julgasse necessário, solicitasse eventuais exames clínicos, argumentando sobre suas reais necessidades. Por fim, se fosse o caso, sugerisse correções — sempre com argumentos — à terapêutica que estava sendo ministrada ao pós-operatório de apendicite supurada de um recruta. Achei a prova interessante e saí de lá certo de que a minha análise e as minhas sugestões teriam demonstrado à banca a minha competência. Os examinadores acharam que dois dos candidatos não tiveram desempenho satisfatório, de modo que restávamos apenas quatro. Depois das entrevistas, apenas três foram aprovados — eu entre eles. Enquanto se fazia a bateria de exames de um verdadeiro *check-up*, assistimos a várias palestras e cursos: "O Regime Disciplinar do Exército", "O Médico Militar", "A Questão da Segurança Nacional", "O Novo Papel das Forças Armadas", "Desenvolvimento e Segurança", entre outros. Finalmente, fui informado da minha aprovação, e nomeado tenente-médico do Exército brasileiro.

Numa reunião no seu gabinete, depois de cumprimentar os três novos tenentes-médicos, o coronel Bernardelli informou:

— Os senhores prestarão serviço nos quadros de um novo setor que o Exército criou no início desse ano. Estarão sediados na mesma unidade militar e vão atuar em escala com revezamento. Isso é tudo que eu posso adiantar por causa do sigilo militar. Nos próximos dias, os senhores receberão instruções sobre local e data de apresentação.

Dona Abigail, minha sogra, me ofereceria um jantar para celebrar o feito, ao qual me comprometera a comparecer vestido como tenente-médico do Exército; isto porque Eliza cometera a inconfidência de revelar a toda a família a minha inibição de usar a farda verde-oliva.

Eu já tinha vestido a farda três vezes, trancado dentro do quarto, para avaliar o impacto diante do espelho. Na primeira, me achei tão ridículo que mal consegui olhar para o espelho. Tirei-a imediatamente. Na segunda vez, imbuído das idéias que ouvira nos cursos e conferências, senti a mesma emoção de quando, na comemoração do Dia da Independência, a gente cantava o Hino Nacional no pátio do colégio em Olhos D'Água e depois desfilava pela cidade — era uma emoção de arrepiar. Fardado diante do espelho, eu me senti um patriota, capaz de dar a vida para defender o meu país e satisfeito de fazer parte de um grupo de homens corajosos e determinados, que já tinha ido à Europa e ajudado a acabar com os assassinos nazistas chefiados por Hitler, e que estava governando o Brasil a pedido do próprio povo brasileiro, para moralizar e organizar o país, acabar com a bagunça e a roubalheira dos políticos. Bati continência para a minha própria imagem no espelho e senti orgulho de vestir aquela farda. Cheguei a pensar que se minha mãe fosse viva, teria mais motivos para se orgulhar de mim: além de médico — que salva vidas e alivia a dor — militar, que salva o país e garante a liberdade. Na terceira vez, eu concluí que, fardado, ficava mais discreto do que metido num uniforme de médico.

Na noite do jantar, porém, toda essa segurança foi abalada. Quando ia saindo de casa, Belizário entrou, como sempre acompanhado de uma ovelhinha, e me flagrou fardado. Sua reação foi instantânea. Pasmo e boquiaberto, levou dez segundos para acreditar que o enfardado tenente à sua frente era o médico com quem dividia o apartamento, findo os quais não conteve a gargalhada, que arrebentou barulhenta e poderosa, levando-o a dobrar-se sobre o próprio corpo, ao mesmo tempo em que me apontava para a garota e repetia, silabadamente, conforme o fôlego o permitia:

— Não! Não! Não acredito! Não é possível! Você virou milico mesmo! Não! Eu moro com um milico!

E a gargalhada não acabava nunca. Até a garota, que eu nunca vira na vida, achava do que rir em mim. Eu, que num primeiro momento concedi a Belizário o sorriso constrangido dos inseguros, comecei a achar que aquelas gargalhadas se excediam e que a ridicularização caminhava para a humilhação. Comecei a vê-lo de uma maneira completamente diferente: os cabelos muito pretos, que lhe desciam até o ombro, misturados à barba grande, negra e espessa, ampliavam os movimentos estertorosos do corpo, que se sacudia impulsionado pela gargalhada extravagante e ruidosa, dando-lhe uma abominável imagem simiesca. Eu sabia, pela mudança de temperatura do meu corpo, que a cor do meu rosto devia estar oscilando entre o vermelho-fogo e o amarelo-insosso, correspondentes aos sentimentos de raiva e vergonha que se alternavam em mim. Segurando a barriga que já doía, mas continuava sacudindo de tanto que ria, Belizário me apresentou à sua acompanhante com voz frágil e articulação quase incompreensível:

— Marilda, vou lhe apresentar um amigo: o General da Banda!

E desatou a rir. Não me controlei. Abri a porta, saí e fechei-a com energia, deixando-os lá — ele às gargalhadas, que continuaram até o elevador chegar. Desci irritado. Afinal — me perguntava — quem Belizário pensa que é, para me tratar com essa insolência diante de uma estranha? Aliás, vou aproveitar essa oportunidade e falar de Belizário, que já citei várias vezes sem dizer quem era.

Mulherengo incorrigível, libertino e promíscuo, Belizário encontrou nas mulheres a sua perdição. Não pensava em outra coisa na vida, a não ser em mulheres — segundo ele, para amá-las; mas na minha opinião, para atender a uma irreprimível compulsão que lhe roubava a paz se não houvesse à mão um ser do sexo feminino. E bebia também. O álcool, em qualquer das formas que se apresentasse, era bem-vindo até nas horas mais impróprias. Nascido em Goiânia, de pai, mãe e irmãos fazendeiros, viera para o Rio com o pretexto de estudar direito, mas, na verdade, cancelara a matrícula ainda nos primeiros tempos para entregar-se à devassidão do balneário. Há anos mentia para a família, que continuava mantendo-o com folgada e pontual mesada, além de eventuais presentes, como um carro novo, férias na Europa, relógio de ouro, etc. Não posso negar que era generoso — em alguns momentos de sufoco pagou a minha parte do aluguel ou me emprestou algum dinheiro — religiosamente repostos. Reconheço-lhe uma única fidelidade, além das inumeráveis conquistas: o saxofone, que estudava regularmente ao cair do dia, às vezes até com surpreendente talento. Ocasionalmente, escrevia poemas; versos tão obscenos quanto obscuros, dos quais eu não conseguia entender nada além dos títulos, aliás, deploráveis, como *A vulva*, *O coito*, *A ereção* etc. Que moral poderia ter uma criatura como essa para me ridicularizar por causa de um uniforme? Um adulto que não trabalhava, não estudava e dependia da família até para ter as mulheres que tinha? Eu estou tentando reproduzir para você a minha emoção naquele momento em que me senti humilhado, e isso pode dar a impressão de que essa irritação era permanente. Não, não era. Ao contrário, eu me divertia com as loucuras do Belizário, com o seu humor, com as bebedeiras e as mulheres que levava para casa — às vezes até mais de uma, quando, então, ele batia na porta do meu quarto de madrugada e me convidava para a esbórnia. Confesso que algumas vezes fiquei tentado a aceitar, mas meu corpo, moído pelo cansaço de plantões dobrados, sequer conseguia levantar da cama. Eu voltava a dormir ao som de gritinhos e risadas.

Aliás, um companheiro contumaz das farras de Belizário era o meu concunhado Antônio Manoel, pacato namorado de Elga. Eles eram amigos — um me apresentara ao outro —, mas não havia muito tempo descobrira que eram também parceiros de noitadas. Imagina que eu voltava do hospital, no lusco-fusco do amanhecer de um domingo, o corpo antegozando o prazer de largar-se sobre a cama, quando entro no quarto e me deparo com o Antônio Manoel e uma mulata, nus, dormindo escarrapachados sobre os meus lençóis. Fui dormir, o corpo torcido e espremido, no sofá da sala. Dias depois, me pediu desculpas com sorrisos e tapinhas nas costas e, num tom de cumplicidade barganhada, discrição. Vez por outra compartilhava das alegrias de Belizário, mas poupava a minha cama.

Foi uma festa a recepção ao tenente engalanado na casa de Eliza. Teve palmas, gritos e assovios. Todos — inclusive meu sogro, que fizera da farda praticamente a sua segunda pele — acharam que eu estava elegante e respeitável. Eliza me beijou diante da família — o que nunca acontecera antes —, e minha sogra me abraçou entusiasmada — o que também nunca acontecera antes. Meu sogro ficou tão próximo e amável naquela noite — outro fenômeno que nunca acontecera antes — que, numa atitude que lembrou vagamente meu pai, girou à minha volta, pegando aqui e ali, e avaliou o caimento da calça, a altura da bainha, a folga no colarinho da camisa, o corte da túnica, ou dólmã, como ele preferia chamar, e o encaixe do quepe. Aprovou tudo. E, pelo resto da noite, inclusive durante o jantar, quando tomou duas taças de vinho tinto, me contou histórias do seu tempo de tenente, deu conselhos sobre a vida na caserna e fez considerações sobre o papel do soldado na sociedade. Eliza tentou me atrair para outros lugares, mas ele não permitiu. Minha sogra reclamou que ele não me deixava namorar e ele ordenou que ela não se metesse. Estava nostálgico, falante e emocionado.

Para meu sogro, só quando o Exército é respeitado e amado pelo seu povo é que o militar encontra motivação de arriscar a vida numa guerra, na defesa de sua pátria. E insistiu que, apesar da existência dos truculentos, que acham que o Exército deve ser temido, a verdade é que sem o respeito e a confiança da população, pode-se ter um bando de mercenários fardados, treinados e valentes a soldo do Estado, mas não um verdadeiro Exército. E para merecer a confiança do povo — recomendou meu sogro — o militar tem que ser um exemplo de retidão moral, de caráter, de coragem, de serenidade e de austeridade. Depois, me advertiu para os vícios da vida em quartel, das disputas por promoções, da inveja e das pequenas vinganças. Quando minha sogra o chamou para deitar, ele me segurou pelo braço e, emocionado, sussurrou no meu ouvido:

— Apesar da bandalheira que fizeram comigo, eu vou morrer satisfeito de ter dedicado a minha vida ao Exército brasileiro. Nesses anos todos, eu não fui outra coisa, a não ser um soldado. E tenho muito orgulho disso. Eu amo essa farda que você está vestindo.

Afastou-se, seguindo a mulher, na direção da escada. Mal pisou o primeiro degrau, parou e voltou a mim. Pegou-me outra vez pelo braço e me conduziu para perto da janela. Estava com os olhos vermelhos.

— Eu gostaria de ter dito essas coisas para o meu filho. Mas eu só tive filhas. De qualquer forma, foi bom ter dito para você. No fim das contas, um genro é quase um filho, já que vai ser pai do neto.

Apertou meu braço e se afastou, subindo a escada com a mulher. Eliza se aproximou e me puxou pela mão. Sentiu que estava trêmula e úmida. Eu estava emocionado.

Na manhã seguinte, fui me despedir do pessoal do Hospital Municipal Santo Inácio, onde já apresentara o pedido de demissão. Levei caixas de bombons para as enfermeiras, auxiliares de enfermagem e atendentes, agendas do ano seguinte para os médicos e residentes, uma gravata para o doutor Moreira Bentes. Muitos abraços, agradecimentos, elogios e votos de boa sorte. Visitei leito por leito, despedindo-me dos meus últimos pacientes. Mais abraços, agradecimentos e ganhei até alguns presentes: dois santinhos, uma medalha enfiada num barbante, um patuá contra mau-olhado. Três choraram.

Quando estava de saída, a enfermeira-chefe me chamou e entregou um envelope que alguém deixara na recepção. Abri. Era uma foto colorida de Adelaide numa praça, sorrindo, feliz. Estava de muleta, a perna amputada. No verso, em letras toscas, escreveu qualquer coisa como: "Deus levou a minha perna, mas nunca vou esquecer o quanto o senhor foi bom para mim. Toda noite rezo para o senhor ser feliz. Um abraço para a sua noiva dona Eliza. Tomara que quando a sua filhinha nascer ela goste da boneca que eu mandei. Meu pai manda um abraço para o senhor e diz que um dia vai me levar ao hospital para eu ver o senhor. Minha mãe manda dizer que Deus lhe pague. Da sua amiga, Adelaide." Saí apressado do hospital para a enfermeira-chefe não ver os meus olhos.

Na tarde daquele mesmo dia me apresentei ao Comando do I Batalhão de Polícia do Exército, à rua Barão de Mesquita, 425, na Tijuca.

XXX

O chamado Serviço Médico do I Batalhão de Polícia do Exército era constituído por três salas contíguas e um banheiro, todas com janelas para o pátio interno. Na primeira, acessível diretamente do corredor, ficava o sargento-enfermeiro Da Cruz, com a sua mesa metálica, um armário com paredes de vidro para os medicamentos de uso cotidiano e alguns de emergência, que alguém, presunçosamente, apelidou de Farmácia, além de alguns equipamentos, como autoclave, tubo de oxigênio, mesa articulada para curativos e eventuais atendimentos, etc. A sala contígua era a minha. Além da escrivaninha e cadeira para pacientes, havia uma cama metálica articulada para exames e primeiros socorros. A última sala, interligada à minha por um pequeno corredor onde ficava a porta do banheiro, era um quarto para pacientes em observação ou repouso e tinha apenas uma cama articulada, tubo de oxigênio, etc.

Havia uma tal calma e tranqüilidade naquele quartel que eu dedicava todo o tempo a estudar. O silêncio só era quebrado pelos insólitos toques de corneta, a que demorei a me acostumar, que se davam no hasteamento da bandeira, na troca da guarda e, como vim a ouvir mais tarde, no anúncio da alvorada e na hora do silêncio. O atendimento médico era o que me antecipara o coronel Bernardelli: um cabo com a unha encravada, um soldado com um cisto sebáceo inflamado ou uma doença venérea, um sargento de ressaca de uma bebedeira, um tenente com diarréia, um capitão resfriado e oficiais superiores com a pressão alta. A média era de dois a três por dia, na maioria atendidos pelo sargento Da Cruz, com a minha ocasional supervisão.

O coronel Paraguaçu, comandante do I Batalhão de Polícia do Exército, era hipertenso e, de vez em quando, mandava o ajudante-de-ordens me conduzir ao seu gabinete para medir-lhe a pressão. Homem dos seus sessenta anos, tenso e ansioso, aprendera, em muitos anos sob a rígida disciplina da caserna, a engolir emoções e reprimir explosões. A expressão do seu rosto, impassível e imutável, deixava entrever uma angústia permanente e sem palavras. Eu entrava no seu gabinete, ele estendia o braço sobre a mesa, eu media-lhe a pressão, informava-lhe o resultado e, independente de estar alta ou normal, ele não pronunciava uma única palavra nem aparentava qualquer alteração no seu semblante. Se estivesse falando ao telefone ou com outras pessoas na sala, ele prosseguia a conversa, ignorando a mim e ao que eu fazia. Não sei se era por temperamento ou porque, embora fosse meu superior, não era meu chefe direto. Essa hierarquia é meio complicada, mas aos poucos você vai entender.

Eu, que era ao mesmo tempo médico e militar, tinha dois chefes diretos, se é que se pode dizer assim: um chefe-médico, o coronel Bernardelli, cujo posto de trabalho, conforme já contei, ficava no Hospital Central do Exército; e um chefe-militar, o tenente-coronel Torres Fernandes, que, como eu, também ficava sediado no quartel da Polícia do Exército. No cotidiano, porém, o coronel Bernardelli era um chefe, digamos, virtual, trabalhava noutra unidade militar e pouco nos víamos. O chefe real, direto e imediato era o tenente-coronel Torres Fernandes, cujo gabinete ficava no segundo andar do mesmo quartel em que, no primeiro, estava a minha sala. Ele tinha autonomia operacional em relação ao coronel Paraguaçu, mas lhe era subordinado administrativamente. Tudo se passava como se o comandante da Polícia do Exército tivesse cedido, para as operações chefiadas pelo tenente-coronel Torres Fernandes, uma parte do quartel, algumas instalações e equipamentos, a intendência, o rancho, etc., mas não os recursos humanos.

Torres Fernandes, como vim a saber depois, viera de São Paulo prestigiado, promovido e condecorado, distinções que deviam ser bem merecidas, pois, pelo que pude observar depois, era um homem obcecado pelo que fazia. A missão militar que lhe fosse confiada tornava-se a questão central da sua vida, para não dizer a única, uma vez que deixara mulher e filhos na capital paulista. Cinqüenta e poucos anos, musculoso na sua meia estatura, parecia gordo, mas era apenas corpulento.

Cabelos castanhos, testa larga, sobrancelhas finas e afastadas. O rosto cheio e meio arredondado, de pele avermelhada e marcada por remotos cravos e espinhas. Das extremidades do seu nariz de boxeador nasciam dois sulcos, profundos como cortes, que desciam, simetricamente, rumo aos cantos da boca numa extensão expressiva, pois era ampla e escanhoada a sua área de bigode. A boca, pequena e sutilmente inclinada, tinha lábios finos e tão rígidos que davam ao seu semblante um ar de superioridade permanente. Nunca o vi sorrir. Num rosto tão austero e marcante, os dois olhos azuis, penetrantes como punhais e bem afastados um do outro, ainda eram o que mais atraía a atenção do interlocutor — para um olhar duro, determinado, gélido, assustador, que provocava calafrios. Quando falava, a voz grave, cavernosa, parecia nascer das suas entranhas mais profundas e reverberava no ambiente como um trovão interminável, que provocava estremecimentos. O tenente-coronel Torres Fernandes metia medo.

Sofria de úlcera péptica. Tomava litros de leite por dia — mantinha sempre ao alcance da mão um pacote de biscoito cream-cracker e um copo de leite cobertos por um guardanapo — e consumia bateladas de comprimidos de Pepsamar. Não se queixava e, mesmo comigo, mal comentava — limitava-se a pedir mais Pepsamar. Mas todo o quartel sabia quando o ardor lhe queimava as vísceras — o homem ficava brutal e cruel. As crises pareciam liberar o seu sadismo.

Falei tanto de chefes que pode dar a impressão, errada, de que convivia com eles: a verdade é que, no dia-a-dia, raramente os via. Aliás, a primeira vez que o tenente-coronel Torres Fernandes me convocou estava irritado, mas, para os seus padrões, foi cortês. Queria me informar que os dois colegas que entraram junto comigo, com quem eu dividiria o dia em três turnos de oito horas com revezamento, não viriam mais trabalhar. Um ganhara uma bolsa de estudos nos Estados Unidos e optara por fazer uma especialização; o outro não se adaptara à vida militar e desistira. Enquanto não fosse aberto outro concurso, eu trabalharia apenas durante o dia e, excepcionalmente, caso surgisse alguma necessidade, daria algum plantão noturno. Concordei.

Como você deve saber, num quartel, o oficial-médico é uma presença discreta, de atuação secundária, que trabalha isolado, não participa diretamente de decisões militares nem freqüenta seminários sobre questões de estratégia ou palestras sobre segurança interna. As minhas impressões, portanto, são fruto de encontros ocasionais e dos comentários sussurrados entre os comandados.

Os militares têm uma fé cega: eles acreditam que é a obediência à hierarquia que instaura a ordem. E nos sussurros de corredor ou em conversas na hora do rancho, circulava um ditado que dizia: "Manda quem pode, obedece quem tem juízo." E eu já tivera meu próprio aprendizado. Quando fui chefe, no Laboratório Louis Pasteur de Análises Clínicas, elogiei a dedicação e a competência do Carlos Ítalo para conseguir um aumento no seu salário. Perdi o cargo. Por falar demais, eu próprio dera os argumentos ao patrão para me tomar a chefia e entregá-la ao meu subalterno. Lembrei-me, então, de um ditado que meu pai usava para nos calar: "Canário na muda não pia." Juntei alhos com bugalhos e decidi ficar calado no meu canto — evitava manifestar a minha opinião sobre qualquer assunto até mesmo com o enfermeiro Da Cruz, que passava o dia na sala contígua à minha. Fazia-lhe perguntas — sempre cuidadosas e oblíquas — sobre os acontecimentos do quartel, os comandantes e superiores. Da Cruz, porém, era lacônico e evasivo nas respostas, quem sabe se pelo mesmo instinto de proteção.

Por isso, eu passava quase todo o expediente na minha sala. Às vezes, até me perguntava: para que ter um médico aqui? Era tamanho o marasmo que eu festejava quando aparecia alguém com um furúnculo, uma amigdalite ou um terçol. Como era raro, gastava o tempo estudando. Às vezes, para espairecer, erguia o olhar e, através da janela, via uma nesga do pátio interno. Assim, sem sair do meu canto, acompanhava, preguiçosa e distraidamente, uma fresta da monótona rotina de um quartel de Polícia do Exército, incumbido das ações policiais que envolvem membros da corporação — indisciplina de militares, brigas, bebedeiras, pequenos crimes e, eventualmente, até assassinatos. Da minha mesa, eu podia ver, por exemplo, o portão de entrada do Pelotão de Investigações Criminais, o chamado PIC, assim como, mais adiante, a ampla porta de entrada para o que eu imaginava fosse um salão. Naquela área, havia sempre militares de serviço no setor, transitando, conversando ou fumando distraidamente, alguns em trajes civis. A distância até a minha janela não me permitia ouvir o que diziam. De vez em quando, um ou outro grito inesperado, às vezes longo e parecendo angustiado, cruzava o pátio silencioso e me tirava a atenção da leitura. Eu olhava curioso, procurando quem teria gritado, mas a calma e a indiferença dos homens no pátio sempre me levavam a atribuí-lo a alguma brincadeira entre os recrutas — que empurravam carrinhos de tijolos e argamassa para o interior do edifício, onde, certamente, alguma obra interna, de reforma ou ampliação, estava em andamento — ou a um rasgo de desfastio de algum militar que estivesse ali detido, cumprindo eventual punição ou aguardando julgamento.

Nas minhas observações, inicialmente ocasionais e espaçadas, notei algo que me chamou a atenção; a enorme quantidade de comida desembarcada à porta do PIC na hora do rancho. Não tinha experiência nesses cálculos, mas estimei em coisa para cem pessoas. E aí me calou uma dúvida: haveria cem militares detidos ali? O número me intrigou, embora não tivesse nenhum parâmetro de comparação. Talvez porque achasse a área pequena para cem moradores. Mas podia ser que a minha estimativa estivesse errada. Um dia, perguntei ao Da Cruz:

— Ali vai comida para quantas pessoas?

— Não sei, tenente. Muitas, não é?

— Quantos presos tem ali, você sabe? Assim, por alto?

Ele me olhou com estranheza. Parecia achar a pergunta estúpida, inoportuna ou desnecessária.

— Sei não, tenente. Ali, acho que ninguém sabe.

— Ninguém? Por que você diz isso?

— Eu disse por dizer, tenente. Deve ter gente aí que sabe. Eu é que não sei. Sargento-enfermeiro sabe nada disso, não, tenente.

Desisti. Mas, não sei por que, sempre que via chegar o rancho, pensava em quantos comeriam aquela comida. Até me lembrei de meu pai, com a sua mania de fazer contas inúteis, como o custo de um pãozinho para o padeiro.

Eliza começou a achar que, com o novo emprego, eu precisava trocar de carro. Para ela, o Fusquinha 66 estava velho, pequeno, desconfortável e incompatível com a minha nova situação profissional, na qual o meu salário saltara para seis vezes o anterior. Um dia acabamos numa agência e fizemos o que foi, então, o maior negócio da minha vida. Dei o meu velho fusca de entrada e financiei a diferença em vinte e quatro meses. Um financiamento que para qualquer outro dependeria de ficha cadastral e levaria pelo menos dez dias para ser aprovado foi resolvido imediatamente porque eu era militar. Saí da agência dirigindo um Ford Corcel zero quilômetro, tendo Eliza, radiante, ao meu lado! Vestindo aquela farda e naquele carro, tão moderno e tão luxuoso, eu, que há pouco tempo não passava de um cavalo corredor, me sentia uma pessoa privilegiada, que sabia mais e podia mais do que a grande maioria da população brasileira. Eu não queria ser arrogante, mas me sentia superior àquele mar de medíocres que me olhava das calçadas, uma pessoa capaz de realizar grandes coisas. Estava orgulhoso de mim, confiante no meu futuro. Foi um momento de prazer e uma grande vitória!

Convidamos Maria Luísa para jantar conosco naquela mesma noite. Fomos buscá-la na pensão. Estava bem vestida, alegre e lisonjeada com o convite. Ficou encantada com o carro novo e elogiou a minha capacidade de trabalho, pressagiando uma justa prosperidade. Havia tanto a comemorar que fechei os olhos aos gastos — eu começava a viver novos tempos, era preciso vivê-los e comemorá-los! — e toquei para o restaurante Acapulco, o mais iluminado da orla, de mesas espalhadas na calçada da avenida Atlântica, com a brisa do mar em frente refrescando a noite e a agitação colorida de Copacabana. Sentamo-nos de modo a que o carro estacionado ficasse à nossa vista — eu o admirava de tempos em tempos.

Durante o jantar, enquanto Eliza e Maria Luísa conversavam sobre enxoval de casamento, eu observava as pessoas à volta. Ali, naquele restaurante em que nunca pudera entrar, eu jantava na companhia da minha noiva e de uma amiga, com o carro novo a espreitar-nos do meio-fio. E ao chegarmos, *maître* e garçons nos atenderam com a deferência dos que merecem distinção. Escolhi um prato fingindo ignorar o preço inscrito no cardápio, mas não apenas lendo-o como estimando, mentalmente, o valor final da conta, satisfeito de poder pagá-la. Tudo aquilo me deixava feliz. Eu podia me dar ao luxo de ser cavalheiro com a minha noiva, generoso com a minha antiga senhoria e elegante com ambas. E tudo porque tinha um emprego sólido e ganhava um salário digno. Foi justamente naquela época que eu comecei a sentir que perdia, aos poucos, o medo de viver; criava coragem para deixar transparecer um pouco do que eu era; me aproximava, cautelosamente, do mundo das outras pessoas. Tudo isso me dava um pouco mais de segurança. Já conseguia até — depois das insistentes lições de Eliza — uma certa desenvoltura nas lides com talheres, para comer espaguete e cortar carnes.

Maria Luísa acabara de se oferecer a Eliza para bordar nossos monogramas em lençóis e fronhas do enxoval — prenda que aprendera na juventude e da qual estava afastada há muitos anos, mas que teria muito prazer em voltar a praticar — quando lhe perguntei por Leopoldo. Ela suspirou e revirou os olhos antes de responder:

— Evaporou! Leopoldo sumiu! O homem da minha vida, um filósofo, um santo, o meu príncipe encantado virou fumaça! Nunca mais o vi, nunca mais foi visto.

— Você disse que ia procurá-lo nas prisões e nas delegacias...

— E foi o que fiz. Não ficou uma delegacia nessa cidade aonde eu não tenha ido. Nem presídio, colônia penal, quartel... fui a tudo que é buraco onde amontoam pessoas presas. E é sempre a mesma resposta: não está, não esteve, ninguém sabe, ninguém viu. Confesso que estou cansada, mas não desisti.

Enquanto ela falava, eu observava-lhe o rosto. Onde podia ser vista, a pele, sob a maquiagem, estava branca e sem vitalidade. As rugas se acumulavam nos cantos dos olhos e, quando ela ria, se multiplicavam e aprofundavam como os sulcos na palma da mão em concha. Em algumas de suas expressões, era a testa que se ondulava. A pele sob o queixo despencara e se juntara à que se acumulava, em ondas, no pescoço. Pelo decote, de uma ousadia que àquela altura se tornara impertinente, entrevia-se o colo de um branco leitoso, que convergia para um *canyon* raso e longo. O tempo — pensei comigo — passa para todos. Mas passa mais depressa para as mulheres. Talvez porque elas lutem contra ele; e a luta, além de inglória, deixa os golpes à mostra.

— E o Artur? — perguntei.

— Também sumiu. Mas esse eu agradeço a Deus! Tomara que esqueça que existo! Mas eu não me conformo com o sumiço do Leopoldo! A última vez que o vi foi no enterro daquele estudante, lembra? Estava ótimo, atencioso, carinhoso. E eu, em vez de seguir o cortejo ao lado dele, voltei para casa com medo da reação daquele estúpido. Agora, que é do Exército, você poderia me ajudar a encontrar Leopoldo. Como é que um homem pode sumir assim, meu Deus?

Da minha mesa, no Serviço Médico, eu ergui a cabeça do livro e vi, no pedaço de pátio a que tinha acesso, a aproximação e a freada ruidosa de um carro Aero-Willys azul-escuro. Além da cor, diferente do verde-oliva obrigatório dos veículos do Exército, me chamou a atenção a ausência de qualquer identificação externa, a não ser, evidentemente, a placa, aliás, amarela, de carro particular. Curioso, levantei e fui até a janela. Do carro, desembarcaram o motorista e mais três homens em trajes civis. Pelas armas que portavam, o corte típico do cabelo e o corpo atlético, identifiquei-os como militares. Postaram-se junto à porta de trás, aberta. Foi então que comecei a entrever algo inesperado no banco traseiro. O sol forte no lado de fora obscurecia o interior do veículo, mas, ainda assim, eu tive a impressão de que alguém, que estava deitado no piso, tentava erguer-se. Chamei Da Cruz, que estava na sala contígua.

— Sargento! Sargento Da Cruz!

Da Cruz bateu na porta e entrou. No carro, via-se agora um homem que, com os braços presos às costas, acabara de sentar-se. Perguntei a Da Cruz:

— Está vendo aquele carro, sargento? Tem um homem algemado no banco de trás, está vendo? Agora, ele está saindo do carro. É um rapaz, não tem mais que vinte e dois ou vinte e três anos e não é militar: usa roupas civis, barba e cabelo grande. Agora, tiraram as algemas dele. Está sendo entregue como um preso àquele cabo do PIC. O que será aquilo, sargento?

— Não sei, tenente.

— Sumiram com ele lá para dentro.

Acompanhei o motorista entrar no Aero-Willys, manobrá-lo no pátio e estacioná-lo quase fora do meu ângulo de visão. Os quatro homens reuniram-se e ficaram conversando encostados no carro. Quando virei, me deparei com o sargento me olhando. A sua expressão, um misto de espanto e admiração, me perturbou. Reagi:

— Algum problema, sargento?

— Não, senhor.

— A Polícia do Exército prende civis?

O homem me olhou com espanto ainda maior do que a admiração. Parecia não saber o que dizer. Enfim, respondeu:

— Não sei, senhor.

— É comum acontecer isso aqui?

— Comum? Não sei, senhor.

— Não sabe, sargento? Ou não quer falar?

— Tenente, o senhor me desculpa, mas eu sou apenas um sargento-enfermeiro. Acho que nem um sargento de tropa sabe responder a essas perguntas. Quem sabe essas coisas, tenente, são os oficiais e comandantes. Por que o senhor não conversa com o tenente-coronel Torres Fernandes ou com o coronel Paraguaçu?

— Pode retirar-se, sargento. Obrigado pelas informações.

— Sim, senhor.

Da Cruz caminhou para a porta e abriu-a. Antes de sair, se virou e disse:

— Desculpa, tenente. Mas um sargento apenas cumpre ordens. Não sabe nada. E, se soubesse, nem sei se deveria dizer.

— Por quê? — quis saber.

— Porque não é da nossa conta, tenente. O Exército é cheio de segredos. Cada patente sabe de umas coisas e não sabe de outras. Se a Polícia do Exército pode ou não pode prender civis, quem deve saber é o Alto-Comando. Se o senhor não sabe, imagina um sargento.

Olhei-o firme nos olhos. Ele segurou meu olhar por um tempo, depois abaixou a cabeça, fechou a porta e desapareceu. Restei sozinho com as minhas dúvidas: será que aquele homem estaria metido em algum crime envolvendo militares, que o levara a ser preso pela Polícia do Exército? Ou será que era um dos presos políticos de quem tanto se falava? Nesse caso, eles não estariam nos Departamentos de Ordem Política e Social da Polícia Civil, os tais DOPS, mas sim nos quartéis do Exército? Não consegui responder às dúvidas nem satisfazer a curiosidade, que só persistiam pela falta do que fazer. Fiquei atento à janela. O ócio é um pasto para o demônio.

Estava começando a escurecer quando uma caminhonete-furgão, conhecida como Veraneio, àquela luz parecendo da mesma cor das viaturas do Exército, parou diante do portão do PIC. Desceram três homens armados — com o mesmo tipo físico que eu identificava como de militares à paisana — e mais um homem e uma mulher, ambos algemados. Apesar da distância e do lusco-fusco, fiquei com a impressão de que eram jovens também. O mesmo cabo veio recepcioná-los. Empurrando-os, o cabo os conduziu para o interior do PIC. Nesse momento, percebi que, da janela da sala contígua, o sargento Da Cruz me olhava. Saí da janela.

Com a presença de uma mulher entre os presos, não havia mais dúvida de que eram civis. Ainda que remota, havia a possibilidade de serem criminosos envolvidos com militares. O mais provável, porém, era que fossem presos políticos.

Se o tio Camilo perdera muito do humor e da alegria de viver, de dona Glória o mínimo que se poderia dizer era que perdera o *élan* vital. Ela emagrecera e ganhara mechas de cabelos brancos. Tinha um ar permanentemente distraído, meio aéreo, talvez em conseqüência do uso prolongado de tranqüilizantes. Perdera muito da vaidade, da soberba e da formalidade. Ficara mais complacente e generosa. Durante o jantar, a que convidaram a mim e a Eliza, ficara visível que a saída de Domitila daquela casa deixara no casal uma lacuna como a de um derradeiro desenlace. Eliza adivinhara quando, no trajeto, sugerira que não falássemos de Domitila. Eles estavam silenciosos e a conversa, quando acontecia, era como que arrancada a fórceps, intercalada de reticências, pulando de um assunto a outro sem se estender nem se aprofundar em nenhum: do calor para o doutor Bernardo e o laboratório; do meu ingresso no Exército — e soube que, na época do concurso, o Serviço Secreto procurara o tio Camilo para colher informações a meu respeito — para o Hospital Santo Inácio; da medicina para a insatisfação de meu sogro com o ócio obrigatório; do carro novo para o nosso casamento e, como sempre acontecia quando havia mulher na conversa, chegamos ao enxoval de Eliza... E foi nessa hora que tio Camilo perguntou:

— Vocês pretendem ter filhos?

Dona Glória censurou o marido com o olhar. Fiquei com a impressão de que haviam combinado não falar de “filhos”. Da minha parte, não sabia o que responder. Eliza antecipou-se.

— Pretendemos, sim. Não sei se de imediato.

— Pois tenham dois, três, quatro. Nunca um só — disse tio Camilo.

— Camilo! Faça o favor! — voltou a censurar dona Glória.

— Não enche, Glória! Eu só estou dando um conselho para eles. — E, virando-se para nós, concluiu: — Filho único, não! Se for só um e esse não prestar, ou se morrer, ou se fugir, tudo estará perdido.

— Camilo! Olha as visitas! Conversa mais pesada para um casalzinho tão simpático. Poupe os noivos, meu querido. Eles estão começando a vida.

Silenciamos. Dona Glória segurou a mão de Eliza. Depois de acariciá-la com ar distante, murmurou emocionada:

— Meu sonho era ver Domitila assim como você; noiva de um rapaz de futuro, preparando o enxoval...

Dona Glória não conseguiu concluir seu sonho. As lágrimas escorreram, sobre o seu rosto, e ela saiu da sala aos prantos. O silêncio reinstalou-se.

— Glória tem sofrido muito ultimamente, coitada. Aconteceu uma coisa de cortar o coração de uma mãe ou de um pai. A Domitila andou sumida daqui de casa. Não agüentei mais de preocupação e fui até a casa do tal professor com quem ela está vivendo. Cheguei lá e eles não estavam. Perguntei aos vizinhos. Soube que se mudaram de repente e não deixaram o novo endereço.

Tio Camilo mergulhou num mutismo emocionado. Eu e Eliza apertávamos as mãos sem saber o que dizer. Dona Glória não retornava nunca. Resolvemos nos despedir e ir embora. Tio Camilo se desculpou e pediu a nossa compreensão.

Uma tarde, o ajudante-de-ordens do coronel Paraguaçu entrou na minha sala. O comandante queria que eu fosse ao seu gabinete para tirar-lhe a pressão, assim que se livrasse de uns visitantes. Em quinze minutos, no máximo.

Deixei passar uns dez minutos, peguei o aparelho de pressão e subi para o seu gabinete. Da porta, ouvi muitas vozes lá dentro. Enquanto esperava, fui até o bebedouro, no fim do corredor. Estava tomando água quando a porta do gabinete se abriu e seis pessoas — quatro mulheres e dois homens — saíram. Para o meu espanto, entre elas estava Maria Luísa. Continuei no fundo do corredor, fingindo beber água, atento a que ela não me visse. Devia estar à procura de Leopoldo — e não seria conveniente que viesse tratar desse assunto comigo, na minha atual posição. De lá, vi quando a porta em frente se abriu e o tenente-coronel Torres Fernandes surgiu, encostou no alizar e, mastigando um cream-craker, dispôs-se a assistir à cena. O comandante surgiu por último e não ultrapassou o limiar da porta. Uma mulher de meia-idade falou num tom desesperado, a voz embargada:

— Eu não agüento mais, coronel! O senhor não pode imaginar o que é a aflição de uma mãe sem notícia do filho preso. Há três meses que procuro meu filho. Saio de casa toda manhã e vou do DOPS para a Polícia Federal, da Polícia Federal para a Marinha, da Marinha para algum quartel do Exército, de lá para outro, outro, e outro até o dia acabar. E só ouço: "Não está aqui", "Não está aqui", "Não está aqui." O senhor mesmo acabou de me dizer a mesma coisa. E eu pergunto: Onde está meu filho, comandante? Pelo amor de Deus! Ele tem que estar em algum lugar. Aonde, comandante? Onde?

As últimas palavras, a mulher, no seu desespero, gritava. Impertubável, o comandante manteve a sua frieza glacial e respondeu escandindo as palavras como quem repete, pela enésima vez, o que já dissera:

— Como eu já disse e repeti, minha senhora, aqui, nesse quartel do Primeiro Batalhão da Polícia do Exército, seu filho não está.

— Então onde ele está, comandante? — gritou a mulher aos prantos.

— Como eu já disse, minha senhora, eu não sei.

— O que dizem — revelou, com voz pausada, um senhor de terno

— é que aqui, no seu quartel, há muitos presos políticos sendo interrogados.

— Meu senhor, eu os recebi para uma conversa, facilitei o diálogo e fui solidário com o drama das famílias. Mas os ânimos estão se exaltando e o clima emocional não melhora as coisas. Com a autoridade de comandante desse Batalhão, eu volto a afirmar ao senhor e a todos que aqui, na área do meu comando, os filhos e parentes dos senhores não estão. Se estivessem, eu saberia. Nesse quartel, não há nenhum preso político.

Desesperada, a mulher de meia-idade explodiu em lágrimas de indignação e gritos de desespero:

— Vocês prenderam meu filho inocente! Querem condenar uma doce criatura, que só queria o bem para todo mundo! Um menino bom, de alma branca, e vocês põem na cadeia! Vocês acham que são juízes e reis, que tudo que dizem é como a voz de Deus!

— A senhora está desrespeitando o Exército dentro de um quartel do Exército! Queira se retirar ou posso mandar prendê-la! Capitão!

O comandante retornou ao seu gabinete e fechou a porta. Cumprindo a determinação superior, o ajudante-de-ordens tentava conduzir o grupo para a escada. Mara Luísa e uma outra senhora, gorda e de voz rouca, acudiram a primeira, que sentia falta de ar. Enquanto a amparavam e abanavam, a senhora gorda protestava:

— Eles fazem o que bem entendem! Você está certa: são reis, juízes e deuses! Não há mais lei nesse país, só a vontade deles!

— Só há uma lei nesse país — disse uma terceira mulher, a mais jovem delas — a de segurança nacional! Que eles mesmos fizeram!

— E fizeram — retomou a gorda, sempre abanando a primeira — para eles mandarem e desmandarem! Eu sou advogada e meu marido é advogado, mas do que adianta? Eles suspenderam a Constituição, os direitos individuais, o *habeas-corpus*, tudo! Só num país sem lei é que os militares podem prender sem ordem judicial, manter presos incomunicáveis pelo tempo que quiserem, escondê-los e deixar a família sem nenhuma informação!

O ajudante-de-ordens conseguiu conduzir o grupo, que começou a descer a escada. O tenente-coronel Torres Fernandes recolheu-se à sua sala e fechou a porta. Aproximei-me do gabinete do comandante e bati de leve na porta. Em resposta, ouvi:

— Entra!

Entrei.

Consumimos toda a manhã de sábado andando de loja em loja, até que, finalmente, Eliza encontrou a marca que queria, no tamanho que queria. Compramos de uma vez: geladeira, fogão e máquina de lavar, em doze prestações mensais. Com a nova aquisição, já tínhamos, para a nossa futura casa, os móveis da sala de jantar e a cozinha. Faltavam o quarto e a sala de visita — o que, com o meu novo salário, dependia mais da escolha de Eliza do que de dinheiro. E ela, exigente e minuciosa, demorava a escolher.

Na nossa seguinte "visita ao lar" — o ritual que mantínhamos de passear no pequeno e mal iluminado quarto de empregada nos fundos do casarão da Tijuca, onde guardávamos os móveis da nossa futura casa —, quando vimos as novas aquisições reunidas às compras antigas, nos enchemos de entusiasmo. Beijamo-nos apaixonados e enternecidos e sentamos sobre uns caixotes para contemplar nossas posses e, inevitavelmente, vislumbrar a nossa futura casa. De mãos dadas, eu com a cabeça no colo dela, começamos a conversar sobre uma data para o nosso casamento. Naquele clima de amor e confiança no futuro, e mais a segurança do novo emprego, não demorou para que acordássemos que o mês de maio — próximo o bastante para aplacar a nossa ansiedade, e distante o suficiente para comprarmos o que faltava — era o ideal. E marcamos a data. Depois eu veria no quartel quantos dias de licença conseguiria para a nossa viagem de núpcias.

Minha sogra modificara completamente o tratamento que me dispensava. Eu me sentia mais prestigiado e, em várias oportunidades, notei que me dava preferência em relação ao Antônio Manoel, que era anterior a mim na casa. Acho até que a Elga percebeu isso porque passou a me hostilizar além do habitual. Como não podia mais falar de pobreza nem de educação, usava de eufemismos nada sutis, tais como "jovens oficiais", ou "oficiais da ativa", ou ainda, "oficiais que apóiam esse governo que está aí", quando a intenção era atacar os militares, excluindo o pai. Nunca reagi às insinuações, o que a deixava perturbada e mais irritada.

Além de genro predileto, meu sogro fizera de mim uma espécie de companheiro de caserna. Aos domingos, depois do almoço, estendia-se por toda a tarde, tendo a mim como ouvinte silencioso de suas histórias da juventude, dos pampas gaúchos, da Academia Militar, dos diversos postos onde prestara serviço e, principalmente, aquela que mais o fascinava: a história da Segunda Guerra Mundial, que voltara a analisar, esquadrinhando enormes mapas nas longas tardes de ócio, depois da reforma. O ciúme de Elga crescia.

Essa intimidade me animou a expor-lhe, numa conversa a sós e tratada com as cautelas de segredo militar, o que estava acontecendo no Batalhão de Polícia do Exército — a prisão de civis por militares à paisana, os protestos e denúncias das mães e a afirmação do comandante de que não haviam presos no quartel. Meu sogro ouviu em silêncio. Pensou, pensou, depois disse:

— Eles estão interpretando a situação como uma guerra contra a subversão. E têm lá suas razões. Instaurada uma guerra, caem os direitos individuais, a justiça comum, tudo. Guerra é guerra. Pode até ser, e é, uma guerra desproporcional: profissionais bem armados, em maior número, com mais recursos e apoiados pela lei, contra jovens militarmente despreparados, mal armados, contrariando a lei e na clandestinidade. Porém, para superar essas deficiências, os subversivos estão usando as armas do terrorismo e da intimidação. Seqüestram embaixadores, assaltam bancos, incentivam a baderna, desobedecem a lei, fazem o que bem entendem. Essa guerra suja deixa os militares enlouquecidos de raiva. Nós não somos preparados para enfrentar o terrorismo. Somos treinados para enfrentar um exército como o nosso, que luta como militar. Então, se há uma guerra, suja ou limpa, os inimigos presos não só podem como devem ser recolhidos a unidades militares para serem inquiridos, de modo a obter-se informações estratégicas que podem salvar vidas e até ganhar a guerra. E, evidentemente, o comando deve manter segredo sobre onde estão os prisioneiros de guerra. O comandante agiu corretamente, do ponto de vista militar.

Meu sogro dava essas explicações, mas a sua expressão de preocupação sugeria algum secreto temor.

Eu conseguira dez dias de licença para a viagem de núpcias. Satisfeito, marquei a data e liguei para Eliza, que também ficou feliz. Mais tarde, estava na minha sala, lendo uma revista americana de medicina, quando bateram na porta. Mandei entrar. Era Da Cruz.

— Tenente, o senhor pode vir aqui, por favor? É uma emergência.

Larguei a revista e fui à sala contígua. Um capitão e um tenente, suados e ofegantes, estavam em pé junto à porta fechada do corredor. Sobre a cama articulada, o corpo nu e imóvel de um homem, que parecia desacordado, a cabeça coberta por um capuz negro. Equimoses arroxeadas espalhavam-se pelo corpo, escoriações vermelhas em algumas áreas e hemorragias puntiformes em outras. Do pênis, escorria um filete de sangue. Inerte, um braço pendia de um lado e a perna de outro, como se o corpo tivesse sido jogado sobre a cama. Com voz grave e autoritária, o capitão disse:

— Tenente, esse preso precisa ser recuperado. Ele fez jogo duro, e a gente teve que pesar a mão. Mas nós precisamos desse filho da puta. Ele tem muita informação.

Eu olhei para o capitão e depois para o corpo nu. Não sabia o que pensar nem o que fazer. O capitão continuou:

— Se estiver morrendo, diz logo porque a gente tem que sumir com o corpo do quartel.

XXXI

Contar a história da minha vida — ou qualquer outra história, acho eu — desse jeito que estou contando, sem organizar nem planejar, é uma temeridade. Para não me perder, nem deixar que a memória me traia, estou contando um acontecimento depois do outro, na ordem em que se deram — na medida do possível, porque, às vezes, os acontecimentos são tão intensos e simultâneos que lembram bombardeios aéreos e, às vezes, também, o marasmo é tão entediante que parece que nada acontece. Contar na ordem cronológica facilita o trabalho da memória porque um fato puxa o outro e o novelo vai se desenrolando. O risco é que, às vezes, fatos importantes são contados com o mesmo peso e a mesma ênfase de outros sem significado. Não é assim na vida, que tem passagens marcantes e definidoras, e episódios triviais, que são naturalmente esquecidos e que nem deveriam ser mencionados nessa nossa conversa. Falando aqui para você, eu ainda não estou sabendo fazer a seleção, mas daqui a pouco, quando for contar para os jornalistas, vou ter chance de passar tudo a limpo, suprimir certas passagens que, ao contá-las, constato que são secundárias, e dar mais relevo aos acontecimentos essenciais. No entanto, e apesar de tudo, essa nossa conversa, sem rigoroso critério seletivo, tem a virtude de guardar alguma similitude com o impoderável e imprevisível da própria vida. Com isso, eu não quero dizer que, sendo a vida caótica, devíamos, para sermos fiéis a ela, contá-la de forma caótica. Não. Apenas agrega-se o imponderável e o imprevisível como inerentes ao homem, quer quando vive, quer quando conta. Mas é claro que, ao contar uma vida, ou um período de uma vida, está-se falando de algo já acontecido, que já é passado — pode-se, portanto, selecionar o que é e não é importante. E é isso que farei daqui a pouco diante dos jornalistas, depois de ter reavivado o passado nessa nossa conversa, na qual tudo ainda está muito misturado.

Um exemplo de mistura, de troca da essência pela aparência, de confusão de necessidades objetivas com necessidades subjetivas, aconteceu com o meu casamento. A urgência com que se deu — suspeito hoje, tanto tempo depois — talvez tenha sido por causa da solidão em que eu vivia, da falta de uma família que me desse atenção, afeto e carinho, do fato de não ter uma casa minha. Vendo com os olhos de hoje, parece que essas lacunas foram mais determinantes para o meu casamento do que, propriamente, o amor por Eliza — que existia, é claro, mas que se diluiu no desejo de morar numa casa própria e acabou sucumbindo à exaustiva azáfama de montá-la.

Para procurar os móveis de quarto e sala que atendessem às exigências de Eliza e ainda tivessem preços compatíveis com as nossas disponibilidades, foi uma peregrinação pela cidade inteira. Todos os nossos sábados daquele período foram dedicados a percorrer a infinidade de lojas de móveis que estavam abertas; enquanto os domingos, e quase todas as noites da semana, serviam para olhar vitrines — em bairros, subúrbios e cidades próximas — de fabricantes, artesãos e revendedores. Eu acompanhava Eliza ora aturdido, ora irritado, às vezes distraído e distante. Ela me crivava de perguntas que eu respondia com evasivas, o que a irritava. Houve dias que desistiu da compra e voltamos para casa. Para evitar essas situações eu, quando tinha ânimo, fingia uma súbita disposição e tentava restaurar o interesse pela preparação do casamento. Mas o que eu insistia em explicar, e Eliza parecia duvidar, é que nada do que se passava comigo tinha relação com o casamento ou com ela.

Acontecia que todas as providências para o casamento eram tomadas ao mesmo tempo em que, no quartel, eu estava, a cada dia, mais distante da paz e tranqüilidade dos primeiros tempos. Na verdade, eu passara a trabalhar preocupado e apreensivo com certas ocorrências que se sucediam e se agravavam — sobre as quais eu não queria comentar com Eliza e, segundo vim a saber depois, nem poderia.

Além da gravidade dos acontecimentos em si, ocorrera um fato muito desagradável: eu fui chamado ao gabinete do tenente-coronel Torres

Fernandes e recebi uma advertência pela maneira como atendi aquele rapaz encapuzado que fora levado ao Serviço Médico.

É melhor contar do começo. Confesso que gostaria de evitar descer a certos detalhes, mas acho que é importante para que você possa compreender a gravidade dos fatos e para que eu possa reconstituí-los mais uma vez. É dos detalhes — quem? como? onde? quando? por quê? — que os jornalistas mais gostam. E também porque, às vezes, é no detalhe, por mais vulgar, escabroso, escatológico ou monstruoso, que se conhece os limites aonde pode ir a espécie humana. A verdade está no detalhe. Vamos a ela.

Como disse, eu não sabia o que pensar nem o que fazer diante do corpo — cheio de equimoses e escoriações — desmaiado e encapuzado sobre a cama. Fiquei tão atônito ao ver um paciente de rosto escondido num saco de pano que mal registrei quando o capitão disse que o preso precisava ser recuperado e que se estivesse morrendo, tinha que sumir com o corpo. Mas a experiência na Emergência do Santo Inácio falou mais alto e entrei em ação. Enquanto tomava-lhe o pulso, pedi ao Da Cruz o aparelho de pressão. Logo foi possível dizer que o paciente não estava agonizando. O capitão Temporal — nome que aprendi depois —, então, algemou-o à cama e, enquanto eu lhe media a pressão, disse a mim e a Da Cruz:

— Questão de segurança: é proibido tirar o capuz, entendido?

— E se eu precisar examinar a cabeça e o rosto dele?

— Ponha um saco de supermercado na cabeça com furos para os olhos. Ele não pode ver ninguém. Nunca. Entendido?

— Entendido — respondemos.

— Também é proibido chamar pelos nomes verdadeiros. — Virou-se para o Da Cruz: — Escolhe um nome.

— Pereira — disse Da Cruz.

O capitão Temporal olhou para mim e interrogou com um movimento de cabeça. Vacilei por um instante. Com os aurículos nos ouvidos, não me vinha nenhum nome à cabeça. Disse o primeiro que me ocorreu:

— Eugênio.

O capitão Temporal repetiu os nomes apontando para cada um de nós:

— Pereira, Eugênio. Trabalhem em silêncio. Falar só o estritamente necessário e só sobre a própria tarefa. Nenhuma conversa com o preso. Nenhuma, entendido?

— Entendido — respondemos quase ao mesmo tempo.

— Podem me chamar de Bonelli. Nós temos que voltar ao trabalho.

— A pressão está um pouco baixa. Não muito — informei.

— Ótimo. Salvem esse filho da puta. Ele é muito importante para nós. Positivo, Pereira?

— Positivo... — respondeu Da Cruz. O capitão Temporal ficou olhando para ele, esperando que concluísse. O sargento ficou aflito.

— Bonelli, imbecil! — completou o capitão Temporal.

— Positivo, Bonelli — repetiu Da Cruz, assustado.

— Positivo, Eugênio?

— Positivo, Bonelli — respondi.

O capitão Temporal caminhou para a saída. O tenente abriu-lhe a porta. Comecei a auscultar o paciente. Cresceu dentro de mim a vontade de perguntar por que ele estava naquele estado. Mas não tive coragem. O capitão Temporal, que já estava transpondo a porta, parou e retornou. Mal ele passou, o tenente voltou a fechá-la.

— Esse cara é muito mentiroso — disse o capitão Temporal. — Já abriu um punhado de pista falsa. Tem dado muito trabalho. Por isso está nesse estado. Quando voltar a si, vai inventar alguma história para vocês. Fiquem de olho! E nada de papo com ele, entendido?

— Entendido — respondemos.

O capitão Temporal e o tenente saíram. Ficamos, eu e o dito Pereira, diante do encapuzado. Prossegui auscultando-o e mandei o Pereira — lembro-me que senti uma certa inibição com o ridículo de chamar o sargento Da Cruz por outro nome; absurdamente, me lembrou brincadeira de criança — cuidar dos ferimentos.

Branco, de estatura mediana, peso muito abaixo do normal, o paciente estava bastante ferido, mas ao primeiro exame não acusava graves comprometimentos em órgãos vitais, exceto, talvez, os rins — que indicavam uma nefrorragia. Para continuar o exame, eu precisava ter acesso à cabeça e ao rosto. Então, para respeitar a segurança, pedi ao Pereira que arranjasse as duas sacolas de supermercado. Continuei examinando o paciente. Havia intumescimento de certas áreas — ora com equimoses, ora com edemas —, mas sem escoriações, o que poderia indicar agressões com socos ou pancadas com instrumentos macios, de modo a não deixar marcas. Havia equimoses até na face posterior da bolsa escrotal. Pereira voltou com uma sacola de supermercado e uma caixa de papelão, nas quais fez furos à altura dos olhos. Enfiamos aquilo na cabeça — eu a sacola e Pereira a caixa —, ao expondo ao ridículo, se a situação não fosse dramática. Ergui o capuz, malcheiroso e sujo de sangue seco. O rosto encoberto apareceu. Era um garoto — dezenove, talvez vinte anos —, as feições transfiguradas, completa oclusão ocular pelo inchaço, coalhado de hematomas, edemas e equimoses, com áreas roxo-azuladas, violeta-avermelhadas, num todo púrpura. O sangue ressecara nas narinas e nos cantos intumescidos dos lábios, dificultando a frágil respiração. Na cabeça, vários pontos de intumescimento e alguns cortes. Mandei Pereira fazer cuidadosa assepsia, enquanto eu lhe aplicava, no músculo, na veia ou adicionadas ao soro fisiológico, pequenas dosagens de anestésico, analgésico, anti-hemorrágico, antiinflamatório e tranqüilizante. Depois, Pereira tratou dos ferimentos espalhados por todo o corpo. Finda a primeira etapa do trabalho, pedi a Pereira que o levasse, ainda algemado à cama, para a última sala, mais adequada ao repouso. O paciente dormiu limpo, medicado e respirando com mais vigor. Mantive-o sem capuz para lhe dar um pouco mais de conforto, mas tomei o cuidado de deixar a sacola de supermercado e a caixa de papelão na porta da sala.

Na minha mesa, preenchendo uma papeleta que improvisara, me surpreendi por não saber o nome, a idade, os antecedentes clínicos, os hábitos alimentares — nada, enfim, do rapaz que acabara de atender. A não ser o que dissera o capitão Temporal, ou seja, que se tratava de um preso importante e mentiroso. Quando olhei pela janela, cumprindo o que já se tornara o hábito de perscrutar o movimento pela nesga para o pátio, vi um rapaz, algemado e encapuzado, sendo conduzido pelo cabo do PIC. No portão, foi entregue a um militar à paisana. Três outros militares disfarçados os cercaram, um dos quais portando quatro metralhadoras e várias granadas, que foram distribuídas entre eles. Empurraram o encapuzado para o interior de uma Kombi e entraram em seguida. A Kombi arrancou. Atrás dela, seguiram dois veículos com homens armados. Voltei à papeleta, tentando descrever o quadro clínico do paciente, o diagnóstico preliminar e a terapêutica ministrada.

Antes do fim do expediente, liberei o dito Pereira e resolvi ficar, eu mesmo, com o paciente. As enérgicas recomendações do capitão Temporal contribuíram para o meu zelo. Quando foi ali pelas oito da noite, entrei na sala dos fundos — tomando o cuidado de enfiar a sacola de supermercado na cabeça. Tomei o pulso do paciente, a temperatura e a pressão. Reanimava-se. Os inchaços começavam a recuar, embora de forma quase imperceptível. A respiração estava quase plena. Voltei a aplicar a medicação e troquei o soro fisiológico. Nesse momento, ele despertou. Tentou mover o braço, mas a algema o deteve. Mexeu o rosto para um lado e o outro. Gemeu surdo e depois suspirou fundo. Tentou abrir os olhos. Sentiu dificuldades. Esforçou-se. Vi os olhos movendo-se sob a fina pele da pálpebra, que, afinal, se entreabriu, numa fenda tão estreita que os cílios ainda se mantiveram entrelaçados. Notou que estava num lugar diferente. Falou com voz surpreendentemente forte para o seu estado, embora lenta, quase silabada:

— Onde estou?

Ia responder, mas me lembrei das recomendações do capitão Temporal e me contive. Com a mão livre, alcançou a agulha do soro espetada na sua veia. Quase a retira, involuntariamente. Tive que detê-lo.

— Quem está aí?

Hesitei. Depois de um tempo, achei que se respondesse, ele sossegaria.

— É o médico que está cuidando de você.

— O que é que eu tenho?

— Você está bem. Está medicado. Deve descansar. Tenta dormir.

— Onde estou? — insistiu.

Não respondi. Ele girou a cabeça para me ver. Fiquei quieto.

— Cobriu o rosto! — ele constatou. — É milico também?

Não respondi. Ficamos em silêncio. Achei que era hora de me afastar dali, mas gostaria de fazer algumas perguntas de ordem médica. As recomendações do capitão Temporal para evitar conversa não incluíam um diálogo clínico entre médico e paciente. Ao mesmo tempo, senti uma ponta de medo de estar a sós com alguém perigoso. Mas, apesar de tudo, perguntei:

— Como está se sentindo?

— Fisicamente?

— É.

— Moído. Dói o corpo todo. Mas o pior nem é a dor física.

Pressenti que ele queria falar, mas eu não podia permitir que avançasse.

— Onde dói mais? Mostra com a mão.

Ele começou a passear a mão livre sobre o próprio corpo, comprimindo uma área ou outra, procurando, num corpo todo dolorido, onde doeria mais. Na região dos rins, denunciou:

— Aqui dói muito.

— Sei. Onde mais?

Sua mão foi descendo pela virilha, sempre apalpando-se. Tocou o pênis. Seu corpo estremeceu.

— Uh! — gemeu fundo. — Aqui! Dói demais.

Continuou pesquisando o próprio corpo. A mão subiu ao próprio rosto. Acariciou os lábios protuberantes.

— Aqui dói.

— Nos lábios ou dentro da boca?

— Dentro.

— Você consegue abrir a boca para eu ver?

Com esforço e alguns gemidos de dor, ele abriu a boca — uma fenda que mal cabia um dedo. Não dava para ver nada. Pedi que fechasse a boca e esperasse um momento. Fui até a outra sala e calcei uma luva esterilizada. Voltei e pedi que reabrisse. Ele se esforçou e abriu um pouco mais. Enfiei os dedos. Apalpava e indagava a sua reação. Descobri a fonte da dor: perdera três dentes.

— Há mais algum lugar que doa muito?

— O corpo todo dói. Eles vão me matar moído. Me ajuda a sair daqui.

Fiquei em silêncio. Com a mão livre, ele segurou o meu pulso. Meu coração se acelerou. Poderia retirar o braço com um repelão — suas forças eram mínimas —, mas, não sei por que, permiti.

— Você, que é médico, salva a minha vida. Eu colaborei. Disse tudo o que sabia. Mas eles querem mais. Eu não tenho mais nada para dizer.

— O que eu posso fazer por você, já estou fazendo. Além disso, minhas instruções são para não conversar com você.

Ele movimentou a mão sobre o meu braço, como se fizesse um carinho. Senti-me desconfortável. Nesse momento, o toque de silêncio ecoou, triste e inútil, num quartel já silencioso. Ele sacudiu o corpo para um lado e outro, forçando a algema e balançando a cama. Os olhos e a boca abriram-se ao máximo que a dor permitia. Entrara em pânico. Falou alto:

— Isso é um quartel! É quartel, meu Deus! Não é hospital!

— Calma, calma.

— Você não é médico! Pelo amor de Deus, não me dá mais choque! Nem bate mais! Eu não agüento! Vocês vão me matar! E eu já disse tudo! Já colaborei.

— Calma, calma — falei devagar, segurando a sua mão. — Eu sou médico, sim. Acredita em mim. Eu estou cuidando de você. Fica calmo. Fica tranqüilo. Você vai ficar bom.

Ele silenciou e aquietou-se, mas não se acalmou. Estava tenso, o corpo atento de quem ouviu o ruído da arma sendo engatilhada e espera o tiro. Quase não respirava. Mas o tempo foi passando e não se ouvia nada além do silêncio dos quartéis à noite. Continuei segurando-lhe a mão. Aos poucos, seu corpo começou a relaxar. Sua respiração voltou ao ritmo normal. Falou com voz mais tranqüila.

— Você é médico mesmo?

— Sou.

— De que especialidade?

— Clínica geral. Mas, por favor, não me pergunte mais nada. Eu já falei sobre as minhas intruções.

— Como você pode me tratar sem saber o que aconteceu comigo?

Eu acabara de pedir que não me fizesse perguntas, mas achei que esta era uma questão médica que merecia resposta. Descalcei a luva, enquanto falava:

— O ideal é que o paciente fale o que sente ou o que aconteceu, mas você estava desacordado, não podia falar. Tive que me limitar ao exame que era possível.

— Eles não deixam você falar e quase me matam para eu falar. Se você não pode falar, eu tenho que falar para sobreviver. E você, como médico, precisa me ouvir para fazer um diagnóstico melhor.

Ele calou como se esperasse a minha reação. Fiquei momentaneamente embaraçado. O que ele disse fazia sentido. Mas eu não podia esquecer o que dissera o capitão Temporal: "Esse filho da puta é muito importante para nós. É mentiroso. Quando voltar a si, vai inventar uma história." Eu estava impressionado como ele ainda conseguia manter desperta a inteligência num corpo tão supliciado. Então, pensei comigo, se apenas ele falasse, eu não me comprometeria perante o capitão Temporal — poderia estar ali para cuidar do soro, avaliar a sua temperatura, não necessariamente para ouvi-lo. Mantive-me em silêncio. Ele, então, começou a falar, baixo e devagar:

— Eu nunca pensei que um dia seria preso. Meu envolvimento com a luta política era pequeno, coisa de estudante, sem importância. Por isso, quando eles invadiram a minha casa, entrei em pânico. Já começaram a me espancar na varanda.

Ele parou um pouco, aspirou um volume maior de ar e seu corpo se contraiu de dor. Pelo que dissera, parecia que tentava diminuir a sua importância e pretendia se fazer, ao mesmo tempo, de medroso e de vítima.

Mas a verdade é que aquelas primeiras palavras acenderam a minha curiosidade. Eu queria ouvir mais. E ele queria falar:

— Depois, na rua, eles me puseram o capuz, me obrigaram a deitar no chão do carro e apoiaram os pés no meu peito, no meu rosto e no meu sexo. De tempos em tempos, batiam os pés, às gargalhadas. Os saltos dos sapatos nos meus testículos me faziam uivar de dor. Para me calar, eles pisavam no meu rosto. Meu nariz e minha boca sangravam. Eu sentia o líquido quente escorrer e o gosto horrível de sangue descendo goela abaixo.

Ele parou outra vez para respirar. Era estranha aquela situação. Ele falava baixo e devagar e parecia distante do que dizia, dava a impressão de não se emocionar. Como se estivesse passando informações técnicas ao médico. Com o tempo, a sacola de supermercado na minha cabeça começou a incomodar. Esquentava o rosto, fazia cócegas no nariz, atrapalhava ter visão de conjunto.

— Quando chegamos aqui, me levaram para uma sala, me mandaram tirar toda a roupa e me dependuraram no pau-de-arara.

— Pau-de-arara? — perguntei sem conseguir me conter. Já lera sobre isso em jornais. Já ouvira falar na aula de medicina legal, mas não sabia direito o que era.

— É, pau-de-arara. Não conhece? Eu também não conhecia até chegar aqui. Não queira nunca conhecer. Eles atravessam um cano de ferro no espaço entre os seus pulsos, que estão amarrados, e os joelhos dobrados. Depois, erguem o cano e apóiam as pontas. Você fica dependurado de cabeça para baixo. Entendeu?

— Entendi.

— Dois sujeitos me faziam perguntas e, para arrancar as respostas que queriam, me batiam com cassetetes de borracha na região dos rins e, com uma mangueira, jogavam água no meu nariz para me afogar. A certa altura, ligaram um fio no meu pênis e outro no meu ânus. Esses fios vinham de uma máquina de choque operada por outro homem. Encostado na parede, um quarto homem anotava tudo que eu dizia.

A descrição que ele fazia coincidia com a posição dos seus edemas, hematomas e equimoses, mas eu não podia esquecer que o capitão Temporal antecipara que se tratava de um mentiroso que, ao voltar a si, inventaria uma história.

— Amarrado e dependurado no pau-de-arara, quando a maquininha girava, um choque sacudia todo o meu corpo, aumentando a dor, principalmente nos punhos e tornozelos. Chegou uma hora que eu não agüentei mais e gritei que contaria tudo que eles quisessem. Mas eles não pararam. Continuaram para que eu repetisse que contaria tudo, que não esconderia nada. E, como eles não paravam, eu comecei a falar. Então, eles pararam, me tiraram do pau-de-arara e eu falei tudo o que sabia. Por isso, vários companheiros foram presos. Depois, me jogaram numa cela. Sentia dor pelo corpo todo como se minhas vísceras estivessem soltas. Além da dor física, me sentia um covarde por ter denunciado meus companheiros.

Vi que, no canto dos olhos quase fechados pelo inchaço, grossas gotas de lágrimas desciam rosto abaixo, molhando o travesseiro. Ele se calou por um tempo, o travesseiro encharcado. Era estranho que ele entrasse em tantos detalhes. Mas era eficiente, eu queria ouvir mais e mais. Mas, por que ele chorava? Qual seria a intenção? Me comover, me amolecer, pedir alguma coisa? O que quer que pretendesse, eu estava decidido: não faria nada, nada mesmo, que ele me pedisse.

— Depois, isso passou. Restou a dor física. Como eles continuaram batendo, achei que queriam me matar. Foi então que parei de pensar nas razões por que entrara na militância política, parei de pensar em justiça social, parei de pensar em salvar a minha organização política, parei de pensar nos companheiros que foram presos porque eu não resisti à dor, e que deviam estar padecendo as mesmas dores. Eu só pensava em me livrar do sofrimento, em salvar a minha pele.

As lágrimas escorriam continuamente dos olhos semicerrados. Um choro silencioso e quieto, que formava um filete rosto abaixo.

— Quando vêm me buscar para mais interrogatórios, como aconteceu hoje, meu corpo começa a tremer. Eu tento me controlar, mas não consigo. Diante dos interrogadores, o pavor toma conta de mim. Meu corpo sacode, as pernas batem uma na outra, os dentes se chocam como uma matraca. E basta olhar para a máquina de choque que me desespero. Começo a falar antes mesmo de ligarem os fios. Respondo a tudo que me perguntam, nomes, endereços, datas e até invento coisas, tudo para não levar choques. Eu colaboro no que posso com eles, que arrancam de mim o que querem.

Ele parou de falar, ofegante. Para mim, tudo o que dissera era verdade. Ninguém mentiria com tanta emoção nem se confessaria delator dos amigos. Ele podia até ser mentiroso, como dissera o capitão Temporal, mas estou certo de que não mentiu naquela noite.

— Em mais ou menos um mês que estou aqui, acho que já perdi uns vinte quilos. Me puseram numa cela com mais três. Eles me desprezam, têm pena de mim. E eu tenho remorsos pelo que fiz.

Instalou-se um novo silêncio. Curto, dessa vez. A porta se abriu lentamente sem ninguém tocar na maçaneta. Só quando estava completamente aberta, vi que o capitão Temporal, encostado na parede, a empurrara. Atrás dele, estava o tenente.

— Põe a porra do capuz nesse filho da puta!

Peguei o capuz e enfiei na cabeça do paciente, que, apavorado, segurava a minha mão e sussurrava:

— Me salva, pelo amor de Deus, doutor! Eles vão me matar!

O capitão Temporal caminhou devagar para o interior da sala. Estava furioso, olhos fixos em mim. Não disse uma palavra. De repente, explodiu:

— Tira esse saco da cabeça! Quero ver bem a sua cara!

Obedeci. Ele me olhou nos olhos, balançando a cabeça contrafeito. Depois, virou-se para o tenente e disse:

— Você sabia que o nosso Eugênio aqui é "doutor"? E é um "doutor" bonzinho. O preso até pediu: "Me salva, doutor!" Você vai salvar esse filho da puta, Eugênio?

Eu não sabia o que dizer. O capitão Temporal arrancou a agulha do soro do braço do paciente, dizendo:

— Levanta daí!

— Mas capitão, ele está em observação e...

— Meu nome é Bonelli! — explodiu o capitão Temporal na minha direção. — E eu não sou capitão, não! Bonelli, "doutor" Eugênio! Guardou bem? — Virou-se para o paciente e gritou: — Levanta! Pega a sua roupa e vamos embora! Foi só deixar você aqui uma horinha que já estava contando mentira para o "doutor" Eugênio, não é, seu safado? Mas acabou a sua boa-vida! — E, enquanto abria a algema, fez um movimento de cabeça para o tenente: — Arranca esse cara daqui e leva para lá.

— Este homem não tem condições de...

— Tem, sim.

— Eu falo como médico...

— Cala essa boca! O senhor não fala como nada! Quem não tem condições é o senhor, "doutor" Eugênio!

O capitão Temporal algemou o paciente ao tenente e saiu furioso da sala. Aterrorizado e trêmulo, o paciente apoiou-se no tenente. Saíram andando, passo a passo, ele instável, o corpo nu curvado para a frente, as pernas finas e inseguras, as roupas emboladas debaixo do braço, a cabeça escondida pelo capuz, avançando incerto, sem enxergar nada à frente, nem sequer onde pisava. Quando saíram, fechei a porta e fui para a minha mesa. Estava estarrecido, chocado, confuso. Segurei a caneta e vi que minha mão tremia. Eu não sabia o que fazer nem o que pensar. A minha cabeça girava, eu estava tonto. Senti uma dor no estômago, pareceu azia. Pensei em Eliza, desejei que estivesse ali para contar tudo a ela. De repente, deu vontade de sair imediatamente dali e ir correndo para casa. Mas eu não conseguia nem mexer a perna. Virei a cabeça para trás do encosto da cadeira, estiquei as pernas e fechei os olhos. Foi preciso ficar um longo tempo sentado ali, quieto, na mesma posição, para conseguir começar a pensar no que acontecera.

O capitão Temporal, pensei, ouviu a minha conversa com o paciente — não sei a partir de que momento. E eu não cumpri as instruções. Conversei com o preso, deixei-o saber que eu era médico e chamei o capitão de capitão na vista dele. O capitão Temporal se enfurecera comigo. Aquilo teria conseqüências para mim. Não podia atinar quais seriam. Mas para que levar um preso naquele estado? Será que iriam interrogá-lo?

E ele?, pensei. Ele não pode ter mentido para mim. Contou com tanta convicção. E é um sujeito inteligente. Ele sentia dores e continuava contando. O que ele pretendia mesmo é que eu soubesse o que estava acontecendo. E conseguiu. Será que inventou aquela história? Mas que importância tinha se fosse mentira ou não? O que importava é que eles torturavam os presos para obter informações. Aquele rapaz fora torturado, isso era indiscutível. Que diferença fazia se a maneira como foi torturado tivesse uma outra história?

Pela janela vi chegarem a Kombi e os dois veículos que tinham saído à tarde. Iluminados pelos faróis, deu para ver os mesmos homens armados de metralhadoras desembarcarem. Mas em vez de um encapuzado, voltavam quatro. As imagens que o paciente contara refluíram na minha memória. Será que os três recém-chegados iriam viver tudo aquilo?

A dor de estômago cessara, não estava mais tonto e a mão não tremia mais quando resolvi ir para casa. Tomei um banho e me joguei na cama. Mas não consegui dormir. As imagens giravam na minha cabeça. Eu sempre ouvira dizer que a polícia batia em ladrão e assassinos para obter confissões. E que usava o tal pau-de-arara. Eu mesmo já vira policiais na rua dando tapa na cara de preso e batendo com cassetetes em manifestações de estudantes. Mas eu nunca poderia imaginar que se atingisse tamanha violência. Eu não tinha propriamente problema de consciência. Afinal, eu tentara cumprir a minha obrigação como médico. Se mais não fizera, fora porque meu superior hierárquico não o permitira. Mas isso não aliviava a minha angústia. Eu rolava na cama de um lado para o outro enquanto a madrugada avançava. Tomei um tranqüilizante e apaguei.

Na manhã seguinte, conforme tínhamos combinado, fui com Eliza a uma loja de móveis. Eu estava mais lacônico e desinteressado do que nunca. E Eliza me cobria de perguntas com a sua insistência de sempre. E eu não podia explicar as razões do meu alheamento nem, muito menos, comentar o que se passava. Mas, enfim, ela achou os móveis que queria e me deixou em paz. Conseguimos, finalmente, comprá-los. Os de quarto — cama, colchão e duas mesas-de-cabeceira — em seis prestações mensais — e os de sala — sofá, duas poltronas, uma mesa de centro e outra de canto — em dez pagamentos.

Quando cheguei ao quartel, o sargento Da Cruz me avisou que o tenente-coronel Torres Fernandes já mandara me convocar duas vezes e deixara convocação verbal para me apresentar no gabinete dele, assim que chegasse. Impressionou-me a rapidez com que a notícia dos acontecimentos do dia anterior chegara à chefia. Preocupado e apreensivo, fui atender à convocação. Apresentei-me ao seu ajudante-de-ordens, que foi me anunciar. Retornou imediatamente e me introduziu na sala. Torres Fernandes, que acabara de jogar um comprimido de Pepsamar na boca, tomou um gole de leite, repôs o copo na mesa, cobriu-o com um guardanapo e me olhou com seus glaciais olhos azuis, sem deixar transparecer o mínimo vestígio do estado de sua alma. Em seguida, perguntou com a sua voz impessoal e tronitruante:

— Tenente, eu tenho aqui um relatório de ocorrências. Segundo diz aqui, o senhor descumpriu determinação do seu superior em relação a um prisioneiro e foi negligente com normas de segurança. O senhor confirma?

— Confirmo, sim, senhor.

— E o senhor tem algum argumento que justifique sua conduta?

— Eu não estava habituado com as normas de segurança e me descuidei. Disse ao prisioneiro que era médico e chamei o capitão de capitão na frente dele, embora não tenha dito os nomes. Enquanto esteve sob efeito da medicação, mantive o prisioneiro sem o capuz, embora eu estivesse com o rosto coberto. O capitão tinha recomendado que não conversasse com o prisioneiro. Mas eu precisava ouvi-lo para fazer um diagnóstico mais preciso. E ele acabou falando mais do que seria necessário.

Torres Fernandes me ouviu imóvel. Não tirou os olhos de mim. Sequer piscou. Parecia uma estátua de mármore. Quando acabei, ele se levantou, foi à janela, afastou duas lâminas vizinhas da persiana e olhou o jardim ensolarado lá fora. Eu esperava, de garganta seca, suando nas têmporas e nas mãos. Ele aproximou-se de mim, os braços musculosos cruzados sobre o peito. E trovejou bem de perto, a meio metro de distância, sem fazer um único gesto, os olhos, afastados um do outro, duros como duas bolas de gude azuis — aquele olhar era capaz de matar alguém.

— O tenente foi irresponsável e leviano descumprindo as normas de segurança. Nesse trabalho, segurança é fundamental. Fundamental, está me ouvindo? É a primeira coisa em que se deve pensar antes de qualquer ação, antes de qualquer atitude. Descuidou, morre. Se fosse só a sua vida, seria apenas um bom castigo. Mas sempre envolve a vida de outros. E aí o descuido passa a ser criminoso. Em matéria de segurança, qualquer falha, descuido ou esquecimento é crime. E o tenente ainda fala do prisioneiro como se fosse um batedor de carteira estúpido ou um ladrão de galinha de ocasião. Esses homens são terroristas, tenente! Matam inocentes a sangue-frio. São assassinos, assaltantes de banco, seqüestradores, traidores da pátria, subversivos. Eles não querem apenas afanar uma carteira ou uma galinha. Eles são inteligentes, intelectualizados, frios, lutam por uma causa, têm um objetivo claro, que é tomar o poder. E querem alcançar esse objetivo a qualquer custo. Pessoas que têm causas são determinadas e sem escrúpulos. Eu sempre digo que todo homem que tem uma causa é um homem perigoso. Identificar a sua condição de médico ou a patente do seu superior, que o tenente parece achar pouco, pode ser a sentença de morte dos dois. E, como eu disse, seu descuido o torna responsável pela morte do seu superior.

Sempre na mesma posição, ele continuou me olhando em silêncio, com uma firmeza maior do que se me avaliasse; como se quisesse espionar minha alma. A princípio, eu enfrentei os olhos dele, mas não resisti à devastação e desviei o olhar para um retrato do Duque de Caxias que estava na parede atrás dele. Senti por mais um tempo a pressão do seu olhar sobre o meu rosto. Sei que meu rosto estava vermelho e febril porque o suor acumulado nas têmporas descia pelo rosto abaixo como um filete gelado.

Depois de um tempo nesse silêncio aterrador, ele foi até a sua mesa, tirou um biscoito cream-cracker do pacote e, enquanto o comia, folheou alguns papéis. De onde estava, disse:

— O tenente tentou usar argumentos médicos não solicitados para impedir que o seu superior removesse o prisioneiro. O senhor confirma?

— Confirmo, sim, senhor.

— Isso é desrespeito à hierarquia. Com o agravante de ter sido cometido diante do inimigo, o que poderia desabonar a imagem de disciplina da corporação.

— Posso falar, senhor?

— Fala.

— Eu achei que, como médico, deveria informar o estado do paciente.

— Desde que o seu superior solicite. E outra coisa, tenente: quem determina o que fazer com o prisioneiro é o oficial responsável pela operação. Ainda que envolva feridos. E se o ferido é um inimigo, não pode ser prioridade para nada. O senhor pode estar preocupado com o seu paciente, mas o seu superior responde por toda a operação. Entendido?

— Entendido, senhor.

— O tenente está sendo advertido: três dias de detenção. Com registro no prontuário. Pode ir.

— Com licença, senhor.

Deixei o gabinete revoltado. Eu estava sendo punido, apesar de ter exercido corretamente a medicina. E ele falou em inimigos, como se estivéssemos numa guerra! O capitão Temporal não fora nada complacente: não me perdoara nada, denunciara tudo. Senti-me esmagado pelo excesso de rigor e fiquei estarrecido com o registro no prontuário. E me chocou conviver com o que já sabia: o absoluto desinteresse pelo destino do prisioneiro ferido. Engoli em seco a minha revolta.

Telefonei a Eliza informando da detenção, mas sem poder explicar as verdadeiras razões, e pedi que avisasse ao Belizário. Três dias sem me ver em casa poderia preocupá-lo. E passei três dias sem poder sair do quartel.

Naquela mesma tarde, estando inquieto demais para ficar estudando na minha sala, resolvi acompanhar o trabalho do sargento Da Cruz, que tratava da unha encravada de um major. Logo que o major saiu, tentei conversar sobre o que tinha acontecido. Da Cruz, porém, sempre reticente, não soltava as rédeas da conversa. A certa altura, comentei a minha punição.

— O sargento, que viu quase tudo, acha justo? — perguntei para fustigá-lo.

— Não vi quase tudo, não, tenente. Saí mais cedo. Não sei o que aconteceu depois que saí.

— Mas você sabe que o prisioneiro voltou para o PIC.

— Quando cheguei hoje e não o vi, imaginei que o tinham levado.

— E o que acha disso? De levarem para interrogar um homem naquele estado?

— O que eu posso achar, tenente? Para um sargento-enfermeiro como eu, o Exército sempre tem suas razões, eu é que desconheço.

Não era possível arrancar nenhuma opinião de Da Cruz. O seu jeito educado não vinha do berço nem era uma opção pela polidez como atitude civilizada diante da vida. Era apenas a maneira que a submissão encontrara de ser humilde. Seu zelo nos longos curativos que fazia nos pequenos ferimentos dos soldados, a preocupação escandalosa com a limpeza, as suas unhas esmaltadas, o uniforme vincado, o bigode bem-aparado e o perfume permanente de talco barato escondiam mais mistérios do que ele atribuía ao Exército. Mas não deixei de me beneficiar quando disse que, nos três dias de detenção, dormiria no próprio Serviço Médico — à noite, quando fui deitar, a cama da última sala estava um primor de arrumação.

À noite, um quartel é triste. Tudo — o rancho de oficiais, dos soldados, as salas, dormitórios, pátios, banheiros coletivos, corredores — é limpo, mas de uma frieza impessoal; é arrumado, mas com uma previsível ordem masculina; é tranqüilo, mas silencioso demais. Até a iluminação — com lâmpadas amareladas volteadas por sonolentas mariposas — dá um tom sombrio às salas e corredores de pé-direito muito alto e com janelões antigos. Nos altos muros, a silhueta de sentinelas no seu caminhar monótono e repetitivo. Tudo ali é entediante, principalmente para um detido com saudade da noiva. O toque de silêncio, com a sua tristeza pungente, soa como um réquiem — a despedida de tudo que indica a presença de vida. Depois dele, a vida ecoa longínqua, em esparsas e remotas vozes infantis, o ruído de um carro, talvez algum rádio ou televisão.

Apesar das cenas que refluíam na memória e traziam com elas a revolta de novo, espantando o sono, o cansaço e a maldormida noite anterior foram mais fortes. O sono foi pesado, mas intermitente. De tempos em tempos, carros entravam e saíam do pátio, cantando pneus e batendo portas, os faróis despejando fachos de luz pelas bandeiras das janelas e, o que era mais perturbador, os gritos abafados e angustiantes que cortavam a noite. As imagens do meu paciente retornavam com força. O sono entrecortado abortou qualquer sonho e o toque da alvorada soou, enfim, como um anúncio de vida.

Deviam ser uma seis horas da manhã e eu me preparava para ir ao rancho tomar café, quando bateram na porta. Como o Da Cruz ainda não chegara, eu mesmo fui abrir. Era um mulato alto e forte, em trajes civis, que foi se apresentando.

— Bom dia. Inspetor Garrido, do DOPS.

— Bom dia — respondi, estranhando que não fosse militar e tentando me lembrar das iniciais da Delegacia de Ordem Política e Social.

— Tenho um abacaxi para o senhor — disse e recuou um passo, sugerindo que eu avançasse outro tanto. Avancei, pensando em como deveria me comportar se recebesse ordens daquele civil.

No corredor, dois homens abriram um escuro cobertor, que carregavam pelas extremidades. Estirado dentro dele, o corpo nu de uma mulher branca e jovem. Estava encapuzada e parecia desacordada. Embolada, ao lado, sua roupa. Ele tinha razão: era mais um abacaxi, e àquela hora da manhã. Mandei que entrassem. Os homens puseram a mulher em cima da cama, viraram as pontas do cobertor sobre o seu corpo, o inspetor algemou-a à cama, e desapareceram. Os três.

Mal a descobri, vi que, da sua cintura para baixo, o cobertor estava empapado de sangue. Procurei a origem e logo percebi a extensão do problema: um grande fluxo hemorrágico descia continuamente — sem mais delongas nem detalhes, eu estava diante de um quadro abortivo, instalado há algum tempo e aparentemente irreversível. Fiquei assustado. Num modesto Serviço Médico de quartel, o pouco de que se poderia dispor era voltado exclusivamente para a clientela masculina. Além disso, como no outro caso, espalhavam-se por todo o seu corpo edemas, hematomas e equimoses. Os mamilos inchados, sangravam. Tratei de avaliar suas funções vitais: frágeis e agravando-se. Mas eu não sabia avaliar se ainda haveria alguma remota chance de salvar o bebê. A chegada do sargento Da Cruz trouxe um certo alento — e já passei a chamá-lo de Pereira. Escondemos nossas cabeças sob o saco de supermercado e a caixa de papelão para poder tirar o capuz dela. Pelo rosto, praticamente sem cor, com hematomas nos olhos e equimoses, fora espancada. Pouparam-lhe apenas a cabeça.

— Não vai dar para atendê-la aqui — eu disse. — Vamos levá-la para o HCE. Informe o capitão Temporal e peça uma ambulância.

Num canto, Pereira livrou-se da caixa de papelão e saiu da sala como sargento Da Cruz. Toquei-lhe a região do útero, para avaliar quantos meses teria de gravidez, e ela começou a se mexer, como se estivesse despertando, mas mantinha os olhos fechados e parecia delirar. Levou a mão livre ao ventre, murmurando:

— Meu bebê... meu bebê... meu bebê...

Ao sacudir a mão algemada, abriu os olhos e me viu. Seus olhos se arregalaram e a boca se abriu, o corpo se encolheu na direção da cabeceira, esculpindo no rosto e na atitude uma expressão de pânico.

— Não me bate mais, pelo amor de Deus! Eu estou grávida! Eu estou grávida.

Ao movimentar as pernas, viu que estava sobre uma poça de sangue. No segundo que levou para adivinhar o que acontecera, seu rosto foi se transfigurando para uma expressão de pavor que nunca saiu da minha memória, e ela gritou — um grito lancinante, como se uma dor insuportável arrebentasse as suas vísceras.

— Mataram o meu bebê! Mataram! Não! Não! Assassinos! Assassinos!

Aquele grito até hoje me dá arrepios. Ela gritava e se debatia na cama. Eu tentava contê-la, imaginando que o bebê ainda pudesse estar vivo. De repente, ela ficou completamente imóvel, os olhos arregalados e esgazeados, ofegante. Era tal o horror, que não chorava. Mexeu-se devagar, sentou-se, abriu as pernas e empapou as duas mãos no próprio sangue, que encharcava o cobertor. Ergueu-as, vermelhas e espalmadas, à altura do rosto e olhou-as, desvairada.

— Meu filho! Meu filhinho! Você agora é sangue? Só sangue?

Só então começou a chorar. Um choro manso, profundo, que lhe estremecia todo o corpo. E entre lágrimas, começou a beijar as próprias mãos, como se elas fossem uma criança, enquanto seu rosto se tingia de sangue e lágrimas.

Da Cruz reapareceu. No segundo que levou para cobrir a cabeça, vi estampado em seu rosto o pasmo com o que via. O veículo estava pronto. Não havia ambulância. Teria que ir no piso de um furgão. Puxou-me pelo braço e sussurrou:

— O capitão Temporal disse que não pode entrar no hospital de capuz porque vai chamar a atenção, nem acordada porque ela vai fazer escândalo. Tem que apagar, tenente.

Ela repetia o movimento de molhar as mãos no sangue e beijá-las, murmurando:

— Meu bebê... meu bebezinho...

Nós lhe aplicamos uma boa dose de tranqüilizante, e ela foi se acalmando, até dormir. Sem perder tempo, praticamente lhe demos um banho de álcool e água oxigenada, preparamos chumaços de algodão para colher a hemorragia e lhe vestimos as roupas íntimas. Pereira trouxe a chave das algemas e lhe pusemos o vestido.

A caminhonete C-14 estacionou junto ao Serviço Médico. Da Cruz levou-a nos braços e estendeu-a no banco de trás — cuidando de algemá-la antes. Levando rolos de gaze e chumaços de algodão para mantê-la limpa, sentei-me atrás e coloquei sua cabeça no meu colo. Pedi pressa ao motorista. No portão do quartel, porém, uma supresa na hora da identificação: eu estava detido, não poderia sair à rua. Voltei correndo até a sala do tenente-coronel Torres Fernandes.

Ele me recebeu em silêncio e sem pressa, com o mesmo olhar frio, porém mais perscrutador — desconfiado, para ser mais preciso. Depois que expus a situação, ele fez uma pausa e disse:

— O senhor foi punido por se descuidar da segurança ao medicar um prisioneiro. E agora, quer que eu suspenda a punição para tratar de uma prisioneira. Será que o tenente se empenharia do mesmo jeito para salvar um dos nossos recrutas? Mas não precisa me responder porque não é uma pergunta ao tenente. É apenas uma dúvida que me ocorreu.

Eu, apreensivo com o sangue que a moça estaria perdendo, torcendo para ver se o bebê ainda tinha chances, e o tenente-coronel criando dúvidas inoportunas. Depois do seu habitual tempo de silêncio, em que, mais uma vez, me devassou com o seu olhar de faca afiada, caminhou para trás da mesa e começou a escrever algo num papel. De repente, parou e perguntou:

— Tenente, está certo de que não se descuidou da segurança?

— Estou, senhor.

— Qualquer falha, o tenente vai se ater comigo. Entendido?

— Entendido, senhor.

Ele acabou de escrever e me entregou o papel. Era uma autorização de saída temporária. Só depois de ler, reler e confirmar pelo telefone com o oficial de dia, foi que a sentinela ergueu a barreira e conseguimos deixar o quartel.

No HCE, o coronel Bernardelli autorizou o imediato atendimento da paciente. Ligou para alguém na minha vista e explicou que, por questões de segurança, era preciso fazer um atendimento sigiloso e sem perguntas. Ela foi conduzida à obstetrícia. Assim que a examinou, já na sala de parto, o médico foi curto e direto:

— Não há mais nada a fazer, além da curetagem.

Senti meu coração apertar. Eu torcera por aquele bebê. Talvez pelo tanto que me impressionara a expressão de horror da mãe, quando o imaginou perdido. Acho que deixei transparecer a minha desolação porque Da Cruz me sussurrou:

— Ela arranja outro, ainda é nova.

Finda a curetagem, o obstetra me chamou à parte. O quadro tinha gravidade. O aborto fora provocado. E com violência. Instrumento penetrante lesionara a região vaginal até as paredes do útero. O mesmo se repetira no ânus. Tomara todas as precauções, aplicando, inclusive, vacina antitetânica. Recomendou que permanecesse no hospital, em observação.

Ela foi levada para um quarto, onde Da Cruz a algemou discretamente à cama. Acertamos a estratégia da volta: quando o médico a liberasse, nós a apagaríamos outra vez; dormir não lhe faria mal algum. Aproveitei a calma que se instalou, deixei o Da Cruz de guarda e fui ao gabinete do coronel Bernardelli. Ele, como sempre, manso e educado, me ouviu com atenção:

— É o seguinte, coronel: eu não estou me adaptando muito bem ao trabalho lá no quartel da Polícia do Exército.

— Não está se adaptando, por quê? — ele quis saber.

A pergunta tão direta me pegou de surpresa. Não sabia como responder. Menti, tentando amaciá-lo:

— Eu até comentei com o meu sogro, e ele me sugeriu que conversasse com o senhor.

— Sei, sei, mas por que você acha que não está se adaptando?

Será, me perguntei, que a insistência na pergunta é para testar a minha capacidade de manter sigilo? Eu não podia falar — nem mesmo para ele — sobre o que se passava naquele quartel. Decidi mentir mais uma vez:

— É que o trabalho tem sido como o senhor previra. Os pacientes que procuram o Serviço Médico vão para tratar de dor de cabeça, calos, doença venérea ou medir a pressão arterial. E eu sou novo, preciso aprender, enfrentar situações novas, fazer uma clínica que tenha mais desafios...

Apoiando o queixo no punho fechado, ele me olhava em silêncio, dentro dos olhos. Prossegui, meio inseguro:

— ...a minha experiência anterior foi numa Emergência. Estou habituado a enfrentar qualquer surpresa. Por isso eu pensei se o senhor não poderia me requisitar para o hospital. Eu não tenho problema de horário de trabalho, até prefiro os plantões de fins de semana.

Ele continuou na mesma posição, imóvel e em silêncio. Depois, perguntou:

— O senhor comentou com seu sogro sobre o que acontece no quartel da PE?

Agora, não havia mais dúvida. Ele testava a minha capacidade de guardar segredo militar.

— Não, senhor. Comentei que não estava me adaptando à falta de um trabalho que me desafiasse como médico. Apenas isso.

Eu sabia o que ele quis perguntar, e ele sabia que eu o respondi.

— Eu entendo a sua inadaptação — ele disse. — Mas acontece que não há vagas para clínica geral aqui no hospital. Os dois colegas que entraram com você ocuparam as duas últimas.

— Então, eles estão aqui? — perguntei sem esconder o espanto. — Eu soube que um não se adaptara à carreira militar e o outro ganhara uma bolsa de estudos nos Estados Unidos!

— Desinformação. Os dois estão aqui. Como você, não se adaptaram ao trabalho. Só que têm padrinhos na ativa. Um é filho de general e o outro, sobrinho. Por coincidência, o pai e o tio não gostaram quando souberam do trabalho que se faz por lá. E isso me criou um problema. Estão reclamando, de lá, porque você está sozinho até hoje. Mas, oficialmente, as vagas estão ocupadas.

O telefone tocou, interrompendo-o. Ele atendeu e, ato contínuo, disse:

— Vá imediatamente ao quarto da moça. Há problemas por lá.

Despedi-me e saí apressado. Nem esperei o elevador. Subi, aos saltos, pela escada. Cheguei esbaforido. Da Cruz estava na porta do quarto, fechada, de onde ouvia a voz dela.

— Ela acordou. Tive que sair do quarto. O médico está aí dentro.

Então comecei a ouvir o que dizia, com a voz lenta, triste e chorosa, de quem ainda está meio sedada.

— ...eles me deram choque elétrico nos braços, nas pernas, pelo corpo todo, apertaram os meus mamilos como se fossem arrancar...

Eu olhava para Da Cruz sem saber o que fazer. Se o tenente-coronel soubesse que ela denunciara, seria punição pesada. Se entrássemos no quarto, poderíamos ser reconhecidos. E logo eu, que não podia mais ter falha na segurança.

— ...depois me violentaram com cassetete, doutor ...eu gritava que estava grávida e, enquanto dois me seguravam, um outro enfiava aquilo em mim, e riam na minha cara... e quando eu disse que eles iam matar meu filho, um deles disse que filho de comunista não deveria nascer... aí, eu desmaiei... eles mataram o meu filhinho com o cassetete, doutor... e agora, o que vai ser de mim...?

A porta se abriu. A enfermeira saiu. Perguntei pelo estado dela como se não tivesse ouvido nada.

— Ela tomou tranqüilizante. Está falando muito, mas aos poucos vai se acalmando.

Pouco tempo depois, o médico saiu do quarto. Estava suado e assustado.

— Como ela está agora? — perguntei.

O homem me olhou com o assombro de quem suspeita de que eu estaria envolvido naquilo. Uma onda de calor me subiu pelo corpo e, tenho certeza, eu enrubesci.

— Quanto à curetagem, está reagindo bem; até agora não há indícios de infecção. Mas ela foi muito lesada e as próximas horas serão decisivas. Depende do que vai acontecer com ela. Quanto à curetagem, ela está liberada. A enfermeira tem a medicação.

Ele foi se afastando, sem estender a mão nem se despedir.

— Obrigado — eu disse.

Ele se virou. Recuou uns dois passos e me olhou de alto a baixo.

— Por nada — respondeu. E acrescentou: — Você é médico?

— Sou — respondi.

Ele me olhou por mais alguns segundos e se afastou. Uma outra onda de calor me subiu pelo corpo. E, outra vez, tenho certeza de que enrubesci.

Enquanto eu fui pegar a receita com a enfermeira, Da Cruz preparou-a para a remoção de volta ao quartel. Ela dormiu todo o tempo. Mal a instalamos na última sala do Serviço Médico e conseguimos a maioria dos medicamentos prescritos, um tenente foi buscá-la, em nome do capitão Temporal. Não fiz nenhum comentário, a não ser quanto à necessidade de aplicação dos medicamentos. Tanto para ela quanto para o outro paciente, haveria a distribuição de analgésicos e antiinflamatórios junto com a comida. O sargento Da Cruz ficou incumbido de localizar cada paciente e cuidar da sua medicação.

No restante dos dias de detenção eu aprendi o quanto um quartel pode ser entediante. Ali, tudo é preparação para a guerra. Que pode ou não acontecer. Aliás, a vida do militar é um paradoxo: se a guerra não ocorrer, o que qualquer pessoa sensata deseja, é a sua frustração profissional; se ocorrer, será uma tragédia para todo mundo, porque ela não envolve apenas militares. No cotidiano de um quartel, treina-se tudo, do esforço físico de uma marcha a uma batalha simulada, desde tiro de longa distância até estratégia de ocupação de uma cidade. Como disse o sargento Da Cruz, o soldado é como jogador de futebol na reserva: "treina, treina e nunca joga". O argumento dos oficiais superiores, porém, tem lá a sua lógica: se o jogador que está no banco não estiver bem treinado, quando precisarem dele em campo, ele não terá condições de lutar pelo seu time — e o jogo estará perdido. Com isso, voltamos à dúvida inicial, se haverá ou não esse jogo. Além de treinar, não há absolutamente nada para se fazer num quartel. A não ser pintar o que já foi pintado, polir o que já foi polido, engraxar o que já foi engraxado. É tão grande o tédio que fiquei com a impressão de que é para não dormir com o fuzil no ombro que os sentinelas andam de um lado para o outro. Mas, enfim, cumpri os três dias de detenção.

O meu prazer em sair daquele quartel foi tão grande que pareceu que tinha ficado um mês detido. Eliza foi carinhosa ao me receber! Não só me cobriu de beijos e abraços, carinhos e cafunés, como me deu uma camisa de presente e me ofereceu um jantar preparado por ela. Foi assim também com as outras pessoas: fui recebido com atenção, curiosidade, bom humor e carinho por todos os que souberam onde eu estava — de Belizário até Elga, de meu sogro ao Antônio Manoel. Eu senti que aquelas pessoas gostavam realmente de mim e fiquei feliz. Eliza chegou a comentar, com ironia, que a detenção teria feito bem aos meus humores — antes da punição, eu andava com disposição instável, meio aturdido e apreensivo com o que acontecia no quartel.

E retomamos os preparativos para o casamento com a escolha do convite. As gráficas ofereciam uma enorme variação entre os dois principais estilos. O criativo — informal, jovial, meio *hippie*: e o clássico — solene, pomposo, convencional. Dona Abigail, que se metia em quase tudo daquele casamento, escolheu por nós: o mais convencional, pomposo e solene. E a data era a que eu tinha acertado, a partir da qual teria dez dias de folga para a viagem de núpcias. Depois, vieram as batalhas individuais: a do vestido de noiva — que, graças a Deus, eu não participei — e a do terno preto — a que me submeti, com resignada humildade, aos gostos de Eliza. Por fim, voltamos a reunir as nossas forças para a batalha de alugar um apartamento. Sabíamos que seria difícil, por isso começamos a procurar com antecedência. Primeiro, seleciona-se pelos jornais, observando o tamanho, o preço e a localização. Depois, visita-se um a um. Nada é mais mentiroso do que anúncio de imóvel. Nunca corresponde à realidade — é sempre menor, nunca é tão bem localizado e, no preço, há sempre uma taxa a mais. Um inferno!

O olhar de pedra do tenente-coronel Torres Fernandes me fustigava como se fosse um açoite. Eu estava, outra vez, diante da sua silenciosa avaliação. Fora convocado a comparecer ao seu gabinete sem saber o motivo.

— A partir de agora, tenente, o senhor atenderá aos prisioneiros que, eventualmente, necessitem dos seus serviços nas dependências do próprio PIC. Esse atendimento aqui no Serviço Médico ou lá no HCE cria muitos problemas de segurança. Não podemos correr esses riscos. Entendido?

— Entendido, senhor. Mas posso fazer uma pergunta, senhor?

— Fala.

— Nunca entrei no PIC, senhor. Gostaria de saber se há lá instalações e recursos para um bom atendimento.

— Não sei, tenente. Mas sei que o senhor, como bom médico-militar, atenderá aos necessitados nas condições que houver. Ou o senhor duvida da capacidade de salvar vidas de um hospital de campanha?

— Não, senhor.

Essa novidade me preocupou. Eu tinha medo de entrar naquele PIC. Os dias seguintes foram de muita apreensão. Mas aos poucos, fui me acalmando. As tarefas do casamento diluíam a tensão. Continuávamos procurando um apartamento, mas as mentiras dos anúncios e as exigências de Eliza adiavam o encontro. Ficamos satisfeitos com os convites de casamento, mas sofri secretamente o impacto de ver os nomes de meu pai e minha mãe precedidos por uma cruz preta, enquanto os pais de Eliza estavam ambos vivos. Outra coisa que me decepcionou foi constatar que teria pouquíssimas pessoas para convidar, o oposto de Eliza, que usaria a quase totalidade dos convites.

Além de Graciliano, talvez Lorena, talvez Demerval, certamente Maria Luísa, tio Camilo, doutor Bernardo, doutor Moreira Bentes, alguns colegas da faculdade — e poucos iriam —, só me restavam os chefes e o pessoal do quartel, sendo que o coronel Bernardelli seria convidado do meu sogro. O fato é que, além da batalha para alugar um apartamento, passamos a distribuir convites de casamento de casa em casa, por toda a cidade. Ainda bem que eu tinha um Ford Corcel quase novo e gostava de dirigi-lo com Eliza ao meu lado.

Depois de quase dois meses de procura obstinada, negociação do valor do aluguel e preenchimento de fichas de cadastros — no que, mais uma vez, me beneficiei por ser militar —, alugamos um sala-e-dois-quartos, sendo uma suíte, com garagem, varanda e sol da manhã, em prédio recuado, com *playground* e dois elevadores, em rua transversal da Tijuca. Fomos comer uma *pizza* para comemorar mais um problema resolvido.

Pela janela da minha sala eu contemplava o belo final de tarde de outono, já me preparando para ir embora — combinara com Eliza ir ao cinema e depois jantar fora —, quando aconteceu o que eu temia: o capitão Temporal me convocou para um atendimento de urgência. Pela primeira vez, seria no próprio PIC.

Num primeiro momento, me deu raiva; e depois, tive medo. Era um medo abstrato, de mal-estar e frio na barriga, que dava vontade de fazer o que fosse para escapar da tarefa. O medo era do que eu veria por lá, mas da tarefa não havia como escapar. Mandei Da Cruz preparar uma maleta de emergência e, consolado pela idéia de cumprir meu dever de médico, partimos para o PIC. Ao cruzar o pátio, cujo movimento eu tanto acompanhara pela janela, meu coração estava apertado e as mãos úmidas.

Respirei fundo e olhei para o céu, àquela hora de um azul escuro. O movimento de veículos, chegando, saindo ou manobrando, estava especialmente intenso. Os faróis acesos, as aceleradas e freadas aumentavam a tensão. Quando estávamos em frente ao portão, quatro prisioneiros, três homens e uma mulher, algemados e encapuzados, estavam sendo entregues pela equipe de busca — nome que só aprendi depois, mas que identificava os policiais à paisana responsáveis pela captura dos envolvidos — ao truculento cabo, encarregado da recepção. A uma pergunta do apavorado e desorientado recém-chegado, que tentava, dramaticamente, se situar, ele respondeu:

— Você não está chegando ao Exército, nem à Aeronáutica, nem à Marinha, nem ao DOPS, nem à puta-que-o-pariu! Você está chegando ao inferno!

O brutamontes sabia do que falava. Metros adiante confirmei, já na chamada Sala de Operações — outro nome que só aprendi mais tarde —, cuja porta eu avistava parcialmente da janela. Nunca poderia imaginar que, por trás da relativa quietude exterior, houvesse tamanha movimentação.

Aos gritos com uns e segredando a outros, às gargalhadas com uns e vociferando com outros, o capitão Temporal comandava a agitação e a correria de militares e civis, de prisioneiros e carcereiros. Ouvia de equipes de interrogatórios os nomes recém-arrancados de implicados, despachava equipes de busca para a captura, elogiava as que chegavam com novos prisioneiros e exigia mais energia das que voltavam só com desculpas. Ao ver Da Cruz e eu, fez um sinal para que aguardássemos e continuou a falar com um militar à paisana. Alto, peitos largos, braços peludos e bíceps saltados, seu tronco esgarçava o tecido da camiseta. Suado e descabelado, o homem, que parecia saído de um ringue de boxe, ouvia-o com respeito.

— Merda! Você foi com muita sede ao pote e apagou o cara! Mete uma coisa na cabeça: é para arrancar informação! E agora? Um trabalho de cão para prender o cara, e você queima o arquivo, porra! Tem que ter cabeça fria, senão não dá.

Afastou-se do gigante e caminhava para nós, quando o cabo o interceptou, apresentando os quatro novos prisioneiros:

— Acabaram de chegar.

O capitão Temporal tirou o capuz de um a um, numa atitude que, até onde eu sabia, desafiava a segurança, mas que tinha algo de provocação e afirmação do seu destemor. Sorria, vitorioso, a cada rosto que se revelava. Quando descobriu a cabeça da única mulher do grupo, levei um susto de quase perder o chão: era a Bia, minha colega de faculdade. Girei, instintivamente, o corpo, ficando de costas para ela. Meu coração disparou e me senti meio tonto. Devo ter transparecido o que sentia porque o Da Cruz me perguntou:

— O tenente está bem?

— Estou bem, sargento. Por quê?

— Nada. O senhor ficou pálido de repente.

Coloquei-me, em relação a Da Cruz, de modo a me esconder do ponto de visão de Bia:

— Fica onde está, sargento. Não saia dessa posição.

Porém, depois de um certo tempo, não contive mais a curiosidade de vê-la. Sentia necessidade de confirmar se era, de fato, ela e avaliar se, de onde estava, me vira ou não. Protegido por um desconfiado Da Cruz e com a máxima cautela, olhei na sua direção. Mas já saíra de lá. Procurei-a com o olhar em meio à azáfama de gente entrando e saindo da porta que levava ao interior do PIC. Os quatro prisioneiros estavam, agora, diante de um enorme quadro de controle fixado à parede. O capitão Temporal lhes fazia perguntas e escrevia as respostas no quadro, onde, resumidas, estavam informações sobre os presos — situação presente, facção política em que militava, ligações e conexões possíveis e, a partir de cada informe, instruções e ordens de serviço determinadas, medidas tomadas e operações desencadeadas.

Era realmente Bia — a minha colega Maria Beatriz Gadelha. E o capitão Temporal, findas as anotações, mandou que o cabo recolocasse os capuzes e levasse os presos para aguardar interrogatório. Respirei com o alívio de quem, despencando num precipício, consegue atracar-se a uma pedra. E a memória me trouxe a Bia da época da faculdade, com a sua voz grave e sensual, os enormes olhos azuis e a pele queimada de praia, a saia curta e a língua solta que, diante do prédio da UNE, cercado pela polícia, ao me ouvir dizer que ia para a aula, provocou:

— O mundo está acabando, os milicos derrubando o governo e você indo para a aula, como se nada estivesse acontecendo? Os estudantes são a vanguarda das forças progressistas. Nós temos que assumir a dianteira para que o operariado e o campesinato nos sigam. Diante disso, você tem coragem de fechar os olhos ao momento histórico e tomar a atitude pequeno-burguesa de ir assistir à sua aulinha e aprender a sua medicinazinha?

E quando eu, um ingênuo e estúpido, que não entendia quase nada do que ela dizia, confirmei, ela me agrediu:

— Você é alienado, reaça ou cu-de-ferro mesmo?

Vendo-a desparecer, algemada e encapuzada, pela porta do inferno, pensei comigo que ainda não aprendera a responder àquela pergunta. Ela se afastava sem eu ter avaliado se me vira ou não. Nesse momento, o capitão Temporal aproximou-se do peludo par de bíceps e falou num tom mais baixo que, no entanto, não me impediu de ouvir:

— Não sabemos nada dessa gente que acaba de chegar. Pega a mocinha. Mas veja lá! Vai com calma. Cabeça fria. Se acontecer alguma coisa, você está fora. E cuidado para não deixar marcas.

O homem despareceu além da porta, enquanto o capitão veio para nós. Saudou-nos, sorrindo:

— Seja bem-vindo ao nosso inferno, tenente! Tudo parece confuso, mas é mais seguro do que as salas do Serviço Médico. O tenente vai entender por quê. Eu tenho um abacaxi para ser descascado. Vamos entrar.

Tudo o que eu não queria era cruzar aquela porta onde desapareceram, primeiro a Bia e, depois, o par de bíceps. Mas eu não tinha escolha. Segui o capitão que, ignorando-me, avançava alguns passos na frente. Da Cruz me seguiu. Cruzamos a porta e entramos no que eles próprios chamavam de inferno.

Ao longo do escuro corredor do andar térreo, com portas fechadas de um lado e outro, avançávamos entre pessoas algemadas e encapuzadas, encostadas às paredes; de pé, sentadas e deitadas no chão; nuas, seminuas e vestidas; algumas gemendo de dor, outras tremendo de medo. A pintura ainda estava fresca, e a obra recém-terminada. No momento em que passávamos, uma das portas abriu-se bruscamente e um homem nu, alto, magro e ruivo, sangrando por todo o corpo, ganhou o corredor sem o capuz, avançando trôpego e às tontas, gritando:

— Já disse tudo! Não agüento mais! Pelo amor de Deus! Não sei de mais nada!

Com um frio na espinha, reconheci de imediato o doutor Cachorrão, meu colega de faculdade. A falta dos óculos de fundo de garrafa explicava sua fuga às cegas. O capitão deu-lhe um soco no estômago. Ele urrou e dobrou-se sobre o próprio corpo. Minhas mãos tremiam tanto que segurei uma com a outra. Três homens surgiram imediatamente da sala e lhe aplicaram socos e chutes. Enquanto o capitão Temporal vituperava pela falha na segurança, um dos homens explicava:

— Ele não enxerga nada sem óculos! É quase cego!

Arrastaram-no de volta à sala, o pescoço sujigado por um homem, o braço torcido no alto das costas por outro. A porta bateu. Seguimos em frente. Minhas pernas estavam bambas, avançavam com dificuldade.

Quase no final do corredor, o capitão Temporal parou diante de uma cela. Paramos atrás.

— O capuz! Põe o capuz! — gritou o carcereiro.

— O outro não agüenta pôr — respondeu uma voz rouca, quase inaudível, de dentro da cela.

— Então põe você nele — reagiu o carcereiro.

— Eu não consigo me mexer — respondeu a voz. — Mas pode entrar. Ele desmaiou.

O carcereiro abriu a porta. O capitão Temporal entrou. Entramos atrás. Senti a frieza da camisa molhada roçando as minhas costas. Minhas pernas continuavam trêmulas. Estava meio tonto.

Na cela minúscula e sem janela, havia um homem de capuz, sentado e recostado numa das paredes, as pernas abertas e esticadas para a frente. No fundo, um outro, sem capuz, a cabeça junto ao boi — nome dado pelos presos à latrina ao nível do piso, onde se defeca de cócoras — e o corpo estirado no chão, em meio a uma poça de sangue, faceava a outra parede. Indicando-o, o capitão Temporal abriu-nos passagem. Aproximei-me. Devia ter uns trinta e cinco anos, cabelos pretos longos, extremamente pálido e magro. Estava quieto. A porta da cela fechou com estrondo. Virei-me, assustado. O capitão Temporal e o carcereiro tinham saído. Olhei para Da Cruz, quando ouvi a chave girar na fechadura. Fez sinal de que tudo estava em ordem. Voltei ao homem. O sangue escorria do seu braço esquerdo e espalhava-se pela cela. Abaixei-me para tentar estancar. Da Cruz abriu a nossa maleta de emergência no chão, pronto para me atender. O corte profundo rompera a artéria. Súbito, estertorou, os olhos reviraram e a cabeça retesou-se. Acabara de morrer.

— Acho que ele está morto — disse o encapuzado com voz rouca e fraca. — Faz tempo que não geme mais. Eu até parei de gritar pelo carcereiro.

Fiz um gesto para Da Cruz, indicando o desenlace. Do seu lugar e encapuzado, o homem pareceu ter percebido.

— Descansou, coitado.

Da Cruz foi até a porta da cela e bateu palmas. O carcereiro se aproximou. Da Cruz repetiu-lhe o meu gesto.

— Que merda! — murmurou o carcereiro, e abriu a porta.

Da Cruz saiu apressado. O carcereiro voltou a fechar a porta. Eu permaneci agachado, os braços apoiados nos joelhos, olhando, impotente, para aquele corpo, que não suportara nem mais um minuto de dor.

— Ele não estava agüentando mais o sofrimento — disse o homem. — Queixava-se de que a cabeça doía tanto que parecia estar crescendo, inchando, ficando maior do que o corpo. Não conseguia mais nem dormir. Se cochilava um minuto, acordava aos gritos, pedindo que parassem de bater, como se estivesse no interrogatório.

Afastei os cabelos e examinei-lhe a cabeça. Tinha cortes e inchaços. Pareciam pancadas de cassetete. Suas roupas estavam coladas ao corpo. Sem banho e sem curativos, o sangue dos ferimentos grudava-se ao tecido. O encapuzado prosseguiu:

— Não conseguia mais ficar em pé. Caía logo. Parecia não ter mais forças. Quando comia alguma coisa, vomitava tudo. Se ia ao boi, só saía sangue.

Comecei a ouvir através das paredes os gritos surdos de uma mulher. Notei que na mão fechada do morto havia um objeto cor-de-rosa.

— Ele devia ser importante, porque queriam que fosse à televisão fazer um pronunciamento apoiando o governo e renegando suas próprias idéias. Se fizesse isso, prometeram deixá-lo sair do país. Mas ele não aceitou. E foi muito castigado, coitado. Da última vez que o levaram, trouxeram arrastado pelos cabelos...

Consegui tirar da mão dele uma lâmina de plástico suja de sangue. Entendi, então, que se suicidara.

— ...ficou completamente desestruturado... Não sei como, conseguiu uma tampa de saboneteira de plástico e começou a afiar no cimento do chão, como se fosse uma faca... Tem uma sala de interrogatório, aqui perto, a gente ouve os gritos...

Ele silenciou e encostou o indicador no capuz, na altura do ouvido. Os gritos de mulher — lancinantes, insuportáveis — ficaram mais nítidos.

— Está ouvindo?... Ele não suportava... Encostava o plástico afiado na veia do pescoço, querendo cortar... Eu gritava para ele não fazer aquilo e ele parava... Cheguei a pensar em denunciar que ele tinha a lâmina... mas achei que é preciso respeitar o limite de cada um... ele já tinha chegado ao limite... Agora, eu dormi... quando acordei, gritei como um louco, mas o carcereiro demorou a chegar... e quando veio disse que não poderia levá-lo, o médico é que deveria vir aqui...

Ele tentou esconder, mas percebi que estava chorando baixinho, sob o capuz. Em meio aos soluços dele e aos gritos da mulher, ouvi uma voz chamando "Eugênio!", uma, duas, três, e só na quarta vez olhei para a porta. Era Da Cruz, fazendo sinal para eu sair. Caminhei para a porta. O homem percebeu.

— Já vai? Vai deixá-lo aí?

Parei e olhei para ele. Não saíra daquela posição sentado e recostado na parede. Decidi não responder. Ia saindo, quando ele perguntou, num tom de súplica sincera:

— Você pode me dizer que cidade é essa onde nós estamos? Por favor, responda. Ninguém me diz onde eu estou. Não sei nem há quanto tempo estou aqui. Em que ano estamos? Não vai dizer? Pelo menos o mês! Pelo amor de Deus, me diga, pelo menos, se é noite ou dia lá fora.

Saí da cela, que o carcereiro trancou, falando:

— Pode tirar o capuz!

Caminhamos pelo corredor ouvindo gritos e gemidos de dor, entre negras cabeças encapuzadas, corpos nus e feridos. E, não sei por que, me veio à cabeça a Emergência do Hospital Santo Inácio, que eu mesmo chamava de "O Inferno" de Dante. Era um princípio de noite, em época de enchentes. O corredor estava repleto de feridos e acidentados. Sobre a maca, uma menina com a perna esmagada, sorria para o pai que lhe fazia graças com uma boneca de pano. Apesar da exaustão do plantão dobrado, eu fora capaz de, desobedecendo todos os regulamentos, levar a maca até a sala de cirurgia para que ela fosse atendida. Eu me orgulhava de, um dia, ter feito isso.

Quando voltamos à Sala de Operações, eu mal conseguia conter as lágrimas. Sem perceber a nossa aproximação, o capitão segredava a um homem.

— Junta os dois corpos no fusca e toca fogo. Nunca vão encontrar marcas.

Eu estava completamente aturdido quando entrei no carro para ir embora. As imagens se misturavam na minha memória e eu não conseguia pensar em nada. Sentia uma pressão permanente na cabeça e uma dor aguda no estômago. Quando sentei ao volante, notei que minha camisa estava molhada. Dei a partida e saí o mais depressa que pude daquele quartel. Eu dirigia mecanicamente, sem prestar atenção ao que fazia. Na rua, acelerei. Os pneus cantaram. Senti mais a realidade do carro. Acelerei mais. Deviam ser umas oito ou nove da noite, pois o trânsito estava desafogado. Abaixei os vidros das janelas. O vento que batia no meu rosto era refrescrante. Acelerei mais. Em alta velocidade, sentia um certo alívio. Um carro freou perto de mim. O motorista me xingou, mostrando que eu não vira o sinal fechado. Acelerei mais. Era a nova versão do cavalo corredor. Era o cavalo a vapor. O carro às vezes dava saltos e parecia voar. Minha boca estava seca e eu não conseguia reunir saliva para engolir. A garganta ardia. A dor no estômago persistia. O Maracanã iluminado e o rumor da torcida me chamaram a atenção. Desacelerei. Senti que retornava à realidade. Uma partida de futebol me pareceu algo tão bizarro quanto real, e percebi que a vida continuava. Não era o mundo que estava assombrado, era apenas eu. Assim, aos poucos, fui me recompondo, tudo o mais foi ficando real. Os torcedores retardatários, o meu carro, a minha camisa molhada, a dor no estômago, a garganta seca e a primeira dúvida — prova de que tinha recuperado boa parte da consciência — ir para a casa de Eliza ou para a minha? Avaliei meu estado e, em velocidade regular, toquei para casa.

Só depois de tomar um longo banho, beber dois copos d'água e deitar na cama, foi que comecei a pensar no que acontecera. Achei que estava metido numa imensa engrenagem, que girava no interior de uma máquina gigantesca e sombria. O que eu podia ver era só o que estava no horizonte mais próximo — tudo o mais se escondia aos meus olhos e ao meu entendimento. Sem ver e sem entender, só me restava a incerteza e o medo. E aquela era uma máquina capaz de prender, torturar, lesar, mutilar e matar pessoas. Em nome do quê? Por quê? E eu, nisso tudo? O que poderia fazer um médico ali? Eles batiam, maltratavam, infernizavam e depois me mandavam criaturas dilaceradas para que eu tratasse ou assistisse à agonia? Eu não conseguia entender essa lógica. E não era possível fazer muita coisa por aqueles estropiados. E, se fosse, de que adiantaria? Eles os levavam de volta, para bater mais. Eu me perdia em perguntas sem respostas. E me angustiava. Eu gostava de ser um médico-militar, mas não estava me sentindo bem naquele lugar, não estava satisfeito de fazer aquelas coisas, nem queria estar envolvido com questões de política, nem, muito menos, com prisioneiros políticos. Eu não queria ver, nem estar por perto, quando médicos como eu, que haviam sido meus colegas de faculdade, eram presos e torturados. Eu preferia que me transferissem para algum hospital ou algum quartel onde não houvesse PIC.

Dito assim, tanto tempo depois, de forma resumida e organizada, dá a impressão de que tudo foi pensado serenamente e as dúvidas surgiam com clareza. Ao contrário. Aquela noite foi o coroamento daquele dia: um tormento coroado por outro. Com os nervos abalados, as emoções à flor da pele, imagens e pensamentos iam e voltavam, chocavam-se, confundiam-se. Eu não achava respostas, não conseguia tirar qualquer conclusão objetiva sobre o que fazer, nem mesmo definir se havia mesmo algo a ser feito. Eu ainda estava andando de um lado para o outro quando notei que a luz do dia já inundava o quarto — e eu continuava num emaranhado de pensamentos e emoções. Angustiado e irritado com a minha própria confusão, lamentei não ter ninguém com quem conversar sobre aquele assunto. Ninguém.

Quando o ajudante-de-ordens me fez entrar no gabinete, o tenente-coronel Torres Fernandes estava sentado à mesa, escrevendo. Olhou rapidamente para mim e voltou a escrever. Permaneci em pé, esperando. Não queria começar a falar enquanto ele não me desse atenção. Eu me sentia fraco e meio zonzo. Ele, afinal, parou de escrever e disse:

— Então, o tenente quer conversar comigo.

— Se o senhor tiver um tempo, eu...

— Vamos conversar, tenente! Eu tenho todo o tempo que precisar. Pode sentar.

— Obrigado.

Sentei e me senti um pouco melhor — talvez pela disposição que ele demonstrou para me ouvir. Depois de se ajeitar melhor na cadeira, ele apoiou os cotovelos na mesa, justapôs os dedos correspondentes das duas mãos em frente ao rosto e me fixou aquele olhar perturbador. E, de repente, me deu um branco. Eu não sabia o que dizer e comecei a suar. Apertei uma mão com a outra, pigarreei, mas não consegui dizer nada. Ele permaneceu quieto, me olhando. Resolvi começar de qualquer jeito:

— Eu estou com dificuldade para falar porque... é... porque estou confuso, coronel... Não passei muito bem a noite... Eu sei que não se deve tratar de problemas pessoais num quartel, mas... acontece que ontem eu fui chamado para atender a um paciente e...

— Ele morreu, eu sei.

— É, morreu. Nas minhas mãos.

— O tenente está abalado.

— Estou, mas não só por causa da morte... um médico vive sempre perto dela... É que...

Agora, eu sabia o que queria dizer, mas não achava uma maneira, não conseguia encontrar as palavras. Ele continuava com aquele olhar sobre mim.

— ...é que ontem, eu vi o que acontece lá... e fiquei assustado... Na verdade, muito assustado... não consegui dormir...

Empaquei. Mas agora foi um nó de emoção reprimida que cresceu na minha garganta. Na situação em que estava, havia o risco de chorar se falasse. Mas criei coragem e falei:

— ...eu não tenho pai, nem mãe, e os meus irmãos não moram aqui... mas também, não é assunto que se possa falar com outras pessoas... É sigiloso. Por isso, resolvi procurar o senhor.

— Fez muito bem, tenente. Na verdade, eu esperava mesmo que me procurasse. Se não fosse hoje, seria amanhã ou depois. Eu soube que esteve lá ontem e que se comportou muito bem. A palidez, o tremor nas pernas, a voz embargada são normais na primeira vez. Não é um ambiente fácil, não.

Sua voz, grave e poderosa, reverberava pela sala num tom surpreendentemente paternal, que não combinava com a frieza dos olhos azuis.

— Os oficiais que o tenente viu por lá não tremem nas bases nem ficam pálidos porque foram preparados para a guerra. Além disso, tiveram treinamento específico para lidar com o inimigo interno. Já o tenente veio recentemente da vida civil, cursou faculdade de medicina e nem fez o serviço militar. De modo que o comportamento do tenente ontem, consta de relatórios, mereceu comentários elogiosos dos oficiais e deixou a corporação satisfeita. Parabéns!

Então — pensei comigo — eles me observam, fazem relatórios, comentam entre eles. Fiquei surpreso. Não podia imaginar. Mas, confesso, o elogio me impressionou. Fiquei um pouco mais tranqüilo.

— Não se preocupe com a turbulência que está sentindo. Era prevista, e vai passar. É até saudável. Significa que é fiel às suas convicções, o que é positivo para um militar. A questão é saber como se formaram essas convicções, o quanto elas guardam de preconceitos ou refletem uma visão truncada da realidade e até de desinformação sobre o papel das forças armadas e do Estado. Acho que seria oportuno conversarmos sobre isso. O tenente gostaria?

— Seria um favor, coronel.

— Será um prazer. E eu tenho certeza de que, inteligente como é, o tenente vai me compreender. E compreendendo, quem sabe não vem a reformular algumas idéias? Fiel como é às suas convicções, ficará em paz com a sua consciência. E consciência, como o tenente deve saber, é uma elaboração da razão, da lógica, do conhecimento e não uma interpretação sentimental, deformada e anacrônica dos fatos.

Ele se levantou, contornou a mesa, ficou em pé na minha frente com os braços cruzados e uma das mãos apoiando o queixo.

— Nós, soldados, somos formados, essencialmente, pelo amor à pátria. Para defendê-la, estamos dispostos a lutar até a morte. Um soldado que mata o inimigo, o faz impessoalmente, sem ter ódio do outro ser humano, de mesma idade e nas mesmas circunstâncias, que, por acaso, cruzou na frente dele, vestindo outra farda. Ele precisa amar a pátria para entender que fez aquilo para defendê-la. Senão, vai se sentir um assassino comum. Os civis têm dificuldade de entender o que significa dar a vida pela pátria, morrer na batalha para defender a honra e a liberdade do país. Principalmente o civil brasileiro que, em geral, não é patriota. Defender a pátria de quê?, perguntaria um desinformado, se nenhum país nos está atacando?

Ele silenciou e me olhou. Seu olhar perscrutador parecia interpelar diretamente a minha alma. Eu me senti completamente vulnerável. Mas me esforcei para não transparecer e para não dar a impressão de que sabia a resposta.

— Antigamente, os agressores eram exércitos organizados de outros países, que nós chamamos de inimigo externo. Mas, hoje em dia, não são só eles. Com o crescimento das ideologias internacionalistas, os partidos políticos que as representam são internacionais. Eles guardam mais ligação com os que têm a mesma ideologia do que com os que têm a mesma pátria. Isso quer dizer que, na hipótese de uma guerra com um país comunista, os comunistas brasileiros ficariam contra o Brasil: a esses nós chamamos de inimigos internos. E agora eu posso responder à pergunta do desinformado: defender a pátria dos ataques do inimigo interno. O que não é novidade para ninguém. Desde que estive no National War College já não se cogitava mais de fortalecer o poder nacional contra eventuais ataques externos, mas contra o inimigo interno, que é o mais perigoso porque vive aqui, fala a mesma língua e tem os mesmos costumes. O fato de serem brasileiros não os torna menos inimigos; são brasileiros apenas porque nasceram aqui, não porque amem essa terra e essa gente. Por isso, acho simpática essa campanha publicitária que sugere: "Brasil, ame-o ou deixe-o." Pois eu quero lhe dizer que, nesse momento, nós estamos numa guerra de vida e morte com os inimigos internos.

Ele começou a caminhar cabisbaixo e em silêncio pela sala, devagar, passo a passo. Mantinha os braços cruzados e o queixo apoiado na mão. Retornou ao mesmo lugar onde estava e recomeçou:

— E essa é uma guerra difícil. Não é aberta, franca, declarada, como entre dois exércitos organizados. É uma guerra entre um exército, que assume suas posições, que se expõe, contra os camaleões, que mudam de cor, que não vêm à luz do sol defender as suas idéias, que se escondem, disfarçam, mentem, dissimulam. Mas matam civis inocentes, seqüestram, assaltam bancos. São cínicos e covardes. É uma guerra clandestina.

Estava irritado, o rosto ficara vermelho, mas não fez nenhum movimento brusco. Mantendo a economia de gestos, retornou à mesa e sentou-se. Ficou um tempo em silêncio, depois retomou:

— É uma guerra clandestina, exige mais violência e terror do que a do exército normal. Daí a necessidade vital de usar as mesmas armas, as mesmas técnicas especiais de interrogatório. Quando a guerra não é contra um exército, mas contra uma ideologia que pretende tomar o poder por meio do terrorismo, não se pode pensar numa concepção cavalheiresca de guerra. Diante do seqüestro de um embaixador para trocá-lo por prisioneiros e exigir que se divulguem ataques contra o próprio governo, as regras da guerra convencional tornaram-se obsoletas. Mas o que deve ter perturbado o tenente foram as técnicas especiais de interrogatório. Choca os que têm uma visão sentimental do homem. No entanto, elas são antiqüíssimas. Existem desde que existe o homem. E lembre-se, não foi o exército que inventou o homem; foi o homem que inventou o exército. E o interrogatório com técnicas especiais não começou com o exército; começou como uma prática da justiça civil.

Levantou-se outra vez. Pegou um biscoito cream-craker e serviu-se de meio copo de leite. Estendeu na minha direção; agradeci com um gesto. Começou a comer o biscoito e tomou um gole de leite. Em pé, atrás da mesa, falava e, às vezes, interrompia para morder o biscoito em pedaços minúsculos e tomar um gole pequeno de leite.

— Como o tenente deve saber, no princípio foi o olho por olho, dente por dente. Ao pé da letra, era arrancar uma parte do corpo como punição para cada crime. Imagine que dezoito séculos antes de Cristo, o Código de Hamurabi já punia o criminoso comum com a amputação de membros. Mas ia além. Determinava a quebra de ossos, a fogueira e a empalação. Esse tipo de pena era comum entre os egípcios, persas, gregos, romanos, entre todos os povos, enfim. Cristo não foi o único crucificado. Foi apenas o que ficou mais famoso. E seus seguidores foram perseguidos e supliciados por professar religião considerada ilegal. Diziam até que destino de cristão era ser comida de leão. Comparadas com as de então, as penas de hoje são castigos para educar crianças.

Eu estava impressionado com a convicção com que ele afirmava as coisas. A voz grave e tronitruante, falando devagar e paternalmente, lhe dava credibilidade.

— O direito romano que, como o tenente sabe, foi a base do nosso direito e se apoiava na confissão dos suspeitos, incluía o uso das técnicas especiais de interrogação. Tanto que os romanos tinham duas expressões para se referir aos interrogatórios. Eles chamavam de *quaestio* à inquirição; e de *quaestio tormentorum* — como o próprio nome indica — a algo parecido com o nosso interrogatório, porém com mais tormento. Foi Ulpiano, jurista do século III depois de Cristo quem definiu: a *quaestio tormentorum* é o suplício do corpo com o objetivo de se arrancar a verdade. Nero, Tibério, Calígula, Cláudio, Domiciano, Otávio, todos os imperadores romanos se utilizaram desse método para descobrir conspiradores e traidores, que, depois de confessar, eram condenados por *crimen laesae maiestatis*. Nessa época, o imperador era a encarnação viva do Estado.

Admirado, eu não tirava os olhos dele, que falava como se estivesse dando uma aula, mas sem nenhuma solenidade. Comecei a achar que ele era um estudioso do tema. Já estava mais tranqüilo, interessado no que ouvia.

— Na Idade Média, a confissão de culpa passa a ser a peça fundamental num processo jurídico. Torna-se tão importante que os juristas a chamam de "rainha das provas". E não há método mais eficiente para se arrancar confissões do que o tormento. Meu pai, quando queria saber o autor de uma traquinagem, dizia: "Quem fala a verdade não merece castigo." Ou seja, se não disséssemos a verdade, levávamos uma surra. Até mesmo a Igreja, que fica aí com essa demagogia de respeito aos direitos humanos, usava e abusava dos suplícios. Atormentou mais os hereges do que os romanos atormentaram os cristãos. Com a Inquisição e seu batalhão de interrogadores, arrancou confissões por atacado e, com isso, livrou-se da subversão e da anarquia internas. Fez mais: manteve a humanidade acreditando no que lhe convinha, que a Terra não era o centro do universo. Para isso, obrigou Galileu a negar uma verdade científica, apenas lhe mostrando os instrumentos. Tão requintada, a Igreja fez até um *Manual dos inquisidores*, que recomendava provocar a dor no interrogado até arrancar toda a verdade da sua própria boca. Um papa — a maior autoridade religiosa do planeta — chamado Inocêncio IV escreveu que os hereges poderiam ser supliciados — desde que não houvesse perigo de vida — até que revelassem seus pecados e denunciassem os dos outros. Nós estamos cumprindo a orientação papal. Até São Tomás de Aquino, o maior pensador medieval, achava que, na falta de outra maneira de se chegar à verdade, era justa a aplicação do *tormentorum*. Mesmo em um inocente — ele disse. Se imperadores, papas e intelectuais — portanto, os poderes temporal, transcendental e intelectual — eram favoráveis, que mortal seria contra?

Ele era um especialista no assunto. E eu sempre tive admiração pelas pessoas que sabem. O conhecimento me seduz. Embora já tivesse tomado todo o leite, mantinha o copo na mão.

— Quando chega o fim do século XVIII, início do XIX, o *tormentorum* é oficialmente abolido do direito penal em toda a Europa, muito por influência do Iluminismo. Mas, na verdade, nunca deixou de existir. Fora abolido apenas oficialmente. Não na vida real. Permanecia em plena vigência em várias regiões da Europa e se deslocara para as colônias. Essa época inaugura o cinismo da sociedade, que passa a tratar como inexistente e indesejável o que ela sabe que existe e deseja que exista. O *tormentorum* passa a ser considerado o maior inimigo da justiça, do humanismo, do liberalismo e da razão. Vira o demônio. Esse moralismo influencia a sua definição jurídica. Mas nós sabemos que há fenômenos humanos para os quais a avaliação moral é absolutamente inútil. A guerra, por exemplo, é um deles. Quem justifica a guerra, moralmente? No entanto, a guerra existe não é de hoje. É do homem. E nós somos os profissionais incumbidos dela. Mas, voltando ao nosso interrogatório: em seguida à inadequada avaliação moral, veio, como era de se esperar, a definição sentimental, demagogicamente humanista, fruto de uma visão idealizada do ser humano. A falsidade desse humanismo melodramático é evidente. Antes, o conspirador sabia os riscos que corria. Conspirava consciente das regras do jogo. Não havia questões morais, humanistas nem sentimentais. Quem perdesse o jogo, Imperador ou conspirador, aceitava a punição sem apelações, pedidos de clemência ou de mudanças das regras. Agora, moralizado e sentimentalizado, o *tormentorum* vai significar apenas uma forma de provocar a dor em alguém, com um determinado objetivo, ou até sem objetivo algum. Isso, sim, é coisa de sádico, tarado e doente mental. E aqui, eu preciso fazer um parêntese. Como o tenente deve ter notado, eu evito usar a palavra tortura. Exatamente porque ela ainda está carregada dessa visão moral, sentimental e melodramática. Hoje em dia, chama-se de tortura todas as formas de selvageria humana. O jornal noticia que o criminoso torturou a sua vítima, os patrões torturam os empregados, os maridos torturam as esposas, os pais torturam os filhos, a dona de casa tortura a empregada doméstica, a criança tortura o cachorro. Todo mundo tortura todo mundo; ou seja, ninguém tortura ninguém. Ia me esquecendo: a falta de dinheiro, a depressão, a dor-de-cotovelo ou de-corno e até o inverno rigoroso são torturas. No entanto, nada disso tem a ver com o conceito da *quaestio tormentorum*. Tudo isso que se tem chamado de tortura não passa de uma degradação do conceito, de uma manipulação melodramática.

Comecei a entender que a frieza daquele olhar era conseqüência da sua necessidade de entender. Não se deixava contaminar por emoções baratas para não sujar a clareza do seu raciocínio. Os olhos azuis, penetrantes e frios, queriam compreender, mais do que sentir, seduzir ou parecer simpático. Só então ele repôs o copo sobre a mesa e continuou:

— De qualquer forma, o povo nas ruas aprova essa tortura banalizada. Todos conhecem os meios que usa a polícia para obter confissões de batedores de carteira e ninguém protesta. Ao contrário. O cidadão comum fica feliz em saber que o ladrão de sua galinha levou uns tabefes. Essa sociedade cínica parece dizer: "Ah, torturar o batedor de carteira está certo, desde que não faça na minha vista. Mas torturar um sujeito que quer subverter a ordem pública não pode." E qual é o crime maior? Por isso, eu concordo com uma definição mais recente de tortura: "É o tormento infligido por uma autoridade pública com objetivos exclusivamente públicos." Esse conceito estabelece a diferença entre a tortura feita pelo Estado, para arrancar a informação que vai proteger o próprio Estado ou a população, da selvageria provocada por um homem a outro homem. Da mesma forma que, onde há pena de morte, todos sabem a diferença entre execução e assassinato. Por isso é que se diz que, quando a tortura reapareceu nos séculos XIX e XX, foi como um instrumento do Estado, e não da lei. O Estado ficou ameaçado pelas novas situações que teve de enfrentar no século XX e que o levou a tomar medidas para se proteger. Daí a contradição: o Estado do século XX, rico, poderoso, com enorme capacidade de persuasão, descobre-se vulnerável diante dos inimigos internos e externos. Vê-se, então, obrigado a procurar mecanismos para se proteger. Os franceses inventam o crime de *lèse-nation* que, diferentemente do *crimen laesae maiestatis* dos romanos, visa proteger mais o Estado do que o governante.

Eu intuí aonde ele queria chegar e comecei a concordar. Mas o que mais me impressionava era a inteligência aguda, o conhecimento da matéria e a clareza que ele tinha para explicar. Para mim, que nunca ouvira ninguém falar sobre esse assunto, era uma aula!

— Para proteger o Estado, é indispensável ter-se excelência nas áreas de informações militares, espionagem, polícia, vigilância social e política. Pelas suas próprias características, essas áreas precisam estar livres de burocracias, controles administrativos e inspeções rotineiras. De nada adianta um serviço de espionagem que precisa da autorização do presidente ou de um ministro para grampear um telefone. Ou de ordem judicial para prender um terrorista. A preservação do Estado exige autonomia dos sistemas de defesa e segurança interna. É claro que isso significa a criação de novas instâncias de poder dentro do Estado. Mas é o preço. Os políticos de oposição, e até alguns que nos apóiam, vão gritar que isso é a criação de um estado dentro do Estado. Mas e se for? Não será por vontade ou necessidade nossas. O tenente sabe o que aconteceu com a Alemanha. O Estado, vulnerável, caiu nas mãos de Hitler e, sem ter como se proteger, serviu de instrumento para que um louco tentasse realizar seus planos de purificação da raça. Assim como aconteceu na Alemanha, pode acontecer em qualquer lugar. Assim como caiu nas mãos de Hitler, poderia cair nas mãos de qualquer outro. Mas os nossos políticos não pensam nisso. Têm visão estreita, só pensam na própria reeleição e em beneficiar os amigos. Além do mais, têm um poder temporário, equivalente a um mandato, e nem sempre são reeleitos. Podem dizer qualquer asneira agora porque, depois, sem mandato, ninguém poderá cobrar deles. Nós, não. Nós somos definitivos. A qualquer tempo, as forças armadas são responsáveis pela defesa da integridade territorial, do Estado e da segurança interna. A qualquer tempo, poderemos ser cobrados por isso. Os políticos reclamam por causa dos custos. Querem salvaguardar o Estado com tostões. Mas segurança custa caro. Ouça o que o general Golbery escreveu há quatro anos.

Ele foi até a estante, pegou um dos volumes e procurou uma passagem. Encontrou-a e leu:

— "Daí um novo dilema — o do bem-estar e o da segurança, apontado por Goering, em dias passados, sob a forma menos justa, mas altamente sugestiva, do seu conhecido *slogan*: 'Mais canhões, menos manteiga.' E, na verdade, não há como fugir à necessidade de sacrificar o bem-estar em proveito da segurança, desde que esta se veja realmente ameaçada. Os povos que se negaram a admiti-lo aprenderam no pó da derrota a lição merecida."

Fechou o livro com força, fazendo barulho. Estava excitado.

— E os merdas dos políticos não enxergam isso!

Foi até a janela em silêncio, afastou duas lâminas da persiana, olhou para fora por um tempo. Tentou se acalmar. Voltou à mesa, os braços cruzados. Sentou-se com apenas uma perna na ponta da mesa.

— As novas realidades de poder exigem poderosas e sofisticadas estruturas de segurança interna. Foi assim na União Soviética comunista, na Itália fascista, na Alemanha nazista e em todos os países que não queriam ficar para trás nessa corrida. E a tortura, tenente, é peça fundamental nessas estruturas. Desde a Primeira Guerra, ela retorna com força total. Na Segunda, mais ainda. Ninguém respeitou as convenções internacionais. Prisioneiros foram torturados e civis também — basta lembrar o que acontecia nos campos de concentração. Em 54, quando se revelou que a França torturava na Argélia, foi um escândalo! Mas como, a França?! Berço da cultura, terra do Iluminismo! Cinismo puro!

Esboçou um sorriso sarcástico. Nem sei se poderia chamar de sorriso. Na verdade, os lábios se esticaram minimamente e logo voltaram à sua grave posição. Ele parecia mais sereno. Cruzou as mãos sobre a perna.

— A batalha hoje, como nunca, é pela informação. Cada passo que se sabe do inimigo, garante a sua segurança e influencia na sua estratégia. Os serviços secretos, com a tecnologia e os métodos especiais de interrogação, são o principal exército dessa guerra. O interrogador precisa arrancar dos prisioneiros informações — às vezes só conhecidas pelo interrogado, e que podem evitar a tortura de centenas ou a morte de outros tantos inocentes provocadas pelos seus aliados em liberdade. O interrogador não é um sádico, ressentido, fanático ou assassino. Seu trabalho é absolutamente impessoal, não é emocional. Tem energia, não emoção. Também não é cruel, mas eficiente. É um profissional especialmente treinado, que precisa ser reconhecido como um protetor da sociedade e do Estado, capaz de salvar vidas inocentes, um herói das sombras, servidor leal do Estado, cumprindo apenas o que se poderia chamar de um dever não muito agradável. Por reconhecer-lhes esse mérito, nós fazemos questão de prestigiá-los. E a corporação os respeita. Eles ganham bons salários e são orgulhosos do que fazem. Tanto que se dedicam de corpo e alma.

Eu podia confirmar tudo que ele disse; já vira e ouvira esse pessoal. E, no que me dizia respeito, era verdade também. Bom salário, prestígio, respeito e até a atenção que ele me dedicava naquele momento. Eu estava impressionado com aquele homem. Com a sua coerência, a sua transparência e fidelidade às próprias convicções. Era difícil discordar dele depois de uma argumentação sólida, respaldada pela história. Ele tinha conhecimentos e experiência. Conhecia profundamente o que estava falando e sabia com clareza o que estava fazendo. Nunca, na faculdade, no laboratório, no hospital, em lugar algum, um superior da importância do tenente-coronel Torres Fernandes dedicara tanto tempo e tanta atenção a mim. Eu me sentia prestigiado. Ele continuou:

— Eu já ouvi dizer que em cada homem repousa um interrogador. Mas, por motivos morais, sentimentais e melodramáticos, a grande maioria não tem coragem de dar asa a esse lado poderoso e revelador do ser humano. Só alguns, mais ousados, enfrentam-se como verdadeiramente são — esses são respeitados e temidos pelos demais. Claro que há os covardes, que querem, mas não assumem porque temem as conseqüências. Eu desprezo homens que deixam de fazer algo que desejam pelo temor de represálias, vinganças e julgamentos. Nunca serão o que verdadeiramente são. Quero lhe dizer, tenente, que não há nada a temer. Tudo o que acontece nesse quartel só pode ser avaliado no contexto de uma guerra, na qual nos foi confiada uma missão. E, nesse caso, nós contamos com a proteção do segredo militar, que é indevassável. Portanto, ninguém nos julgará. Nosso futuro está protegido e garantido. O tenente, que não tem família, poderá contar com a sua corporação, que estará do seu lado em qualquer situação. Em missões secretas, quando um homem confia sua vida ao colega, criam-se laços profundos. Se o tenente deixar, eu e os demais seremos a sua família. E esqueça o resto, tranqüilize-se. Um mundo sem tortura, tenente, é um mundo ideal, de homens idealizados. E isso não existe.

Ele desceu a perna da mesa e caminhou na minha direção com a mão estendida e aquele esboço de sorriso. Cumprimentou-me. Fiquei surpreso com a informalidade espontânea, ainda mais partindo de um espartano como ele.

— Parabéns! — ele disse. — Você merece estar conosco.

— Obrigado, coronel. Muito obrigado.

— Agora, vá para casa dormir. Está liberado.

Estava emocionado. Não consegui falar mais. Despedimo-nos. Saí de lá mais tranqüilo, mais seguro, mais confiante. Fui para casa dormir.

Quando voltamos a distribuir os convites de casamento, incluí todo o pessoal mais chegado do quartel, do tenente-coronel Torres Fernandes, passando pelo coronel Paraguaçu e pelo sargento Da Cruz — inclusive alguns do PIC.

Afinal, chegou o dia do casamento. A igreja estava cheia e florida e a música que o coral cantou me deixou emocionado. Eliza estava deslumbrante num vestido de renda branca com longa cauda. Na saída, oficiais em traje de gala fizeram a tradicional cobertura de espadins sobre nós. Meu sogro se emocionou e minha sogra chorou. Até Elga me abraçou emocionada, desejando felicidade. Graciliano também chorou ao me abraçar. Eu estava feliz e foi uma grande festa, com bufê e música ao vivo no Clube Militar, da Lagoa. Todos os meus convidados compareceram — tio Camilo, dona Glória, Maria Luísa, doutor Bernardo, doutor Moreira Bentes — menos o coronel Paraguaçu, que mandou de presente uma salva de prata, e os colegas da faculdade, que mandaram telegramas. Lorena e Demerval também mandaram telegramas. Observei, durante a festa, que o coronel Bernardelli, angustiado como eu, também trançava de um extremo ao outro do salão, onde se colocaram os dois grupos de militares presentes: aqueles ligados ao meu sogro, de um lado; e os meus convidados, do outro. Seus componentes saudavam-se discretamente, mas não se davam. Nós viajaríamos para Campos do Jordão na manhã seguinte para uma semana de lua-de-mel numa deferência do tenente-coronel Torres Fernandes, mas ficamos até alta madrugada, quando, depois de muita comida, bebida e dança, a festa, como sempre, virou carnaval, com todos os convidados compondo o trenzinho e cantando a música que embalara a conquista da Copa do Mundo no México: *Noventa milhões em ação/ Pra frente Brasil/ Do meu coração/ Salve a seleção/ De repente é aquela corrente pra frente/ Parece que todo o Brasil deu a mão/ Todos ligados na mesma emoção.*

XXXII

Era um grande prazer chegar em casa depois de um dia de trabalho e encontrar Eliza me esperando. Beijávamo-nos e segredávamos no ouvido um do outro declarações de amor e queixumes da saudade que sentíramos ao longo do dia. A casa estava arrumada, tudo limpo e brilhante, no devido lugar — um lugar que, para cada poltrona, quadro, espelho ou vaso de folhagem, decidíramos a dois, depois de várias experiências e tentativas. Eu tinha orgulho da minha casa. Além de confortável e acolhedora, fora alugada e mobiliada com o fruto do meu trabalho — contrariando as expectativas de minha sogra e minha cunhada, que, no princípio, não me acreditavam capaz de prover as necessidades de uma família.

Lembro-me das nossas "visitas ao lar", quando eu e Eliza cruzávamos o quintal e, de mãos dadas, contemplávamos nossos móveis cobertos no quarto de empregada, imaginando como seria o futuro. Cumpríamos, então, uma espécie de ritual mágico capaz de tornar o futuro presente. Eu me imaginava chegando do trabalho no fim do dia e beijando Eliza, que estaria me esperando. Quatro meses depois de casado, o ritual verdadeiro de chegada naquela casa era exatamente como eu tinha sonhado. Portanto, meu casamento era a plena realização de um sonho. Eu tinha que me considerar um homem feliz.

Mas nos faltavam filhos; e sonhávamos com crianças — como já disse, para mim, sem crianças, não há família. Esperávamos por elas, eu com uma certa ansiedade, pois, desde que éramos noivos, já inventávamos nomes, caras e características de personalidades para nossos herdeiros imaginários.

Depois de um banho longo, sentávamos à mesa e, enquanto jantávamos — pratos simples, que Eliza preparava com o esmero de uma cozinheira mais motivada do que experiente — decidíamos se iríamos ao cinema, à casa da minha sogra ou se ficaríamos em casa, vendo televisão. O que era certo e confortador é que dormiríamos na mesma cama.

E aí, na cama, surgira a única nuvem um pouco mais densa da nossa vida conjugal. Eu falei em nuvem — algo suscetível de mudar conforme os ventos — e apenas um pouco mais densa — nada muito grave, portanto. Acontece que eu esperava mais da nossa vida sexual. Era mais dado ao sexo das ruas, carne paga, disponível a qualquer tipo de prazer. O que me excitava era uma sensualidade mais vulgar e o que me dava prazer era um erotismo menos convencional. E Eliza, até então, não gostava disso, nem se dispunha a experimentar nada além do que chamava de natural. Eu me resignava, certo de que, com o tempo, a monótona repetição de atos e posições acabaria por motivá-la a experimentar.

Acordávamos, quase sempre, às sete da manhã. Eliza preparava o café, que tomávamos juntos, e eu seguia para o quartel, enquanto ela, quase sempre voltava para a cama. Com esse cotidiano tranqüilo e seguro, que me satisfazia completamente, eu achava que a vida estava retribuindo o meu empenho, que valera a pena fazer o que fizera.

No quartel, desde a festa do meu casamento, as coisas ficaram calmas, mas não muito tranqüilas. A festa propiciara minha aproximação pessoal com os oficiais. Mas assim que voltei da lua-de-mel, praticamente só atendia aos casos rotineiros dos militares. E passei a sentir um certo clima de desconfiança em relação a mim. Conversas eram interrompidas à minha aproximação e evitavam a minha mesa no rancho. Até para algumas reuniões que andei participando, convocadas pelo tenente-coronel Torres Fernandes e que só tratavam de questões administrativas, deixaram de me convidar. Isso me intrigou e eu não conseguia atinar com a origem, pois na nossa última conversa, quando ele me dera uma verdadeira aula sobre a segurança do Estado, eu não só me tornara seu admirador, como se estabelecera um clima de confiança entre nós. A desconfiança posterior só poderia ter uma outra origem. E, depois de muito pensar, cheguei à conclusão de que a origem estava na festa do meu casamento. O visível afastamento entre o grupo de militares ligados ao meu sogro e o outro, do qual o tenente-coronel fazia parte, tinha raízes profundas, conforme vim a descobrir mais tarde. E a inconciliável divergência entre eles estendia-se até as diferenças de pontos de vista sobre a segurança do Estado. Deduzi que me supuseram um aliado do grupo do meu sogro e, a partir dessa suposição, passaram a desconfiar de mim. Era apenas uma dedução, que nunca confirmei nem desmenti, mas que tomei como real, e comecei a agir para desfazer qualquer vínculo entre mim e meu sogro. Sempre que podia, mencionava um genérico, mas insuperável, desentendimento entre genros e sogros. Ou comentava a dificuldade que era para um tenente ter um general como sogro, ainda que reformado. Um dia acabei inventando que rompêramos — não nos visitávamos mais. É evidente que esses "recados" eram insuficientes para restaurar a confiança, mas era o que eu podia fazer. Se por acaso o serviço secreto investigasse, descobriria que eu realmente não pertencia a grupo algum.

Não sei dizer por qual motivo, mas o fato é que um dia comecei a sentir que a desconfiança se diluía. Se é que ela, de fato, existira algum dia e não tinha sido apenas fruto da minha imaginação — quando se lida com atividades secretas ou clandestinas, uma sensibilidade mais aguda pode estimular enganosamente a fantasia. Ninguém interrompia mais a conversa quando eu chegava e me sentia bem-vindo a qualquer das mesas do rancho. Mas a confirmação definitiva só veio numa tarde nublada, de triste memória.

Eu acabara de medir a pressão do coronel Paraguaçu e voltava à minha sala, quando um cabo veio me chamar, com urgência, para atender a um paciente no PIC. Mandei Da Cruz preparar a nossa maleta de emergência e fomos imediatamente.

O militar, alto, forte e de mãos enormes que nos esperava na entrada da Sala de Operações, estava à paisana, mas usava coturnos encobertos pela calça. Simpático, apresentou-se como tenente Bonassa. A sala estava menos agitada do que da última vez. Ele nos conduziu pelo corredor do primeiro andar, que estava mais silencioso e havia poucos encapuzados. No fim do corredor, o tenente parou diante de uma porta e disse que só eu poderia entrar. Da Cruz teria que esperar do lado de fora.

O tenente Bonassa abriu a porta, que lembrava a de um cofre de banco, pois tinha uns dez centímetros de espessura em aço compacto. Entrei, mas imediatamente à frente havia outra porta, essa de madeira e também maciça. Ele abriu e eu entrei num cômodo sem janela e com ar-condicionado, que logo depois descobri ser uma ante-sala, onde havia um homem nu, estirado no chão. O tenente fez um desdenhoso movimento de cabeça na direção dele e disse que seria bom se eu o reanimasse, pois tinha muita informação — e abriu uma porta com um retângulo de vidro na altura do rosto, uma espécie de escotilha, entrando na sala contígua. Aproximei-me do homem. Seu estado físico era deplorável, como os demais de quem já falei. Estava arrebentado: equimoses, edemas, inchaços, sangue por todo o corpo e, logo constatei, estava desacordado. Aproveitei para fazer assepsia e curativos nos ferimentos. Durante todo esse tempo, ouvia gritos surdos e ininteligíveis que vinham da sala ao lado. Apliquei uma injeção para reanimá-lo. Enquanto esperava o efeito, aproximei-me, assim como quem não quer nada, da porta por onde entrara o tenente e olhei, como se fosse por acaso, através da escotilha. E vi uma cena tão assombrosa que não consegui mais tirar os olhos.

De costas para mim, um homem nu, de meia-idade e cabelos grisalhos, mas forte e de corpo rijo, estava encolhido no centro da sala, sob a luz intensa de um refletor, estranhamente sem capuz. Dois truculentos militares à paisana — um deles o próprio tenente Bonassa, que fora me receber, e o outro um narigudo de braços peludos como um macaco — giravam à sua volta, suados e vermelhos de excitação, dando-lhe socos e pontapés. Sobre uma espécie de tablado de madeira, um terceiro homem, sentado diante de uma mesa, fazia anotações.

Fustigado pela profusão de golpes, o homem cambaleava, contorcia-se e, curvado sobre si mesmo, acabou ficando de frente para mim. Quando ergueu a cabeça, a surpresa me congelou: apesar dos olhos inchados, do sangue que lhe descia do nariz e entrava na boca, da baba vermelha que lhe escorria pelo queixo, pescoço e espalhava-se pelo peito, ainda consegui reconhecer que o atormentado de cabelos grisalhos era Caio, o namorado de Domitila. Senti um leve tremor percorrer-me o corpo e minha garganta secou instantaneamente.

Caso se dobrasse para a frente ao impacto de um soco no estômago, imediatamente levava por trás um chute de pesado coturno que o erguia do chão; se recebia uma bofetada tão forte que a cabeça rodava para um lado, do outro era um soco no fígado e, em seguida, um direto nos rins. Ele girava aos arrancos para um lado e outro, curvava-se e erguia-se ao sabor dos impactos, como se fosse um agitado contorcionista, as mãos correndo aflitas após cada pancada, incapazes de se anteciparem aos golpes, impotentes para protegê-lo.

Transtornados, suados, os peitos ofegantes, os dois homens gritavam, como mostravam as veias saltadas do pescoço. O tenente Bonassa tornara-se um homem completamente diferente daquele que, pouco antes, fora nos receber. De olhos arregalados, mantinha uma expressão de fúria descontrolada, com assustadora agressividade. Sem trégua, a violência se prolongava por um tempo interminável, revezando-se em chutes, socos, bofetadas, telefones, pescoções e joelhadas, de uma maneira enfurecida e desordenada — enquanto o homem que fazia as anotações estava quieto, de braços cruzados, como se aguardasse uma informação que não vinha.

Eu assistia a tudo através da escotilha, como a um filme mudo, cuja trilha sonora fossem gritos surdos, dos quais só se ouvia um ininteligível estrilo. Depois do primeiro impacto, que me paralisou, meus sentimentos começaram a se fundir numa tumultuada confusão, impossível de ser entendida. O mais forte era a compaixão por aquele homem subjugado à sanha de feras sanguinárias. Apesar de todas as razões de Estado na lógica irretocável do tenente-coronel Torres Fernandes, algo dentro de mim, maior do que a minha própria razão, que se curvava a essa lógica, rejeitava essa lógica e se condoía com o desespero do prisioneiro. Ao mesmo tempo, eu não podia perdoar aquele homem de cabelos grisalhos que seduzira Domitila, praticamente arrancando-a dos meus sonhos, e que me olhara com suspeição e desprezo nas vezes que nos encontráramos, pelo que eu o detestava. Ele bem merecia muitas daquelas porradas que, afinal, me vingavam. Para complicar ainda mais a minha própria compreensão do que se passava comigo naquele momento, havia o meu desprezo pelos interrogadores, que não tinham a grandeza humana de quem apanha, mas não fala; não se rende nem se curva ao brutal poder do adversário. A verdade é que eu respeitava Caio, um professor, um intelectual, que me derrotara na disputa por Domitila, e também o invejava por ser amado pela mulher que amei. Todos esses sentimentos simultâneos me provocavam um tumulto interior que me deixava o coração apertado e as mãos molhadas, além de não conseguir tirar os olhos daquela escotilha.

Depois de um chute por trás, Caio tombou para a frente e ficou de quatro no chão. O tenente Bonassa pegou um cilindro — que parecia metálico — sobre a mesa e se aproximou dele. Mais perto da luz, vi que era um cassetete de alumínio com cabo de borracha. O narigudo prendeu o pescoço de Caio entre as suas pernas e desferiu-lhe socos nas costas. O tenente reteve sob os seus coturnos os tornozelos de Caio. Depois, abaixou-se e começou a enfiar o cassetete no seu ânus. Socou a outra extremidade como se fosse um martelo batendo no prego. Nesse momento, o homem da mesa, tendo à frente uma cena que me revolvia o estômago, foi capaz de erguer os braços, espreguiçar e bocejar. Se me contassem, eu não acreditaria, mas eu estava vendo aquela inacreditável indiferença, como se ele fosse um escriturário de repartição pública diante de alguém que lhe pedisse uma informação.

O tenente arrancou com um puxão o cassetete sangrando de dentro de Caio, enquanto o narigudo abriu as pernas, soltando o seu pescoço. A cabeça chocou-se contra o cimento e depois o corpo tombou de lado no chão, ficando imóvel. Os homens o largaram e foram até a mesa. Conversaram, os três.

Temendo ser visto, voltei ao meu paciente, que acabara de se mexer. Abaixei-me até ele. Ainda não acordara. Estava em letargia. Retornei, com mais cautela, à escotilha.

O narigudo aproximou-se de Caio levando na mão dois fios que saíam de um equipamento que estava sobre a mesa. A ponta de um dos fios, ele prendeu na orelha de Caio, que permanecia deitado, na posição fetal. A outra ponta, ele prendeu no seu pênis. Na mesa, o tenente Bonassa girou a manivela do equipamento, como se faz em telefones de campanha. O corpo de Caio sacudiu dos pés à cabeça, como se tivesse levado um choque, ao mesmo tempo que o homem gritava, de veias saltadas, no seu ouvido. A manivela girava mais depressa, os estremecimentos se ampliavam, fazendo seu corpo estender-se e encolher-se bruscamente, às vezes dando impulsos que o faziam erguer-se do chão num salto. Esta situação se prolongou indefinidamente, sem que o homem da mesa escrevesse uma palavra sequer, fazendo crescer a minha aflição sobre quanto mais o infeliz Caio ainda suportaria. De repente, o narigudo ergueu a mão espalmada, pedindo que se interrompesse o *tormentorum*. Retirou o fio da orelha e sacudiu o corpo de Caio, que balançou, mas não reagiu. Senti que surgiu uma certa apreensão lá dentro. O tenente Bonassa desligou rapidamente o fio que estava no pênis e recolheu as duas pontas à maquininha. O homem da mesa desceu do tablado e foi até o corpo de Caio. Ergueu-lhe o braço e soltou. O braço caiu pesadamente. Retornei ao meu paciente, que voltava a si.

— Tenente, o capitão Camargo está chamando o senhor aqui — disse o tenente Bonassa, rosto rubro, suado e despenteado, apenas parte do corpo para fora da porta aberta. — Pode deixar que eu cuido desse aí — completou, referindo-se ao paciente e avançando na direção dele.

Cruzei a porta — só então vi que tinha vedação acústica — e entrei na sala. Apesar do ar-condicionado, o ambiente estava quente, tenso e cheirando a suor. O capitão, que eu não conhecia, me pediu que recuperasse o prisioneiro.

— Esse é peixe grande, tenente. Tem muito para falar, mas o filho da puta trancou a boca. E é duro feito rocha.

Abaixei-me junto ao corpo. Comecei a examiná-lo. O capitão Camargo e o narigudo se abotoavam, arrumavam as roupas no corpo e ajeitavam os cabelos, como se a jornada tivesse se encerrado e fossem sair. O tenente Bonassa retornou à sala:

— O outro já voltou a si e já lhe enfiei o capuz. Vamos pegá-lo de novo hoje ainda ou pode mandar de volta à cela?

O capitão Camargo olhou para Caio e para mim, avaliando.

— Esse merda não abre nada — falou quase que para si mesmo. Em seguida, virou-se para o tenente: — Manda de volta para a cela. Se esse não ressuscitar, traz o outro de volta.

O tenente Bonassa saiu. O capitão Camargo e o narigudo o seguiram. Já na porta, o capitão virou-se para mim e disse:

— Nós vamos comer alguma coisa, tenente. Estamos até agora sem almoço. Seria bom que, na volta, esse sujeito estivesse em pé.

Saíram todos. Fiquei impressionado com a tranqüilidade com que eles foram comer depois do que tinham feito. Só de ter assistido, eu estava abalado, as mãos e a roupa molhadas, apesar do ar-condicionado, a garganta seca, tendo que me esforçar para me concentrar na avaliação do quadro de Caio. Nunca conseguiria comer naquele estado. Fui pegar a maleta na outra sala. Eles deixaram aquela porta aberta, mas ouvi os ruídos do fechamento das duas que davam para o corredor, inclusive a de aço, que batera pesadamente. Voltei, e me vi sozinho com Caio. Comecei a cuidar dele.

A avaliação das suas funções vitais indicava cautela, mas não ameaça. Era um homem saudável e rijo. Passei a limpar seus ferimentos. Diante das necessidades do paciente, fui, aos poucos, me acalmando. Quero dizer, recuperei um batimento cardíaco mais perto do meu normal, passei a respirar plenamente e o suor das mãos foi diminuindo. Restavam o medo, o susto, o choque e uma grande perturbação psicológica. Eu me estarrecera.

Mas ali, cuidando do corpo do meu rival, tentando aliviar o seu sofrimento, eu pensava o tempo todo em Domitila: aquele era o homem por quem ela se apaixonara. Seus cabelos grisalhos e seu corpo ainda rijo, mas já prenunciando os vestígios da flacidez, ela o preferira ao meu. Aquele corpo, que se oferecia às minhas vistas na mais completa nudez, merecera seus carinhos e seus beijos; aquele corpo maltratado, estropiado, conspurcado e violentado merecera o corpo dela, virgem e puro. Eu limpava e medicava os lábios feridos, inchados e escuros, que tantas vezes a haviam beijado. Aquelas mãos roxas e sangrando, onde faltavam unhas, tinham acariciado o corpo dela. O pênis, marcado por choques, murcho e minúsculo, que a penetrara, lhe dera prazer e a inundara de sêmem. Eu cuidava do corpo que ela preferira ao meu, que fizera o que o meu poderia ter feito. E, mesmo tendo passado tanto tempo, eu continuava sem entender aquela preferência. Só podia ter sido a conversa dele, o poder que tinha o professor para seduzir alunas desavisadas. E ela, onde estaria ela agora?, me perguntei. O que estaria sentindo com a ausência do marido? Estaria aflita, desesperada, sofrendo? Será que saberia onde ele estava? Será que imaginaria que o homem a quem amava, e que me desprezava, estava nas minhas mãos? Eu o detestava, e bem que poderia fazê-lo sofrer ainda mais. E ele bem que merecia. Apliquei uma injeção para reanimá-lo.

Enquanto esperava, observei o equipamento de onde saíam os dois fios. Era uma caixa com um ímã permanente, em cujo campo magnético a manivela fazia girar um rotor. As duas escovas de saída estavam ligadas aos dois fios. Segurei nas duas pontas e girei lentamente a manivela. O choque, mínimo, fez as minhas mãos sacudirem. Não consegui tocar no cassetete sujo de sangue. Nem na palmatória de borracha áspera com um cabo de madeira. Descobri que havia ali uma outra porta, também com escotilha. Olhei.

Era uma outra sala, naquele momento pouco iluminada. No centro, havia uma cadeira de madeira, que lembrava a cadeira de dentista ou de barbeiro, com correias e fios elétricos nos braços, revestidos com uma chapa metálica, que àquela luz parecia ser de zinco ou flandres. Coincidia com a descrição que alguém me fizera mais tarde de uma tal "cadeira do dragão", muito usada no *tormentorum* com choques elétricos. Ainda estava olhando pela escotilha quando ouvi os ruídos de abertura da porta de aço. Voltei para junto de Caio, que começava a se mexer.

Logo entraram o capitão Camargo, o tenente Bonassa e o narigudo. Ainda traziam palitos na boca, fumavam e arrotavam. Ficaram de pé, fazendo um cerco em torno de nós, observando os movimentos de Caio, que mal abrira os olhos, cobrira-os com a mão para se proteger do refletor.

— Vocês acharam que ele ia apagar, mas o tenente ressuscitou o cara! — disse o capitão Camargo, revirando um palito na boca.

— Agora ele vai falar o que sabe e o que não sabe — disse o tenente Bonassa.

Fiquei preocupado. Não acreditei que pretendessem continuar espancando aquele trapo humano.

— Vocês pensam em continuar essa tortura? — indaguei espantado.

Mais espantados do que eu, me olharam os três homens. Pareciam não acreditar que eu dissera aquilo. O capitão cuspiu o palito, que caiu no chão, perto de mim. O homem estava pálido de raiva.

— O que foi que o tenente disse? — fuzilou o capitão Camargo.

— Desculpa, capitão — acrescentei.

— "Tortura"? O tenente disse "tortura" ?

— Eu queria saber se o interrogatório ia continuar.

— O tenente me chamou de torturador? E ao tenente? E ao inspetor aqui? Nós somos torturadores?

— Desculpa, capitão.

— Sentido! — gritou o capitão Camargo.

Tive que me levantar e me pôr imediatamente na posição de sentido. Eu estava sendo enquadrado.

— Ora, desculpa! Desculpa, porra nenhuma! Torturador é como esses comunistas filhos da puta nos chamam! Afinal, de que lado está o tenente nessa guerra?

Eu não sabia o que dizer nem sabia se deveria mesmo responder. A posição de sentido me perturbava, não tinha costume.

— Responde, porra! — ele berrou junto ao meu ouvido.

— Sou um tenente-médico do Exército brasileiro, capitão. Estou do lado que estiver a minha corporação.

— Pois não parece! A não ser que o tenente seja um idiota!

— Não sou idiota, capitão. Eu usei a palavra errada. E já pedi desculpa.

O capitão ficou me olhando nos olhos. Pegou o maço de cigarro do narigudo — que, acabara de saber, era inspetor, provavelmente do DOPS —, tirou um cigarro, pôs na boca, devolveu o maço, pegou o cigarro aceso do Inspetor, acendeu o seu, devolveu o cigarro aceso, deu uma longa tragada e soltou a baforada quase no meu rosto.

— Já me falaram desse seu jeito estranho, tenente. Vacilante, cagão.

Exército é para homem, tenente! E esse trabalho, para homem macho! Vou informar ao comando sobre o seu comentário. E aprenda uma coisa: se nós somos torturadores, o tenente também é. Não pensa que vai tirar o cu da seringa!

Sugou longamente o cigarro. Soltou a baforada outra vez perto do meu rosto. Rosnou baixo.

— Descansar.

Saí da posição. Caio reunia suas forças, tentando sentar-se. Não conseguia.

— Levanta esse cara.

Abaixei e o inspetor também. Pegamos Caio pelas axilas e pela cintura e o erguemos. Ele não conseguia ficar em pé sem apoio. Estávamos assim, quando ele girou o rosto lentamente na minha direção — talvez estranhando a presença de mais um naquela sala — e me encarou a cinco palmos do meu rosto, os olhos inchados apenas entreabertos. Não consegui olhar para ele. Uma onda aguda e gelada me percorreu toda a espinha. O medo de que me reconhecesse quase não me deixava respirar. Continuei olhando para a frente. Pela insistência com que me olhava, esforçando-se para abrir mais os olhos, pressenti que me reconhecera. Pensei comigo: "Se ele falar qualquer coisa na frente desse capitão, se me cumprimentar, por exemplo, vai ser um inferno!" Eu nem conseguia imaginar o que poderia acontecer, mas sabia que seria muito prejudicado. Se, como dissera o capitão, já se comentava meu jeito estranho; se ele próprio duvidava de que lado eu estava e, de repente, um prisioneiro, considerado peixe graúdo, me cumprimenta, é a confirmação de todas as suspeitas. Se isso acontecesse, eu poderia até ser preso imediatamente e — Deus que me protegesse! — ser torturado para confessar minhas ligações subversivas. Caio me olhava fixamente. Decidi que não correria risco. Se ele começasse a falar, bastava abrir a boca, e eu o soltaria para que desabasse no chão. Estava em pânico. Ele aproximou tanto o rosto do meu que o hálito quente da sua tênue respiração chegava ao meu rosto. Eu sentia que ele me olhava fundo. Apavorado com aquele olhar próximo e interminável, criei coragem e virei o rosto para ele, aproveitando para recuá-lo um pouco. Nesse momento, tive a certeza de que me reconhecera e me preparei para soltá-lo ao menor vestígio de que abriria a boca. Seu rosto, apesar de inchado e deformado, se contraiu, abrindo a boca no que poderia ser um sorriso ou um esgar, e depois virou-se para a frente. Aquele olhar, silencioso e altivo, de alguém que percebera que eu estava me borrando de medo me atingiu: me desprezou, me humilhou, me reduziu a um verme. O grito irado do capitão me arrancou do estado de aniquilamento moral para o de apavoramento diante daquele homem descontrolado:

— Tenente! Ficou surdo, porra?! Pela terceira vez: solta esse cara!

Larguei Caio que, àquela altura, só eu mantinha de pé. Ele desabou sobre si mesmo como uma calça arriada se amontoa no chão. Dobrou-se sobre as pernas com a testa no cimento.

— Levanta outra vez — ordenou o capitão Camargo.

Eu e o inspetor reerguemos Caio. O capitão Camargo chegou bem perto, rosto com rosto. Avaliou. Virou-se para mim:

— Esse filho da puta tem informações que nós precisamos arrancar de qualquer maneira. Mas ele se trancou. E não podemos queimar um arquivo como esse. De modo que eu quero a opinião do tenente como médico: esse filho da puta resiste a mais porrada?

Senti o chão me fugir. Minha garganta secou imediatamente. As mãos e as pernas tremiam. Caio apenas respirou um pouco mais forte, nem chegou a ser um suspiro, mas eu entendi que ele queria dizer que se entregava à minha consciência médica, que confiava no meu juramento de Hipócrates. Porque, naquelas circunstâncias, se eu dissesse que sim, que um homem no estado em que ele estava suportaria a selvageria sem limites do interrogatório, o *tormentorum* recomeçaria, com desfecho imprevisível. E, se eu dissesse que não, que ele não resistiria, as suspeitas do capitão a meu respeito cresceriam. Mas o que na verdade mais me apavorava, era o significado daquele parecer: se eu respondesse sim ou respondesse não, teria me transformado num torturador, seria mais um membro daquela equipe chefiada pelo capitão Camargo. Até então, eu atendia as vítimas daquelas sessões, exercia a minha profissão com dignidade. Já dar um parecer sobre a capacidade de resistência de um paciente, seria usar o conhecimento médico para provocar a dor sem o risco da morte. E o meu sentimento era de que não se poderia ser médico e, ao mesmo tempo, ser torturador. As duas atividades eram antagônicas, uma era a negação da outra — apesar da aula do Torres Fernandes.

— Como é, tenente? Estou esperando! — disse energicamente o capitão. — O cara resiste ou não resiste? Ou será que vou ter que chamar outro médico?

Eu não sabia o que responder. Estava completamente atarantado, apavorado, amedrontado. A respiração opressa de Caio chegava aos meus ouvidos. A fumaça do cigarro do capitão chegava ao meu rosto. Eu tentava pensar com objetividade. Se eu dissesse sim — pensava comigo mesmo —, eles poderiam até matar o Caio. Se dissesse não, eu poderia até perder o emprego. Porém, o medo me dispersava, não deixava que eu me concentrasse, eu não conseguia nem pensar. Preferia não estar ali, mas na minha casa, na pensão de Maria Luísa, em Olhos D'Água, em qualquer lugar do mundo, menos ali.

— Tenente! — rugiu o capitão Camargo. — Este homem agüenta ou não agüenta?

Não sei o que aconteceu comigo nem o que me levou a decidir. Pode ter sido o medo de ter o Exército suspeitando de mim. Ou a necessidade de me vingar de Caio, que, além de me roubar Domitila, me desafiava com a sua altivez. Pode ter sido o temor de perder o emprego. Ou a necessidade de preservar minha vida, meu casamento, minha casa — sonhos que eu conseguira realizar. Pode ter sido a vontade de fazer parte de um grupo, me integrar com as demais pessoas.

— O tenente enlouqueceu? Nós estamos aqui parados, esperando sua resposta! Esse cara pode ser interrogado sem perigo de apagar?

Caio virou-se lentamente para mim. Não consegui evitar e também olhei para ele. Seu rosto deformado não me deixava perceber a sutileza do sentimento com que me olhava, mas aquele olhar eu guardo até hoje — e sei que nunca vou esquecer.

— Tenente! Pela última vez: esse homem resiste ou não resiste?

— Resiste.

— Então, vamos lá — disse o capitão Camargo aos outros dois, enquanto se dirigia à mesa sobre o estrado.

Peguei minha maleta e fui saindo da sala sem olhar para trás.

— Mantenha-se no seu posto, tenente — ordenou-me o capitão Camargo. — Não sei o que pode acontecer.

Saí da sala e alguém fechou a porta atrás de mim. Mas ainda deu tempo de ouvir a voz do tenente Bonassa:

— Agora, você vai dizer tudo que a gente quiser, seu filho da puta!

E o som estalado de uma bofetada, seguido do gemido surdo de Caio. O resto foi silêncio.

Cruzei a porta de aço e atravessei todo o corredor como um autômato, sem ver nada, sem sentir nada, afastado de mim e sem saber onde estava.

Na Sala de Operações, entreguei a maleta para Da Cruz, que me esperava. Caminhamos lado a lado em silêncio até chegarmos ao Serviço Médico, onde me sentei à minha mesa e fiquei olhando para o pátio. Eu me sentia soterrado sob os meus próprios escombros.

Com o passar do tempo, me surpreendi atento ao movimento do pátio. A atenção foi se transformando em expectativa e, depois, em torcida. Eu explico: se, de repente, começasse uma movimentação intensa de carros e homens armados, seria sinal de que Caio teria se rendido e entregado os nomes de seus parceiros — os homens de busca e captura se incumbiriam de arrancá-los de onde estivessem e arrastá-los para o PIC. Se, ao contrário, o pátio se mantivesse calmo, Caio continuava resistindo. E essa era a minha torcida: para que ele resistisse, não revelasse nenhum nome, mantivesse a sua altivez, a sua dignidade.

Passei o resto da tarde olhando para o pátio, acompanhando cada carro que saía, com quantos homens e com que tipo de armamento. Se alguém corria ou andava mais depressa, eu já ficava apreensivo, tenso. À medida que a tarde avançava, e o pátio mantinha-se calmo, crescia a sensação de vitória — o interrogatório, que começara pela manhã, não poderia prosseguir por muito mais tempo, porque nem os próprios interrogadores suportariam.

Quando começou a anoitecer, eu já estava mais aliviado, certo de que Caio resistira. Espontaneamente, comecei a pensar no que acontecera naquela tarde, principalmente no que eu fizera. Mas ainda não conseguia me fixar na minha própria imagem ao dizer: "Resiste." Recusava-a, embora ela insistisse em reaparecer. Estava nessa luta comigo mesmo quando bateram na porta. Era Da Cruz. Estavam me chamando no PIC.

Enquanto caminhava para lá, levando a minha inseparável maleta, tentava antever a situação que encontraria. Primeiro, pensei que Caio teria confessado que me conhecia. E o capitão Camargo queria me interrogar. Só a idéia de ser interrogado por aquele troglodita já me aterrorizava. Não, Caio não confessou isso, disse para mim mesmo, tentando me livrar dessa hipótese. O mais provável, pensei, é que Caio esteja desacordado e o capitão Camargo queira saber se ele agüenta mais choques e pancadas. "Não!", me preparei para responder. "Esse homem não agüenta mais nada. Precisa voltar para a cela e repousar!" E, por ser o segundo desmaio num mesmo interrogatório, eu poderia dizer isso sem medo de alimentar suspeitas.

Já no corredor, tramei que retardaria o quanto pudesse a liberação de

Caio para outro interrogatório. E, uma vez na cela, falaria com ele da minha admiração pela sua altivez e capacidade de resistir à dor sem ceder. E lhe explicaria as minhas razões para dizer que ele resistiria mais. A sinceridade com que falaria e a mudança nas minhas atitudes o levariam a compreender a minha situação.

A porta de aço estava entreaberta. Entrei. A segunda porta também. Da ante-sala, vi que a porta com escotilha estava apenas encostada. Aquele silêncio me encheu de alegria. Caio já fora devolvido à cela. Empurrei a porta e entrei. Não havia ninguém, mas Caio não fora devolvido à cela porque estava lá, deitado no centro da sala, sob a luz do refletor. Aproximei-me. Peguei-lhe o pulso. Estava morto.

Até hoje, passado tanto tempo, eu não saberia dizer o que senti naquele momento. Uma completa confusão de sentimentos me provocou uma reação intensa e estranha. Quando voltei para o Serviço Médico, já não conseguia me entender. Estava tonto, com dificuldade para me localizar e orientar, as pernas e as mãos tremiam, suava frio na fronte. E sentia uma fraqueza tão grande que até carregar a maleta exigia esforço. Cruzei o corredor e o pátio arrastando os pés por não conseguir erguê-los, de tão pesados.

Da Cruz mediu-me o pulso, a pressão e a temperatura. Batimentos variáveis, temperatura alta e pressão baixa. Um cansaço abissal foi tomando conta de mim. Fui para casa.

Eliza assustou-se com o meu estado. Quis saber o que acontecera, mas eu me limitei a dizer que não sabia; ela quis chamar um médico do HCE, recusei. Pedi que me poupasse de conversas porque estava me cansando muito falar. Uma dor aguda no estômago começou a me incomodar. Eliza me conduziu para o quarto, me ajudou a vestir o pijama e a deitar na cama. Mal me deitei, comecei a sentir frio. Preocupada e sem entender, Eliza fechou completamente a janela e estendeu um cobertor sobre mim, mas continuei batendo o queixo, sem conseguir dormir nem pensar em nada. Apenas olhava para o teto.

Mais tarde — não sei que hora seria aquela —, Eliza me trouxe uma sopa de legumes. Tomei duas colheres e a dor no estômago gritou. Não consegui engolir mais nada. Pouco depois, ela deitou-se também. Com seus carinhos, acabei dormindo. Tive sonhos confusos e agitados. Num deles — que misturava um acontecimento real com outros assuntos —, Graciliano, com uns dez anos de idade, estava se afogando num redemoinho do rio São Januário, enquanto eu, da canoa, assistia desesperado, gritando: "Acode aqui! Meu irmão está se afogando!", sem saber o que fazer. Ninguém vinha socorrer e eu não sabia remar para levar a canoa até ele. A correnteza foi me afastando do meu irmão, que se debatia na água, que o tragava. De repente, no meio dessa história, entrava a imagem do doutor Cachorrão, sem óculos, no corredor do PIC, gritando "Eu já disse tudo! Não sei de mais nada!", e do capitão Camargo perguntando: "Esse cara pode ser interrogado sem perigo de apagar?"

Acordei de madrugada com diarréia. Meu estômago revirava, a dor aguda era como um fino punhal que me atravessava a barriga. Eliza dormia. Sentei na cama. A cabeça rodou e fiquei completamente tonto. A voz do Capitão reverberava no meu ouvido: "Esse cara pode ser interrogado sem perigo de apagar?" Meu corpo estava frio, o pijama molhado de suor. Sentado na cama, desloquei as pernas devagar até os pés tocarem no chão. Tentei ficar em pé, mas mal me ergui, a tontura me jogou de volta na cama. "Esse cara pode ser interrogado sem perigo de apagar?", o capitão gritava dentro da minha cabeça. Estava cada vez mais fraco. Se não fosse imediatamente para o banheiro, me arriscava a soltar tudo ali mesmo, sujando o pijama, a cama, o quarto. Para evitar essa lambança, comecei a me erguer devagar, apoiando-me na cama. Quando estava quase em pé, o quarto rodou, perdi o equilíbrio e desabei. Caí de quatro no chão, depois de resvalar na beira da cama. Senti um líquido quente descendo pelas minhas pernas — eu estava perdendo o controle da tensão do esfíncter. Comecei a andar de quatro pelo quarto escuro, avançando devagar na direção do banheiro. "Esse cara pode ser interrogado sem perigo de apagar?", uivava o capitão. A diarréia lançou mais um jato de fezes líquidas no pijama. Eu suava frio, a dor no estômago deixara de ser aguda e se espalhara na extensão da barriga. Enxuguei o suor da testa com a manga do pijama. Achei que não agüentaria chegar ao banheiro e deu vontade de desistir. Reuni forças e continuei avançando, ainda mais devagar. Meus braços não agüentavam mais manter o peso do tronco. Sem forças, dobravam-se de repente. Os cotovelos e a cabeça chocavam-se contra o chão. A dor desviava minha atenção, o esfíncter relaxava e golfadas de fezes líquidas encharcavam o pijama. "Esse cara pode ser interrogado sem perigo de apagar?" Depois de uns minutos para recuperação, eu prosseguia. Não sei quanto tempo levei, mas, afinal, cheguei ao banheiro. Segurando-me na maçaneta e no lavatório, consegui erguer-me o suficiente para acionar o interruptor. A luz branca nas paredes azulejadas me ofuscou a vista, a tontura voltou, perdi o equilíbrio e desabei outra vez.

No chão, me dei conta de que o pijama estava completamente encharcado de suor e fezes. "Esse cara pode ser interrogado sem perigo de apagar?" Cheguei até a latrina. Agarrando-me a ela, consegui sentar. Depois, a custo, tirei a calça do pijama. E me esvaí em golfadas de líquido.

Estava tonto, exausto, ofegante. O suor frio rolava pelo rosto, descia das axilas. Vi que as mãos tremiam. A minha fraqueza me assustava, mas eu não conseguia pensar em qualquer providência. Queixo apoiado nas mãos, cotovelos nas coxas, deixei-me ficar ali, combalido e exangue.

Foi quando uma luz lateral de várias cores atraiu a minha atenção e me virei. No lugar da janela do banheiro, estava um dos vitrais laterais da Matriz de Olhos D'Água. Era São Francisco — cego, descalço e maltrapilho —, sendo conduzido pelos passarinhos, esquilos, coelhos, beija-flores, borboletas, etc. Só que São Francisco era eu — magro, pálido, olhos encovados —, e nada ficava imóvel como nos vitrais de Olhos D'Água. Passarinhos e borboletas voavam, coelhos e esquilos corriam de um lado para o outro, e o próprio São Francisco, que era eu, caminhava, seguindo os seus guias, enquanto a voz do padre Anselmo, nos "Encontros com Jesus" das tardes de sábado em Olhos D'Água, repetia as palavras de Santo Agostinho, que, de tanto ouvi-las, já sabíamos de cor: "Só Vós, Senhor, me podeis julgar; porque ninguém conhece o que se passa num homem, senão o Seu espírito que nele reside. Há, porém, coisas no homem que nem sequer o espírito que o habita conhece." Aos gritos, a voz do capitão se misturava à do padre Anselmo: "Esse cara pode ser interrogado sem perigo de apagar?" Mas padre Anselmo prosseguia com sua voz serena: "Só Vós, Senhor, que o criastes, é que sabeis todas as suas coisas. Eu, ainda que diante de Vós me despreze e me tenha na conta de terra e cinza, sei de Vós algumas coisas que não conheço de mim. Nós agora vemos como se fosse por um espelho, em enigma, e não face a face. Por isso, enquanto peregrino longe de Vós, estou mais perto de mim do que de Vós. Sei que em nada podeis ser prejudicado, mas ignoro a que tentações posso ou não posso resistir." "Esse cara pode ser interrogado sem perigo de apagar?" "No entanto, tenho esperança, porque sois fiel e não permitis que sejamos tentados acima das próprias forças; com a tentação, dai-nos também os meios para a podermos suportar. Confessarei, pois, o que sei de mim, e confessarei também o que de mim ignoro, pois o que sei de mim, só o sei porque Vós o iluminais; e o que ignoro, ignorá-lo-ei somente enquanto as minhas trevas se não transformarem em pleno meio-dia, perante a Vossa face."

E, de repente, São Francisco, que era eu, ficou sozinho, tudo o mais desapareceu do vitral. E eu nem usava mais as roupas de São Francisco; estava com a roupa branca de médico, com asas de anjo, pálido, rígido, com algodão nas narinas, olhos fechados e mãos postas, subindo devagar, subindo sempre, até ir desaparecendo, lentamente, no alto do vitral. E depois foi a dona Eglantina, minha professora em Olhos D'Água, quem surgiu, segurando com firmeza meu queixo — eu adolescente, pálido, todo de branco, algodão nas narinas —, erguendo-o com força até que meus olhos amedrontados se fixassem nos dela que, então, disse: "Quando faço uma pergunta, rapaz, exijo uma resposta. Eu vou repetir, se não me responder, pode dar meia-volta e sumir daqui: o que aconteceu com você?" E depois foi o Sagrado Coração de Jesus da sala da minha casa em Olhos D'Água, com o indicador erguido e o coração vermelho no peito, só que o rosto era de Graciliano, que chorava uma lágrima grande e vermelha. E depois foi minha mãe, toda de preto na cozinha lá de casa. Tudo era calmo, silencioso, aconchegante, familiar. Ela levantava a tampa das panelas, uma nuvem de fumaça se erguia, e o rosto dela perdia a nitidez. Ela me viu no banheiro. Ansiosa e preocupada, conseguiu passar pela nuvem de fumaça e avançou na minha direção. Desceu flutuando do vitral e me abraçou. Depois, sentou-se no chão do banheiro, pôs a minha cabeça no colo e começou a me fazer carinho, cantando uma canção de ninar.

Abri os olhos com Eliza me sacudindo, assustada. A luz do dia me ofuscava. Fechei novamente os olhos e voltei a abri-los devagar. Ergui a cabeça e tudo se mexeu à minha volta. Fiquei tonto. A fraqueza só permitia que eu me mexesse devagar. E devagar fui tomando ciência de mim e do meu corpo. Dormira — sujo, molhado e malcheiroso — no chão do banheiro. Ajoelhada ao meu lado, Eliza insistia em perguntar o que acontecera, por que fora parar ali naquele estado, por que não a acordara. Mas eu não queria responder, nem sabia se conseguiria. Com a ajuda de Eliza, consegui, aos poucos, me sentar. Sentado, minha vista escureceu e a dor aguda no estômago reapareceu. Eliza voltou a falar em médico, mas recusei. Ela então resolveu me dar um banho. Com movimentos lentos e cuidadosos, conseguimos entrar os dois debaixo do chuveiro. Ela me ensaboou, me esfregou, me deu banho, enfim. Voltei para a cama mais leve, limpo e perfumado. Deitei, sentindo-me um pouco melhor. Eliza me trouxe café na cama. Consegui comer uma fruta e tomar uma xícara de chá. Acabei dormindo.

Acordei espontaneamente. A dor no estômago melhorara. Estava me sentindo um pouco mais disposto. Mas a voz ainda era débil, lenta e quase sussurrada. Eliza disse que eu dormira por três horas. E disse também:

— Liguei para a mamãe.

— Você comentou alguma coisa sobre o meu estado? — perguntei, preocupado.

— Claro.

— Ora, meu bem! Por que você fez isso?

— Por que não poderia dizer?

— E o que foi que você disse?

— Disse que você está doente, sentindo fraqueza e que dormiu no banheiro.

— Só isso?

— Só.

— E ela?

— Disse que virá aqui mais tarde com o papai. O tio Camilo telefonou.

— Tio Camilo? Queria o quê? Você comentou com ele também?

— Não, meu bem.

— E ele, queria o quê?

— Pediu que lhe desse um recado. Caio é o genro que ele odeia?

— É. Por quê?

Percebi que Eliza, preocupada com o meu estado, hesitava se deveria me contar ou não. Fui em cima.

— Qual é o recado?

— Ele disse para você comprar o jornal. Esse Caio morreu atropelado.

— Saiu no jornal que ele morreu atropelado?

— Ele disse que saiu.

Virei-me para o lado sem fazer qualquer comentário. Voltei a sentir a dor aguda no estômago e a suar frio. Eliza sentou recostada na cama, pôs a minha cabeça no seu colo e começou a me fazer carinho, cantando uma canção de ninar. Uma idéia me passou de relance pela cabeça. O cansaço e o carinho de Eliza não me deixaram retê-la. Mas ela voltou pouco depois, menos apressada. Deu para apreciá-la melhor. Mas diluiu-se outra vez. Quando voltou, retive-a. Ficou mais clara e tentadora. A idéia era contar, dividir com alguém o que acontecera. Só de me imaginar falando com alguém sobre o assunto, já me sentia aliviado. Porém, a avaliação completa da idéia dependeria da pessoa a quem eu confiaria aquela história. Passei a cogitar nomes, começando pelo de Eliza. Mas aqueles em quem eu tinha confiança, não me parecia que poderiam ser bons interlocutores, por absoluto desconhecimento do meu ambiente de trabalho e do que estava acontecendo no país. De nome em nome, acabei adormecendo.

Ali pelas quatro da tarde, meu sogro e minha sogra chegaram lá em casa. Esquecidos de que era médico — ou ignorando deliberadamente meus conhecimento da matéria —, fizeram inúmeras perguntas sobre o que eu comera, fizera ou deixara de fazer, no dia, na véspera e na antevéspera, tentando fazer um diagnóstico. Em vão. Depois, passaram a insistir para que eu chamasse um médico. Uma chateação.

Num momento, porém, em que Eliza saíra do quarto com dona Abigail, deixando-me a sós com o meu sogro, tive uma revelação: ele era o homem perfeito para ouvir a minha história secreta. Experiente, vivido, sereno, conhecedor profundo da vida e do Exército — seria quase como se estivesse falando com meu pai. Decidi falar tudo com ele. Naquele momento e naquele lugar. Pedi apenas que fechasse a porta e, com voz débil e longas pausas, contei tudo.

Meu sogro ficou estarrecido. Tentou esconder o susto e a emoção, mas seu semblante transfigurado estampava a decepção. Já ouvira rumores de que isto estava acontecendo, mas de forma vaga e imprecisa, o que poderia ser boato espalhado por subversivos na guerra de desmoralização. Nunca tivera informações objetivas e concretas como as que eu acabara de lhe dar. E na reserva, perdera acesso aos quartéis e às informações. Tudo o que sabia fora através dos longos telefonemas com seus parceiros reformados — igualmente desinformados. Com o correr do tempo, seu sentimento passou da decepção para a dor. Chegou a dizer:

— O Exército que eu amo e ao qual dediquei quase toda a minha vida não é Exército que tortura civis nem compatriotas!

Mais tarde, depois de fazer mil perguntas, disse, vermelho de indignação, dedo em riste para o alto:

— Estão traindo o glorioso Exército brasileiro. Eu me sinto traído. E traição, desobediência e deserção são atitudes que um verdadeiro soldado jamais pode aceitar!

Como uma fera enjaulada, andava de um lado para o outro no exíguo espaço entre a cama e a janela. Bufava de indignação.

— Você foi conhecer o Exército justamente pela sua banda podre. Mas esteja certo de que o Exército brasileiro não é isso. O Exército brasileiro tem muitos homens honrados, dos quais o Brasil pode se orgulhar. Mas esses homens não estão a toda hora nos jornais. Vivem longe dos palácios. São soldados. Querem defender a pátria, não tomar o poder.

Sua indignação era sincera e profunda. Uma saliva branca se acumulara nos cantos da boca. Suas mãos gesticulavam energicamente:

— Mas isso não vai ficar assim. Eu sou um general desse Exército. E vou agir. Estou reformado, mas não estou morto. Vou conversar com os meus amigos da reserva e da ativa. Se eles quiserem, podemos denunciar. Se não quiserem, denuncio sozinho. Vou começar convocando a imprensa. Dou uma entrevista e conto tudo.

— Mas o senhor não acha — comentei, preocupado —, que vão deduzir imediatamente que fui eu quem passou as informações para o senhor e vão querer se vingar em mim?

— Você tem razão. Com você na ativa, vão lhe escalpelar. Mas posso convencer um amigo a fazer a denúncia. Já sei até quem pode fazer isso. Vou ligar para ele hoje.

Sua reação me emocionou e consolou. Senti um certo alívio. Mas eu precisava de mais. Queria saídas para mim, queria ouvir sugestões. Para provocá-lo a falar, mencionei que pensara deixar o Exército — o que, a bem da verdade, nunca acontecera.

— Não faça isso! O que você pode fazer é pedir transferência. E talvez eu possa ajudar. Tem um ex-comandado meu no Departamento de Pessoal.

Foi para casa apressado, deixando-me confortado e orgulhoso dele. Senti de sua parte a indignação do homem honrado e a solidariedade que um filho espera de um pai. Comecei a me sentir um pouco melhor e à noite consegui tomar um prato de sopa.

No dia seguinte, ligaram do quartel querendo saber o que acontecera comigo, que não aparecera para trabalhar. Eliza explicou. A pessoa do outro lado fez inúmeras perguntas, algumas que exigiam respostas minuciosas sobre o meu estado de saúde, e que, evidentemente, Eliza não soube dar. Pouco depois, chegaram lá em casa um capitão-médico, o capitão Temporal e o tenente-coronel Torres Fernandes. À guisa de visita de cortesia, me fizeram um interrogatório. Enquanto o tenente-coronel me fazia perguntas, o capitão dava uma discretíssima, mas implacável, revista na casa. Depois, o médico me examinou. Virou-me pelo avesso e de cabeça para baixo e acabou pedindo uma batelada de exames. Foram embora menos desconfiados do que chegaram — deduzi.

À noite, meu sogro ligou. Disse a Eliza que convencera um amigo, também general, a dar uma entrevista coletiva à imprensa na manhã seguinte. Com essa solução eu estava protegido. Fiquei mais tranqüilo. E mais ansioso.

Na manhã seguinte, depois que colhi fezes e urina, Eliza me levou de táxi ao laboratório para colher sangue. Estava ainda muito fraco, mas os suores e a dor de estômago haviam desaparecido. O passeio me fez bem. Logo que chegamos em casa, meu sogro ligou. A entrevista coletiva fora um sucesso. Seu amigo, general Fonseca, que eu não conhecia, denunciara, em nome de sessenta oficias de altas patentes, todos reformados, a existência de tortura em dependências do I Exército, praticadas por oficiais das três armas. Como os jornalistas fizeram muitas perguntas, ele acreditava que haveria muita repercussão. Que comprássemos os jornais do dia seguinte.

Compramos todos os grandes jornais do país. Eliza voltou curvada pelo peso de tanto papel. Não saiu uma mísera linha sobre o assunto. Eliza estranhou que alguns jornais exibissem enormes receitas de bolo no caderno nobre. Meu sogro ligou transtornado:

— Censuraram! Censuraram a denúncia do Fonseca!

E, apoplético, esbravejou ainda mais contra a traição do Exército brasileiro. Eliza tentou acalmá-lo, mas ele desligou irritado quando ela disse que, na idade dele, era prudente evitar contrariedades.

Meu sogro e seus amigos podiam ter prestígio junto à tropa — se é que tinham —, mas não tinham poder. Nem o poder militar de sua patente, porque era um reformado; nem o poder civil que lhe garantisse a publicação de sua denúncia. Meu sogro e seus amigos eram o passado. O presente era o tenente-coronel Torres Fernandes.

Dois dias depois, ainda sem saber o resultado dos exames, mas sentindo-me bem-disposto, decidi voltar ao quartel. Fui direto à sala do tenente-coronel Torres Fernandes com a intenção de pedir transferência. Ele me recebeu com impaciência:

— Voltou a trabalhar? Voltou ou não?

— Voltei, coronel. Mas eu queria conversar com o senhor.

O coronel abriu os braços, arregalou os olhos e trovejou:

— Conversar o que, tenente? Nós já conversamos tudo. Não tem mais nada para conversar, não! O que nós precisamos é de trabalhar! Eu e o senhor.

— Desculpa, coronel. Eu achei que deveria informar ao meu comandante que...

— O que é agora, tenente? Fala logo. Já está aqui, já me interrompeu, fala de uma vez.

A impaciência grosseira do tenente-coronel me inibiu. Eu não sabia como começar. Ele tamborilou com os dedos sobre a mesa, depois passou a socar uma mão aberta com a outra fechada.

— Bem, coronel... é que eu estou preocupado... isso que me aconteceu... essa doença... me deixou... um pouco perturbado...

— Perturbado outra vez, tenente? Assim não é possível! O tenente vive perturbado, vive doente, vive querendo conversar! Isso aqui é um quartel do Exército, não é o Colégio Sion! Enquanto isso, os relatórios criticam suas atitudes durante os interrogatórios. O tenente está precisando acabar com essa frescura e trabalhar como um oficial-médico do Exército.

— É exatamente sobre isso que eu queria falar, coronel.

— Então desembucha, tenente. Eu tenho mais o que fazer.

— Eu gostaria de saber do senhor como o Comando veria a idéia de eu ser requisitado para trabalhar no Hospital Central do Exército.

— Como o Comando vê? Não vê. Não há a menor possibilidade.

— O meu sogro me sugeriu que...

— Nem me fala desse homem aqui, tenente! Não fala porque eu não tenho estômago para general de pijama que tenta difamar a própria farda pela imprensa. Merda!

Deu um violento soco na mesa. Seu rosto estava vermelho e a respiração ruidosa. Andou de um lado para o outro tão transtornado que não parecia saber o que fazia. Eu mal respirava.

— Vá trabalhar, tenente. E esquece essa transferência.

Ele foi para a mesa e sentou-se, dando a conversa por encerrada. Eu, porém, não podia descartar a chance da minha transferência. Eu não queria mais fazer o que estava fazendo. Eu tinha que me apegar ao amigo do meu sogro do Departamento de Pessoal.

— Coronel, o senhor me desculpa a insistência e, por favor, não entenda como desrespeito, mas eu gostaria de saber por que o senhor não concordaria com a minha transferência.

Ele me cravou aqueles olhos azuis e eu senti dardos de ódio penetrarem nos meus. O olhar fulminante me fez estremecer. Arrependi-me de ter feito a pergunta, mas me consolei porque era a única chance que me restava. A resposta veio na forma de trovoadas que reverberavam por toda a sala.

— O tenente sabe, porque já gastei horas explicando, que o Brasil está numa guerra clandestina contra o inimigo interno. Uma guerra suja, um vale-tudo, de terrorismo e tortura. Aliás, o tenente, que parece sofrer de perturbações humanitárias, precisa entender o papel do médico numa guerra como essa. Não é nada comparado com as experiências genéticas dos médicos nazistas com os judeus prisioneiros dos campos de concentração. Nem com as internações nos hospícios dos opositores do regime, como fazem os médicos na União Soviética. Sua função é humanitária: o senhor tem que impedir que o prisioneiro morra antes de dar as informações que queremos. E, se estou requisitando mais homens para essa guerra, não posso admitir transferências! O tenente está no *front* dessa guerra, só sai daqui se desertar.

— Mas coronel, isso que eu tive, essa doença, tem fundo psicológico e...

— Tenente! — ele gritou com aquele vozeirão, o rosto sanguinolento, o dedo em riste. — O senhor foi convocado para servir aqui, no DOI-CODI do I Exército, e não no Hospital Central do Exército! Entendido?

Era tanta a agressividade que achei melhor não falar mais nada. Foi pior. Ele berrou:

— Entendido, tenente?

— Entendido, senhor.

— Não, não tem nada entendido. Pela sua atitude e pelo que vem nos relatórios, o senhor não entendeu, ou se faz de besta ou é um estúpido mesmo. Eu vou explicar, o senhor vai ouvir calado e depois vai sair daqui para o seu posto de trabalho e nunca mais vai aparecer nesse gabinete.

Ele conseguiu se conter. Começou a falar de uma maneira agressivamente didática, como se eu um fosse um imbecil, analfabeto. Gesticulava sobre a mesa, movendo um livro ou uma caneta à medida que falava, para separar uma coisa da outra.

— O tenente é oficial-médico lotado no DOI. E DOI quer dizer Destacamento de Operações e Informações. O DOI, por sua vez, faz parte do CODI. E CODI quer dizer Centro de Operações de Defesa Interna. O DOI é uma coisa, o CODI é outra. Mas o DOI faz parte do CODI. O CODI foi criado no ano passado, um em cada jurisdição, para unificar as estratégias e planejar as ações de defesa do Estado. No CODI está reunida toda a gente treinada em segurança e informação do Exército, Marinha, Aeronáutica, da Polícia Federal e das polícias políticas estaduais. Eu sou o Comandante do CODI, e como Comandante do CODI, afirmo que não há transferência. Ainda que houvesse, eu nunca assinaria a sua.

— Posso saber por que, coronel?

Ele socou a mesa com impaciência e me olhou nos olhos. Quase me perfurou com seus dardos e agulhas.

— Eu falei para o senhor ouvir calado.

Ficamos em silêncio olhando um para o outro. Até que abaixei a cabeça.

— O tenente sabe demais. Virou um arquivo. E o tenente se perturba com facilidade, adoece com facilidade, fala com facilidade. Chega ao cúmulo de chamar nossos homens de torturadores. É um arquivo perigoso. Além de tudo, é genro de general de pijama. Fica esperto, tenente, porque estou de olho no senhor!

Estremeci. O que significaria exatamente "estar de olho"? Será que está me seguindo? Devassando a minha vida? Eu não queria irritá-lo ainda mais com perguntas e comentários, mas o que ele disse me deixara preocupado, embora, ao mesmo tempo, criasse uma nova possibilidade:

— Desculpa, coronel, mas esse clima de desconfiança não é bom para mim, nem para o trabalho, nem para o Comando. O senhor não acha que seria sensato pensar numa transferência?

O coronel se enrubesceu como um pimentão, deu um um violentíssimo soco na mesa e gritou com o seu vozeirão assustador:

— Não! Não tem transferência porra nenhuma! Quem é o senhor para me ensinar o que é sensato? O tenente só sai daqui como desertor ou como traidor! O senhor é um oficial-médico do Exército brasileiro, sob o meu comando nesse CODI, e conhece o regimento disciplinar do Exército. Estou lhe dando uma ordem militar: assuma seu posto, cumpra suas obrigações militares e não me apareça mais por aqui. Pode sair.

Saí. Estava trêmulo. O tenente-coronel estava de marcação comigo. Mas o homem era uma fera, tinha poder e prestígio. Eu precisava fazer alguma coisa para acabar com a suspeita que tinha de mim. Fui para o meu posto, no Serviço de Saúde, temendo que me chamassem ao PIC. Ainda não estava recuperado e seria horrível entrar naquele inferno. Estava fraco, o intestino andava desregulado, e muito cansado. Por sorte, fui poupado naqueles primeiros dias.

Uma semana depois, Eliza chegou em casa, vindo do laboratório. O exame confirmara a suspeita: ela estava grávida. Entramos num estado de euforia. Como já disse, para mim, sem criança não há família. Por isso, nascer um filho meu parecia um sonho. Eliza chorou de emoção. Rolamos na cama, cobri-lhe a barriga de beijos e conversei com meu filho que, de alguma forma, já estava lá. Disse do quanto eu já o amava, que ele era muito bem-vindo, que quando nascesse brincaríamos juntos, iríamos passear e me comprometi a levá-lo a Olhos D'Água. Eu estava feliz. Teria, enfim, a minha família! Entregamo-nos, com prazer e emoção, à expectativa do nascimento.

XXXIII

O Brasil parecia um país feliz nessa época. Nos cartazes espalhados pelas ruas, nos anúncios da televisão, do rádio, das revistas e jornais, o clima era de paz, de alegria e de esperança. Tinha-se a impressão de que as pessoas estavam amando mais o Brasil, o ufanismo se alastrava. Afinal, como se dizia então, começávamos a deixar de ser o eterno país do futuro. Era o presente que se descortinava com uma miríade de possibilidades. O progresso e o crescimento econômico eram tão visíveis que todo mundo se entusiasmava. Surgiam os conglomerados empresariais, a Bolsa de Valores e o mercado de ações passaram a ser tema de conversas da classe média, que vivia uma euforia nunca vista. Grandes obras, como a rodovia Transamazônica, a ponte Rio—Niterói, a usina de Itaipu, entre outras, modernizavam o Brasil. Tudo isso, que gerava um sentimento de que estávamos no caminho certo, iniciava o que, depois, veio a se chamar de milagre brasileiro, que, da noite para o dia, criara o "Brasil Grande"! Com os militares no governo, o Brasil chegava, finalmente, à sonhada prosperidade. Pelo menos, era o que prometiam o presidente, os ministros, os anúncios na televisão, no rádio e nos jornais. Quando alguns desses eternos descontentes mencionavam o crescimento da pobreza, o ministro admitia, mas argumentava que era preciso fazer crescer o bolo da economia para depois reparti-lo. Uma promessa que me animava como, aliás, todo aquele clima de otimismo. Eu também me convencera de que, finalmente, chegara a hora e a vez do brasileiro.

Eu mesmo me beneficiara daquela prosperidade. O Banco Nacional de Habitação — uma criação do governo militar para resolver a carência de moradias para o brasileiro — oferecia financiamentos em quinze anos para aquisição da casa própria. Com as facilidades adicionais que a condição de militar me proporcionava, só não compraria se não quisesse. E eu queria — claro! Seria a realização de um outro sonho, esse, até então, um sonho impossível. Sem falar que, com Eliza grávida, cresciam as apreensões com o futuro.

Compramos — ali na Tijuca mesmo — um excelente apartamento de salão, dois quartos com uma suíte, varandão, garagem, *playground*, prédio em centro de terreno, interfone e outros requintes. Com quinze anos para pagar, a prestação mensal era menor do que o aluguel que eu pagava. Agora, sim, eu tinha tudo que sonhara: um bom emprego, apartamento, carro, esposa e um filho despontando. Eu tinha tudo para estar feliz. E estava.

No quartel é que o trabalho aumentara demais. Prendia-se aos magotes, interrogava-se de dia e de noite; o *tormentorum* corria solto, e eu atendendo a todos, nas celas, nas salas de interrogatórios e até nos corredores, sempre cheios. Ora reanimando um interrogado que desmaiara e que precisa voltar a si para dar continuidade ao trabalho, ora avaliando o estado geral do interrogado para saber se o interrogatório poderia prosseguir sem risco de vida, ora tratando dos ferimentos e lesões dos que retornavam às celas. O trabalho era excessivo, estafante e sem hora para terminar.

Meu relacionamento com o pessoal melhorara bastante. Com a minha dedicação, acabaram a desconfiança e a suspeita. Às vezes almoçávamos juntos, quase sempre em restaurantes da redondeza, pois raramente conseguíamos estar disponíveis no horário do rancho. Quando saíamos tarde da noite, jantávamos em algum restaurante na Lapa ou em Copacabana. Nesses encontros, mais calmos e prolongados, regados a cerveja ou uísque, a conversa corria solta, sempre com muito humor, brincadeiras e gozações. Eu era bem-aceito e o clima era de confiança. O DOI-CODI sempre pagava as contas.

Um dia, eu estava numa sala de espera, conversando com uma nova equipe — o excessivo volume de trabalho precipitara a criação de novas equipes, aproveitando o pessoal que atuava nos grupos de busca e captura e que ainda estava em treinamento visando à promoção a interrogadores. Mostrava-lhes a localização dos rins e do fígado, onde poderiam bater, com eficiente inflição de dor e sem deixar marcas; antes, ensinara-lhes a abanar o interrogado submetido a choques elétricos, para evitar desmaios. Em meio a essa conversa, entrou Da Cruz. Chamavam-me noutra sala. Uma interrogada desfalecera. Peguei minha maleta e fui.

Abri a porta de aço — ela estava na mesma sala de interrogatório onde Caio morrera — e entrei. Da Cruz, como sempre, ficou à porta. Já na antesala ouvi as vozes da equipe. Discutiam a formação, entre eles, de um grupo de investimentos para aplicar na Bolsa de Valores, conforme sugeria o anúncio de uma corretora. Entrei na sala e, além dos três homens da equipe, estava estirado no chão, sob a luz do refletor, o corpo nu de uma mulher, com a cabeça coberta por um capuz.

— Se fizerem um grupo de investimento e me aceitarem, eu topo entrar — anunciei.

— Ainda estamos discutindo — disse o capitão Temporal, descendo do estrado e preparando-se para sair. — Mas quanto mais gente, melhor! O tenente pode assumir a *miss* aí. Enquanto isso, a gente vai tomar um café.

Saíram os três. Ouvi o ruído da porta de aço fechando-se. Aproximei-me do corpo. E foi só então que me dei conta daquele corpo — que corpo! — e entendi por que o capitão chamara a prisioneira de *miss*! Como médico, e sobretudo naquelas circunstâncias, eu não poderia me permitir a apreciação de uma paciente sob esse viés. E, sinceramente, nunca o fizera. Mas aquela criatura que ali estava, mesmo entregue ao abandono do desfalecimento e com as marcas do *tormentorum* a manchar-lhe a perfeição, era uma tentação, um desafio, uma provação. Do tipo longilíneo, de pernas longas e bem-torneadas, mãos amplas com dedos de pianista, tinha a pele clara e fina. Seios pequenos e firmes, brancos com a coroa rósea à volta do bico vermelho, pareciam uma carícia. Os pêlos pubianos, dourados e escassos, se harmonizavam com a cor da pele. Era uma princesa, uma ninfa. Súbito, afligiu-me a idéia de que poderia haver alguma morbidez na contemplação daquele corpo imóvel. Além disso, depois de casado, eu nunca mais olhara com interesse para qualquer mulher. Comecei a trabalhar. Avaliei pulso, pressão, temperatura, etc. Estava bem. Limpei-lhe cuidadosamente os ferimentos e fiz curativos minuciosos. Havia marcas de choques elétricos nos seios, no umbigo e na parte interna das coxas. Edemas nos braços, antebraços e nas mãos; equimoses arroxeadas e escoriações avermelhadas por todo o corpo. Levei um bom tempo nesse trabalho, durante o qual não consegui me colocar com a indispensável frieza médica. Aquele corpo me atraía como eu nunca fora atraído por mulher alguma naquela situação. Preparei uma injeção para reanimá-la. Quando procurava a sua veia — um tênue fio azulado sob a pele quase translúcida — fui atraído para o capuz, que estava numa posição meio arrevesada devido à maneira como a prisioneira caíra no chão. Uma ondulação na base rodada da carapuça — feita de tecido grosseiro e sem caimento — me deixou entrever o seu pescoço. A curiosidade me paralisou com a seringa na mão. Não resisti à tentação de ver que rosto teria aquele corpo. Devolvi a seringa ao porta-seringas, agucei os ouvidos para certificar-me de que estava só, e comecei a erguer o capuz. À medida que o erguia, um pressentimento estarrecedor crescia dentro de mim. Meu coração batia forte. Minha mão tremia. Por um segundo, pensei em desistir. Mas minha mão já não me obedecia e acabou por arrancá-lo: era Domitila.

Meu coração se acelerou e tive uma espécie de vertigem. Minhas mãos tremiam de não conseguir pegar a seringa. Lá estavam os cabelos dourados, o pescoço alongado, a pele de pêssego, embora o rosto exibisse inchaços púrpuras em torno dos olhos, no nariz e nos lábios. Esbocei o gesto de acariciar-lhe o rosto, mas recuei, achando que seria uma violação. Enquanto limpava e medicava rapidamente seu rosto, pensei no quanto era agressivo o espancamento de uma deusa como Domitila. Para que violar a perfeição de sua pele de pêssego, seus lábios finos e delicados, os olhos amendoados? Sua beleza intocada reaparecia nas imagens do passado que refluíam na minha memória. Ah, a inefável Domitila, com os seus olhos de um azul translúcido, que guardavam uma serena tristeza, a nuvem de sutil melancolia que a envolvia e o seu sorriso enigmático que me seduziram, me apaixonaram e me fizeram sofrer. Ah, inefável Domitila! Eu, que nunca vira o seu corpo, nunca o tocara, tinha-o, naquele momento, ao meu dispor. A vontade de tocá-la tornou-se irresistível. Levei, então, minha mão ao seu rosto e comecei a acariciá-lo, devagar, de leve — os cabelos, a testa, os olhos, o rosto, os lábios, o colo, os seios, o ventre, o púbis, as coxas, as longas mãos. E retornei pelo percurso, retendo-me nos seios. Quando ia beijá-los, ouvi o ruído da porta de aço sendo fechada. Enfiei-lhe imediatamente o capuz, enquanto um arriscado plano se desenhava na minha cabeça. As vozes masculinas se aproximavam. Tirei o êmbolo da seringa e virei o medicamento no porta-seringas. O capitão temporal entrou na sala:

— E então, tenente? Podemos recomeçar?

— A moça não está bem, capitão. A pressão está baixa e os batimentos cardíacos lentos. Apliquei um estimulante na veia e ela não reagiu. Continua inconsciente. Sugiro removê-la para uma cela.

— Ela pode apagar?

— Acho que não. Mas é bom mantê-la em observação.

— Mas há risco de apagar ou não? Porque a orientação agora é: se há risco de apagar tem que manter em cela individual para garantir o sigilo. Ela pode apagar ou não?

— Pode.

O capitão coçou o queixo, olhou para o corpo dela e depois para mim. Falou para o seu auxiliar, ao mesmo tempo em que subia ao tablado.

— Então remove. Fala para pôr em cela individual. E manda vir o cara que prenderam em São Paulo.

— Manda o enfermeiro trazer a maca — acrescentei, colocando o montinho de suas roupas sobre o seu próprio corpo. — Ele está aí na porta.

A cela, minúscula, tinha um boi ao fundo, um colchão no chão e uma janelinha inacessível, de tão alta. Assim que Da Cruz saiu com a maca e bateu a porta, enfiei-lhe o vestido pela cabeça, sem nada embaixo. Preparei a seringa e apliquei-lhe um estimulante na veia. Sentei na beira do colchão e, contemplando-a, fiquei esperando que reagisse.

Só então comecei a pensar no que fizera. Poupara-a do prosseguimento do *tormentorum*, levara-a para aquela cela, mas e agora? Ela voltando a si, estaremos numa situação insólita. Eu saberei quem é ela, mas ela, sob o capuz, não saberá quem sou eu. Aparentemente, levo vantagem se fico aqui, como gostaria de ficar. Mas há um enorme risco. Mesmo sob o capuz, ela poderá me reconhecer, pela voz, pelo sotaque. Ou, sei lá: se eu vi o seu pescoço através de uma ondulação ocasional do capuz, ela também não poderia, num descuido, me identificar? O que seria mais prudente, eu ficar ou sair? Sair, é claro. Mas o meu coração não estava querendo ser prudente. Fora fustigado, provocado, desafiado. Estava disposto a enfrentar os riscos. Por ele, continuei dentro da cela, sentado na beira do colchão, esperando.

Ah, inefável Domitila! Como eu amara a sua beleza etérea, vagamente entediada, que a tornava vulnerável e cativante! Como admirara a indolência de cada gesto seu, que se desenhava lento no espaço, em harmonia com o sorriso sutilmente insinuado! E os seus longos cabelos escorridos para trás, como se fossem uma dourada cachoeira, que combinavam, *ton-sur-ton*, com os pêlos suaves e alourados da sua pele de pêssego! Como me apaixonara — como, inefável Domitila! — pelos seus olhos amendoados, de um azul triste, que pousavam suavemente sobre as coisas!

Ah, inefável Domitila! Como desdenhara o meu amor! Chegara a me dizer: "Eu quero ser sua amiga, mas se você achar que não é possível, eu respeito." Depois, preferira o Guilherme a mim. E, por último, ficara com o professor. Nunca me dera uma chance. Quando se afastara de mim, levara consigo um mundo fascinante que eu queria conhecer, queria que fosse o meu. E, por isso, minha vida tivera que buscar outros percursos, mais tortuosos, mais arriscados, enquanto minha paixão restava suspensa, levitando sem pouso nem destino. Naquele momento, Domitila estava de volta ao meu mundo, mexia-se, ainda inconsciente, à minha frente, ao meu dispor. E os meus sentimentos se misturavam. Uma força tentava me atirar aos seus braços; outra queria me levar para fora daquela cela. Havia uma vontade de acariciá-la e outra de maltratá-la.

Seus movimentos ficavam mais nítidos e eu ainda não estava certo sobre o que fazer. Assustado, levantei e fui até a porta. Parei e voltei. Fiquei em pé, assistindo ao seu despertar. Minha perturbação crescera, assim como crescera a urgência de decidir. Mas olhando para aquele corpo que parecia renascer, eu não conseguia agir. Ela levou as mãos ao capuz.

— Não! — eu disse. Você sabe que não pode tirar.

— Quem está aí? — perguntou com um tênue murmúrio.

Não respondi. Será que reconheceu a minha voz? — me perguntei. Ela arrumou o capuz sobre o rosto, desistindo de tirá-lo. Depois, apalpou suavemente o próprio corpo e sentiu que estava de vestido. Ergueu-se lentamente, apoiando-se primeiro nos cotovelos, depois em um só deles, enquanto girava o corpo, com um ou outro gemido de dor, até sentar-se. Ajeitou o vestido nos joelhos e recostou-se na parede. Ao ouvi-la falar e vê-la movimentar-se, descobri que poderia identificá-la, mesmo sem ver-lhe o rosto: lá estava a voz sussurrante e, apesar dos ferimentos, os elegantes gestos de garça.

— Que lugar é esse? — quis saber, com um fio de voz.

Não respondi. Ela silenciou. Começou a apalpar o próprio corpo por sobre o vestido. Quando doía, tirava o dedo rapidamente e voltava mais devagar, contornando o ponto dolorido, tentando avaliar a extensão do ferimento.

— Como está se sentindo? — perguntei, puxando o esse, num arremedo do sotaque carioca.

— Revoltada.

— Eu digo fisicamente.

— Como pode se sentir quem foi torturada?

A voz frágil, quase inaudível, não segredava a revolta. Isso me fez pensar na sua reação se viesse a saber quem estava ali. Gelei.

— Você é médico?

— Faço os curativos, aplico injeções, dou remédio.

— Mas é médico ou enfermeiro?

Não respondi. Ela continuou localizando os pontos doloridos. De repente, seu corpo começou a sacudir e, abafado pelo capuz, um choro convulso, quase silencioso, tomou conta dela. A imagem de uma deusa, o corpo dilacerado largado sobre o colchão de uma cela, chorando de dor e abandono, me comoveu. Mas nada poderia ser feito por ela. O que tornava tudo ainda mais triste. E ela parecia chorar, não por causa da dor, mas pela tristeza que sentia de estar ali. Chorou muito e por longo tempo, as lágrimas molhando o capuz, enquanto eu assistia em silêncio. A certa altura, não resisti e, sem fazer qualquer barulho, voltei a sentar-me na mesma beira do colchão. Ela pareceu ter pressentido meus movimentos porque interrompeu as lágrimas e, apalpando o colchão até onde o braço alcançava, começou a procurar. Permaneci quieto. Mal tocou a minha perna, recolheu rapidamente a mão, retesou o corpo e manteve-o alerta, como se esperasse algum ataque de surpresa. No silêncio que se seguiu, eu podia ouvir a sua respiração sob o capuz.

— O que quer comigo? — perguntou com mais curiosidade do que desprezo.

— Você está em observação médica.

Fui tentar distinguir a minha observação das outras e acabei dando uma pista ao usar a palavra médica. Mas ela pareceu não perceber. Apesar da fragilidade, foi sarcástica:

— Vocês! Matam a gente de pancada e depois vêm com observação médica!

Não reagi à provocação. Depois de um curto silêncio, ela perguntou, preocupada:

— Eu estou mal? Por que essa observação?

— Não. É rotina. Mas você precisa dizer como está se sentindo, onde dói mais, e como é a dor.

Ela voltou a passar a mão no próprio corpo, apalpando-se em certas partes, avaliando a extensão da área dolorida, às vezes gemendo, mas tentando me informar.

— Dói o corpo todo... meus lábios estão doendo... eu passo a língua e sinto a pele esticada... meus ouvidos doem... batiam nos dois ouvidos ao mesmo tempo... meus olhos também estão inchados... aqui, nos seios, me deram muitos choques elétricos... aqui, no umbigo, também... dói essa região toda... um dava choque e o outro me abanava... aqui, acho que é onde ficam os rins...

Eu toquei no seu abdômen para localizar melhor o órgão atingido, mas ela se assustou e falou com voz angustiada:

— Não! Não toca em mim! Pelo amor de Deus, não!

Atendi seu pedido. O susto a deixou ofegante. Falei com a maior serenidade que podia.

— Desculpa. Eu só queria localizar melhor o órgão atingido.

Ela ficou em silêncio. Mas a minha serenidade foi convincente. Ela foi se acalmando. Voltou a falar:

— Quem me vestiu esse vestido?

— Eu.

Ela voltou a silenciar, mas estava mais calma. Começou a falar com uma voz tão fraca que era apenas um murmúrio:

— Eles bateram muito aqui, com cassetete de metal... aqui são os rins?

A maneira como fez a pergunta — vagamente curiosa, suave e sem queixa — era uma porta aberta. Entrei.

— Você permite que eu lhe toque para localizar melhor? Os rins são órgãos vitais e doem muito. Se eu examinar, posso fazer um diagnóstico mais preciso e avaliar a sua dor. Ou evitar que seus rins sejam comprometidos... enquanto esteve desacordada, fiz curativos nos seus ferimentos, auscultei-a, medi o seu pulso, a pressão e a temperatura... mas não dava para examinar muito bem porque eu não tinha a sua reação. Será que posso tocá-la agora?

Ela ficou em silêncio. Senti que a minha maneira delicada de falar estava surtindo efeito. Começava a quebrar as suas resistências. Quando falou, não foi para responder, mas para perguntar:

— Você é médico?

— Não posso responder. Temos regulamentos, você entende? Como já disse, faço curativos, aplico injeções, dou remédios. Mas para isso, preciso saber o que sente, tenho que examinar... Eu poderia chamar dois homens e examiná-la à força, mas não uso esses métodos. Se você não quiser ser examinada, eu respeito.

Levantei-me, peguei a maleta, tirei alguns comprimidos, enrolei num algodão e pus em cima do colchão.

— Depois que eu sair e você tirar o capuz, vai ver um algodão em cima do colchão. Tem três tipos de comprimidos. O branco é um analgésico; toma três por dia. O azul é antiinflamatório; toma quatro por dia. O rosa é tranqüilizante, estou deixando apenas um. Mas só comece a tomar quando chegar a sua comida. E amanhã eu volto para ver se você mudou de idéia.

— Eu já mudei de idéia — ela disse, quando percebeu que eu ia mesmo embora.

— Ainda bem. Bom senso não faz mal a ninguém.

Depositei a maleta no chão e me aproximei dela.

— Por favor, deite-se.

Ajudei-a a deitar-se, apoiando-lhe as costas na descida até o colchão. Comecei a examiná-la.

— Aqui você disse que dói.

— Dói.

— E aqui?

— Dói... dói muito, dói demais... uhhh... foi aí que bateram com aquele cassetete... cada pancada era uma dor horrível...

— E aqui, dói também?

— Também... uhhh... era tanta dor... pedi que me matassem de uma vez... mas disseram que não, que eu tinha que ficar viva para sofrer mais...

— E aqui, dói?

— Menos.

— Deram choque na sua vagina? Fica calma, não se preocupe eu não vou tocar lá... é só para saber.

— Deram. Muitos.

— Onde mais?

— Aqui, por dentro das coxas...

— E você está sentindo alguma dor muito forte na cabeça?

— Muito forte, não. Sinto um peso constante na cabeça.

— Nem houve cortes?

— Não sei. Não vi minha cabeça.

— Quando eu sair e você tirar o capuz, verifica se há cortes ou galos grandes na cabeça...

— Eles disseram que fazem uma tortura científica, que não deixa marcas!

— ... se há hemorragia por dentro dos olhos e presta bastante atenção nas fezes e na urina.

Fiz o exame mais minucioso que as circunstâncias permitiam. Arrumei minha maleta.

— Viu como foi simples? — disse já de pé. — Amanhã eu passo aqui. Pode ficar mais tranqüila, eles não vão interrogar você enquanto estiver em observação. Não se esqueça dos remédios no algodão. Até amanhã.

Ela não respondeu. Bati na porta, abriram. Saí da cela. Voltaram a fechar. Eram cinco da tarde. Eu estava num tal estado de excitação, que não consegui mais trabalhar. Fui direto para casa. Eliza estranhou que eu chegasse tão cedo.

Quase no sétimo mês de gravidez, Eliza engordara cerca de dez quilos. De nada adiantavam meus cuidados em manter uma dieta saudável. Seu apetite se tornara avassalador e seus desejos alimentares incluíam sorvetes, tortas, chocolates — que ela devorava na minha ausência. Mas o pior é que o nosso relacionamento começou a ter problemas. A gravidez e o bebê passaram a tomar todo o seu tempo. Naquela casa, só se falava de bebê, só havia tempo para o bebê, só se fazia compras para o bebê, tudo, enfim, era o bebê. Eu me sentia cada dia mais abandonado. Pode parecer ciúme, mas não era. Eu também amava aquela criaturinha que estava se fazendo na barriga dela e, talvez por isso mesmo, tenha me sentido inútil, como se a minha tarefa já tivesse sido concluída, a minha única participação já tivesse sido sugada há meses, e eu não fosse mais necessário. Eu entendia o que se passava: se tudo que Eliza sonhara estava, naquele momento, dentro dela; era ela, num certo sentido; para que ela precisaria de mim?

À medida que o bebê crescia — e, apesar de ser médico e de conhecer as etapas desse processo, eu não era mais que um espectador ansioso — o corpo dela era empurrado para fora, a pele se esticava como se fosse um balão inflado, que poderia estourar a qualquer movimento brusco, a qualquer descuido. Vivíamos cercados de advertências: "Cuidado com isso! Cuidado com aquilo! Chutou! Mexeu! Calma!" E a cada noite o balão inchava mais. Santo Deus, como aquilo deformava, destruía o corpo dela! Na cama, só me restava a beirada. A qualquer movimento de Eliza, eu quase caía no chão. E, enquanto houve sexo, era com o balão entre os nossos corpos, atrapalhando, dificultando, até que uma noite ela me rejeitou de vez. Fiquei furioso, me senti roubado, traído. Fui dormir na sala, deixando a cama para Eliza e o seu balão. Depois disso, ficamos ambos mais impacientes com as dificuldades do dia-a-dia. Por isso é que, em vez de ficar alegre, Eliza estranhou que , naquele dia, eu chegasse mais cedo.

Tudo o que acontecera naquele reencontro com Domitila me aguçara a memória, de modo que cheguei em casa silencioso e introspectivo, mas com a imaginação solta como um cavalo maluco, o que deixou Eliza curiosa e inquieta sobre o que estaria acontecendo. Assim como nesses últimos meses Eliza só pensava no bebê, naquela noite eu só conseguia pensar em Domitila. E foi assim que, depois de conversar com meu filho, falando com a boca diretamente sobre o balão inflado, fui dormir no sofá da sala.

Demorei a dormir. Nem mesmo naquele estado de vigília, quando não se está acordado, mas ainda não se foi arrastado para os abismos do sono, eu conseguia ter clareza dos meus sentimentos em relação a Domitila. Eles cambiavam a cada momento, assim como a minha posição no sofá — agitada pela insônia. Ora a memória trazia de volta momentos do deslumbramento apaixonado do passado, ora a raiva por ela ter recusado o meu amor, ora a imaginação criava cenas idílicas para o futuro. A recusa, então, me dava ganas de pular no seu pescoço! Por que — eu me perguntava — me rejeitara? Se ficasse comigo, certamente não teria estudado sociologia, não conheceria o Caio — o grande responsável, por sua participação política — e não estaria presa. Tudo isso me dava a certeza de que, comigo, ela estaria mais feliz. Mas para que pensar o que poderia ter sido e acabou não sendo? E o meu corpo rodava para um lado, rodava para o outro, a noite avançando, a cabeça numa posição, na outra, e nada de sono.

Na manhã seguinte, zonzo da insônia, enfiei na minha maleta alguns absorventes higiênicos de Eliza — que temporariamente não precisava deles — e mais uma pêra e uma maçã. Quando dei o beijinho de despedida, Eliza perguntou, olhando nos meus olhos:

— Está acontecendo alguma coisa?

— Comigo? Não. Por quê? — respondi, com duas perguntas.

— Nada.

Beijei-lhe a barriga e me afastei. Eliza ficou me olhando desconfiada.

Ao entrar na Sala de Operações, cruzei com o capitão Temporal, que me segurou pelo braço.

— E a *miss*, como está?

— Vou ver agora. Mas o estado dela é delicado. É peixe grande?

— Não. Mas era amante de um tubarão.

Chamar Domitila de amante de alguém revirou alguma coisa dentro de mim. Paguei pela língua. Tinha nada que perguntar se era peixe grande.

— Então, pode esperar uns dias para pegá-la outra vez?

— Claro.

Dois homens se aproximaram com um encapuzado. O capitão Temporal virou-se para eles e eu segui em frente. Afastamo-nos com um aceno. Entrei no corredor. Informei a cela ao carcereiro. Ele me conduziu. Abriu a porta e gritou para dentro:

— Põe o capuz!

Deu um curto tempo, acabou de abrir a porta e verificou. Depois fez um gesto e eu entrei. Ele trancou a porta por fora.

Domitila estava sentada no colchão, recostada na parede. Cumprimentei com uma certa leveza:

— Bom dia!

— Bom dia... doutor — ela respondeu com voz um pouco mais audível e muita ironia.

Estremeci. As perguntas pipocaram na minha cabeça: Como soube que eu era médico? Será que o carcereiro teria dito alguma coisa que ela pudesse deduzir? Será que eu mesmo deixara escapar alguma pista? Não conseguia atinar e, mal entrara, ficara desconcertado. Resolvi seguir em frente, como se não tivesse percebido sua intenção. Fiquei mais atento em manter o meu sotaque carioca.

— Como passou de ontem para hoje?

— Pessimamente.

— Sentiu muita dor?

— Muita. Demais. Não quiseram me matar durante a tortura para que eu morresse aqui, aos poucos. O seu analgésico é para uma dorzinha de cabeça, não para quem passou por um moedor de carne.

— Vou aumentar a dosagem. Posso examiná-la?

Ela fez um gesto vagamente afirmativo. Ajoelhei no colchão e ajudei-a a se deitar. Enquanto examinava, fiz-lhe algumas perguntas.

— Você observou sua cabeça?

— Apalpei. Não há espelho aqui. Não senti nenhum corte. Nem galos.

— Ótimo! E o rosto, desinchou?

— Não sei. Talvez.

— Vai desinchar aos poucos.

— Também não pude ver se há hemorragia no olho.

— Claro. Notou alguma alteração nas fezes e na urina?

— Estou urinando sangue.

— Sei. Vou cuidar disso.

Por mais que eu respirasse fundo e pensasse em coisas sérias, tocá-la me perturbava. Havia uma espécie de eletricidade no seu corpo que me deixava numa excitação incontrolável. Notei que vestira suas roupas íntimas e, não sei por que, fiquei ainda mais excitado. Mas consegui concluir o exame e fiquei satisfeito com o seu quadro geral, que melhorara. E comigo, se ela não estava relaxada, estava menos arisca e mais falante.

— O doutor é novo aqui?

Não respondi, mas fiquei preocupado. Pela primeira vez consegui pensar mais objetivamente no que aconteceria se ela descobrisse quem eu era. É claro que, quando saísse, contaria para o pai e a mãe, espalharia para os meus colegas de faculdade, para Maria Luísa... não consegui pensar mais. Comecei a suar frio. Deu vontade de sair dali imediatamente.

— É novo, sim — ela disse. — Não sabe que a cela não tem espelho. Mandou eu verificar se tinha hemorragia no olho. Como, sem espelho?

Não respondi. Estava tenso. Apesar de presa, torturada e assustada, ela mantinha a inteligência acesa. E isso era perigoso para mim. O suor frio descia pelas têmporas. Guardei o estetoscópio e o aparelho de pressão na maleta. Ela tentou erguer o tronco sozinha, para sentar. Teve dificuldade.

— Quer ajuda? — ofereci.

Em vez de responder, ela esticou o braço na minha direção. Segurei-o e apoiei as suas costas até sentar-se.

— Obrigada.

Tirei os absorventes higiênicos da maleta. Segurei-lhe a mão. Ela ameaçou retirar, mas consegui retê-la. Ela ficou quieta. Desdobrei os dedos e, sem dizer nada, pus os absorventes sobre a palma. Ela identificou pelo tato. Sussurrou com uma certa inibição:

— Obrigada.

— Não deixe que vejam.

— Vou enfiar dentro do colchão.

Fiquei emocionado. Achei que estávamos nos aproximando. O medo, que me fazia suar frio, deu um alívio. Animado, tirei a maçã e a pêra da maleta.

— Me dá sua mão.

Ela hesitou por um instante. Depois estendeu a mão. Segurei-a e depositei as frutas.

— São frutas?

— Que frutas, você consegue adivinhar?

— Deixa ver... pêra e... maçã.

— Acertou. Você gosta?

— Gosto. Vieram na hora. Não consegui comer a comida ontem. Forcei para tomar o remédio e quase vomitei. Muito obrigada.

— Não esqueça de jogar as sementes no vaso sanitário.

Ela silenciou. Logo comecei a ouvir, muito baixinho, os suspiros estremecidos do seu choro. Fiquei emocionado, mas não disse nada, respeitei a dor e o silêncio dela. Depois de um tempo, ela disse entre soluços:

— Eu nunca tinha sido presa. É claro que a tortura é uma brutalidade, um crime. E eu nunca tinha levado um tapa na minha vida, nem de pai, nem de mãe, nem de ninguém. É claro que esse sofrimento é uma coisa... nem sei dizer... Só à noite é que consegui pensar no que me aconteceu. Tudo é muito assustador... mas ficar trancada aqui, no escuro, deitada nesse colchão, com o corpo se arrebentando de dor, longe da família, dos amigos, de todo mundo, é...

Não conseguiu concluir. Voltou a chorar. Um choro sofrido, entrecortado de suspiros e estremecimentos, reflexo de uma dor funda. Enquanto ela chorava, separei mais comprimidos, enrolei num algodão. Sentei no colchão, coloquei o algodão na cabeceira e fiquei olhando-a. Ao poucos foi serenando. Até silenciar. Pareceu que o choro a aliviou, pois deu um suspiro longo e recostou na parede, aparentemente mais tranqüila.

— Seus comprimidos estão aqui. Dobrei a dosagem do analgésico. E esse branco grande é para o seu problema dos rins. Tome quatro por dia.

Ela não disse nada. Fiquei admirando suas mãos, a pele fina, muito branca, os dedos longos. Ela parece ter intuído que eu a olhava e passou a apertar uma mão com a outra.

— O doutor disse que não vão me interrogar outra vez enquanto eu estiver em observação. Como sabe?

— É o costume.

— Desmaiei sem dizer o que queriam saber. Vão querer arrancar isso de mim com as mãos.

— Não, enquanto você estiver em observação.

— Quer dizer que estou nas suas mãos. Terei que fazer o que o doutor quiser.

Não desmenti nem confirmei, mas era verdade. No momento que a liberasse, seria interrogada. E esse período de observação não poderia se prolongar.

— E o que o doutor vai querer que eu faça?

— Que se comporte bem, me obedeça, tome os remédios, alimente-se, descanse...

Ela silenciou. Eu sabia — tinha certeza! — que a delicadeza do meu tratamento e a serenidade do meu comportamento, onde só recebera truculência, a desconcertavam. Os seus silêncios depois de algumas respostas eram a tradução desse desapontamento.

— De onde o doutor é? De Minas ou São Paulo? Porque carioca não é. Conheço meu sotaque. O seu é forçado.

Não respondi. Mas voltei a ficar tenso. Se eu a desconcertava, ela me assustava. Parecia fechar o cerco. Aquilo me irritou. Eu me arriscando para tratá-la bem e ela querendo me identificar! Certamente — pensava comigo mesmo — para se vingar mais tarde. Levantei-me, indignado, e peguei a maleta. Por desconhecer como viviam os demais presos, não sabia avaliar os privilégios e deferências com que estava sendo tratada. Talvez, não os merecesse.

— O doutor é casado? Gosta da mulher? Tem filho? Gosta do que faz?

A cada pergunta, seguia-se um silêncio. Não respondi a nenhuma. Minha irritação crescia.

— Por que um médico faz um trabalho sujo como esse?

— Porque aqui, como em qualquer lugar, há pessoas doentes, aflitas e sentindo dores. Sujo é o que você faz: terrorismo, seqüestro, assalto a banco, assassinatos. E, por favor, não me faça mais perguntas. Guarde as suas perguntas para o capitão. Ele sabe como respondê-las. Vocês se entendem bem. Eu vou informar que você já pode ser interrogada.

Mal pronunciei a última palavra, ela gritou, desesperada, com todas as forças que conseguiu reunir:

— Não! Não! Não!

Ao mesmo tempo, dobrou-se para a frente sobre o próprio corpo e, de quatro, às cegas, tateou à minha procura, até que se agarrou às minhas pernas.

— Não faça isso, pelo amor de Deus! Eu não vou agüentar! Eles vão me matar, doutor! Eu não sei nada do que eles querem! Eu não faço mais perguntas, eu tomo os remédios, eu obedeço, eu faço o que quiser.

Ela falava em meio a um choro convulso, ajoelhada aos meus pés e abraçada às minhas pernas. De irritado passei imediatamente a piedoso. Mas não posso negar que senti um certo prazer de tê-la submissa e súplice aos meus pés. Livrei-me da maleta e abaixei-me. Peguei-a nos braços, seu corpo estremecia. Envolvendo-a, senti as suas formas em contato com os meus braços, minhas mãos e o meu peito. Senti também o calor da sua pele e a maciez de suas carnes. Coloquei-a sobre o colchão e sentei-me ao seu lado. Ela continuava chorando e suas mãos tremiam. Peguei-as ambas, envolvi-as com as minhas, e esfreguei-as, como se quisesse aquecê-las. Ela, que a princípio se retesara, permitiu. E, aos poucos, foi parando de chorar. Até serenar com as mãos entre as minhas. Ficamos em silêncio por um tempo. Ela, então, falou com um fio de voz:

— Pelo amor de Deus, não me entrega a eles, não.

Súbito, o ferrolho da porta foi acionado. Soltei a sua mão imediatamente, mas antes que pudesse levantar-me do colchão, o capitão Temporal já estava no meio da cela, perguntando com estranheza:

— Que intimidade é essa? Sentado no colchão da prisioneira!

O flagrante já não deixa muitas saídas e a rapidez com que se tem de responder dificulta até mentir. Gaguejei:

— Estava cansado de esperar. A prisioneira desmaiou enquanto eu a examinava. Apliquei estimulante para reanimá-la, mas está demorando a fazer efeito.

Dei uma cartada perigosa. Ela poderia me desmentir a qualquer momento, bastava falar alguma coisa. E foi só então que me lembrei das frutas e do absorvente. Na última vez que os vira, estavam sobre o colchão. Mas na posição em que estava, de frente para o capitão, ficava de costas para o colchão.

— Agora, que já examinou, como está?

— Nas parte vitais, está bem. Tem uma aerofagia, o bloqueio progressivo das vias respiratórias por causa dos choques. Mas ficar desacordada por tantas horas é grave. Pode ser algum trauma, qualquer coisa de fundo emocional. É prudente mantê-la em observação.

— Quantos dias?

— Não sei. Depende de como ela reagir.

— Não posso segurar uma cela individual para essa moça por muito tempo. O movimento cresceu.

— Entendo. Mas é a orientação.

— Ela está desmaiada mesmo?

— Está.

O capitão avançou até ela. Minhas pernas tremeram. Senti a gota gelada de suor escorregar das axilas. Virei-me para o colchão. Procurei com o olhar as frutas e o absorvente. Não os localizei. Temporal encontrou o algodão com os comprimidos. Abriu-o. Impressionou-se com a quantidade.

— É a medicação dela — esclareci.

Voltou a enrolar o algodão. Depois, ergueu-lhe o capuz. Ela estava de olhos fechados, respiração tênue, imóvel, desacordada. Contemplou-a por instantes:

— É mesmo uma *miss*! — disse, fascinado, e abaixou o capuz. Ergueu-lhe o vestido, acrescentando: — E gostosinha! Que par de coxas!

Largou o vestido, levantou-se e foi saindo. Bateu na porta e, enquanto esperava, disse:

— Cuidado com essa *miss*! O diabo tem mil caras! Pode até jantar desacordado! Não vá se apaixonar pelo inimigo!

— Não há perigo — respondi.

O ferrolho correu na porta metálica, que se abriu. O capitão saiu com um aceno. A porta fechou-se e o ferrolho voltou a trancá-la. Domitila virou o corpo para um lado e puxou as frutas e o absorvente.

— Que aflição para esconder seus presentes. Quando o monstro entrou, eu, sem enxergar nada, comecei a tatear o colchão para tentar escondê-los.

— Eu não sabia que você tinha escondido e fiquei aflito, procurando, sem saber onde estavam.

Tive a sensação de que sorrira sob o capuz. Voltei a sentar no colchão. E silenciamos. Porém, o clima desse silêncio não era mais como os outros. Tinha se modificado. Era um silêncio que passara a incluir uma dose de cumplicidade; mais até: de confiança. Ficamos calados, como se avaliássemos, cada um para si, o que acontecera. Depois, ela disse:

— Aerofagia... agora não dá mais para esconder que é médico. E é mineiro. Tenho certeza. Na frente do monstro se esqueceu de fazer o sotaque de carioca. Outra coisa: você está se arriscando ao me poupar. Eu gostaria de saber por quê.

Não respondi. E no silêncio, fiz-me outras perguntas: Por que ela insiste em querer me identificar? Será que não entendeu que aconteceu algo mais importante? Ela prosseguiu:

— Mas agora você aprendeu que pode confiar em mim. Não só escondi as frutas em tempo, como estava desmaiadinha quando o monstro levantou o capuz. E continuei desmaiadinha quando ele levantou a minha roupa, apesar da vontade que me deu de meter-lhe a mão na cara. Então, você confia em mim?

— Confio.

— Eu também confio em você.

Voltamos a silenciar. Eu estava emocionado e orgulhoso dela. Não queria sair dali, mas era conveniente. O capitão certamente estaria atento à hora que saísse. Sussurrei junto ao seu capuz, na altura do ouvido:

— Obrigado.

— Obrigada, você — ela retribuiu.

— Preciso ir. Tchau.

— Tchau — sussurrou.

Levantei-me. Quando bati na porta, ela chamou:

— Doutor!

— Estou aqui — respondi.

— Vocês me põem o capuz para que eu não possa vê-los. Mas saem e o deixam aqui. E se eu, quando estiver sozinha, fizer um furinho nele?

Num impulso idiota, esbocei um gesto de pegar o capuz, mas recuei a tempo de ela não perceber a gafe.

— Depois que eu sair, ponha junto à porta que o carcereiro pega.

— Você disse que confia em mim. Então prova. Deixa o capuz comigo. Eu juro que não vou tentar saber quem é você.

Não respondi. O ferrolho deslizou e a porta se abriu. Saí. O carcereiro trancou a porta. No corredor, confidenciei-lhe:

— O capuz ficou na cela. E se o prisioneiro, quando estiver sozinho, esgarçar o tecido na altura dos olhos?

O carcereiro me olhou com olhos arregalados, na mais genuína expressão de espanto.

Em casa, encontrei uma Eliza diferente. Estava carinhosa, atenciosa, interessada no meu trabalho, fazendo muitas perguntas. Só uma ou outra vez mencionou a gravidez ou o bebê. De repente, eu me tornara o centro dos seus interesses. Aquilo me surpreendeu, mas não comoveu. Minha emoção estava toda voltada para uma cela do quartel da Polícia Especial do Exército. Lá, onde, àquela hora, deveria estar dormindo a minha inefável Domitila.

Na hora de dormir, fui para nosso quarto e conversei com o meu filho, a boca colada ao barrigão de Eliza, que me acariciava os cabelos.

— É tão lindo ver você conversando assim com ele! — ela disse.

Continuei o monólogo com o meu filho, meio alheio aos comentários de Eliza. Ela segurou uma mecha dos meus cabelos e puxou-a para si, levando-me junto.

— Depois de amanhã é meu aniversário. Se eu lhe pedir um presente você me dá?

— Depende do presente.

— Dá ou não dá? Um presente de aniversário para a mulher que mais ama você, amou e vai amar nessa vida. Responde! Dá ou não dá?

— Vá lá: dou. Qual é?

— Você voltar a dormir aqui na cama comigo.

Já estava decidido a concordar, até porque aquele sofá estava maltratando o meu corpo. Mas fiz uma pausa para valorizar o presente.

— Tem que pensar tanto assim para decidir se quer dormir na mesma cama da sua mulher? E olha: não sou só eu quem está sentindo saudade de você, não. Tem um bebezinho aqui dentro que pergunta por você toda noite.

— Está bem. Você venceu. Eu volto a dormir aqui.

Eliza me cobriu de abraços, beijos e agradecimentos. Imitando uma vozinha de criança, disse:

— Obrigado, papai. — Depois, retomando sua voz, acrescentou: — E depois de amanhã, vou dar um jantar para nós e nossos amigos. Vai ser uma oportunidade para eles conhecerem nossa casa nova. Além de papai e mamãe, ninguém veio aqui.

Concordei com tudo, aceitei tudo, porque não queria pensar naquelas coisas. Nem era bem porque eu não quisesse, mas porque, de livre e espontânea vontade, meus pensamentos eram exclusivamente para Domitila. Forçados, eles poderiam até admitir a existência de outras coisas no mundo, como jantares, aniversários, amigos, casas, esposas, etc. Apenas admitir que existiam, não se interessar por elas.

Dormi na cama com Eliza. Acordei várias vezes durante a noite, preocupado com o balão ao meu lado. Qualquer descuido, e ele poderia explodir — eu sabia disso. E a cada vez que acordava, voltava a pensar no que estaria fazendo Domitila àquela hora e, em seguida, imaginava o que faria no próximo encontro.

Na manhã seguinte, a caminho do quartel, parei numa farmácia e comprei escova de dentes, creme dental e sabonete. Quando cheguei, fui obrigado a atender a vários casos urgentes, que surgiram durante a madrugada. Só bem mais tarde, perto da hora do almoço, foi que tive tempo de ir à cela dela. O carcereiro puxou o ferrolho, entreabriu a porta, enfiou um capuz na fresta e gritou para dentro:

— Pega o capuz e enfia na cabeça!

Jogou o capuz lá dentro e fechou a porta. Depois de um tempo, voltou a falar para dentro:

— Pôs o capuz? Pode entrar?

— Pode — ouviu-se, em resposta, uma voz feminina.

O carcereiro acabou de abrir a porta. Entrei. Ouvi o ruído do ferrolho trancando-a. Mal dei dois passos e, antes que dissesse qualquer coisa, ela falou, com voz mais firme e ironia cortante.

— Demorou hoje, doutor!

— É o movimento.

— Estão sangrando o que de melhor já nasceu nesse país!

Não comentei a provocação. Aproximei-me do colchão. Ela estava sentada, recostada na parede. Seus movimentos de braços, pernas, mãos e pescoço, se ainda não eram livres, já estavam um pouco mais soltos.

— Posso examiná-la?

Ela abriu ligeiramente os braços e deu de ombros, com uma indiferença ostensiva. Queria mesmo me provocar. Ajudei-a a deitar-se. Num recato inesperado, que sutilmente me censurava, arrepanhou o vestido e o prendeu entre as pernas. Tentei desconsiderar aquela atitude enquanto não entendia suas razões. Examinei-a com atenção, enquanto fazia as perguntas de praxe:

— Passou bem a noite?

Ela levou um tempo para responder, como se quisesse deixar claro o seu desinteresse pela conversa ou a má vontade comigo.

— Mesma coisa.

— Tomou os comprimidos?

— Tomei. Comi as frutas também. E joguei as sementes na latrina.

Queria mesmo evitar a conversa. Ou, então, falar de outros assuntos. O silêncio não me incomodava tanto porque não me impedia de fruir o prazer de tocá-la. Passaram-se pouco mais de vinte e quatro horas, e eu já estava com uma saudade visceral daquele corpo. O exame, à guisa de avaliar a extensão remanescente dos ferimentos, me permitia alisar suavemente a sua pele, sentir a penugem macia e a temperatura; pegar nas suas carnes firmes e jovens, apertá-las, apalpá-las e senti-las. E quanto mais eu pensava naquela carícia como sendo roubada, abusiva e proibida, mais aumentava o meu prazer.

— Continua urinando sangue?

— Mesma coisa.

— Vai melhorar. Seu quadro clínico está evoluindo bem.

— E se eu ficar boa...

— Se, não. Você vai ficar boa!

— Nesse dia o doutor vai me entregar aos monstros?

Não respondi. Continuei a examiná-la em silêncio. Ela estava mesmo determinada a me desafiar, me provocar, me irritar, enfim. Eu só não atinava com o motivo que lhe dera para tal animosidade. Tentei amansá-la pondo-lhe na mão o sabonete, a escova e a pasta de dentes. Agradeceu sem gratidão. Depois de um silêncio, começou a dar pistas do motivo:

— Por que não confia em mim?

— Eu confio em você.

— Se confiasse, não mandava me tirar o capuz.

— Eu não mandei tirar nada.

— Mandou, sim. E ainda disse que eu sou terrorista, seqüestradora e assassina.

— Você disse que eu sou torturador.

— Eu não disse que você é torturador. Eu disse que você faz um trabalho sujo. E faz, mesmo!

— Nesse momento, eu estou fazendo um trabalho sujo em você!

— Você não é bobo. É um médico, sabe do que estou falando.

— Quem disse que eu sou médico?

— Eu estou dizendo! É médico, é mineiro e é novo aqui. Mas está enganado comigo. Eu não sou terrorista, nem seqüestradora, nem assassina. Eu compreendo, apóio e até admiro quem realiza essas ações em nome da revolução socialista. Porque não há outro jeito. Os donos do poder, que fazem as leis, trabalham para que os pobres fiquem mais pobres e os ricos mais ricos. E tentar mudar essa injustiça fazendo política da maneira tradicional é perda de tempo. Mas eu nunca participei de nenhuma dessas ações. E digo mais: se me convidassem para participar, eu toparia.

— Você apóia assassinatos, seqüestros, assaltos?

— Eu não defendo isso. Nem por princípio, nem em tese. Eu disse que apóio numa circunstância muito especial, que é a da luta política pela implantação do socialismo.

— Então, você acha que os meios justificam os fins?

— Em circunstâncias muito específicas, sim. Mas me diga uma coisa: quantos milhões de pessoas morrem de fome nesse país porque os poderosos lhes tiraram o direito ao emprego, à escola, à terra, à saúde, a quase tudo? Isso também é roubo, doutor. Isso também é assassinato. E a tortura que aplicam aqui é o mais brutal terrorismo. Espancam, mutilam, dilaceram, inutilizam, matam — o doutor sabe muito bem! — para eliminar quem pensa diferente deles, para eliminar quem luta contra eles. Esses são os meios que os poderosos usam para alcançar o fim, que é mais riqueza e mais poder. Eles se justificam dizendo que estão numa guerra. Mas a desproporção das forças é tão escandalosa que nunca foi uma guerra, sempre foi um massacre. Eles compram armas e seus salários são pagos com o dinheiro do povo brasileiro, para torturar e matar o próprio povo brasileiro. Mas, com isso, espalham um clima de terror — isso sim, é terrorismo! E a população, assustada, amedrontada, em pânico, passa a apoiar a ditadura militar, que deu um golpe de Estado e expulsou do poder um governo democrático. E para quê? Para defender os interesses dos brasileiros, para melhorar a situação da população? Não, para defender os interesses das multinacionais, dos banqueiros, dos latifundiários...

— Se você diz que não participa de assaltos, seqüestros, assassinatos, então, por que acha que está presa?

— Porque hoje eles estão prendendo qualquer um que pense diferente. Não é preciso agir, basta pensar. Ou ter um livro que eles não gostem, ou ouvir uma música que eles não gostem ou até vestir uma roupa que eles não gostem. Mas, no meu caso, eles estão interessados em alguns amigos do meu marido que freqüentavam nossa casa.

— Você é casada?

— Sou viúva. Meu marido era militante de uma organização clandestina e foi morto aqui, nesse quartel. Depois, passaram um carro em cima do corpo dele e disseram que foi atropelado.

Silenciamos, os dois. Ela não escondia que estava emocionada. Eu tive que esconder. Depois de respirar fundo, continuou, num tom mais sentido:

— Nessas noites aqui, sozinha, tenho sentido tanto a falta dele que me dói na carne. Eu o amava. E admirava o sentido de justiça que ele tinha.

Por isso, respeitei a opção de vida que fez. Era um homem raro, precioso. Foi meu professor e meu mentor. Era lúcido, culto, inteligente, apaixonado pelo Brasil e pelo povo brasileiro. Estudava esse país como ninguém. Eu tenho certeza de que o Brasil ainda vai se orgulhar dele.

Ela voltou a chorar manso. Se ela soubesse como o Caio se comportara sob tortura, se orgulharia ainda mais dele. Enquanto ela suspirava, aproveitei para pegar o meu capuz na maleta. Precisava examinar o rosto dela, principalmente, verificar se havia hemorragia no olho. E também porque estava com saudade daqueles olhos, daquela boca, de tocar naquela pele, na cachoeira de cabelos; enfim, com vontade de rever a inefável Domitila. Quando, na visita anterior, ela falou em furar o capuz que ficava na cela, adotei a idéia: furei um capuz — com furos minúsculos — na altura dos olhos, para eu usar quando tirasse o dela. Depois que ela parou de chorar, enfiei o capuz na cabeça e acertei o furo nos olhos. O capuz fedia a suor e a remédio. Nesse momento, tive medo de que ela pudesse se lembrar dos meus olhos. Mas logo tirei da cabeça. Quem se lembraria, me perguntei, de um par de olhos comuns, inexpressivos, sem nenhuma particularidade marcante? Ninguém, me respondi.

— Viu como confiei em você? — ela disse.

— Pode confiar. Nada do que disse vai sair daqui.

— Bobagem. Eu já contei tudo isso para eles.

Além das provocações e desafios, ela estava, naquele dia, dada a pequenas vinganças. Já eu estava interessado em rever a face oculta da deusa.

— Eu preciso examinar seu rosto. Por favor, tire o seu capuz.

— Vai deixar que lhe veja?

— Vou — menti.

Ela tirou o capuz quase de uma só puxada. Ao me ver com o rosto encoberto, sua expressão fechou-se de decepção.

— Mentiroso!

— Bobagem. Você não achou que eu fosse mostrar meu rosto, achou?

Aproximei-me para examinar-lhe o rosto. De perto, ela olhou para os meus olhos fixamente, sem piscar, com a voracidade de quem acabou de recuperar a visão, como se quisesse arrancá-los para saber quem era eu. Mantive o olhar perigosamente por um átimo, o suficiente, no entanto, para constatar que não havia hemorragia e — embora ela insistisse em decifrar a esfinge que a observava por trás dos furos — desviei-o para o resto da face da deusa. Seus lábios, ainda roxos, já começavam a desinchar, assim como os olhos. Mas o que realmente importava naquele momento era a emoção que eu sentia — e até hoje ela sobe como um arrepio pelo meu corpo todo — de estar, sem disfarce nem capuz, cara a cara, com a inefável Domitila. O meu ímpeto era de beijá-la, na face, na testa, nos olhos, na boca, na orelha, no pescoço. Minhas pernas até tremiam.

— Sabe que pensei em você essa noite? Você tinha dito que, nessa cela escura, longe dos pais e dos amigos, sentia-se solitária e abandonada. Acordei de madrugada e fiquei pensando em como estaria...

Ela não disse nada de imediato. Parecia pensar no que eu dissera. Depois, falou pausadamente:

— Ontem, não sei por que, eu fiquei pensando na minha infância. Lembrei muito do meu pai, da minha mãe, de Copacabana, da praia, da minha escola. Lembrei do meu quarto com bichinhos na parede, lembrei do vestidinho que eu mais gostava, todo branco com um bordado de cogumelos vermelhos, lembrei das minhas bonecas e de um teatrinho de fantoches que meu pai me deu, e das historinhas que ele contava, manipulando os bonequinhos, e que eu assistia maravilhada.

Parou de falar. Nos seus olhos, as lágrimas brotavam silenciosas como numa fonte, acumulavam-se em grossas gotas e desciam lentamente rosto abaixo. Ela continuou falando e chorando.

— Eu tenho sentido muita saudade. Do meu marido, do meu pai, da minha mãe, dos colegas da faculdade... sinto falta de todo mundo. Aqui, a gente aprende a dar valor aos amigos, aprende a gostar de conversar, de conversar até com um carcereiro...

— Já examinei. Põe o seu capuz, por favor.

Em vez de me obedecer, ela, com dificuldade para andar, deu dois passos para trás e me olhou de alto a baixo, observando meu corpo.

— Põe o capuz! — ordenei.

— Calma — ela disse. — Estou admirando o corpo do doutor.

— Põe esse capuz imediatamente! — gritei.

Assustada, enfiou o capuz na cabeça, mas não deixou de ironizar:

— Ponho, sim, doutor. Obedeço as ordens do doutor porque sei que estou nas suas mãos. Aqui, nessa cela, vou obedecer sempre, fazer tudo que o doutor mandar e quiser, porque não quero voltar para a mão dos monstros... o doutor pode me guiar até o colchão?

Peguei-a pelo braço e a conduzi até o colchão. Ela ajoelhou-se, depois se virou devagar e conseguiu sentar. Aos poucos, recostou-se na parede. Tirei o capuz, já quase nauseando com o cheiro de suor, e guardei na maleta.

— O doutor se parece com um amigo que tive. Aliás, um tipo muito interessante. Ele também é medico, também nasceu no interior de Minas, tem mais ou menos a sua altura e o seu corpo. Até na voz são parecidos. Na verdade, era amigo de um primo e acabou amigo do meu pai, que o achava inteligente e de futuro. Eu o achava uma boa pessoa. Mas o coitado apaixonou-se perdidamente por mim. E não tínhamos nada em comum. Ele era, não sei se ainda é, um provinciano deslumbrado, que adorava gente rica e queria ganhar dinheiro a qualquer custo. Só pensava em conhecer pessoas influentes e em subir na vida. Sempre desprezei esse tipo de gente. Imagina se eu poderia namorar uma criatura dessa!

Eu fiquei aterrado e furioso. Nunca poderia imaginar que alguém que me tratava tão bem pensasse tão mal da minha pessoa. Até aquele dia, ninguém tivera uma opinião tão horrível a meu respeito. Se tinha, nunca vim a saber. A inefável Domitila, a quem eu dedicara a mais pura e profunda das minhas paixões, era uma fingida, uma hipócrita — Deus meu, que decepção, as mulheres! Mas prometi me vingar da filha da puta.

Coloquei sobre o colchão o algodão com os comprimidos, peguei a minha maleta, fui para a porta e bati.

— Já vai, doutor?

Não respondi. O carcereiro abriu a porta. Saí. Ele gritou para o interior da cela:

— Põe o capuz junto da porta!

Avancei, indignado, pelo corredor. Fora mortalmente ferido. O meu único pensamento era encontrar uma maneira de ir à forra.

O jantar de aniversário de Eliza foi simpático e agradável para todos os presentes, e um inferno para mim. Há dois dias que não ia à cela de Domitila, e a saudade estava me deixando transtornado. Meio ausente, copo de cerveja à mão, eu circulava entre os convidados como um beija-flor, sem conseguir engrenar uma conversa mais prolongada com nenhum deles.

Desdobrando-se, sozinha, nos papéis de anfitriã, aniversariante, esposa e futura mamãe, Eliza ainda se ocupava comigo — ficara feliz com o relógio de pulso que lhe dera de presente. Beijando, abraçando, fazendo agrados ou renovando a cerveja do copo, queria saber o que se passava comigo. À certa altura, foi direta: quis saber a razão do meu alheamento. Escapei com evasivas e entrei no quarto do futuro bebê, onde Maria Luísa e minha sogra se encantavam com berço, banheira, carrinho, roupinhas e bichinhos. Ao me ver, Maria Luísa largou tudo e veio me abraçar, mais uma vez, festejando o futuro papai:

— Então, está feliz de ser papai?

— Estou — respondi.

— Em pouco tempo você conseguiu tudo o que sonhava: um filho encomendado, uma ótima esposa, um apartamento confortável, um belo automóvel e um excelente emprego! Meus parabéns, você merece. E fez por onde! O quanto você trabalhou e estudou! Deus é quem sabe.

— E você, como vai?

Maria Luísa abriu um sorriso, largo, pleno, como há muito tempo não via. Seus olhos brilharam e ela ergueu as mãos postas para o alto:

— Eu estou ótima, graças a Deus! Com a volta do Leopoldo...

— O Leopoldo voltou?!

— Não sabia? — exultou. — Mora no meu quarto e, para todos os efeitos, somos marido e mulher. Estou casada com um filósofo! Um santo! — E, erguendo novamente as mãos postas, acrescentou: — Todo dia eu agradeço a Deus o meu santo comunista!

— Então, ele não vive mais se escondendo.

— Não, não, não! Está lá, muito visível, como gerente da pensão. O Partido Comunista não apóia a luta armada. E vai se acostumando, meu querido, porque eu estou entendidíssima de política!

— Parabéns, Maria Luísa! Você merece!

— Merecemos! Nós dois merecemos!

Passei a mão sobre o seu ombro e apertei-a, antes de ela se afastar, atendendo ao chamado de Eliza da porta da cozinha. Servi-me de cerveja e perambulei até a varanda. Domitila voltou a ocupar completamente meus pensamentos: dois longos dias sem vê-la tinham me estraçalhado o coração. Mas, em nome da minha segurança, era preciso refrear os ímpetos da paixão. Depois da última visita que lhe fizera, eu ainda não concluíra se Domitila sabia ou não sabia quem era eu. Se a paixão me tumultuava, a dúvida me dilacerava. Juntas, paixão e dúvida, me desesperavam. Se ela sabe quem sou eu, conjecturava comigo mesmo, estou desgraçado, porque ela vai me denunciar ao ser solta. Com que cara eu iria enfrentar as pessoas, principalmente algumas das que estavam naquele jantar — tio Camilo, dona Glória, meu sogro, minha sogra. A única salvação seria eu declarar minha paixão e ela também se apaixonar por mim — afinal, o homem da vida dela não estava mais aqui e nem eu era mais aquele tipo que ela desprezava.

Estava perdido nessas conjecturas, quando alguém pousou a mão no meu ombro. Era dona Glória que, deprimida — seu estado habitual desde que Domitila saíra de casa — estivera sentada na penumbra de um canto da varanda:

— O aniversário é da sua mulher, mas você também merece parabéns. Eu estava olhando você dali e dizia para mim mesmo: que rapaz de valor! Você é um vitorioso, meu querido! Médico de prestígio, bom salário, carreira, apartamento próprio, carro...! Como me arrependo de não ter estimulado o seu namoro com Domitila! Que felicidade, meu Deus, se ela estivesse casada com você e grávida do meu netinho! Eu seria a mãe mais feliz do mundo! E ela também.

— Ela não gostava de mim; hoje eu sei.

— Gostar, se aprende com a convivência!

— A senhora tem notícia da Domitila?

Dona Glória me olhou com firmeza. O olhar dos deprimidos tem a densidade do desespero. Tive a sensação de que seus olhos me censuravam. Tirei os meus olhos dos dela. Percebi, então, a devastação que o sofrimento lhe causara. O esnobismo, a vaidade e a elegância haviam cedido lugar à humildade, à resignação e ao despojamento. Respondeu num tom mais baixo:

— Não. Nenhuma. Mas aqui entre nós — posso falar porque você é quase da família —, eu e Camilo morremos de medo de que nossa filha, depois de tudo que aconteceu, esteja envolvida com terrorismo. Vou todo dia à missa, pedir a Deus por ela.

Dona Glória olhava a vista da varanda, mas os seus olhos não conseguiam ver nada além da amargura que lhe ia na alma.

— Com licença, meu querido — ela disse e, emocionada, recolheu-se à penumbra do canto da varanda.

Reabasteci meu copo de cerveja e sentei no sofá da sala, onde a conversa entre meu sogro e o tio Camilo ia a meio.

— ... o que os jornais publicaram — dizia tio Camilo com a voz pastosa dos que já beberam o suficiente — é que esse tal de Caio era um dos chefões, um homem perigoso.

— Mas hoje não se pode confiar no que a imprensa publica, Camilo. Só sai no jornal o que eles querem. E vou lhe dizer mais:...

Meu sogro olhou à volta, avançou o tronco para se aproximar ainda mais do tio Camilo, e falou num tom mais baixo:

— ... dizem uns amigos meus da ativa, gente séria, que discorda de tudo isso que está acontecendo, que agora a estratégia é aumentar, fazer um grande espalhafato de cada subversivo preso e exagerar ao máximo sua importância e periculosidade. Cada professor, cada estudante preso, os serviços de informação divulgam para a imprensa que é um terrorista sanguinário, assassino implacável, assaltante frio, homens perigosíssimos, que põem em risco a segurança nacional. E a imprensa, sensacionalista como é, aumenta ainda mais a periculosidade do estudante ou do professor. E por que isso? Porque quanto mais ameaça à segurança nacional, mais se justifica a repressão — que passou a prender não apenas os subversivos, mas também quem apenas discorda do sistema — e mais se justifica a ampliação do aparato de repressão. Com esse clima artificial de permanente ameaça à segurança nacional, torna-se indispensável que os militares continuem dando as cartas, ou seja, que a ditadura militar se perpetue. Os traidores do Exército brasileiro querem ficar para sempre no poder.

— Faz sentido — disse tio Camilo. — Faz muito sentido. — E, levantando-se: — Com licença, general. Só um minutinho. Vou ao banheiro. Mas faz muito sentido o que o senhor disse. — E afastou-se balançando o corpo, desenhando uma trajetória incerta na direção do banheiro.

Sem se levantar, meu sogro dobrou o corpo na minha direção e sussurrou:

— E aquelas coisas, continuam acontecendo por lá? As torturas?

— Não sei, general.

— Então, você continua fora disso.

— Continuo.

— Ótimo! No futuro, o Exército ainda vai se lamentar dessa mancha negra na sua história! Vai ser preciso muito tempo para que o povo esqueça esse período... muito tempo. O sentimento antimilitar vai crescer... e os próprios militares ainda se envergonharão disso... embora jamais admitirão.

Minha sogra o interrompeu com um comprimido e um copo d'água nas mãos. Enquanto meu sogro tomava o remédio, afastei-me para recompor meu copo de cerveja.

Perambulei sem rumo pela casa. Domitila, que se esvanecia, mas não desaparecia da minha cabeça, ocupou-a de novo. Dessa vez, ressentido com o desprezo que ela confessou que tivera pela minha paixão, comecei a cogitar de uma maneira de me vingar. Mas qual?, me perguntava. Considerá-la restabelecida e entregá-la à sanha do capitão? Isso poderia servir apenas como uma ameaça, eu me respondia. O próprio capitão já dissera que ela não era peixe grande. Portando, se a entregasse, ela logo seria solta — e eu seria logo denunciado.

A porta do banheiro se abriu e o tio Camilo, pálido, trêmulo e balançante, surgiu enxugando a boca com um lenço. Desde que Domitila saíra de casa, passara a beber. Ao me ver, abraçou-me — seu corpo exalava um cheiro azedo de cerveja e suor — e sussurrou:

— Nós perdemos a Domitila, não foi, doutor? Perdemos a nossa rainha. Você conseguiu outra. Mas eu, não. E tem dia que dá uma saudade, doutor! Uma saudade!

Afastou-se com a voz embargada, num passo instável, e eu entrei no banheiro. A latrina, os ladrilhos do chão e os azulejos da parede tinham restos de vômito. Tratei de limpar tudo.

Andando pela casa e batendo palmas, Eliza chamava todos para a mesa, onde o jantar estava servido. Lembro-me de que mal nos sentamos e tocou a campainha: era Elga, Antônio Manoel e Belizário. E mais não me lembro, a não ser das pessoas rindo, comendo, bebendo e falando, todas ao mesmo tempo, dos mais variados assuntos. De mim, só me lembro que bebia cerveja e pensava em Domitila

Era tarde da noite, o apartamento estava silencioso e o quarto às escuras. Ao meu lado, Eliza dormia um sono profundo e reparador. Toda a faina de preparar e servir o jantar, receber e distrair os convidados, com aquele barrigão, deve tê-la esgotado. Eu, que também estava esgotado, embora por outras razões, não conseguia dormir, por mais que continuasse tomando cerveja. Domitila, a inefável Domitila, roubava o meu descanso e a minha paz.

A horas tantas, não resisti mais. Vesti o uniforme, peguei a maleta e, num bilhete para Eliza, disse que fora atender a uma emergência no quartel.

Ao volante, sentia uma certa dificuldade para manter o carro na pista, mas àquela hora quase não havia trânsito. Num espasmo de sensatez, me dei conta do risco que corria. Uma visita a essa hora, sem emergência nem convocação, só se justificaria se houvesse extrema gravidade médica. Mas segui em frente. Por maior que fosse o risco, eu não recuaria àquela altura. O que me conduzia era mais forte do que eu.

A Sala de Operações estava agitada — passei sem atrair muita atenção —, mas o corredor estava calmo. Depois de ter dispensado o carcereiro de acender a luz da cela, ele repetiu o ritual de abrir a porta e mandar pôr o capuz. Entrei na cela. A porta foi fechada com estrondo.

Num primeiro momento, não enxerguei nada. A cela estava mergulhada na escuridão. Mas a vista foi se acomodando. Pela janelinha do alto entrava um retângulo de luz tênue, que iluminava exatamente o colchão, onde, em movimentos tensos e cautelosos, Domitila, cabeça coberta pelo capuz, tentava sentar-se, depois de ter se levantado para pegar o capuz. Mantive-me em silêncio, na zona de sombra, o corpo balançando sutilmente. Ela começou a falar em voz baixa e assustada.

— Doutor? Sei que é você. O que aconteceu? Deve ser tarde, faz tempo que apagaram a luz.

O medo dela crescia. O capuz se mexia no escuro, como se ela procurasse ouvir algum som no ar. Eu observava, segurando a respiração, o coração acelerado.

— Há dois dias que não vem, por que a essa hora? Vai me entregar?

Súbito, sua voz ficou mais alta e mais assustada. Ofegante, encostou-se na parede, as mãos tateando à sua frente.

— Doutor? Não é você? Quem está aí?

— Sou eu — respondi.

Ela suspirou mais aliviada. Mas, em seguida, imobilizou-se.

— O doutor andou bebendo? Cheira a cerveja.

Não respondi. Segurei ainda mais a respiração. Mas meu coração batia forte e depressa. A adrenalina circulava rápido. Meu corpo balançava e eu não conseguia mantê-lo firme.

— Não vai me examinar nesse estado. Nem a essa hora. Veio dizer que vai me entregar aos monstros?

— Depende de você.

— De mim, doutor? Por quê? O que quer dizer?

Eu não agüentava mais: ou dizia tudo o que tinha para dizer naquele instante, ou não diria mais, e era melhor sair dali imediatamente.

— Eu quero dizer que estou apaixonado por você...

— Oh, meu Deus! — ela suspirou fundo, um murmúrio de quem acabou de saber que contraiu um câncer.

— ... tenho vivido atormentado, mas assim como não pude esconder isso de mim, não quis esconder de você. É uma paixão profunda... Por que "oh-meu-Deus"? Por que você não pode me amar? Seu marido morreu, você pode me dar uma chance... gostar se aprende com a convivência...

— Mas isso é ... é... doutor, isso é ... um absurdo!

— Absurdo, por quê?

Eu não podia dizer para ela, mas a minha cabeça me repetia: eu não sou mais o homem que você desprezou anos atrás. Eu melhorei. Até sua mãe, que também me desprezava, me disse que eu sou um vitorioso e que você estaria feliz se tivesse se casado comigo. Mas como não podia dizer com palavras, tinha que dizer de outra forma. E avancei para ela:

— O que há de absurdo em um homem querer uma mulher?

— Nada, se a mulher também o quer.

— O que há de errado comigo, para você não me querer? Eu sou um vitorioso. Você vai ser feliz comigo.

— Não é por sua causa, doutor. É pela nossa situação.

Segurei seu braço. Ela tentou escapar. Segurei o outro e a imobilizei.

— Eu quero você. Quero muito. E não me venha com essa arrogância, essa soberba, querendo me desprezar, me humilhar. Absurdo, por quê? Você mesma disse que está nas minhas mãos.

Abracei-a e comecei a beijar-lhe o capuz. Beijei, as faces, beijei a testa a boca. Ela me empurrava, tentando escapar. Mas eu a detinha e abraçava-a, e beijava-a. Apertei o peitinho, ela ameaçou gritar:

— Se gritar, eu entrego você aos monstros.

— Não! Pelo amor de Deus! Eu não vou gritar! — ela murmurou, quase chorando.

— Então, tira a roupa — ordenei.

— Não. Se você quer mesmo, então vai ser à força.

— Então, vai ser à força, sua idiota!

Rasguei-lhe as roupas e arranquei os frangalhos do corpo. Joguei-a nua na cama. Ela chorava baixinho. Tirei a calça e me atirei sobre ela. Beijei e lambi todo o seu corpo, dos pés à nuca. Depois, penetrei-a, movimentando-me devagar. Ela estava inerte, fria como um cadáver, soluçando. Fui, progressivamente, acelerando, até que, pouco depois, cavalgava-a com paixão e fúria. Aos poucos, ela começou a reagir, seu corpo foi se aquecendo, e se movimentando, timidamente a princípio, depois com mais intensidade, até entrar em ressonância com o meu. Ela gemia de prazer e chorava ao mesmo tempo. Chegamos juntos ao orgasmo. Em nenhum momento ela deixou de chorar.

Vesti-me, bati na porta, o carcereiro abriu. Quando saí, ainda ouvia o choro revoltado dela.

Voltei muitas vezes. Pedia-lhe cada vez mais carícias, e ela sempre me concedia. Era uma mulher completa, cheia de vida e sensualidade. Extraíamos todos os prazeres que nossos corpos nos podiam proporcionar. Eu a amei como nunca amei outra mulher na minha vida. E, para mim, pelo menos naquele momento, isso me redimia de qualquer culpa. Dois detalhes apenas me incomodavam: ela nunca tirou o capuz; e nunca deixou de chorar.

Um dia, quando cheguei diante da sua cela, a porta estava aberta e não havia ninguém no interior. Fiquei completamente atarantado. O capitão Temporal, que vinha passando, percebeu e disse:

— Está triste, tenente? Devia ficar alegre. Ela foi solta. Vá atrás dela.

Senti o chão fugir dos pés.

XXXIV

Está ouvindo como cresceu o burburinho na sala ao lado? Pelo jeito, já devem ter chegado os repórteres de todos os jornais, revistas e emissoras de rádio e televisão que foram convidados. E está mesmo na hora. Só mais um minuto para encerrar esse relato e nós vamos para lá, começar a entrevista coletiva — o acontecimento que mais esperei na vida.

Mas, voltando à história. Depois que soltaram Domitila, você pode imaginar o que eu vivi. Era uma mistura de terror e paixão. Nos primeiros dias, então, foi um desassossego permanente. Dormia mal, quase não me alimentava, esperando que, a qualquer momento, estourasse o escândalo. Mas os dias foram passando e nada acontecia. Passei a viver numa mistura de apreensão e saudade.

Com o passar do tempo, o silêncio prolongado acabou por me convencer de que, realmente, Domitila não me identificara. Ou, então, caíra definitivamente na clandestinidade. E havia ainda a hipótese, essa mais remota, de ela ter saído do país.

Uma manhã, estava na minha sala no Serviço Médico, remoendo essas conjecturas, que não me largavam, quando recebi uma convocação. Por motivos de saúde na família, atrasara-se o tradutor do curso que um professor americano estava ministrando a militares brasileiros. Queriam que eu o substituísse, traduzindo a aula até que chegasse.

Um homem alto e forte falava em inglês, enquanto um oficial brasileiro tentava precariamente traduzir. Na platéia havia de oitenta a cem sargentos e tenentes. Quando me viram, me conduziram até a frente e me apresentaram ao americano, que se chamava Don ou Dan Mitroni, Mistrioni ou algo parecido. Só então notei que ao lado do telão havia uma cadeira onde estava amarrado um homem encapuzado e nu. Ele continuou falando e eu traduzindo, algo como:

— A tortura na Europa utilizou equipamentos e métodos como a roda, o fogo, o ferro em brasa, a água — quer pela ingestão intensa, quer pela sufocação —, os trituradores de órgãos, a polé, que é a suspensão do corpo através de cordas amarradas aos braços, entre outros. Eram métodos baseados, sobretudo, na obtenção da dor pela distensão de músculos, pelo deslocamento de articulações, pela ação simultânea e articulada, sobre as estruturas ósseas e musculares, pela pressão sobre os tecidos hiperenervados, pela extirpação de áreas de terminações nervosas, pela sufocação e distensão de órgãos pela água. A maioria desses métodos está ultrapassada. Como a maior parte das pesquisas destinam-se a diminuir a dor, elas não nos são muito úteis. Recentemente, porém, alguns governos têm colaborado, com investimentos e recursos humanos, para o desenvolvimento de pesquisas para a inflição científica de dor. Com os novos conhecimentos e a modernização, a tortura, hoje em dia, exige técnicas especializadas, médicos, psicólogos e uma tecnologia sofisticada, capaz de produzir a dor com eficiência, sem deixar vestígios e sem risco de vida.

A um sinal dele, a luz da sala foi abaixada até a penumbra e o projetor de *slide* ligado. No telão, apareceu o desenho de um corpo humano ressaltando o aspecto fisiológico e a concentração nervosa de algumas partes. Ele voltou a falar, referindo-se ao *slide*, e eu a traduzir:

— É preciso compreender como funciona o mecanismo de percepção da dor no corpo humano. Infligir a dor em alguém significa uma estimulação do seu sistema sensorial, que é extremamente articulado. Esse estímulo aciona uma complexa rede de receptores, acelera o fluxo sangüíneo, ativa as glândulas sudoríparas e aumenta a quantidade de suor produzido, criando as condições para disparar o processo de síntese dos componentes fundamentais da dor, que são a histamina e a serotonina. É bom lembrar que a histamina é a mais poderosa substância causadora da dor. A histamina e a seretonina acionam os impulsos nervosos, que funcionam de modo parecido com um impulso elétrico, que transmite a mensagem da dor. Esse impulso se desloca por um sistema de fibras nervosas, passa pela medula e sobe, através da coluna vertebral, até chegar ao cérebro. Lá, o tálamo, que reconhece o impulso como do tipo sensível, deixa-o passar até o córtex. É o córtex que decodifica o impulso, localizando o ponto da dor e a sua intensidade.

A um novo sinal, o *slide* foi desligado e a luz da sala foi completamente acesa. O americano, então, pediu a ponta do cigarro que alguém fumava na platéia e aproximou-se do encapuzado. Quase encostando a ponta do cigarro no braço do prisioneiro, voltou a falar, exemplificando. Traduzi algo como:

— Quando encosto a brasa no braço dele, imediatamente seu fluxo sanguíneo aumenta e acelera, e ele começa a suar.

Ele encostou a ponta do cigarro no encapuzado, que deu um arranco e protestou. Ele prosseguiu, indiferente:

— O que aconteceu agora? O aquecimento dos tecidos epidérmicos...

Encostou, outra vez, a ponta do cigarro em outro lugar no braço do encapuzado.

— ...instantaneamente começa a produzir histamina e serotonina. Delas surge o impulso nervoso, que leva a mensagem até a medula, percorre a coluna vertebral...

Cada parte citada, ele apontava, ora para um ponto fixo, ora para o percurso, no corpo do encapuzado.

— ...e chega ao cérebro, onde o tálamo identifica que é um impulso de dor e lhe dá passagem até o córtex. Portanto, é o córtex, aqui no cérebro...

E ele apertou a ponta do cigarro prolongadamente na perna do encapuzado, que se contorceu e gritou, mas o americano, indiferente, prosseguiu:

— ...que percebe se a dor é mais ou menos intensa e que localiza aqui, e não lá, o ponto onde dói. Agora, observem os senhores que o cigarro que usei como demonstração apresentou duas características: deixou marcas de queimaduras, o que não é bom; não ameaçou a vida, o que é bom.

Enquanto ele foi à mesa consultar suas anotações, me deu tempo de observar a mim mesmo. Eu estava angustiado. Passara anos da minha vida na faculdade estudando e assistindo aulas para aprender a aliviar a dor das pessoas, a lutar com todos os meios de que dispõe a medicina para vencer o sofrimento. E eu estava diante de uma pessoa que ensinava técnicas e formas de provocar a dor. Ele pretendia o contrário da medicina, ele queria o contrário do que eu queria. Comecei a sentir um certo mal-estar, uma ânsia de vômito, quando, para minha sorte, o tradutor oficial chegou e fui liberado. Saí imediatamente da sala.

Quando entrei no Serviço Médico, Da Cruz me transmitiu um recado:

— Dona Eliza, esposa do senhor, pediu que, quando encerrar o expediente, o senhor fosse buscá-la na casa do pai dela.

Agradeci a Da Cruz, mas não me preocupei. Eliza já me fizera esse pedido algumas vezes. A aula do americano me atordoara um bocado.

À noite, quando acabou o expediente, indo para a casa do meu sogro, comecei a suspeitar que estava sendo seguido. Pouco depois que saí do quartel, notei, pelo retrovisor, que um Aero-Willys colara na minha traseira. Só distinguia dois homens em trajes civis, sentados no banco da frente. A presença insistente desse carro, com poderosos faróis acesos, já estava me incomodando, quando resolvi entrar numa rua secundária. O carro também entrou. Acelerei. Ele também acelerou. Quando a rua foi se tornando mais deserta, percebi que queria me ultrapassar ou emparelhar comigo. Tomei consciência de que era realmente uma perseguição. Pretendiam me assustar, me seqüestrar ou me matar? Minhas mãos estavam molhadas e o volante escorregava. Na dúvida, acelerei e comecei a procurar um caminho para voltar às ruas movimentadas. O carro atrás me pressionava, tentando me ultrapassar. Sem experiência de dirigir em alta velocidade, eu estava tenso e as pernas tremiam. Serpenteando para um lado e outro, eu tentava bloquear o caminho dos meus perseguidores. Não sabia até quando conseguiria mantê-los atrás. E o pior é que eles pareciam dispostos a tudo. Se eu ultrapassava algum carro, eles vinham com tudo e ultrapassavam também.

Depois de muito ziguezague, de ultrapassagens perigosas e de raspar a lateral do meu carro num poste, consegui retornar à avenida principal. Mas o sinal fechou. Os carros se acumularam. O Aero-Willys parou atrás de mim. Gelei, temendo que desembarcassem e viessem até a mim. Mas acho que a presença de outras pessoas e de inúmeros carros bloqueando a passagem inibiram qualquer ação. A espera do sinal abrir foi tensa. Com a roupa completamente encharcada de suor, eu os acompanhava pelo retrovisor. A qualquer movimento suspeito, eu estava decidido a sair correndo do carro. Quando o sinal abriu, acelerei até o toco, virei bruscamente à esquerda e, numa condução perigosa, entrei acelerando no meio do fluxo que avançava no sentido contrário, obrigando os carros a frearem bruscamente, com alguns se abalroando e prendendo o Aero-Willys no congestionamento.

Segui, na maior velocidade que podia, não na direção da Tijuca, onde ficava a casa do meu sogro, mas na direção do centro da cidade; e de lá para Copacabana, não pelo Aterro, mas pela Glória, Flamengo e Botafogo. Depois, cheguei à Lagoa pela Toneleros. Peguei o túnel Rebouças, depois o elevado Paulo de Frontim, até retornar à Tijuca. Com tal percurso, ninguém conseguiria me seguir. E, antes de entrar na rua onde morava meu sogro, dei umas cinco voltas labirínticas. Diante da casa, fiz o que sempre recusara: entrei com o carro na garagem.

Tensa e ansiosa, Eliza foi até a porta me receber. O susto com a perseguição me deixara trêmulo e meio bambo. Esbocei a intenção de abraçá-la, mas, estranhamente, ela se virou e caminhou em direção da porta. Registrei a sua indiferença, mas estava assustado demais para dar importância às atitudes de Eliza naquele momento. Fui atrás dela. Ao entrar na sala, minha sogra apareceu, vindo do interior da casa, ansiosa e esfregando as mãos, os olhos arregalados, e não me cumprimentou. Fiquei intrigado. Eliza disse:

— Papai me trouxe para cá. Está preocupado. Quer conversar com você.

— Mas o que aconteceu? — perguntei, tentando tocá-la. Ela se esquivou:

— Ele vai lhe explicar. Vem comigo.

Acompanhei Eliza até o escritório do general. Havia alguma coisa estranha no ar. A própria Eliza estava diferente. Evitara me beijar, me olhar e até falar comigo. Abriu a porta do escritório. Entramos. Meu sogro estava em pé, com as mãos para trás, olhando através da janela. Viu que entramos e continuou como estava:

— Você sai, Eliza. Fica só o seu marido — disse meu sogro com frieza e objetividade.

Eliza saiu. Fiquei sozinho com ele. O general não me mandou sentar e falou sem olhar para mim:

— Trouxe minha filha para cá por razões de segurança. A situação é grave e ela não pode ficar exposta. O doutor Camilo me ligou. Ele o acusa de ter torturado e estuprado a filha dele, Domitila. Por isso, jura que vai matá-lo. Está transtornado. Disse que o recebeu como filho quando você veio de Minas, e até lhe arranjou emprego. Confesso que eu também estou chocado. Mas não quero agir sem ouvi-lo. O que tem a me dizer? Você torturou essa moça? Estuprou a Domitila?

— Não, general. Nunca! Essa acusação é um absurdo. O que fiz foi socorrê-la, com toda a dedicação, depois de ela ter sido brutalmente torturada. Prestei-lhe o melhor atendimento médico que foi possível nas circunstâncias. Era essa a minha função de médico e minha obrigação como amigo. Mas eu sei, e o senhor também deve saber, qual é a intenção dessa acusação. É uma represália, uma maneira de atingi-lo através de uma acusação a mim. Desde que o amigo do senhor denunciou a existência de torturas, naquelas entrevistas que os jornais acabaram não publicando, há quem queira puni-lo. E eu me tornei a vítima de tudo isso.

Meu sogro assumira a atitude de um general. Ficara empertigado, frio e austero para me ouvir. Quando fez uma pergunta, não foi como um sogro, mas como um interrogador:

— Você está me dizendo que não torturou nem estuprou a filha do doutor Camilo?

— É exatamente o que estou dizendo.

— Você não tem elementos para denunciar uma represália dos militares. E a acusação não partiu de um militar, mas da própria Domitila.

— Mas não é verdade, meu sogro. É uma acusação absurda. Eu sou um médico, não um torturador! Só se a tortura abalou o juízo dessa moça e ela está confundindo quem a tratou com quem a torturou.

— Essa acusação exige esclarecimento completo. Se não admito que o Exército se envolva em tortura de civis, muito menos pessoas da minha família. Trate de provar que é inocente. Por ora, Eliza não vai voltar para casa. Vai ficar aqui. Nessa altura da gestação, ela não pode se expor nem correr riscos. E para protegê-la, é melhor que você não fique aqui. Aliás, enquanto perdurar essa suspeita, não apareça por aqui. Para poupar minha filha e seu filho. E proteja-se da fúria do Camilo.

— O senhor tem razão.

Quando falei, meu sogro já voltava a olhar através da janela. Fez um longo tempo de silêncio. Era uma revelação para mim, essa sua imagem de homem duro, de olhar frio e penetrante e posições austeras como o tenente-coronel Fernandes. Apertava uma arcada dentária na outra, criando movimentos nas maçãs do rosto. Quanto a mim, estava diante da situação que previra, mas isso não me dava clareza para agir. Mais uma vez, eu não sabia o que fazer. E foi exatamente isso que meu sogro quis saber:

— O que pensa em fazer?

— Não sei. Acho que a única atitude que posso tomar para preservar a minha dignidade pessoal e profissional é deixar o Exército.

Meu sogro olhou para mim, surpreso. Depois, voltou a olhar pela janela. Coçou o queixo, preocupado.

— Então, vá. Faça o que puder para provar sua inocência. Porque só restará dignidade a defender se você for inocente.

— O senhor poderia me dar uma ajuda? Preciso de tempo e tranqüilidade para agir. Com essa ameaça do doutor Camilo, não vou conseguir. O senhor pode dizer a ele que fiz uma viagem?

Ele me olhou e, por alguns segundos, pareceu avaliar o pedido.

— Vou fazer isso, mas não de boa vontade.

— Muito obrigado. Com licença.

Saí do escritório. Na sala não havia ninguém. Deduzi que Eliza não queria falar comigo. Fui até a garagem, peguei o carro e fui embora. Estava tão perturbado que não sabia nem para onde ir.

Convencido de que não poderia ir para casa, perambulei pela cidade, me dando tempo para pensar em algum lugar aonde ir e no que fazer da vida. Minha cabeça não se fixava em nada. O volante escorregava nas minhas mãos molhadas. As pernas tremiam. O medo me tirava a capacidade de pensar. Guiava atento aos carros que vinham atrás e dos lados. Depois de me certificar por diversas vezes de que ninguém me seguia, toquei para o Catete.

Deixei o carro a duas quadras da pensão e acabei de chegar a pé. A fachada recém-pintada a destacava das casas vizinhas. Na sala, também pintada recentemente, a nova disposição dos móveis e a iluminação mais moderna davam outra vida à pensão. Assim que me viu, Maria Luísa correu para me abraçar, alegre com a visita. Quis saber de Eliza e do bebê e me apresentou ao Leopoldo, que logo pediu desculpas e se afastou para cuidar dos afazeres de gerente. O meu estado de tensão não favorecia a conversa afável que Maria Luísa merecia. Mas tentei: elogiei a pintura, a nova disposição dos móveis e a sua alegria. Ela se explicou:

— Eu sou uma mulher feliz, meu querido. Eu, que já tinha quase perdido as esperanças, consegui realizar meu sonho nessa idade. Leopoldo diz que nunca é tarde para a felicidade. E, como santo e filósofo, ele tem sempre razão. Você, que me viu sofrer tanto, sabe o quanto lutei. E, graças a Deus, consegui! Por isso que eu quero que a minha casa se pareça com o meu coração, tudo claro, alegre e feliz.

A euforia não obliterou a sensibilidade de Maria Luísa. Ela percebeu que havia algo de errado comigo.

— E com você, meu querido, o que está acontecendo? Está assustado e angustiado. E se veio até aqui, é porque acha que posso ajudar. Se eu puder mesmo, pode contar. Eu quero ver você tão feliz quanto eu. Em que posso lhe ser útil?

— Estou com problemas graves. Mas ainda não posso lhe contar. Preciso me hospedar aqui por uns dias. Mas incógnito. Ninguém poderá saber.

Maria Luísa assustou-se. Sua expressão ficou tensa e sombria.

— Meu Deus do céu! O que estará acontecendo com você, meu querido? Não, não me responda, se não pode! Mas você me deixa preocupada. Estava tudo tão maravilhoso no aniversário da Eliza. O que, meu Deus, pode ter deixado você assim? Não responda, estou apenas pensando em voz alta. O que tenho a fazer é atender o que me pediu.

— Mas ninguém pode saber que estou aqui. Nem a Eliza. Certo?

— Certo. Vem comigo.

Ela me pegou pela mão e me conduziu à gerência. Explicou ao Leopoldo que seria uma hospedagem provisória e verificou que o meu antigo quarto estava desocupado. Ocupei-o. Estava pintado de novo e mais limpo, o resto continuava a mesma coisa.

Dispensei o jantar. Não tinha estômago nem apetite. Tomei um banho — o que me relaxou um pouco — e me deitei de cueca. Preguei os olhos no teto — e me lembrei dos desenhos que, antigamente, as tábuas do forro formavam e me distraíam até o sono chegar — e percebi que o medo me dominava por completo. O que me veio à mente foi o carro me seguindo, querendo se emparelhar comigo e, certamente, me seqüestrar ou matar. Depois, a imagem do meu sogro, austero e frio, exigindo que eu provasse a minha inocência — atitude que me decepcionou, pois contava que me defenderia — e seguiram-se várias imagens confusas: de Eliza com meu filho na barriga, Domitila nua na cela e o tio Camilo apontando uma arma para mim. E assim foi durante quase toda a noite. As imagens se sucediam e o medo aumentava. Não conseguia dormir. Mas eis que, de repente, senti uma dor no peito, uma dor opressiva e constante. Comecei a suar. A dor aumentava progressivamente. E me ocorreu a idéia de que eu poderia ter uma síncope. Então eu senti uma espécie de vertigem e, ao mesmo tempo que tudo à minha volta girava, girava, girava e perdia a nitidez, o chão se dissolvia e ia desaparecendo; eu mergulhava num vácuo, e esse vácuo era dentro de mim mesmo. E foi então que a verdade, que se ocultara em algum recanto de mim, se revelou por inteira. Eu, eu mesmo e não outro, estuprara Domitila, minha amiga e filha do homem que me arranjara o primeiro emprego; eu, eu mesmo e não outro, ajudara a torturar inúmeras pessoas, dizendo que elas ainda resistiam à dor; eu, eu mesmo e não outro, era um torturador; eu, eu mesmo e não outro, traíra meu juramento de médico e, ao invés de aliviar a dor, contribuíra para aumentar o sofrimento das pessoas. Eu, eu mesmo e não outro, fizera tudo isso; eu, eu mesmo e não outro, era responsável pelos meus atos; eu, eu mesmo e não outro, era culpado, culpado, culpado.

Ah, a culpa! A culpa é uma sensação de vertigem intermitente; não dói, mas estremece a alma, dilacera o coração e suspende a consciência. Eu era culpado e não tinha nenhuma explicação. Que motivos teria eu para justificar, perante mim mesmo, o que fizera? Por mais que escavasse no fundo de mim, não saberia responder. E eu tinha medo de que alguma resposta surgisse. Eu tinha medo do que havia em mim que me levara a fazer aquilo. Onde repousava esse ser monstruoso que eu desconhecia e cuja existência eu nunca suspeitara? A cada momento, a minha covardia me apresentava uma nova forma de medo. Só me restara a lamentação que aparecia em perguntas sem respostas, tais como: Por que, meu Deus, eu fiz? Onde estava com a cabeça que não pensei antes? E agora, o que fazer da minha vida? Quem vai me entender? Quem irá me perdoar? E me repetia interminavelmente: Por quê? Por quê? Por quê? Por quê? E nem um fiapo de resposta, nem mesmo uma pequena vela acesa, vinham em meu socorro.

A opressão sobre o meu peito cresceu tanto que, para aliviá-la, explodi em lágrimas. Chorei quando pensei no que o destino estaria me reservando. Chorei por compaixão e indulgência. Mas de volta à minha cama na pensão, eu estava de volta também à minha solidão, e nenhuma voz me consolou. Nem mesmo meu pai e minha mãe, onde quer que estivessem, puderam compartilhar comigo aquele momento de revelação dos meus crimes. Ninguém apareceu, nem jamais apareceria para me ajudar. Somente eu poderia me ajudar.

Quando o dia amanhecia, foi se clareando, com toda nitidez para mim, que deixar o Exército era a única solução para que eu ainda me preservasse-se.

Na manhã seguinte, saí cedo, insone e sem tomar café. Peguei o carro, estacionado a duas quadras dali, e fui para o quartel. Durante o percurso, mantive-me atento aos carros que vinham atrás de mim e que passavam ao lado. No quartel, logo depois de estacionar o carro, segui para o gabinete do tenente-coronel Torres Fernandes.

Quando o ajudante-de-ordens me introduziu no gabinete, ele estava sentado na poltrona lendo jornal. Tinha o aspecto de quem acabara de tomar banho e sua farda estava impecável. Ele tronituou sem sequer erguer a vista do jornal:

— O que o tenente quer a essa hora da manhã?

— Coronel, o senhor me desculpa, mas eu gostaria de trocar duas palavras com o senhor.

— Pode ir dizendo.

Fiz uma pausa. Não queria falar sem que ele estivesse me olhando. E ele estava mais interessado no jornal do que em mim. Ficamos assim por um tempo, até que ele se virou e me cravou aquelas pedras de gelo azuis, e ficou em silêncio. Fui obrigado a falar:

— Coronel, eu tomei uma decisão e queria informar ao senhor: eu nao me adaptei à vida militar e quero dar baixa.

Ele livrou-se do jornal num gesto enérgico, o rosto avermelhou-se instantaneamente e começou a falar aos gritos, com aquela voz assustadora, que lembrava trovões na tempestade:

— O que foi que disse? O senhor disse "dar baixa"?

— Sim, senhor. É que eu não...

— O senhor acha que essa farda é uma brincadeira? Que o Exército é um circo? E os seus superiores são palhaços?

— Não, coronel, não acho.

— Então trate de respeitar a sua corporação, tenente! E acaba com essa molecagem!

— Mas coronel, não é molecagem. Eu decidi que...

— E sabe do que mais, tenente? O senhor não pode deixar o Exército! Hoje, o senhor sabe demais, e sua saída é uma ameaça à segurança nacional! O senhor está na linha de frente de uma guerra clandestina!

— Mas coronel, é a minha vida que...

— A sua vida é só sua. As informações que o senhor tem valem muitas vidas! O senhor é um oficial do Exército e deve obediência militar à sua corporação, aos seus superiores, à ordem e à segurança do país. Eu repito que o senhor não pode deixar o Exército. E ponto final.

Seus trovões me deixaram atarantado. Mas quanto mais ele gritava, mais me convencia de que eu não queria permanecer no Exército.

— Que espécie de homem é o senhor, que todo o dia me aparece com uma novidade? Eu sou o comandante do DOI-CODI, não a babá de um tenente-médico! O senhor tira essa idéia da cabeça!

Ele caminhou de um lado para outro e, de passagem, deu um soco na mesa.

— E se o senhor estiver instruído pelo seu sogro, aquele general de pijama caduco, que fica denunciando tortura e servindo ao inimigo, eu levo o senhor à corte marcial por traição. Mando para a cadeia! Pode estar certo que vou devassar a sua vida. Não posso correr riscos com um oficial hesitante e sem determinação. De hoje em diante, eu vou saber até a hora que o senhor caga. E mais: até o que o senhor caga! Agora, vá assumir o seu posto de trabalho.

Saí da sala arrasado e meio tonto. Cada frase que trovejou nos meus ouvidos continuava reverberando dentro da minha cabeça. Mas apesar de todas as ameaças, eu não poderia continuar no Exército. Minha saída era fundamental. Com ela, tio Camilo não saberia onde me encontrar e, provisoriamente, sairia da sua linha de tiro; ao mesmo tempo, eu demonstraria ao meu sogro que estava sinceramente indignado com as mentiras que haviam assacado contra mim, visando atingi-lo. Se ele se convencesse, poderia convencer o tio Camilo do mesmo, porque a acusação de Domitila de que eu a torturara e estuprara poderia ser questionada. Afinal, ela estivera sempre encapuzada. Os interrogadores teriam-na feito acreditar que eu era um deles. Essa era a única estratégia. E ela exigia a minha saída do Exército.

Nem passei no Serviço Médico. Depois de dar uma volta pelo pátio, entrei no carro e deixei o quartel. Fiz um percurso inteiramente novo, passando por ruas que nunca havia passado. De olho no retrovisor e nas laterais, zanzei pela cidade, enquanto pensava na atitude que tomara e nos passos seguintes. Não esqueci de uma providência prática: parei afastado da minha agência bancária. Fui a pé até lá e saquei tudo que havia na conta. Voltei a perambular. Comprei umas peças de roupa e material de higiene pessoal. Quando cansei, fui para a pensão.

Deixei o carro num lugar diferente da noite anterior. Fui, outra vez, a pé para a pensão, levando minha maleta de médico e a sacola com as compras. Entrei discretamente e fui direto para o meu quarto, onde me tranquei, fechei as janelas e apaguei a luz.

Na cama, debaixo das cobertas, me sentia escondido. Ninguém olhava para mim, ninguém me via. Até o medo dava uma trégua. Minha vontade era de nunca mais sair dali. Eu não queria mais ver meu sogro, tio Camilo, Domitila, o tenente-coronel Torres Fernandes, minha sogra, ninguém. Também não queria mais trabalhar no Exército nem fazer aquelas coisas. Queria que me deixassem em paz naquele quarto, que não me procurassem, não olhassem para mim, nem me fizessem perguntas. Que me esquecessem para sempre. O quarto escuro me lembrava qualquer coisa da minha infância, lá em Olhos D'Água, me dava a sensação de que eu estava protegido.

Ao vir para a pensão, eu fizera o que deveria ser feito. Agora, era dar tempo ao tempo. Ficar escondido por ali, esperar o tio Camilo se acalmar e o meu sogro se convencer de que o DOI-CODI me denunciara para atingi-lo. De tão óbvio, ninguém imaginaria que eu estava justamente ali, na pensão. E a cumplicidade de Maria Luísa era decisiva para a minha segurança. Assim se passou o primeiro dia.

Na manhã seguinte, ao lavar o rosto, ergui os olhos para o espelho e abaixei-os imediatamente. Achei estranho. Tentei erguê-los outra vez, mas não consegui. Tentei outra vez, me esforcei, mas nem o pescoço nem os olhos me obedeciam. E a simples existência daquele reflexo na minha frente me perturbava. Só depois de tê-lo coberto com a toalha de rosto foi que consegui lavar o rosto em paz. E para enxugá-lo, puxei a toalha para fora do seu alcance.

Quando estava tomando café, Maria Luísa se aproximou. Quis saber como eu estava e tentou, de diversas maneiras, sutis e sinuosas, arrancar alguma pista do que acontecera comigo. Não deixei escapar nada. Ela me sugeriu — já que eu preferia ficar trancado no quarto — pegar algum livro na biblioteca do Leopoldo, para passar o tempo. Desde que ele começara a orientar a sua leitura, ela se tornara uma apaixonada pela literatura. Tanto que, por sugestão de Leopoldo, adaptaram o cômodo, que antes servia como despensa e adega, para uma minibiblioteca, que não apenas o casal, mas todos os hóspedes estavam utilizando. Aceitei a sugestão.

Era uma boa biblioteca, com uns trezentos títulos, a maioria sobre política. Peguei um livro chamado *Crime e castigo*, de Fiodor Dostoievski. Levei para o quarto. Seria o terceiro romance que leria na vida, o primeiro fora da escola. Mantive tudo fechado, acendi a luz e me deitei, com a intenção de ler. Começava assim:

"Numa dessas tardes mais quentes dos princípios de julho, um rapaz saía do pequeno quarto que alugara, no Beco S., dirigindo-se a passo tardo, vacilante, para a ponte K. Teve sorte por não encontrar, na escada, a senhoria.

A água-furtada ficava no alto de uma casa enorme, de cinco andares, e parecia mais um armário do que um cômodo habitável. A criatura que lhe alugara o cubículo, com comida e serviços da empregada, morava, justamente, logo abaixo, de maneira que era obrigado, toda vez que saía, a passar pela frente da respectiva cozinha, cuja porta, geralmente escancarada, dava para a escada. Nessas ocasiões, sua expressão se contraía e vinha-lhe, sempre, aquela vaga sensação mórbida de pavor que o humilhava. É que, devendo alguns meses de aluguel, receava encontrá-la. Não que fosse, afinal, um desanimado ou um fracassado na vida. Pelo contrário. Acontece que se achava, de uns tempos para cá, num estado de tensão e de irritação permanente, que tocava, quase, os limites da hipocondria. Habituara-se a viver tão recolhido em si mesmo e tão isolado, que passara, então, a temer — não só o avistar-se com a locatária, como o aproximar-se com quem quer que fosse. A pobreza o esmagava. A verdade, porém, é que, nestes últimos tempos, a própria miséria, para ele, não representava mais sofrimento. Abandonara, de vez, todas as suas ocupações diárias, tudo o que fosse trabalho."

Larguei o livro. Não consegui mais ler. Tentei tantas vezes naqueles dias, que acabei decorando essa parte. Mas nunca passei dela. Acho que tinha medo do que viria pela frente, num livro que anunciava ter um crime e um castigo. Não sei por que achei que a história tinha a ver comigo. Eu também tinha um crime e não queria pensar no castigo. Fiquei até com a impressão de que o sujeito que estava sozinho e na miséria mataria a sua senhoria e receberia um castigo. Nunca soube. No entanto, aquelas primeiras linhas serviram várias vezes para eu dormir.

Assim se passou aquele dia, como outros mais se passaram: eu ficava quase todo o tempo deitado no quarto escuro. Às vezes, descia para comer alguma coisa, mas sempre fora do horário dos hóspedes. Evitava ir ao banheiro e, quando ia, cobria o espelho com a toalha. Barba, não fiz mais. Isso contribuiu para mudar a minha aparência. Claro que, depois de dois dias, o Exército já devia me considerar um desertor. Mas desertar foi a única maneira que o tenente-coronel me deixara para sair daquela vida.

Um sentimento começou a tomar posse de mim: o de que todas as minhas conquistas estavam escorregando das mãos. Até o fato de ter voltado à pensão restaurava a sensação de reinício da vida. Só que, agora, com grandes perdas, a partir do nada.

Bateram na porta. Era Maria Luísa, dizendo que era urgente. Levantei assustado e abri a porta. Viera avisar que um homem estivera na gerência procurando por mim. Ela negara, dizendo que eu me mudara há anos. Se quisesse, ainda poderia vê-lo pela janela. Entreabri lentamente uma fresta e pude vê-lo diante da porta aberta de um Aero-Willys estacionado sob a copa de uma árvore, conversando com um outro, ao volante. Pelo físico atlético, e o corte do cabelo, era certamente um militar, em trajes civis. Tive a impressão até de que já o vira na Sala de Operações, como alguém do setor de busca e captura . Depois de olhar para os lados e observar longamente a fachada da pensão, ele entrou no Aero-Willys, que não partiu. Ficou parado sob a copa da árvore.

Sentei na cama e mergulhei o rosto entre as mãos. O tenente-coronel cumpria a palavra: iria saber quando cago e o que cago. Minhas pernas tremiam. Maria Luíza saiu do quarto, fechando a porta atrás de si. O medo tomava conta de mim. Trêmulo, eu pensava no que me poderia acontecer. As perguntas sem respostas voltaram: "Por que eu fiz? Para quê? E agora, o que me acontecerá?" Por trás do medo, um sentimento absurdo ganhava corpo: o arrependimento. Tudo o que aconteceu, aconteceu. Nada desmanchará esse acontecimento. E o arrependimento aspira ao absurdo de que o já acontecido não tivesse acontecido.

É a nossa incapacidade de lidar com o irreversível, pensei. Não conseguimos pensar, antes de fazer o mal, o qual, depois de feito, nada desfará. Ah, se fosse possível voltar o tempo e corrigir os erros, refazer de outra maneira, aproveitar a experiência acumulada com os desacertos! Mas não apenas o tempo não volta, como parece que diante de cada fato estamos novamente virgens, que nada nos aconteceu antes, como se tudo fosse pela primeira vez, como se não houvesse passado nem história.

Mais tarde, quando anoiteceu, voltei a olhar pela fresta e o carro com os dois homens desaparecera. Aproveitei a trégua para descer e comer alguma coisa. Já que ia descer, levei o volume de *Crime e castigo* para devolver. Quando entrei na biblioteca, Leopoldo recebia a visita de um homem, que me olhou com curiosidade e um certo espanto. Quando Leopoldo nos apresentou, ele me estendeu a mão tímida e rapidamente, e não me lembro de ter ouvido o seu nome — ou, se ouvi, não registrei. Repus o livro no lugar. Leopoldo quis saber se eu gostara e menti que sim, que era uma história impressionante. Sugeriu que levasse outro título, mas agradeci, alegando ter textos médicos para ler. Depois, comi sozinho no refeitório vazio e subi de volta ao quarto, fechado e escuro.

Durante a noite, tive um sono tumultuado. Qualquer ruído de carro me acordava. Se voltava a dormir, acordava assustado e suando. Acordado, ficava no escuro, olhando para o teto. O medo é um sentimento que perturba e interfere em todos os demais. Onde há medo, há apenas medo.

Ouvi o ruído de um carro parando. Dei um pulo até a fresta. Era dia alto. E fiquei assustado. Embaixo, estava um fusca, cujo motorista acabara de confirmar a placa da pensão e parara dois metros adiante da porta. Além do motorista, havia um rapaz ao lado e uma moça no banco de trás. Olhando de cima, vi que o rapaz do lado tinha um revólver na mão, que ele enfiou na cintura, sob a camisa. A moça abriu uma sacola de compras, tirou uma arma, engatilhou-a e devolveu-a à sacola. O casal desceu e entrou na pensão. O que ficou no volante puxou uma pistola automática de sob o banco e manteve-a no colo, cobrindo-a com o blusão, enquanto acompanhava com o olhar o movimento da rua. Apavorado, fui até a porta do quarto e confirmei que estava trancada. Preparado para o pior, voltei a acompanhar pela fresta. Uns dez ou quinze minutos depois, o casal saiu da pensão e entrou no Fusca, que se afastou devagar. Pouco depois, bateram na porta do quarto. Era Maria Luísa. Abri.

— Um casal de Minas, muito simpático, veio procurar você. Ele disse que é seu primo. Estão passando uns dias aqui no Rio.

— E você, disse o quê?

— Achei que quisessem se hospedar, mas estão hospedados em Copacabana. Queriam se encontrar com você. Perguntei se conheciam Graciliano. Eles disseram que sim, mas me deu a impressão de que nunca o viram.

— E o que mais?

— No mais, eu disse a mesma coisa. Que há anos você mudou daqui e eu não sabia para onde.

— Ótimo! Obrigado, Maria Luísa. Você é um anjo.

Ela sorriu, olhou para mim com um ar de piedade, como se intuísse que algo grave estava acontecendo.

— Você não vai mesmo me contar o que significa tudo isso?

— Vou. Depois que passar essa fase, eu conto tudo.

— Que Deus o proteja, meu querido. Tenho rezado por você.

Ela saiu, fechando a porta do quarto. Ficara claro para mim: os do Fusca eram militantes de alguma das facções. Possivelmente da mesma facção da Domitila. Os outros, eram homens do DOI-CODI. Os dois lados estavam atrás de mim. Um como torturador, o outro como desertor, ou como arquivo. Sem falar no tio Camilo — que me queria para sua vingança pessoal.

Passei o dia trancado no quarto escuro. Ora cochilava, ora olhava para o teto. Mas cada carro que passava na rua, eu prendia a respiração até confirmar que seguira em frente. Nos intervalos silenciosos, tornara-se freqüente uma involuntária volta no tempo. E eu me via criança em Olhos D'Água, brincando com Graciliano, indo aos Encontros com Jesus, do padre Anselmo, nadando no rio, indo à aula. Nessas lembranças, minha mãe aparecia quase sempre na cozinha, envolta num halo de luz, com o seu sorriso tímido e o sestro de recolher os cabelos para trás da orelha.

Batidas rápidas e violentas na porta me tiraram de repente do passado. Saltei da cama. Pensei que estava diante de um dos meus perseguidores, quando ouvi a voz de Maria Luísa. Abri a porta. Ela estava pálida e gaguejante:

— Meu querido, aconteceu uma coisa horrível.

— O quê? Fala!

— Eliza perdeu o bebê.

Senti o quarto escuro rodar. Fiquei completamente tonto. Segurei na cabeceira da cama para não cair. Poucas vezes na vida eu recebi uma notícia tão dramática.

— Dona Abigail, sua sogra, acabou de me ligar.

— Oh, meu Deus! Meu filhinho!

As lágrimas desceram pelo rosto sem que eu tivesse o menor controle.

— Mas como foi que isso aconteceu? — quis saber.

— Ela ficou tensa. A casa do pai dela foi invadida no mesmo dia por dois grupos de homens armados, que estavam à sua procura. Eliza sentiu-se mal. Ainda a levaram para a maternidade, tentando induzir um parto prematuro. Mas o bebê não resistiu.

Eu chorava de soluçar. Meu peito doía. E eu perguntava, desesperado, a Maria Luíza:

— Por que, meu Deus? Levar o meu filhinho? Um anjinho, inofensivo, que nem veio ao mundo, que nunca fez mal a ninguém?

Supondo-me em algum surto grave, Maria Luísa saiu apressada do quarto. Um sentimento de revolta foi tomando conta de mim. Se eu já sentia que as minhas conquistas estavam escorregando da mão, agora o que me escapava era a conquista mais importante. Vesti a roupa rapidamente, disposto a ir me encontrar com Eliza. Abri a janela. Já escurecera. Não havia nenhum carro suspeito na porta da pensão. Porém, olhando mais abaixo, por entre as folhas das árvores, avistei o Aero-Willys estacionado quase no meio da quadra. Olhando para o outro lado, também escondido pelas árvores, estava o Fusca. Numa palavra, eu estava cercado. Desisti de sair.

Pensei em ligar para Eliza, mas hesitei. Não apenas porque seu pai pedira que eu me afastasse dela, mas também porque ela própria me recebera com frieza quando cheguei ao casarão da Tijuca. Certamente me responsabilizaria pela morte do bebê.

Maria Luísa reapareceu com um comprimido de tranqüilizante e um copo d'água. Tomei, sem nem saber do que se tratava.

— Você está em graves apuros, meu amigo. Não quer me falar?

— Agora, não.

— Quem são os dois grupos que procuram você?

— Um dia eu conto.

Pouco tempo depois, estava dormindo. Maria Luíza e Leopoldo tiraram a minha roupa.

Dormi pesado. Quando acordei, corri para a janela. Já não havia nem Aero-Willys nem Fusca na rua. Aliviado, fui tomar banho. Como sempre, cobri o espelho com a toalha. Depois da noite bem-dormida, acordar sem o cerco e tomar um banho frio alivia até o drama de perder um filho nascituro. Alivia, mas não elimina. Um filho é insubstituível. Ainda que se possa ter vários, o que morreu é singular.

Fui tomar café no refeitório. Não sei de onde surgira tanta força, nem mesmo por quê. Mas o fato é que, apesar de tudo, estava confiante. Se cessara a perseguição, havia chance de sobreviver, de explicar, de recomeçar de outra maneira. Tudo, enfim, poderia ser reconstruído, ainda que fosse sobre os escombros doloridos que restaram.

Mas o café me reservaria mais uma surpresa. Maria Luísa e Leopoldo se aproximaram, expressões austeras.

— Nós queríamos ter uma conversa com você. Não é nada muito agradável, mas não podemos adiar. Pode ser agora, ou você prefere tomar seu café primeiro?

— Não, não. Vamos falar agora. Sentem-se.

Eles sentaram-se nos dois lugares à minha frente. Olharam-se como se tivessem dúvidas sobre quem deveria começar a falar. Depois, Maria Luísa falou:

— O Camilo ligou ontem. Você já estava dormindo. Passamos a noite, eu e o Leopoldo, pensando qual seria a melhor maneira de dizer isso a você. Chegamos à conclusão de que se fôssemos francos e diretos seria a melhor maneira.

Fiquei em silêncio. Maria Luísa e Leopoldo entreolharam-se, inseguros. Era difícil ser franco e direto. Mas eles tentaram:

— Camilo disse que você torturou e estuprou a filha dele, Domitila.

Resolvi não dizer nada. Era de se esperar que Maria Luísa viesse a saber. Restava saber que atitude ela tomaria. Se ficaria do meu lado ou não. Ela prosseguiu:

— Eu estou completamente arrasada. Não consigo acreditar que você tenha feito uma coisa dessas. É horrível, horrível, horrível. Sinto uma dor aqui no peito. Durante a noite eu cheguei a dizer ao Leopoldo que sofria pelos dois: por você, que eu quero tão bem, e por Domitila, que é a filha que eu sonhei ter com Camilo. Fazer isso com ela é agredir a mim, também.

Houve um momento de silêncio. Eu continuei calado porque a vergonha não me deixava falar. Minhas pernas e minhas mãos tremiam. Eu não tinha coragem de negar nada.

— E parece que você andou fazendo outras loucuras. Eu não consigo entender por que um rapaz como você, estudioso, inteligente, esforçado e educado, foi se meter com esse mundo horroroso.

Maria Luísa começou a chorar. Um choro discreto e silencioso, mas sentido. Virou-se para Leopoldo:

— Conta para ele, amor.

Leopoldo estava pálido. A noite sem dormir e a indignação escondiam-lhe o sangue do rosto, dos lábios e das mãos. Falou pausadamente sem me olhar nos olhos.

— O meu amigo, que lhe apresentei na biblioteca, o reconheceu como o médico da PE da Barão de Mesquita. Disse que você trabalhava junto com os torturadores, dizendo onde e o quanto poderiam torturar.

Novo silêncio se instalou. Pela expressão de horror dos dois, eu percebi que nunca mais seríamos amigos. O elo que nos unia rompera-se definitivamente. Maria Luísa estava com o rosto completamente molhado de lágrimas. Ao falar, usou um tom baixo, quase inaudível, interrompendo-se diversas vezes para chorar:

— Eu não disse ao Camilo que você estava aqui. Mas eu e o Leopoldo lhe pedimos o favor de deixar a pensão. Imediatamente.

Maria Luísa chorava. Leopoldo a consolava cabisbaixo. Levantei-me da mesa e caminhei pelo refeitório, sentindo-me o pior dos homens. Meus olhos se umedeceram de pena de mim mesmo, pelo que estava acontecendo e pelo que viria a acontecer.

Juntei minhas peças de roupa na sacola, peguei a maleta de médico e desci. Atravessei a sala vazia. Maria Luísa e Leopoldo não quiseram assistir à minha partida. Quando cruzei a porta da pensão, nem olhei para os lados. Sairia dali, acontecesse o que acontecesse. Não por excesso de coragem para avançar, mas pela vergonha de recuar. Com a barba de vários dias e o cabelo crescendo, fui pela calçada, carregando a pequena sacola, a maleta de médico, e o medo, muito medo. A cada passo temia que um carro freasse ao meu lado. Cheguei à esquina da rua do Catete e, até ali, nada acontecera. Passei pelo meu carro e, por medida de segurança, dei três voltas na quadra, observando os arredores antes de entrar e partir acelerado.

Não sabia para onde ir e me sentia muito vulnerável no Rio de Janeiro. Por isso decidi, no carro, seguir para Belo Horizonte. E toquei para lá, apesar do temor de passar nas barreiras da Polícia Rodoviária Federal, onde havia enormes cartazes com fotos de terroristas procurados.

Sequer me pararam nas barreiras. Sete horas de viagem e todas sete dedicadas a pensar na minha vida, tomando o cuidado de evitar não me ver nos espelhos retrovisores. Quando cheguei a Belo Horizonte, me sentia aliviado. Parecia estar em outro mundo, mais calmo, mais hospitaleiro, onde ninguém sabia nada a meu respeito. Era a primeira vez que guiava um carro pela cidade e, apesar do cansaço, passeei um bocado. A cidade crescera, tinha bairros modernos, estava mais cosmopolita, mais bonita. Já era noite, quando fui tomado pela saudade de Lorena. E resolvi ir para a casa dela. Além de matar a saudade, lá estaria mais seguro do que num hotel. E ainda tinha a vantagem de economizar, uma preocupação recente, mas presente.

Estacionei o carro a duas quadras de distância e segui a pé, com a minha sacola e a maleta de médico. A casa estava completamente diferente. Reformada, pintada, um jardim florido, parecia construção nova de um estilo antigo. Toquei a campainha. A porta se abriu e, atrás dela, surgiu a figura de Josimar — o estudante negro que me substituíra no quartinho dos fundos. Recebeu-me com educação e frieza. Entrei e sentei na sala. Ele foi chamar Lorena.

A sala fora remobiliada com um bom gosto modesto. As paredes pintadas, os quadros substituídos. Tudo parecia mais moderno e confortável. Lorena surgiu na sala, exuberante e feliz, abotoando um roupão sobre a camisola. Abraçamo-nos, ela perguntou por Eliza e pelo casamento. Respondi que tudo estava ótimo. Soube que eu seria "papai" e perguntou o que estava achando da experiência. Também respondi que estava gostando. Afinal, perguntou:

— O que traz um carioca por essas bandas?

— Vim ver se compro um terreno por aqui — menti. — A cidade está se modernizando. Quem sabe aqui não é uma cidade melhor para educar as crianças?

— Que ótimo! E a Eliza, nascida no Rio, viria para cá?

— Claro. Talvez, com o tempo, quem sabe eu não abra uma clínica por aqui?

— Que maravilha! Seria perfeito!

— Mas, e você? O que conta de novo?

— Eu? Nada que você não saiba nem possa adivinhar. Você está feliz, isso é o quanto basta.

Ela me olhou firme e silenciosa. Senti que, apesar dos anos e das frustrações, o amor por mim ainda pulsava naquela mulher esplendorosa, em que o tempo começava a deixar marcas. Ficamos assim, olho no olho, alguns segundos. Ela quebrou aquele momento de magia falando, inesperadamente alto, como se quisesse ser ouvida alhures.

— Mas, então, você quer comprar terrenos, pensando em construir uma clínica em Belo Horizonte!

— Por enquanto, comprar terrenos. Construir será outro passo.

— Maravilhoso!

— Mas, Lorena, eu cheguei tarde e, pelo jeito, parece que você já estava descansando. Vim para cá, por costume. Mas, se for incômodo ou inoportuno, eu compreendo e posso ir para um hotel.

— Não, não. Espera só um momentinho. Eu volto já.

Saiu da sala, deixando-me só. Naquele instante me vieram à mente os rostos do tenente-coronel Torres Fernandes, do meu sogro e do tio Camilo, que me pareceram pessoas distantes, fazendo ameaças remotas. Lorena me trouxe de volta à sua sala e a Belo Horizonte.

— Não sei se você sabe, mas estou vivendo com o Josimar. E ele diz que terá muito prazer em hospedar você no quarto dos fundos, que você, aliás, conhece bem.

A idéia me chocou num primeiro momento. Mas em face das circunstâncias, aceitei. Sobraçando travesseiros, roupas de cama e de banho, Lorena avançou na minha frente pelo escuro corredor lateral. No quartinho, eu a observava arrumar a cama, quando me veio à memória o dia em que a conhecera, anos atrás, justamente arrumando-me a cama, quando cheguei a Belo Horizonte. Era uma mulher alta, loura, de boca grande e lábios carnudos, de vestido decotado, que deixava os seios à mostra quando afofava os travesseiros, e as pernas, longas e bem-torneadas, quando se inclinava para acertar o lençol. Tanta vida se gastara desde então.

Quando ela considerou arrumada a cama, e queria se despedir, ficamos frente a frente e nossos olhos mergulharam uns nos outros. Nossos corpos ameaçaram se aproximar. Pressenti que qualquer toque entre nós poderia reacender a fogueira do passado. Mas ela se conteve em tempo:

— Não! Não quero correr risco. Para mim, você é diabólico. E o Josimar é ciumento. Preciso cuidar de viver em paz com ele.

Desejou-me boa-noite e afastou-se sem sequer nos tocarmos. Tomei um banho relaxante — sem preocupações de cobrir espelhos, porque não havia. Depois, tranquei a porta, apaguei a luz, deitei-me e comecei a pensar na vida. Estar outra vez naquele quartinho era um estímulo à imaginação. Eu refazia, no sentido oposto, o percurso que fizera antes. No primeiro, em ascensão; no segundo, em declínio. Estava tão cansado da viagem que essas reflexões não duraram muito. Acabei dormindo.

Na manhã seguinte, acordei com Lorena batendo na porta do quartinho e me convidando para tomar café. Como fazia anos atrás, depois de lavar o rosto, fui para casa. Havia uma bela mesa de café à altura da minha fome. Depois de uma conversa amistosa e cheia de lembranças, Lorena sentou-se na cadeira à minha frente. Por duas vezes passou as mãos úmidas no rosto e ajeitou os cabelos. Finalmente, conseguiu dizer o que a afligia.

— Josimar não gostou de ver você aqui. Ele é muito inseguro e acha que ainda o amo. Josimar é um rapaz bom, esforçado, está quase se formando em engenharia civil e trabalha numa construtora. Nosso casamento tem muitas dificuldades, o que nos obriga a uma atenção permanente. O fato de ser negro é mais problema para ele do que para mim. O fato de ser muito mais novo do que eu é mais problema para mim do que para ele. E nós temos uma combinação. Não nos expormos aos riscos que possam nos separar. E ele acha que a sua presença é um risco muito grande.

— E você, o que acha? — perguntei.

— Eu concordo — ela respondeu. — Por isso, achei sensato quando ele me pediu que lhe dissesse que a sua presença aqui em casa não é boa para nós.

Ficamos em silêncio e nos olhamos. Senti que os olhos dela umedeceram. Mas isso não mudou a sua decisão.

— Nosso tempo passou e você não quis aproveitar. Agora, os tempos são outros, o mundo mudou, e eu não sou mais a mesma.

Entendi o que dizia. E ela tinha razão. Em respeito, evitei olhá-la nos olhos. Retornei ao quartinho, arrumei as roupas na sacola, peguei a maleta de médico e fui andando pelo corredor lateral. A casa estava fechada, ela não queria correr o risco de despedir-se de mim. Quando passei pelo jardim, vi que me olhava por um dos quadrados de vidro da janela. E tive a impressão de que uma lágrima descia pelo seu rosto.

Se nas terras estranhas em que vivera eu já não encontrava mais pouso, segui para Olhos D'Água. Na terra onde nascera e onde ainda vivia meu irmão, eu seria bem recebido. E lá, sim, certamente haveria chance de recomeçar a vida como médico. Apesar do desconforto da estrada de terra, da poeira e do sol quente, que não só atrapalhava a visão, como produzia um calor insuportável, a viagem me trouxe lembranças emocionantes. Além disso, o afastamento crescente do Rio de Janeiro, deixando os problemas cada vez mais distantes, me dava uma crescente tranqüilidade para pensar na vida.

Cheguei a Olhos D'Água e fui direto para a casa de Graciliano — a casa onde nascêramos e vivêramos, sobre a qual já falei muito aqui. Porém, fui surpreendido ao encontrar outros moradores. Explicaram-me que a casa fora vendida por dona Lorena, a viúva e herdeira do tio Alberto, e que o antigo morador, Graciliano, mudara-se para uma casinha cor-de-rosa perto do posto de gasolina, na entrada da cidade. Segui para lá, chocado. Esquecera que a nossa casa, na verdade, nunca fora nossa.

A casinha cor-de-rosa ficava realmente nas franjas da cidade. Tanto que em frente a ela, do outro lado da rua de um fundo areião e depois da cerca, havia uma mata — um trançado de árvores esquálidas, arbustos espinhentos e capim ressecado. Mal estacionei, Graciliano correu a me abraçar, sorridente, exibindo sem pudor as duas falhas na dentadura. Estampava um misto de orgulho e de genuíno prazer em me rever. Estava envelhecido, mais caipira do que já era, e a pobreza o maltratava. Enquanto nos abraçávamos em emocionantes apertos, uma moça, morena como uma índia e grávida de uns cinco meses, surgiu risonha na porta da casa.

— Carrão danado de bonito, mano! — admirou-se Graciliano.

Vendo que eu olhava para a moça, chamou-a:

— Caminha para cá, mulher! É meu irmão do Rio de Janeiro. É Durvalina.

— Ei — disse ela sorridente, cobrindo a boca com a mão esquerda e estendendo-me a mão direita. — Prazer, doutor.

— Muito prazer, Durvalina. Mas, por favor, não me chame de doutor. Você não me avisou que havia se casado, mano.

— E isso é casamento nada, homem! — respondeu-me rindo. — Casamento foi o seu naquele Rio de Janeiro! Nós juntamos os trapos porque Durvalina emprenhou.

— Que maravilha! Meus parabéns! Então, eu vou ganhar o primeiro sobrinho! Se meu olhar não me engana, deve estar entre cinco e seis meses, não é, Durvalina?

— Parece que é seis.

Com a sacola e a maleta de médico na mão, Graciliano indaga:

— E não tem mala, não, mano?

— Não, é só isso. Mas pode deixar que eu carrego.

— Deixa comigo. Vamos entrar.

— E você é daqui mesmo, Durvalina? De Olhos D'Água?

— Sou, sim. Meu pai era piloto de lancha. Agora, aposentou.

— Ela trabalha junto comigo na padaria.

Cruzamos o pequeno jardim, que misturava flores e hortaliças, e entramos na casa. Uma mesa com seis cadeiras, toalha de plástico imitando linho, numa das paredes, o velho quadro do Sagrado Coração de Jesus, que fora da nossa casa, assim como a cristaleira. Na outra, uma folhinha com paisagem na neve. Meus pertences foram levados para o quarto que preparavam para o bebê.

Tomei um banho à luz das estrelas, num banheiro que era um velho quadrado de alvenaria encimado por um barril, e exatamente igual ao da nossa infância. Nada de espelhos para me perturbar. Graciliano me explicou que, embora a cidade já tivesse água encanada, ainda não chegara até sua casa, porque era afastada.

Quando saí do banho, percebi uma certa apreensão na cozinha, ligada à preparação do jantar. Tentei relaxá-los, insistindo que gostaria de comer o que eles comiam. O outro rebuliço estava na frente da casa. Empregados do posto de gasolina, alguns homens a cavalo e outros a pé estavam diante do meu carro, discutindo suas vantagens mecânicas e, por causa da placa, conjecturando sobre o tempo que teria levado do Rio de Janeiro a Olhos D'Água. Aproximei-me e entrei na conversação.

Sentia que estava perto do que era meu, e lamentava ter me afastado tanto daquela docilidade, daquela amabilidade das cidades pequenas. A conversa, que começara sobre carro, passara para o Rio de Janeiro, para Belo Horizonte e, enfim, chegara a Olhos D'Água. A calma e a tranqüilidade com que se desenvolvia, com longas pausas, reticências e interrogações sem respostas, restaurou-me uma paz que não tinha há anos, nem muito menos nos últimos dias.

Durante o jantar, porém, o inesperado voltou a me castigar. Enquanto destroçávamos uma galinha ensopada, Graciliano contou que intuíra que eu estivesse para aparecer.

— É deveras! — confirmou Durvalina.

— Mas por quê? — quis saber. — Aconteceu alguma coisa?

— É que vieram uns homens aqui, procurando você.

Meu coração veio à boca. Minhas pernas começaram a tremer. Imediatamente encostei o garfo. Graciliano e Durvalina perceberam que algo grave se passara.

— Que homens? Quando? Como eles eram?

— Vieram de duas vezes. Primeiro foram dois. Um era barbudo, o outro magrelo e alto. Não passavam de trinta anos e eram educados, não era Durvalina?

— Esses, eram. Ficaram só na sala. Falavam baixo.

— Perguntaram por você. Disseram que tinha um doente grave, que precisavam achar você com urgência. E a gente dizia: procura outro médico, ele vive no Rio de Janeiro! Depois perguntaram pela última vez que você teve aqui. Um bando de pergunta, não foi, Durvalina?

— Queriam saber de tudo. Perguntaram até de mim.

— Depois, veio o outro. Eram dois mais abrutalhados e sem educação. Foram entrando na casa, remexendo as coisas.

— Reviraram até o guarda-roupa.

— E fizeram mais perguntas. Ainda ontem um deles passou na padaria e perguntou se você já tinha chegado.

Levantei imediatamente da mesa. Tentei explicar que precisava voltar naquele momento para o Rio de Janeiro. E tinha que ser pelo rio, de barco. Deixaria o carro com eles. Mas se alguém perguntasse, não dizer jamais que eu estivera lá. E o carro fora trazido por um motorista profissional. Um dia eu voltaria com calma para buscá-lo. Graciliano não entendeu nada, Durvalina, ainda menos. Mas, na minha cabeça, já estavam me esperando, e eu caíra feito um pato. Daí a conclusão imediata: quanto mais longe da cidade grande, maiores os riscos. Eu tinha que voltar imediatamente para o Rio de Janeiro, onde estaria mais protegido. Peguei a bolsa e a maleta e, pelos tortuosos caminhos das sombras, fomos para à casa do pai de Durvalina.

Logo estávamos no cais. E, em seguida, diante de uma lancha que partiria naquela noite para Cruz das Almas. Quando nos despedimos, Graciliano sussurrou no meu ouvido:

— Você não quer me dizer que agonia é essa, e eu respeito. Mas se precisar de mim, manda dizer. Por você, eu faço tudo. É tanto orgulho de você, mano, que até morrer no seu lugar eu morro.

Embarquei. Em pouco tempo, estava cochilando numa rede, com um lampião de querosene iluminando o convés, enquanto avançávamos rio acima. Nos primeiros momentos, me lembrei de Idalina — que fugira de Olhos D'Água com um piloto de lancha. Mas estava tão cansado, que logo adormeci, ao som monótono do motor que cortava a noite silenciosa. Só acordei na manhã seguinte, atracando em Cruz das Almas. Peguei o primeiro ônibus para Belo Horizonte, aonde cheguei depois de onze horas de estrada de terra, muita poeira, calor e falta do que comer.

Em vez de pegar um ônibus direto para o Rio de Janeiro, fui pingando: primeiro até Congonhas do Campo, depois Conselheiro Lafayete, Barbacena, Santos Dumont, Juiz de Fora, Três Rios, Petrópolis e, finalmente, Rio de Janeiro. Quatro noites e três dias de Olhos D'Água ao Rio de Janeiro, aonde cheguei destroçado.

Na rodoviária, decidi ir até o meu apartamento. Imaginei que, depois de tantos dias, teriam afrouxado a vigilância. Peguei um táxi e desci três quadras antes. Aproximei-me cauteloso. A duas quadras, vi homens suspeitos nas esquinas. Recuei assustado.

Fiquei zanzando pela cidade até meia-noite, quando rumei para a rua Prado Júnior, em Copacabana. Belizário era freqüentador assíduo de um inferninho dali, chamado Scorpius. Plantei-me ao lado da porta da boate e fiquei esperando. À uma hora da manhã ele desceu do carro, acompanhado de uma loura oxigenada, e entregou a chave ao manobreiro. Aproximei-me. Quando me viu, abraçou-me, deu ruidosos tapas nas minhas costas, fez uma festa.

— Por onde você tem andado, meu querido doutor?

— Por aí.

— Já separou?

— Não.

Ele falou para a loura:

— Pode entrar e me esperar lá dentro. Eu vou já.

A loura entrou na boate a contragosto. Ele segurou o meu braço e me puxou para uma área mais sombria na entrada da boate. Ao falar, senti o cheiro denso de álcool:

— O que foi que andou aprontando por aí? Sabe que a polícia ia todo dia lá em casa atrás de você? Eu dizia que você tinha casado e mudado — e eles sabiam até o seu endereço —, mas não adiantava nada. Eles voltavam no dia seguinte. Parece que uns eram do Exército e outros da polícia civil. Mas me encheram tanto o saco que acabei me mudando de lá. Deram a impressão de que você tinha desertado, é verdade?

— Mais ou menos. Depois eu conto. E onde você está morando agora?

— Em Ipanema.

— Pode me abrigar por uns dias? Estou precisando de você.

— Claro.

Ele tirou a chave do bolso e me entregou.

— Rua Barão da Torre, seiscentos e trinta e seis, apartamento trezentos e dois.

— Barão da Torre, meia três meia, trezentos e dois. Ok.

— Dorme no quarto do meio. Tem toalha e roupa de cama no armário do corredor. Quando eu chegar, vou tocar a campainha. Vê se acorda antes dos vizinhos.

— Obrigado, amigão.

Ele entrou na boate e eu peguei um táxi que estava ali na porta. No caminho, fui pensando na amizade do Belizário, à qual eu nunca dera a devida atenção. Mas na situação em que eu estava, perseguido pelos inimigos e abandonado pelos amigos, ele nem vacilara em ceder as chaves.

Desci duas quadras antes e dei uma avaliada na rua calma e silenciosa.

Não notei nada de anormal. Avancei a pé e, diante do prédio, não vendo nenhuma ameaça, entrei. O porteiro me olhou com suspeição, mas não dei bola. A profissão deles é essa: suspeitar de todo mundo.

Era um apartamento grande, com móveis modernos. Mas bagunçado como tudo o que dizia respeito à vida de Belizário. Instalei-me no quarto do meio e fui tomar banho. O banheiro, com grandes espelhos, me deu trabalho para cobri-los. Depois do banho, desabei sobre a cama. Acordei, não sei a que horas, com a campainha. Era Belizário com duas garotas, a loura e uma outra. Chegou a sugerir que trouxera uma para mim, mas eu não agüentava em pé de sono. Voltei a dormir.

No dia seguinte, acordei quase no mesmo horário de Belizário. A empregada nos serviu um lauto café e Belizário quis saber o que acontecera comigo. Eu simplifiquei, resumi e menti uma história confusa, cuja essência era que eu não tinha vocação para militar e tentara sair do Exército. Mas o Comando não havia deixado, alegando que eu sabia demais. Eu, porém, não sabia de nada. Ao mesmo tempo, meu casamento desandara. De tanta chateação, resolvera fazer uma viagem escondida à minha terra. Eliza botara a polícia civil para me procurar, e o Exército também saíra à minha cata.

Belizário achou muita graça na história, mas achou também que eu estava louco de brincar com as Forças Armadas.

— Agora, que você sabe de tudo, preciso de um favor seu — disse.

— É só mandar, seu desertor.

— Queria que você fosse à casa do meu sogro — você sabe onde é?

— Claro.

— E fizesse de conta que estava visitando Eliza. Você ficara sabendo pelo Antônio Manoel que ela perdera o bebê.

— E perdeu mesmo?

— Perdeu.

Porra! Que merda!

— Então, é uma visita sobre a perda do bebê. E para a família dela, você diz que desde o aniversário de Eliza você não me vê. Mas quando estiver sozinho com ela, diga que eu preciso falar com ela. E marca um encontro para hoje, às cinco horas, no último banco do Arpoador. Ela sabe onde é.

Enquanto esperava, fiquei conversando com as louras amiguinhas de Belizário, que passaram quase todo o dia dormindo, e quando acordaram, lá pelo meio da tarde, ficaram andando só de calcinha pela casa Foi um desassossego! Recolhi-me ao quarto do meio e comecei a me preparar para sair. Logo que Belizário trouxe a concordância de Eliza, segui para o Arpoador.

Cheguei primeiro e fiquei olhando para o mar — uma contemplação que me relaxava e tranqüilizava. Depois de um tempo, quieto e calado, olhando as ondas irem e virem, até minha respiração mudava, ficava mais leve, quase imperceptível.

— Oi.

Virei-me. Era Eliza. Estava com a fisionomia triste, um aspecto abatido. Era a primeira vez que a via sem barriga e foi então que me conscientizei de que nosso bebê morrera.

— Oi — respondi. — Não vai me dar um abraço?

Ela olhou para mim algo espantada, como se pedir um abraço fosse um despropósito.

— Você mandou dizer que queria conversar.

Ela deu a volta e sentou-se no banco pelo outro lado.

— Como você está? — eu quis saber.

— Péssima. Que pergunta! Como eu poderia estar? E você, está bem?

— Não.

— Você acha mesmo que nós temos alguma coisa para conversar?

— Acho. Por que você diz isso?

— Bem... depois de tudo... que aconteceu...

— Tudo o quê?

— Você quer que diga?

— Pode dizer.

— É tão difícil de dizer, tão triste! Eu não consigo entender o que você fez da sua vida. Eu penso, penso, e não entendo. Agora, que eu sei tudo, talvez a gente possa conversar, e eu possa entender.

— Então diga a sua versão.

— Não se trata de versão. São fatos confirmados. Por mim, pelo meu pai e os amigos dele, pelos nossos amigos. Não é versão. É a verdade.

— Então, fala!

— Eu só vou falar para você me ajudar a entender. Por isso, vou falar na ordem.

Ela tirou o lenço da bolsa e esfregou no nariz, que já começara a avermelhar, sintoma de sua emoção.

— Quando você adoeceu, porque a tortura lhe teria abalado psicologicamente, disse ao meu pai que sairia daquele lugar. Mas não saiu.

— Não me deixaram sair.

— Não existe isso no Exército. Um oficial não é obrigado a prestar um serviço numa função que lhe prejudica mentalmente. O fato é que você continuou trabalhando na tortura. Meu pai chegou a fazer um movimento com os reformados, enquanto você obedecia e apoiava os que o ridicularizavam. Nós, nem eu nem meu pai, não conseguimos entender.

Ela passou o lenço no nariz, cada vez mais vermelho e com um princípio de coriza. Depois, voltou a falar:

— Depois, você passou um longo tempo torturando e estuprando a filha do doutor Camilo! Eu, com um filho seu na barriga, e você estuprando uma prisioneira indefesa, que era sua amiga, que foi, ou ainda é, a sua paixão. E ainda mentiu ao dizer que isso fora invenção do DOI-CODI para atingir meu pai. Isso aconteceu, não foi invenção, e o DOI-CODI não queria atingir meu pai. E quando você percebeu que tudo viria à tona, desertou — uma covardia imperdoável para qualquer militar, seja meu pai, seja do DOI-CODI.

— Seu pai mandou que eu me afastasse porque o tio Camilo queria me matar.

— Enquanto você se escondia, sua casa era arrombada e invadida pelos dois bandos que lhe procuravam. E depois foi a vez da casa do meu pai. Foi por causa dessas invasões que meu filho morreu. E ninguém sabia como lhe avisar. E, talvez, nem lhe interessasse saber.

Houve um momento de silêncio. O sol vermelho estava se pondo sobre o mar. O céu se tingiu de raias amarelo-escarlate. O mar se acalmou. Eliza falou, olhando o pôr-do-sol.

— Eu não quero magoá-lo, mas, infelizmente, não tenho mais nada a falar com você. Para mim, é insuportável imaginar você torturando alguém ou colaborando para que se torture. É insuportável imaginar você estuprando e seviciando uma presa que era sua amiga. Eu acho que você perdeu a noção do que seja dignidade humana. Tudo o que o seu poder lhe possibilita fazer, você acha que pode fazer. Assim, você não tem condições morais nem éticas para exercer a medicina. Você não pode mais ser médico. E, para mim, você não é mais meu marido. Eu não consigo mais compartilhar meus sonhos com você. Nós não temos sonhos comuns. E me dá náusea pensar em você tocando em mim. Pode parecer um absurdo, mas agora eu sinto até um alívio com a morte do nosso filho.

A bola de fogo do sol acabara de mergulhar completamente no mar e o céu escureceu rapidamente.

XXXV

Passaram-se exatamente quinze minutos e quinze segundos desde que você me perguntou como eu estava me sentindo antes de dar essa entrevista coletiva. Foi rápido, mas deu para ficar com as narinas ardidas com esse cheiro de eucalipto do detergente. Ouça! Está ouvindo o burburinho dos seus colegas na sala ao lado? É sinal de que já estão todos a postos, apenas me esperando. Afinal, chegou o momento que mais esperei na vida e, graças a Deus, estou lúcido e preparado.

Depois de ter ouvido tudo o que eu disse, você deve ter compreendido a importância que tem esta entrevista para mim. Foi bom, muito bom, ter falado com você, porque clareou nomes, avivou datas e até algumas passagens. Agradeço a sua boa vontade de ouvir.

Só faltou contar o que aconteceu depois da conversa com Eliza no Arpoador. Bem... eu voltei para o apartamento do Belizário e, daquele dia até hoje, estive praticamente trancado num quarto — para não invadir demais a liberdade dele. E a minha é a pior posição que alguém pode ficar: caçado pelos dois inimigos de uma guerra travada nas sombras. Você não imagina o que é se enclausurar, meses a fio, preocupado com o que poderiam estar fazendo com Graciliano, que ficara com o meu carro, desesperado por ter perdido tudo o que havia construído, abandonado, desempregado, acusado de torturador, de traidor, de desertor, ameaçado de prisão e de morte — e sem nenhuma chance de me defender. Cada porta de carro que batia era um sobressalto. Um barulho do elevador instalava o pavor. Cada vez que a campainha tocava era uma despedida da vida. Tudo era uma ameaça. Vivia vinte e quatro horas por dia tenso, de ouvidos atentos, olhos abertos, dominado pelo medo!

E isso não é nada comparado com os tormentos que me inflige a própria consciência. Juíza implacável, ninguém a engana, dela não se escapa. Condenado por ela, não se tem mais paz na vida. Por isso, virou uma obsessão tentar compreender como e por que tudo aconteceu, para ver se me alivio da dor dos meus próprios açoites.

Como disse no início da nossa conversa, nesse tempo de clausura dediquei-me à reconstituição mental de tudo o que aconteceu. Passava dias e varava noites pensando, tentando me lembrar, deduzindo, anotando, me esforçando para entender. Houve casos de ficar semanas para reconstituir um único dia — como viu, há dias que foram decisivos na minha história. Lembrei de cada pessoa que participou de certos acontecimentos, onde estava, como se vestia, do que falava, como falava. Você acabou de ouvir um resumo de vinte anos de vida! O ócio a que me condenaram se transformou num trabalho mental extenuante. Houve dias de exasperação que, para não enlouquecer, me entupia de tranqüilizantes. Amadureci e envelheci.

Agora me sinto pronto. Depois que disser tudo para o mundo, que façam comigo o que bem entenderem. Não me importa que me submetam à humilhação, à condenação, à execração pública. A única coisa que me importa é que vou cumprir a promessa que fiz a mim mesmo: não morrer sem revelar tudo o que sei.

Mas senti que alguma coisa mudou em mim ao longo da nossa conversa. Eu comecei dizendo que sentia culpa. E agora não me vejo tão culpado assim. Eu não posso sentir tanta culpa porque não sou tão orgulhoso. Só um deus poderia se considerar o responsável por tudo. E eu não sou tão onipotente.

Se existe uma coisa chamada destino, eu deixo de ser responsável pelos meus atos. Se não há méritos quando não há escolhas, também não há culpas. E ganho o direito de odiar com todas as minhas forças a quem decidiu que eu deveria fazer o que fiz, viver o que tenho vivido. E se não existe isso a que chamamos de destino, quer dizer que temos liberdade de escolher o que vivemos. E você acha que se eu pudesse escolher o que viver, escolheria o que vivi? Se não escolhi, que responsabilidade tenho?

Estou chegando à conclusão de que não fui protagonista da minha vida. Se tento contar a minha história, acabo falando mais dos outros do que de mim. Parece que os rumos da minha vida não foram traçados por mim. Eu fui atraído pelas escolhas de uns, tragado pelos desejos de outros, me imiscuí na vida de terceiros, entrei nos sonhos de alguns, embarquei em viagens alheias. Acho que aí começou a tragédia.

Uma vez, na casa do Belizário, depois de uma noite de pesadelos e de muito calor — eu fiquei olhando as ilustrações de uma edição de *A divina comédia*, de Dante, que o Belizário tinha em casa, me vi no lugar daqueles pecadores do inferno e tive pesadelos à noite — acordei e fui tomar banho. Entrei no banheiro distraído e acendi a luz. Tinha acabado de tirar a roupa quando me lembrei dos espelhos. Há tempos tinha pavor de espelhos para não ver o meu próprio rosto. Como não dava mais para cobri-los, fechei os olhos. Foi então que me veio a pergunta: por que estou fugindo de mim mesmo? Eu não posso viver de olhos fechados. Por mais que vivesse repetindo para mim mesmo que tudo o que fora feito, fora feito por mim e não por outro, a verdade é que eu ainda não tinha metabolizado isso. Não era uma verdade para mim. E eu não queria mais ser meu próprio juiz. A minha consciência é mais dura que a lei. Eu não posso ser pior do que sou. E resolvi ir abrindo os olhos aos poucos, enquanto criava coragem para olhar a minha própria imagem. Abri os olhos e lá estava eu, completamente nu — o monstro tinha cara, e sua cara era como a cara de qualquer homem.

Depois disso é que veio a idéia da entrevista. Belizário conseguiu esse lugar. Lembrei da entrevista não publicada do amigo do meu sogro e tomei a precaução de convidar a imprensa estrangeira também.

Por falar nisso, vamos andando? Está passando da hora. Outra coisa que eu gostaria de deixar claro é que... mas o que é isso?... Para que essa arma?... Guarda essa arma!... Não aponta para mim! Vira isso para lá! Você vai me matar?... Mas por quê? Não! Não faça isso! Pelo amor de Deus, não me mata!... Deixa eu dar a entrevista... Ahhuuuhhh!... Você não é jornalista, seu filho da puta... veio para me matar... Eu não sabia que a bala entra quente no corpo... Por que me matar?... Ahhuuuhhh!... De que lado você é?... Por que só eu?... Os outros continuam aí! Eu fiz tudo o que esperavam de mim... Fui o que quiseram que eu fosse e ainda me matam?... Não inventei a tortura, a política e o poder... É uma sacanagem... uma injustiça! Me traíram!... Eu odeio vocês, seus filhos da puta!... Tirar a minha vida!..

De que lado?... Ahhuuuhhh!.... Não, não vá embora, me diga de que lado... esse sangue empoçado é o meu?... então, é assim que se morre?... Não vá embora! Me dá uma vela!... Estou morrendo sozinho... no meio de fezes e urina...

Fim

Rio de Janeiro, junho, 1997.

Este livro foi composto na tipologia Caslon Old Face
em corpo 12/14 e impresso em papel Pólen
Soft 70g/m² no Sistema Cameron da Divisão Gráfica
da Distribuidora Record.